本書出版得到西北大學社科出版基金資助

中國古典文學基本叢書

李白全集編年箋注

第一册

安旗 主編

中華書局

圖書在版編目(CIP)數據

李白全集編年箋注:典藏本/(唐)李白撰;安旗主編;安旗等箋注.—2版.—北京:中華書局,2020.3(2023.12重印)
(中國古典文學基本叢書)
ISBN 978-7-101-14174-0

Ⅰ.李… Ⅱ.①李…②安…③安… Ⅲ.中國文學-古典文學-作品集-唐代 Ⅳ.I214.222

中國版本圖書館CIP數據核字(2019)第222387號

封面題簽:袁行霈
責任印製:陳麗娜

中國古典文學基本叢書
李白全集編年箋注(典藏本)
(全四册)
〔唐〕李 白 撰
安 旗 薛天緯
閻 琦 房日晰 箋注
*
中華書局出版發行
(北京市豐臺區太平橋西里38號 100073)
http://www.zhbc.com.cn
E-mail:zhbc@zhbc.com.cn
三河市宏達印刷有限公司印刷
*
850×1168毫米 1/32 · 58⅜印張 · 8插頁 · 1400千字
2017年9月第1版 2020年3月第2版
2023年12月第3次印刷
印數:4001-5000册 定價:298.00元

ISBN 978-7-101-14174-0

第二版前言

李白詩文集，千餘年來只有分類本（即按詩文體裁分類者），而無編年本（即按年代先後編次者）。

魯迅先生説：「分類有益于揣摩文章，編年有利于明白時勢。倘要知人論世，是非看編年的文集不可的。」（《且介亭雜文·序言》）

中國之有李集編年本，自拙編始。

爲李集編年，殊非易事。以我等之學識從事此項開拓性工程，本難勝任，但出於宏揚中華文化之責任感，填補千年空白之迫切感，我等嘔心瀝血，以勤補拙，决心跨出這艱難的第一步。

拙編曾於一九九〇年由巴蜀書社初版，並兩次印行。雖然曾獲好評，畢竟遺憾良多，有負讀者厚愛。因此在舊版本基礎上又經爲時數年之琢磨，加以修訂。諸如前此未能編年或編年有誤者，今已予以補正；前此當注而未注，或雖注而未善，以及注文繁簡失當者，今已加以處理；前此有數詩，因比興未明、虛實莫辨、表裏不分，以致失其真諦，甚至影響前後若干作品者，今已有所省悟。從而使李白其人及其詩之廬山真面目得以進一步顯現。

雖然如此，此項工程亦難以臻於完善，拙編仍是一家之言，一隅之見。衷心希望在新的世紀中能有較完善的李集編年本問世。

本書編撰人敬啟

一九九九年夏

目録

第一册

李白全集編年箋注卷二　編年詩第二

李白全集編年箋注卷三 編年詩第三

李白全集編年箋注卷四　編年詩第四

第二册

李白全集編年箋注卷五　編年詩第五

李白全集編年箋注卷六 編年詩第六

天寶三載（七四四年） 李白四十四歲

李白全集編年箋注卷七 編年詩第七

天寶五載（七四六年）　李白四十六歲

李白全集編年箋注卷八 編年詩第八

天寶六載（七四七年） 李白四十七歲

李白全集編年箋注卷九 編年詩第九

第三册

李白全集編年箋注卷十　編年詩第十

天寶十二載（七五三年）　李白五十三歲

李白全集編年箋注卷十一　編年詩第十一

李白全集編年箋注卷十二 編年詩第十二

天寶十四載（七五五年） 李白五十五歲

李白全集編年箋注卷十三 編年詩第十三

至德二載（七五七年） 李白五十七歲

李白全集編年箋注卷十四　編年詩第十四

乾元二年（七五九年）　李白五十九歲

上元元年（即乾元三年，閏四月改元。七六〇年）　李白六十歲

第四册

李白全集編年箋注卷十五　編年詩第十五

上元二年（七六一年）　李白六十一歲

李白全集編年箋注卷十六 未編年詩

李白全集編年箋注卷十七 編年文上

李白全集編年箋注卷十八 編年文下（未編年文附）

附　録

論李白

代前言

安　旗

李白是一位偉大的詩人。他一生創作了大量的詩文，傳世的千有餘篇，其中絕大部分都具有相當的意義和價值，數以百計的名篇傑作更是中華民族的文化瑰寶，全人類的精神財富。

但是過去一千多年來對李白的研究很不够。他的生平事跡多不詳，他的作品也多有未解或解而有誤，致使其人及其作品没有得到充分的介紹和準確的評價，甚至還遭到歪曲。

近十年來，我國古典文學研究領域呈現出空前繁榮的局面，李白研究方面尤爲活躍，新説迭出，成果累累，解决了不少前人未曾解决的問題。學術界的共同努力爲給李白作出新的介紹和評價提供了基礎，本文就是在這種基礎上略陳管見，作爲我個人對李白的基本看法。

一　關於李白的生平

李白，字太白，生於唐代武則天長安元年（公元七〇一年）。他的活動主要在玄宗、肅宗兩朝，唐代由盛而衰的轉折時期。

前期的唐玄宗是一個英明的帝王。他任賢用能，勵精圖治，使唐王朝達到它的極盛時期，成爲封建社會的黄金時代。「開元之治」的陽光激發了許多人的雄心壯志，秉賦優異和富於幻想的少年李白更感到它具有無比的魅力。

開元十二年，李白二十四歲。他認爲「大丈夫必有四方之志，乃仗劍去國，辭親遠遊」。臨行，有《别匡山》一詩，詩末寫道：「莫怪無心戀清境，已將書劍許明時。」他早已下定決心，要把他的文才武藝奉獻給大唐王朝。他的辭親遠遊主要就是爲了尋求政治出路。

初出三峽的李白好像大鵬展翅。此年所作的《大鵬遇希有鳥賦》（後改爲《大鵬賦》）就是他的自我寫照。從此賦中可以看出，李白的政治抱負不是僅僅要取得一官半職，而是要趁着大好時代幹一番驚天動地的事業。

開元十五年，李白二十七歲，入贅安陸許氏。他在此年所作《代壽山答孟少府移文書》中寫道：「申管晏之談，謀帝王之術，奮其智能，願爲輔弼，使寰區大定，海縣清一。事君之道成，榮親之義畢，然後與陶朱、留侯浮五湖，戲滄洲，不足爲難矣。」由此可知，李白政治抱負的具體内容是：輔佐帝王，濟蒼生，安社稷，然後功成身退。

但自出蜀以來，「遍干諸侯」皆無結果，只落得「南徙莫從，北遊失路。孤劍誰託，悲歌自憐」，於是李白寄希望於上長安。他在《上安州裴長史書》中寫道：「若赫然作威，加以大怒，不許門下，逐之長途。白即膝行於前，再拜而去，西入秦海，一觀國風。永辭君侯，黄鵠舉矣。何王公大人之門不可以彈長劍乎？」顯然，他以爲在地方上找不到出路，上京師去當能如願以償。

開元十八年春夏間，李白第一次上了長安。「歷抵卿相」仍無結果，徘徊魏闕之下不得其門而入，只落得與遊俠兒、鬬鷄徒爲伍；又因誤與「五陵豪」相交，而有北門之厄，受到這一夥禁軍中的流氓地痞的圍攻。在落魄長安的同時，卻看見宦官們甲第連雲，鬬鷄徒們冠蓋輝赫。相形之下，李白大爲不平，大惑不解，對他抱有無限希望的「明時」開始感到懷疑和失望。《行路難》（其二）、《蜀道難》等詩即此期抒懷之作。

李白初入長安失敗後，無顔回家，乃東遊梁宋，訪道嵩山，寄跡元丹丘潁陽山居，然後又在洛陽過了一段「黄金白璧買歌笑，一醉累月輕王侯」的狂放生活。重要作品有《梁園吟》、《梁甫吟》等詩。後二年出遊襄陽，謁見當時頗有推賢進士之名的韓朝宗，求薦又不遂。重要作品有《襄陽歌》、《與韓荆州書》等詩文。開元後期，李白又曾北遊太原，南遊江淮，重要作品有《將進酒》、《夜泊牛渚懷古》、《惜餘春賦》等詩文。

開元二十八年，李白移家東魯，卜居兖州（魯郡）治城瑕丘東門外二里之沙丘。

開元二十九年秋冬間，李白的摯友元丹丘奉詔入京，次年（即天寶元年）封爲道門威儀，隨玉真公主朝謁譙郡真源宫並受道王屋山仙人壇。丹丘受李白之託，薦之於玉真，玉真又薦之於玄宗，於是天寶元年秋李白亦奉詔入朝，是爲再入長安。玄宗召見金鑾，優禮有加，並命待詔翰林。但此時玄宗勵精圖治之心早已消歇，已經從一個英明的帝王蜕化爲一個安樂天子，他之召李白入朝只不過借以裝點太平。

李白入朝之初還以爲他大展鴻圖的美夢即將實現。但一次又一次地奉詔應制卻只是侍從宴遊，使他又陷入失望；加以受人妬忌，遭人讒謗，更使他感到苦惱。天寶二年夏已是身在魏闕，心存江湖；天寶二年秋更是詠歌之際，屢稱東山。此期所寫的一大批宫怨詩，實際多是待詔翰林生活的自況；此期所寫的一大批思邊詩，實際多是對朝廷窮兵黷武的不滿；同時對玄宗的荒淫生活也有所諷刺。從李陽冰《草堂集序》中「醜正同列，害能成謗，格言不入，帝用疏之」這幾句話看來，李白對玄宗曾有過諫諍之言，玄宗不但不採納，反而聽信讒言疏遠了他。天寶三載春，李白經過多日徘徊以後，終於下定決心，請求「還山」。玄宗亦以其「非廊廟器」，又慮其「言温室樹」，而乘勢打發了他。臨行，李白不免感慨萬端，或詠鸚鵡，或悲流水，或寄喻宫女，或託言棄婦，寫了一系列詩篇抒發他的辭闕心情。當年回到東魯後，爲了借宗教麻痹他創痛巨深的心靈，李白在濟南紫極宫受了道籙；又自構酒樓一座，日夜沉飲其上，少有醒時。隨後，就大病了一場。

天寶五載病愈後，爲了借遠遊以消憂，李白自東魯南下越中，行前有《夢遊天姥吟留别》一詩記其入朝去朝之南柯夢及幻滅感。

由於唐玄宗荒淫無道，李林甫等人助紂爲虐，外則窮兵黷武，内則屢興大獄，天寶中期朝政更趨昏暗。李白一連幾年滯留吴越，寓居金陵，表面上生活十分狂放，實際上内心卻十分痛苦。他既爲自己被斥去朝憤憤不已，又爲朝政昏暗憂心忡忡。此期一系列覽古、懷古之詩實際上都是借古諷今之作；《戰城南》、《答王十二寒夜獨酌有懷》等詩更是直抒胸臆，抨擊時政。

天寶十載秋，蓄謀已久决心作亂的安禄山，派人至内地羅致名士，李白明知山有虎，偏向虎山行，意在親入虎穴，探明禄山反跡以上報朝廷，速取對策而止禍亂于未發。十一載十月到幽州後，果然危機嚴重，禍在眉睫。李白憂心如焚，攬涕呼天，趁安禄山入朝未歸，隨即離去。此行有詩多首，始于《贈何七判官昌浩》，終于《北風行》。

天寶十二載早春，李白從幽州回到河南後，隨即又有三入長安之行。但到了長安之後，他看到滿朝文武猶自歌舞昇平，不知危亡已在旦夕；他聽到楊國忠一夥狐群狗黨竊據高位，而自己卻報國無門；他感到玄宗迷而不省，已快成亡國之君；最後只好懷着「辭楚」、「避秦」的心情離開了長安。此行有詩多首，或抒危亡之感，或作窮途之哭，或嗟嘆世風澆漓，或決心遁世避禍，尤以「上哥舒大夫」一詩爲此行之金匱，中藏李白一片孤臣孽子之心。但在臨行之際和既去以後，卻又繫心君國，眷戀長安，既對國家命運憂心不已，又以報國無路含恨無窮，因而有《遠別離》之作。

是年秋，李白南下宣城。雖然他屢有出世之語，實則憂時之心無時或忘。《横江詞六首》、《古朗月行》、《宣州謝朓樓餞別校書叔雲》等詩都是此期憂時傷事之作。

天寶十四載（公元七五五年）十一月，安史之亂果然爆發。

天寶十五載六月，叛軍破潼關，玄宗奔蜀，長安淪陷，唐王朝瀕臨滅亡。安史亂起以後，李白又想有所作爲，經過一番奔走，終於不能有所作爲，而避亂入廬山。《菩薩蠻》、《憶秦娥》二詞當作於此時。這兩首詞都是抒寫懷念長安、哀悼故國之情。

是年七月，太子李亨在朔方靈武即位，改元至德，是爲肅宗。永王璘則奉玄宗「制置」出鎮江陵。次年正月永王璘出兵東巡，派人上廬山徵聘李白。李白懷着救國之心參加了永王軍幕，不料卻墮入統治者們争權奪位的漩渦。竟以「附逆作亂」的罪名入獄，後又被判「長流夜郎」。

長安、洛陽兩京收復以後，遇赦放還的李白竟又幻想東山再起，奔走結果只是自取其辱。直到他去世前一年，還想去參加李光弼的軍隊，後因半道病還，未果。唐代宗廣德元年（公元七六三年），李白六十三歲，卒於當塗。在他的絶命詩《臨路歌》（應作《臨終歌》）中，仍以大鵬自喻，雖爲自己的政治抱負未能實現而感到遺憾，卻對自己的詩歌將傳之不朽作了豪邁的預言。

以上是我所了解的李白一生的基本情況，其中不少地方和前人的介紹頗有出入。凡有重大出入的地方，將在這部編年全集中得到説明。

二　關於李白的思想

李白的思想，確如一些論者所説，十分複雜，充滿矛盾。他集儒、道、釋、縱横等各家思想於一身，又好擊劍任俠，又想棄文就武，又曾宣揚人生若夢，主張及時行樂，而且被人視爲「甘酒好色」。他多次以孔子自喻，卻也多次嘲笑孔子，更看不起「白髮死章句」的小儒。他熱衷於學道求仙，而且受過道籙煉過丹，但他對神仙之事又表示懷疑，説是「仙人殊恍惚，未若醉中真」，甚至説「蟹螯即金液，糟丘是蓬萊」，而且多次批判唐玄宗迷信神仙。他「遍干諸侯」，「歷抵卿相」，滿世界尋求政治出路，卻又多次説要隱居，要出世，要去尋找桃花源。李白的思想真像一個大雜燴，甚至是一團亂麻。

但是，李白的思想在複雜性中自有他的單純性，在矛盾性中自有他的統一性，在他形形色色的思想中自有一根巨大的紅綫貫串始終。這就是封建盛世激發起來的雄心壯志；要實現偉大的抱負，要建立不朽的功業。一念之貞，終身不渝，欲罷不能，至死方休。在這一點上，他同屈原一樣，同杜甫一樣，同一切偉大的歷史人物一樣，他們的一生都像是一場熱戀，一場苦戀，一場生死戀。這是在爲時十年的研究中，李白給我留下的最深刻的印象。也只有理解他這種思想品格，才能理解他的一切。

李白一生好漫遊四方，有人便以爲他一生悠哉游哉，超然飄然，似乎是一個無所事事的安樂公子、富貴閑人。其實并非如此。

開元天寶中，朝廷雖然屢下求才之詔，但是當時懷才抱藝之士若無適當的人推薦也難有出頭之日。孟浩然《田園作》云：「鄉曲無知己，朝端乏親故。誰能爲揚雄，一薦《甘泉賦》？」即可見一斑。唐代士人漫遊成風，除了其他原因外，主要是爲了廣事干謁，尋找「知己」。「知己」一詞在當時是有特定含義的，即各級官吏中能够識拔自己并薦之於朝廷的人。李白漫遊四方也是如此。正是爲了尋找能够識拔他這匹千里馬的伯樂，爲了尋找政治出路，他長年在外奔走不息。他對故鄉「清境」無限依戀，但卻辭親遠遊，一去忘返。

他和許氏夫人伉儷情篤，《寄遠十二首》（大部分是贈内詩或自代内贈）寫得何等纏綿悱惻，但他一外出就是兩年三年不歸。他對子女充滿了父愛，《寄東魯二稚子》等詩可謂舐犢情深，但他卻長年拋下他們。他和續娶的宗氏夫人志同道合，但新婚宴爾他就跑到龍潭虎穴去冒險。即使在居家時寫的一些閑適詩中，我們也可以感到有一種思想感情在他心中起伏，迴旋，激蕩。這就是深恐辜負明時，虛度此生。因此早在三十幾歲他就屢悲白髮，頗惜餘春，「恨不能挂長繩於青天，繫此西飛之白日」。即使他在閉門讀道書，静談《秋水篇》時，他心裏未必真正安静過，轉眼之間他又可能熱血沸騰。他的政治抱負和用世熱情使他不得安生，在唐王朝的廣大國土上，在六十三年的人生道路上，他實際上是在不停地奔波，尋覓，追求，奮鬥。

固然，李白一生確實遊了不少名山大川，寫了不少優美的風景詩，但風景詩只不過是他的副産品。他在《暮春江夏送張祖監丞之東都序》中寫道：「每思欲遐登蓬萊，極目四海，手弄白日，頂摩蒼穹，揮斥幽憤，不可得也。」他又在《赤壁歌送别》中寫道：「一一書來報故人，我欲因之壯心魄。」他又在《入彭蠡經松門觀石鏡緬懷謝康樂題詩書遊覽之志》中寫道：「余方窺石鏡，兼得窮江源。將欲繼風雅，豈徒清心魂？」可見李白「一生好入名山遊」的真正目的，是爲了「壯心魄」，「清心魂」，「繼風雅」，「揮斥幽憤」。也就是説，是爲了開豁心胸，滌蕩靈魂，是爲了取得靈感和形象，以抒寫他的壯志豪情，以揮斥他幽深的憤懣。

李白正是在漫遊中走遍了中國大地，經歷了廣闊的生活，嘗盡了人生的甜酸苦辣，切身感受到唐王朝的盛衰轉折，所以他的創作有着取之不盡用之不竭的源泉，有着得心應手的比興手段，從而能够「開口成文，揮翰霧散」，使人感到仿佛如有神助。

又有人認爲李白是一個「衹知狂醉於花月之間，蒼生社稷曾不繫其心膂」的人。其實恰恰相反。

按着年代先後考察李白詩歌，可以發現一個耐人尋味的事實：開元前期，唐王朝陽光燦爛，李白詩歌中也呈現出一派天朗氣清、風和日麗的景象。《峨眉山月歌》、《初下荆門》、《金陵酒肆留别》、《越女詞》諸作最爲典型。在這些作品中很少感慨，更無牢騷，即使抒寫離情别緒也使人心曠神怡。開元中期以後，唐王朝本來潛伏着的陰影逐漸出現，李白的詩歌中也呈現出明暗交錯，悲歡雜糅的色調。《行路難》（其一）、《梁園吟》、《梁甫吟》、《將進酒》諸作最爲典型。在這些作品中，感慨和牢騷就多起來，但旋發牢騷旋又自慰自解，往往在最後還有一個光明的尾巴。天寶中，唐王朝烏雲滿天，黄風匝地，李白的詩歌中也出現了陣陣閃電和雷鳴。《答王十二寒夜獨酌有懷》和《戰城南》等詩最爲典型。

到了天寶季葉，大亂前夕，唐王朝已是危若累卵，禍在眉睫，李白詩歌中也出現了前所未有的憂憤深廣的特點，有些詩簡直是血淚交織。《遠别離》、《横江詞六首》、《古朗月行》、《宣州謝朓樓餞别校書叔雲》等詩最爲典型。李白的詩歌同唐王朝的時政和國運，真是如月在水，如影隨形。

正因爲李白時刻關注着時政的清濁和國運的盛衰，所以他具有高度的政治敏感。當開元之治如日中天之際，他就開始覺察到它的陰影，首先是對朝廷廣開才路發生懷疑。他在《行路難》（其二）中大聲疾呼：「大道如青天，我獨不得出！」他在《蜀道難》中驚呼吶喊：「蜀道之難，難於上青天！」他在《襄陽歌》中以「襄王雲雨」隱喻朝廷恩澤而發出「今安在」的質問，都是這種懷疑的表現。他在《孤蘭生幽園》（《古風》其三十八）中「雖照陽春輝，復悲高秋月」的感慨，實際上是對唐王朝廣開才路的兩重性的藝術概括。開元後期唐玄宗漸重邊功，屢事征伐，當捷報頻傳之日，李白不以爲喜，反以爲憂。他在《鄴中贈王大勸入高鳳石門山中幽居》一詩中寫道：「君王制六合，海塞無交兵。壯士伏草間，沉憂亂縱横。」他又在《贈從弟洌》中寫道：「羌戎事未息，君子悲塗泥。報國有長策，成功羞執珪。」認爲屢事征伐不是安邊的上策，感到窮兵黷武必將禍國殃民。天寶初年李白奉詔入朝，雖然由於一時興奮寫了一些「揄揚九重萬乘主」之作，但不久他就感到玄宗的耽於淫樂有類吴王夫差，因而寫下了《烏棲曲》，表面上極寫其歡樂，實際上透露出麋鹿遊於姑蘇臺的預感。天寶末期三入長安獻策失敗後，李白心中更充滿了社稷傾危、禍在眉睫之感，寫下了一大批憂時傷事之作，透露出亡國的徵兆，甚至説出「明年祖龍死」這樣的話，預言玄宗的末日將臨。果然兩年以後，安史之亂就爆發了。對盛唐時局的轉折所産生的不安感、不祥感、傾危感，以及由此而來的憂慮、憤怒和痛心，雖然在唐代其他詩人作品中也有所表現，但以李杜二人的作品表現得最頻繁，最深沉，最强烈。

在這一點上，李白與杜甫多次表現出驚人的一致。天寶中葉石堡一役，暴露出唐玄宗窮兵黷武已到了喪心病狂的地步。他們二人雖然遠隔千里，一個在江東，一個在長安，卻不約而同地向朝廷的暴政怒飛鳴鏑，這就是李白的《答王十二寒夜獨酌有懷》和杜甫的《兵車行》等詩。天寶季葉，杜甫登上慈恩寺塔，感念時事，百憂交集，寫下「秦山忽破碎，涇渭不可求。俯視但一氣，焉能辨皇州」這樣的詩句時，李白也幾乎在同時寫下「殷后亂天紀，楚懷亦已昏。夷羊滿中野，菉葹盈高門」這樣的詩句。同樣的政治預感，同樣的憂國情懷，深深浸透在他們兩人的許多作品中。

又有人以爲李白思想中存在着入世和出世的矛盾，這種看法也似是而非。并不是説李白没有出世思想，也不是説李白的出世思想微不足道。值得注意的是：入世和出世的矛盾不是在李白思想中一半對一半（也不是以任何比例）静止地對峙着，而是隨着時局的變化和個人的遭遇不斷地消長着，發展着。總的説來，開元時期李白的出世思想較淡，天寶時期較濃，天寶後期最濃。每一次從政治活動之始，他意氣昂揚，精神焕發，出世思想就消失得無影無踪；隨着情況的轉折，出世思想又來到他心裏；失敗成爲定局，沉重的打擊降落到他頭上，出世思想就似乎充塞他整個心靈。最值得注意的是：他常常説着隱居出世之類的話，而又不甘於隱居出世。初入長安失敗後，遍登嵩山三十六峰，頗有出世之思，但返安陸途中經過南陽時，崔宗之約他去嵩山隱居，他卻説：「但得長把袂，何必嵩丘山？」開元後期的江淮之行途中，鄴中王大勸他入高鳳石門山中去隱居，他也不肯去，而要「建功及春榮」。天寶三載被斥去朝後，出世思想空前濃厚，甚至受了道籙，但就在次年他又給友人、代理監察御史的崔成甫接連贈詩。詩中寫道：「扶摇應借力，桃李願成蔭。」「風濤儻相因，更欲凌崑墟。」在《金鄉送韋八之西京》詩中，他也寫道：「客自長安來，還歸長安去。狂風吹我心，西挂咸陽樹。」所以注家蕭士贇、王琦多次説他「身在江湖，心存魏闕」。去朝十年中，他説是「十年罷西笑」，對朝廷不抱希望了；而且「閉劍琉璃匣，煉丹紫翠房」，把用世之心收拾起來了。但恰在這十年中他寫出了大批的借古諷今之作和《答王十二寒夜獨酌有懷》這樣直抒胸臆、抨擊朝政的作品。天寶十一載，他正説要和元丹丘一塊兒隱居，甚至要舉家就之，卻又拂劍而起，去了幽州。三入長安獻策失敗後，他幾乎是賭咒發誓地要避世去了，但《古朗月行》等一大批椎心泣血的憂時之作，又正是這一時期寫的。安史亂後，他遭了天大的冤枉，吃了够多的苦頭，該要「接受經驗教訓」了。他在監獄中和流放中，也曾打算獲釋後即以學道煉丹了卻殘生，不敢再有他想。但在巫山遇赦以後，他既不回到多年想念的西蜀老家去看看，也不回到望眼欲穿的宗氏夫人身旁，卻急匆匆地趕到當時的南方政治中心——江夏，圖謀東山再起，參與興復大業。在李白一生中，這種例子是舉不勝舉的。他幾乎是一邊説着出世的話，一邊又在做着用世的打算。使人感到他所謂出世云云，往往是作爲暫時的自我緩解，説説而已，甚至是其言愈冷，其心愈熱。

李白的出世思想當作如是觀，李白的及時行樂的思想和行徑，亦當作如是觀。這都是他的政治抱負不能實現，政治熱情無處寄託，特别是在遭受失敗和打擊之後，一種無可奈何的發泄。細心的讀者不難在他的尋歡作樂、放浪形骸的詩篇背後，發現他充滿痛苦和憤懣的心靈。

總而言之，李白的思想無論多複雜，自有他的主心骨；李白的性格再是多側面，自有他光輝的正面；李白的情緒儘管多反復，卻是萬變不離其宗。

歸根結底，李白是一個抱有偉大理想的人，富于用世熱情的人，對國家和人民的命運極爲關心的人。爲了實現他的理想，他一生追求不已，奮鬥不止。雖然屢遭失敗，歷盡坎坷，卻是九死不悔，直到生命最後一息。中國歷史上的偉大人物，都具有這樣的思想品格。正是這樣的思想品格，使他們成就了不朽的事業。即使失之東隅，也必定收之桑榆。李白雖然未能成爲偉大的政治家，卻成了偉大的詩人。

只有掌握李白思想中這根巨大的貫串始終的紅綫，我們才能認識真正的李白，而不至於抓住他嘲笑儒家的片言，就説他是「法家」；抓住他入道和奉佛的側面，就説他是「迷信道教」，「甘心自縛於枯禪」；抓住他某些表面現象或生活小節，就説他是「頹廢文人」。

三　關於李白的詩歌

李白的詩歌，汪洋浩瀚，豐富多彩，光焰萬丈，美不勝收。關於李詩思想内容和藝術形式的一般情况，前人已有過不少介紹。這裏只談兩點前人尚未涉及或很少涉及甚至被人忽視的問題，而這兩點也許有助於掌握李詩的命脈。

（一）李詩與比興言志

比興言志，源於《詩》、《騷》，是我國古代詩歌的優良傳統。歷代詩人都或多或少有所繼承和發揚，而在李詩中尤其具有重要意義。

對李詩的這一特點，前人早已指出過。譬如李陽冰《草堂集序》謂李白「凡所著述，言多諷興」。胡震亨《李詩通》謂李白樂府「連類引義，尤多諷興，爲近古所未有」。王夫之《唐詩評選》對李詩標出一個「深」字，也是就其比興言志而言。魏源爲陳沆《詩比興箋》所作序中也説：「阮籍、傅玄、鮑明遠、陶淵明、江文通、陳子昂、李太白、韓愈，皆以比興爲樂府。」對李詩比興之作中的苦心孤詣與幽思秘旨，前人也早已作了種種的探索，而且頗有一些真知灼見，但是可惜前人對李詩這一特點的注意還没有達到應有的高度，不少重要作品中的比興之旨尚未發現，或有所發現而揭示得不够準確，不够深透。更重要的是，還没有把這一特點同李白的創作思想聯繫起來加以闡發，以説明這一特點的重大意義。

李白的創作思想主要體現在他的創作實踐中，直接表述其創作思想的言論卻是稀若星鳳，總共只不過二三例。其一見於孟棨《本事詩》：「白才逸氣高，與陳拾遺齊名，先後合德。其論詩云：『梁陳以來，艷薄斯極，沈休文又尚以聲律。將復古道，非我而誰歟？』」其二見於李白的《古風》其一（大雅久不作）。其三見於李白的《古風》其三十五（醜女來效顰）。雖然僅此二三例，而且已是衆所周知，但是人云亦云，未必知其所以然，因此尚須加以深思：李白與陳子昂「先後合德」之處，究竟何在？李所要復興的「古道」究竟何指？他何以要慨乎言之，毅然以之爲己任？李白在他的兩首《古風》中推崇《詩經》，何以首標《大雅》，屢標《大雅》，而與今人之側重《國風》大異其趣？凡此種種，長期未得其解，致使李白的創作思想若明若暗，在其創作思想指導下産生的作品也就似懂非懂。

以上問題，沉吟累年，始有所悟。《詩大序》云：「雅者，正也。」（正也者，政治也，故其下緊接）「言王政之所由廢興也。政有大小，故有小雅焉，有大雅焉」。《詩·大雅》今存三十一篇，皆言國之大事。事有善惡，故言有美刺。善則美之，惡則刺之。以資鑑戒而匡時弊。此即《古風》其一中所謂之「正聲」與「憲章」，也就是李白所要興復的「古道」。質言之，李白要以詩歌干預國政。特别是當他歷經坎坷，年屆半百，深感「立功」無望而決心「立言」之際，以詩干政更成爲他自覺的事業。多次向盛唐的陰暗面，向朝廷的弊政和暴政，敲起他的警鐘，飛起他的鳴鏑。

自然，詩歌畢竟是藝術，不是政論或諫書。李白以一介布衣也難以上書言事，遑論捋虎鬚，批逆鱗？但李白作爲一代巨擘卻有他特殊的自由，即運用比興言志的方法，發揚褒貶美刺的傳統，言小指大，言淺意深，微而彰，曲而達，乃至反言若正，以美爲刺。雖隻字而寓褒貶，即片言可別善惡。此即陳子昂與李白「先後合德」之處。如果説陳子昂作爲此道先驅，比興美刺或有未善；李白則後來居上，出神入化，用他如椽的巨筆，爲唐代寫下了一部有韻的《春秋》。盛唐的光明面和陰暗面，玄宗作爲英主和昏君的形象，整整一個時代可歌可泣之事、興衰治亂之由，都在這裏了。

由此可知，李詩之富於比興言志的篇章不是偶然的，也不僅僅是一個藝術手法問題，而是李白創作思想的體現，是李白有意識的追求，是李白的非凡藝術抱負，而這又是和他的非凡的政治抱負分不開的。

掌握了李詩比興言志的特點，特别是領會了李白繼承和發揚這一傳統的重大意義，我們就會發現：李白寫高山大川、風花雪月、奇禽異獸、醇酒美人、神仙幻境以及其他一些似乎遠離社會、遠離現實、遠離政治的事物，常常不是他的創作目的，而是他的比興手段。他或借大鵬展翅抒發他的壯志凌雲，或借行路艱難形容世途坎坷，或借仙山幻境象徵待詔翰林，或借生離死别寄託辭都之苦，或借日昏月蝕預言國運之衰，或借任俠飲酒一豁胸中塊壘，或借學道求仙暫解心底憤懣；而大量的歷史題材更是他借古諷今的手段，屢見不鮮的曠男怨女之情卻是他的孤臣孽子之心。正是在這些遠離政治的事物中，李白寄寓着强烈的政治熱情。正是運用這些豐富多彩的比興，李白寫了一大批政治抒情詩。例如：

《長相思》不是愛情詩。雖然優秀的愛情詩也可以傳之不朽，李白確也寫了不少愛情詩，但這一首卻不是。這首詩必須和李白初入長安聯繫起來，必須和中國詩歌源於屈賦中「求女」的傳統聯繫起來，必須和李白此期所寫的《碧荷生幽泉》（《古風》其二十六）、《燕趙有秀色》（《古風》其二十七）等詩聯繫起來，就可以發現使李白感到「摧心肝」的相思之情，實際上是他徘徊魏闕之下報國無路之情。

《蜀道難》不是山水詩。雖然山水詩也有它的價值，李白確也寫了不少山水詩，但這一首卻不是。《蜀道難》也必須同李白初入長安聯繫起來，同李白此期《行路難》等詩聯繫起來，同中國詩歌中慣以行路喻世途的傳統聯繫起來，無須臆測，它的本來面目就自然呈現。原來它是李白一入長安尋求政治出路失敗後，借蜀道之艱險，喻世途之坎坷，抒其報國無路之情。它是李白出蜀以來（特別是初入長安這段時期）艱辛經歷的寫照，是李白凌雲壯志初受重創而發出的悲憤交加的呼號，是對封建盛世陰暗面的揭露和批判。詩中跋涉在畏途巉岩間的旅人，就是在開元之世「南徙莫從，北遊失路」的李白自己。

《夢遊天姥吟留別》不是遊仙詩。這首詩必須同李白再入長安聯繫起來，同中國詩歌中從屈原到阮籍以遊仙寄意抒懷的傳統聯繫起來，就可以體會出詩中從入夢到夢醒的過程，那些可欣可羨亦復可驚可怖的幻境，實際上是李白奉詔入朝、待詔翰林、終於被放還山的經歷。正如陳沆所云：「太白被放以後，回首蓬萊宮殿，恍若夢遊，故託天姥以寄意。」正因爲它是寄意之作，寄其失志去朝之意，所以在詩的最後出現了「安能摧眉折腰事權貴，使我不得開心顏」。這一篇之警策，是畫龍點睛之筆。

《梁園吟》、《襄陽歌》、《將進酒》等不是糟粕。它們雖非純用比興，也是兼用比興，或暗用比興。《梁園吟》是借梁園訪古抒發一入長安失敗後的悲哀。雖悲不遇，猶寄希望於未來。《襄陽歌》是借及時行樂揮斥干謁韓荊州失敗後的憤懣。表面上一派狂歡，實際上牢騷滿腹。前半部分已是「嬉笑之怒，甚於裂眥」；後半部分更是借古諷今，意存諷刺。「襄王雲雨今安在」問的不是巫山神話，問的是朝廷德澤，是對朝廷廣開才路、諸侯推賢進士等開元美政的懷疑。《將進酒》是開元二十四年遊晉歸來借置酒高會暢寫心曲。他感慨功業未立；他感慨青春將逝，他感慨聖賢寂寞，因而借酒澆愁。通篇寫的是飲酒，通篇寫的又不是飲酒，祇使人感覺是一種無處寄託的壯志豪情充溢其間。

他如《南軒松》、《空城雀》、《天馬歌》等一大批詠物之作，多不是寫物而是寫人。《蘇臺覽古》、《越中覽古》、《登金陵鳳凰臺》等一大批登覽之作，多不是懷古而是傷今。《夜坐吟》、《妾薄命》、《怨歌行》等一大批閨怨、宮怨詩，多不是爲他人作嫁衣裳，其中的女主人公就是李白自己。甚至有些冶遊詩，也不一定是紀實之作。《相逢行》（朝騎五花馬）就是借自己和一個美人邂逅而不得相親，寫他待詔翰林時期不得於君、有志莫展之情。還有《古風五十九首》、《擬古十二首》、《感興八首》等詩，絶大多數也都是在深婉的比興中蘊藏着政治内容或社會内容。

李集中純是比興言志的詩多達百餘首，即使敷陳其事，也常兼用比興，其數不可勝計。從數字來看雖然僅占李詩一部分，但李白的重要作品十之八九都在這裏了。其他的作品即使去掉若干，李白仍不失爲李白；假若缺少這批純用比興及兼用比興之作，李白就不成其爲李白了。可以説，掌握比興言志這一特點，我們就基本上掌握了李白，忽視這一特點，我們就會在很大程度上失去李白。過去對李白評價不够，甚至誤解他，歪曲他，很大原因就在於忽視了他在繼承和發揚比興言志這一傳統方面的苦心和實踐。

（二）李詩與樂府民歌

李詩淵源深廣，多師我師。正如劉熙載所云：「太白詩以《莊》、《騷》爲大源，而於嗣宗之淵放，景純之儁上，明遠之驅邁，玄暉之奇秀，亦各有所取，無遺美焉。」（《藝概》）其實劉熙載只是略舉數例以概其餘，但《風》、《雅》這一大源是不能不標出的，子建之高華，淵明之淡遠，也是不能不提到的。除此之外，李白又愛雜學旁收，諸子百家，三教九流，他也一概「拿來」，加以消化。正由於他從古代文化遺産中吸取了豐富的營養，所以李白取得了「長袖善舞，多錢善賈」的優勢，取得了進行大膽創造所必需的廣博的基礎。

李詩在兼收并蓄的基礎上又形成了自己的風格，開拓出自己的道路，這又主要得力於樂府民歌。

從李白蜀中少作可以看出，他開始學的是當時流行的「沈宋體」，寫的是規規矩矩的五言律。雖然這些詩前人認爲「短羽𧝓褷，已有鳳雛態」；今天看來，也確實出手不凡，難得的是没有「沈宋」的習氣，卻有自己的天真。但循此以往，李白最多成爲一隻「鳳凰」。

在「仗劍去國，辭親遠遊」途中，李白一接觸到民歌，就被它們引入了一個新天地。據他傳世的作品來看，開元十二年作於渝州的《巴女詞》是他最早學習民歌之作。自此以後，他到了荆州，就學習當地的民歌，寫了《荆州歌》。他到了江夏，就學習當地的民歌，寫了《江夏行》。到了金陵，就學習當地的民歌，寫了《長干行》。到了越中，就學習當地的民歌，寫了《越女詞》。到了襄陽，就學習當地的民歌，寫了《襄陽歌》、《大堤曲》。可以説，他走到哪裏就學習哪裏的民歌。從他此期所寫的《楊叛兒》、《白紵辭三首》，還可以看出，他在隨時隨地學習當代民歌的同時，又上溯漢魏六朝樂府，學習古代民歌。因此在開元十八年一入長安時期，他的作品中就出現了大量的樂府詩，如《俠客行》、《少年行》、《白馬篇》、《行路難》、《蜀道難》。這時李白就從簡單地模擬樂府民歌發展到創造性地運用樂府民歌。當我們讀到《白紵辭三首》時，還看到他跟在鮑照後面亦步亦趨；當我們讀到《俠客行》、《白馬篇》、《行路難》時，就看到他已和古代傑出詩人並肩頡頏；當我們讀到《蜀道難》時，就看到他已是横空出世，無與倫比了。《蜀道難》的出現是一個飛躍，這個飛躍標志着李白創作的成熟。以後接踵而來的《梁園吟》、《梁甫吟》、《襄陽歌》、《將進酒》……又繼續使李白創作出現了群峰競秀的奇觀。於是李白就以這一系列的作品形成了自己的風格，開拓了自己的道路。僅就開元年間這些重要作品看來，我們已經可以發現，高翔在盛唐詩壇上的不是一隻僅有「綵質與錦章」的鳳凰，而是一隻挾帶着風雲雷電的大鵬。

李白在學習樂府民歌方面成就最大的是歌行。歌行者，胡震亨云：「其題或名歌，亦或名行，或兼名歌行。歌，曲之總名；行，衍其事而歌之曰行。歌最古，行與歌行皆始於漢，唐人因之。」（《唐音癸籤》）可見歌行是從古歌謠、古樂府發展起來的一種形式。胡應麟云：「凡詩諸體皆有繩墨，惟歌行出自《離騷》、樂府，故極散漫縱横。」又云：「古詩窘於格調，近體束於聲律，惟歌行大小短長，錯綜闔闢，素無定體，故極能發人才思。」（《詩藪》）可見歌行的特點就是比較自由，可以説，歌行（特别是雜言歌行）就是古代詩歌中的自由體。這種歌行體，漢魏以來，雖有佳作，但爲數尚少。到了唐代逐漸盛行，幾乎成爲一種和古詩、律詩、絶句等並駕齊驅的形式。但初唐歌行如劉希夷的《代悲白頭翁》、張若虚的《春江花月夜》，雖然珠圓玉潤，悠揚宛轉，但卻失去了先前的剛健的風格和參差的形式。假若没有李白，歌行就可能以「宫體詩的自贖」而告終。雖然早於李白的張説、李頎等也有兩三首剛健之作，卻遠遠未成氣候。

李白登上盛唐文壇才使歌行大顯神通。他首先把它從初唐的輕柔靡麗中解放出來，恢復了它的剛健和自由，但並没有讓它退回到簡樸的原始狀態，而是以自己的雄才大略改造它，豐富它，發展它。他發揚《詩》、《騷》比興言志的傳統，使歌行有了空前深廣的思想内容。他又從《楚辭》、《莊子》取來了上天入地的幻想，精彩絶艷的辭采，使歌行有了空前豐富的藝術形象。他又從《莊子》和《史記》學得了汪洋恣肆和縱横闢闔的筆法，使歌行有了空前的氣勢和波瀾。他還從六朝樂府和初唐歌行批判地吸收了動人的音韻和色澤，他更從當代民歌學到了活的語言。這一來，歌行這種體裁和形式就大爲改觀。它可以是五言、七言，也可以是長短句。它的長短句，短可以短到一個字、兩個字、三個字，長可以長到八、九、十個字，甚至十個字以上。它可以一韻到底，也可以隨意換韻。它可以抒情，可以敘事，可以寫景，可以發議論，可以又抒又寫，夾敘夾議。它非詩、非賦、非文、非辭，而又亦詩、亦賦、亦文、亦辭。它究竟是什么？它是李白從樂府民歌中發展起來的一種新體裁、新形式。歌行之具備胡應麟所説的那樣的特點，實際上是自李白始。詩評家關於歌行的定義在很大的程度上是根據李白的創造來下的。

從這部編年全集中可以清楚地看出來：李白的每一次大的政治活動所遭到的失敗，都在他的思想感情中掀起一次「浙江潮」；隨着每一次「浙江潮」，李白在創作上就獲得一次大豐收。以三次入長安的作品爲例，哪一次不是「亂石崩雲，驚濤裂岸，捲起千堆雪」？而每一次高潮之巔都是比興言志的樂府歌行。如《蜀道難》之於初入長安，《夢遊天姥吟留别》之於再入長安，《遠别離》之於三入長安。它們恰好在李白生命的道路上形成三座里程碑，這一現象豈是偶然？

正因爲李白從樂府民歌中找到了或創造了他最爲得心應手的體裁和形式，他的豪情壯志、奇思遐想、一腔孤忠、滿懷幽憤，才得以淋灕盡致地抒發出來，成爲一系列驚風雨泣鬼神的詩篇，實現了他繼往開來的宏圖。也正因爲李白是爲了實現他的繼往開來的宏圖而尋找與之相適應的形式，所以他學習樂府民歌才取得這樣大的成功。

綜上所述，無論從李白生平經歷來看，從李白的思想品格來看，還是從李白的詩歌創造來看，他成爲一代巨匠不是偶然的。李白正是以他豐富的生活經歷，以他光輝的思想品格，以他繼往開來的藝術創造，而成爲偉大詩人的。

篇專文。李白其人及其詩可探討的方面和問題很多，任何一個方面或問題的探討都需要若干篇專文。對李白的詳盡介紹是個很長的過程，而且需要許多人的共同努力。本文僅僅是我個人在十年學習過程中，特別是在近幾年爲李詩編年的過程中，得到的一些體會，形成的一些看法，「有同乎舊談者，非雷同也，勢自不可異也。有異乎前論者，非苟異也，理自不可同也」。同之與異，唯務求是。謬誤難免，敬祈指正。

一九八七年三月於西北大學

一九九九年七月修訂

凡例

一、本書以乾隆刊本王琦注《李太白文集》爲底本（簡稱王本）。用以下各本進行校勘：（一）北京圖書館藏宋刊本《李太白文集》（簡稱宋甲本）。（二）日本影印静嘉堂宋刊本《李太白文集》（簡稱宋乙本。宋甲本與宋乙本合稱曰兩宋本）。（三）明刊本《分類補注李太白詩》，宋楊齊賢注，元蕭士贇補注（簡稱蕭本）。（四）《四部叢刊》影印《分類補注李太白詩》，即明郭雲鵬删節楊、蕭注而成者（簡稱四部本）。（五）清刊本胡震亨注《李詩通》（簡稱胡本）。（六）清繆曰芑刊本《李太白文集》（簡稱繆本）。（七）清影刻宋咸淳本《李翰林集》（簡稱咸本）。（八）明刊本朱諫注《李詩選注》（含《李詩辨疑》，簡稱朱本）。用以參校之唐宋兩代總集及選集有：《敦煌唐詩寫本殘卷》（簡稱唐寫本）、《河嶽英靈集》、《又玄集》、《才調集》、《文苑英華》、《唐文粹》、《樂府詩集》、《唐人萬首絶句》。（宋甲本今殘十五至二十四卷。凡此十卷内詩之校勘，不出宋甲本。）

二、凡底本與校本有異文處，本書不一一出校。出校之原則是：（一）底本誤而校本不誤者。（二）底本與校本異文兩通，但異文可致歧解者。（三）底本與校本異文兩通，雖不致歧解，然文字差異較大者。（四）底本與校本文字悉同，但底本或校本注云：「某，一本作某。」雖然所謂一本今不詳何本，但有助讀者理解原文者。

三、凡底本明顯有誤而校本不誤者，則據校本改正。底本雖誤而校本僅注云：「某，一本作某。」因不詳何本，僅出校記而不改動原文。

四、底本題目文字雖有誤，爲不致淆亂讀者耳目，均不作改動，僅出校記予以説明。

五、校本題下常有該篇作時、作地之附注，當係宋曾鞏爲李集編次時所爲，本書均不予採録。個别題下之附注，王本或云太白自注，或云原注，本書則予以録入。

六、底本正文有誤，諸注家據上下文義斷某當作某者，不改動原文，僅在校記中録入各家之説以助理解；本書在注釋過程中所發現正文之誤，亦予列出，以俟宏裁。

七、本書不專列校記一欄。凡校勘文字，均在該句注釋或題解中標出。

八、校本與底本有異文，而各校本文字悉同者，校記中僅出兩宋本、蕭本、繆本、咸本名稱，其他校本名稱不一一具列。

九、本書於題目之下多有題解。題解内容爲詩人之行踪、本篇之作時、人事背景、詩旨提示及題面注釋等。詩人行踪、繫年理由須詳加論説者，在篇末按語中加以申述。凡樂府詩，無論舊題、新題，均據郭茂倩《樂府詩集》分類予以説明。在述及詩人行踪時，一般示以當時地名，後注現代地名。當時地名有變動時，在括號中注明，如益州（蜀郡），即開元年間爲益州，天寶年間爲蜀郡。

十、正文標點，依中華書局一九七七年版標點王本。個別斷句與此不同者，在注文中予以説明。詩不分段。篇幅較長之文，依文義分段。

十一、本書篇目均按編年排列。先詩後文。賦、表、書、序、碑、頌、記、銘、讚悉歸文類。分編年詩、未編年詩、編年文、未編年文四部分。編年詩之前，首標年代（皇帝年號，公元紀年，李白年歲）。僞詩、疑僞詩皆收在未編年詩内，不另列。編年文因篇目較少，僅在目録中該題下加括號標出年代（皇帝年號）。僞文、疑僞文皆收在未編年文内。

十二、組詩，如《古風五十九首》、《擬古十二首》、《感興八首》等非一時所作者，皆按編年排列，以其首句爲題，題下注明原歸屬。個别組詩，如《行路難三首》，因原題係樂府舊題，且久爲讀者諳熟，不再以首句爲題。

十三、本書篇目悉據王本所收輯。王本以後發現之佚詩佚文，本書概未增入。唯《別匡山》一詩例外，且編在開元十二年，詳見該詩題解。

十四、本書注釋，徵引楊齊賢、蕭士贇、胡震亨、王琦注較多，均以楊注、蕭注……字樣示之。今人注中，徵引瞿蜕園、朱金城注較多，以瞿、朱注示之。注文中，凡對前賢之説表示異同或有所商榷處，加按、今按字樣。

十五、僞作與疑僞之作，不加注釋，僅存其文。

十六、本書中，凡徵引楊、蕭、胡、王及瞿、朱語者，皆出自《分類補注李太白詩》、《李詩通》、《李太白全集》、《李白集校注》，不再一一注明出處。凡徵引王琦《李太白年譜》中語者，則予以注明（簡稱《王譜》）。於今人論著徵引較多者，爲詹鍈《李白詩文繫年》，亦不再注明出處。凡徵引詹鍈《李白詩論叢》中語者，則予以注明。

十七、本書集説一欄，爲前人及今人關於本篇作時、作意及藝術之評述。多依瞿蜕園、朱金城《李白集校注》評箋一欄，酌加損益。

十八、本書中篇末多有加按語者。按語内容爲該篇作時、作意之詳細論説，或對集説中各家之説表示異同、加以商榷。某些篇目之作時作意，各家之説已詳而明者，則不再加按語。

十九、書末附録部分輯録了唐人所作的碑序六篇。

二十、書末附有篇目索引，以篇名首字筆畫爲序。

李白全集編年箋注卷一　編年詩第一

開元三年（七一五年）　李白十五歲

唐興，改郡爲州，太守爲刺史，又因山川形便分天下爲十道。

初月

此詩及以下四首，約作於本年前後。李白時居故里清廉鄉（一作青蓮鄉）。其地唐時屬劍南道綿州昌明縣，五代以後改爲彰明縣，今屬四川江油縣。

玉蟾離海上〔一〕，白露濕花時。雲畔風生爪，沙頭水浸眉〔二〕。樂哉絃管客，愁殺戰征兒。因絕西園賞〔三〕，臨風一詠詩。

【注釋】

〔一〕玉蟾，指月。蟾，即蟾蜍。《淮南子·精神》：「日中有踆烏，而月中有蟾蜍。」玉，飾詞。

〔二〕二句擬初月之狀，上句仰望，下句俯視。

〔三〕曹植《公宴》詩：「清夜遊西園，飛蓋相追隨。」西園，即銅雀園，曹操所建，爲曹氏父子及當時文人遊宴之地，後世因以爲名園之通稱。

雨後望月

四郊陰靄散，開户半蟾生〔一〕。萬里舒霜合，一條江練横〔二〕。出時山眼白，高後海心明〔三〕。爲惜如團扇〔四〕，長吟到五更。

【注釋】

〔一〕半蟾，此謂明月從山頭升起而尚未全部露出之狀。

〔二〕練，白絹。江練，謂如練之江。謝朓《晚登三山還望京邑》：「餘霞散成綺，澄江静如練。」句指流經昌明縣之涪江。

〔三〕山眼白、海心明，皆喻月。

〔四〕班婕妤《怨歌行》：「新裂齊紈素，皎潔如霜雪。裁爲合歡扇，團團似明月。」句翻用其意。

對　雨

卷簾聊舉目，露濕草綿綿。古岫披雲毳〔一〕，空庭織碎烟。水紅愁不起〔二〕，風綫重難牽。盡日扶犂叟，往來江樹前。

【注釋】

〔一〕岫，音袖，山巒。毳，音脆，鳥獸之細毛。雲毳，喻薄霧。

〔二〕紅，《文苑英華》注云：「疑作紋。」非。水紅，即水葒，又名蒗草，似蓼而大，高可丈許，生水旁下濕之地。《詩經》所謂「隰有游龍」，即此。見《本草綱目·草部》。

曉　晴

野涼疏雨歇，春色偏萋萋〔一〕。魚躍青池滿，鶯吟緑樹低〔二〕。野花妝面濕，山草紐斜齊〔三〕。零落殘雲片，風吹挂竹溪。

【注釋】

〔一〕偏，猶更。陳叔寶《古曲》：「日明珠色偏亮，葉盡衫香更來。」偏、更互文。

〔二〕曹植《公宴》：「潛魚躍清波，好鳥鳴高枝。」

〔三〕紐斜齊，似謂山草雨後披拂之狀。

望夫石

典籍所載望夫石（或望夫山）有多處，傳説亦大同小異，均謂其夫久出不歸，其妻登高望之，遂化爲石。此詩或係少時據傳説虚擬。

髣髴古容儀，含愁帶曙輝。露如今日泪，苔似昔年衣。有恨同湘女〔一〕，無言類楚妃〔二〕。寂然芳靄內，猶若待夫歸。

【注釋】

〔一〕湘女，即湘君，或湘夫人。堯之二女，舜之二妃。從舜南征三苗不及，道死沅湘之間。見《楚辭·九歌·湘君》王逸注。

〔二〕楚妃，指息嬀，春秋時息侯夫人。楚文王滅息，以息嬀歸，雖已生二子，以國亡夫死之痛，不共楚王言語。見《左傳》莊公十四年。

【按】

以上五首，王本《詩文拾遺》録自《文苑英華》。《唐詩紀事》卷十八引楊天惠《彰明逸事》云：「時太白齒方少，英氣溢發，諸爲詩文甚多，微類《宫中行樂詞》體。今邑人所藏百篇，大抵皆格律也。雖頗體弱，然短羽褵褷，已有鳳雛態。淳化中，縣令楊遂爲之引，謂爲少作是也。」《王譜》於引上述文字後按云：「疑《文苑英華》所載五律數首或即是歟？」楊天惠，北宋元符二年曾爲彰明縣令，去唐未遠，其所著《彰明逸事》又訪之邑人，當非無稽之談。王琦深於李詩，以諸詩屬少作，可從。李白詩文中屢稱十五之年，如「十五觀奇書」，「十五學神仙」，「十五學劍術」，均以十五歲指少年時期。故以諸詩繫本年。

李白故里，今稱青蓮鄉。據《彰明逸事》，原作清廉鄉。疑是後人因白自號青蓮居士，故易其字爲青蓮。

題竇圌山

竇圌山，在今四川江油縣。圌，音團。

樵夫與耕者，出入畫屏中。

【集説】

王云：《方輿勝覽》：竇圌山，在綿州彰明縣。李白《題竇圌山》詩：「樵夫與耕者，出入畫屏中。」又《送竇主簿》詩：「願隨子明去，煉火燒金丹。」竇子明，名圌，隱此山，故名。琦按：後二句已見集中之十二卷，所謂子明者，是陵陽子明，以爲竇圌之字，殊不可信。

【按】

王説是。《方輿勝覽》所謂《送竇主簿》詩，即《登敬亭山南望懷古贈竇主簿》，乃天寶十二載在宣城作，題中竇主簿爲宣城縣主簿，名字不詳，與本詩無關。本詩王本《詩文拾遺》録自《方輿勝覽》，當爲蜀中少作殘句。故繫於此。

開元六年（七一八年）　李白十八歲

訪戴天山道士不遇

《唐詩紀事》卷十八引楊天惠《彰明逸事》，謂白少時「隱居戴天大匡山。往來旁郡，依潼江趙徵君蕤。……從學歲餘，去，遊成都。」《四川通志》卷十五：「大匡山，在（江油）縣西三十里，一名大康山，又名戴天山。」《一統志》卷三九九：「《方輿勝覽》：大匡山，一名大康山，又名戴天山，在彰明縣北。」白居此山讀書約在本年，此詩當亦作於此時。

犬吠水聲中，桃花帶露濃〔一〕。樹深時見鹿，溪午不聞鐘。野竹分青靄〔二〕，飛泉挂碧峰。無人知所去，愁倚兩三松。

【注釋】

〔一〕露，蕭本作雨。

〔二〕靄，雲氣。鮑照《登大雷岸與妹書》：「左右青靄。」句謂野竹時現於青色雲氣之中。

【集說】

王夫之云：全不添入情事，只拈死不遇二字作，愈死愈活。（《唐詩評選》）

賀貽孫云：無一字説道士，無一字説不遇，卻句句是不遇，句句是訪道士不遇。何物戴天山道

士，自太白寫來，便覺無烟火氣，此皆不必以切題爲妙者。（《詩筏》）

唐汝詢云：今日作詩多忌重疊，右丞《早朝》妙絶古今，猶未免五用衣冠之議。如此詩水聲、飛泉、樹、松、桃、竹，語皆犯重。吁！古人於言外求佳，今人於句中求隙，失之遠矣。（《唐詩解》）

《唐宋詩醇》云：自然深秀似王維集中高作，視孟浩然《尋梅道士》詩，華實俱勝。

贈江油尉

王本《詩文拾遺》録自楊慎《全蜀藝文志》。《方輿勝覽》所載米芾書李白詩碑，題作《題江油尉廳》。碑石在今四川江油縣李白紀念館。此詩當爲白本年前後「往來旁郡」所作。唐時江油縣屬龍州，在今江油縣北百餘里。

嵐光深院裏〔一〕，傍砌水泠泠〔二〕。野燕巢官舍，溪雲入古廳〔三〕。日斜孤吏過，簾捲亂峰青。五色神仙尉〔四〕，焚香讀道經。

【注釋】

〔一〕嵐光，山色。

〔二〕砌，石階。泠泠，水聲。

〔三〕古，王本闕，兹據米碑補。

〔四〕漢梅福任南昌尉，王莽專政時，棄家而去，不知所終，傳以爲仙。見《漢書·梅福傳》。後世詩文中常以仙尉爲稱頌縣佐之辭。五色，用當時民間傳説：壁魚入道經函中因蛀蝕神仙二字，身有五色。見《北夢瑣言》卷十二張裼條。裼雖爲晚唐人，而此傳説或早已有之。

尋雍尊師隱居

尊師，對道士之尊稱。

群峭碧摩天，逍遥不記年。撥雲尋古道，倚樹聽流泉。花暖青牛卧，松高白鶴眠〔一〕。語來江色暮，獨自下寒烟。

【注釋】

〔一〕楊注：「青牛：花葉上青蟲也，有兩角，如蝸牛，故云。」《抱朴子·對俗》：「千歲之鶴，隨時而鳴，能登于木。其未千載者，終不集於樹上也。」王注則云：「青牛、白鶴，不過用道家事耳，不必别作創解。」

【集説】

《唐宋詩醇》云：一結擅勝，神韻悠然。

【按】

此詩與本年《訪戴天山道士不遇》頗類，當爲蜀中少作，故繫於此。

開元八年（七二〇年）　李白二十歲

登錦城散花樓

本年春，白遊成都。此及下一首皆遊成都作。錦城，成都别稱，爲益州州治及益州大都督府所在地。散花樓，隋末蜀王楊秀所建。

日照錦城頭，朝光散花樓。金窗夾繡户，珠箔懸銀鈎〔一〕。飛梯緑雲中〔二〕，極目散我憂。暮雨向三峽〔三〕，春江繞雙流〔四〕。今來一登望，如上九天遊。

【注釋】

〔一〕珠箔，即珠簾。

〔二〕飛梯，即高梯。

〔三〕三峽，指長江三峽：瞿塘峽、巫峽、西陵峽。在四川奉節至湖北宜昌之間。

〔四〕雙流，此謂岷江之二支流郫江、檢江也。相傳秦時蜀郡太守李冰治水，導江分流，自灌縣引郫、檢二江雙過郡城下。見《華陽國志·蜀志》。故左思《蜀都賦》云「帶二江之雙流」。

【按】

李白開元十八年所作《上安州裴長史書》云：「前禮部尚書蘇公出爲益州長史，白於路中投刺，待以布衣之禮。因謂群寮曰：『此子天才英麗，下筆不休，雖風力未成，且見專車之骨。若廣之以學，可以相如比肩也。』」文中「蘇公」即宰相蘇頲。頲罷爲禮部尚書在開元八年正月，「俄知益州大都府長史事」。見兩《唐書・玄宗紀》及本傳。俄，旋即也，故知白遊成都當在本年春日。揆以詩中時令，亦符。

春感

王本《詩文拾遺》録自《唐詩紀事》所引《彰明逸事》。當是在成都干謁無成，欲返故里之作。

茫茫南與北，道直事難諧。榆莢錢生樹〔一〕，楊花玉糝街〔二〕。塵縈遊子面，蝶弄美人釵。
卻憶青山上，雲門掩竹齋〔三〕。

【注釋】

〔一〕榆莢，榆樹之果實，形似錢而小，聯綴成串。句謂榆莢如錢串綴於樹間。

〔二〕糝，飯粒或飯粒狀之物。句謂楊花如玉屑撒於街頭。糝，音傘。

〔三〕雲門，山中積雲開處似門，故稱雲門。杜甫《寒峽》詩：「雲門轉絶岸，積陰霾天寒。」即其義。

【集説】

王琦云：《彰明逸事》：太白遊成都，賦《春感》詩云云。

上李邕

李邕，《文選》注家李善之子。武后時爲左拾遺，中宗時爲殿中侍御史，開元中爲陳州刺史。十三年，玄宗東封泰山，邕於汴州謁見，屢上辭賦稱旨。邕才高行直，重義愛士，有美名。然爲時相所忌，又以性豪侈，不能治細行，故頻被貶斥。天寶中爲北海郡太守，因事下獄，李林甫使酷吏羅希奭就郡杖殺，時年七十餘。見兩《唐書》本傳。邕開元間曾爲渝州刺史。見《通鑑·唐紀》：開元六年冬十一月，宋璟奏：「括州員外司馬李邕、儀州司馬鄭勉，並有才略文詞，但性多異端，好是非改變。若全引進，則咎悔必至；若長棄捐，則才用可惜。請除渝硤二州刺史。」又見《金石萃編》卷七十一《修孔子廟碑》，碑末文云「朝散大夫持節渝州諸軍事守渝州刺史江夏李邕文」，「開元七年十月十五日立」。此詩與後詩《酬宇文少府見贈桃竹書筒》合而觀之，白本年遊成都後登峨眉山前當有渝州之行，本詩即此行謁邕之作。渝州，即今重慶。

大鵬一日同風起，摶摇直上九萬里〔一〕。假令風歇時下來，猶能簸卻滄溟水〔二〕。時人見我恒殊調〔三〕，見余大言皆冷笑〔四〕。宣父猶能畏後生〔五〕，丈夫未可輕年少〔六〕。

【注釋】

〔一〕摶摇，即摶扶摇。《莊子·逍遥遊》：「鵬之徙於南冥也，水擊三千里，摶扶摇而上者九萬里。」

陸德明注：「司馬云：上行風謂之扶揺。」二句謂大鵬乘旋風而上九霄。摶，四部本作扶。

〔二〕簸，蕩也。張衡《西京賦》：「蕩川瀆，簸林薄。」卻，語助。滄溟，大海。

〔三〕殊調，謂格調與衆不同。

〔四〕大言，謂高談闊論。《莊子·齊物》：「大言炎炎。」成玄英疏：「炎炎，猛烈也。……夫詮理大言，由（猶）猛火炎燎原野，清蕩無遺。」

〔五〕宣父，孔子之尊稱。《新唐書·禮樂志》：「貞觀十一年，詔尊孔子爲宣父。」《論語·子罕》：「子曰：後生可畏，焉知來者之不如今也？」

〔六〕丈夫，成年男子之通稱。

【集説】

詹鍈云：錢謙益《少陵年譜》於天寶四載下注云：「李邕爲北海太守陪宴歷下亭，李白高適均有贈邕詩，當是同時。」據錢説當是天寶五載夏間於濟南作。蕭曰：「此篇似非太白之作。」《李詩辨疑》曰：按李邕於李白爲先輩，邕有文名，時流推重，白至京師，必與相見，白必不敢以敵體之禮自居，當從後進之列。今玩詩意，如語平交，且辭意淺薄而誇，又非所以謁大官見長者待師儒之禮也。白雖不羈，其贈崔侍御、韋秘書、張衛尉、孟浩然等，作辭皆謹重而無褻慢之意，次及徐安宜、盧主簿、王瑕丘、韋參軍、何判官等，雖有尊卑之殊，俱盡歡洽之情，無有漫辭，矧李邕乎？以此蓋可疑矣。」按錢氏絳雲樓藏有《李翰林草堂集》，當是未經樂史及宋敏求增訂之本，李集板刻，此爲最善。錢氏所爲少陵詩箋及年譜亦最審慎，今錢氏既稱白有贈邕詩，則此詩或見於古本，不致爲僞作也。且朱諫以此詩爲白在京師作，按白遊長安時，邕方爲靈昌太守，必無相見之理，朱氏亦失之不考。

【按】詹氏辨别此詩真僞之説，良是，此詩絶非僞作。然繫此詩於天寶五載（公元七四六年），則未諦。詩中既有「宣父猶能畏後生，丈夫未可輕年少」之語，自應是早年所作。正緣作時尚是年少後生，初入世途，未諳謁大官見長者待師儒之禮，又兼年少氣盛，如初生之犢，故於李邕敢以敵體之禮自居，如語平交然。若謂作於天寶五載，是時白已年近半百，何能自稱年少？且已富於閲歷，又何能唐突若是？天寶五載夏，白與李邕、杜甫、高適相會於濟南，作《東海有勇婦》詩，中有句云：「北海李使君，飛章奏天庭。舍罪警風俗，流芳播滄瀛。」於邕之德政頗加頌揚，與此詩態度迥異，其非同時之作甚明。兹據李邕爲渝州刺史時間及詩中年少語氣改繫本年。

酬宇文少府見贈桃竹書筒

此與前詩爲同時同地之作。宇文少府，名字不詳。唐時稱縣令爲明府，丞爲贊府，尉爲少府。

桃竹，巴渝特産。

桃竹書筒綺繡文〔一〕，良工巧妙稱絶群。靈心圓映三江月，彩質疊成五色雲〔二〕。中藏寶訣峨眉去〔三〕，千里提携長憶君。

【注釋】

〔一〕書筒，藏書之筒。唐時書籍皆作卷而不作册，故可入筒。綺繡文，指筒上之紋理如綺繡。

〔二〕上句，形容經良工挖空之竹心。下句，形容經良工打磨之竹表。

〔三〕峨眉，山名，在劍南道嘉州（犍爲郡）峨眉縣。詳見本年《登峨眉山》詩題解。

【集説】

詹鍈云：詩云：「中藏寶訣峨眉去，千里提携長憶君。」當是少年居蜀時作。

【按】

詹鍈謂爲少作，良是。據桃竹産地，可知詩作於渝州。《文選》左思《蜀都賦》：「於東則左綿巴中……其中則有巴菽巴戟，靈壽桃枝。」劉淵林注：「桃枝，竹屬也，出墊江縣。」漢墊江縣，唐爲石鏡縣，屬合州，與渝州鄰。縣南九里之銅梁山，出桃枝竹。見《元和郡縣志》卷三十三。杜甫有《桃竹杖引》，蘇軾跋云：「桃竹，葉如椶，身如竹，密節而實中，天成拄杖也。出巴渝間。」《杜臆》：「桃竹即椶竹，川東至今有之。」似此，宇文少府當爲渝州州治巴縣縣尉。此與「千里」句亦符，渝州去峨眉適有千里之遥。

登峨眉山

《元和郡縣志》劍南道嘉州峨眉縣：「峨眉大山，在縣西七里。……兩山相對，望之如蛾眉，故名。」山在今四川峨眉縣。

蜀國多仙山，峨眉邈難匹〔一〕。周流試登覽〔二〕，絶怪安可悉？青冥倚天開〔三〕，彩錯疑畫出。泠然紫霞賞〔四〕，果得錦囊術〔五〕。雲間吟瓊簫，石上弄寶瑟。平生有微尚〔六〕，歡笑自此畢。烟容如在顔〔七〕，塵累忽相失〔八〕。儻逢騎羊子，携手凌白日〔九〕。

【注釋】

〔一〕邈，遠也，句謂峨眉遠非他山可比。

〔二〕周流，即周遊。陸賈《新語·本行》：「夫子周流天下，無所合意。」

〔三〕王注：「青冥，青而暗昧之狀。《楚辭》：『據青冥而攄虹兮。』蓋謂天爲青冥也。太白借用其字，别指山峰而言，與《楚辭》殊異。」

〔四〕《文選》江淹《雜體詩》：「泠然空中賞。」李周翰注：「泠然，輕舉貌。」句謂登山後乘風餐霞，恍若仙人。

〔五〕錦囊術，成仙之術。王注：「《武帝内傳》：帝以王母所授《五真圖》、《靈光經》及上元夫人所授《六甲靈飛十二事》，自撰集爲一卷，及諸經、圖，皆奉以黄金之箱，封以白玉之函，以珊瑚爲軸，紫錦爲囊，安著柏梁臺上。」

〔六〕微，謙辭。尚，好尚，指學道求仙。

〔七〕古時以仙人託身雲烟，因稱仙人爲烟容。江淹《雜體詩·郭璞遊仙》：「眇然萬里遊，矯掌望烟容。」烟容即仙人之容。

〔八〕塵累，指煩惱。《楞嚴經》一：「拔濟未來，越諸塵累。」

〔九〕騎羊子，葛由。《列仙傳》卷上：「葛由者，羌人也。周成王時，好刻木羊賣之。一旦騎羊而入西蜀，蜀中王侯貴人追之上綏山。山在峨眉山西南，高無極也。隨之者不復還，皆得仙道。」二句意謂：若遇葛仙，當隨之以去。

【按】

詩中出世之思，當係在成、渝二地干謁受挫之故，然亦一時之情緒耳。

冬日歸舊山

王本《詩文拾遺》録自《文苑英華》。當是本年冬日歸匡山作。

未洗染塵纓，歸來芳草平〔一〕。一條藤徑緑，萬點雪峰晴〔二〕。地冷葉先盡，谷寒雲不行。嫩篁侵舍密，古樹倒江横。白犬離村吠，蒼苔上壁生。穿厨孤雉過，臨屋舊猿鳴。木落禽巢在，籬疏獸路成。拂床蒼鼠走，倒篋素魚驚〔三〕。洗硯修良策，敲松擬素貞〔四〕。此時重一去，去合到三清〔五〕。

【注釋】

〔一〕芳草平，即芳草坪。古時二字通用。《韓詩辨證》：「華山上有青柯平、種藥平，因地之平處爲名。」

〔二〕雪峰，當指岷山，俗稱雪山，在江油縣西北三百里，四季常有積雪。見《元和郡縣志》卷三十三。

〔三〕素魚，即蠹魚，其色白，故名。

〔四〕素貞，謂清操。二句謂以山中之松自勵，發憤深造。

〔五〕三清，道家語，即玉清、太清、上清，爲神仙所居。集中常以天庭、仙界喻朝廷，此亦其意。二句意謂：經此一番深造後，當一飛冲天。參見開元十五年《南軒松》。

【按】

江油李白紀念館藏宋神宗熙寧元年《敕賜中和大明寺住持記》碑載：「太白舊山大明古寺，靠戴天之山……□唐而興建，魚鼓喧闐，迄我宋而葺修，鐘梵鍧響，僅五百載。……昔貞觀中始祖師法雲，不知姓氏，號長眉僧。……卜基創此宅。」又載：「唐第七主玄宗朝翰林學士李白，字太白，少爲當縣小吏，後止此山，讀書於喬松滴翠之平有十載。」此碑原在匡山大明寺遺址。碑文既稱匡山爲「太白舊山」，則詩題中之「舊山」，亦即此處。且詩中所寫之景物亦舍匡山莫屬。其後寓居之安陸、任城等地，均無「一條藤徑緑，萬點雪峰晴」之景。似此，則詩中之「芳草平」，當即碑文中所謂「喬松滴翠之平」。

開元十二年（七二四年）　李白二十四歲

别匡山

此詩諸本均未收録，唯見於《彰明縣志》、《江油縣志》及北宋《敕賜中和大明寺住持記》碑。

碑載此詩無題，題始見於縣志。《四川通志》卷五九金石二引《碑目考》稱之爲「出山詩」。李白《上安州裴長史書》云：「以爲士生則桑弧蓬矢，射于四方。故知大丈夫必有四方之志，乃仗劍去國，辭親遠遊。」此詩即其去蜀辭鄉之作。文據宋碑。

曉峰如畫參差碧〔一〕，藤影摇風拂檻垂〔二〕。野徑來多將犬伴，人間歸晚帶樵隨。看雲客倚啼猿樹，洗鉢僧臨失鶴池〔三〕。莫怪無心戀清境〔四〕，已將書劍許明時〔五〕。

【注釋】

〔一〕參差碧，縣志作色參差。

〔二〕檻，當指匡山大明寺之欄干。

〔三〕失鶴池，縣志作飼鶴池。

〔四〕莫怪，縣志作莫謂。

〔五〕書劍，指文才與武藝。明時，謂政治清明之時。

【按】

匡山之名，見於《彰明逸事》、《彰明縣志》、《江油縣志》、《四川通志》、《全蜀總志》、《清一統志》。杜甫詩《不見》：「匡山讀書處，頭白好歸來。」仇兆鰲注：「太白，蜀人，而公亦在蜀，故云歸來。」由此可知此詩爲辭鄉之作。

李白「仗劍去國，辭親遠遊」始於何年何月，本無明確記載，繫此詩於本年之初，蓋從次年所作

《自巴東舟行經瞿塘峽登巫山最高峰晚還題壁》一詩推知，詳見該詩按語。

峨眉山月歌

本年秋去蜀途中行至嘉州時作。嘉州，今四川樂山市。

峨眉山月半輪秋〔一〕，影入平羌江水流〔二〕。夜發清溪向三峽〔三〕，思君不見下渝州〔四〕。

【注釋】

〔一〕峨眉，見上年《登峨眉山》詩題解。

〔二〕平羌江，即青衣水，今名青衣江，源出今四川蘆山縣，東南流，經雅安、洪雅、夾江等地，至樂山市，會大渡河入岷江。峨眉山在其西。

〔三〕清溪，王注：「《輿地紀勝》：清溪驛在嘉州犍爲縣。」或謂：犍爲縣清溪在岷江支流清水河畔，距岷江尚有三十里，非江行夜發之處。詩中之清溪應是嘉州附近之板橋驛。其説據《樂山縣志》：「板橋溪，出平羌峽口五里，廛居十餘家，高臨大江傍岸。清邑宰迎大僚於此。蓋唐時清溪驛，即宋平羌驛也。」（詳見羅孟汀《峨眉山月歌地名談》）三峽，即長江三峽。

〔四〕君，唐汝詢謂指月（《唐詩解》），沈德潛亦謂指月（《唐詩别裁》）。渝州。周時爲巴子國，秦漢爲巴郡，唐爲渝州，以渝水（即嘉陵江）得名。今四川重慶、江津、壁山、永川等市縣皆渝州地。

【集説】

王世貞曰：此是太白佳境，二十八字中有峨眉山、平羌江、清溪、三峽、渝州，使後人爲之，不勝痕跡矣。益見此老鑪錘之妙。（《藝苑卮言》）

王世懋曰：談藝者有謂七言律一句中，不可入兩故事，一篇中不可重犯故事，此病犯者固多，拈出亦見精嚴，吾以爲皆非妙悟也。作詩到精神傳處，隨分自佳，下得不覺痕跡，使一句兩入，兩句重犯，亦自無傷。如太白《峨眉山月歌》：四句入地名者五，古今目爲絶唱，殊不厭重，蜂腰鶴膝，雙聲疊韻，沈休文三尺法也。古今犯者不少，寧盡汰之耶？（《藝圃擷餘》）

金獻之云：王右丞《早朝》詩，五用衣服字；李供奉《峨眉山月歌》五用地名字；古今膾炙。然右丞用之八句中，終覺重複；供奉只四句，而天巧渾成，毫無痕跡，故是千秋絶調。（《唐詩選脈會通》）

【按】

此詩非徒寫景紀行而已，試觀前此之《别匡山》，後此之《荆門浮舟望蜀江》，均有去國惜别之意，且以山川爲惜别對象。此詩亦然。唐汝詢、沈德潛謂詩中之「君」指月，良有見地。

巴女詞

去蜀途中行至巴地擬民歌之作。

巴水急如箭〔一〕，巴船去若飛。十月三千里，郎行幾歲歸？

【注釋】

〔一〕王注：「唐之渝州、涪州、忠州、萬州等處，皆古時巴郡地。其水流經三峽下至夷陵，當盛漲時，箭飛之速，不是過矣。」

【按】

巴地民歌，源遠流長。杜甫《題瀼西新賃草屋》詩云：「萬里巴渝曲，三年實飽聞。」白在巴渝一帶盤桓數月，想亦常聞之矣，故有此作。其後行至荆州則有《荆州歌》，行至越中則有《越女詞》，行至襄中則有《襄陽曲》。同時擬古樂府之作，如《白紵辭》、《楊叛兒》等，亦日益增多。

開元十三年（七二五年） 李白二十五歲

自巴東舟行經瞿塘峽登巫山最高峰晚還題壁

此詩作于本年早春初出三峽時。巴東，此指古巴東郡，開元年間爲夔州，屬山南道，州治在奉節縣。瞿塘峽，在夔州東，爲三峽自西而東之門户。巫山，在夔州巫山縣東，有十二峰。其下即巫峽，爲三峽之中段，西爲瞿塘峽，東爲西陵峽。

江行幾千里，海月十五圓〔一〕。始經瞿塘峽，遂步巫山巔。巫山高不窮，巴國盡所歷〔二〕。

日邊攀垂蘿，霞外倚穹石〔三〕。飛步凌絶頂，極目無纖烟。卻顧失丹壑，仰觀臨青天。青天若可捫，銀漢去安在？望雲知蒼梧〔四〕，記水辨瀛海〔五〕。周遊孤光晚〔六〕，歷覽幽意多。積雪照空谷，悲風鳴森柯。歸途行欲曛，佳趣尚未歇。江寒早啼猿，松暝已吐月。月色何悠悠，清猿響啾啾〔七〕。辭山不忍聽，揮策還孤舟。

【注釋】

〔一〕句謂此行途中已見月圓十五次，意即歷時一年有餘。

〔二〕巴國，先秦古國名。《元和郡縣志》劍南道：「渝州……古之巴國也。……武王伐殷，巴人助焉，其人勇鋭，歌舞以凌殷郊，後封爲巴子。其地東至魚腹，西抵僰道，北接漢中，南極牂柯，是其界也。」今四川東部皆爲古巴國地。句謂去蜀途中遍遊巴地。

〔三〕《漢書·司馬相如傳》：「觸穹石。」張揖注：「穹石，大石也。」

〔四〕《初學記》卷一引《歸藏》：「有白雲出蒼梧，入於大梁。」蒼梧，山名，一名九疑，在今湖南寧遠縣。

〔五〕記，識也，識之使不忘也。瀛海，即大海。《史記·孟子荀卿列傳》引騶衍之説，謂中國之外尚有九州，有大瀛海環其外。

〔六〕鮑照《發後渚》：「孤光獨徘徊。」錢仲聯注：「孤光，指日。」李程《破鏡飛上天賦》：「比孤光于珪白。」又指月。蓋古人合稱日月爲兩曜，故分稱則爲孤光。此處指日。

〔七〕清猿，啼聲淒清之猿。

【集説】

詹鍈云：按巴東在瞿塘之東，而瞿塘峽卻在巫山之西，今題云自巴東經瞿塘登巫山者，不知何以故，豈巫山最高峰尚在瞿塘之西耶？但既言自巴東舟行，定是逆水而上。詩又云：「江行幾千里，海月十五圓。」則太白流夜郎，江行已一年有三月矣。又云：「積雪照空谷，悲風鳴森柯。」疑是乾元二年初春所作。

【按】

詩題中之巴東，乃指古巴東郡，即開元年間之夔州。兹據《後漢書》郡國志、《晉書》地理志、《隋書》地理志、兩《唐書》地理志略志夔州地名沿革如下：漢獻帝建安六年，劉璋分巴，以永寧爲巴東郡，有今四川省雲陽、奉節等縣。梁改爲信州，隋復爲巴東郡。唐高祖武德二年改爲夔州，天寶元年改爲雲安郡。武德二年析夔州之秭歸、巴東等縣置歸州，天寶元年改爲巴東郡。天寶年間之巴東郡在三峽東部；古巴東郡，即開元年間之夔州，在三峽西部。詩中用古地名以代時稱，唐人多有此習，李詩尤甚，並有同期詩作可證。本年稍晚，白出三峽以後行至江夏時，有《寄巴東故人》一詩。詩曰：「漢水波浪遠，巫山雲雨飛。東風吹客夢，西落此中時。覺後思白帝，佳人與我違。瞿塘饒賈客，音信莫令稀。」詩中之巫山、白帝、瞿塘均指巴東故人所在。巫山屬夔州，古白帝與夔州州治奉節緊鄰，瞿塘關（即瞿塘峽西口）在奉節東一里。似此，則二詩中之巴東均指夔州無疑。自夔州舟行，經瞿塘峽，登巫山最高峰，必是自西而東，順流而下，則此詩作於去蜀出峽之時甚明。詩云：「江行數千里，海月十五圓。」乃指離家以後遍遊巴蜀爲時一年有餘，非指乾元二年流夜郎行程。詹鍈據「積雪」句疑爲初春作，可從，但非乾元二年初春，而是本年初春，其時或在二月。上年閏十二月。由此逆推，則白離家當在開元十二年正月。

宿巫山下

與前詩爲一時先後之作。

昨夜巫山下，猿聲夢裏長〔一〕。桃花飛渌水，三月下瞿塘〔二〕。雨色風吹去，南行拂楚王〔三〕。高丘懷宋玉，訪古一霑裳〔四〕。

【注釋】

〔一〕《水經注·江水》：「每至晴初霜旦，林寒澗肅，常有高猿長嘯，屬引淒異，空谷傳響，哀轉久絶。故漁者歌曰：巴東三峽巫峽長，猿鳴三聲淚沾裳。」

〔二〕瞿塘，見前《自巴東舟行經瞿塘峽登巫山最高峰晚還題壁》注。

〔三〕楚王，謂楚懷王。宋玉《高唐賦》：「昔者先王嘗遊高唐，怠而晝寢，夢見一婦人曰：『……妾在巫山之陽，高丘之阻。旦爲朝雲，暮爲行雨。朝朝暮暮，陽臺之下。』」此二句蓋化用此事，寫峽中欲雨未雨之景。

〔四〕高丘，山名。《楚辭·離騷》：「哀高丘之無女。」王逸注：「楚有高丘之山。」此指巫山山峰。宋玉，楚人，相傳是屈原弟子，曾爲楚襄王大夫，與遊楚藪雲夢，有《高唐賦》、《神女賦》諸作。後因忠不見察，有志莫申，遂欲去君高翔，乃效《離騷》而賦《九辯》，以抒其忠怨之情。此二句言登巫山時悲宋玉之多才而不見用。

【集説】

《唐宋詩醇》云：嚴羽曰：律詩有徹首尾不對者，皆文從字順，音韻鏗鏘，盛唐諸公有此體。此篇及《長信宫》、《牛渚懷古》是也。

詹鍈云：詩云：「桃花飛渌水，三月下瞿塘。」按太白初出夔門下瞿塘在五月，見開元十三年下。此詩作於三月，則流夜郎半道放還下瞿塘作也。薛譜繫乾元二年下，良是。

瞿、朱云：乾元二年春行藉田，赦令宜在此時。黄譜據此詩，謂白之遇赦在暮春之時無疑，與詹説皆近似。

【按】

諸家皆以此詩繫乾元二年，誤。乾元二年三月，白流夜郎半道遇赦放還，據《早發白帝城》一詩，係自奉節登舟啟程，既云「千里江陵一日還」，必無夜宿巫山之事。此詩之作當與上詩相去不遠。

渡荆門送别

本年春出峽時過荆門作。荆門，山名。在唐時山南道峽州宜都縣西北，今湖北宜都縣西北。

《文選》郭璞《江賦》：「虎牙嵥竪以屹崒，荆門闕竦而磐礴。」李善注：「盛弘之《荆州記》曰：郡西泝江六十里，南岸有山，名曰荆門。北岸有山，名曰虎牙。二山相對，楚之西塞也。荆門上合下開，開達山南，有門形，故因以爲名。」

渡遠荆門外，來從楚國遊〔一〕。山隨平野盡〔二〕，江入大荒流。月下飛天鏡〔三〕，雲生結海樓〔四〕。仍憐故鄉水，萬里送行舟。

【注釋】

〔一〕楚，先秦古國名。其始祖熊繹受封於周成王，立國於荆山一帶，後建都於郢。國勢强盛時，有今湖北、湖南、江西、江蘇、浙江以及河南南部等地。

〔二〕楊注：「荆門軍有山名荆門，蜀之諸山至此不復見矣。」

〔三〕此句寫月映江中之景。

〔四〕此句狀江上雲彩變化之形。

【集説】

胡應麟曰：「山隨平野闊，江入大荒流。」太白壯語也。杜「星垂平野闊，月湧大江流」，骨力過之。（《詩藪》）

王夫之云：明麗果如初日。結二語得象外於圜中。飄然思不群，唯此當之。汎濫鑽研者，正由思窮於本分耳。（《唐詩評選》）

王云：丁龍友曰：胡元瑞謂「山隨平野闊，江入大荒流」，此太白壯語也。子美詩「星隨平野闊，江入大荒流」二語，骨力過之。予謂李是晝景，杜是夜景；李是行舟暫視，杜是停舟細觀，未可概論。（李詩「山隨平野盡」，此誤作「山隨平野闊」。杜詩「月涌大江流」，此誤作「江入大荒流」。）

翁方綱云：太白云：「山隨平野盡，江入大荒流。」少陵云：「星隨平野闊，月涌大江流。」此等句皆適與手會，無意相合，固不必謂相爲倚傍，亦不容區分優劣也。（《石洲詩話》）

【按】

沈德潛謂：「詩中無送别意，題中二字可删。」説非。「仍憐故鄉水，萬里送行舟。」即題中「送别」之意。沈氏既知「思君不見下渝州」句中之「君」指月，何以不知「故鄉水」亦可與人送别？此皆擬人手法，集中多有之。

荆門浮舟望蜀江

春水月峽來，浮舟望安極〔一〕？正是桃花流〔二〕，依然錦江色〔三〕。江色緑且明，茫茫與天平。逶迆巴山盡〔四〕，摇曳楚雲行。雪照聚沙雁，花飛出谷鶯。芳洲却已轉，碧樹森森迎。流目浦烟夕，揚帆海月生。江陵識遥火〔五〕，應到渚宫城〔六〕。

【注釋】

〔一〕月峽，即明月峽，《通典》卷一百七十五：「（渝州巴縣）有明月峽，其山上石壁有圓孔，形如滿月，故以爲名。」二句意謂：回望蜀江春水無有窮盡。

〔二〕桃花流，即桃花水。《漢書·溝洫志》：「來春桃華水盛，必羨溢。」顔師古注：「《月令》：仲春之月，始雨水，桃始華。蓋桃方華時，既有雨水，川谷冰泮，衆流猥集，波瀾盛長，故謂之桃花水耳。」

〔三〕錦江，在成都，岷江支流。蜀人以此水濯錦，色澤鮮明，故名。見《華陽國志》。

〔四〕巴山，一名大巴山，在今四川、陝西交界處，綿亘數百里。句亦猶上篇「山隨平野盡」之意。

〔五〕江陵，荆州州治所在，今爲湖北江陵縣。楚都郢城在其北。

〔六〕渚宫，楚之别宫，在江陵故城南。見《水經注·江水》。渚宫城，代指楚都。

【集説】

王云：陸放翁曰：杜子美「曉看紅濕處，花重錦官城」，李太白「蜀江緑且明」，用濕字明字，可謂奪化工之巧，世未有拈出者。又放翁《入蜀記》曰：與兒輩登堤觀蜀江，乃知李太白《荆門望蜀江》詩「江色緑且明」，爲善狀物也。

詹鍈云：按太白初出夔門至荆門在五月，此詩則云：「正是桃花流，依然錦江色。」在三月中。又云：「江陵識遥火，應到渚宫城。」非初下江陵時也。當是流夜郎半道放還途中作。題云望蜀江者，回望蜀江也。

【按】

詹鍈謂「太白初出夔門至荆門在五月」，乃據《荆州歌》「瞿塘五月誰敢過」一語，誤。《水經注·

江水》云：「（瞿塘）夏水迴復，沿泝所忌。」民謡亦有「灧澦大如馬，瞿塘不可下」之説。「瞿塘」句顯係化用《水經》及民謡而成，用以寫荆州思婦之情，與白出峽之時令無涉。題中「望蜀江」，謂爲回望蜀江，甚是。此詩首四句有惜别之意，與《渡荆門送别》末二句略同。二詩當爲一時先後之作。

荆州歌

《荆州歌》，一名《荆州樂》，又名《江陵樂》，《樂府詩集·雜曲歌辭》名。其古辭云：「紀城南里望朝雲，雉飛麥熟妾思君。」白本年五月在荆州擬作。荆州，隸山南道，州治江陵曾爲楚都郢城，以其在紀山之南，又稱紀南城，今爲湖北江陵。

白帝城邊足風波〔一〕，瞿塘五月誰敢過〔二〕？荆州麥熟繭成蛾，繰絲憶君頭緒多〔三〕，撥穀飛鳴奈妾何〔四〕。

【注釋】

〔一〕白帝城，王注：「《通典》：夔州奉節縣有白帝城。按：唐之奉節縣，即漢之魚腹縣也。王莽時，公孫述據蜀，有白龍出殿前井中，述以爲瑞，自稱白帝，更號魚腹曰白帝城。劉先主改曰永安宫，即其地。在夔州府城東山上。」城下即大江。足，多也。

〔二〕《水經注·江水》：「峽中有瞿塘、黄龍二灘，夏水迴復，沿泝所忌。」《太平寰宇記》卷一四八：

「瞿塘峽，在夔州東一里，連岸千丈，奔流電激，舟人爲之恐懼。」

〔三〕繅絲，煮繭抽絲。「絲」偕「思」。頭緒多，亦爲雙關語，以絲之頭緒喻懷人之思緒。

〔四〕撥穀，俗稱布穀鳥，五月飛鳴，鳴聲如喚「行不得也哥哥」。思婦聞之而情更切，故云「奈妾何」，即妾奈何。

【集説】

楊慎云：此歌有漢謡之風。唐人詩可入漢魏樂府者，惟太白此首。（《李詩選》）

北溟有巨魚　古風其三十三

《唐宋詩醇》云：「白《古風》凡五十九首……遠追嗣宗《咏懷》，近比子昂《感遇》。……每多言外之旨，白之流品亦可睹其概焉。」五十九首非一時之作，此首作于本年，借《莊子·逍遥篇》中之鵾鵬以自況。

北溟有巨魚，身長數千里〔一〕。仰噴三山雪，横吞百川水。憑陵隨海運〔二〕，燀赫因風起〔三〕。吾觀摩天飛，九萬方未已。

【注釋】

〔一〕溟，猶海也，取其溟漠無涯，故謂之溟。北溟，亦作北冥。《莊子·逍遥遊》：「北冥有魚，其名爲鯤。鯤之大，不知其幾千里也。化而爲鳥，其名爲鵬。鵬之背，不知其幾千里也。怒而飛，其翼若垂天之雲。是鳥也，海運則將徙於南冥。南冥者，天池也。《齊諧》者，志怪者也。《諧》之言曰：鵬之徙於南冥也，水擊三千里，摶扶摇而上者九萬里，去以六月息者也。」

〔二〕憑陵，進逼也。《左傳》襄公二十五年：「介恃楚衆，以憑陵我敝邑。」海運，即海動。陳鼓應《莊子今注今譯》引林希逸《南華真經口義》：「海運，海動也。今海濱之俚歌猶有六月海動之語。海動必有大風，其水湧沸，自海底而起，聲聞數里。」

〔三〕燀赫，聲勢盛大。《莊子·外物》：「騖揚而奮鬐，白波若山，海水震蕩，聲侔鬼神，燀赫千里。」燀，音産。

【集説】

胡震亨云：太白《古風》，其篇富於子昂之《感遇》，儉於嗣宗之《詠懷》，其抒發性靈，寄托規諷，實相源流也。

趙翼云：五十九首非一時之作，年代先後亦無倫次，蓋後人取其無題者匯爲一卷耳。（《甌北詩話》）

【按】

李白《大鵬賦》序云：「余昔於江陵見天台司馬子微，謂余有仙風道骨，可與神遊八極之表，因著《大鵬遇希有鳥賦》以自廣。」後改爲《大鵬賦》。《大鵬賦》之初作當在本年遊江陵時，詳見該賦按語。本詩比興之旨與賦極類，當爲一時之作。

江夏行

《江夏行》，白自創樂府新辭，本年遊江夏作。江夏，古郡名。唐開元年間爲鄂州，州治江夏縣，即今湖北武昌。

憶昔嬌小姿，春心亦自持。爲言嫁夫婿，得免長相思。誰知嫁商賈，令人卻愁苦。自從爲夫妻，何曾在鄉土？去年下揚州〔一〕，相送黄鶴樓〔二〕。眼看帆去遠，心逐江水流。只言期一載，誰謂歷三秋。使妾腸欲斷，恨君情悠悠。東家西舍同時發，北去南來不逾月。未知行李遊何方〔三〕，作箇音書能斷絶〔四〕？適來往南浦〔五〕，欲問西江船。正見當壚女〔六〕，紅妝二八年。一種爲人妻〔七〕，獨自多悲悽。對鏡便垂泪，逢人只欲啼。不如輕薄兒，旦暮長追隨。悔作商人婦，青春長别離。如今正好同歡樂，君去容華誰得知？

【注釋】

〔一〕揚州，大都督府，屬淮南道，與成都號爲天下繁侈，故稱揚、益。見《元和郡縣志》闕卷佚文卷二。

〔二〕《太平寰宇記》卷一一二：「黄鶴樓在（江夏）縣西二百八十步。昔費文禕登仙，每乘黄鶴於此樓憩駕，故號爲黄鶴樓。」

〔三〕行李，隨行之衣物，此處代指行人。

〔四〕作箇，蜀人口語，即今成渝方言「咋個」，疑惑不解之辭。

〔五〕南浦，《太平寰宇記》卷一一二：「南浦在（江夏）縣南三里。《離騷》云：『送美人兮南浦。』其源出景首山，西入大江，秋冬涸竭，春夏泛漲，商旅往來，皆於浦停泊，以其在郭之南，故曰南浦。」

〔六〕當壚女，賣酒女。辛延年《羽林郎》：「胡姬年十五，春日獨當壚。」壚，以土壘成，四邊隆起，一面稍高，以置酒罏。

〔七〕一種，張相《詩詞曲語辭匯釋》：「一種，猶云一樣或同是也。李白《江夏行》：『一種爲人妻，獨自多悲悽。』言同是爲人妻也。」

【集説】

胡云：按白此篇及前《長干行》篇並爲商人婦詠，而其源似出《西曲》。蓋古者吴俗好賈，荆、郢、樊、鄧間尤盛。男女怨曠，哀音清商，諸《西曲》所由作也。第其辭五言二韻，節短而情有未盡。太白往來襄、漢、金陵，悉其土俗人情，因采而演之爲長什。一從長干上巴峽，一從江夏下揚州，以盡乎行賈者之程，而言其家人失身誤嫁之恨，盼歸怨望之傷。使夫謳吟之者，足動其逐末輕離之悔，回積習而裨王風。雖其才思足以發之，而踵事以增華，自從《西曲》本辭得來，取材固有在也。凡太白樂府皆非泛然獨造，必參觀本曲之詞與所借用之曲之詞，始知其源流之自，點化奪换之妙，要不獨此二篇爲然，聊發凡資讀者觸解云。《唐宋詩醇》云：曲盡怨别之情，絮絮可聽。「豈無膏沐，誰適爲容」，末句正用此意。

江上寄巴東故人

巴東，古郡名，此指夔州，詳見本年《自巴東舟行經瞿塘峽登巫山最高峰晚還題壁》詩按語。

漢水波浪遠〔一〕，巫山雲雨飛〔二〕。東風吹客夢，西落此中時。覺後思白帝〔三〕，佳人與我違〔四〕。瞿塘饒賈客，音信莫令希〔五〕。

【注釋】

〔一〕漢水，長江支流。源出陝西寧强縣北嶓冢山，至湖北漢陽，流入長江。句謂己之行踪，將如漢水隨長江而遠去。

〔二〕巫山，見本年《自巴東舟行經瞿塘峽登巫山最高峰晚還題壁》詩題解。句謂峽中友人對己之思念，有如巫山之朝雲暮雨。

〔三〕白帝，即白帝城。詳見本年《荆州歌》注。此代指夔州。

〔四〕佳人，指巴東故人。古人常以佳人、美人、情人稱賢者及己所敬慕之人，非必指女性。違，别離。

〔五〕瞿塘，此指瞿塘關，關爲峽之西口，當三峽之門户，商賈雲集，可託往來商人捎帶信件，故云。希，通稀。

秋下荆門

唐寫本題作《初下荆門》。本年自荆州赴江東時作。

霜落荆門江樹空〔一〕，布帆無恙掛秋風〔二〕。此行不爲鱸魚鱠〔三〕，自愛名山入剡中〔四〕。

【注釋】

〔一〕江樹空，此言江邊樹葉凋落，視野空闊。

〔二〕《晉書·顧愷之傳》：「後爲殷仲堪參軍。仲堪在荆州，愷之嘗因假還，仲堪特以布帆借之。至破冢，遭風，大敗。愷之與仲堪箋曰：『地名破冢，真破冢而出。行人安穩，布帆無恙。』」

〔三〕句用張翰事。翰字季鷹。《世説·識鑒》：「張季鷹辟齊王東曹掾，在洛見秋風起，因思吴中菰菜羹、鱸魚鱠，曰：『人生貴得適意爾，何能羈宦數千里以要名爵？』遂命駕便歸。俄而齊王敗，時人皆謂爲見機。」

〔四〕剡中，即剡縣，其地多名山。漢晉以來，高人逸士多至其中。今爲浙江嵊縣與新昌縣。剡，音善。

【按】

李白於本年春三月出峽後，除往還江陵、江夏外，又曾南遊洞庭，見《上安州裴長史書》，盤桓累月，故至本年秋始下荆門赴江東。

江行寄遠

本年赴江東途中寄蜀中友人之作。

刳木出吳楚〔一〕，危槎百餘尺〔二〕。疾風吹片帆，日暮千里隔。別時酒猶在，已爲異鄉客。思君不可得，愁見江水碧。

【注釋】

〔一〕刳，剖也。《易·繫辭》：「刳木爲舟。」此借指乘舟。長江中下游均爲古吳、楚之地，故云。

〔二〕槎，筏也，此指船。危槎，張掛高帆之船。

望廬山瀑布二首

唐寫本其一題作「瀑布水」，無其二。二首均本年遊廬山作。廬山，在今江西九江市南。《元和郡縣志》江南道江州尋陽縣：「廬山，在縣東三十里，本名鄣山。昔匡俗字子孝，隱淪潛景，廬居此山，漢武帝拜爲大明公，俗號廬君，故山取號。」

西登香爐峰〔一〕，南見瀑布水〔二〕。挂流三百丈，噴壑數十里。欻如飛電來，隱若白虹起。初驚河漢落，半灑雲天裏〔三〕。仰觀勢轉雄，壯哉造化功。海風吹不斷，江月照還空。空中亂潨射〔四〕，左右洗青壁。飛珠散輕霞，流沫沸穹石〔五〕。而我樂名山，對之心益閑。無論漱瓊液，且得洗塵顔。且諧宿所好，永願辭人間〔六〕。

【注釋】

〔一〕香爐峰，王注引白居易《廬山草堂記》：「匡廬奇秀，甲天下山，山北峰曰香爐峰。」又引《太平寰宇記》：「香爐峰，在廬山西北，其峰尖圓，烟雲聚散，如博山香爐之狀。」今按：《文選》江淹《從冠軍建平王登廬山香爐峰》，李善題解引慧遠《廬山記》云：「山東南有香爐峰，孤峰秀起，遊氣籠其上，即樊蘊若有烟氣。」以上三説中，以慧遠之説爲是。參見注〔二〕。

〔二〕瀑布水，瞿朱注引《輿地紀勝》卷二五南康軍：「瀑布水在開先院之西，廬山南瀑布無慮十數，皆積雨方見，唯此不竭。……李白詩云：『飛流直下三千尺，疑是銀河落九天。』此即開先之瀑也。」今按：開先院，寺名，南唐李璟所建，清康熙時改爲秀峰寺，在廬山南麓鶴鳴峰下。又今人萬萍《香爐峰考》謂香爐峰有四：一在廬山西北，稱北香爐峰；一在廬山南，稱南香爐峰；……南香爐峰在廬山南部秀峰寺左後方。……瀑布名開先，俗稱瀑布水。王十朋、蔣山卿、陳舜俞諸人詩文均以李白所寫香爐峰爲南香爐峰。黄宗羲《匡廬游録》曰：「北山之香爐峰，在峰於廬山爲東，登之亦無瀑布可見，（與李白詩）不相涉也。」（萬文載《江西師範學院學報》一九七八年四期）

〔三〕二句唐寫本作「舟人莫敢窺，羽客遥相指」。

〔四〕潨，水會也。句謂衆水冲擊，水沫飛濺。潨，音從。

〔五〕穹石，大石也。

〔六〕二句唐寫本作「愛此腸欲斷，不能歸人間。」

其二

日照香爐生紫烟，遥看瀑布挂前川〔一〕。飛流直下三千尺，疑是銀河落九天。

【注釋】

〔一〕題及首二句，宋乙本、繆本、王本俱注云：「一本題云《望廬山香爐峰瀑布》，曰：『廬山上與星斗連，日照香爐生紫烟。』下兩句同。」

【集説】

葛立方云：徐凝《瀑布》詩云：「千古猶疑白練飛，一條界破青山色。」或謂樂天有賽不得之語，獨未見李白詩耳。李白《望廬山瀑布》詩曰：「飛流直下三千尺，疑是銀河落九天。」故東坡云：「帝遣銀河一派垂，古來惟有謫仙詞。飛流濺沫知多少，不爲徐凝洗惡詩。」以余觀之，銀河一派，猶涉比擬，不若白前篇云「海風吹不斷，江月照還空」，鑿空道出，爲可喜也。（《韻語陽秋》）

詹鍈云：按白雖屢遊廬山，而大都在去朝以後，其在天寶以前者約當是時（開元十四年）。

【按】

「飛流直下三千尺，疑是銀河落九天」，豪壯境也；「海風吹不斷，江月照還空」，清空境也。各至極則，不必抑此揚彼，强定甲乙。

詹鍈繫年似遲一年。蓋白既以開元十三年（七二五）出峽，其在江漢間恐不致羈留一年之久。不然，則與以後游踪牴牾，開元十五年（七二七）難以婚於安陸許氏矣。

望廬山五老峰

與上篇同時之作。五老峰，在廬山東南，五峰聳峙，突兀雄偉，爲廬山勝景。

廬山東南五老峰，青天削出金芙蓉〔一〕。九江秀色可攬結〔二〕，吾將此地巢雲松〔三〕。

【注釋】

〔一〕削出，狀山峰峭拔。金芙蓉，狀山色明麗。芙蓉，蓮花也。樂府《子夜歌》：「玉藕金芙蓉。」

〔二〕攬結，採取也。句謂九江景色盡收眼底。

〔三〕巢雲松，謂隱居。句蓋希冀之辭，以示對名山之留戀。

望天門山

是年赴江東途中行至當塗時作。天門山，在當塗縣西南長江兩岸。

天門中斷楚江開〔一〕，碧水東流至北迴〔二〕。兩岸青山相對出，孤帆一片日邊來。

【注釋】

〔一〕《元和郡縣志》江南道宣州當塗縣：「博望山，在縣西三十五里，在歷陽縣（即和州治）南七十里。與和州對岸。江西岸曰梁山，兩山相望如門，俗謂之天門山。」楚江，當塗爲吴頭楚尾之地，故云。

〔二〕至北，宋乙本、繆本俱作直北。王注：「毛西河曰：因梁山、博望夾峙，江水至此一迴旋也。時刻誤此爲北。既東又北，既北又回，已乖句調，兼失義理。」毛説良是，當作「至此」，長江至此折向北流，故吴地有江東之稱。

【按】

此詩末句諸解紛紜，或謂「日邊」指落日，或謂指長安。非。細玩詩意，既云「兩岸青山相對出」，顯係作者在江上舟中所見，且舟行甚速，則順流而下可知。若係逆流而上，舟行甚緩，恐無此種景象。首二句是初經其地人語，如屢經其地，則江水折向北流已不足爲奇。似此，則此詩自應繫於本年初下江東之時。末句之「日邊」，當指旭日。孤帆，舟中所見自下游而來之船隻，非自謂，更無寓意。

登瓦官閣

本年遊金陵作。瓦官閣，在城西南隅瓦官寺中。楊注：「《瓦官寺碑》云：江左之寺莫先於瓦官。晉武時建以陶官，故地在秦淮北，故名瓦官，訛而爲瓦棺。或云昔有僧誦經於此，既死葬以虞氏之棺，墓上生蓮花，故曰瓦棺。瓦官閣，高二十五丈。唐爲昇元閣。」

晨登瓦官閣，極眺金陵城〔一〕。鍾山對北户〔二〕，淮水入南榮〔三〕。漫漫雨花落，嘈嘈天樂鳴〔四〕。兩廊振法鼓〔五〕，四角吟風箏〔六〕。杳出霄漢上，仰攀日月行。山空霸氣滅〔七〕，地古寒陰生。寥廓雲海晚，蒼茫宫觀平。門餘閶闔字〔八〕，樓識鳳凰名〔九〕。雷作百山動，神扶萬栱傾〔一〇〕。靈光何足貴〔一一〕，長此鎮吴京。

【注釋】

〔一〕金陵，古地名。戰國時楚威王因山立號，始置金陵邑，秦始皇時改爲秣陵，三國時吴改爲建業，西晉末改爲建康，東晉及南朝皆因之。唐貞觀九年改爲潤州江寧縣，開元因之。見《元和郡縣志》江南道潤州上元縣。唐人詩文中習稱其地爲金陵。今爲江蘇南京市。

〔二〕鍾山，又名蔣山，俗稱紫金山，在南京東北。《元和郡縣志》江南道潤州上元縣：「鍾山，在縣東北十八里。按《輿地志》，古金陵山也，邑縣之名，皆由此而立。吴大帝時，蔣子文發神異於此，封之爲蔣侯，改山曰蔣山，宋復名鍾山。」

〔三〕淮水，此指秦淮河。王注：「《輿地志》云：秦始皇巡會稽，鑿斷山阜，此淮即所鑿也，故名秦淮水。」南榮，《文選》司馬相如《上林賦》：「曝於南榮。」郭璞注：「榮，屋南檐也。」句謂秦淮波光映入南簷之下。

〔四〕天樂、雨花，王注：「《阿彌陀經》：『彼佛國土，常作天樂，晝夜六時，雨天曼陀羅花。天樂者，天人所作音樂，清暢嘹喨，微妙和雅，一切音聲所不能及。雨花者，諸天於空中散花供養。若雨之從天而下，故曰雨花。』」

〔五〕法鼓，佛寺大鼓，《法華經·序品》：「今佛世尊欲説大法，雨大法雨，吹大法螺，擊大法鼓。」

〔六〕風箏，檐下鐵馬。楊慎《升菴詩話》卷七：「古人殿閣檐稜間有風琴、風箏，皆因風動成音，自諧宮、商。元微之詩『烏啄風箏碎珠玉』，高駢有《夜聽風箏詩》，僧齊己有《風琴引》，王半山有《風琴詩》，此乃檐下鐵馬也。今人名紙鳶曰風箏，非也。」

〔七〕霸氣，王霸之氣。金陵曾爲六朝帝都，故云。

〔八〕閶闔，宫門名。王注：「《景定建康志》：按《宫苑記》：晉成帝修新宫，南面開四門，最西曰西掖門，正中曰大司馬門，次東曰南掖門，最東曰東掖門。南掖門，宋改閶闔門，陳改端門。」

〔九〕鳳凰，樓名。王注：「《江南通志》：按《宫苑記》：鳳凰樓在鳳臺山上。宋元嘉中建。」

〔一〇〕栱，斗栱，柱上方木，所以拱持梁棟者也。《漢書》揚雄《甘泉賦》：「炕浮柱之飛榱兮，神莫莫而扶傾。」顔師古注：「言舉立浮柱而駕飛榱，其形危竦，有神於闇莫之中扶持，故不傾也。」

〔一一〕靈光，謂魯靈光殿，漢景帝子恭王所建。王延壽《魯靈光殿賦》：「遭漢中微……自西京建章、未央之殿，皆見隳壞，而靈光巋然獨存。」

送崔十二遊天竺寺

本年歲晚作於金陵。崔十二，名字不詳。天竺寺在杭州（餘杭郡）。王注：「《咸淳臨安志》：天竺寺者，餘杭之勝刹也。飛來峰者，武林之奇巘也。晉時梵僧慧理，指此山乃靈鷲之一小嶺，不知何年飛來，至此掛錫置院，初曰翻經。隋開皇中，法師真觀廣之，改爲天竺寺。」

還聞天竺寺，夢想懷東越〔一〕。每年海樹霜，桂子落秋月〔二〕。送君遊此地，已屬流芳歇〔三〕。待我來歲行，相隨浮溟渤〔四〕。

【注釋】

〔一〕杭州春秋時爲越地而在東方，故曰東越。

〔二〕王注：「《咸淳臨安志》：舊俗所傳月墜桂子，惟天竺素有之。唐天寶中，寺前一子成樹，今月桂峰在焉。刺史白居易詩云：『宿因月桂落，醉爲海榴開。』注云：天竺嘗有月中桂子落。」

〔三〕流芳歇，謂衆芳衰歇，句指時令已屬歲晚。潘岳《悼亡詩》：「流芳未及歇。」

〔四〕溟渤，泛指大海。鮑照《代陸平原君子有所思》：「築山擬蓬壺，穿地類溟渤。」

【按】

此詩當與本年《秋下荆門》一詩合觀。「還聞天竺寺」，還聞，復聞也。玩其意，當是已聞剡中名山，復聞餘杭勝剎，故往遊越中之心益切。然流芳已歇，歲時已晚，乃與崔十二訂來歲同遊之約。

金陵望漢江

本年歲晚作於金陵。漢江，此指長江。

漢江迴萬里，派作九龍盤〔一〕。橫潰豁中國，崔嵬飛迅湍〔二〕。六帝淪亡後，三吴不足觀〔三〕。我君混區宇，垂拱衆流安〔四〕。今日任公子，滄浪罷釣竿〔五〕。

【注釋】

〔一〕派，支流。《文選》郭璞《江賦》：「流九派乎潯陽。」李善注：「應劭《漢書》注曰：江自廬江、潯陽分爲九。」

〔二〕橫潰，泛濫。豁，裂也。崔嵬，高聳貌，本指山巒，此指波濤。迅湍，激流。二句以長江泛濫喻六朝戰亂局面。

〔三〕六帝，吴、東晉、宋、齊、梁、陳六代帝王。《水經注·江水》：「吴後分爲三，世號『三吴』，吴興、吴郡、會稽也。」二句言自六朝以後，江東已無昔日之盛。

〔四〕我君，謂唐代諸帝。混區宇，統一中國。垂拱，《書·武成》：「垂拱而天下治。」言垂衣拱手，無爲而治。

〔五〕《莊子·外物》：「任公子爲大鉤巨緇，五十犗以爲餌，蹲乎會稽，投竿東海，旦旦而釣，期年不得魚。已而大魚食之，牽巨鉤，陷沒而下，騖揚而奮鬐，白波若山，海水震蕩，聲侔鬼神，燀赫千里。任公子得若魚，離而腊之，自制河以東，蒼梧以北，莫不厭若魚者。」任公子，白自喻。二句言天下已治，無事可爲。

【集説】

王云：因衆派安流，水無巨魚，故任公子之釣竿可罷，喻言江漢寧静，地無巨寇，則王者之征伐可除也。

瞿、朱云：元稹詩云：「眼前明月水，先入漢江流。漢水流江海，西江到庾樓。」詹氏以漢江爲即指長江，暗合此意。然此詩之所以用漢江者，必非無故。蓋天寶十五載七月，玄宗在蜀，分命皇太子及永王璘、盛王琦、豐王珙爲元帥及節度大使。此詩前四句似即指建藩之事。云「六帝淪亡後，三吴不足觀」者，慨嘆無人以金陵爲興復之資也。「我君混區宇，垂拱衆流安」者，譏朝廷之無遠略也。任公罷釣則自謂有志不遂也。此詩含意極深曲，顯非無所爲而作。可定爲作於天寶十五載至德二載之間。王氏以任公罷釣爲江漢寧静，其論詩亦太淺矣。大抵李詩固有空泛率意者，然此詩既有「横潰豁中國」等語，恐不能無所指也。

【按】

上二説恐未諦。此詩主旨仍爲頌揚開元之治，唯末二句微露惆悵之情，蓋有憾於當此治世而已無所作爲也。白當時似在江東干謁無成，觀次年《淮南卧病書懷寄蜀中趙徵君蕤》一詩可知。

白紵辭三首

《白紵辭》，《樂府詩集·舞曲歌辭》名。亦作《白紵舞辭》，亦作《白紵歌》，簡稱《白紵》，爲吴地歌舞。《樂府解題》云：「古辭盛稱舞者之美，宜及芳時爲樂。」此三首，白初遊金陵時擬作。

揚清歌，發皓齒。北方佳人東鄰子〔一〕，且吟《白紵》停《緑水》〔二〕，長袖拂面爲君起。寒雲夜捲霜海空，胡風吹天飄塞鴻，玉顏滿堂樂未終〔三〕。

【注釋】

〔一〕《漢書·外戚傳》：「（李）延年侍上，起舞，歌曰：『北方有佳人，絶世而獨立。一顧傾人城，再顧傾人國。』」宋玉《登徒子好色賦》：「天下之佳人莫若楚國，楚國之麗者莫若臣里，臣里之美者莫若臣東家之子。東家之子增之一分則太長，減之一分則太短，著粉則太白，施朱則太赤。眉如翠羽，肌如白雪，腰如束素，齒如含貝。嫣然一笑，惑陽城，迷下蔡。」此句兼用二事以喻歌舞者之美。

〔二〕《白紵》、《緑水》（又作《渌水》），皆曲名。《渌水曲》，蔡邕所作《五弄》之一。邕雅好琴道，嘗入清溪訪鬼谷先生。所居之山有五曲，一曲製一弄。南曲有澗，冬夏常緑，故作《渌水曲》。見《樂府詩集》蔡氏五弄題解。似此，《渌水曲》爲隱士之音，非行樂之曲，故云「停《緑水》」也。

〔三〕此下，蕭本、咸本俱有「館娃日落歌吹濛」一句，誤。詳見集説。

【集説】

蕭云：全篇句意間架并是擬鮑明遠者，杜少陵所謂「俊逸鮑參軍」者歟？

王云：按鮑照《白紵辭》：「朱唇動，素袖舉，洛陽少年邯鄲女。古稱《緑水》今《白紵》，催絃急管爲君舞。窮秋九月荷葉黄，北風驅雁天雨霜，夜長酒多樂未央。」太白此篇句法，蓋全擬之。蕭本以「館娃日落歌吹濛」一句，續作末句，便不相類，今從古本。

瞿、朱云：王説良是，第二首無「館娃」一句不能領起全篇。

其二

館娃日落歌吹深〔一〕，月寒江清夜沉沉。美人一笑千黄金，垂羅舞縠揚哀音〔二〕。郢中《白雪》且莫吟〔三〕，《子夜》吴歌動君心〔四〕。動君心，冀君賞，願作天池雙鴛鴦，一朝飛去青雲上。

【注釋】

〔一〕館娃，宫名。《文選》左思《吴都賦》：「幸乎館娃之宫，張女樂而娱群臣。」劉逵注：「吴俗謂好女謂娃。揚雄《方言》曰，吴有館娃宫。」此句，蕭本、咸本俱在「其一」之末，「深」作「濛」。

〔二〕縠，音胡，輕紗。

〔三〕宋玉《對楚王問》：「客有歌於郢中者，其始曰《下里》、《巴人》，國中屬而和者數千人。其爲《陽阿》、《薤露》，國中屬而和者數百人。其爲《陽春》、《白雪》，國中屬而和者數十人。引商刻羽，雜以流徵，國中屬而和者不過數人而已。是其曲彌高，其和彌寡。」

〔四〕《子夜》，歌曲名。詳見天寶元年《子夜吴歌》題解。

其　三

吴刀剪綵縫舞衣，明妝麗服奪春暉。揚眉轉袖若雪飛，傾城獨立世所稀〔一〕。《激楚》、《結風》醉忘歸〔二〕，高堂月落燭已微，玉釵挂纓君莫違〔三〕。

【注釋】

〔一〕傾城、獨立，均見「其一」注。

〔二〕王注：「《上林賦》：鄢郢繽紛，《激楚》、《結風》。郭璞注：《激楚》，歌曲也。顔師古注：《結風》，亦曲名也。《史記索隱》曰：《激楚》，急風也。《結風》，回風，亦急風也。楚地風既漂疾，然歌樂者猶復依激結之急風以爲節，其樂促迅哀切也。」

〔三〕玉釵挂纓，喻男女共舞狂歡之狀。纓，繫冠之帶。司馬相如《美人賦》：「玉釵掛臣冠，羅袖拂臣衣。」違，離去。

【按】《鮑照集》有《代白紵舞歌辭四首》、《代白紵曲二首》，《樂府詩集》合爲《白紵歌六首》。「朱脣動」爲《代白紵曲二首》之一。鮑詩多得益於漢魏樂府及當時之吴歌、西曲，其樂府詩在文學史上占有重要地位，胡應麟《詩藪》謂爲：「上挽曹、劉之逸步，下開李、杜之先鞭。」鮑照七言樂府於李白影響尤大，不僅本題「其二」一首句意間架並擬之，其後所作《行路難》、《夜坐吟》、《春日行》、《雉朝飛》、《鳴雁行》、《空城雀》等亦多祖之。早期諸作多擬其形，後期諸作多得其神。其立意之清新，風格之俊逸，語言之遒麗，章法之超忽變化，皆鮑詩之神也。鮑詩中之散金碎玉見諸李詩者，更不勝枚舉。王船山曰：「太白得其一桃，大者仙，小者豪矣。」何況非僅得其一桃。又兼以己意己才發之，遂有青出於藍而勝於藍之勢。

開元十四年（七二六年）　李白二十六歲

楊叛兒

《楊叛兒》，又名《楊伴》，《樂府詩集·清商曲辭》名。《舊唐書·音樂志》二：「楊伴，本童謡歌也。齊隆昌時，女巫之子曰楊旻，旻隨母入内，及長，爲后所寵。童謡云：『楊婆兒，共戲來。』而歌語訛，遂成楊伴兒。」其古辭之一云：「暫出白門前，楊柳可藏烏。歡作沉水香，儂作博山爐。」白初遊金陵時擬作。

君歌《楊叛兒》，妾勸新豐酒〔一〕。何許最關人〔二〕？烏啼白門柳〔三〕。烏啼隱楊花，君醉留妾家。博山爐中沉香火，雙烟一氣凌紫霞〔四〕。

【注釋】

〔一〕新豐，地名，在潤州曲阿縣。曲阿舊稱雲陽，天寶元年改爲丹陽，即今江蘇丹陽縣。陸游《入蜀記》卷一：「十六日早發雲陽，……過新豐小憩。李太白詩云：『南國新豐酒，東山小妓歌。』又唐人詩云：『再入新豐市，猶聞舊酒香。』皆謂此地，非長安之新豐也。」

〔二〕關人，使人關切。

〔三〕此句化用古辭前二句而成，爲男女幽會之隱語。白門，金陵西門。

〔四〕博山爐，銅制薰爐。鮑照《擬行路難十八首》之二：「洛陽名工鑄爲金博山，千斲復萬鏤，上刻秦女携手仙。承君清夜之歡娛，列置幃里明燭前。外發龍鱗之丹綵，内含麝芬之紫烟。」其形狀及用途由此可以想見。沉香，即沉水香，香木之一種，可作薰香料。入水能沉，故名。二句喻男女兩情之歡洽。

【集説】

楊慎云：古樂府：「暫出白門前，楊柳可藏烏。歡作沉水香，儂作博山爐。」李白用其意，衍爲《楊叛兒》。……古人謂李詩出自樂府古選，信矣。其《楊叛兒》一篇，即「暫出白門前」之鄭箋也。因其

拈用，而古樂府之意益顯，其妙益見。（《升菴詩話》）

王云：楊升庵曰：古《楊叛曲》僅二十字，太白衍之爲四十四字，而樂府之妙思益顯，隱語益彰，其筆力似烏獲扛龍文之鼎，其精光似光弼領子儀之軍矣。《書》曰：葛伯仇餉。非孟子解之，後人不知仇餉爲何語。沉水、博山之句，非太白以雙烟一氣解之，樂府之妙亦隱矣。

長干行二首　其一

《長干行》，《樂府詩集·雜曲歌辭》名。長干，金陵地名。左思《吴都賦》：「長干延屬。」劉逵注：「建業南五里有山岡，其間平地，吏民雜居，號長干。中有大長干、小長干，皆相連。」其地在今南京中華門外秦淮河南。白初遊金陵時作此。此詩其二非李白作，在未編年詩中。

妾髮初覆額，折花門前劇。郎騎竹馬來，遶床弄青梅〔一〕。同居長干里，兩小無嫌猜〔二〕。十四爲君婦，羞顔未嘗開。低頭向暗壁，千喚不一回。十五始展眉，願同塵與灰〔三〕。常存抱柱信〔四〕，豈上望夫臺〔五〕。十六君遠行，瞿塘灧澦堆〔六〕。五月不可觸，猿聲天上哀。門前遲行跡，一一生緑苔〔七〕。苔深不能掃，落葉秋風早。八月胡蝶來〔八〕，雙飛西園草。感此傷妾心，坐愁紅顔老〔九〕。早晚下三巴〔一〇〕，預將書報家。相迎不道遠〔一一〕，直至長風沙〔一二〕。

【注釋】

〔一〕劇，嬉戲。床，此指井床，即井欄。

〔二〕嫌猜，嫌疑。古制，男女七歲以上，授受不親，以别嫌疑。句謂兩人年齡甚幼，尚無男女之嫌。

〔三〕塵與灰，雖是二物，合則不能分，以喻伉儷之情。

〔四〕抱柱信，《莊子·盜跖》：「尾生與女子期於梁下，女子不來，水至不去，抱梁柱而死。」

〔五〕豈，豈止也。望夫臺，見開元三年《望夫石》詩注。

〔六〕王注：「《太平寰宇記》：灔澦堆，周回二十丈，在夔州西南二百步蜀江中心，瞿塘峽口。冬水淺，屹然露百餘尺，夏水漲，没數十丈。其狀如馬，舟人不敢進。諺曰：『灔澦大如馬，瞿塘不可下。灔澦大如鼈，瞿塘行舟絶。灔澦大如龜，瞿塘不可窺。灔澦大如襆，瞿塘不可觸。』」

〔七〕遲行迹，臨行遲遲不忍遽别之足迹。至德元載《感時留别從兄徐王延年從弟延陵》詩有「泣别目眷眷，傷心步遲遲」句，可參。遲，一作舊，謂其夫舊日之行迹，亦可通。今多以遲字作等待解，二句不可通，竊有疑焉。

〔八〕來，兩宋本、繆本、王本俱注云：一作黄。胡本作黄，注云：今本作來，非。王注：「楊升庵謂胡蝶或黑或白，或五彩皆具，惟黄色一種至秋乃多，蓋感金氣也。引太白『八月胡蝶黄』之句以爲深中物理，而評今本來字爲淺。琦謂以文義論之，終以來字爲長。」瞿、朱按：「明朱孟震《續玉笥詩話》云：太白《長干行》『八月胡蝶來』，《唐文粹》作胡蝶黄，謂秋蝶多黄。白樂天詩云『秋蝶黃葺葺』，亦此意。然不若來字佳。」

〔九〕坐愁，張相《詩詞曲語辭匯釋》：「坐，甚辭，猶深也。《長干行》：『感此傷妾心，坐愁紅顏老。』坐愁，猶云深愁也。」

〔一〇〕早晚，猶何時。陶淵明《問來使》：「爾從山中來，早晚發天目？」三巴，地名。東漢末益州牧劉璋分巴郡爲永寧、固陵、巴西三郡，後改爲巴、巴東、巴西三郡，即今四川東部。

〔一一〕不道，猶云不管或不顧也。

〔一二〕長風沙，地名，在今安徽安慶市東。陸游《入蜀記》：「太白《長干行》云：『早晚下三巴，預將書報家。相迎不道遠，直至長風沙。』蓋自金陵至長風沙七百里，而室家來迎其夫，甚言其遠也。」

對酒

此及以下二篇俱寫少年冶遊情景，皆初遊金陵時作。

蒲萄酒〔一〕，金叵羅〔二〕，吴姬十五細馬馱〔三〕。青黛畫眉紅錦靴〔四〕，道字不正嬌唱歌。玳瑁筵中懷裏醉〔五〕，芙蓉帳裏奈君何！

【注釋】

〔一〕王注：「《太平寰宇記》：蒲萄酒，西域有之，前代或有貢獻。及貞觀中破高昌，收馬乳蒲萄實於苑中種之，并得其酒法。太宗自損益之，造酒，酒成，凡有八色，芳香酷烈，味兼醍醐。既頒賜群臣，京師始識其味。」

〔二〕金叵羅，或作金頗羅，西域傳入之酒器。高宗顯慶三年，吐蕃「獻金盎、金頗羅，復請婚」。見《新唐書》卷二一六上。

〔三〕細馬，有二義。一謂良馬，《舊唐書·職官志》：「凡馬有左右監，以別其粗良。……細馬稱左，粗馬稱右。」一謂小馬，如細人即小孩，細行即小節，細柳即嫩柳。今按詩意，此處當爲小馬，以示吴姬之嬌小。

〔四〕青黛，古代畫眉顔料，其色青黑。紅錦靴，唐代時裝。《圖畫見聞志》：「唐代宗朝令宫人侍左右者穿紅錦勒靴。」

〔五〕玳瑁筵，謂名貴之筵席。《初學記》卷十引劉楨《瓜賦序》：「布象牙之席，薰玳瑁之筵。」

陌上贈美人

駿馬驕行踏落花，垂鞭直拂五雲車〔一〕。美人一笑褰珠箔〔二〕，遥指紅樓是妾家〔三〕。

【注釋】

〔一〕王注：「《真誥》：赤水山中學道者朱孺子，八月五日西王母遣迎，即日乘五色雲車登天。庾信《步虚詞》：『東明九芝蓋，北燭五雲車。』五雲車，仙人所乘者，此蓋誇美言之。」

〔二〕褰，揭開。珠箔，珠簾。

〔三〕紅，宋乙本、咸本、繆本、王本俱注云：一作「青」。

贈段七娘

羅襪凌波生網塵〔一〕，那能得計訪情親？千杯緑酒何辭醉，一面紅妝惱殺人〔二〕。

【注釋】

〔一〕曹植《洛神賦》：「凌波微步，羅襪生塵。」

〔二〕惱，撩撥，引逗。殺，甚辭。

金陵酒肆留别

此及以下二首自金陵赴揚州時作。

風吹柳花滿店香〔一〕，吴姬壓酒唤客嘗〔二〕。金陵子弟來相送，欲行不行各盡觴。請君試問東流水，别意與之誰短長？

【注釋】

〔一〕風吹，兩宋本、繆本俱作「白門」。

〔二〕壓酒，壓槽取酒。古時新酒釀成後，臨飲時方壓槽取用。如羅隱《江南行》：「水國多愁又有情，夜槽壓酒銀船滿。」

【集説】

胡仔云：《詩眼》云：好句須要好字，如李太白詩「吴姬壓酒唤客嘗」，見新酒初熟，江南風物之美。工在壓字。（《苕溪漁隱叢話》）

趙彦衛云：李太白詩「吴姬壓酒勸客嘗」，説者以爲工在壓字上，殊不知乃吴人方言耳。至今酒家有旋壓酒子相待之語。（《雲麓漫鈔》）

魏慶之云：山谷言：學者不見古人用意處，但得其皮毛，所以去之更遠。如「風吹柳花滿店香」，若人復能爲此句，亦未是太白。至於「吴姬壓酒勸客嘗」，壓酒二字他人亦難及。「金陵子弟來相送，欲飲不飲各盡觴」，益不同。「請君試問東流水，别意與之誰短長」，至此乃真太白妙處，當潛心焉。（《詩人玉屑》）

謝榛云：太白《金陵留别》詩：「請君試問東流水，别意與之誰短長。」妙在結語。使座客同賦，誰更擅場？謝宣城《夜發新林》詩：「大江流日夜，客心悲未央。」陰常侍《曉發新亭》詩：「大江一浩蕩，悲離足幾重。」二作突然而起，造語雄深，六朝亦不多見。太白能變化爲結，令人叵測，奇哉！（《四溟詩話》）

口號

王注：「詩題有『口號』，始於梁簡文帝《和衛尉新渝侯巡城口號》，庾肩吾、王筠俱有此作。至唐遂相沿襲用之，即是口占之義。」《萬首唐人絶句》作《留别金陵諸公》。

食出野田美，酒臨遠水傾。東流若未盡，應見别離情。

夜下征虜亭

征虜亭，金陵地名。《通鑑·齊紀》永泰元年：「太子寶卷使人上屋，望見征虜亭失火。」胡三省注：「自玄武湖頭大路北出至征虜亭。」亭爲東晉征虜將軍謝石所建，故名。

船下廣陵去〔一〕，月明征虜亭，山花如繡頰，江火似流螢〔二〕。

【注釋】

〔一〕廣陵，即揚州。漢爲廣陵國，後改爲廣陵郡。隋爲揚州，又改爲江都郡。唐復置揚州。此用古名。

〔二〕江火，謂江上漁火。

估客行

《估客行》，一作《估客樂》，或《賈客樂》，或《商旅行》，《樂府詩集·清商曲辭》名。其古辭云：「有信數寄書，無信長相憶。莫作瓶落井，一去無消息。」白在揚州擬作。

海客乘天風〔一〕，將船遠行役。譬如雲中鳥，一去無蹤跡。

【注釋】

〔一〕海客，出海經商之人。

【集説】

胡云：《估客行》即西曲之《估客樂》。西曲中有：「長檣鐵鹿子，布帆阿那起。詫儂安在間，一去數千里。」此云「一去無蹤跡」，更難爲情。

廣陵贈別

廣陵，揚州古稱。

玉瓶沽美酒〔一〕，數里送君還。繫馬垂楊下，銜盃大道間。天邊看緑水，海上見青山。興罷各分袂〔二〕，何須醉別顔？

【注釋】

〔一〕沽，買也。

〔二〕袂，衣袖。分袂，謂别離。

别儲邕之剡中

本年白遊揚州後有剡中之行。此及以下六題寫吴越風物諸詩皆爲此行所作。剡中，即剡縣，屬江南道越州。其地多名山，漢晉以來，高人逸士多至其中。今爲浙江嵊縣與新昌縣。儲邕，其人無考。天寶十三載有《送儲邕之武昌》詩，可參看。

借問剡中道，東南指越鄉。舟從廣陵去，水入會稽長〔一〕。竹色溪下緑，荷花鏡裏香〔二〕。辭君向天姥〔三〕，拂石卧秋霜。

【注釋】

〔一〕會稽，縣名，屬越州，今爲浙江紹興縣。

〔二〕溪，指剡溪，在剡縣南。鏡，指鏡湖，在會稽縣西北。

〔三〕天姥，山名，在剡縣南。詳見天寶五載《夢遊天姥吟留别》注。

【集説】

詹鍈云：詩云：「借問剡中道，東南指越鄉。」是初入會稽前作。又云：「舟從廣陵去，水入會稽長。竹色溪下緑，荷花鏡裏香。辭君向天姥，拂石卧秋霜。」知其地在廣陵，時當初秋。

【按】 詹鍈謂此詩是初入會稽前作，良是。然繫此詩於天寶元年，則未諦。舊謂天寶元年白與吴筠同遊越中一事，不可信，詳見該年《南陵别兒童入京》按語。本詩當與上年《秋下荆門》、《送崔十二遊天竺寺》二詩合觀，可知白初遊剡中當在本年。

越女詞五首

此五首及以下三首皆自吴入越途中作。

長干吴兒女〔一〕，眉目艷星月。屐上足如霜，不着鴉頭襪〔二〕。

【注釋】

〔一〕長干，金陵地名，詳見上年《長干行》詩注。吴，吴地，今長江下游江蘇南部浙江北部一帶。兒女，此指女兒。

〔二〕鴉頭襪，即叉頭襪，著時拇指與其餘四趾分開。

其　二

吴兒多白皙〔一〕，好爲蕩舟劇。賣眼擲春心〔二〕，折花調行客。

【注釋】

〔一〕吴兒，此指吴地女子。

〔二〕王注：「賣眼，即楚《騷》目成之意。梁武帝《子夜歌》：賣眼拂長袖，含笑留上客。」

其　三

耶溪採蓮女〔一〕，見客棹歌回〔二〕。笑入荷花去，佯羞不出來。

【注釋】

〔一〕耶溪，即若耶溪，在越州會稽縣南。

〔二〕棹歌，划船時所唱之歌。

其　四

東陽素足女〔一〕，會稽素舸郎〔二〕。相看月未墮，白地斷肝腸〔三〕。

【注釋】

〔一〕東陽，縣名，屬江南東道婺州（東陽郡），即今浙江金華縣。

〔二〕素舸，木船。

〔三〕王注：「白地，猶俚語所謂平白地也。」

【集説】

王云：按謝靈運有《東陽溪中贈答》二詩，其一曰：「可憐誰家婦，緣流洗素足。明月在雲間，迢迢不可得。」其二曰：「可憐誰家郎，緣流乘素舸。但問情若何，月就雲中墮。」此詩自二作點化而出。

其　五

鏡湖水如月〔一〕，耶溪女如雪。新妝蕩新波，光景兩奇絶。

【注釋】

〔一〕鏡湖，在越州會稽、山陰二縣界，周圍三百里。

浣紗石上女

王注：「《一統志》：浣紗石，在若耶溪側，是西施浣紗之所。或云在苧羅山下。」

玉面耶溪女，青蛾紅粉妝〔一〕。一雙金齒屐〔二〕，兩足白如霜。

【注釋】

〔一〕青蛾：黛眉。

〔二〕王注：「《南越志》：軍安縣女子趙嫗著金箱齒屐。」金齒屐，當是屐下有鐵齒者。金，飾辭。

採蓮曲

《採蓮曲》，《樂府詩集·清商曲辭》名。《樂府詩集》引《古今樂録》云：「梁天監十一年冬，武帝改西曲，製……《江南弄》七曲：一曰《江南弄》，二曰《龍笛曲》，三曰《採蓮曲》，四曰《鳳笛曲》，五曰《採菱曲》，六曰《游女曲》，七曰《朝雲曲》。」白襲用其題以寫越中風情。

若耶溪旁採蓮女，笑隔荷花共人語。日照新妝水底明，風飄香袂空中舉。岸上誰家遊冶郎〔一〕，三三五五映垂楊。紫騮嘶入落花去〔二〕，見此踟蹰空斷腸〔三〕。

【注釋】

〔一〕遊冶，浪遊之意。

〔二〕紫騮，良馬名。

〔三〕踟蹰，猶徘徊。

【集説】

王夫之云：卸開一步，取情爲景，詩文至此，只存一片神光，更無形跡矣。（《唐詩評選》）《唐宋詩醇》云：綺而不艷，此自關乎天分。王安石云：詩人各有所得。「清水出芙蓉，天然去雕飾」，此李白所得也。於此亦可見之。

渌水曲

王注：「《渌水》，本琴曲名，太白襲用其題以寫所見，其實則《采菱》、《采蓮》之遺意也。」

渌水明秋日〔一〕，南湖採白蘋〔二〕。荷花嬌欲語，愁殺蕩舟人。

【注釋】

〔一〕渌，清澈。

〔二〕白蘋，俗稱四葉菜、田字草，葉浮水面，根連水底，季春始生，夏秋開小白花，故稱白蘋。可食，亦可入藥。見《本草綱目·草部》。

【集説】

馬位云：少陵「春去春來洞庭闊，白蘋愁殺白頭人」，太白「荷花嬌欲語，愁殺蕩舟人」，風神摇漾，一語百情。李杜洵敵手也。（《秋窗隨筆》）

《唐宋詩醇》云：逸調。末句非有軼思，特妬花之艷耳。

西　施

越王勾踐爲吴王夫差所敗，命范蠡求美女於國中，得苧蘿山浣紗之女曰西施，進於吴王，遂許和。勾踐卧薪嘗膽，生聚教訓，終滅吴。西施歸范蠡，從遊五湖而去。其事散見於《吴越春秋》、《越絶書》、《吴地記》等。

西施越溪女，出自苧蘿山〔一〕。秀色掩今古，荷花羞玉顔。浣紗弄碧水，自與清波閑。皓齒信難開，沉吟碧雲間。勾踐徵絶艷，揚蛾入吴關〔二〕。提携館娃宫〔三〕，杳渺詎可攀。一破夫差國，千秋竟不還。

【注釋】

〔一〕苧蘿山，在今浙江諸暨縣南。

〔二〕揚蛾，猶揚眉。沈約《湘夫人》詩：「揚蛾一含睇，娅娟好且修。」

〔三〕館娃宫，相傳吴王夫差爲西施所建，遺址在今江蘇蘇州市西南靈巖山。

王右軍

王右軍，即王羲之，字逸少。晉琅邪人，居會稽山陰。書法備精諸體，自成一家，爲世所重。官至右軍將軍、會稽内史。性愛鵝，山陰有一道士養好鵝，羲之往觀焉，意甚悦，固求市之。道士云：「爲寫《道德經》，當舉群相贈耳。」羲之欣然寫畢，籠鵝而歸。見《晉書·王羲之傳》。

右軍本清真〔一〕，瀟灑在風塵。山陰遇羽客〔二〕，要此好鵝賓〔三〕。掃素寫道經〔四〕，筆精妙入神。書罷籠鵝去，何曾別主人？

【注釋】

〔一〕清真，襟懷淡泊。《晉書·王羲之傳》：「羲之既少有美譽，朝廷公卿皆愛其才器，頻召爲侍中、吏部尚書，皆不就。」

〔二〕山陰，縣名。因在會稽山之陰，故稱。羽客，即道士。

〔三〕要，通邀。陶淵明《桃花源記》：「便要還家，設酒殺雞作食。」

〔四〕掃素，白絹上作書。李白《草書歌行》：「牋麻素絹排數箱，……須臾掃盡數千張。」

秋日登揚州西靈塔

自越中還至揚州作。西靈塔，即棲靈寺塔，建於隋文帝時。在城西北五里。見《揚州府志》卷二十八。《太平廣記》卷九十八引《獨異志》云：「揚州西靈塔，中國之尤峻峙者。」

寶塔凌蒼蒼，登攀覽四荒。頂高元氣合，標出海雲長〔一〕。萬象分空界，三天接晝梁〔二〕。水摇金刹影，日動火珠光〔三〕。鳥拂瓊簷度，霞連繡栱張〔四〕。目隨征路斷，心逐去帆揚。露浩梧楸白，霜催橘柚黄。玉毫如可見，於此照迷方〔五〕。

【注釋】

〔一〕標，梢也。此指佛寺塔尖。

〔二〕三天，釋家語。王注：「三天謂欲界天、色界天、無色界天也。」

〔三〕金刹，又作刹竿、刹柱，表彰寺院之竿柱，其上以金銅造寶珠焰形，立於寺前。

〔四〕栱，即斗栱，柱上方木，所以拱持棟梁。繡栱，彩繪之斗栱。

〔五〕《慧琳音義》一一：「玉毫者，如來眉間白毫毛也。皓白光潤，猶如白玉。佛從毫相，放大光明，照十方界。」迷方，猶迷津、迷途。

【按】

劉長卿有《登揚州棲靈寺塔》詩，高適有《登廣陵棲靈寺塔》詩，《高僧傳·懷信傳》則作「揚州西靈塔」。西靈塔、棲靈寺塔，當爲同一塔。

淮南卧病書懷寄蜀中趙徵君蕤

本年秋作於揚州。淮南，道名，治所在揚州。趙蕤，蜀中隱士。徵君，不就朝廷徵聘之人。《新唐書·藝文志》雜家類：「趙蕤《長短要術》十卷。」注云「字太賓，梓州人，開元中召之不赴。」《長短要術》，一名《長短經》，今猶存。蘇頲《薦西蜀人才疏》：「趙蕤數術，李白文章。」《唐詩紀事》卷十八引《彰明逸事》，謂白少時曾依趙蕤，從學歲餘。

吳會一浮雲〔一〕，飄如遠行客〔二〕。功業莫從就，歲光屢奔迫。良圖俄棄捐，衰疾乃綿劇〔三〕。古琴藏虛匣，長劍挂空壁。楚懷奏鍾儀〔四〕，越吟比莊舄〔五〕。國門遥天外〔六〕，鄉路遠山隔。朝憶相如臺〔七〕，夜夢子雲宅〔八〕。旅情初結緝，秋氣方寂歷〔九〕。風入松下清，露出草間白。故人不可見，幽夢誰與適〔一〇〕？寄書西飛鴻，贈爾慰離析〔一一〕。

【注釋】

〔一〕吴會，吴郡與會稽郡。浮雲，白自喻。曹丕《雜詩》：「西北有浮雲，亭亭如車蓋。惜哉時不遇，適與飄風會。吹我東南行，行行至吴會。」

〔二〕首二句兩宋本、繆本、王本俱注云：一作「萬里無主人，一身獨爲客」。

〔三〕綿劇，纏綿加劇。二句意謂：不料病情加重，頓使良圖棄於一旦。

〔四〕晉侯觀於軍府，見鍾儀，問之曰：「南冠而縶者誰也？」有司對曰：「鄭人所獻楚囚也。」使釋之，問其族，對曰：「伶人也。」公曰：「能樂乎？」對曰：「先父之職官也，敢有二事？」使與之琴，操南音。公語范文子，文子曰：「樂操土風，不忘舊也。」見《左傳》成公九年。

〔五〕越人莊舄仕楚執珪，有頃而病。楚王曰：「舄，故越之鄙細人也，今仕楚執珪，貴富矣，亦思越不？」中謝對曰：「凡人之思故，在其病也。彼思越則越聲，不思越則楚聲。」使人往聽之，猶尚越聲。見《史記·張儀列傳》。以上二句，兩宋本、繆本、王本俱注云：「一作卧來恨已久，興發思逾疾。」

〔六〕國門，國都之門。

〔七〕相如臺，即司馬相如琴臺，在成都。《初學記》卷二十四：「王褒《益州記》曰：司馬相如宅在州西笮橋北百步許。李膺云：市橋西二百步得相如舊宅。今梅安寺南有琴臺故墟。」

〔八〕子雲宅，即揚雄故宅，在成都。《太平寰宇記》卷七十二：「子雲宅，在（成都）少城西南角，一名草玄堂。」

〔九〕《文選》江淹《雜體詩》：「寂歷百草晦。」李善注：「寂歷，凋疏貌。」

〔一〇〕誰與適，即與誰適。適，合也。

〔一一〕離析，《論語·季氏》：「邦分崩離析而不能守也。」何晏注：「不可會聚曰離析。」

【按】

唐人詩中多以淮南代稱揚州，如劉長卿《更被奏留淮南送從弟罷使江東》：「又作淮南客，還悲木葉聲。寒潮落瓜步，秋色上蕪城。」張祜《淮南游》：「人生只合揚州死，禪智山光好墓田。」姚合「揚州春詞」三首：「江北烟光裏，淮南勝事多。」故知此詩作於揚州卧病之時。

秋夕旅懷

涼風度秋海，吹我鄉思飛。連山去無際，流水何時歸？目極浮雲色，心斷明月暉。芳草歇柔艷，白露催寒衣。夢長銀漢落，覺罷天星稀。含悲想舊國，泣下誰能揮？

【按】

此與上篇情景相接，故繫一處。此詩中「舊國」指故鄉，因前有「鄉思」故也。

開元十五年（七二七年）　李白二十七歲

山中問答

白本年來安陸，始隱壽山。「山中」或指壽山中。山在安陸縣西北六十里。安陸，淮南道安州州治，今湖北安陸縣。兩宋本、繆本俱題作《山中答俗人》。

問余何意棲碧山〔一〕？笑而不答心自閑。桃花流水窅然去〔二〕，别有天地非人間。

【注釋】

〔一〕意，兩宋本、蕭本、繆本、咸本、王本俱注云：「一作事。」

〔二〕窅然，深遠貌。窅音窈。

【集説】

李東陽云：詩貴意，意貴遠不貴近，貴淡不貴濃；濃而近者易識，淡而遠者難知。如杜子美「鈎簾宿鷺起，丸藥流鶯囀」，「不通姓字粗豪甚，指點銀瓶索酒嘗」，「銜泥點涴琴書內，更接飛蟲打著人」，李太白「桃花流水杳然去，别有天地非人間」，王摩詰「返景入深林，復照青苔上」，皆淡而愈濃，近而愈遠，可與知者道，難與俗人言。（《麓堂詩話》）

【按】

李白《上安州裴長史書》云：「見鄉人相如大誇雲夢之事，云楚有七澤，遂來觀焉。而許相公家見招，妻以孫女，便憩跡於此，至移三霜焉。」雲夢澤，在安陸縣南五十里，見《元和郡縣志》卷二十七。許相公，謂許圉師。其父許紹，字嗣宗，安州安陸人，少時與高祖同學，封安陸郡公。圉師爲紹次子，高宗龍朔中爲左相，儀鳳四年卒。見《新唐書·許紹傳》及附許圉師傳。此書作於李白三十歲，上溯三年，故知白來安陸，婚於許氏在本年。此期所作《代壽山答孟少府移文書》云：「近者逸人李白自峨眉而來，爾其天爲容，道爲貌，不屈己，不干人，巢由以來，一人而已。乃虬蟠龜息，遁乎此山。……俄而李公仰天長吁，謂其友人曰：吾未可去也。吾與爾達則兼濟天下，窮則獨善一身……乃相與卷其丹書，匣其瑶瑟，申管晏之談，謀帝王之術，奮其智能，願爲輔弼。使寰區大定，海縣清一。事君之道成，榮親之義畢，然後與陶朱留侯浮五湖，戲滄洲，不足爲難矣。」李白志趣於此可見。詩云「笑而不答」者，蓋即此意。

南軒松

此詩或作於是年秋，借松以言志。

南軒有孤松，柯葉自綿冪〔一〕。清風無閑時，蕭灑終日夕。陰生古苔緑，色染秋烟碧。何當凌雲霄〔二〕？直上數千尺。

【注釋】

〔一〕王注：「綿冪，枝葉稠密而相覆之意。」冪音密。

〔二〕何當，猶云安得，向往之辭。

【按】

范傳正《李白新墓碑》云：「常欲一鳴驚人，一飛冲天。」於此可見一斑。

静夜思

《静夜思》，自創樂府新辭。

床前看月光〔一〕，疑是地上霜。舉頭望山月〔二〕，低頭思故鄉。

【注釋】

〔一〕瞿、朱云：「各本李集均作看月光。王士禎《唐人萬首絶句選》及《唐詩别裁》均作明月光，疑爲士禎所臆改。」

〔二〕山月，《唐宋詩醇》作明月，當爲臆改。

【集説】

胡云：思歸之辭也，太白自製名。

《唐宋詩醇》云：《詩藪》謂古今專門大家得三人焉，陳思之古，拾遺之律，翰林之絶，皆天授，非人力也。要是確論。至所云唐五言絶多法齊梁，體製自别，此則氣骨甚高，神韻甚穆，過齊梁遠矣。

鍾惺云：忽然妙景，目中口中湊泊不得，所謂不用意得之者。（《唐詩歸》）

劉永濟云：清李重華《貞一齋詩説》謂五言絶發源《子夜歌》，别無妙巧，取其天然二十字，如彈丸脱手爲妙。李白此詩絶去雕采，純出天真，猶是《子夜》民歌本色，故雖非用樂府古題，而古意盎然。（《唐人絶句精華》）

【按】

此詩思鄉之情略似上年《秋夕旅懷》，其作時當相去不遠；又詩中有「山月」一語，當係山居所見，則其作地或在安陸壽山。

白毫子歌

白毫子，或爲隱居安陸壽山之逸人。

淮南小山白毫子，乃在淮南小山裏〔一〕。夜卧松下雲，朝飡石中髓〔二〕。小山連綿向江開，碧峰巉巖渌水迴。余配白毫子，獨酌流霞杯〔三〕。拂花弄琴坐青苔，緑蘿樹下春風來。南窗蕭颯松聲起，憑崖一聽清心耳。可得見，未得親，八公携手五雲去〔四〕，空餘桂樹愁殺人〔五〕。

【注釋】

〔一〕王注：「王逸《楚辭序》：《招隱士》者，淮南小山之所作也。昔淮南王安好古，招懷天下俊偉之士，自八公之徒，咸慕其德而歸其仁，各竭才智，著作篇章，分造辭賦，以類相從，故或稱大山，或稱小山，其意猶詩有大雅、小雅也。……琦按：上句之淮南小山，本《楚辭序》以贊美白毫子之才，下句淮南小山則指白毫子隱居之地而言。」今按：其地或即安陸之壽山。白有《代壽山答孟少府移文書》云：「淮南小壽山。」

〔二〕石髓，即石鍾乳，入藥，舊謂可以延年。

〔三〕配，媲美。流霞，仙人所飲。《論衡·道虚》：「曼都曰：有仙人數人將我上天，口飢欲食，仙人輒飲我以流霞一杯。每飲一杯，數月不飢。」

〔四〕《水經注·肥水》：「淮南王劉安折節下士，篤好儒學，養方術之徒數十人，皆爲俊異焉，多神仙秘法鴻寶之道。忽有八公，皆鬚眉皓素，詣門希見，門者曰：『吾王好長生，今先生無住衰之術，未敢相聞。』八公咸變成童，王甚敬之。八士並能鍊金化丹，出入無間，乃與安登山，埋金於地，白日升天，餘藥在器，雞犬舐之者俱得上昇。」

〔五〕淮南王《招隱士》：「桂樹叢生兮山之幽。」王逸注：「桂樹芳香，以興屈原之忠貞。」句謂己雖如屈原之忠貞，而久居山林，無人招懷，良可慨也。

峴山懷古

《元和郡縣志》山南道襄州襄陽縣：「峴山，在縣東南九里。山東臨漢水，古今大路。」白多次遊襄陽，此似爲初遊之作。」

訪古登峴首〔一〕，憑高眺襄中〔二〕。天清遠峰出，水落寒沙空。弄珠見遊女〔三〕，醉酒懷山公〔四〕。感嘆發秋興，長松鳴夜風。

【注釋】

〔一〕王注：「峴首，謂峴山之巔。鮑照詩：『晨登峴山首。』後人因之，遂謂峴山曰峴首。孟浩然『峴首晨風送』，馬戴『白雲登峴首』，本此。」

〔二〕襄中，即襄陽。

〔三〕《文選》張衡《南都賦》：「遊女弄珠於漢皋之曲。」李善注：「《韓詩外傳》曰：鄭交甫將南適楚，遵彼漢皋臺下，乃遇二女佩兩珠，大如荆雞之卵。」

〔四〕山公，即山簡，晉征南將軍，鎮襄陽，好飲酒。詳見開元二十二年《襄陽歌》注。

寄弄月溪吴山人

嘗聞龐德公〔一〕，家住洄湖水〔二〕。終身棲鹿門，不入襄陽市。夫君弄明月〔三〕，滅影清淮裏。高蹤邈難追，可與古人比。清揚杳莫覿〔四〕，白雲空望美。待號辭人間，携手訪松子〔五〕。

【注釋】

〔一〕《後漢書·逸民傳》：「龐公者，南郡襄陽人也。居峴山之南，未嘗入城府。夫妻相敬如賓，荆州刺史劉表數延請，不能屈，乃就候之。……後遂携其妻子登鹿門山，因採藥不反。」

〔二〕王注：「洞湖事無所考證。孟浩然詩亦有『聞就龐公隱，移居近洞湖』之句。按酈道元《水經注》：蔡洲大岸西有洄湖，停水數十畝，長數里，廣減百步，水色常緑。楊儀居上洄，楊顒居下洄，與蔡洲相對，在峴山南廣昌里云云。與《後漢書》『峴山之南』相合，豈洞湖即洄湖之訛與？然道元不言洄湖爲德公所居，而以魚梁洲爲德公所居，則又未敢據也。」洞，音扃。洄，音回。

〔三〕夫君，夫音扶，彼也，此謂吴山人。《楚辭·九歌·雲中君》：「思夫君兮太息。」

〔四〕《詩·鄭風·野有蔓草》：「有美一人，清揚婉兮。」毛傳：「清揚，眉目之間，婉然美也。」

〔五〕松子，即赤松子，古之仙人。《史記·留侯世家》：「願棄人間事，欲從赤松子遊耳。」

【集説】

詹鍈云：詩云：「夫君弄明月，滅影清淮裏。」弄月溪當在淮水附近。詳詩意：白似與吴山人相去不遠。曾鞏次此首詩於《淮南卧病寄蜀中趙蕤》之下，或有所見，今從之。

【按】

誠如詹説，弄月溪當在淮水附近。吴山人似爲白在揚州時結識之隱士。然此詩以襄陽龐德公喻之，或爲西來安陸後作。

開元十六年（七二八年）　李白二十八歲

贈僧行融

是年早春，白遊江夏，見《早春於江夏送蔡十還家雲夢序》。此詩或作於是時。

梁有湯惠休，常從鮑照遊〔一〕。峨眉史懷一，獨映陳公出〔二〕。卓絶二道人〔三〕，結交鳳與麟。行融亦俊發，吾知有英骨。海若不隱珠，驪龍吐明月〔四〕。大海乘虚舟，隨波任安流〔五〕。賦詩旃檀閣〔六〕，縱酒鸚鵡洲〔七〕。待我適東越，相携上白樓〔八〕。

【注釋】

〔一〕《宋書·徐湛之傳》：「沙門釋惠休，善屬文，辭彩綺艷，湛之與之甚厚。世祖命使還俗。本姓湯，位至揚州從事。」鮑照有《秋日示休上人》、《答休上人》諸詩。

〔二〕王注：「盧藏用《陳子昂别傳》：友人趙貞固、鳳閣舍人陸餘慶、殿中侍御史畢構、監察御史王無競、亳州長史房融、右史崔泰之、處士郭襲微、道人史懷一，皆篤歲寒之交。崔顥《贈懷一上人》詩：法師東南秀，世實豪家子，削髮十二年，誦經峨嵋裏。是史懷一爲峨嵋僧也。」

〔三〕道人，六朝時僧人之别稱，後世兼稱道士。

〔四〕海若，海神，見《莊子·秋水》。《莊子·列禦寇》：「夫千金之珠必在九重之淵而驪龍頷下。」陸德明注：「驪龍，黑龍也。」驪，音離。明月，珠名。二句喻行融之才學。

〔五〕《晉書·謝安傳贊》：「太保沉浮，曠若虚舟。」二句喻行融之胸襟。

〔六〕旃檀閣，或在龍門香山寺。沈佺期《從幸香山寺應制》：「旃檀曉閣金輿度。」旃檀，即檀香木。

〔七〕《元和郡縣志》江南道鄂州江夏縣：「鸚鵡洲，在縣西南二里。」

〔八〕白樓，亭名。《世説·賞譽》：「孫興公、許玄度共在白樓亭，共商略先往名達。林公既非所關，聽訖云：二賢故自有才情。」劉孝標注：「《會稽記》曰：亭在山陰，臨流映壑也。」林公，東晉高僧支遁，字道林，人稱支公，又稱林公。此以支遁喻行融。

【按】

詹鍈繫《早春於江夏送蔡十還家雲夢序》於本年，可從。序中有云：「秋七月，結遊鏡湖，無愆我期。」此詩亦云「待我適東越，相携上白樓」，并有「縱酒鸚鵡洲」之語。則行融或是本年早春同遊江夏者。

黄鶴樓送孟浩然之廣陵

黄鶴樓，故址在今湖北武漢市蛇山，臨長江。相傳有仙人子安嘗乘黄鶴過此，故名。見《南齊書·州郡志》。一説蜀費文禕登仙，嘗駕黄鶴憩此。見《太平寰宇記》一一二。孟浩然，盛唐著名詩人，兩《唐書》有傳，詳見開元二十七年《贈孟浩然》題解。廣陵，即揚州。

故人西辭黄鶴樓，烟花三月下揚州。孤帆遠影碧山盡〔一〕，唯見長江天際流。

【注釋】

〔一〕此句，唐寫本作「孤帆遠暎緑山盡」。影，兩宋本、繆本、王本俱注云：一作「映」。山，蕭本、胡本、四部本俱作「空」。

【集説】

陸游云：「太白登此樓送孟浩然詩云：『征帆遠映碧山盡，唯見長江天際流。』蓋帆檣映遠山尤可觀，非江行久不能知也。」（《入蜀記》）

唐汝詢云：帆影盡則目力已極，江水長則離思無涯，悵望之情，俱在言外。（《唐詩解》）

【按】

郁賢皓謂此詩作於本年暮春，可從。詳見《李白叢考》。

碧荷生幽泉　古風其二十六

此及以下古風三首皆比興言志之作，約作於本年前後。

碧荷生幽泉，朝日豔且鮮。秋花冒綠水〔一〕，密葉羅青烟。秀色空絶世，馨香誰爲傳？坐看飛霜滿，凋此紅芳年。結根未得所，願託華池邊〔二〕。

【注釋】

〔一〕《文選》曹植《公宴詩》：「朱華冒綠池。」李善注：「冒，猶覆也。」

〔二〕《楚辭·七諫》：「蛙黽遊乎華池。」王逸注：「華池，芳華之池也。」

【集説】

蕭士贇云：此篇荷與華池，比也。謂君子有絶世之行處於僻野而不爲世所知，常恐老之將至，而所抱不見於所用，安得託身於朝廷之上而用世哉？是亦太白自傷之意也歟？

陳沆云：君子履潔懷芳，何求於世？然而未嘗忘意當世者，懼盛年之易逝，而思遇主以成功名也。（《詩比興箋》）

燕趙有秀色　古風其二十七

燕趙有秀色，綺樓青雲端。眉目豔皎月，一笑傾城歡。常恐碧草晚，坐泣秋風寒。纖手怨玉琴，清晨起長歎。焉得偶君子，共乘雙飛鸞？

【集説】

蕭云：此詩比興與二十六首同意，謂懷材抱藝之士，惟恐未見用之時，而老之將至。思得君子而附離，與共爵位而用世也。

西國有美女 感興其六

西國有美女，結樓青雲端。蛾眉豔曉月，一笑傾城歡。高節不可奪〔一〕，炯心如凝丹。常恐彩色晚，不爲人所觀。安得配君子，共乘雙飛鸞？

【注釋】

〔一〕不可奪，宋乙本、繆本俱作「奪明主」。

【按】

此與上篇文字互有異同，蓋一詩之兩傳者，故併繫一處。

青春流驚湍 古風其五十二

青春流驚湍〔一〕，朱明驟回薄〔二〕。不忍看秋蓬〔三〕，飄揚竟何託？光風滅蘭蕙〔四〕，白露灑葵藿〔五〕。美人不我期，草木日零落。

【注釋】

〔一〕驚湍，激流。句言青春之易逝有若驚湍也。

〔二〕朱明，《爾雅·釋天》：「夏爲朱明。」郭璞注：「氣赤而光明也。」回薄，《文選》賈誼《鵩鳥賦》：「萬物回薄兮，振盪相轉。」

〔三〕蓬，草名。秋枯根拔，風捲而飛，故又名飛蓬。

〔四〕《楚辭》宋玉《招魂》：「光風轉蕙，氾崇蘭些。」王逸注：「言天雨霽日明，微風奮發，動摇草木，皆令有光，充實蘭蕙，使之芬芳而益暢茂也。」句反其意而用之，言雨後日出而風，致使蘭蕙枯萎。

〔五〕白露，《詩·秦風·蒹葭》：「蒹葭蒼蒼，白露爲霜。」葵藿，野菜名。《三國志·曹植傳》：「若葵藿之傾葉，太陽雖不爲之回光，然終向之者，誠也。」

【集説】

蕭云：《楚辭》：日月忽其不淹兮，春與秋其代序。惟草木之零落兮，恐美人之遲暮。此篇詩意全出於此。美人，況時君也。時不我用，老將至矣，懷才而見棄於世，能不悲夫！

秋　思

蕭云：「《秋思》，古琴操商調之曲。」

春陽如昨日，碧樹鳴黄鸝。蕪然蕙草暮〔一〕，颯爾凉風吹。天秋木葉下〔二〕，月冷莎雞悲〔三〕。坐愁群芳歇，白露凋華滋〔四〕。

【注釋】

〔一〕蕙草，香草名，俗名佩蘭。

〔二〕《九歌·湘夫人》：「嫋嫋兮秋風，洞庭波兮木葉下。」

〔三〕莎鷄，即絡緯，俗名紡織娘。

〔四〕華滋，茂盛也，此指花草。《文選·古詩十九首》：「庭中有奇樹，緑葉發華滋。」

【按】

此詩與上篇作意略同，因繫於此。

李白全集編年箋注卷二一　編年詩第二

開元十七年（七二九年）　李白二十九歲

安州應城玉女湯作

應城，安州屬縣，即今湖北應城縣。玉女湯，即玉女泉。王注：「《一統志》：玉女泉，在湖廣德安府應城縣西五十五里，其泉熱沸，野老相傳玉女煉丹之地。」是時，白居安陸，來遊此地。詩末借湯以言志，已有入長安之意。

神女歿幽境〔一〕，湯池流大川。陰陽結炎炭，造化開靈泉〔二〕。地底爍朱火，沙旁歊素烟〔三〕。沸珠躍明月，皎鏡涵空天。氣浮蘭芳滿，色漲桃花然。精覽萬殊入〔四〕，潛行七澤連〔五〕。愈疾功莫尚，變盈道乃全〔六〕。濯纓掬清泚〔七〕，晞髮弄潺湲〔八〕。散下楚王國，分澆宋玉田〔九〕。可以奉巡幸，奈何隔窮偏〔一〇〕？獨隨朝宗水，赴海輸微涓〔一一〕。

【注釋】

〔一〕神女，即題中玉女。《藝文類聚》卷九引《荆州記》：「世傳昔有玉女乘車，自投此泉。」

〔二〕賈誼《鵩鳥賦》：「天地爲鑪兮造化爲工，陰陽爲炭兮萬物爲銅。」二句自此化出。

〔三〕歊，音消，氣上出貌。

〔四〕精覽，明察也。萬殊，萬物也。《淮南子·泰族》：「天地所包，陰陽所嘔，雨露所濡，以生萬殊。」句謂泉水清澈，映入萬物。

〔五〕司馬相如《子虛賦》：「楚有七澤。」

〔六〕《易·謙》：「地道變盈而流謙。」

〔七〕濯纓，《楚辭·漁父》：「滄浪之水清兮，可以濯吾纓。」清泚，代指泉水。《詩·邶風·新臺》：「新臺有泚。」鄭箋：「泚，鮮明貌。」

〔八〕晞，沐後披髮使乾。《九歌·少司命》：「與汝沐兮咸池，晞汝髮兮陽之阿。」

〔九〕宋玉《小言賦》：「楚襄王既登陽雲之臺，令諸大夫景差、唐勒、宋玉等……曰：『有能爲《小言賦》者，賜之雲夢之田。』宋玉曰：『無内之中，微物潛生，比之無象，言之無名。……』王曰：『善。』賜以雲夢之田。」

〔一〇〕巡幸，帝王外出視察。二句謂己本可隨侍時君，爲國效力，然因身處窮偏之地而無可奈何。

〔一一〕朝宗，王注：「《禹貢》：江漢朝宗於海。孔安國傳：二水入海，有似於朝。百川以海爲宗。宗，尊也。孔穎達《正義》：《周禮·大宗伯》：諸侯見天子之禮：春見曰朝，夏見曰宗。」微涓，細流。二句言己雖如細流，亦欲隨江漢之水以入大海也。

【集説】

蕭云：此雖紀咏詩，然寄興則謂士不幸而居於僻遠之鄉，雖抱王佐之才，而無由自達。身在江海，心存魏闕而已，悲夫！

嘉穀隱豐草　感興其八

嘉穀隱豐草，草深苗且稀。農夫既不異〔一〕，孤穗將安歸？常恐委疇隴，忽與秋蓬飛。烏得薦宗廟〔二〕，爲君生光輝？

【注釋】

〔一〕異，區分。

〔二〕烏得，猶安得，希冀之辭。薦，進獻。

【集説】

蕭云：此篇比興之詩，刺時賢之不能引類拔萃，以爲國用者歟？「嘉穀隱豐草，草深苗且稀」，喻賢人在野，混於常人之中。「農夫既不異，孤穗將安歸」，蓋謂農夫見穀之在草，而不別異之，猶賢者見賢之在野而不能薦進之也。「常恐委疇隴，忽與秋蓬飛」者，喻在野之賢惟恐老之將至，與草木俱腐也。「烏得薦宗廟，爲君生光輝」者，以喻在野之賢冀望在位之賢引而進之，以羽儀朝廷也。嗟夫，士懷才而不遇，千載讀之，猶有感激。

【按】

詩旨與上篇同，因繫一處。

長相思

《長相思》，《樂府詩集·雜曲歌辭》名。

日色欲盡花含烟，月明如素愁不眠。趙瑟初停鳳凰柱〔一〕，蜀琴欲奏鴛鴦絃〔二〕。此曲有意無人傳，願隨春風寄燕然〔三〕，憶君迢迢隔青天。昔時橫波目〔四〕，今作流泪泉。不信妾腸斷，歸來看取明鏡前。

【注釋】

〔一〕楊注：「鳳凰柱，刻瑟柱爲鳳凰形也。」吴均《酬别江主簿屯騎詩》：「趙瑟鳳凰柱，吴醥金罍樽。」

〔二〕楊注：「《蜀都賦》：『巴姬彈絃。』鴛鴦絃，以雌雄也。或曰成都雷氏善琢琴，故曰蜀琴。」

〔三〕燕然，地名，代指邊塞。王注：「《後漢書·竇憲傳》：『遂登燕然山，去塞三千餘里，刻石勒功，紀漢威德。』是知燕然山爲漠北極遠之地。又唐時有燕然州，寄在靈州迴樂縣界，是突厥九姓部落所處，見劉昫《唐書·地理志》。」

〔四〕《文選》傅毅《舞賦》：「目流睇而横波。」李善注：「横波，言目邪視如水之横流也。」

【集説】

蕭云：此亦戍婦詞也。

宋長白云：李白嘗作《長相思》樂府一章，末云：「不信妾腸斷，歸來看取明鏡前。」其妻從旁觀之曰：君不聞武后詩乎！「不信比來常下泪，開箱驗取石榴裙。」太白爽然自失，此即所謂相門女也。（《柳亭詩話》）

【按】

宋氏之語，雖不足信，然此詩風格確屬早期，姑繫於此。

折荷有贈

涉江翫秋水，愛此紅蕖鮮。攀荷弄其珠，蕩漾不成圓。佳人綵雲裏，欲贈隔遠天。相思無因見，悵望涼風前。

涉江弄秋水 擬古其十一

涉江弄秋水，愛此荷花鮮。攀荷弄其珠，蕩漾不成圓。佳期綵雲重，欲贈隔遠天。相思無由見，悵望涼風前。

【按】　以上二詩文字互有同異，蓋爲一詩之兩傳者，故併繫一處。二詩皆比興之辭。蕭云：「釋《楚辭》者曰，不敢指言君尊，故托辭曰佳人也。」與本年《安州應城玉女湯作》、《嘉穀隱豐草》（感興其八）作意略同。

開元十八年（七三〇年）　李白三十歲

玉真仙人詞

本年春夏間，李白自安陸啟程，取道南陽，西入長安。玉真仙人，即玉真公主，睿宗之女，玄宗之妹，太極元年入道，築觀京師。見《新唐書・諸帝公主傳》。此詩有干謁之意，然因玉真行踪無定，未果。

玉真之仙人〔一〕，時往太華峰〔二〕。清晨鳴天鼓〔三〕，飆欻騰雙龍〔四〕。弄電不輟手，行雲本無踪〔五〕。幾時入少室，王母應相逢〔六〕。

【注釋】

〔一〕《金石續編》卷八《玉真公主祥應記》：「公主法號無上，真字元元（按，即玄玄，清時諱改），睿宗大聖真皇帝之愛女，今上之季妹。……年甫二八，當景雲之初始受道於括蒼羅浮真人越國葉公。」《舊唐書・隱逸傳》：「道士司馬承禎……開元十五年又召至都。玄宗令承禎於王屋山自選形勝，置壇室以居焉。……俄又令玉真公主及光禄卿韋縚至其所居修金籙齋，復加以賜賚。」《金石録》卷二七《唐玉真公主墓志》：「公主法號無上，真字玄玄，天寶中更賜號曰持盈。」

〔二〕太華，即西岳華山，在今陝西華陰縣境。

〔三〕鳴天鼓，道家修煉之法。王注：「《雲笈七籤》：《九真高上寶書神明經》曰：扣齒之法，左相扣名曰打天鐘，右相扣名曰槌天磬，中央上下相扣名曰鳴天鼓。」

〔四〕飆欻，疾風也。《全唐文》卷六二四馮宿《大唐昇元劉先生碑銘》：「乘飆駕欻。」欻，音虚。

〔五〕《太平御覽》卷十三引《漢武内傳》：「西王母曰：東方朔爲太山仙官，太仙使至方丈，助三天司命，朔但務山水游戲，擅弄雷電，激波揚風，風雨失時。」以上四句，均用道家神仙之説寫玉真行踪飄忽。

〔六〕少室，山名。《元和郡縣志》河南道河南府登封縣：「嵩高山，在縣北八里。……東曰太室，西曰少室，嵩高總名，即中岳也。」楊炯《少室山少姨廟碑》：「按少姨廟者，則《漢書・地理志》嵩高少室之廟也。其神爲婦人像者，則故老相傳，云啟母塗山之妹也。」二句以王母喻玉真，以少室喻其修煉之處。

【按】

李白開元年間初入長安一事，稗山《李白兩入長安辨》一文（載《中華文史論叢》第二輯）首倡其說，然繫年不確。郭沫若《李白與杜甫》據李白《與韓荆州書》中「三十成文章，歷抵卿相……」等語，推定爲本年，良是。其後，郁賢皓、朱金城等人亦主此説。郁説見《李白叢考》一書，朱説見《李白集校注》後記。李白初入長安季節，稗山、郁賢皓均據《豳歌行贈新平長史兄粲》（詩見本年）所云「憶昨去家此爲客，荷花初紅柳條碧」，定爲夏季六月。

玉真公主别館苦雨贈衛尉張卿二首

本年秋寓居玉真公主别館時作。别館在終南山樓觀。衛尉張卿，即右相張説次子張垍，尚寧親公主，拜駙馬都尉，爲玉真侄婿。兩《唐書》有傳。衛尉卿，從三品，掌殿廷帷幕等事。詩借山中苦雨之景，抒其受冷遇之情。

秋坐金張館〔一〕，繁陰晝不開。空烟迷雨色，蕭颯望中來。翳翳昏墊苦〔二〕，沉沉憂恨催。
清秋何以慰，白酒盈吾杯。吟詠思管、樂，此人已成灰〔三〕。獨酌聊自勉，誰貴經綸才。彈
劍謝公子，無魚良可哀〔四〕。

【注釋】

〔一〕金張館，指玉真别館。《漢書·張湯傳》：「功臣之世，唯有金氏、張氏，親近寵貴，比於外戚。」金，指金日磾；張，指張安世，皆漢宣帝時權貴。後世遂以金、張爲權貴之家代稱。《金石萃編》卷八十六《元元靈應頌》（天寶元年立，碑在樓觀，即王本題解所謂戴璇樓觀碑）：「玉真長公主，以天孫毓德，帝妹聯貴，師心此地。」樓觀，今稱樓觀臺，在陝西周至縣終南山麓，相傳爲老子撰《道德經》處。王維有《奉和聖制幸玉真公主山莊》詩，儲光羲有《玉真公主山居》詩。儲詩云：「山北天泉苑，山西鳳女家。不言沁園好，獨隱武陵花。」樓觀北有醴泉，西有鳳臺，相傳秦穆公爲其女所築，故云。《集注分類東坡先生詩》卷一有壬寅二月十八日游樓觀過玉真公主祠堂詩（題略）。今樓觀臺山前尚有元代至元二年碑石，上鎸樓觀全圖，其西南山麓有「玉真觀」三字。

〔二〕《書·益稷》：「下民昏墊。」《文選》謝靈運《遊南亭》詩：「久痗昏墊苦。」張銑注：「昏霧墊溺也，言病此霖雨之苦也。」

〔三〕管樂，謂管仲與樂毅。管仲，春秋時齊桓公相；樂毅，戰國時燕昭王將。《史記》有傳。二句謂吟詠之際思社稷之臣，惜今不可得。此對張説之微辭。

〔四〕彈劍，即彈鋏。戰國時士人馮驩聞孟嘗君好客，躡屩而見之。孟嘗君置之傳舍。十日，彈其劍而歌曰：「長鋏歸來乎，食無魚！」孟嘗君遷之幸舍。見《史記·孟嘗君傳》。謝，以辭相告也。公子，此指張垍。

其二

苦雨思白日，浮雲何由卷？稷卨和天人〔一〕，陰陽乃驕蹇〔二〕。秋霖劇倒井，昏霧横絶巘〔三〕。欲往咫尺塗，遂成山川限。潨潨奔溜聞〔四〕，浩浩驚波轉。泥沙塞中途，牛馬不可辨〔五〕。飢從漂母食〔六〕，閑綴羽陵簡〔七〕。園家逢秋蔬，藜藿不滿眼〔八〕。蠨蛸結思幽〔九〕，蟋蟀傷褊淺〔一〇〕。厨竈無青烟，刀机生緑蘚。投箭解鷛鷞，换酒醉北堂〔一一〕。丹徒布衣者，慷慨未可量。何時黄金盤，一斛薦檳榔〔一二〕。功成拂衣去，摇曳滄洲傍〔一三〕。

【注釋】

〔一〕稷，古代農官名。周時，棄爲稷，教民播植百穀。卨，音卸，契之古字。契，帝嚳之子，虞舜之臣，助禹治水有功。此處代指時相。和，燮和，即協調。

〔二〕乃，兩宋本、繆本、咸本作「仍」。驕蹇，桀驁不馴之意。此句承上，意謂宰相本有「和天人」之責，而實則陰陽未調。二句隱有微辭。

〔三〕劇，甚於。巘，音偃，山峰。

〔四〕潨，音叢。潨潨，一作瀧瀧，水聲。鮑照《過銅山掘黄精》詩：「蹀蹀寒葉離，瀧瀧秋水積。」

〔五〕《莊子·秋水》：「秋水時至，百川灌河，涇流之大，兩涘渚涯之間，不辨牛馬。」

〔六〕漢淮陰侯韓信，微賤時嘗從漂母乞食。詳見本年《贈新平少年》注。

〔七〕綴，謂連結字句以成文章。《漢書·劉向傳贊》：「自孔子後，綴文之士衆矣。」羽陵簡，代指所作詩文。《穆天子傳》：「天子東遊，次於雀梁，□蠹書於羽陵。」

〔八〕逢，逢迎，接待也。藜藿，賤菜。

〔九〕《詩·豳風·東山》：「蠨蛸在户。」朱熹注：「蠨蛸，小蜘蛛也。户無人出入，則結網當之。」思幽，即幽思，謂深遠之思。句謂見蜘蛛結網而興深遠之思。

〔一〇〕《詩·唐風·蟋蟀》：「蟋蟀在堂，歲聿其莫。今我不樂，日月其除。」褊淺，困窘之意。句謂聞蟋蟀夜鳴而有失志之感。

〔一一〕鷫鸘，即鷫鸘裘。《西京雜記》卷二：「司馬相如初與卓文君還成都，居貧愁懣，以所著鷫鸘裘就市人楊昌貰酒，與文君爲歡。」

〔一二〕王注：「《南史·劉穆之傳》：諸葛長民有異謀，穆之厚爲之備。謂所親曰：『貧賤常思富貴，富貴必踐危機。今日思爲丹徒布衣，不可得也。』穆之少時家貧，誕節，嗜酒食，不修拘檢。好往妻兄家乞食，多見辱，不以爲恥。江氏後有慶會，屬令勿來，穆之猶往。食畢求檳榔，江氏兄弟戲之曰：『檳榔消食，君乃常飢，何忽須此？』及穆之爲丹陽尹，將召妻兄弟，妻泣而稽顙以致謝。穆之曰：『本不匿怨，無所致憂。』及至醉，穆之乃令厨人以金盤貯檳榔一斛以進之。」以上四句，以劉穆之自喻，暗刺張垍。

〔一三〕滄洲，濱水之地，隱者所居。

【按】

題中之衛尉張卿，詹鍈疑是張介然，郁賢皓《李白叢考》斷爲張垍。郁說爲是。然郁說以李白與張垍同在玉真別館作客云云，則誤。據詩，所謂玉真別館實是荒園一處。再觀二詩之末均以張垍爲主人，則白之寓居別館當係張垍安置。此地既是荒園一處，又距長安百有餘里，兼值霖雨路斷。置白於此，實同幽囚，白之遭際可知，張垍之用心亦可知。

秦女卷衣

《樂府詩集·雜曲歌辭》有《秦王卷衣》。《樂府解題》曰：「《秦王卷衣》，言咸陽春景及宮闕之美。秦王卷衣，以贈所歡也。」本篇則以秦女自喻，輸忠款之情。

天子居未央〔一〕，妾侍卷衣裳〔二〕。顧無紫宮寵，敢拂黄金床〔三〕？水至亦不去〔四〕，熊來尚可當〔五〕。微身奉日月〔六〕，飄若螢之光。願君採葑菲，無以下體妨〔七〕。

【注釋】

〔一〕未央，漢宮殿名。高祖七年，蕭何造。故址在今西安西北長安故城内。此借指唐禁中。

〔二〕侍，兩宋本、繆本俱作「來」。

〔三〕紫宮，本星座名，古謂上帝所居，亦以指帝王居處。二句意謂：自思并無帝王之寵，豈敢拂黄金之床乎？

〔四〕《列女傳》楚昭貞姜：「王出游，留夫人漸臺之上而去。王聞江水大至，使使者迎夫人，忘持其符。使者至，請夫人出。夫人曰：『王與宫人約，令召宫人必以符。今使者不持符，妾不敢從。』……於是使者取符，則水大至。臺崩，夫人流而死。」

〔五〕《漢書·外戚傳》：「上幸虎圈鬥獸，後宫皆坐，熊逸出圈，攀檻欲上殿。左右貴人傅昭儀等皆驚走，馮倢伃直前當熊而立。左右格殺熊。上問：『人情驚懼，何故前當熊？』倢伃對曰：『猛獸得人而止。妾恐熊至御座，故以身當之。』元帝嗟嘆，以此倍敬重焉。」以上二句喻己之忠誠。

〔六〕日月，喻君王。

〔七〕《詩·邶風·谷風》：「采葑采菲，無以下體。」鄭箋：「此二菜者，蔓菁與葍之類也，皆上下可食。然而其根有美時，有惡時，采之者不可以根惡時并棄其葉。」參見集説及按語。

【集説】

朱諫云：託爲妾侍，言得侍天子於未央，則當守死而不變，設使遇難，不敢偷生以忘君也。……惟願吾君原吾區區之誠，如采葑菲者勿以下體有美惡而并棄其葉之常美者，斯可也。則吾之爲臣者，其跡雖有毀譽之不同，而吾心之忠信雖至死而不變，猶有可取也。吾君寧忍并棄之乎？（《李詩選注》）

【按】

李白乾元二年《贈南平太守之遥二首》憶及待詔翰林有句云：「當時笑我微賤者，卻來請謁爲交歡。」上句即指本年入長安時事。似此，則本詩末二句或以葑菲之根喻其出身微賤，亦即《與韓荆州書》所云「願君侯不以……寒賤而忽之」之意。

長相思

《長相思》，《樂府詩集·雜曲歌辭》名，多寫男女相思之情。此則以男女相思之情，抒君門九重之感。

長相思〔一〕，在長安。絡緯秋啼金井闌〔二〕，微霜凄凄簟色寒〔三〕。孤燈不明思欲絶，卷帷望月空長嘆。美人如花隔雲端〔四〕，上有青冥之高天，下有渌水之波瀾。天長路遠魂飛苦，夢魂不到關山難。長相思，摧心肝。

【注釋】

〔一〕王注：「長相思本漢人詩中語。古詩：『客從遠方來，遺我一書札。上言長相思，下言久離别。』蘇武詩：『生當復來歸，死當長相思。』李陵詩：『行人難久留，各言長相思。』六朝始以名篇，如陳後主：『長相思，久相憶。』徐陵：『長相思，望歸難。』江總：『長相思，久别離。』諸作并以長相思發端。太白此篇正擬其格。」

〔二〕絡緯，昆蟲名，俗稱紡織娘。井闌，井上闌干。金，飾詞。

〔三〕簟，音墊，竹蓆。

〔四〕美人，此指時君，即唐玄宗。《楚辭·離騷》：「惟草木之零落兮，恐美人之遲暮。」王逸注：「美人謂懷王也。」美人如花，兩宋本、繆本、王本俱注云：一作「佳期迢迢」。

【集説】

王夫之云：題中偏不欲顯，象外偏令有餘，一以爲風度，一以爲淋漓。烏乎，觀止矣！（《唐詩評選》）

《唐宋詩醇》云：絡緯秋啼，時將晚矣。曹植云：「盛年處房室，中夜起長嘆。」其寓興則同。然植意以禮義自守，此則不勝淪落之感。

陳沆云：此篇托興至顯。（《詩比興箋》）

【按】

諸家皆以此詩爲比興之作，别有寓意，良是。此詩格調雖擬樂府，詩意實祖《楚辭》。宋玉《九辯》云：「豈不郁陶而思君兮，君之門以九重。」即此詩之旨。其所以借求女爲辭，蓋斯時李白渴望君臣遇合之心至切，惟有求女之情能彷彿其萬一。詩中情景與《玉真公主别館苦雨贈衛尉張卿二首》相接，或作於寓居别館時。

高樓入青天　擬古其二

高樓入青天，下有白玉堂。明月看欲墮，當窗懸青光。遥夜一美人，羅衣霑秋霜。含情弄柔瑟，彈作《陌上桑》〔一〕。絃聲何激烈，風卷繞飛梁〔二〕。行人皆躑躅〔三〕，棲鳥去迴翔。但寫妾意苦，莫辭此曲傷。願逢同心者，飛作紫鴛鴦。

【注釋】

〔一〕《陌上桑》，漢樂府名。《樂府解題》云：「古辭言羅敷採桑爲使君所邀，盛夸其夫爲侍中郎以拒之。」此處所彈者與古辭異，其用意見集説。

〔二〕《列子·湯問》：「昔韓娥東之齊，匱糧，過雍門，鬻歌假食。既去而餘音繞梁欐，三日不絶，左右以其人弗去。」

〔三〕躑躅，踏步不前。

【集説】

蕭云：此詩喻賢者懷才抱藝，有以聳動人之耳目，而不肯心身輕許於人，思得同心同德者而依附之也。

唐汝詢云：此爲貞女擇偶之辭，以比賢者思得明君而仕也。（《唐詩解》）

孤蘭生幽園　古風其三十八

孤蘭生幽園，衆草共蕪没。雖照陽春暉，復悲高秋月〔一〕。飛霜早淅瀝，緑艷恐休歇。若無清風吹〔二〕，香氣爲誰發？

【注釋】

〔一〕陽春暉，喻盛世之恩澤。高秋月，喻處境之寂寞。二句意謂雖逢盛世而己身猶未遇。

〔二〕清風，喻知己。《抱朴子·交際》：「芳蘭之芬烈者，清風之功也。屈士起於丘園者，知己之助也。」

【集説】

蕭云：首兩句謂君子在野，未能自拔於衆人之中，三句至六句謂雖蒙主知，而小人之讒譖者已至，孤寒之士亦如是而已矣。末句則謂若非在位之人，引類拔萃而薦用之，雖有馨香，何以自見哉？

陳沆云：在野不能自拔，雖蒙主知，已被衆忌。若無當位之人，披拂而吹嘘之，雖有德馨，何由自達哉！此自傷遇主被讒，孤立莫援也。（《詩比興箋》）

【按】

諸説近似，唯謂遭讒被放之作，則否。其時尚未奉詔入朝甚明。

可嘆東籬菊　感遇其二

此篇咏菊，命意頗似上篇咏蘭，故繫一處。

可嘆東籬菊〔一〕，莖疏葉且微。雖言異蘭蕙，亦自有芳菲。未泛盈樽酒〔二〕，徒沾清露輝。

當榮君不採，飄落欲何依？

【注釋】

〔一〕陶潛《飲酒詩》：「採菊東籬下。」

〔二〕古人好飲菊花酒，或以菊花釀制，或以菊花浸泡。集中屢有泛菊之句，如「泛此黄金花」、「搴菊泛寒榮」等。泛，浮也，當即以菊花置酒中浸泡。

【集説】

蕭云：此篇喻賢者蒙朝廷養育之恩，有才而不見用，空受此恩也。當可用之時而君不采之，惟有飄零老死而已，將安所依乎？

讀諸葛武侯傳書懷贈長安崔少府叔封昆季

唐長安城有京兆府萬年、長安二縣，以皇城南朱雀門大街爲界，萬年縣領街東五十四坊及東市，長安縣領街西五十四坊及西市。見《唐兩京城坊考》卷二。崔叔封，長安縣尉。《新唐書·宰相世系表》載崔氏清河大房有叔封。此詩當係本年秋在長安初識崔氏昆季時所作。

漢道昔云季，群雄方戰爭。霸圖各未立，割據資豪英。赤伏起頽運〔一〕，卧龍得孔明。當其南陽時，隴畝躬自耕。魚水三顧合，風雲四海生。武侯立岷蜀，壯志吞咸京。何人先見許？但有崔州平〔二〕。余亦草間人，頗懷拯物情。晚途值子玉〔三〕，華髮同衰榮〔四〕。託意在經濟，結交爲弟兄。無令管與鮑〔五〕，千載獨知名。

【注釋】

〔一〕赤伏，符名。《後漢書·光武紀》：「光武先在長安時，同舍生彊華自關中奉赤伏符曰：『劉秀發兵捕不道，四夷雲集龍鬥野，四七之際火爲主。』」此借指劉備起事。

〔二〕崔州平，諸葛亮之友人。亮在南陽，躬耕隴畝，每自比於管仲、樂毅，時人莫之許也。惟博陵崔州平、潁川徐元直與亮友善，謂爲信然。見《三國志·蜀書·諸葛亮傳》。

〔三〕晚途，謂末路。子玉，即崔瑗，東漢名士崔駰之子，早孤，鋭志好學，盡能傳其父業。與馬融、張衡特相友好。見《後漢書·崔駰傳》。

〔四〕句謂永相交好，白首不渝。希冀之辭，非謂當時。

〔五〕《史記·管晏列傳》：「管仲……少時嘗與鮑叔牙遊，鮑叔知其賢。管仲貧困，嘗欺鮑叔，鮑叔終善遇之，不以爲言。已而鮑叔事齊公子小白，管仲事公子糾。及小白立爲桓公，公子糾死，管仲囚焉。鮑叔遂進管仲。管仲既用，任政於齊，齊桓公以霸，九合諸侯，一匡天下，管仲之謀也。」

答長安崔少府叔封遊終南翠微寺太宗皇帝金沙泉見寄

翠微寺，在長安縣南五十五里終南山太和谷。武德八年造，初名太和宫。貞觀十年廢，二十一年復置，改爲翠微宫。後廢爲寺。見《元和郡縣志》卷一。金沙泉，湮没無可考。此詩當作於上篇之後，故繫一處。

河伯見海若，傲然誇秋水〔一〕。小物昧遠圖，寧知通方士〔二〕？多君紫霄意〔三〕，獨往蒼山裹。地古寒雲深，巖高長風起。初登翠微嶺，復憩金沙泉。踐苔朝霜滑，弄波夕月圓。飲彼石下流，結蘿宿溪烟。鼎湖夢渌水，龍駕空茫然〔四〕。早行子午關〔五〕，卻登山路遠。拂琴聽霜猿，滅燭乃星飯〔六〕。人烟無明異，鳥道絶往返。攀崖倒青天，下視白日晚。既過石門隱〔七〕，還唱石潭歌。涉雪搴紫芳，濯纓想清波。此人不可見，此地君自過。爲余謝風泉，其如幽意何？

【注釋】

〔一〕河伯，河神。海若，海神。《莊子·秋水》：「秋水時至，百川灌河。涇流之大，兩涘渚崖之間，不辨牛馬。於是焉河伯欣然自喜，以天下之美爲盡在己。順流而東行，至於北海，東面而視，不見水端。於是焉河伯始旋其面目，望洋向若而嘆曰：『野語有之曰：聞道百，以爲莫己若者，我之謂也。……吾非至子之門則殆矣，吾長見笑於大方之家。』」此以河伯自喻，以海若喻崔叔封。

〔二〕通方，即通曉大道。《漢書·韓安國傳》：「通方之士，不可以文亂。」顔師古注：「方，道也。」通方士，即《莊子·秋水》所謂「大方之家」。

〔三〕多，贊揚之辭。自此以下皆寫崔叔封終南至石門遊踪。

〔四〕鼎湖，黄帝鑄鼎昇天處。黄帝於荆山下鑄鼎既成，乃駕龍昇天，後世因名其地曰鼎湖。見《史記·封禪書》。二句借以指太宗駕崩。貞觀二十三年四月太宗幸翠華宫，五月崩於含風殿。見《舊唐書·太宗紀》。

〔五〕子午關，自關中至漢中之孔道。《元和郡縣志》關内道京兆府長安縣：「子午關，在縣南百里。王莽通子午道，因置此關。魏遣鍾會統十萬餘衆，分從斜谷、駱谷、子午關趨漢中。」

〔六〕星飯，進餐於星光之下。鮑照《登大雷岸與妹書》：「棧石星飯，結荷水宿。」

〔七〕石門，此石門在褒城縣北，褒斜道之南口也。西漢高士鄭子真曾隱於此。詳見至德元載《贈韋秘書子春》注。

贈裴十四

是年秋末，白有岐、邠之行。此詩及後二首均爲行前贈别之作。裴十四，或爲裴光庭。

朝見裴叔則，朗如行玉山〔一〕。黄河落天走東海，萬里寫入胸懷間〔二〕。身騎白黿不敢度〔三〕，金高南山買君顧〔四〕。徘徊六合無相知〔五〕，飄若浮雲且西去。

【注釋】

〔一〕裴叔則，名楷，晉人。《世説·容止》：「裴令公有儁容儀，脱冠冕，粗服亂頭皆好，時人以爲玉人。見者曰：『見裴叔則如玉山上行，光映照人。』」二句以裴叔則譬裴十四之容儀。

〔二〕二句以黄河譬裴十四之胸懷。

〔三〕《楚辭·九歌·河伯》：「乘白黿兮逐文魚，與女遊兮河之渚。」王逸謂《九歌》「上陳事神之敬，下見己之冤結，托之以諷諫」（《楚辭章句》）；朱熹謂《九歌》「因彼事神之心，以寄吾忠君愛國眷戀不忘之意」（《楚辭集注》）。此句係以河伯自喻，言欲陳其忠愛之心而未敢造次。

〔四〕金高南山，蓋化用南金一詞。《詩·魯頌·泮水》：「元龜象齒，大賂南金。」朱熹注：「南金，荆、揚之金也。」後世以喻優秀傑出之人才。《晉書·薛兼傳》：「兼清素有器宇，少與同郡紀瞻、廣陵閔鴻、吴郡顧榮、會稽賀循齊名，號爲五儁。初入洛，司空張華見而奇之，曰：『皆南金也。』」此句係以南金自喻，言欲得裴十四之顧盼。

〔五〕六合，即天地四方。

【集説】

唐汝詢云：此言裴十四既有叔則之容儀，而胸懷浩蕩足藏萬里河流，使我莫能測量，欲冀其一顧而不可得也。高抗如此，人誰相知，唯飄然遠去耳。（《唐詩解》）

【按】

裴楷（叔則）曾爲中書郎，見《晉書》本傳。裴光庭，開元中曾爲中書侍郎，見兩《唐書》本傳。觀詩中其人高抗之態，亦似達官氣派。至于題中未用尊稱，蓋因裴某無禮賢下士之風，白遂有平交王侯之概。開元二十二年《與韓荆州書》，亦復如此。

夜別張五

張五，即張垍之弟張埱。

吾多張公子〔一〕，別酌酣高堂。聽歌舞銀燭，把酒輕羅霜〔二〕。横笛弄秋月，琵琶彈《陌桑》〔三〕。龍泉解錦帶〔四〕，爲爾傾千觴。

【注釋】

〔一〕《漢書·爰盎傳》：「諸公聞之，皆多盎。」顔師古注：「多，猶重。」

〔二〕羅霜，即霜羅，白色絲織品。

〔三〕陌桑，即《陌上桑》，古樂府。

〔四〕龍泉，寶劍名。曹植《與楊德祖書》：「有龍泉之利，乃可議於斷割。」

【按】

《新唐書·張説傳》：「子均、垍、埱。」杜甫有《贈翰林張四學士垍》詩。岑仲勉《唐人行第録》疑此處張五乃張埱，可從。埱，開元年間爲符寶郎。

秋山寄衛尉張卿及王徵君

衛尉張卿即張垍。白前此求薦未遂，且備受冷遇，故在別去時不欲見張，且寄此詩以諷。王徵君名字不詳。

何以折相贈？白花青桂枝。月華若夜雪，見此令人思。雖然剡溪興，不異山陰時〔一〕。明發懷二子〔二〕，空吟招隱詩〔三〕。

【注釋】

〔一〕《世説·任誕》：「王子猷居山陰，夜大雪，眠覺，開室，命酌酒，四望皎然。因起彷徨，詠左思《招隱詩》，忽憶戴安道。時戴在剡，即便夜乘小船就之。經宿方至，造門不前而返。人問其故，王曰：『吾本乘興而行，興盡而返，何必見戴？』」集中多次用此事，然用意不盡同。此處則側重「興盡而返，何必見戴」。

〔二〕明發，猶凌晨。《詩·小雅·小宛》：「明發不寐，有懷二人。」朱熹注：「明發，謂將旦而光明開發也。」

〔三〕左思、陸機等人之《招隱詩》，皆源於漢淮南王安《招隱士賦》。賦中憫屈原被放，故招懷之，而意在延攬天下士人。此處則以招隱之作，暗喻朝廷求士之詔。所謂「空吟」云云，刺其流爲空文也。

【集説】

詹鍈云：當作於《玉真公主別館》詩之後。

瞿、朱云：《玉真公主別館苦雨》一詩蓋作於與張卿往還之時，此詩則已別去。

登太白峰

西遊岐、郊途中作。太白山，在今陝西武功縣南。諺云：「武功太白，去天三百。」言其高也。

西上太白峰，夕陽窮登攀〔一〕。太白與我語〔二〕，爲我開天關。願乘泠風去〔三〕，直出浮雲間。舉手可近月，前行若無山。一别武功去，何時復更還？

【注釋】

〔一〕《爾雅·釋山》：「山西曰夕陽，山東曰朝陽。」邢昺疏：「日，即陽也，夕始得陽，故名夕陽。《詩·大雅·公劉》云『度其夕陽，豳居允荒』是也。」

〔二〕太白，謂太白星，即金星。山上有其神祠。

〔三〕泠風，輕風。《莊子·逍遥遊》：「夫列子御風而行，泠然善也。」郭象注：「泠然，輕妙之貌。」

鳳臺曲

此及下篇皆爲西遊岐山訪古之作。鳳臺，一名鳳女臺，在岐山縣。相傳秦穆公爲其女所築。

嘗聞秦帝女〔一〕，傳得鳳凰聲。是日逢仙子，當時别有情。人吹彩簫去，天借緑雲迎。曲在身不返，空餘弄玉名。

【注釋】

〔一〕秦帝女，即秦穆公女。《列仙傳》卷上：「蕭史者，秦穆公時人也。善吹簫，能致孔雀、白鶴於庭。穆公有女字弄玉，好之。公遂以女妻焉。日教弄玉作鳳鳴。居數年，吹似鳳聲，鳳凰來止其屋。公爲作鳳臺，夫婦止其上，不下數年，一旦皆隨鳳凰飛去。故秦人爲作鳳女祠於雍宫中，時有簫聲而已。」

鳳凰曲

嬴女吹玉簫〔一〕，吟弄天上春。青鸞不獨去〔二〕，更有携手人。影滅綵雲斷，遺聲落西秦〔三〕。

【注釋】

〔一〕嬴女，即秦女。秦，嬴姓，故稱。

〔二〕《藝文類聚》卷九十引《決録注》：「凡象鳳者有五：多赤色者鳳，多青色者鸞，多黄色者鵷鶵，多紫色者鸑鷟，多白色者鵠。」青鸞，指蕭史。

〔三〕鮑照《代昇天行》：「鳳臺無還駕，簫管有遺聲。」

登新平樓

此及以下二篇俱爲西遊邠州之作。新平，古郡名，即邠州。又縣名，州治所在，即今陝西彬縣。

去國登兹樓，懷歸傷暮秋。天長落日遠，水浄寒波流。秦雲起嶺樹，胡雁飛沙洲。蒼蒼幾萬里，目極令人愁。

豳歌行上新平長史兄粲

本年冬作於邠州。豳，古國名，周之祖先公劉所立。後漢於此置新平郡，西魏置豳州，唐武德元年復曰豳州，開元十三年以豳與幽形近易誤，改爲邠州，天寶元年曰新平郡。見《元和郡縣志》卷三。此處新平，係用古稱。長史，州之佐職，上州者從五品上，中州者正六品下，下州則不設。邠州爲中州。李粲，瞿、朱注：「《新書》世系表，趙郡李氏東祖房有粲，濮州刺史，或其人後遷此官。」

豳谷稍稍振庭柯〔一〕，涇水浩浩揚湍波〔二〕。哀鴻酸嘶暮聲急，愁雲蒼慘寒氣多。憶昨去家此爲客，荷花初紅柳條碧〔三〕。中宵出飲三百杯，明朝歸揖二千石〔四〕。寧知流寓變光輝，胡霜蕭颯繞客衣。寒灰寂寞憑誰暖，落葉飄揚何處歸？吾兄行樂窮曛旭〔五〕，滿堂有美顔如玉。趙女長歌入彩雲，燕姬醉舞嬌紅燭。狐裘獸炭酌流霞〔六〕，壯士悲吟寧見嗟？前榮後枯相翻覆〔七〕，何惜餘光及棣華〔八〕？

【注釋】

〔一〕豳谷，即古豳地。王注：「何大復《雍大記》：豳谷在邠州東北三十里，故三水縣，公劉立國處。」稍稍，應作梢梢。梢梢，風聲。鮑照《野鵝賦》：「風梢梢而過樹。」崔宗之《贈李十二》：「梢梢風葉聲。」

〔二〕涇水，出平涼縣西岍頭山，東南流經邠縣，再東南流至高陵縣入渭。

〔三〕二句謂本年春夏間由安陸至秦地。

〔四〕《漢書·百官公卿表》：「郡守，秦官，掌治其郡，秩二千石。……景帝中二年更名太守。」後世遂以二千石代指郡守。

〔五〕曛，日入；旭，日出。句謂日夜行樂。

〔六〕獸炭，制爲獸形之炭。《晉書·羊琇傳》：「琇性豪侈，費用無復齊限，而屑炭和作獸形以温酒，洛下豪貴咸競效之。」流霞，代指美酒。

〔七〕此以草木之盛衰喻交道之不常。

〔八〕餘光，喻他人恩澤。昔有貧人女與富人會績，貧人女曰：「我無以買燭，而子之燭光幸有餘，子可分我餘光，無損子明而得一斯便焉。」見《史記·樗里子甘茂列傳》。棣華，喻兄弟。《詩·小雅·常棣》：「常棣之華，鄂不韡韡。」鄭箋：「承華者曰鄂。不，當作柎。柎，鄂足也。鄂足得華之光明，則韡韡然盛興者，喻弟以敬事兄，兄以榮覆弟，恩義之顯亦韡韡然。」

【按】

以上二首及下一首，前人多以題中地名「新平」爲天寶年間郡名，因繫諸詩於天寶。非。詩中地名用古名以代時稱，唐人詩中多有此例。李詩尤甚，雖在官銜之前亦往往如此。如「《送魯郡劉長史遷弘農長史》，本是開元年間作品，亦未用開元時稱（開元時稱應爲送兗州長史遷虢州長史）。又如《贈從弟宣州長史昭》，本是天寶年間作品，亦未用天寶時稱（天寶時稱應爲贈從弟宣城郡長史昭）。又如：江夏諸作，無論開元、天寶，均稱江夏，不稱鄂州，但不得均視爲天寶年間作品。又如：此詩題中之豳字，開元十三年已改爲邠字，而此詩仍作豳，不能據此斷爲蜀中少作。似此，則題中不稱邠州長史而稱新平長史，亦不能據此斷爲天寶之作。而自詩中之情景觀之，其落魄之狀，凄涼之感，實捨初入長安莫屬。

贈新平少年

韓信在淮陰，少年相欺凌。屈體若無骨，壯心有所憑〔一〕。一遭龍顔君，嘯咤從此興〔二〕。千金答漂母〔三〕，萬古共嗟稱。而我竟何爲，寒苦坐相仍〔四〕？長風入短袂，内手如懷冰。故友不相恤，新交寧見矜〔五〕。摧殘檻中虎，羈紲鞲上鷹〔六〕。何時騰風雲，搏擊申所能？

【注釋】

〔一〕《史記·淮陰侯列傳》：「淮陰屠中少年有侮信者，曰：『若雖長大，好帶刀劍，中情怯耳。』衆辱之曰：『信能死，刺我；不能死，出我袴下。』於是，信孰視之，俛出袴下，蒲伏。一市人皆笑信，以爲怯。」太史公曰：「韓信爲布衣時，其志與衆異。」

〔二〕《漢書·高帝紀》：「高祖爲人，隆準而龍顔。」嘯咤，大聲呼喚，喻得志。

〔三〕漂母，河邊洗衣婦。韓信嘗釣於城下。諸母漂。有一母見信飢，飯信，竟漂數十日。信謂母曰：「吾必有以重報母。」母怒曰：「大丈夫不能自食，吾哀王孫而進食，豈望報乎？」後信歸漢，爲大將。漢五年，徙爲楚王，都下邳。信至國，召所從食漂母賜千金。見《史記·淮陰侯列傳》。

〔四〕坐，《文選》鮑照《蕪城賦》：「孤蓬自振，驚沙坐飛。」李善注：「無故而飛曰坐。」仍，從也。二句意謂：何以無故屢遭困厄。

〔五〕矜，憐惜也。

〔六〕羈紲，束縛也。鞲，革製臂衣，行獵時用以架獵鷹。鞲，音溝。

開元十九年（七三一年）　李白三十一歲

酬坊州王司馬與閻正字對雪見贈

本年早春在坊州作。坊州，在長安北，州治中部縣，即今陝西黄陵縣。司馬，州之佐吏。州置司馬一人，從六品，位在長史之下。正字，秘書省、著作局等皆有正字，位在校書郎之下，掌校讎典籍，刊正文章。王司馬名嵩，見後詩。王注：「按《寶刻叢編》，天寶中太子正字閻寬，撰《襄陽令盧僎德政碑》，未知即此閻正字否？」

遊子東南來，自宛適京國〔一〕。飄然無心雲，倏忽復西北。訪戴昔未偶〔二〕，尋嵇此相得〔三〕。愁顏發新歡，終宴敘前識。閻公漢庭舊，沉鬱富才力。價重銅龍樓〔四〕，聲高重門側〔五〕。寧期此相遇？華館陪遊息〔六〕。積雪明遠峰，寒城鎖春色。主人蒼生望，假我青雲翼。風水如見資，投竿佐皇極〔七〕。

【注釋】

〔一〕宛，宛城，秦漢縣名。唐時爲南陽，隸山南道鄧州。

〔二〕訪戴，見上年《秋山寄衛尉張卿及王徵君》詩注。句指前此干謁無成。

〔三〕尋嵇，《世説·簡傲》：「嵇康與吕安善，每一相思，千里命駕。」句指此行謁王司馬嵩。

〔四〕銅龍樓，代指朝中。《漢書·成帝紀》：「上嘗急召，太子出龍樓門。」張晏注：「門樓上有銅龍，若白鶴、飛廉之爲名也。」

〔五〕王注：「謝朓詩：平明振衣坐，重門猶未開。吕向注：重門，帝宫門也。」

〔六〕陪，王本作倍，據兩宋本改。

〔七〕《書·洪範》：「五、皇極，皇建其有極。」皇極，本指帝王統治之準則，後用以代指帝位或王室。

【集説】

詹鍈云：詩云：「遊子東南來，自宛適京國。飄然無心雲，倏忽復西北。」蓋白江東經南陽入京，又自京師西北遊，經邠州而至坊州也。

瞿、朱云：白之遊邠州、坊州必非在天寶初出京之後。又於《春陪商州裴使君遊石娥溪》後按云：白於天寶初年出京即取商州道東行，誠如詹説，但不能同時復至邠岐，其云遊邠岐在方去長安之後，恐非。揆諸情理，既放還山（不論出於自請，抑被放黜），似不得漫遊以事干謁也。

【按】

二説均在李白兩入長安説考定之前，故雖各有是處，仍不免有誤。兩入長安説既出，則疑竇冰釋矣。

留別王司馬嵩

此與前詩情景相接，當爲同時之作。

魯連賣談笑，豈是顧千金〔一〕？陶朱雖相越，本有五湖心〔二〕。余亦南陽子，時爲《梁甫吟》〔三〕。蒼山容偃蹇〔四〕，白日惜頹侵。願一佐明主，功成還舊林。西來何所爲？孤劍託知音。鳥愛碧山遠〔五〕，魚游滄海深。呼鷹過上蔡〔六〕，賣畚向嵩岑〔七〕。他日閑相訪，丘中有素琴〔八〕。

【注釋】

〔一〕魯連，即魯仲連，戰國時齊之高士，好爲奇謀以解世紛，而義不受賞。詳見開元二十九年《齊有倜儻生》（古風其十）詩及注。賣談笑，誇示倜儻之才。二句自喻。

〔二〕陶朱，陶朱公，即范蠡，越王勾踐謀臣。與勾踐深謀二十年，竟滅吴，報會稽之恥。勾踐封蠡爲上將軍，且將與分國而有之。范蠡以爲大名之下，難以久居，且勾踐爲人可與共患難，不可以處安，遂辭勾踐而去，遊五湖而不返。後至齊，變姓易名，號鴟夷子皮，勠力治産，致數十萬。齊人聞其賢，以爲相。無何，又歸相印而去，止於陶，經商又致貲累巨萬，天下稱陶朱公。見《史記·越王勾踐世家》。

〔三〕南陽子，指諸葛亮。亮字孔明，琅邪陽都人。後遷居南陽，躬耕隴畝，好爲《梁父吟》，每自比於管仲、樂毅。見《三國志·蜀書·諸葛亮傳》。

〔四〕《左傳》哀公六年：「彼皆偃蹇。」杜預注：「偃蹇，驕傲也。」郭璞《客傲》：「莊周偃蹇於漆園。」

〔五〕此句兩宋本、繆本、王本俱注云：「一作『鳳集碧梧秀』。」

〔六〕句用秦相李斯事。王注：「《太平御覽》：《史記》曰：李斯臨刑，思牽黄犬、臂蒼鷹，出上蔡東門，不可得矣。考今本《史記·李斯傳》中，無『臂蒼鷹』字，而太白詩中屢用其事，當另有所本。」

〔七〕句用前秦苻堅相王猛事。王猛少貧賤，以鬻畚爲業。嘗貨畚洛陽，有一人貴買其畚，而云無直。自言家去此無遠，可隨我取直。猛利其貴而從之行，不覺遠。忽至深山，見一老公踞胡床而坐，鬚髮悉白，侍從十許人。有一人引猛進拜之。老公曰：「王公何緣拜也？」乃十倍償畚直，遣人送之。既出，顧視乃嵩高山也。見《晉書·王猛傳》。畚，音本，盛土之具。以上二句言此行無成，即將如李斯、王猛貧賤之時，歸隱故丘。

〔八〕《文選》左思《招隱詩》：「丘中有素琴。」李善注：「尚書大傳：子夏曰：雖退而巖居河濟之間，深山之中，尚彈琴其中，以歌先王之風，則可以發憤矣。」

春歸終南山松龍舊隱

本年春自坊州歸至終南山作。松龍，胡本作松龕，其地無考。

我來南山陽，事事不異昔。卻尋溪中水，還望巖下石。薔薇緣東窗，女蘿遶北壁。別來能幾日，草木長數尺。且復命酒樽，獨酌陶永夕。

【集説】

瞿、朱云：黄譜置於天寶二三年，詹氏意亦同。但斯時白方供奉翰林，不應有舊隱之稱。蓋在其初次入關時，特不能確定爲何年耳。

【按】

瞿、朱説是。稗山《李白兩入長安辨》一文中涉及此詩。略謂：「他在邠州和坊州度過了一個冬天，第二年春又回到終南山，所以説：『我來南山陽，事事不異昔。……别來能幾日，草木長數尺。』完全是小别數月後的情景，和他這次的行踪是相符合的。」可從。

相逢行

此及以下多篇俱本年春在長安作。《相逢行》，《樂府詩集·雜曲歌辭》名。一作《相逢狹路間行》，亦作《長安有狹邪行》。

相逢紅塵内，高揖黄金鞭。萬户垂楊裏，君家阿那邊〔一〕？

【注釋】

〔一〕王注：「陸機詩：皎皎彼姝女，阿那當軒織。呂向注：阿那，柔順貌。」今按，王注於義難通，恐誤。阿那邊，疑是當時口語，猶言在何處，即今關中土語「阿達」。

俠客行

《俠客行》，《樂府詩集·雜曲歌辭》名。題解曰：「《漢書·遊俠傳》曰：戰國時，列國公子，魏有信陵，趙有平原，齊有孟嘗，楚有春申，皆藉王公之勢，競爲遊俠，以取重諸侯，顯名天下。故後世稱遊俠者，以四豪爲首焉。漢興，有魯人朱家及劇孟郭解之徒，馳鶩於閭里，皆以俠聞。其後長安熾盛，街閭各有豪俠。時萬章在城西柳市，號曰城西萬章。酒市有趙君都、賈子光，皆長安名豪，報仇怨、養刺客者也。」

趙客縵胡纓〔一〕，吴鈎霜雪明〔二〕。銀鞍照白馬，颯沓如流星〔三〕。十步殺一人，千里不留行〔四〕。事了拂衣去，深藏身與名。閑過信陵飲〔五〕，脱劍膝前横。將炙啖朱亥，持觴勸侯嬴。三杯吐然諾，五岳倒爲輕。眼花耳熱後，意氣素霓生。救趙揮金槌，邯鄲先震驚。千秋二壯士，烜赫大梁城〔六〕。縱死俠骨香，不慚世上英。誰能書閣下，白首《太玄經》〔七〕？

【注釋】

〔一〕《莊子·説劍》：「太子曰：『然吾王所見劍士，皆蓬頭突鬢垂冠，縵胡之纓。』」司馬彪注：「縵胡之纓，謂粗纓無文理也。」

〔二〕吴鈎，刀名。吴王闔閭命於國中作金鈎，令曰：「能爲善鈎者，賞之百金。」吴作鈎者甚衆，而有人貪王之重賞，殺其二子，以血釁金，遂成二鈎，獻於闔閭，詣宫門而求賞。闔閭置其鈎於衆鈎之中，形體相類，不知其所在。於是鈎師向鈎而呼二子之名：「吴鴻、扈稽……」聲絶於口，兩鈎俱飛著其父之胸。見《吴越春秋》卷二。吴鈎之形，彎如半月，故名，今陝西秦俑博物館有此物。

〔三〕颯沓，迅疾貌。鮑照《詠史》：「賓御紛颯沓，鞍馬光照地。」

〔四〕《莊子·説劍》：「臣之劍十步一人，千里不留行。」

〔五〕閑過以下十二句，用戰國時信陵君卻秦救趙事。魏安釐王異母弟，封爲信陵君。信陵善養士，卒得士之力，以成大功。魏有隱士曰侯嬴，年七十，家貧，爲大梁夷門監者。信陵聞其賢，以之爲上客。侯生又薦屠者朱亥，信陵亦數往禮之。安釐王二十年，秦攻趙，圍邯鄲。信陵姊爲趙王弟平原君夫人，數求救。魏王使將軍晉鄙將十萬衆救趙，因受秦使威脅，止于鄴，持兩端以觀望。侯生因獻計于信陵，使魏王寵姬于卧内竊得兵符，并使朱亥隨往。信陵至鄴，矯魏王令合符，晉鄙疑，朱亥即椎殺之。遂將其軍以卻秦，解邯鄲之圍而存趙。見《史記·魏公子列傳》。

〔六〕烜赫，或作咺赫，又作喧赫，音義皆通。《詩·衛風·淇奥》：「赫兮咺兮」。朱熹注：「咺，宣著貌。《大學》傳曰：「赫兮喧兮者，威儀也。」大梁，魏都，即今河南開封。

〔七〕《太玄經》，漢揚雄晚年所著書名。揚雄，字子雲，蜀郡成都人。哀帝時，丁、傅、董賢用事，諸附離之者或起家至二千石。時雄方草《太玄》，有以自守，泊如也。王莽時，以符命事無辜被牽連。時雄校書天禄閣上，治獄事使者來欲收雄，雄恐不能自免，乃從閣上自投下，幾死。京師爲之語曰「惟寂寞，自投閣」云云。見《漢書·揚雄傳》。二句言欲效古俠客以立功名，不願學揚雄白首草玄。

結襪子

《結襪子》，《樂府詩集·雜曲歌辭》名。楊云：「古樂府曰：《結襪子》，大抵言感恩重而以命相許也。」

燕南壯士吳門豪，筑中置鉛魚隱刀〔一〕。感君恩重許君命，太山一擲輕鴻毛〔二〕。

【注釋】

〔一〕燕南壯士，謂高漸離。秦滅燕，太子丹之客皆亡。高漸離變姓名爲人庸保，以善擊筑聞於秦始皇。始皇召見，人有識者，乃曰高漸離也。秦始皇惜其善擊筑，重赦之，乃矐其目，使擊筑，未嘗不稱善，稍益近之。高漸離乃以鉛置筑中，復進得近，舉筑扑秦皇帝，不中，被誅。筑，似琴有弦，用竹擊之。吳門豪，謂專諸。伍子胥入吳，知公子光之欲殺王僚，乃進專諸於光。光伏甲士於窟室中，而具酒請王。王使兵陳自宮至光之家，門户階陛左右皆王之親戚。酒既酣，光佯爲足疾，入窟室中，使專諸置匕首魚炙之腹中而進之。既至王前，專諸擘魚，因以匕首刺王，王立死，左右亦殺專諸。俱見《史記·刺客列傳》。

〔三〕《漢書·司馬遷傳》：「人固有一死，死有重於太山，有輕於鴻毛者，用之所趨異也。」句化用其語，以泰山喻生命。

少年行二首

《少年行》，《樂府詩集·雜曲歌辭》名。

擊筑飲美酒，劍歌易水湄〔一〕。經過燕太子〔二〕，結託并州兒〔三〕。少年負壯氣，奮烈自有時。因聲魯句踐，争博勿相欺〔四〕。

【注釋】

〔一〕二句用荆軻與高漸離事。荆軻至燕，愛燕之狗屠及善擊筑者高漸離，日飲於燕市，酒酣已往，漸離擊筑，荆軻和而歌，相樂也，已而相泣，旁若無人者。見《史記·刺客列傳》。易水，在燕市南。湄，岸邊。

〔二〕燕太子，燕王喜之子，名丹。曾爲質於秦，後逃歸。秦益强大，兵且及燕，丹使荆軻入秦，謀刺秦王，不遂。秦發兵擊燕，燕王喜斬丹以獻。見《史記·燕召公世家》。

〔三〕并州兒，北方游俠。并州，古地名。周之并州有今冀西地，漢之并州有今晉北地。此處代指北方。

〔四〕因聲，猶言寄語。魯勾踐，戰國游俠名。荆軻遊於邯鄲，魯勾踐與荆軻博，争道，魯勾踐怒而叱之，荆軻嘿而逃去。後魯勾踐聞荆軻刺秦王，嘆曰：「嗟乎惜哉，其不講於刺劍之術也！甚矣吾不知人也。曩者吾叱之，彼乃以我爲非人也。」見《史記·刺客列傳》。

其　二

兩宋本、繆本、王本俱注云：此一首亦作《小放歌行》。

五陵年少金市東〔一〕，銀鞍白馬度春風。落花踏盡遊何處？笑入胡姬酒肆中〔二〕。

【注釋】

〔一〕五陵年少，指長安貴公子。金市，王注：「《藝文類聚·西征記》曰：洛陽舊有二市，一曰金市，在宮西大城内。」向達《唐代長安與西域文明》云：「關於金市之解釋，余亦同意于石田幹之助氏之説，以爲係指長安之西市而言。」瞿、朱注：「薛用弱《集異記》王四郎條：洛陽尉王琚有薛子姪，小名四郎，孩提之歲，其母他適，因隨去。自後或十年五年至琚家，而王氏不復録矣。唐元和中，琚因常調，自鄭入京，道出東都，方過天津橋，四郎忽於馬前跪拜，布衣草履，形貌山野，琚不識，因自言其名，琚哀愍久之，乃曰：『叔今赴選，費用固多，少物奉獻，以助其費。』即於懷中出金，可五兩許，色如鷄冠，因曰：『此不可與常者等價也。到京但於金市訪張蓬之付之，當得二百千。』琚異之。此亦長安有金市之證。」

〔二〕胡姬，西域少女。當時長安多有胡姬以歌舞侍酒爲生。

【集説】

唐汝詢云：金市，地之豪也。銀鞍，騎之華也。春風，時之麗也。踏落花，入酒肆，遊之冶也。模寫少年之態，曲盡其妙。（《唐詩解》）

少年子

《少年子》，《樂府詩集·雜曲歌辭》名。

青雲少年子〔一〕，挾彈章臺左〔二〕。鞍馬西邊開，突如流星過。金丸落飛鳥〔三〕，夜入瓊樓卧。夷齊是何人？獨守西山餓〔四〕。

【注釋】

〔一〕青雲，喻高位。句指貴公子。

〔二〕章臺，宫名，戰國時建，以宫内有章臺而得名，遺址在長安。《史記·藺相如傳》：「秦王坐章臺見相如，相如奉璧奏秦王。」即此。白《流夜郎贈辛判官》云：「昔在長安醉花柳，……章臺走馬著金鞭。」亦可證章臺在長安。

〔三〕金丸，《西京雜記》卷下：「韓嫣好彈，常以金爲丸，所失者日有十餘。長安爲之語曰：苦饑寒，逐金丸。京師兒童每聞嫣出彈，輒隨之，望丸之所落輒拾焉。」

〔四〕夷齊，即伯夷、叔齊。《史記·伯夷列傳》：「武王已平殷亂，天下宗周，而伯夷、叔齊耻之，義不食周粟，隱於首陽山，采薇而食之。及餓且死，作歌。其辭曰：『登彼西山兮，采其薇矣。以暴易暴兮，不知其非矣。神農虞夏忽焉没兮，我安適歸矣！吁嗟徂兮，命之衰矣。』遂餓死於首陽山。」西山，即首陽山，在河南偃師縣西北。

【集説】王云：此篇是刺當時貴家子弟驕縱侈肆者之作，末引夷、齊大節以相繩，而嘆其有天淵之隔也。「是何人」，謂彼二人亦是孤竹之貴公子，乃能棄富貴如浮雲，甘心窮餓而無悔，民到於今稱之，視彼狂童，寧免下流之誚耶？

【按】王説恐未諦。此詩末二句與《俠客行》末二句「誰能書閣下，白首《太玄經》」相類，亦不以夷齊爲然。

白鼻騧

《白鼻騧》，《樂府詩集·横吹曲辭》名。黄馬黑喙曰騧。騧音瓜。

銀鞍白鼻騧，緑地障泥錦〔一〕。細雨春風花落時，揮鞭直就胡姬飲。

【注釋】

〔一〕障泥，馬鞍兩旁下垂之物，用蔽塵泥者。王注：「《西京雜記》：武帝得貳師天馬，以玫瑚石爲鞍，鏤以金銀鍮石，以緑地五色錦爲蔽泥。緑地字本此。《楊升庵外集》引此詩作緑池，又曲爲池字作解，甚謬。蔽泥，即障泥也。」

白馬篇

《白馬篇》，《樂府詩集·雜曲歌辭》名。曹植、鮑照、沈約均有《白馬篇》，皆言邊塞征戰之狀，此則寫當時長安之「五陵豪」。詳見按語。

龍馬花雪毛，金鞍五陵豪〔一〕。秋霜切玉劍〔二〕，落日明珠袍。鬥鷄事萬乘〔三〕，軒蓋一何高？弓摧南山虎〔四〕，手接太行猱〔五〕。酒後競風采，三杯弄寶刀。殺人如剪草，劇孟同遊遨〔六〕。發憤去函谷〔七〕，從軍向臨洮〔八〕。叱咤經百戰，匈奴盡奔逃。歸來使酒氣，未肯拜蕭曹〔九〕。羞入原憲室，荒徑隱蓬蒿〔一〇〕。

【注釋】

〔一〕五陵，在長安。《文選》班固《西都賦》：「南望杜灞，北眺五陵。」李善注：「高帝葬長陵，惠帝葬安陵，景帝葬陽陵，武帝葬茂陵，昭帝葬平陵。」漢代帝王每建陵墓皆徙四方豪族於其附近，後世遂以五陵爲豪族聚居之地。

〔二〕王注：「《淮南子》云：寶劍之色如秋霜。《列子》：周穆王大征西戎，西戎獻昆吾之劍，其劍長尺有咫，煉鋼赤刃，用之切玉，如切泥焉。」

〔三〕玄宗好鬥鷄，善鬥鷄者每召入宫中侍奉。詳見本年《大車揚風塵》（古風其二十四）詩注。

〔四〕句用周處事。處少時好馳騁田獵，不修細行，縱情肆虐，鄉里患之，以南山猛虎、長橋下蛟及處爲三害。處聞之慨然有改過之意，乃入山射虎，入水搏蛟，已亦勵志好學。見《晉書·周處傳》。

〔五〕《文選》曹植《白馬篇》：「仰手接飛猱。」李善注：「凡物飛迎前射之，曰接。」

〔六〕劇孟，漢時大俠。《漢書·游俠傳》：「布衣游俠，劇孟、郭解之徒，馳騖於閭閻。權行州域，力折公卿。衆庶榮其名節。覬而慕之。」

〔七〕函谷，關名。《元和郡縣志》河南道陝州靈寶縣：「函谷故城，在縣南十里。……《西征記》曰：『函谷關城，路在谷中，深險如函，故以爲名。』」函谷本秦時地名，此代指長安以東之要塞。

〔八〕臨洮，郡名。《元和郡縣志》隴右道洮州：「《禹貢》雍州之域。古西羌地也，自秦漢至於魏晉，皆諸羌所居。……後周明帝武成中，西逐諸戎，其地内屬，置洮陽防。武帝保定元年立洮州。隋大業三年罷州，改爲臨洮郡。」此代指西部邊陲之地。

〔九〕二句用灌夫事。《漢書·灌夫傳》：「夫爲人剛直，使酒。」顏師古注：「使酒，因酒而使氣也。」蕭、曹，即漢相蕭何、曹參。

〔一〇〕原憲，孔子弟子。《韓詩外傳》卷一：「原憲居魯，環堵之室，茨以蒿萊，蓬户甕牖，桷桑而爲樞。上漏下濕，匡坐而絃歌。」原憲室，喻己之寓所。末二句與《俠客行》、《少年子》二詩之末略同，亦不甘貧賤之意。

【集説】

蕭云：此詩寓貶於褒，寄揚於抑，深得國風之旨，讀者宜細味之。

【按】

李白天寶七載所作《叙舊游贈江陽宰陸調》一詩，中有句云：「風流少年時，京洛事遊遨。腰間延陵劍，玉帶明珠袍。我昔鬥鷄徒，連延五陵豪。邀遮相組織，呵嚇來煎熬。君開萬叢人，鞍馬皆辟易。告急清憲臺，脱餘北門厄。」所言即此時事。所謂「五陵豪」，乃長安之豪門子弟而供職羽林軍者。此輩爲朝廷所寵，故驕横跋扈，不可一世。參見王建《羽林行》。白與之交遊，終爲所厄。此詩蓋作於初交之時，雖頗有羨慕之情，然亦不無貶刺之意。蕭説良是，胡説未諦。

燕昭延郭隗　古風其十五

燕昭延郭隗，遂築黄金臺。劇辛方趙至，鄒衍復齊來〔一〕。奈何青雲士〔二〕，棄我如塵埃！

珠玉買歌笑，糟糠養賢才。方知黄鶴舉〔三〕，千里獨徘徊。

【注釋】

〔一〕燕昭王即位，卑身厚幣以招賢者。謂郭隗曰：齊因孤之國亂，而襲破燕，孤極知燕小力不足以報。然誠得賢士以共國，以雪先王之恥，孤之願也。先生視可者，得身事之。」郭隗曰：「王必欲致士，先從隗始。況賢於隗者，豈遠千里哉！」於是燕王爲隗改築宫而師事之。樂毅自魏往，鄒衍自齊往，劇辛自趙往，士争趨燕。見《史記·燕世家》。隗，音偉。黄金臺，王注：「李善《文選》注：上谷郡，《圖經》曰：黄金臺在易水東南十八里。燕昭王置千金於臺上，以延天下之士。」

〔二〕青雲士，指當時權貴。

〔三〕《韓詩外傳》卷二：「田饒事魯哀公而不見察，謂哀公曰：「臣將去君，黄鵠舉矣。」」鳥高飛曰舉。

【集説】

楊云：太白意謂吴姬越女資其一歌笑，則不惜珠玉之費，至於賢人才士，則待之以糟糠，其好色而不好德如此，則賢者將遠去，徘徊顧望而不肯輒下。

唐汝詢云：太白素有高尚之志，意出山後不爲時相所禮，悔恨而作是詩，言我始以天子招賢，群才争赴，故亦有希世之想。不意竟爲當途者所棄。彼貴色賤士，無足與遊，曷爲而輕就之耶？方知黄鵠之徘徊不進，良有以也，吾甚愧之矣。（《唐詩解》）

陳沆云：刺不養士求賢也。天寶之末，宰臣媢嫉，林甫賀野無遺賢，國忠非私人不用。廟堂惟聲色是娱，而天地閉，賢人隱矣。（《詩比興箋》）

【按】諸説均可取，唯陳沆謂爲天寶之作，則誤。此詩與本年《行路難》（其二）詞意俱類，當爲同時之作。

大車揚飛塵 古風其二十四

大車揚飛塵，亭午暗阡陌〔一〕。中貴多黄金，連雲開甲宅〔二〕。路逢鬥鷄者〔三〕，冠蓋何輝赫。鼻息干虹蜺，行人皆怵惕〔四〕。世無洗耳翁〔五〕，誰知堯與跖〔六〕？

【注釋】

〔一〕亭午，《初學記》卷一引《纂要》：「日……在午曰亭午。」阡陌，田間道路。南北曰阡，東西曰陌。

〔二〕中貴，宦官之貴幸者。甲宅，豪華之宅。開元天寶中，宦官黄衣以上三千員，衣朱紫千餘人，其稱旨者輒拜三品將軍，列戟於門。其在殿頭供奉，委任華重，持節傳命，光燄殷殷動四方。所至郡縣奔走，獻遺至萬計。京師甲第池園，良田美産，爲中人所占者十之六。見《新唐書·宦者傳》及《高力士傳》。

〔三〕鬥鷄者，此指賈昌之流。昌，長安宣陽里人，少時趫捷過人，能摶柱乘梁，善應對，解鳥語音。玄宗在藩邸時，樂民間清明節鬥鷄戲。及即位，治鷄坊於兩宫間，索長安雄鷄，金毫鐵距，高冠昂尾千數，養於鷄坊。選六軍小兒五百人，使訓擾教飼。上好之，下尤甚。諸王世家、外戚家、公主家、侯家傾帑破産市鷄，以償鷄值。都中男女以弄鷄爲事。貧者弄假鷄。帝出遊，見昌弄木鷄於雲龍門道旁，召入爲鷄坊小兒，衣食右龍武軍。昌，三尺童子，入鷄群如狎群小，壯者弱者，勇者怯者，水穀之時，疾病之候，悉能知之。玄宗召試殿廷，皆中意，即日爲五百小兒長。金帛之賜，日至其家。開元十三年，籠鷄三百，從封東岳。父忠死太山下，奉屍歸葬雍州，縣官爲葬器喪車，乘傳洛陽道。當時天下號爲神鷄童。時人爲之語曰：「生兒不用識文字，鬥鷄走馬勝讀書。賈家小兒年十三，富貴榮華代不如。能令金距期勝負，白羅繡衫隨軟輿。父死長安千里外，差夫治道挽喪車。」見陳鴻《東城老父傳》。

〔四〕干，干犯。怵惕，恐懼。二句狀其氣焰之盛。

〔五〕洗耳翁，謂許由，喻高識之人。《高士傳》卷上：「堯之讓許由也，由以告巢父。巢父曰：『汝何不隱汝形，藏汝光？若非吾友也。』擊其膺而下之。由悵然不自得，乃過清泠之水洗其耳，拭其目曰：『向聞貪言，負吾友矣。』遂去，終身不相見。」

〔六〕跖，即盗跖。《莊子·盗跖》：「柳下季之弟名曰盗跖。盗跖從卒九千人，横行天下，侵暴諸侯，穴室樞户，驅人牛馬，取人婦女。貪得忘親，不顧父母兄弟，不祭先祖。所過之邑，大國守城，小國入保，萬民苦之。」句謂善惡不分，世事渾濁。

【集説】

蕭云：此篇諷刺之詩，蓋爲賈昌輩而作，末句謂世無高識者，故莫知此等之爲跖行而太白之爲賢人也，亦太白不遇而自嘆歟！

徐禎卿云：此篇譏時貴也。（四部本李集）

詹鍈云：此詩所刺未必專指某人，蓋白寓長安時親見群小之豪奢，有所感而爲此詩耳。

【按】

前篇寫賢者之不得重用，此篇刺群小之得勢與豪奢，蓋爲一時之作。

行路難三首 其二

《行路難》，《樂府詩集·雜曲歌辭》名。《樂府古題要解》曰：「《行路難》備言世路艱難及離别悲傷之意。」鮑照有《擬行路難》十八首，白蓋祖之。此詩三首非一時之作，「其二」作於此時。

大道如青天，我獨不得出。羞逐長安社中兒〔一〕，赤鷄白狗賭梨栗。彈劍作歌奏苦聲〔二〕，曳裾王門不稱情〔三〕。淮陰市井笑韓信〔四〕，漢朝公卿忌賈生〔五〕。君不見昔時燕家重郭隗〔六〕，擁篲折節無嫌猜〔七〕。劇辛樂毅感恩分，輸肝剖膽效英才〔八〕。昭王白骨縈蔓草，誰人更掃黄金臺？行路難，歸去來。

【注釋】

〔一〕社，瞿、朱注：「《漢書·五行志》：『建昭五年，兖州刺史浩賞禁民私所自立社。注：臣瓚曰：舊制二十五家爲一社，而民或十家五家共爲社，是私社。……按：漢以後社爲民間飲食宴樂之所，詩意指此。」社中兒，即市井少年。

〔二〕彈劍，即彈鋏，用馮諼事。見上年《玉真公主别館苦雨贈衛尉張卿二首》（其一）詩注。

〔三〕《漢書·鄒陽傳》：「飾固陋之心，則何王之門不可以曳長裾乎？」曳，拖也。裾，衣之前襟。曳裾王門，意爲寄食於王公貴人之門。不稱情，即不稱心。

〔四〕韓信事見上年《贈新平少年》注。

〔五〕賈生，即賈誼，洛陽人，漢文帝召爲博士。《史記·賈生列傳》：「天子議以爲賈生任公卿之位。絳、灌、東陽侯、馮敬之屬盡害之，乃短賈生曰：『洛陽之人，年少初學，專欲擅權，紛亂諸事。』於是天子後亦疏之，不用其議。」

〔六〕郭隗，見本年《燕昭延郭隗》詩注。

〔七〕《史記·孟子荀卿列傳》：「鄒衍如燕，燕昭王擁篲先驅。」司馬貞《索隱》：「篲，帚也。爲之掃地，以衣袂擁帚而卻行，恐塵埃之及其長者，所以爲敬也。」篲，音慧。《戰國策·中山策》：「主折節以下其臣，臣推體以下死士。」鮑彪注：「折節，屈折肢節也。」

〔八〕劇辛，趙人，入燕爲謀士。樂毅，魏人，使於燕，燕王以禮待之，遂委質爲臣，昭王以爲亞卿，後又以爲上將軍，伐齊，下齊七十餘城，皆爲郡縣以屬燕。《史記》有傳。

【集説】

胡云：《行路難》，歎世路艱難及貧賤離索之感。古辭亡，後鮑照擬作爲多，白詩似全學照。

送友人入蜀

見説蠶叢路〔一〕，崎嶇不易行。山從人面起，雲傍馬頭生。芳樹籠秦棧〔二〕，春流遶蜀城〔三〕。升沉應已定，不必問君平〔四〕。

【注釋】

〔一〕蠶叢，蜀王之祖。《華陽國志》卷三：「周失綱紀，蜀先稱王。有蜀侯蠶叢，其目縱，始稱王。」蠶叢路，指古蜀道。

〔二〕懸崖絶壁間，無路可通，傍山架木而度，名曰棧道。以其自秦入蜀之道，故曰秦棧。

〔三〕蜀城，謂成都。岷江支流自西北來，繞城南下。

〔四〕升沉，謂仕宦之成敗。君平，即嚴君平，名遵，漢蜀郡人。隱居不仕，嘗賣卜於成都市，日得百錢以自給，則閉肆下簾，以著書爲事。見《漢書·王吉傳》。

【集説】

王云：徐而庵曰：「山從」二句，是承上「崎嶇不易行」五字，勿作好景看。

詹鍈云：秦棧爲自秦入蜀之棧道，今詩中稱「芳樹籠秦棧」，送別之地當在秦中可知。末聯則忠告友人之詞，謂功名不可强求也。

【按】詹鍈謂此詩與《劍閣賦》、《蜀道難》俱是先後之作。所見良是。此詩當作於初入長安干謁失敗即將離去之時。末二句既是忠告友人之詞，亦有借他人酒杯澆自己塊壘之意。《劍閣賦》題下，有「送友人王炎入蜀」字樣。此詩所送之友人或亦爲王炎。寶應元年有《自溧水道哭王炎三首》，可參看。

蜀道難

《蜀道難》，《樂府詩集·相和歌辭》名。唐寫本作《古蜀道難》。梁簡文帝、劉孝威、陰鏗諸作，皆備言蜀道艱險之狀。陰詩之末有句云：「蜀道難如此，功名詎可要？」已寓功名難求之意。本篇則純用比興，借蜀道之巉巖畏途以喻仕途之坎坷，借旅人之蹇步愁思以喻失志之幽憤。作於本年將離長安時。

噫吁嚱〔一〕，危乎高哉！蜀道之難，難於上青天。蠶叢及魚鳧〔二〕，開國何茫然。爾來四萬八千歲〔三〕，不與秦塞通人烟。西當太白有鳥道，可以横絶峨眉巔〔四〕。地崩山摧壯士死，然後天梯石棧相鉤連〔五〕。上有六龍回日之高標〔六〕，下有衝波逆折之回川〔七〕。黄鶴之飛尚不得過，猿猱欲度愁攀援〔八〕。青泥何盤盤〔九〕，百步九折縈巖巒。捫參歷井仰脅息〔一〇〕，以手撫膺坐長嘆。問君西遊何時還？畏途巉巖不可攀〔一一〕。但見悲鳥號古木，雄飛雌從繞林間。又聞子規啼夜月，愁空山〔一二〕。蜀道之難，難於上青天，使人聽此凋朱顔。連峰去天不盈尺，枯松倒挂倚絶壁。飛湍瀑流争喧豗〔一三〕，砯崖轉石萬壑雷〔一四〕。其險也若此，嗟爾遠道之人胡爲乎來哉〔一五〕？劍閣峥嶸而崔嵬〔一六〕，一夫當關，萬夫莫開。所守或匪親，化爲狼與豺〔一七〕。朝避猛虎，夕避長蛇。磨牙吮血，殺人如麻。錦城雖云樂，不如早還家〔一八〕。蜀道之難，難於上青天，側身西望長咨嗟〔一九〕。

【注釋】

〔一〕王注：「《宋景文公筆記》：蜀人見物驚異，輒曰噫嘻嚱。李白作《蜀道難》，因用之。」吁，音虚。嚱，音希。

〔二〕揚雄《蜀王本紀》：「蜀王之先名蠶叢、柏濩、魚鳧、蒲澤、開明。」

〔三〕爾來，猶彼時以來。四萬八千歲，極言其歲月之悠久。

〔四〕太白，山名。王注：「……慎蒙《名山記》：太白山在鳳翔府郡縣東南四十里，鍾西方金宿之秀，關中諸山莫高於此。……鳥道，謂連山高峻，其少低缺處，惟飛鳥過此，以爲徑路，總見人跡不能至也。」横絶，跨越。峨眉，山名。見開元八年《登峨眉山》注。以上六句，寫自古以來秦蜀二地隔絶之狀。

〔五〕揚雄《蜀王本紀》：「秦惠王欲伐蜀，乃刻五石牛，置金其後。蜀人見之……有養卒以爲此天牛也，能便金。蜀王以爲然，即發卒千人，使五丁力士拖牛成道。」又：「秦王知蜀王好色，乃獻美女五人於蜀王。蜀王愛之，遣五丁迎女。還至梓潼，見一大蛇入山穴中。一丁引其尾不出，五丁共引蛇，山乃崩，壓五丁。」二句乃化用二事寫古蜀道之開闢。

〔六〕王注：「《初學記》：《淮南子》云：至於悲泉，爰止羲和，爰息六螭，是謂懸車。注曰：日乘車，駕以六龍，羲和御之。日至此而薄於虞淵，羲和至此而回六螭。《蜀都賦》：羲和假道於峻岐，陽烏回翼乎高標。」琦按：高標，是指蜀山之最高而爲一方之標識者言也。」瞿、朱注：「此句意謂雖天上駕日之龍車亦爲高標所阻。」此句，唐寫本作「上有横河斷海之浮雲」。

〔七〕司馬相如《上林賦》：「横流逆折。」司馬彪注：「逆折，旋回也。」

〔八〕猱，猿類。蕭注：「黄鶴，飛之至高者；猿猱，最便捷者，尚不得度，則其爲險絶可知。」

〔九〕青泥，嶺名。《元和郡縣志》興州長舉縣：「青泥嶺，在縣西北五十三里接溪山東，即今通路也。懸崖萬仞，上多雲雨，行者屢逢泥淖，故號爲青泥嶺。」其地在今陝西略陽北。

〔一〇〕參、井，星宿名。王注：「捫參歷井者，謂仰視天星，去人不遠，若可以手捫及之，極言其嶺之高也。參、井二宿本相近。參三星，居西方七宿之末，占度十，爲蜀之分野；井八星，居南方七宿之首，占度三十三，爲秦之分野。青泥嶺乃自秦入蜀之路，故舉二方分野之星相聯者言之。《漢書》：豪强脅息。顔師古注：脅，歛也，屏氣而息。」

〔一一〕二句乃詩中旅人捫心自問之辭。古代詩詞中不乏此例，如陶潛《飲酒詩》：「結廬在人境，而無車馬喧。問君何能爾？心遠地自偏。」又如李煜《虞美人》詞：「問君能有幾多愁？恰似一江春水向東流。」諸句中之「君」皆自謂。以上寫蜀道北段之艱險。

〔一二〕子規，鳥名。王注：「張華《禽經》注：望帝修道，處西山而隱，化爲杜鵑鳥，或云杜宇鳥，亦云子規鳥，至春則啼，聞者悽惻。按子規即杜鵑也，蜀中最多，南方亦有之。春暮即鳴，夜啼達旦，若云不如歸去，聲甚哀切。」啼夜月，謂啼於夜月之下。愁空山，謂使空山益顯愁慘。

〔一三〕豗，音灰。《文選》木華《海賦》：「磊匒匌而相豗。」李善注：「相豗，相擊也。」

〔一四〕砯，音烹。《文選》郭璞《江賦》：「砯巖鼓作。」李善注：「砯，水擊巖之聲也。」

〔一五〕嗟爾二句，與問君二句同，亦旅人捫心自問之辭，以上寫蜀道中段之艱險。

〔一六〕劍閣，《水經注》漾水：「又東南經小劍戍北，西去大劍三十里，連山絶險，飛閣涌（一作通）衢，故謂之劍閣也。」《元和郡縣志》劍南道普安縣：「劍閣道，秦惠王使張儀、司馬錯從石牛道伐蜀，即此也。後諸葛亮相蜀，又鑿石駕空爲飛梁閣道，以通行路。」其地在今四川劍閣縣北。峥嶸、崔嵬，高峻貌。

〔一七〕張載《劍閣銘》：「一人荷戟，萬夫趑趄。形勝之地，匪親勿居。」親，兩宋本、繆本、王本俱注云：「一作人。」

〔一八〕錦城，即成都，此借指長安。錦城二句與問君二句、嗟爾二句同，亦旅人自忖之辭。以上寫蜀道南段之艱險。

〔一九〕張衡《四愁詩》：「側身西望涕霑裳。」

【集説】

殷璠云：李白性嗜酒，志不拘檢，嘗林棲十數載。故其爲文章，率皆縱逸。至如《蜀道難》等篇，可謂奇之又奇。然自騷人以還，鮮有此體調也。（《河嶽英靈集》）

李綽云：陸暢嘗爲韋南康作《蜀道易》，首句曰：「蜀道易，易如履平地。」南康大喜，贈羅八百疋。……《蜀道難》，李白罪嚴武也。暢感韋之遇，遂反其詞焉。（《尚書故實》）

范攄云：嚴武……擁旄西蜀，累於飲筵對客騁其筆札。杜甫拾遺乘醉而言曰：「不謂嚴挺之乃有此兒也。」武恚目久之，曰：「杜審言孫子擬捋虎鬚耶？」合座皆笑，以彌縫之。……房太尉琯微亦有所忤，憂怖成疾。……李白作《蜀道難》乃爲房、杜危之也。（《雲溪友議》）

孟棨云：李太白初自蜀至京師，舍於逆旅。賀監知章聞其名，首訪之，既奇其姿，復請所爲文。出《蜀道難》以示之。讀未竟，稱歎者數四，號爲謫仙。（《本事詩》）

王定保云：李太白始自西蜀至京，名未甚振，因以所業贄謁賀知章。知章覽《蜀道難》一篇，揚

眉謂之曰：「公非人世之人，可不是太白星精耶！」（《唐摭言》）

蕭云：嘗以全篇詩意與唐史參考之，是蓋太白初聞禄山亂華天子幸蜀時作也。若曰爲房琯、杜甫、章仇兼瓊而作，何至始引蠶叢開國，終言劍閣之險，復乃所守匪親化爲豺狼等語哉？引喻非倫，以是知其不爲章與房杜也。按唐史，哥舒翰兵敗，潼關不守，楊國忠首倡幸蜀之策，當時臣庶皆非之，馬嵬父老遮道諫曰：宮闕陛下家居，陵寢陛下墳墓，今舍此欲何之？又告太子曰：若殿下與至尊皆入蜀，中原百姓誰爲主？建寧王倓亦曰：今殿下從至尊入蜀，若賊兵燒絶棧道，則中原之地拱手授賊。既上至扶風，士卒潛懷去就，往往流言不遜。比至成都，從官及六軍至者千三百人而已。太白此時蓋亦深知幸蜀之非計，欲言則不在其位，不言則愛君憂國之情不能自已，故作是詩以達意也。詩曰「噫吁嚱，危乎高哉，蜀道之難難於上青天」者，極路險難之形容，言當時欲從君於難者，至蜀之難如上天之難也。「蠶叢及魚鳧，開國何茫然。爾來四萬八千歲，不與秦塞通人烟」者，言蕞爾之蜀，僻在一隅，自古聲教所不暨，雖秦塞之近且不相通，非可爲中國帝王之都也。「西當太白有鳥道，可以横絶峨眉巔」者，言五丁未開道之前，惟長安正西太白山僅有鳥道可以横絶峨眉之巔，非人跡所可往來也。「地崩山摧壯士死，然後天梯石棧相鉤連」者，言五丁既開道之後，梯棧相連，始與秦通。今焉安處於蜀，設若燒絶棧道，則中原道斷矣。「上有六龍回日之高標，下有衝波逆折之回川」者，言其險上際於天，下極於地也。「黄鶴之飛尚不得過，猿猱欲度愁攀援」者，言鳥獸猶憚其險，人其可知也。「青泥何盤盤，百步九折縈巖巒」者，歷言蜀道險難之所也。「捫參歷井仰脅息，以手撫膺坐長歎」者，蓋參與井爲蜀分野，捫參歷井，言環蜀之境道里險難，所在皆然，令人脅斂屏氣而息，惟有撫膺長歎而已也。「問君西遊何時還」者，君字非泛然而言，猶杜子美《北征》詩「恐君有遺失」及「君誠中興主」之義，所謂君者，明皇也。西遊者，西幸也。何時還者，言既幸蜀矣，何時可還中原而爲生靈之主也。「畏途巉巖不可攀」者，此忠臣義士雖欲從君於難，道路險阻不可以猝然攀附也。「但見悲鳥號古木，雄飛雌從繞林間。又聞子規啼夜月，愁空山」者，言朝夕之間，空山叢林，惟有禽鳥飛鳴，則人跡之稀少可知也。復申之曰「蜀道之難難於上青天」者，言其險之極，一言之不足，再言之也。「使人聽此凋朱顏」者，此乃太白自述感傷於心，而形諸顏色也。「連峰去天不盈尺，枯松倒挂倚絶壁。飛湍瀑流爭喧豗，砯崖轉石萬壑雷。其險也如此」者，備言蜀道險難之狀也。「嗟爾遠道之人胡爲乎來哉」者，以喻疏遠之臣若白者，雖欲從君於難，胡爲而能來也。「劍閣崢嶸而崔嵬，一夫當關，萬夫莫開。所守或匪親，化爲狼與豺」者，言贊帝幸蜀者，不過謂有劍閣之險而已。然太白私憂過計，謂險則險矣，守關者任非其人，如豺狼之反噬，是未可知此，則尤可憂也。「朝避猛虎，夕避長蛇。磨牙吮血，殺人如麻」者，言蜀與羌夷雜處，如虎如蛇，朝夕皆當避之。或者變生肘腋，是又可憂之大者也。「錦城雖云樂，不如早還家」者，語意蓋自《楚辭・招魂》中來，言蜀都之樂不如早還中國之樂也。復申之曰「蜀道之難難於上青天，側身西望長咨嗟」者，再言之不足，故三言之，以致吾睠戀之意云耳。吁，詩意亦微而顯者歟！客曰：是則然矣。《上皇西巡南京歌》胡爲而作邪？予曰：《蜀道難》是初聞上皇倉猝幸蜀之時，太白見得事理不便者如此，情發於中不能已於言也。《西巡南京歌》

是事已定之時，代人致頌之詞也。成事不説，遂事不諫。朝廷處分已定，太白不在其位，可復更爲異議乎？客又曰：太白爲宋中丞撰請都金陵表，胡爲稱美蜀都，欲使上皇安居之耶？予曰：此亦代人之作也。操辭者，太白也。命意者，宋中丞也。太白方依於中丞，敢不從中丞之意，而自爲異論乎？此又不待辨而自明矣。

胡云：此詩説者不一，有謂嚴武鎮蜀放恣，危房琯、杜甫而作者，出范攄《雲溪友議》，新史所採也。有謂爲章仇兼瓊作者，沈存中、洪駒父駁前説而爲之説者也。有謂諷玄宗幸蜀之非者，蕭士贇注語也。兼瓊在蜀，無據險跋扈之跡可當斯語。而嚴武出鎮在至德後，玄宗幸蜀在天寶末，與此詩見賞賀監，在天寶初者，年歲亦皆不合，則此數説似并屬揣摩。愚謂《蜀道難》自是古相和歌曲，梁、陳間擬者不乏，詎必盡有爲而作。白蜀人，自爲蜀詠耳。言其險，更著其戒，如云「所守或匪親，化爲狼與豺」，風人之意遠矣。必求一時一人之事以實之，不幾失之鑿乎？

詹鍈云：綜以上諸家之説，可得四種。一、罪嚴武，二、諷章仇兼瓊，三、諷玄宗幸蜀，四、即事成篇，別無寓意。其間二四兩説與《本事詩》所載不相衝突，而一三兩説則否。按：此詩已見於殷璠所編之《河岳英靈集》。集序云：昭明太子撰《文選》後，相效著述者十有餘家，咸自盡善。……且大同至於天寶，把筆者近千人，……開元十五年後，聲律風骨始備矣。實由主上惡華好樸，去僞從真，使海内詞場翕然尊古。……粤若王維、昌齡、儲光羲等二十四人皆河岳英靈也。此集便以《河岳英靈》爲號，詩二百三十四首，分爲上下卷，起甲寅終癸巳（《文苑英華》作乙酉）。由上文觀之，主上當指玄宗，而玄宗朝之癸巳年爲天寶十二載，乙酉年爲天寶四載，是《蜀道難》一詩至晚亦當作於天寶十二載以前，而一三兩説之不可信，勿庸置辨矣。今進而論第二説。按章仇兼瓊事跡，除略見於其《太府君碑》文外，唯有兩《唐書》《吐蕃傳》及《楊國忠傳》。碑文自是諛辭，不足論。《舊唐書·吐蕃傳》云：開元二十七年，詔以華州刺史張宥爲益州長史、劍南防禦使，主客員外郎章仇兼瓊爲益州司馬、防禦副使。宥既文吏，素無攻戰之策，兼瓊遂專其戎事。俄而兼瓊入奏，盛陳攻取安戎之策，上甚悦。……拔兼瓊令知益州長史事，代張宥節度。二十八年，引官軍入（安戎）城，盡殺吐蕃將士，使監察禦史許還率兵鎮守。上聞之甚悦。其年十月，吐蕃又引衆寇安戎城及維州，章仇兼瓊遣裨將率衆禦之。時屬凝寒，賊久之自引退。《新唐書·楊國忠傳》云：劍南節度使章仇兼瓊與宰相李林甫不平，聞楊氏新有寵，思有以結納之爲奥助，使（鮮于）仲通之長安，仲通辭，以國忠見。……兼瓊喜，表爲推官，使部春貢長安。……國忠至京師，見群女弟致贈遺。……諸楊日爲兼瓊譽。……兼瓊入爲户部尚書兼御史大夫，用其力也。兼瓊爲人略可概見，然殊無跋扈之跡可尋。太白《答杜秀才五松山見贈》詩云：「聞君往年遊錦城，章仇尚書倒屣迎。飛牋絡繹奏明主，天書降問迴恩榮。」是太白亦斷不致以兼瓊比諸豺狼也。諷章仇兼瓊之説疑自《雲溪友議》誤傳。《雲溪友議》：或謂章仇兼瓊爲陳子昂拾遺雪獄，後人不察其義，略去下半句，漸訛成章仇兼瓊耳。又按：太白《劍閣賦》注云「送友人王炎入蜀」，賦中寫劍閣之險與此頗多相似之處。如：……白又有《送友人入蜀》詩云：……其中「見説蠶叢路」一聯與蜀道難詩「蠶叢及魚鳧，開國何茫然」同一出典。「山從人面起」一聯，即極寫蜀道之難也。秦棧爲自秦入蜀之棧道，今詩中稱「芳樹籠秦棧」，送别之地當在秦中可知。末聯則忠告友人之詞，謂功名不可强求也。意者，《劍閣賦》、《送友人入蜀》及此詩三者俱是先後之作。《蜀道難》，唐殘卷作《古蜀道難》，則其本爲規模古調，當可想見。陰鏗《蜀道難》云：「蜀道難如此，功名詎可要？」王炎入蜀或爲求取功名，故太白《自溧水哭王炎》詩云：「逸氣竟莫展，英圖俄夭殤。」今詩中稱：「其險也若此，嗟爾遠道之人胡爲乎來哉？」亦此意也。又詩雖題《蜀道難》，而全詩所叙僅及劍閣，外乎此者止「錦城雖云樂，不如早還家」二句而已。而此二句復不見於唐殘卷，是否後人所加，尚不可知。是詩與《劍閣賦》内容絶無二致明矣。至「一夫當關」以下四句亦别無寄託。「一夫當關，萬夫莫開」，言劍閣一帶棧路之狹，設欲入蜀，别無他道可由。「所守或匪親」，親字一作人，《河岳英靈集》、《文苑英華》及《雲溪友議》所引正作人。按人字是也。「所守或匪人，化爲狼與豺」者，言守此萬夫莫開之關者，或非其人，而化爲豺狼。此輩之凶殘直如猛虎長蛇，磨牙吮血，殺人如麻，故不得不朝夕避之。又解謂守此萬夫莫開之關者，或非人類而爲豺狼。途經此處，設有人（蔡夢弼曰：喻盜賊也）守之，尚屬幸運，若遇豺狼守之則危矣。故途中不得不「朝避猛虎，夕避長蛇」，因其磨牙吮血殺人如麻也。説亦可通。杜甫《發閬中詩》云：「前有毒蛇後猛虎，溪行盡日無村塢。」蓋當時蜀地荒凉，本自如此。蜀地位秦之西南，太白《萬憤詞投魏郎中》詩稱玄宗幸蜀曰「遷白日於秦西」，則自秦去蜀自可稱曰西遊，自秦望蜀中亦可稱曰西望也。《劍閣賦》開首即稱咸陽，而此詩亦有「不與秦塞通人烟，西當太白有鳥道」之句，似白之送王炎當在長安或咸陽，其時白方至長安未久，旋遇賀知章，因出近作示之，賀遂歎爲謫仙人耳。

【按】

《蜀道難》一詩爲李白首屈一指之名篇，然千載以來，諸解紛紜，殆若聚訟。詹鍈《李白詩文繫年》列舉諸説最爲詳備，本篇集説多據該書選録。詹氏於列舉諸説之後，綜合爲四説，并加以駁議。最後又將此詩與《劍閣賦》及《送友人入蜀》聯係考察，謂三首爲先後之作。經此一番清理，諷刺嚴武、章仇兼瓊及諫阻玄宗奔蜀之説，固已無庸置議。謂三者爲先後之作，并有功名難求之意，亦良有見地。唯謂三首内容亦「絶無二致」，并以之繫天寶初年，則非善解。兹略申管見如下：

詳考白自弱冠至本年之志趣及經歷，置《蜀道難》於初入長安諸作之後，則其廬山真面目自然呈現，無待臆測。白自弱齡即已心許明時，然自仗劍去國，辭親遠遊以來，雖遍干諸侯，歷抵卿相，仍南徙莫從，北遊失路，故每有孤劍誰託，悲歌自憐之歎。尤以此次入長安之遭遇最爲難堪，此行乃白出蜀以來生活經歷中之最大波瀾。其赴京前所作《上安州裴長史書》云：「何王公大人之門不可以彈長劍乎！」意謂朝廷既稱廣開才路，長安之王公大人必能待之如上賓。詎知事實大謬不然。雖已至天子足下，然君之堂兮千里，君之門兮九重。貴公子既愚弄於前，五陵豪又欺凌於後。卿相實無薦賢之心，諸侯唯有嗟來之食。白始終徘徊魏闕之下，不得其門而入。故時結幽思，屢興浩嘆。終以一籌莫展，遂萌歸志，前此諸作皆歷歷可考。後作之《梁甫吟》中所謂「閶闔九門不可通，以額叩關閽者怒」；《憶舊遊贈江陽宰陸調》中所謂「北門厄」，亦皆指一入長安之遭遇。遭遇如此，則其將離長安之際，悲憤可知。雖已作《行路難》（其二）諸詩，而意猶未已，復因送友人入蜀一事之觸發，又以比興出之。《詩比興箋》魏源序云：「詞不可徑也，故有曲而達；情不可盡也，故有譬而喻焉。」以山川險阻喻仕途坎坷，其來有自，唐人詩作中尤屢見不鮮。唯他人多用明喻或暗喻，此詩則純用借喻。借喻之法，所喻之事物悉皆隱去，而逕寫譬喻本身，故尤爲深曲。加以歲月懸遠，時代隔閡，遂致難解。然當時固已有約略窺知其作意者，殷璠《河岳英靈集》以之擬騷，恐有所見。此詩形式并非騷體，以之擬騷必是着眼於内容。二者内容相同之處何在？「每一顧而掩涕，嘆君門之九重」，忠怨之辭也」。姚合《送李餘及第歸蜀》云：「李白《蜀道難》，羞爲無成歸。子今稱意行，所歷安覺危？」以之作爲仕途得意之反襯，則其作意在當時固隱而顯，曲而達，未若後世之難解也。後世異説蜂起，遂掩其本來面目。兹以《蜀道難》爲借蜀道艱險喻仕途坎坷之説，不過恢復其本來面目而已。張載《劍閣銘》云：「惟蜀之門，作固作鎮。是曰劍閣，壁立千仞。窮地之險，極路之峻。世濁則逆，道清斯順。」此銘早以道路之順逆繫乎世事之清濁。《蜀道難》之比興，固源於此期生活實感，或亦受此銘之啟發，則其憤世之情亦可知矣。

幽澗泉

《幽澗泉》，李白自製琴曲歌辭。詩寫琴聲，實喻詩心，以明其樂府詩旨多抒哀時失志之情。《蜀道難》即其一例。

拂彼白石，彈吾素琴。幽澗愀兮流泉深〔一〕。善手明徽，高張清心〔二〕。寂歷似千古松，颼飀兮萬尋〔三〕。中見愁猿弔影而危處兮，叫秋木而長吟。客有哀時失志而聽者〔四〕，淚淋浪以霑襟〔五〕。乃緝商綴羽〔六〕，潺湲成音〔七〕。吾但寫聲發情於妙指〔八〕，殊不知此曲之古今。幽澗泉，鳴深林。

【注釋】

〔一〕愀，愁慘貌。《莊子·讓王》：「愀然變色。」

〔二〕善手，即高手。明徽，王注：「《韻會》：琴節曰徽。……古徽十有三，象十二月，其一象閏。用螺蚌爲之，近代用金玉、瑟瑟、水晶等寶，以示明瑩。」此代指佳琴。高張清心，謂琴聲高揚，抒發人心志的清高超凡。《文選》顔延年《秋胡詩》：「高張生絶絃，聲急由調起。」李善注《物理論》曰：「琴欲高張，瑟欲下聲。」

〔三〕《文選》江淹《雜體詩》：「寂歷百草晦。」李善注：「寂歷，凋疏貌。」江淹《山中楚辭》：「風颼飀兮木道寒。」颼飀，風聲。朱諫曰：「此則形容琴中之趣，寂歷若千古之老松，天風鼓動，迴出於萬尋之上，青標亭亭而拂雲也。」（《李詩選注》）

〔四〕志，王本作職，據兩宋本改。失志，有志難酬。

〔五〕淋浪，淚流不止貌。陶淵明《感士不遇賦》：「感哲人之不偶，淚淋浪以灑袂。」

〔六〕商、羽，皆五聲之一。《左傳》昭公二十五年：「章爲五聲。」杜預注：「宫、商、角、徵、羽。」孔穎達疏：「聲之清濁，差爲五等，聖人因其有五，分配五行。……土爲宫，金爲商，木爲角，火爲徵，水爲羽。」句謂所彈之琴聲乃以商、羽二音組成，其聲凄清，猶如幽澗流泉。

〔七〕潺湲，水流貌，《楚辭·九歌·湘夫人》：「觀流水兮潺湲。」又泪流貌，《楚辭·九歌·湘君》：「横流涕兮潺湲。」此處二義兼而有之。

〔八〕寫，宣泄。《詩·邶風·泉水》：「駕言出遊，以寫我憂。」鄭箋：「我心寫者，舒其情意，無留恨也。」

贈華州王司士

此及下篇當係本年春出長安後東去途中經華州作。華州，屬關内道，州治鄭縣，即今陝西華縣。司士，即司士參軍事，上州之佐吏。

淮水不絶波瀾高〔一〕，盛德未泯生英髦〔二〕。知君先負廟堂器，今日還須贈寶刀〔三〕。

【注釋】

〔一〕《晉書·王導傳》：「初，導渡淮，使郭璞筮之。卦成，璞曰：『吉，無不利。淮水絶，王氏滅。』其後子孫繁衍，竟如璞言。」句用此事切王司士姓氏。

〔二〕《爾雅·釋言》：「髦，選也，俊也。」郭璞注：「士中之俊，如毛中之髦也。」邢昺疏：「毛中之長毫曰髦。」髦，音毛。

〔三〕廟堂器，廟堂中陳設之禮器，如鼐彝之屬，喻王佐之才。贈寶刀，《晉書·王祥傳》：「呂虔有寶刀，工相之，以爲必登三公，可服此刀。虔謂祥曰：『苟非其人，刀或爲害，卿有公輔之量，故以相與。』」

春日遊羅敷潭

王注：「王阮亭曰：羅敷谷水在華州。」

行歌入谷口，路盡無人躋〔一〕。攀崖度絶壑，弄水尋迴溪。雲從石上起，客到花間迷。淹留未盡興，日落群峰西。

【注釋】

〔一〕躋，登也。

梁園吟

兩宋本、繆本題下俱注云：「一作《梁園醉酒歌》。」梁園，一作梁苑，漢梁孝王遊賞之所，故址在河南道宋州宋城縣，即今河南商丘市。白離長安後，由黄河泛舟東去，初游梁宋，訪梁園故址作。

我浮黄河去京闕，挂席欲進波連山〔一〕。天長水闊厭遠涉，訪古始及平臺間〔二〕。平臺爲客憂思多，對酒遂作《梁園歌》。卻憶蓬池阮公詠，因吟渌水揚洪波〔三〕。洪波浩蕩迷舊國，路遠西歸安可得〔四〕？人生達命豈暇愁？且飲美酒登高樓。平頭奴子摇大扇〔五〕，五月不熱疑清秋。玉盤楊梅爲君設，吴鹽如花皎白雪。持鹽把酒但飲之，莫學夷齊事高潔〔六〕。昔人豪貴信陵君，今人耕種信陵墳〔七〕。荒城虚照碧山月，古木盡入蒼梧雲〔八〕。梁王宫闕今安在？枚馬先歸不相待〔九〕。舞影歌聲散渌池，空餘汴水東流海〔一〇〕。沉吟此事淚滿衣，黄金買醉未能歸。連呼五白行六博，分曹賭酒酣馳暉〔一一〕。歌且謡〔一二〕，意方遠。東山高卧時起來，欲濟蒼生未應晚〔一三〕。

【注釋】

〔一〕《文選》謝靈運《遊赤石進帆海》：「挂席拾海月。」李善注：「揚帆，挂席，其義一也。」

〔二〕平臺，梁園遺跡。《史記·梁孝王世家》：「梁孝王武者，孝文皇帝子也。……築東苑，方三百餘里，廣睢陽城七十里。大治宫室，爲複道，自宫連屬於平臺三十餘里。」《元和郡縣志》宋州虞城縣：「平臺，縣西四十里。《左傳》：『宋皇國父爲宋平公所築。』漢梁孝王大治宫室，爲複道，自宫連屬於平臺，三十餘里，與鄒、枚、相如之徒并遊其上，即此也。」漢之睢陽，唐爲宋城，即今河南商丘。宋城與虞城相鄰。虞城縣西即宋城縣東，故梁園與平臺相接。

〔三〕蓬池，在古大梁，即唐之開封。阮公，即阮籍，字嗣宗，魏晉間著名詩人。阮籍《詠懷詩》：「徘徊蓬池上，還顧望大梁。渌水揚洪波，曠野莽茫茫。走獸交橫馳，飛鳥相隨翔。是時鶉火中，日月正相望。朔風厲嚴寒，陰氣下微霜。羈旅無儔匹，俛仰懷哀傷。」

〔四〕二句意謂因咏阮籍《咏懷詩》，而感歸途渺茫。舊國，此指長安。

〔五〕瞿、朱注：「平頭者，蓋奴子不得戴冠巾，以别於奴主之裝束。」

〔六〕此句兩宋本、繆本、王本俱注云：「一作『何用孤高比雲月』，又作『咄咄（兩宋本誤作嗤嗤）書空字還滅』。」唐寫本作「世上悠悠不堪説」。

〔七〕信陵君，即魏公子無忌，封信陵君，仁而下士，士以此方數千里争往歸之，致食客三千人。諸侯以其賢而多客，不敢加兵謀魏。秦圍趙都邯鄲，信陵君奪晋鄙兵，進擊秦軍，遂救邯鄲存趙。又率五國之兵，破秦軍於河外，乘勝逐秦軍至函谷關，抑秦兵，秦兵不敢出。信陵君因而威震天下。詳見本年《俠客行》詩注。信陵墳，《太平寰宇記》卷一：「信陵君墓，在（開封府浚儀）縣南十二里。」

〔八〕蒼梧雲，《初學記》卷一引《歸藏》：「有白雲出蒼梧，入於大梁。」

〔九〕枚馬，即枚乘、司馬相如，均曾爲梁孝王賓客，宴於平臺，皆各賦詩，稱平臺雅集，傳爲一時之盛事。

〔一〇〕汴水，又稱汴河。汴河，舊自滎陽縣東，經開封府城南，又經宋州城南，東注泗州，下入於淮。

〔一一〕六博，王注：「《招魂》：『菎蔽象棊，有六簙些。分曹并進，遒相迫些。成梟而牟，呼五白些。』

王逸注：投六箸，行六棊，故爲六簙也。倍勝爲牟。五白，簙齒也。言己棊已梟，當成牟勝，射張食棊，下逃於窟，故呼五白以助投也。」楊慎《丹鉛續録》：「古之六博，即今骰子也。晉謝艾傳：梟者，邀也。六博得邀者勝，是知梟即骰子之么也。」

〔二二〕《詩·魏風·園有桃》：「園有桃，其實之殽。心之憂矣，我歌且謡。」毛傳：「曲合樂曰歌，徒歌曰謡。」

〔二三〕東山，爲晉謝安早年隱居之地。又臨安、金陵均有東山，亦安遊憩處。後世因以東山泛指隱居地。安，字安石，少有重名，屢違朝旨，高卧東山，諸人每相與言：「安石不肯出，將如蒼生何！」年四十餘，始出爲桓温司馬。淝水之役，以運籌帷幄，克敵有功，累官至太保，卒贈太傅，故又稱謝太傅。見《晉書·謝安傳》。二句以謝安高自期許。

【集説】

王云：作《梁園歌》而忽間以信陵數語，意謂以信陵之賢，名震一世，至今日而墓城且不克保。況梁孝王之賢不及信陵，其歌臺舞榭又焉能保其常在乎？此文章襯托法，不是爲信陵致慨，乃是爲梁王釋恨，并爲自己解愁，以是不如及時行樂之爲得也。故下遂接以「沉吟此事淚滿衣」云云。

方東樹云：起四句叙。「平臺」二句入題情，正點一篇提局。「卻憶」句轉放開展，用筆頓折渾轉。「平頭」二句酣恣肆放。「玉盤」四句鋪。「昔人」四句詠嘆以足之。情文相生，情景交融，所謂興會才情，忽然涌出花來者也。「空餘句」頓挫。「沉吟」句轉正意。太白亦自沉痛如此，其言神仙語，乃其高情所寄，實實有見。小兒子强欲學之，便有令人嘔吐之意。讀太白者辨之。因見梁園有阮公、信陵、梁王諸跡，今皆不見，足爲憑弔感慨。他人萬手同知如此用意，而不解如此作法。此卻從自己遊歷多愁説入，又自解不必如此。所謂借他人酒杯澆自己塊壘，死活仙凡，全在如此。尋常俗士但知正衍故實，以爲詠古炫博，或叙後入議論，炫才識，而不知此凡筆也。此卻以自己爲經，偶觸此地之事，借作指點慨嘆，以發泄我之懷抱，全不專爲此地考古跡發議論起見。所謂以題爲賓爲緯，於是實者全虛，憑空御風，飛行絶跡，超超乎仙界矣。脱離一切凡夫心胸識見矣。杜公詠懷古跡便是如此，解此可通之近體，一也。詩最忌段落太分明。讀此可得音節轉换及章法大規。（《昭昧詹言》）

【按】

梁園（亦即梁苑）其地究在何處，後世記載不詳。王琦既以之屬開封。又以之屬宋城，使人無所適從。其所以如此，或因《水經注》等書有梁孝王始都大梁（即開封），以其地卑濕，遷都睢陽之説，王琦未加深究，遂執兩端。今人更因之衍爲兩個梁園。然《史》、《漢》有關梁孝王記載，并無始都大梁事，逕以都城爲睢陽。未知孰是。但無論梁孝王是否曾都大梁，均不可能在其地修建規模宏大之梁園。蓋孝王始封於梁之年，即漢文帝十二年，黄河決於酸棗，其地距大梁僅數十里，孝王安能大治宫室於洪水之下？按諸高適詩文亦可證明。高適居梁宋多年，有梁宋詩作多首。凡詩中言及梁孝王或梁園者，均顯係在宋中；而有關大梁諸詩，則徧及大梁古跡而獨不及梁孝王或梁園。故可知梁園不在汴州開封，而在宋州宋城。《梁園吟》一詩兼及二地古跡，如平臺在宋城，蓬池在開封。當係在宋城覽古時，連類而及。

又：《梁園吟》一詩，諸家均以爲李白天寶初年入長安去朝後作。非是。李白曾多次遊梁園，此係初遊之作。詩云「我浮黄河去京闕」，是出長安後由黄河水程東去，而天寶間出長安係由商州陸路東去。詩中又云：「梁王宫闕今安在？枚馬先歸不相待。無影歌聲散渌池，空餘汴水流東海。」此係對漢梁孝王邀請枚乘、司馬相如等人宴集平臺一事，表示嚮往，隱以枚、馬等自居，感慨今無梁孝王其人。此亦一入長安後之心情。如係天寶待詔翰林之後，則李白已數見天子，區區藩王何足道哉！當不至如此嚮往，一至於「沉吟此事泪滿衣」也。其下又云「黄金買醉未能歸」，蓋因李白入京之前，曾有大言放語，謂：「何王公大人之門不可以彈長劍乎？」而今「歷抵卿相」竟一事無成，蓋無顔見江東父老，故曰「未能歸」也。出長安後，東遊汴洛，直至次年歲晚始返安陸。天寶三載出長安，當年即返山東任城。可見「黄金買醉未能歸」是本年出長安後情況。詩末雖悲不遇，猶寄希望於將來：「歌且謡，意方遠。東山高卧時起來，欲濟蒼生未應晚。」此亦李白本年出長安後心情，與天寶三載去朝時迥異。

登廣武古戰場懷古

廣武，山名。在河南道鄭州滎澤縣，今河南滎陽縣。古戰場，楚漢相争時兩軍對壘處。《元和郡縣志》鄭州滎澤縣：「東廣武、西廣武二城，各在一山頭，相去二百餘步，在縣西二十里。漢高祖與項羽俱臨廣武而軍，今東城有高壇，即是項羽坐太公於上，以示漢軍處。」

秦鹿奔野草，逐之若飛蓬〔一〕。項王氣蓋世，紫電明雙瞳〔二〕。呼吸八千人，橫行起江東〔三〕。赤精斬白帝〔四〕，叱咤入關中〔五〕。兩龍不並躍，五緯與天同〔六〕。楚滅無英圖，漢興有成功。按劍清八極，歸酣歌《大風》〔七〕。伊昔臨廣武，連兵決雌雄。分我一杯羹，太皇乃汝翁〔八〕。戰爭有古跡，壁壘頹層穹。猛虎嘯洞壑，飢鷹鳴秋空。翔雲列曉陣，殺氣赫長虹。撥亂屬豪聖，俗儒安可通？沉湎呼豎子，狂言非至公〔九〕。撫掌黃河曲，嗤嗤阮嗣宗〔一〇〕。

【注釋】

〔一〕《史記·淮陰侯列傳》：「秦失其鹿，天下共逐之，於是高材疾足者先得焉。」張晏曰：「以鹿喻帝位也。」

〔二〕紫電，狀目光炯炯有神。雙瞳，即重瞳。《史記·項羽本紀》：「聞項羽亦重瞳子。」

〔三〕呼吸，謂指揮。八千人，《史記·項羽本紀》：「籍與江東子弟八千人渡江而西。」

〔四〕赤精，指漢高祖。《史記·高祖本紀》：「高祖被酒，夜徑澤中，令一人行前。行前者還報曰：『前有大蛇當徑，願還。』高祖醉，曰：『壯士行，何畏！』乃前，拔劍擊斬蛇。蛇遂分爲兩，徑開。

行數里，醉，困卧。後人來至蛇所，有一老嫗夜哭。人問何哭，嫗曰：『人殺吾子，故哭之。』人曰：『嫗子何爲見殺？』嫗曰：『吾子，白帝子也，化爲蛇，當道，今爲赤帝子斬之，故哭。』」

〔五〕叱咤，怒斥聲。關中，地名。《史記·項羽本紀》：「人或説項王曰：關中阻山河四塞，地肥饒，可都以霸。」《集解》引徐廣曰：「東函谷，南武關，西散關，北蕭關。」

〔六〕《文選》張衡《西京賦》：「高祖之始入也，五緯相汁以旅於東井。」李善注：「五緯，五星也。」古人以五星相會爲帝王應天受命之兆。

〔七〕大風，歌名。高祖十二年，過故鄉沛，招親友飲。酒酣，擊筑而歌：「大風起兮雲飛揚，威加海内兮歸故鄉，安得猛士兮守四方！」見《史記·高祖本紀》。

〔八〕楚漢相争，俱臨廣武而軍，相守數月。項王患之。爲高俎，置太公其上，告漢王曰：「今不急下，吾烹太公。」漢王曰：「吾與項羽俱北面受命懷王，約爲兄弟。吾翁即若翁，必欲烹而翁，則幸分我一杯羹。」項王怒。欲殺之。項伯曰：「天下事未可知，且爲天下者不顧家，雖殺之無益，祇益禍耳。」楚漢久相持未决，丁壯苦軍旅，老弱罷轉漕，項王謂漢王曰：「天下匈匈數歲者，徒以吾兩人耳，願與漢王挑戰决雌雄，毋徒苦天下之民父子爲也。」漢王笑謝曰：「吾寧鬥智，不能鬥力。」於是項王乃即漢王相與臨廣武而語。漢王數之，項王怒，欲一戰。漢王不聽，項王伏弩射中漢王。見《史記·項羽本紀》。

〔九〕沉湎，飲酒過度，謂阮籍，籍性嗜酒。豎子，卑賤之人。《晉書·阮籍傳》：「嘗登廣武，觀楚漢戰處，嘆曰：『世無英雄，使豎子成名。』」

〔一〇〕嗤嗤，譏笑聲。嗣宗，阮籍字。

【集説】

王云：東坡《志林》：昔先友史經臣彦輔謂予：「阮籍登廣武而嘆曰：『時無英雄，使豎子成名。』豈謂沛公豎子乎？」予曰：「非也，傷時無劉、項也。豎子指魏、晉間人耳。」今日讀李白《登廣武古戰場》詩：「沉湎呼豎子，狂言非至公。」乃知太白亦誤認嗣宗語。嗣宗雖放蕩，本有志於世，以魏、晉間多故，故一放於酒，何至以沛公爲豎子乎？洪容齋曰：阮籍登廣武嘆曰：「時無英雄，使豎子成名。」蓋嘆是時無英雄如昔人者。俗士不達，以爲籍譏漢祖。雖李白亦有是言，失之矣。蕭士贇曰：予嘗讀《阮籍傳》，未嘗不羨其能佯狂任達，全身遠害於晉、魏之交，非見遠識微，孰能與於此？品量人物之際，豈不識漢高之爲人，至發廣武之嘆哉？因味其言，至於「時」之一字，而知籍之所謂「時無英雄」者，非指漢高也，蓋謂所遭之時，炎劉之末，桓、靈之君無英雄之材，卒使神鼎暗移於臣下也。「豎子」者，指曹氏父子，籍之興嘆者此耳。或曰：「若然，則太白之誚亦失言歟？」余曰：此非太白之詩也，詞中語意錯亂，用事失倫。《大風》之歌，能事畢矣，詩乃重申廣武之事。此詩本意，稱述高祖之美，如仗義入關，縞素伐楚，軍臨廣武，數羽十罪，可稱者不少，曾無一語及此。分羹之語出於一時處變之權，奚足爲高祖道者？而詳言之，可謂無識者矣。太白有識者也，肯作此語乎？吾故曰非太白之詩也。琦按：阮籍蓋習見夫三國之時，覆軍殺將，互勝互敗，而終未能一統，以視項羽之一敗而遂不復振，相去天淵矣。使三國之君而生於其世，恐漢高亦不能以五載而成帝業，如此其易也。廣武一嘆，初無深義，自東坡別創一説，而後之人皆因之。蕭氏更謂桓、靈無英雄之材，而以豎子指曹氏父子，則其説益左。夫漢高固英雄，然觀其鴻門之困，睢水之敗，滎陽之圍，廣武之弩，瀕於危者數矣。而卒不死，終以有天下者，天命也。豈真算無遺策而天下莫能當者哉！且觀其生平，惟以詐術制馭群材，好駡侮士，謾言負約，以阮籍之白眼觀之，呼爲豎子，亦何足異？太白「非至公」之言，亦尊題之法，自當如此。或兩人所見，實有不同。安得訾其誤哉？若云詩中語意錯亂，則「歸酣歌大風」以上，是泛言楚、漢之興廢。「伊昔臨廣武」以下，乃始著題，與《登金陵冶城西北謝安墩》一詩同一機軸，條理井然。若云用事失倫，在「分我杯羹」語，追想當時情事，良、平之儔，何、賈之伍，言語妙天下，豈不知此語之繆？第恐卑辭屈節，適足以長楚人之燄而墮其計中，矯手措足悉爲所制，不得已而爲此悖逆之辭，以見「爲天下者不顧家」之意。非此一語不足以折楚人之心，捨此一語亦無以復楚人之命。其實太公生死全不在此一言，正不必爲漢高諱也。仗義入關，縞素伐楚，俱非軍廣武時事，此處何可攙入？蕭氏之云云，無乃皆贅乎！

【按】白遊梁園，時在五月。此詩時在秋令，或係自梁宋西來，遊嵩山之前，途經廣武而作。詩末嗤阮，并非失言，當以王説爲是。蓋「兩人所見，實有不同」。阮籍以白眼觀世界，鄙劉邦之爲人，故呼爲豎子。李白慕漢帝之功業，故嗤阮語爲狂言。

贈嵩山焦鍊師　并序

此及以下四首皆本年遊嵩山作。嵩山，又名嵩高山，五岳之中岳，在河南登封縣北。東曰太室，西曰少室，總名嵩山。道士修行，德高思精者謂之鍊師。唐開元中有女道士焦鍊師，修道嵩山，聚徒甚衆。見《太平廣記》卷四四九。

嵩山有神人焦鍊師者，不知何許婦人也〔一〕。又云生於齊、梁時，其年貌可稱五六十。常胎息絶穀〔二〕，居少室廬，遊行若飛，倏忽萬里。世或傳其入東海，登蓬萊，竟莫能測其往也。余訪道少室，盡登三十六峰，聞風有寄，灑翰遥贈。

二室凌青天〔三〕，三花含紫烟〔四〕。中有蓬海客，宛疑麻姑仙〔五〕。道在喧莫染，跡高想已綿。時餐金鵝蕊〔六〕，屢讀青苔篇〔七〕。八極恣遊憩，九垓長周旋〔八〕。下瓢酌潁水〔九〕，舞鶴來伊川〔一〇〕。還歸東山上，獨拂秋霞眠。蘿月挂朝鏡，松風鳴夜絃。潛光隱嵩岳，練魄棲雲幄〔一一〕。霓裳何飄颻，鳳吹轉綿邈〔一二〕。願同西王母，下顧東方朔〔一三〕。紫書儻可傳〔一四〕，銘骨誓相學。

【注釋】

〔一〕焦鍊師，瞿、朱注：「李頎有《寄焦鍊師》詩，末云：『仙境若在夢，朝雲如可親。何由覩顏色，揮手謝風塵。』亦是寄女冠語氣。王昌齡亦有《謁焦鍊師》詩，知焦在當時聲名甚廣。……錢超有《題嵩陽焦道士石壁》詩云：『三峰花畔碧堂懸，錦里真人此得仙。玉體（一作醴）纔飛西蜀雨，霓裳欲向大羅天。彩雲不散燒天竈，白鹿時藏種玉田。幸入桃源因去世，方期丹訣一延年。』錢知焦爲蜀人，而李云不知何許婦人。蓋欲故神其事耳。」

〔二〕胎息，道家修鍊之術。《漢武内傳》：「王真，字叔經，上黨人。習閉氣而吞之，名曰胎息。習漱舌下泉而咽之，名曰胎食。真行之，斷穀二百餘日，肉色光美，力并數人。」《抱朴子·釋滯》：「得胎息者，能不以鼻口噓吸，如在胞胎之中，則道成矣。」

〔三〕二室，即太室山、少室山，謂之室者，以其下各有石室。

〔四〕三花，《述異記》卷下：「少室山有貝多樹，與衆木有異，一年三放花，其花白色香美。俗云，漢世野人將子種此。」

〔五〕麻姑，女仙。東漢桓帝時，仙人王遠（方平）降於蔡經家。召麻姑至，年十八九，甚美。自云：「接待以來，已見東海三爲桑田，向到蓬萊，水又淺於往者會時略半也，豈將復還爲陵陸乎？」見《太平廣記》卷六十《神仙傳》。

〔六〕王注：「楊升庵曰：金鵝蕊，桂也。《藝文類聚》：《臨海記》曰：郡東南有白石山，高三百餘尺，望之如雪。山上有湖，古老相傳云：金鵝所集，八桂所植。」

〔七〕青苔篇，道書。陳子昂《潘尊師碑頌》：「道逢真人昇玄子，授以寶書青苔紙。」

〔八〕八極，八方之極，言其遠也。九垓，九天之上，言其高也。

〔九〕句用許由事。堯以天下讓許由，由不受，遂之箕山之下，潁水之陽，耕而食，見《莊子·逍遥遊》。王注：「《太平御覽》：《琴操》曰：許由無有杯器，常以手掬水，人見由無器，以一瓠瓢遺之，由操飲，飲訖，挂瓢於樹。風吹樹，瓢動歷歷有聲，由以爲煩擾，遂取捐之。」潁水，出河南登封縣西境潁谷，東南流，入於淮。

〔一〇〕句用王子喬事。《列仙傳》卷上：「王子喬者，周靈王太子晉也，好吹笙，作鳳凰鳴。游伊、洛之間，遇道士浮丘公，接以上嵩高山。三十餘年後，於山上見桓良曰：『告我家，七月七日待我於緱氏山巔。』至時，果乘白鶴駐山頭，望之不得到，舉手謝時人，數日而去。」

〔一一〕練魄，道家修練之術。《至遊子·陰符》：「陽者汞也，其性飛者也；陰者鉛也，其性伏者也。聖人伏陽汞以煉其魄，飛陰鉛以拘其魂。」

〔一二〕鳳吹，笙也。孔稚珪《北山移文》：「聞鳳吹於洛浦。」

〔一三〕東方朔，漢武帝時爲金馬門侍中，善詼諧，長文辭。《博物志》卷八：「漢武帝祭祀名山大澤，以求神仙之道。時西王母遣使乘白鹿告帝當來，乃供帳九華殿以待之。七月七日夜漏七刻，王母乘紫雲車而至於殿西，南面東向。頭上戴七種青氣，鬱鬱如雲。時東方朔竊從殿南廂朱鳥牖中窺母。母顧之謂帝曰：『此窺牖小兒，嘗三來盜吾此桃。』帝乃大怪之，由此世人謂方朔神仙也。」

〔一四〕紫書，謂道家秘典。王注：「《雲笈七籤》：紫書，紫筆繕文也。」

嵩山採菖蒲者

《神仙傳》卷三：「漢武上嵩山，登大愚石室，起道宫，使董仲舒、東方朔等齋潔思神。至夜，忽見有仙人，長二丈，耳出頭巔，垂下至肩。武帝禮而問之，仙人曰：『吾九疑之神也。聞中岳石上菖蒲一寸九節，可以服之長生，故來採耳。』忽然失人所在。帝顧侍臣曰：『彼非學道服食者，必中岳之神以喻朕耳。』爲之採菖蒲服之，經三年，帝覺悶不快，遂止。」此詩乃檃括其事而成。

神人多古貌，雙耳下垂肩。嵩岳逢漢武，疑是九疑仙〔一〕。我來採菖蒲，服食可延年。言終忽不見，滅影入雲烟。喻帝竟莫悟，終歸茂陵田〔二〕。

【注釋】

〔一〕九疑，山名，在蒼梧之野，今湖南南部。

〔二〕茂陵，漢武帝墓。《元和郡縣志》關内道京兆府興平縣：「漢茂陵，在縣東北十七里，武帝陵也。在槐里之茂鄉，因以爲名。」

題元丹丘潁陽山居 并序

元丹丘，開元、天寶年間道士，天寶初，爲西京大昭成觀威儀。見《玉真公主祥應記》碑，丹丘爲建碑人。潁陽，縣名，唐時屬河南府。在嵩山之南，潁水之北。

丹丘家於潁陽，新卜别業，其地北倚馬嶺〔一〕，連峰嵩丘，南瞻鹿臺〔二〕，極目汝海〔三〕，雲巖映鬱，有佳致焉。白從之遊，故有此作。

仙遊渡潁水，訪隱同元君。忽遺蒼生望，獨與洪崖群〔四〕。卜地初晦跡，興言且成文〔五〕。卻顧北山斷，前瞻南嶺分。遥通汝海月，不隔嵩丘雲。之子合逸趣，而我欽清芬〔六〕。舉跡倚松石，談笑迷朝曛。益願狎青鳥，拂衣棲江濆〔七〕。

【注釋】

〔一〕《元和郡縣志》河南府密縣：「馬嶺山在縣南十五里。」密縣在潁陽東北。

〔二〕《一統志》南陽府汝州：「鹿臺山在州北二十里，有臺狀若蹲鹿。」汝州在潁陽東南。

〔三〕汝海，汝水之地。《文選》枚乘《七發》：「南望荆山，北望汝海。」李善注：「稱汝海，大言之也。」汝水，在潁水之南。

〔四〕洪崖，仙人名，相傳堯時已三千歲。蔡邕《郭有道碑》：「將蹈洪崖之遐跡。」喻丹丘。

〔五〕曹植《贈徐幹》：「興文自成篇。」

〔六〕之子，猶言此人。清芬，喻德行高潔。

〔七〕青鳥，傳説中之神鳥，喻元丹丘。《山海經·大荒西經》：「有西王母之山……有三青鳥。」「有玄丹之山……爰有……青鳥。」濆，沿河高地，此指潁陽山居。二句謂至山居後，觀其地之佳致，益欲與丹丘偕隱。

【按】

集中有贈丹丘之詩或與丹丘有關之詩文十餘首。合而觀之，可知二人爲至交，且於少年時代即已結識。開元二十九年《贈元六兄林宗》（林宗即丹丘）詩中有「弱齡接光景」之語。開元十八年《上安州裴長史書》中稱丹丘爲故人。此詩序云「丹丘家於潁陽，新卜別業」，詩中又有「卜地初晦跡」之語，則潁陽山居當爲丹丘開元年間幽棲之地。詩序中寫山居地理環境甚詳，顯係初至其地之作。

題元丹丘山居

故人棲東山〔一〕，自愛丘壑美。青春卧空林，白日猶不起。松風清襟袖，石潭洗心耳〔二〕。羨君無紛喧，高枕碧霞裏。

【注釋】

〔一〕東山，謝安棲隱之地，詳見本年《梁園吟》注。此代指元丹丘潁陽山居。

〔二〕洗心，《易·繫辭》：「六爻之義易以貢，聖人以此洗心，退藏於密。」洗耳，《高士傳》卷上：「堯讓天下於許由。……由於是遁耕於中岳潁水之陽，箕山之下，終身無經天下色。堯又召爲九州長，由不欲聞之，洗耳於潁水濱。」

元丹丘歌

元丹丘，愛神仙。朝飲潁川之清流，暮還嵩岑之紫烟。三十六峰常周旋〔一〕。長周旋，躡星虹〔二〕。身騎飛龍耳生風，橫河跨海與天通。我知爾遊心無窮。

【注釋】

〔一〕三十六峰，在少室。見本年《贈嵩山焦鍊師》序。

〔二〕躡，追也。星虹，流星。《春秋元命苞》：「大星如虹，下流華渚。」

冬夜醉宿龍門覺起言志

本年冬洛陽作。龍門，山名，本名伊闕，俗稱龍門。《元和郡縣志》河南府伊闕縣：「伊闕山，在縣北四十五里。兩山相對，望之若闕，伊水流其間，故名。」其地在今河南洛陽市西南三十里。

醉來脱寶劍，旅憩高堂眠。中夜忽驚覺，起立明燈前。開軒聊直望，曉雪河冰壯。哀哀歌《苦寒》〔一〕，鬱鬱獨惆悵。傅説板築臣〔二〕，李斯鷹犬人〔三〕。欻起匡社稷，寧復長艱辛〔四〕。而我胡爲者？嘆息龍門下。富貴未可期，殷憂向誰寫〔五〕？去去泪滿襟，舉聲《梁甫吟》〔六〕。青雲當自致，何必求知音〔七〕？

【注釋】

〔一〕《苦寒》，即《苦寒行》，古樂府名。曹操、曹叡、陸機、謝靈運均有《苦寒行》，多因行役苦寒而作。

〔二〕傅説，殷相。《史記·殷本紀》：「帝武丁即位，思復興殷，而未得其佐。……夜夢得聖人，名曰説。以夢所見，視群臣百吏，皆非也。於是乃使百工營求之野，得説於傅險中。是時，説爲胥靡，築於傅險。見於武丁，武丁曰是也。得而與之語，果聖人，舉以爲相，殷國大治。故遂以傅險姓之，號曰傅説。」

〔三〕李斯，秦相。微時，常牽黄犬，臂蒼鷹，出上蔡東門，以獵狐兔。詳見開元十九年《贈王司馬嵩》注。

〔四〕欻，忽也。寧復，不復也。

〔五〕殷，大也。《詩·鄘風·柏舟》：「耿耿不寐，如有殷憂。」寫，宣泄也。《詩·邶風·泉水》：「駕言出遊，以寫我憂。」

〔六〕《梁甫吟》，古樂府名。諸葛亮好爲《梁甫吟》。此或指己之所作，見下篇。

〔七〕二句自勵之辭。謂當自致於青雲之上，不必求知音薦舉入朝也。

【集説】

瞿、朱云：此詩詞意與《梁甫吟》相近，今人詹鍈疑爲同時所作，是也。但謂爲去朝以後窮愁潦倒之辭，恐非。……傳説、李斯之喻皆在未遇時，既已被徵，雖遭讒而去，亦不當復作「富貴未可期」之語也。

梁甫吟

《梁甫吟》，《樂府詩集·相和歌辭》名。梁甫，即梁父，泰山下小山名。《文選》張衡《四愁詩》：「我所思兮在泰山，欲往從之梁父艱。」李善注：「泰山以喻時君，梁父以喻小人。」蔡邕《琴頌》：「梁甫悲吟，周公越裳。」本篇詞、意均與《冬夜醉宿龍門覺起言志》相近，當爲一時之作。蓋借梁甫悲吟寫苦寒之境，抒不遇之情。雖自悲，亦自勵。

長嘯《梁甫吟》，何時見陽春〔一〕？君不見朝歌屠叟辭棘津，八十西來釣渭濱〔二〕。寧羞白髮照清水，逢時壯氣思經綸。廣張三千六百釣，風期暗與文王親〔三〕。大賢虎變愚不測〔四〕，當年頗似尋常人。君不見高陽酒徒起草中，長揖山東隆準公。入門不拜騁雄辯，兩女輟洗來趨風。東下齊城七十二，指揮楚漢如旋蓬〔五〕。狂客落魄尚如此，何況壯士當群雄。我欲攀龍見明主，雷公砰訇震天鼓〔六〕，帝旁投壺多玉女〔七〕。三時大笑開電光，倏爍晦冥起風雨〔八〕。閶闔九門不可通，以額扣關閽者怒〔九〕。白日不照吾精誠，杞國無事憂天傾〔一〇〕。猰貐磨牙競人肉，騶虞不折生草莖〔一一〕。手接飛猱搏彫虎，側足焦原未言苦〔一二〕。

智者可卷愚者豪，世人見我輕鴻毛〔一三〕。力排南山三壯士，齊相殺之費二桃〔一四〕。吴楚弄兵無劇孟，亞夫咍爾爲徒勞〔一五〕。《梁甫吟》，聲正悲。張公兩龍劍，神物合有時〔一六〕。風雲感會起屠釣〔一七〕，大人峴屼當安之〔一八〕。

【注釋】

〔一〕陽春，喻佳運。宋玉《九辯》：「恐溘死不得見乎陽春。」二句謂己渴望遭遇明主，一展宏圖，因而長歌此詩以抒懷抱。

〔二〕朝歌屠叟，謂太公望，姜姓，吕氏，名尚，殷末周初人。《韓詩外傳》卷八：「太公望少爲人婿，老而見去。屠牛朝歌，賃於棘津，釣於磻溪。文王舉而用之，封於齊。」《路史》注：「冀之棗陽東北二十里，有棘津城，吕望乞食於此，有賣漿臺。」

〔三〕釣，王本作鉤，據咸本改。蕭注：「三千六百釣，以指太公八十釣於渭十年間事也。十年三千六百日，每日而釣，故曰三千六百釣。」瞿、朱注：「黄本驥《癡學》云：太白《梁甫吟》：『廣張三千六百釣，風期暗與文王親。』言渭水之釣志在天下，非一丘一壑之比，即《鞠歌行》『虎變磻溪中，一舉釣六合』之意。三千六百，偶舉其數，無所取義也。」風期，猶風度。二句謂吕尚借釣以干文王。

〔四〕《易·革》：「大人虎變，其文炳也。」句謂大賢出處變化有如虎文之更新，斑斕奪目，非愚人可測。

〔五〕高陽酒徒，謂酈食其，秦末陳留高陽人。好讀書，家貧落魄而胸懷大志，縣中皆謂之狂生。劉邦爲沛公時，引兵過陳留，酈生踵軍門謁，使者入通，沛公方洗，問何如人。使者答類大儒。沛公曰：「爲我謝之，言我方以天下爲事，未暇見儒人也。」使者出謝，酈生瞋目按劍叱使者曰：「吾高陽酒徒，非儒人也。」入謁，沛公方倨床使兩女子洗足，而見酈生。酈生入，則長揖不拜，曰：「足下欲助秦攻諸侯乎？且欲率諸侯破秦也？」沛公罵曰：「豎儒！天下同苦秦久矣，故諸侯相率而攻秦，何謂助秦攻諸侯乎？」酈生曰：「必聚徒，合義兵，誅無道秦，不宜倨見長者。」於是沛公輟洗，起攝衣，延酈生上坐，謝之。酈生因言六國從横時。沛公喜，號爲廣野君。嘗爲説客，馳使諸侯。漢三年，漢王使酈生説齊王，伏軾下齊七十餘城。隆準公，謂漢高祖劉邦，邦隆準而龍顔。見《史記·高祖本紀》及《酈生列傳》。

〔六〕攀龍，指依附帝王以建立功業。《漢書·叙傳》：「攀龍附鳳，並乘天衢。」砰訇，大聲也。砰，音烹。訇，音烘。二句謂己欲干謁帝王而爲權貴所阻。

〔七〕投壺，古時宴飲之戲。其法置壺於數步之外，以箭投之，入多者勝，入少者負，罰飲酒。見《禮》投壺。玉女，仙女。《神異經·東荒經》：「東王公與玉女投壺，每投千二百矯。」句謂朝多佞臣。

〔八〕三時，顧禄《清嘉録》：「《農圃六書》謂夏至後半月爲三時，上時七日，中時五日，末時三日。長元、吴志皆以夏至日爲起時，分三節，共十五日，頭時三日，中時五日，末時七日。《江震志》

云：時中忌雷主雨。」大笑開電光，古人謂電光爲天笑。《神異經·東荒經》：「矯出而脱誤不接者，天爲之笑。」張華注：「今天上不雨而有電光，是天笑也。」倏爍，光閃貌。晦冥，昏暗貌。二句謂朝廷政令無常，恩威莫測。

〔九〕《楚辭·離騷》：「吾令帝閽開關兮，倚閶闔而望予。」王逸注：「閽，主門者也。閶闔，天門也。」二句謂賢路閉塞。

〔一〇〕《列子·天瑞》：「杞國有人憂天地崩墜，身無所寄，廢寢食者。」白自嘲之辭。

〔一一〕猰貐，音訝余。騶虞，音鄒余。王注：「《述異記》：猰貐，獸中最大者，龍頭馬尾虎爪，長四百尺，善走，以人爲食。遇有道君即隱藏，無道君即出食人。《埤雅》：「騶虞，尾參於身，白虎黑文，西方之獸也。……不踐生草，食自死之肉。……故序《詩》者曰，仁如騶虞，則王道成也。」二句以騶虞喻仁政，以猰貐喻苛政。

〔一二〕《文選》張衡《思玄賦》：「願竭力以守誼兮，雖貧窮而不改。執彫虎而試象兮，阽焦原而跟趾。」李善注：「《尸子》中黄伯曰：『余左執太行之獶而右搏彫虎。……』《尸子》又曰：『莒國有石焦原者，廣五十步，臨百仞之谿，莒國莫敢近也。有以勇見莒子者，獨卻行齊踵焉，所以稱於世。』」二句化用《思玄賦》，極言己之德能。

〔一三〕智者可卷，《論語·衛靈公》：「君子哉蘧伯玉！邦有道則仕，邦無道則可卷而懷之。」愚者豪，《抱朴子》：「愚夫行之，自矜爲豪。」二句謂己如古之智者，用之則行，舍之則藏，不欲效愚夫徒逞一時之豪，而世人遂以我爲無能，視我如鴻毛之輕。

〔一四〕二句用二桃殺三士事。諸葛亮《梁父吟》：「步出齊南城，遥望蕩陰里。里中有三墳，纍纍正相似。問是誰家冢，田疆古冶氏。力能排南山，文能絶地紀。一朝被讒言，二桃殺三士。誰能爲此謀，相國齊晏子。」二桃殺三士，事見《晏子春秋》内篇諫下。齊景公時有三士：公孫接、田開疆、古冶子，皆以勇稱。晏子路遇三人無禮，遂入見景公，謂三人必將爲危國之器，因請公餽之以二桃，并使三人計功而食桃。三人遂以争功而死。此三人即上文所謂「愚者豪」之徒。

〔一五〕劇孟，漢時大俠。亞夫，即周亞夫，周勃之子，封條侯。吴楚反時，條侯爲太尉，乘傳車，將至河南，得劇孟，喜曰：「吴楚舉大事而不求劇孟，吾知其無能爲已！」見《史記·遊俠列傳》。劇孟，白自喻。咍，音海，嗤笑。

〔一六〕張公，謂張華，晉人。博學多識，著有《博物志》。華聞豫章雷唤妙達緯象，乃要唤宿，共觀天文。唤言斗牛之間頗有異氣，乃寶劍之精，上徹於天。并言在豫章豐城。華即補唤爲豐城令。唤到縣，掘獄屋基，入地四丈餘，得一石函，中有雙劍，以土拭之，光芒艷發。遣使送一劍并土與華，留一自佩。華得寶劍愛之，常置座側。報唤書曰：「詳觀劍文，乃干將也，莫邪何復不至？雖然，天生神物，終當合耳。」華誅，失劍所在。唤卒，子爽爲州從事。持劍行，經延平津，劍忽於腰間躍出墮水。使人没水取之，不見劍，但見兩龍各長數丈，須臾，光彩照水，波浪驚沸。爽嘆曰：「張公終合之論，此其驗乎？」見《晉書·張華傳》。二句喻明君賢臣終當有遇合之時。

〔一七〕《後漢書·二十八將論》：「咸能感會風雲，奮其智勇。」風雲感會，謂應乎時勢而有所作爲。

〔一八〕峴屼，音逆兀，不安貌。

【集説】

蕭云：「長嘯《梁甫吟》，何時見陽春」，是嘆三士之不可復生，亦以喻有志之士何時而遇主也。「君不見」兩段乃太白聊自慰解之辭，謂太公之老，食其之狂，當時視爲尋常落魄之人猶遇合如此，則爲士者終有遇合之時也。「我欲攀龍見明主」，乃太白於時事有所見而欲告於其君也。「雷公砰訇震天鼓，帝旁投壺多玉女。三時大笑開電光，倏爍晦冥起風雨」，以喻權奸女謁用事而政令無常也。「閶闔九門不可通，以額扣關閽者怒」，以喻言路壅塞，下情不得以上達，而言者往往獲罪於權近也。「白日不照吾精誠，杞國無事憂天傾」者，乃太白灼見當時貴妃、國忠、林甫、禄山竊弄權柄等事，禍已胎而未形，欲諫則言無證而不信，倘使其君不鑒吾之誠，則正所謂杞人憂天之類耳。「猰㺄磨牙競人肉，騶虞不折生草莖」，此乃深嘆當時小人在位，爲政害民，有如猰㺄磨牙競食人肉；使有道之朝，則當仁如騶虞，雖生草不履，況肯以人肉爲食哉？「手接飛猱搏彫虎，側足焦原未言苦，智者可卷愚者豪，世人見我輕鴻毛。力排南山三壯士，齊相殺之費二桃」。白意蓋謂當時有道之朝，得君而佐之，爲國出力，刺奸擊邪，不憚勤勞，如接搏猱虎，雖側足焦原未足言苦耳。今時事如此，則當卷其智而爲愚，乃爲人豪。世不我知，謂爲真愚，而輕我如鴻毛，我亦卒不改行者，思古來之三壯士，功力如此，一忤齊相，用計殺之，特費二桃，殊不勞力。白也倘不卷其智而懷之，適足使權近得以甘心焉耳。又何補哉！「吴楚弄兵無劇孟，亞夫咍爾爲徒勞」者，又白深自慰解之辭，當國者終須得人爲用，必有遇合之時也。「《梁甫吟》，聲正悲。張公兩龍劍，神物合有時，風雲感會起屠釣，大人峴屼當安之」者，此乃申言有志之士終當如太公食其之感會風雲，如神劍之會合有時也，則夫大君子遭時屯否，峴屼不安者，且當安時以俟命可也。

唐汝詢云：此傷不遇時，賦以見志也。言我長嘯而爲此吟者，以良時難值也。彼太公之隱屠釣，酈生之溷酒徒，當時人莫之識，乃一遇賢君，皆得奮其智勇。我豈不能效狂客所爲耶？欲見明主而患其威靈不測，且有投壺之嬖妾在傍，能爲電光風雨，是以遏賢路而不通，强欲求見則爲閽者所怒。此蓋指楊妃、力士也。因言君雖不鑒我之忠誠，然我不能無杞人之憂者，正以忠逆無分也。彼邪臣之肆虐如猰貐之啖人，賢者之愛才如騶虞之惜草，君苟能擇用之，則我當剪除奸暴，不避險難，如接飛猱，搏彫虎，履焦原而不辭矣。如其君之不用耶，則姑韜藏其智爲愚中之豪耳。世人見我行藏落落，遂真以爲愚，因忽之如鴻毛而謀陷之，以二桃而殺三士，計亦巧矣。然獨不念朝無賢人將何以爲國，徒爲亞夫所笑耳。於是吟成而聲益悽楚，則又自慰曰：龍劍尚有合，君臣豈無遇。觀太公起屠釣而樹勛，則我當安於困厄可也。（《唐詩解》）

王云：蕭氏解騶虞數句似與詩意不甚相合，當分别觀之。又云：此節詩意，婉轉曲折，若斷若聯，驟讀之幾不知爲何語。以意逆之，大抵謂君既不能照鑒我之精誠，我亦無庸以國事爲憂。何則？廷臣之中賢奸不一，其傾險一流，如食人之惡獸，一犯其怒，立見死亡；其忠良一流，則專一保全善類，如騶虞之不肯傷草木。我處貧窮疏賤之中，而確然踐義以行，雖履險犯難，亦所不忌。然揣時度勢，在智者惟有卷而懷之一著，若不顧利害，逞其豪氣，直言峻節以蹈危機，則愚甚矣。世人見我處而不出，輕我如鴻毛。是豈知予之心哉？試觀古來如公孫接等爲時相所忌，致之死地，初不費力，我安可蹈其覆轍耶！若夫愛惜人才之大臣，知士之用與不用，實有關于國家大計，而思得人爲我用，如周亞夫得一劇孟而以爲喜者，世固不乏也，我亦俟之而已。

沈德潛云：始言吕尚之耄年，酈食其之狂士，猶乘時遇合，爲壯士者正當自奮。然欲以忠言寤主，而權奸當道，言路壅塞，非不願剪除之，而人主不聽，恐爲匪人戕害也。究之，論其常理，終當以賢輔國，惟安命以俟有爲而已。後半拉雜使事，而不見其跡。以氣勝也。若無太白本領，不易追逐。（《唐詩别裁》）

方東樹云：此是大詩，意脈明白而段落迷離莫辨。二句冒起，「朝歌」八句爲一段，「大賢」二句總太公。「高陽」八句爲一段，「狂客」二句總酈生。「我欲」句入己，以下奇横，用《騷》意。「帝旁」句指群邪也。「三時」二句言喜怒莫測。「閶闔」句歸宿，如屈子意，承上一束。「以額」句奇氣横肆，承上一束。「白日」二句轉。「猰貐」句斷，言性如此耳。「騶虞」句再束上頓住，「手接」句續。「力排」二句解上「手接」二句。「吴楚」二句解上「智者」二句。此上十九句爲一大段。「梁甫吟」以下爲一段，自慰作收。（《昭昧詹言》）

詹鍈云：《唐宋詩醇》曰：此詩當亦遭讒被放後作。……按《唐宋詩醇》所説是也。《冬夜醉宿龍門覺起言志》詩云：「富貴未可期，殷憂向誰寫？去去泪滿襟，舉聲《梁父吟》。青雲當自致，何必求知音？」此詩寓意亦多與上首相合，疑是同時之作。

瞿、朱云：詹氏所引龍門言志詩有「傅説板築臣，李斯鷹犬人」之語，與此詩以太公酈生爲喻，皆是未遇時之口吻。若已被召入京，即使遭讒被放，亦與未遇者不同。「我欲攀龍見明主，以額叩關閽者怒」，疾權相之蔽賢也。《韻語陽秋》以玉女爲怨懟妃子，説尤迂，不足取。

【按】

以上諸説，多有可取之處。唯以此詩爲天寶年間遭讒被放後作，則誤，瞿、朱所言是也。此期所作諸詩，如前此之《梁園吟》、《冬夜醉宿龍門覺起言志》，後此之《行路難》（其一）、《將進酒》等，均有一鮮明特點，即雖悲不遇，然猶寄希望於將來，故每於慷慨欷歔之際，尚有自慰自解自勵之辭。如「東山高卧時起來，欲濟蒼生未應晚」；如「青雲當自致，何必求知音」；如「長風破浪會有時，直挂雲帆濟滄海」；如「天生我材必有用，千金散盡還復來」；本篇亦有此特點，既則曰：「大賢虎變愚不測，當年頗似尋常人。」再則曰：「狂客落魄尚如此，何況壯士當群雄。」終則曰：「張公兩龍劍，神物合有時。風雲感會起屠釣，大人峴屼當安之。」其所以如此，蓋時代使然。開元之世，政治畢竟尚屬清明，白亦正值盛年，初入長安雖受挫折，然僅以爲時機未至，猶冀風雲感會，大展宏圖。故每於詩中作此等語。天寶年間諸作不復如此。

寶劍雙蛟龍 古風其十六

此篇與《咸陽二三月》(古風其八),兩宋本、繆本題作《感寓二首》。

寶劍雙蛟龍〔一〕,雪花照芙蓉〔二〕。精光射天地,雷騰不可衝〔三〕。一去别金匣,飛沉失相從。風胡殁已久〔四〕,所以潛其鋒。吴水深萬丈,楚山邈千重。雌雄終不隔,神物會當逢。

【注釋】

〔一〕句謂干將、莫邪二劍。詳見上篇注。

〔二〕越王勾踐召薛燭相劍,召掌者使取純鈎。薛燭手振拂揚,其華捽如芙蓉始出。見《越絶書》卷十一。句謂劍之光華。

〔三〕雷,王本作雷,據宋乙本改。衝,猶當。

〔四〕風胡,即風胡子,古之善相劍者,越有湛盧之劍,惡其王無道,遂入楚。楚昭王寐而得之,召風胡子問曰:「此劍值幾何?」對曰:「赤堇之山已合無雲,若耶之溪深而莫測,群臣上天,歐冶死矣。雖傾城量金,珠玉盈河,猶不可與,況駿馬萬户之都乎?」昭王大悦,遂以爲寶。見《吴越春秋》卷二。

【集説】

胡云:此篇全祖鮑照,詩云:「雙劍將離别,先在匣中鳴。烟雨交將夕,從此遂分形。雌沉吴江里，雄飛入楚城。吴江深無底，楚關有重扃。一爲天地别，豈直限幽明。神物終不隔，千祀儻還并。」張華干、鏌二劍并入吴水，此兼言楚者，借用湛盧飛入楚事也。

王云：鮑照《贈故人馬子喬》詩：「雙劍將離别，先在匣中鳴。……」太白此篇蓋擬之也。然鮑詩爲故人而贈别，其居要處在神物一聯。李詩感知己之不存，其警策處在風胡二語。辭調雖近，意旨自别。

林兆珂云：以比賢者雖厄，終當見用於時，不久淪落耳。此亦太白自負之詞。（《李詩鈔述注》）

行路難三首　其一

《行路難三首》非一時所作，本篇作於本年冬。

金樽清酒斗十千〔一〕，玉盤珍羞直萬錢。停杯投筯不能食，拔劍四顧心茫然〔二〕。欲渡黄河冰塞川，將登太行雪滿山〔三〕。閑來垂釣碧溪上，忽復乘舟夢日邊〔四〕。行路難，行路難。多歧路，今安在〔五〕？長風破浪會有時，直挂雲帆濟滄海〔六〕。

【注釋】

〔一〕清酒，清醇之酒，即美酒。曹植《名都篇》：「歸來宴平樂，美酒斗十千。」

〔二〕鮑照《擬行路難》：「對案不能食，拔劍擊柱長嘆息。」

〔三〕二句既應節令，又兼比興。張衡《四愁詩》序：「屈原……以水深雪雰爲小人。」滿山，兩宋本、繆本、咸本作「暗天」。

〔四〕王注：「伊摯將應湯命，夢乘船過日月之旁。」二句意謂且歸隱以待時，或有如伊摯應湯命之兆。

〔五〕岐，同歧。《爾雅·釋宫》：「二達謂之歧。」多岐路，謂多出而通行無礙之路。今，《英華》作道。二句對朝廷所謂廣開才路有所懷疑。

〔六〕《宋書·宗慤傳》：「慤年少時，（叔父）炳問其志。慤曰：『願乘長風，破萬里浪。』」末二句與《梁園吟》、《梁甫吟》諸詩結語之意略同，亦自勵之辭。

世路今太行 擬古其七

世路今太行〔一〕，迴車竟何託？萬族皆凋枯，遂無少可樂。曠野多白骨，幽魂共銷鑠。榮貴當及時，春華宜照灼。人非崑山玉，安得長璀錯〔二〕？身没期不朽，榮名在麟閣〔三〕。

【注釋】

〔一〕劉孝標《廣絶交論》：「世路嶮巇，一至於此。太行、孟門，豈云嶃絶！」

〔二〕《韓詩外傳》卷六：「玉出於崑山。」《説文》：「璀，玉光也。」璀錯，光彩閃爍貌。

〔三〕麟閣，即麒麟閣，漢閣名。《三輔黄圖》卷六：「麒麟閣，蕭何造。……宣帝思股肱之美，乃圖霍光等十一人於麒麟閣。」

【集説】

蕭云：此篇乃熟識世諦同歸於盡，惟當及時立功名以傳不朽耳。

【按】

開首二句，太行以喻世路艱險，迴車無託則似謂長安歸來無所依託。其時白始逾而立之年，故曰「春華」。末則寄希望於來日，恰是此期心情。

寄遠十二首

《寄遠十二首》，非一時所作，多係本年前後旅居長安、洛陽、南陽等地寄内或自代内贈。其時，妻爲許氏，居安陸。

三鳥别王母，銜書來見過〔一〕。腸斷若剪絃，其如愁思何？遥知玉窗裏，纖手弄雲和〔二〕。奏曲有深意，青松交女蘿〔三〕。寫水山井中，同泉豈殊波〔四〕。秦心與楚恨，皎皎爲誰多〔五〕？

【注釋】

〔一〕三鳥，即三青鳥。《山海經·西山經》：「三危之山，三青鳥居之。」郭璞注：「三青鳥，主爲西王母取食者。」後人言使者多借用之。

〔二〕雲和，樂器名。《舊唐書·音樂志》：「如箏稍小曰雲和。」

〔三〕《詩·小雅·頍弁》：「蔦與女蘿，施於松柏。」句喻伉儷之情。

〔四〕寫，同瀉。二句謂兩情如泉水瀉入井中。

〔五〕秦心、楚恨，白時在長安，許氏在安陸，故云。二句謂兩地相思正同。

其二

青樓何所在？乃在碧雲中〔一〕。寶鏡挂秋水，羅衣輕春風。新妝坐落日，悵望金屏空〔二〕。念此送短書，願因雙飛鴻。

【注釋】

〔一〕青樓，指安陸許氏所在。曹植《美女篇》：「青樓臨大路，高門結重關。」《南齊書·東昏侯紀》：「世祖興光樓，上施青漆，謂之青樓。」皆指顯貴之家。許氏爲相門女，故云。碧雲中，言其遠也。

〔二〕以上四句皆遥想之辭。

其三

本作一行書，殷勤道相憶。一行復一行，滿紙情何極？瑶臺有黄鶴，爲報青樓人。朱顔凋落盡，白髮一何新！自知未應還，離居經三春〔一〕。桃李今若爲？當窗發光彩〔二〕。莫使香風飄，留與紅芳待〔三〕。

【注釋】

〔一〕白自開元十八年春赴長安，至二十年春猶在洛陽，故云三春。

〔二〕若爲，猶如何，詢問故園桃李今春開花情況。當窗句，遥想之辭。

〔三〕二句意謂好自護持，待己歸來。

【按】

次年春白在洛陽，有《春夜洛城聞笛》一詩，此詩當爲同時之作。

其　四

玉筯落春鏡，坐愁湖陽水〔一〕，聞與陰麗華，風烟接鄰里〔二〕。青春已復過，白日忽相催。但恐荷花晚，令人意已摧。相思不惜夢，日夜向陽臺〔三〕。

【注釋】

〔一〕玉筯，即玉箸，指淚。湖陽，縣名，屬山南東道唐州。

〔二〕王注：「陰麗華，漢光武帝之后，南陽新野人。自新野至湖陽，道里遠近，不及百里，所謂『風烟接鄰里』也。」

〔三〕陽臺，宋玉《高唐賦》中地名。詳見本題其十二注。此代指所思之人所在之地。

【按】

此詩自代内贈。

其五

遠憶巫山陽，花明淥江暖。躊躇未得往，淚向南雲滿。春風復無情，吹我夢魂斷。不見眼中人，天長音信短。

【按】

此詩與開元二十二年《大堤曲》字句多相同，當是一詩之兩傳者。注釋見《大堤曲》。

其六

陽臺隔楚水，春草生黄河〔一〕。相思無日夜，浩蕩若流波。流波向海去，欲見終無因〔二〕。遥將一點淚，遠寄如花人。

【注釋】

〔一〕首二句，宋乙本、蕭本、繆本俱注云：一作「陰雲隔楚水，轉蓬落渭河」。

〔三〕二句似謂己如流波之難返。

其七

妾在春陵東〔一〕，君居漢江島。百里望花光，往來成白道〔二〕。一爲雲雨别，此地生秋草。秋草秋蛾飛，相思愁落暉。何由一相見，滅燭解羅衣〔三〕。

【注釋】

〔一〕春陵，漢縣名，光武故里。故城在唐之隋州棗陽縣。見《元和郡縣志》卷二十一。春陵東，當指安陸。

〔二〕王注：「白道，大路也，人行跡多，草不能生，遥望白色，故曰白道。唐詩多用之。」此二句，宋乙本、繆本、蕭本、王本俱注云：「一作日日採蘼蕪，上山成白道。」

〔三〕末二句，王本注云：一作「昔時攜手去，今日流淚歸。遥知不得意，玉筯點羅衣」。

【按】

此詩亦自代内贈。

其八

憶昨東園桃李紅碧枝，與君此時初别離。金瓶落井無消息〔一〕，令人行嘆復坐思。坐思行嘆成楚越〔二〕，春風玉顔畏銷歇。碧窗紛紛下落花，青樓寂寂空明月。兩不見，但相思。空留錦字表心素〔三〕，至今緘愁不忍窺。

【注釋】

〔一〕樂府《估客行》古辭：「莫作瓶落井，一去無消息。」喻行人杳無音信。

〔二〕楚越，相去甚遠也。《莊子·德充符》：「自其異者視之，肝膽楚越也。」

〔三〕錦字，代指情書或情詩。前秦竇滔與其妻蘇蕙絶音問，蘇因織錦爲迴文詩寄滔，滔感其妙絶，乃具車迎之。見《晉書·列女傳》。

【按】

此詩亦自代内贈。首二句謂初入長安之行。

其九

長短春草緑，緑階如有情。卷葹心獨苦，抽卻死還生〔一〕。睹物知妾意，希君種後庭。閑時當采掇，念此莫相輕。

【注釋】

〔一〕卷葹，草名。《爾雅·釋草》：「卷葹草，拔心不死。」

【按】

此詩亦自代内贈。

其十

魯縞如玉霜〔一〕，筆題月支書〔二〕。寄書白鸚鵡〔三〕，西海慰離居。行數雖不多，字字有委曲。天末如見之，開緘淚相續。淚盡恨轉深，千里同此心〔四〕。相思千萬里，一書直千金。

【注釋】

〔一〕魯縞，魯地所製絲織品之精白者。

〔二〕月支，漢時西域國名，故地在今甘肅西部。月支書，其義不詳。

〔三〕王注：「用白鸚鵡寄書，事奇而未詳所本。」

〔四〕二句，宋乙本、繆本俱作「千里若在眼，萬里若在心」。

【按】

此詩當作於魯地，作時作意及所寄何人均不詳，兹姑仍其舊，并繫於此。

其十一

《又玄集》題作《長相思》，胡本列爲《長相思三首》之三，注云：「此詩亦作《寄遠》。」

美人在時花滿堂，美人去後餘空床〔一〕。床中繡被卷不寢〔二〕，至今三載聞餘香〔三〕。香亦竟不滅，人亦竟不來。相思黄葉落，白露濕青苔。

【注釋】

〔一〕美人、佳人不必皆指女性，亦可指男性。此亦或係自代内贈。

〔二〕卷不寢，宋乙本、繆本、蕭本、王本俱注云：一作「更不卷」。

〔三〕聞餘香，一作猶聞香，宋乙本、繆本、蕭本、王本俱注云：一作「猶聞香」。

其十二

愛君芙蓉嬋娟之艷色〔一〕，若可飡兮難再得。憐君冰玉清迥之明心〔二〕，情不極兮意已深。朝共琅玕之綺食，夜同鴛鴦之錦衾。恩情婉孌忽爲别〔三〕，使人莫錯亂愁心〔四〕。亂愁心，涕如雪。寒燈厭夢魂欲絶，覺來相思生白髮。盈盈漢水若可越，可惜凌波步羅襪〔五〕？美人美人兮歸去來，莫作朝雲暮雨兮飛陽臺〔六〕。

【注釋】

〔一〕嬋娟，美好貌。芙蓉嬋娟，言如芙蓉之嬋娟。

〔二〕鮑照《舞鶴賦》：「抱清迥之明心」，謂志趣高潔。

〔三〕婉孌，纏綿也。陸機《於承明作與士龍》詩：「婉孌居人思，行矕遊子情。」

〔四〕莫錯，亦作錯漠，猶索漠，寂寞之意。鮑照《行路難》：「今日見我顔色衰，意中索莫與先異。」

〔五〕可惜，猶何惜。曹植《洛神賦》：「凌波微步，羅襪生塵。」

〔六〕宋玉《高唐賦》：「昔者先王嘗遊高唐，怠而晝寢，夢見一婦人曰：『妾巫山之女也，爲高唐之客，聞君遊高唐，願薦枕席。』王因幸之。去而辭曰：『妾在巫山之陽，高丘之阻，旦爲朝雲，暮爲行雨。朝朝暮暮，陽臺之下。』」

【按】

此詩爲白在長安時期贈内之作，其中「憐君」二句、「盈盈」二句、「美人」二句，擬爲許氏之語。詩末用《高唐賦》神女事，蓋以「朝雲暮雨飛陽臺」喻己徘徊魏闕之下逗留不歸也。白天才縱逸，用事多不主故常。可參見開元二十二年《襄陽歌》中「襄王雲雨今安在」句注。

李白全集編年箋注卷三　編年詩第三

開元二十年(七三二年)　李白三十二歲

送梁公昌從信安王北征

梁昌，其事無考，當係信安王幕僚。信安郡王李禕，唐太宗曾孫，吴王恪孫，嗣吴王祇異母兄。開元中徙封信安郡王。兩《唐書》有傳。《新唐書·玄宗紀》：開元二十年「正月乙卯，信安郡王禕爲河東、河北道行軍副元帥，以伐奚、契丹」。此詩當係本年正月作於洛陽。

入幕推英選，捐書事遠戎。高談百戰術，鬱作萬夫雄。起舞蓮花劍〔一〕，行歌明月宫〔二〕。將飛天地陣〔三〕，兵出塞垣通。祖席留丹景〔四〕，征麾拂綵虹。旋應獻凱入，麟閣佇深功〔五〕。

【注釋】

〔一〕王注：「《漢書音義》：晉灼曰：古長劍首，以玉作井鹿盧形，上刻木作山，形如蓮花初生未敷時。」

〔二〕據顧炎武《歷代宅京記》，漢兩京有明光宮、明光殿，而無明月宮。徐松《兩京城坊考》亦無明月宮。此蓋泛指宮殿，明月言其華麗。

〔三〕《六韜·龍韜》：「武王問太公曰：『凡用兵爲天陣、地陣、人陣奈何？』太公曰：『日月、星辰、斗、柄，一左一右，一向一背，此謂天陣。丘陵水泉，亦有前後左右之利，此謂地陣。』」

〔四〕出行之時，祭路神曰祖。祖席，祖餞之席。丹景，指日。

〔五〕麟閣，即麒麟閣。《漢書·蘇武傳》：「甘露三年，單于始入朝，上思股肱之美，乃圖畫其人於麒麟閣，法其形貌，署其官爵姓名。」《新唐書·太宗紀》：「（貞觀）十七年二月，圖功臣於凌烟閣。」漢之麒麟閣猶唐之凌烟閣，皆爲表彰功臣之所。

【按】高適、儲光羲亦有詩及信安王北征一事。儲光羲《貽鼓吹李丞時信安王北伐李公王之所器者也》一詩有句云：「出車發西洛，營軍臨北平。」可知信安王北征係從洛陽出發，則此詩當係本年正月作於洛陽。

洛陽陌

此及以下五首皆本年春在洛陽作。《樂府詩集·橫吹曲辭》有《洛陽道》，皆寫洛陽士女及繁華景象。此寫洛陽貴公子出遊。

白玉誰家郎〔一〕，回車渡天津〔二〕。看花東陌上，驚動洛陽人。

【注釋】

〔一〕白玉，謂面如白玉。

〔二〕天津，橋名，在洛陽。隋煬帝大業元年初造浮橋，以架洛水。唐貞觀十四年更建石橋。《爾雅·釋天》：「箕斗之間漢津也。」故名。見《元和郡縣志》卷五。

前有樽酒行二首

題一作《前有一樽酒行》，《樂府詩集·雜曲歌辭》名。王注：「即古樂府之『前有一樽酒』也。傅玄、張正見諸作，皆言置酒以祝賓主長壽之意，太白則變而爲當及時行樂之辭。」

春風東來忽相過，金樽淥酒生微波〔一〕。落花紛紛稍覺多，美人欲醉朱顏酡〔二〕。青軒桃李能幾何？流光欺人忽蹉跎。君起舞，日西夕。當年意氣不肯傾，白髮如絲嘆何益？

【注釋】

〔一〕淥酒，即清酒。

〔二〕酡，飲酒面紅貌。《楚辭·招魂》：「美人既醉，朱顏酡些。」

其　二

琴奏龍門之緑桐〔一〕，玉壺美酒清若空。催絃拂柱與君飲，看朱成碧顔始紅〔二〕。胡姬貌如花，當壚笑春風〔三〕。笑春風，舞羅衣，君今不醉將安歸？

【注釋】

〔一〕龍門，在洛陽。枚乘《七發》：「龍門之桐，高百尺而無枝，使琴摯斫斬以爲琴。」

〔二〕王僧孺《夜愁示諸賓》：「誰知心眼亂，看朱忽成碧。」

〔三〕當壚，《漢書·司馬相如傳》：「乃令文君當盧。」顔師古注：「賣酒之處，累土爲盧，以居酒瓮，四邊隆起，其一面高，形如鍛盧，故名盧耳。」盧，同壚。

結客少年場行

《結客少年場行》，《樂府詩集·雜曲歌辭》名。《樂府解題》曰：「《結客少年場行》，言輕生重義，慷慨以立功名也。」

紫燕黄金瞳〔一〕，啾啾摇緑鬉〔二〕。平明相馳逐，結客洛門東〔三〕。少年學劍術，凌轢白猿公〔四〕。珠袍曳錦帶，匕首插吴鴻〔五〕。由來萬夫勇，挾此生雄風。托交從劇孟〔六〕，買醉入新豐〔七〕。笑盡一杯酒，殺人都市中。羞道易水寒〔八〕，從令日貫虹〔九〕。燕丹事不立，虚没秦帝宫。武陽死灰人〔一〇〕，安可與成功？

【注釋】

〔一〕紫燕，駿馬名。相傳漢文帝有駿馬九，號九逸，其一名紫燕。見《西京雜記》二。後作爲駿馬之通稱。

〔二〕鬉，亦作鬃，獸頸毛。

〔三〕結客，謂結交俠客。曹植《結客篇》：「結客少年場，報怨洛北邙。」

〔四〕凌轢，亦作陵轢。《後漢書·朱浮傳》「帝以浮陵轢同列」。章懷太子注：「陵轢，猶欺蔑也。」白猿公，傳説中人物。越有處女善劍，越王聘之。道逢一翁稱袁公，與之試劍，試畢，化爲白猿而去。見《吴越春秋》卷五。

〔五〕吴鴻，吴國鉤師二子其一之名。詳見開元十九年《俠客行》注。此處代指吴鉤。

〔六〕劇孟，漢代大俠。

〔七〕新豐，漢地名。故地在唐京兆府昭應縣東十八里，今陝西臨潼縣東北。漢高祖七年，太上皇居長安深宫不樂，以平生所好皆屠販少年，酤酒賣餅，鬥鷄蹴鞠，以此爲歡，高祖乃按故里沛縣豐邑之街里作新豐，移諸故人實之。見《西京雜記》卷二。

〔八〕燕太子丹送刺客荆軻入秦，至易水上，軻作歌曰：「風蕭蕭兮易水寒，壯士一去兮不復還。」見

《戰國策·燕策》。

〔九〕從，任也。日貫虹，喻行刺。《戰國策·魏策》：「夫專諸之刺王僚也，彗星襲月；聶政之刺韓傀也，白虹貫日；要離之刺慶忌也，蒼鷹擊於殿上。」

〔一〇〕武陽，即秦武陽，荆軻之副手，俱入秦。秦王陛戟而見，鐘鼓並發，武陽大恐，面如死灰。見《燕丹子》。

【集説】

胡云：本曹植《結客篇》首句。鮑照取爲題，言少年避仇復歸，坎壈懷憂。白則第寫雄慨，與照稍殊。

秦女休行

王本題下注云：「原注：古詞，魏朝協律都尉左延年所作，今擬之。」《秦女休行》，《樂府詩集·雜曲歌辭》名。《樂府解題》：「左延年辭，大略言女休爲燕王婦，爲宗報讎，殺人都市，雖被囚繫，終以赦宥，得寬刑戮也。」

西門秦氏女，秀色如瓊花。手揮白楊刀〔一〕，清晝殺讎家。羅袖灑赤血，英聲凌紫霞。直向西山去，關吏相邀遮〔二〕。婿爲燕國王，身被詔獄加〔三〕。犯刑若履虎〔四〕，不畏落爪牙。素頸未及斷，摧眉伏泥沙。金鷄忽放赦〔五〕，大辟得寬賒〔六〕。何慚聶政姐〔七〕，萬古共驚嗟。

【注釋】

〔一〕白楊刀，左延年《秦氏女休行》：「左執白楊刃，右據宛魯矛。」即白羊子刀，古之利刃。《淮南子·修務》：「羊頭之銷。」高誘注：「白羊子刀。」

〔二〕邀遮，攔截也。《漢紀·孝平紀》：「虜邀遮前後，危殆不測。」

〔三〕詔獄，奉詔令囚禁犯人之牢獄。《史記·杜周傳》：「廷尉及中都官詔獄逮至六七萬人，吏所增加十萬餘人。」

〔四〕履虎，即履虎尾，喻處境之險。《易·履》：「履虎尾，不咥人，亨。」

〔五〕《隋書·刑法志》：「赦日，則武庫令設金鷄及鼓於閶闔門外之右。勒集囚徒於階前，撾鼓千聲，釋枷鎖焉。」

〔六〕《書·吕刑》：「大辟疑赦。」孔傳：「大辟，死刑也。」

〔七〕聶政，戰國時齊人，爲人報仇，刺韓相俠累，因恐禍及其姊，乃自毀其形以死。韓取其屍暴於市，懸之千金，購求其姓名，久之莫知。政姊榮聞之，立起，如韓，之市，伏屍哭曰：「是軹深井里聶政也。」衆人皆問其何敢來識，榮應之曰：「妾其奈何畏殁身之誅，終滅賢弟之名！」卒自殺於政之旁。見《史記·刺客列傳》。

君馬黄

《君馬黄》，《樂府詩集·鼓吹曲辭》名。原辭云：「君馬黄，臣馬蒼，二馬同逐臣馬良。易之有騩蔡有赭，美人歸以南，駕車馳馬，美人傷我心；佳人歸以北，駕車馳馬，佳人安終極。」此詩擬之以責交道之不終者。

君馬黄，我馬白。馬色雖不同，人心本無隔。共作遊冶盤〔一〕，雙行洛陽陌。長劍既照曜，高冠何艴赫〔二〕。各有千金裘，俱爲五侯客〔三〕。猛虎落陷穽，壯士時屈厄。相知在急難〔四〕，獨好亦何益？

【注釋】

〔一〕盤，遊樂。

〔二〕艴赫，赤色貌。潘岳《射雉賦》：「摛朱冠之艴赫。」艴，音釋。

〔三〕五侯，公、侯、伯、子、男五等諸侯。《左傳》僖公四年：「五侯九伯，女實征之。」又，漢成帝河平二年，封舅氏五人同日爲侯，時人謂之五侯。見《漢書·元后傳》。後世泛稱權貴之家爲五侯家。

〔四〕《詩·小雅·常棣》：「兄弟急難。」毛傳：「言兄弟之相救於急難。」

【集説】

阮閲云：《君馬黄》古詞云「君馬黄，臣馬蒼，二馬同逐臣馬良」，終言「美人歸以南，歸以北，駕車馳馬令我傷」。李白擬之，遂有「君馬黄，我馬白。馬色雖不同，人心本無隔」。其末云：「相知在急難，獨好亦何益。」自能馳騁不與古人同圈模。非遠非近，此可謂善學詩者歟？（《詩話總龜》）

蕭云：此言士而遭厄，猶猛虎之落穽，雖有牙爪，無所復施，而同時儕輩不能垂一指之援，獨善其身，何取其爲益者三友哉！此詩其傷朋友之道缺乎，抑白遭誣被謗之時所作也耶？婉而不迫，可謂得國風之體矣。

胡云：《漢鐃歌·君馬黄》曲辭，舊無其解，擬者但詠馬而已，惟太白作相知急難語，似獨得其解者。今按本辭云「君馬黄，臣馬蒼，二馬同逐臣馬良」者，借言我馬之良，喻我所效於友者較勝，古人君臣之稱，通乎上下故也。其云「美人歸以南，駕車馳馬，美人傷我心。佳人歸以北，駕車馳馬，佳人安終極」者，美人佳人，亦稱其友駕車馳馬南北，就上馬之同逐言其分馳而去，喻交之不終。而一則曰傷我心，一則曰安終極，雖怨之，不忍明言之，則尤有不出惡聲之意焉。蓋古交友相責望之辭。意采詩者以其言之含蓄近厚，故入之於樂。非太白幾無能發明之矣。

春夜洛城聞笛

誰家玉笛暗飛聲〔一〕，散入春風滿洛城。此夜曲中聞折柳〔二〕，何人不起故園情？

【注釋】

〔一〕暗，幽隱貌。

〔二〕折柳，即《折楊柳》，古曲名。楊注：「李延年横吹二十八解中有《折楊柳》一曲。」

【集説】

唐汝詢云：不見其人而聞其聲，故曰「暗」。滿洛城者，聲之遠也。折柳所以贈别，今於笛中聞之，則想及故園而傷别矣。（《唐詩解》）

遊南陽白水登石激作

本年秋，李白由洛陽返安陸途中作。南陽，即鄧州，今爲河南南陽市。王注：「《一統志》：清水，在南陽府城東三里，俗名白河。石激，在南陽府城東三里，清水環流，爲一城之勝，可以禦水患而障城郭，其堅完甃石猶在。」

朝涉白水源，暫與俗人疏。島嶼佳境色，江天涵清虚。目送去海雲，心閑游川魚。長歌盡落日，乘月歸田廬。

遊南陽清泠泉

王注：「《一統志》：豐山，在南陽府東北三十里，下有泉，曰清泠泉。」

惜彼落日暮，愛此寒泉清。西輝逐流水，蕩漾遊子情。空歌望雲月，曲盡長松聲。

酬崔五郎中

崔五郎中，即崔宗之，宰相日用之子，襲封齊國公，好學，寬博有風檢，與李白、杜甫以文相知。見《新唐書·崔日用傳》。又崔祐甫《齊昭公崔府君集序》謂其「學通古訓，詞高典册，才氣聲華，邁時獨步。仕於開元中，爲起居郎，再爲尚書禮部員外郎，遷本司郎中。時文國禮，十年三月，終於右司郎中。年位不充，海内嘆息。」見《全唐文》卷四〇九。本年秋，白與宗之初會於南陽。宗之有《贈李十二詩》，白酬以此詩。

朔雲橫高天，萬里起秋色。壯士心飛揚，落日空嘆息。長嘯出原野，凜然寒風生。幸遭聖明時〔一〕，功業猶未成。奈何懷良圖，鬱悒獨愁坐〔二〕。杖策尋英豪，立談乃知我。崔公生民秀，緬邈青雲姿〔三〕。制作參造化，托諷含神祇〔四〕。海岳尚可傾，吐諾終不移。是時霜飈寒，逸興臨華池〔五〕。起舞拂長劍，四坐皆揚眉。因得窮歡情，贈我以新詩。又結汗漫期，九垓遠相待〔六〕。舉身憩蓬壺，濯足弄滄海。從此凌倒景〔七〕，一去無時還。朝遊明光宫，暮入閶闔關〔八〕。但得長把袂，何必嵩丘山〔九〕？

【注釋】

〔一〕遭，猶逢。

〔二〕鬱悒，即抑鬱。司馬遷《報任少卿書》：「是以獨鬱悒而誰與語。」《漢書》本傳作抑鬱。

〔三〕緬邈，遥遠貌。青雲姿，高遠出塵之貌。杜甫《飲中八仙歌》：「宗之瀟灑美少年，舉觴白眼望青天，皎如玉樹臨風前。」二句贊宗之風姿不凡，爲人中之秀美者。

〔四〕造化，《淮南子·覽冥》：「懷萬物而友造化。」高誘注曰：「陰陽也。」同書《本經》：「與造化者相雌雄。」注曰：「天地也。」神祇，《論語·泰伯》：「禱爾於上下神祇。」古以天神爲神，地神爲祇。二句贊宗之詩文參天地，通神化。

〔五〕東方朔《七諫》：「黿鼉遊乎華池。」王逸注：「芳華之池也。」華池或即南陽之菊潭。參見天寶十二載《憶崔郎中宗之遊南陽遺吾孔子琴撫之潸然感舊》詩注。

〔六〕盧敖至北海，見一怪人，欲與爲友。怪人曰：「吾於汗漫期於九垓之外，吾不可以久駐。」遂竦身入雲中。見《淮南子·道應》。高誘注：「盧敖，燕人。秦始皇召以爲博士，使求神仙，亡而不返。汗漫，不可知也。九垓，九天之外。」二句謂與宗之相約作神仙游。

〔七〕《漢書·司馬相如傳》：「貫列缺之倒景兮。」服虔注：「人在天上，下向視日月，故景倒在下也。」凌倒景，意謂成仙。

〔八〕明光，王褒《九懷》：「朝發兮葱嶺，夕至兮明光。」王逸注：「暮宿東極之丹巒也。」閶闔，《淮南子·地形》：「西方曰西極之山，曰閶闔之門。」高誘注：「閶、大也。闔，閉也。大聚萬物而閉之，故曰閶闔之門。」以上六句均寫幻想中仙遊之情景。

〔九〕崔宗之《贈李十二》詩中有邀白同往嵩陽别業之意，白不欲往，故有此語。

【集説】

詹鍈云：崔祐甫《齊昭公崔府君（日用）集序》：「公嗣子宗之……仕於開元中，爲起居郎，再爲尚書禮部員外郎，遷本司郎中，時文國禮。十年三月（據《全唐文》。《文苑英華》月字作人，王注引作入，均誤）終於右司郎中。年位不充，海内嘆息。」按「十年三月」當指天寶十載三月而言，是白與宗之贈答諸詩均當作於天寶十載以前。《舊唐書》李白傳云：白嘗沉醉殿上，引足令高力士脱靴，由是斥去，及浪跡江湖，終日沉飲。時侍御史崔宗之謫官金陵，與白詩酒唱和。今詩題下注明左司郎中崔宗之作，官階略有牴牾，蓋宗之由侍御史謫官左司郎中也。

瞿、朱云：詹説未諦。第一，《崔府君集序》所云時文國禮者，時文指仕起居郎，國禮指仕尚書禮部。一爲起居郎，再爲禮部員外郎，必左遷或去官後復補原職，故下文云十年三入。猶劉知幾所謂三爲史臣，再入東觀；劉禹錫所謂待公三入拂埃塵也。王氏所見不誤，《全唐文》校刊草率何足據？唐人文字以儷體爲主，四字單行，已不能成句，前無天寶一語，不能必指爲天寶十年。何況此爲集序，非是爲宗之作傳，何必叙其卒之年月乎？第二，侍御史階從六品下，左右司郎中階從五品上，左右司秩在尚書諸郎中之首，必無由侍御史謫官之理。且郎中亦據其所終之官而題，不應過泥。詳觀李崔二人交誼，必不始於在金陵時。……此卷中贈答之作亦似白尚無遇合之時。

【按】詹鍈繫此詩於天寶六載，誤。瞿、朱以爲作於尚無遇合之時，近是。關於《崔府君集序》涉及崔宗之一段文字斷句及解釋，亦以王與瞿、朱爲是。至於崔宗之曾任侍御史及謫官金陵一説，蓋由誤以崔成甫爲崔宗之所致。此一問題，郁賢皓有專文考辨，見《李白叢考》。竊按此二詩中所寫二人會面情景，顯係初識，其時當在開元年間。李詩有句云：「壯士心飛揚，落日空嘆息。……幸遭聖明時，功業猶未成。奈何懷良圖，鬱悒獨愁坐。」自屬開元十八年一入長安以後情景。崔詩有句云：「擔囊無俗物，訪古千里餘。」當指白前此遊梁園，臨廣武古戰場，登嵩山三十六峰，以及在龍門盤桓等行踪。《梁園吟》中本有「訪古始及平臺間」之語。可知李崔二人相識在上述行踪之後。白天寶十二載《憶崔郎中宗之游南陽遺吾孔子琴撫之潸然感舊》一詩，中有句云：「昔在南陽城，唯餐獨山蕨。憶與崔宗之，白水弄素月。時過菊潭上，縱酒無休歇。」所憶即此時事。故知相識之地在南陽。

〔附〕贈李十二　　左司郎中崔宗之

涼秋八九月，白露空園亭。耿耿意不暢，梢梢風葉聲。思見雄俊士，共話今古情。李侯忽來儀，把袂苦不早。清論既抵掌，玄談又絶倒。分明楚漢事，歷歷王霸道。擔囊無俗物，訪古千里餘。袖有匕首劍，懷中茂陵書。雙眸光照人，詞賦凌《子虚》。酌酒弦素琴，霜氣正凝潔。平生心事中，今日爲君説。我家有别業，寄在嵩之陽。明月出高岑，清溪澄素光。雲散窗户静，風吹松桂香。子若同斯遊，千載不相忘。

題隨州紫陽先生壁

本年歲晚遊隨州作。隨州，唐時屬山南道，州治隨縣即今湖北隨縣。紫陽先生，即道士胡紫陽，天寶中紫陽歿於葉縣，白爲作《漢東紫陽先生碑銘》，可參看。

神農好長生〔一〕，風俗久已成。復聞紫陽客，早署丹臺名〔二〕。喘息飡妙氣，《步虛》吟真聲〔三〕。道與古仙合，心將元化并〔四〕。樓疑出蓬海，鶴似飛玉京〔五〕。松雪窗外曉，池水堦下明。忽耽笙歌樂，頗失軒冕情〔六〕。終願惠金液〔七〕，提携凌太清〔八〕。

【注釋】

〔一〕《史記·五帝本紀》張守節《正義》：「《括地志》：厲山，在隨州隨縣北百里。山東有石穴，曰神農生於厲鄉，所謂列山氏也。春秋時爲厲國。」

〔二〕丹臺，謂仙界。相傳紫陽真人周義山入蒙山，遇仙人羨門子，乃乞長生要訣。羨門子曰：「子名在丹臺玉室之中，何憂不仙？」見《藝文類聚》卷七十引《真人周君傳》。

〔三〕《樂府詩集》卷七十八《雜曲歌辭》十八：「《樂府解題》曰：《步虛詞》，道家曲也，備言衆仙縹緲輕舉之美。」

〔四〕元化，即造化。陳子昂《感遇》：「古之得仙道，信與元化并。」

〔五〕王注：「《靈樞金景内經》：下離塵世，上界玉京。注云：玉京，無爲之天也，三十二帝之都。」

〔六〕軒冕，卿大夫軒車和冕服。此代指仕宦。

〔七〕金液，仙家上藥。

〔八〕道家謂高空爲太清。《抱朴子·雜應》：「上昇四十里，名爲太清。」

【按】

集中尚有《冬夜於隨州紫陽先生餐霞樓送烟子元演隱仙城山序》亦作於此時。天寶十載所作《憶舊遊寄譙郡元參軍》，中有句云：「不忍别，還相隨。相隨迢迢訪仙城，三十六曲水迴縈。一溪初入千花明，萬壑度盡松風聲。銀鞍金絡到平地，漢東太守來相迎。紫陽之真人，邀我吹玉笙。餐霞樓上動仙樂，嘈然宛似鸞凰鳴。袖長管催欲輕舉，漢東太守醉起舞。手持錦袍覆我身，我醉横眠枕其股。」所憶即此時事。

開元二十一年（七三三年）　李白三十三歲

安陸白兆山桃花巖寄劉侍御綰

兩宋本、蕭本、繆本、咸本、王本題下俱注云：「一作《春歸桃花巖寄許侍御》。」白兆山，在安州安陸縣西三十里，下有桃花巖。見《安陸縣志》。侍御，御史臺官員侍御史及監察御史之習稱。劉綰，《御史臺精舍碑》監察御史下有題名，當爲白開元十八年初入長安時所結識者。

雲卧三十年，好閑復愛仙。蓬壺雖冥絶〔一〕，鸞鳳心悠然。歸來桃花巖，得憩雲窗眠〔二〕。對嶺人共語，飲潭猿相連〔三〕。時昇翠微上〔四〕，邈若羅浮巔〔五〕。兩岑抱東壑，一嶂横西天。樹雜日易隱，崖傾月難圓。芳草换野色，飛蘿摇春烟。入遠搆石室，選幽開山田。獨自林下意，杳無區中緣〔六〕。永辭霜臺客，千載方來旋〔七〕。

【注釋】

〔一〕蓬壺，即蓬萊。《史記·秦始皇本紀》：「齊人徐市等上書，言海中有三神山，名曰蓬萊、方丈、瀛洲，仙人居之。」因其形似壺，又名三壺：蓬壺、方壺、瀛壺。

〔二〕以上六句，兩宋本、繆本、王本俱注云：「一作：幼采紫房談，早愛滄溟仙。心跡頗相誤，世事空徂遷。歸來丹巖曲，得憩青霞眠。」

〔三〕王注：「《埤雅》：猿不踐土，好上茂木，渴則接臂而飲。《爾雅翼》：猿好攀援，其飲水輒自高崖或大木上累累相接下飲，飲畢復相收而上。」

〔四〕翠微，本指山色，此代指青山。

〔五〕王注：「《太平寰宇記》：廣州增城縣東有羅浮山，浮水出焉，是爲浮山。與羅山并體，故曰羅浮。非羽化莫有登其極者。嶮尖之峰，四百四十有二，同歸於羅山。上則三峰爭竦，各五六千仞。其穴冥然，莫測其極。北通句曲之山。」

〔六〕《文選》謝靈運《登江中孤嶼》：「緬邈區中緣。」張鳳翼注：「區中，世間也。緣，塵緣也。」

〔七〕霜臺，指御史臺。《新唐書·百官志》：「御史臺……掌以刑法典章糾正百官之罪惡。」擅風霜肅殺之威，故稱。霜臺客，指劉綰。由末二句可知，「側身西望長咨嗟」之情猶未消也。

春日醉起言志

此及以下六首，似是本年閑居安陸作。

處世若大夢，胡爲勞其生。所以終日醉，頹然卧前楹〔一〕。覺來盼庭前，一鳥花間鳴。借問此何時？春風語流鶯。感之欲嘆息，對酒還自傾。浩歌待明月〔二〕，曲盡已忘情。

【注釋】

〔一〕前楹，廳堂之前柱，此代指前庭。

〔二〕浩歌，放聲作歌。

【集説】

楊云：太白此詩擬陶之作也。

王云：《麓堂詩話》：「太白天才絕出，真所謂『秋水出芙蓉，天然去雕飾』。今所傳石刻『處世若大夢』一詩，序稱『大醉中作，賀生爲我讀之』。此等詩皆信手縱筆而就，他可知已。」琦嘗見石刻於《星鳳樓帖》中，「覺來盼庭前」作「攬衣覽庭際」，「一鳥」作「有鳥」，「對酒還自傾」作「未嘆酒已傾」，數字不同。賀生不知爲誰，若指知章，恐無此理。疑其出於後人僞托也。

何其芳云：你看他第一句就説人生如夢，首尾都鼓吹喝酒，這不是提倡消極頹廢嗎？但是，這首詩裏最吸引人的形象是春天的景色，是生命的活動，是作者對於春天的景色和生命的活動的贊美。喝酒也好，唱歌也好，都不過是表現作者對於生活的愛好而已。所以這首詩的主要的客觀意義并不是厭棄生活，而是對於生活充滿了興趣。（《詩歌欣賞》）

【按】

宋《星鳳樓帖》確有李白自書此詩，且詩末有「吾頭懵懵，試書此不能自辨，賀生爲我讀之，汝年少眼明」數語，似是醉後所書。賀生自非賀知章。然此數語與其前所書詩筆跡相同，當非後人僞托。

待酒不至

玉壺繫青絲，沽酒來何遲？山花向我笑，正好銜杯時。晚酌東窗下，流鶯復在茲。春風與醉客，今日乃相宜。

自　遣

對酒不覺暝，落花盈我衣。醉起步溪月，鳥還人亦稀。

山中與幽人對酌

兩人對酌山花開，一杯一杯復一杯。我醉欲眠卿且去〔一〕，明朝有意抱琴來。

【注釋】

〔一〕陶潛性嗜酒，貴賤造之者，有酒輒設。潛若先醉，便語客：「我醉欲眠，卿可去。」其真率如此。見《宋書·陶潛傳》。

月夜聽盧子順彈琴

閑夜坐明月，幽人彈素琴。忽聞《悲風》調，宛若《寒松》吟。《白雪》亂纖手，《緑水》清虚心〔一〕。鍾期久已没，世上無知音〔二〕。

【注釋】

〔一〕王注：「釋居月《琴曲譜録》有《悲風操》、《寒松操》、《白雪操》。《白帖》：《陽春》、《白雪》、

〔二〕《緑水》、《悲風》、《幽蘭》、《別鶴》，並琴曲名。」

〔三〕《列子·湯問》：「伯牙善鼓琴，鍾子期善聽。伯牙鼓琴，志在高山，鍾子期曰：『善哉，峨峨兮若泰山。』志在流水，鍾子期曰：『善哉，洋洋兮若江河。』伯牙所念，鍾子期必得之。」

夏日山中

懶摇白羽扇，裸袒青林中〔一〕。脱巾挂石壁〔二〕，露頂灑松風。

【注釋】

〔一〕裸，赤身。袒，露臂。

〔二〕巾，巾幘。漢以後通行以幅巾裹髮，稱巾幘。

北山獨酌寄韋六

北山，當是安陸白兆山。韋六，名字不詳，似爲初入長安時所識之友人。

巢父將許由〔一〕，未聞買山隱〔二〕。道存跡自高，何憚去人近。紛吾下兹嶺〔三〕，地閑諠亦泯。門横群岫開，水鑿衆泉引。屏高而在雲，竇深莫能準〔四〕。川光晝昏凝，林氣夕凄緊。於焉摘朱果，兼得養玄牝〔五〕。坐月觀寶書〔六〕，拂霜弄瑶軫〔七〕。傾壺事幽酌，顧影還獨盡。念君風塵遊，傲爾令自哂〔八〕。

【注釋】

〔一〕巢父，相傳爲堯時隱士，築巢而居，故名。將，與也，及也。許由，相傳亦爲堯時隱士。均見《高士傳》卷上。

〔二〕《世説·排調》：「支道林因人就深公買印山，深公答曰：『未聞巢、由買山而隱。』」

〔三〕紛，語助。《楚辭·離騷》：「紛吾既有此内美兮。」

〔四〕竇，似爲所構之石室，見本年春《寄劉侍御綰》。

〔五〕玄牝，《老子》：「谷神不死，是謂玄牝。玄牝之門，是謂天地根。」河上公注：「玄，天也，在人爲鼻。牝，地也，於人爲口。夫五炁從鼻歸五臟，出入於口也。」養玄牝，即養元氣。

〔六〕寶書，此指道書。

〔七〕瑶軫，指琴。王注：「琴下繫弦之柱謂之軫，或以玉爲之，故曰瑶軫。」

〔八〕二句兩宋本、繆本、王本俱注云：「一作：安知世上人，名利空蠢蠢。」

【按】

此詩情景與《安陸白兆山桃花巖寄劉侍御綰》相類。二詩似作於同年，一作於春，一作於秋。

送楊少府赴選

楊少府，名字不詳，當爲安陸縣尉而赴吏部銓選者。

大國置衡鏡〔一〕，準平天地心。群賢無邪人，朗鑒窮清深。吾君詠《南風》，衮冕彈鳴琴〔二〕。時泰多美士，京國會纓簪。山苗落澗底，幽松出高岑〔三〕。夫子有盛才，主司得球琳〔四〕。流水非鄭曲，前行遇知音〔五〕。衣工剪綺繡，一誤傷千金〔六〕。何惜刀尺餘，不裁寒女衾〔七〕？我非彈冠者〔八〕，感别但開襟。空谷無白駒，賢人豈悲吟〔九〕。大道安棄物？時來或招尋。爾見山吏部，當應無陸沉〔一〇〕。

【注釋】

〔一〕衡、鏡，指銓選。量材授官，必須既平且明，故以爲喻。庾信《代人乞致仕表》：「出擁干旄，入參衡鏡。」

〔二〕《南風》，古詩名。衮冕，衮衣與冠冕，君之禮服。王注：「《淮南子》：舜爲天子，彈五絃之琴，歌《南風》之詩，而天下治。」二句頌揚時君無爲而治。

〔三〕王注：「左思《咏史》詩：『鬱鬱澗底松，離離山上苗。』以興起『世胄躡高位，英俊沉下僚』之意。太白反而用之，以喻因才器使，高下各得其宜也。」

〔四〕球、琳，皆美玉，喻賢人。

〔五〕流水，伯牙鼓琴所奏之聲。詳見本年《月夜聽盧子順彈琴》注。鄭曲，《論語·衛靈公》：「鄭聲淫。」二句借用流水與鄭曲指雅樂與俗樂，以喻人才之高下主司自能鑒別。

〔六〕衣工，指司銓選之大臣。剪綺繡，指甄用人才。

〔七〕刀尺，指銓選。寒女，指賢士而尚處貧賤者。言銓選賢吏之餘，亦須注意選用賢士。

〔八〕彈冠者，指貢禹。王吉字子陽，少與貢禹爲友。及陽仕益州刺史，貢禹聞之，拂冠以待，陽遂薦禹。世稱：「王陽在位，貢禹彈冠。」見《漢書·王吉傳》。

〔九〕《詩·小雅·白駒》：「皎皎白駒，在彼空谷。」言賢士之將去。此處反用其意，言賢士不去。其所以不去者，蓋尚寄希望於朝廷。故後有「大道安棄物，時來或招尋」之句。

〔一〇〕山吏部，即山濤，代指當時司選舉之人。《晉書·山濤傳》：「爲吏部尚書，前後選舉，周徧内外，而并得其才。」陸沉，《莊子·則陽》：「是自埋於民，自藏於畔。其聲銷，其志無窮。其口雖言，其心未嘗言，方且與世違而心不屑與之俱。是陸沉者也。」郭象注：「人中隱者，譬無水而沉也。」二句蓋寄意楊少府，冀其晉見主司之際有所建言，勿使世間有埋没之人才。

【按】　唐時以選士屬禮部，以選吏屬吏部，前者稱科舉，後者稱銓選。開元十八年，侍中裴光庭兼吏部尚書，選吏但循資格。二十一年光庭卒，中書令蕭嵩以爲非求材之方，奏罷之。乃詔令：自今以後，選人每年總令赴集，其中有才業優異，操行可明，及遠郡下寮名跡稍著者，吏部隨材甄擢之。見《新唐書·選舉志》。故以此詩繫本年。

送梁四歸東平

梁四，名字不詳。東平，漢東平國，開元時爲鄆州，屬河南道，此用古稱。今爲山東鄆城縣。

玉壺挈美酒，送別强爲歡。大火南星月〔一〕，長郊北路難。殷王期負鼎〔二〕，汶水起釣竿〔三〕。莫學東山卧，參差老謝安〔四〕。

【注釋】

〔一〕大火，星名，見於南方，於時爲夏。詳見開元二十八年《早秋贈裴十七仲堪》詩注。

〔二〕殷王，指湯。負鼎，謂負鼎之臣，指伊尹。《史記·殷本紀》：「阿衡（即伊尹）欲干湯而無由，乃爲有莘氏媵臣，負鼎俎以滋味説湯，致於王道。」

〔三〕句謂伊尹起於莘野。《元和郡縣志》河南道曹州濟陰縣：「莘仲故城在縣東南三十里，蓋古莘國也。伊尹耕於莘野，湯聞其賢，聘以爲相，即此也。」汶水至東平須昌縣入濟，故莘野亦得稱爲汶水之地。二句借指當時朝廷求賢。

〔四〕謝安東山事，見開元十九年《梁園吟》注。參差，近似之意。

【按】

此詩於送别之際，以伊尹干湯事相勵，所期於朝廷者正殷，當作於開元中。詩中有「長郊北路難」之句，則送别之地當距東平甚遠，且在東平之南，可知不在東魯。時白或居安陸，故繫於此。

安州般若寺水閣納涼喜遇薛員外乂

般若，音波惹，意爲智慧，寺依此立名。員外，員外郎之省稱。唐時用以位置冗員，後遭貶降爲州郡佐吏者，亦多加此銜。

倏然金園賞〔一〕，遠近含晴光。樓臺成海氣〔二〕，草木皆天香。忽逢青雲士，共解丹霞裳。水退池上熱，風生松下涼。吞討破萬象〔三〕，搴窺臨衆芳〔四〕。而我遺有漏〔五〕，與君用無方〔六〕。心垢都已滅〔七〕，永言題禪房。

【注釋】

〔一〕倏然，自然超脱貌。《莊子·大宗師》：「倏然而往，倏然而來。」陸德明《音義》：「倏，音蕭。」金園，王注：「寺中園圃也。須達長者欲買祇陀太子園爲佛住處。太子戲言：『得金布滿地中，即當賣與。』須達遂出金餠布地，周滿園中，厚及五寸，廣惟十里，買此園地，奉施如來，起立精舍。後人用金園事，本此。」

〔二〕句謂般若寺樓閣之宏麗有如海市蜃樓。

〔三〕吞，并包也。討，研討。句謂對佛法廣事研討，遂參破紅塵萬象。此句承上，喻參悟佛法後之情景。

〔四〕搴窺，揭簾而觀。

〔五〕有漏，佛教術語。王注：「《大般若經》：云何有漏法？佛告：善，現世間五蘊、十二處、十八界、四静慮、四無量、四無色，定所有一切墮三界法，是名有漏法。」漏者，煩惱之異名，含有煩惱之事物，謂之有漏。一切世間之事體，盡爲有漏法。

〔六〕《莊子·在宥》：「處乎無響，行乎無方。」郭象注：「隨物轉化。」用無方，有隨遇而安之意。

〔七〕王注：「《四十二章經》：心垢滅盡，净無瑕穢。《維摩詰所説經》：心垢，故衆生垢。心净，故衆生净。妄想是垢，無妄想是净。顛倒是垢，無顛倒是净。取我是垢，不取我是净。」

開元二十二年（七三四年）　李白三十四歲

襄陽歌

襄陽，古郡名，即襄州。又縣名，州治所在。今爲湖北襄樊市。開元二十二年二月十九日初置十道採訪使，以荆州長史韓朝宗兼判襄州及山南東道，治所在襄陽。本年春，白遊襄陽，謁韓朝宗。時朝宗有令譽，所謂「生不用封萬户侯，但願一識韓荆州」云云。然白求薦不遂，乃作此詩以抒憤懣。

落日欲没峴山西〔一〕，倒着接䍦花下迷〔二〕。襄陽小兒齊拍手，攔街争唱《白銅鞮》〔三〕。傍人借問笑何事，笑殺山公醉似泥〔四〕。鸕鷀杓，鸚鵡杯〔五〕。百年三萬六千日，一日須傾三百杯。遥看漢水鴨頭緑〔六〕，恰似葡萄初醱醅〔七〕。此江若變作春酒，壘麴便築糟丘臺。千金駿馬换小妾〔八〕，笑坐雕鞍歌落梅〔九〕。車旁側挂一壺酒，鳳笙龍管行相催〔一〇〕。咸陽市中嘆黄犬〔一一〕，何如月下傾金罍〔一二〕？君不見晉朝羊公一片石〔一三〕，龜頭剥落生莓苔。淚亦不能爲之墮，心亦不能爲之哀〔一四〕。清風朗月不用一錢買，玉山自倒非人推〔一五〕。舒州杓，力士鐺〔一六〕，李白與爾同死生。襄王雲雨今安在？江水東流猿夜聲〔一七〕。

【注釋】

〔一〕《元和郡縣志》山南道襄州襄陽縣：「峴山，在縣東南九里。山東臨漢水，古今大路。」

〔二〕接䍦，白色便帽。

〔三〕《白銅鞮》，童謡名。亦作白銅蹄，南朝梁歌謡名。《隋書·音樂志上》：「初，武帝之在雍鎮，有童謡云：『襄陽白銅蹄，反縛揚州兒。』識者言，白銅蹄謂馬也；白，金色也。及義師之興，實以鐵騎，揚州之士，皆面縛，果如謡言。故即位之後，更造新聲，帝自爲之詞三曲，又令沈約爲三曲，以被絃管。」

〔四〕山公，即山簡，西晉時人，字季倫。「竹林七賢」之一，山濤之幼子。永嘉三年，出任征南將軍，鎮守襄陽，好酒。荆州豪族習氏有佳園池，簡常出遊，多往池上，每醉酒而歸。兒童爲之歌曰：「山公出何許？往至高陽池。日夕倒載歸，茗艼無所知。復能乘駿馬，倒著白接䍦。」見《晉書·山濤傳》及《世説·任誕》。以上數句以山簡自喻。

〔五〕楊注：「鸕鷀，水鳥也，其頸長，刻杓爲之形。《山海經》：黄山有鳥，其形如鴞，青羽赤喙，人舌能言，名鸚鵡，鏤杯爲之形。今人以海螺如鸚鵡形作之，亦曰鸚鵡杯。并酒器名也。」

〔六〕王注：「顔師古《急就篇》注：春草、鷄翹、鳧翁，皆謂染彩而色似之，若今染家言鴨頭緑、翠毛碧云。」

〔七〕庾信《春賦》：「石榴聊泛，蒲萄醱醅。」醱醅，音撥坯，謂發酵成酒。句謂江水之色如葡萄釀酒新熟。

〔八〕《獨異志》卷中：「後魏曹彰性倜儻，偶逢駿馬，愛之，其主所惜也。彰曰：『予有美妾，可换，惟君所選。』馬主因指一妓，彰遂换之。」

〔九〕落梅，即《梅花落》，樂府古曲名。

〔一〇〕笙、管，樂器名。《風俗通義》卷六：「謹按《世本》：隨作笙。長四寸，十二簧，像鳳之身，正月之音也。」又：「謹按《詩》云：『嘒嘒管聲，簫管備舉。』《禮樂記》：『管，漆竹，長一尺，六孔，十二月之音也。』」鳳笙龍管，極言其形之麗。

〔一一〕《史記·李斯列傳》：「（秦）二世二年七月，具斯五刑，論腰斬咸陽市。斯出獄，與其中子俱執，顧謂其中子曰：『吾欲與若復牽黄犬，俱出上蔡東門逐狡兔，豈可得乎？』遂父子相哭，而夷三族。」

〔一二〕金罍，酒器名。《詩·周南·卷耳》：「我姑酌彼金罍。」孔穎達《正義》：「罍……酒罇也。韓詩云，天子以玉飾，諸侯大夫皆以黄金飾，士以梓。」罍，音雷。

〔一三〕羊公，即羊祜，字叔子。西晉時封鉅平侯，都督荆州諸軍事，長達十年。綏懷遠近，頗得人心。性樂山水，常登峴山，置酒言咏，終日不倦。後舉杜預自代。死後，襄陽百姓於峴山祜平生遊憩之所，建碑立廟。見其碑者，莫不墮淚。杜預因名爲墮淚碑。見《晉書·羊祜傳》。一片石，指碑碣。北魏温子昇作《韓陵山寺碑》，庾信見而寫其本。南人問信曰：「北方文字何如？」信曰：「惟有韓陵山一片石堪共語」。見《太平廣記》卷一九八《庾信》條。

〔一四〕二句承上，意謂昔之所謂墮淚碑者，已成陳跡，今日自我視之，已不能爲之感動。蓋化用二碑事隱刺韓朝宗徒有口碑。此下兩宋本、繆本、咸本多「誰能憂彼身後事，金鳧銀鴨葬死灰」二句。

〔一五〕《世説·容止》：「山公曰：『嵇叔夜之爲人也，巖巖若孤松之獨立；其醉也，傀俄如玉山之將崩。』」句有自擬嵇康之意。

〔一六〕舒州杓、力士鐺，皆酒器名。鐺，音撑。《新唐書·地理志》淮南道舒州同安郡「土貢：紵布、酒器、鐵器。」又《韋堅傳》：「豫章力士甆飲器、茗鐺、釜。」二句，兩宋本、繆本、王本俱注云：「一作黄金爵，白玉瓶。」

〔一七〕襄王雲雨，事出宋玉賦，本指男女之事，然此處别有所指。雲雨，喻恩澤。《詩·召南·殷其雷》：「殷其雷，在南山之陽。」毛傳：「山出雲雨，以潤天下。」《後漢書·鄧騭傳》：「托日月之末光，被雲雨之渥澤。」二句意謂：朝廷廣開才路，諸侯推賢進士，均徒托空言，只令人增悲戚耳。

【集説】

蕭云：宋歐陽永叔曰：「落日欲没峴山西，倒著接䍦花下迷。襄陽小兒齊拍手，大家争唱白銅鞮。」此常語也。至於「清風朗月不用一錢買，玉山自倒非人推。」然後見其横放。其所以驚動千古者，固不在此乎？

《唐宋詩醇》云：意曠神逸，極頹唐之趣，入後俯仰移情，乃有心人語。「韜精日沉飲，誰知非荒宴？」亦同此懷抱耳。

方東樹云：筆如天半遊龍，斷非學力所能到，然讀之使人氣王。「笑殺」句借山公自興。「遥看」二句又借興换筆换氣。「此江」句起稜。千金駿馬謂以妾换得馬也。「咸陽」二句言所以飲酒者正見此耳。「君不見」二句，以上許多都爲此故。玉山句束題，正意藏脈，如草蛇灰綫。此與上所謂筆墨化爲烟雲，世俗作死詩者千年不悟，只借作指點，供吾驅駕發泄之料耳。（《昭昧詹言》）

【按】

詹鍈云：「《舊唐書·玄宗紀》：『開元十八年六月己丑，令范安及韓朝宗就瀍洛水源疏決置門，以節水勢。』《通鑑》開元十八年六月下考異曰：『按《實録》是歲閏六月以太子少保陸象先兼荆州長史。』朝宗之爲荆州長史必在開元十八年以後。又《張曲江集》貶韓朝宗洪州刺史制『朝請大夫荆州大都督府長史兼判襄州刺史山南東道採訪處置等使上柱國長山縣開國伯韓朝宗』云云，是朝宗兼判襄州時，固仍爲荆州長史也。《憶襄陽舊游贈濟陰馬少府巨》詩云：『昔爲大堤客，曾上山公樓。高冠佩雄劍，長揖韓荆州。』明言『長揖韓荆州』之地在襄陽而不在荆州。今《書》中云：『幸願開張聖聽，不以長揖見拒。』則此篇之作當在本年二月以後。」詹鍈繫年之説良是。

此詩當與《與韓荆州書》合觀，二者作於同時，《書》在前而詩在後。書中於韓屬望甚殷。或即終以長揖不拜見拒，白大失所望，遂有此作。詩中於韓頗有微辭，本年所作《暮春江夏送張祖監丞之東都序》，中有句云：「劉表不用於禰衡，暫來江夏。」亦隱刺朝宗。於此可見當時朝廷求賢之詔多已淪爲虚文，諸侯之以推賢進士見稱者亦徒有其名。然此詩抒憤懣，發牢騷，純以飲酒作樂之事及任達放浪之語出之，寓莊於諧，寓哀於樂，讀者不察，往往忽其言外之重旨，篇中之大義。然細玩詩意，亦不難感知其頽唐與憤慨。《詩》云：「謔浪笑傲，中心是悼。」其斯之謂歟？

襄陽曲四首

《襄陽曲》，《樂府詩集·清商曲辭》名。王云：「《襄陽曲》，即《襄陽樂》也。《舊唐書》：《襄陽樂》，宋隨王誕所作也。誕始爲襄陽郡，元嘉二十六年仍爲雍州。夜聞諸女歌謡，因作之。其歌曰：『朝發襄陽來，暮至大堤宿。大堤諸女兒，花艷驚郎目。』」此與上篇《襄陽歌》、下篇《大堤曲》均爲一時之作。

其　二

襄陽行樂處，歌舞《白銅鞮》。江城回渌水，花月使人迷。

其　三

山公醉酒時，酩酊高陽下。頭上白接䍦，倒著還騎馬。

其　四

峴山臨漢江，水緑沙如雪。上有墮淚碑，青苔久磨滅。

且醉習家池〔一〕，莫看墮淚碑。山公欲上馬，笑殺襄陽兒。

【注釋】

〔一〕習家池，《世説·任誕》：「山季倫爲荆州，時出酣暢。人爲之歌曰：『山公時一醉，徑造高陽池。……』」劉孝標注：「《襄陽記》曰：漢侍中習郁於峴山南，依范蠡養魚法作魚池，池邊有高隄，種竹及長楸，芙蓉菱芡覆水，是遊宴名處也。山簡每臨此池，未嘗不大醉而還，曰：『此是我高陽池也！』襄陽小兒歌之。」高陽池，用酈食其事。食其自稱高陽酒徒。

大堤曲

《大堤曲》，《樂府詩集·清商曲辭》名。蕭云：「《樂府遺聲》都邑三十四曲有《大堤曲》。」

漢水臨襄陽，花開大堤暖〔一〕。佳期大堤下，淚向南雲滿〔二〕。春風復無情，吹我夢魂散。不見眼中人，天長音信斷。

【注釋】

〔一〕大堤，漢水之堤，在襄陽城外。

〔二〕南雲，此處用以代指心之所向。參見集説。陸機《思親賦》：「指南雲以寄款，望歸風而效誠。」

【集説】

唐汝詢云：此爲遊女懷人之辭。言漢水臨注襄陽而堤爲漢濱之勝地。當花月春暖之時，所期之人即在此大堤之下。然既揮淚以懷之，又欲托夢以通之，而其人終不可見，音問終不可達也。則所思者，果何人哉？其必有所指矣，得非有意於朝廷耶？（《唐詩解》）

【按】此篇與開元十九年《寄遠十二首》其五文字互有異同，當是一詩之兩傳者。

贈從兄襄陽少府皓

結髮未識事〔一〕，所交盡豪雄。卻秦不受賞〔二〕，擊晉寧爲功〔三〕？小節豈足言，退耕春陵東〔四〕。歸來無產業，生事如轉蓬〔五〕。一朝烏裘敝，百鎰黄金空〔六〕。彈劍徒激昂，出門悲路窮。吾兄青雲士，然諾聞諸公〔七〕。所以陳片言，片言貴情通。棣華儻不接〔八〕，甘與秋草同。

【注釋】

〔一〕結髮，謂少年。古代男子自成童始束髮，故云。

〔二〕卻秦，魯仲連事。仲連，戰國齊人，爲趙卻秦，義不受賞。詳見開元二十九年《齊有倜儻生》（古風其十）詩注。

〔三〕擊晉，朱亥事，見開元十九年《俠客行》注。此下兩宋本、繆本、咸本、胡本俱有「托身白刃裏，殺人紅塵中。當朝揖高義，舉世欽英風」四句。

〔四〕春陵，漢縣名，故城在唐隨州棗陽縣東南三十五里。見《元和郡縣志》卷二十一。

〔五〕轉蓬，喻飄泊不定。曹植《雜詩》：「轉蓬離本根，飄飄隨長風。」

〔六〕《戰國策·秦策》：蘇秦「説秦王，書十上而説不行，黑貂之裘弊，黄金百斤盡」。鎰，二十四兩。

〔七〕然諾，此言諾必行。《史記·季布傳》：「楚人諺曰：得黄金百斤，不如得季布一諾。」

〔八〕棣華，常棣之華，語出《詩·小雅·常棣》，喻兄弟。

江夏送張丞

自襄陽來至江夏作。集中有《暮春江夏送張祖監丞之東都序》，張祖，《唐文粹》作張承祖。題中張丞當即其人。

欲别心不忍，臨行情更親。酒傾無限月，客醉幾重春。藉草依流水〔一〕，攀花贈遠人。送君從此去，迴首泣迷津〔二〕。

【注釋】

〔一〕藉，《文選》孫綽《天台山賦》「藉萋萋之纖草」。李善注：「以草薦地而坐曰藉。」

〔二〕迷津，即迷途，不知何人可以依從也。

【按】

本詩與《暮春江夏送張祖監丞之東都序》爲同時之作。序中有句云：「劉表不用於禰衡，暫來江夏。」當指前此見拒於韓朝宗，故知白本年出遊襄陽後又遊江夏。

江夏别宋之悌

此及以下五首皆本年遊江夏作。宋之悌，之問弟，若思父。詳見按語。

楚水清若空〔一〕，遥將碧海通。人分千里外，興在一杯中。谷鳥吟晴日，江猿嘯晚風。平生不下淚，於此泣無窮。

【注釋】

〔一〕陸游《入蜀記》卷五：「自此（鸚鵡洲）以南爲漢水。……水色澄澈可鑑。太白云『楚水清若空』，蓋言此也。」

【按】

詹鍈繫此詩於肅宗乾元元年（七五八），疑是流夜郎途中作。郁賢皓有專文考辨，斷爲作於本年，并考定宋之悌爲宋之問之弟，宋若思之父。略謂開元十八年之悌除河東節度，後坐事流朱鳶（屬安南都督府交趾郡），途經江夏，與白相遇，白贈以此詩。詩中「平生不下淚，於此泣無窮」，蓋爲之悌而發。詳見《李白叢考》。郁説是。然詩中悲感不獨爲之悌而發，亦與己身遭遇有關。前後二首，一則曰「迴首泣迷津」，一則曰「淚下漢江流」，亦然。

江夏送友人

雪點翠雲裘，送君黄鶴樓。黄鶴振玉羽，西飛帝王州〔一〕。鳳無琅玕實〔二〕，何以贈遠遊？徘徊相顧影，淚下漢江流。

【注釋】

〔一〕黄鶴，指友人。二句寫友人將入京。

〔二〕鳳，白自喻。琅玕，美石，似珠。《藝文類聚》卷九十引《莊子》：「老子歎曰：吾聞南方有鳥，其名爲鳳，所居積石千里，天爲生食，其樹名瓊枝，高百仞，以璆琳琅玕爲實。」

送二季之江東

初發强中作，題詩與惠連〔一〕。多慚一日長〔二〕，不及二龍賢〔三〕。西塞當中路〔四〕，南風欲進船。雲峰出遠海，帆影挂清川。禹穴藏書地〔五〕，匡山種杏田〔六〕。此行俱有適，遲爾早歸旋。

【注釋】

〔一〕强中，地名。謝靈運有《登臨海嶠初發强中作與從弟惠連可見羊何共和之》詩。二句以靈運自喻，以惠連喻二季。

〔二〕多，徒也，《論語·子張》：「人雖欲自絶，其何傷於日月乎？多見其不知量也。」

〔三〕二龍，譬二季。《世説·賞譽》：「謝子微見許子將兄弟曰：『平虞之淵，有二龍焉。』」

〔四〕西塞，山名，在鄂州江夏郡，今湖北大冶縣東。《水經注·江水》：「(黄石)山連延江側，東山偏高，謂之西塞。」危磯插江，蒼翠可愛。臨江峰嶂，無出其右。

〔五〕禹穴，在越州會稽山。其地古爲宛委山，傳黄帝藏金簡玉字之書於一石穴之中，夏禹發之，因悟通水之理。見《吴越春秋》卷四。

〔六〕匡山，即廬山。相傳三國吴董奉隱居山下，爲人治病不取錢，但使植杏數株。如此數年，計得十餘萬株，鬱鬱成林，奉乃以杏實换穀。後人因稱之爲杏田。見《神仙傳》。

送張舍人之江東

舍人，官名。《舊唐書·職官志》：「中書舍人六員。舍人掌侍奉進奏，參議表章。凡詔旨敕制，及璽書策命，皆按典故起草進畫；既下，則署而行之。……通事舍人十六人。通事舍人掌朝見引納及辭謝者，於殿廷通奏。」張舍人，名字不詳。

張翰江東去，正值秋風時〔一〕。天清一雁遠，海闊孤帆遲。白日行欲暮，滄波杳難期〔二〕。吴洲如見月，千里幸相思。

【注釋】

〔一〕《世説·識鑒》：「張季鷹（翰）辟齊王東曹掾，在洛見秋風起，因思吴中菰菜羹、鱸魚膾，曰：『人生貴得適意爾，何能羈宦數千里以要名爵。』遂命駕便歸。」此以張翰擬張舍人。

〔二〕二句兩宋本、繆本、王本俱注云：「一作白日行已晚，欲暮杳難期。」

【集説】

王夫之云：讀太白詩乃悟風華不由粉黛，温飛卿楊大年殊郎當不俚賴。「天清一雁遠」與「大江流日夜」、「亭皋木葉下」，自挾飛仙之氣。（《唐詩評選》）

贈張公洲革處士

張公洲，在武昌城南二十里，晉隱士張公灌園處，詳見集説。處士，謂不仕之士。

列子居鄭圃，不將衆庶分〔一〕。革侯遁南浦〔二〕，常恐楚人聞。抱甕灌秋蔬，心閑遊天雲。每將瓜田叟，耕種漢水濱。時登張公洲，入獸不亂群〔三〕。井無桔槔事〔四〕，門絶刺繡文〔五〕。長揖二千石，遠辭百里君〔六〕。斯爲真隱者，吾黨慕清芬。

【注釋】

〔一〕《列子·天瑞》：「子列子居鄭圃四十年，人無識者。國君卿大夫視之，猶衆庶也。」將，與也。

〔二〕王注：「南浦，即張公洲，以在城之南，故曰南浦。」

〔三〕《莊子·山木》：孔子「逃於大澤，衣裘褐，食杼栗，入獸不亂群，入鳥不亂行。鳥獸不惡，而況人乎」。

〔四〕桔槔，汲水之機械。子貢過漢陰，見一老人將爲圃畦，鑿隧入井，抱甕而灌，用力多而見功少。子貢勸其用桔槔。老人忿然作色而笑曰：「有機械者必有機事，有機事者必有機心。機心存於胸中，則不能載道。吾非不知，羞而不爲也。」見《莊子·天地》。句謂革處士不求功利，純任真樸。

〔五〕刺繡文，謂黼黻，官服上刺繡之花紋。唐制：五品以上，皆有黼黻。見《新唐書·車服志》。句謂革處士不與達官貴人往來。

〔六〕二千石，謂太守。百里君，謂縣令。

【集説】

王云：楊齊賢曰：張公洲在上元縣。琦按《景定建康志》：張公洲在城西南五里，周圍三里。《湖廣通志》：張公洲在武昌府城南二十里。晉隱士張公灌園處，因名。是有二張公洲。觀詩中所云楚人，云漢水，則是謂武昌之張公洲，而非在上元者矣。

赤壁歌送別

《元和郡縣志》江南道鄂州（江夏郡）蒲圻縣：「赤壁山，在縣西一百二十里。北臨大江，其北岸即烏林，與赤壁相對，即周瑜用黄蓋策焚曹公舟船敗走處，故諸葛亮論曹公『危於烏林』，是也。」王云：「今江漢間言赤壁者五，漢陽、漢川、黄州、嘉魚、江夏，惟江夏之説合於史。」

二龍争戰決雌雄〔一〕，赤壁樓船掃地空。烈火張天照雲海，周瑜於此破曹公〔二〕。君去滄江望澄碧，鯨鯢唐突留餘跡〔三〕。一一書來報故人。我欲因之壯心魄。

【注釋】

〔一〕二龍，猶言二雄，謂戰争之雙方。《漢書·彭越傳》：「兩龍方鬥，且待之。」

〔二〕漢獻帝建安十三年，曹操大舉南下，欲併荆、吴。諸葛亮説孫權與劉備協力禦操。權乃以周瑜督軍，進，與操遇於赤壁。時曹軍號稱八十萬次江北，荆吴軍僅數萬在南岸。部將黄蓋曰：「操軍方連戰艦，首尾相接，可燒而走也。」乃取蒙衝鬥艦十艘，載燥荻、枯柴，灌油其中。先以書遺操，詐云欲降。時東南風急，蓋以十艦最著前，中江舉帆，餘船以次俱進。去北軍二里餘，同時發火，火烈風猛，船往如箭，燒盡北船，延及岸上營落，烟焰張天。瑜等率輕鋭繼其後，雷鼓大震。北軍大敗，死者太半，操乃引還。是謂赤壁之戰。見《通鑑·漢紀》。

〔三〕鯨鯢，即鯨魚，雄曰鯨，雌曰鯢。此喻赤壁之戰雙方。唐突，衝撞，此言争戰。

開元二十三年（七三五年）　李白三十五歲

太原早秋

太原，古郡名，即并州。唐武德元年罷太原郡爲并州總管，七年改爲并州大都督府。開元十一年，玄宗幸此州，以王業所興，又建北都，改并州爲太原府，隸河東道。天寶元年改北都爲北京。見《元和郡縣志》卷十三。本年五月，白偕友人元演同赴太原，居留一年有餘。

歲落衆芳歇，時當大火流〔一〕。霜威出塞早，雲色渡河秋。夢遶邊城月，心飛故國樓。思歸若汾水〔二〕，無日不悠悠。

【注釋】

〔一〕大火，星名。《詩·豳風·七月》：「七月流火。」朱熹《集傳》：「流，下也。火，大火心星也。以六月之昏加於地之南方，至七月之昏，則下而西流矣。」句謂時轉秋涼。

〔二〕汾水，源出嵐州管涔山，自北而南，經太原、汾、晉、絳、蒲五州入黄河。

【按】

集中有《秋日於太原南栅餞陽曲王贊公賈少公石艾尹少公應舉赴上都序》，與此詩爲同時之作。

《序》云：「今春皇帝有事千畝，湛恩八埏，大搜群材，以緝邦政。王公以令宰見舉，賈公以王霸聲聞。」據《舊唐書·玄宗紀》載：「(開元)二十三年春己亥，親耕藉田，上加至九推而止，卿以下終其畝，大赦天下。京文武官及朝集採訪使三品已下加一爵，四品已下加一階，外官賜勳一轉。其才有霸王之略，學究天人之際，及堪將帥牧宰者，令五品已上清官及刺史各舉一人。」故知白遊太原時在本年，詩與《序》皆作於本年秋日。

白遊太原一事，天寶十載所作《憶舊遊寄譙郡元參軍》一詩記述甚詳。詩中自叙與元演四會四別遊踪：一、洛陽初識，二、隨州再聚，三、太原同遊，四、譙郡邂逅。其太原同遊一節如下：「君家嚴君勇貔虎，作尹并州遏戎虜。五月相呼渡太行，摧輪不道羊腸苦。行來北京歲月深，感君貴義輕黄金。瓊杯綺食青玉案，使我醉飽無歸心。時時出向城西曲，晉祠流水如碧玉。浮舟弄水簫鼓鳴，微波龍鱗莎草緑。興來携妓恣經過，其若楊花似雪何？紅妝欲醉宜斜日，百尺清潭寫翠娥。翠娥嬋娟初月輝，美人更唱舞羅衣。清風吹歌入空去，歌曲自繞行雲飛。」此節所憶即本年事。白五月北上，歲月既深，又見楊花似雪，則其在北地居留至次年可知。

觀放白鷹二首　其一

其二非李白作，在未編年詩中。

八月邊風高，胡鷹白錦毛。孤飛一片雪，百里見秋毫〔一〕。

【注釋】

〔一〕鳥獸之毛，至秋更生，細而末鋭，謂之秋毫。《孟子·梁惠王》：「明足以察秋毫之末。」

贈郭季鷹

郭季鷹，當是在太原之友人。

河東郭有道〔一〕，於世若浮雲。盛德無我位，清光獨映君。恥將鷄并食，長與鳳爲群。一擊九千仞，相期凌紫氛〔二〕。

【注釋】

〔一〕郭有道，即郭泰，字林宗，東漢太原人。博通經典，居家教授弟子至千人。舉有道，不就。死後，同志共刻石立碑，蔡邕爲文，既而謂盧植曰：「吾爲碑銘多矣，皆有慚德，唯郭有道無愧色耳。」見《後漢書·郭太傳》。此以郭泰譽郭季鷹。

〔二〕王注：「《春秋後語》：宋玉曰：鳳凰上擊九千里，翺翔乎窈冥之上。劉楨詩：鳳凰集南岳，徘徊孤竹根。於心有不厭，奮翅凌紫氛。」

開元二十四年（七三六年）　李白三十六歲

宴鄭參卿山池

似是本年春在太原作。鄭參卿，名字不詳。王云：「杜甫詩：『參卿休坐幄，蕩子不還家。』耿湋《送郭參軍》詩：『人傳府公政，記室有參卿。』皆爲參軍也。疑唐時有此稱謂。」

爾恐碧草晚，我畏朱顔移。愁看楊花飛，置酒正相宜。歌聲送落日，舞影迴清池。今夕不盡杯，留歡更邀誰？

【按】此詩情景頗似《憶舊遊寄譙郡元參軍》一詩中所寫遊太原之次年春日。見上年《太原早秋》按語。

酬岑勛見尋就元丹丘對酒相待以詩見招

本年秋，白自晉地返至洛陽，旋至元丹丘潁陽山居，與友人置酒高會，作此。丹丘事見開元十九年《題元丹丘潁陽山居》題解及按語。岑勛，南陽人，世傳顔真卿所書《西京千福寺多寶佛塔碑》，其文爲岑勛所撰。

黄鶴東南來，寄書寫心曲〔一〕。倚松開其緘，憶我腸斷續。不以千里遥，命駕來相招〔二〕。中逢元丹丘，登嶺宴碧霄。對酒忽思我，長嘯臨清飈〔三〕。蹇余未相知，茫茫緑雲垂〔四〕。俄然素書及，解此長渴飢。策馬望山月，途窮造階墀〔五〕。喜兹一會面，若睹瓊樹枝〔六〕。憶君我遠來，我歡方速至。開顏酌美酒，樂極忽成醉。我情既不淺，君意方亦深。相知兩相得，一顧輕千金。且向山客笑，與君論素心〔七〕。

【注釋】

〔一〕《詩·秦風·小戎》：「亂我心曲。」鄭箋：「心曲，心之委曲也。」二句謂岑勛書至。

〔二〕命駕，謂命僕夫駕駛車馬而行。《世説·簡傲》：「嵇康與吕安善，每一相思，千里命駕。」

〔三〕清飈，秋風。四句寫岑勛就元丹丘對酒相待。

〔四〕蹇，發語詞。二句寫未與岑勛相識之時，想象其人風神之美。

〔五〕二句謂己自洛陽至潁陽山居。

〔六〕《世説·賞譽》：「王戎云：『太尉（王衍）神姿高徹，如瑶林瓊樹，自是風塵外物。』」二句寫既與岑勛見面之後，目睹其人風神之美。

〔七〕素心，即本心。論素心，即暢談心曲。

【按】

詹鍈以此詩與《送岑徵君歸鳴皋山》、《鳴皋歌送岑徵君》二詩爲同時之作，均繫於天寶四載。岑勛固是岑徵君，繫年則未諦。此詩中有句云「長嘯臨清飈」，清飈，秋風也。而《鳴皋歌送岑徵君》題下原注云：「時梁園三尺雪在清泠池作。」不僅時令相去甚遠。而且思想感情亦迥不相類。送岑徵君二詩係去朝後揮斥幽憤之作。本書編在天寶五載。此詩則毫無去朝後情緒痕跡。可知絶非作於同時。

白天寶十載所作《聞丹丘子於城北山營石門幽居中有高鳳遺跡僕離群遠懷亦有棲遁之志因叙舊以贈之》中有句云：「僕在雁門關，君爲峨眉客。……長劍復歸來，相逢洛陽陌。」所憶即本年事。又據開元十九年所作《題元丹丘潁陽山居》，可知元丹丘開元年間幽棲之地在潁陽。此詩中所寫之地理環境，如「中逢元丹丘，登嶺宴碧霄」，「策馬望山月，途窮造階墀」，亦似潁陽山居。洛陽距潁陽僅數十里之遥，故岑勛以詩相招，李白策馬便至。故知此詩乃李白遊晉歸來，在潁陽山居作。

將進酒

兩宋本、繆本、王本題下俱注云：一作《惜空樽酒》。《將進酒》，《樂府詩集·鼓吹曲辭》名。蕭云：「《將進酒》者，漢短簫鐃歌二十二曲之一也。……太白填之以申己之意耳。」將，音鏘。《詩·鄭風·將仲子》：「將仲子兮，無踰我里。」毛傳：「將，請也。」將進酒，請飲酒也。此與上篇爲同時同地之作。

君不見黄河之水天上來〔一〕，奔流到海不復回。君不見高堂明鏡悲白髮，朝如青絲暮成雪〔二〕。人生得意須盡歡，莫使金樽空對月。天生我材必有用〔三〕，千金散盡還復來。烹羊宰牛且爲樂，會須一飲三百杯。岑夫子，丹丘生〔四〕，進酒君莫停〔五〕。與君歌一曲，請君爲我傾耳聽。鐘鼓饌玉不足貴〔六〕，但願長醉不用醒。古來聖賢皆寂寞〔七〕，惟有飲者留其名。陳王昔時宴平樂，斗酒十千恣歡謔〔八〕。主人何爲言少錢，徑須沽取對君酌。五花馬〔九〕，千金裘，呼兒將出换美酒，與爾同銷萬古愁〔一〇〕。

【注釋】

〔一〕元丹丘潁陽山居北依馬嶺，其上可遥見黄河，故以黄河起興。

〔二〕以上四句感慨年華易逝，如黄河之水一去不復返。

〔三〕此句，兩宋本、繆本、王本俱注云：一作「天生我身必有財」，又作「天生吾徒有俊材」。

〔四〕岑夫子，即岑勛。丹丘生，即元丹丘。

〔五〕此句，兩宋本、繆本、王本俱注云：一作「將進酒，杯莫停」。

〔六〕此句，《文苑英華》、《唐文粹》俱作「鐘鼎玉帛豈足貴」。玉饌，唐寫本作玉帛。瞿、朱注：「按鐘鼓饌玉不成對文，古無此文法。觀各本作鐘鼎玉帛者多，知唐人寫本不誤。若下文爲饌玉，則上文當爲鼓鐘。」又注：「按鐘鼓饌玉不成對文，疑當作鼓鐘饌玉，即鐘鳴鼎食之意。《詩·秦風》：子有鐘鼓，弗鼓弗考。鼓鐘乃古人習用語。」

〔七〕鮑照《詠史》：「君平獨寂寞，身世兩相棄。」寂寞，此言不爲人所知，不爲世所用。

〔八〕曹植以太和六年封爲陳王。其所作《名都篇》有曰：「歸來宴平樂，美酒斗十千。」平樂，觀名，在洛陽，漢明帝所造。

〔九〕王注：「五花馬，謂馬之毛色作五花文者。讀杜甫《高都護驄馬行》云：『五花散作雲滿身。』厥狀可睹矣。……或謂據《圖畫見聞志》云：『……舊有家藏韓幹畫《貴戚閱馬圖》，中有三花馬。……三花者，剪鬉爲三瓣。……』乃知所謂五花者，亦是剪馬鬉五瓣耳。其説亦通。」此代指馬之名貴者。

〔一〇〕萬古愁，極言其愁之深廣也。

【集説】

嚴羽云：一往豪情，使人不能句字賞摘。蓋他人作詩用筆想，太白但用胸口一噴即是，此其所長。（嚴羽評點李集）

蕭云：此篇雖似任達放浪，然太白素抱用世之才而不遇合，亦自慰解之詞耳。

唐汝詢云：此懷才不遇，托於酒以自放也。首以河流起興，言以河之發源崑崙尚入海不返；以人之年貌倏然而改，非若河之迴也，而可不飲乎？難得者時，易收者金，又可惜費乎？我友當悟此而進酒矣。我試爲君歌之：夫我所謂行樂者，非欲羅鐘鼓，列玉饌以稱快也，但願醉以適志耳。觀古聖賢皆已寂寞，惟飲者之名獨存。若陳王之宴平樂，非游於酒人乎？何千秋之名皎皎也。酒既不可廢，則不當計有無，雖以裘馬易之可也。不然，何以銷此窮愁哉！曠達如此，而以銷愁終之，自有不

得已之情在。（《唐詩解》）

【按】

《將進酒》一詩，前此諸家均以爲是天寶間去朝之後所作，誤。綜觀李集，一入長安以前作品感慨殊少，更無牢騷；二入長安去朝之後，傷心備至，牢騷特盛；唯有一入長安以後，二入長安以前一段時期，往往旋發牢騷，旋又自慰解。《梁園吟》如此，《梁甫吟》亦然，《將進酒》尤爲典型。正如楊載《詩法家數》所謂：「如兵家之陣：方以爲正，又復爲奇；方以爲奇，忽復是正。奇正出入，變化不可紀極。」其所以如此，前人僅以詩法釋之，實亦際遇使然，時代使然。開元後期，玄宗勵精圖治之心雖已日漸減退，而盛世明主之光輝猶在李白心目；李白此時雖逾而立，未届不惑，亦覺來日方長，尚屬大有可爲。故每於感慨欷歔之際，猶能自慰自解。此種思想感情發而爲詩，遂形成明暗交錯，悲歡雜揉之特點。此種特點之詩，求之開元前期不可得，求之天寶年間亦不可得，實非此期莫屬。其爲時代傳神之意義亦可知矣。

觀元丹丘坐巫山屏風

昔遊三峽見巫山，見畫巫山宛相似。疑是天邊十二峰〔一〕，飛入君家綵屏裏。寒松蕭颯如有聲，陽臺微茫如有情。錦衾瑤席何寂寂，楚王神女徒盈盈。高咫尺，如千里〔二〕，翠屏丹崖粲如綺。蒼蒼遠樹圍荆門，歷歷行舟泛巴水。水石潺湲萬壑分，烟光草色俱氤氛〔三〕。

溪花笑日何年發？江客聽猿幾歲聞？使人對此心緬邈，疑入高丘夢綵雲〔四〕。

【注釋】

〔一〕十二峰，即巫山十二峰。王注：「《四川省志》：（巫山）有峰十二：曰望霞、翠屏、朝雲、松巒、集仙、聚鶴、净壇、上昇、起雲、棲鳳、登龍、望聖也。」

〔二〕《南史·蕭賁傳》：「能書善畫，於扇上圖山水，咫尺之内，便覺萬里爲遥。」

〔三〕氤氛，即氛氤，雲烟彌漫貌。

〔四〕句用宋玉《高唐賦》事，詳見開元十九年《寄遠十二首》注。

【按】

前此元丹丘曾遊峨眉，見前《酬岑勛見尋就元丹丘對酒相待以詩見招》按語。巫山畫屏或是遊蜀歸來所置。

巫山枕障

障，屏障。杜甫《奉先劉少府新畫山水障歌》仇注：「山水障，畫山水於屏障也。」枕障，置於枕邊之屏障。李中《和夏侯秀才春日見寄》：「晝夢不成吟有興，揮毫書在枕邊屏。」見《全唐詩》卷七四八。

巫山枕障畫高丘，白帝城邊樹色秋。朝雲夜入無行處，巴水横天更不流。

秋夜宿龍門香山寺奉寄王方城十七丈奉國瑩上人從弟幼成令問

龍門，在河南洛陽西南三十里。兩山對峙，東曰香山，西曰龍門，石壁峭立。伊水出其間，故又名伊闕。壁間石佛大小數百，皆北魏及唐時所鑿。香山寺，北魏始建，唐時擴建。白居易《修香山寺記》：「洛陽四郊山水之勝，龍門首焉。龍門十寺遊觀之勝，香山首焉。」王方城，當爲方城縣令，縣在山南道唐州。奉國，疑是佛寺名。瑩上人，疑即下篇題中之瑩禪師。幼成、令問，參見《冬日於龍門送從弟京兆參軍令問之淮南覲省序》、《登汝州龍興閣序》。

朝發汝海東，暮棲龍門中〔一〕。水寒夕波急，木落秋山空。望極九霄迥，賞幽萬壑通。目皓沙上月，心清松下風。玉斗横網户〔二〕，銀河耿花宫〔三〕。興在趣方逸，歡餘情未終〔四〕。鳳駕憶王子〔五〕，虎溪懷遠公〔六〕。桂枝坐蕭瑟，棣華不復同〔七〕。流恨寄伊水，盈盈焉可窮？

【注釋】

〔一〕汝海東，當指潁陽。潁陽至龍門約五十里，故朝發暮至。

〔二〕王注：「玉斗即北斗，色明朗如玉，故曰玉斗。網户，門扉上刻爲方目，如羅網狀，若今之隔亮也。《楚辭》：網户朱綴，刻方連些。」

〔三〕王注：「花宫，佛寺也。佛説法處，天雨衆花，故詩人以佛寺爲花宫。」

〔四〕二句兩宋本、繆本、王本俱注云：「一作咫尺世喧隔，微冥真理融。」

〔五〕王子，即仙人王子喬，好吹笙作鳳凰鳴。詳見開元十九年《贈嵩山焦鍊師》注。句喻王方城。

〔六〕遠公，即慧遠，東晉高僧。居廬山三十年，影不出山，跡不入俗。每送客，常以寺前虎溪爲界。見《高僧傳》卷六。句喻瑩上人。

〔七〕桂枝，即桂林一枝。《晉書·郤詵傳》：「武帝於東堂會送，問詵曰：『卿自以爲何如？』詵對曰：『臣舉賢良對策，爲天下第一，猶桂林之一枝，崑山之片玉。』」後世遂以桂林一枝，崑山片玉喻人才之美者。棣華，喻兄弟。二句謂幼成、令問。

【集説】

葛立方云：李白詩云：「朝發汝海東，暮棲龍門中。」又云：「朝别淩烟樓，暝投永華寺。」又云：「朝别朱雀門，暮棲白鷺洲。」又云：「鷄鳴發黄山，暝投鰕湖宿。」可見其常作客也。范傳正言，白偶乘扁舟，一日千里，或遇勝境，終年不移。往來牛斗之間，長江遠山，一泉一石，無往而不自得也。（《韻語陽秋》）

瞿、朱云：范晞文《對床夜話》云：子建云：「朝遊江北岸，日夕宿湘沚。」潘安仁云：「朝發晉京陽，夕次金谷湄。」劉越石云：「朝發廣莫門，暮宿丹水山。」謝靈運云：「旦發清溪陰，暝投剡中宿。」鮑明遠云：「朝遊雁門山，暮還樓煩宿。」皆本《楚詞》「朝發軔於蒼梧兮，夕予至於元圃」。此論較葛說尤明通。

瑩禪師房觀山海圖

瑩禪師，與上詩題中之瑩上人似爲一人。

真僧閉精宇〔一〕，滅跡含達觀。列障圖雲山〔二〕，攢峰入霄漢。丹崖森在目，清晝疑卷幔〔三〕。蓬壺來軒窗，瀛海入几案。烟濤争噴薄，島嶼相凌亂。征帆飄空中，瀑水灑天半。峥嶸若可涉，想象徒盈嘆。杳與真心冥，遂諧静者翫。如登赤城裏〔四〕，揭涉滄洲畔〔五〕。即事能娱人，從兹得蕭散。

【注釋】

〔一〕精宇，謂佛舍。

〔二〕障，屏風，見本年《巫山枕障》詩題解。

〔三〕二句狀圖畫之逼真。

〔四〕赤城，道教傳説中之仙山。《初學記》卷八引《登真隱訣》云：「赤城山下有丹洞，在三十六洞天數，其山足丹。」

〔五〕揭涉，提衣至膝而渡。《詩·邶風·匏有苦葉》：「深則厲，淺則揭。」鄭箋：「褰衣曰揭。」

開元二十五年（七三七年）　李白三十七歲

春日獨酌二首

此及以下八篇，均似本年閑居安陸時作。

東風扇淑氣〔一〕，水木榮春暉。白日照緑草，落花散且飛。孤雲還空山，衆鳥各已歸。彼物皆有託，吾生獨無依〔二〕。對此石上月，長醉歌芳菲。

【注釋】

〔一〕淑氣，佳氣。

〔二〕陶淵明《詠貧士》：「萬族各有託，孤雲獨無依。」

其　二

我有紫霞想〔一〕，緬懷滄洲間〔二〕。且對一壺酒，澹然萬事閑。横琴倚高松，把酒望遠山。

長空去鳥没，落日孤雲還。但恐光景晚〔三〕，宿昔成秋顔。

【注釋】

〔一〕紫霞想，學道求仙之意。陸機《前緩聲歌》：「輕舉乘紫霞。」

〔二〕滄洲，濱水之地，隱者所居。

〔三〕宿昔，早晚也，喻時之短暫。

獨酌

春草如有意，羅生玉堂陰〔一〕。東風吹愁來，白髮坐相侵〔二〕。獨酌勸孤影，閑歌面芳林。長松爾何知，蕭瑟爲誰吟？手舞石上月，膝横花間琴。過此一壺外，悠悠非我心〔三〕。

【注釋】

〔一〕羅生，《楚辭·九歌·少司命》：「秋蘭兮蘪蕪，羅生兮堂下。」王逸注：「環其堂下，羅列而生。」

〔二〕坐，致也。二句謂東風送愁，致生白髮。

〔三〕以上全篇，宋乙本、繆本、王本俱注云：一本云：「春草遍野緑（王本作春草變緑野），新鶯有佳音。落日不盡歡，恐爲愁所侵。獨酌勸孤影，閑歌面芳林。清風尋空來，碧（王本作巖）松與共吟。手舞石上月，膝横花下琴。過此一壺外，悠悠非我心。」

答從弟幼成過西園見贈

本年春間作。幼成，與上年作《秋夜宿龍門香山寺奉寄王方城十七丈奉國瑩上人從弟幼成令問》詩題中之幼成爲同一人。西園，當在安陸。

一身自瀟洒，萬物何囂諠。拙薄謝明時〔一〕，棲閑歸故園。二季過舊壑〔二〕，四鄰馳華軒。衣劍照松宇，賓徒光石門。山童薦珍果，野老開芳樽。上陳樵漁事，下叙農圃言。昨來荷花滿。今見蘭苕繁〔三〕。一笑復一歌，不知夕景昏。醉罷同所樂，此情難具陳。

【注釋】

〔一〕拙薄，謂性拙才薄。謝，慚也。

〔二〕二季，指幼成，令問。舊壑，當指白兆山桃花巖。據「昨來」、「今見」二句當係再次來此。

〔三〕蘭苕，春蘭之花。《文選》郭璞《遊仙詩》：「翡翠戲蘭苕。」李善注：「蘭苕，蘭秀也。」

【按】

詩云：「拙薄謝明時，棲閑歸故園。」當指開元十八年入長安後蹉跎無成歸來安陸。白與幼成、令問往來均在開元中。此次見面若在天寶三載去朝後，其間相距約十年，當有久别重逢之語，而詩中并無隻字片語叙説契闊，故知非天寶年間作，亦知西園不在東魯。至於「石門」亦非東魯之石門山或堯祠石門，當指白在安陸白兆山桃花巖所構之石室。集中尚有《冬日於龍門送從弟京兆参軍令問之淮南覲省序》，作於開元二十四年，可參看。

長歌行

《長歌行》，《樂府詩集·相和歌辭》名。感慨青春易逝而功業未立。

桃李得日開，榮華照當年。東風動百物，草木盡欲言。枯枝無醜葉〔一〕，涸水吐清泉。大力運天地，羲和無停鞭〔二〕。功名不早著，竹帛將何宣〔三〕？桃李務青春，誰能貰白日〔四〕？富貴與神仙，蹉跎成兩失。金石猶銷鑠，風霜無久質。畏落日月後，强歡歌與酒。秋霜不惜人，倏忽侵蒲柳〔五〕。

【注釋】

〔一〕句言枯枝逢春，遍生新葉。

〔二〕《淮南子·天文》：「爰止羲和，爰息六螭，是謂縣車。」高誘注：「日乘車，駕以六龍，羲和御之。」

〔三〕竹帛，指史籍。《文選》曹植《求自試表》：「名稱垂於竹帛。」吕延濟注：「古無紙，史書皆書竹帛。」

〔四〕務，專力趨赴也。

〔五〕蒲柳，謂蒲與柳，均早落葉，以喻人之早衰。《世説·言語》：「顧悦與簡文同年而髮早白。簡文曰：『卿何以先白？』對曰：『蒲柳之姿，望秋而落。松柏之姿，經霜彌茂。』」

短歌行

《短歌行》，《樂府詩集·相和歌辭》名。

白日何短短，百年苦易滿。蒼穹浩茫茫，萬劫太極長〔一〕。麻姑垂兩鬢，一半已成霜〔二〕。天公見玉女，大笑億千場〔三〕。吾欲攬六龍，迴車挂扶桑〔四〕。北斗酌美酒〔五〕，勸龍各一觴。富貴非所願，爲人駐頹光。

【注釋】

〔一〕楊注：「劫，世也。儒謂之世，道謂之塵，佛謂之劫。」

〔二〕蕭注：「麻姑鬢成霜事，未詳所祖，恐只《大人賦》西王母暠然白首之推也。」

〔三〕天公與玉女大笑事，見開元十九年《梁甫吟》注。

〔四〕《楚辭·九歎·遠遊》：「維六龍於扶桑。」

〔五〕《楚辭·九歌·東君》：「援北斗兮酌桂漿。」

【集説】

王云：《樂府解題》曰：《短歌行》，魏武帝「對酒當歌，人生幾何」，晉陸機「置酒高堂，悲歌臨觴」，皆言當及時爲樂也。又按《古今注》，謂長歌短歌言人生壽命長短有定分，不可妄求也。考之魏武帝、陸士衡及唐人諸篇，皆言人運短促，當及時自勉。然二曲一致，初無壽夭之分。李善曰：古詩云「長歌正激烈」，魏文帝《燕歌行》曰「短歌微吟不能長」，傅玄《艷歌行》曰「咄來長歌續短歌」，皆指歌聲之長短耳，非言壽命也。斯蓋命題之意歟！

【按】

此與上篇《長歌行》詩旨相同，亦恐功業未立而青春已逝也。

庭前晚開花

此以庭前晚開花自喻，嘆己之長期無所遇合也。

西王母桃種我家，三千陽春始一花〔一〕。結實苦遲爲人笑，攀折唧唧長咨嗟。

【注釋】

〔一〕《漢武帝内傳》：「（王母）又命侍女更索桃果。須臾，以玉盤盛仙桃七顆，大如鴨卵，形圓青色，以呈王母。母以四顆與帝，三顆自食，桃味甘美，口有盈味。帝食輒收其核。王母問帝。帝曰：『欲種之。』母曰：『此桃三千年一生實，中夏地薄，種之不生。』帝乃止。」

【按】

此詩王本輯入《詩文拾遺》，謂見於繆氏本，并按云：「《庭前晚開花》……語尤凡俗，不類太白。」然兩宋本固有之，編在二十三卷。

友人會宿

滌蕩千古愁，留連百壺飲。良宵宜清談，皓月未能寢。醉來卧空山，天地即衾枕。

贈　内

三百六十日，日日醉如泥。雖爲李白婦，何異太常妻〔一〕？

【注釋】

〔一〕《後漢書·周澤傳》：「（澤）爲太常，清絜循行，盡敬宗廟。常卧病齋宫，其妻哀澤老病，闚問所苦。澤大怒，以妻干犯齋禁，遂收送詔獄謝罪。當世疑其詭激，時人爲之語曰：『生世不諧，作太常妻，一歲三百六十日，三百五十九日齋。』《漢官儀》此下云：『一日不齋醉如泥。』」

陳情贈友人

延陵有寶劍，價重千黄金。觀風歷上國，暗許故人深。歸來挂墳松，萬古知其心〔一〕。懦夫感達節〔二〕，壯士激青衿〔三〕。鮑生薦夷吾，一舉致齊相。斯人無良朋，豈有青雲望？臨財不苟取，推分固辭讓〔四〕。後世稱其賢，英風邈難尚。論交但若此，友道孰云喪〔五〕？多君騁逸藻，掩映當時人。舒文振頽波，秉德冠彝倫〔六〕。卜居乃此地，共井爲比鄰〔七〕。清琴弄雲月，美酒娱冬春。薄德中見捐，忽之如遺塵。英豪未豹變〔八〕，自古多艱辛。他人縱以疏，君意宜獨親。奈何成離居，相去復幾許？飄風吹雲霓〔九〕，蔽目不得語。投珠冀有報，按劍恐相拒〔一〇〕。所思采芳蘭，欲贈隔荆渚。沉憂心若醉，積恨淚如雨。願假東壁輝，餘光照貧女。〔一一〕

【注釋】

〔一〕延陵，春秋時吴公子季札封於延陵，故稱。季札使魯，北過徐君。徐君愛季札劍，口弗敢言。季札心知之，爲使上國，未獻。後還至徐，徐君已死，乃解劍繫其冢樹而去。從者曰：「徐君已死，尚誰予乎？」季札曰：「始吾心已許之，豈以死倍吾心哉！」見《史記·吴太伯世家》。

〔二〕達節，此指季札篤於交道之風。《左傳》成公十五年：「聖達節，次守節，下失節。」

〔三〕青衿，《詩·鄭風·子衿》：「青青子衿，悠悠我心。」毛傳：「青衿，青領也，學子之所服。」此句兩宋本、繆本俱作「壯氣激素衿」。

〔四〕鮑生，即鮑叔牙。夷吾，即管仲。管仲少時貧困，與鮑叔牙遊，常欺鮑叔。鮑叔知其賢，始終善遇之。後薦管仲於桓公，桓公用以爲相，遂霸天下。管仲曰：「吾始困時，嘗與鮑叔賈，分財利多自與，鮑叔不以我爲貪，知我貧也。」見《史記·管晏列傳》。

〔五〕友道，王本作有道，據咸本改。

〔六〕彝倫，常倫也。

〔七〕井，古時授田之區劃。周制以地方一里畫爲九區，每區百畝，是爲井田。共井，謂居住之地相接。

〔八〕豹變，《易·革》：「君子豹變，其文蔚也。」自貧賤而顯達之意。

〔九〕《楚辭·離騷》：「飄風屯其相離兮，帥雲霓而來御。」王逸注：「飄風，無常之風，以興邪惡之象。……雲霓，惡氣，以喻佞人。」

〔一〇〕《史記·鄒陽列傳》：「臣聞明月之珠，夜光之璧，以闇投人於道路，人無不按劍相眄者，何則？無因而至前也。」

〔一一〕《列女傳·辯通傳》：「齊女徐吾者，齊東海上貧婦人也。與鄰婦李吾之屬會燭相從夜績。徐吾最貧而燭數不屬。李吾謂其屬曰：『徐吾燭數不屬，請無與夜。』徐吾曰：『是何言與？妾以貧，燭不屬之故，起常先，息常後，灑掃陳席以待來者，自與蔽薄，坐常處下，凡爲貧，燭不屬故也。夫一室之中，益一人燭不爲暗，損一人燭不爲明。何愛東壁之餘光，不使貧女得蒙見愛之恩，長爲妾役之事，使諸君常有惠施於妾，不亦可乎？』李吾莫能應，遂復與夜，終無後言。」

【集説】

瞿、朱云：此詩似入京以前在安陸時作，故云：「卜居乃此地，共井爲比鄰。」此後似無卜居之事，且不得云「英豪未豹變」也。

開元二十六年（七三八年）　李白三十八歲

贈孟浩然

本年春出遊南陽，經襄陽時作。孟浩然，襄州襄陽人。少好節義，喜振人患難。隱鹿門山，年四十，乃遊京師，應進士不第，仍還襄陽鹿門。採訪使韓朝宗約浩然偕至京師，欲薦諸朝。會故人至，劇飲歡甚，或曰：「君與韓公有期。」浩然叱曰：「業已飲，遑恤他！」卒不赴。朝宗怒，辭行，浩然不悔也。張九齡爲荆州，辟置於府，府罷。開元末，病疽背卒。見兩《唐書》本傳。王士源《孟浩然集》序稱其「文不按古，匠心獨妙。五言詩天下稱其盡美」。

吾愛孟夫子，風流天下聞。紅顔棄軒冕〔一〕，白首卧松雲。醉月頻中聖〔二〕，迷花不事君。高山安可仰〔三〕？徒此揖清芬〔四〕。

【注釋】

〔一〕軒冕，卿大夫之車服，代指仕宦。

〔二〕中聖，謂飲清酒致醉。王注：「《三國志》：徐邈爲尚書郎，時科酒禁，而邈私飲至於沉醉。校事趙達問以曹事，邈曰：『中聖人。』達白之太祖，太祖甚怒。鮮于輔進曰：『平日醉客，謂酒清者爲聖人，濁者爲賢人。邈性修慎，偶醉言耳。』中聖之中本作去聲讀，協音當作平聲。」

〔三〕高山，喻人德行。《詩·小雅·車舝》：「高山仰止，景行行止。」句謂浩然德行高超，不可企及。

〔四〕徒，兩宋本、繆本俱作從。

【按】

本年一月，孟浩然辭張九齡幕。李白自安陸赴南陽，襄陽爲必經之地，因有訪孟浩然事。故繫此詩於本年。

春日歸山寄孟浩然

詩題兩宋本、繆本俱作《春日歸山寄孟六浩然》。

朱紱遺塵境〔一〕，青山謁梵筵〔二〕。金繩開覺路〔三〕，寶筏度迷川〔四〕。嶺樹攢飛栱，嵒花覆谷泉。塔形標海日，樓勢出江烟。香氣三天下〔五〕，鐘聲萬壑連。荷秋珠已滿，松密蓋初圓。鳥聚疑聞法〔六〕，龍參若護禪〔七〕。愧非流水韻，叨入伯牙絃〔八〕。

【注釋】

〔一〕朱紱，紅色朝服或綬帶，代指官職。

〔二〕梵筵，佛教道場。

〔三〕金繩，王注：「《法華經》：國名離垢，琉璃爲地，有八交道，黃金爲繩，以界其側。」

〔四〕寶筏，王注：「《翻譯名義》：《功德施論》云：如欲濟川，先應取筏。至彼岸已，舍之而去。」

〔五〕三天，王注：「即三界也，謂欲界、色界、無色界。」

〔六〕鳥聚，王注：「《法苑珠林》：舍衛國祇樹精舍衆集之時，獮猴飛鳥群類數千悉來聽法，寂寞無聲，事竟即去，各還所止。」

〔七〕《孔雀王經》、《大雲經》均謂諸龍王護持佛法。

〔八〕伯牙事，見開元二十一年《月夜聽盧子順彈琴》詩注。

【集説】

胡云：玩詩意乃偕一顯者遊禪寺和詩，疑題有誤。

王云：孟六浩然恐是孟贊府之訛。

詹鍈云：按詩中起句云「朱紱遺塵境，青山謁梵筵」。胡王二氏皆爲此而發。《新唐書·孟浩然傳》云：「張九齡爲荆州，辟置於府。」則朱紱亦可指浩然，二家之説非也。

瞿、朱云：此詩風格已入大曆時期，絶非開元、天寶間體製。且朱紱云云亦不合李、孟二人口吻。疑是他人之作溷入李集，而題中浩然亦當爲一僧徒之名，誤加孟字，詳詩意爲寄僧之作無疑。

【按】

郁賢皓從詹説，并以此詩與《贈孟浩然》爲同時之作，見《李白與孟浩然交遊考》。此詩疑寶實多。詩題與内容殊不相稱，郁疑詩題當作《與孟浩然春日遊山》，不知何據。要之，其真僞難以遽定，兹以類相從，姑繫於此。

南都行

本年春至次年冬，白有江淮之行。南都，南陽舊稱。漢南陽郡宛城，爲後漢光武帝劉秀故里。光武即位後建都洛陽，以宛爲别都。因其在洛陽之南，謂之南都。開元時爲鄧州，今爲河南南陽市。

南都信佳麗，武闕横西關〔一〕。白水真人居〔二〕，萬商羅鄽闤〔三〕。高樓對紫陌，甲第連青山。此地多英豪，邈然不可攀。陶朱與五羖〔四〕，名播天壤間。麗華秀玉色〔五〕，漢女嬌朱顔〔六〕。清歌遏流雲，艷舞有餘閒。遨遊盛宛洛〔七〕，冠蓋隨風還。走馬紅陽城〔八〕，呼鷹白河灣〔九〕。誰識卧龍客〔一〇〕，長吟愁鬢斑？

【注釋】

〔一〕武闕，山名。《文選》張衡《南都賦》：「爾其地勢，則武闕關其西，桐柏揭其東。」李善注：「武闕山爲關，在西也。」

〔二〕白水真人，指光武。《文選》張衡《東京賦》：「我世祖忿之，乃龍飛白水。」薛綜注：「世祖，光武也。……白水，謂南陽白水縣，世祖所起之處也。」《文選》張衡《南都賦》：「真人革命之秋也。」李善注：「真人，光武也。」

〔三〕鄽，市宅。闤，市垣。

〔四〕陶朱，即范蠡。後之陶，變易姓名，經商致富，號陶朱公，見開元十九年《贈王司馬嵩》注。五羖，即百里奚，爲奴。秦繆公聞其賢，以五羊之皮贖之，授以國政，號曰五羖大夫。見《史記·秦本紀》。二人皆南陽人。

〔五〕《後漢書·皇后紀》：「光烈陰皇后諱麗華，南陽新野人。初，光武適新野，聞后美，心悦之。後至長安，見執金吾車騎甚盛，因歎曰：『仕宦當作執金吾，娶妻當得陰麗華。』更始元年六月，遂納后於宛當成里。」

〔六〕漢女，《詩·周南·漢廣》：「漢有遊女，不可求思。」流經南陽之淯水（白河）爲漢水支流。

〔七〕《文選·古詩十九首》：「驅車策駑馬，遊戲宛與洛。」李周翰注：「宛，南陽也。洛，洛陽也。」

〔八〕《漢書·地理志》：「南陽郡有紅陽侯國。」故城在今河南舞陽縣西北紅山之南。

〔九〕白河，即淯水。明《一統志》卷三十：「淯水在（南陽）府城東三里，俗稱白河。」

〔一〇〕卧龍，謂諸葛亮。諸葛亮，字孔明，躬耕隴畝，好爲《梁父吟》。劉備屯新野，徐庶謂之曰：「諸葛孔明者，卧龍也。將軍豈願見之乎？」見《三國志·蜀書·諸葛亮傳》。卧龍客，白自喻。

【按】

江淮之行始末，見次年《鄴中贈王大勸入高鳳石門山幽居》一詩按語。

南陽送客

斗酒勿爲薄〔一〕，寸心貴不忘。坐惜故人去〔二〕，偏令游子傷。離顔怨芳草，春思結垂楊。揮手再三别，臨歧空斷腸。

【注釋】

〔一〕《文選·古詩十九首》：「斗酒相娱樂，聊厚不爲薄。」

〔二〕坐，甚辭。坐惜，猶云殊惜、深惜。

【集説】

梅鼎祚云：此詩舊列五言古，然實律耳。（《李詩鈔》）

瞿、朱云：此詩當與卷七之《南都行》、卷二十之《游南陽白水》及《游南陽清泠泉》諸篇爲同時之作。

【按】

此詩時在春日，《游南陽白水》及《游南陽清泠泉》二詩在秋日，當非同時之作。此與《南都行》則爲同時之作，二詩均化用《古詩十九首》詞句，其寂寞情懷亦相似。

送友人

詩題疑爲後人妄加。細玩詩意，似非送友人，應是别友人，其賦别之地當在南陽。江淮之行首途之作也。

青山横北郭，白水遶東城〔一〕。此地一爲别，孤蓬萬里征〔二〕。浮雲遊子意，落日故人情〔三〕。揮手自兹去，蕭蕭班馬鳴〔四〕。

【注釋】

〔一〕青山，似指南陽西北二十七里之精山。白水，似指南陽東三里之淯水（俗名白河）。

〔二〕鮑照《蕪城賦》：「孤蓬自振，驚沙坐飛。」孤蓬句，謂己即將遠去。

〔三〕王注：「浮雲一往而無定跡，故以比遊子之意；落日銜山而不遽去，故以比故人之情。」

〔四〕《左傳》襄公十八年：「有班馬之聲，齊師其遁。」杜預注：「班，别也。」載人離去之馬曰班馬。二句言主客之馬將分道，而蕭蕭長鳴，亦若有離群之感。

【按】

詩中所寫之景似南陽，詩意亦頗類前篇，「孤蓬」當係自喻，「遊子」當係自謂，白之遊蹤堪稱「萬里征」者，惟此次江淮之行。

潁陽別元丹丘之淮陽

潁陽，縣名。見開元十九年《題元丹丘潁陽山居》題解。淮陽，陳州古稱，在潁陽東南五百里。見《元和郡縣志》卷八。

吾將元夫子，異姓爲天倫〔一〕。本無軒裳契，素以烟霞親〔二〕。嘗恨迫世網，銘意俱未伸〔三〕。松柏雖寒苦，羞逐桃李春。悠悠市朝間〔四〕，玉顔日緇磷〔五〕。所共重山岳，所得輕埃塵〔六〕。精魄漸蕪穢，衰老相憑因。我有錦囊訣〔七〕，可以持君身。當餐黄金藥，去爲紫陽賓〔八〕。萬事難並立，百年猶崇晨〔九〕。别爾東南去，悠悠多悲辛。前志庶不易，遠途期所遵〔一〇〕。已矣去歸來，白雲飛天津〔一一〕。

【注釋】

〔一〕將，與也。天倫，此指兄弟。

〔二〕軒裳，猶軒冕，卿大夫車服，代指官位爵禄。烟霞，代指神仙。白《冬夜於隨州紫陽先生湌霞樓送烟子元演隱仙城山序》云：「吾與霞子元丹、烟子元演，氣激道合，結神仙交，殊身同心，誓老雲海，不可奪也。」

〔三〕世網，謂世間俗務。陸機《赴洛道中作》：「借問子何之，世網嬰我身。」銘意，即「誓老雲海」之志。

〔四〕市朝，指市場與官場。《戰國策・秦策》：「臣聞争名者於朝，争利者於市。」

〔五〕《論語・陽貨》：「不曰堅乎？磨而不磷；不曰白乎？涅而不緇。」磷，謂因磨而至損；緇，謂因染而變黑。句言日漸衰老。

〔六〕共，王注：「當作失。」瞿、朱注：「詩意自謂與元志尚相共，即首段『異姓爲天倫……素以烟霞親』等句之意。非必得失對舉。」

〔七〕《太平廣記》卷三引《漢武帝内傳》：「帝見王母巾器中有一卷書，盛以紫錦之囊。帝問：『此書是仙靈方耶？』」錦囊訣即指仙靈之方。

〔八〕黄金藥，謂仙藥。《抱朴子・仙藥》：「仙藥之上者丹砂，次則黄金，次則白銀。」紫陽，當爲胡紫陽，開元間道士。詳見《漢東紫陽先生碑銘》。

〔九〕崇晨，猶崇朝，即終朝，謂從天明至食時。《詩・衛風・河廣》：「誰謂宋遠，曾不崇朝。」

〔一〇〕前志，即「誓老雲海」之志。庶，希冀之詞。二句謂：願此志不變，則此去千里之外亦有所遵循矣。

〔一一〕天津，即天河。《楚辭・離騷》：「朝發於天津兮。」二句意謂終當歸隱林下，如白雲之飛返天津。

送侯十一

本年江淮之行途中作於陳州。其地在今河南東南部。

朱亥已擊晉，侯嬴尚隱身。時無魏公子，豈貴抱關人〔一〕？余亦不火食，遊梁同在陳〔二〕。空餘湛盧劍〔三〕，贈爾托交親。

【注釋】

〔一〕朱亥、侯嬴事，俱見開元十九年《俠客行》詩注。以上四句，爲侯十一處境抱不平。

〔二〕火食，炊而食。《莊子·山木》：「孔子圍於陳、蔡之間，七日不火食。」梁，即宋州，與陳州相鄰。

〔三〕湛盧劍，《吴越春秋》卷二：「楚昭王卧而寤，得吴王湛盧之劍於床。昭王不知其故，乃召風胡子而問曰：『寡人卧覺而得寶劍，不知其名，是何劍也？』風胡子曰：『此謂湛盧之劍。……五金之英，太陽之精，寄氣托靈，出之有神，服之有威，可以折衝拒敵。』」

經下邳圯橋懷張子房

下邳，縣名，屬河南道泗州。故城在今江蘇邳縣南。圯橋，在下邳城郊沂水上，相傳即張良遇黄石公處。圯，音夷。

子房未虎嘯，破産不爲家。滄海得壯士，椎秦博浪沙〔一〕。報韓雖不成，天地皆振動〔二〕。潛匿遊下邳，豈曰非智勇？我來圯橋上，懷古欽英風。唯見碧流水，曾無黄石公。歎息此人去，蕭條徐泗空〔三〕。

【注釋】

〔一〕張良，字子房，其先韓人也，五世相韓。秦滅韓，良悉以家財求客刺秦王，爲韓報仇。得力士，爲鐵椎重百二十斤。始皇東遊至博浪沙，良與客狙擊之，誤中副車。始皇大怒，大索天下，良乃更姓名，亡匿下邳。嘗遊圯上，有一老父，直墮其履圯下，顧謂良曰：「孺子，下取履。」良愕然，欲毆之，爲其老，强忍之，下取履，跪進。父以足受之，笑去。去里所，復還曰：「孺子可教也。後五日平明，與我會此。」五日平明往，父已先在，怒曰：「與老人期，後，何也？去，後五日早會。」五日鷄鳴往，父又先在。復怒曰：「去，後五日復早來。」五日夜半往，有頃父亦來。喜曰：「當如是。」出一編書曰：「讀是，則爲王者師矣。後十年興。十三年，孺子見我濟北，穀城山下黄石即我矣。」遂去不見。旦日，視其書，乃《太公兵法》。見《史記·留侯世家》。

〔二〕《史記·留侯世家》：「不愛萬金之資，爲韓報仇强秦，天下振動。」

〔三〕徐泗，即徐州、泗州，二州相鄰。以上四句慨嘆今無黄石公其人，隱以張良自喻。

淮陰書懷寄王宋城

淮陰，縣名，屬淮南道楚州，在下邳東南，故城在今江蘇淮安縣西。河南道宋州有宋城縣，故城在今河南商邱市南。王宋城，即宋城縣令王某。瞿、朱按：「疑先遇王，旋别去，至淮陰寄此，暗寓求援之意。」

沙墩至梁苑，二十五長亭〔一〕。大舶夾雙艣，中流鵝鸛鳴〔二〕。雲天掃空碧，川岳涵餘清。飛鳧從西來，適與佳興并。眷言王喬舄〔三〕，婉孌故人情〔四〕。復此親懿會，而增交道榮。沿洄且不定〔五〕，飄忽悵徂征。暝投淮陰宿，欣得漂母迎〔六〕。斗酒烹黄鷄，一餐感素誠。予爲楚壯士〔七〕，不是魯諸生〔八〕。有德必報之，千金恥爲輕。緬書羈孤意〔九〕，遠寄棹歌聲。

【注釋】

〔一〕沙墩，當是淮陰地名。梁苑，即梁園，在宋城。王注：「古制十里一長亭。二十五長亭，則二百五十里矣。」

〔二〕王注：「鵝鸛鳴，謂舟人喧聒有似鵝鸛之聲耳。」今按：鵝鸛鳴，當是櫓聲。

〔三〕王喬，仙人名，此指王宋城。《搜神記》卷一：「漢明帝時，尚書郎河東王喬爲鄴令。喬有神術，每月朔，嘗自縣詣臺。帝怪其來數，而不見車騎，密令太史候望之。言其臨至時，輒有雙鳧從東南飛來，因伏伺，見鳧，舉羅張之。但得一雙舄。使尚方識視，四年中所賜尚方官屬履也。」

〔四〕婉孌，猶纏綿。以上四句謂途中適見飛鳧自西而來，若王喬之履，因感王宋城之故人情誼。眷，回顧。言，語助。

〔五〕沿，逆流而上。洄，順流而下。

〔六〕漂母，用韓信事。見開元十八年《贈新平少年》詩注。

〔七〕楚壯士，楊注：「韓信爲楚王，都下邳，至國，召所從食漂母賜千金，召辱己少年，以爲中尉，曰：

『此壯士也。』」王注：「琦按：太白因在淮陰，故用淮陰古事爲喻，所謂壯士者，正指韓信而言。楊氏以《淮陰侯傳》中辱信少年當之，未是。」王説是。

〔八〕魯諸生，用叔孫通事。叔孫通降漢，從儒生弟子百餘人，然通無所言進，而專以諸故盜壯士進之，諸生皆怨怒。通曰：「漢王方蒙矢石爭天下，諸生寧能鬥乎？故先言斬將搴旗之士。諸生且待我。」漢五年，已并天下，通爲高祖起朝儀，拜爲太常，賜金五百斤，遂進諸生，高祖悉以爲郎。諸生乃喜曰：「叔孫生誠聖人也，知當時之要務。」見《史記·叔孫通列傳》。

〔九〕緬，盡也。潘岳《西征賦》：「窺秦墟於渭城，冀闕緬其堙盡。」李善注：「緬，盡貌也。」羈孤意，羈旅孤獨之情。

【按】次年白行至揚州，有《少年行》一詩，詩中於淮南遊俠，頗有欣羨之情，且有句云：「衣冠半是征戰士，窮儒浪作林泉民。」蓋因開元季葉漸重邊功，征戰之士易致富貴，故有是語。以該詩與本篇合觀，「予爲楚壯士，不是魯諸生」云云，當是李白求王令薦舉，王令以朝廷方重邊功，愛莫能助。白於別後寄以此詩，意謂我乃韓信之才，非如魯諸生僅能隨人起朝儀而已。

李白全集編年箋注卷四

編年詩第四

開元二十七年（七三九年）　李白三十九歲

贈徐安宜

本年春作於安宜。淮南道楚州有安宜縣，在淮陰縣東南，即今江蘇寶應縣。徐安宜，安宜縣令，名字不詳。

白田見楚老〔一〕，歌咏徐安宜。制錦不擇地，操刀良在兹〔二〕。清風動百里，惠化聞京師。浮人若雲歸〔三〕，耕種滿郊岐。川光净麥隴，日色明桑枝。訟息但長嘯，賓來或解頤〔四〕。青槐拂户牖〔五〕，白水流園池〔六〕。遊子滯安邑〔七〕，懷恩未忍辭。翳君樹桃李〔八〕，歲晚託深期。

【注釋】

〔一〕白田，安宜地名，詳見下篇題解及集説。楚老，楚地父老。

〔二〕《左傳》襄公三十一年：「子皮欲使尹何爲邑，子産曰：『少，未知可否？』子皮曰：『願，吾愛之，使夫往而學焉，夫亦愈知治矣。』子産曰：『不可。人之愛人，求利之也。今吾子愛人則以政，猶未能操刀而使割也，其傷實多。……子有美錦，不使人學制焉。大官大邑，身之所庇也，而使學者制焉，其爲美錦，不亦多乎？』」杜預注：「制，裁也。」此處反用其事，以喻徐令嫻於吏治。

〔三〕浮人，流散之人。

〔四〕解頤，猶開顔。

〔五〕槐，王本作橙，據兩宋本改。

〔六〕白，兩宋本、繆本、咸本、王本俱注云：「一作碧。」

〔七〕遊子，白自謂。安邑，即安宜縣。

〔八〕翳，通繄，發語詞。《左傳》隱公元年：「爾有母遺，繄我獨無。」樹桃李，《説苑》卷六：「陽虎得罪於魯，北見簡子，曰：『自今以後不復樹人矣。』簡子曰：『夫樹桃李者，夏得休息，秋得其實焉。樹蒺藜者，夏不得休息，秋得其刺焉。今子之所樹，蒺藜也。自今以來，擇人而樹之，毋已樹而擇之。』」

寄淮南友人

淮南，此指揚州。

紅顏悲舊國，青歲歇芳洲〔一〕。不待金門詔〔二〕，空持寶劍遊。海雲迷驛道，江月隱鄉樓。復作淮南客，因逢桂樹留〔三〕。

【注釋】

〔一〕青歲，春也。陳子昂《春臺引》：「遲美人兮不見，恐青歲之還遒。」

〔二〕金門，即金馬門，代指朝廷。詳見天寶二年《金門答蘇秀才》詩注。

〔三〕桂樹，喻忠貞之士，此指淮南友人。李白開元十四年初遊揚州，此次即將再遊，故曰：「復作淮南客。」

白田馬上聞鶯

本年五月離安宜赴揚州時作。王云：「白田，地名，今江南寶應縣有白田渡，當是其處。」

黃鸝啄紫椹〔一〕，五月鳴桑枝。我行不記日，誤作陽春時。蠶老客未歸，白田已繰絲〔二〕。驅馬又前去，捫心空自悲。

【注釋】

〔一〕黃鸝，即黃鶯。

〔二〕繰，同繅，煮繭抽絲也。

【集說】

瞿、朱云：李嘉祐有《送皇甫冉往安宜》詩云：「君向白田何日歸。」又有《白田西憶楚州使君弟》詩，可證白田屬楚州安宜縣。

少年行

本年重遊揚州作。《少年行》，《樂府詩集·雜曲歌辭》名。

君不見淮南少年遊俠客，白日毬獵夜擁擲。呼盧百萬終不惜〔一〕，報讎千里如咫尺。少年遊俠好經過，渾身裝束皆綺羅。蘭蕙相隨喧妓女，風光去處滿笙歌。驕矜自言不可有，俠士堂中養來久。好鞍好馬乞與人〔二〕，十千五千旋沽酒〔三〕。赤心用盡爲知己，黄金不惜栽桃李〔四〕。桃李栽來幾度春，一回花落一回新。府縣盡爲門下客，王侯皆是平交人。男兒百年且樂命，何須徇書受貧病〔五〕？男兒百年且榮身，何須徇節甘風塵？衣冠半是征戰士，窮儒浪作林泉民〔六〕。遮莫枝根長百丈，不如當代多還往〔七〕。遮莫姻親連帝城，不如當身自簪纓。看取富貴眼前者，何用悠悠身後名。

【注釋】

〔一〕呼盧，賭博之一種，又名樗蒱。削木爲子，共五，一字二面，一面塗黑，五子皆黑爲盧，得頭彩。

賭者擲子時，多高聲大喊，故名呼盧。

〔二〕乞，給與。《左傳》昭公十六年：「毋或匄奪。」孔穎達疏：「乞之與乞，一字也，取則入聲，與則去聲也。」匄，乞之古字。

〔三〕旋，《詩詞曲語辭匯釋》：「旋，猶漫也，猶云漫然爲之或隨意爲之也。李白《少年行》：『好鞍好馬乞與人，十千五千旋沽酒。』言不惜金錢漫然沽酒也。」

〔四〕栽桃李，此言交友。見本年《贈徐安宜》詩注。

〔五〕徇，以身從物。司馬遷《報任安書》：「常思奮不顧身，以徇國家之急。」

〔六〕浪作，猶徒作。

〔七〕遮莫，王注：「《鶴林玉露》：詩家用遮莫字，蓋今俗語所謂儘教是也。」

【集説】

嚴羽云：此詩只數句類太白，餘皆淺近浮俗，決非太白所作，必誤入也。（嚴羽評點李集）

蕭云：此篇末章十二句辭意迫切，似非太白之作，巨眼者必能辨之。

朱諫云：按前有《少年行》，辭意感慨激烈，句法清健而有文，白之詩也。此之少年者，粗俗妄誕，如病狂失心之徒，語無倫次，若出恍惚，而叫囂不已之態，使人喪其所守，真厠鬼之亂道耳。（《李詩辨疑》）

詹鍈云：胡震亨編《李詩通》，亦視此詩爲僞作，而列入附録類。按李集中《少年行》共三首，均見王本第六卷，依李集編次之例，雖非同時所作，而亦應并爲《少年行三首》。今前二篇題作《少年行二首》，數篇之後，復出《少年行》，繆本亦然，則此詩必與前二首非出一原，蓋可斷言。《文苑英華》選太白《少年行三首》，此爲第一首，第二首爲王本李太白集之《少年子》，第三首即《少年行》第二首（五陵年少金市東）。則此篇自宋初已混入太白詩矣。

【按】

本篇諸家皆疑爲僞作，然證據不力，不可從。反之，以此詩聯繫本年前後時事及白之境遇而觀，則疑竇自開。開元季葉，玄宗漸重邊功。幽州節度使張守珪部下裨將安禄山貪功輕進，兵敗當斬，玄宗以其驍勇可用而赦之，不數年又以賺殺奚人有功，升爲營州都督，充平盧軍使。亡命徒史思明亦以賺殺奚人有功，張守珪奏爲果毅，累遷將軍，入朝奏事，頗受寵幸。見《通鑑·唐紀》開元二十四年。益州司馬章仇兼瓊亦以輕啟邊釁有功，玄宗以之爲劍南節度使。見《通鑑·唐紀》開元二十七年。此詩中「衣冠半是征戰士，窮儒浪作林泉民」，當即爲上述時事而發。似此，則末章十二句多是憤世疾俗之語。是時，李白年近不惑而功業未立，見遊俠少年而有此迫切之辭，亦自在情理之中。況白早在開元十九年《俠客行》、《少年子》、《白馬篇》諸詩中，即已頻有重俠輕儒之意。上年《淮陰書懷寄王宋城》亦有「予爲楚壯士，不是魯諸生」之語。《史記·遊俠列傳》云：「今拘學或抱咫尺之義，久孤於世，豈若卑論儕俗，與世沉浮而取榮名哉！」白之諸詩蓋亦此意也，何疑之有？

久別離

本年春夏間行至江東時憶内之作，通篇擬爲許氏之語。

別來幾春未還家？玉窗五見櫻桃花。況有錦字書，開緘使人嗟。至此腸斷彼心絶〔一〕，雲鬟緑鬢罷梳結，愁如回飆亂白雪〔二〕。去年寄書報陽臺〔三〕，今年寄書重相催〔四〕。東風兮東風，爲我吹行雲使西來〔五〕。待來竟不來，落花寂寂委青苔。

【注釋】

〔一〕此句兩宋本、繆本、胡本俱無至字。

〔二〕回飆，旋風。

〔三〕陽臺，語出宋玉《高唐賦》，此代指寄書所達之地。

〔四〕催，王本作摧，據兩宋本改。

〔五〕行雲，語出《高唐賦》，此代指所思之人。

【按】

此詩「五見櫻桃花」一語，似不可解。竊考白離家在外未有連續五年不歸者。如「五」字無誤，或係合前後數年之事言之。白開元十八年初入長安，首尾三年在外，此次遠遊江淮又兩年未歸，合之可謂「五」。又，詩中有句云：「去年寄書報陽臺，今年寄書重相催。」顯係指上年及本年遠遊在外。又，詩中有句云：「東風兮東風，爲我吹行雲使西來。」「行雲」當指白，時白在江東，故云「使西來」。

見京兆韋參軍量移東陽二首

本年五月作於吴中。韋參軍，名字不詳。量移，《日知録》卷三十二：「唐朝人得罪貶竄遠方，遇赦改近地，謂之量移。」東陽，縣名，屬江南道婺州（東陽郡），今爲浙江東陽縣。

潮水還歸海，流人卻到吴〔一〕。相逢問愁苦，淚盡日南珠〔二〕。

【注釋】

〔一〕流人，《莊子·徐無鬼》：「子不聞夫越之流人乎？」陸德明注：「流人，有罪見流徙者也。」

〔二〕日南，漢郡名，其地在今越南南部，盛産珍珠，相傳爲海中鮫人之淚。見《吴都賦》及《洞冥記》。

其二

聞説金華渡，東連五百灘〔一〕。全勝若耶好〔二〕，莫道此行難。猿嘯千谿合，松風五月寒。他年一携手，摇艇入新安〔三〕。

【注釋】

〔一〕王注：「《一統志》：五百灘，在金華府城西五里，灘之最大者。俗傳舟行挽牽五百人方可渡。」金華，婺州東陽郡郭下縣名，即今浙江金華縣。

〔二〕若耶，溪名，在越州會稽縣南，相傳爲西施浣紗處。

〔三〕新安，江名，源出黄山，東南入浙江。

【集説】

詹鍈云：按《舊唐書·玄宗紀》，開元中左降官凡兩度量移近處：一在開元二十年，一在開元二十七年。開元二十年太白正居安陸，去東陽甚遠。疑詩之作在本年五月。

【按】

詹説良是。唯開元二十年白在洛陽，亦去東陽甚遠。

遊溧陽北湖亭望瓦屋山懷古贈同旅

溧陽，縣名，唐時屬宣州，今爲江蘇溧陽縣。瓦屋山，在縣西北八十里。同旅，似爲途中偶遇之人。兩宋本、繆本俱注云：一作「贈孟浩然」，非。

朝登北湖亭，遥望瓦屋山。天清白露下，始覺秋風還。遊子託主人，仰觀眉睫間。目色送飛鴻，邈然不可攀〔一〕。長吁相勸勉，何事來吴關〔二〕？聞有貞義女，振窮溧水灣〔三〕。清光了在眼，白日如披顏。高墳五六墩，崒兀棲猛虎〔四〕。遺跡翳九泉，芳名動千古。子胥昔乞食，此女傾壺漿。運開展宿憤，入楚鞭平王〔五〕。凜冽天地間，聞名若懷霜。壯士或未達，十步九太行〔六〕。與君拂衣去，萬里同翱翔。

【注釋】

〔一〕二句用衛靈公事。《史記·孔子世家》：「他日，靈公問兵陳。孔子曰：『俎豆之事則嘗聞之，軍旅之事未之學也。』明日與孔子語，見蜚雁，仰視之，色不在孔子，孔子遂行。」意謂受主人冷遇。

〔二〕二句謂同旅長吁相勸。

〔三〕《越絕書》卷一：「子胥遂行至溧陽界中，見一女子，擊絮於瀨水之中。子胥曰：『豈可得託食乎？』女子曰：『諾。』即發簞飯，清其壺漿而食之。子胥食已而去，謂女子曰：『掩爾壺漿，毋令之露。』女子曰：『諾。』子胥行五步，還顧，女子自縱於瀨水之中而死。」溧水，即瀨水，在縣西北四十里。

〔四〕王注：「謂墳勢崒兀有若猛虎，是寫遥望中擬似之景耳。……據此詩，貞義女之墳唐時尚存，當在瓦屋山下，今則不可考矣。」

〔五〕《吴越春秋》卷四：「吴王入郢，止留，伍胥以不得昭王，乃掘平王之墓，出其屍，鞭之三百，左足踐（其）腹，右手抉其目，誚之曰：『誰使汝用讒諛之口，殺我父兄？豈不冤哉！』」

〔六〕太行，喻世事之艱。曹操《苦寒行》：「北上太行山，艱哉何巍巍！羊腸坂詰屈，車輪爲之摧。」

【按】詹鍈繫此詩於開元十四年，恐誤。詩中景況及情緒不類初游江東之作，當作於本年江淮之行途中。天寶十三載白重遊溧陽，有《溧陽瀨水貞義女銘》，可參看。

送鞠十少府

本年秋作於吴越。鞠十，名字不詳。

試發清秋興，因爲吴會吟〔一〕。碧雲斂海色，流水折江心。我有延陵劍〔二〕，君無陸賈金〔三〕。艱難此爲别，惆悵一何深。

【注釋】

〔一〕吴會吟，謂吴越一帶吟詩之聲調。參見天寶十三載《夜泊黄山聞殷十四吴吟》。

〔二〕延陵，春秋時吴公子季札封於延陵，故稱。季札使魯，北過徐君。徐君愛季札劍，口弗敢言，季札心知之，爲使上國，未獻。還至徐，徐君已死，乃解劍繫之冢樹而去。見《史記·吴太伯世家》。延陵劍，喻誠信之友誼。

〔三〕陸賈，漢初楚人，從高祖定天下，有辯才，嘗使南越，招諭趙佗，佗賜賈中裝直千金。見《漢書·陸賈傳》。句謂鞠十力薄，愛莫能助。

與從侄杭州刺史良遊天竺寺

據勞格《杭州刺史考》，李良爲開元年間杭州刺史，本年當在杭州任上，詳見集説及按語。天竺寺在杭州城西。

挂席凌蓬丘〔一〕，觀濤憩樟樓〔二〕。三山動逸興〔三〕，五馬同遨遊〔四〕。天竺森在眼，松風颯驚秋〔五〕。覽雲測變化，弄水窮清幽。疊嶂隔遥海，當軒寫歸流。詩成傲雲月，佳趣滿吴洲。

【注釋】

〔一〕蓬丘，海中仙山蓬萊，此喻杭州。古時杭州近海，故有此喻。

〔二〕樟樓，即樟亭。王注：「《浙江通志》：樟亭，在錢塘縣舊治南五里，後改爲浙江亭，今浙江驛其故址也。」古時觀潮處。

〔三〕三山，謂蓬萊、方丈、瀛州三神山。

〔四〕五馬事，古今説者不一。王注：「唯沈約《宋書》引《逸禮·王度記》曰：『天子駕六，諸侯駕五，卿駕四，大夫三，士二，庶人一。』後之太守，即古之諸侯，故以五馬爲太守故實，庶幾近之。」此以五馬代指李良。

〔五〕楊注：「自西湖入天竺寺路，夾道皆古松，其地名曰九里松。」

【集說】

詹云：「勞格《讀書雜識》卷七《杭州刺史考》列李良於杜元志、陳彦恭之間，以良爲開元間刺史。勞氏雖無確據，然孫逖有授李良等諸州刺史制。逖之爲中書舍人在開元二十四年至天寶三載間（見《舊唐書》本傳）。又天寶六載太白二次來遊會稽，時杭州刺史爲張守信（下天竺摩崖石刻源少良等題名：監察御史源少良、陝縣尉楊陵、此郡太守張守信天寶六載正月二十三日同遊），則勞氏之假設，必去事實不遠。今繫於天寶元年白入京以前。

【按】

題中李良爲杭州刺史時間，詹氏考訂頗詳，可從。其任期不得早於開元二十四年，亦不得遲於天寶五載。此十一年中，白之遊踪及於越中者，唯有本年，故繫於此。舊謂天寶元年白與道士吴筠同遊越中，不可信。詳見天寶元年《南陵别兒童入京》詩按語。

送侄良携二妓赴會稽戲有此贈

會稽，縣名，又稱山陰，越州州治，今爲浙江紹興市。

携妓東山去〔一〕，春光半道催。遥看若桃李，雙入鏡中開〔二〕。

【注釋】

〔一〕東山，在越州（會稽郡）上虞縣西南。晉謝安隱居之地。

〔二〕《初學記》卷八引《輿地志》曰：「山陰南湖，縈帶郊郭，白水翠巖，互相映發，若鏡若圖。故王逸少云：山陰路上行，如在鏡中遊。」南湖，即鏡湖。

【集說】

詹云：疑是天寶二年春季之作。

【按】

此詩題中之良，與前詩題中之良，同是一人。茲以類相從，并繫於此。詩云「春光半道催」，或是設想之辭，設想李良赴會稽途中正值春日到來。若然，則此詩作於本年秋，亦屬可能。

夜泊牛渚懷古

本年秋溯江西上作。王本題下注云：「原注：此地即謝尚聞袁宏詠史處。」《元和郡縣志》江南道宣州當塗縣：「牛渚山，在縣北三十五里。山突出江中，謂之牛渚圻，津渡處也。」牛渚圻，即牛渚磯，一名采石磯，今屬安徽馬鞍山市。

牛渚西江夜，青天無片雲。登舟望秋月，空憶謝將軍〔一〕。余亦能高詠，斯人不可聞〔二〕。

明朝挂帆席〔三〕，楓葉落紛紛。

【注釋】

〔一〕謝將軍，即謝尚，晉鎮西將軍，嘗識拔袁宏於貧賤之中。袁宏，字彥伯，小字虎，有逸才。少貧，爲人傭載運租。時謝尚屯牛渚，乘月夜泛江，聞運船中諷詠之聲，甚有情致，所誦五言又其所未嘗聞，遣問之，即宏詠其自作《詠史詩》，於是大相嘆賞。見《世說·文學》。

〔二〕二句以袁宏自況而嘆世無謝尚也。

〔三〕挂帆席，兩宋本、繆本、蕭本、王本俱注云：「一作洞庭去。」

【集説】

王士禎云：或問不著一字盡得風流之説，答曰：太白詩：「牛渚西江夜，青天無片雲。登高望秋月，空憶謝將軍。余亦能高詠，斯人不可聞。明朝挂帆去，楓葉落紛紛。」詩至此，色相俱空。正如羚羊挂角，無跡可求，畫家所謂逸品是也。（《帶經堂詩話》）

《唐宋詩醇》云：白天才超邁，絶去町畦，其論詩以興寄爲主，而不屑屑於排偶聲調，當其意合，真能化盡筆墨之跡，迥出塵壒之外。司空圖云：不著一字，盡得風流。嚴羽云：鏡中之花，水中之月，羚羊挂角，無跡可求。論者以此詩及孟浩然《望廬山》一篇當之，蓋有以窺其妙矣。羽又云：味在酸鹹之外。吟此數過，知其善於名狀矣。

王云：《滄浪詩話》：律詩有徹首尾不對者，盛唐諸公有此體。如孟浩然詩：「挂席東南望，青山水國遥。舳艫争利涉，來往接風潮。問我今何適？天台訪石橋。坐看霞色晚，疑是赤城標。」又「水國無邊際」之篇，又太白「牛渚西江夜」之篇，皆文從字順，音韻鏗鏘，八句皆無對偶。趙宧光曰：律不取對，如李白「牛渚西江夜」云云，孟浩然「挂席東南望」云云，二詩無一句屬對，而調則無一字不律。故調律則律，屬對非律也。近有詩家竊取古調作近體，自以爲高者，終是古詩，非律也。中晚之律，每取一貫而下，已自失款。況今日之以古作律乎？楊用修云：「五言律八句不對，太白、浩然有之，乃是平仄穩貼古詩也。」楊謬以對爲律，亦淺之乎觀律矣。古詩在格與意義，律詩在調與聲韻。如必取對，則六朝全對者正自多也，何不即呼律詩乎？律詩之名起於唐，律詩之法嚴於唐，未起未嚴，偶然作對，作者觀者慎勿以此持心，方能得一代作用之旨。王阮亭曰：此詩色相俱空，政如羚羊挂角，無跡可求，畫家所謂逸品是也。

月夜江行寄崔員外宗之

崔宗之事，見開元二十年《酬崔五郎中》題解。

飄飖江風起，蕭颯海樹秋。登艫美清夜〔一〕，挂席移輕舟。月隨碧山轉，水合青天流。杳如星河上，但覺雲林幽。歸路方浩浩，徂川去悠悠〔二〕。徒悲蕙草歇，復聽菱歌愁。岸曲迷後浦，沙明瞰前洲。懷君不可見，望遠增離憂。

【注釋】

〔一〕艫，船首。

〔二〕浩浩，曠遠貌。徂川，逝水，代指歲月。二句意謂：遠遊已久而前途杳茫。

江上寄元六林宗

元六林宗，當即元丹丘。詳見開元二十九年《秋日鍊藥院鑷白髮贈元六兄林宗》詩題解及按語。

霜落江始寒，楓葉緑未脱。客行悲清秋，永路苦不達。滄波眇川汜〔一〕，白日隱天末。停棹依林巒，驚猿相叫聒。夜分河漢轉〔二〕，起視溟漲闊〔三〕。凉風何蕭蕭，流水鳴活活〔四〕。浦沙净如洗，海月明可掇〔五〕。蘭交空懷思，瓊樹詎解渴〔六〕？勗哉滄洲心，歲晚庶不奪〔七〕。幽賞頗自得，興遠與誰豁〔八〕？

【注釋】

〔一〕《爾雅·釋水》：「水決復入爲汜。」邢昺疏：「凡水決之歧流復還大水者名汜。」川汜，大小河流。

〔二〕夜分，夜半。

〔三〕溟漲，大海。謝靈運《遊赤石進帆海》：「溟漲無端倪。」

〔四〕活，音郭，流水聲。《詩·衛風·碩人》：「河水洋洋，北流活活。」

〔五〕掇，拾取。曹操《短歌行》：「明明如月，何時可掇？」

〔六〕蘭交，好友。李嶠《被》：「桂友尋東閣，蘭交聚北堂。」瓊樹，亦喻好友。無名氏《擬蘇李詩》：「思得瓊樹枝，以解長渴飢。」

〔七〕滄洲，濱水之處，隱者所居。滄洲心，即隱逸之志。二句與上年《潁陽別元丹丘之淮陽》中之「前志庶不易，遠途期所遵」諸語相接。

〔八〕豁，傾訴也。

青天何歷歷　擬古其一

本年秋溯江而上途中憶内之作。

青天何歷歷〔一〕，明星如白石。黄姑與織女〔二〕，相去不盈尺。銀河無鵲橋，非時將安適〔三〕？閨人理紈素，遊子悲行役。瓶冰知冬寒〔四〕，霜露欺遠客。客似秋葉飛，飄颻不言歸。别後羅帶長，愁寬去時衣。乘月託宵夢，因之寄金徽〔五〕。

【注釋】

〔一〕歷歷，分明可數。《古詩十九首》：「衆星何歷歷。」

〔二〕黄姑，星名，即河鼓。《太平御覽》卷六引《大象列星圖》：「河鼓三星在牽牛北。……昔傳牽牛織女七月七日相見者，則此是也。故《爾雅》云：『河鼓謂之牽牛。』又古歌曰：『東飛伯勞西飛燕，黄姑織女時相見。』其黄姑者，即河鼓也，爲吴音訛而然。」

〔三〕鵲橋，《淮南子·天文》：「烏鵲填河成橋而渡織女。」

〔四〕《淮南子·説山》：「見一葉落而知歲之將暮，覩瓶中之冰而知天下之寒。」

〔五〕王注：「徽，當作微。……《新唐書》：金微都督府，以僕固部置，隸安北都護府。」瞿、朱注：「詳詩意作金徽未爲不是。金徽指琴，李商隱詩云『金徽自是無情物，不許文君憶故夫』是也。」瞿、朱注是。宋乙本、蕭本、繆本俱作金徽。二句謂月夜撫琴以寄託相思之意。

【集説】

蕭云：此篇傷時窮兵黷武，行役無期度，男女怨曠，不得遂其室家之情，感時而悲者焉。哀而不傷，怨而不誹，真有國風之體。

陳沆云：此被放以後，懷主之思，故寄言別後，託情怨曠也。（《詩比興箋》）

【按】

此篇非傷征戍之詩，亦別無寓意，乃憶内之作，詩中「遊子」、「遠客」皆自謂。當作於本年秋遠遊途中。

送楊山人歸天台

本年秋，行至楚地時作。楊山人，名字不詳。天寶元年有《駕去温泉宫後贈楊山人》，天寶三載有《送楊山人歸嵩山》，諸詩題中楊山人或係一人。天台，山名，在今浙江天台縣。

客有思天台，東行路超忽〔一〕。濤落浙江秋，沙明浦陽月〔二〕。今遊方厭楚，昨夢先歸越。且盡秉燭歡，無辭凌晨發。我家小阮賢，剖竹赤城邊〔三〕。詩人多見重，官燭未曾然〔四〕。興引登山屐，情催汎海船〔五〕。石橋如可度〔六〕，携手弄雲烟。

【注釋】

〔一〕超忽，遠貌。

〔二〕浙江，水名，在杭州錢塘縣南。詳見天寶十二載《横江詞六首》注。浦陽，水名，在婺州浦陽縣西北。俱屬江南東道。

〔三〕小阮，謂阮籍之侄阮咸，「竹林七賢」之一。剖竹，即剖符，謂授官。符，竹制，剖分爲二，授官時，帝王與諸侯各執其一。《史記·高祖紀》：「乃論功，與諸列侯剖符行封。」赤城，山名，在天台山南。二句謂其從侄李良時爲杭州刺史。

〔四〕官燭，《藝文類聚》卷五十引謝承《後漢書》：「巴祗爲揚州刺史，幘毁壞，不復改易，以水滲曝用之：，處暝暗之中，不燃官燭。」二句謂李良待客甚厚，而自奉甚薄。

〔五〕上句用謝靈運事。詳見天寶五載《夢遊天姥吟留别》注。下句用謝安事。《世説·雅量》：「謝太傅盤桓東山時，與孫興公諸人汎海戲。風起浪涌，孫、王諸人色并遽，便唱使還。太傅神情方王，吟嘯不言。舟人以公貌閑意悦，猶去不止。既風轉急，浪猛，諸人皆諠動不坐。公徐云：『如此，將無歸。』衆人即承響而回。於是審其量，足以鎮安朝野。」二句遥想楊、李同遊情景。

〔六〕石橋，即石梁，在天台北峰。《太平廣記》卷四十一引《啟蒙記》注：「天台山石橋，路徑不盈尺，長數十步，至滑，下臨絶冥之澗。」又云：「唯忘其身然後能濟，濟者梯巖壁，捫蘿葛之莖，度得平路，見天台山蔚然綺秀，列雙嶺於青霄，上有瓊樓玉閣天堂碧林醴泉，仙物畢具。」

【集説】

詹鍈云：王注引《唐詩紀事》云：「李嘉祐上元中嘗爲台州刺史。……嘉祐有《送從叔陽冰寄從弟紓及侄端詩》，蓋三子之族也。」按白於陽冰亦稱族從叔，自不當以嘉祐爲侄，王説非也。「小阮」當指杭州刺史李良而言，詳見前（按指本年《與從侄杭州刺史良遊天竺寺》詩）。詩中稱山人「今遊方厭楚，昨夢先歸越」。蓋白赴京途中於楚地遇楊山人，遂贈之詩也。

【按】

詩中「小阮」，當如詹説，指李良。良爲杭州刺史不得遲於天寶五載，詳見《與從侄杭州刺史良遊天竺寺》集説。當李良刺杭期間而李白又適遊楚地，唯有本年。時白遊杭州未久，詩中故有「我家小阮賢」諸語。

郢門秋懷

郢門，故楚都，代指荆州。

郢門一爲客，巴月三成弦〔一〕。朔風正摇落〔二〕，行子愁歸旋。杳杳山外日，茫茫江上天。人迷洞庭水，雁度瀟湘烟。清曠諧宿好，緇磷及此年〔三〕。百齡何蕩漾，萬化相推遷〔四〕。空謁蒼梧帝，徒尋溟海仙〔五〕。已聞蓬海淺，豈見三桃圓〔六〕？倚劍增浩嘆，捫襟還自憐。終當遊五湖〔七〕，濯足滄浪泉〔八〕。

【注釋】

〔一〕弦，月半圓時，狀如弓弦，故謂之弦。每月初七、八日爲上弦，二十二、三日爲下弦。三成弦，猶言爲時一月有餘。

〔二〕宋玉《九辯》：「蕭瑟兮草木摇落而變衰。」

〔三〕清曠，代指林下。《後漢書·仲長統傳》：「欲卜居清曠，以樂其志。」緇磷，見上年《潁陽别元丹丘之淮陽》詩注。二句謂棲隱林下乃己之宿願，然蹉跎至今猶未能如願以償。

〔四〕百齡，代指人生。蕩漾，水動貌，萬化，猶萬物。二句謂人生如水之動蕩不定，萬事皆變化無常，均難以掌握。

〔五〕蒼梧帝、溟海仙，均代指此行所拜訪之州縣長吏。二句謂干謁無成。

〔六〕蓬海淺，《神仙傳》：「接待以來，已見滄海三爲桑田。今海水復清，淺於往日矣。」三桃圓，《漢武故事》：「王母種桃，三千年一結子。」二句均以神話隱喻時政。上句言朝廷圖治之心已漸減退，下句言己之致身青雲尚遥遥無期。

〔七〕游五湖，猶言隱遁。范蠡助勾踐滅吴後，辭王而去，乘輕舟以浮於五湖。詳見開元十九年《留别王司馬嵩》詩注。

〔八〕濯足滄浪，《孟子·離婁》：「滄浪之水清兮，可以濯我纓。滄浪之水濁兮，可以濯我足。」

鄴中贈王大勸入高鳳石門山幽居

鄴中二字下，蕭本、咸本俱無贈字。瞿、朱云：「兩宋本、繆本、王本鄴中下俱多一贈字，殊不合詩意。蓋勸入石門幽居者乃王大，非白也。詩云：『恥學瑯邪人，龍蟠事躬耕。』正不受其勸也。」説是。鄴，齊桓公置，漢置魏郡，曹操作都，左思有《魏都賦》。唐時爲相州（鄴郡），治安陽，即今河南安陽縣。王大，當是王昌齡。高鳳，後漢隱士，南陽葉人，曾隱於西唐山中，《後漢書》有傳。王云：「庾信作《高鳳贊》有『石門雲度，銅梁雨來』云云。……豈石門山即西唐山之異名耶？」此詩當作於本年歲晚行至岳州與王昌齡相遇之時。

一身竟無託，遠與孤蓬征〔一〕。千里失所依，復將落葉并〔二〕。中途偶良朋，問我將何行。欲獻濟時策〔三〕，此心誰見明？君王制六合，海塞無交兵〔四〕。壯士伏草間，沉憂亂縱橫。飄飄不得意，昨發南都城〔五〕。紫燕櫪上嘶〔六〕，青萍匣中鳴〔七〕。投軀寄天下，長嘯尋豪英。恥學瑯邪人，龍蟠事躬耕〔八〕。富貴吾自取，建功及春榮。我願執爾手，爾方達我情。相知同一己，豈唯弟與兄？抱子弄白雲，琴歌發清聲。臨別意難盡，各希存令名。

【注釋】

〔一〕鮑照《蕪城賦》：「孤蓬自振。」呂向注：「孤蓬，草也，無根而隨風飄轉者。」與，猶如。

〔二〕并，合也。謝靈運《白石巖下徑行田》：「洲流涓澮合，連統塍埒并。」句謂又值秋令。

〔三〕濟時，匡時救世。策，謀略。

〔四〕六合，天地四方。海塞，近海之邊塞，句謂奚與契丹平定。詳見按語。

〔五〕昨，謂昨歲。南都，即南陽。詳見上年《南都行》注。

〔六〕紫燕，良馬名，漢文帝有駿馬九，號九逸，其一名紫燕。見《西京雜記》卷二。

〔七〕青萍，寶劍名。《抱朴子·博喻》：「青萍、豪曹，劍鋒之精絶也，操者若非羽、越，則有自傷之患焉。」

〔八〕瑯邪人，此指諸葛亮。瑯邪，一作琅邪，秦漢郡國名，在今山東諸城縣一帶。諸葛亮舊居瑯邪，後遷南陽。參見上年《南都行》注。

【集說】

詹鍈云：胡本題作鄴中贈王大。注云：一作鄴中王大勸入高鳳石門山幽居。鄴中指鄴郡，今河南安陽縣。詩云：「欲獻濟時策，此心誰見明。君王制六合，海塞無交兵。壯士伏草間，沉憂亂縱橫。」蕭曰：「按此詩其作於禄山將反之時，朝廷上下皆知其狀，獨明皇不然之。太白亦欲言而不敢，聊因詩以抒其憂國之情乎？」按「欲獻濟時策」之語，疑是太白空作大言，未必實有所指，蕭氏之見失之穿鑿。詩中又稱：「飄飄不得意，昨發南都城。」南都當指南陽，太白有《南都行》一詩可證，蓋白居高鳳石門山未久，又由南陽經大梁而北抵鄴中也。

【按】

蕭、詹二説均誤。此詩繫年當從以下各點推定：

詩中「欲獻濟時策」數句，乃感慨開元後期征伐兩蕃事。奚與契丹，古稱林胡，唐號兩蕃。開元十八年叛附突厥，屢爲東北邊患。開元二十年正月，以信安郡王禕爲河東河北副元帥伐之，殺獲甚衆。二十二年六月，幽州節度使張守珪又伐之。其年十二月，斬其王屈烈及可突干，傳首東都，余衆散走山谷。二十五年三月，張守珪又破其余衆於捺禄山。此數年間，玄宗屢有詔書，或擇日告廟，或批答賀捷，或督責邊將，或勒石紀功。如《平戎告廟敕》云：「邊境爲患，莫甚於林胡，朝廷是虞。幾煩於將帥。……幽州節度副大使張守珪等，乘間電發，表裏奮討。積年逋誅，一朝翦滅。」如《聽逃户歸首敕》云：「朕臨天下二十四載……使匈奴成父子之鄉，犬戎爲姻好之國，西南邛筰皆得内臣，東北林胡是稱邊扞。」可見詩中所謂「君王制六合，海塞無交兵」之語，係指平定兩蕃而言。二句雖係概括朝廷詔敕之語，然非頌揚功德之辭。蓋歷代治邊，迄無上策。周伐獫狁，盡境而還，是爲中策；漢伐匈奴，深入遠戍，雖有克獲之功，胡輒報之，兵連禍結三十餘年，是爲下策；秦輕民力，致使中國内竭，天下騷動，是爲無策。此王莽時嚴尤之語，史臣謂其言爲「當」（《漢書·匈奴傳》）。玄宗征伐兩蕃，有類漢武，有識之士不以爲慶，反以爲憂，故曰：「壯士伏草間，沉憂亂縱横。」因而有「欲獻濟時策」之心。由詩中反映之時事可知此詩當作於開元二十五年以後。開元二十九年《贈從弟冽》詩中，復有「羌戎事未息，君子悲塗泥。報國有長策，成功羞執珪」之語，則是緣朝廷連年用兵吐蕃一事而發（詳見該詩注釋及按語）。二詩上述諸句思想感情及語言皆相同或相近，其作時當亦不遠。

又，詩中「昨發南都城」當指昨歲自南陽首途，漫遊江淮。此行遊踪，由以上諸詩歷歷可考。兹略志如下：春自南陽首途，北至潁陽訪元丹丘。然後東南行至陳州，再由陳州東北行至宋州。然後南下經徐州、泗州而至楚州。《贈徐安宜》有「遊子滯安宜，懷恩未忍辭」之語，又詩中爲春日之景，可知已是次年春日。旋至揚州居留有日，又在吴越盤桓累月。秋，泝江而上，直至荆州。客居荆門期間，又曾南遊洞庭，其時已至秋末冬初朔風摇落之節，其後當北返安陸。此行目的，由以上諸詩亦約略可見。仍爲遍干諸侯，尋覓出路，然均不果，故有「空謁蒼梧帝，徒尋溟海仙」之語。以上諸詩情緒亦一脈相承。時有緇磷之嘆，每懷滄洲之心。既不同於初遊江東，亦不似去朝以後。通觀李集，當能别之。此詩既云「昨發南都城」，又云「千里失所依，復與落葉并」，顯係作於自南陽首途以後之次年（即本年）秋日。

題中之「王大」，當是王昌齡。昌齡行大，同時詩人如王維、孟浩然、岑參等詩中多以王大稱之。白詩中稱之爲「良朋」，又有句云：「相知同一己，豈唯弟與兄？」其與白交情若此亦似昌齡。昌齡籍貫，或以爲太原，或以爲京兆，或以爲江寧。實則太原爲其郡望，京兆爲其遷居之地，江寧爲其任職之所，皆非不可擬議之定論。昌齡《洛陽尉劉晏與府掾諸公茶集天宫寺岸道人上房》詩云：「舊居太行北」，前此皆以「太行北」指太原。而昌齡集中雖有遊并州詩，然純係客遊，并無只字片語以太原爲其故園或舊居，故知「太行北」非必指太原。今考鄴郡亦可稱「太行北」。太行山雖綿延千有餘里，然其主峰則在鄴郡西南。曹操《苦寒行》「北上太行山，艱哉何巍巍！羊腸坂詰屈，車輪爲之摧」，即指此。李白《憶舊遊寄譙郡元參軍》「五月相呼度太行，摧輪不道羊腸苦」，亦指此。《史記正義》引《括地志》云：「太行山在懷州河内縣北二十五里，有羊腸坂。」可知古人心目中太行所在。自太行主峰言之，鄴郡固可謂「太行北」。又鄴郡曾爲魏都，左思《魏都賦》云：「且魏地者，畢昴之所應。」李善注：「《詩譜》云：魏地，畢昴之分野，虞舜及禹所都之地，在《禹貢》冀州，雷首之北。」雷首，山名，其名有九，中條山是其一，在山西西南部，太行主峰之西。魏都（即鄴郡）既在雷首之北，自亦可謂在太行之北。似此，則昌齡所謂「舊居太行北」，或指鄴郡，故白詩題中稱之爲「鄴中王大」。王昌齡初謫嶺南，詹鍈、傅璇琮等諸家均定爲本年秋，可從。昌齡初謫嶺南時曾與李白相遇於岳州，有《巴陵送李十二》詩可證。詩曰：「摇曳巴陵洲渚分，清江傳語便風聞。山長不見秋城色，日暮蒹葭空水雲。」

此詩雖歷來爲諸家多次引證，然詩意迄未闡明，似以爲一般送別之作，實則其中大有深意。兹試析之，詩首句寫二人賦別之地；次句似寫獲悉李白《答鄰中王大》一詩；三句「秋城」語出劉歆《甘泉宫賦》：「軼陵陰之地室，過陽谷之秋城。」顧炎武《歷代宅京記》引《關輔記》云：「……甘泉宫，秦所造，在今池陽縣西甘泉山，宫以山爲名，周匝十餘里。……去長安三百里，望見長安城。」賦中之「秋城」指長安。王維《與盧象集朱家》詩云：「主人能愛客，終日有逢迎，貰得新豐酒，復聞秦女筝，柳條疏客舍，槐葉下秋城。」詩中之「秋城」亦指長安，末句語出《詩·秦風·蒹葭》。三、四兩句意謂山長水闊，不見長安，難覓伊人，望中唯有水雲縹渺，暮色蒼茫而已。言下之意，自然是指李白憂時之心，報國之志，無從實現，終將徒勞。

終上觀之，本篇當是李白本年行至岳州，與王昌齡相遇，携手言懷之作。昌齡多年沉淪下僚，且又在遷謫途中，深知仕途艱難，故勸其隱居。而白鸞翮未鎩，自不甘心，故作此詩以謝之。

贈崔郎中宗之

本年江淮之行歸來後作。

胡雁拂海翼，翺翔鳴素秋。驚雲辭沙朔〔一〕，飄蕩迷河洲。有如飛蓬人〔二〕，去逐萬里遊。登高望浮雲，仿佛如舊丘。日從海旁没，水向天邊流。長嘯倚孤劍，目極心悠悠〔三〕。歲晏歸去來，富貴安可求？仲尼七十説，歷聘莫見收〔四〕。魯連逃千金，珪組豈可酬〔五〕？時哉苟不會，草木爲我儔〔六〕。希君同携手，長往南山幽。

【注釋】

〔一〕沙朔，謂朔方沙漠之地。

〔二〕飛蓬人，猶言飄泊之人，自謂。

〔三〕《詩·鄭風·子衿》：「悠悠我心。」朱熹《詩集傳》：「悠悠，思之長也。」

〔四〕聘，訪問。《詩·小雅·采薇》：「我戍未定，靡使歸聘。」朱熹《詩集傳》：「聘，問也。」《淮南子·泰族》：「孔子欲行王道，東西南北，七十説而無所偶。」

〔五〕魯連，即魯仲連。左思《詠史》：「吾慕魯仲連，談笑卻秦軍。功成恥受賞，高節卓不群。臨組不肯緤，對珪寧可分。」珪，王侯所用之玉制禮器，代指爵位。組，絲帶，佩印用，代指官印。珪組，謂官爵。

〔六〕二句意謂苟無遇合之時，即與草木爲伍，終老林下而已。

開元二十八年（七四〇年）　李白四十歲

五月東魯行答汶上翁

本年始移家東魯時作。東魯，古魯郡，開元年間爲兖州，屬河南道。天寶九載所作《任城縣廳壁記》云：「魯境七百里，郡有十一縣。」即瑕丘、金鄉、魚臺、鄒縣、龔丘、乾封、萊蕪、曲阜、泗水、任城、中都，今均屬山東。汶上，即汶水之上。汶水在兖州北部。

五月梅始黄，蠶凋桑柘空〔一〕。魯人重織作，機杼鳴簾櫳〔二〕。顧余不及仕，學劍來山東〔三〕。舉鞭訪前塗，獲笑汶上翁。下愚忽壯士，未足論窮通〔四〕。我以一箭書，能取聊城功〔五〕。終然不受賞，羞與時人同。西歸去直道，落日昏陰虹〔六〕。此去爾勿言，甘心如轉蓬。

【注釋】

〔一〕凋，謂蠶老作繭。柘，桑屬，葉可飼蠶。

〔二〕機杼，織具。簾櫳，本謂門簾與窗櫺，此處借指人家。

〔三〕二句意謂：自思仕進無門，故欲學劍也。開元中，有詔，除常科外絶藝奇技，莫不兼取。見《新唐書·選舉志》。將軍裴旻以劍術名天下，白曾投書云：「願出將軍門下。」見裴敬《翰林學士李公墓碑》。

〔四〕窮通，謂仕宦之成敗。

〔五〕二句用魯連事，《史記·魯仲連列傳》：「燕將攻下聊城，聊城人或讒之燕，燕將懼誅，因保守聊城不敢歸。齊田單攻聊城歲餘，士卒多死，而聊城不下，魯連乃爲書，約之矢以射城中，遺燕將。……燕將見魯連書，泣三日。……乃自殺。聊城亂，田單遂屠聊城。歸而言魯連，欲爵之，魯連逃隱於海上曰：『吾與富貴而詘於人，寧貧賤而輕世肆志焉。』」

〔六〕西歸，謂入朝。直道，正路。《論語·衛靈公》：「三代之所以直道而行也。」陰虹，古人以虹蜺爲陰氣所生，故稱，此喻奸佞。二句謂己欲由正路入朝，而朝廷爲奸佞所昏蔽，故身不得用。

【集説】

詹鍈云：楊齊賢注謂「陰虹」指林甫、國忠輩昏蔽其君。按二語當是實寫，并無寓意。如楊氏之説，則當爲太白被讒後歸魯之作，與「顧余不及仕，學劍來山東」二語牴牾矣。

【按】

李白移居東魯事，王譜以「游齊魯歲月不可詳考」，姑繫於開元二十三年（七三五）遊太原之後。詹鍈以「是年秋問白尚在太原，王説恐誤」，改繫開元二十四年（七三六）。《李白在安陸》一書則繫於開元二十五年（七三七）。以上諸説均無確證，故移居東魯時間，尚可擬議。今按，杜甫省親兖州，漫遊齊趙，諸家皆定爲開元二十四年至二十八年（七四〇）。李白移居東魯果如上述，則二人同在東魯當有四五年之久。且杜甫「東郡趨庭」之地，「南樓縱目」之地，「題張氏隱居」之地，「與劉九法曹鄭瑕丘石門宴集」之地，「與任城許主簿遊南池」之地，亦即李白寓居及往來之地。二人數年之間竟不相聞問，殊不可解，故疑李白移居東魯不與杜甫同時。又按李白二十四年秋始自太原歸來，二十五年閑居安陸，二十六年及二十七年遠遊江淮，似皆未曾移居東魯。故將此事改繫本年。

李白東魯之行既已近開元之末，對朝政之日趨顢頇自不能無所感應。開元季葉，玄宗在位日久，怠於政事，漸肆奢欲。遂疏遠張九齡而任用李林甫，林甫又援引牛仙客。開元二十五年，監察御史周子諒上書彈劾牛仙客非相才，玄宗大怒，搡之殿廷，絶而復甦，後死流放途中。九齡以曾薦引子諒，貶爲荆州長史。自是林甫大權獨攬，專以迎逢爲事，朝廷之士，皆容身保位，無復直言。此非「落日昏陰虹」乎？則此詩之作及移居東魯不在開元二十五年以前益明。

憶襄陽舊遊贈馬少府巨

題，兩宋本、繆本、咸本「馬」字上有「濟陰」二字。濟陰，縣名，屬河南道曹州，其地在今山東定陶縣西南。馬少府當爲濟陰縣尉，開元二十二年曾與白同遊襄陽。此詩或爲白初遊東魯，途經曹州時所作。

昔爲大堤客，曾上山公樓〔一〕。開窗碧嶂滿，拂鏡滄江流。高冠佩雄劍，長揖韓荆州〔二〕。此地别夫子，今來思舊遊。朱顔君未老，白髮我先秋。壯志恐蹉跎，功名若雲浮〔三〕。歸心結遠夢，落日懸春愁。空思羊叔子，墮淚峴山頭〔四〕。

【注釋】

〔一〕大堤，指漢水大堤。山公樓，山簡遺跡，均在襄陽。詳見開元二十二年《襄陽歌》、《大堤曲》注。

〔二〕韓荊州，即韓朝宗，開元二十二年爲襄州刺史兼山南東道采訪使，曾於山公樓宴客，白謁見，長揖不拜。詳見開元二十二年《與韓荊州書》及附録魏顥《李翰林集序》。

〔三〕二句，兩宋本、繆本、王本俱注云：一作「有意未得言，懷賢若沉憂」。

〔四〕羊叔子，即羊祜。見《襄陽歌》注。二句蓋指干謁韓朝宗不遂。此二句，兩宋本、繆本、王本俱注云：一作「何時共携手，更醉峴山頭」。

【按】

詩中所憶「襄陽舊遊」，乃開元二十二年事，由「朱顔」二句可知別來已久，又由「壯志」二句可知在待詔翰林之前，則此詩之作當在本年前後。

贈范金鄉二首

金鄉，縣名，屬河南道兖州，即今山東金鄉縣。范金鄉，金鄉縣令，名字不詳。一作金卿，誤。此詩爲初游魯地時干謁陳情之作。

君子枉清盼〔一〕，不知東走迷〔二〕。離家未幾月，絡緯鳴中閨。桃李君不言，攀花願成蹊〔三〕。那能吐芳信？惠好相招携〔四〕。我有結緑珍，久藏濁水泥〔五〕。時人棄此物，乃與燕石齊〔六〕。摭拭欲贈之，申眉路無梯。遼東慚白豕〔七〕，楚客羞山鷄〔八〕。徒有獻芹心〔九〕，終流泣玉啼〔一〇〕。祇應自索漠〔一一〕，留舌示山妻〔一二〕。

【注釋】

〔一〕君子，指范令。清盼，謂對己之關照。枉，謙詞。

〔二〕《淮南子·説山》：「狂者東走，逐者亦東走。」《莊子·徐無鬼》：「七聖皆迷，無所問途。」東走迷，謂其東魯之行如狂者東走而失路。

〔三〕《漢書·李廣傳》：「桃李不言，下自成蹊。」顔師古注：「蹊謂徑道也。言桃李以其花實之故，非有所召呼，而人争歸趨，來往不絶，其下自然成徑。以喻人懷誠信之心，故能潛有所感也。」

〔四〕芳信，佳音。二句謂意欲早日獲知范令招携之佳音。

〔五〕結緑，寶玉名。《史記·范雎列傳》：「周有砥砨，宋有結緑，梁有縣藜，楚有和璞。此四寶者，土之所生，良工之所失也。」二句喻己懷才不遇已久。

〔六〕燕石，燕山所産石，似玉，無足貴。昔有愚人得燕石，歸而藏之，以爲大寶。識者見而笑之曰：「此燕石也，與瓦甓不殊。」見《後漢書·應劭傳》注。

〔七〕《後漢書·朱浮傳》：「往時遼東有豕，生子白頭，異而獻之，行至河東，見群豕皆白，懷慚而還。」

〔八〕《太平廣記》卷四六一引《笑林》：「楚人有擔山鷄者，路人問曰：『何鳥也？』擔者欺之曰：『鳳凰也。』路人曰：『我聞鳳凰久矣，今真見之，汝賣之乎？』曰：『然。』乃酬千金，弗與。請加倍，乃與之。方將獻楚王。……王感其欲獻己也，召而厚賜之，過買鳳之價十倍。」以上二句皆自謙之辭。

〔九〕獻芹，亦自謙之辭。《列子·楊朱》：「昔人有美戎菽、甘枲莖、芹萍子者，對鄉豪稱之。鄉豪取而嘗之，蜇於口，慘於腹，衆哂而怨之，其人大慚。」嵇康《與山巨源絶交書》：「野人有快炙背而美芹子者，欲以獻之至尊，雖有區區之意，亦已疏矣。」

〔一〇〕句用和氏璧事。《韓非子·和氏》：「楚人和氏，得玉璞楚山中，奉而獻之厲王。厲王使玉人相之，玉人曰：『石也。』王以和爲誑，而刖其左足。及厲王薨，武王即位。和又奉其璞而獻之武王。武王使玉人相之，又曰：『石也。』王又以和爲誑，而刖其右足。武王薨，文王即位，和乃抱其璞而哭於楚山之下，三日三夜，淚盡而繼之以血。王聞之，使人問其故，曰：『天下之刖者多矣，子奚哭之悲也？』和曰：『吾非悲刖也，悲夫寶玉而題之以石，貞士而名之以誑，此吾所以悲也。』王乃使玉人理其璞，乃得寶焉，遂命曰和氏之璧。」

〔一一〕《文心雕龍·風骨》：「思不環周，索莫乏氣。」索莫，亦作索寞或索漠，沮喪之狀。

〔一二〕句用張儀事。《史記·張儀列傳》：「張儀嘗從楚相飲，已而楚相亡璧，門下意張儀，曰：『儀貧無行，此必盜相君之璧。』共執張儀，掠笞數百，不服，釋之。其妻曰：『嘻，子無讀書遊説，安得此辱乎？』張儀謂其妻曰：『視吾舌尚在否？』其妻笑曰：『舌在也。』儀曰：『足矣。』」

其二

范宰不買名，絃歌對前楹〔一〕。爲邦默自化〔二〕，日覺冰壺清〔三〕。百里雞犬静，千廬機杼鳴。浮人少蕩析，愛客多逢迎〔四〕。遊子睹嘉政〔五〕，因之聽頌聲。

【注釋】

〔一〕王注：「《淮南子》：絃歌鼓舞，緣飾詩書，以買名於天下。」此處反用其意，謂范令絃歌以治，非爲買名。

〔二〕《老子》：「我無爲而民自化。」

〔三〕鮑照《代白頭吟》：「清如玉壺冰。」此喻政清。

〔四〕浮人，流民。蕩析，離散。逢迎，接待。

〔五〕遊子，自謂。

贈瑕丘王少府

瑕丘，縣名，兖州州治所在，今爲山東兖州市。王少府，瑕丘縣尉，名字不詳。

皎皎鸞鳳姿，飄飄神仙氣。梅生亦何事？來作南昌尉〔一〕。清風佐鳴琴〔二〕，寂寞道爲貴。

一見過所聞，操持難與群。毫揮魯邑訟，目送瀛洲雲〔三〕。我隱屠釣下，爾當玉石分〔四〕。無由接高論，空此仰清芬。

【注釋】

〔一〕梅生，即梅福，字子真，九江壽春人。爲郡文學，補南昌尉，後去官歸壽春。王莽篡位，福棄家而去，傳以爲仙。見《漢書·梅福傳》。此喻王少府。

〔二〕孔子弟子宓子賤爲單父宰，彈琴，身不下堂，而單父治。見《史記·仲尼弟子列傳》。

〔三〕魯邑，即瑕丘。春秋時爲魯國之負瑕邑。瀛洲，海中仙山名。二句意謂王少府身理訴訟，心寄神仙。

〔四〕二句謂王少府名份同於玉石，爲朝廷所重；己則如吕尚微賤之時，不爲人知。

早秋贈裴十七仲堪

裴仲堪，事跡不詳。

遠海動風色，吹愁落天涯。南星變大火，熱氣餘丹霞〔一〕。光景不可迴，六龍轉天車〔二〕。荆人泣美玉，魯叟悲匏瓜〔三〕。功業若夢裏，撫琴發長嗟。裴生信英邁，崛起多才華〔四〕。歷抵海岱豪，結交魯朱家〔五〕。復攜兩少妾，艷色驚荷葩。雙歌入青雲，但惜白日斜。窮溟出寶貝，大澤饒龍蛇〔六〕。明主儻見收，烟霄路非賒〔七〕。時命若不會，歸應鍊丹砂〔八〕。

【注釋】

〔一〕王注：「南星，南方之星也。大火，心星也。初昏之時，大火見南方，於時爲夏。若轉而西流，則爲秋矣。」

〔二〕六龍，見開元十九年《蜀道難》注。天車，即日車。二句意謂光陰如六龍之轉日車，去不可迴。

〔三〕荆人，指卞和，詳見本年《贈范金鄉二首》注。魯叟，指孔子。《論語·陽貨》：「子曰：『……吾豈匏瓜也哉，焉能繫而不食？』」匏瓜，即瓠瓜。實圓大而扁，乾之可爲盛器。二句皆自喻，言身不得用，亦有荆人之泣，孔子之悲。

〔四〕崛，王本作屈，據兩宋本改。

〔五〕歷抵，遍訪也。朱家，漢代大俠。《史記·游俠列傳》：「魯朱家者，與高祖同時。魯人皆以儒教，而朱家用俠聞，所藏活豪士以百數，其余庸人不可勝言。然終不伐其能，歆其德，諸所嘗施，惟恐見之。振人不贍，先從貧賤始。家無餘財，衣不完采，食不重味，乘不過軥牛。專趨人之急，甚己之私。既陰脱季布將軍之阸，及布尊貴，終身不見也。自關以東，莫不延頸願交焉。」以上二句，兩宋本、繆本、王本俱注云：「一作『歷遊趙魏豪，結交列如麻』。又此下多『良圖竟未展，意欲飛丹砂。破産且救人，遺身不爲家』四句。」

〔六〕窮溟，《文選》木華《海賦》：「翔天沼，戲窮溟。」李善注：「莊子曰：窮髮之北，有冥海者，天池也。」龍蛇，《左傳》襄公二十一年：「深山大澤，實生龍蛇。」二句喻裴亦兼自喻。

〔七〕賒，遠也，烟霄，猶青雲。

〔八〕二句兩宋本、繆本俱作「知飛萬里道，勿使歲寒嗟」。

酬中都小吏携斗酒雙魚于逆旅見贈

唐寫本題作《魯中都有小吏逢七朗以斗酒雙魚贈余於逆旅因鱠魚飲酒留詩而去》。中都，縣名，本春秋時魯國邑。孔子曾爲中都宰。開元年間爲兖州平陸縣。此用古稱。見《元和郡縣志》卷十。今爲山東汶上縣。

魯酒若琥珀，汶魚紫錦鱗。山東豪吏有俊氣，手携此物贈遠人。意氣相傾兩相顧，斗酒雙魚表情素〔一〕。雙鰓呀呷鰭鬣張〔二〕，跋剌銀盤欲飛去〔三〕。呼兒拂机霜刃揮，紅肥花落白雪霏〔四〕。爲君下筯一餐飽，醉著金鞍上馬歸。

【注釋】

〔一〕此下兩宋本、繆本俱有「酒來我飲之，膾作别離處」二句。

〔二〕呀呷，魚鰓開合之狀。

〔三〕跋剌，亦作撥剌，魚尾掉動之聲。

〔四〕王注：「張協《七命》：命支離，飛霜鍔。紅肌綺散，素膚霜落。太白意本於此，謂其紅者如花，白者如雪也。」瞿、朱注：「據王注，詩中作紅肥，必爲紅肌之誤。」

【集説】

王云：天寶元年改鄆州平陸縣爲中都縣。白有《别中都明府兄》詩、《酬中都小吏携斗酒雙魚於逆旅見贈》詩，皆是年以後所作。

【按】

王説未諦。《别中都明府兄》詩固爲天寶年間所作，然本詩則否。白去朝以後，爲贈金還山之前翰林學士，所適二千石郊迎，常爲諸侯座上貴賓。今既與縣小吏酬酢於逆旅之中，當爲初遊魯地之作。至於題中地名用中都而不用平陸，中都蓋平陸之古名，非自天寶始有中都之名也。

客中作

蕭本作《客中行》。

蘭陵美酒郁金香〔一〕，玉椀盛來琥珀光〔二〕。但使主人能醉客，不知何處是他鄉。

【注釋】

〔一〕蘭陵，古地名。唐時爲沂州丞縣。丞，《元和郡縣志》作承。故址在今山東棗莊市南。郁金，香草名。其類有二：一是用根，微有香氣，產中國；一是用花，香氣酷烈，產西域。此指後者而言。《本草綱目·草部》：「時珍曰：……郁金出罽賓，國人種之，先以供佛，數日萎，然後取之。色正黄，與芙蓉花裹嫩蓮者相似，可以香酒。又《唐書》云：太宗時，伽毗國獻郁金香，葉似麥門冬，九月花開，狀似芙蓉，其色紫碧，香聞數十步。……二説皆同，但花色不同，種或不一也。古樂府云『中有郁金蘇合香』者，是此郁金也。晉左貴嬪有《郁金頌》云：伊有奇草，名曰郁金。越自殊域，厥珍來尋。芳香酷烈，悦目怡心。明德惟馨。」

〔二〕琥珀，松柏樹脂之化石，色黄褐或紅褐。此言酒色如琥珀。

嘲魯儒

魯叟談五經，白髮死章句〔一〕。問以經濟策〔二〕，茫如墜烟霧。足著遠遊履，首戴方山巾〔三〕。緩步從直道，未行先起塵〔四〕。秦家丞相府，不重褒衣人〔五〕。君非叔孫通，與我本殊倫〔六〕。時事且未達，歸耕汶水濱〔七〕。

【注釋】

〔一〕五經，《詩》、《書》、《易》、《禮》、《春秋》。二句言魯之儒生雖言必五經，然至皓首之年僅知死守章句而已。

〔二〕經濟策，經國濟世之策。

〔三〕遠遊履，漢時人所著履。繁欽《定情詩》佚句：「何以消滯憂，足下雙遠遊。」《後漢書・輿服志》有方山冠，其形高而方。二句言魯儒身處唐世而猶著古時服裝。

〔四〕漢時服裝寬袍大袖，行動不便，故云。

〔五〕秦家丞相，謂李斯。斯爲相，黜儒術，罷百家。見《史記・李斯列傳》。褒衣人，謂儒生。《漢書・雋不疑傳》：「褒衣博帶，盛服至門上謁。」顔師古注：「褒，大裾也，言著褒大之衣，廣博之帶也。」

〔六〕叔孫通，漢時博士，説高祖定朝儀。徵魯諸生三十人，有兩生不肯行，以叔孫通所爲不合古。叔孫通笑曰：「若真鄙儒也，不知時變。」見《史記・叔孫通列傳》。

〔七〕二句謂魯儒不通世務，未足與論經國濟世之策，似此等鄙儒惟有歸耕汶水之濱而已。

送韓準裴政孔巢父還山

本年冬作於東魯。孔巢父，冀州人，字弱翁。早勤文史，少時與韓準、裴政、李白、張叔明、陶沔隱於徂徠山，時號「竹溪六逸」。見《舊唐書・孔巢父傳》。天寶中杜甫有《送孔巢父謝病歸遊江東兼呈李白》詩。

獵客張兔罝〔一〕，不能挂龍虎。所以青雲人，高歌在巖户。韓生信英彦，裴子含清真。孔侯復秀出，俱與雲霞親。峻節凌遠松，同衾卧盤石。斧冰潄寒泉，三子同二屐〔二〕。時時或乘興，往往雲無心。出山揖牧伯，長嘯輕衣簪〔三〕。昨宵夢裏還，雲弄竹溪月。今晨魯東門，帳飲與君别〔四〕。雪崖滑去馬，蘿徑迷歸人。相思若烟草，歷亂無冬春。

【注釋】

〔一〕兔罝，獵兔之網。此喻功名富貴。罝，音居。《詩·周南·兔罝》：「肅肅兔罝，施於中林。」

〔二〕斧冰，以斧斫冰。二屐，即謝公屐。謝靈運登山常著二屐，上山則去其前齒，下山則去其後齒。見《宋書·謝靈運傳》。朱諫注：「三子者俱著登山之屐，以盡遊樂之情。」

〔三〕牧伯，指州郡之長。衣簪，代指官服。二句意謂三人雖亦從事干謁，然不以成敗繫心。

〔四〕魯東門，即兗州治城瑕丘東門。帳飲，古人送别輒於效外曠地張帳而飲。江淹《别賦》：「帳飲東都，送客金谷。」

【集説】

瞿、朱云：按李白與同隱竹溪諸人酬唱必多，僅見此作，可知李詩多散逸也。又其居徂徠山爲時必不久，蓋仍寓家魯郡。即韓、裴、孔等亦非真隱者，觀此詩知干謁不遂而又還山耳。

【按】

李白與韓準、裴政、孔巢父、張叔明、陶沔隱居徂徠山，號「竹溪六逸」，兩《唐書·李白傳》均載其事，雖未明言何時，然均次於天寶初奉詔入朝之前。又《唐書·孔巢父傳》，謂其「少時與韓準、李白……隱於徂徠山」。似亦在開元年間。詩中有「雪崖滑去馬」之語，當作於本年冬。又有「昨宵夢里還，雲弄竹溪月」之語，似已在隱居徂徠山之後。觀詩中「今晨魯東門，帳飲與君别」二句，李白此時已卜居兖州治城瑕丘矣。詳見天寶八載《送蕭三十一之魯中兼問稚子伯禽》按語。

開元二十九年（七四一年）　李白四十一歲

贈從弟冽

本年春作於東魯。瞿、朱注：「按《新書》世系表：李氏姑臧大房有冽。與卷十七《送族弟單父主簿凝攝宋城主簿》詩中之凝爲兄弟。」送凝時，見天寶五載。

楚人不識鳳，重價求山鷄。獻主昔云是，今來方覺迷〔一〕。自居漆園北〔二〕，久别咸陽西。風飄落日去，節變流鶯啼。桃李寒未開，幽關豈來蹊〔三〕？逢君發花萼，若與青雲齊。及此桑葉緑，春蠶起中閨。日出布穀鳴，田家擁鋤犂。顧余乏尺土，東作誰相携〔四〕？傅説降霖雨，公輸造雲梯〔五〕。羌戎事未息，君子悲塗泥〔六〕。報國有長策，成功羞執珪〔七〕。無由謁明主，杖策還蓬藜。他年爾相訪，知我在磻溪〔八〕。

【注釋】

〔一〕山鷄事，見上年《贈范金鄉二首》其一注。然兩處用意不同：上年以山鷄自喻，爲自謙之辭。此處以鳳自喻，爲怨望之辭。

〔二〕漆園，地名。莊周曾爲漆園吏。王注：「據（《太平寰宇記》、《一統志》）二書，漆園有三，此所云者當指曹州漆園也。」漆園北，代指東魯。咸陽西，猶言西秦。

〔三〕二句翻用古諺「桃李不言，下自成蹊」，意謂桃李因天寒未花，又兼處於僻静之地，其下何能自成蹊徑乎？自喻。

〔四〕東作，春耕。《書·堯典》：「寅賓日出，平秩東作。」《傳》：「歲起於東，而始就耕，謂之東作。」

〔五〕傅説，殷之賢相。霖雨，喻恩澤。公輸，即魯班，曾爲雲梯以攻宋。二句謂朝廷雖有惠政，亦有征伐之事。

〔六〕羌戎，指吐蕃。《新唐書·吐蕃傳》：「吐蕃本西羌屬。」開元二十五年以來，唐與吐蕃頻有戰事，故云。塗泥，猶泥塗，喻地位之卑下。《左傳》襄公三十年：「以晉國之多虞，不能由吾子，使吾子辱在泥塗久矣。」

〔七〕長策，善策也。執珪，春秋時諸侯國爵位名。以珪賜功臣，使持珪朝見，故稱。《戰國策·楚策》：「楚嘗與秦難，戰於漢中，楚人不勝，通侯執珪死者十餘人。」

〔八〕磻溪，吕望垂釣處。見開元十九年《梁甫吟》注。

【按】詩云：「久别咸陽西。」白自開元十九年離長安至此已有十年之久，故云。詩又云：「羌戎事未息。」據《新唐書·玄宗紀》：「開元二十五年三月，河西節度副大使崔希逸與吐蕃戰於青海，敗之。二十六年三月，吐蕃寇河西，崔希逸敗之。同年九月，益州長史王昱與吐蕃戰於安戎城，敗績。二十七年八月，吐蕃寇邊，河西、隴右節度使蕭炅敗之。二十八年三月，益州司馬章仇兼瓊敗吐蕃，克安戎城。同年五月，吐蕃寇安戎城，兼瓊又敗之。二十九年十二月，吐蕃陷石堡城。查天寶年間雖有石堡之役，然與吐蕃戰事未有如此頻繁者，故知此詩當作於本年前後。

擣衣篇

《樂府詩集·新樂府辭》有《擣衣曲》。題解曰：「蓋言擣素裁衣，緘封寄遠也。」白詩類此。

閨裏佳人年十餘，嚬蛾對影恨離居〔一〕。忽逢江上春歸燕，銜得雲中尺素書〔二〕。玉手開緘長嘆息，狂夫猶戍交河北〔三〕。萬里交河水北流，願爲雙鳥泛中洲。君邊雲擁青絲騎，妾處苔生紅粉樓。樓上春風日將歇，誰能攬鏡看愁髮？曉吹員管隨落花〔四〕，夜擣戎衣向明月。明月高高刻漏長〔五〕，真珠簾箔掩蘭堂。横垂寶幄同心結〔六〕，半拂瓊筵蘇合香〔七〕。瓊筵寶幄連枝錦，燈燭熒熒照孤寢。有使憑將金剪刀，爲君留下相思枕。摘盡庭蘭不見君，紅巾拭泪生氤氳〔八〕。明年若更征邊塞，願作陽臺一段雲〔九〕。

【注釋】

〔一〕嚬蛾，蹙眉。

〔二〕尺素書，蔡邕《飲馬長城窟行》：「客從遠方來，遺我雙鯉魚。呼童烹鯉魚，中有尺素書。」吕向注：「尺素，絹也。」古人爲書多用一尺左右之絹，故云。

〔三〕交河，郡名，即西州，屬隴右道。又縣名，在郡北。地在今新疆吐魯蕃縣境。又河流名，出縣北天山，水分流於城下，因以爲名。見《元和郡縣志》卷四十。

〔四〕員管，即篔管，樂器名。

〔五〕刻漏，即漏壺，古計時器。壺有部件，上刻符號表時間，晝夜百刻，故稱漏刻，或稱刻漏。

〔六〕幄，帳幔。沈約《爲竟陵王發講疏》：「星羅寶幄，雲開梵筵。」同心結，以雙彩帶結成，象徵愛情之物。梁武帝《有所思》：「腰間雙綺帶，夢爲同心結。」

〔七〕蘇合香，香料名。王注：「《續漢書》曰：大秦國合諸香煎其汁，謂之蘇合。」

〔八〕氤氲，音因暈，雲烟彌漫貌，此指淚痕。

〔九〕陽臺雲，用巫山神女事，詳見開元十三年《宿巫山下》詩注。

【集説】

胡應麟云：太白《擣衣篇》等亦是初唐格調。（《詩藪》）

邢昉云：子安《擣衣》尚襲梁陳。此雖綺麗有餘，而神骨自勝矣。（《唐風定》）

【按】

此詩格調，確如王、邢二人所云，頗有初唐餘風，當是開元之作。且詩中所涉邊事尤堪注意：「狂夫猶戍交河北」恐非虛擬，似與本年《贈從弟冽》詩中「羌戎事未息」有關，羌戎指吐蕃，詳見該詩注釋。杜甫《前出塞九首》其一亦有「戚戚去故里，悠悠赴交河」等句，黄鶴注：「西州交河郡，在唐隴右道，郡有交河縣，自縣二百七十里至北庭都護府城，備吐蕃之處也。」張綖注：「單復編在開元二十八年。」單氏編年近是。故以此詩繫於《贈從弟冽》之後。

詠鄰女東窗海石榴

王注：「《太平廣記》：新羅多海紅并海石榴。」此詩顯係愛屋及烏之意，借海石榴以抒愛慕鄰女之情。

魯女東窗下，海榴世所稀。珊瑚映緑水，未足比光輝。清香隨風發，落日好鳥歸。願爲東南枝，低舉拂羅衣。無由一攀折，引領望金扉。

答友人贈烏紗帽

烏紗帽，唐人日常所著之帽。《中華古今注》：「武德九年十一月太宗詔曰：自今以後，天子服烏紗帽，百官士庶皆同服之。」友人所贈，非官服可知。

領得烏紗帽〔一〕，全勝白接䍦〔二〕。山人不照鏡，稚子道相宜。

【注釋】

〔一〕領，受也。《後漢書·靈帝紀》：「初置騄驥廄丞，領受郡國調馬。」或謂此詩是已得玄宗徵召後作，非。

〔二〕接䍦，白色便帽。

送魯郡劉長史遷弘農長史

題中地名皆古稱。魯郡即兖州，見上年《五月東魯行答汶上翁》題解。弘農郡即虢州，在今河南靈寶縣西南四十里。二州俱屬河南道。劉長史，名字不詳。此詩意存諷刺。

魯國一杯水，難容橫海鱗〔一〕。仲尼且不敬，況乃尋常人？白玉換斗粟，黄金買尺薪〔二〕。閉門木葉下，始覺秋非春。聞君向西遷，地即鼎湖鄰〔三〕。寶鏡匣蒼蘚，丹經埋素塵〔四〕。軒后上天時，攀龍遺小臣〔五〕。及此留惠愛，庶幾風化淳。魯縞如白烟，五縑不成束〔六〕。臨行贈貧交，一尺重山岳。相國齊晏子，贈行不及言〔七〕。託陰當樹李，忘憂當樹萱〔八〕。他日見張禄，綈袍懷舊恩〔九〕。

【注釋】

〔一〕魯國，代指兖州。橫海鱗，鯨也。《文選》木華《海賦》：「魚則橫海之鯨，突扤孤遊。」此借鯨以自喻。

〔二〕白玉、黄金，喻己之才器。二句謂其歷抵魯諸侯，所得甚微。

〔三〕鼎湖，黄帝鑄鼎處。《史記·封禪書》：「黄帝採首山銅，鑄鼎於荆山下，鼎既成，有龍垂胡髯下迎黄帝。黄帝上騎。群臣、後宫從上者七十余人，龍乃上去。餘小臣不得上，乃悉持龍髯。龍髯拔，墮，墮黄帝之弓。百姓仰望黄帝既上天，乃抱其弓與龍髯號，故後世因名其處曰鼎湖，其弓曰烏號。」荆山在虢州(弘農郡)湖城縣。見《元和郡縣志》卷六。

〔四〕《軒轅内傳》：「帝會王母，鑄鏡十二，隨月用之，此鏡之始也。」《抱朴子·極言》：「黄帝……陟王屋而授丹經。」二句意謂：寶鏡、丹經雖爲黄帝之遺物，然已蘚埋塵封，不復得見。

〔五〕軒后，即黄帝。軒后攀龍遺小臣事，見注〔三〕。

〔六〕魯縞，魯地所産之白絹。《漢書·韓安國傳》：「强弩之末，力不能入魯縞。」顔師古注：「縞，素也。曲阜之地，俗善作之，尤爲輕細。」縑，亦絹之屬，其色黄。王注：「二句相承而言，上句既用縞字，則下句不當又用縑字，疑縑乃兼字之譌也。《六書故》：二丈爲端，二端爲匹、爲兩、爲兼，兼、匹、兩之義一也。今人猶以匹爲兼，是五兼者爲五匹歟？鄭玄《周禮注》：十箇爲束。又《儀禮注》：凡物十曰束。胡三省《通鑑注》：唐制，帛以十端爲束。今止五匹，故不成束也。」似嫌其所贈微薄，則後二句當爲反語。

〔七〕《晏子春秋》卷五：「曾子將行，晏子送之曰：『君子贈人以軒，不若以言。吾請以言乎？以軒乎？』曾子曰：『請以言。』」

〔八〕王注：「《説苑》：樹桃李者，夏得休息，秋得其實焉。《詩·國風》：焉得諼草，言樹之背。毛傳曰：諼草，令人忘憂。上言長史以魯縞五匹見贈，下言己無所答，而效晏子以言贈行。『託陰當樹李』二句，即所贈之言，蓋勉以樹人之義。李以喻人之有德能，可以庇蔭者，萱以喻人之有才華，可以欣賞者也。」玩詩意，二句謂劉某無樹人之德，故臨行贈此言以諷之。

〔九〕張祿，即范雎，戰國時魏人。欲事魏王，家貧無以自資，乃先事中大夫須賈。賈使於齊，雎從。齊王使人賜雎黄金及酒食，雎不敢受。賈疑其以魏國陰事告齊，故有此饋，因以告魏相。魏相使人笞之，幾死。後亡入秦，秦以爲相，號張祿，秦將伐魏，魏使賈入秦，欲求情於張祿丞相。雎敝衣微行，見賈，賈哀憐之，贈以綈袍。後知張祿即范雎，大恐，謝罪。雎數其罪行當死，坐之於堂下，賜以馬食。終因綈袍之贈，赦之。見《史記·范雎列傳》。此明以張祿自喻，而隱以須賈喻劉。

東魯見狄博通

狄博通，梁國公狄仁傑之曾孫。見《新唐書·宰相世系表》。杜甫大曆二年有《寄狄明府博濟》詩，詩云「梁公曾孫我姨弟」，又云：「長兄白眉復天啟。」句中之「長兄」當即博通。

去年别我向何處？有人傳道遊江東。謂言挂席度滄海，卻來應是無長風〔一〕。

【注釋】

〔一〕卻來，唐時口語，即返回之意。

送薛九被讒去魯

宋人不辨玉〔一〕，魯賤東家丘〔二〕。我笑薛夫子，胡爲兩地遊？黄金消衆口〔三〕，白璧竟難投〔四〕。梧桐生蒺藜，緑竹乏佳實。鳳凰宿誰家？遂與群鷄匹〔五〕。田家養老馬，窮士歸其門〔六〕。蛾眉笑躄者，賓客去平原。卻斬美人首，三千還駿奔〔七〕。毛公一挺劍，楚趙兩相存〔八〕。孟嘗習狡兔，三窟賴馮諼〔九〕。信陵奪兵符，爲用侯生言〔一〇〕。春申一何愚，刎首爲李園〔一一〕。賢哉四公子，撫掌黄泉裏。借問笑何人？笑人不好士。爾去且勿諠，桃李竟何言。沙丘無漂母，誰肯飯王孫〔一二〕？

【注釋】

〔一〕宋人得燕石，以爲玉而藏之。詳見天寶二年《宋國梧臺東》（古風其五十）詩注。

〔二〕東家丘，謂孔子。王注：「沈約《辯聖論》：當仲尼在世之時，世人不言爲聖人也。伐樹削跡，干七十君而不一值。或以爲東家丘，或以爲喪家犬。五臣《文選》注：魯人不識孔子聖人，乃曰：『彼東家丘者，吾知之矣。』言輕孔子也。」

〔三〕《國語·周語》："故諺曰：'衆心成城，衆口鑠金。'"韋昭注："鑠，銷也。衆口所毁，雖金石猶可銷之也。"

〔四〕《史記·鄒陽列傳》："明月之珠，夜光之璧，以闇投人於道路，人無不按劍相眄者，何則？無因而至前也。"

〔五〕《莊子·秋水》："夫鵷鶵，發於南海而飛於北海，非梧桐不止，非練實不食。"以上三句謂賢人既不得所，復不得養。

〔六〕田家，謂田子方，魏文侯之師。《韓詩外傳》卷八："田子方出，見老馬於道，喟然有志焉，以問於御者曰：'此何馬也？'御曰：'故公家畜也。罷而不爲用，故出放也。'田子方曰：'少盡其力而老棄其身，仁者不爲也。'束帛而贖之。窮士聞之，知所歸心矣。"

〔七〕以上四句用趙平原君事。《史記·平原君列傳》："平原君家樓臨民家。民家有躄者，盤散行汲。平原君美人居樓上，臨見，大笑之。躄者至門請曰：'臣不幸有罷癃之病，而君之後宫臨而笑臣，臣願得笑臣者頭。'平原君笑應曰：'諾。'躄者去，平原君曰：'觀此豎子乃欲以一笑之故，殺吾美人，不亦甚乎？'終不殺。居歲餘，賓客門下舍人引去者過半。平原君怪之，曰：'勝所以待諸君者未嘗敢失禮，而去者何多也？'門下一人前對曰：'以君之不殺笑躄者，以君爲愛色而賤士，士即去耳。'於是平原君斬笑躄者美人頭，自造門進躄者，因謝焉。門下乃復稍稍來。"

〔八〕毛公，謂毛遂，平原君門下士。《史記·平原君列傳》：「秦之圍邯鄲，趙使平原君求救，合從於楚，約與食客門下有勇力文武備具者二十人偕，得十九人。門下有毛遂者，前，自贊於平原君曰：『願君即以遂備員而行矣。』平原君至楚，與楚合從，日出而言之，日中不決。毛遂按劍歷階而上，謂平原君曰：『從之利害，兩言而決耳。今日出而言從，日中不決，何也？』楚王叱曰：『胡不下，吾乃與而君言，汝何爲者也？』毛遂按劍而前曰：『王之所以叱遂者，以楚國之衆也。今十步之内，王不得恃楚國之衆也，王之命懸於遂手。吾君在前，叱者何也？楚地方五千里，持戟百萬，此霸王之資也。以楚之彊，天下弗能當。白起，小豎子耳，率數萬之衆，興師以與楚戰，一戰而舉鄢、郢，再戰而燒夷陵，三戰而辱王之先人。此百世之怨而趙之所羞，而王弗知惡焉。合從者爲楚，非爲趙也。』楚王曰：『唯，唯，誠若先生之言，謹奉社稷以從。』毛遂謂楚王之左右曰：『取鷄狗馬之血來。』毛遂奉銅盤而跪進之楚王曰：『王當歃血而定從，次者吾君，次者遂。』遂定從於殿上。楚使春申君將兵赴救趙。」

〔九〕馮諼，齊孟嘗君門下士。《戰國策·齊策》：「馮諼爲孟嘗君收債於薛，矯命以債賜諸民，因燒其券，長驅到齊。孟嘗君見之曰：『債畢收乎？』曰：『收畢矣。』『以何市而反？』諼曰：『君云視吾家所寡有者。臣竊計……君家所寡有者以義耳，竊以爲君市義。』孟嘗君不悦。期年，孟嘗君就國於薛，民扶老携幼迎君道中。孟嘗君顧馮諼曰：『先生所爲文市義者，乃今日見之。』馮諼曰：『狡兔有三窟，僅得免其死耳。今君有一窟，未得高枕而卧也，請爲君復鑿二窟。』西遊梁，謂梁王曰：『齊放其大臣孟嘗君於諸侯，諸侯先迎之者，富而兵彊。』於是梁王遣使者聘孟嘗君。梁使三反，齊王聞之，遣太傅謝君曰：『寡人不祥，被於宗廟之祟，沉於諂諛之臣，開罪於君。寡人不足爲也。願君顧先王之宗廟，姑反國統萬人乎！』馮諼戒孟嘗君曰：『願請先王之祭器，立宗廟於薛。』廟成，還報君曰：『三窟已就，君姑高枕爲樂矣。』孟嘗君爲相數十年，無纖芥之禍，馮諼之計也。」

〔一〇〕信陵君用侯嬴計竊符救趙，詳見開元十九年《俠客行》注。

〔一一〕楚考烈王無子。李園進其女弟於春申君，使有孕，然後進之楚王。生子男，立爲太子。李園用事，陰養死士，欲殺春申君。客有朱英者，頗知其事，以無望之禍福説春申君，使早爲之備，先發制人。春申君不聽。後十七日，考烈王卒，李園果先入據權，伏死士於棘門之内，春申君卒爲所殺。見《史記·春申君列傳》。二句謂春申君不用賢士而用奸人，致有殺身之禍。

〔一二〕沙丘，在兖州（魯郡）治城瑕丘東門外二里。見乾隆《兖州府志》卷十九。此代指瑕丘。參見天寶五載《沙丘城下寄杜甫》及天寶八載《送蕭三十一之魯中兼問稚子伯禽》詩及注。

【集説】

王云：「『田家養老馬』以下十四句，蓋歷言古人好士之美，而雜以『春申一何愚，刎首爲李園』，似非倫類。下文又接以『賢哉四公子』云云，譬之李家娘子纔入墨池，忽登雪嶺矣。太白斗酒百篇，信筆疾書，不無疵纇，然不應數句之間，黑白不分明至此。苟非缺文，則爲訛筆，蓋無疑矣。」

瞿、朱云：按：王説非是。詩中引春申君事，以明春申君雖不用客之言，而客終有益於春申君。所賢者好士，不問其謀身之智與愚也。

别魯頌

兩宋本、繆本俱題作《留别魯頌》。魯頌，事跡不詳。此與下篇《齊有倜儻生》（古風其十）當共爲同時之作。

誰道太山高？下却魯連節。誰云秦軍衆？摧却魯連舌〔一〕。獨立天地間，清風灑蘭雪。夫子還倜儻，攻文繼前烈〔二〕。錯落石上松〔三〕，無爲秋霜折。贈言鏤寶刀，千歲庶不滅〔四〕。

【注釋】

〔一〕張相《詩詞曲語辭匯釋》：「却，猶於也。李白《别魯頌》詩：『誰道太山高，下却魯連節』，誰云秦軍衆，摧却魯連舌。』下却，猶云低於也。言魯連有高節，太山雖高，低於魯連之節也；摧却，猶云挫於也，言秦軍雖衆，挫於魯連三寸之舌也。」

〔二〕還，若也。言夫子若是倜儻之士，則當誦《史記》魯仲連之傳文而效其行。

〔三〕錯落，猶磊砢，樹木多節貌，以喻人之有奇才異行。

〔四〕江淹《古意報袁功曹》：「故人贈寶劍，鏤以瑶華文。」

【集説】

瞿、朱云：《李詩辨疑》以首四句本謂仲連之節高於泰山，仲連之舌能摧秦軍，意圓語滯，不善於文辭。其實李詩飄逸兀傲，是其本色，此詩但云：泰山雖高，豈能使魯連爲之下，秦軍雖衆，豈能使魯連爲之摧？語意極明。朱氏不解古人之詩有上下句并爲一句讀者，故譏爲語滯。此以後世之習慣疑古人也。參以張相所釋，尤可破朱氏之疑。

齊有倜儻生 古風其十

齊有倜儻生〔一〕，魯連特高妙〔二〕。明月出海底〔三〕，一朝開光曜。卻秦振英聲，後世仰末照。意輕千金贈，顧向平原笑。吾亦澹蕩人，拂衣可同調〔四〕。

【注釋】

〔一〕齊，先秦古國名，周武王封太公望於此，初都營丘，即今山東臨淄縣。戰國七雄之一。倜儻，特立獨行。

〔二〕魯連，即魯仲連，齊人，好爲奇謀，而無意仕宦。遊趙，會秦圍趙，乃見平原君曰：「事將奈何？」平原君曰：「魏王使客將軍辛垣衍令趙帝秦，今其人在是。」魯連曰：「吾請爲君責而歸之。」遂與辛垣衍相見。辛垣衍曰：「吾視居此圍城之中者，皆有求於平原君者也。今吾觀先生之玉貌，非有求於平原君者也，曷爲久居此圍城之中而不去？」魯連曰：「彼秦者，棄禮義而上首功之國也。權使其士，虜使其民。彼即肆然而爲帝，過而爲政於天下，則連有蹈東海而死耳，吾不忍爲之民也。所爲見將軍者，欲以助趙也。」辛垣衍問其助趙之策。魯連曰：「吾將使梁及燕助之，齊楚則固助之矣。」辛垣衍曰：「吾乃梁人也，先生惡能使梁助之？」魯連曰：「梁未睹秦稱帝之害故耳，使睹其害，則必助趙矣。……秦無已而帝，則將變易諸侯之大臣，奪其所不肖，而與其所賢。奪其所憎，而與其所愛。又將使其子女讒妾爲諸侯妃姬，處梁之宮，梁王安得晏然而已乎？而將軍又何以得故寵乎？」辛垣衍起而再拜謝曰：「吾請出，不敢復言帝秦。」秦將聞之，爲卻軍五十里。適會魏公子無忌救趙擊秦，秦軍遂引去。於是平原君欲封魯連，魯連辭讓。使者三，終不肯受。平原君乃置酒，以千金爲魯連壽。魯連笑曰：「所爲貴於天下之士者，爲人排患釋難解紛亂而無所取也。」遂辭平原君而去，終身不復見。見《史記・魯仲連列傳》。

〔三〕《史記・龜策列傳》：「明月之珠，出於四海。」

〔四〕澹蕩人，淡泊名利之人。拂衣，高蹈不仕之意。

【集説】

楊云：此篇蓋慕魯仲連之爲人也。

《唐宋詩醇》云：曹植詩：「大國多良材，譬海出明珠。」即「明月出海底」意。白姿性超邁，故感興於魯連。

方東樹云：此託魯連起興以自比。（《昭昧詹言》）

黄河走東溟　古風其十一

黄河走東溟〔一〕，白日落西海。逝川與流光，飄忽不相待。春容捨我去，秋髮已衰改〔二〕。人生非寒松，年貌豈長在？吾當乘雲螭〔三〕，吸景駐光彩〔四〕。

【注釋】

〔一〕東溟，即東海。

〔二〕春容，指青春之容，秋髮，指花白之髮。

〔三〕《文選》郭璞《遊仙詩》：「雖欲騰丹谿，雲螭非我駕。」吕延濟注：「雲螭，龍也。」螭，音鴟。

〔四〕楊注：「吸景，吸日月之景以駐吾之顔。」

【按】

白在開元後期屢有惜餘春、悲白髮之作，實則均感嘆功業未成。其《惜餘春賦》云：「恨不得挂長繩於青天，繫此西飛之白日。」本詩亦此意。

早秋單父南樓酬竇公衡

單父，河南道宋州屬縣。見《元和郡縣志》卷七。即今山東單縣。竇公衡，《太平廣記》卷二二二引《定命録》：崔圓「開元二十三年……應制時與越州剡縣尉竇公衡同場并坐。」瞿、朱注：「《郎官石柱題名考》卷一二户部員外郎：《復齋碑録》：唐宇文顥《山陰述》，唐竇公衡撰，杜陵史懷則八分書并篆額。天寶十四載甲午夏四月立，在山陰。」公衡，天寶時官户部員外郎。見《全唐文》卷四〇八。

白露見日滅，紅顔隨霜凋。别君若俛仰〔一〕，春芳辭秋條。太山嵯峨夏雲在，疑是白波漲東海。散爲飛雨川上來，遥帷卻卷清浮埃。知君獨坐青軒下，此時結念同所懷。我閉南樓看道書，幽簾清寂若仙居。曾無好事來相訪〔二〕，賴爾高文一起予〔三〕。

【注釋】

〔一〕俛仰，喻時之短暫。《莊子·在宥》：「其疾俛仰之間。」

〔二〕好事，好爲世俗之事者。《漢書·揚雄傳》：「家素貧，嗜酒，人希至門。時有好事者載酒肴從遊學。」

〔三〕起予，《論語·八佾》：「子曰：起予者，商也，始可與言詩已矣。」起，同啟，發也。

【集説】

黄徹云：老杜《贈李祕書》：「觸目非論故，新文尚起予。」太白《酬竇公衡》云：「曾無好事來相訪，賴爾高文一起予。」韋蘇州：「每一睹之子，高詠尚起予。」昌黎《酬張韶州》：「將經貴郡煩留客，

先惠高文謝起予。」豈非用事偶合？數公非蹈襲者。（《碧溪詩話》）

魯郡堯祠送張十四遊河北

堯祠，在兗州治城瑕丘縣東南七里洙水之西。見《元和郡縣志》卷十。張十四，疑是張謂，詳見天寶元年《酬張卿夜宿南陵見贈》按語。河北，《新唐書·地理志》：「河北道，蓋古幽、冀二州之境。」轄二十九州。

猛虎伏尺草，雖藏難蔽身。有如張公子，骯髒在風塵〔一〕。豈無橫腰劍，屈彼淮陰人〔二〕。擊筑向北燕，燕歌易水濱〔三〕。歸來太山上，當與爾爲鄰。

【注釋】

〔一〕骯髒，此猶抗髒。《後漢書·趙壹傳》：「伊優北堂上，抗髒倚門邊。」注：「抗髒，高亢婞直之貌。佞媚者見親，故升堂；婞直者見棄，故倚門。」

〔二〕二句用韓信事，見開元十八年《贈新平少年》。

〔三〕二句用荆軻事。荆軻受燕太子丹命，將往刺秦王，太子及賓客皆白衣冠送於易水之上。既祖，取道，高漸離擊筑，荆軻和而歌，爲變徵之聲，士皆垂淚涕泣，又前而爲歌曰：「風蕭蕭兮易水寒，壯士一去兮不復還。」復爲羽聲忼慨，士皆瞋目，髮盡上指冠。於是荆軻就車而去，終已不顧。見《史記・刺客列傳》。

【按】

張謂曾遊河北，然年代無考。據此詩觀之，當在本年歲晚。詩之末云：「歸來太山上，當與爾爲鄰。」白於次年四月游泰山，此時或已有此念，故作是語。

秋日鍊藥院鑷白髮贈元六兄林宗

元林宗當是元丹丘。鍊藥院疑在潁陽山居。丹丘天寶初爲西京大昭成觀威儀，其奉詔入京當在受封之前。此時或已聞訊，白冀其薦引，因鑷白髮以示意。

木落識歲秋，瓶冰知天寒〔一〕。桂枝日已綠，拂雪凌雲端〔二〕。弱齡接光景，矯翼攀鴻鸞〔三〕。投分三十載〔四〕，榮枯同所歡〔五〕。長吁望青雲，鑷白坐相看〔六〕。秋顔入曉鏡，壯髮凋危冠〔七〕。窮與鮑生賈，饑從漂母餐〔八〕。時來極天人，道在豈吟嘆〔九〕？樂毅方適趙〔一〇〕，蘇秦初說韓〔一一〕。卷舒固在我，何事空摧殘？

【注釋】

〔一〕《淮南子・說山》：「見一葉落而知歲之將暮，睹瓶中之冰而知天下之寒。」

〔二〕桂枝，即桂林一枝。《晉書・郤詵傳》：「武帝於東堂會送，問詵曰：『卿自以爲何如？』詵對曰：『臣舉賢良對策，爲天下第一，猶桂林之一枝，崑山之片玉。』」後世遂以「桂林一枝」、「崑山片玉」喻人才之美者。二句喻元林宗。

〔三〕弱齡，謂少年。姚最《續畫品序》：「或弱齡而價重，或壯齒而聲遒。」謝朓《詠瀾鷟》：「得厠鴻鸞影，晞光弄羽翼。」二句謂己少年即與林宗相交，如瀾鷟之攀鴻鸞。

〔四〕投分，即締交。潘岳《金谷集作》：「投分寄石友，白首同所歸。」

〔五〕榮枯，此處偏榮義。句謂欲與丹丘共榮。

〔六〕鑷白，即鑷白髮。何遜《與崔録事別兼叙携手》：「脈脈留南浦，悠悠返上京。欲鑷星星鬢，因君示友生。」

〔七〕壯髮，《漢書·趙皇后傳》：「額上有壯髮，類孝元皇帝。」顔師古注：「壯髮當額前侵下而生，今俗呼爲圭頭者是也。」

〔八〕鮑生，即鮑叔牙。《史記·管晏列傳》：「管仲曰：『吾始困時，嘗與鮑叔賈，分財利多自與，鮑叔不以我爲貪，知我貧也。』」漂母，見開元十八年《贈新平少年》詩注。二句言己此期生活有類管仲與韓信貧賤之時。

〔九〕時，指風雲際會之時。極天人，即致身青雲之意。道，此指素志。二句自我慰勉之辭。

〔一〇〕《史記·樂毅列傳》：「燕昭王問伐齊之事，樂毅對曰：『齊，霸國之餘業也，地大人衆，未易獨攻也。王必欲伐之，莫如與趙及楚、魏。』於是使樂毅約趙惠文王，別使連楚、魏。諸侯害齊湣王之驕暴，皆争合從，與燕伐齊。燕昭王悉起兵，使樂毅爲上將軍，趙惠文王以相國印授樂毅。樂毅於是并趙、楚、韓、魏、燕之兵以伐齊，破之濟西。」

〔二〕王注：「按《史記·蘇秦列傳》，其遊説六國，先説燕文侯，二説趙肅侯，三説韓宣惠王，四説魏襄王，五説齊宣王，六説楚威王。今引樂毅適趙、蘇秦説韓二事，皆言功業未成就之意。」瞿、朱注：「蘇秦初説韓之語，與上句樂毅方適趙，同有用世之意，不必拘説韓之次序也。」

【集説】

詹鍈云：按太白少年與元丹丘結爲方外之交，二人先後入朝，元丹丘去京未久，太白亦被譖放歸，與此詩所謂「投分三十載，榮枯同所歡」正合。豈林宗即是元丹丘歟？設太白與林宗弱冠相交，則是時當已年五十矣。

【按】

詹氏以此詩中之元林宗或即元丹丘，所見良是。然以此詩作於五十之年則未爲確論。「鑷白髮」，當在白髮初生之時，若已至繁霜滿鬢，則鑷不勝鑷矣。而白在三十六歲所作之《將進酒》中即已有白髮之嘆，則其鑷白髮非必至半百之年。「投分三十載」之三十，亦未可坐實。設白與丹丘結交在十五歲前後，相交二十餘年，舉成數亦可稱「投分三十載」。則此時亦不過四十許。細玩詩中「窮與」二句乃寫近年生涯有類鮑、韓；「時來」二句猶寄希望於將來；「樂毅」二句雖喻功業未成，而用世之意方盛；「卷舒」二句，猶能從容作自我慰解之辭。均與《梁園吟》、《梁甫吟》、《將進酒》諸詩之情調遥遥相接，亦與《贈范金鄉》、《贈從弟洌》諸詩之情調十分相近。至於「榮枯同所歡」之句，非謂過去，實冀將來，有「苟富貴，勿相忘」之意。凡此種種，俱可證此詩爲開元末期之作。

此詩當與下篇《鳳笙篇》合觀。《鳳笙篇》爲白送别元丹丘奉詔入京之作。詳見該詩按語。觀本詩中「桂枝」二句、「弱齡」二句對丹丘之贊揚；「投分」二句對丹丘之屬望，顯係此時或已聞訊。而「鑷白髮」實乃示意丹丘之舉，謂己亦有入朝之意也。故詩中於敘寫近年困厄之際，頻作自我慰勉之語，均與「鑷白髮」用意同，亦示己年未老，己志未衰，豪情猶盛，屬望方殷也。

鳳笙篇

《樂府詩集·清商曲辭》作《鳳吹笙曲》。《全唐詩》題下注云：「一作《鳳笙篇送别》。」此送一道流應詔入京之作，其人當爲元丹丘，其詩約在本年歲末。

仙人十五愛吹笙，學得崑丘彩鳳鳴〔一〕。始聞鍊氣飡金液〔二〕，復道朝天赴玉京〔三〕。玉京迢迢幾千里，鳳笙去去無窮已〔四〕。欲嘆離聲發絳脣，更嗟别調流纖指〔五〕。此時惜别詎堪聞，此地相看未忍分。重吟真曲和清吹，卻奏仙歌響綠雲〔六〕。綠雲紫氣向函關〔七〕，訪道應尋緱氏山〔八〕。莫學吹笙王子晉，一遇浮丘斷不還〔九〕。

【注釋】

〔一〕仙人，謂王子喬，即周靈王太子晉。好吹笙，作鳳凰鳴，後成仙。詳見本篇注〔八〕。此以仙人喻所送之人。崑丘，崑崙山。《爾雅·釋丘》邢昺疏：「崑崙山，一名崑丘。」

〔二〕鍊氣飡金液，道家修鍊服食之術。鮑照《代淮南王》：「淮南王，好長生，服食鍊氣讀仙經。」《抱朴子·金丹》：「金液太乙，所服而仙者也。」

〔三〕玉京，道家所謂天庭，此處借指京師長安。王注：「《靈樞金景内經》：下離塵世，上界玉京。注云：玉京，無爲之天也，三十二帝之都。」

〔四〕鳳笙，代指所送之人。

〔五〕二句意謂始則吹奏離别之調。

〔六〕二句意謂繼又吹奏仙家之曲。

〔七〕函關，即函谷關，關城在谷中，深險如函，故名。故址在今河南靈寶縣南。相傳老子將出函谷之時，關令尹喜登樓望見東極有紫氣西邁，言九十日外有聖人過此。其日果見老子。見《藝文類聚》卷七十八引《關令内傳》。此喻所送之人西行入秦。

〔八〕《元和郡縣志》河南道河南府緱氏縣：「緱氏山，在縣東南二十九里，王子晉得仙處。」山在今河南偃師縣境。《列仙傳》卷上：「王子喬者，周靈王太子晉也。好吹笙作鳳鳴。游伊、洛之間，道士浮丘公接以上嵩高山。三十餘年後，求之於山上，見桓良曰：『告我家，七月七日待我於緱氏山巔。』至時，果乘白鶴，駐山嶺，望之不到，舉手謝時人，數日而去。」此句謂所送之人奉詔入京，如王子晉仙去。緱，音鈎。

〔九〕以上二句，冀其顧念提携之意。

【集説】

蕭云：此篇游仙詩。

王云：此詩是送一道流應詔入京之作。所謂「仙人十五愛吹笙」，正實指其人，非泛用古事。所謂「朝天赴玉京」者，言其入京朝見，非謂其超升輕舉。舊注以遊仙詩擬之，失其旨矣。

詹鍈云：王説是也。此道流或即是吴筠歟？

【按】

舊説以爲吴筠有薦李白入朝事（所本爲《舊唐書·李白傳》）。已爲郁賢皓《吴筠薦李白説辨疑》與李寶均《吴筠薦舉李白入長安辨》二文所否定。吴筠與李白并無交游可考，則《鳳笙篇》非送吴筠之作。觀此詩中所送之道流與白弱齡相接及臨别依依之情景，唯元丹丘差是。《金石續編》卷八載《玉真公主朝謁譙郡真源宫受道王屋山仙人臺靈壇祥應記》，碑石爲「西京大昭成觀威儀臣元丹丘奉敕修建」（缺字據《續語堂碑録》補），時在天寶二年。碑中記載玉真公主奉詔於「皇上隆宥天下之三十載」之「明年」（即天寶元年）「春三月」至「五月」，朝謁譙郡真源宫及受道王屋山仙人臺。丹丘既爲建碑人，宜預其事。似此，則丹丘奉詔入朝當在本年歲末。聯係上詩而觀，丹丘聞訊後即與李白相聚，其相聚之地似爲潁陽山居。白始贈以上詩，復贈以此詩，皆有冀其薦舉之意。丹丘與白既爲至交，當不負所託。魏顥《李翰林集序》云：「（白）與丹丘因持盈法師達。」由此觀之，當係丹丘入朝後薦白於玉真公主，玉真復薦白於玄宗，故次年秋白亦奉詔入京。

天寶元年（七四二年）　李白四十二歲

改州爲郡，刺史爲太守。

遊泰山六首

題一作《天寶元年四月從故御道上泰山》。六首爲同期先後之作，時在四月至秋間。泰山，古稱岱宗，在兖州（魯郡）北部乾封縣境，今山東泰安縣境。

四月上泰山，石平御道開〔一〕。六龍過萬壑〔二〕，澗谷隨縈迴。馬跡繞碧峰，於今滿青苔。飛流灑絶巘，水急松聲哀。北眺崿嶂奇，傾崖向東摧。洞門閉石扇，地底興雲雷。登高望蓬瀛，想象金銀臺〔三〕。天門一長嘯〔四〕，萬里清風來。玉女四五人，飄颻下九垓〔五〕。含笑引素手，遺我流霞杯〔六〕。稽首再拜之，自愧非仙才。曠然小宇宙，棄世何悠哉。

【注釋】

〔一〕《舊唐書·玄宗紀》：「開元十三年十月辛酉，東封泰山，發自東都。十一月丙戌，至兖州岱宗頓。丁亥，致齋於行宮。乙丑，日南至，備法駕登山，仗衛羅列嶽下百餘里。詔行從留於谷口，上與宰臣、禮官昇山。庚寅，祀昊天上帝於上壇，有司祀五帝百神於下壇。禮畢，藏玉册於封祀壇之石䃮，然後燔柴。燎發，群臣稱萬歲，傳呼自山頂至嶽下，震動山谷。」御道，即玄宗昇山之道。平，蕭本作屏。

〔二〕六龍，謂天子車駕。《逸禮·王度記》：「天子駕六馬，諸侯駕四，大夫三，士二，庶人一。」《後漢書·輿服志》亦謂天子所乘車「駕六馬」。稱六龍，狀其高大威武。《春秋公羊傳》何休注：「天子馬曰龍，高七尺以上。」

〔三〕蓬瀛，蓬萊、瀛州，海上仙山名。金銀臺，仙山之宫闕。《史記·封禪書》：「自威、宣、燕昭使人入海求蓬萊、方丈、瀛洲。此三神山者，其傳在渤海中，去人不遠。患且至，則船風引而去。蓋嘗有至者，諸仙人及不死之藥皆在焉。其物禽獸盡白，而黄金銀爲宫闕。」

〔四〕天門，《初學記》卷五引《漢宫儀》：「泰山東上七十里至天門。」嘯，嘬口出聲。陶潛《歸去來辭》：「登東皋以舒嘯。」

〔五〕玉女，仙女。九垓，猶言九重天。《史記·司馬相如列傳》：「上暢九垓。」裴駰《集解》：「《漢書音義》曰：『垓，重也。』」郭璞《游仙詩》：「升降隨長烟，飄颻戲九垓。」

〔六〕流霞，仙人所飲。《論衡·道虚》：「曼都曰：『……有仙人數人，將我上天……口飢欲食，仙人輒飲我以流霞一杯。每飲一杯，數月不飢。』」

其二

清曉騎白鹿，直上天門山〔一〕。山際逢羽人，方瞳好容顏〔二〕。捫蘿欲就語，卻掩青雲關〔三〕。遺我鳥跡書〔四〕，飄然落巖間。其字乃上古，讀之了不閑〔五〕。感此三嘆息，從師方未還。

【注釋】

〔一〕白鹿，求仙者所乘。《楚辭·九章·哀時命》：「浮雲霧而入冥兮，騎白鹿而容與。」天門山，泰山主峰，古人以其遥接天庭，故名。陸機《泰山吟》：「泰山亦何高，迢迢造天庭。」

〔二〕羽人，仙人。《楚辭·遠遊》：「仍羽人於丹丘兮，留不死之舊鄉。」王逸注：「人得道，身生毛羽也。」洪興祖補注：「羽人，飛仙也。」方瞳，仙人之貌。《抱朴子·祛惑》：「《仙經》云：仙人目瞳皆方。」

〔三〕青雲關，雲氣擁蔽，如關之設，故云。下首「雲關」，義同。

〔四〕鳥跡書，上古之文字。《晉書·索靖傳》：「倉頡既生，書契是爲。科斗鳥篆，類物象形。」此處謂仙家秘籍。

〔五〕閑，通嫻，熟悉也。了不閑，全然不識。

【集説】

《唐宋詩醇》云：琅琅數語，直覺飄然欲仙，風格最高。

其三

平明登日觀〔一〕，舉手開雲關〔二〕。精神四飛揚，如出天地間。黄河從西來，窈窕入遠山〔三〕。憑崖覽八極，目盡長空閑〔四〕。偶然值青童〔五〕，緑髮雙雲鬟〔六〕笑我晚學仙，蹉跎凋朱顏。躊躇忽不見，浩蕩難追攀〔七〕。

【注釋】

〔一〕日觀，泰山東南山頂峰名，可於此東觀日出。

〔二〕因日觀峰在雲層之上，故云。

〔三〕《初學記》卷五引《泰山記》：「黄河去泰山二百餘里，於祠所瞻黄河如帶，若在山阯。」

〔四〕閑，空曠也。

〔五〕青童，仙童。

〔六〕緑髮，謂少年黑髮。仙人容顏不老，故亦以言仙人之髮。

〔七〕浩蕩，茫然緲遠之意。

【集説】

《唐宋詩醇》云：白性本高逸，遇復偃蹇，其胸中磊砢一於詩中發之。泰山觀日，天下之奇，故足以舒其曠渺而寫其塊壘不平之意。是篇氣骨高峻，而無恢張之象。

其　四

清齋三千日，裂素寫道經〔一〕。吟誦有所得，衆神衛我形。雲行信長風，颯若羽翼生。攀崖上日觀，伏檻窺東溟。海色動遠山〔二〕，天鷄已先鳴〔三〕。銀臺出倒景〔四〕，白浪翻長鯨。安得不死藥，高飛向蓬瀛？

【注釋】

〔一〕清齋，清心素食。《太平廣記》卷五八引《集仙録》：「青童君、太極四真人、清虚王君令夫人清齋五百日，讀《大洞真經》。」三千日，極言其久也。

〔二〕海色，海上曉色。

〔三〕《初學記》卷三十引《玄中記》：「桃都山有大樹曰桃都，枝相去三千里，上有天鷄，日出照木，天鷄即鳴，天下鷄皆鳴。」

〔四〕倒景，《文選》謝靈運《從遊京口北固應詔》：「張組眺倒景。」李善注：「山臨水而影倒，謂之倒景。」

其五

日觀東北傾，兩崖夾雙石。海水落眼前，天光遥空碧。千峰争攢聚，萬壑絶凌歷〔一〕。緬彼鶴上仙〔二〕，去無雲中跡。長松入霄漢，遠望不盈尺。山花異人間，五月雪中白〔三〕。終當遇安期，於此鍊玉液〔四〕。

【注釋】

〔一〕凌歷，渡越。

〔二〕緬，思也。鶴上仙，謂仙人安期生。參見本年《客有鶴上仙》（古風其七）詩注。

〔三〕王注：「《歲華紀麗》：泰山冬夏有雪。」

〔四〕二句俱切泰山。《太平廣記》卷五七引《神仙傳》云，太真夫人於東岳岱宗山峭壁石室之中謂和賢君曰：「有安期先生燒金液丹法，其方祕要，立可得用。……明日安期當來，吾將以汝付囑焉。汝相隨稍久，其術必傳。」

其六

朝飲王母池〔一〕，瞑投天門闗〔二〕。獨抱緑綺琴〔三〕，夜行青山間〔四〕。山明月露白，夜静松風歇。仙人遊碧峰，處處笙歌發。寂静娱清輝，玉真連翠微〔五〕，想象鸞鳳舞〔六〕，飄飄龍虎衣〔七〕，捫天摘匏瓜〔八〕，怳惚不憶歸。舉手弄清淺，誤攀織女機〔九〕。明晨坐相失，但見五雲飛〔一〇〕。

【注釋】

〔一〕王母池，一名瑶池，在泰山東南麓。

〔二〕天門關，即南天門。關，宋乙本、繆本、咸本俱作闕。

〔三〕緑綺琴，傅玄《琴賦》序：「司馬相如有琴曰緑綺，蔡邕有琴曰焦尾，皆名器也。」

〔四〕間，宋乙本、繆本、咸本俱作月。

〔五〕玉真，仙女名。《佩文韻府》卷十一引《神仙傳》：「深山修道，夜有仙女來獻花果，鼻上有黄珠如粟者，玉真也。」連，流連。《孟子・梁惠王》：「從流下而忘返謂之流，從流上而忘返謂之連。」

〔六〕鸞鳳，喻仙人之姿。

〔七〕龍虎衣，仙人所服。

〔八〕匏瓜，《史記・天官書》張守節《正義》：「匏瓜五星，在離珠北，天子果園。」

〔九〕清淺，謂銀河。《文選・古詩十九首》：「河漢清且淺。」織女，星名，在銀河北。

〔一〇〕坐，頓也，遽也。五雲，五色瑞雲。

【集説】

《唐宋詩醇》云：後三篇狀景奇特，而無刻削之跡，蓋浩浩落落，獨往獨來，自然而成，不假人力，大家所以異人者在此。若其體近遊仙，則其寄興云爾。

【按】

《禮記·月令》：「孟秋之月……凉風至，白露降。」唐人詩中寫及白露，俱爲秋景，如王勃《秋夜長》：「秋夜長，殊未央，月明白露澄清光。」杜甫《月夜憶舍弟》：「戍鼓斷人行，邊秋一雁聲。露從今夜白，月是故鄉明。」崔宗之《贈李十二》：「凉秋八九月，白露空園亭。」不勝枚舉。又，唐人詩中寫及銀河，亦爲秋夜景，如宋之問《明河篇》：「八月凉風天氣晶，萬里無雲河漢明。」孟浩然句：「微雲淡河漢，疏雨滴梧桐。」（王士源《孟浩然集序》謂作於「秋月新霽」時）儲光羲《題陸山人樓》：「暮聲雜初雁，夜色涵早秋。……山雲拂高棟，天漢入雲流。」亦不勝枚舉。白此詩其六有句「山明月露白」、「舉手弄清淺，誤攀織女機」，因知白遊泰山自四月直至秋間。其四云：「清齋三千日。」雖爲誇飾之辭，亦見其歷時之久也。

客有鶴上仙　古風其七

此篇與《遊泰山》諸詩光景、造語、情緒頗相類，似一時之作，因繫於此。

客有鶴上仙，飛飛凌太清〔一〕。揚言碧雲裏，自道安期名〔二〕。兩兩白玉童，雙吹紫鸞笙〔三〕。去影忽不見，回風送天聲〔四〕。舉首遠望之〔五〕，飄然若流星。願餐金光草，壽與天齊傾〔六〕。

【注釋】

〔一〕太清，天庭。《楚辭·九嘆·遠遊》：「譬若王僑之乘雲兮，載赤霄而凌太清。」王逸注：「上凌太清，遊天庭也。」

〔二〕安期，仙人名，詳見本年《遊泰山》詩注。

〔三〕紫鸞笙，仙人所吹者。陳子昂《與東方左史虬修竹篇》：「驅馳翠虬駕，伊鬱紫鸞笙。……永隨衆仙逝，三山遊玉京。」

〔四〕回風，飄風，即旋風。《楚辭·九章·悲回風》：「悲回風之摇蕙兮，心冤結而内傷。」王逸注：「回風爲飄。」朱熹注：「旋轉之風也。」

〔五〕此句兩宋本、繆本俱注云：「一作我欲一問之。」

〔六〕金光草，仙草。《佩文韻府》卷四十九引《廣異記》：「謝元卿至東岳夫人所居，有異草，葉如芭蕉，花正黄色，光可以鑒，曰此金光草也，食之化形靈，元壽與天齊。」

【集説】

蕭云：此篇亦遊仙詩體，恐是贈答之詩，非泛然之作也。

《唐宋詩醇》云：天聲、流星二語，真如天上飛仙，可望而不可即，覺李賀「羲和敲日玻璃聲」，極意創造，終屬雕琢，自是仙鬼之別。

【按】此詩兩宋本、繆本、王本俱注云：「一作五鶴西北來，飛飛凌太清。仙人緑雲上，自道安期名。兩兩白玉童，雙吹紫鸞笙。飄然下倒景，倏忽無留行。遺我金光草，服之四體輕。將隨赤松去，對博坐蓬瀛。」當是一詩之兩傳者。

酬張卿夜宿南陵見贈

張卿似爲張謂。南陵，曲阜地名，白有田舍在焉。當是張卿訪白於南陵田舍，時白在瑕丘家中。説詳後。

月出魯城東〔一〕，明如天上雪。魯女驚莎鷄〔二〕，鳴機應秋節〔三〕。當君相思夜，火落金風高〔四〕。河漢挂户牖，欲濟無輕舠〔五〕。我昔辭林丘，雲龍忽相見〔六〕。客星動太微，朝去洛陽殿〔七〕。爾來得茂彦〔八〕，七葉仕漢餘〔九〕。身爲下邳客，家有圯橋書〔一〇〕。傅説未夢時，終當起巖野〔一一〕。萬古騎辰星〔一二〕，光輝照天下。與君各未遇，長策委蒿萊。寶刀隱玉匣，鏽澀空莓苔〔一三〕。遂令世上愚，輕我土與灰。一朝攀龍去，鼃黽安在哉〔一四〕？故山定有酒，與爾傾金罍〔一五〕。

【注釋】

〔一〕魯城，謂兖州（魯郡）治城瑕丘。集中魯城、魯邑、魯門、魯中均指此。城東二里之沙丘爲李白寓家之地，在南陵田舍之西，中隔泗水。

〔二〕莎鷄，俗名紡織娘，秋夜鳴聲尤急，札札不止。

〔三〕鳴機，謂紡織。江淹《麗色賦》：「秋梭鳴機。」

〔四〕火，即大火，星名，至秋則落而西流。詳見開元二十八年《早秋贈裴十七仲堪》詩注。

〔五〕輕舠，小船。二句謂時已夜深，欲由沙丘往南陵晤張卿，而泗水已無渡船。

〔六〕雲龍，謂「雲間陸士龍」，此譽張卿。敦煌卷子伯二五三七《褒譽篇》第二十六「日鶴、雲龍」注：「《晉書》載此二人才藝，時人歌曰：『日下荀鳴鶴，雲間陸士龍。』」可見雲龍一詞爲唐時褒譽習語。

〔七〕二句用嚴子陵事，喻己開元間長安之行，詳見天寶二年《松柏本孤直》（《古風》其十二）詩注。太微，星名。《晉書·天文志》：「太微，天子庭也。」此喻帝京。

〔八〕茂彦，茂才彦士，國之俊傑也。《全唐文》卷二一唐玄宗《授宋璟吏部尚書蘇頲同平章事制》：「出納惟允，必藉英奇；啟沃有光，實資茂彦。」王注：「任昉詩：濬沖得茂彦，夫子值狂生。吕向注：『王戎，字濬沖，爲吏部尚書，得李茂彦爲吏部郎，戎以禮待之。』今按，王注誤。昉詩中茂彦爲李毅字，未可移用於張卿；況張卿其時未官，亦不得以李茂彦擬之。

〔九〕用張湯事，擬張卿之家世。《漢書・張湯傳》：「安世（湯字）子孫相繼，自宣、元以來爲侍中、中常侍、諸曹散騎，列校尉者凡十餘人。功臣之世，唯有金氏、張氏親近寵貴，比於外戚。」左思《詠史》：「金張藉舊業，七葉珥漢貂。」

〔一〇〕下邳客，謂張良。良匿於下邳，遊圯橋上，遇黄石公，受兵書。詳見開元二十六年《經下邳圯橋懷張子房》詩注。二句亦喻張卿。圯，音移。

〔一一〕傅説，殷之賢相。高宗思得良輔，夢天賜賢人，圖象以求之，得説於傅巖之野，舉以爲相。詳見開元十九年《冬夜醉宿龍門覺起言志》詩注。

〔一二〕辰星，《淮南子・覽冥》：「此傅説之所以騎辰尾也。」高誘注：「（説）爲高宗成八十一符，致中興，死託精於辰尾之星。」

〔一三〕鏽，王本作繡，據宋乙本改。

〔一四〕攀龍，謂依附帝王以建立功業。《漢書・叙傳》：「攀龍附鳳，并乘天衢。」鼃黽，蛙類。鼃，古蛙字。此喻「世上愚」。

〔一五〕故山，當指南陵田舍。二句意謂次日將至田舍歡聚。

【集説】

詹鍈云：詩云：「月出魯城東，明如天上雪。魯女驚莎鷄，鳴機應秋節。」當是秋季魯城作。又云：「我昔辭林丘，雲龍忽相見。客星動太微，朝去洛陽殿。」當指被放還山而言。

瞿、朱云：此詩之張卿當即卷九《玉真公主別館苦雨贈衛尉張卿》詩中所指之人。此云：「我昔辭林丘，雲龍忽相見。」是二人在長安相識也。

【按】

詹鍈於詩中「雲龍」一詞，顯係以「雲從龍，風從虎」解，故謂「我昔」四句「當指被放還山而言」。此解與詩中「未夢」、「未遇」諸語牴牾。李白既已待詔翰林，不得云「未夢」、「未遇」。「雲龍」若喻君臣，應帶從字，如《贈別從甥高五》：「雲龍若相從，明主會見收。」蓋君臣之間固是主從關係。「相見」則僅用於友朋之間。故知「雲龍」當解如注〔六〕，此詩必作於奉詔入朝前。

瞿、朱釋「雲龍」句爲「二人在長安相識」，得其解。然謂題中之張卿即張垍，則誤。張垍既爲貴臣之後，早在開元十八年已爲駙馬都尉及衛尉卿，亦不得云「未夢」、「未遇」。詩中張卿之境遇與張垍迥不相值。今按，郁賢皓《李白交遊雜考》一文（見《李白叢考》），曾疑李白《魯城北郭曲腰桑下送張子還嵩陽》、《魯郡堯祠送張十四遊河北》及賈至《巴陵寄李二户部張十四禮部》諸詩中之張子、張十四或係張謂。據《全唐詩》卷一百九十七張謂小傳、《唐才子傳》卷四張謂小傳：張謂，字正言，河南人。少讀書嵩山，曾遊河北。天寶二年登進士第，乾元中爲尚書郎，大曆中官至禮部侍郎。知其天寶元年尚未仕。又據李白乾元元年所作《泛沔州城南郎官湖》詩序中稱張謂爲「故人」，知其與白爲舊交。則此詩中之張卿亦或係張謂。

題中之「南陵」，舊謂宣州屬縣，亦誤。詩中無隻字片語涉及宣州，風物則純屬東魯。今考《曲阜縣志》卷三十六：「（兖州）府東三十里曰曲阜縣……計村莊之大者一百四十有一……西南十有四……陵城南莊……」其地今爲陵城村，人稱南陵。題中之南陵，或即此地。本年白有《南陵別兒童入京》一詩，其南陵亦爲此地。

李白東魯寓家之地爲兖州（魯郡）治城瑕丘東門外二里之沙丘。舊説寓家任城，誤。詳見天寶八載《送蕭三十一之魯中》一詩按語。

魯城北郭曲腰桑下送張子還嵩陽

魯城，此指魯郡治城瑕丘。本年秋作，張子，似即上篇題中之張卿，疑爲張謂。謂曾讀書嵩山，其在嵩陽或有居處，故曰還。

送別枯桑下，凋葉落半空。我行懵道遠，爾獨知天風〔一〕。誰念張仲蔚，還依蒿與蓬〔二〕。何時一杯酒，更與李膺同〔三〕？

【注釋】

〔一〕《文選》樂府古辭《飲馬長城窟行》：「枯桑知天風，海水知天寒。」李善注：「枯桑無枝，尚知天風。」

〔二〕《三輔決録》：「張仲蔚，平陵人也，與同郡魏景卿俱隱身不仕，明天官博物，好屬詩賦，所居蓬蒿没人。」此喻張子。

〔三〕李膺，疑當作季鷹，即張翰，居洛，秋風起而歸鄉，詳見開元十三年《秋下荆門》詩注。此切張姓而代張子。李膺，見天寶四載《陪從祖濟南太守泛鵲山湖三首》詩注，與此詩難相牽合。

【按】

此言「誰念張仲蔚，還依蒿與蓬」，與前《酬張卿夜宿南陵見贈》詩中「與君各未遇，長策委蒿萊」二句意合，二詩時、地亦相接，因判爲同期先後之作。

南陵别兒童入京

本年秋自東魯奉詔入京時作。兒童，謂女平陽、子伯禽，許氏所生。時許氏似已病故。《河嶽英靈集》、《又玄集》題作《古意》，恐誤。

白酒新熟山中歸〔一〕，黄鷄啄黍秋正肥〔二〕。呼童烹鷄酌白酒，兒女嬉笑牽人衣〔三〕。高歌取醉欲自慰，起舞落日争光輝〔四〕。遊説萬乘苦不早，著鞭跨馬涉遠道。會稽愚婦輕買臣〔五〕，余亦辭家西入秦。仰天大笑出門去，我輩豈是蓬蒿人？

【注釋】

〔一〕山中，當指泰山中。

〔二〕黍，今北方之粘小米。《説文解字》：「黍，禾屬而黏者也。」段玉裁注：「禾屬而黏者黍，禾屬而不黏者穈……今山西人無論黏與不黏統呼之曰穈黍，太原以東則呼黏者爲黍子，不黏者爲穈子。黍宜爲酒……穈宜爲飯。」魯地正在太原之東，故呼禾之粘者爲黍。

〔三〕兒女，魏顥《李翰林集序》云：「白始娶於許，生一女一男。」

〔四〕此句下咸本注云：「一本無此二句。」

〔五〕會稽愚婦，謂朱買臣之妻。《漢書·朱買臣傳》：朱買臣字翁子，吴人也。家貧，好讀書，不治産業。常刈薪樵，賣以給食，擔束薪，行且誦書，其妻亦負擔相隨，數止買臣毋歌謳道中，買臣愈益疾歌，妻羞之，求去。買臣笑曰：「我年五十當富貴，今已四十餘矣。女苦日久，待我富貴報女功。」妻恚怒曰：「如公等，終餓死溝中耳，何能富貴？」買臣不能留，即聽去。買臣後貴顯，爲會稽太守，其妻愧悔自經。魏顥《李翰林集序》謂白始娶於許以後，「又合於劉，劉訣。次合於魯一婦人……」。郭沫若謂：此處所斥之會稽愚婦當是劉氏。見《李白與杜甫》。

【集説】

《唐宋詩醇》云：結句以直致見風格，所謂辭意俱盡，如截奔馬。

詹鍈云：蓋白由會稽入京，行至南陵（唐屬宣州宣城郡），乃與妻子相别也，其時當在天寶二年之秋。

【按】

舊説謂白本年有越中之遊，奉詔後自宣州南陵别兒童入京。然白是年遊泰山自春徂秋，設南下遊越，須先寄家宣州，而後隻身赴越，奉詔後又返宣州南陵，始别兒童入京，計其時日，實難通融。近有葛景春、劉崇德撰《李白由東魯入京考》一文，倡白自東魯入京説，可從。葛、劉以爲《南陵别兒童入京》詩題訛誤，應作《古意》。然南陵既在東魯（見前《酬張卿夜宿南陵見贈》詩按語），則詩題作《南陵别兒童入京》不誤。

侍從遊宿温泉宫作

本年十月，白待詔翰林之初作。《元和郡縣志》關内道京兆府昭應縣：「華清宫，在驪山上。開元十一年，初置温泉宫，天寶六年改爲華清宫。」昭應，今陝西臨潼縣。

羽林十二將〔一〕，羅列應星文〔二〕。霜仗懸秋月〔三〕，霓旌卷夜雲〔四〕。嚴更千户肅〔五〕，清樂九天聞〔六〕。日出瞻佳氣，葱葱繞聖君〔七〕。

【注釋】

〔一〕王注：「《漢書》：武帝太初元年，初置建章營騎，後更名羽林騎。顔師古注：羽林，宿衛之官，言其如羽之疾，如林之多也。一説，羽所以爲王者羽翼也。按唐制：左右羽林軍，各置大將軍一人，將軍三人，凡八將，無所謂十二將也。而開元、天寶之時，天子禁兵有十六衛，其左右衛、左右金吾衛，總謂之四衛。若左右驍衛、左右武衛、左右威衛、左右領軍衛、左右監門衛、左右千牛衛，十二衛謂之雜衛。疑所謂十二將者，指十二雜衛之主將而言，以其專掌禁衛，當爪牙禦侮之任，與漢之羽林騎相似，故曰羽林十二將也。」今按，據《隋書·百官志》，隋有十二衛之制，曰左右翊衛、左右騎衛、左右武衛、左右屯衛、左右禦衛、左右候衛，各置大將軍一人。羽林十二將或以隋制言之。

〔二〕《晉書·天文志》：「羽林四十五星，在營室南，一曰天軍，主軍騎，又主翼王也。壘壁陣十二星，在羽林北，羽林之垣壘也，主軍衛爲營壅也。」

〔三〕霜，狀肅穆。仗，儀衛。《新唐書·百官志》：「左右羽林軍……巡幸，則夾馳道爲內仗。」

〔四〕霓旌，旗竿頂部彩飾。《文選》司馬相如《上林賦》：「拖蜺旌，靡雲旗。」李善引張揖注：「析羽毛，染以五采，綴以縷，爲旌，有似虹蜺之氣也。」

〔五〕《文選》班固《西都賦》：「衛以嚴更之署。」李善引薛綜注：「嚴更，督行夜鼓也。」

〔六〕《唐會要》卷三三：「清樂，九代之遺聲，其始即清商三調是也。」唐代清樂，承隋制而來，爲九部樂之一。《新唐書·禮樂志》：「清商伎者，隋清樂也。有編鐘、編磬、獨絃琴、擊琴、瑟、秦琵琶、卧箜篌、筑、箏、節鼓，皆一；笙、笛、簫、篪、方響、跋膝，皆二。歌二人，吹葉一人，舞者四人。」

〔七〕佳氣，祥瑞之氣。《後漢書·光武帝紀》：「望氣者蘇伯阿爲王莽使，至南陽，遥望見春陵郭，唶曰：「氣佳哉，鬱鬱葱葱然。」

【按】

范傳正《李白新墓碑》謂白入朝後「多陪侍從之遊」，遊温泉宫即其一例。史載，李白在朝期間玄宗幸温泉宫凡三次：一在元年十月，一在二年十月，一在三載正月。合以下二詩觀之，白從遊時意氣洋洋，是初入朝時情緒，乃知從遊温泉宫爲本年十月事。

駕去温泉宫後贈楊山人

唐寫本題爲《從駕温泉宫醉後贈楊山人》。楊山人，白故交，參見開元二十七年《送楊山人歸天台》詩。

少年落魄楚漢間，風塵蕭瑟多苦顔。自言管葛竟誰許〔一〕，長吁莫錯還閉關〔二〕。一朝君王垂拂拭〔三〕，剖心輸丹雪胸臆。忽蒙白日迴景光，直上青雲生羽翼。幸陪鸞輦出鴻都〔四〕，身騎飛龍天馬駒〔五〕。王公大人借顔色〔六〕，金章紫綬來相趨〔七〕。當時結交何紛紛，片言道合唯有君。待吾盡節報明主，然後相携卧白雲〔八〕。

【注釋】

〔一〕管葛，管仲、諸葛亮。管爲春秋時齊桓公相，葛爲三國時蜀國相。自言管葛者，即《代壽山答孟少府移文書》中「奮其智能，願爲輔弼」之謂也。

〔二〕莫錯，亦作錯莫、錯漠、索漠，空虚寂寞之意。閉關，謂未仕。江淹《恨賦》：「敬通見抵，罷歸田里。閉關卻掃，塞門不仕。」

〔三〕拂拭，除去塵垢，使其美質見，意即器重、簡拔。

〔四〕輦，帝王車乘。駕出，鸞旗先行，故曰鸞輦。《漢書·賈捐之傳》：「鸞旗在前，屬車在後。」顔師古注：「鸞旗，編以羽毛，列繫橦旁，載於車上，大駕出，則陳於道而先行。」《新唐書·儀衛志》載，大駕鹵簿之朱雀隊中有鸞旗車。鴻都，東漢京師學宫名，此代指長安。鴻，大也。

〔五〕飛龍，御廄名。天馬，御廄之馬。《新唐書·兵志》：「其後禁中又增置飛龍廄。」《翰林志》：「凡學士……飛龍司借馬一匹。」

〔六〕借，借重。顔色，猶顔面。

〔七〕金章紫綬，指官位顯達者。章，官印。綬，繫印之綬帶。據《漢書·百官公卿表》，漢制：相國、丞相、太尉、大司馬、大司空、太傅、太師、太保等俱金印紫綬。據《舊唐書·輿服志》，唐時，五品以上官員仍有珮、綬之制，其「二品、三品紫綬」。章，唐寫本作印。

〔八〕然後相攜，兩宋本、繆本、王本俱注云：「一作携手滄洲。」

【按】天寶三載，白去朝後遊梁宋時，有《送楊山人歸嵩山》詩，則楊山人已先白而歸卧白雲矣。高適亦有《送楊山人歸嵩陽》詩，可互證。

温泉侍從歸逢故人

本年十一月侍從遊温泉宫歸返長安後作。《舊唐書·玄宗紀》：「天寶元年十一月己巳，至自温泉宫。」

漢帝長楊苑，誇胡羽獵歸。子雲叨侍從，獻賦有光輝〔一〕。激賞搖天筆〔二〕，承恩賜御衣〔三〕。逢君奏明主，他日共翻飛。

【注釋】

〔一〕首四句以揚雄從漢成帝羽獵事喻己之從遊温泉宫。子雲，雄字。《漢書·揚雄傳》：「上將大誇胡人以多禽獸，秋，命右扶風發民入南山，西自褒斜，東至弘農，南敺漢中，張羅罔罝罘，捕熊羆豪猪虎豹狖玃狐菟麋鹿，載以檻車，輸長楊射熊館。……雄從至射熊館，還，上《長楊賦》。」長楊，顔師古注：「宫名也，在盩厔縣，其中有射熊館。」羽獵，服虔注：「士負羽。」謂帝王狩獵，士負羽箭而從。

〔二〕激賞，亦作賞激，激切嘆賞之意。《陳書·文學傳》：「後主嗣業，雅尚文詞，傍求學藝，焕乎俱集。每臣下表疏及獻上賦頌者，躬自省覽。其有辭工，則神筆賞激，加其爵位。」天筆，猶神筆，謂帝王之筆。

〔三〕杜甫《寄李十二白二十韻》有句:「龍舟移棹晚,獸錦奪袍新。」可與此句相參。

【按】白待詔翰林,侍從出遊,雖極寵榮,迄未授官,其政治抱負無由得展。故此詩末二句仍求助於故人,冀其推轂於玄宗之前,以求一伸其志。

高句驪

高句驪,即高麗。《舊唐書·東夷列傳》:「高麗者,出自扶餘之别種也。其國都於平壤城,即漢樂浪郡之故地。」唐初遣使入朝,高宗時封朝鮮郡王。

金花折風帽〔一〕,白馬小遲回〔二〕。翩翩舞廣袖,似鳥海東來。

【注釋】

〔一〕《北史·高麗傳》:「人皆頭著折風,形如弁,士人加插二鳥羽。貴者其冠曰蘇骨,多用紫羅爲之,飾以金銀。服大袖衫,大口袴,素皮帶,黄革履。」

〔二〕遲回,猶蹀躞,小步往來也。

【集説】

蕭云:按唐《禮樂志》:「東夷樂有高麗、百濟,中宗時百濟樂工人亡散,岐王爲太常卿,復奏置之，然音伎多闕。舞者二人，紫大袖裙襦，章甫冠，衣履，樂有箏、笛、桃皮觱篥、箜篌、歌而已。」金花帽、白馬、廣袖者，當時樂舞之飾，即所見而詠之。東海俊鶻名海東青，此喻其舞之快捷如海東青之快捷也。

【按】此詩當是觀高麗獻舞而作。《後漢書·東夷傳》：「自少康已後，世服王化，遂賓於國門，獻其樂舞。」唐時有馬舞，《樂府雜録》：「馬舞者，……蹀躞皆應節奏。」蹀躞，小步往來，故又稱「蹀馬」，或「蹀馬之戲」。戲時以馬舞爲主，人舞佐之。張説有《舞馬辭》，開元初因初唐遺制定之，其一曰：「萬玉朝宗鳳扆，千金率舞龍媒。昛鼓凝驕蹀躞，聽歌弄影徘徊。」又有《蘇幕遮辭》，除詠乞寒之戲外又及「夷歌騎舞」：「繡裝帕額寶花冠，夷歌騎舞借人看。」詳見任半塘《唐聲詩》。故知本篇中之「白馬小遲回」即馬舞也，「翩翩舞廣袖」即佐以人舞也。

子夜吴歌四首

《子夜吴歌四首》，《樂府詩集》題作《子夜四時歌四首》，各首分標《春歌》、《夏歌》、《秋歌》、《冬歌》。《樂府詩集·清商曲辭·吴聲歌曲》有《子夜歌》，題解曰：「《唐書·樂志》曰：《子夜歌》者，晉曲也。晉有女子名子夜，造此聲，聲過哀苦。……後人更爲四時行樂之詞，謂之《子夜四時歌》。」

秦地羅敷女，採桑緑水邊。素手青條上，紅妝白日鮮。蠶飢妾欲去，五馬莫留連〔一〕。

【注釋】

〔一〕全詩由漢樂府民歌《陌上桑》化出。《陌上桑》原辭曰：「日出東南隅，照我秦氏樓。秦氏有好女，自名爲羅敷。羅敷善蠶桑，採桑城南隅。……使君從南來，五馬立踟躕。……」又，梁武帝《子夜四時歌·夏歌》有句：「君住馬已疲，妾去蠶已飢。」

其二

鏡湖三百里〔一〕，菡萏發荷花〔二〕。五月西施採，人看隘若耶〔三〕。回舟不待月，歸去越王家〔四〕。

【注釋】

〔一〕《元和郡縣志》江南道越州：「鏡湖，後漢永和五年太守馬臻創立，在會稽、山陰兩縣界築塘蓄水……隄塘周迴三百一十里，溉田九千頃。」

〔二〕荷花未發爲菡萏。

〔三〕隘，擁塞之意。若耶，溪名，在會稽縣南。

〔四〕見開元十四年《西施》詩題解。

其三

長安一片月，萬户擣衣聲〔一〕。秋風吹不盡，總是玉關情〔二〕。何日平胡虜，良人罷遠征〔三〕？

【注釋】

〔一〕擣衣，將衣料置砧上，以杵擣之，使平展。

〔二〕玉關，即玉門關。《元和郡縣志》隴右道瓜州晉昌縣：「玉門關，在縣東二十里。」故址在今甘肅敦煌西北小方盤城。

〔三〕妻謂夫爲良人。《詩·唐風·綢繆》：「今夕何夕，見此良人。」

【集説】

唐汝詢云：此爲戍婦之辭以譏當時戰伐之苦也。言於月夜擣衣以寄邊塞，而此風吹不盡者，皆我思念玉關之情也，安得平胡而使征夫稍息乎？不恨朝廷之黷武，但言胡虜之未平，深得風人之旨。（《唐詩解》）

王夫之云：情景名爲二，而實不可離，神於詩者，妙合無垠；巧者則有情中景，景中情。景中情者，如「長安一片月」，自然是孤棲憶遠之情。（《薑齋詩話》）

其四

明朝驛使發〔一〕，一夜絮征袍。素手抽針冷，那堪把剪刀？裁縫寄遠道，幾日到臨洮〔二〕？

【注釋】

〔一〕驛使，驛站間傳送文書、物件之人。

〔二〕臨洮，郡名，即洮州，屬隴右道，州治臨潭縣，即今甘肅臨潭縣。據《舊唐書·地理志》，州「在京師西一千五百六里」。此代指西北邊地。

【集説】

王云：胡震亨云：《清商吴曲·子夜歌》，後人更爲《子夜四時》等歌，其歌本四句，太白擬之六句爲異。然當時歌此者，亦自有送聲，有變頭，則古辭固未可拘矣。

【按】

其一明言秦地，其三明言長安，其四與其三相接，唯其二寫越中情景。通體觀之，約作於本年在長安時。

中國古典文學基本叢書

李白全集編年箋注

第二册

安旗 主編

中華書局

李白全集編年箋注卷五　編年詩第五

天寶二年（七四三年）　李白四十三歲

宫中行樂詞八首

本年早春應制之作。　王本題下原注：「奉詔作五言。」宫中，此指西京長安城中諸宫，時稱「三内」：「西内」，即太極宫，在長安城正北，但在諸宫中最西，故稱；「東内」，即大明宫，在長安城東北，以在太極宫之東，故稱；「南内」，即興慶宫，以在他二宫之東南，故稱。　此及以下四題遍及「三内」，諸詩中又多以漢宫殿名代指當時，兹併識於此。

小小生金屋〔一〕，盈盈在紫微〔二〕。　山花插寶髻，石竹繡羅衣〔三〕。　每出深宫裏，常隨步輦歸〔四〕。　只愁歌舞散，化作綵雲飛。

【注釋】

〔一〕漢武帝幼時，其姑館陶長公主抱置膝上，問曰：「兒欲得婦否？」指左右長御百餘人，皆云不用。指其女阿嬌問好否，帝笑對曰：「好。　若得阿嬌作婦，當作金屋貯之。」見《漢武故事》。

〔二〕盈盈，儀態美好貌。紫微，即紫微垣，星座名，詩以代稱天子之宫。《晉書・天文志》：「紫微垣十五星……在北斗北，一曰紫微，大帝之座也，天子之常居也。」在，唐寫本作入。

〔三〕《通志・昆蟲草木略》：「雀麥曰石竹……其葉細嫩，花如錢可愛，唐人多像此以爲衣服之飾，所謂『石竹繡羅衣』。」

〔四〕《説文解字》：「輦，輓車也。」段玉裁注：「謂人輓以行之車也。」《韻會》：「世稱輦車曰步輦，謂人荷而行，不駕馬也。」唐之步輦，無輪，人力舁之。見閻立本《步輦圖》。

其　二

柳色黄金嫩，梨花白雪香〔一〕。玉樓巢翡翠〔二〕，珠殿鎖鴛鴦。選妓隨雕輦〔三〕，徵歌出洞房〔四〕。宫中誰第一？飛燕在昭陽〔五〕。

【注釋】

〔一〕王注：「柳色黄金嫩，梨花白雪香二句，本陰鏗詩，太白全用之。」

〔二〕翡翠，《異物志》：「翠鳥形如燕，赤而雄曰翡，青而雌曰翠。」

〔三〕妓，古時稱歌舞藝人曰妓，或伎。輦，天子所乘之車。雕，彩飾也。

〔四〕洞房，深邃之内室。《文選》宋玉《招魂》：「姱容修態，絙洞房些。」五臣注：「洞，深也。」

〔五〕飛燕，即趙飛燕，漢時宫人，出爲陽阿公主家樂妓，體輕善舞，故稱。成帝微行，過主家，作樂，見而悦之，召入宫，大幸，遂立爲皇后，居昭陽殿。見《漢書·孝成皇后傳》。

其　三

盧橘爲秦樹〔一〕，蒲桃出漢宫〔二〕。烟花宜落日，絲管醉春風。笛奏龍鳴水〔三〕，簫吟鳳下空〔四〕。君王多樂事，還與萬方同〔五〕。

【注釋】

〔一〕盧橘，即金橘。大者徑寸，小者如指頭。熟時黄如金，生則近盧（黑）。此橘花實冬夏相繼，故司馬相如《上林賦》云「盧橘夏熟」。此木本産於南方，言爲秦樹者，以其曾植於漢時秦地之上林苑中也。見《本草綱目·果部》。

〔二〕蒲桃，又作蒲陶，今作葡萄。《史記·大宛列傳》：「宛左右以蒲陶爲酒，富人藏酒至萬餘石，久者數十歲不敗。俗嗜酒，馬嗜苜蓿。漢使取其實來，於是天子始種苜蓿、蒲陶肥饒地。及天馬多，外國使來衆，則離宫别館旁盡種蒲萄、苜蓿極望。」首二句以異方所出珍品屬之秦苑漢宫，以見帝京之繁華富庶。

〔三〕龍鳴，喻笛聲。馬融《長笛賦》：「近世雙笛從羌起，羌人伐竹未及已。龍鳴水中不見已，截竹吹之聲相似。」

〔四〕《荀子·解蔽》：「詩曰：『鳳凰秋秋，其翼若干，其聲若簫。』」參見開元十八年《鳳凰曲》詩注。

〔五〕末二句暗用《孟子·梁惠王》:「今王與百姓同樂則王矣。」

【集説】

周珽云:苑囿聲樂,足稱巨麗,君王豈可獨享其榮?末句託諷昭然。一篇得此結,振起幾多聲調。(《唐詩選脈會通》)

其　四

玉樹春歸日,金宫樂事多。後庭朝未入〔一〕,輕輦夜相過。笑出花間語,嬌來燭下歌〔二〕。莫教明月去,留著醉姮娥〔三〕。

【注釋】

〔一〕後庭,妃嬪所居。《戰國策·秦策》:「君之駿馬盈外厩,美女充後庭。」

〔二〕燭,蕭本作竹。

〔三〕姮娥,即嫦娥。《淮南子·覽冥》:「羿請不死之藥於西王母,姮娥竊以奔月。」

其　五

繡户香風暖,紗窗曙色新。宫花争笑日〔一〕,池草暗生春〔二〕。緑樹聞歌鳥,青樓見舞人〔三〕。昭陽桃李月，羅綺自相親。

【注釋】

〔一〕笑日，日光下花開之況。劉勰《新論》：「春葩含日似笑，秋葉泫露如泣。」

〔二〕謝靈運《登池上樓》：「池塘生春草。」句由此化出。

〔三〕青樓，美人所居。曹植《美女篇》：「青樓臨大路，高門結重關。」庾肩吾《春日親早朝》：「繡衣年少朝欲歸，美人猶在青樓夢。」

其　六

今日明光裏〔一〕，還須結伴遊。春風開紫殿〔二〕，天樂下珠樓。艷舞全知巧〔三〕，嬌歌半欲羞。更憐花月夜，宮女笑藏鈎〔四〕。

【注釋】

〔一〕明光，漢宮名。《三輔黄圖》卷三：「武帝求仙，起明光宫，發燕趙美女二千人充之。」

〔二〕紫殿，帝王宮殿。其言紫者，實爲紫微之省稱，參見本題其一注。

〔三〕全，甚辭。

〔四〕藏鈎，遊戲名。其起源，據《漢武故事》：鈎弋夫人少時手拳，帝披其手，得一玉鈎，手得展，故因爲藏鈎之戲，後因效之。其法，據《藝文類聚》卷七十四引《風土記》：義陽臘日飲祭之後，叟嫗兒童爲藏鉤之戲。分爲二曹，以效勝負。若人偶即敵對，人奇即人爲游附，或屬上曹，或屬下曹，名爲飛鳥，以齊二曹人數。一鉤藏在數手中，曹人當射知所在。一藏爲一籌，三籌爲一都。《採蘭雜志》：「每月下九，置酒爲婦女之歡，名曰陽會……女子以是夜爲藏鉤諸戲，以待月明，至有忘寢而達曙者。」

其　七

寒雪梅中盡，春風柳上歸。宮鶯嬌欲醉，簷燕語還飛。遲日明歌席〔一〕，新花艷舞衣。晚來移綵仗〔二〕，行樂好光輝〔三〕。

【注釋】

〔一〕《詩·豳風·七月》：「春日遲遲。」毛傳：「遲遲，舒緩也。」孔穎達疏：「遲遲者，日長而暄之意，故爲舒緩。」

〔二〕綵仗，宮中儀仗，以彩色絲織物爲飾。

〔三〕好，咸本、蕭本、《樂府詩集》俱作泥。泥切上句，義勝。

其　八

水緑南薰殿〔一〕，花紅北闕樓〔二〕。鶯歌聞太液〔三〕，鳳吹繞瀛洲〔四〕。素女鳴珠佩〔五〕，天人弄綵毬〔六〕。今朝風日好，宜入未央遊〔七〕。

【注釋】

〔一〕南薰殿，在興慶宮内，殿南有龍池。興慶宮在皇城之東外郭城之興慶坊，爲玄宗「龍潛」之邸。開元二年置宮，十四年擴建之并置朝堂，其後遂常居此。見《兩京城坊考》。

〔二〕《漢書·高帝紀》：「蕭何治未央宮，立東闕、北闕……」注：「未央宮雖南向，而尚書奏事，謁見之徒，皆詣北闕。」後遂以北闕代指帝居。此處之北闕樓，或指興慶宮之勤政務本樓。

〔三〕太液，池名。漢武帝時建於建章宮北，未央宮西南。周面十頃，中起三山，以象瀛洲、方丈、蓬萊。見《三輔黄圖》。唐之太液池在大明宮内含凉殿北，池中有蓬萊山。見《唐兩京城坊考》。

〔四〕鳳吹，謂笙吹之樂。《説文解字》：「笙……十三簧，象鳳之身也。」瀛洲，當謂上句太液池中之瀛洲山。

〔五〕素女，神女名，善音樂。《史記·封禪書》：「太帝使素女鼓五十絃瑟。」此以喻宮女。

〔六〕天人，美女。弄綵毬，以打綵毬爲戲。毬以質輕而堅韌之木制成，中空，外有繪飾，故稱綵毬。人分二朋，以杖擊之以較勝負。男子騎馬打毬，女子多騎驢或步打。

〔七〕未央，漢宮名。此代指唐之大明宮。大明宮在長安東北之龍首原上，俯臨長安城。其正牙曰含元殿，大朝會御之。含元殿後爲宣政殿，天子常朝所也。見《兩京城坊考》。故以之擬未央。

【集説】

唐汝詢云：太白《宫中行樂詞》，艷而浮，輕而少骨。掇江、庾之綺麗，離鮑、謝之沉雄，選李者信不當採。然題曰《行樂》，要是龜年所唱。假令王、孟作之，尚能清真耶？越人治病，隨俗而變；藝苑評詩，隨題而變可也。（《唐詩十集癸集三》）

王云：蕭士贇曰：太白詩用意深遠，非洞悟《三百篇》之旨趣，未易窺其藩籬。晦菴所謂聖於詩者也。《清平調詞》、《宫中行樂詞》，其中數首全得國風諷諫之體。如曰「玉樓巢翡翠，金殿鎖鴛鴦」，是諷其玉樓金殿不爲延賢之地，徒使女子小人居之也。「選妓隨雕輦，徵歌出洞房」，是諷其不好德而好色，不聽雅樂而聽鄭聲也。「宫中誰第一，飛燕在昭陽」，是以飛燕比貴妃，妃與飛燕事跡相類，欲使明皇以古爲鑒，知飛燕之爲漢禍水而不惑溺於貴妃也。「君王多樂事，還與萬方同」，是諷其與民同樂也。「今朝風日好，宜向未央遊」，是諷其輟遊宴之樂，而臨政視事於未央也。是時明皇有聲色之惑，多不視朝，故因及之也。言在於此，意在於彼。正得譎諫之體。太白纔得近君，當時人所難言者，即寓諷諫之意於詩内，使明皇因詩有悟，其社稷蒼生庶有瘳乎！豈曰小補之哉！琦按蕭氏此説甚鑿，使解詩者必執此見於胸中，而句度字權之，則古今之詩無一而非譏時誹政之作，而忠厚和平之旨蓋於是失矣。尤而效之，幾何不爲讒邪之嚆矢哉？

喻文鏊云：黄徹《䂬溪詩話》謂李、杜齊名，而太白集中愛君憂國如子美者絶少。然《蜀道難》、《遠别離》，忠愛之忱，溢於楮墨；《戰城南》、《獨漉篇》、《梁父吟》等作，亦寓憂時之意。第其天才縱軼，出入變幻，令人莫可端倪。且凡不能顯言者，每隱言之，是其忠愛之心，不能已也。至《宫中行樂詞》，一曰：君王多樂事，還與萬方同。一曰：宮中誰第一？飛燕在昭陽。一曰：只愁歌舞散，化作綵雲飛。既規諷之，又深警之。徒以玉樓、金殿、翡翠爲艷詞，則失之矣。（《考田詩話》）

郭兆祺云：太白七言近體不多見，五言如《宮中行樂》等篇猶有陳、隋習氣，然用律嚴矣，音節亦稍稍振頓。七言長短句則縱横排奡，獨往獨來，如活虎生龍，未易捉摸，少陵固嘗首肯心醉矣。（《梅崖詩話》）

詹鍈云：《本事詩·高逸》第三：玄宗嘗因宮人行樂，謂高力士曰：「對此良辰美景，豈可獨以聲伎爲娱？倘時得逸才詞人咏出之，可以夸耀於後。」遂命召白。時寧王邀白飲酒已醉，既至，拜舞頹然。上知其薄聲律，謂非所長，命爲《宮中行樂》五言律詩十首。白頓首曰：「寧王賜臣酒，今已醉，倘陛下賜臣無畏，始可盡臣薄技。」上曰：「可。」即遣二内臣掖扶之，命研墨濡筆以授之。又命二人張朱絲欄於其前，白取筆抒思，略不停輟，十篇立就，更無加點，筆跡遒利，鳳跌龍拏，律度對屬，無不精絶。……《唐摭言》云：開元中，李翰林白應詔草《白蓮花開序》，及《宮詞》十首，時方大醉，中貴人以水沃之，稍醒，白於御前索筆一揮，文不加點。王曰：按所謂草《白蓮花開序》，疑即范《墓碑》所云《泛白蓮池序》也。所謂《宮詞》十首疑即《本事詩》所云《宮中行樂詞》五言律詩十首也，蓋皆得之傳聞，故其説不無少異。今《宮詞》僅存八首，《白蓮序》已亡。按二書所記，可疑之點有四。一，寧王卒於開元二十九年十一月（見《舊唐書·讓皇帝憲傳》）。《本事詩》謂寧王邀白飲酒，《摭言》稱開元中李翰林白應詔云云，皆與天寶中入翰林之説不合。二，敦煌殘卷《唐詩選》録前三首，題作《宮中》三章，下云皇帝侍文李白，《才調集》彙今本第三、七、八三首合稱《宫中行樂》三首，又另集其餘稱《紫宫樂》五首。三，《本事詩》稱首篇曰《柳色黄金嫩》，今本《柳色黄金嫩》詩列爲第二首，敦煌殘卷列爲第三首，《才調集》列爲《紫宫樂》第三首。四，《摭言》所謂《白蓮花開序》當是《泛白蓮池序》之誤，因序既與宫詞十首爲同時所作，而是時方在仲春，蓮花斷不能開。據此，二書所記尚未可盡信也。

【按】《才調集》於《宫中行樂》題下列「盧橘」、「寒雪」、「水緑」三首，於《紫宫樂》題下列「小小」、「玉樹」、「柳色」、「繡户」、「今日」五首，合之則爲李集之《宫中行樂詞》八首。因知《本事詩》所謂《宫中行樂》十首五代時已佚其二焉。

侍從宜春苑奉詔賦龍池柳色初青聽新鶯百囀歌

本年早春應制之作。宜春苑，又稱宜春北苑、宜春北院。在太極宫東北隅，時爲梨園女弟子居處。見《兩京城坊考》，并詳按語。龍池，在興慶宫内，詳見本年《宫中行樂詞八首》其八注。

東風已緑瀛洲草〔一〕，紫殿紅樓覺春好。池南柳色半青青，縈烟裊娜拂綺城。垂絲百尺挂雕楹，上有好鳥相和鳴，間關早得春風情〔二〕。春風卷入碧雲去，千門萬户皆春聲。是時君王在鎬京〔三〕，五雲垂暉耀紫清〔四〕。仗出金宫隨日轉，天回玉輦繞花行。始向蓬萊看舞鶴〔五〕，還過茝若聽新鶯〔六〕。新鶯飛繞上林苑〔七〕，願入簫韶雜鳳笙〔八〕。

【注釋】

〔一〕瀛洲，似指興慶宫瀛洲門一帶。

〔二〕間關，鳥鳴聲。

〔三〕鎬京，代稱長安。《元和郡縣志》關内道京兆府長安縣：「周武王宫，即鎬京也，在縣西北十八里。」

〔四〕五雲，五色祥雲。《宋書·符瑞志》：「雲有五色，太平之應也，曰慶雲。」紫清，王注：「似謂紫微清都之所，天帝之所居也。」詩以喻帝所。

〔五〕蓬萊，謂蓬萊池，即太液池，池中有蓬萊山。在大明宫蓬萊殿北。見《唐兩京城坊考》卷一。

〔六〕茝若，漢殿名，在未央宫中。見《三輔黄圖》卷三。此及下句皆以漢時宫苑代指當時。

〔七〕上林苑，漢苑名。《元和郡縣志》關内道京兆府長安縣：「上林苑，在縣西北一十四里，周匝二百四十里，相如所賦也。」

〔八〕《書·益稷》：「簫韶九成，鳳皇來儀。」孔傳：「韶，舜樂名。」鳳笙，見上篇《宫中行樂詞》注。

【集説】

王夫之云：兩層重叙，供奉於是亦且入時，虧他以光響合成一片，到頭本色，自非天才固不當效

此。（《唐詩評選》）

【按】玄宗既知音律，於聽政之暇，選樂工弟子三百人爲絲竹之戲。聲有誤者，帝必覺而正之。號「皇帝梨園弟子」。宮女數百，亦爲梨園弟子，居宜春北院。見《新唐書·禮樂志》。此開元以來事也。李白侍從宜春苑時，其地當爲梨園弟子居處。

清平調詞三首

本年春應制之作。《太平廣記》卷二〇四引韋叡《松窗録》：「開元中，禁中初重木芍藥，即今牡丹也。得四本，紅紫淺紅通白者，上因移植於興慶池東沉香亭前。會花方繁開，上乘照夜白，太真妃以步輦從。詔特選弟子中尤者，得樂十六部。李龜年以歌擅一時之名，手捧檀板，押衆樂前，將歌之，上曰：『賞名花，對妃子，焉用舊樂詞爲？』遂命龜年持金花牋，宣賜李白，立進《清平調辭》三章。白欣然承旨，猶苦宿酲未解，因援筆賦之。……龜年遂以辭進。上命梨園弟子約略調撫絲竹，遂促龜年以歌。太真妃持玻璨七寶盞，酌西凉州蒲桃酒，笑領歌，意甚厚。上因調玉笛以倚曲。每曲遍將换，則遲其聲以媚之。太真飲罷，斂繡巾重拜上。龜年常語於五王，獨憶以歌得自勝者，無出於此，抑亦一時之極致耳。上自是顧李翰林尤異於他學士。」任半塘謂《清平調》創始於玄宗天寶間，樂律在古清調與平調之間，別名《清平辭》。

又謂李白三章乃倚聲而成，李龜年之歌乃循譜而發。見《唐聲詩》下編。

雲想衣裳花想容〔一〕，春風拂檻露華濃〔二〕。若非群玉山頭見〔三〕，會向瑶臺月下逢〔四〕。

【注釋】

〔一〕想，如也，比喻之辭。

〔二〕露華。露珠。「露華濃」承上句「花想容」之喻，花上着露，形容楊妃之容光艷發。

〔三〕《太平廣記》卷二引《仙傳拾遺》：「王造崑崙時……又登群玉山，西王母所居。」

〔四〕會，當也，應也，將然之辭。《太平御覽》卷六六〇引《登真隱訣》：「崑崙瑶臺，是西王母之宫，所謂西瑶上臺。」以上二句以西王母喻楊妃。

【集説】

王云：琦按蔡君謨書此詩，以雲想作葉想。近世吴舒鳧遵之，且云「葉想衣裳花想容」，與王昌齡「荷葉羅裙一色裁，芙蓉向臉兩邊開」，俱從梁簡文「蓮花亂臉色，荷葉雜衣香」脱出。而李用二想字，化實爲虚，尤見新穎。不知何人誤作雲字，而解者附會《楚辭》「青雲衣兮白霓裳」，甚覺無謂云云。不知改雲作葉，便同嚼蠟，索然無味矣。此必君謨一詩落筆之誤，非有意點金成鐵。若謂太白原本是葉字，則更大謬不然。

沈德潛云：三章合花與人言之，風流旖旎，絶世豐神。或謂首章詠妃子，次章詠花，三章合詠，殊見執滯。（《唐詩別裁》）

其二

一枝紅艷露凝香〔一〕，雲雨巫山枉斷腸〔二〕。借問漢宮誰得似？可憐飛燕倚新妝〔三〕。

【注釋】

〔一〕紅，蕭本、咸本俱作穠。

〔二〕宋玉《高唐賦》序：「昔者楚襄王與宋玉遊於雲夢之臺，望高唐之觀，其上獨有雲氣，崪兮直上，忽兮改容，須臾之間，變化無窮。王問玉曰：『此何氣也？』玉對曰：『所謂朝雲者也。』王曰：『何謂朝雲？』玉曰：『昔者先王嘗遊高唐，怠而晝寢，夢見一婦人，曰：「妾爲高唐之客，聞君遊高唐，願薦枕席。」王因幸之。去而辭曰：「妾在巫山之陽，高丘之阻，旦爲朝雲，暮爲行雨，朝朝暮暮，陽臺之下。」』」又，宋玉《神女賦》序：「楚襄王與宋玉遊於雲夢之浦，使玉賦高唐之事。其夜王寢，果夢與神女遇，其狀甚麗。王異之，明日，以白玉，玉曰：『其夢若何？』王曰：『晡夕之後，精神怳忽，若有所喜，紛紛擾擾，未知何意，目色髣髴，乍若有記。見一婦人，狀甚奇異。寐而夢之，寤不自識。罔兮不樂，悵然失志。』」詩總《高唐》、《神女》二賦之意，謂巫山神女惟夢中得見，不可果致，故曰「枉斷腸」，以反襯君王今日有楊妃在側之歡。

〔三〕飛燕，見本年《宮中行樂詞》注。可憐，可愛。倚，配也，如倚曲、倚歌，皆配合之意。句謂美人配新妝，益顯其麗也。

【集説】

楊云：樂史《太白遺事》曰：白既爲此詞，太真嘗吟之，高力士終以脱靴爲深耻，曰：「始以妃子怨李白深入骨髓，何獨拳拳如是邪？」妃驚曰：「何翰林學士能辱人如是？」力士曰：「以飛燕指妃子，賤之甚矣。」妃頗然之。上嘗三欲命白官，卒爲宫中所捍而止。

王云：蕭士贇曰：傳者謂高力士指摘飛燕之事以激怒貴妃，予謂使力士知書，則雲雨巫山不尤甚乎？《高唐賦》序謂神女嘗薦先王之枕席矣。後序又曰：襄王復夢遇焉。此云枉斷腸者，亦譏貴妃曾爲壽王妃，使壽王而未能忘情，是枉斷腸矣。詩人比事引興，深切著明，特讀者以爲常事而忽之耳。琦按力士之譖惡矣，蕭氏所解則尤甚。而揆之太白起草之時，則安有是哉？巫山雲雨，漢宫飛燕，唐人用之已爲數見不鮮之典實。若如二子之説，巫山一事只可以喻聚淫之艷冶，飛燕一事只可以喻微賤之宫娃，外此皆非所宜言。何三唐諸子初不以此爲忌耶？古來《新臺》、《艾豭》諸作，言而無忌者，大抵出自野人之口。若《清平調》是奉詔而作，非其比也。乃敢以宫闈暗昧之事，君上所諱言者，而微辭隱喻之。將蘄君知之耶？亦不蘄君知之耶？如其不知，言亦何益？如其知之，是批龍之逆鱗而履虎尾也。非至愚極妄之人，當不爲此。又太真入宫至此時幾將十載。斯時即有忠君愛主之親臣，亦祇以成事不説，既往不咎，付之無可奈何。而謂新進如太白者顧託之無益之空言，而期君之一悟，何其不智之甚哉？古來文字之累，大抵出於不自知，而成於莫須有。若蘇軾雙檜之詩而譖其求知於地下之蟄龍，蔡確車蓋亭之十絶而箋注其五篇悉涉譏諷。小人機穽，深是可畏。然小人以陷人爲事，其言無足怪。而詞人學士品騭詩文於數百載之下，亦效爲巧詞曲解，以擬議前人辭外之旨，不亦異乎！

袁枚云：張儀封觀察謂余曰：李白《清平調》三章非詠牡丹也。其時武惠妃薨，楊妃初寵，帝對花感舊，召李白賦詩，白知帝意，故有「巫山斷腸，雲想衣裳」之語，蓋正喻夾寫也。至於名花傾國，則指貴妃矣。余按《唐書·李白傳》，稱帝坐沉香亭，意有所感，乃召李白，則此説未爲無因。張名裕穀，字詒庭。（《隨園詩話》）

瞿、朱云：武惠妃以開元二十五年十二月卒，距作《清平調》時約爲五年，玄宗故劍之思爲情理所有，惟「巫山斷腸，雲想衣裳」恐不當作如是解，此亦姑備一説耳。

其　三

名花傾國兩相歡〔一〕，長得君王帶笑看。解釋春風無限恨〔二〕，沉香亭北倚闌干。

【注釋】

〔一〕名花，指牡丹。傾國，絶色女子。據《漢書·外戚傳》，漢武帝時李延年歌：「北方有佳人，絶世而獨立。一顧傾人城，再顧傾人國。寧不知傾城與傾國，佳人難再得。」此謂楊妃。

〔二〕解釋，消除。

【集説】

沈德潛云：本言釋天子之愁恨，托以春風，措辭微婉。（《唐詩别裁》）

黄生云：釋恨即從「帶笑」來。本無恨可釋而云然者，即《左傳》「君非姬民，居不安，食不飽」之意。（《唐詩摘鈔》）

【按】

楊妃何時入宫，史無明文。陳寅恪據有關記載，度其必在開元季年，即開元二十五年十二月武惠妃薨後。最遲亦在開元二十八年。見《元白詩箋證稿·長恨歌》。以白此詩觀之，良是。此正「三千寵愛在一身」之時也。

春日行

《樂府詩集·雜曲歌辭》有鮑照《春日行》，胡震亨曰：「鮑照《春日行》詠春遊，太白則擬君王遊樂之辭。」詠本年三月玄宗駕幸望春樓觀廣運潭事。樓在長安城北禁苑内。詳按語。

深宫高樓入紫清〔一〕，金作蛟龍盤繡楹。佳人當窗弄白日，絃將手語彈鳴箏〔二〕。春風吹落君王耳，此曲乃是《昇天行》〔三〕。因出天池泛蓬瀛〔四〕，樓船蹙沓波浪驚〔五〕。三千雙蛾獻歌笑，撾鐘考鼓宫殿傾〔六〕，萬姓聚舞歌太平。我無爲，人自寧，三十六帝欲相迎〔七〕，仙人飄颻下雲軿〔八〕。帝不去，留鎬京〔九〕。安能爲軒轅，獨往入窅冥〔一〇〕？小臣拜獻南山壽，陛下萬古垂鴻名。

【注釋】

〔一〕紫清，天帝所居，喻帝所。

〔二〕紘將手語，即以手撥紘奏樂。

〔三〕《昇天行》，樂府古題。《樂府詩集·雜曲歌辭》引《樂府解題》曰：「《昇天行》……皆傷人世不永，俗情險艱，當求神仙，翱翔六合之外。」

〔四〕天池，宫中池沼。蓬瀛，見本年《宫中行樂詞》注。

〔五〕樓船，《史記·平準書》：「乃大修昆明池，列觀環之，治樓船，高十餘丈，旗幟加其上，甚壯。」魘沓，密集貌。

〔六〕摑、考，俱擊也。

〔七〕王注：「道書有三十六上帝。」

〔八〕軿，音平，衣車。《釋名》：「軿，屏也。四面屏蔽，婦人所乘車也。」仙人所乘之車，雲彩環裹，故曰雲軿。

〔九〕鎬京，周武王國都，故址在今西安灃河東岸。此代指長安。

〔一〇〕爲，如也。軒轅，黄帝。《史記·五帝本紀》：「黄帝者，少典之子，姓公孫，名曰軒轅。」窅冥，謂仙界。《史記・封禪書》:「黄帝采首山銅,鑄鼎於荆山下。鼎既成,有龍垂胡髯,下迎黄帝。黄帝上騎,群臣從宫後上者七十餘人,龍乃上去。」

【集説】

陳沆云:此以王道諷求仙也。不直譏求仙,而曰「帝不去,留鎬京。安能爲軒轅,獨往入窅冥」,以反規荒廢萬機之失,明不如王道太平之可慕也。孰謂太白不聞道,但賦凌雲飄飖之氣者?(《詩比興箋》)

【按】

此篇實爲太平盛世之頌辭,特以升仙事作襯,謂當今帝王不願辭人間而入仙界也。《通鑑・唐紀》天寶二年:「三月……江、淮南租庸等使韋堅引滻水抵苑東望春樓下爲潭。……二年而成。丙寅,上幸望春樓觀新潭。堅以新船數百艘,扁榜郡名,各陳郡中珍貨於船背。陝縣尉崔成甫著錦半臂,缺胯緑衫以裼之,紅袹首,居前船唱《得寶歌》,使美婦百人盛飾而和之,連檣數里。……上置宴,竟日而罷,觀者山積。……名其潭曰廣運。」白詩所寫,即當時情景。

陽春歌

《樂府詩集・清商曲辭》有《陽春歌》、《陽春曲》。蕭注:「《歌録》:陽春歌,楚曲也,即時景二十五曲之一。」

長安白日照春空，緑楊結烟桑裊風〔一〕。披香殿前花始紅〔二〕，流芳發色繡户中。繡户中，相經過，飛燕皇后輕身舞〔三〕，紫宫夫人絶世歌〔四〕。聖君三萬六千日，歲歲年年奈樂何〔五〕？

【注釋】

〔一〕桑，咸本、唐寫本、《文苑英華》俱作垂。

〔二〕漢武帝時，後宫八區有披香殿，見《三輔黄圖》卷三。

〔三〕句見本年《宫中行樂詞》注。此及下句皆以漢喻唐。

〔四〕紫宫夫人，謂漢武帝孝武皇后李夫人。絶世歌，即李延年所歌，見本年《清平調詞》注。

〔五〕末二句言時君行樂之心無極，而萬機荒廢可知矣。

飛龍引二首

飛龍引，《樂府詩集·琴曲歌辭》名。蕭云：「《飛龍引》者，古樂府魚龍六曲之一。」王云：「太白二篇，皆借黄帝上昇事爲言，乃遊仙詩也。」非僅言遊仙，亦有諷刺之意。

黄帝鑄鼎於荆山，鍊丹砂。丹砂成黄金，騎龍飛上太清家〔一〕。雲愁海思令人嗟，宫中綵女顔如花〔二〕。飄然揮手凌紫霞，從風縱體登鸞車〔三〕。登鸞車，侍軒轅〔四〕。遨遊青天中，其樂不可言。

【注釋】

〔一〕首四句，寫黄帝升天事，見本年《春日行》詩注。《元和郡縣志》河南道虢州湖城縣：「荆山，在縣南，即黄帝鑄鼎之處。」鍊丹砂，《史記·封禪書》：「少君言上曰：『祠竈則致物，致物則丹砂可化爲黄金，黄金成，以爲飲食器則益壽，益壽而海中蓬萊仙者乃可見，見之以封禪則不死，黄帝是也。』」太清，天庭。《楚辭·九歎·遠遊》：「譬若王僑之乘雲兮，載赤霄而凌太清。」玉逸注：「上凌太清，遊天庭也。」

〔二〕雲愁海思，謂愁思浩茫廣大。二句意謂已然「騎龍飛上太清家」之黄帝，念及「宫中綵女顔如花」，而未能一起飛升，遺憾不置，故有「雲愁海思」生焉。

〔三〕王注：「《抱朴子》：黄帝以千二百女昇天。」二句即言此事。

〔四〕軒轅氏，傳説中黄帝之名。《史記·五帝本紀》：「黄帝者，少典之子，姓公孫，名曰軒轅。」「生而神靈，弱而能言，幼而徇齊，長而敦敏，成而聰明。軒轅之時，神農氏世衰，諸侯相侵伐，暴虐百姓，而神農氏弗能征，於是軒轅乃習用干戈，以征不享，諸侯咸來賓從。而蚩尤最爲暴，莫能伐。炎帝欲侵陵諸侯，諸侯咸歸軒轅，軒轅乃脩德振兵，治五氣，撫萬民，度四方。」司馬貞《索隱》：「按皇甫謐云：黄帝生於壽丘，長於姬水，因以爲姓。居軒轅之丘，因以爲名，又以爲號，是本姓公孫，長居姬水，因改姓姬。」

其二

鼎湖流水清且閑〔一〕，軒轅去時有弓劍〔二〕，古人傳道留其間〔三〕。後宫嬋娟多花顔，乘鸞飛烟亦不還，騎龍攀天造天關。造天關，聞天語。屯雲車，載玉女〔四〕。載玉女，過紫皇〔五〕，紫皇乃賜白兔所擣之藥方〔六〕，後天而老凋三光〔七〕。下視瑶池見王母，蛾眉蕭颯如秋霜〔八〕。

【注釋】

〔一〕鼎湖，水名，即湖水。《史記·孝武本紀》張守節《正義》引《括地志》：「湖水原出虢州湖城縣南三十五里夸父山，北流入河，即鼎湖也。」閑，王注：「是水止而不動之意。」

〔二〕《水經注·河水》：「帝崩，惟弓劍存焉，故世稱黄帝仙矣。」

〔三〕《拾遺記》卷三：「薰風至，真人集，（黄帝）乃厭世於昆臺之上，留其冠劍佩舄焉。昆臺者，鼎湖之極峻處也。」

〔四〕二句王本作「屯雲河車載玉女」，河字似衍，據唐寫本改。雲車，仙人所乘。曹植《洛神賦》：「載雲車之容裔。」玉女，仙女。《神異經·東荒經》：「（東王公）恒與一玉女投壺。」《楚辭·賈誼〈惜誓〉》：「建日月以爲蓋兮，載玉女於後車。」朱熹集注：「玉女，青要、乘弋等也。」《文選·張衡〈思玄賦〉》：「載太華之玉女兮，召洛浦之虙妃。」劉良注：「玉女，太華神女。」以上其名不同，要之皆傳説中之神女也，常侍奉尊神左右。唐李商隱《寄遠》詩：「桓娥擣藥無時已，玉女投壺未肯休。」

〔五〕紫皇，道家之神。《太平御覽》卷六五九引《祕要經》：「太清九宫，皆有僚屬，其最高者稱天皇、紫皇、玉皇。」

〔六〕樂府古辭《董逃行》：「白兔長跪擣藥蝦蟆丸，奉上陛下一玉柈，服此藥可得神仙。」舊説月中有白兔擣藥，得服之而壽。

〔七〕後天而老，長生不老之意。三光，日、月、星。蕭注：「凋三光者，言三光有時凋落，而此之真身則常存也。」

〔八〕瑶池，傳説中西王母居處。《太平廣記》卷五十六引《集仙録》謂西王母居「瓊華之闕，光碧之堂，九層玄室，紫翠丹房，左帶瑶池，右環翠水」。王注：「司馬相如《大人賦》：『吾乃今日睹西王母，暠然白首，戴勝而穴處。』所謂『蛾眉蕭颯如秋霜』，即白首之意，嫌王母已有衰老之容，以反明軒轅之後天而老也。」

【集説】

沈德潛云：後天而老猶蛾眉蕭颯，則不老者化老矣。學仙何爲哉？（《唐詩别裁》）

《唐宋詩醇》云：一結從《大人賦》翻出。仙者後天而老，乃蛾眉蕭颯如許，則不老者且先凋矣。諷意微而顯。

上雲樂

《上雲樂》，《樂府詩集·清商曲辭》名。王本題下原注：「老胡文康辭，或云范雲及周捨所作，今擬之。」周舍辭曰：「西方老胡，厥名文康。遨遊六合，傲誕三皇。西觀濛汜，東戲扶桑。南泛大蒙之海，北至無通之鄉。昔與若士爲友，共弄彭祖扶床。往年暫到崑崙，復值瑶池舉觴。周帝迎以上席，王母贈以玉漿。故乃壽如南山，老若金剛。青眼智智，白髮長長。蛾眉臨髭，高鼻垂口。非直能俳，又善飲酒。簫管從前，門徒從後。濟濟翼翼，各有分部。鳳皇是老胡家鷄，師子是老胡家狗。陛下撥亂反正，再朗三光。澤與雨施，化與風翔。覘雲候吕，來遊大梁。重駟修路，始届帝鄉。伏拜金闕，仰瞻玉堂。從者小子，羅列成行。悉知廉節，皆識義方。歌管愔愔，鏗鼓鏘鏘。響震鈞天，聲若鵷皇。前卻中規矩，進退得宫商。舉伎無不佳，胡舞最所長。老胡寄篋中，復有奇樂章。齎持數萬里，願以奉聖皇。乃欲次第説，老耄多所忘。但願明陛下，壽千萬歲，歡樂未渠央。」

金天之西〔一〕，白日所没。康老胡雛〔二〕，生彼月窟〔三〕。巉巖容儀，戌削風骨〔四〕。碧玉炅炅雙目瞳〔五〕，黄金拳拳兩鬢紅〔六〕。華蓋垂下睫〔七〕，嵩岳臨上脣〔八〕。不覩詭譎貌，豈知造化神？大道是文康之嚴父，元氣乃文康之老親〔九〕。撫頂弄盤古〔一〇〕，推車轉天輪〔一一〕。

云見日月初生時，鑄冶火精與水銀〔一三〕。陽烏未出谷〔一三〕，顧兔半藏身〔一四〕。女媧戲黄土，團作愚下人。散在六合間，濛濛若沙塵〔一五〕。生死了不盡，誰明此胡是仙真。西海栽若木〔一六〕，東溟植扶桑〔一七〕。别來幾多時，枝葉萬里長。中國有七聖〔一八〕，半路頹鴻荒〔一九〕。陛下應運起，龍飛入咸陽〔二〇〕。赤眉立盆子〔二一〕，白水興漢光〔二二〕。叱咤四海動，洪濤爲簸揚。舉足踏紫微〔二三〕，天關自開張〔二四〕。老胡感至德，東來進仙倡〔二五〕。五色師子〔二六〕，九苞鳳凰〔二七〕。是老胡鷄犬〔二八〕，鳴舞飛帝鄉。淋漓颯沓〔二九〕，進退成行。能胡歌，獻漢酒，跪雙膝，并兩肘，散花指天舉素手。拜龍顔，獻聖壽。北斗戾，南山摧〔三〇〕，天子九九八十一萬歲，長傾萬歲杯。

【注釋】

〔一〕金天，西方。《文選》張衡《思玄賦》：「顧金天而嘆息兮，吾欲往乎西嬉。」吕向注：「金天，西方少昊所主也。」

〔二〕康老，借周捨舊辭中文康之名以名之。胡雛，猶言胡兒。

〔三〕月窟，指極西之地。《文選》揚雄《長楊賦》：「西厭月蝟。」李善注：「服虔曰：『蝟音窟，月所生也。』」瞿、朱注：「梁簡文帝《大法頌》：『西踰月窟，東漸扶桑。』」

〔四〕巉，山險絶如劖刻也。戌削，《史記·司馬相如列傳》：「眇閻易以戌削。」裴駰集解：「徐廣曰：『戌削，言如刻畫作之。』」巉巖、戌削，均謂康老容顔之骨骼高聳，稜角分明。

〔五〕碧玉，言其瞳仁之色。炅炅，明亮貌。炅，音炯。

〔六〕黄金，言其髮色。拳拳，卷曲貌。

〔七〕華蓋，謂眉。《雲笈七籤》卷十一：「眉號華蓋覆明珠。」

〔八〕嵩岳，調鼻。《雲笈七籤》卷十一：「外應中岳鼻齊位。」梁丘子注：「中岳者，鼻也。」

〔九〕大道，即老子所謂道，萬物之所從生也。《老子》：「有物混成，先天地生。寂兮寥兮，獨立而不改，周行而不殆，可以爲天下母。吾不知其名，字之曰道，强爲之名曰大。」元氣，天地未分前混一之氣。《漢書·律曆志》：「太極元氣，函三爲一。」按，三，天地人也。

〔一〇〕盤古，傳説中開天闢地者。《藝文類聚》一引三國吴徐整《三五曆紀》：「天地混沌如鷄子，盤古生其中。萬八千歲，天地開闢，陽清爲天，陰濁爲地，盤古在其中。一日九變，神於天，聖於地。天日高一丈，地日厚一丈，盤古日長一丈。如此萬八千歲，天數極高，地數極深，盤古極長，後乃有三皇。數起於一，立於三，成於五，盛於七，處於九，故天去地九萬里。」唐楊炯《渾天賦》：「靈心不測，神理難詮。日何爲兮右轉，天何爲兮左旋？盤古何神兮立天地，巨靈何聖兮造山川。」

〔一一〕天輪，指天地。《文選》木華《海賦》：「狀如天輪，膠戾而如激轉。」李善注：「《吕氏春秋》曰：『天地如車輪，終則復始。』」

〔一二〕《淮南子·天文》：「天地之襲精爲陰陽……積陽之熱氣生火，火氣之精者爲日；積陰之寒氣爲水,水氣之精者爲月。」

〔一三〕陽烏,謂太陽。《文選》張景陽《七命》:「陽烏爲之頓羽。」李善注:「《春秋元命苞》曰:『陽成於三,故日中有三足烏,烏者陽精。』」谷,暘谷。傳説中日出之處,在東方極遠之地,炎熱無比。《尚書·堯典》:「分命羲仲,宅嵎夷,曰暘谷,寅賓出日。」孔傳:「暘,明也。日出於谷而天下明,故稱暘谷。」孔穎達疏:「日所出處,名曰暘明之谷。」《淮南子·墬形訓》:「暘谷、榑桑在東方。」漢張衡《東京賦》:「左瞰暘谷,右睨玄圃。」《淮南子·天文》:「日出於暘谷。」

〔一四〕顧兔,謂月亮。《楚辭·天問》:「夜光何德,死則又育?厥利維何,而顧菟在腹?」

〔一五〕《太平御覽》卷七八引《風俗通》:「俗説天地開闢,未有人民,女媧摶黄土作人,劇務,力不暇供,乃引繩絙於泥中,舉以爲人。故富貴者,黄土人也;貧賤凡庸者,絙人也。」

〔一六〕西海,西方極遠之地。若木,傳説中木名,日所入處。《楚辭·離騷》:「折若木以拂日兮,聊逍遥以相羊。」王逸注:「若木在昆侖西極,其華照下地。」

〔一七〕東溟,猶言東海。扶桑,傳説中木名,日所出處。《淮南子·天文》:「日出於暘谷,浴於咸池,拂於扶桑。」

〔一八〕七聖,謂高祖、太宗、高宗、武后、中宗、睿宗、玄宗。王注:「考先天二年睿宗誥,有『運光五聖,業盛百齡』之辭,貞元二十一年順宗誥,有『九聖儲詳,萬邦咸休』之語,皆數武后在内,知當時稱謂如此也。」今按,李白《明堂賦》有句:「惟開元廓海寓而運斗極兮,總六聖之光熙。」六聖之數，亦含武后，可與此詩互證。

〔一九〕頹鴻荒，謂時世之逆變。《文選》王逸《魯靈光殿賦》：「鴻荒朴略。」張載注：「上古之世，爲鴻荒之世也。」李善注：「《法言》曰：『鴻荒之世，聖人惡之。』」

〔二〇〕《文選》張衡《東京賦》：「龍飛白水，鳳翔參墟。」薛綜注：「龍飛鳳翔，以喻聖人之興也。」李善注：「《周易》曰：『飛龍在天，大人造也。』」咸陽，代長安。

〔二一〕東漢光武帝建武元年六月，赤眉軍立劉盆子爲天子，號建世元年。盆子乃高帝孫朱虚侯劉章之後。事見《後漢書·光武帝紀》及《劉盆子列傳》。

〔二二〕前引《東京賦》「龍飛白水」句，薛綜注：「白水，謂南陽白水縣也，世祖所起之處也。」世祖，謂光武帝劉秀。

〔二三〕紫微，帝座。句謂帝王踐位。

〔二四〕天關開張，聖人受命之謂也。天關，星名。《文選》揚雄《長楊賦》：「於是上帝睠顧高祖，高祖奉命，順斗極，運天關。」李善注：「《雒書》曰：『聖人受命，必順斗極。』《爾雅》曰：『北極謂之北辰。』《天官星占》曰：『北辰一名天關。』」

〔二五〕《文選》張衡《西京賦》：「總會仙倡，戲豹舞羆。白虎鼓瑟，蒼龍吹篪。」薛綜注：「則仙倡，僞作假形，謂如神也。羆豹熊虎，皆爲假頭也。」

〔二六〕《初學記》卷二十九引虞世南《獅子賦》：「遂感德以依仁，同百獸之率舞。」《南齊書·王敬則傳》：「敬則……夢騎五色師子。」

〔二七〕傅咸《鳳皇賦》：「感聖化而來儀兮，讀簫韶於九成。」《初學記》卷三十引《論語摘衰聖》：「鳳有六象九苞……九苞者，一曰口包命，二曰心合度，三曰耳聽達，四曰舌詘伸，五曰彩色光，六曰冠矩州，七曰距鋭鈎，八曰音激揚，九曰腹文户。」

〔二八〕周捨《上雲樂》：「鳳皇是老胡家鷄，師子是老胡家狗。」

〔二九〕淋漓、颯沓，皆狀舞姿舞容。淋漓，衆盛貌。揚雄《羽獵賦》：「淋漓廓落。」《文選》傅毅《舞賦》：「颯沓合并。」張銑注：「颯沓，盤旋貌。」

〔三〇〕二句以必無之事反襯帝祚之久長。王注引宋玉《大言賦》：「北斗戾兮太山夷。」戾，曲也。

【集説】

王云：胡震亨云：梁武帝製《上雲樂》，設西方老胡文康，生自上古者，青眼，高鼻，白髮，導弄孔雀、鳳凰、白鹿。慕梁朝來遊，伏拜祝千歲壽。周捨爲之詞。太白擬作，視捨本詞加肆，而「龍飛咸陽」數語，似又謂此胡遊肅宗朝者。亦各從其時，備一代俳樂耳。

又：《隋書·樂志》：「梁三朝樂第四十四，設寺子導安息孔雀、鳳凰、文鹿胡舞登，連《上雲樂》歌舞伎。」知《上雲樂》者，乃舞之名色，令樂人扮作老胡之狀，率珍禽奇獸而爲胡，以祝天子萬壽。其時所歌之辭，即捨所作之辭也。……太白此篇擬之而作，辭義多相出入。

又：「半路頽鴻荒」，喻禄山倡亂，兩京覆没，有似鴻荒之世也。「陛下應運起」，謂肅宗即位於靈武，「龍飛入咸陽」，謂西京尅復，大駕還都也。「赤眉立盆子」，謂禄山既死，群賊又立安慶緒爲主也。「叱咤四海動，洪濤爲簸揚」，喻天下震動，寰宇洗清也。「舉足踏紫微」，喻踐天子之位也。「天關自開張」，喻四遠關塞悉開通出入，不事閉守也。

詹鍈云：至德二載九月癸卯廣平王復西京，此詩當是聞西京尅復捷音以後而作。

【按】

胡、王、詹諸説，俱以此詩詠肅宗朝事，並將此詩與「安史之亂」中時事並提。然肅宗時李白並未入朝，不合作詩以詠朝堂之事。況詩曰「中國有七聖」，如詠肅宗，則爲「八聖」矣。按以史書，可知此詩乃追述玄宗即位的歷史，而與肅宗朝時事無關。蓋則天后末年，政局不穩，屢屢發生政變。《舊唐書·玄宗紀》曰：「中宗末年，王室多故。」此指韋后之亂，使李唐王朝遭遇了一次危機，即詩所謂「半路頹鴻荒」也。據《資治通鑑》記載：景龍四年，「安樂公主欲韋后臨朝，自爲皇太女，乃相與合謀，於餅餤中進毒，六月壬午，中宗崩于神龍殿。韋后秘不發喪，自總庶政」，朝中形成諸韋用事的局面。甲申，「集百官發喪，皇后臨朝攝政，赦天下，改元唐隆」。「丁亥，殤帝（李重茂）即位，時年十六，尊皇后爲皇太后」，詩以劉盆子事喻之。王琦以爲劉盆子喻安慶緒，非是。安慶緒非皇室，事與劉盆子異。劉盆子，時謂其爲漢高祖劉邦之孫、城陽景王劉章之後，而李重茂正可當之。若指安慶緒，則殊無謂。「陛下應運起」二句，謂玄宗舉兵平韋后之亂。時爲臨淄王的李隆基「在京師，陰聚才勇之士，謀匡復社稷」，當月，庚子日之夜于宫中起事，斬殺韋后、安樂公主及諸韋。隨即廢少帝（即殤帝），扶植睿宗即位，七月改元景雲。至此，李唐王朝渡過危機。

據上述可知，詩之「白水興漢光」句，即以漢光武中興喻玄宗重振唐室。兩年後，睿宗傳位於太子李隆基，「舉足踏紫微，天關自開張」二句即謂玄宗踐天子位。此詩乃李白供奉翰林之初，擬周舍舊辭爲玄宗歌功頌德之作，或係爲玄宗上壽之作，所以詩末云「拜龍顔，獻聖壽。北斗戾，南山摧。天子九九八十一萬歲，長傾萬歲杯」。「老胡文康」者，或爲樂人所扮，或適有「老胡文康」來自西方，朝見大唐皇帝，歌舞于朝堂，李白遂借機擬舊辭而作此頌歌。蓋李白既爲翰林供奉，爲玄宗皇帝作頌歌乃其本分之事。此詩與前《侍從宜春苑奉詔賦龍池柳色初青聽新鶯百囀歌》、《春日行》、《陽春歌》同出一轍，頌歌之外，並無其他含義，俱不必亦不可深究之。

金門答蘇秀才

金門，即金馬門，本漢時朝廷官署之門。武帝時命鑄銅馬立於門外，故名。東方朔等近侍之臣皆待詔金馬門。後世遂以之爲朝廷官署之代稱。唐之秀才科罷於高宗永徽二年，其後凡應進士科者通稱謂之秀才。見《國史補》卷下及《登科記考》卷二。

君還石門日，朱火始改木〔一〕。春草如有情，山中尚含緑。折芳愧遥憶〔二〕，永路當自勗〔三〕。遠見故人心，平生以此足。巨海納百川，麟閣多才賢〔四〕。獻書入金闕，酌醴奉瓊筵〔五〕。屢忝白雲唱〔六〕，恭聞黄竹篇〔七〕。恩光照拙薄〔八〕，雲漢希騰遷。銘鼎儻云遂，扁舟方渺然〔九〕。我留在金門，君去卧丹壑。未果三山期，遥欣一丘樂〔一〇〕。玄珠寄罔象，赤水非寥廓〔一一〕。願狎東海鷗〔一二〕，共營西山藥〔一三〕。棲巖君寂滅〔一四〕，處世余龍蠖〔一五〕。良辰不同賞，永日應閑居。鳥吟簷間樹，花落窗下書。緣溪見緑篠，隔岫窺紅蕖。採薇行笑歌，眷我情何已〔一六〕。月出石鏡間，松鳴風琴裏。得心自虛妙，外物空頹靡〔一七〕。身世如兩忘，從君老烟水。

【注釋】

〔一〕火之色朱，故稱朱火。《論語·陽貨》：「鑽燧改火，期可已矣。」馬融注：「《周書·月令》有更火之文，春取榆柳之火，夏取棗杏之火，季夏取桑柘之火，秋取柞楢之火，冬取槐檀之火。一年之中，鑽火各異木。」句謂季節變換。

〔二〕折芳，思念故人之意。《楚辭·九歌·山鬼》：「折芳馨兮遺所思。」

〔三〕永路，或謂雙方相距道里之永，或謂來日人生歲月之永。後者意勝。

〔四〕麟閣，即麒麟閣。《三輔黄圖》卷六：「麒麟閣，蕭何造……宣帝思股肱之美，乃圖霍光等十一人於麒麟閣。」

〔五〕醴，甜酒。《文選》謝朓《始出尚書省》：「復酌瓊筵醴。」張銑注：「瓊筵，天子宴群臣之席。」

〔六〕白雲唱，謂侍從帝王時所奉之詩。《穆天子傳》卷三：「天子觴西王母於瑶池之上，西王母爲天子謡曰：『白雲在天，山陵自出……』」

〔七〕黄竹篇，謂帝王所作之詩。《穆天子傳》卷五：「日中大寒，北風雨雪，有凍人，天子作詩三章以哀民，曰：『我徂黄竹，□員閟寒……』」

〔八〕拙薄，性拙才薄，自謙之辭。

〔九〕銘鼎，《禮記·祭統》：「夫鼎有銘，銘者自名也。自名以稱揚其先祖之美，而明著之後世者也。」此喻功業。句即《代壽山答孟少府移文書》中「事君之道成，榮親之義畢」意。扁舟，用范蠡事，見開元十九年《留别王司馬嵩》詩注。二句即功成身退意。

〔一〇〕三山，仙境。《史記·秦始皇本紀》：「海中有三神山，名曰蓬萊、方丈、瀛洲，仙人居之。」一丘，隱者所居。《漢書·叙傳》下：「栖遲於一丘，則天下不易其樂。」二句謂己求仙之志未遂而欣羨隱居之樂。

〔一一〕罔象，亦作象罔，虚擬之人名。《莊子·天地》：「黄帝遊乎赤水之北，登乎昆侖之丘而南望。還歸，遺其玄珠。使知索之而不得，使離朱索之而不得，使喫詬索之而不得也，乃使象罔，象罔得之。黄帝曰：『異哉，象罔乃可以得之乎！』」玄珠，謂道。二句謂蘇秀才修煉得道，指日可待。

〔一二〕《列子·黄帝》：「海上之人有好鷗鳥者，每旦之海上，從鷗鳥遊。鷗鳥之至者，百住而不止。」句言願放情海上，與鷗鳥親。

〔一三〕西山藥，仙藥。曹丕《折揚柳行》：「西山一何高，高高殊無極。上有兩仙僮，不飲亦不食。與我一丸藥，光耀有五色。服藥四五日，身體生羽翼。輕舉乘浮雲，倏忽行萬億……」

〔一四〕寂滅，佛家語「涅槃」之意譯，謂擺脱一切煩惱，入於不生不滅之門，自由無礙之境。

〔一五〕龍蠖，謂屈己而待時，以求一伸。《易·繫辭》：「尺蠖之屈，以求信也。龍蛇之蟄，以存身也。」

〔一六〕《詩·召南·草蟲》：「陟彼南山，言采其薇。未見君子，我心傷悲。」二句由此化出，想象蘇秀才於山中懷己之情景。

〔一七〕「得心」句謂自身，「外物」句謂人世。身、世兩忘，則可超然而遊於世外矣。

【按】

蘇秀才當係李白待詔翰林期間所結識者。蘇先返石門山中，并遥致憶念之情，白遂答以此詩。詩中猶抱功成身退之想，其作時當在二年春夏間。

效古二首

待詔翰林前期所作，因繫本年。唐寫本題作《古意》。

朝入天苑中〔一〕，謁帝蓬萊宫〔二〕。青山映輦道〔三〕，碧樹摇烟空。謬題金閨籍〔四〕，得與銀臺通〔五〕。待詔奉明主，抽毫頌清風〔六〕。歸時落日晚，蹀躞浮雲驄〔七〕。人馬本無意〔八〕，飛馳自豪雄。入門紫鴛鴦〔九〕，金井雙梧桐。清歌絃古曲，美酒沽新豐〔一〇〕。快意且爲樂，列筵坐群公。光景不可留，生世如轉蓬。早達勝晚遇，羞比垂釣翁〔一一〕。

【注釋】

〔一〕天苑，即禁苑。《舊唐書·地理志》：「禁苑，在皇城之北。苑城東西二十七里，南北三十里，東至灞水，西連故長安城，南連京城，北至渭水。」

〔二〕蓬萊宫，即大明宫。《新唐書·地理志》：「大明宫在禁苑東南……曰東内……龍朔二年始大興葺，曰蓬萊宫。」

〔三〕《漢書·司馬相如傳》：「輦道纚屬。」顔師古注：「輦道，謂閣道可以乘輦而行者也。」

〔四〕謬題，猶忝列，謙辭。金閨籍，即金門籍。《文選》謝朓《始出尚書省》：「既通金閨籍，復酌瓊筵醴。」李善注：「金閨，即金門也。籍者，爲二尺竹牒，上記姓名、年紀等，懸之宫門，案省相應，乃得入也。見《漢書·元帝紀》初元五年詔令通籍事應劭注。」

〔五〕《唐六典》卷七：「大明宫……紫宸殿……殿之東曰左銀臺門，西曰右銀臺門。」《舊唐書·職官志》：「翰林院，天子在大明宫，其院在右銀臺門内。」句謂入侍翰林。

〔六〕《通鑑·唐紀》天寶十三載：「玄宗……即位，始置翰林院，密邇禁廷。延文章之士，下至僧、道、書、畫、琴、棋、數術之工皆處之，謂之待詔。」胡三省注：「其待詔者，有詞學、經術、合練僧、道、卜、祝、術、藝、書、弈，各别院以廩之，日晚而退。其所重者詞學……王者尊極，一日萬機，四方進奏，中外表疏批答，或詔從中出。」

〔七〕蹀躞，音迭泄，小步貌。浮雲，良馬名。《西京雜記》卷二：「文帝自代還，有良馬九匹，皆天下之駿馬也，一名浮雲。」

〔八〕以下八句，寫下朝歸來情景。

〔九〕此句唐寫本作「金井花緑桐」。下多「佳人出繡户，含笑嬌鉛紅」二句。

〔一〇〕新豐，在長安東，詳見開元二十年《結客少年場行》詩注。

〔一一〕垂釣翁，謂吕尚。年八十始遇文王。詳見開元十九年《梁甫吟》詩注。以上四句感慨人生短促，急欲建功立業，故以吕尚之晚遇爲羞。

其二

自古有秀色，西施與東鄰〔一〕。蛾眉不可妬，况乃效其矉〔二〕。所以尹婕妤，羞見邢夫人。低頭不出氣，塞默少精神〔三〕。寄語無鹽子〔四〕，如君何足珍？

【注釋】

〔一〕東鄰，即東家子，古之美女。宋玉《登徒子好色賦》：「天下之佳人……莫若臣東家之子。東家之子，增之一分則太長，減之一分則太短，著粉則太白，施朱則太赤，眉如翠羽，肌如白雪，腰如束素，齒如含貝。嫣然一笑，惑陽城，迷下蔡。」

〔二〕矉，亦作顰，促額也，病痛貌。《莊子·天運》：「西施病心而矉其里，其里之醜人見之而美之，歸亦捧心而矉其里。其里之富人見之，堅閉門而不出；貧人見之，挈其妻子而去走。彼知矉美而不知矉之所以美。」

〔三〕《史記·外戚世家》褚先生補：「武帝時，幸夫人尹婕好……尹夫人與邢夫人同時并幸，有詔不得相見。尹夫人自請武帝，願望見邢夫人，帝許之。即令他夫人飾，從御者數十人，爲邢夫人來前。尹夫人前見之，曰：『此非邢夫人身也。』曰：『何以言之？』對曰：『視其身貌形狀，不足以當人主矣。』於是帝乃詔使邢夫人衣故衣，獨身來前。尹夫人望見之，曰：『此真是也。』於是乃低頭俛而泣，自痛其不如也。」以上諸句中之「秀色」、「娥眉」、「邢夫人」，皆自喻。

〔四〕無鹽，古之醜女。戰國時無鹽邑有女名鍾離春，極醜無雙。「其爲人也，臼頭深目，長指大節，昂鼻結喉，肥項少髮，折腰出胸，皮膚若漆。」衒嫁不售，自詣宣王，陳「四殆」之義，宣王佳其説，遂拜爲王后。見《列女傳》卷六。此以無鹽喻妬己者，參見本年《於闐採花》。白用事不主故常，此又一例。

【集説】

《唐宋詩醇》云：凡效古擬古之作，皆非空言，必中有所感，藉以寄意。故質言之不得，則以寓言明之；正言之不可，則反其辭以見意。白之高曠，豈沾沾以早達自喜，誇蛾眉而嗤醜女者哉！刺之深，諷之微也。真得古樂府之遺。讀者以意逆志，得其言外之旨可也。

瞿、朱云：二詩蓋在長安時有感於遇合之難而作，前一首尤當與《翰林讀書言懷》合看。證以《古風》中之以揚雄、嚴遵自比，益爲明顯。《唐宋詩醇》云「沾沾以早達自喜」，殊誤會。其實詩意正以早達指當時之貴倖，而以晚遇指本人也。

【按】

白企待君臣遇合，亦已久矣。故其待詔翰林之初，一旦備受恩寵，因而躊躕滿志，喜形於言，蓋情理中事耳。此與其品性之高曠，本無所悖。「其二」已言及遭妬事，然略不以爲意。知詩之作當在待詔翰林未久時。

陌上桑

《陌上桑》，《樂府詩集·相和歌辭》名。《樂府解題》曰：「古辭言羅敷採桑，爲使君所邀，盛誇其夫爲侍中郎以拒之。」此詩擬漢樂府《陌上桑》，較少創意，然詩已見於敦煌寫本唐詩選殘卷，其真實性無可置疑。據首句「美女渭橋東」，詩當作於長安。此詩或爲李白在朝時自抒懷抱之作，以秦羅敷高自標置，顯示其不合流俗、傲視群僚的品格。

美女渭橋東〔一〕，春還事蠶作。五馬如飛龍〔二〕，青絲結金絡〔三〕。不知誰家子，調笑來相謔。妾本秦羅敷〔四〕，玉顏豔名都。綠條映素手，採桑向城隅〔五〕。使君且不顧〔六〕，況復論秋胡〔七〕。寒螿愛碧草，鳴鳳棲青梧〔八〕。托心自有處，但怪旁人愚。徒令白日暮，高駕空踟躕〔九〕。

【注釋】

〔一〕美女，即秦羅敷，李白自喻。渭橋，在長安西北渭水上。渭橋東，即長安城。

〔二〕五馬，漢代太守駕車用五匹馬。語出漢樂府《陌上桑》：「使君從南來，五馬立踟蹰。」

〔三〕青絲、金絡，語出漢樂府《陌上桑》：「青絲繫馬尾，黄金絡馬頭。」

〔四〕秦羅敷，語出漢樂府《陌上桑》：「秦氏有好女，自名爲羅敷。」

〔五〕採桑句，語出漢樂府《陌上桑》：「採桑城南隅。」

〔六〕使君句，謂漢樂府《陌上桑》所詠使君向羅敷求愛而遭拒故事。

〔七〕秋胡，魯之士人，娶妻三月而游宦，三年後還鄉，道逢一採桑婦，見而悦之，贈以金，婦採桑不顧。及至家，方知所挑之婦乃其妻也。夫妻並慚，妻赴水死。故事見《西京雜記》及《列女傳》。

〔八〕寒螿，秋蟲，喻卑微之人。鳴鳳，喻高潔之士。鳳非梧桐不棲，非練食不食，非醴泉不飲，見《莊子·秋水篇》。

〔九〕「托心」以下四句，蕭注：「謂採桑之婦托心各自在矣，路人挑之者，亦何愚哉！猶用世之士，各有所從，他人縱招之，豈能動其心哉！」托心，心志所在。

贈郭將軍

此及以下八題，俱朝中贈人之作，因併繫於本年。郭將軍，名字不詳。

將軍少年出武威〔一〕，入掌銀臺護紫微〔二〕。平明拂劍朝天去，薄暮垂鞭醉酒歸。愛子臨風吹玉笛，美人向月舞羅衣。疇昔雄豪如夢裏，相逢且欲醉春暉〔三〕。

【注釋】

〔一〕武威，郡名，即涼州，屬隴右道，州治姑臧縣，即今甘肅武威縣。此句《文苑英華》作「將軍豪蕩有英威。」

〔二〕銀臺，見本年《效古二首》詩注。入，《文苑英華》作「昔」。

〔三〕二句《文苑英華》作「今日相逢俱失路，何年灞上弄春輝」。

【集説】

瞿、朱云：詩中有「入掌銀臺護紫微」之句，此郭將軍當是諸衛將軍。《舊唐書·職官志》：「左右衛將軍之職，掌統領宫廷警衛之法，以督其屬之隊仗，而總諸曹之職務。其實在唐之中葉，此亦等於位置武人之閒官而已。《舊唐書·王忠嗣傳》：「假如明主見責，豈失一金吾羽林將軍歸朝宿衛乎？」正可爲證。此詩有「疇昔雄豪如夢裏」之句，則郭將軍亦必失兵權之武人也。

送竇司馬貶宜春

竇司馬，名字不詳。司馬，州刺史屬官，位在別駕、長史之下。宜春，郡名，即袁州，屬江南西道，州治宜春縣，即今江西宜春縣。

天馬白銀鞍〔一〕，親承明主歡。鬪鷄金宫裏〔二〕，射雁碧雲端〔三〕。堂上羅中貴〔四〕，歌鐘清夜闌。何言謫南國，拂劍坐長嘆。趙璧爲誰點〔五〕？隨珠枉被彈〔六〕。聖朝多雨露，莫厭此行難。

【注釋】

〔一〕天馬，當指朝廷賜乘之馬。

〔二〕《新唐書·五行志》：「玄宗好鬪鷄，貴臣外戚皆尚之。」

〔三〕射雁，亦玄宗所好。《全唐詩》卷七百七十七載郭汭《同崔員外温泉宫即事》詩，岑仲勉以爲郭汭係郭納之訛，見《讀唐詩札記》。據《登科記考》郭納開元二十六年登文詞雅麗科，其詩寫天子遊幸温泉宫情景，有句曰：「弓鳴射雁處，泉暖躍龍時。」又，杜甫《哀江頭》詩有句：「輦前才人帶弓箭，白馬嚼齧黄金勒。翻身向天仰射雲，一箭正墜雙飛翼。」

〔四〕中貴，宦官。

〔五〕趙璧，即和氏璧，見開元二十八年《贈范金鄉》詩注。點，通玷。句謂竇司馬被讒。

〔六〕隨珠，亦作隋珠。《淮南子·覽冥》：「隋侯之珠，和氏之璧，得之者富，失之者貧。」高誘注：「隋侯，漢東之國，姬姓諸侯也。隋侯見大蛇傷斷，以藥敷之，後蛇於江中銜大珠以報之，因曰隋侯之珠，蓋明月珠也。」《莊子·讓王》：「今且有人於此，以隨侯之珠彈千仞之雀，世必笑之。是何也？則其所用者重而所要者輕也。」句謂竇司馬被貶，猶隋珠之枉被輕擲。

【按】

據詩，實司馬係遭讒被貶，然詩末仍能作寬解語，知白其時於朝廷尚存厚望。詩之作當在待詔翰林未久時。

送程劉二侍御兼獨孤判官赴安西幕府

侍御，此謂侍御史，御史臺屬官。判官，節度使屬官。程劉二侍御及獨孤判官名字俱不詳。王注：「《舊唐書·封常清傳》：開元末，安西四鎮節度使夫蒙靈詧，判官有劉眺、獨孤峻，蓋其人也。」程則無考。《通鑑·唐紀》：安西節度撫寧西域，統龜兹、焉耆、于闐、疏勒四鎮，治龜兹城。」龜兹，今新疆庫車縣。幕府，將帥在外之府署。

安西幕府多才雄，喧喧唯道三數公。繡衣貂裘明積雪〔一〕，飛書走檄如飄風〔二〕。朝辭明主出紫宫，銀鞍送别金城空〔三〕。天外飛霜下葱海〔四〕，火旗雲馬生光彩〔五〕。胡塞塵清計日歸，漢家草緑遥相待。

【注釋】

〔一〕繡衣，侍御史之别稱。《漢書·百官公卿表》：「侍御史有繡衣直指，出討奸猾，治大獄，武帝所制，不常置。」顔師古注：「衣以繡者，尊寵之也。」句以程劉二侍御言。

〔二〕飛書走檄，謂屬草軍中文書，以獨孤判官言。

〔三〕金城，謂長安。李白《東武吟》有句「扈從金城東」，金城亦以長安言。賈誼《過秦論》：「關中之固，金城千里。」此或爲稱長安爲金城之所本。唐寫本此句作「瓊筵送別金樽空」。

〔四〕葱海，當指葱領一帶，因其遼闊，故以海言。《通典》卷一百七十四：「安西郡……去葱嶺七百里。」

〔五〕王注：「火旗，謂旗之赤似火；雲馬，謂馬之多似雲。」

送張遥之壽陽幕府

張遥，其人無考。壽陽，即壽州（壽春郡），屬淮南道。郡治壽春縣，即今安徽壽縣。東晉時名壽陽，詩用舊名。

壽陽信天險，天險横荆關〔一〕。苻堅百萬衆，遥阻八公山〔二〕。不假築長城，大賢在其間〔三〕。戰夫若熊虎，破敵有餘閑。張子勇且英，少輕衛霍孱〔四〕。投軀紫髯將〔五〕，千里望風顔。勗爾效才略，功成衣錦還。

【注釋】

〔一〕公元前二四一年，楚考烈王曾遷都壽春。古時楚亦稱荆，故云「荆關」。

〔二〕苻堅，十六國時前秦主。公元三八三年，堅自長安發兵犯東晉，有戎卒六十餘萬，騎二十七萬，號稱百萬。前後千里，旗鼓相望。十月，克壽陽，與晉兵隔淝水相峙。堅登壽陽城望，見晉兵部陣嚴整，又望八公山上草木，皆以爲晉兵，有懼色。晉將謝玄以速戰爲辭，請秦兵移陣少卻，使晉兵得渡，以決勝負。堅欲乘晉兵半渡時擊之，遂允。秦兵退而不可復止，晉兵渡水擊之，獲大勝。史稱此役爲淝水之戰。事見《晉書・苻堅載記》。王注：「《江南通志》：八公山，在壽州城北五里，淝水之北，淮水之南。漢淮南王安與其賓客八公俱登此山學仙。今山有淮南王廟，圖安及八士像。」

〔三〕大賢，當指東晉主帥謝安。大敵垂至，安出遊山墅，遊談不暇。及捷書至，安方與客圍棋，攝書置床上，了無喜色，圍棋如故。事見《通鑑・晉紀》太元八年。

〔四〕衛霍，漢代名將衛青、霍去病。孱，懦弱。

〔五〕紫髯將，謂孫權，曾爲會稽太守。此代壽陽軍主帥。《三國志・吴書・吴主傳》裴松之注引《獻帝春秋》曰：「張遼問吴降人：『向有紫髯將軍，長上短下，便馬善射，是誰？』降人答曰：『是孫會稽。』」

【集説】

瞿、朱云：詩意，必淮南已有軍事，故有破敵之語。

【按】

「破敵」以上六句，咏史也。未必果有軍事當前。

送外甥鄭灌從軍三首

鄭灌，其人無考。

六博争雄好彩來，金盤一擲萬人開〔一〕。丈夫賭命報天子，當斬胡頭衣錦迴。

【注釋】

〔一〕六博，局戲也，亦作六簙。《史記·蘇秦列傳》：「鬭雞走狗，六博蹋鞠。」《楚辭》宋玉《招魂》：「有六簙些。」王逸注：「投六箸，行六棋，故爲六簙也。」好彩，謂以博具擲出勝局。《招魂》洪興祖補注：「鮑宏《博經》云：所擲頭謂之瓊，瓊有五采。」二句以博戲喻疆埸立功之事。

其二

丈八蛇矛出隴西〔一〕，彎弧拂箭白猿啼〔二〕。破胡必用《龍韜》策〔三〕，積甲應將熊耳齊〔四〕。

【注釋】

〔一〕《樂府詩集·雜歌謡辭·隴上歌》：「隴上壯士有陳安，軀幹雖小腹中寬。……丈八蛇矛左右盤，十盪十決無當前。」

〔二〕《淮南子·說山》：「楚王有白蝯（猿本字），王自射之，則搏矢而熙。使養由基射之，始調弓矯矢，未發而蝯擁柱號矣。」

〔三〕《龍韜》，兵書《六韜》之一，傳爲吕尚所作。

〔四〕據《後漢書·劉盆子傳》，赤眉首領樊崇携劉盆子降光武帝時，「積兵甲宜陽城西，與熊耳山齊。」李賢注引《水經注》曰：「洛水之北有熊耳山，雙巒競舉，狀同熊耳。」

其　三

月蝕西方破敵時〔一〕，及瓜歸日未應遲〔二〕。斬胡血變黄河水，梟首當懸白鵲旗〔三〕。

【注釋】

〔一〕本年《胡無人》詩有句：「太白入月敵可摧。」可與此句相參。

〔二〕及瓜，次年之瓜時。《左傳》莊公八年：「齊侯使連稱、管至父戍葵丘，瓜時而往，曰：『及瓜而代。』」

〔三〕白鵲旗，未詳。

送族弟綰從軍安西

唐寫本題作《送族弟琯赴安西作》。詹鍈注：「按《新唐書·宰相世系表》：綰，吏部郎中，出隴西李氏姑臧房。」安西，見本年《送程劉二侍御兼獨孤判官赴安西幕府》詩題解。

漢家兵馬乘北風，鼓行而西破犬戎〔一〕。爾隨漢將出門去〔二〕，剪虜若草收奇功。君王按劍望邊色，旄頭已落胡天空〔三〕。匈奴繫頸數應盡〔四〕，明年應入蒲桃宮〔五〕。

【注釋】

〔一〕鼓行，謂擊鼓而行。《漢書·項籍傳》：「我引兵鼓行而西，必舉秦矣。」犬戎，代指西域諸國。《國語·周語》：「穆王將伐犬戎。」韋昭注：「犬戎，西戎之别名，在荒服。」

〔二〕隨漢將，唐寫本作「揮白刃」。

〔三〕《史記·天官書》：「昴曰髦（通旄）頭，胡星也。」正義曰：「昴七星爲髦頭，胡星……摇動若跳躍者，胡兵大起。」是則旄頭滅，胡兵敗矣。

〔四〕繫頸，降服之謂。《漢書·賈誼傳》：「陛下何不試以臣爲屬國之官以主匈奴？行臣之計，請必繫單于之頸而制其命。」數，天數。吴均《和蕭洗馬子顯古意》：「匈奴數欲盡。」此句唐寫本作「當令匈奴百萬衆」。

〔五〕《三輔黄圖》卷三：「蒲桃宫在上林苑西。」《漢書·匈奴傳》：「元壽二年，單于來朝……舍之上林苑蒲陶宫。」應，唐寫本作歸，合上句觀之，歸是。歸，來朝也。

送白利從金吾董將軍西征

白利，其人無考。《新唐書·百官志》：「左右金吾衛，上將軍各一人，大將軍各一人，將軍各二人。」董將軍，名字不詳。

西羌延國討〔一〕，白起佐軍威〔二〕。劍決浮雲氣，弓彎明月輝。馬行邊草緑，旌卷曙霜飛。抗手凜相顧〔三〕，寒風生鐵衣。

【注釋】

〔一〕西羌，此代指吐蕃。《舊唐書·吐蕃列傳》：「吐蕃，在長安之西八千里，本漢西羌之地也。」王注：「唐時則概指吐蕃爲西羌。」句謂吐蕃不臣，致招王師討伐。

〔二〕白起，戰國秦之名將，封武安君。《史記·白起列傳》：「武安君所爲秦戰勝攻取者七十餘城，南定鄢、郢、漢中，北禽趙括之軍，雖周、召、吕望之功不益於此矣。」此喻白利。

〔三〕抗手，舉手。

【按】

《通鑑·唐紀》天寶二年三月：「丁亥，皇甫惟明引軍出西平，擊吐蕃，行千餘里，攻洪濟城，破之。」詩所言西征或謂此。

送祝八之江東賦得浣紗石

祝八，名字不詳。浣紗石，在越州（會稽郡）若耶溪畔，西施浣紗之所，或云在苧羅山下。賦得，詩題習見格式，咏某物，則云賦得某。

西施越溪女，明艷光雲海。未入吴王宫殿時，浣紗古石今猶在。桃李新開映古查〔一〕，菖蒲猶短出平沙〔二〕。昔時紅粉照流水，今日青苔覆落花。君去西秦適東越，碧山清江幾超忽〔三〕。若到天涯思故人，浣紗石上窺明月。

【注釋】

〔一〕查，同楂，水中浮木。

〔二〕菖蒲，草名，生於水邊。

〔三〕幾，何也。超忽，迢遠貌。

【按】

詩云「君去西秦適東越」，去者，離去也。則送别之地在秦無疑。

送長沙陳太守二首

長沙，郡名，即潭州，屬江南西道，州治長沙縣，即今湖南長沙市。陳太守，名字不詳。

長沙陳太守，逸氣凌青松。英主賜五馬〔一〕，本是天池龍〔二〕。湘水迴九曲〔三〕，衡山望五峰〔四〕。榮君按節去〔五〕，不及遠相從。

【注釋】

〔一〕五馬，太守所御。漢樂府民歌《陌上桑》：「使君從南來，五馬立踟躕。」參見天寶元年《子夜吴歌》注。

〔二〕唐太宗《詠飲馬》：「翻似天池裏，騰波龍種生。」

〔三〕《水經注・湘水》：「衡山東南二面，臨映湘川，自長沙至此，江湘七百里中，有九向九背，故漁者歌曰：『帆隨湘轉，望衡九面。』」

〔四〕衡山七十二峰，以祝融、紫蓋、雲密、石廩、天柱五峰爲最著。

〔五〕按節，《史記・司馬相如列傳》：「案節未舒。」司馬貞《索隱》：「郭璞曰：『言頓轡也。』」司馬彪云：「案轡徐行得節，故曰案節。」案，同按。

其　二

七郡長沙國〔一〕，南連湘水濱。定王垂舞袖，地窄不迴身〔二〕。莫小二千石〔三〕，當安遠俗人。洞庭鄉路遠，遥羨錦衣春〔四〕。

【注釋】

〔一〕長沙國，漢諸侯國名，有縣十三。見《漢書・地理志》。唐時，潭州中都督府轄七郡，即潭州長沙郡、衡州衡陽郡、郴州桂陽郡、永州零陵郡、連州連山郡、道州江華郡、邵州邵陽郡，俱在漢長沙國故地。見《元和郡縣志》卷二十九。

〔二〕《漢書·長沙定王傳》：「長沙定王發，母唐姬，故程姬侍者。……以其母微無寵，故王卑濕貧國。」應劭注：「景帝後二年，諸王來朝，有詔更前稱壽歌舞，定王但張袖小舉手，左右笑其拙。上怪問之，對曰：『王國小地狹，不足回旋。』帝乃以武陵、零陵、桂陽益焉。」

〔三〕漢制，二千石爲太守秩禄，故以代稱郡守。

〔四〕錦衣，朝廷命服，此代陳太守。《詩·秦風·終南》：「君子至止，錦衣狐裘。」毛《傳》：「錦衣，采色也。狐裘，朝廷之服。」

塞上曲

塞上曲，《樂府詩集·新樂府辭》名。蕭注：「樂府《塞上曲》者，古征戍十五曲之一也。」《樂府詩集》謂唐之《塞上》、《塞下》曲出於漢《出塞》、《入塞》曲，見《横吹曲辭·出塞》題解。本篇作時、作意詳見集説及按語。

大漢無中策〔一〕，匈奴犯渭橋〔二〕。五原秋草緑〔三〕，胡馬一何驕。命將征西極，横行陰山側〔四〕。燕支落漢家，婦女無花色〔五〕。轉戰渡黄河，休兵樂事多。蕭條清萬里〔六〕，瀚海寂無波〔七〕。

【注釋】

〔一〕《漢書·匈奴傳》：「嚴允諫曰：『臣聞匈奴爲害，所從來久矣，未聞上世有必征之者也。後世三家周、秦、漢征之，然皆未有得上策者也。周得中策，漢得下策，秦無策焉。當周宣王時，獫允内侵，至於涇陽，命將征之，盡境而還。其視戎狄之侵，譬猶蟁蝱之螫，毆之而已。故天下稱明，是爲中策。漢武帝選將練兵，約齎輕糧，深入遠戍，雖有克獲之功，胡輒報之，兵連禍結三十餘年，中國罷耗，匈奴亦創艾，而天下稱武，是爲下策。」

〔二〕渭橋，《元和郡縣志》關内道京兆府咸陽縣：「中渭橋，在縣東南二十二里。本名横橋，架渭水上。始皇都咸陽，渭水貫都，以象天橋。」《雍録》卷六：「中渭橋……此橋舊止單名渭橋。」

〔三〕五原，《元和郡縣志》關内道鹽州：「漢武帝元朔二年置五原郡，地有原五所，故號五原。……貞觀二年討平梁師都，置鹽州，天寶元年改爲五原郡。」地當今陝西定邊縣。

〔四〕《史記·匈奴列傳》司馬貞《索隱》：「徐廣云：五原西安陽縣北有陰山。」張守節《正義》：「《括地志》云：陰山在朔州北塞外突厥界。」

〔五〕燕支，同焉支，山名。《史記·匈奴列傳》張守節《正義》曰：「《括地志》云：焉支山一名删丹山，在甘州删丹縣東南五十里。《西河故事》云：匈奴失祁連、焉支二山，乃歌曰：『亡我祁連山，使我六畜不蕃息。失我焉支山，使我婦女無顔色。』」

〔六〕蕭條，平静之意。班固《封燕然山銘》：「蕭條萬里，野無遺寇。」

〔七〕瀚海，大漠也。古人誤以爲海。《漢書·霍去病傳》：「票騎將軍去病……封狼居胥山，禪于姑衍，登臨瀚海。」如淳注：「翰海，北海也。」唐詩往往因「海」而言「波」，如虞世基《出塞》：「瀚海波瀾静，王庭氛霧晞。」唐太宗《飲馬長城窟行》：「瀚海百重波，陰山千里雪。」王維《燕支行》：「疊鼓遥翻瀚海波，鳴笳亂動天山月。」白詩同此。

【集説】

蕭云：唐史：突厥頡利自武德便橋既盟之後，貞觀中，太宗思雪此恥，乘其國亂，用命李靖爲定襄道行軍總管，節度六總管之師十餘萬征突厥。靖率勁騎三千趨惡陽嶺，襲定襄破之。可汗脱身遁磧口，走保鐵山。靖督兵疾進襲擊之，盡獲其衆。頡利獨奔沙鉢羅，行軍副總管張寶相擒之，其國遂亡。於是斥地自陰山北，至大漠矣。初破定襄，帝喜曰：「靖以騎三千喋血窮追，取定襄，古未有此，足澡吾渭北之恥矣。」此詩是美頌一時勳德借漢爲喻也。

王云：此篇蓋追美太宗武功之盛而作也。按《唐書·突厥傳》言頡利可汗嗣立，高祖以中原初定不遑外略，每優容之，賜與不可勝計。頡利言辭悖慠，求請無厭，所謂大漠無中策也。傳言武德九年七月，頡利自率十萬餘騎進寇武功，京師戒嚴。癸未，頡利至於渭水便橋之北，太宗與侍中高士廉、中書令房玄齡馳六騎幸渭水之上，與頡利隔津而語，責以負約。其酋帥大驚，皆下馬羅拜。俄而衆軍繼至，軍容大盛。太宗獨與頡利臨水交言，麾諸軍卻而陣焉。頡利請和。乙酉，幸城西，刑白馬，與頡利同盟於便橋之上，頡利引兵而退，所謂匈奴犯渭橋之事也。傳言頡利設牙直五原之北，承父兄之資，兵馬强盛，有憑陵中國之志。所謂「五原秋草緑，胡馬一何驕」之事也。又《李靖傳》言貞觀三年突厥諸部離叛，朝廷將圖進取，以靖爲代州道行軍總管，率驍騎三千，自馬邑出其不意，直趨惡陽嶺以逼之。四年，進擊定襄破之。可汗僅以身遁。太宗謂曰：「卿以三千輕騎，深入虜庭，克復定襄，威振北狄，古今所未有，足報往年渭水之役。」自破定襄後，頡利大懼，退保鐵山，遣使入朝謝罪，請舉國内附。以靖爲定襄道行軍總管，往迎頡利，頡利雖外請朝謁，而潛懷猶豫。靖選精騎一萬，齎二十日糧，引兵自白道襲之。師至陰山，遇其斥堠千餘帳，皆俘以隨軍，將逼其牙帳十五里，虜始覺。頡利畏威先走，部衆因而潰散。靖斬萬餘級，俘男女十餘萬，頡利乘千里馬走，投吐谷渾，西道行軍總管張寶相禽之以獻。俄而突利可汗來奔，遂復定襄、常安之地，斥土界自陰山北至於大漠，此詩所謂「命將征西極，横行陰山側」以下之事是也。或曰：此詩亦可定爲泛詠邊事，何以決其爲耑美太宗武功歟？曰：兩漢而下匈奴犯邊，未有至於渭橋者。至唐武德年間，始有此事。以此知之。或曰：既美本朝矣，又何以用大漢家字耶？曰：太白本以唐之初年與頡利和好爲非是，而不可直言，故借漢以喻，而嘆其失禦戎之策也。至漢家二字唐人用入詩章以爲中國二字之代稱，歷宋、元、明皆然，何必滯此爲疑耶？洪邁選《萬首唐人絶句》，分此詩爲三章，頓覺無味，不若合作一首之善。

【按】

蕭、王二家皆以詩旨在追美太宗武功，以漢爲喻，可從。然開元季葉以來征伐漸多，東北之奚與契丹平定後又連年用兵西北，尤與吐蕃屢有冲突。此篇當是白在朝中頻聞戰事有感而作。雖美武功，亦有以戰止戰之意。

塞下曲六首

參見上篇《塞上曲》題解。蕭云：「《樂府遺聲》征戍十五曲中有《塞下曲》。」此題六首皆泛詠當時邊塞戰争。雖美武功，亦嘆征戍之苦。

五月天山雪，無花祇有寒〔一〕。笛中聞折柳，春色未曾看〔二〕。曉戰隨金鼓，宵眠抱玉鞍。願將腰下劍，直爲斬樓蘭〔三〕。

【注釋】

〔一〕《元和郡縣志》隴右道伊州：「天山，一名白山，一名折羅漫山，在州北一百二十里。春夏有雪。……匈奴謂之天山，過之皆下馬拜。」山在今新疆哈密、吐魯番以北。

〔二〕折柳，謂《折楊柳》曲。

〔三〕樓蘭，漢代西域國名。《漢書·西域傳》：「鄯善國，本名樓蘭。……去長安六千一百里。」其地在今新疆若羌縣。二句用漢傅介子故事。介子受命赴樓蘭國，刺殺其王，持首詣闕，因功封義陽侯。事見《漢書·傅介子傳》。

【集説】

沈德潛云：太白「五月天山雪，無花只有寒。笛中聞折柳，春色未曾看」，一氣直下，不就羈縛。（《説詩晬語》）

其　二

天兵下北荒，胡馬欲南飲。橫戈從百戰，直爲銜恩甚。握雪海上飡〔一〕，拂沙隴頭寢。何當破月氏〔二〕，然後方高枕？

【注釋】

〔一〕王注引段熲故事，瞿、朱注引蘇武故事釋「握雪」，然白詩似非用事。握雪與下句拂沙對舉，備言軍旅生活之艱苦境況，當以寫實視之。海上，謂沙漠瀚海。

〔二〕月氏，亦作月支，古西域國名。《漢書·西域傳》：「大月氏國，治監氏城，去長安萬一千六百里。……本居敦煌、祁連間，至冒頓單于攻破月氏，而老上單于殺月氏王，以其頭爲飲器，月氏乃遠去，過大宛，西擊大夏而臣之，都嬀水北爲王庭。其餘小衆不能去者，保南山羌，號小月氏。」

其　三

駿馬似風飈，鳴鞭出渭橋〔一〕。彎弓辭漢月，插羽破天驕〔二〕。陣解星芒盡〔三〕，營空海霧消〔四〕。功成畫麟閣，獨有霍嫖姚〔五〕。

【注釋】

〔一〕渭橋，見上篇《塞上曲》注。

〔二〕王注：「薛道衡詩：『邊庭烽火驚，插羽夜徵兵。』《魏武奏事》曰：『今邊有小警，輒露檄插羽。』」是以插羽爲插鳥羽於檄書之上，以示緊急。白詩恐不合作此解。蕭注：「插羽，箭在腰也。」是。蓋彎弓、插羽對舉，羽者，箭也。李商隱《爲張周封上楊相公啟》：「插羽佩鞬，從相公於關右；束書載筆，隨校尉於河源。」可資參證。天驕，匈奴自稱。《漢書·匈奴傳》：「單于遣使遺漢書云：『南有大漢，北有强胡。胡者，天之驕子也。』」

〔三〕《初學記》卷一引《漢書音義》云：「星光日芒。」《後漢書·天文志》：「客星芒氣白爲兵。」星芒盡，兵事乃息。

〔四〕《初學記》卷二引《春秋元命苞》曰：「霧，陰陽之氣，陰陽怒而爲風，亂而爲霧。」霧消，亦兵戈戢息之謂。

〔五〕麟閣，見本年《金門答蘇秀才》詩注。霍嫖姚，漢武帝時名將霍去病，曾爲嫖姚（亦作剽姚、票姚）校尉，征伐匈奴，屢建奇功。事見《史記·衛將軍驃騎列傳》、《漢書·衛青霍去病傳》。

【集説】

王夫之云：總爲末二語作前六句，直爾赫奕，正以激昂見意。俗筆開口便怨。（《唐詩評選》）

沈德潛云：獨有貴戚得以紀功，則勇士喪氣矣。（《唐詩别裁》）

王云：按「彎弓」以上三句，狀出師之景；「插羽」以下三句，狀戰勝之景。末言功成奏凱，圖形麟閣者，止上將一人，不能遍及血戰之士。太白用一「獨」字，蓋有感乎其中歟？然其言又何婉而多風也。

其　四

白馬黄金塞，雲砂繞夢思。那堪愁苦節〔一〕，遠憶邊城兒。螢飛秋窗滿，月度霜閨遲。摧殘梧桐葉，蕭颯沙棠枝。無時獨不見〔二〕，淚流空自知。

【注釋】

〔一〕愁苦節，謂秋天。

〔二〕獨不見，樂府題名。《樂府古題要解》卷下：「言思而不得見也。」題面往往於詩末見之。

【集説】

瞿、朱云：《塞下曲》六首其五皆似律體，唯此首不類。敦煌殘卷題作《獨不見》，與卷四之《獨不見》（按，編在本年）頗有相近之詞句，疑作《獨不見》是也。

其　五

塞虜乘秋下〔一〕，天兵出漢家。將軍分虎竹〔二〕，戰士卧龍沙〔三〕。邊月隨弓影，胡霜拂劍花〔四〕。玉關殊未入，少婦莫長嗟〔五〕。

【注釋】

〔一〕秋季草黄馬肥，西北邊地部族往往乘時來犯，故云。

〔二〕虎竹，銅虎符與竹使符，調兵信物。《漢書·文帝紀》：「初與郡守爲銅虎符、竹使符。」應劭注：「銅虎符第一至第五，國家當發兵，遣使者至郡合符，符合乃聽受之。竹使符者，以竹箭五枚，長五寸，鐫刻篆書第一至第五。」顔師古注：「與郡守爲符者，謂各分其半，右留京師，左以與之。」

〔三〕龍沙，代稱西北邊地沙漠。《後漢書·班超傳》：「定遠慷慨，專功西遐。坦步葱雪，咫尺龍沙。」李賢注：「葱嶺、雪山，白龍堆沙漠也。」

〔四〕二句謂彎月如弓之影，凝霜如劍上花。

〔五〕句用漢貳師將軍李廣利事。武帝太初元年，命李廣利伐大宛，期至貳師城取善馬。大軍途中受阻，攻郁成城而不下，廣利遂引軍還。至敦煌上書請暫罷兵，俟益兵而復往。天子聞之，大怒，使使遮玉門關，曰：「軍有敢入，斬之。」廣利恐，因留屯敦煌，事見《漢書·李廣利傳》。玉關，即玉門關。《元和郡縣志》隴右道沙州壽昌縣：「玉門故關，在縣西北一百一十七里。」故址在今敦煌縣西北小方盤城。殊，甚辭。殊未入，猶特難入也。二句意謂：貳師將軍且不敢擅入，少婦長嗟何用乎？

其　六

烽火動沙漠，連照甘泉雲〔一〕。漢皇按劍起，還召李將軍〔二〕。兵氣天上合，鼓聲隴底聞〔三〕。橫行負勇氣〔四〕，一戰静妖氛。

【注釋】

〔一〕甘泉，漢宮名，武帝置，在雲陽縣西北，去長安三百里。唐時爲雲陽宮，見《元和郡縣志·京兆府》。其地在今陝西淳化縣西北。

〔二〕李將軍，漢武帝時名將李廣。《史記·李將軍列傳》：「匈奴入殺遼西太守，敗韓將軍，後韓將軍徙右北平。於是天子乃召拜廣爲右北平太守。……匈奴聞之，號曰漢之飛將軍，避之數歲，不敢入右北平。」

〔三〕隴底，山谷。

〔四〕橫行，動蕩突陷，無所阻擋之意。

【集説】

《唐宋詩醇》云：高調入雲，於聲律中行俊逸之氣，自非初唐可及。

獨不見

獨不見，《樂府詩集·雜曲歌辭》名。《樂府古題要解》卷下：「獨不見，傷思而不得見也。」《塞下曲》六首之四，與此篇辭句及題旨略同。唐寫本所録《獨不見》，即《塞下曲》之四，瞿、朱謂「或即一詩并存兩本耳」，近是。故附繫此詩於《塞下曲》後。

白馬誰家子，黄龍邊塞兒〔一〕。天山三丈雪〔二〕，豈是遠行時。春蕙忽秋草，莎鷄鳴曲池〔三〕。風催寒梭響，月入霜閨悲。憶與君别年，種桃齊蛾眉。桃今百餘尺，花落成枯枝。終然獨不見，流淚空自如。

【注釋】

〔一〕黄龍，古城名，唐時爲營州柳城縣所在，故址在今遼寧朝陽市。詩以代稱邊塞。沈佺期《雜詩》：「聞道黄龍戍，頻年不解兵。」

〔二〕天山，見上篇《塞下曲》注。

〔三〕莎鷄，蟋蟀别名。

從軍行

從軍行，《樂府詩集·相和歌辭》名。《樂府古題要解》卷下：「《從軍行》，述軍旅苦辛之詞也。」

從軍玉門道〔一〕，逐虜金微山〔二〕。笛奏梅花曲〔三〕，刀開明月環〔四〕。鼓聲鳴海上〔五〕，兵氣擁雲間。願斬單于首〔六〕，長驅静鐵關〔七〕。

【注釋】

〔一〕玉門，見本年《塞下曲》詩注。

〔二〕金微山，在今蒙古國肯特省境。唐代置金微都督府，以山名。《後漢書·竇憲傳》：「憲以北虜微弱，遂欲滅之。明年，復遣右校尉耿夔、司馬尚任、趙博等將兵擊北虜於金微山，大破之，克獲甚衆。」

〔三〕梅花曲，即《梅花落》。《樂府詩集·横吹曲辭》有《梅花落》，題解曰：「《梅花落》，本笛中曲也。」蕭注：「《古今樂録》：『鼓角横吹十五曲有《梅花落》，乃胡笳曲也。』」

〔四〕環，刀頭所裝，「明月」以狀其形。

〔五〕海，瀚海大漠。

〔六〕單于，匈奴君長號。

〔七〕鐵關，即鐵門關。《新唐書·地理志》：「自焉耆西五十里過鐵門關。」《大唐西域記·羯霜那國》：「鐵門者，左右帶山，山極峭峻，雖有狹徑，加之險阻，兩傍石壁，其色如鐵，既設門扉，又以鐵錮，多有鐵鈴，懸諸户扇，因其險固，遂以爲名。」今新疆焉耆縣東南有地名曰鐵門關。或即其地。

紫騮馬

紫騮馬，《樂府詩集·横吹曲辭》名。《樂府詩集》引《古今樂録》曰：「《紫騮馬》古辭云：……蓋從軍久戍，懷歸而作也。」王云：「若梁簡文帝、梁元帝、陳後主、徐陵諸作，但祇咏馬而已，太白則咏馬而兼及從軍遠戍，不戀室家之樂，仍不失古辭之意。」

紫騮行且嘶〔一〕，雙翻碧玉蹄〔二〕。臨流不肯渡，似惜錦障泥〔三〕。白雪關山遠，黄雲海戍迷〔四〕。揮鞭萬里去，安得念春閨？

【注釋】

〔一〕王注：「紫騮，赤色馬也，唐人謂之紫騮，今人謂之棗騮。」

〔二〕碧玉，美言之也。沈佺期《驄馬》：「四蹄碧玉片，雙眼黄金瞳。」

〔三〕障泥，披於鞍下馬腹兩側，以蔽塵泥者。《世説·術解》：「王武子善解馬性，嘗乘一馬，著連錢障泥，前有水，終日不肯渡。王云：『此必是惜障泥。』使人解去，便徑渡。」

〔四〕王注：「白雪、黄雲，皆唐時戍名。白雪戍在蜀地，與吐蕃接壤，杜詩屢用之。黄雲戍，未詳所在。戎昱詩：『擒生黑山北，殺敵黄雲西。』薛逢詩：『豈知萬里黄雲戍，血迸金瘡卧鐵衣。』」今按，白雪、黄雲，邊地常見景色，恐非專指。

關山月

關山月，《樂府詩集·横吹曲辭》名。《樂府古題要解》卷下：「關山月，皆言傷離别也。」白擬之以傷征戍。

明月出天山〔一〕，蒼茫雲海間。長風幾萬里，吹度玉門關。漢下白登道，胡窺青海灣〔二〕。由來征戰地，不見有人還。戍客望邊色〔三〕，思歸多苦顔。高樓當此夜，嘆息未應閑〔四〕。

【注釋】

〔一〕天山，見本年《塞下曲》注。王注：「月出於東而天山在西，今曰『明月出天山』，蓋自征夫而言已過天山之西，而回首東望，則儼然見明月出於天山之外也。」

〔二〕白登，山名。《史記·韓信列傳》：「上遂至平城，上出白登，匈奴騎圍上。」司馬貞《索隱》曰：「《北疆紀》：『桑乾河北有白登山，冒頓圍漢高之所，今猶有壘壁。』」山在今山西大同市東北。青海，即今之青海湖，唐時在吐蕃境。王注：「青海，隋時屬吐谷渾，唐高宗時爲吐蕃所據。儀鳳中李敬元，開元中王君㚟、張景順、崔希逸、皇甫惟明、王忠嗣先後與吐蕃攻戰，皆近其地，相去不遠。」白登、青海相去甚遠，此以概言征戰之地，亦非實指。

〔三〕戍客，守邊將士。邊色，塞垣荒凉之景色。

〔四〕高樓，戍客家室所在。閑，停也。

【集説】

楊云：《吴氏語録》曰：太白詩如「明月出天山，蒼茫雲海間。長風幾萬里，吹度玉門關」，皆氣蓋一世。學者皆熟味之，自不褊淺矣。

胡應麟云：青蓮「明月出天山，蒼茫雲海間。長風幾萬里，吹度玉門關」，渾雄之中，多少閒雅。（《詩藪》）

思邊

詩言「秦雲」，當作於秦地。此及以下六篇，俱寫思婦，因繫一處。

去年何時君别妾？南園緑草飛蝴蝶〔一〕。今歲何時妾憶君？西山白雪暗秦雲〔二〕。玉關去此三千里，欲寄音書那可聞〔三〕？

【注釋】

〔一〕張協《雜詩》：「借問此何時，胡蝶飛南園。」

〔二〕西山，與上文「南園」對舉，泛言之辭。王注以成都西之雪山當之，且引杜甫詩「西山白雪高」、「西山白雪三城戍」爲例，恐非。甫在成都，故可以雪山入詩；白詩則云「秦雲」，與西蜀雪山無涉明矣。

〔三〕那可，即耐可，猶云安得。

折楊柳

折楊柳，《樂府詩集·横吹曲辭》名。胡注：「本古横吹曲，辭亡，梁、陳後擬者，皆作閨人思遠戍之辭，太白詩亦同此意。」

垂楊拂渌水，摇艷東風年〔一〕。花明玉關雪，葉暖金窗烟〔二〕。美人結長想，對此心凄然。攀條折春色，遠寄龍庭前〔三〕。

【注釋】

〔一〕年，時節。

〔二〕二句設喻之辭，謂花光明如玉關之雪，葉色暖如金窗之烟。

〔三〕龍庭，代稱邊塞。《後漢書·竇融傳》李賢注：「匈奴五月大會龍庭，祭其先、天地、鬼神。」《史》、《漢》亦作龍城。龍城，故地在今蒙古人民共和國鄂爾渾河一帶。

烏夜啼

烏夜啼，《樂府詩集·清商曲辭》名。據所引《古今樂録》，屬《西曲歌》。今所傳者，均女子懷行人之辭。

黄雲城邊烏欲棲，歸飛啞啞枝上啼。機中織錦秦川女〔一〕，碧紗如烟隔窗語。停梭悵然憶遠人，獨宿孤房淚如雨〔二〕。

【注釋】

〔一〕此句兩宋本、繆本、王本俱注云：「一作閨中織婦秦家女。」《晉書·列女傳》：「竇滔妻蘇氏，始平人也，名蕙，字若蘭，善屬文。滔，苻堅時爲秦州刺史，被徙流沙，蘇氏思之，織錦爲迴文旋圖詩以贈滔，宛轉循環以讀之，詞甚悽惋。」庾信《烏夜啼》：「織錦秦川竇氏妻。」

〔二〕二句宋本注云：「一作停梭向人問故夫，知在關西淚如雨。」下句「獨宿空房」四字，兩宋本又注云：「一作獨宿空堂，一作知在流沙。」

【集説】

孟棨云：李太白初自蜀至京師，舍於逆旅。賀知章聞其名，首訪之。……賀又見其《烏棲曲》，嘆賞苦吟曰：「此詩可以泣鬼神矣。」……或言是《烏夜啼》二篇，未知孰是。（《本事詩》）

【按】

白詩堪稱「泣鬼神」者應是《蜀道難》。見開元十九年該詩集説。今言是《烏夜啼》或《烏棲曲》，皆不足以當之，恐是傳説有誤。

春思

燕草如碧絲，秦桑低緑枝。當君懷歸日，是妾斷腸時〔一〕。春風不相識，何事入羅帷〔二〕？

【注釋】

〔一〕蕭注：「燕北地寒，草生遲，當秦桑低緑之時，燕草方生如絲之碧也。秦桑低枝者，興思婦之斷腸也。言其夫方萌懷歸之心，猶燕草之方生，妾則思君之久，先已斷腸矣，猶秦桑之已低枝也。」

〔二〕蕭注：「末句則興此心貞潔，非外物所能動。」《唐宋詩醇》引吴昌祺注：「以風之來反襯夫之不來，與『祇恐多情月，旋來照妾床』同意。」

【集説】

蕭云：此詩可謂得國風不淫不誹之體矣。

王夫之云：字字欲飛，不以情不以景。《華嚴》有兩鏡相入意，唯供奉不離不墮。（《唐詩評選》）

秋思

《秋思》，《樂府詩集·琴曲歌辭》名。白借之以傷征戍。

燕支黄葉落〔一〕，妾望白登臺〔二〕。海上碧雲斷，單于秋色來〔三〕。胡兵沙塞合，漢使玉關回。征客無歸日，空悲蕙草摧。

【注釋】

〔一〕燕支，見本年《塞上曲》注。

〔二〕《史記·匈奴列傳》張守節《正義》曰：「白登臺在白登山上，朔州定襄縣東三十里。」《水經注·㶟水》：「今平城東十七里有臺，即白登臺也。臺南對崗阜，即白登山也。」

〔三〕單于，地名。《舊唐書·地理志》：「單于都護府，秦漢時雲中郡城也。唐龍朔三年，置雲中都護府。麟德元年，改爲單于大都護府。東南至朔州三百五十七里。……在京師東北二千三百五十里，去東都二千里。」此泛指邊塞。

【集説】

蕭云：征夫不歸，春而秋矣。登臺而望，木葉黄落矣。秋高馬肥，戎事興矣。漢使之出關者亦既回矣，今而不歸，是無歸之日矣。蘭蕙乃女人所佩以宜男者，亦復就摧，是一年之光景又虚度矣，思婦之心，當如何其悲也。《東山》「其新孔嘉，其舊如之何」之氣象，安得復見於後世哉！

王夫之云：神藻飛動，乃所謂龍躍天門，虎卧鳳闕也。以此及「塞虜乘秋下」相比擬，則知五言近體正閏之分。（《唐詩評選》）

春　怨

白馬金羈遼海東〔一〕，羅帷繡被卧春風〔二〕。落月低軒窺燭盡，飛花入户笑牀空〔三〕。

【注釋】

〔一〕曹植《白馬篇》：「白馬飾金羈，連翩西北馳。借問誰家子，幽并遊俠兒。」盧思道《從軍行》：「白馬金羈俠少年。」遼海，王注：「即古遼東郡地，方千有餘里，南臨大海，故文人多稱遼海。」

〔二〕此謂閨中之人。

〔三〕蕭子範《春望古意》：「落花徒入户，何解妾牀空。」

胡無人

《樂府詩集·相和歌辭》有《胡無人行》。太白此篇當作於天寶初在朝時，説詳按語。

嚴風吹霜海草凋，筋幹精堅胡馬驕〔一〕。漢家戰士三十萬，將軍兼領霍嫖姚〔二〕。流星白羽腰間插〔三〕，劍花秋蓮光出匣。天兵照雪下玉關，虜箭如沙射金甲。雲龍風虎盡交回〔四〕，太白入月敵可摧〔五〕。敵可摧，旄頭滅〔六〕，履胡之腸涉胡血〔七〕。懸胡青天上，埋胡紫塞旁〔八〕。胡無人，漢道昌。陛下之壽三千霜，但歌《大風》雲飛揚，安用猛士兮守四方〔九〕。

【注釋】

〔一〕筋，弓弦；幹，弓身。幹，唐寫本作幹。幹，箭杆也。

〔二〕霍嫖姚，見本年《塞下曲》注。兼領，唐寫本作誰者。

〔三〕流星，劍也。《古今注》卷上：「吴大皇帝有寶刀三、寶劍六……四曰流星。」白羽，箭翎，此代箭。

〔四〕王注：「雲龍風虎，皆陣名。《李衛公問對》：太宗曰：『天地風雲龍虎鳥蛇，斯八陣何義也？』靖曰：『古人秘藏此法，故詭説八名，於八陣本一也。』舊注引《周易》『雲從龍，風從虎』之文，恐於詩未當。」説是。句謂雙方交戰激烈，下句故有摧敵之語。

〔五〕《史記·天官書》：「太白……其入月，將僇。」

〔六〕旄頭滅，見本年《送族弟綰從軍安西》詩注。

〔七〕《淮南子·兵略》：「白刃合，流矢接，涉血履腸，輿死扶傷。」

〔八〕紫塞，北方邊塞。《古今注》卷上：「秦築長城，土色皆紫，漢塞亦然，故稱紫塞焉。」

〔九〕漢高祖《大風歌》：「大風起兮雲飛揚，威加海内兮歸故鄉，安得猛士兮守四方。」見《史記·高祖本紀》。蘇子由曰：「漢高祖歸豐沛，作歌曰（略）。高祖豈以文字高世者哉？帝王之度固然，發於中而不自知也。白詩反之曰：『但歌大風雲飛揚，安用猛士守四方。』其不達理如此。老杜贈白詩有細論文之句，謂此類也哉！」（《蘇欒城集》）蕭注：「詩至『漢道昌』，一篇之意已足。『陛下之壽三千霜，但歌大風雲飛揚，安用猛士兮守四方。』一本云無此三句者是也，使蘇子由見之，必不肯輕致不識理之誚矣。……今遂削去，後人具正法眼藏者，必蒙賞音。詹鍈云：「《升庵詩話》卷七《古胡無人行》條：『望胡地，何險側，斷胡頭，脯胡臆。』此古詞雖不全，然李太白作《胡無人》尾句全效。」可證楊慎家藏樂史本《李翰林集》亦無『陛下之壽三千霜』以下三句。是則蕭氏謂末三句爲後人所補，信而有徵。」唐寫本無「陛下」三句。《文苑英華》、《樂府詩集》則於「陛下」三句後更綴「胡無人，漢道昌」二句。

【集説】

段成式云：李白……及禄山反，製胡無人，言「太白入月敵可摧」，及禄山死，太白蝕月。（《酉陽雜俎》）

蕭云：此詩必作於上元之間，據太史之占而言也。按《唐書·天文志》，上元元年五月癸丑，月掩昴，占曰：胡王死。三年建子月癸巳，月掩昴，出昴北；八月丁卯，又掩昴。《後漢書·天文志》曰：太白主奎婁胃昴畢觜參，又主邊兵。又《晉書·天文志》曰：昴七星，又爲旄頭胡星。李白統言之，以太白也。自兹數年之後，安史相繼滅亡，恢復兩京。即此詩而驗諸史，蓋可矣。

趙翼云：《胡無人》一首中，有「太白入月敵可摧」之句，適與禄山被殺之讖相符，説者又謂此詩預決禄山之死。不知「太白入月」，本天官家占驗之法，豈專指禄山。且此篇上文，但言戎騎窺邊，漢兵殺敵之事，初不涉漁陽一語也。（《甌北詩話》）

王云：《西陽雜俎》云……蕭氏注從之，謂此詩必作於上元間，據太史之占而言。今考《唐書·天文志》，初未嘗有太白入月之事，而蕭妄引上元元年、三年月掩昴之文以當之，誤矣。玩「天兵照雪下玉關」之句，當是開元、天寶之間爲征討四夷而作，庶幾近是。

詹鍈云：按，禄山卒於至德二載正月乙卯，與蕭氏所引上元元年事固不合。但《舊唐書·肅宗紀》云：至德二載四月，太史奏歲星太白熒惑集於東井。太白入月或出於傳聞之誤。又，《新唐書·韋見素傳》云：天寶十五載十月丙申。有星犯昴。見素言於帝曰：「昴者胡也。天道謫見，所應在人，禄山將死矣。」帝曰：「日月可知乎？」見素曰：「福應在德，禍應在刑，昴金忌火，行當火位，昴之昏中，乃其時也。既死其月，亦死其日。明年正月甲寅，禄山其殪乎！」帝曰：「賊何等死？」答曰：「五行之説，子者視妻所生，昴犯以丙申，金，木之妃也；木，火之母也。丙火爲金，子申亦金也。二金本同末異，還以相剋，賊殆爲子與首亂者更相屠戮乎！」及禄山死，日月皆驗。可見當時此類傳説甚盛。即或「太白入月敵可摧」之説出於時人傅會，然此詩之作在禄山初反時，蠱無庸置疑也。

【按】

前人以占星之説附會人事，謂白預決禄山之死，固屬無稽，至謂白詩係聞太史之占或一時盛傳之説而作，僅膠着於「太白入月敵可摧」一語以解全詩，其偏頗亦顯而易見。今觀李白亂起後所作諸詩，凡言時事，俱據情直書，明白無礙。《胡無人》則以漢代唐，泛言「戎騎窺邊，漢兵殺敵之事」，與諸詩面貌迥異。「玉關」、「紫塞」，遠離中原，絶非安史亂中戰場所在，而爲李白及唐人邊塞詩中習用之詞。故《胡無人》一詩宜從趙翼、王琦説，以尋常邊塞詩視之。李白此類詩篇，多作於在朝時。至於末尾三句，前人議論恐未諦。竊按道家向來以兵爲凶器，兵家亦以不戰而勝爲上策，有識之士例以窮兵黷武爲下策，其不祥莫大焉。唐人邊塞詩多是此種精神。李白自開元季葉以來早已再三致意。雖美大唐武功之盛，總以上策相期。故待詔翰林後期於征戰之頻繁頗有微辭，及天寶中期則大肆抨擊矣。前後左右聯係觀之，則此三句是否後人妄加，是否不達情理，固無待煩言也。

相逢行

相逢行，《樂府詩集·相和歌辭》名。題解曰：「一曰《相逢狹路間行》，亦曰《長安有狹邪行》。」此篇乃白在朝時不得於君，托男女邂逅而不得相親以寄意。

朝騎五花馬〔一〕，謁帝出銀臺〔二〕。秀色誰家子，雲車珠箔開〔三〕。金鞭遥指點，玉勒近遲回〔四〕。夾轂相借問〔五〕，疑從天上來〔六〕。蹙入青綺門，當歌共銜杯〔七〕。銜杯映歌扇，似月雲中見。相見不得親，不如不相見。相見情已深，未語可知心。胡爲守空閨，孤眠愁錦衾。錦衾與羅幃，纏綿會有時。春風正澹蕩，暮雨來何遲〔八〕？願因三青鳥，更報長相思〔九〕。光景不待人，須臾髮成絲。當年失行樂〔一〇〕，老去徒傷悲。持此道密意，無令曠佳期。

【注釋】

〔一〕《唐朝名畫録》：「開元後，四海清平，外國名馬重繹累至。……自後内厩有飛黄、照夜、浮雲、五花之乘。」據此，五花本内厩良馬名，然亦爲良馬之泛稱，如李白《將進酒》句中之「五花馬，千金裘」是也。而馬之名「五花」者，或正以其毛色花紋言，如杜甫《高都護驄馬行》：「五花散作雲滿身。」岑參《走馬川行奉送出師西征》：「五花連錢旋作冰。」均資參證。

〔二〕銀臺，宫門名。見本年《效古》二首詩注。出銀臺，謂下直。《翰林志》：「學士……每下直出門，相謔謂之小三昧；出銀臺乘馬，謂之大三昧，如釋氏之去纏縛而自在也。」

〔三〕雲車，繪飾雲紋之車。

〔四〕勒，馬絡頭。玉勒，代所乘之馬。遲迴，徘徊不前。

〔五〕夾，逼近。轂，車輪中央軸所貫處。《相逢行》古辭：「夾轂問君家。」

〔六〕此句下《樂府詩集》多「憐腸愁欲斷，斜日復相催。下車何輕盈，飄然似落梅」四句。

〔七〕躞，追隨其後。兩宋本、繆本、《才調集》、《樂府詩集》俱作邀。青綺門，長安東門。漢代長安東出十二門，第三門名霸城門，民見門色青，又名青城門，或曰青綺門，亦曰青門。見《水經注·渭水》。唐代，則以代稱東門。二句兩宋本、繆本、王本俱注云：「一作嬌羞初解珮，語笑共銜杯。」

〔八〕春風喻情思，暮雨喻幽會。二句兩宋本、繆本、王本俱注云：「一作春風正糾結，青鳥來何遲。」

〔九〕三青鳥，《山海經·大荒西經》：「沃之野……有三青鳥，赤首黑目，一名曰大鵹，一名少鵹，一名曰青鳥。」郭璞注：「皆西王母所使也。」俗以青鳥爲男女間通信息使者。薛道衡《豫章行》「願作王母三青鳥，飛去飛來傳消息。」

〔一〇〕《詩詞曲語辭匯釋》卷六：「當年，猶云少年或壯年也。李白《相逢行》：『當年失行樂，老去徒傷悲。』此與老去作對，猶云少壯也。」

【集説】

胡云：按古辭言相逢年少，問知其家之豪盛。此則言相逢其人，仍不得相親，恐失佳期，回環致望不已，較古辭用意尤深。《離騷》詠不得於君，必託男女致詞，曰：「初既與余成言兮，後悔遁而有他。」又曰：「日月忽其不淹兮，恐美人之遲暮。」白詩題雖取之樂府，而詩意實本諸騷，蓋有已近君而終不得近之怨焉。臣子睽隔之痛，思慕之誠，具見於是。觀篇首以謁帝發端，大旨自明，不當僅作情辭讀也。

朝下過盧郎中叙舊遊

盧郎中，名字不詳。郎中，尚書省官名，從五品上。

君登金華省〔一〕，我入銀臺門〔二〕。幸遇聖明主，俱承雲雨恩。復此休浣時〔三〕，閑爲疇昔言。卻話山海事，宛然林壑存。明湖思曉月，疊嶂憶清猿。何由返初服〔四〕，田野醉芳樽？

【注釋】

〔一〕金華省，朝廷省署之美稱。班固《西都賦》：「金華玉堂。」李善注引《三輔黄圖》，謂漢之未央宫有金華殿、玉堂殿。後世遂作爲帝京殿堂及省署之美稱。此指尚書省。杜甫《八哀詩·故右僕射相國曲江張公九齡》：「上君白玉堂，倚君金華省。」仇兆鰲注：「《唐書》：九齡擢進士第，拜校書郎，歷中書舍人、祕書少監、集賢院學士、中書侍郎，此由玉堂金華省出入也。」此指秘書省及中書省。

〔二〕句謂入侍翰林。銀臺門，見本年《效古二首》詩注。

〔三〕休浣，亦稱休沐。唐制，十日一休沐，稱旬休。《唐會要》卷八二：「永徽三年二月十一日，上以天下無虞，百司務簡，每至旬假，許不省事，以與百僚休沐。」

〔四〕返初服，謂辭官歸隱。《楚辭·離騷》：「進不入以離尤兮，退將復修吾初服。」王逸注：「修吾初始清潔之服也。」曹植《七啟》：「願反初服，從子而歸。」

【按】

詩旨在抒寫向往林壑之情，一則見太白熱愛自然之本性，一則見翰院生活已使太白厭倦。詩當作於待詔翰林中期。

同族弟金城尉叔卿燭照山水壁畫歌

王注據《唐書·地理志》，列舉唐縣治更名金城者凡四處，即：京兆興平縣、延州敷政縣、蘭州五泉縣、廣武縣，謂「未知孰是」。詹鍈云「當指京兆府金城縣而言。」可從。京兆金城，本名始平，中宗景龍四年改名金城，即今陝西興平縣。李叔卿，王注：「李季卿《三墳記》：先侍郎之子曰叔卿，字萬。天質琅琅，德光文蔚，識度標邁。弱冠以明經擢國，授薦邑虞、樂二尉，魏守崔公沔泊相國晉公甲科第之進等舉之，轉金城尉，吏不敢欺。」先侍郎，謂神龍中工部侍郎李適。

高堂粉壁圖蓬瀛〔一〕，燭前一見滄洲清〔二〕。洪波洶湧山崢嶸，皎若丹丘隔海望赤城〔三〕。光中乍喜嵐氣滅〔四〕，謂逢山陰晴後雪〔五〕。迴谿碧流寂無喧，又如秦人月下窺花源〔六〕。了然不覺清心魂，祇將疊嶂鳴秋猿〔七〕。與君對此歡未歇，放歌行吟達明發。卻顧海客揚雲帆，便欲因之向溟渤。

【注釋】

〔一〕蓬瀛，蓬萊、瀛洲，海上仙山。據此，知所繪爲海上仙山圖。

〔二〕滄洲，濱水之地，隱者所居。

〔三〕丹丘，神仙居處。《楚辭·遠遊》：「仍羽人於丹丘。」王逸注：「丹丘，晝夜常明也。」赤城，山名。《一統志·台州府》：「赤城山，在台州天台縣北六里。……孔靈符《會稽記》：赤城山，土色皆赤，狀似雲霞，望之如雉堞。」

〔四〕嵐氣，山中霧氣。嵐氣滅則山色清明，故云光中。

〔五〕《水經注·漸江水》：「山陰縣……川土明秀，亦爲勝地，故王逸少云：『從山陰道上猶如鏡中行也。』」晴後雪，狀山色之明媚秀美。

〔六〕句用陶淵明《桃花源記》故事。

〔七〕祇將，喻辭，猶言好似。

西岳雲臺歌送丹丘子

本年於長安送元丹丘去朝時作。西岳，即華山，亦名太華山，在今陝西華陰縣南，黄河在其東北二十餘里，望中可見。雲臺，華山峰名，即北峰。

西岳峥嶸何壯哉，黄河如絲天際來〔一〕。黄河萬里觸山動，盤渦轂轉秦地雷〔二〕。榮光休氣紛五彩〔三〕，千年一清聖人在〔四〕。巨靈咆哮擘兩山〔五〕，洪波噴流射東海。三峰卻立如欲摧〔六〕，翠崖丹谷高掌開〔七〕。白帝金精運元氣〔八〕，石作蓮花雲作臺〔九〕。雲臺閣道連窈冥〔一〇〕，中有不死丹丘生。明星玉女備灑掃〔一一〕，麻姑搔背指爪輕〔一二〕。我皇手把天地户〔一三〕，丹丘談天與天語〔一四〕。九重出入生光輝〔一五〕，東求蓬萊復西歸〔一六〕。玉漿儻惠故人飲〔一七〕，騎二茅龍上天飛〔一八〕。

【注釋】

〔一〕王注：「《癸辛雜識》：五岳惟華岳極峻，直上四十五里。……有西岳廟在山頂，望黄河一衣帶水耳。」

〔二〕《文選》郭璞《江賦》：「盤渦轂轉，凌濤山頹。」李善注：「渦，水旋流也。」張銑注：「盤渦，言水深風壯，流急相衝，盤旋作深渦，如轂之轉。」

〔三〕《初學記》卷六引《尚書中候》曰：「榮光出河，休氣西塞。」休，美也。榮光，五彩。

〔四〕《拾遺記》卷一：「黄河千年一清，至聖之君以爲大瑞。」

〔五〕《初學記》卷五引薛綜注《西京賦》云：「華山對河東首陽山，黄河流於二山之間。古語云，此本一山當河，河水過之而曲行。河神巨靈，以手擘開其上，以足蹈離其下，中分爲兩，以通河流。今睹手跡於華嶽上，指掌之形具在，腳跡在首陽山下亦存焉。」

〔六〕三峰，王注：《華山記》：太華山削成而四方，直上至頂，列爲三峰。其西爲蓮花峰，峰之石窊隆不一，皆如蓮葉倒垂，故名是峰曰蓮花。其南曰落雁峰。上多松檜，故亦曰松檜峰，白帝宫在其間。俯眺三秦，曠莽無際，黄河如一縷水，繚繞岳下。其東峰曰朝陽峰，峰之左脅中有一峰，狀甚秀異，如爲東峰所抱者，曰玉女峰，乃東峰之支峰也。世之談三峰者，數玉女而不數朝陽，非矣。」

〔七〕高掌，王注：「《華山記》：『山之東北則爲仙人掌，即所謂巨靈掌也。巖壁黑色，石膏自壘中流出，凝結成痕，黄白相間，遠望之見其大者五歧如指，好奇者遂傳爲巨靈劈山之掌跡。』」

〔八〕《洞天記》：「華山，名太極總仙之天，即少昊爲白帝，治西岳。」《拾遺記》卷一：「少昊以金德王。」

〔九〕王注：「慎蒙《名山記》：李白詩『石作蓮花雲作臺』，今觀山形外羅諸山如蓮瓣，中間三峰特出如蓮心，其下爲雲臺峰，自遠望之，宛如青色蓮花開於雲臺之上也。」

〔一〇〕閣道，登山棧道。

〔一一〕《山海經·西山經》郭璞注：「（太華山）上有明星玉女，持玉漿，得上服之，即成仙。」

〔一二〕《太平廣記》卷六十引《神仙傳》：「麻姑鳥爪，蔡經見之，心中念言：背大癢時，得此爪以爬背，當佳。」

〔一三〕《漢武帝内傳》：「（王母）又命侍女法安嬰歌《元靈之曲》，其詞曰：『大象雖寥廓，我把天地户。』」

〔一四〕談天，戰國齊人騶衍善於論辯宇宙之事，齊人稱其談天衍。見《史記·孟子荀卿列傳》。裴駰《集解》引劉向《别録》曰：「騶（鄒）衍之所言，五德終始，天地廣大，盡言天事，故曰談天。」

〔一五〕九重，謂天子之門。宋玉《九辯》：「君之門以九重。」

〔一六〕句謂天寶元年元丹丘隨玉真公主朝謁譙郡真源宫事，見開元二十九年《鳳笙篇》按語。

〔一七〕玉漿，仙人所飲。曹操《氣出唱》：「行四海外，東到泰山。仙人玉女，下來翱遊。驂駕六龍飲玉漿。」

〔一八〕《列仙傳》卷下：「呼子先者，漢中關下卜師也，老壽百餘歲。臨去，呼酒家老嫗曰：『急裝，當與嫗共應中陵王。』夜有仙人持二茅狗來，至，呼子先，子先持一與酒家嫗，得而騎之，乃龍也。上華陰山，常於山上大呼，言子先、酒家母在此云。」

【集説】

《唐宋詩醇》云：健筆凌雲，一掃靡靡之調。

詹鍈云：丹丘子即元丹丘也。詩云：「九重出入生光輝，東求蓬萊復西歸。」蕭本求字作來。按此篇是送元丹丘東行詩，自當以求字爲是。蕭曰：「此喻元年丹丘爲仙人東來於蓬萊，復西歸於華山也。」大誤。

【按】

本年元丹丘曾在朝，爲西京大昭成觀威儀，參見開元二十九年《鳳笙篇》按語。及明年，白有《以詩代書答元丹丘》詩，知丹丘先白而去朝。蓋唐代道家名流如司馬承禎、吴筠等俱有奉詔入朝復去朝事，元丹丘亦然。據詩，白其時遊仙之想復萌，作時當在待詔翰林中期。

望終南山寄紫閣隱者

《元和郡縣志》京兆府萬年縣：「終南山，在縣南五十里。」紫閣，終南山峰名。王注：「《陝西志》：紫閣峰，在西安府鄠縣東南三十里，旭日射之，爛然而紫，其形上聳，若樓閣然。」

出門見南山，引領意無限〔一〕。秀色難爲名，蒼翠日在眼。有時白雲起，天際自舒卷。心中與之然〔二〕，託興每不淺。何當造幽人，滅跡棲絶巘〔三〕？

【注釋】

〔一〕引領，伸頸遠望，企慕殷切之意。

〔二〕之，代指白雲。然，同也。

〔三〕造，往訪也。幽人，即紫閣隱者。滅跡，絶跡於人間。絶巘，高峻之山峰。

【集説】

沈德潛云：因白雲舒卷，念及幽人。偕隱之思與之俱遠。（《唐詩别裁》）

劉熙載云：「有時白雲起，天際自舒卷」，「卻顧所來徑，蒼蒼横翠微」，即此四語，想見太白詩境。（《藝概》）

【按】

此及下篇，俱寄情終南，皆倦於待詔翰林後，别尋寄托之作。

下終南山過斛斯山人宿置酒

斛斯，復姓。瞿、朱謂斛斯山人即杜甫《過斛斯校書莊》及《聞斛斯六官未歸》詩中之斛斯融。

暮從碧山下，山月隨人歸。卻顧所來徑，蒼蒼横翠微〔一〕。相攜及田家〔二〕，童稚開荆扉。緑竹入幽徑，青蘿拂行衣。歡言得所憩，美酒聊共揮〔三〕。長歌吟松風，曲盡河星稀。我醉君復樂，陶然共忘機〔四〕。

【注釋】

〔一〕卻顧，回望。蒼蒼，謂夜色。翠微，謂青山。句謂青山已在夜色籠罩之中。

〔二〕相攜，謂與山月相伴。及，至也。田家，即斛斯山人家。

〔三〕聊，且。揮，《禮記·曲禮》：「飲玉爵者弗揮。」鄭玄注：「振去餘酒曰揮。」後即謂傾杯飲酒。

〔四〕機，謂機巧之心，亦即塵慮。

【集説】

王夫之云：清曠中無英氣，不可效陶。以此視孟浩然，真山人詩爾。（《唐詩評選》）

《唐宋詩醇》云：此篇及《春日獨酌》、《春日醉起言志》等作，逼真泉明遺韻。

贈盧徵君昆弟

徵君，王注：「《後漢書》：黄憲初舉孝廉，又辟公府。友人勸其仕，憲亦不拒之，暫到京師而還，竟無所就。年四十八終，天下號曰徵君。後世『徵君』名始此。蕭注以盧徵君即是盧鴻，考《唐書》及他書所載鴻事，都不言其有弟同隱，恐此盧又是一人。」

明主訪賢逸，雲泉今已空〔一〕。二盧竟不起，萬乘高其風。河上喜相得〔二〕，壺中趣每同〔三〕。滄洲即此地，觀化遊無窮〔四〕。木落海水清，鼇背覩方蓬〔五〕。與君弄倒影〔六〕，携手凌星虹。

【注釋】

〔一〕瞿、朱注：「此二句即王維詩『聖代無隱者，英靈盡來歸』之意。」

〔二〕《太平廣記》卷十引《神仙傳》：「河上公者，莫知其姓字。漢文帝時，公結草爲菴於河之濱。帝讀《老子》經，頗好之。有所不解數事，時人莫能道之。聞時皆稱河上公解《老子》經義，乃使齎所不決之事以問。公曰：『道尊德貴，非可遥問也。』帝即幸其菴躬問之。帝曰：『普天之下，莫非王土；率土之濱，莫非王臣。子雖有道，猶朕民也。……』公即撫掌坐躍，冉冉在虚空中，去地數丈，俛而答曰：『予上不至天，中不累人，下不居地，何臣民之有？』帝下車稽首……公仍授素書二卷與帝，曰：『……予注此經以來一千二百餘年，凡傳三人，連子四矣。』言畢失其所在。」

〔三〕壺中，用費長房事。長房爲市掾，見市中有老翁賣藥，懸一壺於肆頭，及市罷，輒跳入壺中。長房異之，因奉酒脯而拜，翁邀明日更來。翌日復詣翁，翁乃與俱入壺中，唯見玉堂嚴麗，旨酒甘肴盈衍其中，共飲畢而出。見《後漢書·費長房傳》。

〔四〕觀化，觀察宇宙萬物之變化。《莊子·至樂》：「吾與子觀化而化及我，我又何惡焉？」

〔五〕方蓬，海上三神山之方壺、蓬萊。

〔六〕弄倒景，謂升天。詳見天寶三載《昔我遊齊都》（古風其二十）詩注。

【按】此詩企羡隱者，向往遊仙，亦似待詔翰林後期之作。

君子有所思行

《君子有所思行》，《樂府詩集·雜曲歌辭》名。《樂府古題要解》卷下：「君子有所思行，陸機『命駕登北山』，鮑照『西山登雀臺』，沈約『晨策終南首』，其旨言雕室麗色，不足爲久歡，晏安酖毒，滿盈所宜敬忌。」太白此篇亦發揮其意。

紫閣連終南〔一〕，青冥天倪色〔二〕。憑崖望咸陽，宫闕羅北極〔三〕。萬井驚畫出〔四〕，九衢如絃直。渭水銀河清〔五〕，横天流不息。朝野盛文物〔六〕，衣冠何翕艴〔七〕。厩馬散連山，軍容威絶域〔八〕。伊臯運元化，衛霍輸筋力〔九〕。歌鐘樂未休，榮去老還逼。圓光過滿缺，太陽移中昃〔一〇〕。不散東海金，何争西輝匿〔一一〕？無作牛山悲，惻愴淚沾臆〔一二〕。

【注釋】

〔一〕紫閣、終南，見本年《望終南山寄紫閣隱者》題解。

〔二〕青冥，青天，此狀山色。天倪，天際，天邊。

〔三〕咸陽，代指長安。北極，《爾雅·釋天》：「北極謂之北辰。」《史記·天官書》司馬貞《索隱》：「《春秋合誠圖》云：北辰，其星五，在紫微中。」王注：「此以喻天子之居，而言宫闕羅列於其中也。」

〔四〕唐長安城有東西大街十四條，南北大街十一條，縱横交錯，將城市劃爲若干方整井字。詩言「萬井」，正實景也。

〔五〕渭水，在長安城北。《三輔黄圖》卷一：「渭水貫都，以象天漢。」

〔六〕文物，謂禮樂制度。

〔七〕衣冠，謂人物。翕艴，光色盛貌。艴，音釋，或音赫。

〔八〕《新唐書·兵志》：「馬者，兵之用也。……天寶後，諸軍戰馬動以萬計。……議謂秦漢以來，唐馬最盛，天子又鋭志武事，遂弱西北蕃。」以上四句分言朝廷文治武功。

〔九〕伊皋，謂商湯宰相伊尹、舜名臣皋陶。元化，德政教化。衛霍，謂漢武帝名將衛青、霍去病。王注：「伊尹、皋陶，以喻美宰臣；衛青、霍去病，以喻美將帥。」

〔一〇〕圓光，指月亮。昃，音仄，日西斜。《易·豐》：「日中則昃，月盈則食。」以上四句謂事有盛極而衰者，蓋指國運而言。

〔一一〕東海，謂疏廣。疏廣，字仲翁，東海蘭陵人也。爲太傅，在位五歲，曰：「吾聞『知足不辱，知止不殆』，『功遂身退，天之道也』。」上疏乞骸骨，上以其年篤老，皆許之，加賜黄金二十斤，皇太子贈以五十斤。廣既歸鄉里，日令家共具設酒食，請族人故舊賓客，與相娛樂。數問其家金餘尚有幾所，趣賣以共具，曰：「此金者，聖主所以惠養老臣也，故樂與鄉黨宗族共饗其賜，以盡吾餘日，不亦可乎！」見《漢書·疏廣傳》。西輝，太陽西傾之餘輝。匿，日没也。二句意謂不當貪戀富貴，蓋指權貴而言。

〔一二〕《晏子春秋·諫上》：「景公遊於牛山，北臨其國城而流涕曰：『若何滂滂去此而死乎？』艾孔、梁丘據皆從而泣，晏子獨笑於旁。公刷涕而顧晏子曰：『寡人今日遊悲，孔與據皆從寡人而涕泣，子之獨笑，何也？』晏子對曰：『使賢者常守之，則太公、桓公將常守之矣；使勇者常守之，則莊公、靈公將常守之矣。數君者將守之，則吾君安得此位而立焉？以其迭處之，迭去之，至於君也，而獨爲之流涕，是不仁也。不仁之君見一，諂諛之臣見二，此臣之所以獨竊笑也。』」二句意謂無效齊景公之欲永保君位，蓋指時君而言。

夕霽杜陵登樓寄韋繇

本年秋作。《元和郡縣志》京兆府萬年縣：「杜陵，在縣東南二十里，漢宣帝陵也。」韋繇，其人無考。觀詩意，似爲隱者。

浮陽滅霽景〔一〕，萬物生秋容。登樓送遠目，伏檻觀群峰。原野曠超緬，關河紛錯重。清暉映竹日，翠色明雲松。蹈海寄遐想〔二〕，還山迷舊蹤。徒然迫晚暮，未果諧心胸。結桂空佇立，折麻恨莫從〔三〕。思君達永夜，長樂聞疏鐘〔四〕。

【注釋】

〔一〕《文選》張協《雜詩》：「浮陽映翠林。」吕向注：「浮陽，日光也。」

〔二〕蹈海，用魯仲連事。參見開元二十九年《齊有倜儻生》（《古風》其十）詩注。仲連以一箭書下聊城後，不受爵而逃，隱於海上，曰：「吾與富貴而詘於人，寧貧賤而輕世肆志焉。」蓋白自謂其不欲屈己以干富貴，而思隱退耳。

〔三〕結桂，《楚辭·九歌·大司命》：「結桂枝兮延竚，羌愈思兮愁人。」王逸注：「猶結木爲誓，長立而望。」折麻，《楚辭》同篇：「折疏麻兮瑤華，將以遺兮離居。」王逸注：「疏麻，神麻也。」洪興祖補注：「瑤華，麻花也，其色白，故比於瑤。此花香，服食可致長壽，故以爲美，將以贈遠。」二句抒其思念友人之情，且欲從之而去也。二句兩宋本、繆本、王本俱注云：「一作采菊竟誰舉，遊蘭恨莫從。」

〔四〕長樂，漢宮名。《元和郡縣志》京兆府長安縣：「漢長樂宮，在縣西北十四里。」徐陵《玉臺新咏序》：「厭長樂之疏鐘。」

杜陵絶句

與上篇同時作。

南登杜陵上，北望五陵間〔一〕。秋水明落日，流光滅遠山。

【注釋】

〔一〕五陵，《後漢書·班固傳》：「南望杜霸，北眺五陵。」李賢注：「杜、霸謂杜陵、霸陵，在城南，故南望也。五陵謂長陵、安陵、陽陵、茂陵、平陵，在渭北，故北眺也。」

秋夜獨坐懷故山

本年秋翰林院懷歸之作。

小隱慕安石〔一〕，遠遊學子平〔二〕。天書訪江海，雲卧起咸京〔三〕。入侍瑶池宴〔四〕，出陪玉輦行。誇胡新賦作〔五〕，諫獵短書成〔六〕。但奉紫霄顧〔七〕，非邀青史名。莊周空説劍〔八〕，墨翟恥論兵〔九〕。拙薄遂疏絶〔一〇〕，歸閑事耦耕〔一一〕。顧無蒼生望，空愛紫芝榮〔一二〕。寥落暝霞色，微茫舊壑情。秋山緑蘿月，今夕爲誰明？

【注釋】

〔一〕小隱，謂隱居山林。王康琚《反招隱詩》：「小隱隱陵藪，大隱隱朝市。」謝安石出仕前曾隱居東山。故云。詳見下篇《憶東山二首》題解。

〔二〕子平，東漢向長字。長隱居不仕，安於貧賤，男女娶嫁既畢，遂敕斷家事，與同好北海禽慶俱遊五嶽名山，竟不知所終。事見《後漢書·逸民傳》。二句言其入朝前隱居及漫遊生活。

〔三〕二句謂奉詔入京事。

〔四〕瑶池宴，謂天子之宴。《穆天子傳》三：「天子觴西王母於瑶池之上。」

〔五〕句用揚雄事。雄作《長楊賦》，賦之序有「上將大誇胡人以多禽獸」語，故云。

〔六〕句用司馬相如事。《史記·司馬相如列傳》云，相如作《子虚賦》，「其卒章歸之於節儉，因以風諫」；又云：「常從上至長楊獵，是時天子方好自擊熊彘，馳逐野獸，相如上疏諫之。」

〔七〕紫霄，帝王之居。《梁書·朱異傳》引簡文帝《圍城賦》：「升紫霄之丹地，排玉殿之金扉。」

〔八〕昔趙文王喜劍，劍士三千餘人日夜相擊，死傷者幾百餘人。如是三年，國衰。太子悝遂以千金請莊周説王止劍。周辭金弗受，入殿門不趨，見王不拜。其説王也，曰：「臣有三劍……有天子劍，有諸侯劍，有庶人劍。」天子之劍用以匡諸侯，服天下，諸侯之劍使四封之内賓服而從君命，庶人之劍則無所用於國事，云云。且責趙王「有天子之位而好庶人之劍」。文王聞之，三月不出宫門，劍士皆服斃。見《莊子·説劍》。

〔九〕墨翟善用兵。公輸般爲荆王設高雲梯，欲以攻宋，墨子聞而往説之。公輸般設攻宋之械，墨子設守宋之備，九攻而九卻之，不能入，故荆輟不攻宋。見《吕氏春秋·開春論·愛類》。以上二句自謂其文韜武略不爲君主所用。

〔一〇〕拙薄，性拙才薄，自謙之辭。疏絶，謂被君王疏遠而恩寵斷絶。

〔一一〕耦耕，二人各執一耜，左右并發，相偶而耕。《論語·微子》：「長沮、桀溺耦而耕。」句謂其已興隱退躬耕之念。

〔一二〕顧，豈也。蒼生望，拯濟天下百姓之志。空，徒也。紫芝榮，隱士之高名。《樂府詩集·琴曲歌辭》載商山四皓《採芝操》曰：「皓天嗟嗟，深谷逶迤。樹木莫莫，高山崔嵬。巖居穴處，以爲幄茵。曄曄紫芝，可以療饑。唐虞往矣，吾當安歸。」二句謂其非無匡濟之志，而徒邀高隱之名。

憶東山二首

王注：「施宿《會稽志》：東山，在上虞縣西南四十五里，晉太傅謝安所居也。一名謝安山，巍然特出於衆峰間，拱揖虧蔽，如鸞飛舞，其巔有謝公調馬路、白雲、明月二堂遺址，千嶂林立，下視滄海，天水相接，蓋絶景也。下山出微徑，爲國慶寺，乃太傅故宅。旁有薔薇洞，俗傳太傅攜妓女遊宴之所。」此以東山代其入朝前隱居之地。

不向東山久，薔薇幾度花。白雲還自散，明月落誰家〔一〕。

【注釋】

〔一〕薔薇、白雲、明月，俱見題解。

其二

我今攜謝妓〔一〕，長嘯絶人群。欲報東山客〔二〕，開關掃白雲。

【注釋】

〔一〕見題解。

〔二〕東山客，指隱者。

【集説】

詹鍈云：李陽冰《草堂集序》：「醜正同列，害能成謗，格言不入，帝用疏之。公乃浪跡縱酒，以自昏穢。詠歌之際，屢稱東山。」此詩蓋遭謗以後將還山時作也。

贈别王山人歸布山

王山人，名字不詳。布山，漢縣名，屬鬱林郡，唐爲桂平縣，屬潯州，即今廣西桂平縣。詩有懷歸之語，似待詔翰林時作。

王子析道論，微言破秋毫〔一〕。還歸布山隱，興入天雲高。爾去安可遲，瑶草恐衰歇。我心亦懷歸，屢夢松上月。傲然遂獨往，長嘯開巖扉。林壑久已蕪，石道生薔薇。願言弄笙鶴〔二〕，歲晚來相依。

【注釋】

〔一〕微言，精妙之論。劉歆《移書讓太常博士》：「夫子没而微言絶。」秋毫，謂精微之理。《三國志·魏書·管輅傳》裴松之注：「《輅别傳》曰：何尚書神明精微，言皆巧妙，巧妙之至，殆破秋毫。」

〔二〕弄笙鶴，用王子喬事，見開元二十九年《鳳笙篇》詩注。

翰林讀書言懷呈集賢諸學士

翰林，謂翰林院。《新唐書·百官志》：「翰林院者，待詔之所也。唐制，乘輿所在，必有文詞、經學之士，下至卜、醫、伎術之流，皆直於别院，以備宴見。……玄宗初，置翰林待詔，以張説、陸堅、張九齡等爲之，掌四方表疏批答、應和文章。既而又以中書務劇，文書多壅滯，乃選文學之士，號翰林供奉，與集賢院學士分掌制詔書敕。開元二十六年，又改翰林供奉爲學士，别置學士院，專掌内命。凡拜免將相、號令征伐，皆用白麻。其後，選用益重，而禮遇益親，至號爲内相，又以爲天子私人。凡充其職者無定員，自諸曹尚書下至校書郎，皆得預選。」李白在朝，僅爲翰林學士，未授他官。集賢，集賢殿書院，隷中書省，中有學士、直學士。《舊唐書·職官志》：「集賢學士之職，掌刊緝古今之經籍，以辨明邦國之大典。」《新唐書·百官志》：「玄宗嘗選耆儒，日一人侍讀，以質史籍疑義。至是，置集賢院侍講學士、侍讀直學士。」

晨趨紫禁中〔一〕，夕待金門詔〔二〕。觀書散遺帙〔三〕，探古窮至妙。片言苟會心，掩卷忽而笑。青蠅易相點〔四〕，《白雪》難同調〔五〕。本是疏散人，屢貽褊促誚〔六〕。雲天屬清朗〔七〕，林壑憶遊眺。或時清風來，閒倚欄下嘯。嚴光桐廬溪〔八〕，謝客臨海嶠〔九〕。功成謝人間，從此一投釣〔一〇〕。

【注釋】

〔一〕紫禁，天子之宫，紫謂紫微。宫門設禁，故以禁稱之。

〔二〕金門，金馬門，代稱朝廷。

〔三〕帙，書衣。遺帙，前代之書。王注：「散帙者，解散其書外所裹之帙而翻閲之也。」

〔四〕《詩·小雅·青蠅》：「營營青蠅，止於樊。豈弟君子，無信讒言。」孔穎達《正義》曰：「此蟲汚白使黑，汚黑使白，乃變亂白黑，不可近之。」句謂在朝爲讒言所中。

〔五〕宋玉《對楚王問》：「客有歌於郢中者，其始曰《下里》、《巴人》，國中屬而和者數千人。其爲《陽阿》、《薤露》，國中屬而和者數百人。其爲《陽春》、《白雪》，國中屬而和者不過數十人。……是其曲彌高，其和彌寡。」句謂在朝寡相知者。

〔六〕褊促，器量狹隘。太白不與朝中權貴宵小同流合汚，故致此譏。

〔七〕屬，通矚。

〔八〕嚴光，字子陵，會稽人。少與光武同遊學。及光武即位，隱身不見，披羊裘釣澤中。聘入朝，除爲諫議大夫，不屈，乃耕於富春山。後人名其釣處爲嚴陵瀨。見《後漢書·嚴光傳》李賢注引《輿地志》曰：「桐廬縣南有嚴子陵漁釣處，今山邊有石，上平，可坐十人，臨水，名爲嚴陵釣壇也。」

〔九〕謝客，謝靈運，小名客兒。靈運有《登臨海嶠》詩，末章抒入山尋仙之意。嶠，鋭而高之山。

〔一〇〕間，宋乙本、繆本俱作君。投釣，仍用嚴光事。二句，功成身退之意。

【按】

「青蠅」四句，言遭讒事。然詩末猶企望功成然後身退，當作於讒謗甫生時。

玉壺吟

烈士擊玉壺，壯心惜暮年〔一〕。三盃拂劍舞秋月，忽然高詠涕泗漣〔二〕。鳳凰初下紫泥詔〔三〕，謁帝稱觴登御筵〔四〕。揄揚九重萬乘主〔五〕，謔浪赤墀青瑣賢〔六〕。朝天數換飛龍馬〔七〕，敕賜珊瑚白玉鞭。世人不識東方朔，大隱金門是謫仙〔八〕。西施宜笑復宜嚬，醜女效之徒累身〔九〕。君王雖愛蛾眉好〔一〇〕，無奈宫中妒殺人。

【注釋】

〔一〕《世説·豪爽》："王處仲每酒後輒詠『老驥伏櫪，志在千里。烈士暮年，壯心不已』，以如意打唾壺，壺口盡缺。"《晉書·王敦傳》"唾壺"下有"爲節"二字。

〔二〕王本注云："二句一作三盃拂劍舞，秋月忽高懸。"

〔三〕《初學記》卷三十引陸翽《鄴中記》曰："石季龍皇后在觀上，有詔書五色紙，著鳳口中，鳳既銜詔，侍人放數百丈緋繩，轆轤迴轉，鳳皇飛下。鳳以木作之，五色漆畫，咮腳皆用金。"紫泥，皇帝詔書緘封所用，上加璽印。《元和郡縣志》隴右道武州："武都有紫水，泥亦紫。漢朝封璽書用紫泥，即此水之泥也。"

〔四〕稱，舉也。

〔五〕揄揚，宣揚。《文選》班固《兩都賦序》："雍容揄揚，著於後嗣。"李善注："揄，引也。揚，舉也。」曹植《與楊德祖書》：「辭賦小道，固未足以揄揚大義，彰示來世也。」

〔六〕謔浪，戲謔。《詩·邶風·終風》：「謔浪笑傲。」鄭箋：「言戲謔不敬。」墀，《説文》：「塗地也。禮，天子赤墀。」天子宫殿，階地以丹漆塗之，故名丹墀。青瑣，天子門制。《漢書·元后傳》：「曲陽侯根驕奢僭上，赤墀青瑣。」顔師古注：「青瑣者，刻爲連環文，而青塗之也。」賢，謂大臣。句似用東方朔事。《漢書·東方朔傳》：「自公卿在位，朔皆敖弄，無所爲屈。」

〔七〕飛龍馬，翰林學士所乘。參見天寶元年《駕去温泉宫後贈楊山人》詩注。

〔八〕東方朔，漢武帝近臣。《史記·滑稽列傳》：「朔行殿中，郎謂之曰：『人皆以先生爲狂。』朔曰：『如朔等，所謂避世於朝廷間者也。古之人，乃避世於深山中。』時坐席中，酒酣，據地歌曰：『陸沉於俗，避世金馬門。宫殿中可以避世全身。何必深山之中，蒿廬之下。』」大隱隱朝市，見本年《秋夜獨坐懷故山》詩注。

〔九〕梁簡文帝《鴛鴦賦》：「亦有佳麗自如神，宜羞宜笑復宜嚬。」醜女效顰事，見本年《效古二首》詩注。二句復以西施自況。

〔一〇〕蛾眉，代稱美女。《詩·衛風·碩人》：「螓首蛾眉。」朱熹《集傳》：「蛾，蠶蛾也，其眉細而長曲。」

【集説】

蕭云：此詩乃太白自述其知遇始末之辭也。觀太白傳及前後詩集序，其意自見矣。

【按】玩「世人」二句，詩作於在朝時。王琦《年譜》謂爲「去朝以後之作」，恐非。「鳳凰」以下六句，言供奉翰林情景，不乏自矜之感，結末「君王雖愛蛾眉好」一語，正承此而來。故知其時讒謗雖已盛，而君恩尚未衰。如在去朝後，則對君王亦多怨辭矣。

懼讒

二桃殺三士，〔一〕詎假劍如霜？衆女妬蛾眉，雙花競春芳。〔二〕魏姝信鄭袖，掩袂對懷王。一惑巧言子，朱顏成死傷。〔三〕行將泣團扇，〔四〕戚戚愁人腸。

【注釋】

〔一〕句用齊晏子事，見開元十九年《梁甫吟》詩注。

〔二〕衆女，謂群小。蛾眉，自謂。《楚辭·離騷》：「衆女嫉余之蛾眉兮，謠諑謂余以善淫。」二句謂衆女之與蛾眉，猶雙花争春。蛾眉勝於衆女，故妬興。

〔三〕《戰國策·楚策》：「魏王遺楚王美人，楚王悅之。夫人鄭袖知王之悅新人也，甚愛新人，衣服玩好，擇其所喜而爲之；宮室臥具，擇其所善而爲之。愛之甚於王。王曰：『婦人所以事夫者，色也；而妬者，其情也。今鄭袖知寡人之悅新人也，其愛之甚於寡人，此孝子之所以事親，忠臣之所以事君也。』鄭袖知王以己爲不妬也，因謂新人曰：『王愛子美矣，雖然，惡子之鼻。子爲見王則必掩子鼻。』新人見王，因掩其鼻。王謂鄭袖曰：『夫新人見寡人，則掩其鼻，何也？』鄭袖曰：『妾知也。』王曰：『雖惡，必言之。』鄭袖曰：『其似惡聞君王之臭也。』王曰：『悍哉！』令劓之，無使逆命。」

〔四〕泣團扇，漢成帝時，班婕妤爲趙飛燕奪寵，作《怨歌行》以自傷，其辭曰：「新裂齊紈素，皎潔如霜雪。裁爲合歡扇，團團似明月。出入君懷袖，動摇微風發。常恐秋節至，凉風奪炎熱。棄捐篋笥中，恩情中道絶。」

【按】

詩言「行將泣團扇」，則君恩已衰且絶矣。

設辟邪伎鼓吹雉子斑曲辭

辟邪，神獸名。伎，歌舞藝人。王注：「辟邪伎者，蓋假爲辟邪獸之形而舞者也。」雉子斑，《樂府詩集·鼓吹曲辭》名。王注：「《樂府題解》古辭云：『雉子高飛止，黄鵠之飛以千里。雄來飛，從雌視。』蓋取首二字以命名也。宋何承天有《雉子遊原澤篇》，則言避世之士，抗志凌霄，視卿相功名猶冰炭之不相入也。太白此詩蓋擬何氏而作。」借觀賞伎樂以寄慨。

辟邪伎作鼓吹驚，雉子斑之奏曲成，喔咿振迅欲飛鳴〔一〕。扇錦翼，雄風生，雙雌同飲啄，趫悍誰能争〔二〕？乍向草中耿介死〔三〕，不求黄金籠下生。天地至廣大，何惜遂物情〔四〕？善卷讓天子〔五〕，務光亦逃名〔六〕。所貴曠士懷，朗然合太清〔七〕。

【注釋】

〔一〕喔咿，禽鳥鳴聲。《韓詩外傳》卷九：「翾翾十步之雀，喔咿而笑之。」振迅，疾速奮起。鮑照《舞鶴賦》：「躑躅徘徊，振迅騰摧。」

〔二〕趫悍，勇捷。張衡《西京賦》：「趫悍虓豁，如虎如貙。」

〔三〕《禮記・檀弓》孔穎達疏：「今時人謂之雉或爲雉鳥，耿介，被人所獲，必自屈折其頭而死。」乍，寧可。

〔四〕物情，萬物之本性。嵇康《釋私論》：「情不繫於所欲，故能審貴賤而通物情。物情順通，故大道無違。」

〔五〕善卷，古隱者。《莊子・讓王》：「舜以天下讓善卷，善卷曰：『余立於宇宙之中，冬日衣皮毛，夏日衣葛絺，春耕種，形足以勞動；秋收斂，身足以休食。日出而作，日入而息，逍遥於天地之間而心意自得。吾何以天下爲哉？悲夫，子之不知余也。』遂不受。於是去而入深山，莫知其處。」

〔六〕務光，古隱者。《莊子・讓王》：「湯遂與伊尹謀伐桀，克之。……讓務光曰：『知者謀之，武者遂之，仁者居之，古之道也。吾子胡不立乎？』務光辭曰：『廢上，非義也；殺民，非仁也；人犯其難，我享其利，非廉也。吾聞之曰：非其義者，不受其禄；無道之世，不踐其土，況尊我乎？吾不忍久見也。』乃負石而自沉於廬水。」

〔七〕太清，天道。《莊子·天運》：「吾奏之以人，徵之以天，行之以禮義，建之以太清。」成玄英疏：「太清，天道也。」

【集説】

蕭云：天寶之末，争名者於朝，争利者於市，太白此詩其有所諷歟？

【按】

觀「乍向草中耿介死，不求黄金籠下生」二句，白其時正欲破籠而去也。詩當作於待詔翰林晚期。争名争利，朝市中司空見慣，不待天寶之末始有之，蕭氏之説未妥。

鞠歌行

鞠歌行，《樂府詩集·相和歌辭》名。陸機《鞠歌行·序》曰：「三言七言，雖奇寶名器，不遇知己，終不見重。願逢知己，以托意焉。」太白此篇詩旨略同，句式則爲五、七言。

玉不自言如桃李，魚目笑之卞和耻〔一〕。楚國青蠅何太多〔二〕，連城白璧遭讒毁〔三〕。荆山長號泣血人，忠臣死爲刖足鬼〔四〕。聽曲知甯戚，夷吾因小妻〔五〕。秦穆五羊皮，買死百里奚〔六〕。洗拂青雲上，當時賤如泥〔七〕。朝歌鼓刀叟〔八〕，虎變磻溪中。一舉釣六合〔九〕，遂荒營丘東〔一〇〕。平生渭水曲〔一一〕，誰識此老翁？奈何今之人，雙目送飛鴻〔一二〕。

【注釋】

〔一〕《史記·李將軍列傳》：「諺曰：『桃李不言，下自成蹊。』」司馬貞《索隱》曰：「姚氏云：『桃李本不能言，但以華實感物，故人不期而往，其下自成蹊徑也。』」《文選》任彦昇《致大司馬記室牋》：「惟此魚目，唐突璵璠。」李善注：「魚目似珠。璵璠，魯玉也。」卞和，楚之得寶玉者，詳本詩注〔三〕。二句謂美玉亦如桃李，雖有美質而不自炫，魚目乃得以假亂真，居然譏笑美玉，而使得玉之卞和深以爲恥矣。

〔二〕青蠅，見本年《翰林讀書言懷呈集賢諸學士》詩注。

〔三〕連城白璧，即卞和所獻玉治成之璧，謂之「和氏璧」。《史記·廉頗藺相如列傳》：「趙惠文王時，得楚和氏璧。秦昭王聞之，使人遺趙王書，願以十五城請易璧。」和氏璧因而價值連城。

〔四〕荆山，楚山。《韓非子·和氏》：「楚人和氏，得玉璞楚山中，奉而獻之厲王，厲王使玉人相之，玉人曰：『石也。』王以和爲誑，而刖其左足。及厲王薨，武王即位，和又奉其璞而獻之武王。武王使玉人相之，又曰：『石也。』王又以和爲誑，而刖其右足。武王薨，文王即位，和乃抱其璞而哭於楚山之下，三日三夜，泣盡而繼之以血。王聞之，使人問其故，曰：『天下之刖者多矣，子奚哭之悲也？』和曰：『吾非悲刖也，悲夫寶玉而題之以石，貞士而名之以誑，此吾所以悲也。』

王乃使玉人理其璞而得寶焉，遂命曰和氏之璧。」以上六句，以卞和事自喻，謂其美而遭讒，忠而見棄。

〔五〕甯戚，春秋時齊人。夷吾，春秋時齊相管仲之名。小妻，妾。《列女傳·辯通傳》：「甯戚欲見桓公，道無從，乃爲人僕，將車宿齊東門之外。桓公因出，甯戚擊牛角而商歌，甚悲。桓公異之，使管仲迎之。甯戚稱曰：『浩浩乎白水。』管仲不知所謂，不朝五日而有憂色。其妾婧進曰：『今君不朝五日而有憂色，敢問國家之事耶？君子謀耶？』……管仲曰：『昔日公使我迎甯戚，甯戚曰：浩浩乎白水。吾不知其所謂，是故憂之。』其妾笑曰：『人已語君矣，君不知識耶？』古有《白水》之詩，詩不云乎：『浩浩白水，鯈鯈之魚。君來召我，我將安居？國家未定，從我焉如？此甯戚之欲得仕國家也。』管仲大悦，以報桓公，桓公乃修官府，齋戒五日，見甯子，因以爲佐，齊國以治。」

〔六〕百里奚，春秋時秦穆公賢相。《史記·秦本紀》：「晉獻公滅虞、虢，虜虞君及其大夫百里傒。……既虜百里傒，以爲秦繆公夫人媵於秦。百里傒亡秦走宛，楚鄙人執之。繆公聞百里傒賢，欲重贖之。恐楚人不與，乃使人謂楚曰：『吾媵臣百里傒在焉，請以五羖羊皮贖之。』楚人遂許與之。當是時，百里傒年已七十餘。繆公釋其囚，與語國事，謝曰：『臣亡國之臣，何足問。』繆公曰：『虞君不用子，故亡，非子罪也。』固問，語三日，繆公大悦，授之國政，號曰五羖大夫。」

〔七〕洗拂，洗滌而拂拭塵垢，使物之美質見，以喻拔擢賢才於下層社會中。二句總上甯戚及百里奚事。

〔八〕此下六句，言吕尚事，參見開元十九年《梁甫吟》詩注。

〔九〕釣六合，取得天下之謂。

〔一〇〕《詩·魯頌·閟宫》：「遂荒大東。」毛傳：「荒，有也。」《史記·齊太公世家》：「於是武王已平商而王天下，封師尚父子於齊營丘。」張守節《正義》引《括地志》曰：「營丘在青州臨淄北百步外城中。」

〔一一〕渭水曲，猶言渭水濱。

〔一二〕《史記·孔子世家》：「衛靈公……與孔子語，見飛雁，仰視之，色不在孔子，孔子遂行。」王注：「『雙目送飛鴻』正用其事，以喻不好賢之意。」

【集説】

蕭云：太白此詞，始則傷士之遭讒廢棄，中則羨乎四賢之遇合有時，終則重嘆今人不能如古人之識士也。亦借此自況云耳。

【按】

所用古事，均關合人主，則白之怨懟實爲玄宗而發。詩末慨嘆人主之不好賢，則白將效孔子而行矣。詩當作於去朝前。

郢客吟白雪　古風其二一

此及以下十二題，俱抒待詔翰林後期憤懑失望之情，且自明其獨立不屈之志，因繫一處。

郢客吟《白雪》，遺響飛青天。徒勞歌此曲，舉世誰爲傳？試爲《巴人》唱，和者乃數千〔一〕。吞聲何足道〔二〕？嘆息空悽然。

【注釋】

〔一〕以上六句言郢客事，見本年《翰林讀書言懷呈集賢諸學士》詩注。

〔二〕何足道，猶言何可道，謂痛心疾首而不能言也。

【集説】

蕭云：此篇感嘆之詩也。高才者知遇之難，卑污者投合之易，古猶今也。士負才而不遇，能不讀其詩而爲之吞聲嘆息也與？

緑蘿紛葳蕤　古風其四十四

緑蘿紛葳蕤，繚繞松柏枝〔一〕。草木有所託，歲寒尚不移。奈何夭桃色，坐嘆葑菲詩〔二〕？玉顔艷紅彩，雲髮非素絲〔三〕。君子恩已畢〔四〕，賤妾將何爲〔五〕？

【注釋】

〔一〕緑蘿，女蘿。《詩·小雅·頍弁》：「蔦與女蘿，施於松柏。」《文選》陸機《文賦》：「紛葳蕤以馺還。」吕向注：「紛葳蕤，盛美貌。」

〔二〕夭桃，《詩·周南·桃夭》：「桃之夭夭，灼灼其華。」朱熹《集傳》：「夭夭，少好之貌。」葑菲詩，《詩·邶風·谷風》：「采葑采菲，無以下體。」朱熹《集傳》：「婦人爲夫所棄，故作此詩，以叙其悲怨之情。」二句意謂：奈何以夭桃之色而至有葑菲之嘆也？

〔三〕紅彩，花也。江淹《雜體詩》：「庭樹發紅彩。」素絲喻白髮。

〔四〕江淹《雜體詩》：「君子恩未畢。」句反用之。

〔五〕《文選·古詩十九首》：「賤妾亦何爲。」

【集説】

蕭云：此意謂玉顔未改，雲鬢未衰，而君子恩情中道絶矣，尚何言哉！詩有比有興，所以抒下情而通諷諭也。當時君臣夫婦之大倫不合於禮義而不克終者，無所不有，太白此詩必有爲而作也。

《唐宋詩醇》云：純用比興，亦騷雅之遺。金鑾召對，欣有託矣；中道被放，如去婦以盛顔鬒髮而不見答也。辭意怨而不怒，旨合風人，蕭士贇以爲有爲而作，殆未必然。

王云：古稱色衰愛弛，此詩則謂色未衰而愛已弛，有感而發，其寄諷之意深矣。

桃花開東園　古風其四十七

此篇與《感興》其四略同，唯首二句與末三句有小别。蕭云：「必是當時傳寫之殊。……觀者試以首句比并而論，美惡顯然，識者自見之矣。」

桃花開東園，含笑誇白日。偶蒙春風榮，生此艷陽質〔一〕。豈無佳人色，但恐花不實〔二〕。宛轉龍火飛〔三〕，零落早相失。詎知南山松，獨立自蕭飋〔四〕？

【注釋】

〔一〕艷陽質，鮑照《學劉公幹體五首》：「艷陽桃李節。」

〔二〕二句喻人之徒有虚榮而無實行。

〔三〕龍火，星名，即東方蒼龍七宿之心宿，亦稱大火。飛，指大火星西移，即《詩·豳風·七月》所謂「七月流火」，時則入秋。張協《七命》：「龍火西頹，暄氣初收。」

〔四〕蕭飋，即蕭瑟。《文選》江淹《雜體詩》：「松柏轉蕭瑟。」劉良注：「蕭瑟，風吹松柏聲。」

【集説】

蕭云：此興詩也，謂士無實行，偶然榮遇者，其寵衰則易，至於棄捐，孰若君子之有特操者，獨立而不改其節哉！其意卻祖《荀子》：「桃李蒨粲於一時，時至而後殺。至於松柏，經隆冬而不凋，蒙霜雪而不變，可謂得其真矣。」以此見古人作詩，皆自學問中來也。

陳沆云：「言榮遇無常，君子思獨立也。」（《詩比興箋》）

【按】此篇非獨刺時，亦以自警自勵，謂一時之榮寵不足恃，君子當效南山松之獨立而有節概。作此詩時，太白已視待詔翰林爲虚榮矣。此及以下二題，皆係此意。

芙蓉嬌緑波　感興其四

芙蓉嬌緑波，桃李誇白日。偶蒙春風榮，生此艷陽質。豈無佳人色？但恐花不實。宛轉龍火飛，零落互相失。詎知凌寒松，千載長守一？

詠槿二首

二首詩旨與前《桃花開東園》（古風其四十七）同，似一時之作。槿，即木槿，其花朝開夕落。題爲詠槿，實則其一以瓊樹枝自勵，其二以南山桂自喻。

園花笑芳年，池草艷春色。猶不如槿花，嬋娟玉堦側。芬榮何夭促，零落在瞬息。豈若瓊樹枝，終歲長翕艶〔一〕？

【注釋】

〔一〕江淹《清思詩》：「終歲如瓊草，紅華長翕艴。」翕艴，光色盛貌。

其　二

世人種桃李，多在金張門〔一〕。攀折争捷徑，及此春風暄。一朝天霜下，榮耀難久存。安知南山桂，緑葉垂芳根？清陰亦可託，何惜樹君園？

【注釋】

〔一〕金張，漢宣帝時權貴金日磾、張安世。後世以爲權貴之代稱。參見開元十八年《玉真公主别館苦雨贈衛尉張卿二首》詩注。

【集説】

王云：察詩辭，前首是詠槿，次首乃詠桂也。

美人出南國　古風其四十九

曹植《雜詩》七首之四曰：「南國有佳人，容華若桃李。朝遊江北岸，夕宿瀟湘沚。時俗薄朱顔，誰爲發皓齒。俛仰歲將暮，榮耀難久恃。」太白之詩，立意造句均由此出，然云「沉吟何足悲」者，格調、境界則高於植詩之自怨自艾一籌。

美人出南國，灼灼芙蓉姿。皓齒終不發，芳心空自持〔一〕。由來紫宮女〔二〕共妒青蛾眉〔三〕。歸去瀟湘沚〔四〕，沉吟何足悲？

【注釋】

〔一〕發皓齒、獻芳心，本爲美人之所願。詩曰「終不發」、「空自持」者，非謂美人自矜，蓋無可奈何之辭也。

〔二〕紫宮女，詩以喻朝中群小。紫宮，見開元十八年《秦女卷衣》詩注。

〔三〕蛾眉，見本年《玉壺吟》詩注。自喻。以上二句亦是「君王雖愛蛾眉好，無奈宮中妒殺人」之意。

〔四〕沚，水中小洲。瀟湘沚，湘靈鼓瑟處。

【集説】

蕭云：此太白遭讒擯逐後之詩也。去就之際，曾無留難。雖然，自後人而觀之，其志亦可悲矣。

《唐宋詩醇》云：亦緑蘿篇（按，即《古風》其四十四）之意，但前篇寓意於君，此則謂張垍輩之譖毁也。

宋國梧臺東　古風其五十

宋國梧臺東，野人得燕石〔一〕。誇作天下珍，卻哂趙王璧〔二〕。趙璧無緇磷〔三〕，燕石非貞真。流俗多錯誤，豈知玉與珉〔四〕？

【注釋】

〔一〕燕石，燕地所産石之似玉者。《後漢書·應劭傳》：「宋愚夫亦寶燕石，緹緭十重。」李賢注引《闞子》曰：「宋之愚人得燕石梧臺之東，歸而藏之，以爲大寶。周客聞而觀之，主人父齋七日，端冕之衣，釁之以特牲，革匱十重，緹巾十襲。客見之，俛而掩口盧胡而笑曰：『此燕石也，與瓦甓不殊。』主人父怒曰：『商賈之言，竪匠之心。』藏之愈固，守之彌謹。」梧臺，梧宫之臺，臺東即《闞子》所謂宋愚人得燕石處。故址在今山東臨淄縣西北。見《水經注·淄水》。

〔二〕趙王璧，即和氏璧，見本年《鞠歌行》詩注。

〔三〕緇，染而黑也；磷，磨而薄也。《論言·陽貨》：「不曰堅乎，磨而不磷；不曰白乎，涅而不緇。」

〔四〕珉，石之美者。《荀子·法行》：「子貢問於孔子曰：『君子之所以貴玉而賤珉者，何也？爲夫玉之少而珉之多邪？』」

【集説】

蕭云：此詩譏世之人不識真儒，而假儒之人反得用世，而非笑真儒焉。辭簡意明，切中古今時病。

越客採明珠　古風其五十六

越客採明珠，提攜出南隅〔一〕。清輝照海月，美價傾皇都。獻君君按劍〔二〕，懷寶空長吁。

魚目復相哂，寸心增煩紆〔三〕。

【注釋】

〔一〕越，南越，古國名，産名珠，地在今兩廣。秦末趙佗自立爲南越武王，漢時爲南越王。元鼎六年，於其地設日南、合浦等九郡。見《史記·南越列傳》。庾信《擬連珠》：「日南枯蚌，猶含明月之珠。」《後漢書·孟嘗傳》：「合浦……郡不産穀實，而海出珠寶。」

〔二〕按劍，以手撫劍，示欲拒之。鄒陽《獄中上梁王書》：「臣聞明月之珠，夜光之璧，以闇投人於道，衆莫不按劍相眄者，何則，無因而至前也。」

〔三〕《文選》張衡《四愁詩》：「何爲懷憂心煩紆。」李周翰注：「煩紆，思亂也。」

【集説】

蕭云：詩意蓋謂真儒不遇於世，而假儒衣冠者反得位而哂笑焉，真儒之心其煩憂從可知矣。此乃太白譏世之作也。

松柏本孤直　古風其十二

松柏本孤直，難爲桃李顔〔一〕。昭昭嚴子陵，垂釣滄波間。身將客星隱，心與浮雲閑。長揖萬乘君，還歸富春山〔二〕。清風灑六合，邈然不可攀。使我長嘆息，冥棲巖石間。

【注釋】

〔一〕桃李顔，謂媚顔以取容。

〔二〕以上六句用嚴子陵事。嚴子陵與光武帝共偃卧，子陵以足加帝腹上。明日，太史奏客星犯御坐甚急，帝笑曰：「朕故人嚴子陵共卧耳。」見《後漢書·嚴光傳》。長揖，拱手自上而下，以爲平交之禮。

【集説】

唐汝詢云：言松柏孤高，不能爲桃李之媚色，以比子陵耿直，不能效時輩之苟榮，是以獨垂釣桐江耳。彼其襟懷泊如，揖萬乘而歸卧，豈不偉哉！故其人雖遠，我猶慕其風以興嘆，尋其踪以棲息也。按太白始爲玄宗所重，已而見疏，遂傲放求還，無復戀寵，此蓋以子陵自負云。（《唐詩解》）

《唐宋詩醇》云：起句本之荀子，直揭本指，嚴羽所謂開門見山者也。與左思《詠史》作風格正復相似。《荀子》曰：桃李倩粲於一時，時至而後殺。至於松柏，經隆冬而不凋，可謂得其真矣。

【按】

此篇抒其仰慕嚴光之情，蓋寄托退隱之思耳。

登高望四海　古風其三十九

登高望四海，天地何漫漫。霜被群物秋，風飄大荒寒〔一〕。榮華東流水，萬事皆波瀾。白日掩徂暉〔二〕，浮雲無定端〔三〕。梧桐巢燕雀，枳棘棲鴛鸞〔四〕。且復歸去來，劍歌行路難〔五〕。

【注釋】

〔一〕兩宋本、繆本俱注云：「一本自第四句後云：殺氣落喬木，浮雲蔽層巒。孤鳳鳴天霓，遺聲何辛酸。遊人悲舊國，撫心亦盤桓。倚劍歌所思，曲終涕泗瀾。」泗，胡本作洄，泗是。

〔二〕白日，喻國君。徂輝，落日之光。

〔三〕浮雲，喻群小。

〔四〕王注：「鴛，當是鵷字之訛。《莊子》：『南方有鳥，其名鵷鶵。發於南海，而飛於北海，非梧桐不止，非練實不食，非醴泉不飲。』陸德明注：『鵷鶵，鸞鳳之屬也。』《廣韻》：『鵷鶵似鳳。』……《後漢書》：『枳棘非鸞鳳所棲。』《陳書》：『枳刺棲鵷，常以增嘆。』」鵷鸞蓋以自喻。

〔五〕劍歌，彈劍作歌，用馮諼事，見開元十八年《玉真公主别館苦雨贈衛尉張卿》詩注。

【集説】

蕭云：此篇「登高望四海，天地何漫漫」者，以喻高見遠識之士知時世之昏亂也。「霜被群物秋，風飄大荒寒」者，以喻陰小用事而殺氣之盛也。「榮華東流水，萬事皆波瀾」者，謂遭時如此，所謂榮華者如水之逝，萬事之無常亦猶波瀾之無有底止也。日君象，浮雲奸臣也，掩者蔽也，徂暉者日落之光也。以喻人君晚節爲奸臣蔽其明，猶白日將落爲浮雲掩其輝也。無定端者，政令之無常也。「梧桐巢燕雀」者，喻小人在上位而得志也。「枳棘棲鴛鸞」者，喻君子在下位而失所也。「且復歸去來，劍歌行路難」者，白意蓋謂危邦不入亂邦不居，識時知幾之士，當此之際，惟有歸隱而已。

王云：「登高望四海，天地何漫漫」，見宇宙廣大之意。「霜被群物秋，風飄大荒寒」，見生計蕭索之意。「榮華東流水」，言年華日去，如水之東流，滔滔不返。「萬事皆波瀾」，言生事擾擾，反覆相乘，如水之波瀾，無有静時。「白日掩徂暉」，謂日將落而無光，如人將有去志而意色不快。「浮雲無定端」，言人生世上，行踪原無一定，何必戀戀於此？或以落日爲浮雲所掩，喻英明之人爲讒邪所惑，兩句作一意解者亦可。梧桐之木本鳳凰所止，而燕雀得巢其上，喻小人得志。枳棘之樹本燕雀所萃，而鵷鸞反棲其間，喻君子失所。以上皆即景而寓感嘆於間，以見不得不動歸來之念。意者是時太白所投之主人惑於群小而不見親禮，將欲去之而作此詩。舊注以時世昏亂陰小用事爲解，專指朝政而言，恐未是。

沈德潛云：「白日」二語，喻讒邪惑主。「梧桐」二語，喻小人得志，君子失所。（《唐詩别裁》）

詹鍈云：按詩中「且復歸去來，劍歌行路難」等句，似應指被讒去朝而言。

【按】據「霜被群物秋，風飄大荒寒」二句，作時當在本年深秋。其時白去志已决，故詩末逕曰「歸去來」。

昔余聞姮娥　感遇其三

昔余聞姮娥，竊藥駐雲髮。不自嬌玉顔，方希鍊金骨。飛去身莫返，含笑坐明月〔一〕。紫宫誇蛾眉，隨手會凋歇〔二〕。

【注釋】

〔一〕 姮娥，即嫦娥。以上六句用嫦娥奔月事，喻己欲去朝之意。

〔二〕 隨手，短暫意。

【集説】

蕭云：此篇遊仙體也。末句諷以色事人，色衰愛弛者。

瞿、朱云：既以感遇爲題，則所謂蛾眉當指朝端小人無疑。

【按】

總觀白詩，其言「蛾眉」，除泛稱美女者外，凡有寓意者，恒自指，如：「君王雖愛蛾眉好，無奈宫中妬殺人。」（《玉壺吟》）「蛾眉不可妬，況乃效其矉。」（《效古二首》）「衆女妬蛾眉，雙花競春芳。」（《懼讒》）則此處「蛾眉」亦有自警之意，詩意蓋謂在朝侍奉君王，終有色衰失寵之虞，未若去而學仙，始得久長。此乃被疏去朝前之心緒。

宋玉事楚王　感遇其四

宋玉事楚王，立身本高潔。巫山賦彩雲〔一〕，郢路歌《白雪》。舉國莫能和，巴人皆卷舌〔二〕。一惑登徒言，恩情遂中絶〔三〕。

【注釋】

〔一〕賦彩雲，指宋玉爲襄王説高唐神女事，詳見乾元二年《我行巫山渚》（古風其五十八）注。

〔二〕郢路，即郢中，古楚都。《白雪》，歌曲中之最高雅者。此及下一句詳見本年《翰林讀書言懷呈集賢諸學士》詩注。

〔三〕宋玉《登徒子好色賦》：「大夫登徒子侍於楚王，短宋玉曰：『玉爲人體貌閑麗，口多微辭，又性好色，願王勿與出入後宫。』王以登徒子之言問宋玉，玉曰：『體貌閑麗，所受於天也；口多微辭，所學於師也；至於好色，臣無有也。』」

【集説】

蕭云：此篇太白特借宋玉事以申己之意耳。

怨歌行

王本題下注云：「自注：長安見内人出嫁，友人令予代爲《怨歌行》。」兩宋本、繆本則注云：「一作《長安見内人出嫁令予代爲怨歌行》。」《樂府詩集·相和歌辭》載班婕妤所作《怨歌行》，抒寫寵愛被奪、君恩中絶之怨，其後歷代所作詩旨略同。太白此篇蓋借宫人以自傷，必遭讒被疏後所作。以下宫怨詩七篇，意緒略同，似一時先後之作。

十五入漢宮，花顔笑春紅。君王選玉色，侍寢金屏中。薦枕嬌夕月〔一〕，卷衣戀春風〔二〕。寧知趙飛燕，奪寵恨無窮〔三〕？沉憂能傷人，緑鬢成霜蓬〔四〕。一朝不得意，世事徒爲空。鷫鸘换美酒〔五〕，舞衣罷雕龍〔六〕。寒苦不忍言，爲君奏絲桐〔七〕。腸斷絃亦絶，悲心夜忡忡〔八〕。

【注釋】

〔一〕薦枕，侍寢也。《文選》宋玉《高唐賦》：「願薦枕席。」李善注：「薦，進也。欲親進於枕席，求親昵之意也。」

〔二〕卷衣，似亦侍寢之意。庾信《燈賦》：「卷衣秦后之床，送枕荆臺之上。」李頎《鄭櫻桃歌》：「後庭卷衣三萬人，翠眉清鏡不得親。」

〔三〕漢成帝時，宫女趙飛燕得寵，嬌妬。班婕伃雖賢而有才，爲帝所疏，恐日久見危，自求共養太后於長信宫（以在未央宫之東，故又稱東宫）。帝許之。倢伃作賦自傷云：「奉共養於東宫兮，托長信之末流。共灑掃於帷幄兮，永終死以爲期。」見《漢書·外戚傳》。二句以班婕伃自喻。

〔四〕緑鬢，青春之髮。霜蓬，謂髮白且枯。

〔五〕句用司馬相如事，謂其寒苦困厄。《西京雜記》卷二：「司馬相如初與卓文君還成都，居貧愁懣，以所著鷫鸘裘就市人陽昌貰酒，與文君爲歡。」

〔六〕雕龍，蕭注：「謂舞衣上之雕畫龍文也。」瞿、朱注：「此説似鑿，疑龍當作攏，較合唐人習慣。」

〔七〕絲桐，琴。絲爲琴絃，桐爲琴身。王粲《七哀詩》：「絲桐感人情，爲我發悲音。」

〔八〕忡忡，憂盛貌。《詩·召南·草蟲》：「未見君子，憂心忡忡。」

長信宫

《長信宫》，《樂府詩集》題作《長信怨》，屬《相和歌辭》。此篇蓋借班婕妤事以自傷。長信宫，見上篇《怨歌行》注。

月皎昭陽殿，霜清長信宫〔一〕。天行乘玉輦，飛燕與君同〔二〕。更有歡娱處，承恩樂未窮。誰憐團扇妾，獨坐怨秋風〔三〕？

【注釋】

〔一〕二句分言趙飛燕之得寵與班婕妤之獨居。昭陽殿，趙飛燕居處，參見本年《宫中行樂詞》注。

〔二〕天行，皇帝出行。玉輦，皇帝所乘車。《漢書·班婕妤傳》：「成帝遊於後庭，嘗欲與婕妤同輦載，婕妤辭曰：『觀古圖畫，賢聖之君皆有名臣在側，三代末主，乃有嬖女。今欲同輦，得無近似之乎？』上善其言而止。」王注：「太白翻其事而用之，言飛燕與君同輦而行，化實爲虚，畦徑都别。」此言時君寵幸便嬖。

〔三〕團扇妾，謂班婕妤，參見本年《懼讒》詩注。

玉階怨

《玉階怨》，《樂府詩集·相和歌辭》名。王注：「題始自謝脁，太白蓋擬之。」謝脁詩曰：「夕殿下珠簾，流螢飛復息。長夜縫羅衣，思君此何極。」

玉階生白露，夜久侵羅襪。卻下水精簾〔一〕，玲瓏望秋月〔二〕。

【注釋】

〔一〕張相《詩詞曲語辭匯釋》卷一：「卻，猶還也；仍也。李白《玉階怨》詩……此詩極寫怨情，夜久不寐，還下簾而望月也。」水精，即水晶。

〔二〕玲瓏，兩宋本、繆本俱作「眬朧」。王注：「《韻會》：『玲瓏，明貌。』毛氏《增韻》云：『眬朧，月光也。』然用眬朧不如玲瓏爲勝。」

【集説】

蕭云：太白此篇，無一字言怨，而隱然幽怨之意見於言外。晦庵所謂聖於詩者此歟！

《唐宋詩醇》云：妙寫幽情，於無字處得之。「玉顔不及寒鴉色，猶帶昭陽日影來。」不免露卻色相。

李鍈云：無一字説到怨，而含蓄無盡，詩品最高。「玉階生白露」，則已望月至夜半，落筆便已透過數層。次句以「夜久」承明，露侵羅襪，始覺夜深露重耳。然望恩之思，何能遽止，雖入房下簾以避寒露，而隔簾望月，仍徹夜不能寐，此情復何以堪？又直透到「玉階」後數層矣。二十字中，具有如許神通，而只淡淡寫來，可謂有神無跡。（《詩法易簡録》）

俞陛雲云：其寫怨意，不在表面，而在空際。第二句云露侵襪濕，則空庭之久立可知。第三句云卻下晶簾，則羊車之絶望可知。第四句云隔簾望月，則虚帷之孤影可知。不言怨而怨自深矣。（《詩境淺説續編》）

劉永濟云：初則佇立玉階，立久羅襪皆濕，乃退入簾内，下簾望月。未嘗一字及怨情，而此人通宵無眠之狀，寫來凄冷逼人，非怨而何！（《唐人絶句精華》）

怨情

美人卷珠簾，深坐嚬蛾眉〔一〕。但見淚痕濕，不知心恨誰〔二〕？

【注釋】

〔一〕深坐，久坐。嚬，同顰，皺眉也。

〔二〕不知，佯言不知。此時無聲勝有聲。

于闐採花

《于闐採花》，《樂府詩集·雜曲歌辭》名。胡注：「《于闐採花》，陳、隋時曲名，本辭云：『山川雖異所，草木尚同春。亦如溱洧地，自有採花人。』太白則借明妃陷虜，傷君子不逢明，爲讒妒所蔽，賢不肖易置無可辨，蓋亦以自寓意焉。」于闐，西域國名。

于闐採花人，自言花相似〔一〕。明妃一朝西入胡〔二〕，胡中美女多羞死。乃知漢地多明姝〔三〕，胡中無花可方比。丹青能令醜者妍，無鹽翻在深宮裏〔四〕。自古妒蛾眉，胡沙埋皓齒。

【注釋】

〔一〕二句沿本辭而來。于闐地雖異所，然草木同春，故言「花相似」，亦採花人自謂其美也。

〔二〕明妃，漢元帝妃王嬙，字昭君。《西京雜記》卷二：「元帝後宮既多，不得常見，乃使畫工圖形，案圖召幸之。諸宮人皆賂畫工，多者十萬，少者亦不減五萬。獨王嬙不肯，遂不得見。後匈奴入朝，求美人爲閼氏，於是上案圖以昭君行。及去召見，貌爲後宮第一，善應對，舉止閑雅。帝悔之，而名籍已定，帝重信於外國，故不復更人。乃窮案其事，畫工皆棄市，籍其家資皆巨萬。」

〔三〕明，兩宋本、繆本俱作名。

〔四〕無鹽，古醜女名，見本年《效古二首》詩注。王注：「昭君事，本是畫工醜圖其形，以致不得召見。太白則謂『丹青能令醜者妍，無鹽翻在深宮裏』，熟事化新，精采一變，真所謂聖於詩者也。」

【集説】

蕭云：太白此篇則借明妃之事以興世之君子不遭明君，賢不肖易置，如明皇之思張九齡，雖遺祭曲江，竟何補哉！

又云：此篇是借事引喻，以刺時君昏憒，借聽於人，而賢不肖易置者。讀之令人感嘆。

長門怨二首

《長門怨》，《樂府詩集·相和歌辭》名。《樂府古題要解》卷下：「長門怨，爲漢武帝陳皇后作也。……后退居長門宮，愁悶悲思。聞司馬相如工文章，奉黄金百斤，令爲解愁之辭。相如作《長門賦》，帝見而傷之，復得親幸者數年。後人因其賦爲《長門怨》焉。」太白此篇有自況意。

天回北斗挂西樓〔一〕，金屋無人螢火流〔二〕。月光欲到長門殿，别作深宫一段愁〔三〕。

【注釋】

〔一〕北斗，北斗七星。古人往往據初昏時斗柄所指方向以定季節：斗柄指東，天下皆春；斗柄指南，天下皆夏；斗柄指西，天下皆秋；斗柄指北，天下皆冬。句謂時令入秋。

〔二〕金屋，見本年《宫中行樂詞》注。

〔三〕别作，另作，特作也。月本無心，哀怨之極，覺其有心耳。

其　二

桂殿長愁不記春[一]，黄金四屋起秋塵[二]。夜懸明鏡青天上，獨照長門宫裏人。

【注釋】

[一] 桂殿，謂長門殿。不記春，猶不記年，言時間之久長。

[二] 四屋，屋内四壁。

【集説】

唐汝詢云：前篇因秋而起秋思，此篇則無時非秋矣。「獨」字甚佳，見月之有意相苦。（《唐詩解》）

蕭云：二詩皆隱括漢武陳皇后事，以比玄宗皇后，其意微而婉矣。梅鼎祚云：二首蕭注以感明皇廢王后作，然此或自況耳。古宫怨詩大都自況。（《李詩鈔》）

瞿、朱云：蕭説不合古人詩旨……梅説較是。

妾薄命

《妾薄命》，《樂府詩集·雜曲歌辭》名。此詩當與《白頭吟》并讀，二詩作時作意略同，皆傷君恩之不終也。一則借漢武欲廢陳后事，一則借相如欲棄文君事。

漢帝重阿嬌，貯之黄金屋〔一〕。咳唾落九天，隨風生珠玉〔二〕。寵極愛還歇，妒深情卻疎〔三〕。長門一步地，不肯暫回車〔四〕。雨落不上天，水覆難再收〔五〕。君情與妾意，各自東西流。昔日芙蓉花，今成斷根草〔六〕。以色事他人，能得幾時好〔七〕？

【注釋】

〔一〕阿嬌，漢武帝陳皇后名，參見本年《宫中行樂詞》注。

〔二〕《莊子·秋水》：「子不見夫唾者乎？噴則大者如珠，小者如霧，雜而下者不可勝數也。」趙壹《刺世疾邪賦》：「勢家多所宜，欬唾自成珠。」

〔三〕《漢書·陳皇后傳》：「初，武帝得立爲太子，長主有力，取主女爲妃。及帝即位，立爲皇后，擅寵驕貴，十餘年而無子。聞衛子夫得幸，幾死者數焉，上愈怒。后又挾婦人媚道，頗覺。元光五年，上遂窮治之。……使有司賜皇后策曰：『皇后失序，惑於巫祝，不可以承天命。其上璽綬，罷退居長門宫。』」

〔四〕二句謂漢帝不肯少顧於廢后。

〔五〕二句謂君恩既絶，遂無重續之理。

〔六〕斷根草，極言其色之衰。王注：「《邵氏聞見後録》：『李太白詩云：昔作芙蓉花，今爲斷腸草。以色事他人，能得幾時好。按：陶弘景《仙方注》云：斷腸草，不可食，其花美好，名芙蓉。』琦按，此説似乎新穎，而揆之取義，斷腸不若斷根之當也。」

〔七〕《史記·吕不韋列傳》：「以色事人者，色衰而愛弛。」

【集説】

蕭云：太白之詩，其旨出於國風，往往寄興深遠，欲言時事，則借古喻今。此詩雖言漢武之事，而意則實在於明皇王后也。二后事跡前後一轍，雖各以無子巫蠱厭勝廢，然究其所原，實衛子夫、武惠妃争寵有以激之也。陳后之廢，相如作《長門賦》；王后之廢，王諲作《翠羽帳賦》冀以諷帝，而夫婦之天卒莫能回。太白此詩其作於《翠羽帳賦》之後乎？

瞿、朱云：王后之廢在開元十年（按，應作十二年），李白甫踰弱冠，身在蜀中，何事而爲之作詩？蕭説不可信。

《唐宋詩醇》云：因題見意，與《白頭吟》同，不必妄傅時事也。「雨落不上天」以下一意折旋，可以發人深省。

【按】

太白供奉翰林期間，爲文學侍從，不過以其艷詞麗句博取君王歡心而已，謂之「以色事他人」，亦其宜矣。

怨 情

新人如花雖可寵，故人似玉猶來重。花性飄揚不自持，玉心皎潔終不移。故人昔新今尚故，還見新人有故時〔一〕。請看陳后黄金屋，寂寂珠簾生網絲〔二〕。

【注釋】

〔一〕江總《閨怨篇》：「故人雖故昔經新，新人雖新復應故。」

〔二〕二句用漢武帝陳皇后事，參見本年《宫中行樂詞》及上篇《妾薄命》詩注。

【按】

此亦在朝被疏後所作，感慨與上篇同。

白頭吟二首

《白頭吟》，《樂府詩集·相和歌辭》名，古辭云：「皚如山上雪，皎若雲間月。聞君有兩意，故來相決絶。今日斗酒會，明日溝水頭。躞蹀御溝上，溝水東西流。凄凄復凄凄，嫁娶不須啼。願得一心人，白頭不相離。竹竿何嫋嫋，魚尾何簁簁。男兒重意氣，何用錢刀爲？」《西京雜記》卷三：「相如將聘茂陵人女爲妾，卓文君作《白頭吟》以自絶，相如乃止。」太白此篇緣相如文君本事而鋪陳之，其中有自況意，以傷君恩之不終也。

錦水東北流〔一〕，波蕩雙鴛鴦〔二〕。雄巢漢宫樹，雌弄秦草芳。寧同萬死碎綺翼，不忍雲間兩分張〔三〕。此時阿嬌正嬌妒，獨坐長門愁日暮〔四〕。但願君恩顧妾深，豈惜黄金買詞賦〔五〕。相如作賦得黄金，丈夫好新多異心。一朝將聘茂陵女，文君因贈《白頭吟》。東流不作西歸水〔六〕，落花辭條羞故林。兔絲故無情，隨風任傾倒。誰使女蘿枝，而來强縈抱〔七〕？兩草猶一心，人心不如草。莫捲龍鬚席，從他生網絲〔八〕。且留琥珀枕，或有夢來時〔九〕。覆水再收豈滿杯，棄妾已去難重回。古來得意不相負，祇今惟見青陵臺〔一〇〕。

【注釋】

〔一〕錦水，即錦江，自西而東流經成都南。「東北流」，恐有誤。詳見任乃强《華陽國志校補圖注》。

〔二〕《古今注》卷中：「鴛鴦，水鳥，鳧類也。雌雄未嘗相離，人得其一，則一思而至死，故曰匹鳥。」

〔三〕分張，猶分離。

〔四〕見本年《妾薄命》詩注。

〔五〕司馬相如《長門賦》序：「孝武皇帝陳皇后時得幸，頗妬，别在長門宫，愁悶悲思。聞蜀郡成都司馬相如天下工爲文，奉黄金百斤，爲相如文君取酒，因於解悲愁之辭。而相如爲文以悟主上，陳皇后復得親幸。」

〔六〕《樂府詩集·清商曲辭·子夜歌》：「不見東流水，何時復西歸？」

〔七〕兔絲、女蘿，俱蔓生之草。《博物志》卷七：「女蘿寄生兔絲，兔絲寄生木上，生根不著地。」

〔八〕龍鬚席，以龍鬚草織成之席。參見天寶五載《魯東門觀刈蒲》詩。從，聽任之也。

〔九〕《太平御覽》卷八〇八引《廣雅》曰：「琥魄，珠也。生地中，其上及旁不生草，淺者五尺，深者八九尺，大如斛，削去皮成琥魄，初時如桃膠，凝堅乃成，其方人以爲枕，出博南縣。」以上四句猶存幻想。

〔一〇〕宋康王以韓朋妻美而奪之，使朋築青陵臺，然後殺之。其妻請臨喪，遂投身而死。王令分埋臺左右，期年，各生一梓樹。及大，樹枝條相交，有二鳥哀鳴其上，因號之曰相思樹。見《搜神記》卷十一，又見《敦煌變文集》卷二《韓朋賦》。

【集説】

蕭云：此詩其爲明皇寵武妃廢王皇后而作乎。……唐詩人多引春秋爲魯諱之義，以漢武比明皇，中間比義引事，讀者自見。

唐汝詢云：按明皇廢皇后王氏，此托文君之辭爲皇后發也。首以鴛鴦喻夫婦，言其自蜀而來長安，形影相依，義不忍別。及得長門買賦之金，遂有聘妾之舉。得金易妻，人情乎？文君不容無言矣。況君恩如流水之不還，棄婦若落花之去樹，疇復戀舊耶？我想兔絲女蘿，偶相值而成同，心遂合而不解，今以結髮之義，中道相離，是人不如草也。君雖棄妾，妾安敢忘君，故雖捲席以絶侍寢之念，猶願留枕以期夢遊之歡。其情至此，愈可憫矣。然君終不我顧，乃復以覆水起興，曰覆水不可再收，棄妾不可復返，我其以古人自慰乎？求得意而不相負者，則惟青陵之臺在也。蓋韓馮與妻俱以義死，可謂不負生平，今君雖相負我，當以馮妻自處可也。其後皇后果以憂死。（《唐詩解》）

沈德潛云：太白詩固多寄托，然必欲事事牽合，謂此指廢王皇后事，殊支離也。（《唐詩別裁》）

詹锳云：《西京雜記》云：「司馬相如將聘茂陵女爲妻，卓文君作《白頭吟》以自絕。」此詩開首云：「錦水東北流，波蕩雙鴛鴦。」蓋白遊成都時有感此事而擬其辭（因繫此詩於開元八年）。

【按】

以上諸家之説皆未諦。此比興之詩也，與《妾薄命》并讀，其意自顯。

其二

詹锳云：「二篇語意多同，蓋一詩之兩傳者。《千一録》：『太白《白頭吟》二首頗有優劣，其一蓋初本也。』」

錦水東流碧，波蕩雙鴛鴦。雄巢漢宫樹，雌弄秦草芳。相如去蜀謁武帝，赤車駟馬生輝光〔一〕。一朝再覽《大人》作，萬乘忽欲凌雲翔〔二〕。聞道阿嬌失恩寵，千金買賦要君王〔三〕。相如不憶貧賤日，位高金多聘私室。茂陵妹子皆見求，文君歡愛從此畢。泪如雙泉水，行墮紫羅襟。五起鷄三唱〔四〕，清晨《白頭吟》。長吁不整緑雲鬢，仰訴青天哀怨深。城崩杞梁妻，誰道土無心〔五〕？東流不作西歸水，落花辭枝羞故林。頭上玉燕釵〔六〕，是妾嫁時物。贈君表相思，羅袖幸時拂。莫捲龍鬚席，從他生網絲。且留琥珀枕，還有夢來時。鸘鸘裘在錦屏上，自君一挂無由披〔七〕。妾有秦樓鏡，照心勝照井〔八〕。願持照新人，雙對可憐影。覆水卻收不滿杯，相如還謝文君回〔九〕。古來得意不相負，祇今惟有青陵臺。

【注釋】

〔一〕《史記·司馬相如列傳》：「蜀人楊得意爲狗監，侍上。上讀《子虛賦》而善之，曰：『朕獨不得與此人同時哉？』得意曰：『臣邑人司馬相如自言爲此賦。』上驚，乃召問相如。」《華陽國志·蜀志》：「成都城北十里有昇仙橋，有送客觀。司馬相如初入長安，題市門曰：『不乘赤車駟馬，不過汝下也。』」

〔二〕《史記·司馬相如列傳》：「相如見上好仙道，因曰：『上林之事未足美也，尚有靡者。臣嘗爲《大人賦》，未就，請具而奏之。』……乃遂就《大人賦》。……相如既奏《大人》之頌，天子大悦，飄飄有淩雲之氣，似遊天地之間意。」

〔三〕要，求也。

〔四〕蕭注：「五起者，五更而起也。」王注：「《太平御覽》：尸子曰：『孝己一夕五起，視親衣之厚薄，枕之高下。』此用其字，以言寢不安席之意。舊注解作五更而起者，恐非是。」王説勝。

〔五〕《樂府詩集·雜曲歌辭》有《杞梁妻》。《古今注》卷中：「《杞梁妻》，杞植妹明月之所作也。杞植戰死，妻嘆曰：『上則無父，中則無夫，下則無子，生人之苦至矣。』乃抗聲長哭，杞都城感之而頹，遂投水而死。其妹悲姊之貞操，乃爲作歌，名爲《杞梁妻》焉。梁，植字也。」二句以土且有心，反襯人之無心。

〔六〕玉燕釵，《洞冥記》卷二：「漢武帝元鼎元年，起招靈閣於甘泉宫西。……有神女留玉釵以贈帝，帝以賜趙婕妤。至昭帝元鳳中，宫人見此釵，黄諃欲之，明日示之，既發匣，有白燕飛昇天。後宫人學作玉釵，言吉祥也。」

〔七〕鷫鸘裘，司馬相如所着。參見本年《怨歌行》詩注。

〔八〕照心，《西京雜記》卷三：「高祖初入咸陽宫，周行庫府，金玉珍寶，不可稱言。……有方鏡，廣四尺，高五尺九寸，表裏洞明。人直來照之，影則倒見。以手捫心而來，則見腸胃五臟，歷然無礙。人有疾病在内，則掩心而照之，則知病之所在。又女子有邪心，則膽張心動。秦始皇常以照宫人，膽張心動者則殺之。」照井，以井爲鏡而照影也。

〔九〕此二句與上首「覆水」二句相當，唯一自文君言之，一自相如言之。猶言無論相如回心轉意與否，俱如覆水之收，難以滿杯矣。

夜坐吟

《夜坐吟》，《樂府詩集·雜曲歌辭》名，題解曰：「鮑照所作也。……言聽歌逐音，因音託意也。」鮑照詩云：「冬夜沉沉夜坐吟，含情未發已知心。霜入幕，風度林。朱燈滅，朱顔尋。體君歌，逐君音。不貴聲，貴意深。」白擬之以寄君臣際遇之慨。

冬夜夜寒覺夜長，沉吟久坐坐北堂〔一〕。冰合井泉月入閨，金釭青凝照悲啼〔二〕。金釭滅，啼轉多。掩妾淚，聽君歌。歌有聲，妾有情。情聲合，兩無違。一語不入意，從君萬曲梁塵飛〔三〕。

【注釋】

〔一〕北堂，謂婦女居處。《詩·衛風·伯兮》孔穎達疏：「婦人所常處者，堂也……房半以北爲北堂。堂者，房室所居之地。」

〔二〕釭，燈也。青，謂燈之光焰，其色青熒。

〔三〕《太平御覽》卷五七引劉向《别録》：「漢興以來善歌者，魯人虞公，發聲清哀，蓋動梁塵。」陸機《擬東城一何高》：「一唱萬夫嘆，再唱梁塵飛。」從，任隨也。

【集説】

譚元春云：似鮑參軍「體君歌，逐君音。不貴聲，貴意深」，而以「一語不入意」二句露出太白爽决聰俊之致，微有别耳。（《唐詩歸》）

《唐宋詩醇》云：空谷幽泉，琴聲斷續，恩怨爾汝，呢呢如聞，景細情真。結句從鮑照詩翻案而出。

【按】

陳沆云：人之相知，貴相知心，而知心之言不在多。苟於此心曲之一言既不合，則萬語款洽，皆虚文矣。喻君臣之際，惟志同而後道合。（《詩比興箋》）

詩旨可從陳沆説，則詩之作當在待詔翰林後期，其時太白已感慨玄宗志不同道不合。

中山孺子妾歌

《中山孺子妾歌》，《樂府詩集·雜歌謡辭》名。題解曰：「《漢書》曰：『《詔賜中山靖王噲及孺子妾冰未央才人歌詩》四篇。』……顔師古曰：『孺子，王妾之有品號者。』冰，其名。才人，天子内官。』」齊陸厥所作歌曰：「未央才人，中山孺子。一笑傾城，一顧傾市。……」其下即寫其被疏見棄。白詩承陸作以自傷，末二句又用戚姬事以自危。

中山孺子妾，特以色見珍。雖不如延年妹〔一〕，亦是當時絶世人。桃李出深井〔二〕，花艷驚上春〔三〕。一貴復一賤，關天豈由身？芙蓉老秋霜，團扇羞網塵。戚姬髡髮入春市〔四〕，萬古共悲辛。

【注釋】

〔一〕延年妹：李延年妹。見天寶二年《陽春歌》注。

〔二〕深井，深院。

〔三〕上春，《初學記》卷三引梁元帝《纂要》曰：「正月孟春，亦曰孟陽、孟陬、上春。」

〔四〕《漢書·外戚傳》：「漢王得定陶戚姬，愛幸，生趙隱王如意。……高祖崩，惠帝立，吕后爲皇太后。乃令永巷囚戚夫人，髡鉗，衣赭衣，令舂。戚夫人舂且歌曰：『子爲王，母爲虜。終日舂薄暮，常與死爲伍。相離三千里，當誰使告女？』」戚夫人終爲吕后殘害致死。

李白全集編年箋注卷六　編年詩第六

天寶三載（七四四年）　李白四十四歲　改年爲載

送賀賓客歸越

鏡湖流水漾清波〔一〕，狂客歸舟逸興多〔二〕。山陰道士如相見，應寫《黄庭》换白鵝〔三〕。

【注釋】

〔一〕鏡湖，見天寶元年《子夜吴歌》注。《新唐書·賀知章傳》載，賀知章還鄉時，「有詔賜鏡湖剡川一曲」。

〔二〕狂客，謂賀知章。《舊唐書·賀知章傳》：「知章晚年尤加縱誕，無復規檢，自號『四明狂客』。」

〔三〕《太平御覽》卷二三八引何法盛《晉中興書》：「山陰有道士養群鵝，羲之意甚悦。道士云：『爲寫《黄庭經》，當舉群鵝相贈。』乃爲寫訖，籠鵝而去。」《黄庭經》爲道家書，知章好道，故云。又，《舊唐書·賀知章傳》：「（知章）善草隸書，好事者供其牋翰，每紙不過數十字，共傳寶之。」二句用王羲之事贊知章逸興及書法。

以詩代書答元丹丘

本年春長安作。元丹丘前此已去朝，有書寄白，白因答之。

青鳥海上來〔一〕，今朝發何處？口銜雲錦字，與我忽飛去。鳥去凌紫烟，書留綺窗前。開緘方一笑，乃是故人傳。故人深相勗，憶我勞心曲。離居在咸陽，三見秦草緑。置書雙袂間，引領不暫閑〔二〕。長望杳難見，浮雲横遠山。

【注釋】

〔一〕青鳥，謂傳書使者。《漢武故事》：「七月七日，上於承華殿齋，日正中，忽見有青鳥從西來。上問東方朔，朔對曰：『西王母暮必降尊像。』……有頃，王母至。……有二青鳥如鸞，夾侍王母傍。」薛道衡《豫章行》：「願作王母三青鳥，飛去飛來傳消息。」

〔二〕引領，企望貌。

【集説】

瞿、朱云：此詩云：「離居在咸陽，三見秦草緑。」據此可知白之入長安至少凡歷三春。而天寶元年白尚在泰山，三年即出京，終不能三見秦草緑，此實白行蹤中之疑未能定者。

【按】

「三見秦草緑」者，概言其入京已歷三年，未必實歷三度春。天寶元年秋白入京時，草尚緑。至三載春，固可如詩云。

題東溪公幽居

東溪公，姓名不詳，據詩意，當是杜陵隱士。

杜陵賢人清且廉〔一〕，東溪卜築歲將淹〔二〕。宅近青山同謝朓〔三〕，門垂碧柳似陶潛〔四〕。好鳥迎春歌後院，飛花送酒舞前簷。客到但知留一醉，盤中祇有水精鹽〔五〕。

【注釋】

〔一〕《元和郡縣志》關内道京兆府萬年縣：「杜陵，在縣東南二十里，漢宣帝陵也。」在今西安東南郊。

〔二〕東溪，當是杜陵一帶地名。淹，久也。

〔三〕青山，切謝朓事。《方輿勝覽》卷十五：「青山在當塗縣東南三十里，齊宣城太守謝朓築室於山南，遺址猶存。」

〔四〕碧柳，切陶淵明事。陶淵明《五柳先生傳》：「先生不知何許人也，亦不詳其姓字。宅邊有五柳樹，因以爲號焉。閑静少言，不慕榮利。」

〔五〕水精鹽，又稱光明鹽，狀如水晶，産西域等地鹽池底。見《本草綱目·石部》。

【按】

金聖嘆云：「前解（即前四句）寫東溪公清，要看其歲將淹三字。……歲，餘年也。淹，待死也。言特卜築以待死於其中也。後解（即後四句），寫東溪公廉。廉，訓稜角峭厲也。」（《貫華堂選批唐才子詩》）可備一說。

白雲歌送劉十六歸山

楚山秦山皆白雲，白雲處處長隨君。長隨君，君入楚山裏，雲亦隨君渡湘水〔一〕。湘水上，女蘿衣〔二〕，白雲堪卧君早歸。

【注釋】

〔一〕湘水在今湖南，其地古屬楚國，詩乃以楚山、湘水連文。

〔二〕女蘿衣，隱者之服。《楚辭·九歌·山鬼》：「若有人兮山之阿，被薜荔兮帶女蘿。」朱熹注：「言其被服之芳者，自明其志行之潔。」

【集説】

《唐宋詩醇》云：吐語如轉丸珠，又如白雲卷舒，清風與歸。畫家逸品。

王云：方弘静曰：太白賦《新鶯百囀》與《白雲歌》，無詠物句，自是天仙語。他人稍有擬象，即是凡辭。

【按】

詩以楚山、秦山對舉，所送之人既入楚山，則白在秦山無疑。送别之詩，例有惜别之語，此則無，且謂「君早歸」，當是本年春白亦將歸山時作。

白雲歌送友人

楚山秦山多白雲，白雲處處長隨君。君今還入楚山裏，雲亦隨君渡湘水。水上女蘿衣白雲，早卧早行君早起。

【集説】

蕭云：此詩已見七卷（按，即上篇），特首尾數語不同，而此則尾語差拙，恐是初本未經改定者，今兩存之。

同王昌齡送族弟襄歸桂陽二首

本年春作。題下原注：「一作同王昌齡崔國輔送李舟歸郴州。」王昌齡，盛唐著名詩人，兩《唐書》均有傳。傅璇琮《王昌齡事跡考略》謂其開元十五年進士及第，補秘書省校書郎，二十二年爲汜水縣尉，二十七年貶謫嶺南，二十八年冬爲江寧縣丞。本年當在江寧丞任内。據本詩，昌齡於天寶二、三年間或曾因公幹來京，故得遇白。李襄，其人無考。桂陽，郡名，即郴州。郡治郴縣，即今湖南郴縣。

秦地見碧草，楚謡對清樽〔一〕。把酒爾何思？鷓鴣啼南園〔二〕。予欲羅浮隱〔三〕，猶懷明主恩。躊躇紫宫戀，孤負滄洲言〔四〕。終然無心雲，海上同飛翻。相期乃不淺，幽桂有芳根〔五〕。

【注釋】

〔一〕桂陽古屬楚國地，故以楚謡稱其地俚曲。

〔二〕《古今注》卷中：「鷓鴣出南方，鳴常自呼，常向日而飛。」

〔三〕鷓鴣，産南方，飛必南翥，詳見天寶十三載《山鷓鴣詞》。句喻歸思。浮山，蓬萊之一阜，浮海而至，與羅山并體，故曰羅浮。高三百六十丈，周迴三百二十七里，峻天之峰，四百三十有二焉。晉葛洪嘗修道於此。山在今廣東博羅縣西北。

〔四〕孤負，通辜負。滄洲，隱者所居地。

〔五〕王注：「吴均詩：『桂樹多芳根。』太白雖用其句，然詩意則用淮南《招隱士》『桂樹叢生山之幽』也。」末四句蓋自明其終將歸隱之志與李襄同。

其二

爾家何在瀟湘川〔一〕，青莎白石長江邊〔二〕。昨夢江花照江日，幾枝正發東窗前。覺來欲往心悠然，魂隨越鳥飛南天。秦雲連山海相接，桂水横烟不可涉〔三〕。送君此去令人愁，風帆茫茫隔河洲。春潭瓊草緑可折，西寄長安明月樓。

【注釋】

〔一〕瀟、湘二水俱在桂陽之西，於永州城下合流後北注洞庭。詩以代指桂陽。

〔二〕長江，即上句瀟、湘二水。因其終入長江，故云。

〔三〕《水經注·鍾水》：「桂水出桂陽縣北界山，山壁高聳，三面特峻。石泉懸注，瀑布而下。」

送于十八應四子舉落第還嵩山

于十八，名字不詳。四子舉，《通典》卷十五：「玄宗方弘道化，至二十九年，始於京師置崇玄館，諸州置道學，生徒有差，京都各百人，諸州無常員，習老、莊、文、列，謂之四子，蔭第與國子監同，謂之道舉。舉送課試，與明經同。」當是本年春作。

吾祖吹橐籥，天人信森羅〔一〕。歸根復太素，群動熙元和〔二〕。炎炎四真人，摛辯若濤波〔三〕。交流無時寂，楊墨日成科〔四〕。夫子聞洛誦，誇才才故多〔五〕。爲金好踴躍，久客方蹉跎〔六〕。道可束賣之，五寶溢山河〔七〕。勸君還嵩丘，開酌盼庭柯〔八〕。三花如未落，乘興一來過〔九〕。

【注釋】

〔一〕吾祖，謂老子。老子李姓，故云。《道德經》：「天地之間，其猶槖籥乎？」吴澄注：「槖籥，冶鑄所用嘘風熾火之器也。爲函以周罩於外者，槖也；爲轄以鼓扇於内者，籥也。」天人，得道之人。《莊子·天下》：「不離於宗，謂之天人。」森羅，森然羅列。二句謂老子學説風行天下，得其道者甚衆。

〔二〕歸根，歸返其自然本性。《道德經》：「致虚極，守静篤，萬物并作，吾以觀復。夫物芸芸，各復歸其根。」太素，《列子·天瑞》：「太素者，質之始也。」群動，萬物。熙，和樂貌。元和，猶言大和。《易·乾》：「保合大和，乃利貞，首出庶物，萬國咸寧。」是故元和亦可謂太平之世。二句謂道家教化所致，萬物歸返其自然本性，莫不熙熙然生息於當今之盛世。

〔三〕炎炎，《莊子·齊物論》：「大言炎炎，小言詹詹。」四真人，《舊唐書·玄宗紀》：「天寶元年二月丙申，莊子號爲南華真人，文子號爲通玄真人，列子號爲冲虚真人，庚桑子號爲洞虚真人。其四子所著書改爲真經。」摛辯，摛，音癡，班固《答賓戲》：「馳辯如濤波，摛藻如春華。」二句謂四真人之學盛極一時，如波濤之流布天下。

〔四〕楊墨，胡注：「劉少彝云：楊墨疑作副墨。」説是。《莊子·大宗師》：「南伯子葵曰：『子獨惡乎聞之？』曰：『聞諸副墨之子。』」副墨，文字翰墨，其於道則爲副貳，故云。此指四子之書。日，漸也。科，四子科。二句謂四子之學泛濫交流，四子之書漸成科舉之目。

〔五〕洛誦，反復誦讀。《莊子·大宗師》：「副墨之子聞諸洛誦之孫。」副墨、洛誦，皆爲寓言人物，以喻道之言筌。二句意謂：于十八之才學雖爲言筌，於今之世亦足多矣。

〔六〕《莊子·大宗師》：「今之大冶鑄金，金踴躍曰：『我且必爲鏌鋣。』大冶必以爲不祥之金。」成玄英疏：「夫洪爐大冶，熔爲金鐵，隨器大小。悉皆爲之。而爐中之金，忽然跳擲，殷勤致請，願爲良劍，匠者驚嗟，用爲不善。」二句意謂：不必强求，以致虚耗歲月也。

〔七〕五寶，喻德。見《逸周書》卷四。二句意謂：大道如可束賣，德亦不足珍矣。

〔八〕陶淵明《歸去來辭》：「列壺觴以自酌，眄庭柯以怡顔。」句本此。

〔九〕蕭注：「三花聚頂，五氣朝元，道家修養法也。三花落則死矣。三花未落，乘興來過，言有生之年，未死之日，猶有再會之期也。」王注：「《初學記》：漢世有道士，從外國將貝多子來，於嵩高西腳下種之，有四樹，與衆木有異，一年三花，白色香異。」今按，俱通，然上文既言嵩丘，則王注尤切。

【集説】

王云：天寶元年二月，號莊子爲南華真人。……庚桑子爲洞虚真人。太白有《送于十八應四子舉落第還嵩山》時，中有「炎炎四真人」句，應爲是時以後之作。

詹鍈云：于十八既是落第還嵩山，則送别之地當在京師。《唐音癸籤》卷十八詁箋二：「舉場每歲開於二月。」此詩之作蓋在天寶三載春間太白供奉翰林時也。

【按】

此詩於四子之學固加褒贊，而於朝廷以之開科取士則頗有微辭，蓋大道不可以束賣也。當係此時白將去朝之心情使然。

送裴十八圖南歸嵩山二首

裴圖南，事跡不詳。王昌齡有《送裴圖南》詩，或即一人，可互參。

何處可爲別？長安青綺門〔一〕，胡姬招素手，延客醉金樽。臨當上馬時，我獨與君言。風吹芳蘭折，日没鳥雀喧〔二〕。舉手指飛鴻〔三〕，此情難具論。同歸無早晚，潁水有清源〔四〕。

【注釋】

〔一〕青綺門，長安東門，詳見天寶二年《相逢行》詩注。

〔二〕王注：「『風吹芳蘭折』，喻君子被抑不得伸其志也；『日没鳥雀喧』，喻君暗而讒言競作也。」

〔三〕飛鴻，用晉郭瑀事。瑀精通經義，雅辯談論，多才藝，善屬文，隱於臨松薤谷。前凉國主張天錫遣使者孟公明持節備禮徵之。公明至山，瑀指翔鴻以示之曰：「此鳥也，安可籠哉？」遂深逃絶跡。見《晉書·郭瑀傳》。

〔四〕潁水，源出嵩山之少室。句用許由洗耳潁水事，見本年《行路難》其三詩注。

【集説】

王夫之云：只寫送别事，託體高，著筆平，「風驚芳蘭折」以下即所與君言者也。寒山指裂石壁便去，豈有步後塵踪。（《唐詩評選》）

其二

君思潁水緑，忽復歸嵩岑。歸時莫洗耳，爲我洗其心〔一〕。洗心得真情，洗耳徒買名。謝公終一起，相與濟蒼生〔二〕。

【注釋】

〔一〕洗心，滌蕩俗念。語出《周易·繫辭》：「聖人以此洗心，退藏於密。」

〔二〕謝公，晉謝安，字安石。中丞高崧嘗戲之曰：「卿累違朝旨，高卧東山，諸人每相與言：安石不肯出，將如蒼生何？」後仕爲衛將軍，開府儀同三司。苻堅南犯，安石爲征討大都督，破敵於淝水，以總統功，進拜太保。見《晉書·謝安傳》。

【集説】

《唐宋詩醇》云：沉刻之意，以快語出之，可令聞者驚竦。

沈德潛云：言真能洗心，則出處皆宜，不專以忘世爲高也。借洗耳引洗心，無貶巢父意。（《唐詩别裁》）

摇裔雙白鷗　古風其四十二

去朝前作。　言其放浪江海之志。

摇裔雙白鷗〔一〕，鳴飛滄江流。宜與海人狎〔二〕，豈伊雲鶴儔〔三〕？寄影宿沙月，沿芳戲春洲。吾亦洗心者〔四〕，忘機從爾遊。

【注釋】

〔一〕摇裔，同摇曳，隨意飄蕩貌。

〔二〕海人，《列子·黄帝》：「海上之人有好鷗鳥者，每旦之海上，從鷗鳥遊，鷗鳥之至者百住而不止。」

〔三〕豈伊，豈是。雲鶴，蕭注：「鮑照詩曰：『寧作野中之雙鳧，不願雲間之别鶴。』詩意實祖乎此。雲中之鶴乃供仙官控御者，以喻在位之人也；海上之鷗乃與野人狎玩者，以喻閑散之人也。」

【集説】

蕭云：太白少有放逸之志，此詩豈供奉翰林之時，忽動江海之興而作乎？

行路難三首　其三

王本題下注云：「此首一作《古興》。」此篇詩意，與《行路難》其一、其二皆不類，知非同期所作。詩寫全身隱退之志，是去朝前心情，故繫於本年。

有耳莫洗潁川水〔一〕，有口莫食首陽蕨〔二〕。含光混世貴無名，何用孤高比雲月〔三〕？吾觀自古賢達人，功成不退皆殞身。子胥既棄吴江上〔四〕，屈原終投湘水濱〔五〕。陸機雄才豈自保〔六〕？李斯税駕苦不早〔七〕。華亭鶴唳詎可聞？上蔡蒼鷹何足道？君不見吴中張翰稱達生，秋風忽憶江東行。且樂生前一杯酒，何須身後千載名〔八〕？

【注釋】

〔一〕句用許由事。許由，字武仲，古高士。隱於沛澤之中，堯讓天下，不受而逃去，遁耕於中嶽潁水之陽，箕山之下隱。堯又召爲九州長，由不欲聞之，洗耳於潁水濱。時其友巢父牽犢欲飲之，見由洗耳，問其故，對曰：「堯欲召我爲九州長，惡聞其聲，是故洗耳。」巢父曰：「子若處高岸深谷，人道不通，誰能見子？子故浮遊，欲聞求其名譽，污吾犢口。」牽犢上流飲之。見《高士傳》卷上。

〔二〕句用伯夷、叔齊事。《史記·伯夷列傳》：「武王已平殷亂，天下宗周，而伯夷、叔齊耻之，義不食周粟，隱於首陽山，采薇而食之。……遂餓死於首陽山。」司馬貞《索隱》曰：「薇，蕨也。」

〔三〕含光，藏匿其鋒芒也。二句意謂：既欲隱退，則含光混世可也，無須故標孤高。

〔四〕伍子胥，春秋時吴國功臣。其諫於吴王而不聽，又遭太宰嚭讒毁，王乃賜以屬鏤之劍，使自剄死。已而又取子胥尸，盛以鴟夷革，浮之江中。見《史記·伍子胥列傳》。

〔五〕屈原，戰國時楚人，爲楚懷王左徒。後遭讒而被疏，頃襄王時更遷逐之，終懷石自沉於汨羅江。見《史記·屈原列傳》。汨羅近湘江，故云。

〔六〕陸機，西晉人，少有異才，文章冠世。後事成都王穎，參大將軍軍事，官平原内史。穎與河間王顒起兵討長沙王乂，機爲後將軍、河北大都督。及戰而敗，復遭讒譖，爲穎所繫。機嘆曰：「華亭鶴唳，豈可復聞乎？」遂被害於軍中。見《晉書·陸機傳》。《世説·尤悔》劉孝標注：「《八王故事》曰：『華亭，吴由拳縣郊外墅也，有清泉茂林。吴平後，陸機兄弟共遊於此十餘年。』《語林》曰：『機爲河北都督，聞警角之聲，謂縣丞曰：聞此不如華亭鶴唳。故臨刑而有此嘆。』」

〔七〕李斯，秦始皇丞相。稅駕，猶解駕，歸休之意。斯嘗曰：「嗟乎，吾聞之荀卿曰『物禁大盛』。夫斯乃上蔡布衣，閭巷之黔首，上不知其駑下，遂擢至此。當今人臣之位無居臣上者，可謂富貴極矣。物極則衰，吾未知所稅駕也。」秦二世時，斯被腰斬於咸陽，臨刑時，謂其中子曰：「吾欲與若復牽黄犬，俱出上蔡東門逐狡兔，豈可得乎？」見《史記·李斯列傳》。王注：「《太平御覽》：『《史記》曰：李斯臨刑，思牽黄犬，臂蒼鷹，出上蔡東門，不可得矣。』考今本《史記·李斯傳》中無『臂蒼鷹』字，而太白詩中屢用其事，當另有所本。」

〔八〕張翰，西晉吴郡人。爲齊王冏大司馬東曹掾，嘗曰：「有四海之名者，求退良難。吾本山林間人，無望於時。」因見秋風起，乃思吴中菰菜、蓴羹、鱸魚膾，曰：「人生貴得適志，何能羈宦數千里以要名爵乎？」遂命駕而歸。俄而冏敗，人皆謂之見機。翰任心自適，不求當世。或謂之曰：「卿乃可縱適一時，獨不爲身後名邪？」答曰：「使我有身後名，不如即時一杯酒。」時人貴其曠達。見《晉書·張翰傳》。

來日大難

王注：「《來日大難》，即古《善哉行》也，蓋摘首句以命題耳。」善哉行，《樂府詩集·相和歌辭》名。《樂府古題要解》：「《善哉行》，古詞：『來日大難，口燥脣乾。』言人命不可保，當樂見親友，且求長生術，與王喬、八公遊焉。」白此篇本古辭而發揮之，寓其政治失意後希求遊仙之意。詩當作於將去朝時。

來日一身，攜糧負薪。道長食盡，苦口焦脣〔一〕。今日醉飽，樂過千春。仙人相存〔二〕，誘我遠學。海淩三山，陸憩五岳〔三〕。乘龍天飛，目瞻兩角〔四〕。授以神藥，金丹滿握。蟪蛄蒙恩，深愧短促〔五〕。思填東海，强銜一木〔六〕。道重天地，軒師廣成〔七〕。蟬翼九五，以求長生〔八〕。下士大笑〔九〕，如蒼蠅聲。

【注釋】

〔一〕王注：「來日，謂已來之日，猶往日也。」首四句概言所歷人生途程之艱難。

〔二〕存，恤問也。以下八句寫遊仙之想。

〔三〕三山，海上三仙山，蓬萊、方丈、瀛洲。五岳，南岳衡山、東岳泰山、西岳華山、北岳恒山、中岳嵩山。

〔四〕二句兩宋本、繆本作：「乘龍上三天，飛目瞻兩角。」

〔五〕《莊子·逍遥遊》：「蟪蛄不知春秋。」司馬彪注：「蟪蛄，寒蟬也，一名蝭蟧，春生夏死，夏生秋死。」

〔六〕《山海經·北山經》：「炎帝之少女名曰女娃。女娃遊於東海，溺而不返，故爲精衛，常銜西山之木石，以堙於東海。」王注總以上六句云：「詩意言人命短促，有如蟪蛄。今蒙恩而授之神藥，使得長生，其德深矣。思欲報之，卻如精衛銜一木以填東海耳，甚言其德之深而無以爲報也。」今按，「授以」二句應前屬，言遊仙事；「蟪蛄」以下四句始言人生，謂人之生也，蒙天地化育之恩，然生命短促如蟪蛄，雖欲有所爲，亦如精衛填海之無功也。此政治失意後憤然頹唐之辭。

〔七〕軒，軒轅黄帝。廣成，仙人名。《莊子·在宥》：「廣成子南首而卧，黄帝順下風，膝行而進，再拜稽首而問曰：『聞吾子達於至道，敢問治身奈何而可以長久？』」二句謂道爲天地間至尊至重者，故軒轅亦須師事廣成也。

〔八〕《易·乾》：「九五，飛龍在天，利見大人。」大人，謂居王位者，後世因稱帝位爲九五之尊。二句謂以得道長生者視之，帝王之尊則輕如蟬翼矣。

〔九〕下士，世俗之人。《老子》：「上士聞道而勤行之，中士聞道若存若亡，下士聞道而大笑之。」

【集説】

陳沆云：此蓋被放賜歸，初辭金鑾之時也。今日置酒離别，明日則爲放臣矣。然而感恩懷德，曷敢泯忘？何者？升我以雲霄，攀我以鱗翼，賜我以仙藥，誠思效銜木之誠，報山海之德，而已爲下士所忌矣。彼但見萬乘之尊下一布衣如此，豈知道在則勢力輕，古以軒轅而下廣成，視天位如蟬翼，豈高力士營營青蠅者所識哉？蓋力士恨太白貧賤驕人，而太白謂其不足驕也。《詩》云「營營青蠅」，刺讒也。集中《贈崔司户》詩云：「惟昔不自媒，擔簦西入秦。攀龍九天上，忝列歲星臣。布衣侍丹墀，密勿草絲綸。才微惠渥重，讒巧生緇磷。」又《贈宋少府詩》云「早懷經濟策，特受龍顔顧。白玉栖青蠅，君臣忽行路。人生感分義，貴欲呈丹素」云云，皆足證此詩之旨。（《詩比興箋》）

灞陵行送别

本年春將去朝時作。灞陵，《元和郡縣志》關内道京兆府萬年縣：「白鹿原，在縣東二十里，亦謂之霸上。漢文帝葬其上，謂之霸陵。王仲宣詩曰『南登霸陵岸，迴首望長安』，即此也。」所别之人，疑是王昌齡，參見本年《同王昌齡送族弟襄歸桂陽》。

送君灞陵亭，灞水流浩浩。上有無花之古樹，下有傷心之春草。我向秦人問路歧，云是王粲南登之古道〔一〕。古道連綿走西京，紫闕落日浮雲生〔二〕。正當今夕斷腸處，驪歌愁絶不忍聽〔三〕。

【注釋】

〔一〕王粲，字仲宣，「建安七子」之一。漢末，李傕、郭汜等構亂長安，粲離去，往荆州依劉表，作《七哀詩》，有句：「南登灞陵岸，迴首望長安。」此或以王粲喻昌齡。

〔二〕紫闕，朝廷。落日，喻帝王，浮雲，喻奸邪。

〔三〕驪歌，《驪駒》之歌省稱，告别之歌也。《驪駒》，《漢書·儒林傳》服虔注：「逸詩篇名也，見《大戴禮》。客欲去，歌之。」文穎曰：「其辭曰：『驪駒在門，僕夫具存。驪駒在路，僕夫整駕。』」

【集説】

方東樹云：叙起。「上有」二句，奇横酣恣，天風海濤，黄河天上來。「我向」句倒點題柄，更横。「古道」句入「送」。（《昭昧詹言》）

月下獨酌四首

唐寫本題作《月下對影獨酌》，合其一、其二爲一首，闕其三、其四。四首俱寫飲酒行樂，然孤獨之感，窮愁之緒，情溢乎辭。其三有句「三月咸陽城」，當係本年春去朝前夕一時之作。

花間一壺酒，獨酌無相親。舉杯邀明月，對影成三人。月既不解飲，影徒隨我身。暫伴月將影〔一〕，行樂須及春。我歌月徘徊，我舞影零亂。醒時同交歡，醉後各分散。永結無情遊〔二〕，相期邈雲漢〔三〕。

【注釋】

〔一〕將，共也。

〔二〕句謂月、影本無知無情之物，而與之遊，故曰無情遊，上應五、六兩句。

〔三〕雲漢，《詩·大雅》篇名。周宣王時，天下大旱，宣王臨災而懼，側身修德，欲以善政銷之。大夫仍叔遂作此詩以頌。見《毛詩正義》。二句意謂：己之意欲「永結無情遊」者，唯有己影與明月可寄愁心，相期時君遠效周宣也。

【集說】

孫洙云：題本獨酌，詩偏幻出三人，月影伴説，反復推勘，愈形其獨。（《唐詩三百首》）

《唐宋詩醇》云：千古奇趣，從眼前得之。爾時情景雖復潦倒，終不勝其曠達。陶潛云「揮杯勸孤影」，白意本此。

【按】

陶潛《雜詩十二首》其二有句云：「欲言無予和，揮杯勸孤影。日月擲人去，有志不獲騁。念此懷悲悽，終曉不能静。」白詩之意既本乎此，則其哀樂可知。雖似花前月下行樂之辭，實則中有深意存焉。

其二

天若不愛酒，酒星不在天〔一〕。地若不愛酒，地應無酒泉〔二〕。天地既愛酒，愛酒不愧天。已聞清比聖，復道濁如賢〔三〕。賢聖既已飲，何必求神仙？三杯通大道，一斗合自然。但得酒中趣〔四〕，勿爲醒者傳。

【注釋】

〔一〕酒星，《三國志·魏書·崔琰傳》裴松之注引張璠《漢紀》曰：「太祖制酒禁，而融書嘲之曰：『天有酒旗之星，地列酒泉之郡，人有旨酒之德。』」《晉書·天文志》：「軒轅右角南三星曰酒旗，酒官之旗也，主宴饗飲食。」

〔二〕酒泉，《漢書·地理志》：「酒泉郡，武帝太初元年開。」應劭注：「其水若酒，故曰酒泉也。」顔師古注：「舊俗傳云城下有金泉，泉味如酒。」

〔三〕《三國志·魏書·徐邈傳》：「平日醉客謂酒清者爲聖人，濁者爲賢人。」

〔四〕陶淵明《晉故征西大將軍長史孟府君傳》：「（桓）温嘗問君：『酒有何好，而卿嗜之？』君笑而答曰：『明公但不得酒中趣耳。』」

【集説】

查慎行云：此種語太庸近，疑非太白作。（《初白詩評》）

王云：胡震亨曰：此首乃馬子才詩也。胡元瑞云：近舉李墨跡爲證，詩可僞，筆不可僞耶？琦按：馬子才乃宋元祐中人，而《文苑英華》已載太白此詩，胡説恐誤。

【按】

敦煌殘卷唐詩寫本載此詩，其非馬詩明矣。

其三

三月咸陽城〔一〕，千花晝如錦〔二〕。誰能春獨愁？對此徑須飲。窮通與修短〔三〕，造化夙所稟。一樽齊死生，萬事固難審。醉後失天地，兀然就孤枕。不知有吾身，此樂最爲甚〔四〕。

【注釋】

〔一〕咸陽，代指長安。城，宋乙本、繆本俱作時。

〔二〕二句宋乙本、繆本、王本俱注云：「一作好鳥吟清風，落花散如錦。一作園鳥語成歌，庭花笑如錦。」

〔三〕窮通，謂時運；修短，謂年命。

〔四〕《老子》：「吾所以有大患者，爲吾有身。及吾無身，吾有何患？」二句本此，則其哀樂亦可知。

其　四

窮愁千萬端，美酒三百杯。愁多酒雖少，酒傾愁不來。所以知酒聖，酒酣心自開。辭粟卧首陽〔一〕，屢空飢顔回〔二〕。當代不樂飲，虚名安用哉？蟹螯即金液，糟丘是蓬萊。且須飲美酒，乘月醉高臺〔三〕。

【注釋】

〔一〕句用伯夷、叔齊事，見本年《行路難》其三詩注。

〔二〕顔回，即顔淵，孔子弟子。《論語·雍也》：「子曰：『賢哉，回也。一簞食，一瓢飲，在陋巷，人不堪其憂，回也不改其樂。』」《史記·伯夷列傳》：「回也屢空，糟糠不厭。」

〔三〕《世説·任誕》：「畢茂世云：『一手持蟹螯，一手持酒杯，拍浮酒池中，便足了一生。』」以上四句，姑且以醉境爲仙境也。無可奈何之情見於言外。

把酒問月

王本題下原注：「故人賈淳令予問之。」此與上篇以類相從，繫於一處。

青天有月來幾時？我今停杯一問之。人攀明月不可得，月行卻與人相隨。皎如飛鏡臨丹闕，綠烟滅盡清輝發。但見宵從海上來，寧知曉向雲間没。白兔擣藥秋復春，嫦娥孤棲與誰鄰〔一〕？今人不見古時月，今月曾經照古人。古人今人若流水，共看明月皆如此。唯願當歌對酒時〔二〕，月光長照金樽裏。

【注釋】

〔一〕傅玄《擬天問》：「月中何有？白兔擣藥。」《搜神記》卷十四：「羿請無死之藥於西王母，嫦娥竊之以奔月。」

〔二〕曹操《短歌行》：「對酒當歌，人生幾何。」

沐浴子

《沐浴子》，《樂府詩集·雜曲歌辭》名，隱者潔身自好之辭。白以之與《楚辭·漁父》一併反其意而用之。言雖消極，情實沉痛。

沐芳莫彈冠，浴蘭莫振衣〔一〕。處世忌太潔，至人貴藏暉〔二〕。滄浪有釣叟，吾與爾同歸〔三〕。

【注釋】

〔一〕句本《楚辭·漁父》。《漁父》，屈原之所作也，其辭曰：「屈原既放，遊於江潭，行吟澤畔，顏色憔悴，形容枯槁，漁父見而問之曰：『子非三閭大夫與？何故而至於斯？』屈原曰：『舉世皆濁我獨清，衆人皆醉我獨醒。是以見放。』漁父曰：『聖人不凝滯於物，而能與世推移。世人皆濁，何不淈其泥而揚其波？衆人皆醉，何不餔其糟而歠其釃？何故深思高舉，自令放爲？』屈原曰：『吾聞之，新沐者必彈冠，新浴者必振衣。安能以身之察察，受物之汶汶者乎？寧赴湘流，葬於江魚之腹中，安能以皓皓之白，而蒙世俗之塵埃乎？』漁父莞爾而笑，鼓枻而去，乃歌曰：『滄浪之水清兮，可以濯吾纓。滄浪之水濁兮，可以濯吾足。』遂去不復與言。」沐芳、浴蘭，《楚辭・九歌・雲中君》：「浴蘭湯兮沐芳。」彈冠、振衣，去塵穢也。

〔二〕藏暉，掩其鋒芒，與世無争意。

〔三〕二句反用《漁父》詩意，謂將聽漁父之勸，改易處世態度，混跡於世俗之中矣。

【集説】

蕭云：此詩全檃括《漁父》詞之意。前詩：「含光混世貴無名，何用孤高比雲月。」亦此意也。其太白涉難後之辭乎？

唐汝詢云：此見忌於時，思降志也。言我性本芳潔，故一洗一浴，必以芳香然，豈可作意矯俗以取太潔之忌乎？彼至人者，貴潛輝斂跡，良不當以孤高自負矣。聊欲從漁父沉浮，以求免於今之世耳。吁夫，以太白之傲，非所謂百鍊剛耶？何遽爲繞指柔也，哀哉。（《唐詩解》）

【按】

李白時時言出世，終未能出世。時時欲藏暉，未幾又穎脱而出。何嘗因見忌於時即思降志哉？

上之回

《上之回》，《樂府詩集·鼓吹曲辭》名。《樂府古題要解》曰：「《上之回》，漢武帝元封初因至雍，遂通回中道，後數出遊幸焉。其歌稱帝『遊石闕，望諸國，月支臣，匈奴服』，皆美當時事也。」此詩則反其意而用之，以刺時君之耽於淫樂。

三十六離宫〔一〕，樓臺與天通。閣道步行月〔二〕，美人愁烟空。恩疏寵不及，桃李傷春風。淫樂意何極？金輿向回中〔三〕。萬乘出黄道〔四〕，千騎揚彩虹。前軍細柳北〔五〕，後騎甘泉東〔六〕。豈問渭川老〔七〕，寧邀襄野童〔八〕？但慕瑶池宴〔九〕，歸來樂無窮。

【注釋】

〔一〕《後漢書·班固傳》：「離宫别館，三十六所。」李賢注：《三輔黄國》曰：「上林有建章、承光等十一宫，平樂，繭觀等二十五，凡三十六所。」按，李賢注與今本《三輔黄圖》異。

〔二〕閣道，即複道，架木於樓閣之間而連通之。步行月，狀其高也。

〔三〕回中，宫名。《史記·秦始皇本紀》：「始皇巡隴西、北地，出鷄頭山，過回中。」張守節《正義》：「《括地志》云：回中宫在岐州雍縣西四十里。」故址在今陝西隴縣西北。

〔四〕黄道，蕭注：「《前漢·天文志》：日有中道，中道者，黄道也。日，君象，故天子所行之道亦曰黄道。」

〔五〕細柳，地名。《元和郡縣志》關内道京兆府萬年縣：「細柳營，在縣東北三十里。」又，長安縣：「細柳原，在縣西南三十三里。」

〔六〕甘泉，漢宫名。《三輔黄圖》卷二：「《關輔記》曰：林光宫，一曰甘泉宫，秦所造。……宫周匝十餘里。漢武帝建元中增廣之，周十九里，去長安三百里，望見長安城。」又，漢苑名。《三輔黄圖》卷四：「甘泉苑，武帝置。……凡周迴五百四十里，苑中起宫殿臺閣百餘所。」

〔七〕渭川老，謂吕尚。參見開元十九年《梁甫吟》詩及注。

〔八〕襄野童，《莊子·徐無鬼》：「黄帝將見大隗乎具茨之山。……至於襄城之野，七聖皆迷，無所問途。適遇牧馬童子，問途焉，曰：『若知具茨之山乎？』曰：『然。』『若知大隗之所存乎？』曰：『然。』黄帝曰：『異哉小童，非徒知具茨之山，又知大隗之所存，請問爲天下。』……小童曰：『夫爲天下者，亦奚以異乎牧馬者哉？亦去其害馬而已矣。』黄帝再拜稽首，稱天師而退。」以上二句謂帝王之不尊道重賢。

〔九〕瑶池宴，《列子·周穆王》：「（穆王）升於崑崙之丘……遂賓於西王母，觴於瑶池之上。」參見下篇注〔三〕。

【集説】

蕭云：詩言漢武巡幸回中，不過溺志於神仙之事，豈爲求賢哉？明皇亦好神仙，此其諷諫之作與？

陳沆云：借漢武甘泉之幸，喻驪山荒宴之遊也。無渭川褏野求賢訪道之情，但耽王母瑶池、華清湯泉之樂。蕭謂譏求仙，膚末矣哉。（《詩比興箋》）

【按】

此及以下六題，皆刺玄宗及貴戚荒淫。其中頗有「言温室樹」者，或作於本年即將去朝時，或作被斥去朝後。兹併繫於此，以供互參。

周穆八荒意

古風其四十三

周穆八荒意〔一〕，漢皇萬乘尊。〔二〕。淫樂心不極，雄豪安足論？西海宴王母〔三〕，北宫邀上元〔四〕。瑶水聞遺歌〔五〕，玉杯竟空言〔六〕。靈跡成蔓草，徒悲千載魂。

【注釋】

〔一〕句言穆王出巡事。《拾遺記》卷三：「穆王即位三十二年，巡行天下，馭黄金碧玉之車，傍氣乘風，起朝陽之岳，自明及晦，窮宇縣之表。」

〔二〕漢皇，謂漢武帝。

〔三〕句言周穆。西海，西方極遠之地。《太平廣記》卷二引《仙傳拾遺》：「穆王……乃乘八駿之馬，奔戎。……又觴西王母於瑶池之上。……又登群玉山，西王母所居。」

〔四〕句言漢皇。《太平廣記》卷五十六引《漢武内傳》：「上元夫人，道君弟子也。亦玄古以來得道，總統真籍，亞於龜臺金母。……元封元年辛未七月七日夜，二唱之後，西王母降於漢宫。……命駕將去，帝下席叩頭，請留慇勤。王母復坐，乃命侍女郭密香邀夫人同宴於漢宫。」《漢武内傳》又記上元夫人云：「年可二十餘，天姿精耀，靈眸艷絶。服青霜袍，雲彩亂色，非錦非繡，不可名字。頭作三角巾，餘髮散垂至腰。」北宫，漢宫名。在未央宫北，供奉與祭祀神仙之處。

〔五〕遺歌，周穆王與西王母於瑶池飲宴時相互贈答之歌。王母謡曰：「白雲在天，山陵自出。道里悠遠，山川間之。將子無死，尚能復來。」穆王答曰：「余歸東土，和治諸夏。萬民平均，吾顧見汝。比及三年，將復而野。」見《穆天子傳》。

〔六〕玉杯，或用以下二事：一是漢武帝時於長安建章宫中建神明臺，上立銅鑄仙人捧銅盤及玉杯，以承雲表之露，和玉屑飲之，可致長生云。見《三輔黄圖》卷三。二是漢文帝時方士辛垣平使人獻玉杯於闕下，杯上有字云「人主延壽」。其後有人上書告發所言皆詐，下吏治，誅夷之。見《漢書·郊祀志》。

【集説】

蕭云：此言二君雖遇王母、上元夫人，然亦卒不免於死，是亦猶辛垣平玉杯之空言耳。當時明皇亦好神仙之事，此詩蓋有所諷云。

《唐宋詩醇》云：唐人多以王母比楊妃，如杜甫「西望瑶池降王母」亦然。則上元即指秦、虢輩，末句蓋傷之也。

陳沆云：刺明皇荒淫，怠廢政事也。若如蕭注謂譏求仙，則不當有「淫樂心不極」之語。王母、上元，皆喻女寵；瑶池、玉杯，盛陳宴樂；空言、徒跡，則嘆萬幾曠廢，朝政荒蕪也。（《詩比興箋》）

【按】

蕭、陳之説，各得其半。詩之諷意，兼及求仙、淫樂，二者俱玄宗之病。王母、上元，又皆别有所指，《唐宋詩醇》所言是也。楊妃自開元季年入宫後大得寵幸，其姊妹兄弟亦因之貴顯。三姊皆美艷，封韓、虢、秦三國，爲夫人。出入宫掖，勢傾天下。見兩《唐書·后妃傳》。

上元夫人

上元夫人，見上篇《周穆八荒意》（古風其四十三）詩注。

上元誰夫人？偏得王母嬌。嵯峨三角髻，餘髮散垂腰。裘披青毛錦，身著赤霜袍〔一〕。手提嬴女兒，閑與鳳吹簫〔二〕。眉語兩自笑，忽然隨風飄。

【注釋】

〔一〕四句俱見上篇《周穆八荒意》（古風其四十三）詩注。

〔三〕嬴女兒，謂秦穆公女弄玉。時人有蕭史者，善吹簫，能致孔雀、白鶴於庭。弄玉好之，公遂以女妻焉。蕭史日教弄玉吹作鳳聲，一旦皆仙去。見《列仙傳》卷上。自此以下四句別有所指，詳按語。

【按】

天寶初，楊妃宗兄錡，侍御史，尚太華公主。主，武惠妃所生，最見寵遇。見兩《唐書·楊貴妃傳》。「手提」數句，似指楊妃姊妹促成其事，一則以慰玄宗故劍之思，一則以固諸楊之寵也。

齊瑟彈東吟　古風其五十五

齊瑟彈東吟，秦絃弄西音〔一〕。慷慨動顏魄〔二〕，使人成荒淫。彼美佞邪子，婉孌來相尋〔三〕。一笑雙白璧，再歌千黄金。珍色不貴道〔四〕，詎惜飛光沉〔五〕？安識紫霞客〔六〕，瑶臺鳴素琴〔七〕？

【注釋】

〔一〕曹植《贈丁翼》：「秦筝發西氣，齊瑟揚東謳。」又，《野田黄雀行》：「秦筝何慷慨，齊瑟和且柔。」白詩本之，概言樂歌之盛。

〔二〕慷慨，謂樂歌之美妙動人。《大子夜歌》：「慷慨吐清音。」顏魄，猶言神色。

〔三〕彼美，兩宋本、繆本作彼女。婉孌，《詩·齊風·甫田》：「婉兮孌兮，總角丱兮。」朱熹《集傳》：

「婉孌，少好貌。」二句似謂諸楊姊妹出入宫掖，朝謁無度。

〔四〕道，此謂君道。白有《君道曲》，言人君當與賢臣一心一德以成功業。

〔五〕飛光，《文選》沈約《宿東園》：「飛光忽我遒，寧止歲雲暮。」張銑注：「飛光，日月也。」

〔六〕紫霞客，超世之人，白自喻。白《春陪商州裴使君遊石娥溪》詩有句：「澹蕩滄洲雲，飄飖紫霞想。」《留别曹南群官之江南》詩有句：「飄飖紫霞心，流浪憶江鄉。」可互參。

〔七〕瑶臺，相傳在昆侖山中，此代指翰林院。素琴，王注：「謂琴之素樸不用金玉珍寶以爲飾者也。」末二句承上，意謂時君「珍色不貴道」，日惟耽於荒淫，不知翰院中有賢者徒鳴素琴，而匡濟之志未得申也。

【按】

玄宗與諸楊姊妹事，除見於《唐書·后妃傳》外，杜甫詩《虢國夫人》亦曾刺之。

寓言三首

寓言，有所寄托之言也。李詩言多諷興，不獨此三首。此特標出之，蓋有深意存焉。

周公負斧扆〔一〕，成王何夔夔〔二〕。武王昔不豫，剪爪投河湄〔三〕。賢聖遇讒慝，不免人君疑。天風拔大木，禾黍咸傷萎。管蔡扇蒼蠅，公賦《鴟鴞》詩〔四〕。金縢若不啟，忠信誰明之〔五〕？

【注釋】

〔一〕斧扆，亦作斧依。《禮記·明堂位》：「昔者周公朝諸侯於明堂之位，天子負斧依南鄉而立。」鄭康成注：「周公攝王位，以明堂之禮儀朝諸侯也。天子，周公也。斧依，爲斧文屏風於户牖之間，周公於前立焉。」孔穎達《正義》：「以成王年幼，周公代之居位，故云攝王位。」

〔二〕《書·舜典》：「夔夔齋慄。」孔安國傳：「夔夔，悚懼貌。」句謂成王恐周公有不臣之心。

〔三〕武王有疾，周公禱於先王，請以身代。後成王又有疾，周公自剪其爪以沉於河，亦請以身代。史納其祝册於金縢之匱中。見《書·金縢》、《史記·魯周公世家》。此合二事而言之。

〔四〕管、蔡，武王之弟管叔鮮、蔡叔度。武王使二人監於紂子武庚之國，武王崩，成王立，周公攝政，二人以武庚叛，且流言於國曰：「周公將不利於孺子。」周公誅管、蔡及武庚，而成王猶未知公之意也。公乃作《鴟鴞》之詩托爲鳥言，以喻武庚之惡及己之勞瘁。見《書·金縢》。

〔五〕成王年長臨朝，周公以流言避居東都。秋熟，未獲，大風，禾盡偃，邦人恐。成王啟匱得書，乃知公之勤勞王家，執書以泣，并擬親迎周公歸國。王出郊，天乃雨，反風，禾則盡起，歲則大熟。見《書·金縢》、《史記·蒙恬列傳》。縢，緘也。匱以金緘之，故曰金縢。

【集説】

蕭云：此詩懼讒也，隱括《金縢》之事以申其意耳。

【按】

其一所寓之意不僅在懼讒，或意在以「金縢」喻其諷興之詩。

其二

遥裔雙彩鳳〔一〕，婉孌三青禽〔二〕。往還瑶臺裏〔三〕，鳴舞玉山岑〔四〕。以歡秦娥意〔五〕，復得王母心。區區精衛鳥，銜木空哀吟〔六〕。

【注釋】

〔一〕遥裔，摇曳飄蕩之意。遥，通摇。

〔二〕婉孌，姣好貌。三青禽，謂三青鳥。《山海經·大荒西經》：「王母之山……有三青鳥，赤首黑目，一名曰大鵹，一名曰少鵹，一名曰青鳥。」郭璞注：「皆西王母所使也。」

〔三〕瑶臺，西王母居處。參見天寶二年《清平調詞》注。

〔四〕《山海經·西山經》：「玉山，是西王母所居也。」

〔五〕秦娥，謂秦穆公之女弄玉。參見開元十八年《鳳臺曲》注。

〔六〕區區，辛苦意。精衛銜木事，見本年《來日大難》詩注。

【集説】

蕭云：此篇比興之詩。彩鳳、青禽以比佞幸之人，瑶臺、玉山以比宫掖，秦娥以比公主，王母以比后妃。蓋以諷刺當時出入宫掖取媚后妃公主以求爵位者。精衛銜木石，以比小臣懷區區報國之心，盡忠竭力而不見知者。其意微而顯矣。

其　三

長安春色歸，先入青門道〔一〕。緑楊不自持，從風欲傾倒。海燕還秦宫，雙飛入簾櫳〔二〕。相思不相見，託夢遼城東〔三〕。

【注釋】

〔一〕青門，長安東城門。詳見天寶二年《相逢行》詩注。

〔二〕以上四句皆别有所指，詳見按語。

〔三〕遼城，唐置遼城都督府，故治在今遼寧省遼陽縣北。此非實指其地，乃借以指秦漢遼水東西之地。秦置遼西、遼東二郡，皆屬幽州，漢因之。見《漢書·地理志》。故知此處實指幽州也。

【集説】

蕭云：此篇閨思詩也。良人從軍，滔滔不歸。感時觸物，而動懷春之思者歟？緑楊、海燕，以起興也。婉然國風之體，所謂聖於詩者此哉。

瞿、朱云：三首似皆指當時朝中實事。第一首托意甚明，第三首若但視爲閨思詩，未免太淺，果爾則亦不致人寓言三首之内也。梅鼎祚《李詩評》卷二云：當是微刺楊妃。其説殊有見地。

【按】

蕭説非，瞿、朱説是。楊妃入宫始於開元季年（見天寶元年《清平調三首》按語）。安禄山得寵亦始於此時，天寶元年已爲平盧節度使，次年又代范寛爲范陽節度使（范陽，郡名。開元年間爲幽州，亦即秦漢時幽州之地）。禄山每來朝，必先妃而後帝，謂「蕃人先母而後父」云。在朝期間必與妃宴飲結歡，旋又請爲養子，玄宗許之。兩《唐書》及《通鑑·唐紀》皆有記載，唯年月不甚詳。大抵在開、天之交已有此類跡象而爲李白所見。似此，則其三之比興何指，可知矣。白本年前後頗有詩作言及楊氏姊妹事，楊妃與安禄山淫亂事，蓋皆范傳正《新墓碑》所謂「言温室樹」者。

烏棲曲

《烏棲曲》，《樂府詩集·清商曲辭》名，屬《西曲歌》。南朝如梁簡文帝、梁元帝、蕭子顯、徐陵等所作，俱言男女夜來相親之事，即徐陵所謂「一夜千年猶不足」是也。太白此詩，則以吴王夫差爲喻，刺時君荒亡之行。

姑蘇臺上烏棲時，吴王宫裏醉西施〔一〕。吴歌楚舞歡未畢，青山欲銜半邊日〔二〕。銀箭金壺漏水多，起看秋月墜江波〔三〕。東方漸高奈樂何〔四〕？

【注釋】

〔一〕《太平廣記》卷二百三十六引《述異記》：「吴王夫差築姑蘇臺，三年乃成，周環詰屈，横亘五里，崇飾上木，殫耗人力。宫妓千人，又别立春宵宫，爲長夜飲。造千石酒鍾，又作大池，池中造青龍舟，陳妓樂，日與西施爲水戲。」二句寫長夜行樂之始。

〔二〕「青山」句爲日落景象。二句回顧白晝事，以見吴王淫樂之日夜相繼。王夫之云：「蕭子顯《烏棲曲》：『芳樹歸飛聚儔匹，猶有殘光半山日。』第二句爲太白奄有，遂成絶唱。」（《唐詩評選》）

〔三〕二句寫夜將盡，暗喻作樂通宵達旦。

〔四〕高，同杲。《詩·衛風·伯兮》：「杲杲出日。」沈德潛云：「末句爲樂難久也。」（《唐詩别裁》）鍾惺云：「綴此一語，便成哀響。」（《詩歸》）

【集説】

唐汝詢云：此因明皇與貴妃爲長夜飲，故借吴宫事以諷之，言臺上烏棲而酣飲方始，時歌舞未終，山西尚有餘照，及漏水浸多，則見秋月沉江矣，東方漸高，奈此歡樂何哉。按李杜樂府皆有所托意而發，非若今人無病而强呻吟者。但子美直賦時事，太白則援古以諷今，讀者鮮識其旨。若謂此詩無關世主而追刺吴王，何異癡人説夢邪？（《唐詩解》）

《唐宋詩醇》云：樂極悲生之意，寫得微婉。荒宴未幾，而麋鹿游於姑蘇矣。全不説破，可謂興寄深微者。胡應麟以杜之《七哀》雋永深厚，法律森然，謂此篇斤兩稍輕，咏嘆不足，真意爲謗傷，未足與議也。末綴一單句，有不盡之妙。

【按】

范傳正《李公新墓碑》云：「在長安時，賀知章號公爲謫仙人，吟公《烏棲曲》云：『此詩可以哭鬼神矣。』」據《唐摭言》，賀知章譽白爲謫仙人者，蓋緣《蜀道難》詩也，亦唯有《蜀道難》足以當之。然《烏棲曲》亦應爲賀公嘗見者。賀知章天寶三載春歸越，白詩當作於此前。

贈薛校書

薛校書，名字不詳。據《新唐書·百官志》，弘文館、集賢殿書院、秘書省、著作局、崇文館、司經局均有校書或校書郎，皆九品。

我有吴越曲，無人知此音。姑蘇成蔓草〔一〕，麋鹿空悲吟〔二〕。未誇觀濤作〔三〕，空鬱釣鼇心〔四〕。舉手謝東海〔五〕，虚行歸故林〔六〕。

【注釋】

〔一〕姑蘇，姑蘇臺。《吴越春秋》卷五：「子胥受劍，徒跣褰裳下堂中庭，仰天呼怨曰：『……汝（吴王）不用吾言，反賜我劍，吾今日死，吴宫爲墟，庭生蔓草，越人掘汝社稷，安忘我乎？』」

〔二〕《漢書·伍被傳》：「昔子胥諫吴王，吴王不用，乃曰：『臣今見麋鹿遊姑蘇之臺也。』」

〔三〕觀濤作，謂枚乘《七發》，中有句曰：「將以八月之望，與諸侯遠方交遊兄弟，并往觀濤乎廣陵之曲江。」《七發》本諷諫之辭，《文心雕龍·雜文》謂其「所以戒膏粱之子也」。此曰「未誇」，則諷諫之不入可知。

〔四〕傳説渤海之東有大壑，中有五仙山，爲群聖所居，隨波動蕩，不得暫峙。天帝使巨鼇十五，舉首而戴之。龍伯之國有大人，一釣而連六鼇，二山漂流於北極，仙聖播遷者巨億。見《列子·湯問》。後遂以釣鼇喻遠大抱負或豪邁之舉。宋趙令畤《侯鯖録》六：「李白開元中謁宰相，封一板，上題曰『海上釣鼇客李白』。」句謂胸中大志無從實現，故而心情抑鬱。

〔五〕謝，辭也。謝東海，即離去釣鼇之所，去朝之謂也。

〔六〕虚行，謂其入朝而無所獲。

【按】

詩言「我有吴越曲」者，似謂上篇《烏棲曲》也。上詩以吴王爲鑑，諷玄宗之淫樂誤國，此則更言「無人知此章」，蓋謂其一片孤忠不爲朝廷所喻也。

秦水别隴首　古風其二十二

此及以下五首，俱去朝之際作。

秦水别隴首，幽咽多悲聲〔一〕。胡馬顧朔雪，躞蹀長嘶鳴〔二〕。感物動我心，緬然含歸情〔三〕。昔視秋蛾飛，今見春蠶生〔四〕。嫋嫋桑結葉，萋萋柳垂榮。急節謝流水〔五〕，羈心摇懸旌〔六〕。揮涕且復去，惻愴何時平？

【注釋】

〔一〕《樂府詩集·横吹曲辭·隴頭歌辭》：「隴頭流水，鳴聲幽咽。遥望秦川，心肝斷絶。」二句本此。

〔二〕《文選·古詩十九首》：「胡馬依北風。」二句本此。蹀躞，小步往來。首四句比興之辭，喻己戀闕之情。

〔三〕緬然，謂情思之渺遠。歸情，還山之情。

〔四〕白以前年秋來至長安，本年春始離去，故云。

〔五〕急節，《文選》曹植《與吴質書》：「日不我與，曜靈急節。」吕延濟注：「急節謂遷移速也。」楊注：「謝，去也。謂時節之去如流水之急。」

〔六〕懸旌，喻心神之不寧。《戰國策·楚策》：「楚王曰：『寡人卧不安席，食不甘味，心摇摇如懸旌，而無所終薄。』」

【按】

其戀闕之悲及其感嘆時光飛逝、歲物遷改，一至於惻愴出涕者，蓋功業無成故也。

太白何蒼蒼　古風其五

太白何蒼蒼，星辰上森列。去天三百里，邈爾與世絶〔一〕。中有緑髮翁，披雲卧松雪。不笑亦不語，冥棲在巖穴。我來逢真人，長跪問寶訣〔二〕。粲然啟玉齒〔三〕，授以鍊藥説。銘骨傳其語，竦身已電滅。仰望不可及，蒼然五情熱〔四〕。吾將營丹砂，永與世人别〔五〕。

【注釋】

〔一〕太白，山名。《水經注·渭水》：「太白山，在武功縣南，去長安二百里，不知其高幾何，俗云：『武功太白，去天三百。』」

〔二〕曹植《飛龍篇》：「我知真人，長跪問道。」

〔三〕郭璞《遊仙詩》：「靈妃顧我笑，粲然啟玉齒。」

〔四〕蒼然，王注：「怱遽貌。」五情，喜怒哀樂怨。陶淵明《影答形》：「身没名亦盡，念之五情熱。」

〔五〕此句王本作永世與人别，據兩宋本改。

【集説】

蕭云：太白少遇司馬承禎，謂其有仙風道骨，可與學仙，太白亦有志焉。凡方外異人圖録丹訣無不參授。其四、其五兩詩非泛然之作，蓋亦一時紀實之辭也。

《唐宋詩醇》云：郭璞《遊仙詩》「青溪百餘仞」一首純是寓意，白詩與彼不同。蓋士之不得志於時者，姑寄其意於此耳。舊史稱白少有逸才，志氣宏放，飄然有超世之心，殆亦性之所近。或其被放東歸，將受道籙時作也。

【按】此詩去朝之際作。開元十八年白出長安西遊岐邠時，有《登太白峰》詩。此則神遊太白之境而寄其出世之情也。

鳳飢不啄粟　古風其四十

鳳飢不啄粟，所食唯琅玕〔一〕。焉能與群鷄，刺蹙争一飡〔二〕？朝鳴崑丘樹，夕飲砥柱湍〔三〕。歸飛海路遠，獨宿天霜寒。幸遇王子晉，結交青雲端〔四〕。懷恩未得報，感别空長嘆。

【注釋】

〔一〕琅玕，珠玉。《藝文類聚》卷九十：「莊子曰：南方有鳥，其名爲鳳，所居積石千里，天爲生食，其樹名瓊枝，高百仞，以璆琳琅玕爲實。」

〔二〕刺蹙，亦作刺促。蹙，音促。李賀《浩歌》：「二十男兒那刺促。」王琦注：「刺促，謂受役於人。」

〔三〕崑丘，即崑崙山。砥柱，山名。《淮南子·覽冥》：「鳳皇之翔……曾逝萬仞之上，翱翔四海之外，過昆侖之疏圃，飲砥柱之湍瀨。」

〔四〕王子晉，相傳爲周靈王太子，後成仙。詳見開元二十九年《鳳笙篇》詩注。

【集説】

蕭云：此詩似太白自比之作。太白雖帝族，非凡輩可儕。然孤寒疏遠，知章薦之方能致身金鑾，蒙帝知遇，可謂結交青雲端矣。此恩未報，臨别之時安能不感嘆哉？

胡云：王子晉，指長安中知己。史稱白自知不爲親近所容，與賀知章、李適之、汝陽王璡等八人縱飲，爲酒中八仙。璡爲讓皇帝之子，子晉豈指璡也歟？

【按】

胡説是，詩中王子晉當指李璡。蕭説謂指賀知章，不切。

初出金門尋王侍御不遇詠壁上鸚鵡

宋乙本、蕭本、繆本、王本題下注云：「一作《敕放歸山留别陸侍御不遇詠鸚鵡》。」

落羽辭金殿〔一〕，孤鳴托繡衣〔二〕。能言終見棄，還向隴西飛〔三〕。

【注釋】

〔一〕落羽，暗用禰衡《鸚鵡賦》：「顧六翮之殘毁，雖奮迅其焉如。」喻己被斥去朝。

〔二〕繡衣，代稱王侍御。《漢書·百官公卿表》：「侍御史有繡衣直指，出討奸猾，治大獄。」顔師古注：「衣以繡者，尊寵之也。」

〔三〕《禽經注》：「鸚鵡，出隴西，能言鳥也。」隴西，即隴坻，代指故山。

【集説】

楊云：太白自況也。

唐汝詢云：此以鸚鵡自喻也。辭君而去，有如落羽；尋友不逢，譬之孤鳴……既以懷才見棄，便當高舉以還故居，疇能復戀金門乎？（《唐詩解》）

東武吟

兩宋本、蕭本、繆本、王本題下俱注云：「一作《出金門後書懷留别翰林諸公》。」《樂府詩集·相和歌辭》有《東武吟行》，白詩借舊題以抒己意。

好古笑流俗，素聞賢達風。方希佐明主，長揖辭成功。白日在高天，迴光燭微躬。恭承鳳凰詔〔一〕，欻起雲蘿中〔二〕。清切紫霄迥〔三〕，優遊丹禁通〔四〕。君王賜顔色，聲價淩烟虹。乘輿擁翠蓋〔五〕，扈從金城東〔六〕。寶馬麗絶景〔七〕，錦衣入新豐。依巖望松雪，對酒鳴絲桐。因學揚子雲，獻賦甘泉宫〔八〕。天書美片善，清芬播無窮〔九〕。歸來入咸陽，談笑皆王公。一朝去金馬，飄落成飛蓬。賓客日疏散，玉樽亦已空。才力猶可倚，不慚世上雄。閑作《東武吟》，曲盡情未終。書此謝知己，吾尋黄綺翁〔一〇〕。

【注釋】

〔一〕鳳凰詔，見天寶二年《玉壺吟》詩注。

〔二〕雲蘿，此謂隱者居處。

〔三〕清切，清静嚴肅。紫霄，猶言紫宫，帝王居處。

〔四〕優遊，遠且長貌。

〔五〕王注：「自『乘輿擁翠蓋』而下，是指其侍從温泉宫而言。宫在新豐縣之驪山下，正直唐京師之東。」

〔六〕扈從，隨從帝王出行。《封氏聞見記·鹵簿》：「百官從駕，謂之扈從。」金城，謂長安。張協《詠史》：「昔在西京時，朝野多歡娱。……朱軒耀金城，供帳臨長衢。」

〔七〕絶景，良馬名。《文選》王融《三月三日曲水詩序》：「絶景遺風之騎。」李善注：「《魏書》曰：上所乘馬名絶景。」

〔八〕《漢書·揚雄傳》：「孝成帝時……召雄待詔承明之庭。正月，從上甘泉，還，奏《甘泉賦》以風。」

〔九〕天書，謂詔書。片善，小善。據上四句，白侍從温泉宫時曾有獻賦事，所賦或寓諷意，玄宗乃嘉許之。

〔一〇〕黄綺翁，夏黄公、綺里季，商山四皓中人。此以代四皓。四皓隱於商山，避漢高帝而不見，及高帝欲以戚夫人子趙王如意代太子劉盈時，乃至，輔翼太子，事成而復去。見《史記·留侯世家》。

【集説】

計有功云：或曰：白以是詩留别翰苑，遂放遊江湖矣。（《唐詩紀事》）

蕭云：此詩乃太白放黜之後，作此以别知己者。抱才於世，始遇而卒不合，見知而不見用。卒章曰：「閑作《東武吟》，曲盡情未終。書此謝知己，吾尋黄綺翁。」眷戀不忘之意悠悠然見於辭外，亦可慨嘆也已。

【按】

太白去朝之事，諸家所記如下：范傳正《唐左拾遺翰林學士李公新墓碑序》云：「既而上疏請還舊山，玄宗甚愛其才，或慮乘醉出入省中，不能不言温室樹，恐掇後患，惜而遂之。」魏顥《李翰林集序》云：「以張垍讒逐，遊海岱間。」李陽冰《草堂集序》云：「醜正同列，害能成謗，格言不入，帝用疏之。……朝列賦謫仙之歌凡數百首，多言公之不得意。天子知其不可留，乃賜金歸之。」孟棨《本事詩・高逸》云：「常出入宫中，恩禮殊厚。竟以疏從乞歸。上亦以非廊廟器，優詔罷遣之。」杜甫《寄李十二白二十韻》亦曰：「乞歸優詔許。」其遭讒被疏、乞歸詔許諸節略同，足可信矣。

還山留别金門知己

上篇之重出而異名者，今依舊本兩存之。兩宋本、繆本、王本題下俱注云：「一本作《出金門後書懷留別翰林諸公》。」

好古笑流俗，素聞賢達風。方希佐明主，長揖辭成功。白日在青天，迴光矚微躬。恭承鳳凰詔，欻起雲蘿中。清切紫霄迥，優遊丹禁通。君王賜顔色，聲價凌烟虹。乘輿擁翠蓋，扈從金城東。寶馬驟絶景，錦衣入新豐。倚巖望松雪，對酒鳴絲桐。方學揚子雲，獻賦甘泉宫。天書美片善，清芳播無窮。歸來入咸陽，談笑皆王公。一朝去金馬，飄落成飛蓬。賓友日疏散，玉樽亦已空。長才猶可倚，不慚世上雄。閑來《東武吟》，曲盡情未終。書此謝知己，扁舟尋釣翁。

【集説】

王云：此篇即五卷之《東武吟》也，句字互有同異，今仍舊本兩存之。

詹鍈云：二首均見於《文苑英華》，一題作《東武吟》，一題作《出金門後書懷留別翰苑諸公》，則是詩之重出久矣。

春陪商州裴使君遊石娥溪

白出京後，東南行，道出商州時作。宋乙本、繆本、咸本題下俱注云：「時欲東歸，遂有此贈。」王本題下注云：「原注：時欲東遊，遂有此贈。」商州，即上洛郡，屬關内道，州治上洛縣，即今陝西商縣。據《舊唐書·地理志》，其地至京師二百八十一里。裴使君，郡守，名字不詳。石娥溪，又名仙娥溪，即丹江。

裴公有仙標〔一〕，拔俗數千丈。澹蕩滄洲雲，飄飖紫霞想。剖竹商洛間〔二〕，政成心已閑。蕭條出世表，冥寂閉玄關〔三〕。我來屬芳節，解榻時相悦〔四〕。褰帷對雲峰，揚袂指松雪。暫出東城邊〔五〕，遂遊西巖前〔六〕。横天聳翠壁，噴壑鳴紅泉。尋幽殊未歇，愛此春光發。溪傍饒名花，石上有好月。命駕歸去來，露華生翠苔。淹留惜將晚，復聽清猿哀。清猿斷人腸，遊子思故鄉。明發首東路，此歡焉可忘？

【注釋】

〔一〕仙標，仙家風神。

〔二〕剖竹，受官之謂。參見開元二十七年《與從侄杭州刺史良遊天竺寺》詩注。商洛，商山、洛水，俱在商州。

〔三〕玄關，幽居之門户。

〔四〕解榻，主人納客之謂。《後漢書·陳蕃傳》：「郡人周璆，高絜之士，前後郡守招命莫肯至，唯蕃能致焉。字而不名，特爲置一榻，去則縣之。」

〔五〕暫，偶也，適也。

〔六〕西巖，山名。《一統志·商州》：「西巖山，在州西十里。……其對峙者曰吸秀山，一名仙娥峰，亂山中特起一峰，縱横百丈，下臨大江，謂之仙娥溪。」

過四皓墓

四皓，曰東園公、甪里先生、綺里季、夏黄公。事跡見本年《東武吟》詩注。《一統志·商州》：「四皓墓，在州西五里金鷄原。」

我行至商洛，幽獨訪神仙。園綺復安在？雲蘿尚宛然。荒凉千古跡，蕪没四墳連。伊昔鍊金鼎〔一〕，何年閉玉泉〔二〕？隴寒唯有月，松古漸無烟。木魅風號去，山精雨嘯旋〔三〕。《紫芝》高詠罷〔四〕，青史舊名傳。今日併如此，哀哉信可憐。

【注釋】

〔一〕伊，猶在。鍊金鼎，謂其高壽，非謂道家鍊丹事也。

〔二〕閉玉泉，謂歿後葬於地下。

〔三〕鮑照《蕪城賦》：「木魅山鬼，野鼠城狐。風嗥雨嘯，昏見晨趨。」

〔四〕紫芝，四皓所作歌名。《高士傳》卷上：「秦始皇時，（四皓）見秦政虐，乃退入藍田山而作歌曰：『莫莫高山，深谷逶迤。曄曄紫芝，可以療饑。唐虞世遠，吾將安歸。駟馬高蓋，其憂甚大。

富貴之畏人兮，不如貧賤之肆志。』乃共入商洛，隱地肺山。」《樂府詩集・琴曲歌辭》有四皓所作《採芝操》，其辭曰：「皓天嗟嗟，深谷逶迤。樹木莫莫，高山崔嵬。巖居穴處，以爲幄茵。曄曄紫芝，可以療饑。唐虞往矣，吾當安歸。」

【集説】

瞿、朱云：《舊唐書・玄宗紀》：天寶五載……韋堅爲李林甫所搆，配流臨封郡，賜死。堅妹皇太子妃聽離，堅外甥嗣薛王琄貶夷陵郡别駕，女婿巴陵太守盧幼臨長流合浦郡，太子少保李適之貶宜春太守，到任仰藥死。此詩末句云：「今日併如此，哀哉信可憐。」其爲悼李適之殆無疑義。東宫三少可以四皓爲比，前人不乏此例。題云《過四皓墓》者，隱其詞以避時忌也。諸家皆執此以爲真是行蹤所至懷古之作，蓋未諦審詩意。

【按】

白去朝時作《東武吟》，末云：「書此謝知己，吾尋黄綺翁。」行經商洛，果有此作，二詩相接，行蹤歷歷可見。四皓欻起建奇功，功成而又不居，爲李白素所景慕，今過其墓而三致意焉。下二篇詩旨同。注者必欲以時事實之，恐泥。

白出京後，蓋經藍田入商洛，而後出武關，抵洛陽。《元和郡縣志》關内道商州商洛縣：「武關，在縣東九十里。」《漢書・周勃傳》載，周亞夫平吴楚之亂，即「走藍田，出武關，抵雒（洛）陽」。白開元十九年出長安時，東出潼關，浮黄河而去；此次則别擇商洛一途矣。

商山四皓

與上篇一時之作。商山，《一統志·商州》：「南山曰商山，又名地肺山，亦名楚山。……舊志：山在州東八十里，丹水之南，形如商字，路通武關，俗以四皓隱此。」

白髮四老人，昂藏南山側〔一〕。偃蹇松雲間〔二〕，冥翳不可識〔三〕。雲窗拂青靄，石壁橫翠色。龍虎方戰争，於焉自休息〔四〕。秦人失金鏡，漢祖昇紫極〔五〕。陰虹濁太陽〔六〕，前星遂淪匿〔七〕。一行佐明兩，欻起生羽翼〔八〕。功成身不居，舒卷在胸臆。窅冥合元化，茫昧信難測〔九〕。飛聲塞天衢，萬古仰遺跡。

【注釋】

〔一〕昂藏，氣度軒昂貌。

〔二〕偃蹇，高傲貌。

〔三〕冥翳，幽深貌。

〔四〕二句謂四皓於秦末戰亂之年隱棲於此。

〔五〕金鏡，《文選》劉孝標《廣絶交論》：「蓋聖人握金鏡。」李善注：「《雒書》曰：『秦失金鏡。』鄭玄曰：『金鏡喻明道也。』」二句謂秦亡而漢興。

〔六〕陰虹，王注：「《春秋潛潭巴》：『虹出日旁，后妃陰脅主。』楊齊賢注：『陰虹，以喻戚夫人。』」

〔七〕前星，指太子劉盈。《晉書·天文志》：「心三星……前星爲太子，後星爲庶子。」

〔八〕《易·離》：「明兩作離，大人以繼明照於四方。」孔穎達《正義》：「離爲日，日爲明，今有上下二體，故云明兩作離。……是積聚兩明，乃作于離。若一明暫絶，其離未久。必取兩明前後相續，乃得作離卦之美。……取不絶之義也。」詩中明兩，似指高祖、惠帝相繼而不絶。生羽翼，用漢高語。四皓既出而爲太子輔佐，高祖乃召戚夫人曰：「吾欲易太子，彼四人者爲之輔，羽翼已成，難搖動也。」見《史記·留侯世家》。二句概言四皓之功。

〔九〕窅冥，深幽遠隱貌。元化，猶造化。茫昧，模糊貌。二句致慨於四皓之德。

山人勸酒

《山人勸酒》，白自創樂府新辭，《樂府詩集》以之入《琴曲歌辭》。此亦是年春過商州作。

蒼蒼雲松，落落綺皓〔一〕。春風爾來爲阿誰，胡蝶忽然滿芳草。秀眉霜雪顔桃花，骨青髓緑長美好〔二〕。稱是秦時避世人，勸酒相歡不知老。各守麋鹿志，恥隨龍虎爭。欻起佐太子，漢皇乃復驚〔三〕。顧謂戚夫人，彼翁羽翼成〔四〕。歸來商山下，泛若雲無情。舉觴酹巢由，洗耳何獨清〔五〕。浩歌望嵩岳〔六〕，意氣還相傾。

【注釋】

〔一〕落落，高超不凡貌。

〔二〕骨青髓緑，兩宋本、繆本俱作青髓緑髮。

〔三〕漢十二年，高祖疾甚，愈欲易太子。及燕，置酒，太子侍，四皓從太子，年皆八十有餘，鬚眉皓白，衣冠甚偉。高祖怪而問之，知爲四皓，大驚，曰：「吾求公數歲，公避逃我，今公何自從吾兒遊乎？」詳見《史記·留侯世家》。

〔四〕二句見上篇《商山四皓》詩注。

〔五〕二句謂四皓之節操不讓巢父、許由。巢父、許由事，見本年《行路難》其三注。

〔六〕嵩岳，巢、由所在。《初學記》卷五《嵩高山》：「南有許由山，高大四絶。其北有潁水。堯聘許由，其處猶有壇墠。」

【集説】

蕭云：太白蓋爲明皇欲廢太子瑛，有所感而作是詩也。……明皇之時，盧鴻、王希夷隱居嵩山，李元愷、吴筠之徒皆以隱逸稱，或召至闕庭，或遣問政事，徒爾高議闊論，然未有能如四皓之一言而太子得不易也。末句曰：「浩歌望嵩岳，意氣還相傾。」亦深不滿於當時嵩岳之隱者歟？其意微而婉矣。

王云：此詩大意美四皓，當暴秦之際，能避世隱居，及漢有天下，雖一出而輔佐太子，乃功成身退，曾不繫情爵位，真可以希風巢許者矣。箕山、潁水是二子洗耳盤桓之地，俱在嵩山，故望之而慨然生慕。巢許如在，意氣可以相傾，此正尚友古人之意。初無議評獨清之説。明皇一證，其見左矣。

瞿、朱云：蕭氏所稱是開元二十五年事，李白時猶在安州，恐於宫闈事不能如此詳悉（其下又重申天寶五載李林甫構陷韋堅等人，危及太子亨事）。

【按】

諸説中以王説爲是。三首皆本年去朝途經四皓墓時有感而作。所感乃四皓功成身退之事，此白終其一生所欽慕者。至於開、天中兩次有關太子之紛争，白則未曾介入也。

贈參寥子

《莊子·大宗師》：「玄冥聞之參寥，參寥聞之疑始。」參寥，虚空高遠貌，莊子虚擬爲人名。白詩中參寥子，蓋道隱者流。孟浩然有《贈道士參寥》詩，或即一人。

白鶴飛天書〔一〕，南荆訪高士。五雲在峴山〔二〕，果得參寥子。骯髒辭故園，昂藏入君門〔三〕。天子分玉帛，百官接話言〔四〕。毫墨時灑落〔五〕，探玄有奇作。著論窮天人〔六〕，千春秘麟閣〔七〕。長揖不受官，拂衣歸林巒。余亦去金馬，藤蘿同所攀。相思在何處？桂樹青雲端〔八〕。

【注釋】

〔一〕白鶴，謂書體，即鶴頭書。天書，詔書。《文選》孔稚圭《北山移文》：「及其鳴騶入谷，鶴書赴隴。」李善注：「蕭子良《古今篆隸文體》曰：『鶴頭書與偃波書，俱詔板所用，在漢則謂之尺一簡，髣髴鵠頭，故有其稱。』」

〔二〕五雲，五色雲。《初學記》卷一引《京房易飛候占》曰：「視四方常有大雲五色，其下賢人隱也。」峴山，在襄陽，參見開元二十二年《襄陽歌》詩注。

〔三〕骯髒，亦作抗髒。《後漢書·趙壹傳》：「抗髒倚門邊。」李賢注：「抗髒，高亢婞直之貌。」昂藏，氣概非凡貌。

〔四〕話言，《詩·大雅·抑》：「其維哲人，告之話言。」毛傳：「話言，古之善言也。」

〔五〕鮑照《蜀四賢詠》：「陵令無人事，毫墨時灑落。」

〔六〕天人，猶言天人之際，謂天道人事之相互關係。司馬遷《報任安書》：「亦欲以究天人之際，通古今之變，成一家之言。」李白《爲宋中丞自薦表》：「文可以變風俗，學可以究天人。」

〔七〕句謂其所著書將祕藏於麟閣而傳之不朽。麟閣，見天寶二年《金門答蘇秀才》詩注。

〔八〕吴均《山中雜詩》：「山中自有宅，桂樹籠青雲。」句謂隱者居處。

【集説】

蕭云：李白本傳曰：白懇求還山，帝賜金放還。作是詩必此時也。

題雍丘崔明府丹竈

雍丘，河南道汴州（陳留郡）屬縣，即今河南杞縣。崔明府，名字不詳。丹竈，道家鍊丹之竈。

此及以下四篇俱本年秋遊梁宋時作。

美人爲政本忘機〔一〕，服藥求仙事不違。葉縣已泥丹竈畢〔二〕，瀛洲當伴赤松歸〔三〕。先師有訣神將助，大聖無心火自飛。九轉但能生羽翼〔四〕，雙鳧忽去定何依？

【注釋】

〔一〕美人，謂崔明府。忘機，忘卻俗務。

〔二〕句用王喬故事。喬於漢明帝時爲葉縣令，有神術，每月朔望，自縣詣朝，而不見車騎。帝密令太史伺望之，言其臨至，輒有雙鳧從東南飛來。見《後漢書・王喬傳》。本詩末句仍用此事。

〔三〕赤松，即赤松子，仙人名。或謂本神農時雨師，見《列仙傳》卷上；或謂晉人黄初平服食松脂茯苓成仙後改名，見《神仙傳》卷二。

〔四〕《抱朴子・金丹》：「一轉之丹服之，三年得仙；二轉之丹服之，二年得仙；三轉之丹服之，一年得仙；四轉之丹服之，半年得仙；五轉之丹服之，百日得仙；六轉之丹服之，四十日得仙；七轉之丹服之，三十日得仙；八轉之丹服之，十日得仙；九轉之丹服之，三日得仙。」曹丕《折楊柳行》：「服藥四五日，身體生羽翼。」金聖嘆云：「但不知既生羽翼，乃欲何去？雍州蒼生，又如之何？……讀此詩始知全集中有無數神仙丹藥之語，皆是當日雄心寄托。」（《貫華堂選批唐才子詩》）

秋獵孟諸夜歸置酒單父東樓觀妓

本年秋與杜甫、高適同遊梁宋時作。《元和郡縣志》河南道宋州（睢陽郡）虞城縣：「孟諸澤，在縣西北十里，周迴五十里。」單父，亦睢陽屬縣，在孟諸澤東北，即今山東單縣。

傾暉速短炬，走海無停川〔一〕。冀餐圓丘草，欲以還頹年〔二〕。此事不可得，微生若浮烟。駿發跨名駒〔三〕，雕弓控鳴弦。鷹豪魯草白，狐兔多肥鮮。邀遮相馳逐〔四〕，遂出城東田〔五〕。一掃四野空，喧呼鞍馬前。歸來獻所獲，炮炙宜霜天〔六〕。出舞兩美人，飄飖若雲仙。留歡不知疲，清曉方來旋。

【注釋】

〔一〕傾暉，西斜之日，二句謂歲月消逝之速如短炬之將盡，又如河川赴海之無所止息。

〔二〕《文選》郭璞《遊仙詩》：「圓丘有奇草。」李善注：「《外國圖》曰：圓丘有不死樹，食之乃壽。」

〔三〕《詩·周頌·噫嘻》：「駿發爾私。」鄭箋：「駿，疾也。」

〔四〕邀遮，攔截。《後漢書·清河孝王慶傳》：「於掖庭門邀遮得貴人書。」

〔五〕田，通畋，獵也。

〔六〕炮炙，肉置火中曰炮，近火曰炙。

【按】

杜甫《昔遊》詩云：「昔者與高李，晚登單父臺。寒蕪際碣石，萬里風雲來。桑柘葉如雨，飛藿去徘徊。清霜大澤凍，禽獸有餘哀。」時令、地理、情景俱與李白此詩合，知所寫爲一時事。高適有《同群公秋登琴臺》詩，臺在單父，時在秋天，與李白本年秋行跡相合，則適詩所謂「群公」當含李白；又有《宋中别周梁李三子》詩，詩云：「李侯懷英雄，骯髒乃天資。方寸且無間，衣冠當在斯。」李侯宜即李白。

秋夜與劉碭山泛宴喜亭池

碭山，縣名，屬宋州，即今安徽碭山縣。劉碭山，名字不詳。王注：「《江南通志》：『宴喜臺在徐州碭城縣東五十步，臺上有石刻三大字，相傳唐李白筆。』」

明宰試舟楫〔一〕，張燈宴華池〔二〕。文招梁苑客〔三〕，歌動郢中兒〔四〕。月色望不盡，空天交相宜。令人欲泛海，只待長風吹。

【注釋】

〔一〕明宰，謂劉碭山。

〔二〕華池，謂宴喜亭池。

〔三〕梁苑，即梁園，宋州名勝，詳見開元十九年《梁園吟》題解。梁苑客，似即李白、杜甫、高適諸人。

〔四〕郢中，古楚地。宋州一帶戰國時屬楚國，故云。

送楊山人歸嵩山

我有萬古宅，嵩陽玉女峰〔一〕。長留一片月，挂在東溪松。爾去掇仙草，菖蒲花紫茸〔二〕。歲晚或相訪，青天騎白龍〔三〕。

【注釋】

〔一〕玉女峰，太室二十四峰之一，峰北有石如女子，故名。

〔二〕菖蒲，《抱朴子·仙藥》：「韓終服菖蒲十三年，身生毛，日視書萬言，皆誦之。冬袒不寒。又菖蒲生須得石上，一寸九節已上，紫花者尤善也。」參見開元十九年《嵩山採菖蒲者》詩題解。紫茸，草上所生紫色小花。《文選》郭璞《江賦》：「揚皜毦，擢紫茸。」李善注：「毦與茸皆草花也。」二句宋乙本、蕭本、繆本、王本俱注云：「一作君行到此峰，餐霞駐衰容。」

〔三〕《初學記》卷五引《漢武内傳》：「武帝夜夢與李少君俱上嵩山，半道，有繡衣使乘龍持節從雲中下，言太一請少君。覺乃告近臣曰：『如朕夢，少君即舍朕而去。』」句用此事。

【集説】

詹鍈云：按《高常侍集》有《送楊山人歸嵩陽》詩，疑與此首俱爲本年遊梁宋時作。

【按】

李白天寶元年有《駕去温泉宫後贈楊山人》詩，二楊山人或即一人，可參看。

送蔡山人

我本不棄世，世人自棄我。一乘無倪舟，八極縱遠柂〔一〕。燕客期躍馬，唐生安敢譏〔二〕？採珠勿驚龍，大道可暗歸〔三〕。故山有松月，遲爾翫清暉〔四〕。

【注釋】

〔一〕無倪，無際也。八極，八方極遠之地。《淮南子·地形》：「八紘之外，乃有八極。」柂，同舵。

〔二〕《史記·范雎蔡澤列傳》：「蔡澤者，燕人也。遊學干諸侯，小大甚衆，不遇，而從唐舉相。……唐舉孰視而笑曰：『先生曷鼻、巨肩、魋顔、蹙齃、膝攣。吾聞聖人不相，殆先生乎？』蔡澤知唐舉戲之，乃曰：『富貴吾所自有，吾所不知者壽也，願聞之。』唐舉曰：『先生之壽，從今以往者四十三歲。』蔡澤笑謝而去，謂其御者曰：『吾持粱刺齒肥，躍馬疾驅，懷黄金之印，結紫綬於要，揖讓人主之前，食肉富貴，四十三年足矣。』」後果爲秦相。二句以蔡澤喻蔡山人，謂其來日當有大富貴，他人未可輕譏之。

〔三〕《莊子·列禦寇》：「人有見宋王者，錫車千乘，以其十乘驕穉莊子。莊子曰：『河上有家貧恃緯蕭而食者，其子没於淵，得千金之珠。其父謂其子曰：取石來鍛之。夫千金之珠，必在九重之淵而驪龍頷下。子能得珠者，必遭其睡也。使驪龍而寤，子尚奚微之有哉。今宋國之深，非直九重之淵也；宋王之猛，非直驪龍也。子能得車者，必遭其睡也。使宋王而寤，子爲齏粉乎？』」二句勸蔡勿貿然躁進，以免驚龍而致禍。龍以喻國君。

〔四〕遲，待也。

【按】

首二句云「我本不棄世，世人自棄我」，是出朝後語。高適集中亦有《送蔡山人》詩，詩云：「山東布衣明古今，自言獨未逢知音。識者閲見一生事，到處豁然千里心。看書學劍長辛苦，近日方思謁明主。斗酒相留醉復醒，悲歌數年淚如雨。丈夫遭遇不可知，買臣主父皆如斯，我今蹭蹬無所似，看爾崩騰何若爲。」其寫蔡山人積極求仕情景，與白詩所謂「燕客期躍馬」正合。高適其時尚未入仕，故於蔡多激勵語。李白自翰林中出，已有攀龍墮天之閲歷，故於蔡有所規勸，乃至誘其歸向故山。二詩當一時之作。高李同遊係本年事，故繫此詩於兹。

觀博平王志安少府山水粉圖

博平，縣名，屬河北道博州，故址在今山東聊城博平鎮。王志安，似爲博平縣尉，見瞿、朱説。粉圖，此謂繪於粉壁之圖，即壁畫。

粉壁爲空天，丹青狀江海。遊雲不知歸，日見白鷗在〔一〕。博平真人王志安，沉吟至此願挂冠〔二〕。松溪石磴帶秋色，愁客思歸坐曉寒〔三〕。

【注釋】

〔一〕四句俱粉圖上景物。

〔二〕挂冠，棄官之謂。《後漢書·逢萌傳》：「解冠挂東都城門，歸，將家屬浮海，客於遼東。」

〔三〕愁客，李白自謂。

【集説】

詹鍈云：詩稱「博平真人王志安，沉吟至此願挂冠」，則志安博平人，非爲博平少府者。瞿、朱云：王志安若非爲博平少府者，則挂冠之語無根。唐人習慣不甚稱人之縣籍，凡云某處某姓名某官，必即其地之官，且少府爲縣尉，例得喻作仙人，真人即仙人也。

【按】

此詩借觀粉圖以寄其放形江海之志，又曰「思歸」，歸東魯也。博平地處安陵之南，擬白之行蹤，似訪道安陵時曾過此。

訪道安陵遇蓋寰爲予造真籙臨別留贈

本年冬作於安陵。安陵，縣名，屬河北道德州（平原郡），故址在今河北吴橋縣北。造，寫也。籙，道教祕文。《隋書·經籍志》：「道經者……初受《五千文籙》，次受《三洞籙》，次受《洞玄籙》，次受《上清籙》。籙皆素書，紀諸天曹官屬佐吏之名有多少，又有諸符，錯在其間，文章詭怪，世所不識。」

清水見白石〔一〕，仙人識青童〔二〕。安陵蓋夫子，十歲與天通。懸河與微言，談論安可窮〔三〕？能令二千石〔四〕，撫背驚神聽。揮毫贈新詩，高價掩山東〔五〕。至今平原客，感激慕清風。學道北海仙〔六〕，傳書蕊珠宫〔七〕。丹田了玉闕，白日思雲空〔八〕。爲我草真籙，天人慚妙工。七元洞豁落〔九〕，八角輝星虹〔一〇〕。三災蕩璿璣〔一一〕，蛟龍翼微躬〔一二〕。舉手謝天地，虚無齊始終〔一三〕。黄金滿高堂，答荷難克充〔一四〕。下笑世上士，沉魂北羅酆〔一五〕。昔日萬乘墳，今成一科蓬〔一六〕。贈言若可重，實此輕華嵩〔一七〕。

【注釋】

〔一〕《樂府詩集·相和歌辭·艷歌行》：「語卿且勿眄，水清石自見。」

〔二〕青童，即仙人，此謂蓋寰。

〔三〕懸河，《晉書·郭象傳》：「少有才理，好老莊，能清言。太尉王衍每云：『聽象語，如懸河瀉水，注而不竭。』」微言，《漢書·藝文志》：「昔仲尼没而微言絶。」顔師古注：「精微要妙之言耳。」二句言蓋寰論道之情形。

〔四〕二千石，謂平原郡太守。

〔五〕山東，華山以東。二句謂平原太守贈詩蓋寰，遂使其聲名大噪。

〔六〕北海仙，應指北海道士高如貴。參見下篇《奉餞高尊師如貴道士傳道籙畢歸北海》詩。

〔七〕蕊珠宫，仙名，此指道觀。《雲笈七籤》卷十一：「閑居蕊珠作七言。」梁丘子注：「蕊珠，上清境宫闕名也。」

〔八〕丹田，《雲笈七籤》卷十一：「横津三寸靈所居。」梁丘子注：「臍下三寸是丹田。」玉闕，《雲笈七籤》卷十一：「肺部之宫似華蓋，下有童子坐玉闕。」梁丘子注：「玉闕者，腎中白氣，上與肺連也。」二句謂學道有成，白日可凌空仙去。

〔九〕《雲笈七籤》卷九：「《太微黄書》八卷，素訣乃含於九天元母結文空胎。歷歲數劫，以成自然之章。太皇中歲，成《洞真金真玉光八景飛經》，元始天王名之《八景飛經》，廣生太真名之《八素上經》，青真小童名之爲《豁落七元》。」句言所寫道籙之内容。

〔一〇〕《隋書·經籍志》：「道經者……天地不壞，則藴而莫傳，劫運若開，其文自見。凡八字，盡道體之奥，謂之天書，字方一丈，八角垂芒，光輝照耀，驚心眩目，雖諸天仙，不能省視。」句言所寫道籙之字體。

〔一一〕王注：「《樓炭經》：天地有三災變：一者火災變，二者水災變，三者風災變。《法苑珠林》：二十小劫中間有小三災，次第輪轉：一疾疫災，二刀兵災，三饑饉災。劉昭《後漢書補》：璇璣者，謂北極星也。《晋書·天文志》：魁四星爲璇璣，杓三星爲玉衡。三災蕩璇璣，謂斗神覆護，三災不能爲害也。」

〔一二〕句謂蓋寰所造真籙將成爲自身之護翼。

〔一三〕始終，謂生死。《文選》王康琚《反招隱詩》：「與物齊終始。」李善注：「孫卿子曰：『生，人之始也；死，人之終也。』」二句謂得道之後，將飛離人世，超脱生死。

〔一四〕答荷，報答、感荷。二句極言所造真籙之珍貴。

〔一五〕羅酆，道教謂鬼王都城所在，在北方癸地，有山高二千六百里，周迴三萬里；下有洞天，周迴一萬五千里；山上洞中各有六宫，爲六天鬼神之宫室。見陶弘景《真誥·闡幽微》。

〔一六〕科蓬，亦作蓬科、蓬顆，土塊也，喻小冢。《漢書·賈山傳》：「曾不得蓬顆蔽冢而託葬焉。」服虔注：「謂塊璞作冢，喻小也。」晋灼注：「東北人名土塊爲蓬顆。」

〔一七〕華嵩，華山、嵩山。

贈饒陽張司户燧

自安陵西北行至饒陽作。饒陽，郡名，即深州，屬河北道，郡治陸澤縣，即今河北深縣。司户，司户參軍之省稱，州郡屬官。張燧，其人無考。

朝飲蒼梧泉，夕棲碧海烟〔一〕。寧知鸞鳳意？遠託椅桐前〔二〕。慕藺豈曩古，攀嵇是當年〔三〕。愧非黄石老，安識子房賢〔四〕？功業嗟落日，容華棄徂川。一語已道意，三山期著鞭〔五〕。蹉跎人間世，寥落壺中天〔六〕。獨見遊物祖〔七〕，探玄窮化先〔八〕。何當共携手，相與排冥筌〔九〕？

【注釋】

〔一〕蒼梧、碧海，分指《莊子·秋水》所謂南海、北海，即南方、北方。

〔二〕椅桐，即梧桐。《初學記》卷二十八：《詩》義疏曰：「梓實桐皮曰椅，今人云梧桐也。」《莊子·秋水》：「夫鵷雛（按，鸞鳳之屬）發於南海而飛於北海，非梧桐不止，非練實不食，非醴泉不飲。」以上四句以鸞鳳自喻，謂北遊至此，託身於張司户之所。

〔三〕慕藺，《史記·司馬相如列傳》：「相如既學，慕藺相如之爲人，更名相如。」攀嵇，《文選》顔延年《五君詠》：「交呂既鴻軒，攀嵇亦鳳舉。」二句以藺相如、嵇康喻張司户，致其欽慕之情。

〔四〕二句復以張子房喻張司户，謂其才智之非凡。張子房於圯上遇黄石公事，見開元二十六年《經下邳圯橋懷張子房》詩注。

〔五〕三山，海上三仙山。著鞭，揮鞭策馬。句謂己欲努力從事學道求仙。

〔六〕壺中天，用費長房故事，詳見天寶二年《贈盧徵君昆弟》詩注。

〔七〕物祖，萬物之祖。《莊子·山木》：「浮遊乎萬物之祖。物物而不物於物。」《文子》卷一：「虚無恬愉者，萬物之祖也。」

〔八〕天地之生成萬物曰化，化先即萬物生成之先。顔延年《應詔觀北湖田收詩》：「開冬眷徂物，殘悴盈化先。」

〔九〕排冥筌，《文選》江淹《雜體詩》：「一時排冥筌，泠然空中賞。」李善注：「筌，捕魚之器。言魚之在筌，猶人之處塵俗，今既排而去之，超在埃塵之外。」

【按】

詹鍈繫此詩於天寶十一載，謂「自邯鄲去幽州途中作」，恐誤。彼時白欲收奇勛於沙漠，所作諸詩情緒極昂揚，此詩則一派出世之情，二者迥别。白之遊踪涉河北道者，除天寶十一載赴幽州外，惟天寶三載冬訪道安陵之行。安陵西北百里許即深州，白訪道畢或曾往遊，因有此作。

奉餞高尊師如貴道士傳道籙畢歸北海

本年冬作於齊州(濟南郡,郡治歷城縣,即今濟南市)。北海,郡名,即青州,郡治益都縣,即今山東益都。李陽冰《草堂集序》:「天子知其不可留,乃賜金歸之。遂就從祖陳留採訪大使彦允,請北海高天師授道籙於齊州紫極宫,將東歸蓬萊,仍羽人,駕丹丘耳。」

道隱不可見〔一〕,靈書藏洞天〔二〕。吾師四萬劫〔三〕,歷世遞相傳。別杖留青竹〔四〕,行歌躡紫烟。離心無遠近,長在玉京懸〔五〕。

【注釋】

〔一〕王注:「《老子》:道隱無名。河上公注:道潛隱使人無能指名也。《莊子》:道不可聞,聞而非也。道不可見,見而非也。」

〔二〕靈書,《太平御覽》卷六七六引《後聖道君列記》:「刻以紫玉爲簡,青金爲文,龜母按筆,真童拂筵,玉童結編,名之曰《靈書》。」

〔三〕四萬劫,猶言四萬世,極言歷時之久。劫,佛教謂世界生成至毁滅之一周期。

〔四〕句用費長房事。長房嘗從一仙翁入深山,及辭歸,翁與一竹杖,曰:「騎此任所之,則自至矣。既至,可以杖投葛陂中也。」長房乘杖,須臾來歸,即以杖投陂,顧視則龍也。見《後漢書·費長房傳》。

〔五〕玉京，道家所謂天庭。

【集説】

王云：太白於齊州請高天師授道籙，故蓋寰爲之書造真籙也。

聞一多云：白至齊州於紫極宫從高天師受道籙，疑在歸兖以前，天寶三載秋冬之際。（《少陵先生年譜會箋》）

【按】

白請蓋寰爲造真籙，并請高天師授道籙，前後相接之事，其時約當本年冬。受道籙之法，據《隋書·經籍志》：「受者必先潔齋，然後齎金環一，并諸贄幣，以見於師。師受其贄，以籙授之，仍剖金環，各持其半，云以爲約。弟子得籙，緘而佩之。其潔齋之法，有黄籙、玉籙、金籙、塗炭等齋。爲壇三成，每成皆置綿蕝，以爲限域。傍各開門，皆有法象。齋者亦有人數之限，以次入於綿蕝之中，魚貫面縛，陳説愆咎，告白神祇，晝夜不息，或一二七日而止。其齋數之外有人者，并在綿蕝之外，謂之齋客，但拜謝而已，不面縛焉。」面縛者，繫頸、縛首也。

草創大還贈柳官迪

本年入道籍後鍊丹之作。大還，道家金丹名。柳官迪，事跡不詳。

天地爲橐籥〔一〕，周流行太易〔二〕。造化合元符〔三〕，交媾騰精魄〔四〕。自然成妙用，孰知其指的〔五〕？羅絡四季間，綿微無一隙。日月更出没，雙光豈雲隻〔六〕？姹女乘河車，黄金充轅軛〔七〕。執樞相管轄，摧伏傷羽翮。朱鳥張炎威，白虎守本宅。相煎成苦老，消爍凝津液〔八〕。髣髴明窗塵，死灰同至寂。擣冶入赤色，十二周律曆。赫然稱大還，與道本無隔〔九〕。白日可撫弄，清都在咫尺〔一〇〕。北酆落死名〔一一〕，南斗上生籍〔一二〕。抑予是何者〔一三〕？身在方士格〔一四〕。才術信縱横，世途自輕擲。吾求仙棄俗，君曉損勝益。不向金闕遊，思爲玉皇客〔一五〕。鸞車速風電，龍騎無鞭策〔一六〕。一舉上九天，相携同所適。

【注釋】

〔一〕見本年《送于十八應四子舉落第還嵩山》詩注。

〔二〕周流，謂陰陽之氣周轉流行。《易·繫辭》：「變動不居，周流六虚。」太易，指原始混沌狀態，其時天地萬物尚未生成。《列子·天瑞》：「夫有形者生於無形，則天地安從生。故曰有太易，有太初，有太始，有太素。太易者，未見氣也。」張湛注：「易者，不窮滯之稱，凝寂於太虚之域，將何所見耶？如《易·繫》之太極，老氏之渾成也。」

〔三〕《文選》陸倕《新刻漏銘》：「入神之制，與造化合符。」吕延濟注：「造化，謂陰陽也。符，同也。」

〔四〕交媾，謂陰陽二氣交相感應。精魄，陰陽精靈之氣。陳子昂《感遇》：「精魄相交媾，天壤以羅生。」

〔五〕《周易參同契》卷下：「自然之所爲兮，非有邪僞道。……惟斯之妙術兮，審諦不誑語。」二句謂自然變化之妙，其目的本不可測。

〔六〕《周易參同契》卷上：「坎戊月精，離己日光。日月爲易，剛柔相當。土王四季，羅絡始終。……天地構其精，日月相撣持。……蟾蜍與兔魄，日月氣雙明。」四句由此化出，謂四時運行，日月出没，皆自然之所爲。

〔七〕姹女，道教神仙家用以指汞；河車，指鉛。二者皆鍊丹用料，黄金亦然。上句謂鉛汞化合，下句謂黄金如駕車之轅軛，促之成丹也。

〔八〕《周易參同契》卷下：「升熬於甑山兮，炎火張設下。白虎唱導前兮，蒼液和於後。朱雀翱翔戲兮，飛揚色五彩。遭遇羅網施兮，厭止不得舉。嗷嗷聲甚悲兮，嬰兒之慕母。顛倒就湯鑊兮，摧折傷毛羽。」六句本此，言鍊丹之事。楊注：「朱鳥屬火，爲心；白虎屬金，爲肺。津液者，華池神水也。」蕭注：「老者，鍊丹火候之老嫩，悉鉛汞相制伏之道耳。」

〔九〕《周易參同契》卷上：「歲月將欲訖，毁性傷壽年。形體爲灰土，狀若明窗塵。擣冶并合之，馳入赤色門。固塞其際會，務令致完堅。炎火張於下，晝夜聲正勤。始文使可修，終竟武乃陳。候視加謹慎，審察調寒温。周旋十二節，節盡更親觀。氣索命將絶，休死亡魄魂。色轉更爲紫，赫然成還丹。」六句本此，亦言鍊丹事。明窗塵，言丹藥之狀，氤氲閃爍，如明窗空隙中日光映射之飛塵。成大還，即鍊成還丹。《廣弘明集》卷九：「燒丹成水銀，還水銀成丹，故曰還丹。」《抱朴子·金丹》：「還丹，服一刀圭，百日仙也。」

〔一〇〕清都，天帝居處。《列子·周穆王》：「王實以爲清都紫微，鈞天廣樂，帝之所居。」

〔一一〕北酆，見本年《訪道安陵遇蓋寰爲予造真籙臨别留贈》詩注。

〔一二〕《搜神記》卷三：「南斗主生，北斗主死。」

〔一三〕抑予，咸本作伊人，注云：「一作柳子。」

〔一四〕方士，通曉方術之人，猶道士。

〔一五〕玉皇，道教至尊之神。《太平廣記》卷一引《仙傳拾遺》：「木公……亦號玉皇君……真僚仙官，巨億萬計，各有所職，皆禀其命，而朝奉翼衛。故男女得道者，名籍所隸焉。」二句明出世之志。

〔一六〕鸞車、龍騎，俱仙人所乘。

對雪奉餞任城六父秩滿歸京

本年冬歸東魯後，客遊任城時作。任城，縣名，屬河南道兖州（魯郡），即今山東濟寧市。六父，名字不詳。

龍虎謝鞭策，鵷鸞不司晨〔一〕。君看海上鶴，何似籠中鶉？獨用天地心，浮雲乃吾身。雖將簪組狎，若與烟霞親〔二〕。季父有英風，白眉超常倫〔三〕。一官即夢寐，脱屣歸西秦〔四〕。竇公敞華筵〔五〕，墨客盡來臻。燕歌落胡雁，郢曲迴陽春〔六〕。征馬百度嘶，遊車動行塵。躊躊未忍去，戀此四座人。餞離駐高駕，惜别空殷懃。何時竹林下，更與步兵鄰〔七〕？

【注釋】

〔一〕鵷鸞，鳳之屬。《藝文類聚》卷九十引《决録注》：「凡象鳳者有五：多赤色者鳳，多青色者鸞，多黄色者鵷鶵。」王注：「《抱朴子》：『麟不吠守，鳳不司晨。』」瞿、朱注：「《抱朴子·博喻篇》：『四靈翳逸而爲隆平之符，幽人嘉遁而爲有國之寶。何必司晨而銜鑣羈紲於憂責哉？』」按：詩意本此。」今按，二句謂已去朝。

〔二〕若，尚也。

〔三〕白眉，《三國志·蜀書·馬良傳》：「馬良字季常，襄陽宜城人也。兄弟五人，并有才名，鄉里爲之諺曰：『馬氏五常，白眉最良。』良眉中有白毛，故以稱之。」二句以馬良擬六父。

〔四〕脱屣，輕易棄官之謂。《孟子·盡心》：「舜視棄天下猶棄敝屣也。」屣，無跟之鞋，或曰草鞋。

〔五〕竇公，似即天寶五載所作《魯郡堯祠送竇明府薄華還西京》詩題中之竇薄華。

〔六〕燕歌、郢曲，分言南北之樂。王注：「落胡雁，謂其聲之精妙，能令飛鳥感之而下集；迴陽春，謂其音之美善，能令陽氣應之而潛動。」

〔七〕步兵，謂阮籍。籍嘗爲步兵校尉，世稱阮步兵。其兄子阮咸，「任達不拘，與叔父籍爲竹林之遊，當世禮法者譏其所爲」。見《晉書·阮籍傳》。此以步兵擬其六父，而以阮咸自謂也。

贈任城盧主簿潛

與上篇先後之作。主簿，縣令之佐，位在丞之下、尉之上。

海鳥知天風，竄身魯門東。臨觴不能飲，矯翼思凌空。鐘鼓不爲樂，烟霜誰與同〔一〕？歸飛未忍去，流淚謝鴛鴻〔二〕。

【注釋】

〔一〕《莊子·至樂》：「昔者海鳥止於魯郊，魯侯御而觴之於廟，奏九韶以爲樂，具太牢以爲膳。鳥乃眩視憂悲，不敢食一臠，不敢飲一杯，三日而死。」六句用此事，謂雖受盧主簿款待，仍有離去之意。

〔二〕鴛鴻，指縣中諸公。許渾《春早郡樓書事寄呈府中群公》：「鴛鴻幕裏蓮披檻，虎豹營中柳拂牆。」

懷仙歌

此詩出世之念甚濃，似去朝之後作。

一鶴東飛過滄海〔一〕，放心散漫知何在？仙人浩歌望我來，應攀玉樹長相待〔二〕。堯舜之事不足驚，自餘囂囂直可輕〔三〕。巨鼇莫載三山去，我欲蓬萊頂上行〔四〕。

【注釋】

〔一〕鶴，白自喻。《海内十洲記》：「滄海島，在北海中，地方三千里，去岸二十一萬里，海四面繞島，各廣二千里。水皆蒼色，仙人謂之滄海也。」

〔二〕玉樹，生於仙境。《淮南子·地形》：「崑崙虚中有增城九重，上有木禾，珠樹、玉樹、琁樹、不死樹在其西。」

〔三〕自餘，猶其餘。《孟子·盡心》：「人知之，亦囂囂；人不知，亦囂囂。」趙岐注：「囂囂，自得無欲之貌。」二句謂堯舜之事尚且不足爲奇，則其餘世間事更不足道矣。

〔四〕三山，海上三神山，曰方壺、瀛洲、蓬萊。《列子·湯問》：「渤海之東，不知幾億萬里，有大壑焉。……其中有五山焉，一曰岱輿，二曰員嶠，三曰方壺，四曰瀛洲，五曰蓬萊。……所居之人皆仙聖之種。……而五山之根無所連著，常隨潮波上下往還，不得暫峙焉。仙聖毒之，訴之於帝，帝恐流於西極，失群聖之足，乃命禺彊使巨鼇十五舉首而戴之，迭爲三番，六萬歲一交焉。五山始峙。而龍伯之國有大人……一釣而連六鼇……於是岱輿、員嶠二山流於北極，沈於大海。」

昔我遊齊都　古風其二十

詩寫决意出世而又有難言之隱，似作於去朝未久之時。《才調集》録「泣與親友别」以下八句爲一首。兩宋本、繆本、咸本俱自「欣然願相從」以上斷爲一首，「泣與親友別」以下八句别爲一首，「在世復幾時」以下又别爲一首。

昔我遊齊都〔一〕，登華不注峰。兹山何峻秀，緑翠如芙蓉〔二〕。蕭颯古仙人，了知是赤松〔三〕。借予一白鹿〔四〕，自挾兩青龍。含笑凌倒景〔五〕，欣然願相從。泣與親友別，欲語再三咽〔六〕。勗君青松心，努力保霜雪。世路多險艱，白日欺紅顔。分手各千里，去去何時還？在世復幾時？倏如飄風度〔七〕。空聞紫金經〔八〕，白首愁相誤。撫己忽自笑，沉吟爲誰故。名利徒煎熬，安得閑餘步〔九〕？終留赤玉舄，東上蓬萊路。秦帝如我求，蒼蒼但烟霧〔一〇〕。

【注釋】

〔一〕齊都，《元和郡縣志》河南道青州（北海郡）：「臨淄縣，古營丘之地，吕望所封，齊之都也。」地在今山東淄博市。

〔二〕王注：「《山東通志》：華不注山在濟南府城東北十五里。不字即柎字，如詩『棠棣之華，鄂不韡韡』之『不』，花之蒂也。喻此山孤秀，如華柎之注於水者然。」三句所寫山勢同此。

〔三〕赤松，即赤松子。見本年《題雍丘崔明府丹竈》詩注。

〔四〕白鹿，遊仙者所乘，參見天寶元年《遊泰山》詩注。

〔五〕凌倒景，謂升天。《漢書·司馬相如傳》：「貫列缺之倒景兮。」服虔注：「人在天上，下向視日月，故景倒在下也。」景，同影。

〔六〕咽，音葉。嗚咽，暗泣也。

〔七〕飄風，《詩·小雅·何人斯》：「其爲飄風。」毛傳：「飄風，暴起之風。」鄭箋：「疾風也。」

〔八〕王注：「紫金經，鍊丹之書也。」

〔九〕《文選》沈約《宿東園》：「聊可閑餘步。」李善注：「《七啟》曰：『雍容閑步。』」張銑注：「閑，緩也。」

〔一〇〕四句用安期生事。《列仙傳》卷上：「安期生者，琅琊阜鄉人也。賣藥於東海邊，時人皆言千歲翁。秦始皇東遊請見，與語三日三夜，賜金璧，度數千萬。出於阜鄉亭，皆置去，留書以赤玉舃一緉爲報，曰：『後十年，求我於蓬萊山。』始皇即遣使者徐市、盧生等數百人入海。未至蓬萊山，輒逢風波而還，立祠阜鄉亭海邊十數處云。」末二句似以「秦帝」代指時君。

【集説】

王云：此詩古本「昔我遊齊都」以下五韻作一首，「泣與親友別」以下四韻作一首，「在世復幾時」以下六韻作一首。蕭本合作一首而解之曰：此遊仙詩，意分三節。第一節謂從仙人以遠遊，第二節謂別親友而嗚咽，第三節是泣別之際，忽翻然自悟而笑曰：沉吟泣別者爲誰故哉！在世幾時，不過爲名利煎熬耳。於己分上事，初何所益？於是決意遠遊，終當高舉，但留遺跡於人間，雖帝王求之且不可得，豈更復爲親友之戀哉？琦按：中節語意與上下全不相類。當棄世遠遊，何事猶作兒女子態與親友泣别，至於欲語再三咽耶？韋縠《才調集》只選中四韻作一首，而前後不録，是知古本似未失真。蕭本未免誤合。但首章語意似未完，或有缺文未可知。朱子謂太白詩多爲人所亂，有一篇分爲三篇者，有二篇合爲一篇者，豈指此章而言耶？今姑仍蕭本，俟識者再爲定之。

詹鍈云：按《才調集》將此詩分爲二首，與胡本同，未嘗只選中四韻作一首，王氏之言不知何據。《唐宋詩醇》曰：「此詩或作兩篇，今合而觀之，上憶昔日之遊，下决今日之去，意正相屬。『泣與親友别』八句，既將别矣，復自疑焉。故下云：『撫己忽自笑，沉吟爲誰故？』然後决然欲往，東上蓬萊。蓋倦遊之餘，聊以寄意。范傳正所云，非慕其輕舉，將不可求之事求之，欲耗壯心，遣餘年者也。」按《唐宋詩醇》所解較是，蕭氏合成一首，不爲無見。

十五遊神仙 感興其五

十五遊神仙，仙遊未曾歇。吹笙吟松風，汎瑟窺海月〔一〕。西山玉童子〔二〕，使我鍊金骨〔三〕。欲逐黄鶴飛，相呼向蓬闕〔四〕。

【注釋】

〔一〕《文選》江淹《雜體詩》：「汎瑟卧遥帷。」張銑注：「汎瑟，撫瑟也。」

〔二〕曹丕《折楊柳行》：「西山一何高，高高殊無極。上有兩仙童，不飲亦不食。」

〔三〕王注：「《靈寶經》：鍊骨成金。」

〔四〕蓬闕，蓬萊仙闕。

【按】

詩言遊仙之夙志，其旨略同上篇，因繫一處。

送方士趙叟之東平

方士，道家方術之士。趙叟，名字不詳。東平，郡名，即鄆州，郡治東平縣，即今山東東平縣。

長桑晚洞視，五藏無全牛〔一〕。趙叟得秘訣，還從方士遊。西過獲麟臺，爲我弔孔丘〔二〕。念别復懷古，潸然空泪流。

【注釋】

〔一〕長桑，長桑君。五藏，猶五臟。《史記·扁鵲列傳》：「扁鵲者，勃海郡鄭人也，姓秦氏，名越人。少時爲人舍長，舍客長桑君過，扁鵲獨奇之，常謹遇之。長桑君亦知扁鵲非常人也。出入十餘年，乃呼扁鵲私坐，間與語曰：『我有禁方，年老，欲傳與公，公毋泄。』扁鵲曰：『敬諾。』乃出懷中藥予扁鵲：『飲是以上池之水，三十日當知物矣。』乃悉取其禁方書盡與扁鵲，忽然不見，殆非人也。扁鵲以其言飲藥三十日，視見垣一方人。以此視病，盡見五藏癥結。」全牛，《莊子·

養生主》：「庖丁曰：『始臣解牛之時，所見無非牛者。三年之後，未嘗見全牛也。方今之時，臣以神遇，而不以目視。』」二句言趙叟道術之高妙。

〔三〕《左傳》哀公十四年：「西狩於大野，叔孫氏之車子鉏商獲麟，以爲不祥，以賜虞人。仲尼觀之曰：『麟也。』然後取之。」獲麟臺，亦稱獲麟堆。《元和郡縣志》河南道鄆州鉅野縣：「獲麟堆，在縣東十二里。」

【按】

鄆州（東平郡），與兖州（魯郡）毗鄰，在其西，詩曰「西過獲麟臺」，則送人之地宜在魯郡。其弔孔丘，或亦自傷功業未成，因繫此詩於本年。

李白全集編年箋注卷七　編年詩第七

天寶四載（七四五年）　李白四十五歲

携妓登梁王棲霞山孟氏桃園中

本年春作於單父。《一統志·曹州府》：「棲霞山，在單縣東五里。……相傳梁孝王曾遊。」單縣在唐爲單父縣，屬河南道宋州（睢陽郡），今爲山東單縣。

碧草已滿地，柳與梅争春。謝公自有東山妓〔一〕，金屏笑坐如花人。今日非昨日，明日還復來。白髮對緑酒，强歌心已摧。君不見梁王池上月，昔照梁王樽酒中。梁王已去明月在，黄鸝愁醉啼春風。分明感激眼前事〔二〕，莫惜醉卧桃園東。

【注釋】

〔一〕謝公，謝安。《晉書·謝安傳》：「安雖放情丘壑，然每遊賞，必以妓女從。」《世説·識鑒》：「謝公在東山畜妓。」

〔二〕分明，猶言應須。蘇頲《景龍觀送裴士曹》：「君還洛邑分明記，此處同來閲歲華。」

留别西河劉少府

西河，古地名，唐時爲汾州（西河郡）。劉少府爲東魯縣尉，西河是其郡望。留别之地亦在東魯，時當本年春。

秋髮已種種〔一〕，所爲竟無成。閑傾魯壺酒，笑對劉公榮〔二〕。謂我是方朔，人間落歲星〔三〕。白衣千萬乘，何事去天庭？君亦不得意，高歌羨鴻冥〔四〕。世人若醯鷄〔五〕，安可識梅生〔六〕？雖爲刀筆吏〔七〕，緬懷在赤城〔八〕。余亦如流萍，隨波樂休明。自有兩少妾，雙騎駿馬行。東山春酒緑，歸隱謝浮名。

【注釋】

〔一〕種種，《左傳》昭公三年：「余髮如此種種，余奚能爲？」杜預注：「種種，短也。」此言稀少。

〔二〕劉公榮，名昶，晉人，爲人通達，仕至兖州刺史。與人飲酒，雜穢非類，人或譏之。答曰：「勝公榮者不可不與飲；不如公榮者，亦不可不與飲；是公榮輩者，又不可不與飲。」故終日共飲而醉。見《世説·任誕》。此借指劉少府。

〔三〕東方朔，漢武帝文學侍臣，以詼諧滑稽著名，後人傳其異聞甚多，方士附會以其爲歲星之精。見《漢書·東方朔傳》及《列仙傳》卷下。

〔四〕鴻冥，鴻飛於冥，脱身世網之意。揚雄《法言·問明》：「治則見，亂則隱。鴻飛冥冥，弋人何篡焉？」

〔五〕醯鷄，《莊子·田子方》：「丘之於道也，其猶醯鷄歟？」郭象注：「醯鷄者，甕中之蠛蠓。」醯，音西。

〔六〕梅生，謂梅福。見開元六年《贈江油尉》詩注。

〔七〕刀筆吏，主辦文案之官吏。《史記·汲黯列傳》：「天下謂刀筆吏不可以爲公卿。」

〔八〕赤城，道教傳説中之仙山。《初學記》卷八《登真隱訣》：「赤城山下有丹洞，在三十六洞天數，其山足丹。」

【集説】

詹鍈云：《王譜》繫此詩於天寶三載下，謂是三載以後之十年中所作，并注云：太白在開元時嘗遊晉矣，於《太原南栅餞飲》一序見之。天寶改元以後，復遊晉地，於《留別西河劉少府》一詩見之。所謂「秋髮已種種，所爲竟無成」，知非壯年時語。又有：「謂我是方朔，人間落歲星。白衣千萬乘，何事去天庭？」是不得於朝而去後之作也。按太白於天寶中遊晉，史無明文，以《贈江夏韋太守良宰》詩度之，當在是時。曾子固次此首於《魏郡別蘇明府西北遊》詩之後，良是。

瞿、朱云：此詩不見與汾州有關一語，而西河縣據《新書·地理志》亦云肅宗上元元年更名（云肅宗者，辨明非高宗之上元也）。則西河二字已有可疑。王氏遽據此而云天寶改元後遊晉地，殊未可信。詹氏又引《贈江夏韋太守》詩，度其在此時，然彼詩亦未有涉於遊晉之語也。又李之蹤跡恒在魯之中都，東阿爲其鄰縣，西河或爲東阿之訛，亦未可知。且依唐時習慣，西河劉少府者，謂其人注官得西河尉，未必即已赴官西河也。

【按】

王琦以此詩爲李白天寶中復遊晉地之作，詹鍈因之以繫天寶十二載，誠如瞿、朱所云「殊未可信」。然瞿、朱疑題中「西河」二字爲「東阿」之誤，亦無據。西河縣名，雖自肅宗上元元年始有之，開、天中固爲隰城，然隰城乃古西河之地，素有盛名。孔子卒後，子夏居西河，魏文侯師事之；文侯又以吴起爲西河守，以拒秦。見《史記·仲尼弟子列傳》及《吴起列傳》。詩中西河，蓋謂劉之郡望也。楊惲《報孫會宗書》云：「夫西河，魏土，文侯所興，有段干木、田子方之遺風，凛然有節概，知去就之分。」詩題中地名不用隰城，而用西河，有稱美之意，當時風尚如此。然則李白與劉少府留别之地，亦即作詩之地，非必在汾州（西河郡）之隰城縣也。詩有句云：「閑傾魯壺酒，笑對劉公榮。」既飲魯地之酒，則二人相會之地當在魯中，劉少府應爲魯地官員，詩以劉公榮擬之極切。又據詩中「謂我是方朔」諸句，其時白或去朝未久。本年春，白有《携妓登梁王棲霞山孟氏桃園中》詩，詩有句云：「謝公自有東山妓，金屏笑坐如花人。」與本詩「自有兩少妾，雙騎駿馬行」二句頗類，則此詩宜爲本年春遊兖州、單父等地時所作。

大庭庫

大庭庫，東魯古蹟，在兖州（魯郡）曲阜縣城内高處。詳見注〔二〕。懷古感時之作。

朝登大庭庫，雲物何蒼然〔一〕。莫辨陳鄭火，空霾鄒魯烟。我來尋梓慎，觀化入寥天〔二〕。古木翔氣多，松風如五絃。帝圖終冥没〔三〕，嘆息滿山川。

【注釋】

〔一〕雲物，《左傳》僖公五年：「凡分至啟閉，必書雲物。」杜預注：「雲物，氣色災變也。」

〔二〕梓慎，春秋時魯大夫，善觀時變。《左傳》昭公十八年：「宋、衛、陳、鄭皆火。梓慎登大庭氏之庫以望之，曰：『宋、衛、陳、鄭也。』數日皆來告火。」杜預注：「大庭氏，古國名，在魯城内，魯於其處作庫，高顯，故登以望氣，參近占以審前年之言。」孔穎達疏：「炎帝號神農氏，一曰大庭氏。……梓慎往年言其將火，今更望氣，參驗近占，以審己前年之言信也。」四句謂己效梓慎而登大庭庫望氣以觀時變也。

〔三〕帝圖，猶言帝業。

東魯門泛舟二首

繆本、咸本俱作魯東門。魯，魯郡，即兖州，治所瑕丘縣，即今山東兖州縣。泗水流經瑕丘城東，詩言泛舟，泛於泗水也。

日落沙明天倒開，波摇石動水縈迴。輕舟泛月尋溪轉，疑是山陰雪後來〔一〕。

【注釋】

〔一〕句用王子猷雪夜訪戴故事，見本年《陪從祖濟南太守泛鵲山湖》詩注。山陰雪，擬月色之皎潔。

其　二

水作青龍盤石隄〔一〕，桃花夾岸魯門西。若教月下乘舟去，何啻風流到剡溪〔二〕？

【注釋】

〔一〕石隄，即金口堰，今猶存。《一統志·兖州府》：「金口堰，在滋陽縣東五里。……隋時薛胄於泗沂之交積石爲堰。」清之滋陽即唐之瑕丘。

〔二〕此句仍用王子猷訪戴事。

【按】

杜甫《贈李十二白二十韻》詩有句：「醉舞梁園夜，行歌泗水春。」上句言天寶三載同遊梁宋事，下句言本年春同遊東魯事。白詩其二曰「桃花夾岸」，知時令在春，泛舟之地又在泗水，時、地均與杜詩相合，詩或與杜甫同遊時作歟？

陪從祖濟南太守泛鵲山湖三首

本年春夏間遊齊州（臨淄郡）作，參見下篇按語。據兩《唐書·地理志》，齊州，漢濟南郡，天寶元年改爲臨淄郡，五載改爲濟南郡。題用古稱。治歷城，即今山東濟南市。《一統志·濟南府》：「鵲山湖，在歷城縣北二十里。」

初謂鵲山近〔一〕，寧知湖水遥？此行殊訪戴，自可緩歸橈〔二〕。

【注釋】

〔一〕《一統志·濟南府》：「鵲山，在歷城縣北二十里濼口鎮，亦名䧿山。」

〔二〕《世説·任誕》：「王子猷居山陰，夜大雪，眠覺開室，命酌酒，四望皎然，因起彷徨，詠左思招隱詩，忽憶戴安道。時戴在剡，即便夜乘小船就之。經宿方至，造門不前而返。人問其故，王曰：『吾本乘興而行，興盡而返，何必見戴。』」二句意謂：此行不同於訪戴，湖水雖遥而遊興無盡也。

其二

湖闊數十里，湖光摇碧山。湖西正有月，獨送李膺還〔一〕。

【注釋】

〔一〕李膺，東漢名士。《後漢書·郭太傳》：「郭太字林宗……遊於洛陽，始見河南尹李膺，膺大奇之，遂相友善，於是名震京師。後歸鄉里，衣冠諸儒送至河上，車數千兩。林宗唯與李膺同舟而濟，衆賓望之，以爲神仙焉。」詩以李膺喻其從祖濟南太守，隱以郭太自喻。

其　三

水入北湖去，舟從南浦回。遥看鵲山轉，卻似送人來。

東海有勇婦

本年夏於濟南會見北海太守李邕時作。王本題下注云：「原注：代《關中有貞女》。」東海有勇婦，《樂府詩集》以之入《舞曲歌辭》，《題解》曰：「魏鞞舞五曲。李白作此篇以代《關中有賢女》。」王注：「《關中有貞女》當是《關東有賢女》之訛。」

梁山感杞妻，慟哭爲之傾〔一〕。金石忽暫開，都由激深情〔二〕。東海有勇婦，何慚蘇子卿〔三〕？學劍越處子〔四〕，超騰若流星。捐軀報夫讎，萬死不顧生。白刃耀素雪，蒼天感精誠。十步兩躩躍，三呼一交兵。斬首掉國門，蹴踏五藏行〔五〕。豁此伉儷憤，粲然大義明〔六〕。北海李使君〔七〕，飛章奏天庭。捨罪警風俗，流芳播滄瀛〔八〕。名在列女籍，竹帛已光榮。淳于免詔獄，漢主爲緹縈〔九〕。津妾一棹歌，脱父於嚴刑〔一〇〕。十子若不肖，不如一女英。豫讓斬空衣，有心竟無成〔一一〕。要離殺慶忌，壯夫所素輕。妻子亦何辜，焚之買虚聲〔一二〕。豈如東海婦，事立獨揚名。

【注釋】

〔一〕曹植《精微篇》：「杞妻哭死夫，梁山爲之傾。」二句當本此。又《列女傳·貞順傳》：「齊杞梁殖之妻也。莊公襲莒，殖戰而死……無子，内外皆無五屬之親。既無所歸，乃枕其夫之尸於城下而哭之。内誠動人，道路過者莫不爲之揮涕。十日，而城爲之崩。」

〔二〕《後漢書·廣陵思王荆傳》：「精誠所加，金石爲開。」

〔三〕王注：「蘇子卿無報讎殺人事，以此相擬，殊非倫類。按曹植《精微篇》：『關東有賢女，自字蘇來卿。壯年報父仇，身没垂功名。』是知蘇子卿乃蘇來卿之誤也。」

〔四〕越處子，古時，越有處女善劍。見開元二十年《結客少年場行》詩注。

〔五〕五藏，即五臟。

〔六〕豁，排除。古以君臣、父子、兄弟、夫婦、朋友之間關係爲五倫，中有大義存焉，如捐軀報夫讎即是一例。

〔七〕北海，郡名，即青州，在今山東北部。李使君，即李邕，時爲北海太守。

〔八〕王注：「滄瀛，謂東方海隅之地。」又，滄州，景城郡；瀛州，河間郡。與青州北海郡相鄰近，似謂其聲名播於旁郡也。」

〔九〕齊太倉令淳于公有罪當刑，逮繫長安。淳于公無男，有五女，當行，駡其女曰：「生子不生男，緩急非有益。」其少女緹縈，自傷悲泣，乃隨其父至長安，上書曰：「妾父爲吏，齊中皆稱其廉平，今坐法當刑。妾傷夫死者不可復生，刑者不可復屬，雖後欲改過自新，其道亡繇也。妾願没入爲官婢，以贖父刑罪，使得自新。」書奏天子，天子憐悲其意，遂下令除肉刑。見《漢書·刑法志》。

〔一〇〕《列女傳·辯通傳》：「趙津女娟者，趙河津吏之女，趙簡子之夫人也。簡子南擊楚，與津吏期。簡子至，津吏醉不能渡。簡子欲殺之……娟曰：『妾父聞主君東渡不測之水，恐風波之起，水神動駭，故禱祠九江三淮之神，供具備禮，御釐受福，不勝巫祝杯酌餘瀝，醉至於此。君欲殺之，妾願以鄙軀易父之死。』簡子曰：『非女子之罪也。』娟曰：『主君欲因其醉而殺之，妾恐其身之不知痛而心不知罪也。若不知罪殺之，是殺不辜也。願醒而殺之，使知其罪。』簡子曰：『善。』遂釋不誅。簡子將渡，用楫者少一人，娟攘卷摻楫而請。……中流爲簡子發《河激》之歌，其詞曰：『升彼阿兮面觀清，水揚波兮杳冥冥。禱求福兮醉不醒，誅將加兮妾心驚。罰既釋兮瀆乃清，妾持楫兮操其維，蛟龍助兮主將歸，呼來櫂兮行勿疑。』簡子大悦……以爲夫人。」

〔一一〕豫讓，戰國時人。始事范中行氏，不悦而就智伯，智伯寵之。及三晉分智氏，趙襄子最怨智伯，而將其頭爲飲器。豫讓欲報智氏之仇，乃變姓名爲刑人，入宫塗厠，欲以刺襄子，不果。襄子以其爲義士而釋之。豫讓又漆身爲厲，滅鬚去眉，自刑以變其容，又吞炭爲啞變其音。伺襄子出，豫讓伏所當過橋下，襄子馬驚，又得讓。讓曰：「今日之事，臣故伏誅，然願請君之衣而擊之，雖死不恨。」襄子義之，乃使使者持衣與豫讓，豫讓拔劍三躍，呼天擊之，曰：「而可以報智伯矣。」遂伏劍而死。見《戰國策·趙策》。

〔三〕要離，春秋時人，吴王闔閭既殺吴王僚，又虞僚之子慶忌在鄰國，要離請往殺之，乃詐以負罪出奔，使吴王焚其妻子於市。慶忌信要離，與共之吴。渡江於中流，要離順風而刺慶忌，慶忌三捽其頭於水中，乃加於膝上，曰：「嘻嘻哉，天下之勇士也，乃敢加兵刃於我。」左右欲殺之，慶忌以其爲勇士而釋之。慶忌死，要離自省其非仁、非義、非勇，遂投身於江，不死。復自斷手足，伏劍而死。見《吴越春秋·闔閭内傳》。

【集説】

胡云：勇婦者似即白同時人。

查慎行云：《東海有勇婦》，爲夫報仇，必實有其事，而注家不詳。（《初白詩評》）

宋長白云：太白《東海有勇婦》篇似目擊其事而賦之者，豈李使君即泰和邕邪？（《柳亭詩話》）

【按】

《舊唐書·李邕傳》：「天寶初，爲汲郡、北海二太守。……五載，奸賊事發。……就郡決殺之。」知天寶四載邕在北海太守任上。杜甫是年夏作有《陪李北海宴歷下亭》、《同李太守登歷下古城員外新亭》二詩（據仇兆鰲《杜詩詳注》），高適亦有《奉酬北海李太守丈人夏日平陰亭》詩（據周勛初《高適年譜》），李邕則有《登歷下古城員外孫新亭》詩，知其時李邕來至濟南，杜甫、高適嘗從遊。揆以情理，李白宜在同遊之列。今集中雖無紀遊之作，然觀此詩中「北海李使君，飛章奏天庭。捨罪警風俗，流芳播滄瀛」數句，頌德之意甚明，故可斷其爲本年夏於濟南會李邕時作。

尋魯城北范居士失道落蒼耳中見范置酒摘蒼耳作

本年秋與杜甫同遊於東魯時作。王注：「《居易録》：『魯城北有范氏莊，即太白訪范居士失道落蒼耳中者。』杜甫有《與李十二白同尋范十隱居》詩。……其實如鼠耳而蒼色，上多刺，好著人衣，今人通謂之蒼耳。」

雁度秋色遠，日静無雲時。客心不自得，浩漫將何之？忽憶范野人，閑園養幽姿。茫然起逸興，但恐行來遲。城壕失往路，馬首迷荒陂。不惜翠雲裘，遂爲蒼耳欺。入門且一笑，把臂君爲誰？酒客愛秋蔬，山盤薦霜黎。他筵不下箸，此席忘朝飢。酸棗垂北郭〔一〕，寒瓜蔓東籬。還傾四五酌，自詠猛虎詞〔二〕。近作十日歡〔三〕，遠爲千載期。風流自簸蕩，謔浪偏相宜。酣來上馬去，卻笑高陽池〔四〕。

【注釋】

〔一〕酸棗，《本草綱目》卷三十六：「《别録》曰：酸棗生河東川澤，八月採實。」

〔二〕《樂府詩集·相和歌辭》有《猛虎行》，古辭曰「饑不從猛虎食」云云。

〔三〕十日歡，《史記·范雎列傳》：「秦昭王……詳爲好書遺平原君曰：『寡人聞君之高義，願與君爲布衣之友，君幸過寡人，寡人願與君爲十日之飲。』」

〔四〕高陽池，酒池名，詳見開元二十一年《襄陽曲》注。

【集説】

詹鍈云：《少陵先生年譜會箋》於天寶四載下云：在兖州時白嘗携公同訪范十隱居，公有詩曰「落景聞寒杵」，白集亦有尋范詩曰「雁度秋色遠」，二詩所紀時序正同。又公詩曰：「更想幽期處，還尋北郭生。」白詩曰：「忽憶范野人，閑園養幽姿。茫然起逸興，但恐行來遲。」公詩曰：「入門高興發」，白詩曰：「入門且一笑。」公詩曰：「不願論簪笏，悠悠滄海情。」白詩曰：「遠爲滄海期，風流自簸蕩。」辭意亦相髣髴，當是同時所作。

瞿、朱云：卷十七有《送范山人歸太山》詩（按，即下篇），蓋范本居泰山，常往來城郊與山中也。

送范山人歸太山

范山人，當即上篇之范居士。

魯客抱白鷴〔一〕，别余往太山。初行若片雪，杳在青崖間。高高至天門，日觀近可攀〔二〕。雲生望不及，此去何時還？

【注釋】

〔一〕鷴，王本作鶴，據兩宋本改。《抱朴子·仙藥》：「欲求芝草，入名山……帶靈寶符，牽白犬，抱白鷴，以白鹽一斗及開山符檄著大石上，執吴唐草一把以入山，山神喜，必得芝也。」王注：「《續博物志》：『陶隱居曰：學道之士，居山宜養白鷴、白犬，可以辟邪。』」

〔二〕日觀，泰山峰名。

魯郡東石門送杜二甫

本年秋送别杜甫作。魯郡東石門，即魯郡治城瑕丘東之石門，亦即洙水石門，在城東七里洙水之上。《水經注·洙水》：「（洙水）又南逕瑕丘城東而南，入石門。古結石爲水門，跨於水上也。」王注謂爲曲阜縣東北之石門山，誤。

醉别復幾日，登臨徧池臺。何時石門路，重有金樽開？秋波落泗水〔一〕，海色明徂徠〔二〕。飛蓬各自遠，且盡手中杯。

【注釋】

〔一〕泗水，源出魯郡東部之泗水縣境，西南流經曲阜、瑕丘、任城等縣。

〔二〕徂徠，山名，在魯郡東北乾封縣境。

【集説】

蕭云：杜工部嘗有詩贈太白曰：「何時一樽酒，重與細論文。」今觀此篇，豈一時酬答之詩耶？

《唐宋詩醇》云：無限低徊，有説不盡處，可謂情深於辭。

【按】

蕭説誤。杜甫於天寶四載秋去東魯，五載即入長安，六載春在長安作《春日憶李白》詩，中有句：「渭北春天樹，江東日暮雲。何時一樽酒，重與細論文？」時、地與白詩俱不合，斷非一時酬答之作。

單父東樓秋夜送族弟沈之秦

王本題下注云：「太白自注：時凝弟在席。」據詩意，李沈係由長安暫來東魯者。沈，兩宋本、繆本、咸本俱作況。

爾從咸陽來，問我何勞苦。沐猴而冠不足言，身騎土牛滯東魯〔一〕。沈弟欲行凝弟留，孤飛一雁秦雲秋。坐來黄葉落四五〔二〕，北斗已挂西城樓。絲桐感人絃亦絶〔三〕，滿堂送客皆惜別。卷簾見月清興來，疑是山陰夜中雪〔四〕。明日斗酒别，惆悵清路塵。遥望長安日，不見長安人。長安宫闕九天上，此地曾經爲近臣。一朝復一朝，髮白心不改。屈平憔悴滯江潭，亭伯流離放遼海〔五〕。折翮翻飛隨轉蓬〔六〕，聞弦虚墜下霜空〔七〕。聖朝久棄青雲士，他日誰憐張長公〔八〕？

【注釋】

〔一〕沐猴而冠，事見《史記·項羽本紀》：「項王見秦宫室皆以燒殘破，又心懷思欲東歸，曰：『富貴不歸故鄉，如衣繡夜行，誰知之者。』説者曰：『人言楚人沐猴而冠耳，果然。』」索隱曰：「言獼猴不任久著冠帶，以喻楚人性躁暴。」身騎土牛，事見《三國志·魏書·鄧艾傳》裴松之注引《世語》曰：「司馬宣王辟州泰，「至，三十六日，擢爲新城太守。宣王爲泰會，使尚書鍾繇調泰：『君釋褐登宰府，三十六日擁麾蓋，守兵馬郡，乞兒乘小車，一何駛乎？』泰曰：『誠有此。君，名公之子，少有文采，故守吏職，獼猴騎土牛，又何遲也。』衆賓咸悦。」二句謂己既不堪著冠帶在朝，遂困頓遲滯於東魯矣。

〔二〕《詩詞曲語辭匯釋》卷四：「坐來，猶云適纔或正當其時也。……李白《單父東樓秋夜送族弟沈之秦》詩：『沈弟欲行凝弟留，孤飛一雁秦雲秋。坐來黄葉落四五，北斗已挂西城樓。』言其時適當黄葉初落也。」

〔三〕王粲《七哀詩》：「絲桐感人情，爲我發悲音。」

〔四〕句用王子猷事，參見本年《陪從祖濟南太守泛鵲山湖》詩注。

〔五〕《楚辭·漁父》：「屈原既放，遊於江潭，行吟澤畔，顔色憔悴，形容枯槁。」江潭，江濱。《後漢書·崔駰傳》：「崔駰字亭伯……（竇）憲爲車騎將車，辟駰爲掾……憲擅權驕恣，駰數諫之……指切長短，憲不能容……出爲長岑長。」李賢注：「長岑，縣，屬樂浪郡，其地在遼東。」二句以屈原、崔駰自喻，憶其被放出朝事。

〔六〕此句咸本作「翼短天長去不窮」。

〔七〕句用更嬴射雁事。更嬴，古之善射者，嘗於京臺之下爲魏王引弓虚發而下雁。魏王奇之，更嬴曰：「其飛徐而鳴悲。飛徐者，故瘡痛也；鳴悲者，久失群也。故瘡未息，驚心未忘也，聞弦音引而高飛，故瘡隕也。」見《戰國策·楚策》。

〔八〕《史記·張釋之列傳》：「其子曰張摯，字長公，官至大夫，免。以不能取容當世，故終身不仕。」句以張長公自喻。

【集説】

蕭云：白此詩睠顧宗國之意深矣。

唐汝詢云：此因弟入京，自傷淪落也。言爾從京師來，問我何自勞苦，意欲使求仕，我想沐猴而冠者烏足道，寧騎土牛滯此耳，蓋言朝士匪人也。沈與凝俱來，今凝留而沈獨往，如雁之孤飛，況又逢此秋景，是以感及絲桐，凄及坐客，月色雖好，終難久明，當斗酒而與君别也。君之行切近省闈，使我悵然懷清路之塵，然日可見，君不可見也。宫闕雖遥，昔嘗近侍於此，年雖往而心不移，愛君徒切，君終不我顧也。是以滯如屈原，放如亭伯，被謗之餘，驚魂未定，安能謀進乎？且朝廷既棄高潔之士，則我雖抱長公之操，誰復有憐之者，終於湮滅無聞，悲夫！（《唐詩解》）

王云：有「長安宫闕九天上，此地曾經爲近臣」，又曰「屈平顦顇滯江潭，亭伯流離竄遼海」，知是去朝後復歸東魯時作。

【按】

此詩借送人還京，自抒被放去朝之恨及眷念長安之情，由此可知此期白之出世原非本志，而其用世之念未嘗少廢。

金鄉送韋八之西京

金鄉，縣名，屬兖州（魯郡），即今山東金鄉縣。韋八，名字不詳。此詩情緒頗類上篇，因繫一處。

客自長安來，還歸長安去。狂風吹我心，西挂咸陽樹〔一〕。此情不可道，此别何時遇？望望不見君，連山起烟霧〔二〕。

【注釋】

〔一〕咸陽，此代指長安。

〔二〕鮑照《吴興黄浦亭庾中郎别》：「連山眇烟霧，長波迴難依。」

【集説】

蕭云：太白此詩因别友而動懷君之思，可謂身在江海，心存魏闕者矣。

贈崔侍御

崔侍御，即崔成甫。曾任陜縣尉、攝監察御史等職。後因受韋堅案株連，貶湘陰，乾元初卒，有《澤畔吟集》，白爲之序。詳見郁賢皓《李白叢考》。此詩作於本年秋，成甫來東魯訪白時。詳見注〔八〕及按語。

長劍一杯酒，男兒方寸心。洛陽因劇孟〔一〕，託宿話胸襟。但仰山岳秀，不知江海深〔二〕。長安復携手，再顧重千金〔三〕。君乃輶軒佐〔四〕，余叨翰墨林〔五〕。高風摧秀木〔六〕，虚彈落驚禽〔七〕。不取回舟興，而來命駕尋〔八〕。扶摇應借力〔九〕，桃李願成陰〔一〇〕。笑吐張儀舌〔一一〕，愁爲莊舃吟〔一二〕。誰憐明月夜，腸斷聽秋砧？

【注釋】

〔一〕劇孟，漢時大俠。《史記》、《漢書》均有傳。此喻崔成甫。首四句謂二人當年於洛陽初識，其時當在開元十九年或二十年白出長安後遊洛陽時。

〔二〕山岳秀，謂其風標；江海深，謂其胸次。

〔三〕曹植句：「一顧千金重，何必珠玉錢。」見《文選》謝朓《和王主簿怨情》詩李善注。

〔四〕輶軒，使者所乘輕車。王注：「太白作《崔公澤畔吟詩序》，有『中佐憲車』之語，是崔嘗以事爲使副，故曰『君乃輶軒佐』。」郁賢皓云：「所謂『輶軒佐』，也就是《澤畔吟序》説的『中佐於憲車』，即攝監察御史的意思。」據《舊唐書·職官志》，監察御史「掌分察巡按郡縣」，詩故以輶軒稱之。

〔五〕叨，謙辭。句謂己待詔翰林。以上二句謂己與成甫同時在朝。

〔六〕《文選》李康《運命論》：「木秀於林，風必摧之。」李善注：「秀，出也。」

〔七〕袁朗《秋夜獨坐》：「危絃斷客心，虚彈落驚禽。」謂己被讒去朝。

〔八〕二句意謂：成甫非同王徽之訪戴逵，不見而返；乃如嵇康之與吕安：「每一相思，千里命駕。」二事俱見《世説·任誕》。

〔九〕《莊子·逍遥遊》：「鵬之徙於南冥也，水擊三千里，摶扶摇而上者九萬里。」

〔一〇〕句用「桃李不言，下自成蹊」。見開元二十八年《贈范金鄉》詩注。以上二句意欲借助成甫之力以成事。

〔一一〕張儀舌，亦見《贈范金鄉》詩注。

〔一二〕莊舄吟，越人莊舄仕楚，病中作越吟，蓋思故鄉也。見《史記·張儀傳》。而白心之所繫在長安，此借莊舄吟喻己心在魏闕之意。

贈崔侍御

此與上篇爲一時之作。

黄河三尺鯉，本在孟津居。點額不成龍，歸來伴凡魚〔一〕。故人東海客，一見借吹嘘〔二〕。風濤儻相因，更欲淩崑墟〔三〕。

【注釋】

〔一〕孟津，《水經注·河水》：「《魏土地記》曰：梁山北有龍門山，大禹所鑿，通孟津河口。」點額，觸石也。《水經注·河水》：「鱣鮪也……三月則上渡龍門，得度者爲龍矣，否則點額而還。」《太平廣記》卷四百六十六引《三秦記》：「龍門山在河東界，禹鑿山斷門，闊一里餘，黄河自中流下，兩岸不通車馬。每暮春之際，有黄鯉魚逆流而上，得者便化爲龍。」四句謂己天寶初待詔翰林，不得志而還。

〔二〕東海客，即東海釣鰲客，此喻成甫志氣宏放，前途遠大。借吹嘘，言欲借其揄揚之力以爲己助。

〔三〕崑墟，《水經注·河水》：「崑崙墟在西北……其高萬一千里，河水出其東北陬。」此句下兩宋本、繆本、咸本俱有「何當赤車使，再往召相如」二句。

【按】

李白與崔成甫交往頗多，前有天寶二年《春日行》按語，後有天寶七載《酬崔侍御》詩、天寶十二載《寄崔侍御》詩等多首，以及《澤畔吟序》，皆可參看。以二人交誼之深，白被斥去朝後，成甫前來探視自是情理中事。然白三載去朝後，秋與杜甫、高適同遊梁宋，繼又北遊德州（平原郡），請蓋寰爲造道籙，再後又從高天師受道籙於齊州（濟南郡），幾乎不在東魯家中，一時亦無東山再起之心。而五載秋成甫已受株連。似此，成甫之命駕訪白於東魯家中，唯有本年秋日。

黄葛篇

《黄葛篇》，白自創樂府新辭，《樂府詩集》以之入《新樂府辭》。

黄葛生洛溪〔一〕，黄花自綿冪〔二〕。青烟蔓長條，繚繞幾百尺。閨人費素手，採緝作絺綌〔三〕。縫爲絶國衣〔四〕，遠寄日南客〔五〕。蒼梧大火落〔六〕，暑服莫輕擲。此物雖過時，是妾手中跡。

【注釋】

〔一〕王注：「葛草，延蔓而生，引長二三丈，其葉有三尖，如楓葉而長，面青背淡，莖亦青色。取其皮漚練作絲，以爲絺綌。謂之黄葛者，是取既成絺綌之色而名之，以别於蔓草中白葛、紫葛、赤葛諸名，不致相混耳。七、八月開花成穗，纍纍相承，紅紫色。古《前溪歌》：「黄葛結蒙籠，生在洛溪邊。」

〔二〕王注：「葛花紅紫，而此云『黄花』，恐誤。綿冪，密而相覆之意。」

〔三〕絺綌，音癡系，葛布。《詩·周南·葛覃》：「爲絺爲綌。」毛傳：「精曰絺，粗曰綌。」

〔四〕絶國，絶遠之地。江淹《别賦》：「況秦吴兮絶國。」

〔五〕日南，郡名，即驩州，屬嶺南道。據《舊唐書·地理志》，至京師一萬二千四百五十二里。地在今越南境。

〔六〕蒼梧，郡名，即梧州，屬嶺南道。據《舊唐書·地理志》，至京師五千五百里。即今廣西梧州市。大火，星名。《詩·豳風·七月》鄭箋：「大火者，寒暑之候也，火星中而寒暑退。」大火落則時令入秋。

【集説】

朱諫云：以比君子抱有用之才，懷事君之忠，特以時過而不見用，而所懷抱者終不可棄，猶有望君之意也。（《李詩選注》）

陳沆云：此欲以其所言達之君也。「縫爲絶國衣，遠寄日南客」，謂己之樂府古詩諸作，皆主文譎諫，以達下情而通諷諭，冀幸君之一悟，俗之一改焉。「此物雖過時，是妾手中跡」，雖處放逐，不忘匡君之謂也。漆室之女憂魯，恤緯之嫠念周，足徵是詩比興非遠。（《詩比興箋》）

【按】

此詩乃有所爲而發，朱、陳之説頗有見地。詩中「日南」、「蒼梧」皆非實指，不過喻「絶國」之遠，而所謂「絶國」實指長安。白自去朝後，度日如年，故有「聖朝久棄青雲士」之嘆，復有秦地遠如「絶國」之感。此期白多懷念長安之作，故繫於此。

送族弟凝至晏堌單父三十里

本年秋作。晏堌，單父一帶地名。李凝，《新唐書·宰相世系表》載之，出姑臧大房，右衛長史李防之子，有兄名冽。開元二十九年，白有《贈從弟冽》詩。

霜滿原野白〔一〕，戎裝出盤遊〔二〕。揮鞭布獵騎，四顧登高丘。兔起馬足間，蒼鷹下平疇。喧呼相馳逐，取樂銷人憂。捨此戒禽荒，徵聲列齊謳〔三〕。鳴鷄發晏堌，别雁驚淶溝〔四〕。西行有東音〔五〕，寄與長河流。

【注釋】

〔一〕霜，王本作雪，據咸本改。據「别雁」句，霜是。

〔二〕盤遊，《書·五子之歌》：「乃盤遊無度。」孔安國傳：「盤樂遊逸無法度。」

〔三〕《五子之歌》又曰：「内作色荒，外作禽荒。」孔氏傳：「迷亂曰荒。色，女色；禽，鳥獸。」二句意謂遊獵取樂既爲禽荒，今戒而捨之，轉則徵聲逐歌以爲樂矣。

〔四〕淶溝，即淶河。王注：「《山東通志》：單縣東門外有淶河，源出汴水，晉時所開，北抵濟河，南通徐沛。元以後漸湮，惟下流入沛者，僅存水道。」

〔五〕東音，東來之音訊。

送族弟凝之滁求婚崔氏

滁，州名，即永陽郡，隸淮南道，州治清流縣，即今安徽滁縣。

與爾情不淺，忘筌已得魚〔一〕。玉臺挂寶鏡〔二〕，持此意何如？坦腹東床下〔三〕，由來志氣疏〔四〕。遥知向前路，擲果定盈車〔五〕。

【注釋】

〔一〕《莊子·外物》：「筌者所以在魚，得魚而忘荃。」荃，即筌，捕魚器。二句言情好之深，心神相交而忘其形跡矣。

〔二〕《世説·假譎》：「温公喪婦，從姑劉氏家值亂離散，唯有一女，甚有姿慧。姑以屬公覓婚，公密有自婚意，答云：『佳婿難得，但如嶠比云何？』姑云：『喪敗之餘，乞粗存活，便足慰吾餘年，何敢希汝比？』卻後少日，公報姑云：『已覓得婚處，門地粗可，婿身名宦，盡不減嶠。』因下玉臺鏡一枚，姑大喜。既婚交禮，女以手披紗扇，撫掌大笑曰：『我固疑是老奴，果如所卜。』」句謂婚事得諧。

〔三〕《晉書・王羲之傳》：「太尉郗鑒使門生求女婿於導，導令就東廂徧觀子弟，門生歸，謂鑒曰：『王氏諸少並佳，然聞信至，咸自矜持，惟一人在東床坦腹食，獨若不聞。』鑒曰：『正此佳婿邪？』訪之，乃羲之也，遂以女妻之。」

〔四〕疏，放浪無拘束。

〔五〕《世説・容止》劉孝標注引《語林》：「（潘）安仁至美，每行，老嫗以果擲之滿車。」

莊周夢胡蝶　古風其九

此及以下《古風》二首，均有超脱世情之意，似爲此期之作，故繫一處。

莊周夢胡蝶，胡蝶爲莊周〔一〕。一體更變易，萬事良悠悠。乃知蓬萊水，復作清淺流〔二〕。青門種瓜人，舊日東陵侯〔三〕。富貴故如此，營營何所求？

【注釋】

〔一〕《莊子・齊物論》：「昔者莊周夢爲胡蝶，栩栩然胡蝶也。自喻適志與，不知周也。俄然覺，則蘧蘧然周也。不知周之夢爲胡蝶與，胡蝶之夢爲周與？周與胡蝶，則必有分矣。此之謂物化。」

〔二〕《太平廣記》卷六十引《神仙傳》：「麻姑自説云：『接待以來，已見東海三爲桑田。向到蓬萊，水又淺於往者會時略半也，豈將復還爲陵陸乎？』」

〔三〕《三輔黄圖》卷一：「長安城東出南頭第一門霸城門，民見門色青，名曰青城門，或曰青門。門外舊出佳瓜。廣陵人邵平，爲秦東陵侯，秦破，爲布衣，種瓜青門外，瓜美，故時人謂之東陵瓜。」

【集説】

蕭云：此詩達生者之辭也，然意卻有三節。謂忽然爲人，化爲異物，忽爲異物，化而爲人，一體變易尚未能知，悠悠萬事豈能盡知乎？況又何能知桑田滄海之變乎？故侯種瓜，富貴者固如是也。既燭破此理，則尚何所求而營營苟苟以勞吾生哉？

《唐宋詩醇》云：作達語是白本色，然意在後半，前乃興起耳。莊周三句起第四句，五、六兩句横空插入，實貫上下，無此二語，全詩便是率直。青門二句，就事指點，結出本意，有無數層折。至其辭意自然，則韓愈所云「文如翻水成，初不用意爲」也。

沈德潛云：體尚有變易，而富貴能長保耶？（《唐詩别裁》）

秋露白如玉　古風其二十三

秋露白如玉，團團下庭緑〔一〕。我行忽見之，寒早悲歲促。人生鳥過目〔二〕，胡乃自結束〔三〕？景公一何愚，牛山淚相續〔四〕。物苦不知足，得隴又望蜀〔五〕。人心若波瀾，世路有屈曲。三萬六千日〔六〕，夜夜當秉燭〔七〕。

【注釋】

〔一〕團團，狀露珠。庭緑，庭中草木。江淹《雜題》：「團團霜露色。」王融《同沈右率諸公賦鼓吹曲》：「秋風下庭緑。」

〔二〕張協《雜詩》：「人生瀛海内，忽如鳥過目。」

〔三〕結束，約束。《古詩十九首》：「蕩滌放情志，何爲自結束。」

〔四〕《列子・力命》：「齊景公遊於牛山，北臨其國城而流涕曰：『美哉國乎，鬱鬱芊芊，若何滴滴去此國而死乎？使古無死者，顧將去斯而之何？』史孔、梁丘據從而泣曰：『臣賴君之賜，疏食惡肉，可得而食；駑馬稜車，可得而乘也，且猶不欲死，而況吾君乎？』晏子獨笑於旁，公雪涕而顧晏子曰：『寡人今日之遊悲，孔與據皆從寡人而泣，子之獨笑，何也？』晏子對曰：『使賢者常守之，則太公、桓公將常守之矣；使勇者常守之，則莊公、靈公將常守之矣。數君者將守之，吾君方將被蓑笠而立乎畎畝之中，唯事之恤，何暇念死乎？則吾君又安得此位而立焉？以其迭處之，迭去之，至於君也，而獨爲之流涕，是不仁也。見不仁之君，見諂諛之臣，見此二者，臣之所爲獨竊笑也。』景公慚焉，舉觴自罰，罰二臣者各二觴焉。」

〔五〕《後漢書・岑彭傳》：「人苦不知足，既平隴，復望蜀。」

〔六〕謂百年之壽。

〔七〕《文選・古詩十九首》：「晝短苦夜長，何不秉燭遊？」

朝弄紫泥海　古風其四十一

朝弄紫泥海〔一〕，夕披丹霞裳〔二〕。揮手折若木，拂此西日光〔三〕。雲臥遊八極〔四〕，玉顏已千霜。飄飄入無倪，稽首祈上皇。呼我遊太素〔五〕，玉杯賜瓊漿。一飡歷萬歲，何用還故鄉？永隨長風去，天外恣飄揚。

【注釋】

〔一〕紫泥海，《太平廣記》卷六引《洞冥記》：東方朔去家，「經年乃歸。母見之大驚曰：『汝行經年一歸，何以慰吾？』朔曰：『兒暫之紫泥之海，有紫水污衣，仍遇虞泉湔浣，朝發中還，何言經年乎？』」。

〔二〕丹霞裳，仙人之服。謝脁《七夕賦》：「猒白玉而爲飾，霏丹霞而爲裳。」

〔三〕《楚辭·離騷》：「折若木以拂日兮，聊逍遥以相羊。」王逸注：「若木在崑崙西極，其華照下地。拂，擊也。……折取若木，以拂擊日，使之還去。……或謂拂，蔽也，以若木鄣蔽日，使不得過也。」

〔四〕雲臥，猶言乘雲。鮑照《代升天行》：「雲臥恣天行。」

〔五〕太素，天上宫闕名，王注：「《真誥》：『晨遊太素宫，控輧觀玉河。』」

【集説】

蕭云：此是遊仙詩，然以比興觀之，亦有深意。

【按】

古以紫微星座喻帝所，凡涉之者多冠以紫字，朝廷詔書亦以紫泥封口，稱紫泥書。故此處之紫泥海當係暗喻朝廷。首二句意謂：自仙家視之，入朝出朝不過朝夕之間。由此可以窺知作年，當在去朝不久之時。

長繩難繫日　擬古其三

長繩難繫日〔一〕，自古共悲辛。黄金高北斗〔二〕，不惜買陽春。石火無留光，還如世中人〔三〕。即事已如夢，後來我誰身？提壺莫辭貧，取酒會四鄰。仙人殊恍惚，未若醉中真。

【注釋】

〔一〕傅玄《九曲歌》：「歲暮景邁群光絶，安得長繩繫白日？」

〔二〕王注：「《唐書·尉遲敬德傳》：王曰：『公之心如山岳然，雖積金至斗，豈能移之。』又唐人詩：『身後堆金柱北斗。』疑當時俚語有此。」

〔三〕王注：「劉勰《新論》：『人之短生，猶如石火，炯然以過。』《法苑珠林》：『石火無恒焰，電光非久停。』」

【按】

此及以下《擬古》詩四首，感嘆日月迫促，年命有盡，浮榮固不足珍，神仙亦不可求，遂轉於飲酒中尋求寄托。《太平廣記》卷二〇一:「李白……又於任城縣構酒樓,日與同志荒宴,客至少有醒時。」酒樓雖不在任城,而借酒消愁此期特甚。故以諸詩繫本年。

今日風日好

擬古其五

今日風日好,明日恐不如。春風笑於人,何乃愁自居?吹簫舞彩鳳〔一〕,酌醴鱠神魚〔二〕。千金買一醉,取樂不求餘。達士遺天地,東門有二疏〔三〕。愚夫同瓦石,有才知卷舒〔四〕。無事坐悲苦〔五〕,塊然涸轍鮒〔六〕。

【注釋】

〔一〕句用蕭史吹簫致鳳事,言歌舞之盛。參見開元十八年《鳳臺曲》注。

〔二〕句言酒肴之美。嵇康《雜詩》:「鸞觴酌醴,神鼎烹魚。」曹植《仙人篇》:「玉樽盈桂酒,河伯獻神魚。」

〔三〕二疏,謂疏廣、疏受叔侄。漢宣帝時,疏廣爲太傅,兄子受爲少傅,父子并爲師傅,朝廷以爲榮。在位五歲,廣謂受曰:「吾聞知足不辱,知止不殆,功遂身退,天之道也。今仕宦至二千石,宦成名立,如此不去,懼有後悔。」受叩頭曰:「從大人議。」即日父子俱移病,旋稱篤,上疏乞骸骨,皆許之,并賜黄金。廣既歸鄉里,日令家供具設酒食,請族人、故舊、賓客,與相娱樂。事見《漢書·疏廣傳》。

〔四〕舒,王本作施,據宋乙本、繆本改。

〔五〕坐，《詩詞曲語辭匯釋》卷四：「猶徒也；空也；枉也……李白《擬古》詩：『愚夫同瓦石，有才知卷舒，無事坐悲苦，塊然涸轍鮒。』言不必徒悲苦也。」

〔六〕塊然，孑然獨處之狀。涸轍鮒，喻人之窮困者。《莊子·外物》：「周顧視車轍中，有鮒魚焉，周問之曰：『鮒魚來，子何爲者邪？』對曰：『我海之波臣也，君豈有斗升之水而活我哉？』」

月色不可掃　擬古其八

月色不可掃，客愁不可道。玉露生秋衣，流螢飛百草。日月終銷毀，天地同枯槁。蟪蛄啼青松，安見此樹老〔一〕？金丹寧誤俗？昧者難精討。爾非千歲翁，多恨去世早〔二〕。飲酒入玉壺，藏身以爲寶〔三〕。

【注釋】

〔一〕蟪蛄，即寒蟬，詳見天寶三載《來日大難》詩注。四句即莊子齊天地、等壽夭思想。

〔二〕四句意謂即令金丹不誤人，然昧於此道如我輩者難於精討；人無千歲之壽，去世甚早，徒抱恨耳。實則謂服食成仙之無望。

〔三〕二句承上，求仙既不可得，則沉湎於麯蘖可矣。

【集説】

蕭云：《古詩》：「榮名以爲寶。」太白素志學仙，此詩是反古詩中「服食求神仙，多爲藥所誤」

之意，猶反騷云。

《唐宋詩醇》云：起句妙語天然，不由思索而得。

生者爲過客　擬古其九

生者爲過客，死者爲歸人〔一〕。天地一逆旅，同悲萬古塵〔二〕。月兔空擣藥，扶桑已成薪〔三〕。白骨寂無言，青松豈知春〔四〕？前後更嘆息，浮榮何足珍。

【注釋】

〔一〕《列子·天瑞》：「古者謂死人爲歸人。夫言死人爲歸人，則生人爲行人矣。」

〔二〕逆旅，客舍。《莊子·知北遊》：「悲夫，世人直爲物逆旅耳。」

〔三〕月兔擣藥，見天寶三載《把酒問月》詩注。《説文》：「榑桑神木，日所出也。」榑，同扶。二句謂月兔、扶桑之屬亦將化爲虚無。

〔四〕此句似與上篇「蟪蛄啼青松，安見此樹老」二句相關，亦等壽夭意。

仙人騎彩鳳　擬古其十

仙人騎彩鳳，昨下閬風岑〔一〕。海水三清淺〔二〕，桃源一見尋〔三〕。遺我緑玉盃，兼之紫瓊琴。盃以傾美酒，琴以閑素心。二物非世有，何論珠與金。琴彈松裏風，盃勸天上月。風月長相知，世人何倏忽。

【注釋】

〔一〕閬風，《楚辭·離騷》：「登閬風而緤馬。」王逸注：「閬風，山名，在崑崙之上。」

〔二〕《太平廣記》卷六十引《神仙傳》：「麻姑自説云：『接待以來，已見東海三爲桑田。向到蓬萊，水又淺於往者會時略半也，豈將復還爲陵陸乎？』」

〔三〕桃源，用陶淵明《桃花源記》事，此謂仙境。見尋，猶相尋。庾信《卧疾窮愁》：「野老時相訪，山僧或見尋。」相、見互文。二句意謂求仙多年，始得與仙人相遇於桃源。

【按】

此詩託言與神仙共飲同樂，實則孤寂之情見於言外。

天寶五載（七四六年）　李白四十六歲

送族弟單父主簿凝攝宋城主簿至郭南月橋却回棲霞山留飲贈之

本年春作。李凝，已見上年《單父東樓秋夜送族弟沈之秦》、《送族弟凝至晏堌單父三十里》

詩。宋城，即睢陽，宋州（睢陽郡）治所，地當今河南商丘縣，東北距單父約百餘里，故李凝可攝其主簿。攝，代理之謂。月橋，據詩在單父城南。棲霞山，在單父城東。見上年《携妓登梁王棲霞山孟氏桃園中》題解。

吾家青萍劍〔一〕，操割有餘閑〔二〕。往來糾二邑〔三〕，此去何時還？鞍馬月橋南，光輝歧路間。賢豪相追餞，卻到棲霞山。群花散芳園，斗酒開離顔。樂酣相顧起，征馬無由攀。

【注釋】

〔一〕《文選》陳琳《答東阿王牋》：「秉青萍干將之器。」吕延濟注：「青萍，劍名也。」《抱朴子·博喻》：「青萍、豪曹，剡鋒之精絶也。」

〔二〕操割，以劍爲喻，治理之意。參見開元二十七年《贈徐安宜》詩注。

〔三〕糾，督察。二邑，單父及宋城。

【按】

詩有句「群花散芳園」，是春時光景。白上年秋冬曾與李凝同遊於單父，凝之攝宋城主簿宜在其後，故繫此詩於本年。

魯郡堯祠送竇明府薄華還西京

兩宋本、蕭本、繆本、咸本、王本題下俱注云：「時久病初起作。」作時在秋。《元和郡縣志》河南道兖州瑕丘縣：「堯祠，在縣東南七里，洙水之西。」《兖州府志》亦謂在城東南七里，并謂「漢熹平六年建」。竇薄華，與天寶三載《對雪奉餞任城六父秩滿歸京》詩中「竇公敞華筵」句所稱或爲一人。

朝策犁眉騧〔一〕，舉鞭力不堪。强扶愁疾向何處？角巾微服堯祠南〔二〕。長楊掃地不見日，石門噴作金沙潭〔三〕。笑誇故人指絶境，山光水色青於藍。廟中往往來擊鼓，堯本無心爾何苦？門前長跪雙石人〔四〕，有女如花日歌舞。銀鞍繡轂往復迴，簸林蹶石鳴風雷〔五〕。遠烟空翠時明滅，白鷗歷亂長飛雪。紅泥亭子赤欄干，碧流環轉青錦湍。深沉百丈洞海底，那知不有蛟龍蟠？君不見緑珠潭水流東海，緑珠紅粉沉光彩，緑珠樓下花滿園，今日曾無一枝在〔六〕。昨夜秋聲閶闔來〔七〕，洞庭木落騷人哀〔八〕。遂將三五少年輩，登高遠望形神開。生前一笑輕九鼎〔九〕，魏武何悲銅雀臺〔一〇〕？我歌白雲倚窗牖，爾聞其聲但揮手。長風吹月渡海來，遥勸仙人一杯酒。酒中樂酣宵向分〔一一〕，舉觴酹堯堯可聞？何不令皋繇擁篲横八極，直上青天掃浮雲〔一二〕？高陽小飲真瑣瑣，山公酩酊何如我〔一三〕？竹林七子去道賒〔一四〕，蘭亭雄筆安足誇〔一五〕？堯祠笑殺五湖水，至今憔悴空荷花。爾向西秦我東越，暫向瀛洲訪金闕〔一六〕。藍田太白若可期，爲余掃灑石上月〔一七〕。

【注釋】

〔一〕犂眉騧，王注：「《十六國春秋》：『姚襄所乘駿馬曰黧眉騧，日行千里。』《説文》：『騧，黄馬黑喙也。』黧，黑也。黧眉騧，則黄馬而黑眉者矣。犂、黧古字通用。」

〔二〕角巾，頭巾之有角者，隱者所戴。高適《答侯少府》：「江海有扁舟，丘園有角巾。」微服，平民所服。

〔三〕石門，即洙水石門。詳見天寶四載《魯郡東石門送杜二甫》題解。

〔四〕雙石人，漢石刻人物，其一已於近年出土，跪勢，高約四尺許。見一九九四年八月六日山東《兖州日報》。

〔五〕二句寫遊人車馬之盛。

〔六〕緑珠，石崇愛妓，美而艷。孫秀欲求之，崇不許，秀乃勸趙王倫誅崇，并矯詔收之。介士到門，崇正宴於樓上，緑珠投於樓下而死。事見《晉書·石崇傳》。《洛陽伽藍記》卷一：「昭儀寺有池……隱士趙逸云：此是晉侍中石崇家池，池南有緑珠樓。」緑珠潭，即昭儀寺池。四句謂人生之富貴榮華俱不足恃。「緑珠」句，兩宋本、繆本、王本俱注云：「一作白首同歸翳光彩。」

〔七〕閶闔，謂西風。孔穎達《春秋正義》：「《易緯通卦驗》云：秋分，閶闔風至。」瞿、朱注：「《史記·律書》：『閶闔風居西方。』」

〔八〕《楚辭·九歌·湘夫人》：「嫋嫋兮秋風，洞庭波兮木葉下。」

〔九〕九鼎，國家權力之象徵。《史記·孝武本紀》：「禹收九牧之金，鑄九鼎。」

〔一〇〕銅雀臺，建安十五年魏武帝建於鄴下，高十丈。見《水經注·濁漳水》。臺故址在今河北臨漳縣西南。《文選》陸機《弔魏武帝文》記魏武遺令曰：「吾婕妤妓人，皆著銅雀臺，於臺堂上施八尺床穗帳，朝晡上脯糒之屬。月朝十五，輒向帳作妓，汝等時時登銅雀臺，望吾西陵墓田。」

〔一一〕宵向分，夜將半時。沈約《秋夜詩》：「月落宵向分，紫烟鬱氛氲。」

〔一二〕皋繇，亦作皋陶。《史記·五帝紀》：「舜曰：『皋陶，蠻夷猾夏，寇賊奸軌，汝作士，五刑有服，五服三就；五流有度，五度三居，維明能信。』」士，馬融注：「獄官之長。」箒，掃帚。二句謂朝廷應以皋繇一類人執法，除奸佞，清君側。

〔一三〕高陽，高陽池。山公，山簡。詳見開元二十一年《襄陽曲》注。

〔一四〕《世説·任誕》：「陳留阮籍、譙國嵇康、河内山濤……沛國劉伶、陳留阮咸、河内向秀、琅邪王戎，七人常集於竹林之下，肆意酣暢，故世謂竹林七賢。」

〔一五〕蘭亭雄筆，謂晉王羲之所書蘭亭帖。羲之雅好山水，尤善草隸。晉穆帝永和九年暮春三月三日，羲之與謝安等四十二人修祓禊之禮於山陰之蘭亭，揮毫製序，興樂而書。用蠶繭紙，鼠鬚筆，遒媚勁健，絶代更無。此帖在唐代極受推重。見張彦遠《法書要録》何延之《蘭亭記》。

〔一六〕金闕，仙山宫闕。傳説渤海中有三神山，山上金銀爲宫闕。見《史記·封禪書》。

〔一七〕藍田、太白，俱關中山名。《元和郡縣志》關内道京兆府藍田縣：「藍田山，一名玉山，一名覆車山，在縣東二十八里。」太白山，見天寶三載《太白何蒼蒼》（古風其五）詩注。二句言寄名山，而意在返朝。

【集説】

《唐宋詩醇》云：起滅在手，變化從心，初曷嘗沾沾於矩矱，而意之所到，無不應節合拍。歌行至此，豈非神品。

【按】

此詩於送人入京之際，緣堯祠而寄慨。其云「廟中往往來擊鼓，堯本無心爾何苦」，「酒中樂酣宵向分，舉觴酹堯堯可聞？何不令皋繇擁篲横八極，直上青天掃浮雲」等，俱以堯喻玄宗，痛其閉目塞聽，不納忠諫，欲其舉賢明法，去奸佞，遠小人。末云「爾向西秦我東越，暫向瀛洲訪金闕」，言將有越中之遊。其所以言「暫」者，蓋身在江湖而心存魏闕也。

觀其「久病初起」，「舉鞭力不堪」，而能至堯祠爲人送行，可知其家距堯祠必不遠，即七里外之沙丘也。參見本年《沙丘城下寄杜甫》。

秋日魯郡堯祠亭上宴別杜補闕范侍御

此亦秋日堯祠送人之作，故與上篇繫於一處。杜補闕、范侍御，名字不詳。補闕，門下省屬官。侍御，御史臺屬官殿中侍御史。侍御史，監察御史之省稱，此處所指不詳。

我覺秋興逸，誰云秋興悲〔一〕？山將落日去，水與晴空宜。魯酒白玉壺，送行駐金羈〔二〕。歇鞍憩古木，解帶挂横枝。歌鼓川上亭〔三〕，曲度神飆吹〔四〕。雲歸碧海夕，雁没青天時。相失各萬里，茫然空爾思。

【注釋】

〔一〕宋玉《九辯》「悲哉秋之爲氣也」；潘岳《秋興賦》「嗟秋日之可哀」；《淮南子》「秋上哀」。此反其意而用之。

〔二〕金羈，代指馬。

〔三〕繆本注云：「一本無『歌鼓川上亭，曲度神飆吹』十字，卻添『南歌憶郢客，東囀見齊姬。清波忽淡蕩，白雪紛透迤。一隔范杜遊，此歡各棄遺』三韻。」兩宋本、蕭本、王本注略同。

〔四〕曲度，曲調。王粲《公讌》：「管絃發徽音，曲度清且悲。」飆，疾風。句言樂聲激越。

【集説】

胡云：太白慣押宜字，如「山將落日去，水與晴空宜」、「月色不可盡，空天交相宜」，又「謔浪偏相宜」、「置酒正相宜」、「春風與醉客，今日乃相宜」，凡五用，而前兩韻尤佳。

王云：《酉陽雜俎》：衆言李白惟戲杜考功「飯顆山頭」之句，成式偶見李白祠亭上宴别杜考功詩，今録首尾曰：「我覺秋興逸，誰言秋興悲。（下略）」琦按：成式此則謂杜考功即子美也，然子美未嘗爲考功，且與太白同遊時尚爲布衣，未登仕籍，而詩題又微有不同，疑成式所見另是一本。

瞿、朱云：《容齋四筆》：「李太白、杜子美在布衣時，同遊梁宋，爲詩酒會心之友。以杜集考之，其稱太白及贈懷之篇甚多，凡十四五篇，至於太白與子美詩，略不見一句。或謂《堯祠亭別杜補闕》者是也，乃殊不然。杜但爲右拾遺，不曾任補闕。」是宋人已知其非。仇兆鰲注杜詩云：公遇李時尚爲布衣，其授拾遺在至德乾元間。尤爲中肯。

魯郡堯祠送吴五之琅琊

堯祠送人之作，與上二篇以類相從繫此。吴五，名字不詳。琅琊，郡名，即沂州，屬河南道，州治臨沂縣，即今山東臨沂縣。

堯没三千歲，青松古廟存。送行奠桂酒，拜舞清心魂〔一〕。日色促歸人，連歌倒芳樽〔二〕。馬嘶俱醉起，分手更何言？

【注釋】

〔一〕《楚辭·九歌·東皇太一》：「奠桂酒兮椒漿。」王逸注：「桂酒，切桂置酒中也。」句謂送行之際祭奠拜舞於堯之神像前。

〔二〕歸人，白自謂。二句言日色已晚，急須歸家，故連歌傾杯。

【按】

觀其在日暮既醉以後，猶能策馬歸家，亦可知其家距堯祠不遠，即七里外之沙丘也。

沙丘城下寄杜甫

本年秋作。沙丘城，兖州（魯郡）治城瑕丘之別稱，李白東魯寓家之地。詳見天寶八載《送蕭三十一之魯中兼問稚子伯禽》按語。

我來竟何事？高卧沙丘城。城邊有古樹，日夕連秋聲。魯酒不可醉〔一〕，齊歌空復情〔二〕。思君若汶水，浩蕩寄南征〔三〕。

【注釋】

〔一〕魯酒，味薄。《莊子·胠篋》：「魯酒薄而邯鄲圍。」故云不可醉，猶言不能借以消愁也。

〔二〕齊歌，音重而情專。嵇康《聲無哀樂論》：「齊楚之曲多重，故情一。」空復情，徒然重情，猶言不能借以遣懷也。

〔三〕汶水，其源有三，至兖州（魯郡）北境之泰安縣合流西南入鄆州之巨野澤。杜甫時返河南故里，汶水與之去向相同，故情寄汶水也。

【集説】

鍾惺云：一片真氣，自是李白寄杜甫之作，工拙不必論也。（《唐詩歸》）

《唐宋詩醇》云：白與杜甫相知最深。……甫詩及白者十餘見，白詩亦屢及甫，即此結語，情亦不薄矣。

登單父陶少府半月臺

本年秋作。王注：「《山東通志》：半月臺，在舊單縣城東北隅，相傳陶沔所築。」陶沔，《新唐書·李白傳》：「與孔巢父、韓準、裴政、張叔明、陶沔居徂徠山，日沉飲，號竹溪六逸。」

陶公有逸興，不與常人俱。築臺像半月，迥向高城隅〔一〕。置酒望白雲，商飆起寒梧〔二〕。秋山入遠海，桑柘羅平蕪。水色渌且明，令人思鏡湖〔三〕。終當過江去，愛此暫踟躕。

【注釋】

〔一〕向，《文苑英華》作出，以下四句寫登臺所見景色甚高遠，作出是。

〔二〕《文選》陸機《園葵詩》：「時逝柔風戢，歲暮商飆飛。」吕延濟注：「商飆，秋風也。」

〔三〕鏡湖，在越州（會稽郡），詳見天寶元年《子夜吴歌》注。

【按】

據末四句，知白時動遊越之想，將有江東之行。此與《魯郡堯祠送竇明府薄華還西京》詩所云「爾向西秦我東越」意向正同。

魯東門觀刈蒲

魯東門，郡治瑕丘東門，參見上年《東魯門泛舟二首》題解。蒲，水草也，柔滑而温，可以織席。

魯國寒事早，初霜刈渚蒲。揮鐮若轉月，拂水生連珠。此草最可珍，何必貴龍鬚〔一〕？織作玉床席，欣承清夜娱。羅衣能再拂，不畏素塵蕪〔二〕。

【注釋】

〔一〕龍鬚，草名，可爲席。相傳黄帝乘龍昇天，群臣攀龍鬚墜地所生，故名。見《本草綱目·草部》。

〔二〕謝朓《同詠坐上所見一物（席）》：「但願羅衣拂，無使素塵彌。」二句師其意。

【集説】

蕭云：此詩借蒲起興，以自比也。其有望君再用之意乎？白之志亦可哀矣。

魯中送二從弟赴舉之西京

本年秋作。宋乙本、蕭本、繆本、王本題下俱注云：「一作送族弟錍。」

魯客向西笑〔一〕，君門若夢中。霜凋逐臣髮，日憶明光宫〔二〕。復羨二龍去〔三〕，才華冠世雄。平衢騁高足，逸翰凌長風。舞袖拂秋月，歌筵聞早鴻。送君日千里，良會何由同？

【注釋】

〔一〕魯客，白自謂。西笑，向往帝都之意。桓譚《新論》：「人聞長安樂，則出門西向而笑。」駱賓王《同崔駙馬曉初登樓思京》：「唯餘西向笑，暫似當長安。」

〔二〕明光宫，即漢明光殿，此代朝廷。

〔三〕《世説·賞譽》：「謝子微見許子將兄弟，曰：『平輿之淵有二龍焉。』」

【按】

此篇思闕之情甚切，因知白於玄宗雖銜怨望，然報效之志終耿耿不能忘也。

邯鄲才人嫁爲厮養卒婦

《邯鄲才人嫁爲厮養卒婦》，《樂府詩集·雜曲歌辭》名。才人，内廷女官名，見《唐六典》。胡震亨曰：「謝脁有此詩。薪僕曰厮，炊僕曰養，脁蓋設言其事，寓臣妾淪擲之感。」白詩亦然。

妾本叢臺女〔一〕，揚蛾入丹闕。自倚顔如花，寧知有凋歇？一辭玉階下，去若朝雲没〔二〕。每憶邯鄲城〔三〕，深宫夢秋月。君王不可見，惆悵至明發〔四〕。

【注釋】

〔一〕叢臺，戰國時趙王所築。《元和郡縣志》河東道慈州邯鄲縣：「叢臺，在縣城内東北隅。」

〔二〕朝雲，用巫山神女事。宋玉《高唐賦》：「妾在巫山之陽，高丘之阻。旦爲朝雲，暮爲行雨。」

〔三〕邯鄲爲戰國時趙都，詩以喻帝京。

〔四〕明發，明旦。

【集説】

蕭云：此詩太白既黜之作也。特借此發興叙其暌遇之始末耳。然其辭意眷顧宗國，繫心君王，亦得騷之遺意歟？

馬位云：太白《邯鄲才人嫁爲厮養卒婦》詩，妙在不説目前之苦，只追想宫中樂處，文章於虚裏摹神，所以超凡入聖耳。（《秋窗隨筆》）

【按】

謝朓同題詩云：「生平宫閣裏，出入侍丹墀。開笥方羅縠，窺鏡比蛾眉。初别意未解，去久日生悲。憔悴不自識，嬌羞餘故姿。夢中忽彷彿，猶言承讌私。」白詩雖爲擬作，然自有其戀闕之深意在。與上篇意緒同，因繫一處。

贈裴司馬

司馬，州郡屬官。裴司馬，名字不詳。比興之意，略同上篇，因繫一處。

翡翠黄金縷，繡成歌舞衣。若無雲間月〔一〕，誰可比光輝？秀色一如此，多爲衆女譏。君恩移昔愛，失寵秋風歸。愁苦不窺鄰〔二〕，泣上流黃機〔三〕。天寒素手冷，夜長燭復微。十日不滿匹，鬢蓬亂若絲。猶是可憐人〔四〕，容華世中稀。向君發皓齒〔五〕，顧我莫相違。

【注釋】

〔一〕《樂府詩集·相和歌辭·白頭吟》：「皚如山上雪，皎若雲間月。」

〔二〕窺鄰，女子求偶也。宋玉《登徒子好色賦》：「此女登牆窺臣三年，至今未許也。」

〔三〕流黃，間色之絹。《樂府詩集·相和歌辭·相逢行》：「大婦織綺羅，中婦織流黃。」

〔四〕可憐，謂容色之可愛。

〔五〕見天寶二年《美人出南國》（古風其四十九）詩注。

魯中都東樓醉起作

中都，縣名，屬兗州（魯郡），即今山東汶上縣。

昨日東樓醉，還應倒接䍦〔一〕。阿誰扶上馬〔二〕？不省下樓時。

【注釋】

〔一〕句用山簡故事，見開元二十一年《襄陽曲》注。還應，胡本作歸來。

〔二〕阿誰，謂不知爲誰。

别中都明府兄

本年秋將去魯遊越時作。

吾兄詩酒繼陶君〔一〕，試宰中都天下聞。東樓喜奉連枝會〔二〕，南陌愁爲落葉分。城隅渌水明秋日，海上青山隔暮雲。取醉不辭留夜月，雁行中斷惜離群〔三〕。

【注釋】

〔一〕陶君，陶淵明。淵明曾爲彭澤令，故以喻中都明府。

〔二〕連枝，兄弟之謂。《文選》蘇武詩：「況我連枝樹，與子同一身。」吕向注：「兄弟如木，連枝而同本。」

〔三〕雁行，兄弟之序。《禮·王制》：「父之齒隨行，兄之齒雁行。」

【按】

據「東樓」句，前此曾有酣飲中都東樓事，似與上篇情景相接，因繫二詩於一處。

夢遊天姥吟留别

《河岳英靈集》作《夢遊天姥山别東魯諸公》。兩宋本、蕭本、繆本、咸本、王本題下俱注云：

「一作《别東魯諸公》。」《元和郡縣志》江南道越州（會稽郡）剡縣：「天姥山，在縣南八十里。」《一統志·紹興府》：「天姥山，在新昌縣東五十里，高三千五百丈，周六十里。……東接天台華頂峰。……《寰宇記》：登此山者，或聞天姥歌謡之聲，道書以爲第十六福地。」山在今浙江新昌縣境。此爲李白自東魯赴越啟程前作。詩以天姥仙境喻朝廷宫闕，以夢遊喻其人侍翰林，宣泄失志去朝之情。

海客談瀛洲〔一〕，烟濤微茫信難求。越人語天姥，雲霞明滅或可睹。天姥連天向天横，勢拔五嶽掩赤城〔二〕。天台四萬八千丈〔三〕，對此欲倒東南傾。我欲因之夢吴越，一夜飛度鏡湖月〔四〕。湖月照我影，送我至剡溪〔五〕。謝公宿處今尚在〔六〕，渌水蕩漾清猿啼。脚著謝公屐〔七〕，身登青雲梯〔八〕。半壁見海日，空中聞天雞〔九〕。千巖萬轉路不定，迷花倚石忽已暝〔一〇〕。熊咆龍吟殷巖泉〔一一〕，慄深林兮驚層巔。雲青青兮欲雨〔一二〕，水澹澹兮生烟〔一三〕。列缺霹靂〔一四〕，丘巒崩摧。洞天石扇，訇然中開〔一五〕。青冥浩蕩不見底〔一六〕，日月照耀金銀臺〔一七〕。霓爲衣兮風爲馬，雲之君兮紛紛而來下〔一八〕。虎鼓瑟兮鸞回車，仙之人兮列如麻。忽魂悸以魄動，怳驚起而長嗟〔一九〕。惟覺時之枕席，失向來之烟霞。世間行樂亦如此，古來萬事東流水。别君去兮何時還，且放白鹿青崖間〔二〇〕，須行即騎訪名山。安能摧眉折腰事權貴〔二一〕？使我不得開心顔〔二二〕。

【注釋】

〔一〕瀛洲，海上仙山。

〔二〕《元和郡縣志》江南道台州（臨海郡）唐興縣：「赤城山，在縣北六里，實爲東南之名山。」《一統志・台州府》：「赤城山，在天台縣北六里。……孔靈符《會稽記》：赤城山，土色皆赤，狀似雲霞，望之如雉堞。」

〔三〕《元和郡縣志》江南道台州唐興縣：「天台山，在縣北一十里。」《一統志・台州府》：「天台山，在天台縣北。陶弘景《真誥》：山高一萬八千丈，周八百里，山有八重，四面如一，當斗牛之分，上應台宿，故曰天台。」

〔四〕鏡湖，在越州（會稽郡），參見天寶元年《子夜吴歌》注。

〔五〕《元和郡縣志》江南道越州剡縣：「剡溪，出縣西南，北流入上虞縣界，爲上虞江。」

〔六〕謝公，謝靈運。其《登臨海嶠初發彊中作與從弟惠連見羊何共和之》詩有句：「暝投剡中宿，明登天姥岑。」

〔七〕謝公屐，《宋書・謝靈運傳》：「尋山陟嶺，必造幽峻，巖障千重，莫不備盡。登躡常著木履，上山則去前齒，下山去其後齒。」

〔八〕謝靈運《登石門最高頂詩》：「惜無同懷客，共登青雲梯。」王注：「青雲梯，謂山嶺高峻，如上入青雲，故名。」

〔九〕天雞，見天寶元年《遊泰山》詩注。

〔一〇〕倚，咸本作失。

〔一一〕殷，震也。《文選》司馬相如《上林賦》：「車騎雷起，殷天動也。」郭璞注：「殷，猶震也。」

〔一二〕雲，《河岳英靈集》作楓。

〔一三〕澹澹，水波動蕩貌。《文選》宋玉《高唐賦》：「水澹澹而盤紆兮。」李善注：「《説文》曰：澹澹，水摇也。」

〔一四〕《漢書・揚雄傳》：「辟歷列缺，吐火施鞭。」應劭注：「辟歷，雷也。列缺，天隙電照也。」

〔一五〕扇，《河岳英靈集》作扉。訇，音轟，大聲。

〔一六〕青冥，青天。《楚辭・九章・悲回風》：「據青冥而攄虹兮，遂儵忽而捫天。」浩蕩，《河岳英靈集》作濛鴻。

〔一七〕金銀臺，仙臺，詳見天寶元年《遊泰山》詩注。

〔一八〕雲之君，謂乘雲之仙人。

〔一九〕怳，通恍。

〔二〇〕白鹿，遊仙者所乘，參見天寶元年《遊泰山》詩注。

〔二一〕摧眉，猶低眉。折腰，用陶淵明不爲五斗米折腰而去官事，見《晉書・陶潛傳》。

〔二二〕此句《河岳英靈集》作「暫樂酒色彫朱顔」。

【集説】

王云：范德機云：夢吴越以下，夢之源也，以次諸節，夢之波瀾也。其間顯而晦，晦而顯，至「失向來之烟霞」，夢極而與人接矣，非太白之胸次筆力，亦不能發此。「枕席」、「烟霞」二句最有力。結語平衍，亦文勢當如此。

吴山民云：「天台四萬八千丈」，形容語，「白髮三千丈」同意，有形容天姥高意。「千巖萬轉」句，語有包括。下三句，夢中危景。又八句，夢中奇景。又四句，夢中所遇。「唯覺時之枕席」二語，篇中神句，結上啟下。「世間行樂」二句，因夢生意。結超。（《唐詩選脈會通》）

《唐宋詩醇》云：七言歌行，本出楚騷樂府。至於太白，然後窮極筆力，優入聖域。昔人謂其「以氣爲主，以自然爲宗，以俊逸高暢爲貴，詠之使人飄揚欲仙」。而尤推其《天姥吟》、《遠别離》等篇，以爲雖子美不能道。蓋其才横絶一世，故興會標舉，非學可及，正不必執此謂子美不能及也。此篇夭矯離奇，不可方物，然因語而夢，因夢而悟，因悟而别，節次相生，絲毫不亂，若中間夢境迷離，不過詞意偉怪耳。

陳沆云：此篇昔人皆置不論，一若無可疑議者。試問：題以留别爲名，夫離别則有離别之情矣，留贈則有留贈之體矣，而通篇徒作夢寐冥茫之境，山林變幻之詞，胡爲乎？「忽魂悸以魄動，怳驚起而長嗟」，此於留别何謂耶？果夢想名山之勝，而又云「世間行樂盡如此，古來萬事東流水」，又何謂耶？所别者東魯之人，而云「安能摧眉折腰事權貴，使我不得開心顔」，又何謂耶？蓋此篇即屈子《遠遊》之旨，亦即太白《梁甫吟》「我欲攀龍見明主，雷公砰訇震天鼓，帝傍投壺多玉女。三呼大笑開電光，倏爍晦冥起風雨。閶闔九門不可通，以額叩關閽者怒」之旨也。太白被放以後，回首蓬萊宫殿，有若夢遊，故託天姥以寄意。首言求仙難必，遇主或易，故「我欲因之夢吴越，一夜飛度鏡湖月」。言欲乘風而至君門也。「身登青雲梯，半壁見海日」以下，言金鑾召見，置身雲霄，醉草殿廷，侍從親近也。「忽魂悸魄動」以下，言一旦被放，君門萬里，故云「惟覺時之枕席，失向來之烟霞」也。「世間萬事東流水」，「安能摧眉事權貴」云云，所謂「平生不識高將軍，手汚吾足乃敢嗔」也。題曰留别，蓋寄去國離都之思，非徒酬贈握手之什。（《詩比興箋》）

【按】陳沆之説，切中題旨。蓋白之入侍翰林，無異好夢一場；然夢醒之後，幻景頓然消失，惟餘無限悵惘。事後回味，則知其虚妄而無所留戀矣。今之論者或以夢中仙境爲白之理想境界，失之千里。

鳴皋歌送岑徵君

本年冬赴越途中，行經宋州（睢陽郡）時作。王本題下注云：「原注：時梁園三尺雪，在清泠池作。」鳴皋，山名。《元和郡縣志》河南道洛州陸渾縣：「明皋山，在縣東北十五里。」張駒賢《考證》云：「《李太白文集》王琦注引作鳴皋山。」山在今河南嵩縣東北。梁園在睢陽城東，見開元十九年《梁園吟》題解。清泠池，在梁園内。岑徵君，參見下篇《送岑徵君歸鳴皋山》詩及按語。徵君，亦稱徵士，不就朝廷徵聘者。

若有人兮思鳴皋[一]，阻積雪兮心煩勞。洪河凌兢不可以徑度[二]，冰龍鱗兮難容舠[三]。邈仙山之峻極兮，聞天籟之嘈嘈。霜崖縞皓以合沓兮[四]，若長風扇海湧滄溟之波濤。玄猨緑羆，舔舕崟岌[五]。危柯振石，駭膽慄魄，群呼而相號。峰峥嶸以路絶，挂星辰於巖嶅[六]。遂君之歸兮，動鳴皋之新作。交鼓吹兮彈絲，觴清泠之池閣。君不行兮何待？若返顧之黄鵠[七]。掃梁園之群英，振大雅於東洛[八]。巾征軒兮歷阻折[九]，尋幽居兮越巘崿[一〇]。盤白石兮坐素月[一一]，琴松風兮寂萬壑。望不見兮心氛氳[一二]，夢冥冥兮霰紛紛。水横洞以下淥[一三]，波小聲而上聞。虎嘯谷而生風，龍藏溪而吐雲[一四]。冥鶴清唳，饑鼯嚬呻[一五]。塊獨處此幽默兮，愀空山而愁人[一六]。雞聚族以争食，鳳孤飛而無鄰。蝘蜓嘲龍[一七]，魚目混珍[一八]。嫫母衣錦[一九]，西施負薪[二〇]。若使巢由桎梏於軒冕兮，亦奚異於夔龍蹩躠於風塵[二一]？哭何苦而救楚[二二]，笑何誇而卻秦[二三]？吾誠不能學二子沽名矯節以耀世兮，固將棄天地而遺身。白鷗兮飛來，長與君兮相親[二四]。

【注釋】

[一] 若，猶今。《楚辭·九歌·山鬼》：「若有人兮山之阿。」

〔二〕洪河，《文選·西都賦》：「帶以洪河涇渭之川。」吕向注：「洪河，大河也。」凌兢，《漢書·揚雄傳》：「馳閶闔而入凌兢。」顔師古注：「入凌兢者，寒凉戰栗之處也。」

〔三〕王注：「冰龍鱗者，冰有鋸齒，參差如鱗也。」《詩·衛風·河廣》：「誰謂河廣，曾不容刀。」鄭箋：「小船曰刀。」刀，通舠。

〔四〕合沓，重疊貌。《文選》謝朓《敬亭山詩》：「兹山亘百里，合沓與雲齊。」李善注引賈誼《旱雲賦》：「遂積聚而合沓。」

〔五〕舔談，音添探。《文選》王文考《魯靈光殿賦》：「玄熊䑙談以齗齗。」李善注：「䑙談，吐舌貌。」䑙，通舔。 崟，音銀。 崟、岌，俱山峰高危貌。

〔六〕嶅，音敖，山多小石也。

〔七〕庾信《别周尚書弘正詩》：「黄鵠一反顧，徘徊應愴然。」

〔八〕大雅，詩之正聲。 梁園群英，謂梁孝王時梁園雅集之枚、馬輩。 二句贊岑之詩藝。

〔九〕巾，車衣。 陶淵明《歸去來兮辭》：「或命巾車，或棹孤舟。」

〔一〇〕《文選》謝靈運《晚出西射堂》：「連鄣疊巘崿，青翠杳深沉。」李善注：「巘崿，崖之别名。」

〔一一〕盤，坐也。

〔一二〕氛氲，《文選》謝惠連《雪賦》：「散漫交錯，氛氲蕭索。」李善注：「王逸《楚辭》注曰：『氛氲，盛貌。』」此指相思愁緒之盛。

〔一三〕橫洞，同澒洞，水勢洶涌之貌。

〔一四〕《淮南子·天文》：「虎嘯而谷風至，龍舉而景雲屬。」

〔一五〕謝朓《遊敬亭山詩》：「獨鶴方朝唳，饑鼯此夜啼。」鼯，飛鼠，一名夷由，似蝙蝠。

〔一六〕愀，憂懼貌。

〔一七〕蝘蜓，蜥蜴之屬。《古今注》卷中：「蝘蜓，一名龍子。」荀子《賦》：「螭龍爲蝘蜓，鴟梟爲鳳皇。」

〔一八〕《文選》任昉《到大司馬記室牋》：「惟此魚目，唐突璵璠。」李善注：「魚目似珠。璵璠，魯玉也。《雒書》曰：『秦失金鏡，魚目入珠。』《韓詩外傳》曰：『白骨類象，魚目似珠。』」

〔一九〕嫫母，《楚辭·九章·惜往日》：「妒佳冶之芬芳兮，嫫母姣而自好。」洪興祖注：「《說文》云：嫫母，都醜也。一曰黄帝妻，貌甚醜。」

〔二〇〕以上六句謂朝中奸佞當道，美醜顛倒，賢不肖易位。

〔二一〕王注：「《莊子》：蹩躠爲仁，踶跂爲義。《廣韻》：蹩躠，旅行貌，一曰跛也。巢由以隱居自樂爲志，夔龍以行道濟時爲志。若使巢由羈身於軒冕之中，與夔龍廢棄於風塵之内無異，是皆不適其志願也。」巢由，巢父、許由，上古高士。夔龍，虞舜之二臣，夔爲樂官，龍爲諫官。《書·舜典》：「伯拜稽首，讓於夔龍。」

〔二二〕句用申包胥事。吴伐楚，申包胥求救於秦，秦不許，包胥立於秦庭，晝夜哭，七日七夜不絶其聲。秦哀公憐之，乃發兵救楚。見《史記·伍子胥列傳》。

〔三〕 句用魯仲連事。見開元二十八年《齊有倜儻生》(古風其十)詩注。

〔四〕 白鷗,海鳥,乃與野人狎玩者。參見天寶三載《摇裔雙白鷗》(古風其四十一)詩及注。末四句抒其出世之情。

【集説】

唐汝詢云:此送徵君歸隱,因發衰世之慨也。言君思鳴皋,乃爲冰雪所阻,河不可踰,山不易陟,其間惟天籟悲鳴,霜厓稠疊,猿羆哀號,峰巖險絶,四者非人所居也,君曷爲而歸此乎?良有所不得已耳。我於是作歌以送之,且張樂設飲於清泠之閣,君復有待而不行,若黄鶴之反顧,何哉?其意欲掃梁園之群英而振大雅於東洛,必布名天下而後歸隱,然終不可爲也。於是巾車入山,棲遲巖壑,使我望不可見、中心繁亂者,以君之所居藤蘿杳冥,洪波衝激,是龍虎之所居也,寡鶴饑鼯之所吟嘆也,君奈何處此幽默而愀然愁人乎?正以群小在位,賢者無依,真僞混淆,妍媸失所,是以厭世之濁,感此窮棲耳。藉令君戀世榮而不去,則是巢由桎梏於軒冕是也,其奚異乎夔龍揞維清之任力作於風塵哉?至若包胥、連子,排患解紛,庶幾可以自顯,君又謂其沽名矯節而不爲,則惟棄世遺身而與白鷗相親耳。(《唐詩解》)

王云:晁補之曰:李白天才俊麗,不可矩矱,然要長於詩,而文非其所能也。賦近於文,故白《大鵬賦》辭非不壯,不若其詩盛行於世。至《鳴皋歌》一篇,本末《楚辭》也,而世誤以爲詩,因爲出之。其略曰「蝘蜓嘲龍,魚目混珍。嫫母衣錦,西施負薪」,此諄諄放屈原《卜居》及賈誼《弔屈原》語,而白才自逸蕩，故或離而去之云。《楚辭後語》曰：白天才絶出，尤長於詩，而賦不能及晉魏，獨此篇近《楚辭》，然歸來子猶以爲白才自逸蕩，故或離而去之，亦爲知言云。

【按】

此詩所寫山中景象與《夢遊天姥吟留别》詩中「熊咆龍吟」數語頗類，二詩結末處俱申明解脱羈束、高蹈世外之志，其作時似相隔未久，因繫同年。唐汝詢將結末處李白自明其志一段仍屬岑徵君，誤。

送岑徵君歸鳴皋山

與上篇同時作。據詩，徵君爲唐太宗時宰相岑文本之後，詳注〔一〕及按語。

岑公相門子，雅望歸安石〔一〕。奕世皆夔龍〔二〕，中台竟三拆〔三〕。至人達機兆，高揖九州伯〔四〕。奈何天地間，而作隱淪客？貴道能全真〔五〕，潛輝卧幽鄰〔六〕。探元入窅默〔七〕，觀化遊無垠〔八〕。光武有天下，嚴陵爲故人。雖登洛陽殿，不屈巢由身〔九〕。余亦謝明主，今稱偃蹇臣〔一〇〕。登高覽萬古，思與廣成鄰〔一一〕。蹈海寧受賞〔一二〕，還山非問津〔一三〕。西來一搖扇，共拂元規塵〔一四〕。

【注釋】

〔一〕王注：「岑參《感舊賦序》云：國家六葉，吾門三相矣。江陵公爲中書令，輔太宗；鄧國公爲文昌右相，輔高宗；汝南公爲侍中，輔睿宗。相承寵光，繼出輔弼。逮乎武后臨朝，鄧國公由是得罪。先天中，汝南公又得罪。朱輪華轂如夢中矣。按《唐書》：岑文本，鄧州棘陽人。……貞觀中，文本歷官中書令，封江陵縣子。從子長倩，永淳中累官兵部侍郎同中書門下平章事。垂拱中拜文昌右相，封鄧國公，爲來俊臣所誣陷，斬於市。文本孫羲，累官至同中書門下三品。景雲間進侍中，封南陽郡公。……兄弟子姓在清要者數十人。羲嘆曰：『物極則反，可以懼矣。』然不能抑退，坐豫太平公主謀，誅，籍其家。」《晉書・謝安傳》：「安雖處衡門……自然有公輔之望。」二句以安石喻岑徵君，謂其出身相門，且有公輔之望。

〔二〕奕世，累世。夔龍，見上篇注。

〔三〕中台，謂相位。《晉書・天文志》：「三台六星，兩兩而居……三台爲天階。……中階，上星爲諸侯三公，下星爲卿大夫。」中台，即中階。拆，《晉書・天文志》：「永康元年三月，中台星拆……占曰：『台星失常，三公憂。』」據此，拆應爲坼，諸本俱形近而致誤。以上四句，叙岑徵君家世。

〔四〕機兆，事機之先兆。揖，辭讓也。九州伯，九州之長。堯嘗召許由爲九州長，辭不就。見天寶三載《行路難》其三詩注。二句謂徵君以先世之事爲鑑，故不就官。

〔五〕全真，保全天然本性。

〔六〕鄰，宋乙本、繆本、咸本、王本俱注云：「一作嶙。」嶙是。

〔七〕元，同玄。窅，同窈。窅默，窈冥昏默，謂深幽奥秘之境。《莊子·在宥》：「至道之精，窈窈冥冥；至道之極，昏昏默默。」

〔八〕觀化，觀察萬物變化。無垠，《淮南子·原道》：「上遊於霄雿之野，下出於無垠之門。」高誘注：「無垠，無形狀之貌。」

〔九〕四句用嚴光事，參見天寶二年《松柏本孤直》（古風其十二）詩注。

〔一〇〕偃蹇，高邁超俗貌。《離騷》：「望瑶台之偃蹇兮。」

〔一一〕廣成，仙人名，見天寶三載《世道日交喪》（古風其二十五）詩注。

〔一二〕句用魯仲連事。見開元二十八年《齊有倜儻生》（古風其十）詩及注。

〔一三〕句用陶淵明《桃花源記》事。

〔一四〕元規，庾亮字。《晉書·王導傳》：「時亮雖居外鎮，而執朝廷之權，既據上流，擁强兵，趣向者多歸之。導内不能平，常遇西風塵起，舉扇自蔽，徐曰：『元規塵污人。』」句申明鄙棄權貴之態度。

【按】

考《新唐書·宰相世系表》，岑氏家族未仕者，計有岑羲之子敷、弟仲休、岑長倩之子靈源、廣成，凡四人，岑徵君或在其中。白詩有句「登高覽萬古，思與廣成鄰」，豈語涉雙關，用仙人廣成子事并切徵君之名歟？若然，則岑徵君廣成之生年不晚於天授二年（六九一年，此年其父岑長倩遭誅），其年齒長李白十歲以上。

對雪獻從兄虞城宰

本年冬梁園作。虞城，宋州（睢陽郡）屬縣，即今河南虞城縣。虞城宰，謂李錫。白有《虞城縣令李公去思頌碑》，序云：「公名錫，字元勳……天寶四載，拜虞城令……陽無驕僭，四載有年。人戴公之賢，猶百里之天。」知李錫於天寶四載至七載間爲虞城令。

昨夜梁園雪〔一〕，弟寒兄不知。庭前看玉樹〔二〕，腸斷憶連枝〔三〕。

【注釋】

〔一〕雪，王本作裏，據兩宋本改。梁園在睢陽之東，虞城之西。

〔二〕玉樹，披雪之樹，其色如玉。兼喻李錫。《世説·容止》：「毛曾與夏侯玄共坐，時人謂『蒹葭倚玉樹』。」

〔三〕連枝，即連理枝，謂兄弟。

淮海對雪贈傅靄

本年歲暮自睢陽到揚州時作。兩宋本、蕭本、繆本、咸本、王本題下俱注云：「一作淮南對雪贈孟浩然。」一作恐誤。淮海，《書·禹貢》：「淮海惟揚州。」傅靄，應是白在宋城之友人。

朔雪落吴天，從風渡溟渤。海樹成陽春〔一〕，江沙皓明月〔二〕。興從剡溪起〔三〕，思繞梁園發〔四〕。寄君郢中歌〔五〕，曲罷心斷絶〔六〕。

【注釋】

〔一〕此句似謂樹上着雪，粲如花開。

〔二〕此下兩宋本、繆本俱有「飄飄四荒外，想像千花發。瑶草生階墀，玉塵散庭闕」四句。

〔三〕句用王子猷雪夜訪戴事，謂將往遊越中。剡溪，指代越中。

〔四〕句謂思念梁園友人，所思即傅靄。蓋白甫離睢陽故也。舊注引謝惠連《雪賦》，以梁孝王遊於兔園召司馬相如等爲賦事，恐無涉。

〔五〕郢中歌，即《陽春》、《白雪》，見天寶二年《郢客歌白雪》（古風其二十一）詩及注。

〔六〕四句兩宋本、繆本、王本俱注云：「一云『剡溪興空在，郢路歌未歇。寄君梁父吟，曲盡心斷絶』。」斷，王本作繼，據兩宋本改。

李白全集編年箋注卷八　編年詩第八

天寶六載（七四七年）　李白四十七歲

題瓜洲新河餞族叔舍人賁

本年春作於揚州（廣陵郡）。《元和郡縣志》淮南道揚州江都縣：「瓜洲鎮，在縣南四十里江濱。昔爲瓜洲村，蓋揚子江中之沙磧也，狀如瓜字，遥接揚子渡口，自開元以來，漸爲南北襟喉之地。」新河，瓜洲運河。李賁，高宗子許王素節之孫，嗣巴國公。唐制有中書舍人、太子中舍人、太子舍人、起居舍人、通事舍人，李賁所居不詳。

齊公鑿新河，萬古流不絶。豐功利生人，天地同朽滅〔一〕。兩橋對雙閣，芳樹有行列。愛此如甘棠，誰云敢攀折〔二〕？吴關倚此固，天險自兹設。海水落斗門〔三〕，潮平見沙汭〔四〕。我行送季父，弭棹徒流悦〔五〕。楊花滿江來，疑是龍山雪〔六〕。惜此林下興，愴爲山陽别〔七〕。瞻望清路塵，歸來空寂蔑〔八〕。

【注釋】

〔一〕齊公，謂齊澣。《舊唐書·玄宗紀》：開元二十六年冬，「潤州刺史齊澣開伊婁河於揚州南瓜洲浦」。同書《齊澣傳》：「二十五年，遷潤州刺史，充江南東道採訪處置使。潤州北界隔吴江，至瓜步沙尾，紆匯六十里，船繞瓜步，多爲風濤之所漂損。澣乃移其漕路，於京口塘下直渡江二十里，又開伊婁河二十五里，即達揚子縣。自是免漂損之災，歲減腳錢數十萬。又立伊婁埭，官收其課，迄今利濟焉。」四句贊其事。

〔二〕《詩·召南·甘棠》朱熹《集傳》：「甘棠，杜梨也。……召伯循行南國，以布文王之政，或舍甘棠之下，其後人思其德，故愛其樹而不忍傷也。」

〔三〕斗門，泄洪閘門。韓愈《唐故江西觀察使韋公墓誌銘》：「明年，築堤上江。……疏爲斗門，以走潦水。」

〔四〕汍，王本作汭，據兩宋本改。《説文》：「汍，水從孔穴疾出也。」

〔五〕徒，但也。流悦，流連於賞心悦目之事。《後漢書·蔡邕傳贊》：「苑囿典文，流悦音伎。」

〔六〕龍山，即逴龍山。《楚辭·大招》：「北有寒山，逴龍赩只。」王逸注：「逴龍，山名也……北方有常寒之山，陰不見日，名逴龍。」洪興祖補注：「疑此逴龍即燭龍也。」鮑照《學劉公幹體》：「胡風吹朔雪，千里度龍山。」

〔七〕二句用阮籍、阮咸叔侄事，喻族叔賁與己。林下興，謂竹林七賢之遊興。籍、咸俱七賢中人。《晉書·阮籍傳》：「咸任達不拘，與叔父籍爲竹林之遊。」山陽，七賢聚遊之地。

〔八〕寂蔑，猶寂寞。謝靈運《鄰里相送方山詩》：「各勉日新志，音塵慰寂蔑。」

【按】

詩用甘棠典，寄託後人感戴齊澣德政之情，必作於澣去後。詩云「兩橋對雙闕，芳樹有行列」，此橋此闕此樹當係開河時所建所植。據兩《唐書·齊澣傳》，澣由潤州刺史徙汴州，天寶初爲太子少詹事。至天寶六載，昔時所植「芳樹」宜成「行列」矣，因繫此詩於本年。詩云「楊花滿江來，疑是龍山雪」，時在暮春。

留別廣陵諸公

本年離揚州時作。

憶昔作少年，結交趙與燕。金羈絡駿馬，錦帶横龍泉〔一〕。寸心無疑事，所向非徒然。晚節覺此疏，獵精草《太玄》〔二〕。空名束壯士，薄俗棄高賢。中迴聖明顧，揮翰凌雲烟。騎虎不敢下，攀龍忽墮天〔三〕。還家守清真，孤潔勵秋蟬〔四〕。鍊丹費火石，採藥窮山川。卧海不關人，租税遼東田〔五〕。乘興忽復起，棹歌溪中船〔六〕。臨醉謝葛彊，山公欲倒鞭〔七〕。狂歌自此别，垂釣滄浪前。

【注釋】

〔一〕龍泉，寶劍名，即龍淵，唐時避高祖諱改稱。又，《水經注·溮水》：「晉太康《地記》曰：『（西平）縣有龍泉水，可以砥礪刀劍，特堅利，故有堅白之論矣。是以龍泉之劍，爲楚寶也。』」

〔二〕獵精，獵取精華妙義。句用揚雄事。《漢書·揚雄傳》：「時雄方草《太玄》，有以自守，泊如也。」

〔三〕四句概言供奉翰林事。

〔四〕王注：「蟬出自土壤，升於高木之上，吟風飲露，不見其食。故郭璞《蟬贊》：『蟲之精潔，可貴惟蟬。潛蜕棄穢，飲露恒鮮。』」

〔五〕二句用管寧事。東漢末，天下大亂，管寧聞公孫度令行於海外，遂至於遼東。既見度，乃廬於山谷。魏太祖、文帝、明帝屢下詔徵辟，固辭不就。明帝曾詔青州刺史曰：「寧抱道懷貞，潛翳海隅，比下徵書，違命不至，盤桓利居，高尚其事。」見《三國志·魏書·管寧傳》。鮑照《郡内登望》：「方棄汝南諾，言税遼東田。」

〔六〕二句用王子猷乘興訪戴事，謂己將往越中。

〔七〕二句用山簡事。《晉書·山簡傳》：簡鎮襄陽，「優遊卒歲，唯酒是耽。諸習氏，荆土豪族，有佳園池。簡每出嬉遊，多之池上。置酒輒醉，名之曰高陽池。時有童兒歌曰：『山公出何許？往至高陽池。日夕倒載歸，酩酊無所知。時時能騎馬，倒著白接羅。舉鞭向葛彊，何如并州兒？』彊家在并州，簡愛將也。」

【集説】

宋長白云：太白《留别》詩：「空名束壯士，薄俗棄高賢。」《送族弟》詩：「空手無壯士，窮居使人

低。」前句束字，後句低字，合看始見憤世嫉俗之情。（《柳亭詩話》）

詹鍈云：詩云：「中迴聖明顧，揮翰凌雲烟。騎虎不敢下，攀龍忽墮天。還家守清真，孤潔勵秋蟬。」當指去朝家居而言。又云：「乘興忽復起，棹歌溪中船。」則又南遊也。

焦山望松寥山

自揚州抵潤州（丹陽郡）時作。治城丹徒即今江蘇鎮江。宋乙本、繆本題俱作《焦山杳望松寥山》。王注：「《一統志》：焦山，在鎮江府城東北九里江中，後漢焦先隱此，因名。鮑天鍾《丹徒縣志》：焦山之餘支東出，分峙於鯨波瀰淼中，曰海門山。唐詩稱松寥、稱夷山，即此。」

石壁望松寥，宛然在碧霄。安得五綵虹，架天作長橋？仙人如愛我，舉手來相招。

金陵三首

此及以下金陵詩七題，與早期金陵詩作相較，寫景咏物，俱着蒼凉之色；抒懷寄慨，亦多興亡之感。蓋以己身被斥去朝之故，又兼此期朝政日非，故借古以諷今也。當作於本年赴越途中以及返至金陵時。茲并繫於此。

晉家南渡日，此地舊長安〔一〕。地即帝王宅，山爲龍虎盤〔二〕。金陵空壯觀，天塹淨波瀾〔三〕。醉客迴橈去〔四〕，吴歌且自歡。

【注釋】

〔一〕西晉之末，胡人入侵，洛陽、長安先後陷落，懷、愍二帝先後被殺，西晉遂亡。晉室南渡，元帝即位，都金陵，改稱建業，旋改建康，是爲東晉。

〔二〕《太平御覽》卷一五六引張勃《吴録》：劉備使諸葛亮至金陵，覩秣陵（即金陵）山阜，謂孫權曰：「秣陵地形，鍾山龍蟠，石城虎踞，此帝王之宅。」二句宋乙本、繆本、蕭本、王本俱注云：「一作碧宇樓臺滿，青山龍虎盤。」

〔三〕天塹，天然溝壕，此謂長江。《隋書·五行志》：「陳禎明三年，隋師臨江，後主從容而言曰：『齊兵三來，周師再來，無弗摧敗，彼何爲者？』都官尚書孔範曰：『長江天塹，古以爲限隔南北，今日北軍豈能飛渡耶？』」

〔四〕醉客，白自謂。迴橈，自丹徒至金陵須泝江而上，故云。

其二

地擁金陵勢〔一〕，城迴江水流。當時百萬户〔二〕，夾道起朱樓。亡國生春草，王宫没古丘〔三〕。空餘後湖月，波上對瀛洲〔四〕。

【注釋】

〔一〕金陵，此以鍾山言，與下句江水成對。《元和郡縣志》江南道潤州上元縣：「鍾山，在縣東北十八里。按《輿地志》，古金陵山也，邑縣之名，皆由此而立。」

〔二〕當時，謂先後建都金陵之六朝。

〔三〕王，宋乙本、繆本俱作離。

〔四〕後湖，《初學記》卷七：「建鄴有後湖，一名玄武湖。」在金陵城北。瀛，蕭本作江。

其　三

六代興亡國〔一〕，三杯爲爾歌。苑方秦地少〔二〕，山似洛陽多〔三〕。古殿吴花草，深宫晉綺羅。併隨人事滅，東逝與滄波。

【注釋】

〔一〕六代，謂孫吴、東晉、宋、齊、梁、陳，皆都金陵。

〔二〕方，比也。

〔三〕王注：「《景定建康志》：洛陽四山圍，伊、洛、瀍、澗在中。建康亦四山圍，秦淮、直瀆在中，故云：『風景不殊，舉目有山河之異。』李白云：『山似洛陽多。』許渾云：『只有青山似洛中。』謂此也。」按，白已遍遊京洛，故造語如是。

【按】

此期金陵之作，雖多興亡之感，不同於早年；然亦不同於晚年。晚年亂後之作，自有彼時人事可證，否則亦是窮途末路情景，無復此期氣概與興致。如本篇其一所云：「醉客迴橈去，吴歌且自歡」；下篇所云：「我來酌清波，於此樹名園。功成拂衣去，歸入武陵園。」彼時，「正值傾家無酒錢」，焉能有此？至於天寶十三載前後旅居宣城時期，亦曾赴金陵及揚州，且有《送王屋山人魏萬還王屋》等詩，然而幾未涉及時政，蓋因十二載入長安獻策失敗，避禍且不及也。

登金陵冶城西北謝安墩

王本題下注云：「太白自注：此墩即晉太傅謝安與右軍王羲之同登，超然有高世之志，余將營園其上，故作是詩。」冶城，在金陵西，本吴鑄冶之地，因以爲名。謝安墩，在金陵半山。

晉室昔横潰[一]，永嘉遂南奔[二]。沙塵何茫茫，龍虎鬬朝昏。胡馬風漢草[三]，天驕蹙中原[四]。哲匠感頽運[五]，雲鵬忽飛翻。組練照楚國[六]，旌旗連海門。西秦百萬衆[七]，戈甲如雲屯。投鞭可填江[八]，一掃不足論。皇運有返正[九]，醜虜無遺魂[一〇]。談笑遏横流[一一]，蒼生望斯存[一二]。冶城訪古跡，猶有謝安墩[一三]。憑覽周地險，高標絶人喧。想像東山姿，緬懷右軍言[一四]。梧桐識嘉樹，蕙草留芳根。白鷺映春洲[一五]，青龍見朝暾[一六]。地古雲物在，臺傾禾黍繁。我來酌清波，於此樹名園。功成拂衣去，歸入武陵源〔一七〕。

【注釋】

〔一〕橫潰，河水泛濫。句謂西晉惠帝時，宗室内訌，混戰連年，史稱「八王之亂」。

〔二〕永嘉，西晉懷帝年號。先是惠帝時，北部都尉劉淵（匈奴人）乘亂起兵，號大單于。淵死，其子劉聰稱帝，國號漢。永嘉五年，淵侄劉曜率兵入京師洛陽，俘懷帝，旋殺之。史稱「永嘉之亂」。中原人士避亂江東者十之六七。見《晉書·懷帝紀》。

〔三〕胡馬，指劉淵父子、叔侄等人之兵馬。風，《書·費誓》：「馬牛其風。」鄭注：「風，走逸也」。句謂胡騎奔馳於中原。

〔四〕天驕，匈奴極盛時自稱爲「天之驕子」，見《漢書·匈奴傳》。蹙，進逼也。懷帝之後，愍帝繼立，劉曜又俘而殺之，西晉遂亡。元帝即位於江東，是爲東晉。

〔五〕哲匠，謂賢明之大臣，此指謝安。安字安石，少即有重名，史稱其「神識明敏」，然以桓温當朝，跋扈，安遂隱居不仕。温卒後，東晉孝武帝以朝政付之，安盡忠匡翼，威望甚著，時人皆比之爲元帝時大臣王導。

〔六〕組練，謂組甲與被練，皆古之戰服。二句代指東晉武備。自此以下十句，皆贊謝安之文韜武略。

〔七〕西秦，謂氐族苻氏所建之秦，都長安，史稱「前秦」（以别於姚氏之「後秦」）。另有鮮卑族乞伏氏據隴西所建之西秦，與晉無涉）。前秦主苻堅嘗號稱「有勁卒百萬」。見《晉書·苻堅載記》。

〔八〕苻堅將伐東晉時，嘗曰：「以吾之衆旅，投鞭於江，足斷其流。」見《晉書·苻堅載記》。

〔九〕皇運，謂東晉國運。東晉孝武帝太元八年，苻堅大舉南犯。淝水一戰，晉軍以少勝多，使晉室轉危爲安，故云「有返正」。

〔一〇〕醜虜，謂苻堅秦軍。堅與子融登城而望晉師，見部陣齊整，將士精鋭，又北望八公山上草木皆兵，憮然有懼色。及其潰敗，聞風聲鶴唳，皆謂晉師之至。見《晉書·苻堅載記》。

〔一一〕句謂謝安從容破敵事。《晉書·謝安傳》：「時苻堅强盛，疆埸多虞，諸將敗退相繼。安遣弟石及兄子玄等應機征討，所在克捷。……堅後率衆，號百萬，次於淮肥，京師震恐。加安征討大都督。玄入問計，安夷然無懼色，答曰：『已别有旨。』既而寂然。玄不敢復言，乃令張玄重請，安遂命駕出山墅，親朋畢集，方與玄圍棋賭别墅。……至夜乃還，指授將帥，各當其任。玄等既破堅，有驛書至，安方對客圍棋，看書既竟，便攝放床上，了無喜色，棋如故。」

〔一二〕謝安未仕時，中丞高崧嘗戲之曰：「卿屢違朝旨，高卧東山，諸人每相與言：安石不肯出，將如蒼生何？蒼生今亦將如卿何？」見《晉書·謝安傳》。句謂謝安終副蒼生之望。

〔一三〕王注：「《六朝事跡》：謝安墩，在半山報寧寺之後，基址尚存。」

〔一四〕東山姿，謂謝安風姿。右軍，謂王羲之。《世説·言語》：「王右軍與謝太傅共登冶城，謝悠然遠想，有高世之志。王謂謝曰：『夏禹勤王，手足胼胝；文王旰食，日不暇給。今四郊多壘，宜人人自效，而虚談廢務，浮文妨要，恐非當今所宜。』謝答曰：『秦任商鞅，二世而亡，豈清言致患邪？』」

〔一五〕白鷺洲，在金陵城西大江中。

〔一六〕青龍，青龍山，在金陵東南。

〔一七〕武陵源，即桃花源。二句意謂：欲效謝安哲匠之業，然後功成身退。

【集説】

詹鍈云：奚禄詒曰：「借晉以言時事，卻自負。」又曰：「從晉室苻堅發論，意者指禄山之亂乎？」

詩云：「蕙草留芳根，白鷺映春洲。」疑是至德元載春季作。

【按】

奚説殊泥。蓋謝安爲白終生所仰慕，其登臨故地而生懷古景賢之情，本事理之常，非因安史之亂也。天寶十四載冬安史亂作，次年春，白在奔亡道中，焉能有在金陵「酌清波」、「樹名園」之想乎？故知非亂後之作。

金陵白楊十字巷

王注引《六朝事跡》：「白楊路，《圖經》云：縣南十二里石山崗之横道是也。」

白楊十字巷，北夾湖溝道〔一〕。不見吳時人，空生唐年草。天地有反覆，宮城盡傾倒。六帝餘古丘，樵蘇泣遺老〔二〕。

【注釋】

〔一〕湖，王注：「當作潮。」是。《一統志·江寧府》：「潮溝，在上元縣西。……《輿地志》：吴大帝所鑿以引潮，接青溪，抵秦淮，西通運瀆，北連後湖。」

〔二〕古丘，六代帝王陵墓。取薪曰樵，取草曰蘇。二句意謂野老亦爲六朝興亡致慨。

勞勞亭

王注：《景定建康志》：「勞勞亭，在城南十五里，古送别之所。」

天下傷心處，勞勞送客亭〔一〕。春風知别苦，不遣柳條青〔二〕。

【注釋】

〔一〕勞勞，憂傷貌。《詩·齊風·甫田》：「無思遠人，勞心忉忉。」

〔二〕二句實則因見柳條之青而怨春風不知别離之苦也。

【集説】

《唐宋詩醇》云：二十字無不刺骨。

李鍈云：若直寫别離之苦，亦嫌平直。借春風以寫之，轉覺苦語入骨。其妙在「知」字、「不遣」

字，奇警無倫。（《詩法易簡録》）

洗脚亭

王注：「詩乃送行之作，題内似有缺文。」據詩，亭在金陵。

白道向姑熟〔一〕，洪亭臨道旁。前有吳時井，下有五丈床〔二〕。樵女洗素足，行人歇金裝〔三〕。西望白鷺洲〔四〕，蘆花似朝霜。送君此時去，回首淚成行。

【注釋】

〔一〕白道，大路。姑熟，謂當塗。《通典》卷一百八十一：「當塗……今縣城即晉姑熟城也。」姑熟溪在城南，因以得名。

〔二〕五丈床，疑是井旁之水槽，其長五丈，用以供行人洗足、飲馬之用。

〔三〕金裝，金飾之馬鞍，此謂馬。梁簡文帝《登山馬詩》：「登山馬，間樹識金裝。」

〔四〕白鷺洲，在金陵城西大江中。

金陵歌送別范宣

范宣，其人無考。詩借送別，懷古傷時。

石頭巉巖如虎踞，凌波欲過滄江去〔一〕。鍾山龍盤走勢來，秀色横分歷陽樹〔二〕。四十餘帝三百秋〔三〕，功名事跡隨東流。白馬小兒誰家子？泰清之歲來關囚〔四〕。金陵昔時何壯哉，席卷英豪天下來。冠蓋散爲烟霧盡，金輿玉座成寒灰〔五〕。扣劍悲吟空咄嗟，梁陳白骨亂如麻。天子龍沉景陽井〔六〕，誰歌《玉樹後庭花》〔七〕？此地傷心不能道，目下離離長春草。送爾長江萬里心，他年來訪南山皓〔八〕。

【注釋】

〔一〕石頭，山名，在金陵城西，瀕大江。東漢建安中，孫權因山築城，號建業，俗稱石頭城。懸崖竦峙，形勢險要。諸葛亮所謂「石頭虎踞」即此。二句寫金陵俯瞰大江之勢。

〔二〕鍾山，在金陵東北。古名金陵山，城即以此得名。諸葛亮所謂「鍾山龍盤」，即此。歷陽，郡名，即和州，在大江對岸。二句寫金陵與歷陽隔江相望之景。

〔三〕蕭注：「按史書，自吴大帝建都金陵，後歷晉宋齊梁陳，凡六代，共三十八主。此言四十餘帝者，併其間推尊者而混言之也。三百秋者，自吴大帝黄武元年壬寅歲至陳禎明三年己酉，共三百三十二年，吴亡後歇三十六年，總三百六十七年，詩人造辭遣意，舉成數而言耳。」

〔四〕白馬小兒，謂梁代叛將侯景。《梁書》本傳：「普通（梁武帝年號）中，童謡曰：『青絲白馬壽陽來。』後景果乘白馬，兵皆青衣。」《梁書・武帝紀》：「太清二年秋八月戊戌，侯景舉兵反。」蕭注：「泰清，梁武帝年號。時遭侯景之難，困於臺城，以所求不供，憂憤寢疾，崩於净居殿，乃泰清三年五月丙辰也。」關囚，囚武帝於臺城。二句兩宋本、繆本、王本俱注云：「一作白馬金鞍誰家子，吹唇虎嘯鳳皇樓。」

〔五〕冠蓋，代指貴臣。金輿玉座，代指帝王。二句意謂金陵帝業已化爲烏有。

〔六〕天子，謂陳代亡國之君陳叔寶。《陳書·後主紀》：「後主聞（隋）兵至，從宫人十餘出後堂景陽殿，將自投於井，袁憲侍側，苦諫不從，後閤舍人夏侯公韻又以身蔽井，後主與争久之，方得入焉。及夜，爲隋軍所執。」

〔七〕《陳書·張貴妃傳》：「後主每引賓客對貴妃等遊宴，則使諸貴人及女學士與狎客共賦新詩，互相贈答，採其尤艷麗者以爲曲詞，被以新聲，選宫女有容色者以千百數，令習而歌之，分部迭進，持以相樂。其曲有《玉樹後庭花》、《臨春樂》等，大指所歸，皆美張貴妃、孔貴嬪之容色也。其略曰：『璧月夜夜滿，瓊樹朝朝新。』」據《南史·陳後主紀》，後主沉井時，張貴妃、孔貴嬪與之俱。

〔八〕南山皓，見天寶三載《商山四皓》、《過四皓墓》詩及注。白以自謂。

【集説】

方東樹云：起四句寫，颯爽。「四十」數句叙。「冠蓋」數句，頓挫淋灕。「此地」四句，結題送别。（《昭昧詹言》）

月夜金陵懷古

蒼蒼金陵月，空懸帝王州〔一〕。天文列宿在，霸業大江流。渌水絶馳道〔二〕，青松摧古丘〔三〕。臺傾鳷鵲觀〔四〕，宫没鳳皇樓〔五〕。别殿悲清暑〔六〕，芳園罷樂遊〔七〕。一聞歌玉樹，蕭瑟後庭秋〔八〕。

【注釋】

〔一〕謝朓《入朝曲》：「江南佳麗地，金陵帝王州。」

〔二〕《宋書·孝武帝本紀》：「大明五年九月丙申，初立馳道，自閶闔門至於朱雀門，又自承明門至於玄武湖。」

〔三〕古丘，謂六朝帝王陵墓。

〔四〕鳷鵲觀，在金陵，見天寶七載《挂席江上待月有懷》詩注。

〔五〕王注：「《景定建康志》：案《宫苑記》：鳳凰樓，在鳳臺山上。宋元嘉中建，有鳳凰集此，爲名。」

〔六〕清暑，王注：「《景定建康志》：清暑殿，在臺城内，晉孝武帝建。殿前重樓複道，通華林園，爽塏奇麗，天下無比，雖暑月常有清風，故以爲名。」

〔七〕樂遊，《元和郡縣志》江南道潤州上元縣：「覆舟山，在縣東北一十里。……宋元嘉中改名玄武山，以爲樂遊苑。」

〔八〕玉樹，即《玉樹後庭花》。《隋書·五行志》：「禎明初，後主作新歌，詞甚哀怨，令後宫美人習而歌之，其辭曰：『玉樹後庭花，花開不復久。』時人以歌讖，此其不久兆也。」

登金陵鳳凰臺

王注：「《江南通志》：『鳳凰臺，在江寧府城内之西南隅，猶有陂陀，尚可登覽。宋元嘉十六年，有三鳥翔集山間，文彩五色，狀如孔雀，音聲諧和，衆鳥群附，時人謂之鳳凰，起臺於山，謂之鳳凰臺，山曰鳳凰山，里曰鳳凰里。』《珊瑚鉤詩話》：『金陵鳳凰臺，在城之東南，四顧江山，下窺井邑，古題詠惟謫仙爲絶唱。』」

鳳凰臺上鳳凰遊，鳳去臺空江自流。吴宫花草埋幽徑，晉代衣冠成古丘。三山半落青天外〔一〕，一水中分白鷺洲〔二〕。總爲浮雲能蔽日〔三〕，長安不見使人愁。

【注釋】

〔一〕《元和郡縣志》江南道潤州上元縣：「三山，在縣西南五十里。」王注引《輿地志》：「其山積石森鬱，濱於大江，三峰排列，南北相連，故號三山。」山在今南京市西南長江東岸。

〔二〕一，諸本俱注云：「一作二。」王注：「史正志《二水亭記》：秦淮源出句容、溧水兩山，自方山合流，至建業貫城中而西，以達於江。有洲横截其間，李太白所謂『二水中分白鷺洲』是也。」白鷺洲，在金陵城西大江中。

〔三〕《楚辭・九辯》：「何氾濫之浮雲兮，猋壅蔽此明月」；「願皓日之顯行兮，雲濛濛而蔽之。」句由此化出。浮雲喻奸臣，日月喻君王。

【集説】

蕭云：此詩因懷古而動懷君之思乎？抑亦自傷讒廢，望帝鄉而不見，乃觸景而生愁乎？太白之志亦可哀也已。

方回云：太白此詩與崔顥《黄鶴樓》相似，格律氣勢未易甲乙。此詩以鳳皇臺爲名，而詠鳳皇臺不過起語兩句盡之矣，下六句乃登臺而觀望之景也。三四懷古人之不見也。五六七八詠今日之景，而慨帝都之不可見，登臺而望，所感深矣。金陵建都自吴始，三山、二水、白鷺洲皆金陵山水名。金陵可以北望中原，唐都長安，故太白以浮雲遮蔽不見長安爲愁焉。（《瀛奎律髓》）

瞿佑云：崔顥題黄鶴樓，太白過之不更作，時人有「眼前有景道不得，崔顥題詩在上頭」之譏。及登鳳凰臺作詩，可謂十倍曹丕矣。蓋顥結句云：「日暮鄉關何處是，烟波江上使人愁。」而太白結句云：「總爲浮雲能蔽日，長安不見使人愁。」愛君憂國之意遠過鄉關之念。善占地步矣。（《歸田詩話》）

《唐宋詩醇》云：崔顥題詩黄鶴樓，李白見之，去不復作，至金陵登鳳凰臺乃題此詩，傳者以爲擬崔而作，理或有之。崔詩直舉胸情，氣體高渾，白詩寓目山河，别有懷抱，其言皆從心而發，即景而成，意象偶同，勝境各擅，論者不舉其高情遠意而沾沾吹索於字句之間，固已蔽矣。至謂白實擬之以較勝負，并謬爲搥碎鶴樓等詩，鄙陋之談，不值一噱也。

詹鍈云：按《鸚鵡洲》詩作於上元二年，趙氏（宧光）之言果信，則此詩之作當在上元二年太白遊金陵時。

瞿、朱云：此詩自是白之本色，不爲摹擬。浮雲一語當指開元、天寶間之讒諂蔽明，若在上元末年，則白獲罪遇赦，方銷聲斂跡之不暇，似不當復有此激切之語。參見卷二十《金陵鳳皇臺置酒》一首（按，本書編在天寶七載）。

【按】

瞿、朱説是。詩末二句乃一篇之警策，此期懷古傷今諸作之幽思秘意皆源於此。

燕臣昔慟哭　古風其三十七

燕臣昔慟哭，五月飛秋霜〔一〕。庶女號蒼天，震風擊齊堂〔二〕。精誠有所感，造化爲悲傷。而我竟何辜？遠身金殿旁。浮雲蔽紫闥〔三〕，白日難回光。群沙穢明珠，衆草凌孤芳。古來共嘆息，流淚空沾裳。

【注釋】

〔一〕燕臣，謂鄒衍。《論衡·感虚》：「傳書言：鄒衍無罪，見拘於燕。當夏五月，仰天而嘆，天爲隕霜。」

〔二〕《淮南子・覽冥》：「庶女叫天，雷電下擊。景公臺隕，支體傷折，海水大出。」高誘注：「庶賤之女，齊之寡婦，無子不嫁，事姑謹敬。姑無男有女，女利母財，令母嫁婦，婦益不肯。女殺母以誣寡婦，婦不能自明，寃結叫天，天爲行雷電，下擊景公之臺隕壞也，毁景公之支體，海水爲之大溢出也。」江淹《詣建平王上書》：「昔者，賤臣叩心，飛霜擊於燕地；庶女告天，振風襲於齊臺。」以上四句本此。

〔三〕紫闥，《文選》曹植《求通親親表》：「注心皇極，結情紫闥。」劉良注：「皇極紫闥，天子所居也。」

【集説】

蕭云：此詩其遭高力士譖於貴妃而放黜之時所作乎？浮雲比力士，紫闥比中宮，白日比明皇，群沙、衆草以喻小人，明珠、孤芳以喻君子。

【按】

此詩「浮雲蔽紫闥，白日難回光」二句，與上篇「總爲浮雲能蔽日，長安不見使人愁」二句意同，當爲同期之作。其時白漂泊江東，故曰「遠身金殿旁」。

登梅崗望金陵贈族侄高座寺僧中孚

本年春末或夏初將去金陵時作。王注：「《江南志》：聚寶山，在江寧府城南聚寶門外，其東嶺爲雨花臺，山麓爲梅岡，晉豫章内史梅頤家於此。舊多亭榭，自六朝迄今，爲士人遊覽勝地。高座寺，在江寧府雨花臺梅岡，晉永嘉中建，名甘露寺。西竺僧尸黎密據高座説法，世謂高座道人，葬此，故名。或云晉法師竺道生所居。」

鍾山抱金陵，霸氣昔騰發。天開帝王居，海色照宫闕。群峰如逐鹿，奔走相馳突。江水九道來〔一〕，雲端遥明没。時遷大運去，龍虎勢休歇〔二〕。我來屬天清，登覽窮楚越〔三〕。吾宗挺禪伯，特秀鸞鳳骨〔四〕。衆星羅青天，明者獨有月〔五〕。冥居順生理，草木不翦伐〔六〕。烟窗引薔薇，石壁老野蕨。吴風謝安屐，白足傲履襪〔七〕。幾宿一下山，蕭然忘干謁。談經演金偈〔八〕，降鶴舞海雪。時聞天香來〔九〕，了與世事絶。佳遊不可得，春去惜遠别。賦詩留巖屏，千載庶不滅。

【注釋】

〔一〕《書·禹貢》：「九江孔殷。」王注：「今之九江，僅有其名，九派之跡，邈不可見。蓋川瀆之形，不能無變遷故也。……但金陵去九江甚遠，即使唐時水脈未改，然登梅岡而望九江，亦豈目力之所能及？詩人誇大之辭，多過其實，往往若此矣。」

〔二〕二句謂歲月遷改，天運轉移，金陵昔日霸氣已盡。

〔三〕王注：「金陵之地，古爲吴地，其西爲楚，其南爲越。」

〔四〕二句宋乙本、蕭本、繆本、王本俱注云：「一作吾宗道門秀，特異鸞鳳骨。」

〔五〕明，宋乙本、繆本、咸本俱作朗。

〔六〕二句謂中孚平居好静，一切聽其自然。

〔七〕東晉名士習吴風，喜著屐，謝安亦然。《高僧傳·釋曇始》：「始足白於面，雖跣涉泥水，未嘗沾濕，天下皆稱白足和尚。」二句謂中孚兼有名士與高僧之風。

〔八〕偈，佛經中頌辭。佛所説之偈，謂之金偈。

〔九〕天香，天上之香。《法華經·法師功德品》：「亦聞天上諸天之香。」

答族侄僧中孚贈玉泉仙人掌茶 并序

與上篇一時之作。

余聞荆州玉泉寺近清溪諸山〔一〕，山洞往往有乳窟，窟中多玉泉交流。其中有白蝙蝠，大如鴉〔二〕。按仙經，蝙蝠一名仙鼠，千歲之後體如白雪。棲則倒懸，蓋飲乳水而長生也。其水邊處處有茗草羅生〔三〕，枝葉如碧玉。惟玉泉真公常采而飲之〔四〕，年八十餘歲，顔色如桃花。而此茗清香滑熟，異於他者，所以能還童振枯，扶人壽也。余遊金陵，見宗僧中孚，示余茶數十片，拳然重疊，其狀如手，號爲仙人掌茶。蓋新出乎玉泉之山，曠古未覿，因持之見遺，兼贈詩，要余答之，遂有此作。後之高僧大隱，知仙人掌茶發乎中孚禪子及青蓮居士李也。

常聞玉泉山，山洞多乳窟。仙鼠如白鴉，倒懸清溪月。茗生此中石，玉泉流不歇。根柯灑芳津，採服潤肌骨。叢老卷緑葉，枝枝相接連。曝成仙人掌，似拍洪崖肩〔五〕。舉世未見之，其名定誰傳？宗英乃禪伯〔六〕，投贈有佳篇。清鏡燭無鹽，顧慚西子妍〔七〕。朝坐有餘興，長吟播諸天〔八〕。

【注釋】

〔一〕《一統志·荆門直隸州》：「玉泉寺，在當陽縣西三十里玉泉山，隋開皇中建。」「青溪山，在當陽縣西北三十里。」

〔二〕《述異記》卷下：「荆州清溪秀壁諸山，山洞往往有乳窟，窟中多玉泉交流，中有白蝙蝠，大如鴉。」

〔三〕茗，茶芽也。

〔四〕王注：「吕温《南岳彌陀寺承遠和尚碑》：開元二十三年，至荆州玉泉寺謁蘭若真和尚，即玉泉真公也。」

〔五〕洪崖，仙人名。或曰即黄帝之臣伶倫，仙號洪崖。郭璞《遊仙詩》：「左挹浮丘袖，右拍洪崖肩。」

〔六〕宗英，本宗之英，謂中孚。

〔七〕無鹽，醜女名，見天寶二年《于闐採花》詩注。二句以無鹽自謂，以西子指中孚。

〔八〕王注：「佛書言三界共有三十二天，自四天王天至非有想非無想天，總謂之諸天。」

【按】

高座，古寺也。中孚，高僧也。其禪與詩皆令白傾服，而稱之爲族侄，可知白年事已長，非開元年間初遊金陵之作。又從詩序中自稱「青蓮居士」亦可知其作時。詳見本年《答湖州迦葉司馬問白是何人》注。

丁都護歌

亦作《丁督護歌》，《樂府詩集·清商曲辭》名。《宋書·樂志》：「督護歌者，彭城内史徐逵之爲魯軌所殺，宋高祖使府内直督護丁旿收斂殯埋之。逵之妻，高祖長女也，呼旿至閣下，自問斂送之事，每問，輒嘆息曰：『丁督護！』其聲哀切，後人因其聲廣其曲焉。」王云：「太白擬其歌調而意則另出。」此爲李白本年夏赴越途中經丹陽時所作。

雲陽上征去〔一〕，兩岸饒商賈。吴牛喘月時〔二〕，拖船一何苦。水濁不可飲，壺漿半成土。一唱都護歌，心摧淚如雨。萬人繫盤石，無由達江滸〔三〕。君看石芒碭〔四〕，掩淚悲千古。

【注釋】

〔一〕雲陽，《元和郡縣志》江南道潤州：「丹陽縣，本舊雲陽縣地。」其地在長江南，濱大運河。即今江蘇丹陽縣。上征，泝水道上行。

〔二〕吴牛喘月，《世説·言語》：滿奮謂晉武帝曰：「臣猶吴牛，見月而喘。」劉孝標注：「今之水牛，唯生江淮間，故謂之吴牛也。南土多暑，而此牛畏熱，見月疑是日，所以見月則喘。」句謂時令在夏。一、何，皆其辭。

〔三〕鑿，王本作鑿，據兩宋本改。王注：「鑿字舊本或作繫字。『萬人繫盤石，無由達江滸』，詩旨益覺顯然。」盤石，巨石。滸，水邊。

〔四〕芒碭，疊韻詞，狀石大且多，或謂形容石之粗重難移。此芒碭之石，即縴夫所運者。

【集説】

楊云：此意謂行船於河，河水渾濁不可飲，雖使萬人鑿石以通江水，終不能得，當熱而渴飲，千古之人視盤石芒碭然，豈不悲哉？

胡云：白辭「雲陽上征去」，詠潤州埭牐牽輓之苦，感其土俗，即用其土之古歌焉。先是潤州不過江，開元中刺史齊澣始移漕路京口塘下，直達於江，立埭收課，事詳澣本傳。澣新河在江北瓜步者，白嘗作詩頌美，此獨言其苦。瓜步岸庳易開，潤州岸高難開，地勢至今然，白詩并紀實也。當時淮汴運路，澣並用牛曳，即潤州可推矣。芒，石稜；碭，石文。指所鑿盤石而言。舊注泛引多謬，故備箋焉。

王云：此篇蕭注謂是詠秦皇鑿北坑以壓天子氣一事。或曰，爲韋堅開廣運潭而作，借秦爲喻。又引吴孫權嘗遣校尉陳勳將屯田及作士三萬人，鑿句容中道，自小坻至雲陽西城通會市，作邸閣。以首句觀之，似詠其事。琦嘗以全篇詩意參繹三事皆不類，知其皆非也。考芒碭諸山實産文石，意者是時官司取石於此山，僦舟搬運，適當天旱水涸，牽挽而行，期令峻急，役者勞苦。太白憫之而作此詩。鑿字舊本或作繫字。「萬人繫盤石，無由達江滸」，詩旨益覺顯然。即作鑿字，謂此萬夫所鑿之盤石爲數甚多，無由即達江滸，如此詮釋，自亦無疑。督護似謂當時監督之有司，「君看石芒碭，掩淚悲千古」者，謂芒碭産此文石，千古不絶，則千古嘗爲民累，有心者能不睹之而生悲哉！臆見如此，較之舊説似覺稍當。

詹鍈云：蕭説與詩意不類，胡王二家已辨其非。胡氏謂指齊澣開伊婁河事而言，是也。惟芒碭二句，仍以王氏解爲碻，意者齊澣開新河，僦舟由「雲陽上征」至芒碭諸山取石，白目睹其事。詩當作於碭山一帶，非居吴時所歌也。

瞿、朱云：胡氏説近是。王注解芒碭似誤，果如其説，以芒碭爲地名，則當云芒碭石，若以石芒碭爲芒碭之石或芒碭産石，古今無此語法。蓋芒碭爲疊韻聯緜字，形容石之粗重難移耳。

郭沫若云：王説近是。詩意分明言拖船運石之苦，並非言鑿石開河之苦。但「芒碭」在此乃疊韻聯語，猶言「莽撞」。胡以石稜、石紋解之，王説爲「諸山」，均係望文生義。芒山在沛，碭山在梁，於此了不相涉。揣詩意當是採取太湖石由運河北運，故言「雲陽上征」。太湖石，在唐代已見珍視。《唐書·白居易傳》「罷蘇州刺史時，得太湖石五……以歸」，可證。又唐昭宗時人吴融有《太湖石歌》，首四句云：「洞庭山下湖波碧，波中萬古生幽石。鐵索千尋取得來，奇形怪狀誰能識？」「鐵索千尋取得來」即「萬人繫盤石」之意，原文當以作「繫」爲是。……有李白此歌，可見開元、天寶年間已有太湖石之採貢。這正可以補足史籍的缺文。（《李白與杜甫》）

答湖州迦葉司馬問白是何人

白自吴赴越，應過湖州（吴興郡），詩或作於此時。湖州治所烏程縣，即今浙江吴興縣。迦葉，西域姓氏。王注：「《通志·氏族略》：迦葉氏，西域天竺人。」

青蓮居士謫仙人〔一〕，酒肆藏名三十春〔二〕。湖州司馬何須問，金粟如來是後身〔三〕。

【注釋】

〔一〕青蓮居士，李白自號。青蓮，其取義詳見篇後按語。居士，居家之佛教徒。謫仙人，李白别稱，見本年《對酒憶賀監》詩。

〔二〕三十春，泛言之辭。

〔三〕金粟如來，佛名，即維摩詰大士。《文選》王簡棲《頭陀寺碑文》：「金粟來儀，文殊戾止。」李善注：「《發跡經》曰：净名大士，是往古金粟如來。」

【集説】

嚴羽云：因問人爲迦葉，故作此答，不則誕妄矣。（嚴羽評點李集）

詹鍈云：王譜開元十八年下注云：「《答湖州迦葉司馬》詩云『青蓮居士謫仙人，酒肆藏名三十春』。恐是長安遇賀監以後之作，故有謫仙人之稱。其曰三十春者，是言放浪酒中約三十年，非謂是時年甫及三十也。」開元十三年，白二十五歲出遊襄漢。倘以「酒隱安陸」之年計起，則三十春爲五十六七歲，適在至德元載左右。按是年春間自宣城避地剡中，此時蓋途經湖州時作也。

【按】

「三十春」，約略之辭，王説是，詹説非。「青蓮居士」之取義，亦當從王説。王譜長安元年下注云：「青蓮居士，見《答湖州迦葉司馬》詩及《答僧中孚贈仙人掌茶詩序》。青蓮花出西竺，梵語謂之優鉢羅花，清浄香潔，不染纖塵。太白自號，疑取此義。《眉公秘笈》謂其生於彰明之青蓮鄉，故號青蓮。按：青蓮鄉在綿州舊彰明縣内，《彰明逸事》原作清廉鄉，疑後人因太白生於此，故易其字作青蓮耳。謂太白因此而取號，恐未是。」

綜觀李白一生，雖受道教影響甚深，然受佛教影響亦非淺，尤以天寶中期（六、七、八、九、十載）爲甚，蓋與此期政局有關。白忘憂無方，遺懷術窮，故欲遁跡空門。其自號青蓮居士當始於本年。

酬張司馬贈墨

張司馬，名字不詳。

上黨碧松烟〔一〕，夷陵丹砂末〔二〕。蘭麝凝珍墨〔三〕，精光乃堪掇〔四〕。黄頭奴子雙鴉鬟，錦囊養之懷袖間〔五〕。今日贈余蘭亭去，興來灑筆會稽山〔六〕。

【注釋】

〔一〕上黨，郡名，即潞州，州治上黨，即今山西長治市。碧松烟，《晁氏墨經》：「古用松烟石墨二種，石墨自晉魏以後無聞，松烟之製尚矣。……唐則易州、潞州之松，上黨松心尤先見貴。」據《新唐書·地理志》，潞州土貢有墨一項。

〔二〕夷陵，郡名，即峽州，州治夷陵，即今湖北宜昌市。按，古無峽州出丹砂之説，而辰州丹砂最著於世，因有辰砂之稱。辰州，即沅陵郡，州治沅陵縣，即今湖南沅陵縣。漢爲武陵地。據《新唐書·地理志》，辰州上貢有光明丹砂一項。因疑夷陵係沅陵或武陵之誤。

〔三〕蘭麝，墨中所合之藥。《齊民要術》卷九：「合墨法……墨一斤，以好膠五兩……真硃砂一兩，麝香一兩，别治細篩，都合調下鐵臼中，寧剛不宜澤，擣三萬杵，杵多益善。」

〔四〕精光，墨之光色。《墨經》：「凡墨色，紫光爲上，黑光次之，青光又次之，白光爲下。凡光與色不可廢一，以久而不渝者爲貴。」

〔五〕《墨經》:「凡蓄故墨,亦利頻風日時,以手潤澤之,時置於衣袖中彌善。」

〔六〕王注:「《輿地志》:『山陰縣西有蘭渚,渚有蘭亭,王羲之所謂曲水之勝境,製序於此。』《元和郡縣志》江南道越州:『會稽山,在州東南二十里。』」

【按】

據詩末二句,白將赴越中,因繫本年。

求崔山人百丈崖瀑布圖

本年赴越途中作。崔山人,名字不詳。百丈崖,王注:「《天台山志》:百丈巖,在天台縣西北二十五里崇道觀西北,與瓊臺相望,峭險束隘,四山牆立。下爲龍湫,翠蔓蒙絡,水流聲潨然,盤澗繞麓,入爲靈溪。由高視下,凄神寒骨。」

百丈素崖裂,四山丹壁開。龍潭中噴射,晝夜生風雷。但見瀑泉落,如潨雲漢來〔一〕。聞君寫真圖,島嶼備縈迴。石黛刷幽草〔二〕,曾青澤古苔〔三〕。幽緘儻相傳〔四〕,何必向天台?

【注釋】

〔一〕潨,音叢,水會也。

〔二〕石黛,青黑色顏料,女子畫眉用。徐陵《玉臺新詠序》:「南都石黛,最發雙蛾。」

〔三〕曾青，青色礦物顔料。《荀子·王制》：「南海則有羽翮、齒革、曾青、丹干焉。」楊倞注：「曾青，銅之精，可繪畫及化黄金者。」曾，音層。

〔四〕幽緘，密封之物，此謂百丈崖瀑布圖。

越中覽古

越王句踐破吴歸〔一〕，義士還家盡錦衣〔二〕。宮女如花滿春殿，只今惟有鷓鴣飛〔三〕。

【注釋】

〔一〕越王句踐卧薪嘗膽，以圖報吴。吴王夫差率精兵北會諸侯於黄池，越乘機伐吴，大敗之，吴請成於越。其後數年，越復伐吴，夫差自殺，吴遂滅。事見《史記·吴太伯世家》、《越王句踐世家》。

〔二〕王注：「義士，吴舒鳧以爲『戰士』傳寫之訛，謂越人安得稱義士云云，未知是否。」瞿、朱按：「義士即《史記·越王句踐世家》所稱之君子六千人，無足異也。」今按，越伐吴時，所發有「君子六千人」，《史記》裴駰《集解》：「韋昭曰：君子，王所親近有志行者，猶吴所謂賢良，齊所謂士也。」

【集説】

〔三〕鷓鴣，産南方，越中最多。又名山鷓鴣，因其飛翔棲息多在山野無人之處。似此則昔時之春殿何在，如今之荒凉可知。

《唐宋詩醇》云：前《蘇臺覽古》（按，詩見天寶七載），通首言其蕭索，而末一語兜轉其盛。此首從盛時説起，而末句轉入荒凉，此立格之異也。

沈德潛云：三句説盛，一句説衰，其格獨創。（《唐詩别裁》）

傅庚生云：此詩以三句寫當年之勝況，而以一句寓傷逝之情；雖只一句，而力足將三句扳轉，「只今惟有」四字有扛千鈞鼎力。此中更有虚實之分際，前三句載叙者雖多，止是「想當然耳」，鏡中花、水中月也。「鷓鴣飛」雖只三字，乃是當前實景也。（《中國文學欣賞舉隅》）

【按】

詩意由極盛轉入荒凉，含藴頗深，故斷爲中歲後遊越之作。

對酒憶賀監二首　并序

本年遊會稽時弔賀知章作。據《舊唐書·賀知章傳》，知章天寶三載歸鄉未幾即卒，年八十六。

太子賓客賀公於長安紫極宫一見余，呼余爲謫仙人，因解金龜换酒爲樂〔一〕。没後對酒〔二〕，悵然有懷，而作是詩。

四明有狂客，風流賀季真〔三〕。長安一相見，呼我謫仙人。昔好杯中物，今爲松下塵〔四〕。
金龜换酒處，卻憶泪沾巾。

【注釋】

〔一〕孟啟《本事詩·高逸》："李太白初自蜀至京師，舍於逆旅，賀監知章聞其名，首訪之。既奇其姿，復請所爲文，出《蜀道難》以示之，讀未竟，稱嘆者數四，號爲『謫仙』，解金龜换酒與傾盡醉，期不間日，由是稱譽光赫。"今按：知章見白當是天寶元年奉詔入朝時事。

〔二〕没，通殁。"没後對酒"四字王本無，據宋乙本、繆本增入。

〔三〕四明，山名，見本年《天台曉望》詩注："《新唐書》本傳："賀知章字季真……性曠夷，善談説，與族姑子陸象先善，象先嘗謂人曰：『季真清談風流，吾一日不見，則鄙吝生矣。』……晚節尤誕放，遨嬉里巷，自號四明狂客及祕書外監。"

〔四〕松下塵，謂人死化而爲塵。

其 二

狂客歸四明，山陰道士迎〔一〕。敕賜鏡湖水，爲君臺沼榮〔二〕。人亡餘故宅〔三〕，空有荷花生。念此杳如夢，凄然傷我情。

【注釋】

〔一〕山陰，即會稽。

〔二〕《新唐書·賀知章傳》："天寶初，病，夢遊帝居。數日寤，乃請爲道士，還鄉里，詔許之，以宅爲千秋觀而居。又求周宫湖數頃爲放生池，有詔賜鏡湖剡川一曲。」

〔三〕王注：「《會稽志》：唐賀祕監宅，在會稽縣東北三里八十步，今天長觀是。」

重憶一首

題或有誤。當是本年往江東之前所作，詳見集説。姑繫於此。

欲向江東去〔一〕，定將誰舉杯〔二〕？稽山無賀老〔三〕，卻棹酒船回。

【注釋】

〔一〕江東，泛指吴越，今江浙地。

〔二〕將，與也。

〔三〕稽山，會稽山。

【集説】

詹鍈云：裴敬《翰林學士李公墓碑》：予嘗過當塗，訪翰林舊宅。又於浮屠寺化城之僧得翰林自寫《訪賀監不遇》詩云：「東山無賀老，卻棹酒船迴。」則「重憶一首」四字蓋後之編李白詩者所改。意者白之江東以前尚未知賀之亡，乘興往訪，卻見賀已物故，故曰《訪賀監不遇》耳。是此詩之作，猶當在《對酒憶賀監》之前，并非重憶也。

同友人舟行

此及以下三篇，俱本年遊越之作。詩多出世之想。

楚臣傷江楓〔一〕，謝客拾海月〔二〕。《懷沙》去瀟湘，挂席泛冥渤〔三〕。蹇予訪前跡〔四〕，獨往造窮髮〔五〕。古人不可攀，去若浮雲没。願言弄倒景〔六〕，從此鍊真骨。華頂窺絶冥〔七〕，蓬壺望超忽〔八〕。不知青春度，但怪緑芳歇。空持釣鼇心〔九〕，從此謝魏闕〔一〇〕。

【注釋】

〔一〕楚臣，謂屈原。《楚辭》宋玉《招魂》：「湛湛江水兮上有楓，目極千里兮傷春心。」王逸注：「言湛湛江水，浸潤楓木，使之茂盛。傷己不蒙君惠，而身放棄，曾不若樹木得其所也。」

〔二〕謝客，謝靈運，小字客兒。其《遊赤石進帆海》詩云「揚帆采石華，挂席拾海月。」海月，海貝也。《文選》郭璞《江賦》：「王珧海月。」李善注：「《臨海水土志》曰：海月，大如鏡，白色，正圓，常死海邊，其尖柱如搔頭大，中食。」

〔三〕《楚辭·九章·懷沙》：「傷懷永哀兮，汩徂南土。」冥渤，海也。此二句應首二句。

〔四〕蹇，句首發語辭。

〔五〕窮髮，謂不毛之地。《莊子·逍遥遊》：「窮髮之北，有冥海者，天池也。」所引謝靈運詩又有句：

「周覽倦瀛壖，況乃陵窮髮。」

〔六〕倒景，《文選》揚雄《甘泉賦》：「歷倒景而絶飛梁兮。」李善注引張揖曰：「《陵陽子明經》曰：『倒景氣去地四千里，其景皆倒。』」

〔七〕《方輿勝覽》卷八：「華頂峰在天台縣東北六十里，蓋天台第八重最高處，高一萬丈，絶頂東望滄海，俗名望海尖，草木薰鬱，殆非人世，孫綽所謂『陟降信宿，迄乎天都』是也。」絶冥，遠海。

〔八〕蓬壺，蓬萊、方壺，海中仙山名。超忽，曠遠貌。

〔九〕釣鰲心，謂建功立業之志。傳説東海之中有大壑，中有五仙山，爲群聖所居，隨波動蕩，不得暫峙。天帝使巨鰲十五，舉首而戴之。龍伯之國有大人，一釣而連六鰲，二山漂流於北極，仙聖播遷者巨億。見《列子·湯問》。後遂以釣鰲，喻宏偉之志或豪壯之舉。

〔一〇〕魏闕，即巍闕，喻朝廷。《莊子·讓王》：「身在江海之上，心居乎魏闕之下。」

越中秋懷

越水遶碧山，周迴數千里。乃是天鏡中，分明畫相似〔一〕。愛此從冥搜〔二〕，永懷臨湍遊。一爲滄波客，十見紅蕖秋〔三〕。觀濤壯天險〔四〕，望海令人愁。路遐迫西照，歲晚悲東流。何必探禹穴〔五〕，逝將歸蓬丘〔六〕。不然五湖上，亦可乘扁舟〔七〕。

【注釋】

〔一〕宋乙本、蕭本、繆本、王本俱注云：「一本首四句云：蹈海思仲連，遊山慕康樂。攀雲窮千峰，弄水涉萬壑。」

〔二〕冥搜，搜訪於幽冥之地。《文選》孫綽《遊天台山賦序》：「遠寄冥搜。」李善注：「搜訪幽冥。」

〔三〕十見，泛言之辭。白《學古思邊》詩有句：「離群心斷絶，十見花成雪。」例同。

〔四〕《水經注·漸江水》：「（浙江）水流於兩山之間，江川急濬，兼濤水晝夜再來，來應時刻，常以月晦及望尤大，至二月八月最高，峨峨二丈有餘。」

〔五〕《水經注·漸江水》：「昔大禹即位十年，東巡狩，崩於會稽，因而葬之。……東有湮井，去（禹）廟七里，深不見底，謂之禹井云，東遊者，多探其穴也。」「探禹穴」乃景仰古賢聖之舉，詩曰「何必」，正見此期對功業之淡漠，而出世之想特盛也。

〔六〕蓬丘，蓬萊仙山。逝，通誓，發願之詞也。

〔七〕用范蠡事，見開元十九年《留別王司馬嵩》詩注。

【按】

杜甫天寶六載春在長安作《送孔巢父謝病歸遊江東兼呈李白》詩有句：「南尋禹穴見李白，道甫問訊今何如？」亦可證白此期在越。

天台曉望

天台，謂天台山，詳見天寶五載《夢遊天姥吟留别》詩注。

天台隣四明〔一〕，華頂高百越〔二〕。門標赤城霞〔三〕，樓棲滄島月〔四〕。憑高遠登覽，直下見溟渤。雲垂大鵬翻〔五〕，波動巨鰲没〔六〕。風潮争洶湧，神怪何翕忽〔七〕。觀奇跡無倪，好道心不歇。攀條摘朱實〔八〕，服藥鍊金骨。安得生羽毛，千春卧蓬闕〔九〕？

【注釋】

〔一〕王注：「《寧波府志》：四明山……由天台發脈向東北行一百三十里，湧爲二百八十峰，周圍八百餘里。……上有方石，四面有穴如窗，通日月星辰之光，故曰四明山。」

〔二〕華頂，峰名，詳見本年《同友人舟行》詩注。百越，越人所居之地，約當今江浙閩粤一帶。

〔三〕赤城，山名，爲往天台必經之地。其土皆赤，狀如雲霞。

〔四〕滄島，猶海島。

〔五〕《莊子·逍遥遊》：「鵬之背，不知其幾千里也，怒而飛，其翼若垂天之雲。」

〔六〕巨鰲，相傳海上有仙山，爲巨鰲所載。

〔七〕翕忽，迅疾貌。

〔八〕朱實，陶淵明《讀山海經》：「丹木生何許？乃在密山陽。黄花復朱實，食之壽命長。」《山海經·西山經》：「峚（同密）山，其上多丹木，員葉而赤莖，黄華而赤實，其味如飴，食之不饑。」

〔九〕蓬闕，仙宫。二句謂成仙，參見天寶元年《遊泰山》詩注。

早望海霞邊

四明三千里，朝起赤城霞。日出紅光散，分輝照雪崖。一餐咽瓊液，五内發金沙〔一〕。舉手何所待，青龍白虎車〔二〕。

【注釋】

〔一〕五内，猶五臟。發，猶散。金沙，丹砂。句謂藥力自五臟發散而出。《周易參同契》卷上：「金沙入五内，霧散若風雨。」

〔二〕青龍白虎車，仙人所乘。相傳有沈羲者，學道成仙，昇天時有仙官來迎。各乘白鹿車、青龍車、白虎車云。見《太平廣記》卷五引《神仙傳》。

登高丘而望遠海

白自創樂府新辭，《樂府詩集》以之入《相和歌辭》。詩諷秦皇漢武求仙之虚妄，實刺時君。

登高丘，望遠海。六鼇骨已霜，三山流安在〔一〕？扶桑半摧折，白日沉光彩〔二〕。銀臺金闕如夢中〔三〕，秦皇漢武空相待〔四〕。精衛費木石，黿鼉無所憑〔五〕。君不見驪山茂陵盡灰滅，牧羊之子來攀登。盜賊劫寶玉，精靈竟何能〔六〕？窮兵黷武今如此，鼎湖飛龍安可乘〔七〕？

【注釋】

〔一〕六鼇、三山，俱見天寶三載《懷仙歌》注。

〔二〕扶桑，《山海經·海外東經》：「湯谷上有扶桑，十日所浴，在黑齒北。居水中，有大木，九日居下枝，一日居上枝。」

〔三〕銀臺金闕，海上仙山之宮闕，見天寶元年《遊泰山》詩注。或謂銀臺爲王母所居，張衡《思玄賦》：「聘王母於銀臺。」

〔四〕秦始皇嘗使人齎童男女入海求三神山，不果。漢武帝亦曾遣方士入海求蓬萊仙山及仙人安期生之屬，莫能得。見《史記·封禪書》。

〔五〕精衛，見天寶三載《來日大難》詩注。黿鼉，《竹書紀年》下：「穆王三十七年，大起九師，東至於九江，架黿鼉以爲梁，遂伐越。」王注：「『精衛』二句，蓋言海之深廣，非木石可填，而黿鼉爲梁之説，亦虚而無所憑據，以明三山之必不可到也。」

〔六〕驪山，秦始皇陵墓。茂陵，漢武帝陵墓。《漢書·劉向傳》：「秦始皇帝葬於驪山之阿，下錮三泉，上崇山墳，其高五十餘丈，周迴五里有餘。石槨爲遊館，人膏爲燈燭，水銀爲江海，黄金爲梟雁。珍寶之臧，機械之變，棺槨之麗，宮館之盛，不可勝原，又多殺宮人，生薶工匠，計以萬數。天下苦其役而反之，驪山之作未成，而周章百萬之師至其下矣。項籍燔其宮室營宇，往者咸見發掘。其後牧兒亡羊，羊入其鑿，牧者持火照求羊，失火燒其臧槨。」《晉書·索靖傳》：「漢天子即位一年而爲陵，天下供賦三分之，一供宗廟，一供賓客，一充山陵。漢武帝饗年久長，比崩而茂陵不復容物，其樹皆已可拱。赤眉取陵中物，不能減半，於今猶有朽帛委積，珠玉未盡。」

〔七〕鼎湖飛龍，謂軒轅黃帝昇天事，見天寶二年《春日行》詩注。漢武帝嘗云：「嗟乎，誠得如黃帝，吾視去妻子如脱屣耳。」見《漢書·郊祀志》。二句以秦皇、漢武言，且有所諷於玄宗。

【集説】

蕭云：唐明皇亦好神仙、喜邊功者，此詩其有所諷歟？

王夫之云：後人稱杜陵爲詩史，乃不知此九十一字中有一部開元、天寶本紀在内。俗子非出像則不省，幾欲賣陳壽《三國志》，以雇説書人打匾鼓誇赤壁鏖兵。可悲可笑，大都如此。（《唐詩評選》）

陳沆云：秦皇漢武殺人開邊，毒痛天下，大傷上帝好生之德，而欲已之長生，得乎？（《詩比興箋》）

詹鍈云：此詩與《秦王掃六合》（古風其三）取意多同，疑是前後之作。

【按】

天寶中，玄宗耽求神仙益甚。《通鑑·唐紀》天寶四載：「春正月，庚午，上謂宰相曰：『朕比以甲子日，於宮中爲壇，爲百姓祈福，朕自草黄素置案上，俄飛升天，聞空中語云：聖壽延長。又朕於嵩山鍊藥成，亦置壇上，及夜，左右欲收之，又聞空中語云：藥未須收，此自守護。達曙乃收之。』太子、諸王、宰相皆上表賀。」天寶五載夏四月，「以門下侍郎、崇玄館大學士陳希烈同平章事。希烈，宋州人，以講老、莊得進，專用神仙符瑞取媚於上」。白詩之諷，蓋緣此等事而發。

秦王掃六合　古風其三

詩詠秦皇，意在明皇，詩旨略近上篇，故繫於此。

秦王掃六合〔一〕，虎視何雄哉〔二〕。揮劍決浮雲，諸侯盡西來〔三〕。明斷自天啟〔四〕，大略駕群才。收兵鑄金人〔五〕，函谷正東開〔六〕。銘功會稽嶺〔七〕，騁望琅邪臺〔八〕。刑徒七十萬，起土驪山隈〔九〕。尚採不死藥，茫然使心哀。連弩射海魚，長鯨正崔嵬。額鼻象五岳，揚波噴雲雷。鬐鬣蔽青天，何由睹蓬萊？徐市載秦女，樓船幾時回〔一〇〕？但見三泉下，金棺葬寒灰〔一一〕。

【注釋】

〔一〕六合，上下四方，此謂天下。賈誼《過秦論》：「及至始皇……履至尊而制六合。」

〔二〕虎視，《後漢書·班固傳》：「周以龍興，秦以虎視。」李賢注：「龍興虎視，喻盛强也。」

〔三〕《莊子·説劍》：「天子之劍……上決浮雲，下絶地紀。此劍一用，匡諸侯，天下服矣。」王注：「『諸侯盡西來』者，六國之王皆爲所虜，而西入於秦也。」

〔四〕天啟，《左傳》宣公三年：「天或啟之，必將爲君。」此句兩宋本、繆本、王本俱注云：「一作雄圖發英斷。」

〔五〕《史記·秦始皇本紀》：「二十六年……收天下兵，聚之咸陽，銷以爲鐘鐻，金人十二，重各千石，置宫廷中。」

〔六〕函谷，函谷關，在長安東，《水經注·河水》謂：「邃岸天高，空谷幽深，澗道之峽，車不方軌，號曰天險。」王注：「『函谷正東開』者，當六國未滅之時，慮其侵伐，以函谷爲守禦之要樞，啟閉甚嚴。六國已滅，天下一統，無事守禦，函谷可以常開矣。」

〔七〕《史記·秦始皇本紀》：「三十七年……始皇出遊……上會稽，祭大禹，望於南海，而立石刻，頌秦德。」

〔八〕《史記·秦始皇本紀》：「二十八年……南登琅邪，大樂之，留三月。」司馬貞《索隱》引《括地志》云：「琅邪山在密州諸城縣東南百四十里。始皇立層臺於山上，謂之琅邪臺，孤立衆山之上。秦王樂之，留三月，立石山上，頌秦德也。」

〔九〕《史記·秦始皇本紀》：「三十五年……隱宫徒刑者七十餘萬人，乃分作阿房宫，或作麗山。」二句謂造驪山陵墓。

〔一〇〕以上十句，俱言秦皇求不死藥事。《史記·秦始皇本紀》：「二十八年……齊人徐市等上書，言海中有三神山，名曰蓬萊、方丈、瀛洲，仙人居之。請得齋戒，與童男女求之。於是遣徐市發童男女數千人，入海求仙人。……三十七年……方士徐市等入海求神藥，數歲不得，費多，恐譴，乃詐曰：『蓬萊藥可得，然常爲大鮫魚所苦，故不得至。願請善射與俱，見則以連弩射之。』……乃令入海者齎捕巨魚具，而自以連弩候大魚出射之。自琅邪北至榮成山，弗見。至之罘，見巨魚，射殺一魚。」又，「三十二年……使韓終、侯公、石生求仙人不死之藥」。

〔二〕《史記·秦始皇本紀》：「三十七年……九月，葬始皇酈山。始皇初即位，穿治酈山，及并天下，天下徒送詣七十餘萬人，穿三泉，下銅而致椁。」張守節《正義》引顔師古注：「三重之泉，言至水也。」

【集説】

蕭云：白意若曰仙者清浄自然，無爲而化，秦皇之所爲若此，求仙者豈如是乎？宜其卒爲方士之所欺而不免於死也。後之爲人君而好神仙者，亦可鑒矣。

《唐宋詩醇》云：極寫其盛，正爲中間轉筆作地，「茫然使心哀」五字，多少包含。借秦以諷，意深旨遠。

沈德潛云：既期不死而又築高陵，自相矛盾矣。（《唐詩别裁》）

陳沆云：此亦刺明皇之詞，而有二意：一則太白樂府中所謂「窮兵黷武有如此，鼎湖飛龍安可乘」。二則人心苦不足，周穆、秦、漢同一轍也。（《詩比興箋》）

秦皇按寶劍　古風其四十八

與上篇詩旨同，蓋一時之作。

秦皇按寶劍，赫怒震威神〔一〕。逐日巡海右，驅石駕滄津〔二〕。徵卒空九宇，作橋傷萬人。但求蓬島藥，豈思農鳸春〔三〕？力盡功不贍〔四〕，千載爲悲辛。

【注釋】

〔一〕按寶劍，以手撫劍，怒欲發也。赫怒，勃然大怒。《詩·大雅·皇矣》：「王赫斯怒。」

〔二〕《太平廣記》卷二百九十一引《三齊要略》：「秦始皇作石橋，欲過海觀日所出處。傳云，時有神能驅石下海，陽城十一山今盡起立，嶷嶷東傾，如相隨行狀。又云石去不速，神人輒鞭之，皆流血，石莫不悉赤，至今猶爾。」

〔三〕鳸，通扈。《左傳》昭公十七年：「九扈爲九農正。」杜預注：「九扈爲九農之號，各隨其宜以教民事。」《獨斷》：「少昊之世，置九農之官如左：春扈氏農正趣民耕種。」陳子昂《奉和皇帝丘禮撫事述懷應制》：「願罷瑶池宴，來觀農扈春。」

〔四〕贍，給也。句謂作橋徒勞無成。

金華牧羊兒　古風其十七

白本年遊越，似曾到婺州（東陽郡），並作此詩。治所金華縣，即今浙江金華市。

金華牧羊兒，乃是紫烟客〔一〕。我願從之遊，未去髮已白。不知繁華子〔二〕，擾擾何所迫？

崑山採瓊蕊，可以鍊精魄〔三〕。

【注釋】

〔一〕金華，山名。《元和郡縣志》江南道婺州金華縣：「金華山，在縣北二十里，赤松子得道處。」相傳有丹溪少年名皇初平者，家使牧羊。有道士見其良謹，便將至金華山石室中，四十餘年，不復念家。其兄初起，行山尋索初平，歷年不得。求一道士占之，道士曰：「金華山中有一牧羊兒，姓皇，字初平，是卿弟非疑。」初起聞之，即隨道士去，求弟遂得，相見悲喜。語畢，問初平羊何在，曰：「近在山東耳。」初起往視之，不見，但見白石而還，初平與初起俱往看之，初平乃叱曰：「羊起。」於是白石皆變爲羊數萬頭。其後初平遂號赤松子。見《太平廣記》卷七引《神仙傳》。

〔二〕繁華子，指世間追逐名利之人。

〔三〕蕊，華也。《漢書·司馬相如傳》：「呼吸沆瀣兮餐朝霞，咀噍芝英兮嘰瓊華。」張揖注：「瓊樹生崑崙西流沙濱，大三百圍，高萬仞。華，蘂也，食之長生。」精魄，魂魄。道家有鍊魄之術，參見開元十九年《贈嵩山鍊煉師》詩并注。

對酒行

兩宋本、繆本、《樂府詩集》俱題作《對酒》。王注：「太白此詩以浮生若電，對酒正當樂飲爲辭，似擬《短歌行》『對酒當歌』之一篇也。」

松子棲金華〔一〕，安期入蓬海〔二〕。此人古之仙，羽化竟何在？浮生速流電，倏忽變光彩。天地無彫換，容顏有遷改。對酒不肯飲，含情欲誰待〔三〕？

【注釋】

〔一〕松子，赤松子，見上篇注。

〔二〕安期，安期生，見天寶三載《昔我遊齊都》（古風其二十）詩注。

〔三〕《文選》王粲《公宴詩》：「今日不極歡，含情欲誰待。」李善注：「含情，謂含其歡情而不暢也。」

【集説】

蕭云：此詩其太白知非之作乎？白少時見天台司馬承禎，謂其有仙風道骨，繼見賀知章，亦目其爲謫仙人，後從道家者流受圖籙，自負爲三十六天帝外臣，有志於仙術亦可知矣。今而老之將至，前説茫無寸驗，因思古之所謂仙人如赤松、安期者，亦不復再見於世，以知自古皆有死，死者無不化，所貴乎仙者，特其精神與天地同流耳，反老還童，留形住世之説誕也。

【按】

此詩亦以金華人赤松子發端，故與上詩繫一處。詩旨則言求仙之虛妄，似遊越後期作。

日出入行

《樂府詩集》以此篇入《相和歌辭》，題作《日出行》。又，《樂府詩集·郊廟歌辭》有《日出入》，胡震亨曰：「漢《郊祀歌·日出入》，言日出入無窮，人命獨短，願乘六龍仙而升天。太白反其意，言人安能如日月不息，不當違天矯誣，貴放心自然，與溟涬同科也。」其順應自然之思想，與上篇略似，故繫一處。

日出東方隈[一]，似從地底來。歷天又入海[二]，六龍所舍安在哉[三]？其始與終古不息，人非元氣[四]，安得與之久徘徊？草不謝榮於春風，木不怨落於秋天[五]。誰揮鞭策驅四運[六]？萬物興歇皆自然。羲和羲和[七]，汝奚汩没於荒淫之波[八]？魯陽何德，駐景揮戈[九]？逆道違天，矯誣實多[一〇]。吾將囊括大塊[一一]，浩然與溟涬同科[一二]。

【注釋】

〔一〕隈，隅也。

〔二〕此句兩宋本、繆本俱作歷天又復入西海。

〔三〕六龍，日御，詳見開元十九年《蜀道難》詩注。

〔四〕元氣，天地混一之氣，詳見天寶二年《上雲樂》詩注。

〔五〕王注：「郭象《莊子註》：暖焉若陽春之自和，故蒙澤者不謝；淒乎若秋霜之自降，故凋落者不怨。太白『謝榮』、『怨落』二語本此。」

〔六〕四運，猶四時。

〔七〕羲和，太陽神馭者，詳見開元二十五年《長歌行》詩注。

〔八〕汩没，沉没。荒淫之波，謂大海。

〔九〕《淮南子·覽冥》：「魯陽公與韓搆難，戰酣，日暮，援戈而撝之，日爲之反三舍。」

〔一〇〕矯誣，此謂背逆自然物理。

〔一一〕大塊，自然。《莊子·齊物論》：「大塊噫氣，其名爲風。」成玄英疏：「大塊者，造物之名，亦自然之稱也。」

〔一二〕溟涬，猶涬溟。《莊子·在宥》：「大同乎涬溟。」司馬彪云：「涬溟，自然氣也。」

【集説】

蕭云：此篇大意全是祖《莊子》内雲將鴻濛問答之意，語多不能盡録，試索觀之則見矣。謂日月之運行，萬物之生息，皆元氣之自然，人力不能與乎其間也。

《唐宋詩醇》云：《易》曰：原始反終。故知死生之説。不知自然之運，而意於長生久視者，妄也。詩意似爲求仙者發，故前云「人非元氣，安得與之久徘徊」，後云「魯陽揮戈，矯誣實多」，而結以「與溟涬同科」。言不如委順造化也。若謂寫時行物生之妙，作理學語，亦索然無味矣。觀此益知白之學仙，蓋有所托而然也。

陳沆云：此篇蕭氏謂全祖《莊子》雲將鴻濛之意。胡震亨謂人安能如日月不息，當放心自然云云，皆見其表，未見其裏。夫歎羲和之荒淫，悲魯陽之回戈，此豈無端之泛語耶？蓋歎治亂之無常，興衰之有數，姑爲達觀以遣憤激也。日從地出，似將自幽而之明。歷天入海，又已由明而入闇。氣運遞嬗，終古如斯。但我生之初，我身以後，皆不及見耳。既皆氣運盛衰之自然，則非人力所能推挽，猶草木榮落有時，無所歸其德怨，以無有鞭策驅使之者也。不然，羲和照臨八極，胡忽汩於洪波？魯陽回天轉日，胡卒無救於桑榆？蓋以羲和喻君德之荒淫，魯陽閔諸臣之再造。萇弘匡周，左氏斥爲違天。變雅詩人，亦歎天之方虐。皆憤激之反詞也。漢以來樂府皆以抒志達諷諭，從無空談道德，宗尚玄虚之什。豈太白而不知體格如諸家云云哉？（《詩比興箋》）

送楊燕之東魯

本年歲暮自越中返至金陵作。據詩，楊燕，華陰人，漢楊震之後。

關西楊伯起，漢日舊稱賢。四代三公族，清風播人天〔一〕。夫子華陰居，開門對玉蓮〔二〕。何事歷衡霍？雲帆今始還〔三〕。君坐稍解顔，爲我歌此篇〔四〕。我固侯門士，謬登聖主筵〔五〕。一辭金華殿〔六〕，蹭蹬長江邊。二子魯門東，別來已經年〔七〕。因君此中去，不覺淚如泉。

【注釋】

〔一〕關西，函谷關之西。東漢楊震，字伯起，弘農華陰人。少好學，明經博覽，無不窮究，諸儒爲之語曰：「關西孔子楊伯起。」楊震嘗爲司徒、太尉；其子秉，嘗爲太尉；秉子賜，嘗爲司空、司徒、太尉；賜子彪，嘗爲司空、司徒、太尉。孔融嘗曰：「楊公四世清德，海内所瞻。」見《後漢書·楊震傳》。三公，謂司空、司徒、太尉。三，兩宋本作五。王注：「陳子昂《梓州司馬楊君神道碑》（按，《全唐文》卷二百一十四作《唐故朝議大夫梓州長史楊府君碑銘》）：『迨震、秉、彪、賜四代五公，光烈昭於漢室，盛德充於海内。』李頎詩：『漢家名臣楊德祖，四代五公享茅土。』五公，謂太傅、太尉、司徒、司空、大將軍也。楊氏四世但爲三公，未有登太傅、大將軍之位，不知諸書何以言之。然其語則有所本，未可以爲誤也。」

〔二〕玉、蓮，謂華山玉女峰、蓮花峰。

〔三〕衡霍，衡山。《爾雅·釋山》「大山宫小山霍」。郭璞注：「謂圍繞之。」邢昺疏：「謂小山在中，大山在外圍繞之，山形若此者名霍。」衡山有七十二峰，故可稱衡霍。二句謂楊燕遊歷衡山後，來至金陵。

〔四〕我，宋乙本、繆本、王本俱注云：「一作君。」君是。

〔五〕二句謂待詔翰林。

〔六〕金華殿，漢宫名。《三輔黄圖》卷二：「未央宫有宣室、麒麟、金華……等殿。」此代指朝廷。

〔七〕二子，女平陽與子伯禽。白於上年秋去東魯，至本年歲暮恰爲一年，故云。

送陸判官往琵琶峽

陸判官，名字不詳。琵琶峽，王注：「《方輿勝覽》：琵琶峽，在巫山對蜀江之南，形如琵琶。」

水國秋風夜，殊非遠別時。長安中夢裏，何日是歸期？

江上送女道士褚三清遊南岳

《文苑英華》題中無「江上」二字。褚三清，事跡不詳。南岳，衡山。

吴江女道士，頭戴蓮花巾。霓衣不濕雨，特異陽臺雲〔一〕。足下遠遊履，凌波生素塵〔二〕。尋仙向南岳，應見魏夫人〔三〕。

【注釋】

〔一〕二句以巫山神女擬褚，而謂其又有所異。宋玉《高唐賦》：「妾巫山之女也。……旦爲朝雲，暮爲行雨，朝朝暮暮，陽臺之下。」

〔二〕句復以洛神擬褚。曹植《洛神賦》：「踐遠遊之文履，曳霧綃之輕裾。……凌波微步，羅襪生塵。」

〔三〕魏夫人，傳爲晉時人，幼而好道，志慕神仙，習服食、吐納之法。在世八十三年，以成帝咸和九年，托劍化形而去。又十六年，領上真司命南岳夫人，比秩仙公。見《太平廣記》卷五十八引《集仙録》。

夷則格上白鳩拂舞辭

《樂府詩集》以此篇入《舞曲歌辭》，題作《白鳩辭》。夷則，古十二樂律之一。《史記·律書》：「夷則，言陰氣之賊萬物也。」白鳩，晉《拂舞歌》有《白鳩篇》，其辭曰「翩翩白鳩，載飛載鳴。懷我君德，來集君庭」云云。拂舞，《晉書·樂志》曰：「拂舞，出自江左，舊云吴舞。……亦陳於殿庭。」白擬之以思賢相，刺時政，而以諸禽類喻人也。

鏗鳴鐘，考朗鼓〔一〕。歌白鳩，引拂舞。白鳩之白誰與鄰，霜衣雪襟誠可珍，含哺七子能平均〔二〕。食不噎〔三〕，性安馴。首農政，鳴陽春〔四〕。天子刻玉杖，鏤形賜耆人〔五〕。白鷺之白非純真〔六〕，外潔其色心匪仁。闕五德，無司晨〔七〕。胡爲啄我葭下之紫鱗〔八〕？鷹鸇鵰鶚〔九〕，貪而好殺。鳳凰雖大聖，不願以爲臣〔一〇〕。

【注釋】

〔一〕鏗，撞也；考，擊也。鳴、朗，謂發聲之響亮。

〔二〕《詩·曹風·鳲鳩》：「鳲鳩在桑，其子七兮。」毛傳：「鳲鳩之養其子，朝從上下，暮從下上，平均如一。」白鳩，喻開元賢相。

〔三〕《後漢書·禮儀志》：「仲秋之月，縣道皆案户比民，年始七十者，授之以玉杖，餔之糜粥。八十九十，禮有加賜。玉杖長九尺，端以鳩鳥爲飾。鳩者，不噎之鳥也。欲老人不噎。」

〔四〕《爾雅·釋鳥》郭璞注：「（鳲鳩）今之布穀也。」此鳥鳴時，農事方作。

〔五〕耆，古謂六十歲者，然亦可泛指老人。

〔六〕白鷺，喻當道之奸佞。

〔七〕二句謂白鷺之不如雞。《韓詩外傳》卷二：「田饒謂哀公曰：……君獨不見夫雞乎？首戴冠者文也，足搏距者武也，敵在前敢鬬者勇也，得食相告仁也，守夜不失時信也。雞有此五德。」

〔八〕蘇子卿《朱鷺》：「玉山一朱鷺，容與入王畿。……非貪葭下食，懷恩自遠歸。」紫鱗，謂魚。

〔九〕王注：「四鳥皆禽中之鷙者，形狀亦相似，曲喙，金睛，劍翮，利爪，盤旋空中，俟物而擊之。」

〔一〇〕二句以鳳凰喻人君，謂有道之君不當用此等貪殘之輩爲臣。「不願」云云，婉言之也。

【集説】

鍾惺云：意似刺當時羅織諸獄吏，末二語寫出疾惡去殘之意凛然，然説得寬大有體而不操切。

（《唐詩歸》）

《唐宋詩醇》云：詩妙比興，苟無關風義，不作可也。蓋自李林甫用而聚斂之臣進，嚴酷之吏多，此詩所以刺也。詞之古奥超魏入漢，王世貞乃謂李白樂府出入齊梁，非篤論也。

沈德潛云：時多酷吏與聚斂之臣，故作是詩以刺。（《唐詩别裁》）

陳沆云：刺臣不仁也。鳲鳩潔白均平，如姚、宋、曲江賢相，則爲蒼生之福。鷹鸇貪而好殺，如林甫專位娼嫉，則爲善類之殃，以若人爲相臣，所謂子孫黎民，亦曰殆哉者也。鳳君百鳥，奈何用此敗類之臣哉。（《詩比興箋》）

【按】

自開元季葉以來，李林甫大權獨攬，欲盡除不附己者。天寶四載以後，重用酷吏羅希奭、吉温爲己之爪牙。二人隨林甫所欲，羅織成罪，無能脱者。於是屢興大獄，濫殺朝臣。本年正月，杖殺北海郡太守李邕、淄川郡太守裴敦復。先後遇害者，尚有江淮租庸使韋堅、左相李適之、河西節度使皇甫惟明、鄴郡太守王琚、户部侍郎兼御史中丞楊慎矜、贊善大夫杜有鄰等人。韋堅一案株連者尤衆，崔成甫亦在其中。由此可知此詩之作意及作年。若非本年春赴越途經金陵，則是本年歲暮自越中返至金陵時。

野田黄雀行

野田黄雀行，《樂府詩集·相和歌辭》名。白詩蓋感慨時事，悼惜朝臣中罹難者也，兼有自警之意。

遊莫逐炎洲翠〔一〕，棲莫近吴宫燕〔二〕。吴宫火起焚巢窠，炎洲逐翠遭網羅。蕭條兩翅蓬蒿下，縱有鷹鸇奈爾何〔三〕？

【注釋】

〔一〕炎洲，南方炎熱之地。翠，翡翠鳥。《十洲記》：「炎洲在南海中，地方二千里。」陳子昂《感遇》：「翡翠巢南海，雌雄珠樹林。何知美人意，嬌愛比黄金。殺身炎州裏，委羽玉堂陰。……」白詩用其意。

〔二〕吴宫燕，《越絶書·外傳記吴地傳》：「東宫周一里二百七十步，路西宫在長秋，周一里二十六步。秦始皇十一年，守宫者照燕失火，燒之。」鮑照《代空城雀》：「猶勝吴宫燕，無罪得焚窠。」白詩用其意。

〔三〕蕭條，疏散意。鷹鸇，喻朝中惡人，參見上篇。

【集説】

詹鍈云：胡震亨曰：「白辭言雀不逐他鳥同禍，寧處蓬蒿自全，皆借雀寓意也。」《唐宋詩醇》曰：「黯然自傷，當在潯陽既敗之後。」按此詩既見於《河岳英靈集》，當是天寶十二載以前所作，《唐宋詩醇》之説非是。

天寶七載（七四八年）　李白四十八歲

金陵鳳凰臺置酒

本年春作於金陵。鳳凰臺，見上年《登金陵鳳凰臺》詩題解。

置酒延落景〔一〕，金陵鳳凰臺。長波寫萬古，心與雲俱開。借問往昔時，鳳凰爲誰來？鳳凰去已久，正當今日迴〔二〕。明君越羲軒，天老坐三台〔三〕。豪士無所用，彈絃醉金罍。東風吹山花，安可不盡杯？六帝没幽草〔四〕，深宫冥緑苔。置酒勿復道，歌鐘但相催。

【注釋】

〔一〕延，延眺，抬頭遠望。落景，落日餘輝。

〔二〕《韓詩外傳》卷八：「惟鳳能通天祉，應地靈，律五音，越九德。天下有道，得鳳象之一，則鳳過之；得鳳象之二，則鳳翔之；得鳳象之三，則鳳集之；得鳳象之四，則鳳春秋下之；得鳳象之五，則鳳没身居之。」

〔三〕羲軒，伏羲、軒轅。合神農，即古所謂三皇。三老，謂朝廷重臣。《列子·黄帝》：「黄帝既寤，怡然自得，召天老、力牧、太山稽。」張湛注：「三人，黄帝相也。」三台，三公之位。《晉書·天文志》：「三台六星，兩兩而居……一曰天柱，三公之位也。在人曰三公，在天曰三台。」王注：

「『明君越羲軒』二句，乃一章上下關鍵處。上以承鳳凰今日當來之故，下以起豪士無所用而置酒取樂之由。」

〔四〕六帝，謂六朝帝王。

【集説】

《唐宋詩醇》云：意在語言之外，其暢適處正是牢騷處耳。眼前景，意中事，若隱若顯，風人妙指。

【按】

《唐宋詩醇》説是。以美爲刺，寓哀於樂之作也。

蘇臺覽古

本年春遊蘇州（吴郡）作。蘇臺，即姑蘇臺，在郡城西姑蘇山上。春秋時吴王闔閭遷都於此，所建宫苑中之臺也。覽古傷時之作。

舊苑荒臺楊柳新，菱歌清唱不勝春。只今惟有西江月〔一〕，曾照吴王宫裏人。

【注釋】

〔一〕西江，謂長江。長江自九江以下逐漸東北流，自蕪湖至當塗一段幾成南北流，故吴地有江東之稱，而稱此段長江爲西江。

【集説】

李鍈云：一二句但寫今日蘇臺之風景，已含起吴宫美人不可復見意，卻妙在三四句不從不得見處寫，轉借月之曾經照見寫，而美人之不可復見，已不勝感慨矣。（《詩法易簡録》）

聞王昌齡左遷龍標遥有此寄

王昌齡，見天寶三載《同王昌齡送族弟襄歸桂陽》詩題解。左遷，貶謫。龍標，縣名，時屬巫州。其地在今湖南省黔陽縣西南。昌齡貶龍標縣尉約在天寶六載秋。詳見按語。

楊花落盡子規啼〔一〕，聞道龍標過五溪〔二〕。我寄愁心與明月，隨風直到夜郎西〔三〕。

【注釋】

〔一〕楊花落盡，兩宋本、繆本俱作揚州花落。

〔二〕五溪，《通典》卷一八三：「謂酉、辰、巫、武、沅等五溪也。」在今川湘黔三省交界地區。

〔三〕夜郎，唐縣名，屬業州，天寶元年改爲峨山，地即今湖南新晃侗族自治縣，距龍標約百里。非指古夜郎（古夜郎在今貴州西北）。

【集説】

敖英云：曹植《怨詩》：「願作東北風，吹我入君懷。」又齊澣《長門怨》：「將心寄明月，流影入君懷。」而白兼裁其意，撰成奇語。（《唐詩絶句類選》）

毛先舒云：太白「楊花落盡」與微之「殘燈無焰」體同題類，而風趣高卑，自覺天壤。（《詩辨坻》）

沈德潛云：即「將心寄明月，流影入君懷」之意，出以摇曳之筆，語意一新。（《唐詩別裁》）

黄叔燦云：「愁心」二句，何等纏綿悱惻，而「我寄愁心」，猶覺比「隔千里兮共明月」意更深摯。（《唐詩箋注》）

李鍈云：三四句言此心之相關，直是神馳到彼耳，妙在借明月以寫之。（《詩法易簡録》）

【按】

《河岳英靈集》云：「奈何晚節不矜細行，謗議沸騰，再歷遐荒，使知者嘆息。」所言即昌齡貶龍標事。昌齡於天寶六載秋自江寧丞謫龍標尉，溯江而赴貶所，路途遷延數月，翌年春始離武陵（今湖南常德市）赴龍標，作有《留别武陵袁丞》詩（説據李雲逸《王昌齡詩注》）。白詩即作於七載暮春得昌齡行程消息後。

示金陵子

金陵子，金陵歌妓。王注：「《妝樓記》：金陵子能作醉來妝。」

金陵城東誰家子？竊聽琴聲碧窗裏。落花一片天上來，隨人直渡西江水〔一〕。楚歌吴語嬌不成，似能未能最有情。謝公正要東山妓〔二〕，携手林泉處處行。

【注釋】

〔一〕句謂渡江至對岸之歷陽，詳見下篇其三注。

〔二〕謝公，即謝安。要，同邀。東山，安隱居之地。謝安攜妓事，見天寶二年《憶東山二首》題解。

出妓金陵子呈盧六四首

盧六，名字不詳。據詩其三，當是白遊歷陽之東道主。

安石東山三十春，傲然攜妓出風塵〔一〕。樓中見我金陵子，何似陽臺雲雨人〔二〕？

【注釋】

〔一〕安石，即謝安，注見上篇。

〔二〕陽臺雲雨人，謂巫山神女，見天寶二年《清平調詞》注。

其　二

南國新豐酒〔一〕，東山小妓歌。對君君不樂，花月奈愁何？

【注釋】

〔一〕南國新豐，此指江南道潤州丹陽縣（舊雲陽縣）東北三十里之新豐鎮。王注：「梁元帝詩：試酌新豐酒，遥勸陽臺人。陸放翁《入蜀記》：早發雲陽，過新豐小憩。李太白詩云『南國新豐酒，東山小妓歌』，又唐人詩云『再入新豐市，猶聞舊酒香』，皆謂此地，非長安之新豐也。然長安新豐亦出名酒，見王摩詰詩，至今居民市肆頗盛。」

其　三

東道烟霞主〔一〕，西江詩酒筵〔二〕。相逢不覺醉，日墮歷陽川〔三〕。

【注釋】

〔一〕句謂東道主爲山林隱逸之士，當即題中之盧六。

〔二〕西江，謂長江之西，即詩之中歷陽川。

〔三〕歷陽，郡名，即和州，州治歷陽縣，在金陵斜對岸。即今安徽和縣。歷陽川應指歷陽所臨之長江。

其　四

小妓金陵歌楚聲，家僮丹砂學鳳鳴〔一〕。我亦爲君飲清酒，君心不肯向人傾。

【注釋】

〔一〕丹砂，詳按語。學鳳鳴，謂吹笙，參見開元二十九年《鳳笙篇》詩注。

【按】

魏顥《李翰林集序》：「間携昭陽、金陵之妓，跡類謝康樂，世號爲李東山。駿馬美妾，所適二千石郊迎，飲數斗醉，則奴丹砂撫《青海波》。滿堂不樂，白宰酒則樂。」可與此詩相印證。

白此期於金陵所作諸詩，多寫携妓飲酒事，頗爲放蕩。此亦政治失意後尋求精神慰藉之一途。

題金陵王處士水亭

王本題下注云：「原注：此亭蓋齊朝南苑，又是陸機故宅。」瞿、朱注：「《景定建康志》卷二二：水亭有二：一在臺城寺，即今之法寶寺。一在齊南苑中，是陸機故宅，乃王處士故宅，今鳳臺山南傍秦淮是其處。」

王子耽玄言，賢豪多在門。好鵝尋道士〔一〕，愛竹嘯名園〔二〕。樹色老荒苑，池光蕩華軒。

北堂見明月，更憶陸平原〔三〕。掃拭青玉簟〔四〕，爲余置金尊。醉罷欲歸去，花枝宿鳥喧。

何時復來此，再得洗囂煩？

【注釋】

〔一〕用王羲之事，見天寶三載《送賀賓客歸越》詩注。

〔二〕用王子猷事，《世説·簡傲》：「王子猷嘗行過吴中，見一士大夫家極有好竹，主已知子猷當往，乃灑掃施設，在聽事坐相待。王肩輿徑造竹下，諷嘯良久。」

〔三〕陸平原，陸機，嘗爲平原内史。機有《擬明月何皎皎》詩云：「安寢北堂上，明月入我牖。照之有餘輝，攬之不盈手。」

〔四〕簟，竹席。

酬崔侍御

崔侍御，即崔成甫，詳按語。

嚴陵不從萬乘遊，歸卧空山釣碧流〔一〕。自是客星辭帝座〔二〕，元非太白醉揚州〔三〕。

【注釋】

〔一〕嚴陵，即嚴光，字子陵。少時曾與光武帝同遊學，及帝即位，光遂改易姓名。帝派人覓訪，徵召至京，授諫議大夫，不受，退隱富春山。見《後漢書·隱逸傳》。客星事，見天寶二年《松柏本孤直》（古風其十二）詩并注。

〔二〕此句承上以嚴子陵自喻。

〔三〕揚州，此指金陵。《元和郡縣志》江南道潤州上元縣：「揚州故理，在縣東百步。……吴長沙桓王孫策定江東，置揚州於建業。……及隋平陳，又於石城置蔣州，移揚州於江北之江都焉。」

【集説】

王云：按李華《崔孝公文集序》云：「長子成甫，進士擢第，校書郎，陝縣尉，知名當時，不幸早世。」其攝侍御史無考。而《唐詩品彙》載崔宗之名成輔，以字行，日用之子，開元中，官至右司郎中、侍御，謫金陵，與李白以詩酒倡和云云。蓋以成甫、宗之爲一人，非也。

【按】

王琦之説是，《唐詩品彙》誤以崔宗之與崔成甫爲一人，實則二人。此詩題中之「崔侍御」爲成甫，非宗之。詹鍈《李白詩文繫年》早已注意及此，見本年《玩月金陵城西》一詩集説；郁賢皓更有專文考辨甚詳，載《李白叢考》一書。成甫與白交遊及成甫攝監察御史事，已見天寶四載《贈崔侍御》二首按語。

據《通鑑·唐紀》，天寶五載正月，江淮租庸使韋堅爲李林甫所搆下獄，迭遭貶謫，最後在長流中賜死。「凡堅親黨坐流貶者數十人」，成甫即在其中，貶湘陰。其事見肅宗乾元二年李白爲其詩集所寫《澤畔吟序》。本年成甫當是自貶所因事來金陵，故得與白相會，并互有酬贈之作。

〔附〕贈李十二　　攝監察御史崔成甫

我是瀟湘放逐臣，君辭明主漢江濱。天外常求太白老，金陵捉得酒仙人。

挂席江上待月有懷

本年秋金陵作。席，帆也。

待月月未出，望江江自流。倏忽城西郭，青天懸玉鉤〔一〕。素華雖可攬〔二〕，清景不同遊。耿耿金波裏，空瞻鳷鵲樓〔三〕。

【注釋】

〔一〕玉鉤，謂月。

〔二〕素華，謂月光。

〔三〕謝朓《暫使下都夜發新林至京邑贈西府同僚》：「金波麗鳷鵲。」二句本此。金波，月光。鳷鵲，漢觀名，此指金陵樓觀。據詩意，所懷友人當在金陵，或即崔成甫。説詳下篇按語。

玩月金陵城西孫楚酒樓達曙歌吹日晚乘醉著紫綺裘烏紗巾與酒客數人棹歌秦淮往石頭訪崔四侍御

孫楚酒樓，以西晉名士孫楚命名之酒樓。棹歌，泛舟而歌。秦淮，水名，相傳爲秦始皇所開。其水流經金陵城西，北入長江。石頭，即石頭城，本是濱江之山崖，孫權因其勢以築城，遂遷都於此。後以之爲金陵之别稱，實即金陵城之北垣也。崔四侍御，即崔成甫，時從貶所來此。

昨玩西城月，青天垂玉鈎。朝沽金陵酒，歌吹孫楚樓。忽憶繡衣人[一]，乘船往石頭。草裹烏紗巾[二]，倒披紫綺裘。兩岸拍手笑，疑是王子猷[三]。酒客十數公，崩騰醉中流。謔浪掉海客[四]，喧呼傲陽侯[五]。半道逢吴姬，卷簾出揶揄[六]。我憶君到此，不知狂與羞。月下一見君，三杯便迴橈。捨舟共連袂，行上南渡橋。興發歌緑水，秦客爲之摇[七]。雞鳴復相招，清宴逸雲霄。贈我數百字，百字淩風飈。繫之衣裘上，相憶每長謡[八]。

【注釋】

〔一〕繡衣人，謂崔四侍御，參見天寶三載《初出金門尋王侍御不遇詠壁上鸚鵡》詩注。

〔二〕烏紗巾，即烏紗帽，唐人平居所服。

〔三〕王子猷，晉人，有雪夜乘舟訪戴逵事，詳見開元十八年《秋山寄衛尉張卿及王徵君》詩注。

〔四〕謔浪，嘲笑。掉，回轉。掉海客，謂謝安。安嘗與孫綽等人泛海，風起浪湧，諸人并懼，安初尚吟詠自若，後風浪轉劇，安亦言歸。見《世説·雅量》。句謂謝安之雅量不足稱也。

〔五〕陽侯，大波之神。《楚辭·九章·哀郢》：「淩陽侯之氾濫兮，忽翺翔之焉薄。」洪興祖注：「陽侯，陽國侯也。其國近水，溺死於水。其神能爲大波，有所傷害，因謂之陽侯之波也。」

〔六〕揶揄，戲笑嘲弄。《東觀漢記·王霸》：「霸至市口募人……市人皆大笑，舉手揶揄之，霸慚而去。」又，瞿、朱注：「方以智《通雅》卷七云：邪揄，舉手笑也……李白詩：『謔浪掉海客，喧呼傲陽侯。半道逢吴姬，捲簾出揶揄。』則讀揄爲尤。」

〔七〕緑水，曲名，參見開元十四年《白紵辭》詩及注。秦客，謂己與成甫。搖，心神搖蕩。

〔八〕謡，唱也。有曲爲歌，無曲爲謡。《詩·魏風·園有桃》：「心之憂矣，我歌且謡。」

【集説】

詹鍈云：《王譜》天寶十三載下注云：崔四侍御未詳其名。太白又有《酬崔侍御》詩云：「自是客星辭帝座，元非太白醉揚州。」此是攝監察御史崔成甫，未知與崔四侍御即一人否。《舊唐書》曰：侍御史崔宗之謫官金陵，與白詩酒唱和，嘗月夜乘舟，自采石達金陵，白衣宫錦袍，於舟中顧瞻笑傲，旁若無人。按崔宗之乃崔日用之子，《唐書》但言其襲封齊國公而不紀其官爵（爵當作職）。崔祐甫作《日用集序》云：嗣子宗之，開元中爲起居郎，再爲尚書禮部員外郎，遷本司郎中，終於右司郎中。其爲侍御史及謫官金陵，莫之載也。《新唐書》削去侍御史及謫官等字。……似已知舊史之誤。考太白集中有與崔宗之詩三首，皆云郎中，又叙其同遊南陽之白水，過菊潭上，遺孔子琴事，而遊金陵采石事不及焉，恐《舊唐書》所載者是侍御史崔成甫而誤以爲宗之耳。按崔四侍御即是崔成甫，曾子固次此詩於《酬崔侍御》之後，蓋亦此意。唐人排行不僅限於同胞兄弟，故成甫雖爲沔之長子而亦得稱崔四也。

【按】

此詩開首二句與《挂席江上待月有懷》開首四句情景相接，往訪崔四侍御事亦與上詩末憶人之語相接，故可判二篇爲先後之作。蓋白前夜於江上玩月達旦，次日又於孫楚酒樓宴飲，日晚時乘船往石頭城訪崔四侍御，歡宴至鷄鳴時。則此次遊樂歷兩夜一日，其狂放乃如此。

東山吟

本年秋金陵作。王本題下注云：「一作《醉過謝安東山》。原注：土山，去江寧城三十五里，晉謝安携妓之所。」

携妓東土山，悵然悲謝安〔一〕。我妓今朝如花月，他妓古墳荒草寒。白鷄夢後三百歲〔二〕，灑酒澆君同所歡。酣來自作青海舞〔三〕，秋風吹落紫綺冠。彼亦一時，此亦一時，浩浩洪流之詠何必奇〔四〕？

【注釋】

〔一〕《晉書·謝安傳》：「(安)於土山營墅，樓館林竹甚盛，每携中外子姪往來遊集，肴饌亦屢費百金，世頗以此譏焉，而安殊不以屑意。」

〔二〕白鷄夢，謂謝安之死。《晉書·謝安傳》：「安雖受朝寄，然東山之志始末不渝，每形於言色。及鎮新城，盡室而行，造汎海之裝，欲須經略初定，自江道還東。雅志未就，遂遇疾篤，上疏請量宜旋旆。……詔遣侍中慰勞，還都。聞當輿入西州門，自以本志不遂，深自慨失，因悵然謂所親曰：『昔桓温在時，吾當懼不全。忽夢乘温輿行十六里，見一白雞而止。乘温輿者，代其位也。十六里，止今十六年矣。白鷄主酉，今太歲在酉，吾病殆不起乎？』……尋薨，時年六十六。」三百歲，概言之，實三百餘歲。

〔三〕青海舞，即青海波舞。魏顥《李翰林集序》：「間攜昭陽、金陵之妓，跡類謝康樂，世號爲李東山。……飲數斗，醉則奴丹砂撫《青海波》。」

〔四〕「浩浩洪流」，乃嵇康《贈兄秀才入軍十八首》其十三首句，謝安嘗諷之。《世説·雅量》：「桓公（温）伏甲設饌，廣延朝士，因此欲誅謝安、王坦之。王甚遽，問謝曰：『當作何計？』謝神意不變，謂文度曰：『晉祚存亡，在此一行。』相與俱前。王之恐狀，轉見於色。謝之寬容，愈表於貌，望階趨席，方作洛生詠，諷『浩浩洪流』。桓憚其曠遠，乃趣解兵。」句謂謝安曠遠之襟懷，己亦具之。

自金陵泝流過白壁山玩月達天門寄句容王主簿

本年秋金陵作。白壁山，《一統志·太平府》：「白壁山，在當塗縣北三十五里，瀕江，李白詩『秋月照白壁』即此。」天門，山名，見開元十三年《望天門山》詩題解。句容，縣名，屬潤州，今爲江蘇句容縣。王主簿，名字不詳。

滄江泝流歸，白壁見秋月。秋月照白壁，皓如山陰雪〔一〕。幽人停宵征，賈客忘早發。進帆天門山，迴首牛渚没〔二〕。川長信風來〔三〕，日出宿霧歇。故人在咫尺，新賞成胡越〔四〕。寄君青蘭花，惠好庶不絶。

【注釋】

〔一〕山陰雪，見開元十八年《秋山寄衛尉張卿及王徵君》詩注。

〔二〕牛渚，牛渚磯，在當塗，參見開元二十七年《夜泊牛渚懷古》詩題解。

〔三〕信風，季候風。

〔四〕故人，指崔成甫。新賞，指王主簿。二句意謂近與成甫同遊而與王主簿久未相見矣，致歉之意。

金陵江上遇蓬池隱者

王本題下注云："太白自注：時於落星石上以紫綺裘換酒爲歡。"蓬池，《元和郡縣志》河南道汴州開封縣："逢澤，在縣東北十四里，今號蓬池。"落星石，王注："《景定建康志》：落星岡，一名落星墩，在城西北九里，周迴二十六里，高一十二丈。又江寧縣西五十里臨江，亦有落星岡，李白嘗於落星石以紫綺裘換酒爲歡，此地也。"

心愛名山遊，身隨名山遠。羅浮麻姑臺，此去或未返〔一〕。遇君蓬池隱，就我石上飯。空言不成歡，强笑惜日晚。綠水向雁門〔二〕，黄雲蔽龍山〔三〕。嘆息兩客鳥〔四〕，徘徊吴越間。共語一執手，留連夜將久。解我紫綺裘，且换金陵酒。酒來笑復歌，興酣樂事多。水影弄月色，清光奈愁何。明晨挂帆席，離恨滿滄波。

【注釋】

〔一〕羅浮，羅浮山，在嶺南道循州、廣州交界處，今廣東惠州市西北。爲道教名山。《藝文類聚》卷七引《羅浮山記》：「羅浮高三千丈，有七十石室，七十二長溪，神明神禽，玉樹朱草。」麻姑臺，王注：「《廣東通志》：麻姑峰，在羅浮山之南，其前有麻姑臺。」四句謂蓬池隱者將往羅浮山遊。

〔二〕雁門，雁門山，金陵地名。王注：「《景定建康志》：雁門山，在城東南六十里，周迴二十里，高一百二十五丈。……山勢連綿，類北地雁門，故以爲名。」

〔三〕王注：「《景定建康志》：龍山在城西南九十五里，周迴二十四里，高一百二十丈，入太平州當塗縣，北有水，以其山似龍形，因以爲名。」

〔四〕兩客鳥，謂己及蓬池隱者。

叙舊贈江陽宰陸調

江陽，縣名，揚州治所，即今江蘇揚州市。陸調，白故人。叙舊，所叙爲開元十九年事。

太伯讓天下，仲雍揚波濤〔一〕。清風蕩萬古，跡與星辰高。開吴食東溟〔二〕，陸氏世英髦〔三〕。多君秉古節，岳立冠人曹。風流少年時〔四〕，京洛事遊遨。腰間延陵劍〔五〕，玉帶明珠袍。我昔鬬鷄徒，連延五陵豪〔六〕。邀遮相組織〔七〕，呵嚇來煎熬。君開萬叢人，鞍馬皆辟易〔八〕。告急清憲臺〔九〕，脱余北門厄〔一〇〕。間宰江陽邑，剪棘樹蘭芳〔一一〕。城門何肅穆，五月飛秋霜〔一二〕。好鳥集珍木，高才列華堂。時從府中歸，絲管儼成行。但苦隔遠道，無由共銜觴。江北荷花開〔一三〕，江南楊梅鮮〔一四〕。挂席候海色，乘風下長川。多酤新豐醁，滿載剡溪船〔一五〕。中途不遇人，直到爾門前。大笑同一醉，取樂平生年。

【注釋】

〔一〕《史記·吴太伯世家》：「吴太伯，太伯弟仲雍，皆周太王之子，而王季歷之兄也。季歷賢，而有聖子昌，太王欲立季歷以及昌，於是太伯、仲雍二人乃奔荆蠻，文身斷髮，示不可用，以避季歷。季歷果立，是爲王季，而昌爲文王。」陸機《吴趨行》：「泰伯導仁風，仲雍揚其波。」

〔二〕開吴，開創吴國。《史記·吴太伯世家》：「太伯之奔荆蠻，自號句吴，荆蠻義之，從而歸之千餘家，立爲吴太伯。」吴地近東海，故曰「食東溟」。

〔三〕陸氏，謂陸遜之族。《三國志·吴書·陸遜傳》：「陸遜字伯言，吴郡吴人也。本名議，世江東大族。」英髦，英俊。

〔四〕自此以下十二句，自叙青年時期任俠事以及初入長安所遭之「北門厄」。

〔五〕延陵劍，延陵季子之劍。季札爲吴太伯二十代孫，封於延陵，號延陵季子，有挂劍於徐君塚樹事，見《史記·吴太伯世家》。王注：「一本自『腰間延陵劍』以下作『驂驔紅陽燕，玉劍明珠袍。

一諾許他人，千金雙錯刀。滿堂青雲士，望美期丹霄。我昔北門厄，摧如一枝蒿。有虎挾鷄徒，連延五陵豪。邀遮來組織，呵嚇相煎熬。君披萬人叢，脱我如狴牢。此恥竟未刷，且食綏山桃。非天雨文章，所祖託風騷。蒼蓬老壯髮，長策未逢遭。别君幾何時，君無相思否？鳴琴坐高樓，渌水净窗牖。政成聞雅頌，人吏皆拱手。投刃有餘地，迴車攝江陽。錯雜非易理，先威挫豪强。』下俱相同。」兩宋本、繆本注略同。

〔六〕五陵豪，謂長安豪貴子弟，而供職軍中者。詳見開元十九年《白馬篇》注。

〔七〕邀遮，阻截。組織，構陷。

〔八〕辟易，退避。《史記·項羽本紀》：「項王瞋目而叱之，赤泉侯人馬俱驚，辟易數里。」張守節《正義》：「言人馬俱驚，開張易舊處，乃至數里。」

〔九〕憲臺，《文選》潘正叔《贈侍御史王元貺》：「迴跡清憲臺。」李善注：「《漢官儀》曰：御史爲憲臺也。」據《舊唐書·職官志》，唐之御史臺於龍朔二年曾改名憲臺。御史臺屬官有殿中侍御史，「凡兩京城内，則分知左右巡，各察其所巡之内有不法之事。」

〔一〇〕北門，謂北門軍。駐長安北門，即玄武門。《舊唐書·王毛仲傳》：「及玄宗爲皇太子監國，因奏改左右萬騎左右營爲龍武軍，與左右羽林爲北門四軍。……長安良家子避征徭，納資以求隸於其中，遂每軍至數千人。」

〔一一〕間，近期，自此以下八句，贊陸調爲江陽之政績。芳蘭以喻君子，荆棘以喻小人。

〔一二〕飛秋霜，狀其威嚴。荀悦《申鑒·雜言》：「喜如春陽，怒如秋霜。」

〔一三〕江北，指陸調所在之江陽縣。

〔一四〕江南，指己所在之金陵。《齊民要術》卷十：「楊梅，似梅味甜酸，五月熟。《臨海異物志》曰：其子大如彈子，正赤。」鮮，兩宋本、繆本、咸本俱作熟。此句下兩宋本、繆本、咸本多「正好飲酒時，懷賢在心目」二句。

〔一五〕新豐，見本年《出妓金陵子呈盧六》詩注。醁，美酒。下句用王子猷訪戴事。

寄上吴王三首

本年秋，將西遊廬江作。廬江郡屬淮南道，郡治廬江即今安徽廬江縣。據《新唐書·太宗諸子》，太宗子恪封吴王，恪子琨開元中追封吴王，琨子祇封嗣吴王。詩中吴王當爲李祇，據詩，時爲廬江太守。白至德元載有《爲吴王謝責赴行在遲滯表》，可參看。

淮王愛八公〔一〕，携手緑雲中。小子忝枝葉〔二〕，亦攀丹桂叢〔三〕。謬以詞賦重，而將枚馬同。何日背淮水，東之觀土風〔四〕？

【注釋】

〔一〕淮王，淮南王劉安。劉安好士，且好神仙，嘗與仙人八公相接，後隨八公白日昇天而去。事見《神仙傳》卷四。廬江地在漢淮南國境，故以淮王擬吴王。

〔二〕忝枝葉，謂與吴王同宗。楊注：「太白，興聖皇帝九世孫，與唐同出，故云忝枝葉。」

〔三〕《楚辭》淮南小山《招隱士》：「桂樹叢生兮山之幽……攀援桂枝兮聊淹留。」王逸謂淮南小山本淮南王門下士，白故借其句以自陳攀附吴王之意。

〔四〕鄒陽《諫吴王書》：「臣所以歷數王之朝，背淮千里而自致者，非惡臣國而樂吴民也，竊高下風之行，尤説大王之義。」二句自陳向往之情。

其　二

坐嘯廬江静〔一〕，閑聞進玉觴。去時無一物，東壁挂胡床〔二〕。

【注釋】

〔一〕《後漢書·黨錮列傳》：「南陽太守成瑨亦委功曹岑晊，二郡又爲謡曰：『……南陽太守岑公孝，弘農成瑨但坐嘯。』」句謂吴王爲政之優閑。

〔二〕胡床，坐具，可折疊。《三國志·魏書·裴潛傳》裴松之注引《魏略》：「潛爲兖州時，嘗作一胡床，及其去也。留以掛柱。」二句謂吴王居官之清廉。

其　三

英明廬江守，聲譽廣平籍〔一〕。灑掃黄金臺，招邀青雲客〔二〕。客曾與天通，出入清禁中〔三〕。襄王憐宋玉，願入蘭臺宮〔四〕。

【注釋】

〔一〕籍，即籍甚，盛大也。二句意謂：吴王祗爲廬江太守，聲譽之盛與晉時廣平太守鄭袤相同。袤在廣平，以德化爲先，善作條教，郡中愛之。徵拜侍中，百姓戀慕，涕泣路隅。見《晉書·鄭袤傳》。

〔二〕黄金臺，見開元十九年《行路難》其二詩注。青雲客，聲名貴顯者。

〔三〕清禁，皇宫。權德輿《弘文館大學士壁記》：「清禁之内，輔臣攸居。」二句言己嘗待詔翰林。

〔四〕宋玉《風賦》：「楚襄王遊於蘭臺之宫，宋玉、景差侍。」二句申明歸依吴王之意。

口號吴王美人半醉

口號，猶口占。美人，宋乙本、繆本、咸本俱作舞人。

風動荷花水殿香，姑蘇臺上見吴王〔一〕。西施醉舞嬌無力，笑倚東窗白玉床。

【注釋】

〔一〕見，宋乙本、繆本、咸本俱作宴。

【集説】

王云：吴王，即爲廬江太守之吴王也。以其所宴之地比之姑蘇，以其美人比之西施。乃席上口占，以寓笑謔之意耳。若作詠古，味同嚼蠟。

廬江主人婦

孔雀東飛何處棲？廬江小吏仲卿妻〔一〕。爲客裁縫君自見，城烏獨宿夜空啼〔二〕。

【注釋】

〔一〕二句戲用古詩《孔雀東南飛》，以焦仲卿妻代指廬江主人婦。

〔二〕二句代擬婦語。

【集説】

瞿、朱云：此非詠焦仲卿妻，乃在廬江客次遊戲之筆。

同吴王送杜秀芝舉入京

本年秋作於廬江。王注：「詩題當是《送杜秀才赴舉入京》，芝字疑譌。」

秀才何翩翩，王許回也賢〔一〕。暫别廬江守，將遊京兆天。秋山宜落日，秀水出寒烟。欲折一枝桂〔二〕，還來雁沼前〔三〕。

【注釋】

〔一〕孔子嘗贊許弟子顔回曰：「賢哉，回也。」見《論語·雍也》。

〔二〕折桂，登科之謂。《晉書·郤詵傳》載，詵對晉武帝問曰：「臣舉賢良對策，爲天下第一，猶桂林之一枝，崑山之片玉。」

〔三〕雁沼，猶云雁池，詩以謂吴王所在。《西京雜記》卷二：「梁孝王好營宫室苑囿之樂。……築兔園，園中……有雁池，池間有鶴洲鳧渚。……王日與宫人賓客弋釣其中。」

天寶八載（七四九年）　李白四十九歲

寄東魯二稚子

本年春金陵作。二稚子，女平陽、子伯禽。

吴地桑葉緑，吴蠶已三眠。我家寄東魯，誰種龜陰田〔一〕？春事已不及〔二〕，江行復茫然。南風吹歸心，飛墮酒樓前。樓東一株桃，枝葉拂青烟。此樹我所種，别來向三年〔三〕。桃今與樓齊，我行尚未旋。嬌女字平陽，折花倚桃邊。折花不見我，淚下如流泉。小兒名伯禽，與姐亦齊肩。雙行桃樹下，撫背復誰憐？念此失次第〔四〕，肝腸日憂煎。裂素寫遠意〔五〕，因之汶陽川〔六〕。

【注釋】

〔一〕龜陰田，《左傳》定公十年：「齊人來歸鄆讙龜陰田。」杜預注：「泰山博縣北有龜山，陽田在其北也。」此代指己在東魯之田産，并非實指龜陰。

〔二〕春事，春季農事。陶淵明《歸去來兮辭》：「農人告余以春及，將有事於西疇。」

〔三〕白以天寶五載去東魯南遊，至本年爲三年。

〔四〕失次第，謂心緒紛亂不寧。

〔五〕素，生帛，其色白，用以書寫。

〔六〕汶陽，此指曲阜。《元和郡縣志》河南道兖州曲阜縣：「隋開皇三年……移汶陽縣理此，屬兖州，十六年，改汶陽縣爲曲阜縣。」白有田舍在曲阜城郊之南陵。詳見天寶元年《酬張卿夜宿南陵見贈》按語末段。

【集説】

沈德潛云：家常語，瑣瑣屑屑，彌見其真。得《東山》詩意。（《唐詩别裁》）

【按】

魏顥《李翰林集序》云：「白始娶於許，生一女一男曰明月奴，女既嫁而卒。」魏序文字頗欠通順，或有脱誤，難以究詰。今據此詩，但知至本年爲止，白有子女二人，女字平陽，子名伯禽，當係許氏所生。許氏似已病故久矣。參見天寶元年《南陵别兒童入京》一詩。

送蕭三十一之魯中兼問稚子伯禽

本年夏金陵作。蕭三十一，名字不詳。魯中，即兗州（魯郡）。

六月南風吹白沙，吳牛喘月氣成霞〔一〕。水國鬱蒸不可處，時炎道遠無行車。夫子如何涉江路，雲帆嫋嫋金陵去〔二〕。高堂倚門望伯魚，魯中正是趨庭處〔三〕。我家寄在沙丘旁〔四〕，三年不歸空斷腸〔五〕。君行既識伯禽子，應駕小車騎白羊〔六〕。

【注釋】

〔一〕吳牛喘月，見天寶六載《丁都護歌》詩注。

〔二〕金陵去，離金陵而去也。

〔三〕高堂，謂父母。倚門，《戰國策·齊策》：「王孫賈年十五，事閔王……其母曰：『女朝出而晚來，則吾倚門而望；女暮出而不還，則吾倚閭而望。』」伯魚，孔子之子，名鯉。趨庭處，子承父教處。《論語·季氏》：「（孔子）嘗獨立，鯉趨而過庭，曰：『學詩乎？……』」二句以伯魚擬蕭三十一，其家居魯中，有父母在焉。

〔四〕沙丘，在兗州治城瑕丘東二里，見乾隆《兗州府志》卷十九。

〔五〕三年，自天寶五載白離東魯時計起。參見上篇《寄東魯二稚子》詩。

〔六〕此以晉名士衛玠幼時喻伯禽。《世説·容止》劉孝標注：「《（衛）玠别傳》曰：『玠在群伍之中，實有異人之望。齠齔時，乘白羊車於洛陽市上，咸曰：『誰家璧人？』』」

【按】

李白東魯寓家之地，舊説謂在兖州（魯郡）屬縣任城（即今山東濟寧），誤。集中涉及任城之詩文僅三首，皆係客遊其地之作。若以舊説揆諸東魯諸詩，多窒礙難通（如李白寓家任城，何以屢在六十里以外之兖州〔魯郡〕城東爲人送行；且在「久病初起」之日，「舉鞭力不堪」之時，猶能策馬來此；甚至日暮既醉之後，亦能返回家中？凡此種種，依任城説，殊不可解）。今本篇既謂「我家寄在沙丘旁」，則探明沙丘何指，即知其寓家究在何處矣。

沙丘一地，集中凡三見：初見於開元二十九年《送薛九被讒去魯》，再見於天寶五載《沙丘城下寄杜甫》，三見於本篇。從諸詩中顯然可見，此沙丘在東魯，與河北鉅鹿縣之沙丘無涉。據明萬曆《兖州府志》，謂「沙丘，在宗魯門外」。宗魯門，即兖州府城東門，亦即唐代兖州（魯郡）治城瑕丘之東門。又據清乾隆《兖州府志》，謂「沙丘，在城東二里，黑風口西」。黑風口，即金口壩，隋開皇中兖州刺史薛胄在城東沂泗二水交匯處所建之堤堰也，見《隋書》本傳。今猶存。又據清孔尚任《闕里志》，謂「（曲阜縣）西沂泗交匯處，擁沙如丘，呼爲沙丘」。又據今兖州人士稱，民國年間其地又名沙崗村；新中國建立之初，其地積沙猶高於屋頂，後因城中建設取用，始漸夷爲平地。似此，則東魯沙丘在唐代兖州（魯郡）治城瑕丘東門外金口壩西岸無疑，李白寓家之地即在此亦無疑矣。

以此新説揆諸東魯之作，前此窒礙難通者，今則皆可迎刃而解矣。然舊説根深蒂固，新説殊難確立。幸賴上天垂鑒，一九九三年泗水乾涸，有北齊佛寺殘碣一通，自然暴露於金口壩附近河床之上。碣文中有「大齊河清三年歲次實沈於沙丘東城之内」等字樣赫然在焉。由是可知，兖州之名沙丘由來尚矣。李白詩中之所以屢稱沙丘者，良有以也。

雉朝飛

兩宋本、繆本、王本題下俱注云：「一本作《雉朝飛絃》。」《樂府詩集·琴曲歌辭》有《雉朝飛操》，題解引崔豹《古今注》曰：「《雉朝飛》者，犢牧子所作也。齊宣王時，處士泯宣年五十無妻，出薪於野，見雉雄雌相隨而飛，意動心悲，乃仰天嘆：大聖在上，恩及草木鳥獸，而我獨不獲。因援琴而歌，以明自傷，其聲中絶。」其辭曰：「雉朝飛兮鳴相和，雌雄群遊於山阿。我獨何命兮未有家，時將暮兮可奈何，嗟嗟暮兮可奈何。」白擬之以自傷無偶。

麥隴青青三月時，白雉朝飛挾兩雌〔一〕。錦衣綺翼何離褷〔二〕，犢牧採薪感之悲。春天和，白日暖，啄食飲泉勇氣滿，争雄鬬死繡頸斷〔三〕。雉子斑奏急管絃〔四〕，心傾美酒盡玉椀〔五〕。枯楊枯楊爾生稊〔六〕，我獨七十而孤棲〔七〕。彈絃寫恨意不盡，瞑目歸黄泥。

【注釋】

〔一〕枚乘《七發》：「伯子牙爲之歌，歌曰：『麥秀蔪兮雉朝飛……』」潘岳《射雉賦》：「逸群之儁，擅塲挾兩。」二句由此化出。

〔二〕離褷，《文選》木華《海賦》：「鳧雛離褷。」李善注：「離褷……毛羽始生之貌。」

〔三〕鮑照《代雉朝飛》：「雉朝飛，振羽翼，專場挾雌恃强力……刎繡頸，碎錦翼，絶命君前無怨色。」此句化用其意。

〔四〕雉子斑，樂府古題，參見天寶二年《設辟邪伎鼓吹雉子斑曲辭》題解。

〔五〕鮑照《代雉朝飛》：「握君手，執杯酒，意氣相傾死何有。」此句化用其意。

〔六〕《易·大過》：「枯楊生稊，老夫得其女妻，無不利。」王弼注：「稊者，楊之秀也。」

〔七〕七十，極而言之。

【按】

本年春夏白多思子女之作。因子女無人愛憐而傷己之無妻，自是情理中事。因繫此詩於本年。

金陵送張十一再遊東吳

本年春作。張十一，咸本作張十，名字不詳。

張翰黄花句，風流五百年〔一〕。誰人今繼作？夫子世稱賢。再動遊吳棹，還浮入海船。春光白門柳〔二〕，霞色赤城天〔三〕。去國難爲别，思歸各未旋。空餘賈生淚〔四〕，相顧共悽然。

【注釋】

〔一〕張翰《雜詩》：「暮春和氣應，白日照園林。青條若總翠，黄花如散金。」翰，西晉末人，下距唐天寶中約四百五十年，詩概言之。

〔二〕白門，金陵地名，詳見開元十四年《楊叛兒》詩注。

〔三〕赤城，越中山名，詳見天寶五載《夢遊天姥吟留别》詩注。

〔四〕賈誼被貶爲長沙王太傅，意不自得，作《弔屈原賦》、《鵩鳥賦》以自傷。白流落江南似賈誼，故云。

【按】

據「思歸各未旋」句，知白此時欲返東魯。同期又有思念子女諸詩，正一時情緒。

勞勞亭歌

本年秋金陵作。王本題下注云：「原注：在江寧縣南十五里，古送别之所，一名臨滄觀。」此詩亦有思歸之情，因繫本年。

金陵勞勞送客堂，蔓草離離生道旁。古情不盡東流水，此地悲風愁白楊。我乘素舸同康樂〔一〕，朗詠清川飛夜霜〔二〕。昔聞牛渚吟五章，今來何謝袁家郎〔三〕？苦竹寒聲動秋月，獨宿空簾歸夢長。

【注釋】

〔一〕康樂，謂謝靈運，襲封康樂公。謝靈運《東陽溪中贈答詩》：「可憐誰家郎，緣流乘素舸。」

〔二〕王注引胡震亨曰：「『清川飛夜霜』，疑引謝詩，今謝詩無此句，或亡之耳。」今按，此句意與下二句接，以袁虎詠詩事自喻耳，非關謝詩。

〔三〕袁家郎，謂袁宏，宏小字虎，晉人。《世説·文學》：「袁虎少貧，嘗爲人傭載運租。謝鎮西經船行，其夜清風朗月，聞江渚間估客船上有詠詩聲，甚有情致；所誦五言，又其所未嘗聞，嘆美不能已。即遣委曲訊問，乃是袁自詠其所作詠史詩。因此相要，大相賞得。」劉孝標注引《續晉陽秋》，所記略同，「江渚」作「牛渚」，謂其時謝尚鎮此。參見開元二十七年《夜泊牛渚懷古》。

【集説】

蕭云：此詩意乃太白自比於靈運，而又自嘆其才不減彦伯，而無謝尚之見知，獨宿空簾，寄情歸夢，亦可哀矣。

王云：此詩大意，太白自誇山水之趣既同康樂，而吟詠之妙又不減袁宏，惜無相賞之人與之談話申旦，空簾獨宿，殊覺寂寥。兩事并用，各不相妨。

秋夜板橋浦泛月獨酌懷謝朓

板橋浦，在金陵西南。謝朓，字玄暉，南齊詩人，嘗爲宣城太守。後爲人誣陷，下獄死。詩文清麗，素爲白所景慕。

天上何所有？迢迢白玉繩。斜低建章闕，耿耿對金陵〔一〕。漢水舊如練，霜江夜清澄〔二〕。長川瀉落月，洲渚曉寒凝。獨酌板橋浦，古人誰可徵〔三〕？玄暉難再得，灑酒氣填膺。

【注釋】

〔一〕謝朓《暫使下都夜發新林至京邑贈西府同僚》詩有句「玉繩低建章」，首四句由此化出。玉繩，星名。《春秋元命苞》：「玉衡北兩星爲玉繩。」建章，南朝宮名。《宋書·前廢帝紀》：「（永光元年秋八月）甲申，以北邸爲建章宮。」

〔二〕謝朓《晚登三山還望京邑》詩有句「澄江静如練」，二句由此化出。漢水、霜江，俱謂長江。

〔三〕古人，謂謝朓。朓有《之宣城郡出新林浦向板橋》詩。

【按】

此詩情緒頗悲凉，且因懷古而氣填膺，蓋爲謝朓之冤死而致慨，亦有感於己之處境也。不似早歲遊金陵之作，故繫本年。

金陵城西樓月下吟

與上篇情景相接，且有憶謝朓語，故繫一處。金陵城西樓，瞿、朱注：「《景定建康志》卷二一李白酒樓條下引有此詩，當即城西孫楚酒樓。」

金陵夜寂凉風發，獨上高樓望吴越。白雲映水摇空城，白露垂珠滴秋月。月下沉吟久不歸，古來相接眼中稀。解道澄江净如練，令人長憶謝玄暉。

【按】

「澄江净如練」爲謝朓《晚登三山還望京邑》詩中名句，而全詩非特寫景清麗，詩中多化用王粲《七哀詩》，實則憂時傷懷之作，故白詩一再及之。參見上篇。

答王十二寒夜獨酌有懷

本年冬作於金陵。王十二，名字不詳。詩借酬答揮斥幽憤，抨擊時政。

昨夜吴中雪，子猷佳興發〔一〕。萬里浮雲卷碧山，青天中道流孤月。孤月滄浪河漢清〔二〕，北斗錯落長庚明〔三〕。懷余對酒夜霜白，玉床金井冰峥嶸〔四〕。人生飄忽百年内，且須酣暢萬古情。君不能狸膏金距學鬭鷄，坐令鼻息吹虹霓〔五〕。君不能學哥舒，横行青海夜帶刀，西屠石堡取紫袍〔六〕。吟詩作賦北窗裏，萬言不直一杯水。世人聞此皆掉頭，有如東風射馬耳〔七〕。魚目亦笑我，請與明月同〔八〕。驊騮拳跼不能食〔九〕，蹇驢得志鳴春風〔一〇〕。折楊皇華合流俗〔一一〕，晉君聽琴枉清角〔一二〕。巴人誰肯和陽春〔一三〕，楚地猶來賤奇璞〔一四〕。黄金散盡交不成，白首爲儒身被輕。一談一笑失顔色〔一五〕，蒼蠅貝錦喧謗聲〔一六〕。曾參豈是殺人者，讒言三及慈母驚〔一七〕。與君論心握君手，榮辱於余亦何有？孔聖猶聞傷鳳麟〔一八〕，董龍更是何雞狗〔一九〕。一生傲岸苦不諧，恩疏媒勞志多乖〔二〇〕。嚴陵高揖漢天子〔二一〕，何必長劍拄頤事玉階〔二二〕。達亦不足貴，窮亦不足悲。韓信羞將絳灌比〔二三〕，禰衡恥逐屠沽兒〔二四〕。君不見李北海，英風豪氣今何在〔二五〕？君不見裴尚書，土墳三尺蒿棘居〔二六〕。少年早欲五湖去，見此彌將鐘鼎疏〔二七〕。

【注釋】

〔一〕東晉名士王子猷雪夜酌酒詠詩忽憶友人戴安道。此以子猷擬王十二。

〔二〕滄浪，水色。句言月色如水。

〔三〕錯落，參差貌。長庚，星名，亦曰太白。昏見西方爲長庚，晨見東方爲啟明。《詩·小雅·大東》：「東有啟明，西有長庚。」

〔四〕床，井欄。玉、金，美辭。

〔五〕狸膏，《藝文類聚》卷九十一：「莊子謂惠子曰：『羊溝之雞，三歲爲株，相者視之，則非良雞也。然而數以勝人者，以狸膏塗其頭。』」金距，《左傳》昭公二十五年：「季郈之鷄鬭，季氏芥其鷄，郈氏爲之金距。」楊伯峻注：「蓋於鷄腳爪又加以薄金屬所爲假距。」二句刺玄宗寵鬭鷄徒事，參見開元十八年《大車揚飛塵》（古風其二十四）詩及注。

〔六〕三句言哥舒翰取石堡城事。哥舒，哥舒翰。青海，青海湖一帶地，吐蕃所據。石堡，城名，唐與吐蕃之交通要衝，地在今青海西寧市西南。夜帶刀，天寶中民謡：「北斗七星高，哥舒夜帶刀。……」天寶六載，玄宗方事石堡城，詔問以攻取之略，河西、隴右節度使王忠嗣奏云：「石堡險固，吐蕃舉國而守之，若頓兵堅城之下，必死者數萬，然後事可圖也。臣恐所得不如所失，請休兵秣馬，觀釁而取之，計之上者。」又嘗曰：「今争一城，得之未制於敵，不得之未害於國，忠嗣豈以數萬人之命易一官哉！」由是以「阻撓軍功」獲罪。又爲李林甫所搆，幾陷極刑，於天寶六載十一月貶漢陽太守。哥舒翰代王忠嗣爲隴右節度。八載六月，以朔方、河東群牧十萬衆委翰總統攻石堡城，拔之，獲吐蕃兵四百人，唐士卒死者數萬，果如王忠嗣之言。上録哥舒翰功，拜特進、鴻臚員外卿，加攝御史大夫。見兩《唐書》之《玄宗紀》、《王忠嗣傳》、《哥舒翰傳》及《通鑑·唐紀》天寶八載。取紫袍，唐制，三品以上官服紫，特進爲正二品。故云。

〔七〕上句謂不屑一顧，下句謂聽若罔聞。

〔八〕請，宋乙本、蕭本、繆本、王本俱注云：「一作謂。」作「謂」是。明月，夜光之珠。

〔九〕驊騮，駿馬名，色赤，傳爲周穆王八駿之一。拳跼，不伸也。

〔一〇〕蹇，跛也。以上二句喻賢人失志，小人得志。

〔一一〕《莊子·天地》：「大聲不入於里耳，折楊、皇華，則嗑然而笑。」陸德明注：「折楊、皇華，皆古歌曲也。」蓋古之俗曲，爲當時流俗所賞者。

〔一二〕清角，古之神曲。《韓非子·十過》：「（晉）平公曰：『清角可得而聞乎？』師曠曰：『不可。昔者黄帝合鬼神於泰山之上，駕象車而六蛟龍，畢方并鎋，蚩尤居前，風伯進掃，雨師灑道，狼虎在前，鬼神在後，騰蛇伏地，鳳皇覆上，大合鬼神，作爲清角。今主君德薄，不足聽之，聽之將恐有敗。』平公曰：『寡人老矣，所好者音也，願遂聽之。』師曠不得已而鼓之。一奏之，有玄雲從西北方起；再奏之，大風至，大雨隨之。裂帷幕，破俎豆，隳廊瓦，坐者散走，平公恐懼，伏於廊室之間。晉國大旱，赤地三年。平公之身遂癃病。」句謂德薄之君不足與聞清角之音，刺玄宗也。

〔一三〕陽春，即陽春白雪，見天寶二年《郢客歌白雪》（古風其二十一）詩及注。

〔一四〕句用卞和事，見天寶二年《鞠歌行》詩及注。

〔一五〕一談一笑，謂尋常言行。失顔色，驚懼而色變。句謂動輒得咎。

〔一六〕《詩·小雅·青蠅》：「營營青蠅，止於樊。豈弟君子，無信讒言。」又，《小雅·巷伯》：「萋兮斐兮，成是貝錦。彼譖人者，亦已大甚。」句謂讒謗之起，如蒼蠅之喧；搆人罪過，如編織貝錦。

〔一七〕曾參，孔子弟子。《戰國策·秦策》：「昔者曾子處費，費人有與曾子同名族者而殺人，人告曾子母曰：『曾參殺人。』曾子之母曰：『吾子不殺人。』織自若。有頃焉，人又曰：『曾參殺人。』其母尚織自若也。頃之，一人又告之曰：『曾參殺人。』其母懼，投杼踰牆而走。」

〔一八〕《論語·子罕》：「子曰：『鳳鳥不至，河不出圖，吾已矣夫！』」又，《家語·辨物》載，叔孫氏之車士於大野獲麟焉，折其前左足，叔孫氏棄之郭外。孔子往觀之，曰：「麟也，胡爲來哉！胡爲來哉！」涕泣沾襟。子貢問之，孔子曰：「麟之至爲明王，出非其時而見害，吾是以傷焉。」句謂世道之衰落。

〔一九〕董龍，即董榮，前秦佞臣。《通鑑·晉紀》永和十二年：「秦司空王墮性剛峻，右僕射董榮、侍中强國皆以佞幸進，墮疾之如仇，每朝見，榮未嘗與之言。或謂墮曰：『董君貴幸無比，公宜小降意接之。』墮曰：『董龍（榮小字）是何鷄狗，而令國士與之言乎！』」

〔二〇〕恩疏，謂朝廷見棄；媒勞，謂引薦者徒勞。《楚辭·九歌·湘君》：「心不同兮媒勞，恩不甚兮輕絶。」

〔二一〕嚴陵，嚴子陵。漢天子，東漢光武帝。詳見天寶二年《松柏本孤直》（古風其十二）詩及注。句言己天寶三載去朝事。

〔二二〕《戰國策·齊策》：「齊嬰兒謡曰『大冠若箕，脩劍拄頤』。」此狀人臣之貌。

〔二三〕絳灌，絳侯周勃、潁陰侯灌嬰。《史記·淮陰侯列傳》：「信知漢王畏惡其能，常稱病不朝從。

信由此日夜怨望，居常鞅鞅，羞與絳灌等列。」

〔二四〕《後漢書・禰衡傳》：「禰衡……尚氣剛傲，好矯時慢物。……或問衡曰：『盍從陳長文、司馬伯達乎？』對曰：『吾焉能從屠沽兒耶？』」

〔二五〕李北海，謂北海太守李邕。《新唐書・李邕傳》：「天寶中，左驍衛兵曹參軍柳勣有罪下獄，邕嘗遺勣馬。……宰相李林甫素忌邕，因傅以罪，詔刑部員外郎祁順之、監察御史羅希奭就郡杖殺之，時年七十。」

〔二六〕裴尚書，裴敦復，嘗爲刑部尚書。《舊唐書・玄宗紀》：「六載正月辛巳朔，北海太守李邕、淄川太守裴敦復並以事連王曾、柳勣，遣使就殺之。」

〔二七〕上句謂己早有泛遊江湖之心，下句謂今見朝政如此，益無心於功名富貴矣。

【集説】

王云：是年（按，謂天寶八載）六月，隴右節度使哥舒翰攻吐蕃石堡城，拔之。白有《答王十二寒夜獨酌有懷》詩云：「君不能學哥舒，横行青海夜帶刀，西屠石堡取紫袍。」又云：「君不見李北海，英風豪氣今何在？君不見裴尚書，土墳三尺蒿棘居。」知爲是時以後之作。

【按】

王説是。此篇既寫時事，則作時宜在其事發生未久時，因繫本年。此詩抨擊時政，直言指斥，亦可謂「驚風雨泣鬼神」之作也。

戰城南

戰城南，《樂府詩集·鼓吹曲辭》名。古辭曰：「戰城南，死郭北，野死不葬烏可食。……梟騎戰鬬死，駑馬徘徊鳴」云云。白詩展其意而成，以刺時事。

去年戰，桑乾源〔一〕。今年戰，葱河道〔二〕。洗兵條支海上波〔三〕，放馬天山雪中草〔四〕。萬里長征戰，三軍盡衰老。匈奴以殺戮爲耕作，古來惟見白骨黄沙田〔五〕。秦家築城備胡處〔六〕，漢家還有烽火燃。烽火燃不息，征戰無已時。野戰格鬬死，敗馬號鳴向天悲。烏鳶啄人腸，銜飛上挂枯樹枝。士卒塗草莽，將軍空爾爲。乃知兵者是凶器，聖人不得已而用之〔七〕。

【注釋】

〔一〕桑乾，《元和郡縣志》河東道朔州馬邑縣：「桑乾河，在縣東三十里。」朔州州治今爲山西朔縣，馬邑在其東北。二句概言東北邊地戰事。

〔二〕葱河，王注：「《凉州異物志》：葱嶺水分流東西，西入大海，東爲河源。」郭沫若謂即喀什噶爾河（《李白與杜甫》）。葱嶺地當今帕米爾高原，唐代屬安西都護府管轄。二句概言西北邊地戰事。

〔三〕洗兵，出兵也。《文選》左思《魏都賦》：「洗兵海島，刷馬江洲。」李善注：「魏武《兵接要》曰：大將將行，雨濡衣冠，是謂洗兵。」條支海，《後漢書·西域傳》：「條支國城在山上，周回四十餘里，臨西海，海水曲環其南及東北，三面路絶，唯西北隅通陸道。」漢條支國地當今伊拉克，西海即波斯灣，條支海即謂此。郭沫若曰：「條支海或條支都督府所轄之海，如非伊塞克湖（熱海），當即巴爾喀什湖。」（《李白與杜甫》）按，唐代安西都護府所轄有條支都督府，治鶴悉那城（今阿富汗之加兹尼）。伊塞克湖與巴爾喀什湖俱在北庭都護府轄境，郭説非。

〔四〕天山，見天寶二年《塞下曲》注。以上二句泛言西域戰事。

〔五〕王注：「王褒《四子講德論》：匈奴，百蠻之最强者也，其耒耜則弓矢鞍馬，播種則捍絃掌拊，收秋則奔狐馳兔，穫刈則顛倒殪僕。太白『匈奴以殺戮爲耕作』二語，蓋本於此，而鍛鍊之妙，更覺精采不侔。」

〔六〕賈誼《過秦論》：「乃使蒙恬北築長城而守籓籬，卻匈奴七百餘里，胡人不敢南下而牧馬。」

〔七〕《老子》：「兵者不祥之器，非君子之器，不得已而用之。」王注：「《六韜》：聖人號兵爲凶器，不得已而用之。」

【集説】

蕭云：開元、天寶中，上好邊功，征伐無時，此詩蓋以諷也。

《唐宋詩醇》云：《古詞》云：「戰城南，死郭北。野死不葬烏可食。」又云：「願爲忠臣安可得？」

白詩亦本其意，而語尤慘痛，意更切至。所以刺黷武而戒窮兵者深矣。

詹鍈云：按《舊唐書·王忠嗣傳》：天寶元年北伐，與奚怒皆戰於桑乾河，三敗之。《新唐書·高仙芝傳》：天寶六載，詔仙芝以步騎一萬出討（吐蕃）……乃自安西撥换城，經疏勒登葱嶺，涉播密川，遂頓特勒滿川，行凡百日。《通鑑》天寶六載：高仙芝……自安西行百餘日，乃至特勒滿川，分軍爲三道，期以七月十三日會吐蕃連雲堡下。詩蓋指以上二戰事而言也。

瞿、朱云：《舊唐書·王忠嗣傳》：玄宗方事石堡城，詔問以攻取之略。忠嗣奏云：石堡險固，吐蕃舉國而守之，若頓兵堅城之下，必死者數萬，然後事可圖也。臣恐所得不如所失，請休兵秣馬，觀釁而取之，計之上者。玄宗因不快。李林甫尤忌忠嗣，日求其過。六載，會董延光獻策，請下石堡城，詔忠嗣分兵應接之。忠嗣黽勉而從，延光不悦。河西兵馬使李光弼危之，遽而入告。……忠嗣曰：「李將軍，忠嗣計已决矣。平生始望，豈及貴乎？今爭一城，得之未制於敵，不得之未害於國。忠嗣豈以數萬人之命易一官哉？」於此可見當時正直之將帥皆不以妄興邊釁、殘民以逞爲然。此李詩末二句用意所在也。

君道曲

王本題下注云：「太白自注：梁之雅歌有五章，今作一章。」王注：「按《樂府詩集》：《古今樂録》曰：『梁有《雅歌》五曲，一曰《應王受圖曲》，二曰《臣道曲》……』無《君道曲》，疑太白擬作者，即《應王受圖曲》。琦謂：非也，蓋後人訛臣字爲君字耳。」今按，梁《雅歌·臣道曲》唯言人臣至忠之道，白詩君臣並舉而重在言君，則詩題固應作《君道曲》，太白自擬也。

大君若天覆〔一〕，廣運無不至〔二〕。軒后爪牙常先、太山稽〔三〕，如心之使臂〔四〕。小白鴻翼於夷吾〔五〕，劉葛魚水本無二〔六〕，土扶可成牆〔七〕，積德爲厚地〔八〕。

【注釋】

〔一〕大君，天子。天覆，《漢書·匡衡傳》：「陛下聖德天覆，子愛海内。」

〔二〕廣運，《國語·越語》：「句踐之地……廣運百里。」韋昭注：「東西爲廣，南北爲運。」

〔三〕軒后，軒轅黄帝。爪牙，《詩·小雅·祈父》：「予王之爪牙。」鄭箋：「爪牙之士，常爲王閑守之衛。」常先、太山稽，黄帝之臣。《史記·五帝本紀》：「黄帝……舉風后、力牧、常先、大鴻以治民。」《淮南子·覽冥》：「昔者黄帝治天下而力牧、太山稽輔之。」

〔四〕《漢書·賈誼傳》：「令海内之勢如身之使臂，臂之使指，莫不制從。」

〔五〕小白，齊桓公名。夷吾，齊相管仲名，桓公尊爲仲父。桓公嘗曰：「寡人之有仲父也。猶飛鴻之有羽翼也。」見《管子·霸行》。

〔六〕《三國志·蜀書·諸葛亮傳》：「（劉備）曰：『孤之有孔明，猶魚之有水也。』」

〔七〕《北齊書·尉景傳》：「土相扶爲牆，人相扶爲王。」句謂臣之輔君。

〔八〕德謂地德，《易·坤》：「地勢坤，君子以厚德載物。」

【集説】

嚴羽云：都不成語，當是醉中口謄率筆耳。（嚴羽評點李集）

陳沆云：《史記・黄帝本紀》：「舉風后、力牧、常先、太鴻以治民。」《列子》：「黄帝召天老、力牧、泰山稽。」案此言人君當與賢臣一心一德以成功業也。明皇疏張九齡，黜王忠嗣，廷無將相之才，國無磐石之固矣。大地不讓土壤，故能成其厚，此蓋陳古以風之。（《詩比興箋》）

【按】

陳沆説是。天寶中葉，玄宗德衰，太白有感於君臣古道之不存而作是詩。

代馬不思越　古風其六

此篇傷王忠嗣。忠嗣事，前見《答王十二寒夜獨酌有懷》注，並見本篇及下篇集説。

代馬不思越，越禽不戀燕〔一〕。情性有所習，土風固其然〔二〕。昔別雁門關〔三〕，今戍龍庭前〔四〕。驚沙亂海日，飛雪迷胡天。蟣虱生虎鶡〔五〕，心魂逐旌旃〔六〕。苦戰功不賞，忠誠難可宣。誰憐李飛將，白首没三邊〔七〕？

【注釋】

〔一〕代、越、燕，俱春秋時國名，詩以越謂南方，代、燕謂北方。《文選・古詩十九首》：「胡馬依北風，越鳥巢南枝。」白詩用其意。徐禎卿曰：「代北越南，鳥獸各有所戀，以比去家就戍，非人之情也。」

〔二〕張協《雜詩》：「土風安所習，由來有故然。」

〔三〕王注：「《山西通志》：雁門山在代州北三十五里，雙闕陡絶，雁欲過者必由此徑，故名。一名雁門塞，倚山立關，謂之雁門關。」山在今山西代縣境。

〔四〕龍庭，《後漢書·竇融傳》：「躡冒頓之區落，焚老上之龍庭。」李賢注：「匈奴五月大會龍庭，祭其先、天地、鬼神。」

〔五〕虎鶡，謂虎文衣與鶡冠。《後漢書·輿服志》：「武冠……加雙鶡尾，豎左右，爲鶡冠云。……虎賁武騎皆鶡冠，虎文單衣。」句言戰爭之曠日持久。曹操《蒿里行》：「鎧甲生蟣虱。」

〔六〕旃，赤色曲柄之旗。

〔七〕李飛將，漢飛將軍李廣。擊匈奴屢建奇功，及老，從大將軍衛青出征，失道自剄，年六十餘。事見《史記·李將軍列傳》。三邊，漢幽、并、凉三州，詩代稱北方邊地。

【集説】

蕭云：此篇感諷之詩，於時必有所爲而作也。

陳沆云：此傷王忠嗣也。忠嗣兼河西、隴右、河東、朔方節度使，仗四節制萬里，屢破突厥、吐蕃、吐谷渾。李林甫忌其功名日盛，恐其入相，因事搆陷幾死，賴哥舒翰力救，乃貶漢陽太守而卒。故悲

其功高不賞，忠誠莫諒也。（《詩比興箋》）

詹鍈云：按《舊唐書·王忠嗣傳》：「天寶六載十一月貶漢陽太守，七載量移漢東郡太守，明年暴卒。」則此詩之作亦當在天寶八載以後。

胡關饒風沙　古風其十四

此篇緣哥舒翰攻吐蕃石堡城事而作，兼傷王忠嗣。

胡關饒風沙，蕭索竟終古。木落秋草黄，登高望戎虜。荒城空大漠，邊邑無遺堵。白骨横千霜，嵯峨蔽榛莽。借問誰陵虐？天驕毒威武〔一〕。赫怒我聖皇〔二〕，勞師事鼙鼓。陽和變殺氣，發卒騷中土。三十六萬人〔三〕，哀哀淚如雨。且悲就行役，安得營農圃？不見征戍兒，豈知關山苦〔四〕？李牧今不在〔五〕，邊人飼豺虎。

【注釋】

〔一〕天驕，本謂匈奴，此指吐蕃。漢時邊患無過匈奴，唐時邊患無過吐蕃，故以匈奴擬之。參見天寶二年《塞下曲》注。

〔二〕聖皇，謂玄宗。而玄宗唯事勞師征討，窮兵黷武而無功。言外之意，安邊無上策也。

〔三〕三十六萬人，就前後數年言之。

〔四〕兩宋本、繆本、王本俱注云：「一本此下多『争鋒徒死節，秉鉞皆庸豎。戰士塗蒿萊，將軍獲圭組』四句。」

〔五〕李牧，戰國時趙之良將。常守雁門備匈奴，習騎射，謹烽火，多間諜，厚待戰士，而不輕易出兵。匈奴小入，佯北不勝；大入，則爲奇陣大破之。其後十餘歲匈奴不敢近趙邊城。事見《史記·廉頗藺相如傳》。句以李牧擬王忠嗣。

【集説】

楊云：聖皇，玄宗也。玄宗承國家富庶，侈心動，遂貪邊功，罷張九齡，相李林甫、楊國忠，從事吐蕃、南詔，訖唐世爲患。

嚴羽云：此首可與老杜《塞上》諸篇伯仲。（嚴羽評點李集）

蕭云：此詩楊子見以爲討閤羅鳳之事，非也。雲南乃西南邊，此詩專指北邊而言，當是爲哥舒翰攻吐蕃石堡城之事而作也。唐史，天寶六載，上欲使河西、隴右節度使王忠嗣攻吐蕃石堡城。忠嗣上言，石堡城險固，吐蕃舉國守之，今頓兵其下，非殺數萬人不能克，臣恐所得不如所亡。上意不決，將軍董延光自請將兵攻石堡城，上命忠嗣分兵，哥舒翰率隴右、河西、朔方、河東兵凡六萬三千攻吐蕃石堡城，其城三面險絶，唯一徑可上，吐蕃但以數百人守之，多貯糧食，積擂木及石，唐兵前後屢攻之不能克，翰進攻拔之。獲吐蕃鐵刃悉諾羅等四百人，唐士卒死亡略盡，果如忠嗣之言。蓋當時上好邊功，諸將皆希旨開邊隙，忠嗣獨能持重安邊不生事，嘗曰：平世爲將，撫衆而已，吾不欲竭中國力以幸功名。傳中所載全與李牧相類。此詩末句曰「李牧今不在，邊人飼豺虎」者，蓋以李牧比忠嗣也。今不在者，翰取石堡時，忠嗣已死二年，無能諫止，卒喪數萬之師也。

胡云：楊注以爲詠鮮于仲通南詔之役。蕭注以爲辭指北邊詠哥舒翰石堡之役。考翰傳，石堡用兵止十萬，與所云三十六萬者亦未合。此亦約略言開、天數十年間用兵吐蕃之概，歎中外之騷蔽耳。

《唐宋詩醇》云：開元以來，歲有征役，至王君㚟戰勝青海，益事邊功。石堡一城耳，得之不足制敵，不得無害於國。唐兵前後屢攻，所失無數，哥舒翰雖能拔之，而士卒死亡亦略盡矣。此詩極言邊塞之慘，中間直入時事，字字沉痛，當與杜甫《前出塞》參看。別本多四句，語盡而露。詩詞意已足，不當更益。

陳沆云：刺黷武也。安禄山以六萬兵没於契丹，哥舒翰攻石峰堡死者數萬。李牧今不在，思王忠嗣也。忠嗣嘗言平世爲將，以安邊爲務，不肯疲中國以邀功，見可勝乃興師，故出必有成。自忠嗣譏死，而邊人塗炭矣。（《詩比興箋》）

詹鍈云：哥舒翰拔石堡城在天寶八載，王忠嗣卒亦在是年，此詩之作當在本年（八載）以後。

李白全集編年箋注卷九　編年詩第九

天寶九載（七五〇年）　李白五十歲

雪讒詩贈友人

據上年《答王十二寒夜獨酌有懷》及本篇，白遭受讒謗，此期特甚，勢且成禍。故作此詩專事洗雪，以明己之大節。其作時當在本年。詳按語。

嗟余沉迷，猖獗已久〔一〕。五十知非，古人常有〔二〕。立言補過，庶存不朽〔三〕。包荒匿瑕，蓄此頑醜〔四〕。月出致譏，貽愧皓首〔五〕。感悟遂晚，事往日遷。白璧何辜？青蠅屢前〔六〕。群輕折軸，下沉黃泉。衆毛飛骨，上凌青天〔七〕。萋斐暗成，貝錦粲然〔八〕。泥沙聚埃，珠玉不鮮。洪焱爍山，發自纖烟。滄波蕩日，起於微涓〔九〕。交亂四國，播於八埏〔一〇〕。拾塵掇蜂，疑聖猜賢〔一一〕。哀哉悲夫，誰察予之貞堅〔一二〕？彼人之猖狂，不如鵲之彊彊。彼婦人之淫昏，不如鶉之奔奔〔一三〕。坦蕩君子，無悦簧言〔一四〕。擢髮續罪，罪乃孔多〔一五〕。傾海流惡，惡無以過〔一六〕。人生實難，逢此織羅〔一七〕。積毀銷金，沉憂作歌〔一八〕。天未喪文，其如予何〔一九〕？妲己滅紂〔二〇〕，褒女惑周〔二一〕。天維蕩覆，職此之由〔二二〕。漢祖呂氏，食其在傍〔二三〕。秦皇太后，毐亦淫荒〔二四〕。蝃蝀作昏，遂掩太陽〔二五〕。萬乘尚爾，匹夫何傷？辭殫意窮，心切理直。如或妄談，昊天是殛〔二六〕。子野善聽，離婁至明〔二七〕。神靡遁響，鬼無逃形〔二八〕。不我遐棄，庶昭忠誠〔二九〕。

【注釋】

〔一〕沉迷猖獗，語出丘遲《與陳伯之書》：「直以不能内審諸己，外受流言，沉迷猖獗，以至於此。」而意則不同。白之所謂沉迷猖獗，乃指去朝以後流落江湖，遂耽於酒色以銷壯志，假不羈之行以泄憤懣耳，見天寶七載《出妓金陵子呈盧六》、《玩月金陵城西孫楚酒樓達曙歌吹日晚乘醉著紫綺裘烏紗巾與酒客數人棹歌秦淮往石頭訪崔四侍御》等詩。

〔二〕五十知非，用蘧伯玉事。伯玉年五十而知四十九年之非。詳見本年《尋陽紫極宫感秋》詩注。

〔三〕立言，《左傳》襄公二十四年：「太上有立德，其次有立功，其次有立言。雖久不廢，此之謂不朽。」補過，《左傳》昭公七年：「仲尼曰：能補過者，君子也。」

〔四〕包荒，語出《周易》泰卦。孔穎達疏：「包含荒穢之物。」匿瑕，語出《左傳》宣公十五年：「瑾瑜匿瑕。」杜預注：「雖美玉之質亦或居藏瑕穢。」蓄，賤養也。如蓄妓、蓄妾等。煩魄，招來煩惱之賤人。兩宋本作頑魄。

〔五〕月出，《詩·陳風》篇名，小序：「刺好色也。」此二句合上二句觀之，當是白前此曾蓄一妾，或爲魏顥《李翰林集序》中所謂「劉氏」。從詩中略知此人爲白「包荒」、「匿瑕」所致，秉性愚頑，好生是非，使白備受其擾。

〔六〕白璧，白自喻。青蠅，喻讒謗。王注：「《埤雅》：青蠅糞，尤能敗物，雖玉猶不免，所謂蠅糞點玉是也。蓋青蠅善亂色，故詩人以刺讒。」

〔七〕群輕，猶叢輕；飛骨，猶飛肉。《漢書·中山靖王勝傳》：「叢輕折軸，羽翮飛肉。」顔師古注：「言積載輕物，物多至令車軸毁折。而鳥之所以能飛翔者，以羽翮扇揚之故也。」以上六句，言讒毁屢興，居然成禍。

〔八〕萋斐、貝錦，喻編造讒言之工巧。詳見天寶八載《答王十二寒夜獨酌有懷》詩注。

〔九〕以上四句，謂所遭之讒謗沸沸揚揚，聳人聽聞，其始也實源於瑣屑。

〔一〇〕四國，猶四方。《詩·小雅·青蠅》：「讒人罔極，交亂四國。」八埏，猶八方。《漢書·司馬相如傳》：「下泝八埏。」孟康注：「埏，地之八際也。」二句謂讒言傳播日廣，已至淆亂是非。

〔一一〕拾塵，用顔回事。孔子厄於陳蔡，從者七日不食。子貢謀得米一石，顔回、仲由炊於壞屋之下，有埃墨墮甑中，顔回拾而食之。子貢以爲顔回竊食，乃告於孔子，孔子面質於回，惑始得解。見《孔子家語·在厄》。掇蜂，用伯奇事。伯奇者，周上卿尹吉甫子也。吉甫後妻欲陷伯奇，乃居空室，取毒蜂緣衣領，伯奇仁孝，前掇之。吉甫登樓而觀，大怒，乃放伯奇於野。見《琴操·履霜操序》。陸機《君子行》：「掇蜂滅天道，拾塵惑孔顔。」二句言所受誣陷有類乎此。

〔一二〕貞堅，正直堅定之操守，亦猶大節。自開篇至此以悲憤之感嘆告一段落，爲全詩之前半部分。以下爲全詩之後半部分。

〔一三〕以上四句中之「彼人」與「彼婦人」，兩宋本、繆本、咸本俱作「彼婦人」；而蕭本、郭本、王本前二句作「彼人」，後二句始作「彼婦人」。今從蕭、郭、王本。四句用《詩·鄘風·鶉之奔奔》。小序：「《鶉之奔奔》刺衛宣姜也。」注：「刺宣姜者，刺其與公子頑爲淫亂行，不如禽鳥。」原詩共二章，章四句。其一：「鶉之奔奔，鵲之彊彊，人之無良，我以爲兄。」《詩集傳》：「奔奔，彊彊，居有常匹，飛則相隨之貌。人，謂公子頑。」其二：「鵲之彊彊，鶉之奔奔。人之無良，我以爲君。」《詩集傳》：「人，謂宣姜。君，小君也。」古稱「小君」，即君夫人。故知蕭、郭、王本以「彼人」與「彼婦人」分指二人爲是。

〔一四〕坦蕩君子，謂友人。簧言，欺人之談而悦耳如簧者。簧，古時吹奏樂器中賴以振動發聲之物。《詩·小雅·巧言》：「巧言如簧。」

〔一五〕擢髮，擢，拔也。續，與贖通。二句意謂：若按讒言所云，則我之罪惡擢髮難數，無可贖也。

〔一六〕二句意謂：若按讒言所云，則我之罪惡傾海難盡，無以過也。

〔一七〕人生實難，語出《左傳》成公二年。初，楚莊王討陳（國）夏氏，欲納夏姬，申公巫臣諫之而止。其後將軍子反欲取之，巫臣曰：「是不祥人也。是夭子蠻，弑靈侯，戮夏南，出孔儀，喪陳國，何不祥如是！人生實難，其有不獲死乎？」杜預注：「言死易得，無爲取夏姬以速之。」織羅，即羅織，誣陷成罪，二句意謂：己之一生所歷坎坷亦已多矣，何敢染指此等不祥之人，豈非自速其死乎！焉有是哉？皆遭人羅織之故也。

〔一八〕積毁銷金，《史記·張儀傳》：「衆口鑠金，積毁銷骨。」句由此化出。二句謂讒言惑衆足以致人死地，故心甚憂之而作此詩也。

〔一九〕二句出《論語·子罕》：「子畏於匡，曰：『……天之未喪斯文也，匡人其如予何？』」邢昺疏：「子畏於匡者，謂匡人以兵圍孔子。……天之未喪此文，則我當傳之。匡人其欲奈我何，言匡人不能違天以害己也。」二句以孔子自喻，以匡人之圍喻此期所遭之讒謗，而以天道自慰，以立言自誓。

〔二〇〕妲己滅紂，事見《史記·殷本紀》：帝紂好酒淫樂，嬖於婦人，唯妲己之言是從，殘民以逞。賢臣數諫不聽，微子去之，箕子爲之奴，比干諫而死。周武王於是率諸侯伐紂，滅之。

〔二一〕褒女惑周，事見《史記·周本紀》：幽王嬖愛褒姒，竟廢申后及太子，以褒姒爲后，以其子伯服爲太子。褒姒不好笑，幽王欲其笑，萬方故不笑。幽王爲之戲舉烽火，諸侯悉至，至而無寇，褒姒乃大笑。幽王欲悦之，爲數舉烽火。其後不信，諸侯益亦不至。西夷犬戎攻幽王，幽王舉烽火徵兵，兵莫至，遂殺幽王驪山下。

〔二二〕天維，天柱地維。《列子·湯問》：「共工氏與顓頊争爲帝，怒而觸不周之山，折天柱，絶地維。」句謂天翻地覆，喻指國家危亡。

〔二三〕《史記·吕太后本紀》："太后稱制……以辟陽侯審食其爲左丞相。左丞相不治事，令監宫中，如郎中令。食其故得幸太后，常用事，公卿皆因而决事。"

〔二四〕秦皇太后，始皇之母。初，秦王年少，太后時時私通相國吕不韋。後始皇益壯，太后淫不止，不韋恐覺禍及己，乃進嫪毐。太后私與通，有身，太后恐人知之，詐卜當避時，徙宫居雍，毐常從，事皆决於毐。始皇九年，夷嫪毐三族，殺太后所生兩子。事見《史記·吕不韋列傳》。

〔二五〕螮蝀，《爾雅·釋天》："螮蝀，虹也。"《春秋潛潭巴》："虹出日旁，后妃陰脅主。"

〔二六〕昊天，猶皇天，殛，殺也。二句意謂：己之所言，如有不實，當遭天誅地滅。

〔二七〕子野，春秋晉樂師師曠字。其人善辨音以知吉凶。離婁，古之明目者，能視於百步之外，見秋毫之末。二句以師曠之聰、離婁之明屬望友人。

〔二八〕二句承上，意謂友人苟能如此，則神鬼亦無法逃其明鑒矣。

〔二九〕遐，遠也。《詩·周南·汝墳》："既見君子，不我遐棄。"二句意謂：如蒙友人不棄，則我之忠誠庶幾可見天日矣。

【集説】

洪邁云：李太白以布衣入翰林，既而不得官。唐史言高力士以脱韡爲耻，摘其詩以激楊貴妃，爲妃所沮止。今集中有《雪讒詩》一章，大率言婦人淫亂敗國。……予味此詩，豈非貴妃與禄山淫亂，而太白曾發其奸乎！不然，則飛燕在昭陽之句何足深怨也？（《容齋隨筆》）

劉克莊云：史言明皇欲官太白，爲妃所沮，余觀飛燕在昭陽之語不足深憾。《雪讒詩》自序甚詳，略云：漢祖吕氏，食其在旁。秦皇太后，毐亦淫荒。時妃以禄山爲兒，史云宫中有醜聲，而白肆言無忌若此。他人於玉環事皆微婉其詞。如云「養在深閨人不識」，又云「薛王沈醉壽王醒」，又云「不從金輿惟壽王」，白獨昌言之，可見剛稜嫉惡，坡公疑其以此召怨，力士因借此以報脱鞾之辱。豈飛燕之句能爲祟哉？（《後村詩話》）

趙翼云：青蓮自翰林被放還山，固不能無怨望，然其詩尚不甚露懟憾之意。如《贈蔡舍人雄》云：「遭逢聖明主，敢進興亡言。白璧竟何辜，青蠅遂成冤。」《贈崔司户》云：「布衣侍丹墀，密勿草絲綸。才微惠渥重，讒巧生緇磷。」《答王十二寒夜獨酌》云：「一談一笑失顔色，蒼蠅貝錦喧謗聲。」《贈宋少府》云：「早懷經濟策，特受龍顔顧。白玉棲青蠅，君臣忽行路。」皆不過謂無罪被謗而出耳。獨《雪讒詩》有云「彼人之猖狂，不如鵲之彊彊」，則指讒者也。「彼婦人之淫昏，不如鶉之奔奔」，則指楊妃也。其下並以妲己褒姒爲比，甚至以吕后之私審食其，秦后之嬖嫪毐喻楊妃之淫穢，則更指斥醜行，毫無顧忌，青蓮胸懷浩落，不屑屑於恩怨，何至誹謗如此？恐亦非其真筆也。（《甌北詩話》）

瞿、朱云：此詩若謂其作於在長安時或出長安後，則豈有楊妃勢盛之日而能以此雪讒乎？謂其作於楊氏已敗之後，則此詩更直可不作。且詩語淺而庸，不與李詩風格相類，趙翼疑之，是也。且細審詩有「坦蕩君子，無悦簧言」及「萬乘尚爾，匹夫何傷」之語，似指友朋間中冓之嫌，非刺淫亂敗國也。

郭沫若云：「又合於劉，劉訣。」這位劉氏可能是李白在天寶元年遊江東時的結合，結合不久便離異了。……這個劉氏是不安於室的，李白有《雪讒詩贈友人》一首可證。詩中也在大罵婦人：「彼婦人之猖狂，不如鵲之彊彊；彼婦人之淫昏，不如鶉之奔奔；坦蕩君子，無悦簧言！」前人以爲罵的是楊貴妃，顯然是臆解。詩中雖然提到妲己、褒姒、吕后、秦始皇的母親，但轉語是「萬乘尚爾，匹夫何傷？」是側重在「匹夫」，而非側重在皇室。可以推想到那位劉氏與李白離異後，曾向李白的「友人」處播弄是非，故李白乃「雪讒」自辯。（《李白與杜甫》）

【按】此詩究竟，殊難説清。大概是李白與其所蓄妾劉氏房中戲言，涉及宮中秘事，授人以柄，遂使一愚婦得以興風作浪，以致惶恐若是。可與天寶二、三載「言温室樹」諸詩參看。

僧伽歌

王注：「《太平廣記》：僧伽大師，西域人也，俗姓何氏。唐龍朔初，來遊北土，隸名於楚州龍興寺。後於泗州臨淮縣信義坊乞地施標，將建伽藍。於其標下掘得古香積寺銘記并金像一軀，上有普照王佛字，遂建寺焉。唐景龍二年，中宗皇帝遣使迎師，入内道場，尊爲國師。尋出居薦福寺。……至景龍四年三月二日於長安薦福寺端坐而終。……」王琦既以題中之僧伽爲中宗景龍年間之僧伽，疑其不與李白同時，二人難以相接，故又附録《廣川書跋》僞托之説於篇末。實則此疑不必有，此詩非僞託。蓋此僧伽非彼僧伽也。此篇作時當在本年，作地或在金陵，或在自金陵往廬山途中。詳按語。

真僧法號號僧伽，有時與我論三車〔一〕。問言誦咒幾千徧，口道恒河沙復沙〔二〕。此僧本住南天竺〔三〕，爲法頭陀來此國〔四〕。戒得長天秋月明〔五〕，心如世上青蓮色〔六〕。意清净，貌稜稜〔七〕，亦不減，亦不增〔八〕。瓶裏千年舍利骨〔九〕，手中萬歲胡孫藤〔一〇〕。嗟予落泊江淮久，罕遇真僧説空有〔一一〕。一言懺盡波羅夷，再禮渾除犯輕垢〔一二〕。

【注釋】

〔一〕三車，謂羊車、鹿車、牛車。佛教以之喻修行之三種境界：即聲聞乘、緣覺乘、菩薩乘，故又稱三乘。見《法華經·譬喻品》。

〔二〕王注：「恒河，西域中水名。釋典謂西域香山頂上有無熱惱池，四方流出四水，其東方之水謂之殑伽河，即恒河也。廣四十里，水中之沙微細如麪，佛説法之處皆與此河相近，故常取之以爲喻云。如恒河中所有沙數，蓋言其數之極多，非算數所能知者耳。」

〔三〕天竺，即印度。《舊唐書·西戎傳》：「天竺國，即漢之身毒國。……其中分爲五天竺：其一曰中天竺，二曰東天竺，三曰南天竺，四曰西天竺，五曰北天竺。地各數千里，域邑數百。南天竺際大海。」

〔四〕頭陀，行脚乞食之僧人。《法苑珠林》卷八四：「西云頭陀，此云抖擻，能行此法，即能抖擻煩惱，去離貪著，如衣抖擻能去塵垢，是故從喻爲名。」

〔五〕王注：「陳永陽王《解講疏》：戒與秋月共明，禪與春池共潔。」

〔六〕王注：「《華嚴經》：菩提心者，猶如蓮花不染一切諸罪垢故。僧肇《維摩詰經注》：天竺有青蓮花，其葉修廣，青白分明。」

〔七〕稜稜，高爽貌。《世説・容止》：「孫興公見林公，稜稜露其爽。」

〔八〕《心經》：「是諸法空相，不生不滅，不垢不净，不增不減。」

〔九〕《魏書・釋老志》：「佛既謝世，香木焚尸，靈骨分碎，大小如粒，擊之不壞，焚亦不焦，或有光明神驗，胡言謂之舍利。弟子收奉，置之寶瓶，竭香花，致敬慕。」

〔一〇〕楊注：「胡孫藤，乃藤杖，手所執者。」

〔一一〕空有，《後漢書・西域傳》：「詳其清心釋累之訓，空有兼遣之宗。」章懷太子注：「不執着爲空，執着爲有。兼遣謂不空不有，虚實兩忘也。」王注：「鳩摩羅什《維摩詰經注》：佛法有二種：一者有，二者空。若常在有，則累於想着；若常在空，則捨於善本。若空、有迭用，則不設二過，猶日月代明，萬物以成。」

〔一二〕王注：「胡三省《通鑑注》：釋氏以面陳悔過爲懺。波羅夷者，華言『棄』，謂犯此罪者，永棄佛法邊外。《法苑珠林》云：波羅夷者，此云極重罪是也。輕垢罪者，比重減輕一等，凡玷污净行之類皆是。據《梵網經》：重戒有十，犯者得波羅夷罪，輕戒有四十八，犯者爲輕垢罪。」

【集説】

董逌云：《僧伽傳》：蔣穎叔作，其謂李太白嘗以詩與師論三車者，誤也。詩鄙近，知非太白所作，世以昔人類在集中，信而不疑，且未嘗深求其言而知其不類。予爲之校其年，始知之。太白死在代宗元年，上距大足二年壬寅爲六十年，而白生。當景龍四年，白生九歲，固不與僧伽接。然則其詩爲出於世俗，而復不考歲月，殆涅其服者托白以爲重，而儒者信之，又增異也。（《廣川書跋》）

胡云：舊注以爲即泗州僧伽，泗州於中宗時遷化，此則白與之論法，偶胡僧之同名者耳。本不足辨，亦詩紀襲誤，故著之。

詹鍈云：奚禄論云：「此必貫休之筆。」

【按】

諸説中以胡震亨説爲是，惜其語焉不詳，兹加以申説如下：據丁福保《佛學大辭典》，僧伽爲梵語譯音，意爲衆僧。中國稱佛教徒爲僧，即源於此。《高僧傳》以僧伽爲名號者不可勝數。如僧伽提婆（罽賓國僧，苻秦時來中國）、僧伽跋摩（天竺國僧，劉宋時來中國）、僧伽婆羅（扶南國僧，蕭梁時來中國）……似此，則中宗景龍時之僧伽死後數十年，玄宗天寶中又有另一僧伽來中國，李白與之相接，何足爲怪？據宋《高僧傳》記載，中宗時之僧伽爲葱嶺北何國人。何國，即屈霜你加國，在「素葉水城」以西（見《大唐西域記》）。據李白詩，玄宗時之僧伽，「此僧本住南天竺」。天竺，「居葱嶺南，幅圓三萬里，分東西南北中五天竺，皆城邑數百。南天竺瀕海……」（見《新唐書·西域傳》）。瀕海之南天竺與「素葉水城」以西之屈霜你加，相去有萬里之遥，顯然二僧伽絶非同一人。前人不察，誤以此爲彼，混二爲一，遂斷此詩爲僞托，又從而斥其「鄙近」，殊不可從。

疑竇既解，此詩作年亦可得而知。詩中有句云：「嗟余落泊江淮久，罕遇真僧説空有。」李白一生雖多次遊江淮，而爲時最久，堪稱「落泊」（落魄），且又亟欲從真僧求佛法真諦，則唯有天寶五載至九載期間。詩末二句又有欲從僧伽實行懺禮之意。此中究竟亦從此期有關詩作可窺端倪。本年所作《雪讒詩贈友人》，雖爲雪讒，亦有自責之語：「嗟余沉迷，猖獗已久。五十知非，古人常有。……月出致譏，貽愧皓首。」《月出》，《詩·陳風》篇名，毛序：「刺好色也。」再從天寶七載《出妓金陵子呈盧六》、《玩月金陵城西》等詩中「不知狂與羞」之形跡，堪稱「沉迷猖獗」。而其所以如此，皆因天寶中期朝政日非，李白憤懣亦日深。有直抒胸臆，抨擊時政諸詩，如《答王十二寒夜獨酌有懷》、《戰城南》等可證。雖已寄之於詩，然畢竟「萬言不值一杯水」、「有如東風射馬耳」，李白乃放浪形骸，縱情酒色。此種飲鴆止渴之行爲，不但無濟於事，反而招來讒謗，自貽愧悔，遂至身心交瘁。故轉而乞靈於佛教，甘心自縛於枯禪，以期暫求解脱耳。落泊江淮，屢有奉佛之作，尤以本年爲甚，良有以也。本年赴廬山東林寺參禪打坐，或即從僧伽之教歟？故繫此詩於本年。

留别金陵諸公

本年五月離金陵往廬山時作。

海水昔飛動，三龍紛戰争〔一〕。鍾山危波瀾，傾側駭奔鯨。黄旗一掃蕩，割壤開吴京〔二〕。六代更霸王〔三〕，遺跡見都城。至今秦淮間〔四〕，禮樂秀群英。地扇鄒魯學〔五〕，詩騰顔謝名〔六〕。五月金陵西，祖余白下亭〔七〕。欲尋廬峰頂，先繞漢水行〔八〕。香爐紫烟滅，瀑布落太清〔九〕。若攀星辰去，揮手緬含情。

【注釋】

〔一〕《文選》揚雄《劇秦美新》：「海水群飛。」李善注：「海水喻萬民，群飛言亂。」三龍，三國之魏、蜀、吴。二句謂三國時局。

〔二〕黄旗，帝王之旗。二句謂吴帝孫權在金陵建都。其時名建業。

〔三〕六代，謂吴、東晉、宋、齊、梁、陳，俱都金陵。

〔四〕秦淮，謂秦淮河，經金陵城中，入大江。

〔五〕扇，熾盛也。鄒，孟子故里；魯，孔子故里。句謂金陵儒學之盛。

〔六〕顔謝，劉宋詩人顔延之、謝靈運。

〔七〕白下亭，驛亭，有新舊二處，各在金陵城東、西，此謂城西之新亭。

〔八〕漢水，謂長江。

〔九〕二句言廬山香爐峰及峰前瀑布，參見開元十三年《望廬山瀑布》詩及注。

金陵白下亭留别

與上首一時之作。

驛亭三楊樹，正當白下門〔一〕。吴烟暝長條，漢水齧古根。向來送行處，迴首阻笑言。别後若見之，爲余一攀翻〔二〕。

【注釋】

〔一〕白下門，泛言金陵城門。武德九年，曾改金陵爲白下縣，故稱。

〔二〕攀翻，謂折楊以寄遠。

登黄山凌歊臺送族弟溧陽尉濟充泛舟赴華陰

楊注：「太白自注：時在當塗。」詩當作於本年五月自金陵往廬山途經當塗時。當塗，縣名，屬宣州（宣城郡），宋代爲太平府治所在，即今安徽當塗縣。黄山，此黄山在當塗城北五里，高四十丈，山如初月形。舊傳浮丘公牧雞於此，亦名浮丘山，上有宋孝武避暑離宫及凌歊臺遺址。見《太平府志》。溧陽，宣州屬縣，即今江蘇溧陽縣。詹鍈注：「《溧陽瀨水貞義女碑銘》云：『縣尉廣平宋陟、丹陽李濟。』此詩所贈即丹陽李濟也，充字疑衍。」今按，充，任也，宜連下讀之，謂李濟將任汎舟之役。華陰，縣名，即今陝西華陰縣。

鸞乃鳳之族〔一〕，翱翔紫雲霓。文章輝五色〔二〕，雙在瓊樹棲〔三〕。一朝各飛去，鳳與鸞俱啼。炎赫五月中，朱曦爍河堤〔四〕。爾從汎舟役〔五〕，使我心魂悽。秦地無草木〔六〕，南雲喧鼓鼙〔七〕。君王減玉膳，早起思鳴雞〔八〕。漕引救關輔〔九〕，疲人免塗泥。宰相作霖雨〔一〇〕，農夫得耕犂。静者伏草間〔一一〕，群才滿金閨〔一二〕。空手無壯士，窮居使人低〔一三〕。送君登黄山，長嘯倚天梯。小舟若鳧雁，大舟若鯨鯢。開帆散長風，舒卷與雲齊。日入牛渚晦〔一四〕，蒼然夕烟迷。相思在何許？杳在洛陽西〔一五〕。

【注釋】

〔一〕鸞，《禽經注》：「鸞者，鳳凰之亞，始生類鳳，久則五彩變易。」鸞、鳳，喻兄弟，此謂己與李濟。

〔二〕文章，謂毛羽之色彩。

〔三〕《藝文類聚》卷九十：「老子嘆曰：『吾聞南方有鳥，其名爲鳳，所居積石千里，天爲生食，其樹名瓊枝，高百仞。』」

〔四〕朱曦，即朱羲。《文選》郭璞《遊仙詩》：「朱羲將由白。」李善注：「朱羲，日也。」

〔五〕汎舟役，《左傳》僖公十三年：「秦於是乎輸粟於晉，自雍及絳相繼，命之曰汎舟之役。」此謂李濟將任漕運之役，輸粟於秦。

〔六〕王云：「《舊唐書》：天寶六載，自五月不雨，至秋七月乙酉，以旱命宰相、臺寺、府縣録繫囚，死罪決杖配流，徒以下特免，庚寅始雨。九載三月，時久旱，制停封西岳。五月庚寅，以旱録囚徒。蓋天寶時京師之旱，見於史者有二，未詳此詩作於何年。」今按，詩言「炎赫五月中」，時秦地旱已久，則應指九載事。

〔七〕南雲，語出陸機《思親賦》：「指南雲以寄款，望歸風而效誠。」此以代指歸心所繫之地，而白之歸心常繫帝京。喧鼓鼙，此謂祀神求雨也。王注：「《後漢書》：其旱也，公卿官長以次行雩禮求雨，反拘朱索社，伐朱鼓。《春秋繁露》：求雨，開神山神淵，積薪，夜擊鼓譟而燔之。《文章正宗》：《神農求雨書》：祈而不雨，則積薪擊鼓而焚神山。」詹鍈云：「南雲當是雲南二字誤倒，『雲南喧鼓鼙』與《書懷贈南陵常贊府》詩所云『雲南五月中，頻喪渡瀘師』同指一事。」詹説恐非，説詳按語。

〔八〕鳴雞，王注：「當是民饑之訛。」詹鍈云：「鳴雞二字指鳴雞起舞而言，以喻君王對國事之關切，并非訛舛。」瞿、朱云：「是用《詩・齊風》：雞既鳴矣，朝既盈矣。匪雞則鳴，蒼蠅之聲。」瞿、朱説是。而《齊風・雞鳴》實則刺國君戀床不起。

〔九〕漕引，由運河輸糧。關輔，京畿之地。《文選》鮑照《昇天行》：「家世宅關輔。」李善注：「關，關中也。《漢書》曰：右扶風，左馮翊，京兆尹，是爲三輔。」

〔一〇〕《書·説命》：「爰立（傅説）作相，王置諸其左右，命之曰：『……若歲大旱，用汝作霖雨。』」句謂賢相在位。

〔一一〕静者，善體老莊清静無爲之旨者，此指無所作爲之人，自謂。

〔一二〕金闈，謂朝廷。

〔一三〕二句謂己不在其位，無所憑藉。窮居，亦即上文「伏草間」之意。以上十二句，對朝廷似有微辭，或竟是以美爲刺。

〔一四〕牛渚，牛渚磯，在當塗東。詳見開元二十七年《夜泊牛渚懷古》詩題解。

〔一五〕洛陽西，言華陰之方位。

【集説】

沈德潛云：説轉漕處，見關係軍國，此一篇主意。末寫送行，亦不草草。（《唐詩别裁》）

【按】

詹鍈繫此篇於天寶十三載五月，謂與《書懷贈南陵常贊府》爲先後之作。恐非是。此詩全篇皆言關中大旱漕運救災，并未兼及雲南戰事。詹氏所謂「南雲當是雲南二字誤倒」，不知何據？實則白詩中數用「南雲」，皆指其心所繫之地，有例可循。且本詩中「南雲」句與其上「秦地」句相接相應，合言祀神求雨，不可分也。如兼言雲南戰事，必不能隻句孤懸，前無來龍，後無去脈。「君王減玉膳」「宰相作霖雨」，與雲南何涉？

贈丹陽横山周處士惟長

丹陽，此謂當塗。《元和郡縣志》江南道宣州：「當塗縣，本漢丹陽縣地。」横山，即横望山。《一統志·太平府》：「横望山，在當塗縣東北六十里，亦名横山。」周惟長，事跡不詳。

周子横山隱，開門臨城隅。連峰入户牖，勝概凌方壺〔一〕。時枉《白紵詞》〔二〕，放歌丹陽湖〔三〕。水色傲溟渤，川光秀菰蒲〔四〕。當其得意時，心與天壤俱。閑雲隨舒卷，安識身有無？抱石恥獻玉〔五〕，沉泉笑探珠〔六〕。羽化如可作，相攜上清都〔七〕。

【注釋】

〔一〕方壺，海上仙山名。

〔二〕白紵詞，白紵歌。《一統志·太平府》：「白紵山，在當塗縣東五里。……本名楚山，桓温遊山奏樂，好爲白紵歌，因改今名。」

〔三〕《元和郡縣志》江南道宣州當塗縣：「丹陽湖，在縣東南七十九里，周迴三百餘里，與溧水分湖爲界。」

〔四〕菰蒲，即菰，生於水邊陂澤之中。

〔五〕句用卞和事，參見天寶二年《鞠歌行》詩注。

〔六〕見天寶三載《送蔡山人》詩注。以上二句俱不欲用世意。

〔七〕清都，天帝居處，參見天寶三載《草創大還贈柳官迪》詩注。

尋陽送弟昌峒鄱陽司馬作

本年夏秋之際在江州（尋陽郡）作。郡治尋陽即今江西九江。昌峒，兩宋本、繆本俱作昌岠，詹鍈云：「當以昌岠爲是，大鄭王亮之六世孫昌岠爲辰錦觀察使。」（《李白詩論叢》）鄱陽，郡名，即饒州，郡治鄱陽縣，即今江西波陽縣，與尋陽隔鄱陽湖相望。

桑落洲渚連〔一〕，滄江無雲烟。尋陽非剡水，忽見子猷船〔二〕。飄然欲相近，來遲杳若仙。人乘海上月，帆落湖中天。一睹無二諾，朝歡更勝昨。爾則吾惠連，吾非爾康樂〔三〕。朱紱白銀章，上官佐鄱陽〔四〕。松門拂中道，石鏡迴清光〔五〕。摇扇及于越，水亭風氣凉〔六〕。與爾期此亭，期在秋月滿。時過或未來，兩鄉心已斷。吴山對楚岸，彭蠡當中州〔七〕。相思定如此，有窮盡年愁。

【注釋】

〔一〕《元和郡縣志》淮南道舒州宿松縣：「桑落洲，在縣南一百九十里。江水自鄂陵分派爲九，於此合流。」其地近尋陽。

〔二〕二句以王子猷訪戴事喻昌峒（岠）之來尋陽，參見開元十八年《秋山寄衛尉張卿及王徵君》詩注。

〔三〕康樂，即謝靈運，封康樂郡公。惠連，靈運族弟。《宋書·謝靈運傳》：「惠連幼有才悟……（靈運）過視惠連，大相知賞。」白《春夜宴從弟桃花園序》：「群季俊秀，皆爲惠連；吾人詠歌，獨慚康樂。」二句意同。

〔四〕紱，綬帶。章，官印。上官，猶上任。據《新唐書·地理志》，鄱陽爲上郡。又據《百官志》，上州司馬從五品下。按以《輿服志》，五品珮黑綬，唯親王始珮朱纁綬，李昌峒（岠）或嗣鄭王，故以五品而朱紱。

〔五〕松門、石鏡，王注：「《江西通志》：松門山，在南昌府城西北二百十五里，枕鄱湖之東，兩岸悉生松，遥望如門，故名。上有石鏡，光可照人。謝康樂詩『攀崖照石鏡，牽葉入松門』是也。」

〔六〕干越，王注：「《江西通志》：干越亭，在饒州府餘干縣羊角山。」

〔七〕《元和郡縣志》江南道江州都昌縣：「彭蠡湖，在縣西六十里，與潯陽縣分湖爲界。」

廬山東林寺夜懷

本年秋作。廬山東林寺爲東晉高僧慧遠所建。梁《高僧傳·慧遠傳》：「遠創造精舍，洞盡山美，卻負香爐之峰，傍帶瀑布之壑。……復於寺内别置禪林，森樹烟凝，石徑苔合。」宋《高僧傳·習禪篇（附論）》：「夫法演漢庭，極證之名未著；風行廬阜，禪那之學始萌。……時遠公也，密傳坐法，深斡玄機。」足見此寺之禪學淵源，而所謂「夜懷」，即習禪所感也。

我尋青蓮宇，獨往謝城闕〔一〕。霜清東林鐘，水白虎溪月〔二〕。天香生虚空，天樂鳴不歇〔三〕。宴坐寂不動〔四〕，大千入毫髮〔五〕。湛然冥真心〔六〕，曠劫斷出没〔七〕。

【注釋】

〔一〕青蓮宇，即佛寺。謝，離去。

〔二〕虎溪，在東林寺附近，相傳慧遠送客至虎溪而止。詳見本年《别東林寺僧》注。

〔三〕天香、天樂，皆釋家語。此指佛教勝地之清氣與天籟。

〔四〕宴坐，即坐禪。《維摩詰經·弟子品》：「（舍利弗言），我昔曾於林中宴坐樹下。」宴坐之法：「居一静室或空閑地，離諸喧鬧，安一繩床，旁無餘座。九十日爲一期，結跏正坐，項背端直，不動不摇，不委不倚，以坐自誓。」見《摩訶止觀》卷二。

〔五〕大千，即大千世界。此日月所照，爲一小世界，謂之小千；如此一千小千世界，謂之中千；如此一千中千世界，謂之大千。見《金剛經》注。毫髮、毛孔、芥子等均爲佛經譬喻極微之事物。《法苑珠林》：須菩提答阿難曰：「我念一時入於三昧。此大千世界弘廣若斯，置一毛端，往來旋轉如陶家輪。」佛經又有納須彌（山名）於芥子之説，以四大海水入毛孔之説，皆謂不可思議之境。

〔六〕湛然，明净如水貌。冥，深思。真心，釋家所謂真心，即人之本心，亦即佛性。

〔七〕佛經以一世爲一劫。極言過去時之長謂之曠劫，極言未來之時之長謂之永劫。句謂宴坐既久，恍惚已歷多世，不與塵世往還。

日夕山中忽然有懷

久卧青山雲，遂爲青山客。山深雲更好，賞弄終日夕。月銜樓間峰，泉漱階下石。素心自此得，真趣非外借。鼯啼桂方秋〔一〕，風滅籟歸寂。緬思洪崖術〔二〕，欲往滄海隔。雲車來何遲〔三〕？撫己空嘆息。

【注釋】

〔一〕鼯，音吾，飛鼠，亦名夷由，生林間。

〔二〕洪崖術，成仙之術。參見開元十九年《題元丹丘潁陽山居》詩注。

〔三〕雲車，仙人所乘。

【按】

此詩時令及情緒俱類上篇，或亦作於廬山，因繫於此。

别東林寺僧

本年離廬山時作。東林寺，見本年《廬山東林寺夜懷》詩注。

東林送客處，月出白猿啼。笑别廬山遠，何煩過虎谿[一]？

【注釋】

[一] 虎谿，即虎溪。王注：「《蓮社高賢傳》：慧遠法師居東林，其處流泉匝寺，下入於谿。每送客過此，輒有虎鳴，因名虎谿。後送客未嘗過，獨陶淵明、陸修静至，語道契合，不覺過谿，因相與大笑，世傳爲三笑圖。」

尋陽紫極宫感秋作

王注：「《舊唐書》：開元二十九年正月制，兩京諸州各置玄元皇帝廟。天寶二年三月，改西京玄元廟爲太清宫，東宫爲太微宫，天下諸郡爲紫極宫。《方輿勝覽》：江州紫極宫，去州二里，即今天慶觀。蘇東坡曰：李太白有《潯陽紫極宫感秋》，時紫極宫，今天慶觀也。道士胡洞微以石本示予，蓋其師卓玘之所爲。」

何處聞秋聲？翛翛北窗竹[一]。迴薄萬古心，攬之不盈掬[二]。静坐觀衆妙[三]，浩然媚幽獨[四]。白雲南山來，就我簷下宿[五]。嬾從唐生決[六]，羞訪季主卜[七]。四十九年非，一往不可復〔八〕。野情轉蕭散，世道有翻覆。陶令歸去來〔九〕，田家酒應熟。

【注釋】

〔一〕儵，音宵，風吹竹喧聲。謝朓《冬日晚郡事隙詩》：「颯颯滿池荷，儵儵蔭窗竹。」

〔二〕迴薄，動蕩也。二句謂秋聲蕭蕭，萬古以來使人心爲之動蕩，然秋聲無形，故不可攬。

〔三〕衆妙，萬物變化之妙。

〔四〕媚，愛也。

〔五〕陶淵明《擬古九首》：「白雲宿簷端。」

〔六〕句用蔡澤問相於唐舉事，見天寶三載《送蔡山人》詩注。

〔七〕季主，《史記·日者列傳》：「司馬季主者，楚人也，卜於長安東市。」

〔八〕《淮南子·原道》：「蘧伯玉年五十而知四十九年非。」高誘注：「伯玉，衛大夫蘧瑗也。今年所行是也，則還顧知去年之所行非也。歲歲悔之，以至於死，故有四十九年非，所謂月悔朔，日悔昨也。」

〔九〕陶令，謂陶淵明，嘗爲彭澤令，有《歸去來兮辭》。

秋日與張少府楚城韋公藏書高齋作

本年秋潯陽作。楚城，詹鍈云：「按《舊唐書·地理志》：武德五年分湓城置楚城縣，貞觀八年廢楚城縣入尋陽。今詩中既有『城荒古跡餘』之句，則賦詩之地或即在楚城故址也。」張少府，或爲潯陽縣尉。

日下空亭暮，城荒古跡餘。地形連海盡，天影落江虛。舊賞人雖隔，新知樂未疏。綵雲思作賦〔一〕，丹壁問藏書。查擁隨流葉〔二〕，萍開出水魚。夕來秋興滿，回首意何如？

【注釋】

〔一〕王注：「綵雲作賦，用宋玉賦朝雲事，是贊其才思之美。」

〔二〕查，同槎，水中浮木也。

送　別

尋陽五溪水，沿洄直入巫山裏。勝境由來人共傳，君到南中自稱美〔一〕。送君別有八月秋，颯颯蘆花復益愁。雲帆望遠不相見，日暮長江空自流。

【注釋】

〔一〕南中，合「沿洄」句觀之，知謂蜀地。王勃《蜀中九日》：「人情已厭南中苦，鴻雁那從北地來。」

大雅久不作　古風其一

大雅久不作〔一〕，吾衰竟誰陳〔二〕？王風委蔓草〔三〕，戰國多荊榛〔四〕。龍虎相啖食，兵戈逮狂秦〔五〕。正聲何微茫，哀怨起騷人〔六〕。揚馬激頽波，開流蕩無垠〔七〕。廢興雖萬變，憲章亦已淪〔八〕。自從建安來，綺麗不足珍〔九〕。聖代復元古〔一〇〕，垂衣貴清真〔一一〕。群才屬休明，乘運共躍鱗〔一二〕。文質相炳焕，衆星羅秋旻〔一三〕。我志在删述，垂輝映千春〔一四〕。希聖如有立，絶筆於獲麟〔一五〕。

【注釋】

〔一〕《大雅》，《詩經》四體之一。《詩大序》云：「言天下之事，形四方之風，謂之雅。雅者，正也，言王政之所由廢興也。政有大小，故有小雅焉，有大雅焉。」大雅共三十一篇，皆言國之大事。事有善惡，故言有美刺。善則美之，惡則刺之，以資鑑戒。此即本篇中所謂之「正聲」、「憲章」，亦即李白所謂之「古道」（見孟棨《本事詩》）。

〔二〕《論語·述而》：「子曰：甚矣吾衰也。」此借孔子以自謂。竟誰陳者，舍我則無人發揚《詩經》古道之謂也。

〔三〕《王風》，《詩經》十五國風之一，即東周王畿之詩，如《黍離》等篇。自平王東遷洛陽，王室遂卑，與諸侯無異，故其詩不爲雅而爲風。然其王號未替，故不曰周而曰王。見朱熹《詩集傳》。

〔四〕句謂戰國動蕩不安之局勢。委蔓草，衰落之意。

〔五〕二句謂戰國七雄相争，而天下終爲强秦所統一。

〔六〕騷人，謂屈原。《史記·屈原列傳》：「屈平之作《離騷》，蓋自怨生也。」二句謂戰國時詩道衰而騷體興。

〔七〕揚、馬，西漢賦家揚雄、司馬相如。頽波，謂詩道頽壞之趨勢。揚馬爲賦家代表，故曰「開流」；漢賦閎麗恣肆，故曰「無垠」。二句言漢賦發展情形。

〔八〕憲章，法度。二句謂先秦至漢，詩、騷、賦廢興變化，然《詩經》之傳統法度終歸淪喪。

〔九〕建安，東漢末獻帝年號。是時曹操、曹丕、曹植父子及「建安七子」作焉，詩體一變，謂之建安體，其風骨爲後世所推崇。此後及於六朝，詩風日趨靡麗，内容空洞，故曰「不足珍」。

〔一〇〕聖代，謂唐。元古，謂上古之大治局面。

〔一一〕垂衣，《易·繫辭》：「黄帝、堯、舜，垂衣裳而天下治。」清真，清新真實之詩風。

〔一二〕二句謂詩人遭逢政治清明之世，遂應運而起，如魚龍騰躍，各逞其才。王珪《詠漢高祖》：「乘運以躍鱗。」

〔一三〕文質，詩歌形式與内容。秋旻，秋日之天空。二句謂唐代詩歌文質俱勝，人才輩出，如繁星麗天。

〔一四〕《史記·孔子世家》載孔子删詩事，謂古者詩三千餘篇，孔子删而爲三百零五篇。《論語·述而》：「子曰：述而不作，信而好古。」「删述」合上二義，謂將效法孔子。

〔一五〕希聖，力求達到聖人之境界。《藝文類聚》卷二十引夏侯湛《閔子騫讚》：「聖既擬天，賢亦希聖。」《春秋》哀公十四年：「西狩獲麟，孔子曰：『吾道窮矣。』」傳説孔子作《春秋》，至此而絶筆。二句自謂：踵武先聖如有所成，則其所作亦當如《春秋》之永垂於後世。

【集説】

蕭云：按《本事詩》曰：李白才逸氣高，與陳拾遺子昂齊名，先後合德。其論詩云：齊、梁以來，艶薄斯極，沈休文又尚以聲律，將復古道，非我而誰？觀此詩則太白之志可見矣。斯其所以爲有唐詩人之稱首者歟？

王云：楊齊賢曰：《詩·大雅》凡三十六篇。《詩序》云：雅者，正也，言王政之所由廢興也。《大雅》不作，則斯文衰矣。平王東遷，《黍離》降於國風，終春秋之世，不復能振。戰國迭興，王道榛塞。干戈相侵，以迄於秦。中正之聲，日遠日微。一變而爲《離騷》，軒翥詩人之末，奮飛詞家之前。司馬、揚雄激揚其頽波，疏導其下流，使遂閎肆，法乎無窮。而世降愈下，憲章乖離。建安諸子，夸尚綺靡，摘章繡句，競爲新奇。雄健之氣，由此萎薾。至於唐，八代極矣。掃魏、晉之陋，起騷人之廢，太白蓋以自任乎！覽其著述，筆力翩翩，如行雲流水，出乎自然，非由思索而得，豈欺我哉？琦按「吾衰竟誰陳」，是太白自嘆吾之年力已衰，竟無能陳其詩於朝廷之上也。楊氏以斯文衰萎爲釋，殊混。唐仲言《詩解》引孔子吾衰之説更非。徐昌穀謂首二句爲一篇大旨，「綺麗不足珍」以上是申第一句意，「聖代復元古」以下是申第二句意。其説極爲明瞭。學者試一玩味，前之二解不待辯而確知其誤矣。《本事詩》曰：李白才逸氣高，與陳拾遺齊名，先後合德，其論詩云，梁、陳以來，艶薄斯極，沈休文又尚以聲律，將復古道，非我而誰？此詩乃自明其素志歟！

《唐宋詩醇》云：《古風》詩多比興，此篇全用賦體，括風雅之源流，明著作之意旨，一起一結，有山立波回之勢。昔劉勰《明詩》一篇略云：兩漢之作，結體散文，直而不野，爲五言之冠冕。又云：建安之初，五言騰踴，不求纖密之巧，惟取昭晰之能。何晏之徒，率多浮淺。惟嵇志清峻，阮旨遥深，故能標焉。晉世群才，稍入輕綺，采縟於正始，力柔於建安。觀白此篇即劉氏之意。指歸《大雅》，志在删述，上溯風騷，俯觀六代，以綺麗爲賤，情真爲貴，論詩之義，昭然明矣。舉筆直書所見，氣體實足以副之。陽冰稱其馳驅屈、宋，鞭撻揚、馬，千載獨步，惟公一人，洵非阿好。其纂《草堂集》以《古風》列於卷首，又以此弁之，可謂有卓見者。枕上授簡，同不朽矣。

沈德潛云：昌黎云：「齊梁及陳隋，衆作等蟬噪。」太白則云：「自從建安來，綺麗不足珍。」是從來作豪傑語。不足珍謂建安以後也。《謝朓樓餞别校書叔雲》云「蓬萊文章建安骨」一語可證。（《唐詩别裁》）

俞平伯云：這詩的主題是藉了文學的變遷來説出作者對政治批判的企圖，并非主張文學之復古。（《論詩詞曲雜著》）

【按】

此詩爲李白自述其「立言」之志而作，亦其論詩之作。上述《詩》、《騷》，首標《大雅》。次叙流變，俯視千載。憲章沉淪，感慨良深。乃寄厚望於當代，而以「希聖」爲己任。此非復古，實欲匡時。

試觀詩末以「絶筆於獲麟」自喻，則是以己之詩爲有韻之《春秋》也。「孔子作春秋而亂臣賊子懼」。可見李白退而立言亦自負不淺。明乎此，則其詩作之富於微言大義可知矣。詩云「吾衰」，當爲晚年之作。又云「我志在删述，垂輝映千春」，亦猶《雪讒詩贈友人》「立言補過，庶存不朽」之意，因并繫於五十歲之年。

醜女來效顰　古風其三十五

醜女來效顰，還家驚四鄰〔一〕。壽陵失本步，笑殺邯鄲人〔二〕。一曲斐然子〔三〕，雕蟲喪天真〔四〕。棘刺造沐猴，三年費精神〔五〕。功成無所用，楚楚且華身〔六〕。大雅思文王，頌聲久崩淪〔七〕。安得郢中質，一揮成風斤〔八〕？

【注釋】

〔一〕《莊子·天運》：「西施病心而矉其里，其里之醜人見而美之，歸亦捧心而矉其里，其里之富人見之，堅閉門而不出；貧人見之，挈妻子而去之走。彼知矉美而不知矉之所以美。」矉，同顰，蹙額也。

〔二〕《莊子·秋水》：「子獨不聞夫壽陵餘子之學行於邯鄲歟？未得國能，又失其故行矣，直匍匐而歸耳。」

〔三〕斐然子，似爲樂曲名。漢《郊祀歌·天地》：「九歌畢奏斐然殊，鳴琴竽瑟會軒朱。」

〔四〕雕蟲，《法言》卷二：「或問：『吾子少而好賦？』曰：『然，童子雕蟲篆刻。』俄而曰：『壯夫不爲也。』」天真，詩之本色。

〔五〕《韓非子·外儲説左》：「宋人有請爲燕王以棘刺之端爲母猴者，必三月齋然後能觀之。」詩曰「三年」，未知所本。母作沐，語之轉也。

〔六〕《詩·曹風·蜉蝣》：「衣裳楚楚。」毛傳：「楚楚，鮮明貌。」上六句謂詩之雕章琢句，徒勞而無益於世，顧以邀取功名富貴耳。

〔七〕文王，《詩·大雅》首篇名。相傳爲周公所作，追頌文王之德，以戒後王。詩中反復叮嚀，以文王爲法，以殷商爲鑑，無若紂之自絶於天。詳見朱熹《詩集傳》。頌聲，即有如《大雅·文王》者。錢鍾書引陳子龍云：「我觀於《詩》，雖頌皆刺也。時衰而思古之盛王（《陳忠裕集》卷二一），頌揚過去正表示對現在不滿。」見《七綴集·詩可以怨》。

〔八〕郢，楚都。斤，斧斤。《莊子·徐無鬼》：「莊子送葬，過惠子之墓，顧謂從者曰：『郢人堊漫其鼻端若蠅翼，使匠石斲之。匠石運斤成風，聽而斲之，盡堊而鼻不傷，郢人立不失容。』」二句意謂：欲己之詩有如郢匠之斧，運用如神，輒成妙斲，雖針砭時弊，而於盛世無傷也。

【集説】

蕭云：此篇蓋譏世之作詩賦者，不過藉此以取科第干禄位而已，何益於世教哉？太白嘗論詩曰：將復古道，非我而誰？雅頌之作，太白自負者如此，然安得雅頌之人識之，使郢中之質能當匠石之運斤耶？

沈德潛云：譏世之文章無補風教，而因追思大雅也。（《唐詩別裁》）

【按】此篇詩旨及作時與上篇略同。其所以屢標《大雅》而思《文王》者，皆意在繼承與發揚《詩經》比興美刺之傳統，以資鑑戒而匡時政也。

題嵩山逸人元丹丘山居 并序

本年返至東魯後作。郭沫若云：「詩題和詩序不相應，序只言有意應邀，詩題卻是已經到了山居，題詩壁上。看來，詩題是後人誤加的，詩序即是詩的長題。」（《李白與杜甫》）說是。此嵩山元丹丘山居，似即開元十九年李白曾往遊之元丹丘潁陽山居。

白久在廬霍〔一〕，元公近遊嵩山。故交深情，出處無間，嵒信頻及〔二〕，許爲主人，欣然適會本意。當冀長往不返，欲便舉家就之〔三〕，兼書共遊，因有此贈。

家本紫雲山，道風未淪落〔四〕。況懷丹丘志〔五〕，沖賞歸寂寞〔六〕。朅來遊閩荒〔七〕，捫涉窮禹鑿〔八〕。夤緣汎潮海〔九〕，偃蹇陟廬霍〔一〇〕。憑雷躡天窗，弄景憩霞閣。且欣登眺美，頗愜隱淪諾。三山曠幽期，四岳聊所托〔一一〕。故人契嵩潁〔一二〕，高義炳丹雘〔一三〕。滅跡遺紛囂，終言本峰壑。自矜林湍好，不羨市朝樂。偶與真意并，頓覺世情薄。爾能折芳桂，吾亦採蘭若。拙妻好乘鸞，嬌女愛飛鶴〔一四〕。提携訪神仙，從此鍊金藥。

【注釋】

〔一〕廬霍，廬山。參見天寶六載《送楊燕之東魯》詩注。

〔二〕嵒，古巖字。

〔三〕舉家，據詩，謂携妻女。

〔四〕王注：「紫雲山，在綿州彰明縣西南四十里，峰巒環秀，古木樛翠，地理書謂常有紫雲結其上，故名。……有道宫建其中，名崇仙觀，觀中有黄籙寶宫，世傳爲唐開元二十四年神人由他山徙置於此。宫之三十六柱皆檀木，鐵繩隱跡在焉。此山地誌不載，宋魏鶴山作記，載集中。太白生於綿州，所謂『家本紫雲山』者，蓋謂是山歟？」

〔五〕丹丘，神仙居處。《楚辭》屈原《遠遊》：「仍羽人於丹丘兮，留不死之舊鄉。」王逸注：「丹丘，晝夜常明也。」况，王本作沉，據宋乙本、繆本改。

〔六〕沖賞，沖虚之好尚。句謂己好道，終當歸於隱逸。

〔七〕竭來，去來，或曰爾來。閩荒，指越中，其地近閩，故云。

〔八〕禹鑿，王注：「《説苑》：禹鑿龍門，闢伊闕，平治水土。」今按，王注誤。鑿，穴也。《漢書·楚元王傳》：「秦始皇帝葬於驪山之阿。……其後牧兒亡羊，羊入其鑿。」禹鑿，謂禹穴，在會稽。

《史記·太史公自序》：「上會稽，探禹穴。」裴駰《集解》：「張晏曰：禹巡狩至會稽而崩，因葬焉。上有孔穴，民間云禹入此穴。」句言遊會稽。杜甫《送孔巢父謝病歸遊江東兼呈李白》：「南尋禹穴見李白，道甫問訊今何如？」可參證。

〔九〕夤緣，連帶也。白居易《汎渭賦》：「遲遲兮明月，波澹艷兮棹夤緣。」

〔一〇〕偃蹇，高聳貌。《楚辭·離騷》：「望瑶臺之偃蹇兮，見有娀之佚女。」王逸注：「偃蹇，高貌。」

〔一一〕三山，謂海上三神山，曰蓬萊，方丈、瀛洲。四岳，《左傳》昭公四年杜預注：「東岳岱，西岳華，南岳衡，北岳恒。」此泛言名山。二句謂尋仙不成，則寄情於山水矣。

〔一二〕契，神相交也。嵩潁，嵩山潁水間。

〔一三〕雘，音獲。丹雘，赤色漆。《書·梓材》：「惟其塗丹雘。」孔傳：「惟其當塗以漆，丹以朱。」句謂丹丘之高義炯然。

〔一四〕拙妻，謂宗氏。詳見按語。嬌女，謂平陽。乘鸞、飛鶴，俱遊仙之事。

【按】

魏顥《李翰林集序》云：「白始娶於許，……終娶於宋。」王注：「太白《竄夜郎留别宋十六璟》詩，有『君家全盛日，臺鼎何陸離。斬鰲翼媧皇……三入鳳凰池』；又有『我非東床人，令姊忝齊眉』等語。是其終娶者乃宗楚客之家也。而此云宋，蓋是宗字之訛耳。」説是。郭沫若亦云：「李白的最後一位夫人是宗楚客的孫女。」（見《李白與杜甫》）宗楚客，武則天時宰相。白之婚於宗氏當在本年。

天寶十四載白在秋浦作《自代内贈》詩，中有句云：「鳴鳳始相得，雄驚雌各飛。」似指十載末與宗氏結褵不久即有幽州之行及三入長安之行，二者皆探虎穴，歷湍波之行也。上元二年白有《送内尋盧山女道士李騰空二首》，亦可參看。

吾愛王子晉　感遇其一

吾愛王子晉〔一〕，得道伊洛濱。金骨既不毁，玉顔常自春。可憐浮丘公〔二〕，猗靡與情親〔三〕。舉手白日間，分明謝時人。二仙去已遠，夢想空殷勤。

【注釋】

〔一〕王子晉，仙人名，參見天寶三載《鳳飢不啄粟》（古風其四十）詩注。

〔二〕浮丘公，亦仙人名，詳見天寶元年《鳳笙篇》詩注。

〔三〕猗靡，隨風飄動貌，此言性情之投合。

【集説】

蕭云：此詩蓋有所懷，托二仙而言也。

【按】

蕭説不爲無見。若然，詩中之王子晉當指汝陽王李璡（參見天寶三載《鳳飢不啄粟》詩集説），浮丘公當指賀知章。知章卒於天寶三載，李璡卒於天寶九載。詩之作或在本年。

天寶十載（七五一年）　李白五十一歲

憶舊遊寄譙郡元參軍

本年春東魯作。譙郡，即亳州，唐屬淮南道，州治譙縣，即今安徽亳縣。元參軍，即元演，參見開元二十年所作《冬夜於隨州紫陽先生餐霞樓送烟子元演隱仙城山序》。參軍，郡守屬官。

憶昔洛陽董糟丘，爲余天津橋南造酒樓。黄金白璧買歌笑，一醉累月輕王侯[一]。海内賢豪青雲客，就中與君心莫逆。迴山轉海不作難，傾情倒意無所惜[二]。我向淮南攀桂枝[三]，君留洛北愁夢思。不忍别，還相隨；相隨迢迢訪仙城[四]，三十六曲水迴縈。一溪初入千花明，萬壑度盡松風聲。銀鞍金絡到平地，漢東太守來相迎[五]。紫陽之真人[六]，邀我吹玉笙。餐霞樓上動仙樂[七]，嘈然宛似鸞鳳鳴。袖長管催欲輕舉[八]，漢東太守醉起舞[九]。手持錦袍覆我身，我醉横眠枕其股。當筵意氣凌九霄，星離雨散不終朝，分飛楚關山水遥[一〇]。余既還山尋故巢[一一]，君亦歸家渡渭橋[一二]。君家嚴君勇貔虎，作尹并州遏戎虜[一三]。五月相呼渡太行，摧輪不道羊腸苦[一四]。行來北京歲月深[一五]，感君貴義輕黄金，瓊杯綺食青玉案[一六]，使我醉飽無歸心。時時出向城西曲，晉祠流水如碧玉[一七]。浮舟弄水簫鼓鳴，微波龍鱗莎草緑〔一八〕。興來携妓恣經過，其若楊花似雪何？紅妝欲醉宜斜日，百尺清潭寫翠娥〔一九〕。翠娥嬋娟初月輝，美人更唱舞羅衣。清風吹歌入空去，歌曲自繞行雲飛。此時行樂難再遇，西遊因獻長楊賦〔二〇〕。北闕青雲不可期，東山白首還歸去〔二一〕。渭橋南頭一遇君，酇臺之北又離群〔二二〕。問余别恨今多少？落花春暮争紛紛〔二三〕。言亦不可盡，情亦不可及。呼兒長跪緘此辭，寄君千里遥相憶。

【注釋】

〔一〕四句叙其開元十九年出長安後，盤桓洛陽、黄金買醉情景。董糟丘，疑爲酒商。天津橋，見天寶十二載《天津三月時》（古風其十八）詩注。

〔二〕四句寫與元參軍初識，遂成至交。

〔三〕句謂已歸返安陸。安陸地屬淮南道，故云。《楚辭》淮南小山《招隱士》：「桂樹叢生兮山之幽……攀援桂枝兮聊淹留。」王逸注：「桂樹芬香，以興屈原之忠貞也……原引持美行，淹留於此，以待明君。」攀桂枝者，隱居待仕之謂也。

〔四〕仙城，即仙城山，在隨州，《隨州志》：「善光山，在南七十里，本名仙城山，李白集文所謂紫陽先生八歲經仙城山者此也。」（轉引自《李白在安陸》）參見《冬夜於隨州紫陽先生餐霞樓送烟子元演隱仙城山序》。以下十九句，叙與元參軍遊隨州事。

〔五〕漢東，郡名，即隨州，州治隨縣，即今湖北隨縣。

〔六〕紫陽真人，即道士胡紫陽。

〔七〕餐霞樓，胡紫陽於隨州所建。《冬夜於隨州紫陽先生餐霞樓送烟子元演隱仙城山序》：「胡公身揭日月，心飛蓬萊，起餐霞之孤樓，鍊吸景之精氣。」又，《漢東紫陽先生碑銘》：「所居苦竹院，置餐霞之樓，手植雙桂，棲遲其下。」

〔八〕催，《文苑英華》作吹。

〔九〕東，王本作中，據《河岳英靈集》改。

〔一〇〕楚關，隨州屬古楚地，故云。

〔一一〕句謂其自隨州復返安陸。

〔一二〕渭橋，在長安，見天寶二年《塞下曲》注。歸家，《河岳英靈集》作西歸。

〔一三〕嚴君，父。貔虎，喻勇士。《書·牧誓》：「勗哉夫子，尚桓桓，如虎如貔。」并州，即太原府。尹，即長史。《新唐書·百官志》：「（開元）十一年，太原府亦置尹及少尹，以尹爲留守，少尹爲副留守。」二句謂元參軍父爲太原留守。以下二十句，寫與元參軍遊太原事。

〔一四〕羊腸，羊腸坂，在太行山。曹操《苦寒行》：「北上太行山，艱哉何巍巍。羊腸坂詰屈，車輪爲之摧。」

〔一五〕京，王本作涼，據《河岳英靈集》改。《元和郡縣志》河東道太原府：「天寶元年，改北都（即太原）爲北京。」按，開元十一年，改并州爲太原府，置北都。

〔一六〕案，食盤。

〔一七〕晉祠，《元和郡縣志》河東道太原府晉陽縣：「晉祠，一名王祠，周唐叔虞祠也，在縣西南十二里。《水經注》曰：昔智伯遏晉水以灌晉陽，其川上溯，後人蓄以爲沼，沼西際山枕水，有唐叔虞祠，水側有涼堂，結飛梁於水上，晉川之中，最爲勝處。」

〔一八〕龍鱗，狀水波也。潘岳《金谷集作詩》：「濫泉龍鱗瀾。」

〔一九〕寫，映照之意。

〔二〇〕揚雄從漢成帝獵，至長楊宫，還，上《長楊賦》。見《漢書・揚雄傳》。二句謂其天寶初入朝事。

〔二一〕北闕，朝堂也。《漢書・高帝紀》：「蕭何治未央宫，立東闕、北闕。」顔師古注：「未央殿雖南嚮，而上書奏事謁見之徒皆詣北闕，公車司馬亦在北焉。」東山，見天寶二年《憶東山》詩及注。二句謂待詔翰林期間政治抱負無由實現，乃請還山。

〔二二〕渭橋南頭，兩宋本、繆本、王本俱注云：「一作渦水橋南。」一作是。《元和郡縣志》河南道亳州譙縣：「渦水，在縣西四十八里。」酇臺，應在酇縣。酇縣爲譙郡屬縣，在譙縣東北七十里。二句謂與元參軍前此曾於譙郡重會，旋又相别。按李白行踪，其上年歸返東魯時應途經譙郡，因得與元演會。

【集説】

〔二三〕二句兩宋本、繆本、王本俱注云：「一作鶯飛求友滿芳樹，落花送客何紛紛。」

唐汝詢云：此篇叙事四轉，語若貫珠，又非初唐牽合之比。長篇當以此爲法。（《唐詩解》）

《唐宋詩醇》云：白詩天才縱逸，至於七言長古，往往風雨争飛，魚龍百變，又如大江無風，波浪自湧，白雲從空，隨風變滅，可謂怪偉奇絶者矣。此篇最有紀律可循。歷數舊遊，純用叙事之法。以離合爲經緯，以轉折爲節奏，結構極嚴而神氣自暢。至於奇情勝致，使覽者應接不暇，又其才之獨擅者耳。

沈德潛云：叙與參軍情事，離離合合，結構分明，才情動盪，不止以縱逸見長也。老杜外誰堪與敵？（《唐詩别裁》）

詹鍈云：按此詩已見於《河岳英靈集》，當爲天寶十二載以前所作。詩中自叙與元參軍四會四别之經過，於入京以前遊蹤最爲詳明。《求闕齋讀書録》云：君留洛北以上，洛陽相會，旋即相别。我醉横眠以上，漢陽（應作漢東）相會，旋又相别。歌曲自繞以上，晉（當作并）州相會，旋又相别。酇臺之北以上，關中相會，旋又相别。詩中稱「北闕青雲不可期，東山白首還歸去」，當指去朝還家而言。此詩繆本題下注云金陵，蓋因白集中醉過謝安東山、憶東山等詩之東山皆在金陵，今此詩亦稱「東山白首還歸去」，故曾子固以爲在金陵作也。按詩又云：「呼兒長跪緘此辭，寄君千里遥相憶。」白於去朝以後，實未嘗携子女寓家金陵，則詩中所稱東山當非指謝安東山而言。《少陵先生年譜會箋》天寶四年下云：公詩曰：「余亦東蒙客。」白《寄東魯二稚子》詩曰：「我家寄東魯，誰種龜陰田？」《憶舊遊寄元參軍》詩曰：「北闕青雲不可期，東山白首還歸去。」曰東蒙，曰龜陰，曰東山，實即一處。《續山東考古録》:元和以蒙與東蒙爲二山。余謂蒙在魯東,故曰東蒙……合言之曰東山,分言之曰龜蒙。東山既指東蒙山,則此詩當是去朝未久寓家東魯時作。詩中又云:「問余别恨知多少,落花春暮争紛紛。」其時蓋在天寶五載暮春。

瞿、朱云:此詩所載蹤跡:(一)李、元在洛陽相遇,李旋赴淮南,(二)隨州再遇,(三)元招李赴太原,(四)李入京。以上皆舊事。自長安别後,今又在山東相遇爲近事。此時李蓋出京未久。遊山東各處,黄譜誤以李曾到譙郡,其實詩題既云寄譙郡,則人不在譙郡可知。

【按】

詩叙二人於洛陽、隨州、太原三次同遊,至爲清晰。第四次相會,即「渭橋」二句所云,諸家皆以爲長安事,實誤。按二句文意緊相連屬,然渭橋在長安,酇臺在譙郡,二地相去甚遠,殊不可解。今據諸本所注「一作」文字,斷「渭橋南頭」爲「渦水橋南」之訛,則地理相合,詩意豁然貫通。因知白與元演第四次相會,乃在譙郡。此次相會極短暫,故曰「一遇君」、「又離群」。别後,白即歸返家中,故其於暮春作此詩以憶元演時,有「呼兒長跪緘此辭」之語。白寓家之地在魯,譙郡在其南,考白之遊蹤,唯上年秋冬之際自江南北歸時,可途經譙郡,故斷此詩爲本年春東魯作。

寄王屋山人孟大融

王屋山,在河南道河南府王屋縣北,今河南濟源縣東北,道教勝地。史載,司馬承禎嘗修道於此。孟大融，其人無考。

我昔東海上，勞山餐紫霞〔一〕。親見安期公，食棗大如瓜〔二〕。中年謁漢主，不愜還歸家〔三〕。朱顔謝春暉，白髮見生涯。所期就金液，飛步登雲車。願隨夫子天壇上〔四〕，閑與仙人掃落花。

【注釋】

〔一〕王注：「《山東通志》：勞山在萊州府即墨縣東南六十里海濱，山有二，其一高大，曰大勞山；其二差小，曰小勞山。二山相聯，又名牢盛山。秦始皇登牢盛山望蓬萊，即此處。」山在今山東即墨縣境。

〔二〕安期公，即安期生。《史記·孝武本紀》：「少君言於上曰：『……臣嘗遊海上，見安期生，食臣棗，大如瓜。』」參見天寶元年《遊泰山》詩注。

〔三〕二句言天寶初待詔翰林復去朝事。

〔四〕天壇，在王屋山，見《金石續編·玉真公主朝謁譙郡真源宫受道王屋山仙人臺靈壇祥應記》。

【按】

詹鍈繫此詩於天寶十載，曰：「詩云：『中年謁漢主，不愜還歸家。朱顔謝春暉，白髮見生涯。』當是此時所作。」今從其説。

鳴皋歌奉餞從翁清歸五崖山居

本年春東魯作。李清，據《新唐書·宗室世系表》，越王房越敬王貞子常山公清，爲太宗李世民孫。

憶昨鳴皋夢裏還〔一〕，手弄素月清潭間。覺時枕席非碧山，側身西望阻秦關。麒麟閣上春還早〔二〕，著書卻憶伊陽好〔三〕。青松來風吹古道，綠蘿飛花覆烟草。我家仙翁愛清真，才雄草聖凌古人〔四〕，欲卧鳴皋絶世塵。鳴皋微茫在何處，五崖峽水横樵路。身披翠雲裘，袖拂紫烟去。去時應過嵩少間〔五〕，相思爲折三花樹〔六〕。

【注釋】

〔一〕鳴皋，山名，在河南道洛州陸渾縣，見天寶五載《鳴皋歌送岑徵君》詩題解。

〔二〕麒麟閣，在長安，見天寶二年《金門答蘇秀才》詩注。

〔三〕伊陽，縣名，屬河南道河南府，在陸渾縣西南。其地在今河南嵩縣西南。鳴皋山在其東北。

〔四〕東漢張芝、唐張旭俱有草聖之稱，此云「古人」，當以芝言。《三國志·魏書·劉劭傳》裴松之注引衛恒《四體書勢》：「弘農張伯英（芝）者因而轉精其巧，凡家之衣帛，必書而後練之，臨池學書，池水盡黑。下筆必爲楷則，號怱怱不暇草。寸紙不見遺，至今世人尤寶之，韋仲將謂之草聖。」

〔五〕嵩少，嵩高山與少室山。《元和郡縣志》河南道河南府潁陽縣：「嵩高山，在縣西北三十三里。少室山，在縣西北五十里。」

〔六〕三花樹，即貝多樹。《齊民要術》卷十：「《嵩山記》曰：嵩寺中忽有思惟樹，即貝多也。如來坐貝多樹下思惟，因以名焉。漢道士從外國來，將子於山西腳下種，極高大，今有四樹，一年三花。」

【按】

詩言「側身西望阻秦關」，則所處地宜在秦關東，東魯或可當之。又云「春還早」，似作於春間。元丹丘潁陽山居在少室山，詩云「去時應過嵩少間，相思爲折三花樹」，似寄託思念元丹丘之情。蓋天寶九載元丹丘曾自嵩山招白（見《題嵩山逸人元丹丘山居》詩），則此詩似作於本年春居東魯時。無何，白即往從元丹丘遊矣。

聞丹丘子於城北山營石門幽居中有高鳳遺跡僕離群遠懷亦有棲遁之志因叙舊以贈之

高鳳，漢葉縣人，曾隱於葉縣之西唐山，其石門遺跡亦在此。參見開元二十六年《鄴中贈王大勸入高鳳石門山幽居》詩題解。城北山，無考，或即高鳳所隱之西唐山。此詩似於東魯家中始聞元丹丘新營石門幽居時所作。

春華滄江月，秋色碧海雲。離居盈寒暑，對此長思君。思君楚水南〔一〕，望君淮山北〔二〕。夢魂雖飛來，會面不可得。疇昔在嵩陽，同衾卧羲皇〔三〕。緑蘿笑簪紱，丹壑賤巖廊〔四〕。晚途各分析，乘興任所適。僕在雁門關，君爲峨嵋客〔五〕。心懸萬里外，影滯兩鄉隔。長劍復歸來，相逢洛陽陌〔六〕。陌上何喧喧，都令心意煩。迷津覺路失，託勢隨風翻。以兹謝朝列，長嘯歸故園〔七〕。故園恣閑逸，求古散縹帙〔八〕。久欲入名山，婚娶殊未畢〔九〕。人生信多故，世事豈惟一。念此憂如焚，悵然若有失。聞君卧石門，宿昔契彌敦。方從桂樹隱，不羨桃花源〔一〇〕。高鳳起遐曠，幽人跡復存〔一一〕。松風清瑶瑟，溪月湛芳樽。安居偶佳賞，丹心期此論〔一二〕。

【注釋】

〔一〕楚水南，泛言己數年間遊踪所至。

〔二〕淮山北，謂元丹丘居處。

〔三〕王注：「羲皇，猶云自謂是羲皇上人。」

〔四〕巖廊，朝堂之代稱。《漢書・董仲舒傳》：「蓋聞虞舜之時，遊於巖廊之上，垂拱無爲，而天下太平。」上四句謂己開元間出長安後憩元丹丘潁陽山居事。

〔五〕雁門關，在河東道代州雁門縣（今山西代縣）北。開元二十四年，白遊太原時曾北往雁門關，其時元丹丘遊蜀，故云。參見開元二十四年《觀元丹丘坐巫山屏風》詩按語。

〔六〕二句謂開元二十四年北遊太原歸來，與元丹丘相逢於洛陽，參見是年《酬岑勛見尋就元丹丘對酒相待以詩見招》詩按語。

〔七〕四句謂入侍翰林失意，遂去朝還山。

〔八〕散，開。縹帙，書卷。縹，青白色帛，用制書套。《玉臺新詠序》：「方當開兹縹帙，散此縚繩。」

〔九〕《後漢書·向長傳》：「向長，字子平。……建武中，男女娶嫁既畢，敕斷家事勿相關，當如我死也。於是遂肆意，與同好北海禽慶俱遊五嶽名山，竟不知所終。」《唐會要》卷八十三：「開元二十二年二月敕：男年十五、女年十三以上聽婚嫁。」此年平陽與伯禽應俱足此齡，故白以姊弟婚娶爲念。

〔一〇〕桂樹隱，見本年《憶舊遊寄譙郡元參軍》詩注。二句謂將從元丹丘隱居，其地不讓桃花源。

〔一一〕二句謂其地有高鳳遺跡。

〔一二〕丹心，赤誠之心，此謂友情。

尋高鳳石門山中元丹丘

本年秋入葉縣石門山時作。

尋幽無前期〔一〕，乘興不覺遠。蒼崖渺難涉，白日忽欲晚。未窮三四山，已歷千萬轉。寂寂聞猿愁，行行見雲收。高松來好月，空谷宜清秋。谿深古雪在〔二〕，石斷寒泉流。峰巒秀中天，登眺不可盡。丹丘遥相呼，顧我忽而哂。遂造窮谷間，始知静者閑〔三〕。留歡達永夜，清曉方言還。

【注釋】

〔一〕前期，猶前約。

〔二〕古雪，積年之雪。

〔三〕静者，謂善體老莊之旨而得其清静無爲之道者。

與元丹丘方城寺談玄作

《元和郡縣志》河南道汝州葉縣：「方城山，在縣西南十八里。」方城寺當在此山中。白訪元丹丘石門幽居時，同遊此寺。談玄，與寺僧談禪理也。

茫茫大夢中，惟我獨先覺〔一〕。騰轉風火來，假合作容貌〔二〕。滅除昏疑盡，領略入精要。澄慮觀此身，因得通寂照〔三〕。朗悟前後際，始知金仙妙〔四〕。幸逢禪居人〔五〕，酌玉坐相召。彼我俱若喪〔六〕，雲山豈殊調。清風生虚空，明月見談笑。怡然青蓮宫〔七〕，永願恣遊眺。

【注釋】

〔一〕道釋二家皆以人生如夢。《莊子·齊物論》：「覺而後知其夢也。且有大覺而後知此其大夢也。」《維摩詰經·方便品》：「是身如夢，爲虚妄見。」

〔二〕風火，代稱四大。佛教有四大之説，即地大、水大、火大、風大。地大以堅爲性，能負載物；水大以濕爲性，能包容物；火大以煖爲性，能成熟物；風大以動爲性，能生長物。世間之物，包括人身，皆因四大假合而成。假合者，本無實體，借他而有也。

〔三〕寂照，謂心境之安静清明。王注：「《楞嚴經》：浄極光通達，寂照含虚空。卻求觀世間，猶如夢中事。湛然常定之謂寂，瑩然不昧之謂照。寂，其體也；照，其用也。體用不離，寂照雙運，即是定慧交修，止觀互用之妙諦。」

〔四〕前後際，佛家有三際之説，三際猶三世。《頌疏》九：「一前際即是過去，二後際即是未來，三中際謂現在世。」金仙，謂佛。王注：「釋成時曰：李白詩云：朗悟前後際，始知金仙妙。束文人如稻麻竹葦，吐不出此十字。」

〔五〕禪居人，當是寺僧。

〔六〕句謂與寺僧談禪，俱入忘我之境。《莊子·齊物論》：「今者吾喪我。」

〔七〕青蓮宫，即佛寺。

【集説】

葛立方云：李白跌宕不羈，鍾情於花酒風月則有矣，而肯自縛於枯禪，則知淡泊之味，賢於啖炙遠矣。白始學於白眉空，得「大地了鏡徹，回旋寄輪風」之旨。中謁太山君，得「冥機發天光，獨照謝世氛」之旨。晚見道崖，則此心豁然，更無疑滯矣。所謂「啟開七窗牖，托宿掣電形」是也。後又有談玄之作云：「茫茫大夢中，惟我獨先覺。騰轉風火來，假合來容貌。問語前後際，始知金仙妙。」則所得於佛氏者益遠矣。（《韻語陽秋》）

羽檄如流星　古風其三十四

《王譜》云：「（天寶十載）四月，劍南節度使鮮于仲通伐雲南，戰於西洱河，敗績，士卒死者六萬人。楊國忠大募兩京及河南兵以伐雲南。詩曰『借問此何爲，答言楚徵兵。渡瀘及五月，將赴雲南征』云云，知此詩爲是時之作。」雲南，指南詔。世奉中國，開元中封雲南王。後因當地郡守求索不遂，陰表其罪，由是怨忿，遂反。朝廷不察，濫用武力，先後舉二十萬之衆，棄之死地。天下冤之，無敢言者。見《通鑑・唐紀》。

羽檄如流星〔一〕，虎符合專城〔二〕。喧呼救邊急，群鳥皆夜鳴〔三〕。白日曜紫微〔四〕，三公運權衡〔五〕。天地皆得一〔六〕，澹然四海清。借問此何爲？答言楚徵兵〔七〕。渡瀘及五月〔八〕，將赴雲南征。怯卒非戰士，炎方難遠行。長號別嚴親，日月慘光晶。泣盡繼以血，心摧兩無聲〔九〕。困獸當猛虎，窮魚餌奔鯨〔一〇〕。千去不一回，投軀豈全生？如何舞干戚，一使有苗平〔一一〕？

【注釋】

〔一〕《漢書·高帝紀》：「吾以羽檄徵天下兵。」顔師古注：「檄者，以木簡爲書，長尺二寸，用徵召也。其有急事，則加以鳥羽插之，示速疾也。《魏武奏事》云：今邊有警，輒露檄插羽。」

〔二〕虎符，調兵之符信，見天寶二年《塞下曲》詩注。專城，州郡守宰之屬，此謂統兵之將。

〔三〕蕭注：「此言一時之喧呼驚擾，棲鳥亦不得以安其巢，至於夜鳴也。」

〔四〕白日，謂帝王，紫微，謂朝廷宫殿。

〔五〕三公，太尉、司徒、司空，俱正一品。《唐六典》卷一：「三公，論道之官也。蓋以佐天子，理陰陽，平邦國，無所不統。」權衡，政柄也。

〔六〕《老子》：「天得一以清，地得一以寧。」

〔七〕沈德潛云：「言天下清平，不應有用兵之事，故因問之。」此期白自東魯往訪丹丘所經之陳州、汝州等地，戰國時皆屬楚，唐時屬河南道。

〔八〕瀘，水名，即今雅礱江下游及雅礱江會合金沙江後之一段。《元和郡縣志》劍南道巂州越巂縣：「瀘水，在縣西一百十二里。諸葛亮征越巂上疏曰：『五月渡瀘，深入不毛。』謂此水也。」《水經注·若水》引《益州記》曰：「瀘水……兩峰有殺氣，暑月舊不行，故武侯以夏渡爲艱。」

〔九〕《通鑑·唐紀》天寶十載：「夏四月，壬午，劍南節度使鮮于仲通討南詔蠻，大敗於瀘南。……士卒死者六萬人，仲通僅以身免。楊國忠掩其敗狀，仍叙其戰功。……制大募兩京及河南、北兵以擊南詔。人聞雲南多瘴癘，未戰士卒死者什八九，莫肯應募。楊國忠遣御史分道捕人，連枷送詣軍所。……於是行者愁怨，父母妻子送之，所在哭聲振野。」以上八句，即言征兵情景。

〔一〇〕困獸、窮魚，謂唐軍；猛虎、奔鯨，謂南詔。

〔一一〕有苗，代指南詔。《藝文類聚》卷十一引《帝王世紀》：「有苗氏負固不服，禹請征之，舜曰：『我德不厚而行武，非道也。吾前教由未也。』乃修教三年，執干戚而舞之，有苗請服。」如何，猶何如，向往之辭。

【集説】

胡云：此篇詠討南詔事，責三公非人，黷武喪師，有慕益、禹之佐舜。

王云：蕭士贇曰：此詩蓋討雲南時作也。首即徵兵時景象而言。當此君明臣良，天清地寧，海内澹然，四郊無警之時，而忽有此舉。問之於人，始知徵兵者討雲南也。乃所調之兵，不堪受甲，所謂驅市人而戰之，如以困獸當虎，窮魚餌鯨，吾見師之出而不見師之入矣。末則深嘆當國之臣，不能敷文德以來遠人，致有覆軍殺將之耻也。

查慎行云：當天寶之世，忽開邊釁，驅無罪之人，置之必死之地。誰爲當國運權衡者，白日以下

四句，國忠之蒙蔽殃民，二罪可併案矣。（《初白詩評》）

《唐宋詩醇》云：「群鳥夜鳴」，寫出騷然之狀。「白日」四句，形容黷武之非。至於征夫之悽慘，軍勢之怯弱，色色顯豁，字字沈痛。結歸德化，自是至論。此等詩殊有關係，體近風雅，杜甫《兵車行》、《出塞》等作，工力悉敵，不可軒輊。宋人羅大經作《鶴林玉露》，乃謂：白作爲歌詩，不過狂醉於花月之間，社稷蒼生，曾不繫其心膂，視甫之憂國憂民，不可同年語。此種識見，真「蚍蜉撼大樹」，多見其不知量也。

陳沆云：集中《書懷贈常贊府》詩云：「雲南五月中，頻喪渡瀘師。毒草殺漢馬，張兵奪秦旗。至今西洱河，流血擁僵尸……」與此篇同旨。（《詩比興箋》）

【按】繼天寶十載鮮于仲通敗後，天寶十三載，李宓將兵再擊南詔，復敗於大和城。白另有《書懷贈南陵常贊府》詩記其事曰：「雲南五月中，頻喪渡瀘師。」前後數敗，故云。此篇則專記鮮于之敗，二詩繫年迥可別。

留別于十一兄逖裴十三遊塞垣

本年秋冬之際，北上幽州，于開封首途時作。于十一逖，大梁處士；裴十三，名字不詳。二人當爲李白知交，可與暢談心曲者。詩中放言高論安社稷、濟蒼生之宏圖大略，以此自勵，并兼勵于、裴二人;繼而依微擬議幽州危機之嚴重,并以「探虎穴」自誓。

太公渭川水〔一〕,李斯上蔡門〔二〕。釣周獵秦安黎元,小魚鵔兔何足言〔三〕?天張雲卷有時節,吾徒莫嘆羝觸藩〔四〕。于公白首大梁野〔五〕,使人悵望何可論?即知朱亥爲壯士,且願束心秋毫裏。秦趙虎争血中原,當去抱關救公子。裴生覽千古,龍鸞炳天章〔六〕。悲吟雨雪動林木,放書輟劍思高堂〔七〕。勸爾一杯酒,拂爾裘上霜。爾爲我楚舞,吾爲爾楚歌〔八〕。且探虎穴向沙漠〔九〕,鳴鞭走馬凌黄河。耻作易水别,臨岐泪滂沱〔一〇〕。

【注釋】

〔一〕太公,謂吕尚,曾釣於渭水,後佐文王,爲相。詳見開元十九年《梁甫吟》詩及注。

〔二〕李斯,秦丞相,微時有出上蔡東門行獵事。詳見開元十八年《留别王司馬嵩》詩注。

〔三〕釣周,承「太公」句;獵秦,承「李斯」句。小魚,與「釣周」對言;鵔兔,與「獵秦」對言。鵔,音俊,狡兔也。

〔四〕羝觸藩,喻處境之困厄。《易·大壯》:「羝羊觸藩,羸其角。」孔穎達《正義》:「藩,藩籬也。羸,拘纍纏繞也。」

〔五〕「于公」以下六句謂于十一乃侯嬴之儔,暫時寄迹于筆硯間,一旦有大事,當出謀畫策與壯士如朱亥者共建奇功。

〔六〕龍鸞句，謂擅長文章。《文選》吴質《答魏太子牋》：「摛藻下筆，鸞龍之文奮矣。」李善注：「鸞龍，鱗羽之有五采，設以喻焉。」

〔七〕高堂，父母。《琴操》：「曾子耕太山之下，天雨雪凍，旬日不得歸，思其父母，作《梁山歌》。」裴十三所吟或即此歌。

〔八〕楚舞、楚歌句，暗用漢高祖事。高祖寵戚姬，欲立其子如意，而廢太子。吕后求助于張良，賴良策，太子得勿廢。戚姬泣，漢高曰：「爲我楚舞，吾爲若楚歌。」歌曰：「鴻鵠高飛，一舉千里。羽翮已就，横絶四海。横絶四海，當可奈何！雖有矰繳，尚安所施？」暗喻幽州形勢。此孔門用《詩》之法也，取其一點，不拘其餘。

〔九〕探虎穴，用《後漢書·班超傳》：「不入虎穴，焉得虎子。」沙漠，此指幽州，非泛指邊塞。虎穴，此指安禄山老巢，非指塞外。

〔一〇〕恥作二句，反用荆軻事。荆軻往刺秦王，燕太子丹及賓客送至易水之上，高漸離擊筑，荆軻和而歌，歌曰：「風蕭蕭兮易水寒，壯士一去不復還。」士皆涕泣淚下。見《史記·刺客列傳》。李白此時豪情滿懷，似以易水之歌過于悲涼，令英雄氣短，故云「恥作」。

【按】

李白天寶十載北上幽州，是詩人繼「初入長安」、「供奉翰林」之後，爲了實現功業理想所投身的又一次重大行動。此次行動産生在特定的時勢之下。《舊唐書·安禄山傳》載：「三載，代裴寬爲范陽節度、河北採訪、平盧軍等使如故……十載入朝，又求爲河東節度，因拜之。……兼三道節度，進奏無不允，引張通儒、李庭堅、平洌、李史魚、獨孤問俗在幕下，高尚掌書記。……安守忠、李歸仁、蔡希德、牛庭玠、向潤客、崔乾祐、尹子奇、何千年、武令珣、能元皓、田承嗣、田乾真，皆拔於行間。」可知其時安禄山正在大肆招攬人才，擴充勢力。《新唐書・甄濟傳》可提供另一個例證：「甄濟字孟成，定州無極人。叔父爲幽涼二州都督，家衛州，宗屬以伉俠相矜。濟少孤，獨好學，以文雅稱。居青巖山十餘年，遠近伏其仁，環山不敢畋漁。採訪使苗晉卿表之，諸府五辟，詔十至，堅臥不起。天寶十載以左拾遺召，未至而安禄山入朝，求濟於玄宗，授范陽掌書記。禄山至衛，使太守鄭遵意致謁山中，濟不得已爲起，禄山下拜鈞禮。居府中，議論正直。久之，察禄山有反謀，不可諫。濟素善衛令齊玘，因謁歸，具告以誠，密置羊血左右，至夜，若嘔血狀，陽不支，舁歸舊廬。禄山反，使蔡希德封刀召之，曰：即不起，斷其頭見我。濟色不動，左手書曰：不可以行。使者持刀趨前，濟引頸待之。希德嘘唏嗟歎，止刀，以實病告。」《舊唐書・甄濟傳》略同，文字較簡。與甄濟之警惕拒召相反，當時也有另一種動向，即杜甫《後出塞五首》「其二」所寫：「男兒生世間，及壯當封侯。戰伐有功業，焉能守舊丘。招募赴薊門，軍動不可留。千金裝馬鞭，百金裝刀頭。閭里送我行，親戚擁道周。斑白居上列，酒酣進庶羞。少年别有贈，含笑看吴鉤。」仇兆鰲注云：「上八，從軍者喜於立功；下六，送别者壯其行色。」王嗣奭《杜臆》云：「召赴薊門者，禄山也，勢已盛而逆未露，且以重賞要士，故壯士喜功者，樂於從之。」李白詩將北上幽州喻爲「探虎穴」，既有對功業的企望，也有對前途的隱憂。

發白馬

發白馬，《樂府詩集·雜曲歌辭》名。題解曰：「《通典》：白馬，春秋時衛國曹邑有黎陽津，一曰白馬津。酈生云『守白馬之津』是也。發白馬，言征戍而發兵於此也。」《元和郡縣志》河南道滑州白馬縣：「黎陽津，一名白馬津，在縣北三十里鹿鳴城之西南隅。」白馬縣，即今河南滑縣。此篇北遊之際抒其壯懷而作。

將軍發白馬，旌節渡黄河。簫鼓聒川岳，滄溟湧濤波。武安有震瓦〔一〕，易水無寒歌〔二〕。鐵騎若雪山，飲流涸滹沱〔三〕。揚兵獵月窟〔四〕，轉戰略朝那〔五〕。倚劍登燕然〔六〕，邊烽列嵯峨。蕭條萬里外〔七〕，耕作五原多〔八〕。一掃清大漠，包虎戢金戈〔九〕。

【注釋】

〔一〕《史記·廉頗藺相如列傳》：「秦軍軍武安西，秦軍鼓噪勒兵，武安屋瓦盡振。」武安，戰國趙地名，唐代爲洺州屬縣，即今河北武安縣。

〔二〕荆軻將赴秦，燕太子丹及賓客皆白衣冠，送至易水之上，荆軻前而爲歌曰：「風蕭蕭兮易水寒，壯士一去兮不復還。」見《史記·刺客列傳》。無寒歌，必勝之意也。

〔三〕滹沱，水名，出代州，流經恒州、定州、深州等地，東入於海。

〔四〕月窟，謂極西之地。見天寶三載《上雲樂》詩注。

〔五〕《史記·匈奴列傳》張守節《正義》曰：「漢朝那故城在原州百泉縣西七十里，屬安定郡。」朝那故地在唐原州平高縣，即今寧夏固原縣。

〔六〕燕然，山名，即今蒙古人民共和國境内之杭愛山。東漢永元元年，車騎將軍竇憲率大軍與北匈奴大戰於稽落山，獲大勝，遂登燕然山，刻石勒功，紀漢威德，班固爲作《封燕然山銘》。

〔七〕班固《封燕然山銘》：「薾修萬里，野無遺寇。」

〔八〕五原，郡名，即鹽州；亦縣名，郡治所在。《元和郡縣志》關内道鹽州：「五原縣，本漢馬領縣地，貞觀二年與州同置。五原，謂龍游原、乞地千原、青領原、可嵐貞原、横槽原也。」今爲陝西定邊縣。

〔九〕《禮記·樂記》：「武王克殷……倒載干戈，包之以虎皮。」鄭玄注：「包干戈以虎皮，明能以武服兵也。」

枯魚過河泣

王注：「按《樂府詩集》，《枯魚過河泣》乃《雜曲歌辭》。古詞曰：『枯魚過河泣，何時悔復及。作書與魴鱮，相教慎出入。』太白擬作與古意同，而以萬乘微行爲戒，更爲深切。」

白龍改常服，偶被豫且制。誰使爾爲魚？徒勞訴天帝〔一〕。作書報鯨鯢，勿恃風濤勢。濤落歸泥沙，翻遭螻蟻噬〔二〕。萬乘慎出入，柏人以爲誡〔三〕。

【注釋】

〔一〕蕭注：《説苑》：「吴王欲從民飲。伍子胥諫曰：『不可。昔白龍下清泠之淵，化爲魚，漁者豫且射中其目。白龍上訴天帝。天帝曰：當是之時，若安置而形？白龍對曰：我下清泠之淵，化爲魚。天帝曰：魚固人之所射也，豫且何罪？夫白龍，天帝貴畜也；豫且，宋國賤臣也。白龍不化，豫且不射。今棄萬乘之位而從布衣之士飲酒，臣恐其有豫且之患矣。』王乃止。」

〔二〕《淮南子·主術》：「吞舟之魚，蕩而失水，則制於螻蟻，離其居也。」四句本此。

〔三〕柏人，古縣名，屬趙國。漢高祖嘗過趙，趙王禮甚，高祖甚慢易之。趙相貫高怒，欲殺高祖。後又過趙，貫高等乃於柏人縣館舍複壁中暗伏甲士以要之。高祖欲宿，心動，問曰：「縣名爲何？」答曰：「柏人。」遂不宿而去，以柏人者，迫於人也。見《史記·張耳陳餘列傳》。

【集説】

詹鍈云：按《舊唐書·玄宗紀》：天寶八載十一月丁巳，幸御史中丞楊釗宅。天寶九載十一月辛卯，幸楊國忠亭子。天寶十載十一月乙未，幸楊國忠宅。又《楊國忠傳》：玄宗每年冬十月，幸華清宮，國忠山第在宮東門之南，與虢國相對，韓國、秦國甍棟相接。天子幸其第，必過五家賞賜宴樂。又《陳玄禮傳》：天寶中，玄宗在華清宮，乘馬出宮門，欲幸虢國夫人宅，玄禮曰：「未宣敕報臣，天子不可輕去就。」玄宗爲之回轡。他年在華清宫，逼正月半，欲夜遊，玄禮奏曰：「宫外即是曠野，須有備預。若欲夜遊，願歸城闕。」則此詩所謂「萬乘慎出入」，似非毫無所指。

瞿、朱云：《酉陽雜俎》卷二云：玄宗學隱形術於羅公遠，公遠云：「陛下未能脱屣天下，而以道爲戲。若盡臣術，必懷璽入臣家而困於魚服。」蓋玄宗微行不止於史所載，當時傳聞於外，或尤有甚者，故白以爲刺。

【按】

史所載玄宗微行事多在十載前後，姑繫此詩於本年末。

天寶十一載（七五二年） 李白五十二歲

魏郡别蘇明府因北遊

此詩兩宋本、繆本題作《魏郡别蘇少府因》，兩宋本題下注「北遊」二字；咸本題作《魏郡别蘇因》。魏郡，即魏州，屬河北道，州治貴鄉縣，即今河北魏縣。蘇明府因，貴鄉縣令。此及以下數首，其地已入河北境，而時令在春夏，故繫本年。

魏都接燕趙〔一〕，美女誇芙蓉。淇水流碧玉〔二〕，舟車日奔衝。青樓夾兩岸，萬室喧歌鐘。

天下稱豪貴，遊此每相逢。洛陽蘇季子，劍戟森詞鋒。六印雖未佩，軒車若飛龍。黄金數百鎰，白璧有幾雙〔三〕。散盡空掉臂，高歌賦還邛〔四〕。落魄乃如此〔五〕，何人不相從？遠別隔兩河，雲山杳千重〔六〕。何時更杯酒，再得論心胸？

【注釋】

〔一〕魏都，魏郡郡治貴鄉縣，戰國魏武侯别都，故稱。

〔二〕淇水，流經河北道相州、衛州，於衛縣南入御河。御河通永濟渠，渠流經貴鄉，故云。

〔三〕蘇秦，字季子，戰國時洛陽人。曾説趙肅侯，趙王乃飾車百乘，黄金千鎰，白璧百雙，錦繡千純，以約諸侯。於是六國從合而并力焉。蘇秦爲從約長，并相六國。見《史記·蘇秦列傳》。上六句以蘇秦擬蘇明府，謂其善辭令，且豪富。「六印」句，兩本、繆本、王本俱注云「一作説趙復過秦」。

〔四〕還邛，卓文君奔司馬相如，馳歸成都，相如家居徒四壁立。後俱之臨邛，酤酒爲生。見《史記·司馬相如列傳》。此下兩宋本、繆本、咸本有「合從又連横，其意未可封」二句。

〔五〕落魄，放浪不羈。

〔六〕此句兩宋本、繆本、王本俱注云「一作雲天滿愁容」。

【按】

李白此行既屬刺探禄山反迹，故入河北境后深自韜晦。雖有詩作，但多寫沿途風光與一般應酬。雖亦言及赴邊報國，則遁辭以隱意，譎譬以指事，甚至以假語虛言掩人耳目。其真情實感，有若草蛇灰綫，甚至在深覆之下，須細心體會，方可得之。

贈清漳明府侄聿

清漳，縣名，屬河北道洺州（廣平郡），即今河北廣平縣。瞿、朱注：「《全唐文》卷四三五李聿小傳：聿，玄宗朝官清漳令，遷尚書郎。」

我李百萬葉，柯條布中州〔一〕。天開青雲器〔二〕，日爲蒼生憂。小邑且割鷄，大刀佇烹牛〔三〕。雷聲動四境，惠與清漳流〔四〕。絃歌詠唐堯〔五〕，脱落隱簪組〔六〕。心和得天真，風俗猶太古。牛羊散阡陌，夜寢不扃户。問此何以然？賢人宰吾土。舉邑樹桃李，垂陰亦流芬。河堤繞渌水，桑柘連青雲。趙女不冶容，提籠晝成群。繅絲鳴機杼，百里聲相聞。訟息鳥下階〔七〕，高卧披道帙。薄鞭挂簷枝，示恥無撲抶〔八〕。琴清月當户，人寂風入室。長嘯無一言，陶然上皇逸〔九〕。白玉壺冰水，壺中見底清〔一〇〕。清光洞毫髮，皎潔照群情。趙北美嘉政，燕南播高名。過客覽行謡，因之誦德聲。

【注釋】

〔一〕蕭注：「唐祖老子，白與聿皆帝室之胄，故用李樹之事。……葉，世也。柯條猶枝分派别之意。」

〔二〕青雲器，謂李聿。《文選》顔延年《五君詠》：「仲容青雲器。」李善注：「青雲，言高遠也。」

〔三〕《論語·陽貨》：「子之武城，聞絃歌之聲，夫子莞爾而笑曰：『割鷄焉用牛刀。』」二句謂李聿本大器，治此小邑則遊刃有餘而未能盡其才。

〔四〕惠，謂惠政。清漳，指漳水，流經清漳縣境。

〔五〕蕭注：「弦歌詠唐堯者，即康衢童謡曰『立我烝民，莫匪爾極。不識不知，順帝之則』及老人擊壤於路曰『日出而作，日入而息。鑿井而飲，耕田而食。帝力於我何有哉』之意。」

〔六〕脱落，猶脱略，輕慢不以爲然也。蕭注：「脱落隱簪組者，隱於簪纓之間，乃大隱居廛及吏隱之意，猶東方朔所言避世於朝廷者是也。」

〔七〕謝靈運《齋中讀書》：「虚館絶諍訟，空庭來鳥雀。」

〔八〕《後漢書·劉寬傳》：「典歷三郡，温仁多恕，雖在倉卒，未嘗有疾言遽色，嘗以爲『齊之以刑，民免而無恥』，吏人有過，但用蒲鞭罰之，示辱而已，終不加苦。」抶，音斥，笞擊也。

〔九〕上皇，猶言羲皇上人。《晉書·陶潛傳》：「嘗言夏月虚閑，高卧北窗之下，清風颯至，自謂羲皇上人。」

〔一〇〕二句喻李聿品格之高潔。

自廣平乘醉走馬六十里至邯鄲登城樓覽古書懷

廣平，郡名，即洺州，時屬河北道，郡治永年縣，在今河北永年縣東南。邯鄲，洺州屬縣，即今河北邯鄲市。按，洺州元和間屬澤潞節度使管内，故《元和郡縣志》以之入河東道。

醉騎白花駱〔一〕，西走邯鄲城。揚鞭動柳色，寫鞚春風生〔二〕。入郭登高樓，山川與雲平。深宫翳緑草〔三〕，萬事傷人情。相如章華巔，猛氣折秦嬴。兩虎不可鬬，廉公終負荆〔四〕。提携袴中兒，杵臼及程嬰。空孤獻白刃，必死耀丹誠〔五〕。平原三千客，談笑盡豪英。毛君能穎脱，二國且同盟〔六〕。皆爲黄泉土，使我涕縱横。磊磊石子崗〔七〕，蕭蕭白楊聲。諸賢没此地〔八〕，碑版有殘銘。太古共今時，由來互衰榮。傷哉何足道，感激仰空名。趙俗愛長劍，文儒少逢迎。閑從博徒遊，帳飲雪朝酲。歌酣易水動〔九〕，鼓震叢臺傾〔一〇〕。日落把燭歸，凌晨向燕京〔一一〕。方陳五餌策〔一二〕，一使胡塵清。

【注釋】

〔一〕《詩·小雅·皇皇者華》：「我馬維駱。」毛傳：「白馬黑鬣曰駱。」

〔二〕寫，解也，放縱之意。鞚，馬勒。

〔三〕此句《文苑英華》作「雄都半古冢」。

〔四〕邯鄲爲戰國趙國都，詩故連用趙故事。以上四句，言廉頗與藺相如事。藺相如拜爲上卿，位在廉頗之右，廉頗不服。相如嘗曰：「夫以秦王之强，而相如廷叱之，辱其廷臣，相如雖駑，獨畏廉將軍哉？顧吾念之，强秦所以不敢加兵於趙者，徒以吾兩人在也。今兩虎共鬬，其勢不俱生。

吾所以爲此者，以先國家之急而後私仇也。」廉頗聞之，肉袒負荆，至相如門謝罪曰：「鄙賤之人，不知將軍寬之至此也。」見《史記·廉頗藺相如列傳》。章華之華，王琦謂當作臺，是。秦王坐章臺見相如，相如面折之，而奉完璧歸趙。荆，可以爲鞭，負荆所以請罪也。《元和郡縣志》河東道洺州邯鄲縣：「藺相如墓，在縣西南二十三里。」

〔五〕以上四句，言公孫杵臼與程嬰事。屠岸賈殺趙朔，滅其族。朔妻産一男，置袴中，祝曰：「趙宗滅乎？若號；即不滅，若無聲。」屠岸賈索兒時，竟無聲。朔友程嬰與朔客公孫杵臼合謀，取他人嬰兒，公孫杵臼負之匿山中，程嬰故告發，屠岸賈遂發師殺杵臼與嬰兒，趙朔之孤乃得免。孤長，名曰武，攻屠岸賈而滅其族。程嬰乃謂趙武曰：「昔下宫之難，我非不能死，我思立趙氏之後。今趙武既立，爲成人，復故位，我將下報趙宣武（朔）與公孫杵臼。」遂自殺。見《史記·趙世家》。《元和郡縣志》河東道洺州邯鄲縣：「公孫杵臼、程嬰墓，在縣西十五里。」空孤獻，兩宋本、繆本、王本俱注云：「一作立孤就。」一作是。

〔六〕以上四句，言毛遂事，見開元二十八年《送薛九被讒去魯》詩注。

〔七〕石子崗，王注：「《太平寰宇記》：邯鄲縣有石子崗，《隋圖經》云：歷陵城西十里有石子崗，實山也，而高大，有冢如硯子，世謂之硯子冢，是趙簡子冢。」《元和郡縣志》河東道洺州邯鄲縣：「趙簡子墓，在縣西南十二里。」

〔八〕王注：「諸賢，另指當時賢豪死葬於石子崗者，故下文以太古、今時雙承言之。」

〔九〕王注：「易水，在燕地，去邯鄲甚遠，用之此處，恐誤。」今按，此用荆軻歌於易水之事，非實指。

〔一〇〕《元和郡縣志》河東道洺州邯鄲縣：「叢臺，在縣城内東北隅。」

〔一一〕燕京，謂幽州州治薊縣，燕國國都所在。地當今北京市。

〔一二〕五餌策，滅胡之策。《漢書·賈誼傳》：「施五餌三表以繫單于。」顔師古注：「賈誼書謂賜之盛服車乘，以壞其目；賜之盛食珍味，以壞其口；賜之音樂婦人，以壞其耳；賜之高堂、邃宇、倉庫、奴婢，以壞其腹；於來降者，上以召幸之，相娱樂，親酌而手食之，以壞其心。此五餌也。」

【集説】

《繫年》云：「『日落把燭歸，凌晨向燕京。』方陳五餌策，一使胡塵清。』則白之游燕冀，蓋思獻滅胡之策耳」。

【按】

此詩末二句，即假語虚言以掩人耳目者。所謂「五餌策」，乃賈誼獻于漢文帝以滅匈奴之計，當時未被採納，後世爲良史所譏。見《漢書·賈誼傳》贊。或以「五餌策」爲羈縻政策，誤。羈縻之策，乃漢元帝君臣鑒于先世窮兵黷武之禍，改絃更張而採取之安邊良策。略而言之，即外夷來朝，讓而不臣，待以客禮；其後世若闕于朝享，不以爲叛，不加討伐。此蕭望之所建言，當時爲元帝採用，後世爲良史所稱許者。見《漢書·蕭望之傳》。若李白欲獻「五餌策」，則與安禄山之黷武實質何異？若李白所欲獻者爲羈縻策，豈非與虎謀皮？故知本篇末二句乃掩人耳目之言。

邯鄲南亭觀妓

歌鼓燕趙兒[一]，魏姝弄鳴絲。粉色艷日彩，舞袖拂花枝。把酒領美人[二]，請歌邯鄲詞。清箏何繚繞，度曲緑雲垂[三]。平原君安在？科斗生古池。座客三千人，於今知有誰[四]？我輩不作樂，但爲後代悲。

【注釋】

〔一〕鼓，宋乙本、繆本、蕭本、王本俱注云「一作妓」。

〔二〕領，宋乙本、繆本、蕭本、王本俱注云「一作顧」。顧是。

〔三〕度曲，唱曲。張衡《西京賦》：「度曲未終，雲起雪飛。」

〔四〕戰國時趙公子平原君善養士，賓客至者蓋數千人，得敢死之士三千人。見《史記·平原君列傳》。

登邯鄲洪波臺置酒觀發兵

王本題下注云：「原注：時將遊薊門。」洪波臺，在邯鄲縣西北五里。見《元和郡縣志》。

我把兩赤羽[一]，來遊燕趙間。天狼正可射[二]，感激無時閑[三]。觀兵洪波臺，倚劍望玉關〔四〕。請纓不繫越〔五〕，且向燕然山〔六〕。風引龍虎旗，歌鐘昔追攀。擊筑落高月〔七〕，投壺破愁顏〔八〕。遥知百戰勝，定掃鬼方還〔九〕。

【注釋】

〔一〕王注：「赤羽，謂箭之羽染以赤者，《國語》所謂『朱羽之矰』是也。」

〔二〕天狼，《楚辭·九歌·東君》：「舉長矢兮射天狼。」王逸注：「天狼，星名，以喻貪殘。」洪興祖補注：「《晉書·天文志》云：狼一星在東井南，爲野將，主侵掠。」

〔三〕感激，感奮激昂意。

〔四〕玉關，泛言邊地。

〔五〕句用終軍事。終軍自請於朝曰：「願受長纓，必羈南越王而致之闕下。」見《漢書·終軍傳》。

〔六〕句用竇憲事，見天寶十載《發白馬》詩注。

〔七〕筑，古弦樂器。荆軻將赴秦，高漸離擊筑，軻和而歌《易水歌》。

〔八〕投壺，游戲名。《後漢書·祭遵傳》：「遵爲將軍，取士皆用儒術，對酒設樂，必雅歌投壺。」

〔九〕鬼方，《詩·大雅·蕩》：「内奰於中國，覃及鬼方。」毛傳：「鬼方，遠方也。」

【按】

此詩要害在首四句，尤在「天狼」何指，若能得其真解，即知全詩表裏虚實。參見後數詩按語。

贈臨洺縣令皓弟

王本題下注云：「原注：時被訟停官。」臨洺，洺州屬縣，即今河北永年縣。

陶令去彭澤，茫然太古心。大音自成曲，但奏無絃琴〔一〕。釣水路非遠，連鼇意何深。終期龍伯國，與爾相招尋〔二〕。

【注釋】

〔一〕陶潛嘗爲彭澤令，因不願爲五斗米折腰而解印去縣。嘗言夏月虚閒，高卧北窗之下，清風颯至，自謂羲皇上人。性不解音，而蓄素琴一張，絃徽不具，每朋酒之會，則撫而和之，曰：「但識琴中趣，何勞絃上聲。」見《晉書·陶潛傳》。

〔二〕四句用龍伯國大人釣鼇事（見天寶三載《懷仙歌》詩注）。暗喻此行真意。臨洺縣令李皓當是與白相交較深者。

行行且遊獵篇

《行行且遊獵篇》，《樂府詩集·雜曲歌辭》名。胡云：「《行行且遊獵篇》，始梁劉孝威，其辭詠天子遊獵事。太白詠邊城兒遊獵，爲不同耳。」此及以下諸詩，俱本年幽州作。

邊城兒，生年不讀一字書。但知遊獵誇輕趫〔一〕，胡馬秋肥宜白草，騎來躡影何矜驕〔二〕。金鞭拂雪揮鳴鞘〔三〕，半酣呼鷹出遠郊。弓彎滿月不虛發，雙鶬迸落連飛髇〔四〕。海邊觀者皆辟易〔五〕，猛氣英風振沙磧。儒生不及遊俠人〔六〕，白首下帷復何益？

【注釋】

〔一〕趫，捷也。

〔二〕躡影，《文選》曹植《七啟》：「忽躡景而輕騖，逸奔驥而超逸風。」李善注：「景，日影也。躡之言疾也。」景，同影。

〔三〕鞘，鞭梢。

〔四〕鶬，音倉，鳥名。髇，亦作髐，音消，鳴鏑也。《列子·湯問》：「蒲且子之弋也，弱弓纖繳，乘風振之，連雙鶬於青雲之際。」

〔五〕海，謂沙漠。辟易，驚懼而退避。

〔六〕遊俠，唐寫本作征戰。

【按】

李詩中多次言及幽州之行，但因語境各異而措辭不同。例如「懷恩欲報主，投佩向北燕。……多逢剿絶兒，先著祖生鞭」云云，此乃與宣城郡太守贈詩陳情時官場應酬之辭也。又如「謬忝燕臺召，而陪郭隗踪」云云，此乃與宣城縣令崔欽問答之辭也。無論崔欽與白交情深淺，公開形之吟咏，只能如此。當時安禄山固是玄宗之寵臣，三鎮之雄藩，欽封之異姓王也。但在自我抒懷之際，或與知己推心置腹之際，則稱安禄山爲「天狼」、「長鯨」、「燭龍」；稱其盤據之幽州爲「虎穴」。及至亂後，無須避諱，于是和盤托出：「十月到幽州，戈鋋如羅星。君王棄北海，掃地借長鯨。……」又云「彎弧射天狼，挾矢不敢張。攬涕黄金臺，呼天哭昭王」。見乾元二年《憶舊遊書懷贈江夏韋太守良宰》詩。不僅禄山爲叛賊，君王亦是禍首。故讀言及幽州之行諸詩，當據語境而辨其辭之虚實表裏。

出自薊北門行

《出自薊北門行》，《樂府詩集·雜曲歌辭》名。《樂府詩集》引《樂府解題》曰：「《出自薊北門行》，其致與《從軍行》同，而兼言燕薊風物，及突騎勇悍之狀。若鮑照云『羽檄起邊亭』，備叙征戰苦辛之意。」

虜陣横北荒，胡星耀精芒〔一〕。羽書速驚電，烽火晝連光。虎竹救邊急，戎車森已行。明主不安席，按劍心飛揚〔二〕。推轂出猛將〔三〕，連旗登戰場。兵威衝絶幕〔四〕，殺氣凌穹蒼。列卒赤山下〔五〕，開營紫塞傍〔六〕。孟冬風沙緊，旌旗颯凋傷。畫角悲海月，征衣卷天霜。揮刃斬樓蘭〔七〕，彎弓射賢王〔八〕。單于一平蕩，種落自奔亡。收功報天子，行歌歸咸陽。

【注釋】

〔一〕胡星，《漢書·天文志》：「昴曰旄頭，胡星也。」

〔二〕鮑照《出自薊北門行》：「天子按劍怒。」

〔三〕推轂，命將出征之禮。《通典·軍禮》：「魏故事，遣將出征，符節郎授節鉞，跪而推轂。」轂，車輪中心與軸相接處。

〔四〕王注：「《漢書》：衛青復將六將軍絶幕，大克獲。應劭注：幕，沙幕，匈奴之南界也。臣瓚注：沙土曰幕，直度曰絶。顔師古注：應、瓚二説皆是也。而説者或云是塞外地名，非矣。幕者，即今之突厥中磧耳。李陵歌曰：徑萬里兮度沙幕。」瞿、朱注：「按《漢書》卷五五《衛青傳》：常以爲漢兵不能度幕輕留。度幕即絶幕，幕即今漢字。又卷九四《匈奴傳》：絶大幕。卷一〇〇《叙傳》：龍荒幕朔。注，孟康曰：謂白龍堆荒服沙漠也。因知絶幕不能作絶域解。李詩誤用。」今按，幕、漠通，瞿、朱説是。幕，唐寫本、兩宋本、繆本俱作漠。然絶除訓度外，本有僻遠、極遠一解，絶幕即絶漠，謂大漠之極遠處，六朝及唐詩中屢見，如：劉峻《出塞》：「絶漠衝風急，交河夜月明。」劉孝威《怨詩》：「王嫱向絶漠，宗女入祁連。」郎士元《送李將軍赴定州》：「鼓鼙悲絶漠，烽戍隔長河。」劉長卿《平蕃曲》：「絶漠大軍還，平沙獨戍閒。」俱可與白詩互參。瞿、朱謂李詩誤用，未宜。

〔五〕赤山，傳説中山名。《後漢書·烏桓傳》：「赤山在遼東西北數千里。」

〔六〕紫塞，北方邊塞，詳見天寶三載《胡無人》詩注。

〔七〕樓蘭，漢西域國名，唐詩中多代稱邊境之敵國。

〔八〕賢王，匈奴君長。《漢書·匈奴傳》：「單于者，廣大之貌也。……置左右賢王，自左右賢王以下至當户，大者萬餘騎，小者數千，凡二十四長，立號曰萬騎。」此代敵酋。

【按】

禄山多年以來，即以外示「救邊」，託言禦敵，贏得玄宗寵信。故此詩表裏虚實，亦須注意。當與《贈韋良宰》詩併讀。

幽州胡馬客歌

《樂府詩集·横吹曲辭》有《幽州馬客吟歌辭》，胡云：「梁鼓角横吹本詞言剿兒苦貧，又言男女燕遊。太白則依題立義，叙邊塞逐虜之事。」

幽州胡馬客，緑眼虎皮冠。笑拂兩隻箭，萬人不可干。彎弓若轉月，白雁落雲端。雙雙掉鞭行〔一〕，游獵向樓蘭〔二〕。出門不顧後，報國死何難？天驕五單于〔三〕，狼戾好凶殘〔四〕。牛馬散北海〔五〕，割鮮若虎餐〔六〕。雖居燕支山〔七〕，不道朔雪寒。婦女馬上笑，顔如赬玉盤。翻飛射鳥獸，花月醉雕鞍。旄頭四光芒〔八〕，争戰若蜂攢。白刃灑赤血，流沙爲之丹。名將古誰是？疲兵良可嘆。何時天狼滅〔九〕，父子得安閑？

【注釋】

〔一〕掉，揮也。

〔二〕樓蘭，見本年《出自薊北門行》詩注。

〔三〕漢宣帝時，匈奴曾分立爲五單于，即呼韓邪單于、屠耆單于、呼揭單于、車犁單于、烏藉單于。見《漢書·匈奴傳》。

〔四〕狼戾，《漢書·嚴助傳》：「今閩越王狼戾不仁，殺其骨肉，離其親戚。」顔師古注：「狼性貪戾，凡言狼戾者，謂貪而戾也。」戾，凶暴也。

〔五〕北海，匈奴所在地，即前蘇聯貝加爾湖。漢蘇武嘗徙於此。

〔六〕割鮮，《文選》左思《西都賦》：「割鮮野食。」李善注：「孔安國《尚書傳》曰：鳥獸新殺曰鮮。」

〔七〕燕支山，見天寶二年《塞上曲》注。

〔八〕旄頭，星名，詳見天寶二年《胡無人》詩注。

〔九〕天狼，星名，詳見本年《登邯鄲洪波臺置酒觀發兵》詩注。

【按】

此詩固寫邊塞逐虜事，然末四句不可忽，蓋當時國家危機不在外而在内。末四句中之「天狼」，如前「登邯鄲洪波置酒觀發兵」，亦是指安禄山。禄山以邊功邀寵而其勢坐大，既危及社稷，又殃及蒼生。故此處有「疲兵」之嘆，其後《北風行》等又有「思婦」之悲。

鄒衍谷

王注：「《太平御覽》：劉向《別録》曰：方士傳言，鄒衍在燕，燕有谷，地美而寒，不生五穀，鄒子居之，吹律而温氣至，谷中生黍，至今名黍谷焉。」

燕谷無暖氣，窮巖閉嚴陰。鄒子一吹律，能迴天地心。

【按】

此篇王本據《文苑英華》增入，編於《詩文拾遺》中。此詩爲比興之作。前二句，以「燕谷」之嚴寒，喻幽州之危機；后二句，以「鄒子」自喻，謂已有回天之力。

送崔度還吴度故人禮部員外國輔之子

《唐詩紀事》於崔國輔條下引此詩之題作《送崔度自幽燕還吴詩》。《新唐書·藝文志》：「崔國輔，應縣令，舉授許昌令。集賢直學士、禮部員外郎。坐王鉷近親，貶竟陵郡司馬。」《唐詩品彙·詩人爵里詳節》：「崔國輔，吴郡人。」

幽燕沙雪地，萬里盡黄雲。朝吹歸秋雁，南飛日幾群。中有孤鳳雛〔一〕，哀鳴九天聞。我乃重此鳥，綵章五色分。胡爲雜凡禽，雛鶩輕賤君？舉手捧爾足，疾心若火焚。拂羽淚滿面，送之吴江濆〔二〕。去影忽不見，躊躇日將曛。

【注釋】

〔一〕孤鳳雛，喻崔度。

〔二〕濆，水邊。

【按】

此詩爲崔度送行，何至痛哭流涕？當是崔度有重大機密見告，故使李白憂心如焚。

北風行

《北風行》，《樂府詩集·雜曲歌辭》名。王注：「鮑照有《北風行》，傷北風雨雪，行人不歸。太白擬之而作。」雖依古題，實則亦寫幽州危機。

燭龍棲寒門，光耀猶旦開〔一〕。日月照之何不及此，惟有北風號怒天上來〔二〕。燕山雪花大如席〔三〕，片片吹落軒轅臺〔四〕。幽州思婦十二月，停歌罷笑雙蛾摧。倚門望行人，念君長城苦寒良可哀。别時提劍救邊去，遺此虎文金鞞靫〔五〕。中有一雙白羽箭，蜘蛛結網生塵埃。箭空在，人今戰死不復回。不忍見此物，焚之已成灰。黄河捧土尚可塞〔六〕，北風雨雪恨難裁〔七〕。

【注釋】

〔一〕燭龍、寒門，《淮南子・地形》：「燭龍在雁門北，蔽於委羽之山，不見日，其神人面龍身而無足。」又：「北方曰北極之山，曰寒門。」高誘注：「積寒所在，故曰寒門。」二句喻禄山坐大。

〔二〕二句喻朝廷不察，亦猶「君王棄北海」之意。參見乾元二年《贈江夏韋太守良宰》。

〔三〕燕山，在河北道薊州漁陽縣，實則此處用以概指幽燕之地。雪花如席，固屬誇張，其所以極而言之者，蓋非此不足以喻形勢之嚴重也。

〔四〕軒轅臺，相傳在涿鹿之野，黄帝戰蚩尤處。此以喻中國。

〔五〕王注：「鞞靫，當作鞴靫爲是。《韻會》：鞴靫，盛箭室。《子虚賦》作步叉。」

〔六〕《後漢書・朱浮傳》：「此猶河濱之人捧土以塞孟津，多見其不知量也。」

〔七〕北風雨雪，《詩・邶風・北風》：「北風其涼，雨雪其雱。」朱熹《集傳》：「言北風雨雪，以比國家危亂將至，而氣象愁慘也。」裁，裁處。《唐書・杜如晦傳》：「秦王表留幕府，從征伐，常參帷幄機密。方多事，裁處無留。」末句承上，意謂幽州之禍，較之捧土以塞黄河之不可能，猶有甚焉。實難以裁處，恨也如何？

【按】

前此《鄴衍谷》尚以爲已有回天之力，當是初得反迹時作。此篇則感危機之嚴重，較之捧土以塞黄河猶有甚焉，當是更得重大反迹後作。此詩作于天寶十一載嚴冬，自不待言。

公無渡河

《樂府詩集·相和歌辭》有《箜篌引》，解題曰：「一曰《公無渡河》。崔豹《古今注》曰《箜篌引》者，朝鮮津卒霍里子高妻麗玉所作也。子高晨起刺船，有一白首狂夫，被髮提壺，亂流而渡，其妻隨而止之，不及，遂墮河而死。於是援箜篌而歌曰：『公無渡河，公竟渡河。墮河而死，將奈公何。』聲甚悽愴，曲終亦投河而死。子高還，以語麗玉，麗玉傷之，乃引箜篌而寫其聲，聞者莫不墮淚飲泣。麗玉以其曲傳鄰女麗容，名曰《箜篌引》。」白借此以預言安史之亂。

黄河西來決崑崙〔一〕，咆哮萬里觸龍門〔二〕。波滔天，堯咨嗟〔三〕。大禹理百川，兒啼不窺家〔四〕。殺湍堙洪水，九州始蠶麻〔五〕。其害乃去，茫然風沙〔六〕。披髮之叟狂而癡，清晨徑流欲奚爲〔七〕？旁人不惜妻止之，公無渡河苦渡之。虎可搏，河難馮〔八〕，公果溺死流海湄。有長鯨白齒若雪山〔九〕，公乎公乎挂罥於其間〔一〇〕。箜篌所悲竟不還。

【注釋】

〔一〕舊説黄河出於崑崙之墟，故云，見《山海經·西山經》、《爾雅·釋水》、《水經注·河水》。

〔二〕龍門，龍門山。《元和郡縣志》河東道絳州龍門縣：「黄河，北去縣二十五里，即龍門口也。《禹貢》曰『浮於積石，至於龍門』……大禹導河積石，疏決龍門，即斯處也。河口廣八十步，巖際鐫跡，遺功尚存。」

〔三〕《史記·五帝本紀》：「堯又曰：『嗟，四嶽，湯湯洪水滔天，浩浩懷山襄陵，下民其憂，有能使治者？』」

〔四〕《史記·夏本紀》：「堯聽四嶽，用鯀治水。九年而水不息，功用不成。……於是舜舉鯀子禹，而使續鯀之業……禹傷先人父鯀功之不成受誅，乃勞身焦思，居外十三年，過家門不敢入。」

《書·益稷》：「啟呱呱而泣，予弗子，惟荒度土功。」啟，禹之子也。

〔五〕《莊子·天下》：「昔禹之湮洪水，決江河而通四夷九州也。」湮，同堙，塞也；或謂讀作抑，治也。

〔六〕瞿、朱注：「此句意謂水雖不至有滔天之害，仍有風沙之患。」

〔七〕徑，渡也。

〔八〕《詩·小雅·小旻》：「不敢暴虎，不敢馮河。」毛傳：「徒涉曰馮河。」馮，音憑。

〔九〕此句《文苑英華》作：「海湄有長鯨，白齒若雪山。」鯨，海大魚，雄者名鯨，雌者名鯢。《左傳·宣公十二年》：「古者明王伐不敬，取其鯨鯢而封之，以爲大戮。」後世遂多以鯨鯢喻叛逆。此指安禄山。詳見按語。

〔一〇〕挂罥，牽連纏繞。一作「挂骨」，誤。

【集説】

蕭云：詩謂洪水滔天，下民昏墊，天之作孽，不可違也。當地平天成、上下相安之時，乃無故馮河而死，是則所謂自作孽者，其亦可哀而不足惜也矣。故詩曰「旁人不惜妻止之」，是亦諷止當時不靖之人自投憲網者，借此以爲喻云耳。

詹鍈云：《詩比興箋》：是詩自昔不言所指。蓋悲永王璘起兵不成誅死，而《新唐書》言永王璘辟白爲府僚佐，及璘起兵，白逃還彭澤。蓋永王初起事時，太白實望其勤王，不圖其猖獗江、淮，是以見幾逃遁。及璘兵敗身戮，太白被誣，坐流夜郎，至後遇赦得還，乃追悲之。「黄河咆哮」云云，喻叛賊之匈潰。「波滔天，堯咨嗟」云云，喻明皇之憂危。「大禹理百川，兒啼不窺家」云云，謂肅宗出兵朔方，諸將戮力，轉戰連年，乃克收復也。艱難若此，豈狂癡無知之永王所能立功乎？乃既無戡亂討賊之才，復無量力守分之智，馮河暴虎，自取覆滅，與渡河之叟何異乎？《豫章篇》云：「本爲休明人，斬虜素不閑。豈惜戰鬭死，爲君掃凶頑。精感石没羽，豈云憚險艱。樓船若鯨飛，波蕩落星灣。」即此詩所指。按陳沆所言，頗得本詩微意。

郭沫若云：「黄河西來」是説黄河倒流，向西而來。李白每有這樣的用法，例如《古風》第三首「秦王掃六合……諸侯盡西來」；又例如《梁甫吟》「朝歌屠叟辭棘津，八十西來釣渭濱」；均其證。黄河倒流是喻安禄山的叛變。「崑崙」喻唐代的朝廷。「堯」喻唐玄宗，因爲他把帝位讓給了他的兒子李亨。「大禹」，有人以爲即肅宗李亨，其實是指當時的天下兵馬元帥——李亨的長子廣平王李俶。李亨是處在虞舜的地位，詩中没有點出。「披髮之叟」有人以爲喻永王李璘，其實是李白自喻。「旁人不惜妻止之」的「妻」，不就是「出門妻子强牽衣」的那位宗氏嗎？「長鯨白齒」喻當時的讒口囂囂，杜甫《不見》詩中的「世人皆欲殺」。「挂罥於其間」喻繫尋陽獄中及長流夜郎。這首樂府很可能是在長流夜郎的途中所作。他當時没有料到：僅僅三個年頭便在中途遇赦，故有「箜篌所悲竟不還」的結語。這是加上了一層紗罩的寫實，而不是冷眼旁觀、譏刺别人的空想。（《李白與杜甫》）

瞿、朱云：陳氏能知此詩必有所指，是其卓識，但李白於永王但有擁護而無刺譏，陳氏於舊史猶泥而不化，非李集中悲悼永王各詩之意也。

【按】

前人於此詩之旨皆未諦，陳沆之説尤誤。此詩當與幽州之行聯繫考察，其意自明，而關鍵在詩中「長鯨」何指。檢閲李集，可知「鯨」、「鯨鯢」爲李白指安禄山及安史叛軍之一貫用語。如《憶舊游書懷贈江夏韋太守良宰》「十月到幽州，戈鋋若羅星。君王棄北海，掃地借長鯨」；又如《北上行》「奔鯨夾黄河，鑿齒屯洛陽」；又如《贈張相鎬二首》「誓欲斬鯨鯢，澄清洛陽水」；又如《爲宋中丞祭九江文》「掃妖孽於幽燕，斬鯨鯢於河洛」等等。諸例之中，「鯨」皆指安禄山甚明。故知本篇中之「長鯨」必指禄山無疑。似此，則全詩比興洞若觀火矣。「黄河西來」諸句，蓋以洪水滔天喻亂事之將作；「披髮狂叟」諸句，蓋以徒涉黄河喻己幽州之行；「公果溺死」諸句，蓋深感此行之險，極而言之也。詩旨既明，其作時亦可知。當是本年歲梢亟思南返，唯恐不能脱身之際作。

代贈遠

宋乙本、繆本、王本題下俱注云："一作《寄遠》。"此似在幽州自代内贈。

妾本洛陽人，狂夫幽燕客。渴飲易水波〔一〕，由來多感激〔二〕。胡馬西北馳，香騣摇緑絲〔三〕。鳴鞭從此去，逐虜蕩邊陲。昔去有好言，不言久離别。燕支多美女〔四〕，走馬輕風雪。見此不記人，恩情雲雨絶。啼流玉筯盡，坐恨金閨切。織錦作短書，腸隨迴文結〔五〕。相思欲有寄，恐君不見察。焚之揚其灰，手跡自此滅〔六〕。

【注釋】

〔一〕《元和郡縣志》河北道易州易縣："易水，一名故安河，出縣西寬中谷。……燕太子丹送荆軻易水之上，即此水也。"易水經幽州境，故云。

〔二〕由來，歷來。感激，慷慨之氣，此謂荆軻之遺風。

〔三〕騣，同鬃。

〔四〕燕支，燕支山，見天寶二年《塞上曲》注。

〔五〕二句用蘇蕙事。《晉書·列女傳》："竇滔妻蘇氏，始平人也，名蕙，字若蘭，善屬文。滔，苻堅時爲秦州刺史，被徙流沙，蘇氏思之，織錦爲迴文旋圖詩以贈滔。宛轉循環以讀之，詞甚悽惋，凡八百四十字，文多不録。」

〔六〕末四句似暗示書信當付之一炬。由此可窺此行之秘密性質。

閨情

此似代幽州女子作。

流水去絶國，浮雲辭故關。水或戀前浦，雲猶歸舊山〔一〕。恨君流沙去〔二〕，棄妾漁陽間〔三〕。玉筯夜垂流，雙雙落朱顔。黄鳥坐相悲〔四〕，緑楊誰更攀〔五〕？織錦心草草〔六〕，挑燈淚斑斑。窺鏡不自識，况乃狂夫還。

【注釋】

〔一〕張協《雜詩》：「流波戀舊浦，行雲思故山。」

〔二〕流沙，《元和郡縣志》隴右道甘州張掖縣：「居延海，在縣東北一百六十里，即居延澤。古文以爲流沙者，風吹流行，故曰流沙。」

〔三〕漁陽，即幽州。見本年《北風行》詩注。

〔四〕黄鳥，黄鶯。坐，深也。張相《詩詞曲語辭匯釋》卷四：「李白《閨情》詩：『黄鳥坐相悲，緑楊誰更攀。』坐相悲，猶云深相悲也。」

〔五〕緑楊，即緑柳。古人折柳送别，又折柳寄遠。曰「誰更攀」，極度失望之意。

〔六〕草草，憂貌。《詩·小雅·巷伯》：「勞人草草。」朱熹《集傳》：「草草，憂也。」

中國古典文學基本叢書

李白全集編年箋注

第三册

安旗 主編

中華書局

李白全集編年箋注卷十　編年詩第十

天寶十二載（七五三年）　李白五十三歲

戲贈杜甫

天寶十二載與杜甫在長安相見時作。此詩首見於孟啟《本事詩》，原無題。《唐摭言》《唐詩紀事》等所載，字句稍異。

飯顆山頭逢杜甫〔一〕，頭戴笠子日卓午〔二〕。借問別來太瘦生〔三〕？總爲從前作詩苦〔四〕。

【注釋】

〔一〕飯顆山頭，清乾隆丙子（二十一年）雅雨堂本《摭言》作「長樂坡前」，所據爲南宋官刻本，其跋云：「唐以進士爲重。《摭言》所載最爲詳備。刊之宜春郡齋。嘉定辛未重午日柯山鄭昉跋。」鄭跋之後，又有朱彝尊、王士禎跋，稱爲善本。長樂坡猶在，位於今西安市東北朝陽門外七公里處；據《唐兩京城坊考》，在禁苑之光泰門東七里。長樂坡下，有陝郡太守韋堅所開廣運潭，潭即漕運之終點，其近旁地勢高處有太倉。據《唐兩京城坊考》之《西京三苑圖》，光泰門外適有米倉村；據《通鑑·唐紀》與元元年所記，米倉村即在長樂坡上。因知所謂「飯顆山」者，實即其上有太倉之長樂坡也」;「飯顆山頭逢杜甫」亦即「長樂坡前逢杜甫」,二而一也。

〔二〕卓午,正午。

〔三〕太瘦生,歐陽修《六一詩話》:「唐人語也。至今猶以『生』爲語助,如『作麽生』、『何似生』之類是也。」據杜甫《進三大禮賦表》、《奉贈鮮于京兆二十韻》、《投簡咸華兩縣諸子》、《病後遇王琦飲贈歌》等所寫情狀,當時貧病交加,故李白驚「太瘦生」。

〔四〕此句雅雨堂本《摭言》作「只爲從來學詩苦」,更是杜甫自謙口氣。

【按】

兩宋本未收此詩,王本據《本事詩》增入,編于《詩文拾遺》中。前人或疑爲僞作,或謂李白以之嘲譏杜甫。郭沫若《李白與杜甫》辯之,略謂:詩之後二句一問一答,並非李白獨白,而是二人對話,極親切動人。杜甫作詩向來苦費心思,嘗曰:「爲人性癖耽佳句,語不驚人死不休。」「熟知二謝將能事,頗學陰何苦用心。」「清詩近道要,識子用心苦。」「苦用心」則「瘦」,甫《暮登四安寺鐘樓寄裴十迪》詩有句:「知君苦思緣詩瘦。」此即「借問别來太瘦生?總爲從前作詩苦」二句之注腳。要之,李白既非「嘲誚」、「戲贈」,亦非後人僞作;詩題中「戲」字,乃後人誤加。郭説可從。嘲戲之説既不能成立,詩題亦爲後人妄加。全詩口語化特點頗似口占,後人代爲加題亦當按李集中《口號贈楊徵君》等例,作《口號贈杜甫》爲是。

首句其所以一作「長樂坡前」而一作「飯顆山頭」者,或出於以下情况:乍見之下,脱口而出,故初作「長樂坡前」；稍後得知近年窘況，竟瀕於餓死，遂改爲「飯顆山頭」。將「太瘦生」之杜甫置於飯顆如山背景之前，頓使此詩成爲一幅諷刺漫畫，而時政可知。李白之爲長樂坡起一諢名（或者因有太倉之故，當時百姓即有此俗稱），其意蓋在斯乎？

述德兼陳情上哥舒大夫

李白幽州之行歸來，因目睹塞垣真象，預料安禄山必反，心甚憂之，意欲向朝廷陳獻濟時之策，遂於本年春有長安之行。此及以下十題均本年入長安作。哥舒大夫，即哥舒翰，其先蓋突騎施酋長哥舒之裔，世居安西，富於家財，倜儻好俠，能讀《左氏春秋》、《漢書》，通大義。天寶初年爲王忠嗣部將，數擊吐蕃有功，擢授右武衛將軍，充隴右節度副使，爲河源軍使。天寶六載，忠嗣被罪，玄宗召翰入朝，與語，悦之，遂以之代忠嗣爲隴右節度使，攝御史中丞。天寶八載，詔翰帥大軍攻吐蕃石堡城，不旬日而拔之。自是升賞有加，賜賚彌渥，加攝御史大夫，十一載又加開府儀同三司。是冬，與安禄山俱入朝。十二載兼河西節度使，封凉國公。其夏，破吐蕃洪濟、大漠門等城，收河源九曲。九月，進封西平郡王。見兩《唐書·哥舒翰傳》及《通鑑·唐紀》。大夫，即御史大夫，爲御史臺之長，是時節鎮以帶臺長爲榮。述德陳情，爲唐時上權要習用語。然此篇非同一般，乃孤臣危涕，孽子墜心之作也。詳見注釋及按語。

天爲國家孕英才，森森矛戟擁靈臺〔一〕。浩蕩深謀噴江海〔二〕，縱橫逸氣走風雷〔三〕。丈夫立身有如此，一呼三軍皆披靡〔四〕。衛青謾作大將軍，白起真成一豎子〔五〕。

【注釋】

〔一〕森森，茂密貌。靈臺，謂心。《莊子·庚桑楚》：「不可内於靈臺。」郭象注：「靈臺，心也。」句謂哥舒胸有甲兵巨萬。

〔二〕浩蕩句，暗用《後漢書·馬援傳》：「（援）又善用兵策，（光武）帝常言：『伏波論兵，與我意合。』援卒後，爲人誣陷獲罪，不得歸葬。同郡朱勃詣闕上書，爲其述功辨冤曰：「援奉詔西使，鎮慰邊衆。乃招集豪杰，曉誘羌戎。謀如涌泉，勢若轉規。遂解倒懸之危，存幾亡之城。」句由「謀如涌泉」變而爲「浩蕩深謀噴江海」，意在企望哥舒效法馬援足智多謀，且有以上之。

〔三〕縱橫句，擬哥舒爲駿馬，冀其急起奔馳，以赴國難。暗用《南齊書·丘巨源傳》「帝擇逸翰，赴罻羅之會」一事：南朝劉宋後廢帝時，江州刺史江陽王劉休範舉兵反。左衛將軍蕭道成（後受禪爲齊高帝）等將領，或出新亭，或屯白下，或戍石頭，或衛殿廷。布署既畢，叛軍隨至，衆即聚殲之，亂遂平。見《南史·宋本紀》及《宋書》、《齊書》有關紀傳。羅，捕捉鳥獸之網。罻羅之會，平定叛亂之役。以上二句，非是頌德，乃是陳情（或陳策）。既用馬援「謀如涌泉」以激勵之，又用蕭道成「罻羅之會」以策動之。企望哥舒速定大計，聚殲叛賊安禄山，以救國家而安天下。

〔四〕丈夫，即大丈夫，謂哥舒。三軍，猶言衆軍。披靡，此用《文選》司馬相如《上林賦》：「應風披靡，吐芳揚烈。」五臣注：「向曰：披靡，謂從風傾倒貌。」二句承上，意謂哥舒誠能若是，必爲衆望所歸，三軍皆受號令。

〔五〕衛青，漢武帝時名將，前後七次出擊匈奴，屢立戰功，官至大將軍。《史記》、《漢書》均有傳。以言相欺曰謾。謾作，虛作之意。白起，秦昭王時名將，善用兵，戰勝攻取，凡七十餘城，封武安君。《史記》有傳。豎，童僕。豎子，詈人語。《史記·平原君傳》：「毛遂按劍而前曰：『白起，小豎子耳。』」二句亦承上，意謂哥舒誠能若是，秦漢名將皆望塵莫及矣。

【集説】

胡震亨云：上大帥只此數言，亦太潦草矣。（《李詩通》）

劉世教云：按此詩述德有之，而無陳情之辭，疑有闕文。

詹鍈云：必爲僞作無疑。（《李白論叢》）

【按】

哥舒翰之爲天寶名將，全在邊功；其邊功又以天寶八載青海石堡之役特受恩寵。而哥舒之遭物議亦在此役，蓋以其窮兵黷武，殘民以逞，大違持重安邊之道，故李、杜皆有詩抨擊之。禍首固爲玄宗，但哥舒亦不能辭其咎。似此，哥舒有何德可頌？故知詩中揄揚之辭，非謂已然，乃謂將然；非是濫事吹捧，乃是企望之。其所以擬哥舒爲駿馬者：一是由于哥舒先世爲突騎施之首領，突騎施爲西突厥之一部。突厥馬體魄健壯，善走致遠，爲唐時戰馬之主要來源。武德以來，突厥貢馬史不絶書，開、天之世，猶有突騎施貢馬記載。李白《天馬歌》曰：「天馬來出月支窟。」月支，又作月氏，漢時西域國名。原在祁連山下，後爲匈奴攻破，一部遷至伊犁河上游，稱大月氏。唐時突騎施所在，即漢時大月氏故地，「天馬」之故鄉也（以上參考〔法〕沙畹《西突厥史料》）。二是由于哥舒之名「翰」與「鶾」通。據《説文》：「『翰』爲山鷄，從羽軌聲」；「『鶾』爲長毛馬，從馬軌聲。同音假借，其來已久。《易·賁》「白馬翰如」。疏：「鮮潔其馬，其色翰如。」《禮記·檀弓》：「殷人尚白……戎事乘翰。」注：「翰，白色馬也。……又作鶾。」故知哥舒之名翰，既因其來自天馬之故鄉，又取義于《易·賁》與《禮記·檀弓》。其姓名之含義在唐時至顯，李白以駿馬擬之實屬自然。此句不但以駿馬擬之，且以「逸翰」（疾馳之馬）、「赴罻羅之會」屬望之，更以「走風雷」期許之。《易·屯》：「雲雷屯，君子以經綸。」疏：「言君子法此屯象，以經綸天下。」象：「屯，難也。剛柔始交而難生。」后世因謂世運艱難爲「屯難」，「屯難」之世，亦是志士仁人大有作爲之時。故言「君子法此屯象，以經綸天下。」似此，則李白對哥舒期許之高，屬望之殷可知矣。其上詩哥舒之意非戢禍亂于未發而何？

或謂：李白既是出于憂國憂民之心，陳獻濟時之策，何不徑向玄宗上書，而向哥舒上詩何爲？李白之所以不走玄宗之前門，而走哥舒之後門，蓋不得已也。且不説「君之堂兮千里，君之門兮九重」，只看當時玄宗已昏瞶到何種程度：天寶季葉以來，凡言禄山有異志者，玄宗皆不聽，反而益發寵信之。十載以后，「有言禄山欲反者，上皆縛送之。由是人皆知其將反，無敢言者」。見《通鑑·唐紀》，兩《唐書·安禄山傳》記載略同。杜甫已形之于吟詠：「主將位益崇，氣驕凌上都。邊人不敢議，議者死路衢。」見《後出塞五首》。故知李白當時若上書朝廷，無異自取滅亡。即使甘以身殉，終無補於事。

或謂：此詩如此曲折幽深，哥舒以一介武夫如何懂得？史稱哥舒能讀左氏《春秋》，通大義。「大義」，非大意，大概，大略。《漢書・劉歆傳》云：「及夫子没而微言絶，七十子終而大義乖。」微言與大義并舉，故知「通大義」者，即能通「春秋」寓褒貶、别善惡之微言大義也。史又稱，忠嗣獲罪，翰被召入朝，受封已畢，極言忠嗣之冤，涕泣而道，玄宗感悟而寬之。忠嗣未陷極刑，翰之力也，朝廷稱其義。皆見兩《唐書》本傳。李白必是有鑒于此，故以興寄遥深之詩以上之，以微言大義以感之。是時朝野上下皆知幽州危機日亟，哥舒素與禄山有隙，豈能不知？故可斷言，此詩之沉思翰藻對于哥舒非若後世之難解，「逸翰」之語，「罻羅之會」，在開、天之世，亦非僻典。至于詩上不報，當係因哥舒深知幽州之事難于回天，而自度亦非回天之人，非若李白詩人性格，徒憑一時熱情行事。況哥舒此時已老而且病，次年即以風疾歸休。兩年後，安史之亂作矣。

此詩金匱既啟，深覆盡發，前此種種疑點（或疑其太潦草，或疑其有闕文，或疑其爲僞作），皆迎刃而解，如土之委地。似此，其非本年三入長安之作而何？

走筆贈獨孤駙馬

獨孤駙馬，即獨孤明。玄宗女信成公主下嫁獨孤明，見《新唐書・諸帝公主列傳》。

都尉朝天躍馬歸〔一〕，香風吹人花亂飛。銀鞍紫鞚照雲日，左顧右盼生光輝〔二〕。是時僕在金門裏，待詔公車謁天子〔三〕。長揖蒙垂國士恩〔四〕，壯心剖出酬知己。一別蹉跎朝市間，青雲之交不可攀。儻其公子重迴顧，何必侯嬴長抱關〔五〕？

【注釋】

〔一〕都尉，即駙馬都尉，漢武帝時置。魏晉以後，帝婿例加此稱號，簡稱駙馬或都尉。此謂獨孤明。

〔二〕紫鞚，即以紫色絲繩爲絡之馬勒。左顧右盼，得意之貌。以上四句回憶當年初遇獨孤情景。

〔三〕金門，即金馬門。《三輔黄圖》：「金馬門，宦者署。武帝得大宛馬，以銅鑄像，立於署門，因以爲名。東方朔、主父偃、嚴安、徐樂，皆待詔金馬門，即此。」公車，漢代官署名。《漢書·東方朔傳》：「朔上書，高自稱譽。上偉之，令待詔公車。」二句指天寶初待詔翰林事。

〔四〕國士，國中傑出之人才。《史記·淮陰侯列傳》：「諸將易得耳，至若信者，國士無雙。」二句意謂：獨孤當年以國士之禮相待，己亦視之爲知己。

〔五〕侯嬴，戰國時魏之隱士，年七十，家貧，爲大梁夷門監者。信陵君以爲上客。後以計謀助信陵君卻秦救趙。詳見開元十九年《俠客行》詩注。抱關，守門，此喻貧賤。二句有求助之意。

【按】

《新唐書·楊貴妃傳》載：信成公主以與妃家忤，致獨孤明失官，唯年月不詳。即使在失官以後，白與之相遇時亦可贈之以詩。因信成并未另嫁，獨孤仍爲帝婿也。詩中以侯嬴抱關自喻，并冀其「迴顧」，白之年齡與景況可知。如非本年在長安，其爲何時耶？

贈韋侍御黄裳二首

韋黄裳，京兆府杜陵人，見《元和姓纂》。天寶九載頃爲萬年縣尉，見兩《唐書·王鉷傳》。後爲殿中侍御史，見《御史臺精舍碑銘》。乾元元年十二月，以昇州刺史遷蘇州刺史、浙西節度觀察使，見《舊唐書·肅宗紀》。題中既稱黄裳爲侍御，則贈詩之時，黄裳當爲殿中侍御史；由其二首句亦可知。殿中侍御史，從七品上，居殿中，察非法。見《唐六典》。

太華生長松〔一〕，亭亭凌霜雪。天與百尺高。豈爲微飈折？桃李賣陽艷〔二〕，路人行且迷。春光掃地盡，碧葉成黄泥。願君學長松，慎勿作桃李。受屈不改心，然後知君子。

【注釋】

〔一〕太華，即西岳華山。自此以下四句以長松喻君子。

〔二〕賣，賣弄。自此以下四句以桃李喻小人。

其　二

見君乘驄馬〔一〕，知上太行道〔二〕。此地果摧輪，全身以爲寶。我如豐年玉〔三〕，棄置秋田草。但勗冰壺心，無爲嘆衰老〔四〕。

【注釋】

〔一〕驄，馬之毛色青白者。乘驄馬，謂黄裳任侍御史。《後漢書・桓典傳》：「（典）舉高第，拜侍御史。是時宦官秉權，典執政無所迴避。常乘驄馬，京師畏憚，爲之語曰：行行且止，避驄馬御史。」

〔二〕太行道，喻艱險之仕途。曹操《苦寒行》：「北上太行山，艱哉何巍巍。羊腸坂詰屈，車輪爲之摧。」

〔三〕豐年玉，《世説・賞譽》：「世稱庾文康爲豐年玉。」劉孝標注：「謂亮有廊廟之器。」上句憶昔待詔翰林時，下句謂己被斥去朝後。

〔四〕冰壺，鮑照《代白頭吟》：「清如玉壺冰。」二句自勵。

【按】

韋黄裳任侍御年月無確考，然必在天寶九載以後，乾元元年十二月以前。其官職既爲殿中侍御史，則其人必在長安。白與韋相見并贈以此詩，唯有本年在長安時。

一百四十年　古風其四十六

一百四十年〔一〕，國容何赫然。隱隱五鳳樓，峨峨横三川〔三〕。王侯象星月，賓客如雲烟〔三〕。鬬鷄金宫裏，蹴蹹瑶臺邊〔四〕。舉動摇白日，指揮回青天〔五〕。當塗何翕忽〔六〕，失路長棄捐。獨有揚執戟，閉關草《太玄》〔七〕。

【注釋】

〔一〕一百四十年，謂唐之國祚。唐自武德元年（六一八）至本年（七五三），得一百三十六年。此舉成數。

〔二〕三川，《初學記》卷六引《關中記》：「涇與渭、洛，爲關中三川。」

〔三〕以上六句，兩宋本、繆本、王本俱注云：「一本首六句云：帝京信佳麗，國容何赫然！劍戟擁九關，歌鐘沸三川。蓬萊象天構，珠翠誇雲仙。」

〔四〕鬬鷄，玄宗好鬬鷄，貴臣外戚皆尚之。蹴蹹，亦作蹴鞠，球戲。《荆楚歲時記》：「劉向《别録》曰：蹴蹹，黄帝所造，本兵勢也，或云起於戰國。按蹹與毬同，古人蹋蹹以爲戲也。」唐時宫城、禁苑俱有球場，見《兩京城坊考》。

〔五〕二句謂權貴氣焰。

〔六〕當塗，即當權。《韓非子·孤憤》：「當塗之人擅事要，則内外爲之用矣。」翕忽，迅疾貌。張協《七命》：「翕忽揮霍，雲迴風烈。」

〔七〕揚執戟，即揚雄。曹植《與楊德祖書》：「昔揚子雲，先朝執戟之臣耳。」《漢書·揚雄傳》：「哀帝時，丁、傅、董賢用事，諸附離之者，或起家至二千石，時揚雄方草《太玄》，有以自守，泊如也。」揚雄《太玄經》爲仿《易》之作，多言吉凶禍福事。此處或以草《玄》喻其所欲獻之濟時策。

【集説】

蕭云：此篇前六句大意謂：有唐得國之久如此，國容之盛如此，王侯賓客又如此，所謂金宫瑶臺正當爲延賢之地，今乃爲鬭雞蹴踘之場。白日青天，以比其君。鬭雞蹴踘，明皇所好。此等得志用事，舉動指揮，足以動摇主聽。「當塗何翕忽」，以喻得其蹊徑而依附之者，可以翕忽而暴貴。「失路長棄捐」，以喻不得其蹊徑而不依附之者，終於棄捐而不見用。惟儒者獨有定守，閉門著書而已，此詩刺時之作也。

徐禎卿云：「當塗」以後，蕭説未善。蓋言此輩得志之人據要路則氣焰揮霍，而失路者則終於棄捐而不用也。唯揚子雲則閉門著書，以道自守，不以得喪爲心。（四部本李集）。

胡云：自武德迄天寶十四載恰百四十年，豈得詩作於此年歟？

王云：唐自武德元年到天寶十四載，得一百三十八年。此詩約是天寶初年太白在翰林時所作。「四」字疑誤。

又云：太白意謂此輩幸臣，當其得志不過翕忽之頃，一朝失寵，長於棄捐不用。蓋言不足恃之意。而蕭注謂：得其蹊徑而依附之，可以翕忽而暴貴；不得其蹊徑而不依附，終於棄捐而不用。似失其解。

詹鍈云：按太白《爲宋中丞請都金陵表》云：「皇朝百五十年，金革不作。」謂至天寶十四載，唐有天下已百五十年，則此詩當是天寶四載左右被讒去朝後作。

【按】

以上諸説於本詩作年均未諦。自武德元年（六一八）至天寶元年（七四二），僅一百二十五年；至天寶四載（七四五），僅一百二十八年，均不得云一百四十年。自武德元年（六一八）至天寶十四載（七五三），得一百三十八年。雖近似一百四十之數，然其時李白在江東，未至長安，而此詩顯係作於長安。當塗，當指時相；失路，當係自謂。天寶初年，李林甫已爲相多年，不得云「翕忽」；李白時在翰林，不得云「長棄捐」。其時朝政尚未至成、哀之世，亦不得用揚雄草《玄》一事。若以此詩繫本年，自然情通理順。自武德元年至本年得一百三十六年，舉成數故可云一百四十年。當塗，指楊國忠。國忠，初名釗，楊玉環從祖兄，天寶初年尚未入朝任職。天寶四載八月，册玉環爲貴妃時，推恩僅及銛、錡而不及釗。其時，釗僅係蜀中一小吏，奉劍南節度使章仇兼瓊之差遣，獻春綈於京師，因楊氏姊妹引見，始得隨侍奉官出入禁中，專掌樗蒲（賭博）之事。天寶九載，官至兵部侍郎兼御史中丞，賜名國忠。至天寶十一載十一月竟代李林甫而爲相，凡領四十餘使，貴震天下。李白本年春入長安正值國忠新任相職，故有「當塗何翕忽」之嘆。白至天寶三載去朝至此已十年，長期淪落在野，故有「失路長棄捐」之嘆。末二句顯係以揚雄自喻。揚雄白首草玄，白時年五十三，擬雄亦切。

咸陽二三月　古風其八

咸陽二三月〔一〕，宫柳黄金枝。緑幘誰家子？賣珠輕薄兒〔二〕。日暮醉酒歸，白馬驕且馳。意氣人所仰，冶遊方及時。子雲不曉事，晚獻長楊辭〔三〕。賦達身已老，草玄鬢若絲〔四〕。投閣良可歎，但爲此輩嗤〔五〕。

【注釋】

〔一〕咸陽，秦漢古都，此借指長安。

〔二〕二句用董偃事。漢武帝姑館陶公主，號竇太主，寡居，近幸董偃。始偃與母以賣珠爲事，隨母出入主家。左右言其姣好，主召見曰：「吾爲母養之。」因留第中，至年十八而冠，出則執轡，入則侍内。以主故，諸公接之，名稱城中，號曰董君。安陵爰叔與偃善，謂偃曰：「足下私侍漢主，挾不測之罪，將欲安處乎？何不白主，獻長門園，此上所欲也。如是，則上知計出於足下，則安枕而卧，長無慘怛之憂。」偃入言之主，主立奏書獻之，上大悦，更名主園爲長門宫。爰叔又爲偃畫見上之策。上臨山林，主自執宰蔽膝，道入，坐未定，上曰：「願謁主人翁。」主乃下殿，去簪珥，徒跣頓首請罪，有詔謝。主簪履起，之東廂自引董君。董君緑幘傅韝，隨主前，伏殿下。主乃贊：「館陶公主庖人臣偃昧死再拜謁。」上爲之起。有詔賜衣冠上坐。當是時，董君見尊不名，稱爲「主人翁」，飲大歡樂。於是董君貴寵，天下莫不聞。見《漢書·東方朔傳》。緑幘，賤人之服。

〔三〕不曉事，謂不達時務。楊修《答臨淄侯箋》：「吾家子雲，老不曉事。强著一書，悔其少作。」二句自嘲，謂己亦如揚雄之不達時務，未能早獻歌功頌德之辭賦以博取功名富貴。

〔四〕二句謂此時獻賦爲時已晚，唯有效揚雄白髮草《玄》。參見上篇注〔七〕。

〔五〕投閣，用揚雄事。《漢書·揚雄傳》：「王莽時，劉歆、甄豐皆爲上公。莽既以符命自立，即位之後，欲絶其原，以神前事，而豐子尋、歆子棻復獻之。莽誅豐父子，投棻四裔，辭所連及，便收不請。時雄校書天禄閣上，治獄事使者來，欲收雄。雄恐不能自免，乃從閣上自投下，幾死。莽聞之曰：『雄素不與事，何故在此？』間請問其故，乃劉棻嘗從雄學奇字，雄不知情，有詔勿問。然京師爲之語曰：『惟寂寞，自投閣。爰清静，作符命。』」

【集説】

蕭云：子雲，白以自況也。此時戚里驕縱逾制，動致高位，儒者沉淪下僚。是詩必有所感諷而作。

唐汝詢云：此刺戚里驕横，而以子雲自況也。……所謂緑幘，必有所指。（《唐詩解》）

【按】

蕭、唐二家之説，大體得此詩之旨。緑幘，當指楊國忠。國忠素無行，既爲相，小人得志，猖狂無所顧忌。與貴妃姊虢國夫人有私，於宣陽坊中構連甲第，晝夜往來，無復期度，或并轡走馬入朝，公然調笑，不以爲羞，道路爲之掩目。國忠嘗謂客曰：「吾本寒家，一旦緣椒房至此，未知稅駕之所，然念終不能致令名，不若且極樂耳。」見兩《唐書》本傳及《通鑑·唐紀》。杜甫《麗人行》即作於本年春（據黄鶴繫年），仇兆鰲注：「此詩刺諸楊遊宴曲江之事。」白此詩與《麗人行》爲同時同類之作。

倚劍登高臺　古風其五十四

倚劍登高臺〔一〕，悠悠送春目〔二〕。蒼榛蔽層丘，瓊草隱深谷〔三〕。鳳鳥鳴西海〔四〕，欲集無珍木。鸒斯得所居，蒿下盈萬族〔五〕。晉風日已頹，窮途方慟哭〔六〕。

【注釋】

〔一〕倚劍，《文選》江淹《雜體詩》：「倚劍臨八荒。」李周翰注：「倚，佩也。」

〔二〕送春目，春日遠望。

〔三〕以上四句，兩宋本、繆本俱注云：「一本首四句以下云：翩翩衆鳥飛，翱翔在珍木。群花亦便娟，榮耀非一族。歸來愴途窮，日暮還慟哭。」

〔四〕鳳鳥，兩宋本、繆本均作鳳凰。西海，猶秦海，指長安。《上安州裴長史書》：「西入秦海，一觀國風。」二句謂鳳凰雖在長安出現，然無梧桐可棲。自喻。

〔五〕鸒斯，即烏鴉。鸒，音豫。二句謂烏鴉之屬呼儔引類，勢力日盛。指楊國忠輩。

〔六〕二句用阮籍事。《晉書・阮籍傳》：「時率意獨駕，不由徑路，車跡所窮，輒慟哭而返。」此以阮籍自喻，以晉風喻時政。

【集説】

蕭云：此篇首兩句乃居高見遠之意也。三句、四句比喻小人據高位而君子在野也。五句至八句蓋謂當時君子亦有用世之意，而在朝無君子以安之，反不如小人之得位，呼儔引類至於萬族之多也。末句借晉爲喻，謂如此則君子道消，風俗頹靡，居然可知。若阮籍之途窮然後慟哭，毋乃見事之晚乎？

徐禎卿云：窮途慟哭，蕭解未善。言風既頹矣，途既窮矣，方可慟哭而已。（四部本李集）

林兆珂云：此篇言當時用捨倒置，而禍亂將作，故借晉爲喻，而欲效阮籍之哭窮途也。（《李詩鈔述注》）

【按】

蕭説雖有可取之處，惜有未善。徐、林二説雖過於簡略，而「風既頹矣」、「途既窮矣」、「禍亂將作」諸語，似已感知此詩之作時在天寶季葉。今按《通鑑・唐紀》天寶十一載：「秋八月，癸巳，楊國忠奏有鳳皇見左藏庫屋，出納判官魏仲犀言鳳集庫西通訓門。」同年：「冬十月，己亥，改通訓門曰鳳集門；魏仲犀遷殿中侍御史，楊國忠屬吏率以鳳皇優得調。」詩中「鳳鳥」、「鸒斯」諸句之感慨，當與此事有關。

殷后亂天紀　古風其五十一

殷后亂天紀，楚懷亦已昏〔一〕。夷羊滿中野〔二〕，菉葹盈高門〔三〕。比干諫而死〔四〕，屈平竄湘源〔五〕。虎口何婉孌〔六〕？女嬃空嬋娟〔七〕。彭咸久淪没〔八〕，此意與誰論？

【注釋】

〔一〕殷后，即紂王，暴虐無道，爲周所滅。見《史記·殷本紀》。楚懷，即楚懷王，聽信奸佞，疏遠屈原，國政腐敗，後入秦不返，卒死於秦。見《史記·楚世家》。二句以殷紂王、楚懷王喻時君。

〔二〕王注：「《國語》：『商之興也，檮杌次於丕山。其亡也，夷羊在牧。』韋昭解：『夷羊，神獸。牧，商郊牧野。』」

〔三〕王注：「《離騷》：『薋菉葹以盈室兮，判獨離而不服。』王逸注：『薋，蒺藜也。菉，王芻也。葹，枲耳也。三者皆惡草，以喻讒諂盈滿於側也。』」

〔四〕比干，殷紂諸父。《論語·微子》：「比干諫而死。」紂淫亂，比干强諫，爲紂所殺。見《史記·殷本紀》。

〔五〕屈平，即屈原。竄，流放。屈原既疏，不復在位，憂愁幽思而作《離騷》。楚襄王立，又聽信讒言，遷屈原於湘江之南。屈原至於江濱，被髮行吟澤畔，顔色憔悴，形容枯槁。漁父見而問之曰：「子非三閭大夫歟？何故而至此？」屈原曰：「舉世混濁而我獨清，衆人皆醉而我獨醒，是以見放。」見《史記・屈原列傳》。

〔六〕虎口，用叔孫通事。秦二世召諸儒生問陳勝事，諸生謂反，請發兵，二世怒，令御史案之。叔孫通謂盜，不足憂，二世喜，拜爲博士。通出宫返舍，曰：「我幾不脱於虎口！」見《史記・劉敬叔孫通列傳》。

婉孌，纏綿之意。《文選》陸機《於承明作與士龍》：「婉孌居人思，紆鬱遊子情。」李善注：「方言曰：惋，歡也。惋與婉同。説文曰：孌，慕也。」句謂朝廷已如虎口，何必留戀。

〔七〕女嬃，兩宋本、繆本俱作女顔。此句與上句駢儷其辭，作女顔爲是。嬋娟，美好貌。此以嬋娟之女顔，喻己報國之忠心。

〔八〕《楚辭・離騷》：「雖不周於今之人兮，願依彭咸之遺則。」王逸注：「彭咸，殷賢大夫，諫其君不聽，自投水而死。」

【集説】

蕭云：此詩，比興之詩也。其作於貶責張九齡之時乎？太白此詩哀思怨怒，有感於時事而作。

陳沆云：此嘆明皇拒直諫之臣，張九齡、周子諒俱竄死。（《詩比興箋》）

詹鍈云：按《通鑑》開元二十五年，夏四月辛酉，監察御史周子諒彈牛仙客非相才。……流瀼州至藍田而死。李林甫言子諒張九齡所薦也。甲子貶九齡荆州長史。又開元二十八年二月，荆州長史張九齡卒。此詩之作當在九齡卒後。

【按】

前人皆謂此詩有感於時事而作，良是。但以此詩緣張九齡、周子諒而發，則非。殷后、楚懷，此昏暴之君也。開元季葉之玄宗在李白心目中不至於此。夷羊在野，菉葹盈門，此亂亡之象也。開元季葉之時局在李白心目中不至於此。開元季葉之李白亦絶不至於以朝廷爲虎口。此處之比干當指王忠嗣等人，屈平當係自喻。

酬王補闕惠翼莊廟宋丞泚贈别

王注：「詩題疑有舛錯。按睿宗子申王撝，開元八年薨，謚惠莊太子。宋泚必爲惠莊太子陵廟丞者也。翼則王補闕之名耳。惠翼當作翼惠爲是。」可從。諸太子廟俱在長安，廟有令一人，從八品上，丞一人，正九品下，司祭祀之事。王翼，《新唐書》宰相世系表有王翼，盩厔令；《唐文拾遺》有王翼，開元中司農少卿；《御史臺精舍碑銘》有王翼，殿中侍御史；《通鑑·唐紀》天寶九載有王翼，隨王鉷等人於寶仙洞中得玉石函獻之。未知孰是。宋泚無考。據詩中所言時局，當是本年將離長安時作。

學道三十春〔一〕，自言羲皇人。軒蓋宛若夢，雲松長相親〔二〕。偶將二公合，復與三山鄰〔三〕。喜結海上契，自爲天外賓。鸞翮我先鎩，龍性君莫馴〔四〕。樸散不尚古，時訛皆失真〔五〕。勿踏荒溪波，朅來浩然津〔六〕？薜帶何辭楚〔七〕，桃源堪避秦。世迫且離别〔八〕，心在期隱淪。酬贈非炯誡〔九〕，永言銘佩紳〔一〇〕。

【注釋】

〔一〕三十，咸本、蕭本俱作「三千」。句謂平生學道有年。

〔二〕軒蓋，借指爵禄。雲松，借指隱逸。楊注：「《説苑》：『翟璜乘車戴華蓋，田子方怪而問之，曰：吾禄厚，得此軒蓋。』齊宗測答豫章王嶷曰：『性同鱗羽，愛止山壑，眷戀松雲，輕迷人路。』」

〔三〕三山，謂海中三神山。

〔四〕翮，音合，羽莖，此指鳥翼。《文選》顔延年《五君咏》：「鸞翮有時鎩，龍性誰能馴？」李善注：「《淮南子》曰：飛鳥鎩羽。許慎曰：鎩，殘羽也。」

〔五〕樸散，謂淳樸之風散失。時訛，謂世風欺詐。參見本年《世道日交喪》（古風其二十五）、《玄風變太古》（古風其三十）二詩。

〔六〕荒，亡也。揚雄《太玄經》：「内不克婦，荒家及國。」《孟子・梁惠王》：「先生無流連之樂，荒亡之行。」荒溪波，喻荒亡之時政。朅來，何不來也。《詩詞曲語辭匯釋》：「李白《酬王補闕贈别》詩：『勿踏荒溪波，朅來浩然津。』此與勿字相應，言何不來浩然津也。浩然津猶云寬閑之野，寂寞之濱。」

〔七〕薜帶，王注：「王勩《遊北山賦》：『荷衣薜帶，藜杖葛巾。』薜帶用屈原語。屈原既爲楚所放逐，遷於阮湘之間，作《九歌》，其《山鬼》一章云『披薜荔兮帶女蘿』，蓋指山鬼而言，此用其意，指屈原以薜荔爲帶矣。」何，猶可，與下句堪字互文。

〔八〕世迫，世事危急。《史記·項羽本紀》：「於是張良至軍門，見樊噲。噲曰：『今日之事如何？』良曰：『甚急。今者項莊舞劍，其意常在沛公也。』噲曰：『此迫矣，臣請入，與之同命。』」

〔九〕炯誡，明戒也。班固《幽通賦》：「既訊爾以吉象兮，又申之以炯戒。」

〔一〇〕王注：「《論語》：子張書諸紳。何晏注：紳，大帶也。邢昺疏：子張以孔子之言，書之紳帶，意其佩服毋忽忘也。以帶束腰，垂其餘以爲飾，謂之紳。」

【按】

白自本年入長安獻策失敗後，遂屢有世風澆灕，大運淪忽之嘆，并屢以殷紂、楚懷等昏君喻玄宗，屢以秦末、三季等世事喻時局。此類比興爲他期所無，而爲此期僅有。觀本篇「樸散」、「時訛」之語，「辭楚」、「避秦」之語，「世迫」、「隱淪」之語，其思想感情及時局形勢實捨此期莫屬。繫年根據，不待外求。諸太子廟，開元二十二年詔停，天實六載又併爲七太子廟。題中「宋丞」之稱，當非現任，古時風習如此。

鄭客西入關　古風其三十一

鄭客西入關，行行未能已。白馬華山君，相逢平原里。璧遺鎬池君，明年祖龍死〔一〕。秦人相謂曰，吾屬可去矣。一往桃花源，千春隔流水〔二〕。

【注釋】

〔一〕鄭客，一作鄭容，《搜神記》卷四：「秦始皇三十六年，使者鄭容從關東來，將入函關，西至華陰，望見素車白馬，從華山上下。疑其非人，道住，止而待之。遂至，問鄭容曰：『安之？』答曰：『之咸陽。』車上人曰：『吾華山使也，原託一牘書，致鎬池君所。子之咸陽，道過鎬池，見一大梓，有文石，取款梓，當有應者，即以書與之。』容如其言，以石款梓樹，果有人來取書。明年，祖龍死。」祖龍，謂秦始皇。《史記集解》：「蘇林曰：祖，始也。龍，人君象。謂始皇也。」

〔二〕桃花源，又稱世外桃源，爲一虛構之境，相傳爲避亂之樂土。詳見晉陶潛《桃花源記》。

【集説】

徐禎卿云：此篇白惡世而思隱，故自託於秦人之言也。（四部本李集）

陳沆曰：皆遯世避亂之辭，託之遊仙也。（《詩比興箋》）

抱玉入楚國 古風其三十六

抱玉入楚國，見疑古所聞。良寶終見棄，徒勞三獻君〔一〕。直木忌先伐，芳蘭哀自焚〔二〕。盈滿天所損，沉冥道爲群。東海泛碧水〔三〕，西關乘紫雲〔四〕。魯連及柱史，可以躡清芬。

【注釋】

〔一〕以上四句用卞和事。《韓非子·和氏》：「楚人和氏，得玉璞楚山中，奉而獻之厲王。厲王使玉人相之，玉人曰：『石也。』王以和爲誑，而刖其左足。及厲王薨，武王即位，和又奉其璞而獻之武王。武王使玉人相之，又曰：『石也。』王又以和爲誑，而刖其右足。武王薨，文王即位，和乃抱其璞而哭於楚山之下，三日三夜，泪盡而繼之以血。王聞之，使人問其故，曰：『天下之刖者多矣，子奚哭之悲也？』和曰：『吾非悲刖也，悲夫寶玉而題之以石，貞士而名之以誑，此吾所以悲也。』王乃使玉人理其璞，乃得寶焉，遂命曰和氏之璧。」

〔二〕《莊子·山木》：「直木先伐，甘井先竭。」《太平御覽》引《金樓子》：「蚌懷珠而致剖，蘭含香而遭焚。」二句以因才賈禍自警。

〔三〕句用魯仲連事。《史記·魯仲連傳》：「彼秦者，棄禮義而上首功之國也。權使其士，虜使其民。彼即肆然而爲帝，過而爲政於天下，則連有蹈東海而死耳，吾不忍爲之民也。」

〔四〕句用老子事。《高士傳》卷上：「老子，字伯陽，陳人也，生於殷時，爲周柱下史，後周德衰，乃乘青牛車去，入大秦，過西關。關令尹喜望氣先知焉，乃物色遮候之。已而老子果至。乃强使著書，作《道德經》五千餘言，爲道家之宗。」

【集説】

蕭云：此篇感嘆之詩也。前四句，爲士不遇知己者嘆也。「直木忌先伐，芳蘭哀自焚」者，爲才士用世知進而不自退適以自累其身者嘆也。於是翻然悟曰，虧盈者天之道也，曷若沉冥隱晦，效魯連柱史之高舉遠蹈，與道爲群以保其身也哉。

徐禎卿云：此白自傷才不遇也，思遠舉以全身也。（四部本李集）

【按】

詩用和氏璧事，非止泛言良寶見棄。和氏獻璞，僅一獻、二獻失敗，三獻終於成功。詩云「良寶終見棄，徒勞三獻君」，下篇又云「良寶絶見棄，虚持三獻君」，顯係借此隱喻一生三次入長安均告失敗。

朅來荆山客 感興其七

朅來荆山客〔一〕，誰爲珉玉分〔二〕？良寶絶見棄，虚持三獻君。直木忌先伐，芳蘭哀自焚。盈滿天所損，沉冥道所群。東海有碧水，西山多白雲。魯連及夷齊，可以躡清芬。

【注釋】

〔一〕朅來，猶云何來。張相《詩詞曲語辭匯釋》：「李白《感興》詩：『朅來荆山客，誰爲珉玉分。』……言玉石不分之世，何來此獻璞之荆山客也。」

〔二〕珉，石之似玉者。鮑照《見賣玉器者》：「涇渭不可雜，珉玉當早分。」

【按】

此與上篇文字互有異同，蓋一時之兩傳者，故併繫於此。

天津三月時　古風其十八

本年自長安東歸，途經洛陽時作，抒今昔之感。

天津三月時〔一〕，千門桃與李。朝爲斷腸花〔二〕，暮逐東流水。前水復後水，古今相續流。新人非舊人，年年橋上遊。鷄鳴海色動，謁帝羅公侯〔三〕。月落西上陽〔四〕，餘輝半城樓。衣冠照雲日，朝下散皇州。鞍馬如飛龍，黄金絡馬頭。行人皆辟易〔五〕，志氣横嵩丘。入門上高堂，列鼎錯珍羞〔六〕。香風引趙舞，清管隨齊謳。七十紫鴛鴦，雙雙戲庭幽。行樂争晝夜，自言度千秋。功成身不退，自古多愆尤。黄犬空嘆息〔七〕，緑珠成釁讎〔八〕。何如鴟夷子，散髮棹扁舟〔九〕？

【注釋】

〔一〕天津，橋名，在洛陽。詳見開元二十年《洛陽陌》詩注。

〔二〕王注：「劉庭芝詩：可憐楊柳傷心樹，可憐桃李斷腸花。」

〔三〕楊注：「海色，曉色也。鷄鳴之時，天色昧明，如海氣朦朧然。」自此以下數句言上下朝事，乃是憶昔。

〔四〕上陽，宫殿名，唐高宗上元年間置，在洛陽禁苑之東，東接皇城西南隅。見《新唐書·地理志》。

〔五〕辟易，退避。

〔六〕列鼎，劉向《説苑·建本》：「列鼎而食。」錯，置也。

〔七〕句用李斯事。李斯臨刑，顧謂其中子曰：「吾欲與若復牽黄犬，出上蔡東門逐狡兔，豈可得乎？」見《史記·李斯列傳》。

〔八〕句用石崇事。緑珠，晉石崇歌妓，美而艷，善吹笛。時趙王司馬倫專擅朝政。崇欲圖倫，謀未發。倫有嬖臣孫秀，既貴，向崇求緑珠。崇不許。秀乃勸趙王倫誅崇。介士到門，緑珠跳樓而死。崇全家皆被殺。見《晉書·石崇傳》。

〔九〕鴟夷子，即范蠡。越既滅吴，范蠡乃乘扁舟，浮江湖，變姓名，適齊爲鴟夷子皮。見《史記·越王勾踐世家》。散髮，《後漢書·袁閎傳》：「延熹末，黨事將作，閎遂散髮絶世。」

【集説】

蕭云：此詩之作，其有所諷歟？大意蓋謂天津橋水閲人亦多矣。富與貴者自謂可以長保而不知退，安知其無李斯、石崇之禍乎？何如范蠡之勇退爲高也。

唐汝詢云：此嘆在朝之臣恃爵禄而不能退，終以取禍也。首以桃李爲比，見榮華之易盡。次以流水起興，見人代之數更。於是歷叙權貴豪奢之事。因言彼方溺於富貴之樂，自謂身可永存。不知功成不退未有不遭罪累者，李斯石崇之禍可鑒也。豈若范蠡之乘扁舟耶？（《唐詩解》）

《唐宋詩醇》云：此刺當時貴幸之徒，怙恃驕縱而不恤其後也。

詹鍈云：詩云：「鷄鳴海色動，謁帝羅公侯。……衣冠照雲日，朝下散皇州。」是年（開元二十三年）春，玄宗在東都，白親見上朝之盛，乃有此詩。

【按】

詹説未諦。此詩并非開元二十三年玄宗幸東都時紀事之作。如係該年親見上朝之盛而有此詩，何以前後感慨如是？觀「新人非舊人」句，顯係久別重來；觀「黄犬」、「緑珠」句，顯係大故將起；詩末「散髮」句與本年《宣州謝脁樓餞别校書叔雲》末句「明朝散髮弄扁舟」如出一轍。凡此種種，皆可以窺知「上朝之盛」乃反襯也。

憶崔郎中宗之遊南陽遺吾孔子琴撫之潸然感舊

崔宗之，見開元二十年《酬崔五郎中》題解。孔子琴，即夫子樣琴，詳見注釋。

昔在南陽城，唯餐獨山蕨〔一〕。憶與崔宗之，白水弄素月〔二〕。時過菊潭上〔三〕，縱酒無休歇。泛此黄金花，頽然清歌發。一朝摧玉樹〔四〕，生死殊飄忽。留我孔子琴〔五〕，琴存人已没。誰傳《廣陵散》〔六〕？但哭邙山骨〔七〕。泉户何時明〔八〕，長歸狐兔窟。

【注釋】

〔一〕獨山，王注：「《太平寰宇記》：獨山在南陽縣西三十里。《一統志》：豫山在南陽府城東北十五里，孤峰峭立，俗名獨山，下有三十六陂。」

〔二〕白水，在南陽城東。開元二十年有《遊南陽白水登石激作》詩。

〔三〕菊潭，《元和郡縣志》山南道鄧州菊潭縣：「因縣界内菊水爲名，屬鄧州（即南陽）。菊水出縣東石澗山。其旁多菊，水極甘馨。谷中三十餘家不復穿井，仰飲此水，皆壽百餘歲。」

〔四〕摧玉樹，謂宗之逝世。杜甫《飲中八仙歌》：「宗之蕭灑美少年，舉觴白眼望青天，皎如玉樹臨風前。」

〔五〕孔子琴，王注：「《文獻通考》：琴有一十八樣，究之雅度，不過伏羲、大舜、夫子、靈開、雲和五等而已。夫子樣長三尺六寸四分。《説略》：古琴惟夫子、列子二樣，皆肩垂而闊，非若今聳而狹也。惟此二樣乃合古制，或以夫子樣周遍皆作竹節樣，非古制。」

〔六〕《廣陵散》，琴曲名。《世説·雅量》：「嵇中散（康）臨刑東市，神氣不變，索琴彈之，奏《廣陵散》，曲終曰：『袁孝尼嘗請學此《散》，吾靳固不與，《廣陵散》於今絶矣。』」

〔七〕邙山，即北邙山，在洛陽城北，東漢諸陵及唐宋名臣墓多在此。

〔八〕泉户，猶泉下，謂冥中。

【按】

崔宗之卒年無考，度其時當在天寶中。此詩或爲本年出長安後東歸梁苑途經洛陽時所作。詩中所憶即開元二十年在南陽同遊事。

世道日交喪　古風其二十五

此及下篇，皆感慨世風敗壞之作。

世道日交喪〔一〕，澆風散淳源〔二〕。不采芳桂枝，反棲惡木根〔三〕。所以桃李樹，吐花竟不言〔四〕。大運有興没，群動争飛奔〔五〕。歸來廣成子，去入無窮門〔六〕。

【注釋】

〔一〕《莊子·繕性》：「世喪道矣，道喪世矣，世與道交相喪也。」蕭注：「世不知有道者之可尊，是世喪道矣。有道者見世如此，遂亦無心用世焉，非所謂道喪世者歟？故曰交相喪也。」

〔二〕澆風，澆薄之風。淳源，淳樸之源。《莊子·繕性》：「澆淳散樸。」蕭注：「淳源爲澆風所散，無復古道矣。澆，一音梟。」

〔三〕芳桂枝，喻忠良。惡木，喻奸佞。二句謂忠良不用而奸佞在位。

〔四〕桃李樹，喻賢人。二句謂賢人見世風如此，遂獨善其身而終身隱默。

〔五〕大運，即天運，此指國運。群動，謂鳥獸，此喻世人。二句謂國運將衰，而世人唯知擾攘於名利聲色之場，與下篇「擾擾季葉人，鷄鳴趨四關」句意同。

〔六〕廣成子，古之仙人，居崆峒之山。黄帝聞而造訪，請問治身之要。廣成子語以「至道之精，窈窈冥冥；至道之極，昏昏默默。」末曰：「吾將去汝，入無窮之門，以遊無極之野。」見《莊子·在宥》。二句以廣成子自喻。

玄風變太古 古風其三十

玄風變太古，道喪無時還〔一〕。擾擾季葉人，雞鳴趨四關〔二〕。但識金馬門，誰知蓬萊山〔三〕？白首死羅綺，笑歌無休閑〔四〕。淥酒哂丹液，青娥凋素顔〔五〕。大儒揮金椎，琢之詩禮間〔六〕。蒼蒼三珠樹，冥目焉能攀〔七〕？

【注釋】

〔一〕玄風，謂上古淳樸之風。蕭統《文選序》：「式觀元始，妙覿玄風。」二句與上篇首二句「世道日交喪，澆風散淳源」意略同。

〔二〕季葉，末世。四關，長安、洛陽均有四關，此借指京師之地。王注：「李善《文選》注：陸機《洛陽記》曰：洛陽有四關，東成皋，南伊闕，北孟津，西函谷。《史記索隱》：關中，咸陽也。東函谷，南嶢、武，西散關，北蕭關，在四關之中。」

〔三〕金馬門，見本年《走筆贈獨孤駙馬》詩注，此代指朝廷。蓬萊山，海中仙山。二句謂世人但知求仕，不知求仙。

〔四〕二句謂世人但求終身在富貴安樂之中。

〔五〕淥酒，代指享樂。丹液，代指學道。陳子昂《感遇》：「酣酒笑丹經。」青娥，美貌。揚雄《方言》：「秦晉間美貌謂之娥。」二句承上，謂彼輩方以淥酒譏笑丹液之時，青娥已凋於素顏矣。猶言富貴享樂不能久長。二句，兩宋本、繆本、王本俱注云：「一作『萋萋千金骨，風塵凋素顔』。」

〔六〕大儒，此指欺世盜名之徒。琢之，兩宋本、繆本、王本俱注云：「一作發塚。」《莊子·外物》：「儒以詩禮發塚。大儒臚傳曰：『東方作矣，事之何若？』小儒曰：『未解裙襦，口中有珠。』『《詩》固有之曰：青青之麥，生於陵陂。生不布施，死何含珠爲？接其鬢，壓其顪，而以金椎控其頤，徐別其頰，無傷口中珠。』」

〔七〕三珠樹，喻大道。《山海經·海外南經》：「三珠樹，在厭火北，生赤水上，其爲樹如柏，葉皆爲珠。」

【集説】

蕭云：此詩太白感時憂世之作也。意謂古道日喪，季世之人不復返樸，汩没於名利聲色之場，至死不悟。所謂儒者，又皆假經欺世，借儒術以行其竊取之心。漢諺所謂「懸牛頭，賣馬脯；盜跖行，孔子語」者皆是也。彼豈知大道無爲自然之化哉？三珠之樹，喻大道也。雖蒼蒼在前，乃如之人目，冥然無見，安能攀而至乎？憂憤之意，微而顯矣。

王云：三珠樹乃仙境所生。「冥目焉能攀」，謂至死而不得採，以照上文「誰知蓬萊山」之意。

三季分戰國　古風其二十九

此及下篇皆預感天下將亂而思遁世之作。

三季分戰國，七雄成亂麻〔一〕。王風何怨怒〔二〕，世道終紛拏〔三〕。至人洞玄象，高舉凌紫霞〔四〕。仲尼欲浮海〔五〕，吾祖之流沙〔六〕。聖賢共淪没，臨岐胡咄嗟〔七〕？

【注釋】

〔一〕三季，《漢書·叙傳》：「三季之後，厥事放紛。」顔師古注：「三季，三代之末也。」三代之末分爲戰國，齊、楚、燕、趙、韓、魏、秦，號稱七雄。

〔二〕楊注：「王風，王國之風，《黍離》以下是也。」朱熹《詩集傳》：「（平王）徙居東都王城。於是周室遂卑，與諸侯無異，故其詩不爲雅而爲風。然其王號未替也，故不曰周，而曰王。」《詩·大序》：「亂世之音怨以怒，其政乖。」

〔三〕紛拏，亦作紛挐，亂相持搏也。《史記·衛將軍驃騎傳》：「時已昏，漢、匈奴相紛挐，殺傷大當。」拏，音拿。

〔四〕楊注：「至人，至德之人。至人洞知天數。不興堯舜之運，乃高舉遠引，出風塵之表。」

〔五〕《論語·公冶長》：「子曰：道不行，乘桴浮於海。」

〔六〕吾祖，謂老子。《列仙傳》：「關令尹喜者，周大夫也。……老子西遊，喜先見其氣，知有真人當過，物色而遮之，果得老子。老子亦知其奇，爲著書授之。後與老子俱遊流沙化胡，服苣勝實，莫知其所終。」

〔七〕咄，音多，感嘆聲。

【集説】

蕭云：此詩其作於安史亂離之後，遭難被黜之時乎？不然，何有羨乎古人之高飛遠舉者耶？其志亦可哀矣。

徐禎卿云：此篇白厭世亂而思去之之詞也。（四部本李集）

【按】

觀「至人洞玄象」句，可知首四句爲將然之辭，非謂已亂。

戰國何紛紛　古風其五十三

戰國何紛紛，兵戈亂浮雲。趙倚兩虎鬬〔一〕，晉爲六卿分〔二〕。姦臣欲竊位，樹黨自相群。果然田成子，一旦殺齊君〔三〕。

【注釋】

〔一〕兩虎，謂廉頗、藺相如。《史記·廉頗藺相如列傳》：「相如曰：强秦之所以不敢加兵於趙者，徒以吾兩人在也。今兩虎共鬬，其勢不俱生。」

〔二〕《史記·太史公自序》：「六卿專權，晉國以秏。」六卿，春秋時，范、中行、知、趙、韓、魏六大家族，世代爲晉卿。

〔三〕田成子，齊大夫陳恒，魯哀公十四年弒其君簡公。《莊子·胠篋》：「田成子一旦殺齊君而盜其國。」

【集説】

蕭云：此詩其作於天寶間乎？

陳沆云：此即《遠别離》篇「權歸臣兮鼠變虎」之意。内倚權相，外寵驕將，卒之國忠、禄山兩虎相鬭，遂致漁陽之禍。（《詩比興箋》）

遠别離

《遠别離》，《樂府詩集·雜曲歌辭》名。本年秋，李白自梁園南下宣城。此詩作於南下以前，借舜與二妃生死之别，寫其遠遊之際繫念君國之情。

遠别離〔一〕。古有皇英之二女〔二〕，乃在洞庭之南，瀟湘之浦〔三〕。海水直下萬里深，誰人不言此離苦〔四〕？日慘慘兮雲冥冥，猩猩啼烟兮鬼嘯雨〔五〕。我縱言之將何補？皇穹竊恐不照余之忠誠〔六〕。雷憑憑兮欲吼怒，堯舜當之亦禪禹〔七〕。君失臣兮龍爲魚，權歸臣兮鼠變虎〔八〕。或云堯幽囚，舜野死〔九〕。九疑聯綿皆相似，重瞳孤墳竟何是〔一〇〕？帝子泣兮緑雲間〔一一〕，隨風波兮去無還。慟哭兮遠望，見蒼梧之深山。蒼梧山崩湘水絶，竹上之淚乃可滅〔一二〕。

【注釋】

〔一〕遠别離，《河嶽英靈集》無此三字。

〔二〕皇英，謂娥皇、女英，堯之二女，舜之二妃。

〔三〕瀟湘，二水名。湘水，一名湘江，發源於廣西，東北流入湖南，至零陵合瀟水，曰瀟湘。又北流至長沙，入洞庭湖。《水經注·湘水》：「大舜之陟方也，二妃從征，溺於湘江，神遊洞庭之淵，出入瀟湘之浦。」浦，水濱。

〔四〕王注：「海水直下二句是倒裝句法。謂生死之别永無見期，其苦如海水之深，無有底止也。」

〔五〕慘慘，無光貌。冥冥，陰晦貌。《楚辭·九歌·山鬼》：「杳冥冥兮羌晝晦，東風飄兮神靈雨。」

〔六〕皇穹，天也，此指朝廷。二句謂竊恐己之忠誠不見察於朝廷，即使上書建言，亦無濟於事。此處疑有錯簡，上下句次序互乙，以致失韻。前人以上句屬上文，以下句屬下文，恐未當。

〔七〕《左傳》昭公五年：「震雷憑怒。」杜預注：「憑，盛也。」《莊子·外物》：「陰陽錯行，天地大駭，於是有雷有霆。」二句謂禍亂將作，帝位堪虞。

〔八〕君失臣，謂君失賢臣。權歸臣，謂權歸奸臣。

〔九〕《史記·五帝本紀》正義：「《括地志》云：故堯城在濮州鄄城縣東北十五里。《竹書》云昔堯德衰，爲舜所囚也。」《國語·魯語》：「舜勤民事而野死。」韋昭注：「野死，謂征有苗，死於蒼梧之野。」

〔一〇〕九疑，山名。《山海經·海内經》：「南方蒼梧之丘，蒼梧之淵，其中有九疑山，舜之所葬，在長沙零陵界中。」郭璞注：「其山九谿皆相似，故云九疑。」重瞳，謂舜。《史記·項羽本紀》：「吾聞之周生曰：舜目蓋重瞳子。」

〔一一〕帝子，爲娥皇、女英。《九歌·湘夫人》：「帝子降兮北渚。」王逸注：「帝子，謂堯女也。」緑雲，謂竹。

〔一二〕竹上之淚，《述異記》：「舜南巡，葬於蒼梧之野。堯之二女娥皇女英追之不及，相與慟哭，淚下沾竹，竹上文爲之斑斑然。」末二句意謂：皇、英之淚，必至山崩水絶方可消滅；猶言此恨綿綿，無有絶期也。

【集説】

蕭云：此篇前輩咸以爲上元間李輔國矯制遷上皇於西内時太白有感而作。余曰，非也。爲是説者蓋未嘗以全篇詩意觀之。此詩大意謂無借人國柄，借人國柄則失其權，失其權則雖聖哲不能保其社稷妻子焉，其禍有必至之勢也。詩之作其在天寶之末乎？按唐史高力士傳，天寶中，帝嘗曰：「朕春秋高，朝廷細務問宰相，蕃夷不龔付諸將，寧不暇邪！」又嘗齋大同殿，力士侍，帝曰：「海内無事，朕將吐納導引，以天下事付林甫，若何？」自是國權卒歸於林甫、國忠，兵權卒歸於禄山、舒翰。太白熟觀時事，欲言則懼禍及己，不得已而形之詩章，聊以致其愛君憂國之志。所謂皇、英之事，特借之引喻發興耳。曰日曰皇穹者，所以比其君，而雲則其臣也。「日慘慘兮雲冥冥」者，喻君昏於上而權臣障蔽於下也。「猩猩啼烟兮鬼嘯雨」者，極小人之形容而政亂之甚也。「我縱言之將何補」者，謂時事如此矣，我縱言之，誠恐君不以我爲忠，而適以取憎於權臣也。「堯舜當之亦禪禹」而下數句，乃是太白所欲言之事，謂權歸於臣，其禍必至於此。末句曰「蒼梧山崩湘水絶，竹上之泪乃可滅」者，白意若曰，事若至此，是抱萬古之恨與山水而無窮也。詩意切直著明，流出胸臆，非識時憂世之士，存懷君忠國之心者，其孰能與於此哉？

范梈云：此篇最有楚人風。所貴乎楚言者，斷如復斷，亂如復亂，而辭意反復行乎其間者，實未嘗斷而亂也。使人一唱三嘆，而有遺音。（《李翰林詩選》）

王夫之云：工部譏時語開口便見，供奉不然，習其讀而問其傳，則未知己之有罪也。工部緩，供奉深。（《唐詩評選》）

陳沆云：此篇或以爲肅宗時李輔國矯制遷上皇於西内而作。或以爲明皇内任林甫，外寵禄山而作。皆未詳繹篇首英皇二女之興，篇末帝子湘竹之泪，託興何指也。本此以繹全詩，其西京初陷，馬嵬賜死時作乎？「海水直下萬里深，誰人不言此離苦」，言天上人間永訣也。「我縱」以下，乃追痛禍亂之源。方起伏而未發，忠臣智士結舌吞聲，人人知之而不敢言。一旦禍起不測，天地易位，「六軍不發無奈何，宛轉娥眉馬前死」，「君失權兮龍爲魚，權歸臣兮鼠變虎」之謂也。「或云」以下，乃蒼皇西幸，傳聞不一之詞，故有幽囚、野死之議。「帝子」以下，乃又反復流連以哀痛之。「蒼梧山崩湘水絶，竹上之泪乃可滅」，「天長地久有時盡，此恨綿綿無絶期」也。故《長恨歌》千言不及《遠别離》一曲。（《詩比興箋》）

朱諫云：按詩意以娥皇、女英之哭舜爲《遠别離》之曲，然而首起三句不曾叙得舜與二女有别離之意，而四句輒曰「誰人不言此離苦」，所謂此者何所指也？又云「我縱言之將何補」，不知所補者何事？則與上下文不相貼矣。又「皇穹竊恐不照余之忠誠」，不知所謂忠誠者又何事也。禪禹乃是舜事，則曰「堯舜當之亦禪禹」，似乎堯舜二人同禪於禹，是時堯之殂落已五十年矣。且文意與上文全不相蒙，抑所謂當之者當何事也？龍魚鼠虎之喻，尤爲粗俗。妄引《竹書》，以堯被舜囚，舜則野死，是無稽之言，侮聖尤甚。……舊注附會以誤傳誤，非惟使古之大聖賢冒不義之惡名，而後世之大詩人亦爲鬼輩假託之辭所污衊矣，故切切而爲之辨。（《李詩辨疑》）

【按】

前人關於此詩之箋釋，大致可分爲三説。其一謂肅宗上元年間，權臣李輔國矯制遷太上皇（即玄宗）於西内，李白有感而作。此説宋元人（即蕭士贇所謂「前輩」者）主之，王世懋《藝圃擷餘》、沈德潛《説詩晬語》亦持此説。其二謂安史之亂中，玄宗出奔，馬嵬兵變，楊妃慘死，李白有感而作。此説陳沆《詩比興箋》主之，今人徐嘉瑞亦持此説。其三謂天寶季葉，玄宗倦於政事，大權旁落，李白有感而作，以著人君失權之戒。此説蕭士贇、胡震亨主之，今人多從此説。朱諫《李詩辨疑》則斷爲僞作。考《遠别離》一詩已見於《河岳英靈集》，則此詩之作必不能遲於天寶十二載。故一説、二説及僞作之説，均不攻自破。第三説雖有可取之處，詩中確有警告人君失權之語，但以之箋釋全詩，則是以偏概全，亦非善解。欲探此詩之秘，須從李白平生之志着眼，從本年長安之行入手，遠溯屈賦《哀郢》之意，近觀李白此期諸作，即知詩中之苦心孤詣。兹略而言之：李白本年入長安歸來後，深感朝政昏暗，禍在眉睫，雖憂心如焚，然亦無可奈何，故惟有高舉遠引，全身避禍。但在臨行之際，卻不免徘徊留連，感慨萬端。既對國家命運無限憂慮，又爲壯志未酬而抱恨無窮。事涉朝政，情在難言，故借用二妃與舜生死之别，抒其去國離都之思、懷君憂國之情。其所以借二妃事爲喻者，即因李白此時情景唯有生離死别可以彷彿。故既以之發端，又以之結尾。「海水」二句雖謂舜與二妃，亦謂己此次去國離都。「日慘」二句，以之喻天寶季葉政局，最爲切當。「我縱」二句，與亂後所作《贈韋良宰》詩中「君王棄北海，掃地借長鯨。……心知不得語，卻欲棲蓬瀛」諸句略同，隱指本年入長安獻策失敗。「雷憑」二句，謂危機日亟，戰亂將作，雖堯舜之君當此危亂之局，亦將去位。「君失」句，謂誅逐忠良，如李邕、王忠嗣等人。「權歸」句，謂奸佞當道，如李林甫、楊國忠、安禄山之流。「或云」四句，謂古聖君賢臣之間亦或有權位之争，玄宗父子君臣之間自亦難免。一旦禍起蕭牆，當今亦恐有幽囚、野死之虞。「帝子」以下，雖寫二妃，實抒己懷。蓋去遠遊之際，痛感平生之志，終成泡影，有如二妃思舜，望穿秋水，不見伊人。末二句謂此恨綿綿，無有盡期，亦屈賦「九死未悔」之意也。

去去復去去　擬古其十二

去去復去去，辭君還憶君〔一〕。漢水既殊流，楚山亦此分。人生難稱意，豈得長爲群？越燕喜海日，燕鴻思朔雲〔二〕。别久容華晚，琅玕不能飯〔三〕。日落知天昏，夢長覺道遠。望夫登高山，化石竟不返〔四〕。

【注釋】

〔一〕首二句化用《古詩十九首》：「行行重行行，與君生别離。」

〔二〕二句以越地之燕、燕地之鴻，各愛其所近，各思其所習，以喻己終不忘君之情。

〔三〕《文選》張衡《南都賦》：「珍羞琅玕，充溢圓方。」李周翰注：「琅玕，玉名，飲食比之，所以爲美。」

〔四〕二句用望夫石事，自喻。

【集説】

唐汝詢云：此托婦人思夫之辭，以寫戀主之情也。（《唐詩解》）

【按】

李白一生凡三次入長安，于此詩亦可見之。初入别去時，有《蜀道難》，其末二句云「蜀道之難難于上青天，惻身西望長咨嗟」；再入别去時，有《秦水别隴首》，其末二句云「揮涕自此去，惻愴何時平」'，此次别去時，末二句云「望夫登高山，化石竟不返」，最爲悲愴，情屬决絶。此非三人之别而何？

留别曹南群官之江南

曹南，即曹州（濟陰郡）。州治曹縣，即今山東曹縣。白自梁園至此，與群官告别後，旋返，遂往宣城。詩借留别歷叙去朝以來經歷，并揮斥此期幽憤。

我昔釣白龍，放龍溪水傍〔一〕。道成本欲去，揮手凌蒼蒼。時來不關人，談笑遊軒皇〔二〕。獻納少成事，歸休辭建章〔三〕。十年罷西笑〔四〕，攬鏡如秋霜。閉劍琉璃匣，鍊丹紫翠房。身佩豁落圖〔五〕，腰垂虎盤囊〔六〕。仙人借綵鳳，志在窮遐荒。戀子四五人，徘徊未翱翔。東流送白日，驟歌蘭蕙芳。仙宫兩無從〔七〕，人間久摧藏〔八〕。范蠡脱勾踐，屈平去懷王〔九〕。飄飖紫霞心，流浪憶江鄉。愁爲萬里别，復此一銜觴。淮水帝王州，金陵繞丹陽。樓臺照海色，衣馬摇川光。及此北望君，相思泪成行。朝雲落夢渚，瑶草空高唐〔一〇〕。帝子隔洞庭，青楓滿瀟湘〔一一〕。懷歸路綿邈，覽古情凄凉。登岳眺百川，杳然萬恨長。却戀峨眉去，弄景偶騎羊〔一二〕。

【注釋】

〔一〕釣白龍，用陵陽子明事。《列仙傳》卷下：「陵陽子明者，銍鄉人也。好釣魚，於旋溪釣得白龍。子明懼，解鈎拜而放之。後得白魚，腹中有書，教子明服食之法。子明遂上黄山採五石脂，沸水而服之。三年，龍來迎去。」

〔二〕時，謂時運。不關人，猶云不由人。軒皇，即黄帝，此代指玄宗。二句謂奉詔入朝。

〔三〕獻納，謂建言於朝廷。班固《兩都賦》：「朝夕論思，日月獻納。」建章，漢宫名，在長安，此代指朝廷。二句謂去朝。

〔四〕西笑，桓譚《新論》：「人聞長安樂，則出門西向而笑。」罷西笑，言對朝廷失望。白自天寶三載去朝，至本年恰是十年。

〔五〕豁落圖，道教徒裝束。王注：「道經，凡欲修行《大洞真經》三十九章、《雌一玉檢五老寶經》、《元母簡》、《十二上願》，佩神虎金虎符、豁落七元流金火鈴。」

〔六〕虎盤囊，亦道教徒裝束。王注：「《神仙傳》：王遠冠遠遊冠，朱衣，虎頭鞶囊五色綬，帶劍。《通典》：按：漢代著鞶囊者，側在腰間，或云旁囊，或云綬囊，然則以此囊盛綬也。」盤，通鞶。

〔七〕仙，指求仙；宫，指從政。句謂求仙、從政俱無成就。

〔八〕《文選》劉琨《扶風歌》「抱膝獨摧藏」，吕向注：「摧藏，憂傷也。」

〔九〕范蠡既助勾踐滅吴，遺書與大夫文種曰：「狡兔死，良犬烹。敵國破，謀臣亡。」遂辭勾踐而去。文種不去，卒被戮。見《吴越春秋》卷六。屈平事，見本年《殷后亂天紀》注。二句自喻。

〔一〇〕夢渚，即雲夢之渚；高唐，即高唐之觀。二句謂平生壯志已如朝雲没於雲夢之渚，瑶草凋於高唐之觀。

〔一一〕帝子，見本年《遠别離》詩注。《楚辭·招魂》：「湛湛江水兮上有楓，目極千里兮傷春心。」二句亦以舜與二妃生死之别託喻君國之思。

〔一二〕二句用葛由事，見開元八年《登峨眉山》詩注。此言欲效葛由出世成仙。

【按】

據詩中「十年罷西笑」句，可知白已去朝十年，故繫於此。獨孤及有《送李白之曹南序》，序云：「是日也，出車桐門，將駕於曹。仙藥滿囊，道書盈篋。……送子何所，平臺之隅。」平臺，在梁園，故知白自梁園至此。《序》中所述白之行裝亦與此詩相符。

書情贈蔡舍人雄

此亦南遊之際告别友人之作。蔡舍人雄，無考，似曾爲中書舍人。唐時，中書舍人掌撰擬制誥之事。詩亦借贈别歷叙去朝以來經歷，并揮斥此期幽憤。

嘗高謝太傅，携妓東山門〔一〕。楚舞醉碧雲，吴歌斷清猿。暫因蒼生起，談笑安黎元。余亦愛此人，丹霄冀飛翻。遭逢聖明主，敢進興亡言〔二〕。白璧竟何辜，青蠅遂成冤〔三〕。一朝去京國，十載客梁園。猛犬吠九關，殺人憤精魂〔四〕。皇穹雪冤枉，白日開昏氛。太階得夔龍〔五〕，桃李滿中原。倒海索明月，凌山採芳蓀〔六〕。愧無橫草功，虛負雨露恩〔七〕。跡謝雲臺閣，心隨天馬轅〔八〕。夫子王佐才，而今復誰論〔九〕。層飈振六翮，不日思騰騫〔一〇〕。我縱五湖棹，烟濤恣崩奔〔一一〕。夢釣子陵湍〔一二〕，英風緬猶存。徒希客星隱，弱植不足援〔一三〕。千里一回首，萬里一長歌。黄鶴不復來，清風奈愁何，舟浮瀟湘月，山倒洞庭波。投汨笑古人〔一四〕，臨濠得天和〔一五〕。閑時田畝中，搔背牧鷄鵝。別離解相訪，應在武陵多〔一六〕。

【注釋】

〔一〕謝太傅，即謝安。《世説·識鑒》：「謝公在東山畜妓。簡文曰：『安石必出。既與人同樂，亦不得不與人同憂。』」劉孝標注：「宋明帝《文章志》曰：『安縱心事外，疏略常節，每畜女妓，携持遊肆。』」

〔二〕此下兩宋本、繆本、咸本俱多「蛾眉積讒妬，魚目嗤璵璠」二句。

〔三〕陳子昂《宴胡楚真禁所》詩：「青蠅一相點，白璧遂成冤。」

〔四〕九關，即九重，皆謂君門。《楚辭·九辯》：「豈不鬱陶而思君兮，君之門以九重。猛犬狺狺而迎吠兮，關梁閉而不通。」《楚辭·招魂》：「虎豹九關，啄害下人兮。」二句謂權奸竊據要津，誅逐忠良。此指李林甫天寶中事。

〔五〕太階，亦作泰階，代指朝廷要津。《漢書·東方朔傳》：「願陳泰階六符以觀天變。」孟康注：

「泰階，三台也。每台二星，凡六星。」《晉書・天文志》：「三台……三公之位也。在人曰三公，在天曰三台。」夔龍，舜之二臣名。代指賢能之臣。此指楊國忠新任相職。

〔六〕明月，寶珠。芳蓀，香草。均以喻人才。二句意謂天下人才已搜羅殆盡。

〔七〕横草，《漢書・終軍傳》：「軍無横草之功。」顔師古曰：「言行草中使草偃卧，故云横草也。」二句意謂身棄不用，其咎在己。

〔八〕雲臺，漢宫高臺名。元帝圖畫中興功臣三十二人於雲臺。王注：「二句即身在江湖，心存魏闕之意。」

〔九〕王佐才，即輔佐帝王之才。《漢書・董仲舒傳》：「劉向稱董仲舒有王佐之才，雖伊吕無以復加。管晏之屬，伯者之佐，殆不及也。」復誰論，瞿、朱注：「論，疑當作倫，謂蔡之才今無其比也。」

〔一〇〕王注：「層飈，高風也。古詩：昔我同門友，高舉振六翮。《韻會》：翮，鳥之勁羽也。《説文》：騫，飛貌。」騫，音軒。

〔一一〕二句用范蠡事。《國語・越語》下：「……遂滅吴。返至五湖，范蠡辭於王曰：『君王勉之，臣不復入越國矣。』……遂乘輕舟以浮於五湖，莫知其所終極。」崩奔，此處作沖決解。二句謂欲效范蠡隱遁。

〔一二〕子陵湍，即嚴陵瀨，嚴光垂釣處。《後漢書・嚴光傳》：「除爲諫議大夫，不屈，乃耕於富春山，後人名其釣處爲嚴陵瀨焉。」

〔一三〕客星，指嚴光。《後漢書·嚴光傳》：「因共偃卧，光以足加帝腹上。明日，太史奏客星犯帝座甚急。帝笑曰：朕故人嚴子陵共卧耳。」弱植，謂志弱不能樹立之人。《左傳》襄公三十年：「子産曰：陳亡國也，其君弱植。」二句謂玄宗不足與有爲，唯有效嚴光歸隱江湖耳。

〔一四〕投汨，《史記·屈原列傳》：「於是懷石，遂自投汨羅以死。」句謂不欲效屈原含冤以死。

〔一五〕臨濠，《莊子·秋水》：「莊子與惠子遊於濠梁之上。莊子曰：儵魚出游從容，是魚樂也。」天和，《莊子·天道》：「夫明白於天地之德者，此之謂大本大宗，與天和者也。與天和者，謂之天樂。」句謂欲效莊子得天和之樂。

〔一六〕武陵，郡名，相傳其地有桃花源，爲秦人避亂之處。

横江詞六首

《横江詞》，白自創樂府新辭。横江，亦名横江浦，在和州歷陽縣東南，今安徽和縣東南，與采石磯隔江對峙，古爲要津。李白本年南下宣城郡途中經此。詩借横江風浪揮斥此期幽憤。

人道横江好，儂道横江惡〔一〕。一風三日吹倒山〔二〕，白浪高於瓦官閣〔三〕。

【注釋】

〔一〕儂：吴人自稱。

〔二〕此句兩宋本、繆本、王本俱注云：「一作猛風吹倒天門山。」

〔三〕瓦官閣，在金陵瓦官寺中，高二十五丈。詳見開元二十五年《登瓦官閣》詩注。

其　二

海潮南去過尋陽〔一〕，牛渚由來險馬當〔二〕。橫江欲渡風波惡，一水牽愁萬里長。

【注釋】

〔一〕尋陽，郡名，即江州，屬江南道，今爲江西九江市。江流至此以下折向東北，海潮上泝，故云「南去」。

〔二〕牛渚，磯名，亦名采石磯，與和州歷陽縣横江浦隔江相對。唐時屬宣州當塗縣，今屬安徽馬鞍山市。陸游《入蜀記》卷二：「采石，一名牛渚，與和州對岸。江面比瓜州爲狹，故隋韓擒虎平陳及本朝曹彬下南唐，皆自此渡。然微風輒浪作，不可行。劉賓客云：『蘆葦晚風起，秋江鱗甲生。』王文公云：『一風微吹萬舟阻。』皆謂此磯也。」馬當，山名。《元和郡縣志》江南道江州彭澤縣：「馬當山，在縣東北一百里。横入大江，甚爲險絶，往來多覆溺之懼。」

其　三

横江西望阻西秦，漢水東連揚子津〔一〕。白浪如山那可渡？狂風愁殺峭帆人〔二〕。

【注釋】

〔一〕漢水，源出漢中之嶓冢山，至漢口與長江合流，東至揚州爲揚子江，入海。揚子津，在今江蘇江都縣南，自古爲江濱要津。

〔二〕峭，高而陡之狀。孫焯《七引》：「龍華之舟，來往紛紜。高帆雲張，翳日拂星。」峭帆人，謂張挂高帆之舟子。

其　四

海神來過惡風迴〔一〕，浪打天門石壁開〔二〕。浙江八月何如此？濤似連山噴雪來〔三〕。

【注釋】

〔一〕來，咸本、《文苑英華》俱作東。

〔二〕天門，山名，在當塗縣西南三十里，夾大江對峙，東曰博望，西曰梁山。

〔三〕浙江，《元和郡縣志》江南道杭州錢塘縣：「浙江，在縣南一十二里。《莊子》云浙河，即謂浙江，蓋取其曲折爲名。江源自歙州界東北流經界石山，又東北經州理北，又東北流入於海。江濤每日晝夜再上，常以月十日、二十五日最小，月三日、十八日極大，小則水漸漲不過數尺，大則濤湧高至數丈。每年八月十八日，數百里士女共觀舟人漁子泝濤觸浪，謂之弄潮。」

其　五

横江館前津吏迎〔一〕，向余東指海雲生。郎今欲渡緣何事？如此風波不可行〔二〕。

【注釋】

〔一〕橫江館，渡口館驛。王注：「《太平府志》：采石驛，在采石鎮，濱江，即唐時之橫江館也。在明爲皇華驛。按《唐書·百官志》：津尉，掌舟梁之事。永徽後，廢津尉，置津吏，上關八人，中關六人，下關四人，無津者不置。」

〔二〕梁簡文帝《烏棲曲》：「采菱渡頭擬黄河，郎今欲渡畏風波。」二句由此變化而來，唯郎字當作別解。岑仲勉《唐史餘瀋》郎、官條云：「觀賓王集以官、郎對舉，則其用約同。前人云：『郎官上應列宿，掌王詔命。』官與郎之稱豈其取義於此乎（《日知録》二四亦言郎名起自郎官）？」又云：「郎與官或以爲婦妾稱夫之詞。據余揣之：閥閲之家，虚榮心重，父母妻妾，咸此相期，上行下效，遂成普俗。」岑説甚是。白曾爲翰林待詔，故津吏得稱之爲郎。或以郎爲少年男子并由此判定此詩作年，誤。

其　六

月暈天風霧不開〔一〕，海鯨東蹙百川迴〔二〕。驚波一起三山動〔三〕，公無渡河歸去來。

【注釋】

〔一〕月暈，古謂月暈主風，又謂主兵。《太平御覽》卷四引《淮南子》：「許慎注曰：有軍事相圍守則月暈。」

〔二〕海鯨東蹙，《文選》木華《海賦》：「魚則横海之鯨，……噏波則洪漣踧蹜，吹澇則百川倒流。」李善注：「蹜，蹙聚貌。」

〔三〕三山，金陵附近三小山耳，此佯用之，實謂三山五岳。

【集説】

王云：范德機云：絶句一句一絶乃其大本，其次句少意多，極四韻而反覆議論。此篇氣格合歌行之風，使人嗟嘆而有無窮之思。乃唐人所長也。

楊慎云：太白《横江詞六首》，章雖分，意如貫珠。俗本以第一首編入長短句，後五篇編入七言絶，首尾衝決，殆失作者之意。（《李詩選》）

唐汝詢云：津吏盛陳風波之惡而直勸其歸，亦賦而比也。暈、霧，譬君之蔽壅。海鯨，喻臣之跋扈。河山動摇，乾坤板蕩，豈賢者仕進之時耶？（《唐詩解》）

【按】

當代諸家皆以此詩爲開元十三年初遊江東之作，誤。此詩極寫横江風波，一唱三嘆，愁腸百結，憂心如醉。其情調與初遊江東諸作迥不相類。白初遊江東之時，風華初茂，裘馬輕肥，尚未歷人世坎坷，幾不識憂患爲何物，何來「一水牽愁萬里長」之感？亦尚無長安之行，更無去朝之事，何來「横江西望阻西秦」之歎？且津吏稱之爲郎（即郎官），如尚未待詔翰林，何得如此相稱？竊考白之生平，唯有本年南下宣城之行，其閱歷、情緒、時令、行踪，均與此詩相符。此詩之作，實捨此行莫屬。白之於横江風波大書特書，雖屬當時所見，亦係心境使然。蓋白此時深感回天無力，唯有高舉遠引。然遠遊之際，繫心君國，眷戀長安，復又憂心忡忡，恨思綿綿。雖屢言出世，實則匡君憂時之心，壯志未酬之恨，念兹在兹，無時或忘。故登山則此情滿於山，觀海則此情溢於海。横江渡頭，風高浪急之景，雲愁霧慘之象，天摇地動之勢，若非以此情觀之，亦未必至於斯極。其所以至於斯極，正緣作者以此情觀之。於是牛渚馬當盡爲愁媒，江風海雲皆成惡兆，浪打天門恍若社稷之將傾，海鯨東蹙勢如幽州之亂作。雖非刻意比附，自然情寄言外。故《横江詞六首》亦如前此諸詩，皆本年入長安獻策失敗後揮斥幽憤之作，固非止寫長江天險而已。

江上答崔宣城

崔宣城，宣城縣令，名令欽。見天寶十四載文《趙公西候新亭頌》。

太華三芙蓉〔一〕，明星玉女峰。尋仙下西岳，陶令忽相逢〔二〕。問我將何事，湍波歷幾重〔三〕？貂裘非季子，鶴氅似王恭〔四〕。謬忝燕臺召，而陪郭隗蹤〔五〕，水流知入海，雲去或從龍〔六〕。樹繞蘆洲月，山鳴鵲鎮鐘〔七〕。還期如可訪，台嶺蔭長松〔八〕。

【注釋】

〔一〕太華，即西岳華山。

〔二〕陶令，陶淵明，曾爲彭澤令。此喻崔欽。

〔三〕將何事，因何事也。湍波，喻風險。前此幽州之行及三入長安之行皆是歷湍波之行也。

〔四〕蘇秦，字季子，以連横説秦王。書十上，而説不行。黑貂之裘敝，黄金百斤盡。事見《戰國策·秦策》。王恭，字孝伯，東晉太元中名士，素有清君側之志。美姿儀，嘗披鶴氅裘，涉雪而行。時人嘆爲神仙中人。見《晉書·王恭傳》。二句自喻。

〔五〕燕昭王築臺以延郭隗。見開元十九年《燕昭延郭隗》（古風其十五）詩注。二句指幽州之行。

〔六〕二句指本年長安之行。

〔七〕蘆洲，王注：「鮑照《還都道中》詩：『昨夜宿南陵，今旦入蘆洲。』是蘆洲當在南陵之下。」鵲鎮，即鵲頭鎮，在宣州南陵縣西一百一十里。見《元和郡縣志》卷二十八。

〔八〕台嶺，即天台山，此指隱居之地。孫綽《遊天台山賦》：「苟台嶺之可攀，亦何羨於層城？」

寄從弟宣州長史昭

本年赴宣州前作。宣州（宣城郡）屬江南道，州治宣城縣，即今安徽宣城縣。李昭，詹鍈謂《新書》二表中名昭者甚多，不知何者爲是：（一）蔡王房五世孫昭，雙流令，凉武昭王十一世孫。（二）姑臧大房丞之七世孫昭，凉武昭王九世孫。（三）趙郡李氏東祖房系之九世孫名昭者二人，一爲武進丞。（四）又十世孫昭，金吾長史，於凉武昭王當爲十世孫。

爾佐宣城郡，守官清且閑。常誇雲月好，邀我敬亭山〔一〕。五落洞庭葉〔二〕，三江遊未還〔三〕。相思不可見，嘆息損朱顔。

【注釋】

〔一〕敬亭山，在宣州城北十里許。見《元和郡縣志》卷二十八。

〔二〕《楚辭·九歌·湘夫人》：「嫋嫋兮秋風，洞庭波兮木葉下。」句謂已歷數秋。

〔三〕三江之説甚多，或以吴江、錢塘江、浦陽江爲三江；或以岷江、松江、浙江爲三江；或以松江、婁江、東江爲三江；蜀中亦有三江。此處蓋泛指江湖而言。

【集説】

詹云：太白於天寶十四載居宣城，至本年（乾元二年）秋間已達五載，故云「五落洞庭葉」也，當是在巴陵作。

瞿、朱云：據詩意蓋白於天寶亂後來往江上已及五年，當在乾元二年赦還時作。

【按】

李白居宣城始於本年。觀此詩首四句，顯係尚未至其地者，且詩中無一語及亂後事，非乾元二年在巴陵作。「洞庭葉」乃詩中習語，非必至洞庭寫實，「五落」句不過略謂已歷數秋，「三江」亦泛指之辭。此詩當是本年赴宣城前寄李昭之作，蓋欲往依之也。題中之昭又見於下二篇，三詩之作時相去不遠，故繫一處。

贈從弟宣州長史昭

本年初至宣城時作。

淮南望江南〔一〕，千里碧山對。我行倦過之〔二〕，半落青天外。宗英佐雄郡〔三〕，水陸相控帶。長川豁中流，千里瀉吴會〔四〕。君心亦如此，包納無小大。摇筆起風霜，推誠結仁愛。訟庭垂桃李，賓館羅軒蓋。何意蒼梧雲，飄然忽相會〔五〕。才將聖不偶〔六〕，命與時俱背。獨立山海間〔七〕，空老聖明代。知音不易得，撫劍增感慨。當結九萬期〔八〕，中途莫先退。

【注釋】

〔一〕淮南，謂淮南道。江南，謂江南道。中隔長江，江之北爲淮南道，江之南爲江南道。

〔二〕倦，獨孤及本年《送李白之曹南序》云：「三河之遊倦。」此倦字當是此意。

〔三〕宗英，謂李昭。《漢書・叙傳》：「河間賢明，……爲漢宗英。」雄郡，謂宣城郡，爲上州，故稱。

〔四〕吴會，吴郡與會稽郡，此代指長江下游。

〔五〕蒼梧雲，《初學記》卷一引《歸藏》：「有白雲出蒼梧，入於大梁。」二句自喻。

〔六〕句謂雖逢聖君而不遇。

〔七〕獨立，《史記・滑稽列傳》：「今世之處士，時雖不用，崛然獨立，塊然獨處。」

〔八〕九萬，謂鵬程。《莊子·逍遥遊》：「摶扶摇而上者九萬里。」

宣城長史弟昭贈余琴溪中雙舞鶴詩以見志

琴溪，在宣城郡涇縣東北二里，相傳爲琴高控鯉之所。詳見本年《九日登山》詩注。

令弟佐宣城〔一〕，贈余琴溪鶴。謂言天涯雪，忽向窗前落〔二〕。白玉爲毛衣，黄金不肯博〔三〕。當風振六翮〔四〕，對舞臨山閣。顧我如有情，長鳴似相託。何當駕此物，與爾騰寥廓？

【注釋】

〔一〕令弟，此謂李昭。《詩·小雅·角弓》：「此令兄弟。」鄭箋：「令，善也。」

〔二〕鮑照《舞鶴賦》：「矯翅雪飛。」

〔三〕博，换也。

〔四〕六翮，羽莖，代指鳥翼。

【按】

此篇王本編在《詩文拾遺》，謂見繆氏本。兩宋本固有之，編在二十三卷。

贈崔司户文昆季

唐時州（郡）屬吏有司户參軍事，上州二人，從七品下；中州一人，正八品下；下州一人，從八品下。見《唐六典》卷三十。崔文或是宣城郡司户參軍事。

雙珠出海底〔一〕，俱是連城珍。明月兩特達〔二〕，餘輝傍照人。英聲振名都，高價動殊鄰〔三〕。豈伊箕山故，特以風期親〔四〕。惟昔不自媒，擔簦西入秦〔五〕。攀龍九天上，忝列歲星臣〔六〕。布衣侍丹墀〔七〕，密勿草絲綸〔八〕。才微惠渥重，讒巧生緇磷〔九〕。一去已十年，今來復盈旬〔一〇〕。清霜入曉鬢，白露生衣巾。側見綠水亭，開門列華茵〔一一〕。千金散義士，四座無凡賓。欲折月中桂，持爲寒者薪〔一二〕。路傍已竊笑，天路將何因〔一三〕？垂恩儻丘山，報德有微身。

【注釋】

〔一〕雙珠，譬崔氏兄弟。王注：「《三國志》注：孔融與韋康父端書曰：前日元將來，淵才亮茂，雅度弘毅，偉世之器也。昨日仲將又來，懿性貞實，文敏篤誠，保家之主也。不意雙珠近出老蚌，甚珍貴之。」

〔二〕明月，寶珠名。特達，出類拔萃。

〔三〕名都，似指洛陽。殊鄰，猶外地，指宣城。《漢書·揚雄傳》：「遐方疏俗殊鄰絶黨之域。」顔師古注：「疏，亦遠也。鄰，邑也。」

〔四〕箕山，在河南登封縣東南，許由所隱。風期，猶風度。二句謂非因中原舊交，特以志趣相投。

〔五〕自媒，猶自薦也。曹植《求自試表》：「夫自衒自媒者，士女之醜行也。」簦，笠之有柄者。二句謂天寶初入朝事。

〔六〕歲星臣，謂東方朔。朔爲漢武帝文學侍臣，因以詼諧滑稽著名，後人傳其異聞甚多，方士附會以之爲歲星之精。見《列仙傳》卷下。

〔七〕丹墀，殿前石階漆以朱色，故稱。

〔八〕王注：「《漢書》：密勿從事，不敢告勞。顔師古注：密勿，猶黽勉。《禮記》：王言如絲，其出如綸。鄭玄注：言言出彌大也。」句謂代草王言。

〔九〕惠渥，恩澤。緇，因染而變黑；磷，因磨而致損。二句謂始受玄宗優遇，後因讒謗而被疏遠。

〔一〇〕一去，謂天寶三載被斥去朝；今來，謂來宣城。

〔一一〕茵，坐褥。劉向《説苑·建本》：「累茵而坐。」

〔一二〕月中桂，舊謂月中有桂樹，詳見本年《古朗月行》詩注。二句喻己濟世之志。

〔一三〕天路，昇天之路，代指入朝。曹植《與吳季重書》：「天路高邈，良久無緣。」

【按】

《王譜》繫此詩於天寶十二載，是。此詩作於初來宣城旬日之際。

送崔氏昆季之金陵

崔氏昆季，當即上篇題中崔文昆季。宋乙本、繆本俱注云：「一作《秋夜崔八丈水亭送崔二》。」瞿、朱謂崔二或係二崔之誤，説是。

放歌倚東樓，行子期曉發。秋風渡江來，吹落山上月。主人出美酒，滅燭延清光〔一〕。二崔向金陵，安得不盡觴。水客弄歸棹〔二〕，雲帆卷輕霜。扁舟敬亭下，五兩先飄揚〔三〕。峽石入水花，碧流日更長。思君無歲月，西笑阻河梁。

【注釋】

〔一〕延，引進。

〔二〕水客，船夫。

〔三〕五兩，王注：「郭璞《江賦》：現五兩之動静。《韻會》：綄，船上候風羽，楚人謂之五兩。」

【集説】

詹鍈云：詩中稱「二崔向金陵，安得不盡觴」，當是送崔氏昆季者，非止送崔二一人也。詩又云「扁舟敬亭下，五兩先飛揚」，則送別之地當在宣城，而崔氏昆季或即是崔司户文昆季也。

瞿、朱云：《過崔八丈水亭》詩，有云「簷飛宛溪水，窗落敬亭雲」，與此詩皆是在宣城時事，一本不爲無據，或二崔誤作崔二耳。

過崔八丈水亭

高閣横秀氣，清幽併在君。簷飛宛溪水〔一〕，窗落敬亭雲。猿嘯風中斷，漁歌月裏聞。閑隨白鷗去，沙上自爲群。

【注釋】

〔一〕宛溪，在宣城東。參見本年《題宛溪館》。

自梁園至敬亭山見會公談陵陽山水兼期同遊因有此贈

敬亭山，在宣城北十里許。陵陽山，在宣州涇縣西南一百三十里，相傳爲陵陽令竇子明得仙處。見《元和郡縣志》卷二十八。會公，僧人。

我隨秋風來，瑶草恐衰歇。中途寡名山，安得弄雲月？渡江如昨日，黄葉向人飛。敬亭愜素尚，弭棹流清輝〔一〕。冰谷明且秀，陵巒抱江城。粲粲吴與史〔二〕，衣冠耀天京。水國饒英奇，潛光卧幽草〔三〕。會公真名僧，所在即爲寶〔四〕。開堂振白拂〔五〕，高論横青雲。雪山掃粉壁，墨客多新文〔六〕。爲余話幽棲，且述陵陽美。天開白龍潭〔七〕，月映清秋水。黄山望石柱，突兀誰開張〔八〕？黄鶴久不來，子安在蒼茫〔九〕。東南焉可窮，山鳥飛絶處〔一〇〕。稠疊千萬峰，相連入雲去。聞此期振策〔一一〕，歸來空閉關。相思如明月，可望不可攀。何當移白足〔一二〕，早晚凌蒼山？且寄一書札，令予解愁顔。

【注釋】

〔一〕弭，止也。流，流連。清輝，此代指山水。謝靈運《石壁精舍還湖中作》：「山水含清暉。」

〔二〕粲粲，鮮明貌，此言傑出。楊注：「陸士龍詩：粲粲都人子。」吴與史，蓋宣城人士。吴，當爲録事參軍吴鎮，見天寶十四載《趙公西候新亭頌》、《吴録事畫贊》。

〔三〕潛光，曹植《仙人篇》：「潛光養羽翼。」句謂隱居。

〔四〕二句以佛圖澄喻會公。王注：「《十六國春秋》：佛圖澄，天竺人也。本姓帛氏，少出家，清真務學，誦經數百萬言。石虎傾心事澄，乃下書曰：『和尚國之大寶，榮爵不加，高禄不受。榮禄匪顧，何以旌德？』」

〔五〕白拂，即白色拂塵，高僧説法時多用之。

〔六〕王注：「雪山掃粉壁，謂畫雪山於粉壁之上。墨客多新文，謂文墨之客多以新文贊美之。會公蓋工於繪事者也。」

〔七〕白龍潭，《宣城縣志》謂在宣城西南。相傳竇子明棄官學道，釣得白龍，放之於此。後五年，龍來迎子明上陵陽山，遂成仙。然據詩意當在陵陽山下。

〔八〕黄山，在宣州太平縣西南四十里。見《元和郡縣志》卷二十八。石柱山，在宣州旌德縣西六十里，雙石挺立，故名。見《旌德縣志》。二句兩宋本、繆本、王本俱注云：「一作『白柱插星漢，西崖誰開張』。」

〔九〕子安，仙人名，相傳爲竇子明所度。子明成仙後，大呼山下人，告言溪中子安當來。後二十餘年，子安死，有黄鶴來棲其塚邊樹，鳴呼子安。見《列仙傳》卷下。

〔一〇〕此句兩宋本、繆本、咸本俱作「山鳥絶飛處」。兩宋本、繆本俱注云：「一作『猿狖絶行處』。」

〔一一〕振策，猶舉杖，謂出行也。

〔一二〕白足，王注：「《法苑珠林》：前魏太武時，沙門曇始甚有神異，常坐不卧，五十餘年，足不躡履，跣行泥穢中，奮足便淨，色白如面，俗呼曰白足阿練。」

【按】

陵陽山所在，其説不一。《元和郡縣志》謂在涇縣西南一百三十里。《江南通志》謂自池州石臺（按即石埭）縣西北迤邐而來，三峰連亘，東接宣州。嘉靖《寧國府志》謂宣城之山最近而尊者莫如陵陽山，自敬亭坡陀而南，隱起爲三峰：第一峰府治據之。第二峰在府治西南，舊建譙樓其上。……第三峰在府治北。當是此山自池州石埭縣西北至宣州宣城北，綿亘數百里。宣城内外所謂陵陽以及城北之敬亭皆其餘脈，而在涇縣西南一百三十里者則其主峰也。詩中所言陵陽山水當是指其主峰而言。

秋登宣城謝脁北樓

北樓，即高齋，在郡城中，南齊時太守謝脁所建。脁有《郡内高齋閑坐答吕法曹》、《高齋視事》諸詩。

江城如畫裏〔一〕，山晚望晴空。兩水夾明鏡，雙橋落彩虹〔二〕。人烟寒橘柚，秋色老梧桐〔三〕。誰念北樓上，臨風懷謝公？

【注釋】

〔一〕江城，謂宣城。宣城在水陽江畔，故名。

〔二〕兩水，謂環繞郡城之宛溪與句溪。雙橋，謂横跨宛溪上之鳳凰、濟川二橋，皆爲隋時所建。見《宣城縣志》。

〔三〕二句意謂：見橘柚之已實，感人烟亦寒；睹梧桐之既凋，知秋色已老。不獨寫秋令，兼亦寄秋心。

【集説】

楊云：謝朓，字玄暉，按《南史》本傳，未嘗守宣城。而《文選》載朓《郡内高齋閑坐答吕法曹》、《在郡卧病呈沈尚書》、《之宣城出新林浦向板橋》與《敬亭山》，皆宣城之作。齊梁相繼，昭明必無差誤，古今史傳固有闕文也。

曾季貍云：李白云：「人烟寒橘柚，秋色老梧桐。」老杜云：「荒庭垂橘柚，古屋畫龍蛇。」氣焰蓋相敵。陳無己云：「寒心生蟋蟀，秋色上梧桐。」蓋出於李白也。（《艇齋詩話》）

【按】

宣城謝朓樓，《一統志》謂在城北，《江南通志》謂在城南，今按謝朓詩當在城内。其《郡内高齋閑坐答吕法曹》詩云：「結構何迢遰，曠望極高深。窗中列遠岫，庭際俯喬林。」又《郡内登望》詩云：

「寒城一以眺，平楚正蒼然。」又《後齋迴望》詩云：「高軒瞰四野，臨牖眺襟帶。望山白雲裏，望水平原外。」高齋俯臨城闉之形勢可以想見。

題宛溪館

宛溪，在宣城東門外。館，客舍。

吾憐宛溪好，百尺照心明。何謝新安水，千尋見底清〔一〕。白沙留月色，綠竹助秋聲。卻笑嚴湍上，於今獨擅名〔二〕。

【注釋】

〔一〕何謝，猶何讓，言宛溪之清不減新安水。新安水，即新安江，爲浙江之上游，水至清，深淺皆見底。

〔二〕嚴湍，即浙江七里瀨，一名嚴陵瀨，漢高士嚴光垂釣處。二句謂己在宛溪亦如嚴光之在七里瀨，遂使東漢高士不得專有其名。

遊敬亭寄崔侍御

崔侍御，即崔成甫，白故交，其事見天寶四載《贈崔侍御》詩按語。兩宋本、蕭本、繆本、王本題下俱注云：一本作《登古城望府中奉寄崔侍御》。

我家敬亭下，輒繼謝公作〔一〕。相去數百年，風期宛如昨。登高素秋月，下望青山郭。俯視鴛鷺群〔二〕，飲啄自鳴躍。夫子雖蹭蹬，瑶臺雪中鶴。獨立窺浮雲，其心在寥廓。時來一顧我，笑飯葵與藿。世路如秋風，相逢盡蕭索。腰間玉具劍〔三〕，意許無遺諾。壯士不可輕，相期在雲閣〔四〕。

【注釋】

〔一〕首二句，兩宋本、繆本、王本俱注云：「一作『我登謝公樓，輒繼敬亭作』。」謝公，即謝朓，有《敬亭山》詩。

〔二〕此句兩宋本、繆本俱作「府中鴻鷺群」。

〔三〕玉具劍，劍以玉爲飾者。《漢書·匈奴傳》：「賜以……玉具劍。」顔師古注：「孟康曰：標首鐔衛盡用玉爲之也。」二句兩宋本、繆本俱注云：「一作『願爲經冬柏，不逐天霜落』。」

〔四〕雲閣，即雲臺。漢明帝圖畫中興功臣三十二人於其上。

【按】

崔成甫於天寶五載貶湘陰，六載自湘陰至金陵，七載與李白在金陵相遇，互有酬贈。見《酬崔侍御》及其附詩，并見同年《玩月金陵城西孫楚酒樓達曙歌吹日晚乘醉著紫綺裘烏紗巾與酒客數人棹歌秦淮往石頭訪崔四侍御》詩。本年成甫似又由貶所來金陵，故詩中有「時來一顧我，笑飯葵與藿」之語。本年詩題中之崔侍御皆謂成甫。

宣城九日聞崔四侍御與宇文太守遊敬亭余時登響山不同此賞醉後寄崔侍御二首

九日，即九月九日重陽節。崔四侍御，即崔成甫。宇文太守，或爲宇文融之子審。詳見按語。響山，在宣城南。

九日茱萸熟，插鬢傷早白〔一〕。登高望山海，滿目悲古昔。遠訪投沙人〔二〕，因爲逃名客。故交竟誰在？獨有崔亭伯〔三〕。重陽不相知，載酒任所適。手持一枝菊，調笑二千石。日暮岸幘歸〔四〕，傳呼隘阡陌。彤襜雙白鹿〔五〕，賓從何輝赫。夫子在其間，遂成雲霄隔。良辰與美景，兩地方虛擲。晚從南峰歸，蘿月下水壁。卻登郡樓望，松色寒轉碧。咫尺不可親，棄我如遺舄〔六〕。

【注釋】

〔一〕茱萸，可入藥，其味香烈。《藝文類聚》卷四引《風土記》：「九月九日律中無射而數九，俗尚此日，折茱萸房以插頭，言辟除惡氣而禦初寒。」

〔二〕投沙人，指屈原。句謂己南下宣城。

〔三〕崔駰，字亭伯。博學有偉才，與班固、傅毅同時齊名。爲竇憲主簿，憲不能容，出爲長岑長。駰自以遠去不得意，遂不之官而歸。見《後漢書·崔駰傳》。此喻崔成甫。

〔四〕岸幘，《通鑑·晉紀》永昌元年：「劉隗岸幘大言，意氣自若。」胡三省注：「岸幘者，幘微脱額也。」

〔五〕王注：「章懷太子《後漢書》注：襜，帷也。車上施帷，以屏蔽者。《白帖》：刺史，彤幨、皂蓋、朱幡。謝承《後漢書》：鄭弘爲臨淮太守，行春，有兩白鹿隨車夾轂而行。」句謂宇文太守車駕。

〔六〕舄，履也。《文選·古詩十九首》：「不念携手好，棄我如遺跡。」

其二

九卿天上落〔一〕，五馬道傍來〔二〕。列戟朱門曉〔三〕，褰帷碧帳開〔四〕。登高望遠海，召客得英才。紫綬歡情洽，黄花逸興催。山從圖上見，溪即鏡中迴。遥羨重陽作，應過戲馬臺〔五〕。

【注釋】

〔一〕九卿，《通典》卷二十五：「唐以太常、光禄、衛尉、宗正、太僕、大理、鴻臚、司農、太府爲九卿。」

〔二〕五馬，太守之代稱。王注：「五馬事，古今説者不一。……唯沈約《宋書》引《逸禮·王度記》曰：天子駕六，諸侯駕五，卿駕四，大夫三、士二、庶人一。後之太守即古之諸侯，故以五馬爲太守故實，庶幾近之。」

〔三〕列戟，宫廟、官府以及顯貴之家門前，樹戟以爲儀仗。

〔四〕褰帷，揭去車帷。賈琮爲冀州刺史，升車言曰：「刺史當遠視廣聽，糾察美惡，何有反垂帷裳，以自掩塞乎？」乃命御者褰之。見《後漢書·賈琮傳》。

〔五〕王注：「《太平寰宇記》：戲馬臺在彭城縣南三里，項羽所築，戲馬於此。宋武北征至彭城，遣長史王虞等立第舍於項羽戲馬臺，起齋作閣橋度池。重九日公引賓佐登此臺，令將佐百僚賦詩以觀志。作者百餘人，獨謝靈運最工。……太白詩意蓋謂崔侍御重陽之作過於謝公戲馬臺之詩也。」

【按】

宇文融，京兆萬年人，長於吏治，以聚斂得幸。開元十七年，融以黄門侍郎同中書門下平章事，居宰相百日，罷爲汝州刺史，後又流嶺南，死途中。子審，後擢進士第，累遷大理評事。以夏楚大小無制，始創杖架，以高卑度杖長短，又鑄銅爲規，齊其巨細。楊國忠專政，任意殺嶺南流人，審爲嶺南監決處置使，活者甚衆。後終永、和二州刺史。見《新唐書·宇文融傳》。此詩云「九卿天上來」，本年《贈宣城宇文太守兼呈崔侍御》詩云「君從九卿來」，當即指宇文曾任大理評事一職。

九日登山

王注：「玩詩義，當是偕一宗室爲宣城别駕者，於九日登其所新築之臺而作，詩題應有缺文。」

淵明歸去來，不與世相逐。爲無杯中物，遂偶本州牧〔一〕。因招白衣人，笑酌黄花菊〔二〕。我來不得意，虚過重陽時。題輿何俊發〔三〕，遂結城南期。築土接響山，俯臨宛水湄。胡人叫玉笛，越女彈霜絲。自作英王胄〔四〕，斯樂不可窺。赤鯉湧琴高〔五〕，白龜道冰夷〔六〕。靈仙如彷彿，奠酹遥相知。古來登高人，今復幾人在？滄洲違宿諾，明日猶可待。連山似驚波〔七〕，合沓出溟海〔八〕。揚袂揮四座，酩酊安所知？齊歌送清觴，起舞亂參差。賓隨落葉散，帽逐秋風吹〔九〕。别後登此臺，願言長相思。

【注釋】

〔一〕陶潛爲彭澤令，郡遣督郵至縣，當束帶見之，潛嘆曰：「吾不能爲五斗米折腰。」即解印去縣，乃賦《歸去來辭》。州刺史王弘慕其爲人，自訪之，潛稱疾不見。弘遣人携酒，候潛於道。潛既遇酒，便引酌野亭，弘乃出與相見，遂歡宴終日。見《晉書·陶潛傳》。

〔二〕陶潛嘗九月九日無酒，出宅旁菊叢中，摘菊盈把，坐其側。久之，望見白衣人至，乃刺史王弘送酒，即便就酌，醉而後歸。見《藝文類聚》卷四引《續晉陽秋》。

〔三〕題輿，用周景事。《太平御覽》卷二六三引謝承《後漢書》：「周景爲豫州，辟陳蕃爲别駕不就，景題别駕輿曰：『陳仲舉座也。』不復更辟。蕃惶懼，起視職。」

〔四〕句文義不明。作，王注謂「當是非字之訛」。

〔五〕《搜神記》卷一：「琴高者，趙人也。能鼓琴，爲宋康王舍人。行涓彭之術，浮遊冀州涿郡間二百餘年。後辭入涿水中取龍子，與諸弟子期之曰：『明日皆潔齋候於水旁，設祠屋。』果乘赤鯉魚出，來坐祠中，且有萬人觀之。留一月，乃復入水去。」《一統志》、《寧國府志》皆謂宣州涇縣琴溪爲琴高控鯉之所。

〔六〕白黿，王注：「事未詳。《楚辭·河伯》云：『乘白黿兮逐文魚，與女遊兮河之渚。』白黿殆白龜之訛歟？」按，白黿非訛。宣城之南，響山之西，有柏山，「左難當拒輔公祏於此，時有白黿履雪之異，因名白黿城」。見《寧國府志》。句蓋用此事。冰夷，即馮夷，亦即河伯。《山海經·海内北經》：「從極之淵，深三百仞，維冰夷恒都焉。冰夷人面，乘兩龍。」郭璞注：「冰夷，馮夷也。《淮南》云：『馮夷得道，以潛大川。』即河伯也。」

〔七〕木華《海賦》：「波如連山。」句倒用之，謂連山似波。

〔八〕謝朓《敬亭山》：「兹山亘百里，合沓與雲齊。」吕向注：「合沓，高貌。」

〔九〕句用孟嘉事。《晉書·桓温傳》：「孟嘉……後爲征西桓温參軍，温甚重之。九月九日，温燕龍山，僚佐畢集。時佐吏并著戎服，有風至，吹嘉帽墮落，嘉不之覺，温使左右勿言，欲觀其舉止。嘉良久如厠，温令取還之，命孫盛作文嘲嘉，著嘉坐處。嘉還見，即答之。其文甚美，四座嗟嘆。」

九日

今日雲景好，水緑秋山明。攜壺酌流霞〔一〕，搴菊泛寒榮〔二〕。地遠松石古，風揚絃管清。

窺觴照歡顔，獨笑還自傾。落帽醉山月，空歌懷友生〔三〕。

【注釋】

〔一〕流霞，仙人所飲，此代指酒。

〔二〕孫楚《菊花賦》：「飛金英以浮旨酒。」句言採菊泡酒。舊俗：九月九日登高飲菊花酒，可以避災。

〔三〕友生，似指崔成甫。

贈宣城宇文太守兼呈崔侍御

此爲干謁陳情之作。首表心跡，次叙幽州之行，次言來宣城三月閑居生活，次美宇文惠政，末陳攀援之意，并盼成甫顧念舊交。

白若白鷺鮮〔一〕，清如清唳蟬〔二〕。受氣有本性，不爲外物遷。飲水箕山上〔三〕，食雪首陽巔〔四〕。迴車避朝歌〔五〕，掩口去盜泉〔六〕。岧嶤廣成子，倜儻魯仲連〔七〕。卓絶二公外，丹心無間然〔八〕。昔攀六龍飛，今作百鍊鉛〔九〕。懷恩欲報主，投佩向北燕〔一〇〕。彎弓綠弦開，滿月不憚堅。閑騎駿馬獵，一射兩虎穿。回旋若流光，轉背落雙鳶。胡虜三嘆息，兼知五兵權〔一一〕。鎗鎗突雲將〔一二〕，卻掩我之妍。多逢剿絶兒〔一三〕，先著祖生鞭〔一四〕。據鞍空矍鑠〔一五〕，壯志竟誰宣？蹉跎復來歸，憂恨坐相煎。無風難破浪，失計長江邊。危苦惜頹光，金波忽三圓〔一六〕。時遊敬亭上，閑聽松風眠。或弄宛溪月，虚舟信洄沿。顔公二十萬，盡付酒家錢〔一七〕。興發每取之，聊向醉中仙。過此無一事，静談《秋水》篇〔一八〕。君從九卿來〔一九〕，水國有豐年。魚鹽滿市井，布帛如雲烟。下馬不作威，冰壺照清川〔二〇〕。霜眉邑中叟，皆美太守賢。時時慰風俗，往往出東田。竹馬數小兒〔二一〕，拜迎白鹿前〔二二〕。含笑問使君，日晚可迴旋？遂歸池上酌，掩抑清風絃。曾標横浮雲，下撫謝脁肩〔二三〕。樓高碧海出，樹古青蘿懸。光禄紫霞杯，伊昔忝相傳〔二四〕。良圖掃沙漠〔二五〕，别夢繞旌旃。富貴日成疏，願言杳無緣。登龍有直道〔二六〕，倚玉阻芳筵〔二七〕。敢獻繞朝策〔二八〕？思同郭泰船〔二九〕。何言一水淺，似隔九重天。崔生何傲岸，縱酒復談玄。身爲名公子，英才苦迍邅〔三〇〕。鳴鳳托高梧，凌風何翩翩〔三一〕。安知慕群客〔三二〕，彈劍拂秋蓮？

【注釋】

〔一〕白鷺鮮，白鷺之羽毛，可飾器用者。《隋書·食貨志》：「翟雉尾一直十縑，白鷺鮮半之。」

〔二〕清唳蟬，蕭統《蟬贊》：「兹蟲清絜，唯露是餐。寂寞秋序，咽晰夏闌。」唳，鳴也。

〔三〕箕山，相傳爲許由隱居之處。詳見開元十九年《贈嵩山焦煉師》注。

〔四〕首陽，山名，相傳伯夷叔齊不食周粟，採薇於此。詳見開元十九年《少年子》注。

〔五〕朝歌，殷紂王國都。《漢書・鄒陽傳》：「邑號朝歌，墨子迴車。」

〔六〕盜泉，古泉名，在今山東泗水縣。《尸子》：「（孔子）過於盜泉，渴矣而不飲，惡其名也。」

〔七〕廣成子，仙人名，見本年《世道日交喪》（古風其二十五）詩注。岧嶤，喻其品格之高邁。魯仲連，高士名，見開元二十九年《齊有倜儻生》（古風其十）詩注。倜儻，美其才識之不羈。

〔八〕間，空隙。《論語・泰伯》：「禹，吾無間然矣。」二句承上，謂服膺此二人外，此心無他念。

〔九〕百煉鉛，言其柔也。《文選》劉琨《重贈盧諶》：「何意百煉剛，化爲繞指柔。」

〔一〇〕投佩，亦作解佩。《文選》鮑照《擬古三首》：「解佩襲犀渠，卷袠奉盧弓。」李周翰注：「佩，文服也。犀渠，甲也。袠，書衣也。盧弓，征伐之弓。棄筆從戎也。」

〔一一〕五兵，即五戎。《呂氏春秋・九月》：「以習五戎。」注：「五戎，五兵，謂刀、劍、矛、戟、矢也。」權，術也。

〔一二〕鎗鎗，同蹌蹌，行列整齊貌。突雲將，即突將。《唐書・李愬傳》：「始募敢死者三千人以爲突將。」

〔一三〕剿絶兒，或剿兒，即健兒。《樂府詩集》横吹曲辭《幽州馬客吟》：「快馬常苦瘦，剿兒常苦貧。」

〔一四〕祖生鞭，《晉書・劉琨傳》：「琨與祖逖爲友，聞逖被用，與親舊書曰：『吾枕戈待旦，志梟逆虜，常恐祖生先吾著鞭。』其意氣相期如此。」

〔一五〕矍鑠，勇健貌。《後漢書・馬援傳》：「時年六十二，帝愍其老，未許之。援自請曰：『臣尚能被甲上馬。』帝令試之。援據鞍顧眄，以示可用。帝笑曰：『矍鑠哉，是翁也。』」矍，音爵。

〔一六〕金波，謂月光。《漢書·禮樂志》郊祀歌：「月穆穆以金波。」此代指月。

〔一七〕顔公，謂顔延之，字延年，詩文與謝靈運齊名。二句用陶潛事。《宋書·陶潛傳》：「先是顔延之在尋陽，與陶潛情款。後爲始安郡經過，日日造潛，每往必酣飲至醉。臨去，留二萬錢與潛。潛悉送酒家，稍就取酒。」

〔一八〕《秋水》，《莊子》篇名。

〔一九〕九卿，見本年《宣城九日醉後寄崔侍御二首》其二注。句謂宇文太守曾爲屬吏九卿。

〔二〇〕冰壺，盛冰之玉壺。《文選》鮑照《白頭吟》：「清如玉壺冰。」李周翰注：「玉壺冰，取其絜净也。」句謂宇文太守爲政清明。

〔二一〕竹馬，用郭伋事。《後漢書·郭伋傳》：「伋爲并州牧，……始至行部，到西河美稷，有童兒數百各騎竹馬道次迎拜。伋問：『兒曹何自遠來？』對曰：『聞使君到，喜，故迎。』伋辭謝之。及事訖，諸兒復送至郭外，問使君何日當還。伋謂別駕計日當告之。行部既還，先期一日，伋爲違信於諸兒，遂止於野亭，須期乃入。」

〔二二〕白鹿，用鄭宏事。《太平御覽》卷九〇六引謝承《後漢書》：「鄭宏爲臨淮太守，行春，有兩白鹿隨車夾轂而行。弘怪問主簿黄國，鹿爲吉凶？國拜賀曰：『聞三公車幡畫作鹿，明府當爲宰相。』後弘果爲太尉。」

〔二三〕蕭注：「曾標，言其標致之高也。」二句謂宇文與謝朓如伯仲。朓曾爲宣城太守。

〔二四〕光禄，謂顔延年。顔延年官終金紫光禄大夫，故稱。二句謂己曾蒙宇文太守賻贈，參見注〔一七〕。

〔二五〕句謂己幽州之行。

〔二六〕登龍，即登龍門。《後漢書·李膺傳》：「膺獨持風裁，以聲名自高。士有被其容接者，名爲登龍門。」李賢注：「以魚爲喻也。龍門，河水所下之口，在今絳州龍門縣。辛氏《三秦記》曰：『河津一名龍門，水險不通，魚鼈之屬莫能上，江海大魚薄集龍門下數千，不得上，上則爲龍也。』」

〔二七〕倚玉，即倚玉樹。《世説·容止》：「魏明帝使后弟毛曾與夏侯玄共坐，時人謂蒹葭倚玉樹。」句謂九月九日未能與宇文太守同遊敬亭。見本年《宣城九日聞崔四侍御與宇文太守遊敬亭余時登響山不同此賞醉後寄崔侍御二首》。

〔二八〕繞朝，秦大夫。策，馬鞭。春秋時，晉士會奔秦，爲秦大夫。晉陰使人説之歸國。士會將行，繞朝贈之以策，曰：「子無謂秦無人，吾謀適不用也。」見《左傳》文公十三年。杜預注：「臨行授之馬檛，并示己所策以展情。」後世因以繞朝策喻謀略。

〔二九〕郭泰，即郭太。《後漢書·郭太傳》：「郭太字林宗。……遊於洛陽。始見河南尹李膺，膺大奇之，遂相友善，於是名震京師。後歸鄉里，衣冠諸儒送至河上，車數千輛，林宗唯與李膺同舟而濟。衆賓望之，以爲神仙焉。」

〔三〇〕名公子，謂崔成甫。成甫爲贈禮部尚書崔沔之子，故稱。迍邅，難行貌，指遭遇坎坷。成甫於天寶貶湘陰，故云。

〔二〕鳴鳳，喻成甫。高梧，喻宇文太守。

〔三〕慕群客，白自謂，鮑照《日落望江贈荀丞》：「惟見獨飛鳥，千里一揚音。推其感物情，則知遊子心。君居帝京内，高會日揮金。豈念慕群客，咨嗟戀景沉。」

登敬亭北二小山余時客逢崔侍御并登此地

王注：「客字上似缺一送字。」

送客謝亭北〔一〕，逢君縱酒還。屈盤戲白馬〔二〕，大笑上青山。迴鞭指長安，西日落秦關。帝鄉三千里〔三〕，杳在碧雲間。

【注釋】

〔一〕謝亭，即謝公亭，在宣城北，相傳爲謝脁送范雲之零陵處。脁集中有《新亭渚别范零陵》詩。

〔二〕屈盤，曲折盤旋，此謂山行。

〔三〕帝鄉，此指長安。

【集説】

蕭云：此詩其亦身在江海，心在魏闕之意乎？

觀胡人吹笛

胡人吹玉笛，一半是秦聲。十月吴山曉，梅花落敬亭〔一〕。愁聞出塞曲〔二〕，泪滿逐臣纓。欲望長安道，空懷戀主情。

【注釋】

〔一〕《梅花》，即《梅花落》，笛曲名，屬樂府《横吹曲辭》。

〔二〕《出塞》，古樂府名，亦屬《横吹曲辭》。

【集説】

蕭云：太白放逐之餘，睠戀宗國之意隨寓而發，觀此詩末二句，概可見矣。

詹云：奚禄詒云：「在宣城聞笛而曰逐臣者，……因貴妃之譖也，不是夜郎時。」按《九日登山》詩云「胡人叫玉笛」，而此詩云「胡人吹玉笛」，當是同時所作，奚氏之説是也。

【按】

奚説是。唯謂此詩與《九日登山》爲同時所作，微誤。《九日登山》，時在九月；此詩，時在十月。

謝公亭

王本題下注云：「原注：蓋謝脁、范雲之所游。」王注：「《海録碎事》：謝公亭，在宣州，太守謝玄暉置。范雲爲零陵内史，謝送别於此，故有新亭送别詩。《方輿勝覽》：謝公亭，在宣城縣北二里。」今按「新亭送别詩」，當是謝朓《新亭渚别范零陵》詩。

謝亭離别處，風景每生愁。客散青天月，山空碧水流。池花春映日，窗竹夜鳴秋。今古一相接，長歌懷舊遊〔一〕。

【注釋】

〔一〕懷舊遊，謂追念謝朓、范雲之遊。

寄崔侍御

宛溪霜夜聽猿愁，去國長如不繫舟〔一〕。獨憐一雁飛南海，卻羨雙溪解北流〔二〕。高人屢解陳蕃榻，過客難登謝朓樓〔三〕。此處别離同落葉，明朝分散敬亭秋。

【注釋】

〔一〕二句言己之羈旅情懷。

〔二〕一雁，喻崔成甫。南海，代指洞庭以南之地。雙溪，在宣城東土山下。嘉靖《寧國府志》：「城東八里曰土山。……由土山北流者爲雙溪。」上句憐崔將返湘陰貶所，下句抒己思念朝廷之情。

〔三〕高人，謂宇文太守。陳蕃榻，《後漢書·徐穉傳》：「時陳蕃爲太守，以禮請署功曹。穉不免之，既謁而退。蕃在郡不接賓客，唯穉來特設一榻，去則懸之。」二句謂宇文太守屢延崔成甫，而成甫罕至，故己亦與成甫聚會無多也。

登敬亭山南望懷古贈竇主簿

敬亭一迴首，目盡天南端。仙者五六人，常聞此遊盤。谿流琴高水〔一〕，石聳麻姑壇〔二〕。白龍降陵陽，黄鶴呼子安〔三〕。羽化騎日月，雲行翼鴛鸞。下視宇宙間，四溟皆波瀾。汰絶目下事，從之復何難。百歲落半途，前期浩漫漫。强食不成味，清晨起長嘆。願隨子明去，煉火燒金丹〔四〕。

【注釋】

〔一〕琴高水，即琴溪，相傳琴高控鯉之所。詳見本年《九日登山》詩注。

〔二〕麻姑壇，王注：「《九域志》：宣州宣城郡有花姑山，亦謂之麻姑山，昔麻姑修道於此上昇，有仙壇在焉。」

〔三〕白龍，黄鶴，用竇子明事，見本年《自梁園至敬亭山見會公》詩注。

〔四〕相傳陵陽山中有竇子明煉丹臺。

古朗月行

《樂府詩集》題作《朗月行》，以之入《雜曲歌辭》。此詩通篇以月喻朝政，託寓對開、天朝政之觀感，抒寫對天寶季葉時局之殷憂。當是本年在宣城作。

小時不識月，呼作白玉盤。又疑瑤臺鏡，飛在青雲端〔一〕。仙人垂兩足，桂樹何團團〔二〕。白兔擣藥成〔三〕，問言與誰餐？蟾蜍蝕圓影〔四〕，大明夜已殘〔五〕。羿昔落九烏〔六〕，天人清且安。陰精此淪惑〔七〕，去去不足觀。憂來其如何？悽愴摧心肝。

【注釋】

〔一〕瑤臺，神仙居處。詳見天寶二年《清平調詞三首》注。

〔二〕《初學記》卷一引虞喜《安天論》：「俗傳月中仙人桂樹，今視其初生，見仙人之足漸已成形，桂樹後生。」

〔三〕《藝文類聚》卷一引傅咸《擬天問》：「月中何有？白兔擣藥。」

〔四〕《淮南子·精神》：「月中有蟾蜍。」高誘注：「蟾蜍，蝦蟆也。」同書《説林》：「月照天下，蝕於詹諸。」高誘注：「詹諸，月中蝦蟆。食月，故曰蝕於詹諸。」

〔五〕大明，日月也，此指月。《文選》木華《海賦》：「大明𢹂轡於金樞之穴。」李善注：「大明，月也。」

〔六〕羿，古之善射者。堯時十日并出，草木枯焦，民無所食。羿射落九日，日中九烏皆死。見《淮南子·本經》。

〔七〕陰精，指月。《初學記》卷一引《淮南子》：「月者，太陰之精。」淪惑，沉迷也。鮑照《代白頭吟》：「周王日淪惑。」錢仲聯《鮑參軍集注》引幽王寵褒姒事。

【集説】

蕭云：此詩借月以引興，日君象，月臣象，蓋爲安禄山之叛兆於貴妃而作也。

陳沆云：憂禄山將叛時作。月后象，日君象。禄山之禍兆於女寵，故言蟾食月明，以喻宫闈之蠱惑。九烏無羿射，以見太陽之傾危，而究歸諸陰精淪惑，則以明皇本英明之辟，若非沉溺聲色，何以安危樂亡而不悟耶？危急之際憂憤之詞。蕭士贇謂禄山叛後所作者亦誤。（《詩比興箋》）

【按】

蕭説誤，陳説近之，唯謂以月喻楊妃，不可通。通觀李集，明月用作比興，均爲白心之所繫，情之所鍾。臣象、后象之説不適用於李詩。此詩蓋以月喻朝政。前八句比喻開元前期。彼時開元之治方興未艾，在白心目中正如朗月在兒童心目中然。後八句比喻天寶後期。蟾蜍，指楊國忠、安禄山、楊玉環之流，此輩昏蔽其君，紊亂朝政，猶如蟾蜍之蝕月。「大明」句，以月之已殘喻朝政之日衰。「羿昔」句，思有如后羿之人爲國除害，以安社稷。「陰精」句，暗用鮑照《代白頭吟》「周王日淪惑」句，言玄宗已如周幽王。「去去」句，言國中既莫足與爲美政，則己唯有高舉遠引。然終以繫心君國，情不能已，故憂傷欲絶。誠如陳沆所云「危急之際，憂憤之詞」也。

蟾蜍薄太清　古風其二

此與上篇爲同時之作，詩旨亦同。詳按語。

蟾蜍薄太清〔一〕，蝕此瑶臺月。圓光虧中天，金魄遂淪没〔二〕。螮蝀入紫微〔三〕，大明夷朝暉〔四〕。浮雲隔兩曜〔五〕，萬象昏陰霏。蕭蕭長門宫〔六〕，昔是今已非。桂蠹花不實〔七〕，天霜下嚴威〔八〕。沉歎終永夕，感我涕沾衣。

【注釋】

〔一〕蟾蜍，見上篇注。薄，迫也。太清，天也。

〔二〕金魄，指月。《藝文類聚》卷一引《史記·天官書》：「月者，天地之陰，金之精也。」

〔三〕螮蝀，虹蜺也。古以螮蝀爲凶兆。《初學記》卷二引張璠《漢紀》：「靈帝時，虹晝見庭中，引議郎蔡邕詣金商門問，對曰：『虹蜺，小人女子之祥。』」紫微，天帝之座。

〔四〕大明，日月也，此指日。夷，滅也。

〔五〕《初學記》卷一：「日月謂之兩曜。」隔，蔽也。

〔六〕長門宫，漢宫名。漢武帝陳皇后失寵，罷居長門宫。見《漢書·陳皇后傳》。

〔七〕漢成帝時歌謡：「桂樹華不實，黄雀巢其顛。」見《漢書·五行志》。

〔八〕天霜，《淮南子·天文》：「陽氣勝則散而爲雨露，陰氣勝則凝而爲霜雪。」《易·坤》：「履霜堅冰至。」

【集説】

楊云：按《唐書》，王皇后久無子，而武妃有寵，后不平，顯詆之，遂廢。武妃進册爲惠妃，欲立爲后，潘好禮諫止之。太白詩意似屬乎此。

蕭云：蟾蜍薄太清，月爲之蝕，以喻武妃入后宫而卒爲王后之蠹也。蝃蝀入紫微，而大明夷朝暉，以喻武妃既得幸而玄宗卒爲所惑也。日君象，月后象，今焉廢黜，是浮雲隔之不得代明矣。萬象昏陰霏者，意謂自後卒不正中宫浸成女寵之禍也。蕭蕭長門宫者，王后事全與漢武陳后事跡相類。二后雖各以無子巫蠱厭勝廢，然推其由，實衛子夫、武惠妃争寵有以激之也。陳后之廢，司馬相如作《長門賦》；王后之廢，王諲作《翠羽帳賦》以諷帝，先後一致。太白引以此證，最爲切當。桂蠹花不實，是采廢后制中語。天霜下嚴威者，事發覺時，帝自臨劾也。

胡云：此詩舊注以爲白詠玄宗寵武妃廢王皇后事，桂蠹一聯實用廢后詔「皇后華而不實，不可承宗廟」語，其説是矣。

王云：《舊唐書》：開元十二年秋七月壬申月蝕既。己卯，廢皇后王氏爲庶人。太白此篇，首以月蝕爲喻，是雖比而實賦也。

方東樹云：此似感禄山之亂而作。（《昭昧詹言》）

曾國藩云：蟾蜍句暗指楊妃，蝃蝀句指禄山陷京師，兩曜謂玄宗在蜀，肅宗在靈武。（《求闕齋讀書録》）

詹云：按楊齊賢説是，依曾説則「桂蠹花不實，天霜下嚴威」二句便不可解矣。

瞿、朱云：前人但見詩中長門宫一語，遂附會爲指王皇后之被廢，其實唐人詩中託宫怨以喻士之見棄者已成常調，李詩中亦不止此一首。王氏更據開元十二年七月月蝕，同月王皇后被廢，遂指此詩爲是年所作。然是年李才二十四歲，遠在蜀中，無由知此，即知之亦無緣關心此宫闈中之事。若云事後追詠，則天下事大於此者甚多，李意恐不在此也。

【按】

前人多以此詩爲開元十二年王皇后被廢一事而發，實屬附會。方、曾以之屬安史亂後，亦非。瞿、朱之言良是。此詩當與《古朗月行》并讀，其義自明。二詩皆以蟾蜍蝕月喻天寶季葉時局而抒其憂國之情。「蕭蕭」二句，乃託宫怨以喻己身之見棄。本年所作《古風》其十三云：「君平既棄世，世亦棄君平。……寂寞綴道論，空簾閉幽情。」《贈從弟宣州長史昭》云：「才將聖不偶，命與時俱背。獨立山海間，空老聖明代。」足見白此期孤獨寂寞之情亦如陳后之在長門也。至於「桂蠹」句，與廢后詔實不相涉，此乃用漢末歌謡，暗示時局已至成、哀之世。「天霜」句，乃用《易》「履霜堅冰至」，暗示禍亂將及矣。前人以此詩繫開元十二年（七二四），殊不倫。置之此期諸詩中，則左右逢源。前此之

《遠别離》、《横江詞六首》，後此之《宣州謝朓樓餞别校書叔雲》，以及此期《古風》多首，其憂時傷事之情，一脈相承，皆可印證。

宣州謝朓樓餞别校書叔雲

詹鍈云：「此詩《文苑英華》題作《陪侍御叔華登樓歌》，當以一作爲是。按詩云：『蓬萊文章建安骨，中間小謝又清發。』則所登者必係謝朓樓無疑也。」詹氏另有專文考辨詩題，可從。李華，字遐叔，開元中進士，天寶十一載監察御史，爲權貴所嫉，不容於御史府，除右補闕。華以文章名天下，與蕭穎士齊名，世號「蕭李」。見兩《唐書》本傳。此詩當是本年在宣城陪李華登謝朓樓感時傷懷之作。

棄我去者，昨日之日不可留；亂我心者，今日之日多煩憂。長風萬里送秋雁，對此可以酣高樓。蓬萊文章建安骨〔一〕，中間小謝又清發〔二〕。俱懷逸興壯思飛，欲上青天覽明月〔三〕。抽刀斷水水更流，舉杯消愁愁更愁。人生在世不稱意，明朝散髮弄扁舟〔四〕。

【注釋】

〔一〕蓬萊代指東漢藏書處東觀。《後漢書·竇章傳》：「是時學者稱東觀爲老氏藏室，道家蓬萊山。」李賢注：「言東觀經籍多也。蓬萊，海中神山，爲仙府，幽經秘録并皆在焉。」建安骨，即建安風骨。東漢建安之末，有「三曹」及「七子」，所作之詩以風骨著稱，世號「建安體」。蓬萊，《文苑英華》作蔡氏。

〔二〕小謝，謂謝朓。朓字玄暉，南齊陳郡人，曾爲宣城郡太守，後被誣下獄死。朓長於五言，尤以山水詩著稱。沈約嘗云：「二百年來無此詩也。」見《南齊書》本傳。清發，清新俊發。此即鍾嶸《詩品》所謂「奇章秀句，往往警遒」之意。

〔三〕覽，王本注云：「一作攬。」二字本有相通之處，此作摘取解。

〔四〕散髮，有絶世之意。鐘會《遺榮賦》：「散髮抽簪，永絶一合。」弄扁舟，用范蠡事。俱參見本年《天津三月時》（古風其十八）詩注。

【集説】

方東樹云：起二句發興無端，「長風」二句落入。如此落法，非尋常所知。「抽刀」二句，仍應起意爲章法。「人生」二句，言所以愁。（《昭昧詹言》）

何其芳云：意思變化得很快，好像有些不可捉摸，然而這正是表現了作者當時的激動，表現了一個天才在不合理的封建社會裏感到無法排遣的苦悶。……如果改寫爲散文，一定要增添許多話，否則一句一句的意思連貫不起來。然而詩卻可以這樣寫，可以直接表現思想感情的急劇變化，想象的大膽飛躍，省略去那些飛躍與過程之間的聯繫。（《詩歌欣賞》）

詹鍈云：《舊唐書・李華傳》：「天寶中登朝爲監察御史，累轉侍御。」《新唐書・李華傳》：「天寶十一載遷監察御史，賊平貶杭州司户參軍。……遂屏居江南。上元中以左補闕司封員外郎召之，稱疾不拜。」獨孤及《趙郡李華集序》：「天寶十一年拜監察御史，會權臣竊政柄，貪猾當路，公入司方書，出按二千石，持斧所嚮，列郡爲肅，爲姦黨所忌，不容於御史府，除右補闕，禄山之難云云。」三者所記稍有出入，然此詩之作必在天寶十一載之後無疑也。

瞿、朱云：《唐文粹》卷九十六李華《雲母泉序》云：「潁川陳公，天寶中與華同爲諫官。……乾元初，公貶清江丞，移武陵丞。華貶杭州司功，恩復左補闕。上元中俱奉詔徵，公自清江至武陵，道路多虞，制書不至。華泝江而西，次於岳陽。」白與華相見或即以是時，未可知也。

【按】

詹氏從《唐書·李華傳》及獨孤及《李華集序》考知此詩作時之上限，謂作於天寶十一載以後，甚是。其下限可據以考知者，則有李華《御史大夫廳壁記》、《御史中丞廳壁記》，見《全唐文》卷三一六。二記一作於天寶十四載六月十五日，一作於天寶十四載九月十日。前《記》之末有云：「初廳壁列先政之名，記而不叙，公以爲艱難之選，將俟後人。謂華嘗備屬僚，或知故實。授簡之恩至，屬詞之藝寡，無以允乎非常之待，所報者質直而少文。」後《記》之末有云：「華昧學淺藝，承命維谷。群言之首，非所克堪。然故吏也，勉以酬德。」足見天寶十四載，李華已不在御史臺，而在右補闕之職，則其「出按二千石」當在天寶十四載前。由此可知，李華與李白相遇於宣城，若非本年秋，即爲次年秋，而次年秋白在秋浦，故知此詩作於本年。至於乾元初，李華泝江而西，次於岳陽之時，李白尚在尋陽獄中，或在長流之始，是年五月始至江夏，必無歲初與華相見於岳陽之理。此詩時令甚明，當在秋日，不在歲初。所登之樓亦甚明，當係謝朓樓，而非岳陽樓。故知瞿、朱説誤。

此詩之作時、作地既明，其作意自明，而章法亦自顯。首二句，非「發興無端」，實其來有自。此乃多日之憂憤，積而滿，滿而發。故其勢如風雨驟至，而有此驚挺之發端。「長風」二句落入，既因「多煩憂」而「酣高樓」，則其酣飲之際所暢寫之心曲可知。然數十年世事變化何能一一入詩，且事干朝政亦不能直書其事，故借談詩論文以寄意。前人多以「蓬萊」諸句爲贊美李雲之語，誤。「蓬萊文章」，《文苑英華》作「蔡氏文章」。蔡氏，當指蔡邕。邕曾參與《東觀漢紀》之撰述，其史筆不在班固之下，其文辭猶且過之。所上諸疏議，切中時弊，光焰照人。惜遭遇侘傺，淪落不偶。後又以失身於董卓，爲王允諸人所不容，求續成《漢紀》，又不許。卒死獄中。鄭玄聞而嘆曰：「漢世之事，誰與正之？」（見《後漢書·蔡邕傳》）此詩於文章獨標東觀，而初稿或作「蔡氏」，蓋有感於邕之事歟？建安七子，慷慨以任氣，磊落以使才，雖在季世，卓越千古。小謝亦以曠世逸才，不得其死。白於南朝三百年間多次標舉小謝，既因其才難得，亦哀其志未酬。「蓬萊」諸句蓋與華共勉之辭，雖感時至末世，亦欲有所作爲也。白與華登樓論文，酣飲談詩，其意蓋在斯乎？然終以憂思難遣，故有「抽刀斷水水更流，舉杯消愁愁更愁」之語，而以「散髮弄扁舟」結束全篇。憂憤至極而又無可如何，故唯有散髮棄世。此時唐代之國運可知，而此詩之意義亦可知矣。

餞校書叔雲

《新唐書・宰相世系表》二上：趙郡李氏西祖房景昕子仲雲左司員外郎；叔雲，監察御史。

少年費白日，歌笑矜朱顔。不知忽已老，喜見春風還。惜别且爲歡，徘徊桃李間。看花飲美酒，聽鳥臨晴山。向晚竹林寂〔一〕，無人空閉關〔二〕。

【注釋】

〔一〕竹林，《晉書・山濤傳》：「（濤）與嵇康、吕安善，後遇阮籍，便爲竹林之交，著忘言之契。」

〔二〕閉關，顔延年《五君詠》：「劉伶警閉關，懷情滅聞見。」

【按】

前篇題誤，或因此篇所致，姑附於此。

蓐收肅金氣　古風其三十二

蓐收肅金氣〔一〕，西陸弦海月〔二〕。秋蟬號階軒，感物憂不歇。良辰竟何許〔三〕？大運有淪忽〔四〕。天寒悲風生，夜久衆星没。惻惻不忍言，哀歌達明發。

【注釋】

〔一〕蓐收，西方之神，亦秋之神。《山海經·海外西經》：「西方蓐收，左耳有蛇，乘兩龍。」《吕氏春秋·孟秋》：「其神蓐收。」金，五行之一，於位爲西，於時爲秋，故稱秋氣爲金氣。肅，引導。《禮記·曲禮》：「主人肅客而入。」

〔二〕西陸，指秋。《太平御覽》卷二四引《易通統圖》：「日行西方白道曰西陸。」《隋書·天文志》：「日……行東陸謂之春，行南陸謂之夏，行西陸謂之秋，行北陸謂之冬。」弦海月，謂海月成弦。

〔三〕良辰，王注：「謝朓詩：良辰竟何許？夙昔夢佳期。吕延濟注：許，處也。言平生良時，竟在何處？徐禎卿曰：良辰，建功策名之時也。」

〔四〕大運，天運也，此喻國運。淪，没落，忽，絶滅。

【集説】

蕭云：此悲秋者之詩也。自古志士感秋而悲者何？蓋天道一歲之運，猶人生一世之期也。時至於秋，歲功成矣。老之將至，功業未建，名聲不昭，能不感此而興悲耶？

陳沆云：《遠别離》篇「我縱言之將何補，皇天竊恐不鑒予之衷誠」，即此意也。（《詩比興箋》）

容顔若飛電　古風其二十八

容顔若飛電，時景如飄風〔一〕。草緑霜已白，日西月復東。華鬢不耐秋，颯然成衰蓬。古來賢聖人，一一誰成功？君子變猿鶴，小人爲沙蟲〔二〕。不及廣成子〔三〕，乘雲駕輕鴻。

【注釋】

〔一〕飄風，旋風也。

〔二〕《藝文類聚》卷九十引《抱朴子》：「周穆王南征，一軍盡化，君子爲猿爲鶴，小人爲蟲爲沙。」二句謂君子小人皆莫能逃於變化之中。

〔三〕廣成子，仙人名。詳見本年《世道日交喪》（古風其二十五）詩注。郭璞《遊仙詩》：「駕鴻乘紫烟。」

【集説】

蕭云：此言人暫少忽老，光景易流，千變萬化，未始有極，然不若仙化之爲高也。

君平既棄世　古風其十三

君平既棄世，世亦棄君平〔一〕。觀變窮太易〔二〕，探元化群生〔三〕。寂寞綴道論，空簾閉幽情。騶虞不虛來，鸑鷟有時鳴〔四〕。安知天漢上，白日懸高名〔五〕？海客去已久，誰人測沉冥〔六〕？

【注釋】

〔一〕《文選》鮑照《咏史》：「君平獨寂寞，身世兩相棄。」李善注：「身棄世而不仕，世棄身而不任。」君平，即嚴君平，賣卜於成都市。有邪惡是非之問，則依蓍龜爲言利害。與人子言依於孝，與人弟言依於順，與人臣言依於忠，各因勢道之以善。日閲數人，得百錢足自養，則閉肆下簾。依老莊之旨，著書十萬餘言。見《漢書·王貢傳》。

〔二〕太易，《列子·天瑞》：「有太易，有太初，有太始，有太素。太易者，未見氣也；太初者，氣之始也；太始者，形之始也；太素者，質之始也。」

〔三〕探元，即探玄。化群生，謂教化衆人。

〔四〕騶虞，古稱義獸，君有德則見。詳見開元十九年《梁甫吟》注。鸑鷟，即鳳凰。《國語·周語》：「周之興也，鸑鷟鳴於岐山。」韋昭注：「鸑鷟，鳳凰之别名也。」二句，蕭注：「此乃喻聖賢不虚生，其出也有時。」

〔五〕天漢，即天河。相傳有人居海濱者，見年年八月有浮槎去來不失期，乃乘槎而去。去十餘月，至一處，有城郭狀，遥望宫中多織婦，見一丈夫牽牛渚次飲之。問是何處，答曰：「君還至蜀郡，訪嚴君平則知之。」後至蜀問君平，曰：「某年月日，有客星犯牽牛宿。」計其年月，正是此人到天河時。見《博物志》卷三。

〔六〕海客，即前注中訪嚴君平問天象之人，沉冥，亦作湛冥。蕭注：「《漢書》曰：蜀嚴湛冥，久幽而不改其操。孟康注曰：蜀郡嚴君平深沉玄默無欲言，幽深難測也。」

【集説】

徐禎卿云：此篇白自託於君平之辭也。（四部本李集）

朱諫云：言君平能知道而安貧，有如騶虞、鸞鷟爲希世之瑞，生不虚生，而言則多中，非特爲人間之瑞而已。雖天漢之上亦知其名，誠有若海客之所傳聞者。今而海客之去已久，無人復見河邊之牽牛矣，誰能測其至術之深沉而窈冥者乎？雖有君平，世人莫得而識也。是則非惟君平之棄世，而世實棄乎君平也。要之欲知吉凶者，須致敬以質於君平。欲知理亂者，須盡禮以致乎賢者，斯可也。（《李詩選注》）

唐汝詢云：此太白廢斥之後無心用世而託君平以見志也。言君平既與世相違，則唯高尚自守，研窮易理，化育群生。處寂寞以論道，閉空簾以卻喧而已，將安所自見邪？但天生是人，如騶虞鸞鷟，不終使之泯泯。即舉世不獲取重，天漢上業已標名，不然彼牽牛何以識其姓氏哉？方今海客之去已久，縱有君平孰能測其沉冥者，此蓋太白自嘆其不爲人知也。（《唐詩解》）

獨坐敬亭山

敬亭山，在宣城北十里許。

衆鳥高飛盡，孤雲獨去閑。相看兩不厭〔一〕，只有敬亭山。

【注釋】

〔一〕厭，嫌棄。

【集説】

李鍈云：首二句已繪出獨坐神理，三四句偏不從獨處寫，偏曰「相看兩不厭」，從不獨處寫出獨字，倍覺警妙異常。（《詩法易簡録》）

俞陛雲云：後二句以山爲喻，言世既與我相遺，惟敬亭山色，我不厭看，山亦愛我。夫青山漠漠無情，焉知憎愛？而言不厭我者，乃太白憤世之深，願遺世獨立，索知音於無情之物也。（《詩境淺説續篇》）

【按】

此詩當與《君平既棄世》（古風其十三）併讀，其孤獨寂寞之情自見於言外。

贈宣州靈源寺仲濬公

仲濬公，當即後詩題中之蜀僧濬。

敬亭白雲氣，秀色連蒼梧。下映雙溪水，如天落鏡湖。此中積龍象〔一〕，獨許濬公殊。風韻逸江左，文章動海隅。觀心同水月，解領得明珠〔二〕。今日逢支遁〔三〕，高談出有無〔四〕。

【注釋】

〔一〕王注：「釋子中能負荷大法者，謂之龍象。《翻譯名義·大論》云：那伽或名龍，或名象，是五千阿羅漢諸羅漢中最大力，以是故言如龍如象。水行中龍力最大，陸行中象力最大。」

〔二〕王注：「水月，謂水中月影，非有非無，了不可執，慧者觀心，亦復如是。解領，解悟也。明珠，喻菩提大道也。」

〔三〕支遁，晉高僧，别名道林、支公、林公、林道人、林法師，以清談著稱於世。見《世説》。

〔四〕有無，王注：「僧肇《維摩詰經注》：不可得而有，不可得而無者，其唯大乘行乎！欲言其有，無相無名；欲言其無，萬德斯行。萬德斯行，故雖無而有；無相無名，故雖有而無。」佛教謂有無之見，皆是邪見；須超出有無之外，方是正見。

聽蜀僧濬彈琴

蜀僧濬，當即前詩題中之仲濬公。

蜀僧抱緑綺〔一〕，西下峨眉峰〔二〕。爲我一揮手，如聽萬壑松。客心洗流水〔三〕，遺響入霜鐘。不覺碧山暮，秋雲暗幾重。

【注釋】

〔一〕緑綺，琴名。詳見天寶元年《遊泰山六首》注。

〔二〕句謂僧濬自蜀中而來。

〔三〕客，自謂。流水，用伯牙鼓琴事。詳見開元二十一年《月夜聽盧子順彈琴》注。

送通禪師還南陵隱静寺

王注：「《太平府志》：隱静寺，在繁昌縣東南二十里。……相傳寺爲杯渡禪師所建。……寺外有十里松徑，傳云禪師手植。……舊額云：『江東第二禪林。』按：繁昌縣，南唐時析南陵分置，在唐時尚屬南陵。」

我聞隱静寺，山水多奇蹤。巖種朗公橘〔一〕，門深杯渡松〔二〕。道人制猛虎〔三〕，振錫還孤峰〔四〕。他日南陵下，相期谷口逢。

【注釋】

〔一〕朗公，禪師名。蕭注：「《冥祥記》：沙門康法朗，晉永嘉中人也。」

〔二〕杯渡，禪師名。楊注：「《傳燈録》：婺州有木陳。從朗禪師劉宋時杯渡者，不知姓名，常乘木杯渡水。」詳見次年《贈僧崖公》注。

〔三〕王注：「《法苑珠林》：晉沙門于法蘭，高陽人也。嘗夜坐禪，虎入其室，因蹲床前，蘭以手摩其頭，虎奮耳而伏，數日乃去。」唐時僧亦稱道人。

〔四〕振錫，謂僧人出行。僧人執錫杖，有環繞之，行則振動有聲，故云。

別韋少府

韋少府當爲宣城縣尉。次年早春白赴金陵，此詩或係本年歲杪作。

西出蒼龍門〔一〕，南登白鹿原〔二〕。欲尋商山皓〔三〕，猶戀漢皇恩。水國遠行邁，仙經深討論。洗心句溪月〔四〕，清耳敬亭猿〔五〕。築室在人境，閉關無世諠〔六〕。多君枉高駕〔七〕，贈我以微言〔八〕。交乃意氣合，道因風雅存。別離有相思，瑶瑟與金樽。

【注釋】

〔一〕蒼龍門，漢長安宫闕名。《藝文類聚》卷六十二引《三輔舊事》：「未央宫東有蒼龍闕，北有玄武闕。」此處代指長安東門。西出，以宣城而言。

〔二〕白鹿原，亦稱灞上，在長安東南。

〔三〕商山，在商州（上洛郡）西，長安東南二百里，終南山之餘脈。商山皓，即商山四皓。漢時隱者。詳見天寶三載《山人勸酒》注。

〔四〕洗心，謂清除塵念。《易·繫辭》：「聖人以此洗心，退藏於密。」句溪，在宣城東。

〔五〕清耳，謂静心傾聽。班固《答賓戲》：「牙、曠清耳於管絃。」

〔六〕陶潛《飲酒》：「結廬在人境，而無車馬喧。」

〔七〕枉駕，猶屈駕，對人來訪之敬稱。

〔八〕微言，精微之言。

【按】首四句，謂出長安。次四句，謂來宣城。李白唯本年出長安之後始有宣城之行，故知此詩作於本年。并由此可知此次出長安路綫：出長安東門，東南經灞上，至藍田，然後由商州大道東去，與二入長安離去時路綫同。

李白全集編年箋注卷十一　編年詩第十一

天寶十三載（七五四年）　李白五十四歲

新林浦阻風寄友人

本年早春，白自宣城來遊金陵。題，兩宋本、繆本、蕭本俱注云：「一作《金陵阻風雪書懷寄楊江寧》。」王注：「《景定建康志》：新林浦，在城西南二十里。闊三丈，深一丈，長十二里，源出牛頭山，西七里入大江。」

潮水定可信〔一〕，天風難與期。清晨西北轉，薄暮東南吹。以此難挂席，佳期益相思〔二〕。海月破圓景，菰蔣生綠池〔三〕。昨日北湖梅〔四〕，開花已滿枝。今朝白門柳，夾道垂青絲。歲物忽如此，我來定幾時？紛紛江上雪，草草客中悲〔五〕。明發新林浦，空吟謝朓詩〔六〕。

【注釋】

〔一〕潮至有時，故云。

〔二〕「以此難挂席」二句，兩宋本、繆本俱注云：「一本：以此難挂席，洄沿頗淹遲，使索金陵書，又叨賢宰知。絃歌止過客，惠化聞京師。」

〔三〕菰，亦名蔣，俗稱茭白。其實如米，稱雕胡米，可食。

〔四〕北湖，即玄武湖。王注：「徐爰《釋問》：晉大興三年，始創北湖，築長堤以壅北山之水，東自覆舟山，西至宣武城六里。宋元嘉中，有黑龍見，因改名玄武湖。」

〔五〕《詩·小雅·巷伯》：「勞人草草。」毛傳：「草草，勞心也。」

〔六〕謝朓有《之宣城郡出新林浦向板橋》詩。

【集説】

詹鍈云：按此詩兩見於《文苑英華》。其一題《新林浦阻風寄友人》，其二則題作《金陵阻風雪書懷寄楊江寧》，下注云：一作《新林浦阻風寄友人》。二詩字句稍有差異。按二題與本詩均有相合之處，蓋一詩之兩傳者，後之編李詩者以其字句多同，遂合爲一首耳。太白有《江寧楊利物畫讚》，又其贈魏萬詩曰：「吾友楊子雲，絃歌播清芬。雖爲江寧宰，好與山公群。」即謂江寧宰楊利物也。詩云：「昨日北湖梅，開花已滿枝，今朝白門柳，夾道垂青絲。」當是本年初春所作。

【按】

玩詩意當是李白應楊江寧之約，自宣城來金陵，途經新林浦阻風雪逾期，而有斯作。則詩中「昨日」、「今朝」四句蓋想像之辭，時尚未至其地。

春日陪楊江寧及諸官宴北湖感古作

楊江寧，據本年《江寧楊利物畫讚》，知其名爲利物，江寧縣令。江寧，屬潤州（丹陽郡），本金陵地，即今南京。北湖，即玄武湖。

昔聞顔光禄〔一〕，攀龍宴京湖。樓船入天鏡，帳殿開雲衢〔二〕。君王歌《大風》〔三〕，如樂豐沛都〔四〕。延年獻佳作〔五〕，邈與詩人俱。我來不及此，獨立鐘山孤。楊宰穆清風〔六〕，芳聲騰海隅。英僚滿四座，粲若瓊林敷。鷁首弄倒景〔七〕，蛾眉綴明珠。新絃采梨園〔八〕，古舞嬌吴歈〔九〕。曲度繞雲漢，聽者皆歡娱。鷄棲何嘈嘈〔一〇〕，沿月沸笙竽〔一一〕。古之帝宫苑，今乃人樵蘇〔一二〕。感此勸一觴，願君覆瓢壺〔一三〕。榮盛當作樂，無令後賢吁。

【注釋】

〔一〕《南史·顔延之傳》：「元凶弑立，以爲光禄大夫。……孝武登阼，以爲金紫光禄大夫，領湘東王師。」

〔二〕帳殿，皇帝行幸所在，以帳爲殿也。庾信《三月三日華林園馬射賦序》：「止立行宫，裁舒帳殿。」雲衢，猶言大路。

〔三〕君王，指劉宋皇帝。《大風》，《史記·高祖本紀》：「高祖還歸過沛，留置酒沛宫，悉召故人父老子弟縱酒，發沛中兒得百二十人，教之歌。酒酣，高祖擊筑，自爲歌詩曰：『大風起兮雲飛揚，威加海内兮歸故鄉，安得猛士兮守四方！』令兒皆和習之。」

〔四〕《漢書·高帝本紀》：「高祖，沛豐邑中陽里人也。」注：「應劭曰：『沛，縣也。豐，其鄉也。』孟康曰：『後沛爲郡而豐爲縣。』」

〔五〕王注：「按顔延年有《應詔觀北湖田收》詩，所謂獻佳作者，未知是此詩否？抑另有其詩而今逸之歟？」

〔六〕《詩·大雅·烝民》：「吉甫作誦，穆如清風。」

〔七〕鷁首，船頭，此指船。《文選》張衡《西京賦》：「浮鷁首，翳雲芝。」薛綜注：「船頭象鷁鳥，厭水神。」

〔八〕梨園，《新唐書·禮樂志》：「玄宗既知音律，又酷愛法曲，選坐部伎子弟三百教於梨園。聲有誤者，帝必覺而正之，號皇帝梨園弟子。宫女數百亦爲梨園弟子，居宜春北院。」

〔九〕吴歈：吴地歌曲。《楚辭·招魂》：「吴歈蔡謳，奏大吕些。」

〔一〇〕鷄棲，謂鷄棲之時，猶言薄暮。《詩·王風·君子于役》：「鷄棲於塒，日之夕矣，牛羊下來。」嘈嘈，喧甚。

〔一一〕沿，宋乙本、繆本、蕭本、王本俱注云：「一作江。」作江是。

〔一二〕《漢書·韓信傳》：「樵蘇後爨。」顔師古注：「樵，取薪也。蘇，取草也。」

〔一三〕王注：「覆瓢壺，猶傾尊倒甕之意。」

宿白鷺洲寄楊江寧

白鷺洲，在江寧縣西南大江中，與新林浦相對。洲上多聚白鷺，故名。

朝别朱雀門〔一〕，暮棲白鷺洲。波光摇海月，星影入城樓。望美金陵宰，如思瓊樹憂〔二〕。徒令魂作夢，翻覺夜成秋。緑水解人意，爲余西北流。因聲玉琴裏，蕩漾寄君愁。

【注釋】

〔一〕朱雀門，金陵南門。

〔二〕吴均《與柳惲相贈答詩》：「思君甚瓊樹，不見方離憂。」

【集説】

詹鍈云：詩云：「朝别朱雀門，暮宿白鷺洲。」當是於江寧别楊利物後而又寄之也。

戲贈鄭溧陽

鄭溧陽，溧陽縣令，名晏，見天寶十三載文《溧陽瀨水貞義女碑銘序》。溧陽縣屬宣城郡，在宣城東北，當塗東南。見《元和郡縣志》卷二十八。

陶令日日醉，不知五柳春〔一〕。素琴本無絃，漉酒用葛巾〔二〕。清風北窗下，自謂羲皇人〔三〕。何時到溧里〔四〕，一見平生親？

【注釋】

〔一〕陶令，即陶淵明，嘗爲彭澤令，性嗜酒。嘗著《五柳先生傳》以自況曰：「先生不知何許人，不詳姓字，宅邊有五柳樹，因以爲號焉。」見《晉書·陶潛傳》。此喻鄭令。

〔二〕《宋書·陶潛傳》：「郡將候潛，值其酒熟，取頭上葛巾漉酒畢，還復著之。」

〔三〕《宋書·陶潛傳》：「嘗言五六月北窗下卧，遇凉風暫至，自謂是羲皇上人。」

〔四〕溧里，即溧陽。溧，王本作栗，據兩宋本改。句言己欲遊溧陽。

春日獨坐寄鄭明府

鄭明府，疑是溧陽縣令鄭晏。見前詩題解。

燕麥青青遊子悲〔一〕，河堤弱柳鬱金枝〔二〕。長條一拂春風去，盡日飄揚無定時。我在河南別離久，那堪對此當窗牖？情人道來竟不來〔三〕，何人共醉新豐酒〔四〕？

【注釋】

〔一〕燕麥，初爲野生，燕雀所食，故名。

〔二〕鬱金，香草名，詳見開元二十八年《客中作》詩注。句言河堤柳枝新發嫩葉如鬱金之花。

〔三〕唐人謂摯友爲情人。如乾元三年《贈漢陽輔録事二首》其二:「漢口雙魚白錦鱗,令傳尺素報情人。」以情人指輔録事;又如同年《寄韋南陵冰余江上乘興訪之遇尋顔尚書笑有此贈》:「聞君携妓訪情人,應爲尚書不顧身。」以情人指顔尚書。故知此處情人指鄭明府。

〔四〕新豐,地名,在潤州丹陽縣(舊雲陽縣),縣東北有新豐湖。見《元和郡縣志》卷二十五。參見天寶七載《出妓金陵子呈盧六四首》詩及注。

送友人遊梅湖

王注:「《北堂書鈔》:《地理志》云:梅湖者,昔有梅筏沉於此湖。有時浮出,至春則開花流滿湖矣。玩詩内『新林浦』、『金陵月』之句,此地當與金陵相近。」

送君遊梅湖,應見梅花發。有使寄我來〔一〕,無令紅芳歇。暫行新林浦〔二〕,定醉金陵月。莫惜一雁書,音塵坐胡越〔三〕。

【注釋】

〔一〕《太平御覽》卷一九引《荆州記》曰:「陸凱與路曄爲友,在江南寄梅一枝,詣長安與曄,并贈詩云:『折花奉秦使,寄與隴頭人。江南無所有,聊寄一枝春。』」

〔二〕新林浦,見本年《新林浦阻風寄友人》注。

〔三〕坐，致也。王注：「胡、越者，胡在北，越在南，以喻間隔而不相聞之意。」

下途歸石門舊居

下途，謂東行途中。《國語·晉語》：「公以二軍下次於陽樊。」韋昭注：「東行曰下。」本篇當是本年春自金陵東下揚州途中重遊石門作。王注：「題下似缺别人字。」良是。所别之人當爲元丹丘，詳注釋及按語。石門，在横山中。横山，又名横望山，在當塗、丹陽二縣之間。天寶九載李白曾至其處，有《贈丹陽横山周處士惟長》詩，故稱其地爲舊居。

吴山高，越水清，握手無言傷别情。將欲辭君挂帆去，離魂不散烟郊樹〔一〕。此心鬱悵誰能論？有愧叨承國士恩〔二〕。雲物共傾三月酒，歲時同餞五侯門〔三〕。羨君素書常滿案，含丹照白霞色爛〔四〕。余嘗學道窮冥筌〔五〕，夢中往往遊仙山。何當脱屣謝時去〔六〕，壺中别有日月天〔七〕。俛仰人間易凋朽〔八〕，鍾峰五雲在軒牖〔九〕。惜别愁窺玉女窗，歸來笑把洪崖手〔一〇〕。隱居寺，隱居山，陶公鍊液棲其間〔一一〕。靈神閉氣昔登攀〔一二〕，恬然但覺心緒閒。數人不知幾甲子〔一三〕，昨來猶帶冰霜顔〔一四〕。我離雖則歲物改，如今了然識所在。别君莫道不盡歡，懸知樂客遥相待〔一五〕。石門流水遍桃花，我亦曾到秦人家。不知何處得雞豕，就中仍見繁桑麻〔一六〕。翛然遠與世事間〔一七〕，裝鸞駕鶴又復遠〔一八〕。何必長從七貴遊〔一九〕？勞生徒聚萬金産。挹君去〔一〇〕，長相思，雲遊雨散從此辭。欲知悵别心易苦，向暮春風楊柳絲。

【注釋】

〔一〕烟郊，即春郊。《春夜宴從弟桃花園序》：「陽春召我以烟景。」

〔二〕叨承，謙詞，忝受也。國士，國中傑出之人。參見天寶十二載《走筆贈獨孤駙馬》詩注。句謂己天賓初得元丹丘薦舉入朝。

〔三〕雲物，猶言景物。歲時，泛指節候。《禮·哀公問》：「歲時以敬祭祀，以序宗族。」二句謂昔與元丹丘同在朝時，每值美景良辰，輒共飲同遊。

〔四〕王注：「古人以絹素寫書，故謂素書。含丹者，書中之字，以朱寫之，白者絹色，丹白相映，爛然如霞矣。」

〔五〕冥筌，謂道家之理論與實踐也。《文選》江淹《雜體許徵君自序詩》：「一時排冥筌。」李周翰注：「冥，理也，筌，跡也。言理跡雙遺也。」

〔六〕脱屣，《漢書·郊祀志》：「嗟乎，誠得如黄帝，吾視去妻子如脱屣耳！」顔師古注：「脱屣者，言其便宜無所顧也。」

〔七〕《雲笈七籤》卷二七：「（施存）學大丹之道。……後遇張申爲雲臺治官，常懸一壺如五升器大，變化爲天地，中有日月，如世間。夜宿其内，自號壺天，人謂曰壺公。」

〔八〕俛仰，喻時之短暫。《莊子·在宥》：「其疾俛仰之間。」

〔九〕鍾峰，即鍾山。句謂鍾山在望。

〔一〇〕玉女窗，在嵩山。詳見本年《送王屋山人魏萬還王屋》詩注。洪崖，相傳爲三皇時之仙人，代指元丹丘。二句謂昔與丹丘在嵩山相别，今在石門相逢。

〔一一〕陶公，即陶弘景，字通明，南朝時丹陽秣陵人。幼讀葛洪《神仙傳》，即有養生之志。齊高帝作相，引爲諸王侍讀。後退居茅山（一説句曲山，一説横望山）中，立館自號華陽隱居，謚貞白先生，其所隱之山後名隱居山，所隱之處名隱居寺。《南史》有傳。

〔一二〕靈神，《大戴禮·曾子天圓》：「陽之精氣曰神，陰之精氣曰靈。」句言昔年來訪陶公遺跡。

〔一三〕甲子，古以干支紀年，六十年爲一甲子。相傳絳縣長壽者不知紀年，但知甲子，曰：「臣生之歲，正月甲子朔，四百有四十五甲子矣。」見《左傳》襄公三十年。

〔一四〕冰霜顔，仙人之貌。《莊子·逍遥遊》：「藐姑射之山，有神人居焉。肌膚若冰雪，綽約若處子。」

〔一五〕懸知，預知也。樂客，好客也。句謂丹丘待己再來。

〔一六〕桃花、秦人、雞豕、桑麻，皆以陶淵明《桃花源記》所記擬之。

〔一七〕翛然，自然超脱貌。《莊子·大宗師》：「翛然而往，翛然而來而已矣。」翛，音消。

〔一八〕鸞、鶴，仙人所乘也。

〔一九〕七貴，泛指權貴。詳見乾元元年《流夜郎贈辛判官》詩注。

〔二〇〕 挹，通揖。

【集説】

王云：按《太平府志》：横望山，在當塗縣東六十里。春秋楚子重伐吴，至於横山，即此山也。實爲金陵朝對之山。《真誥》稱其石形瓌奇，洞穴盤紆，陶隱居嘗棲遲此地煉丹，故有陶公讀書堂、石門、古祠、灰井、丹爐諸遺跡。書堂今爲澄心寺。石門山水尤奇，盤道屈曲，沿磴而入，峭壁二里，夾石參天，左擁右抱，羅列拱揖，高者抗層霄，下者入奥衍。中有玉泉嵌空，淵淵而來，春夏霖潦奔馳，秋冬澄流一碧，縈繞如練。觀詩中所稱隱居山寺、「陶公煉液」、「石門流水」諸句，知石門舊居，蓋在其處矣。

【按】

此詩作於何年，因何而作，詩中所别何人，何以傷感若是？凡此種種，前人皆付之不解。郭沫若謂爲李白逝世之年與道士吴筠訣别之作，未諦。集中凡作於安史亂後者皆有亂後跡象，此詩長達數十韻而無一語及亂後事，必非作於逝世之年。吴筠與李白交遊以及薦白入朝事，已爲新説否定，詩中所别之人必非吴筠。此詩當與李白上年入長安事聯繫考察，其作時、作意、以及詩中所别之人，皆可見端倪。據任華《雜言寄李白》詩中有句云：「中間聞道在長安，及余戾止，君已江東訪元丹。」李白開元十八年入長安出京後，即東遊梁宋，遍登嵩山三十峰，然後憩元丹丘潁陽山居，未至江東。李白待詔翰林出京後，與杜甫、高適同遊梁宋畢，從高天師受道籙於濟南紫極宫，冬返任城，亦未至江東。故知「江東訪元丹」必是上年入長安出京後行蹤。再觀詩中所别之人無一處不與元丹丘相合，尤以「此心鬱悵誰能論，有愧叨承國士恩。雲物共傾三月酒，歲時同餞五侯門」諸語，實舍元丹丘其人莫屬。天寶初，元丹丘受詔入朝，爲大昭成觀威儀，隨玉真公主朝謁譙郡真源宫，受道王屋山仙人臺，後即奉勑建《玉真公主靈壇祥應記》碑。是時李白亦因丹丘之薦入翰林。詳見開元二十九年《鳳笙歌》按語。此四句即回憶此段往事。李詩屢言出世，總在每次政治活動失敗之後。上年長安之行後，李白深感社稷有危亡之虞，已亦至垂暮之年，益感報國無日，唯有高舉遠引，全身避禍，故出世之想特甚。前此諸詩均可見之，此詩亦然。此期詩中，因感天下即將大亂，故屢用桃源事，如上年《酬王補闕惠翼莊廟宋丞泚贈别》：「薜帶何辭楚，桃源堪避秦。」《鄭客西入關》（古風其三十一）：「一往桃花源，千春隔流水。」《書情贈蔡舍人雄》：「别離解相訪，應在武陵多。」此詩亦以桃源擬石門。白與丹丘多次聚首，亦多次賦别，未有如此詩之感傷者，致予人以訣别之感，總緣上年長安之行後，心境鬱悵異常，瀕於絶望之故。此詩既非亂後之作，置於他期均不可，詩時令甚明，其唯本年春乎？

之廣陵宿常二南郭幽居

廣陵，郡名，即揚州，唐屬淮南道。常二，名字不詳。

緑水接柴門，有如桃花源〔一〕。忘憂或假草，滿院羅叢萱〔二〕。暝色湖上來，微雨飛南軒。故人宿茅宇，夕鳥棲楊園〔三〕。還惜詩酒别，深爲江海言。明朝廣陵道，獨憶此傾樽。

【注釋】

〔一〕桃花源，用陶淵明《桃花源記》故事。

〔二〕《博物志·藥論》：「《神農經》曰：中藥養性，合歡蠲忿，萱草忘憂。」

〔三〕《詩·小雅·巷伯》：「楊園之道。」毛傳：「楊園，園名。」《巷伯》，内臣傷讒之作。

送儲邕之武昌

武昌，縣名，屬江南西道鄂州（江夏郡），即今湖北鄂城縣。

黄鶴西樓月，長江萬里情。春風三十度，空憶武昌城。送爾難爲别，銜杯惜未傾。湖連張樂地〔一〕，山逐汎舟行。諾謂楚人重〔二〕，詩傳謝朓清。滄浪吾有曲，寄入棹歌聲〔三〕。

【注釋】

〔一〕張樂，奏樂。《莊子·天運》：「帝張咸池之樂於洞庭之野。」謝朓《新亭渚别范零陵》詩：「洞庭張樂地，瀟湘帝子遊。」

〔二〕《史記·季布列傳》：「楚人諺曰：得黄金百斤，不如得季布一諾。」

〔三〕《孟子·離婁》：「滄浪之水清兮，可以濯我纓；滄浪之水濁兮，可以濯我足。」

【集説】

王夫之云：供奉於此體本非勝場，乃此一篇則又一空萬古，唯胸中無排律名目也。衝口雲烟，無端縈繞。（《唐詩評選》）

沈德潛云：以古風起法運作長律，太白天才，不拘繩墨乃爾。（《唐詩别裁》）

詹鍈云：詩云「湖連張樂地」，謝朓詩有「洞庭張樂地」之句，則送别之地似在巴陵附近。又云「春風三十度，空憶武昌城」，知在春季，與初遊武昌時相去已三十載矣。

瞿、朱云：謝朓詩乃於丹陽送别，則白詩亦未可據洞庭二字以定送别之地。

【按】詩云「諸爲楚人重，詩傳謝朓清」，蓋譽儲邕也。儲或籍爲武昌而返舊里者。「春風三十度，空憶武昌城」，謂初遊武昌至此時已三十年。白開元十四年有《别儲邕之剡中》詩，至本年約爲三十年。

哭晁卿衡

晁衡，即日本阿倍仲麻吕，唐時譯爲仲滿。開元初隨遣唐使多治比等人來中國，慕中國之風，因留不去，改姓名爲晁衡，或朝衡。歷仕左補闕、儀王友、秘書監等職。見兩《唐書·東夷列傳》。天寶十二載冬，隨遣唐使藤原等歸國，至琉球遇風，漂流至安南，同舟死者多人，晁衡等免於難，後復至長安。白誤以爲晁衡亦遇難，故作此詩以悼之。當是本年夏在揚州時作。

日本晁卿辭帝都〔一〕，征帆一片遶蓬壺。明月不歸沉碧海〔二〕，白雲愁色滿蒼梧〔三〕。

【注釋】

〔一〕帝都，謂長安。王維有《送秘書晁監還日本國》詩并序。

〔二〕明月，喻晁衡。句謂晁衡遇難。

〔三〕蒼梧，王注：「《水經注》：東北海中有大洲，謂之郁州，《山海經》所謂『郁山在海中』者也。言是山自蒼梧徙此，云山上猶有南方草木。……《一統志》：淮安府海州朐山東北海中有一大洲，謂之鬱洲，又名郁洲，一名郁州山，一名蒼梧山，或云昔從蒼梧飛來。」

【集説】

瞿、朱云：唐人與晁衡往還者尚有包佶《送日本國聘賀使晁巨卿東歸》詩。或稱校書，或稱補闕，或稱少監，是其所歷之官不同，李詩稱卿，包詩稱聘賀使，乃泛稱也。巨卿蓋其字。又按：近年日本方面考證朝衡事跡之文字有長勳《阿倍仲麻呂及其時代》，杉木直次郎《安南與朝衡》等文，我國則繆鳳林有《留學中國之日本詩人》等文。今摘其大要於下：晁衡者，日本阿倍朝臣仲麻呂之華名，或稱仲滿。衡生於日本文武帝二年，唐中宗嗣聖十五年（公元六九八）。靈龜二年（七一六）選爲遣唐學生，時年十九。明年三月，隨遣唐使多治比縣守并副使判官等，發自難波，一行五百十七人，乘船四艘。其以留學生西來，顯名於後世者，則吉備真備、大和長岡、玄昉及晁衡也。此行爲日本遣唐使之第九次，時爲唐玄宗開元五年。衡入京師，學於太學，與公卿貴遊子弟比席受業，資用乏，輒由唐資給之。既卒業，爲司經局校書，尋授左拾遺、左補闕。二十二年冬，日本遣唐使多治比廣成將歸，吉備真備、大和長岡、玄昉等皆從行，衡留唐已十七年，亦以親老請歸，帝不許。衡感愴賦詩云：「慕義名空在，偷忠孝不全。報恩無有日，報國是何年？」天寶十二載，任秘書監，兼衛尉卿。是年日本遣唐使藤原清河，副使大伴古麻吕、吉備真備等復抵長安，衡奉命導觀府庫及三教殿。玄宗召見清河，禮遇甚優，衡請同返，玄宗因命爲使。時衡年五十六矣。自長安南行過揚州，十月十五日訪名僧鑑真於延光寺，邀同東渡。四舶同發蘇州。衡與大使藤原同一舶。十二月六日至琉球，遇風與他舟相失，漂至安南驩州沿岸，遇盜，同舟死者百七十餘人。獨衡與藤原展轉歸長安，時爲天寶十四載六月。此後經安禄山之亂，衡殆亦從玄宗肅宗避難。至上元中，受任爲左散騎常侍、鎮南都護。大曆初罷歸長安，五年正月卒，年七十三。日本寶龜十年，唐使孫興進及藤原女喜娘至日，凶問始達。衡之歸國遇難，白聞之。其飄至安南仍返長安，復升顯職，則非獨白不及知，中國人亦少知之者，賴日本紀載猶存其大略耳。

贈僧崖公

昔在朗陵東〔一〕，學禪白眉空〔二〕。大地了鏡徹〔三〕，迴旋寄輪風〔四〕。攬彼造化力，持爲我神通〔五〕。晚謁太山君〔六〕，親見日没雲。中夜卧山月〔七〕，拂衣逃人群。授余金仙道〔八〕，曠劫未始聞〔九〕。冥機發天光〔一〇〕，獨朗謝垢氛〔一一〕。虚舟不繫物〔一二〕，觀化遊江瀆〔一三〕。江瀆遇同聲，道崖乃僧英。説法動海岳，游方化公卿〔一四〕。手秉玉麈尾〔一五〕，如登白樓亭〔一六〕。

微言注百川〔一七〕，亹亹信可聽〔一八〕。一風鼓群有〔一九〕，萬籟各自鳴。啟閉八窗牖，託宿掣雷霆。自言歷天台，搏壁躡翠屏〔二〇〕。凌兢石橋去〔二一〕，恍惚入青冥。昔往今來歸，絶景無不經。何日更携手，乘杯向蓬瀛〔二二〕？

【注釋】

〔一〕《元和郡縣志》河南道蔡州朗山縣：「朗陵山，一名大朗山，在縣西北三十里。」

〔二〕王注：「白眉空疑是當時釋子之名，猶禪宗所稱南泉願、臨濟元、趙州諗之類。楊注引《蜀志》馬良白眉事，非矣。」

〔三〕鏡徹，《楞嚴經》：「觀諸世間大地山河如鏡鑑明，來無所粘，過無踪跡。」

〔四〕輪風，即風輪。王注：「《法苑珠林》依《華嚴經》云：三千大千世界，以無量因緣乃成，且如大地依水輪，水依風輪，風依空輪，空無所依。然衆生業感世界安住。故《智度論》云：三千大千世界皆依風輪爲基。」

〔五〕王注：「《維摩詰經》：維摩詰即入三昧，現神通力，示諸大衆。」

〔六〕太山君即太山之神。《廣博物志》：「東岳太山君領群神五千九百人，主治死生百鬼之主帥也。太山君服青袍，戴蒼璧七稱之冠，佩通陽太平之印，乘青龍。」

〔七〕此句兩宋本、繆本、王本俱注云：「一作夜卧雪上月。」

〔八〕王注：「《金光明經》：如來之身金色微妙。後世稱佛有金仙之號以此。」

〔九〕《隋書・經籍志》：「天地之外，四維上下，更有天地，亦無終極。然皆有成有敗。一成一敗，謂之一劫。」《楞嚴經》：「我曠劫來心得無礙。」

〔一〇〕冥機，玄遠之機。沈約《千佛頌》：「千覺俯應，遞叩冥機。」天光，自然之光。《莊子・庚桑楚》：「宇泰定者，發乎天光。」

〔一一〕謝靈運《述祖德詩》：「兼抱濟物性，而不纓垢氛。」黄節注：「纓，繞也。垢，滓也。氛，氣也。謂世事咨惡，不相纓繞，不雜塵霧。」

〔一二〕《莊子・列禦寇》：「汎若不繫之舟，虚而遨遊者也。」

〔一三〕江濆，即江邊。《元和郡縣志》揚州：「江都故城在縣西南四十里，城臨江水。」江都縣爲州治所在，故此處江濆即指揚州。二句謂己之遊踪。

〔一四〕《莊子・大宗師》：「孔子曰：彼遊方之外者，而丘遊方之内者也。」

〔一五〕玉麈尾，玉柄麈尾。《晉書・王衍傳》：「妙善玄言，唯談老莊爲事。每執玉柄麈尾，與手同色。」

〔一六〕《世説・賞譽》：「孫興公許玄度共在白樓亭，共商略先往名達。」劉孝標註：「《會稽記》曰：亭在山陰，臨流映壑也。」

〔一七〕《漢書・藝文志》：「昔仲尼没而微言絶。」注：李奇曰：「隱微不顯之言也。」師古曰：「精微要妙之言也。」

〔一八〕亹亹，動聽也。《晉書·謝安傳》：「弱冠詣王濛，清言良久，既去，濛子脩曰：『向客何如大人？』濛曰：『此客亹亹，爲來逼人。』」

〔一九〕《文選》王中《頭陀寺碑文》：「行不捨之檀而施洽群有。」劉良注：「群有謂萬物。」

〔二〇〕《文選》孫綽《遊天台山賦》：「跨穹隆之懸磴，臨萬丈之絶冥。踐莓苔之滑石，搏壁立之翠屏。」李善注：「翠屏，石橋之上石壁之名也。」

〔二一〕《文選》揚雄《甘泉賦》「馳閶闔而入淩兢」李善注：「服虔曰：淩兢，恐懼貌也。」石橋，亦在天台山，即前注中「穹隆之懸磴」。參見下篇注〔一九〕。

〔二二〕《法苑珠林》卷七六：「宋京師有釋杯渡者，不知俗姓名字是何，常乘大木杯渡水，因而爲目。初見在冀州，不修細行，神力卓越，世莫能測其由來。嘗於北方寄宿一家，家有一金像，渡竊而將去，家主覺而追之，見渡徐行，走馬逐而不及。至孟津河，浮木杯於水，憑之渡河，無假風棹，輕疾如飛。俄而渡岸，達於京師。」

【集説】

葛立方云：李白跌蕩不羈，鍾情於花酒風月則有矣，而肯自縛於枯禪，則知淡泊之味賢於啖炙遠矣。白始學於白眉空，到「大地了鏡徹，迴旋寄輪風」之旨，中謁泰山君，到「冥機發天光，獨照謝世氛」之旨，晚見道崖，則此心豁然更無凝滯矣。所謂「啟閉入窗牖，託宿掣電形」是也。後又有《談玄》之作云：「茫茫大夢中，惟我獨先覺，騰轉風火來，假合作容貌，問語前後際，始知金仙妙。」則所得於佛氏者益遠矣。（《韻語陽秋》）。

詹鍈云：據葛氏之意，則此詩當是太白晚年所作。詩云：「觀化遊江濆，江濆遇同聲。」則贈詩之地當去長江不遠。按曾鞏繫此首於《戲贈鄭溧陽》詩之下，或有所據，今姑從之。

【按】

詹鍈繫此詩於天寶十三載，可從。

送王屋山人魏萬還王屋 并序

本年五月在揚州與魏萬相識，一見泯合，遂同舟入秦淮，復遊金陵。别時贈以此詩，并盡出其文，囑萬編集。萬後名顥，上元初登第。有《李翰林集序》，載附録中。王屋山，在河南府王屋縣北十五里。見《元和郡縣志》卷五。

王屋山人魏萬，云自嵩、宋沿吴相訪，數千里不遇。乘興游台、越，經永嘉，觀謝公石門，後於廣陵相見。美其愛文好古，浪跡方外，因述其行而贈是詩〔一〕。

仙人東方生，浩蕩弄雲海。沛然乘天遊，獨往失所在〔二〕。魏侯繼大名，本家聊攝城〔三〕。卷舒入元化，跡與古賢并〔四〕。十三弄文史，揮筆如振綺。辯折田巴生，心齊魯連子〔五〕。西涉清洛源，頗驚人世喧。採秀卧王屋，因窺洞天門〔六〕。朅來遊嵩峰，羽客何雙雙〔七〕。

朝携月光子，暮宿玉女窗〔八〕。鬼谷上窈窕〔九〕，龍潭下奔潈〔一〇〕。東浮汴河水，訪我三千里。逸興滿吴雲，飄颻浙江汜。揮手杭越間，樟亭望潮還〔一一〕。濤卷海門石，雲横天際山。白馬走素車，雷奔駭心顔〔一二〕。遥聞會稽美，一弄耶溪水。萬壑與千巖，峥嶸鏡湖裏。秀色不可名，清輝滿江城。人遊月邊去，舟在空中行〔一三〕。此中久延佇，入剡尋王許〔一四〕。笑讀曹娥碑，沉吟黄絹語〔一五〕。天台連四明，日入向國清〔一六〕。五峰轉月色，百里行松聲〔一七〕。靈溪恣沿越，華頂殊超忽〔一八〕。石梁横青天，側足履半月〔一九〕。眷然思永嘉〔二〇〕，不憚海路賒。挂席歷海嶠〔二一〕，迴瞻赤城霞〔二二〕。赤城漸微没，孤嶼前嶢兀〔二三〕。水續萬古流，亭空千霜月。縉雲川谷難〔二四〕，石門最可觀〔二五〕。瀑布挂北斗，莫窮此水端。噴壁灑素雪，空濛生晝寒。卻思惡溪去〔二六〕，寧懼惡溪惡？咆哮七十灘，水石相噴薄。路創李北海〔二七〕，巖開謝康樂〔二八〕。松風和猿聲，搜索連洞壑。徑出梅花橋，雙溪納歸潮〔二九〕。落帆金華岸，赤松若可招〔三〇〕。沈約八詠樓〔三一〕，城西孤岧嶤。岧嶤四荒外，曠望群川會。雲卷天地開，波連浙西大〔三二〕。亂流新安口，北指嚴光瀨。釣臺碧雲中，邈與蒼嶺對〔三三〕。稍稍來吴都〔三四〕，徘徊上姑蘇〔三五〕。烟綿横九疑，漭蕩見五湖〔三六〕。目極心更遠，悲歌但長吁。迴橈楚江濱，揮策揚子津。身著日本裘〔三七〕，昂藏出風塵。五月造我語，知非佁儗人〔三八〕。相逢樂無限，水石日在眼。徒干五諸侯，不致百金産。吾友揚子雲〔三九〕，絃歌播清芬。雖爲江寧宰，好與山公群〔四〇〕。乘興但一行，且知我愛君〔四一〕。君來幾何時？仙臺應有期。東窗緑玉樹，定長三五枝。至今天壇人〔四二〕，當笑爾歸遲。我苦惜遠别，茫然使心悲。黄河若不斷，白首長相思〔四三〕。

【注釋】

〔一〕詩序，兩宋本、蕭本、繆本、王本俱注云：一作「見王屋山（蕭本、王本山下有人字）魏萬，云自嵩歷兖，遊梁入吴，計程三千里，相訪不遇，因下江東，尋諸名山，往復百越，後於廣陵一面，遂乘興共過金陵，美（蕭本、王本無此字）此公愛奇好古，獨往物表，因述其行李，遂有此贈（蕭本、王本贈作作）」。

〔二〕東方生，謂東方朔。《漢武内傳》：「東方朔一旦乘龍飛去，同時衆人見從西北上冉冉，仰望良久，大霧覆之，不知所適。」以上四句，兩宋本、繆本、胡本、王本俱注云：「一作東方不辭家，獨訪紫泥海。時人少相逢，往往失所在。」喻己行踪無定。

〔三〕春秋時晉大夫有畢萬，本詩題中魏萬與之同名，故云。聊、攝，古地名。《左傳》昭公二十年：「聊、攝以東，姑尤以西。」杜預注：「聊、攝，齊西界也，平原聊城縣東北有攝城。」

〔四〕卷，喻隱。舒，喻仕。入元化，任其自然。

〔五〕《太平御覽》卷四六四引《魯連子》曰：「齊之辯者田巴辯於狙丘，議於稷下。毁五帝，罪三王，訾五伯，離堅白，合同異，一日而服千人。有徐劫者，其弟子曰魯連，謂劫曰：『臣願得當田子，使之不敢復談可乎？』徐劫言之田巴曰：『劫弟子年十二耳，然千里之駒也。願得侍議於前。』田巴曰：『可。』魯連曰：『臣聞堂上之糞不除，郊草不芸，白刃交前，不救流矢。何則？急者不救，則緩者非務。楚軍南陽，趙氏伐高唐，燕人十萬之衆在聊城而不去，國亡在旦暮耳，先生將奈何？』田巴曰：『無奈何。』魯連曰：『夫危不能爲安，亡不能爲存，則無爲貴學士矣。今臣將罷南陽之師，還高唐之兵，卻聊城之衆，爲所貴談，談者其若此也。如先生之言，有似梟鳴，出聲而人惡之，願先生勿復談也。』田巴曰：『謹聞教。』明日見徐劫曰：『先生之駒，乃飛兔、騕褭也，豈特千里哉！』於是杜口易業，終身不復談。」

〔六〕王云：「以上美萬之愛文好古而隱居王屋之事。」

〔七〕朅來，猶言往來。

〔八〕月光子，傳説中之仙童，常在天台，時亦往來嵩山。見《藝文類聚》卷七。玉女窗，嵩山古蹟，相傳漢武帝於窗中見玉女。

〔九〕鬼谷，在河南府告城縣北五里，即六國時鬼谷先生所居。見《元和郡縣志》卷五。窈窕，幽静貌。

〔一〇〕王注：「《一統志》：龍潭在登封縣東二十五里，嵩頂之東，九潭相接，其深莫測。」奔潨，衆水奔會貌。

〔一一〕樟亭，驛名，在錢塘縣南五里，觀潮處。

〔一二〕以上四句謂浙江觀濤之景。枚乘《七發》：「觀濤乎廣陵之曲江。其始起也，洪淋淋焉若白鷺之下翔。其少進也，浩浩溰溰如素車白馬帷蓋之張。淩赤岸，篲扶桑，横奔似雷行。」王云：以上叙其自嵩宋沿吴相訪之事。

〔一三〕耶溪、鏡湖，均在會稽。以上八句叙其會稽之遊。

〔一四〕王許，謂王羲之、許邁。《晉書·王羲之傳》：「羲之既去官，與東土人士盡山川之遊，弋釣爲娱。又與道士許邁共修服食、採藥石，不遠千里，徧遊東中諸郡，窮諸名山，泛滄海。」

〔一五〕《世説·捷悟》：「魏武嘗過曹娥碑下，楊修從，碑背上見題作『黄絹幼婦，外孫虀臼』八字。魏武謂修曰：『解否？』答曰：『解。』魏武曰：『卿未可言，待我思之。』行三十里，魏武乃曰：『吾已得。』令修别記所知。修曰：『黄絹，色絲也，於字爲絶；幼婦，少女也，於字爲妙；外孫，女子也，於字爲好；虀臼，受辛也，於字爲辤。所謂絶妙好辭也。』魏武亦記之，與修同。」

〔一六〕國清，寺名，在天台山下。《九域志》卷五：「景德寺，舊名國清寺。隋煬帝在藩日，爲智顗禪師所建。唐會昌五年廢，大中五年再置，柳公權書額。時以濟州靈巖、荆州玉泉、潤州棲霞、台州國清爲四絶。」

〔一七〕王注：「《天台山志》……五峰在國清寺側，其峰有五：正北曰八桂，東北曰靈禽，東南曰祥雲，西南曰靈芝，西北曰映霞。前有雙澗合流，南注大溪。鑿字巖在縣北三里，巖上有萬松徑三字。相傳昔時由巖至國清寺，大松成列，今無矣。」

〔一八〕王注：「《天台山志》：……靈溪在縣北十五里福聖觀前。……孫綽賦云：『過靈溪而一濯，疏煩想於心胸。』華頂峰在縣東北六十里，乃天台第八重最高處，高一萬八千丈，周圍一百里。」二句謂靈溪可恣意沿越，華頂峰則殊爲超忽。

〔一九〕石梁，即石橋，在天台山北峰。王注：「側足者，言石橋險狹，僅可側足而行。半月，喻石橋灣環之狀。」以上八句叙其天台之遊。

〔二〇〕永嘉，郡名，即温州。晉王羲之、宋謝靈運均曾爲永嘉太守。

〔二一〕海嶠，海濱尖山。謝靈運有《登臨海嶠》詩。

〔二二〕赤城，山名，在天台縣北。其土赤色，爛若雲霞。

〔二三〕孤嶼，山名，在永嘉縣北。

〔二四〕縉雲，郡名，即處州，治縉雲，即今浙江縉雲縣。

〔二五〕王注：「《浙江通志》：處州青田縣有石門山，在石蓋山之西十里，兩峰對峙如門，中有洞曰石門洞。……舊在榛莽間，至劉宋時，永嘉守謝靈運性好遊覽，始覓此洞。」

〔二六〕惡溪，在處州麗水縣。以其湍流阻險，故名。隋開皇中改爲麗水，唐因之以爲縣名。見《元和郡縣志》卷二十六。

〔二七〕王注：「太白自注：李公邕昔爲括州，開此嶺路。《唐書·李邕傳》：開元二十三年，起爲括州刺史，後歷淄、滑二州刺史。上計京師，出爲汲郡北海太守，時稱李北海。」

〔二八〕王注：「太白自注：惡溪有謝康樂題詩處。……《一統志》：謝公巖在縉雲縣南十里，一名康樂巖，謝靈運遊宴之地。」

〔二九〕王注：「梅花橋今無考，當在梅花溪之上。薛方山《浙江通志》：金華縣東石碕巖，高十餘丈，俯瞰大溪，巖下有洞曰梅花洞，又名梅花溪。雙溪在金華縣南，一曰東港，一曰南港。」

〔三〇〕金華，縣名，屬婺州（東陽郡）。即今浙江金華縣。縣北二十里有金華山，相傳爲赤松子得道處。見《元和郡縣志》卷二十六。

〔三一〕沈約，南朝齊梁間詩人。《一統志》卷二九九：「八咏樓在（浙江金華）府學西，舊名元暢樓，齊隆昌初，太守沈約建，有八咏詩。宋至道間郡守馮伉更今名。」

〔三二〕王注：「《唐六典》注：浙江水有三源：一出歙州，一出衢州，一出婺州。歷睦、杭、越三州界，入海。」

〔三三〕新安口，即新安江口，錢塘江支流。嚴光瀨，漢高士嚴光垂釣處。王注：「《浙江通志》：蒼嶺，在台州仙居縣西北九十里。……又云：處州縉雲縣有括蒼山，一名蒼嶺。」又云：「以上叙其自台州泛海至永嘉，徧遊縉雲、金華諸名勝之事。」

〔三四〕吴都，蘇州。《通典》卷一八二：「蘇州，春秋吴國之都也。自闔閭以後，并都於此。」

〔三五〕姑蘇，臺名，《藝文類聚》卷六十二引《吴地記》曰：「吴王闔閭十一年，起臺於姑蘇山，因山爲名。西南去國三十五里。春夏遊焉。後夫差復高而飾之。越伐吴，遂見焚。太史公曰：余登姑蘇，望五湖。五湖去此臺二十餘里。」

〔三六〕五湖，王注：「登姑蘇以望五湖，自是實景。若九疑遠在湖廣南垂，相去數千里，豈目力所能及？或者是設爲想像之辭耳。否則是其所望見之山，其時亦冒九疑之名者，因指而入詠，亦未可定。」

〔三七〕王注：「太白自注：裘則朝卿所贈日本布爲之。」二句非自謂，裘乃朝衡贈魏萬者。

〔三八〕佁儗，音以你。《文選》馬融《長笛賦》：「佁儗寬容。」劉良注：「佁儗，閑緩貌。」此言魏萬非無仕進之心者。

〔三九〕揚子雲，喻江寧縣令楊利物，見本年《江寧宰楊利物畫贊》等文及詩。

〔四〇〕山公，即山簡。見開元二十二年《襄陽歌》注。

〔四一〕王注：「以上叙其自姑蘇至廣陵相見之事。」

〔四二〕《一統志》卷二〇二：「天壇山，即王屋山絶頂。軒轅祈天之所，故名。東曰日精峰，西曰月華峰，即唐司馬承禎得道之所。」

〔四三〕王注：「『黄河若不斷，白首長相思』，此是倒裝句法，謂白首相思，若黄河之水，終無斷絶時耳。」

又云：「以上叙其還山而相別也。」

【集説】

詹鍈云：此詩云：「五月造我語，知非佁儗人。」魏萬答詩云：「此别未遠别，秋期到仙山。」當是五月以後尚未入秋以前所作。附魏萬《金陵酬翰林謫仙子》詩云：「去秋忽乘興，命駕來東土。謫仙遊梁園，愛子在鄒魯。二處一不見，拂衣向江東。」知天寶十二載秋萬曾訪白於梁園，未遇，又訪之於東魯，僅見伯禽，始「拂衣向江東」也。證之《留别曹南群官之江南》詩，《自梁園至敬亭山會公談陵陽山水》詩，正相吻合。

【按】

魏顥《李翰林集序》云：「解攜明年，四海大盜。」足證此詩作於本年。此爲贈别之作，故於魏萬事跡及遊踪記叙頗詳，以盡其稱美與惜别之意。

〔附〕金陵酬翰林謫仙子　王屋山人魏萬

君抱碧海珠，我懷藍田玉。各稱希代寶，萬里遥相燭。長卿慕藺久，子猷意已深。平生風雲人，暗合江海心。去秋忽乘興，命駕來東土。謫仙遊梁園，愛子在鄒魯。二處不一見，拂衣向江東。五兩挂淮月，扁舟隨海風。南遊吴越徧，高揖二千石。雪上天台山，春逢翰林伯。宣父敬項橐，林宗重黄生。一長復一少，相看如弟兄。惕然意不盡，更逐西南去。同舟入秦淮，建業龍盤處。楚歌對吴酒，借問承恩初。宫買長門賦，天迎駟馬車。才高世難容，道廢可推命。安石重携妓，子房空謝病。金陵百萬户，六代帝王都。虎石踞西江，鍾山臨北湖。湖山信爲美，王屋人相待。應爲歧路多，不知歲寒在。君遊早晚還，勿久風塵間。此别未遠别，秋期到仙山。

送温處士歸黄山白鵝峰舊居

本年秋作於宣州。温處士，其人不詳。黄山，在宣州太平縣西南四十里，今屬安徽歙縣。王注：「郡志：其山有摩天戛日之高，宣、歙、池、饒、江等州山，并是此山之支脈矣。諸峰有如削成，烟嵐無際，雷雨在下。其霞城、洞室、巖竇、瀑泉，則無峰不有，信靈仙之窟宅。……白鵝峰在石門峰、烏泥嶺之間。」

黄山四千仞，三十二蓮峰〔一〕。丹崖夾石柱，菡萏金芙蓉〔二〕。伊昔昇絶頂，下窺天目松〔三〕。仙人煉玉處〔四〕，羽化留餘蹤。亦聞温伯雪〔五〕，獨往今相逢。採秀辭五岳〔六〕，攀巖歷萬重。歸休白鵝嶺，渴飲丹沙井〔七〕。鳳吹我時來，雲車爾當整。去去陵陽東〔八〕，行行芳桂叢。迴谿十六度，碧嶂盡晴空。他日還相訪，乘橋躡彩虹〔九〕。

【注釋】

〔一〕王注：「《黄山志》：江以南諸山最黄山，其高四千仞。按：黄山諸峰最高者，志稱九百仞止矣。四千仞者，大抵自山麓平地而准擬之。諸書皆言黄山之峰三十有六，而白詩只言三十有二，蓋四峰唐以前未有名也。《山志》云：群峰聳秀，羅列當前，曰青鸞，曰朱砂，曰天都，曰老人，曰鉢盂，盡作蓮花蓮蕊狀。」

〔二〕菡萏，荷花未舒也。邢昺《爾雅疏》：「今江東人呼荷花爲芙蓉。」王注：「黄山三十二峰，皆如蓮花，丹崖夾峙中，植立若柱。然其頂之圓平者，如菡萏之未舒；其頂之開敷者，如芙蓉之已秀。」

〔三〕天目山，在浙江臨安縣西北五十里。與於潛縣接界，爲浙江山水之主脈。山有兩目，在臨安者曰東天目，在於潛縣者曰西天目。王注：「《山志》引《郡國志》云：浙江天目山，高一萬八千丈，僅及黄山之麓。蓋地勢自高而下，有如建瓴。黄山上峙於高原，天目峭拔乎卑壤，以卑擬高，則天目之頂僅及黄山之趾。太白所謂『昇絶頂』而『下窺天目松』者，良有以也。」

〔四〕煉玉，即煉丹。鮑照《從庾中郎遊園山石室》詩：「至哉煉玉人，處此長自畢。」黄山有煉丹峰，相傳浮丘公煉丹峰頂。

〔五〕王注：「《莊子》：温伯雪子適齊，反，舍於魯，仲尼見之而不言。子路曰：『吾子欲見温伯雪子久矣，見之而不言何耶？』仲尼曰：『若夫人者，目擊而道存矣，亦不可以容聲矣。』太白借其名以喻温處士，若所謂『河東郭有道』、『吾友揚子雲』、『洛陽蘇季子』、『笑對劉公榮』之類，集中甚多，皆借古人之名以謂今人，而《黄山志》遽以伯雪爲温處士之名，失其解矣。」

〔六〕《楚辭·九歌·河伯》：「采三秀兮於山間。」王逸注：「三秀，芝草也。」

〔七〕王注：「《圖經》云：黄山東峰下，有朱砂湯泉，熱可點茗，春時即色微紅。」

〔八〕陵陽，山名，在池州石埭縣北三十里。見《元和郡縣志》卷二十八，參見天寶十二載《見會公談陵陽山水》詩注。

〔九〕王注：「《山志》：天橋在煉丹臺，一名仙人橋，一名仙石橋，爲黄山最險。兩峰絶處，各出峭石，彼此相抵，有若笱接。接而不合，似續若斷，登者莫不嘆爲奇絶。」

【集説】

曾國藩云：首八句，自叙曾遊黄山。亦聞六句，叙温歸白鵝峰。鳳吹八句，送温去而又約相訪矣。（《求闕齋讀書録》）

詹鍈云：詩云：「去去陵陽東，行行芳桂叢。」當是（十三載）秋季作。

贈黄山胡公求白鷴 并序

王注：「張華《禽經注》：白鷴，似山鷄而色白，行止閑暇。《黄山志》：白鷴性耿介難畜，雄采而文，素角玄英，二角壯時隆起出英上，有時靡縮，蓋因氣鼓而後壯也。觜爪皆赤，其羽末黑文如洒，戢若緣褩，又如界地錦，惟尾挼二莖無緇文，班如也。《志》中亦載李白向黄山胡公求白鷴事，以胡公名暉，未詳何據，存之以廣異聞。」

聞黄山胡公有雙白鷴，蓋是家鷄所伏，自小馴狎，了無驚猜，以其名呼之，皆就掌取食。然此鳥耿介，尤難畜之。予平生酷好，竟莫能致。而胡公輟贈於我，唯求一詩，聞之欣然，適會宿意，因援筆三叫，文不加點以贈之〔一〕。請以雙白璧，買君雙白鷴。白鷴白如錦，白雪耻容顔。照影玉潭裏，刷毛琪樹間〔二〕。夜棲寒月静，朝步落花閑。我願得此鳥，翫之坐碧山。胡公能輟贈，籠寄野人還。

【注釋】

〔一〕《爾雅·釋器》：「滅爲之點。」郭璞注：「以筆滅字爲點。」《南史·劉孺傳》：「嘗在御座爲《李賦》，受詔便成，文不加點。」

〔二〕琪樹，玉樹。見《山海經·海内西經》。郭璞注：「玗琪，赤玉屬也。」

酬殷明佐見贈五雲裘歌

本年作於當塗。殷明佐，詹鍈云：「明佐，繆本作佐明，按繆本是也。殷佐明嘗與顔真卿等聯句，見《全唐詩》。」楊注：「五雲裘者，五色絢爛如雲，故以五雲名之。」

我吟謝朓詩上語，朔風颯颯吹飛雨〔一〕。謝朓已没青山空〔二〕，後來繼之有殷公。粉圖珍裘五雲色，曄如晴天散彩虹。文章彪炳光陸離，應是素娥玉女之所爲〔三〕。輕如松花落金粉，濃似錦苔含碧滋。遠山積翠横海島，殘霞飛丹映江草。凝毫採掇花露容，幾年功成奪天造。故人贈我我不違〔四〕，著令山水含清暉。頓驚謝康樂，詩興生我衣〔五〕。襟前林壑斂暝色，袖上雲霞收夕霏〔六〕。群仙長嘆驚此物，千崖萬嶺相縈鬱。身騎白鹿行飄飖，手翳紫芝笑披拂〔七〕。相如不足誇鸘鷞，王恭鶴氅安可方〔八〕？瑶臺雪花數千點，片片吹落春風香。爲君持此凌蒼蒼，上朝三十六玉皇〔九〕。下窺夫子不可及，矯手相思空斷腸〔一〇〕。

【注釋】

〔一〕謝朓《觀朝雨》詩：「朔風吹飛雨，蕭條江上來。」

〔二〕王注：「原注：謝朓宅，在當塗青山下。」青山，在當塗東南三十里，謝朓嘗築室山南，又名謝公山。

〔三〕素娥，嫦娥也。玉女，神女也。

〔四〕違，拒也。

〔五〕謝康樂爲謝靈運，好山水詩，故云。

〔六〕謝靈運《石壁精舍還湖中作》：「昏旦變氣候，山水含清暉。……林壑斂暝色，雲霞收夕霏。」

〔七〕曹植《飛龍篇》：「忽逢二童，顔色鮮好。乘彼白鹿，手翳芝草。」翳，掩也。

〔八〕鸘鷞，裘名。詳見開元十八年《玉真公主别館苦雨贈衛尉張卿二首》注。鶴氅，見天寶十二載《江上贈崔宣城》注。

〔九〕三十六玉皇，蕭注：「三十六玉皇者，道家所謂三十六天帝王也。」

〔一〇〕矯手，舉手也。

夜泊黄山聞殷十四吴吟

本年秋作於當塗。此黄山，在當塗北五里。此篇與下二篇，當爲先後之作，殷十四，名字不詳。

昨夜誰爲吴會吟〔一〕？風生萬壑振空林。龍驚不敢水中卧，猿嘯時聞巖下音。我宿黄山碧溪月〔二〕，聽之卻罷松間琴。朝來果是滄州逸〔三〕，酤酒提盤飯霜栗。半酣更發江海聲，客愁頓向杯中失。

【注釋】

〔一〕吴會，吴郡、會稽郡之合稱。吴會吟，謂吴越一帶吟詩之音調。

〔二〕此黄山，又名浮丘山，相傳古仙人浮丘翁牧鷄於此，故名。與今安徽歙縣北之黄山，名同而地異。碧溪，即姑熟溪，經山下北流入大江。

〔三〕滄州，濱水之地，古以爲隱士居處。參見乾元二年《江上吟》詩注。

殷十一贈栗岡硯

殷十一與殷十四疑爲兄弟行，附繫於此。

殷侯三玄士〔一〕，贈我栗岡硯。灑染中山毫〔二〕，光映吴門練〔三〕。天寒水不凍，日用心不倦。携此臨墨池，還如對君面。

【注釋】

〔一〕三玄士，通曉老、莊、易之人。《顔氏家訓·勉學》："洎於梁世，兹風復闡。莊老周易，總謂三玄。"

〔二〕王注："王羲之《筆經》：諸郡毫，惟中山兔肥而毫長，可用。"

〔三〕吴門練，王注："《韓詩外傳》：顔回望吴門焉，見一匹練。……孔子曰：'馬也。'"此用其字，而意則指吴中所出之絹素，與原事無涉。"

【按】

此首王琦録自高似孫《硯箋》，編入《詩文拾遺》。

贈崔秋浦三首

李白本年及次年多次遊秋浦。秋浦，縣名，時屬宣州（宣城郡）。參見本年《宣城清溪》題解。今爲安徽貴池縣。崔秋浦，秋浦縣令。

吾愛崔秋浦，宛然陶令風〔一〕。門前五楊柳，井上二梧桐。山鳥下聽事〔二〕，簷花落酒中。懷君未忍去，惆悵意無窮。

【注釋】

〔一〕陶令，謂陶淵明。

〔二〕聽事，即廳堂。《通鑑·齊紀》：「夜，進卧輿於郡聽事。」胡三省注：「中庭曰聽事，言受事察訟於是也。漢晉皆作聽事，六朝以後乃始加『广』作『廳』。」

其　二

崔令學陶令，北窗常晝眠〔一〕。抱琴時弄月，取意任無絃〔二〕。見客但傾酒，爲官不愛錢。東皋多種黍，勸爾早耕田〔三〕。

【注釋】

〔一〕《晉書·陶潛傳》：「嘗言夏月虚閑，高卧北窗之下，清風颯至，自謂羲皇上人。」

〔二〕《晉書·陶潛傳》：「性不解音，而畜素琴一張，絃徽不具，每朋酒之會，則撫而和之。曰：但識琴中趣，何勞絃上聲。」

〔三〕《晉書·陶潛傳》：「謂親朋曰：『聊欲絃歌，以爲三徑之資，可乎？』執事者聞之，以爲彭澤令。在縣公田悉令種秫穀，曰：『令吾常醉於酒足矣。』」

其　三

河陽花作縣〔一〕，秋浦玉爲人〔二〕。地逐名賢好，風隨惠化春。水從天漢落〔三〕，山逼畫屏新。應念金門客，投沙弔楚臣〔四〕。

【注釋】

〔一〕王注：「《白帖》：潘岳爲河陽令，種桃李花，人號曰河陽一縣花。庾信《春賦》：河陽一縣併是花。」

〔二〕《晉書·裴楷傳》：「楷風神高邁，容儀俊爽，博涉群書，特精理義，時人謂之玉人。」

〔三〕楊注：「『水從天漢落』者，九華山之瀑布也。」

〔四〕金門客，自謂。投沙，用賈誼事。《史記·賈生列傳》：「賈生既辭往行，聞長沙卑溼，自以壽不得長，又以適去，意不自得。及渡湘水，爲賦以弔屈原。」

贈秋浦柳少府

柳少府，秋浦縣尉，疑即柳圓，參見本年《贈柳圓》詩。

秋浦舊蕭索，公庭人吏稀。因君樹桃李〔一〕，此地忽芳菲。摇筆望白雲，開簾當翠微。時來引山月，縱酒酣清輝。而我愛夫子，淹留未忍歸。

【注釋】

〔一〕樹桃李，用潘岳事，見前詩注。亦頌惠化之意。

咏山樽二首

宋乙本、蕭本、繆本、王本俱注云：「前一首一作《詠柳少府山癭木樽》。」二首托物起興，均有自喻之意。

蟠木不彫飾〔一〕，且將斤斧疏。樽成山岳勢，材是棟梁餘。外與金罍并，中涵玉醴虚。慚君垂拂拭，遂忝玳筵居。

【注釋】

〔一〕《漢書·鄒陽傳》：「蟠木根柢，輪囷離奇。」顔師古注：「蟠木，屈曲之木也。」

其　二

擁腫寒山木〔一〕，嵌空成酒樽〔二〕。愧無江海量，偃蹇在君門。

【注釋】

〔一〕《莊子·逍遥遊》：「惠子謂莊子曰：吾有大樹，人謂之樗，其大本擁腫而不中繩墨。」

〔二〕嵌空，中空貌。沈佺期《過蜀龍門》詩：「長竇亘五里，宛轉復嵌空。」

贈柳圓

疑即前二題中之柳少府。

竹實滿秋浦，鳳來何苦飢〔一〕？還同月下鵲，三繞未安枝〔二〕。夫子即瓊樹〔三〕，傾柯拂羽儀〔四〕。懷君戀明德，歸去日相思。

【注釋】

〔一〕《莊子·秋水》：「南方有鳥，其名爲鵷鶵。……發於南海而飛於北海，非梧桐不止，非練實不食，非醴泉不飲。」鵷鶵，鳳凰。練實，竹實。

〔二〕曹操《短歌行》：「月明星稀，烏鵲南飛。繞樹三匝，何枝可依？」

〔三〕瓊樹，以璆琳琅玕爲實，鳳凰食之。見天寶三載《鳳飢不啄粟》（古風其四十）詩注。

〔四〕謝靈運詩《擬魏太子鄴中集詩八首·平原侯植》：「傾柯引弱枝，攀條摘蕙草。」

宣城清溪

王云：「清溪在池州秋浦縣。而此云宣城清溪者，蓋代宗永泰元年，始析宣州之秋浦、青陽及饒州之至德爲池州，其前固隸宣城郡耳。」清溪，源出陵陽山脈，西北流，經玉鏡潭、大樓山、白笥陂、苦竹嶺、萬羅山、江祖山等處，入平天湖，最後入長江。劉長卿有《次秋浦界清溪館》。見《貴池縣志》及張才良等《李白安徽詩文箋》。

清溪勝桐廬〔一〕，水木有佳色〔二〕。山貌日高古，石容天傾側。彩鳥昔未名，白猿初相識。不見同懷人，對之空嘆息。

【注釋】

〔一〕桐廬，此謂桐廬江，江上有嚴光釣臺，在今浙江桐廬縣。

〔二〕吴均《與朱元思書》：「自富陽至桐廬一百里許，奇山異水，天下獨絶。」

清溪行

咸本此篇與上篇合爲《宣州青溪二首》。

清溪清我心，水色異諸水。借問新安江，見底何如此〔一〕？人行明鏡中，鳥度屏風裏。向晚猩猩啼，空悲遠遊子。

【注釋】

〔一〕新安江，浙江之上游，源出安徽婺源縣西北之率山。沈約有《新安江水至清淺見底》詩。

【集説】

《唐宋詩醇》云：佇興而言，鏗然古調，一結有言不盡意之妙。

宿清溪主人

夜到清溪宿，主人碧巖裏。簷楹挂星斗，枕席響風水。月落西山時，啾啾夜猿起。

青溪半夜聞笛

青溪，當作清溪。

羌笛《梅花引》〔一〕，吴溪隴水情〔二〕。寒山秋浦月〔三〕，腸斷玉關聲。

【注釋】

〔一〕羌笛，馬融《笛賦》：「近世雙笛從羌起。」《梅花引》，曲名。古樂府有《梅花落》，唐曲亦有《大梅花》、《小梅花》。見《樂府詩集》卷二十四。

〔二〕隴水情，遥望秦川之情。《樂府詩集》卷二十五《隴頭歌辭》：「隴頭流水，鳴聲嗚咽。遥望秦川，心肝斷絶。」

〔三〕此句宋乙本、繆本、王本俱注云：「一作空山滿明月。」

秋浦歌十七首

秋浦，宣城郡縣名，又水名，縣即因水而得名。代宗永泰二年改爲池州，縣屬焉，五代以後改爲貴池。白本年自秋及冬均在秋浦。此十七首或作於初至之時，或作於久客之後。

秋浦長似秋，蕭條使人愁。客愁不可度，行上東大樓〔一〕。正西望長安，下見江水流。寄言向江水，汝意憶儂不？遥傳一掬泪，爲我達揚州。

【注釋】

〔一〕大樓，山名，據嘉靖《池州府志》記載，在貴池城南四十里。其山爲府治之面，孤撑碧落，若空中樓閣之像。按池州貴池縣即秋浦。

【集説】

詹鍈云：第一首云：「正西望長安，下見江水流。……遥傳一掬泪，爲我達揚州。」奚禄詒曰：「白時從金陵客宣，故不能忘情於揚州。然其意實在長安也。」又云：「望長安矣，而結云達揚州者，蓋長安之途所經處也。」第二首云：「欲去不得去，薄遊成久遊。何年是歸日？雨泪下孤舟。」知太白來秋浦日久而思歸矣。第四首云：「兩鬢入秋浦，一朝颯已衰。」則太白斯時已届暮年。

其二

秋浦猿夜愁，黄山堪白頭〔一〕。青溪非隴水，翻作斷腸流〔二〕。欲去不得去，薄遊成久遊〔三〕。何年是歸日？雨泪下孤舟。

【注釋】

〔一〕黄山，此謂秋浦縣之黄山嶺，在清溪上游。詳見本年《宿鰕湖》。

〔二〕隴水，見本年《青溪半夜聞笛》詩注，亦有思念長安之意。

〔三〕薄遊，暫遊也。

其三

秋浦錦駝鳥〔一〕，人間天上稀。山鷄羞渌水，不敢照毛衣〔二〕。

【注釋】

〔一〕王注：「《太平寰宇記》：歙州土産駝鳥。……《海録碎事》：駝鳥出秋浦，如吐綬鷄。」

〔二〕《博物志》卷四：「山鷄有美毛，自愛其色，終日映水，目眩則溺死。」

其　四

兩鬢入秋浦，一朝颯已衰。猿聲催白髮，長短盡成絲。

其　五

秋浦多白猿，超騰若飛雪。牽引條上兒，飲弄水中月。

其　六

愁作秋浦客，强看秋浦花。山川如剡縣〔一〕，風日似長沙〔二〕。

【注釋】

〔一〕剡縣，即剡中，在越州（會稽郡）。《世説·言語》：「顧長康從會稽還，人問山川之美，顧云：千巖競秀，萬壑争流，草木蒙龍，其上若雲興霞蔚。」

〔二〕王注：「《一統志》：秋浦……四時景物，宛如瀟湘、洞庭。」瀟湘、洞庭皆在長沙郡。二句不僅寫景，亦兼言情，謂秋浦山川有如戴逵隱居之剡縣，風物有如賈誼貶謫之長沙。唐汝詢云：「不言懷抱而言風日，正見詩人托興深微處。」（《唐詩解》）

其七

醉上山公馬〔一〕，寒歌甯戚牛〔二〕。空吟白石爛，泪滿黑貂裘〔三〕。

【注釋】

〔一〕山公，即山簡。見開元二十二年《襄陽歌》注。

〔二〕《史記·鄒陽列傳》裴駰《集解》：「應劭曰：齊桓公夜出迎客，而甯戚疾擊其牛角商歌曰：『南山矸，白石爛，生不遭堯與舜禪。短布單衣適至骭，從昏飯牛至夜半，長夜曼曼何時旦？』公召與語，以爲大夫。」

〔三〕《戰國策·秦策》：「蘇秦……説秦王，書十上而説不行，黑貂之裘敝，黄金百斤盡。」

其八

秋浦千重嶺，水車嶺最奇〔一〕。天傾欲墮石，水拂寄生枝〔二〕。

【注釋】

〔一〕水車嶺，胡注：「《貴池志》：縣西南七十里有姥山，又五里爲水車嶺，陡峻臨淵，奔流衝激，恒若桔槔之聲。」

〔二〕寄生，王注：「《蜀本草》：諸樹多有寄生，莖葉并相似，云是烏鳥食一物子，糞落樹上，感氣而生。葉如橘而厚軟，莖如槐而肥脆。」

其　九

江祖一片石〔一〕，青天掃畫屏。題詩留萬古，緑字錦苔生。

【注釋】

〔一〕江祖石，在秋浦縣南二十五里，清溪北岸。其石高十數丈，突出水際。形似古渡江神，故名。見《池州府志》及《一統志》。

其　十

千千石楠樹〔一〕，萬萬女貞林〔二〕。山山白鷺滿，澗澗白猿吟。君莫向秋浦，猿聲碎客心。

【注釋】

〔一〕石楠樹，高約七八尺。正二月開花，花甚細碎，聚集成珠，淡白緑色，秋結實。見《太平御覽》卷九十一引《魏王花木志》、宋寇宗奭《本草衍義》。

〔二〕女貞，樹名，冬夏常青，枝上能養蠟蟲，以取白蠟，故亦稱蠟樹。見《本草綱目》卷三十六。

【集説】

王云：首四句皆疊二字，蓋仿《古詩》中「青青河畔草」一體。

其十一

邏人横鳥道，江祖出魚梁〔一〕。水急客舟疾，山花拂面香。

【注釋】

〔一〕邏人，王注：「胡震亨曰：《貴池志》：城西六十里李陽河，出李陽大江，中流有石，槎牙横突，爲攔江、羅叉二磯。『羅叉』今本作『邏人』，誤。琦按：鳥道是高山峭嶺人跡稀到之處，而邏叉横其間，今以水中磯石當之，亦恐未是。」日本松浦友久引清張士範等撰《池州府志》（乾隆四十三年刊本）卷七《池州山川》所記：「萬羅山，在城南二十里，與江祖石隔溪對峙。上有邏人石。李白《秋浦歌》所謂『邏人横鳥道，江祖出魚梁』是也。」并釋曰：「『邏人是隔清溪河與江祖石相對的萬羅山的突出山腹的巨石。……江祖石……從清溪河岸邊的水面直接地高聳着。……從安置着魚梁（一種捕魚設置）的水面突出出來。」（見《關於李白〈秋浦歌〉注釋的幾個問題》一文，載《李白學刊》第一輯）魚梁，以土石築壩横截水流，留缺口，以曲竹編成魚笱承於缺口，魚順流而下即入笱中。

其十二

水如一匹練，此地即平天〔一〕。耐可乘明月〔二〕，看花上酒船。

【注釋】

〔一〕平天，平天湖，在池州府城（即秋浦）西南十里，清溪之水瀦成。

〔二〕耐可，猶言安得。

其十三

淥水净素月，月明白鷺飛。郎聽採菱女，一道夜歌歸〔一〕。

【注釋】

〔一〕王注：「《爾雅翼》：吴、楚之風俗，當菱熟時，士女相與採之，故有採菱之歌以相和，爲繁華流蕩之音。」此亦似遊平天湖之作。

其十四

爐火照天地〔一〕，紅星亂紫烟。赧郎明月夜，歌曲動寒川〔二〕。

【注釋】

〔一〕王注：「爐火，楊注以爲煉丹之火，蕭注以爲漁人之火，二火俱不能照及天地，其説固非。胡注謂山川藏丹處，每夜必發火光，所在有之。《輿地紀勝》：宣州有朱砂山，石竅中每發紅色，其大如月。又，赤溪，神龍初，有赤氣衝天，詔鑿之，溪水盡赤。第難定其所詠何處。此解亦未是。琦考《唐書·地理志》：秋浦固産銀、産銅之區，所謂『爐火照天地，紅星亂紫烟』者，正是開礦處冶鑄之火，乃足當之。」瞿、朱注：「王説甚確。《搜神記》：陶安公者，六安鑄冶師也。數行火，火一朝散上，紫色衝天。其寫鼓鑄時之景象正相合，可證其由實驗而得也。」

〔三〕王注：「郎，亦即指冶夫而言，於用力作勞之時，歌聲遠播，響動寒川，令我聞之，不覺愧赧。蓋其所歌之曲適有與心相感者故耳。赧字，當屬己而言，舊注謂赧郎爲吴音歌者助語之詞，或謂是土語呼其所歡之詞，俱屬强解。赧，難上聲。面慚而赤也。亦作赧，義同。」今按，王釋赧字未諦。郭沫若謂冶鑄工人因爐火烘烤而面發赤，故謂之「赧郎」。可從。

其十五

白髮三千丈，緣愁似箇長〔一〕。不知明鏡裏，何處得秋霜？

【注釋】

〔一〕箇，唐人俗語，猶言如此。

【集説】

蕭云：此詩滯形泥跡之人多致疑三千丈之語，蓋詩人遣興之辭，極其形容耳。第二句云「緣愁似箇長」，意亦可見。三、四句云：「不知明鏡裏，何處得秋霜？」活活脱脱真作家手段也。

王云：起句奇甚，得下文一解，字字皆成妙義，洵非老手不能，尋章摘句之士，安可以語此？

黄叔燦云：因照鏡而見白髮，忽然生感，倒裝説入，便如此突兀，所謂逆則成丹也。唐人五絶用此法多，太白落筆便超。（《唐詩箋注》）

《唐宋詩醇》云：突然而起，四句三折，要是倒裝法也。

其十六

秋浦田舍翁，採魚水中宿。妻子張白鷴〔一〕，結罝映深竹〔二〕。

【注釋】

〔一〕張，設網捕捉。《後漢書·方術列傳》：「於是候鳧至，舉羅張之。」

〔二〕罝，網也。

其十七

桃波一步地〔一〕，了了語聲聞。闇與山僧别〔二〕，低頭禮白雲。

【注釋】

〔一〕桃波，水名，源出清溪上游，後因水面縮小，成一小溪，故曰「一步地」。其旁坡地稱桃陂，又稱桃胡陂。參見本年《與周剛清溪玉鏡潭宴别》。

〔二〕闇，默也。

【集説】

陸游云：李太白往來江東，此州（池州）所賦尤多。如《秋浦歌十七首》有《九華山》、《清溪》、《白笴陂》、《玉鏡潭》諸詩是也。《秋浦歌》云：「秋浦長似秋，蕭條使人愁。」又云：「兩鬢入秋浦，一朝颯已衰。猿聲催白髮，長短盡成絲。」則池州之風物可見矣。然觀太白此歌，高妙乃爾，則知《姑熟十詠》決爲贋作也。杜牧之池州諸詩，正爾觀之，亦清婉可愛。若與太白詩并讀，醇醨異味矣。（《入蜀記》）

詹鍈云：黄山谷書自草《秋浦歌後》：「紹聖三年五月乙未新開小軒，聞幽鳥相語，殊樂，戲作草，遂書徹李白《秋浦歌》十五篇。」（《山谷題跋》卷九）似山谷所見太白集《秋浦歌》祇十五篇，其今本《秋浦歌》十七首之中尚有二首僞作耶？

【按】

《秋浦歌十七首》之數，似爲後人所編定，非必黄山谷所見以外者即爲僞作。

白鷺鷥

白鷺下秋水，孤飛如墜霜。心閑且未去，獨立沙洲傍。

聞謝楊兒吟猛虎詞因有此贈

同州隔秋浦〔一〕，聞吟《猛虎詞》。晨朝來借問，知是謝楊兒。

【注釋】

〔一〕王注：「同州隔秋浦，謂同在池州，而所隔者祇一秋浦之水也。」

【集説】

瞿、朱云：卷二十《尋魯城北范居士》詩有「自詠《猛虎詞》」之句，未知即白之《猛虎行》，抑别有《猛虎詞》，爲人傳誦，要之白亦深自喜也。

【按】

白之《猛虎行》作於天寶十五載，亦即至德元載春，此時何得爲人傳誦？題中之《猛虎詞》及白自吟之《猛虎詞》，或指古樂府《猛虎行》之詞。《樂府詩集》卷三十一《相和歌辭》有《猛虎行》。《樂府解題》曰：「晉陸機云：『渴不飲盜泉水。』言從遠役，猶耿介，不以艱險改節也。」白之好《猛虎詞》，其意蓋在此歟？

遊秋浦白笴陂二首

王注：「《江南通志》：白笴堰，在池州府城西南二十五里。李白詩『何處夜行好？月明白笴陂』，即其地也。笴音舸，又音杲，又音稈。」

何處夜行好？月明白笴陂。山光摇積雪，猿影挂寒枝。但恐佳景晚，小令歸棹移。人來有清興，及此有相思〔一〕。

【注釋】

〔一〕蕭注：「末句『有』字，依《孟子》音又，去聲。」乘此清興，而又有懷人之思也。

其　二

白笴夜長嘯，爽然溪谷寒。魚龍動陂水，處處生波瀾。天借一明月，飛來碧雲端。故鄉不可見，腸斷正西看。

秋浦清溪雪夜對酒客有唱鷓鴣者

《鷓鴣》，即《山鷓鴣》，又名《鷓鴣詞》，《樂府詩集·近代曲辭》名。

披君貂襜褕〔一〕，對君白玉壺。雪花酒上滅，頓覺夜寒無。客有桂陽至〔二〕，能吟《山鷓鴣》。清風動窗竹，越鳥起相呼〔三〕。持此足爲樂，何煩笙與竽？

【注釋】

〔一〕襜褕，顔師古《急就篇》注：「襜褕，直裾禪衣也。謂之襜褕者，取其襜襜而寬裕也。」

〔二〕桂陽，郡名，即郴州，隸江南西道。見《元和郡縣志》卷二十九。今爲湖南郴縣。

〔三〕王注：「越鳥，即鷓鴣也。以越地最多，故謂之越鳥。」

山鷓鴣詞

王注：「按《教坊記》，《山鷓鴣》是曲名。鄭谷詩：『座中亦有江南客，莫向清風唱鷓鴣。』知《山鷓鴣》者，乃當時南地之新聲。」

苦竹嶺頭秋月輝〔一〕，苦竹南枝鷓鴣飛〔二〕。嫁得燕山胡雁壻，欲銜我向雁門歸〔三〕。山雞翟雉來相勸〔四〕，南禽多被北禽欺。紫塞嚴霜如劍戟，蒼梧欲巢難背違〔五〕。我心誓死不能去，哀鳴驚叫淚沾衣。

【注釋】

〔一〕王注：「《江南通志》：苦竹嶺，在池州原三保，李白嘗讀書於此。」

〔二〕鷓鴣，鳥名。《異物志》曰：鷓鴣其形似雌雞，其志懷南不思北。《南越志》云：鷓鴣雖東西迴翔，然開翅之始，必先南翥。見《太平御覽》卷九二四。

〔三〕雁門，郡名，秦置，唐爲代州。又山名，即句注山，在代州雁門縣西北。見《元和郡縣志》卷十四。今屬山西。又關名，在雁門山上。相傳雁出其間，因以名云。

〔四〕《博物志》卷四：「山雞有美毛，自愛其色，終日映水，目眩則溺死。」又「鸐雉長毛，雨雪，惜其尾，棲高樹杪，不敢下食，往往餓死。」

〔五〕崔豹《古今注·都邑》：「秦築長城，土色皆紫，漢塞亦然，故稱紫塞焉。」此處代指北方。蒼梧，山名，又名九疑，在今廣西東南。此處代指南方。

【集説】

王云：按此詩當是南姬有嫁爲北人歸者，悲啼誓死而不肯去，太白見而悲之，遂作此詩。

安磐云：太白《山鷓鴣詞》語意俱苦，至末句云（略）。豈永王南巡被脅時作邪？（《頤山詩話》）

詹鍈云：太白集有《秋浦清溪雪夜對酒客有唱鷓鴣者》一首。詩云：「客有桂陽至，能唱山鷓鴣。」此首或爲唱山鷓鴣者所作新詞也。

【按】

姑從詹説，繫此詩於《秋浦清溪雪夜對酒客有唱鷓鴣者》之後。

與周剛清溪玉鏡潭宴别

王注：「原注：潭在秋浦桃胡陂下，予新名此潭。」題，咸本作《秋浦與周生宴青溪玉鏡潭》。

康樂上官去，永嘉遊石門〔一〕。江亭有孤嶼〔二〕，千載跡猶存。我來遊秋浦，三入桃陂源。千峰照積雪，萬壑盡啼猿。興與謝公合，文因周子論。掃崖去落葉，席月開清樽。溪當大樓南〔三〕，溪水正南奔。迴作玉鏡潭，澄明洗心魂。此中得佳境，可以絶囂喧。清夜方歸來，酣歌出平原。别後經此地，爲予謝蘭蓀〔四〕。

【注釋】

〔一〕王注：「《南史》：謝靈運襲封康樂公，出爲永嘉太守。《一統志》：石門山，在温州府城北。」

〔二〕孤嶼，《太平寰宇記》卷九九：「孤嶼山，在（温）州南四里永嘉江中，渚長三百丈，闊七十步，嶼有二峰。」謝康樂有《登石門最高頂》詩，又有《登江中孤嶼》詩。

〔三〕大樓，山名。在秋浦縣南。

〔四〕蘭蓀，香草，常以喻賢俊，此譬周剛。

鳳飛九千仞　古風其四

本年或次年在秋浦作。

鳳飛九千仞，五章備彩珍〔一〕。銜書且虚歸，空入周與秦〔二〕。横絶歷四海，所居未得鄰。吾營紫河車〔三〕，千載落風塵〔四〕。藥物秘海嶽，採鉛青溪濱。時登大樓山，舉首望仙真。羽駕滅去影，飆車絶迴輪〔五〕。尚恐丹液遲〔六〕，志願不及申。徒霜鏡中髮，羞彼鶴上人。桃李何處開？此花非我春。惟應清都境〔七〕，長與韓衆親〔八〕。

【注釋】

〔一〕鳳，白自喻。五章，《左傳》昭公二十五年：「爲九文、六采、五章，以奉五色。」杜預注：「青與赤爲之文，赤與白爲之章，白與黑爲之黼，黑與青爲之黻，五色備謂之繡。集此五章，以奉成五色之用。」

〔二〕《宋書・符瑞志》：「有鳳凰銜書，遊文王之都。書又曰：殷帝無道，虐亂天下。皇命已移，不得復久。靈祇遠離，百神吹去。五星聚房，昭理四海。」

〔三〕蕭注：「道書蓬萊修煉法：河車是水，朱雀是火。取水一斗鐺中，以火炎之令沸，致聖石九兩其中，初成姹女，次謂之玉液。後成紫色，謂之紫河車，白色曰白河車，青色曰青河車，赤色曰赤河車，亦曰黄芽。」

〔四〕徐禎卿曰：「落，脱也，謝也。」句言棄世。

〔五〕楊注：「羽駕，言乘鸞駕鶴。飆車，言御風載雲。」

〔六〕丹液，即還丹金液，或九丹金液。相傳服之可以白日升天。見《抱朴子・金丹》及《漢武内傳》。

〔七〕清都，謂天廷。《列子・周穆王》：「王實以爲清都紫微，鈞天廣樂，帝之所居。」

〔八〕韓衆，仙人名。《楚辭・遠遊》：「見韓衆而宿之兮，問天道之所在。」王逸注：「韓衆，仙人也。」一作「韓終」。《抱朴子・仙藥》：「韓終服菖蒲十三年，身生毛，日視書萬言，皆誦之，冬恒不寒。」

【集説】

蕭云：此篇遊仙詩，太白自言其志云。

方東樹云：此託言仙人，放懷忘世。（《昭昧詹言》）

詹鍈云：詩云：「銜書且虛歸，空入周與秦。橫絶流四海，所居未得鄰。……藥物秘海嶽，採鉛青溪濱。」太白蓋歷遊燕趙邠岐，始入秋浦。《宿鰕湖》詩王注：「太白古詩有『採鉛青溪濱，時登大樓山』之句，疑與此詩是一時之作。」即指此首而言。

瞿、朱云：按卷二十二《宿鰕湖》詩云「明晨大樓去……」，卷二十七《金陵與諸賢送權十一序》云：「而嘗採姹女於江華，收河車於清溪，與天水權昭夷服勤爐火之業久矣。」皆與此首所云「採鉛青溪濱，時登大樓山」，情事相合。

【按】

首四句當指上年入長安獻策未果事。亂後所作《經亂離後天恩流夜郎憶舊遊書懷贈江夏韋太守良宰》一詩回憶幽州之行後有句云：「心知不得語，卻欲棲蓬瀛。」可與此詩所寫出世之情參照。

此詩固是託言仙人放懷忘世之作，但詩中所謂「吾營紫河車」、「採鉛清溪濱」等亦非虛語。白在秋浦清溪從事煉丹之事，一見於本篇，二見於《宿鰕湖》，三見於與權昭夷等人之詩文。茲將諸詩并繫於此。

宿鰕湖

本年或次年在秋浦作。

雞鳴發黄山，暝投鰕湖宿〔一〕。白雨映寒山，森森似銀竹。提携採鉛客〔二〕，結荷水邊沐〔三〕。半夜四天開，星河爛人目。明晨大樓去〔四〕，崗隴多屈伏。當與持斧翁，前溪伐雲木。

【注釋】

〔一〕黄山，此黄山又名黄山嶺，在秋浦城南七十里。鰕湖，即蝦湖，在城南六十里。兩地相距不遠，俱在清溪之南。其所以朝發而暝始至者，觀下文可知，蓋爲大雨所阻之故。

〔二〕採鉛客，謂煉丹人。道家言以鉛或汞入鼎煉丹，服之可以長生。見《本草綱目·金石部》。

〔三〕鮑照《登大雷岸與妹書》：「棧石星飯，結荷水宿。」此言在水邊洗沐。

〔四〕大樓，山名，在秋浦城南四十里，清溪之濱，鰕湖下游。

【按】

詩中所謂「提携採鉛客」云云，當是與權昭夷等人，在清溪山中經營煉丹之事。持斧翁，伐雲木，亦是供煉丹之用。參見以下二首。

獨酌清溪江石上寄權昭夷

題中江字下王注：「似缺一祖字。」江祖石，秋浦水際巨石。見《秋浦歌》注。權昭夷，即權十一，白之道友，參見下年《答高山人兼呈權顧二侯》及《金陵與諸賢送權十一序》。

我携一樽酒，獨上江祖石。自從天地開，更長幾千尺？舉杯向天笑，天迴日西照。永願坐此石，長垂嚴陵釣〔一〕。寄謝山中人，可與爾同調。

【注釋】

〔一〕嚴陵，即嚴子陵。句謂將效嚴子陵長期隱於漁樵也。

【集説】

詹鍈云：按《金陵與諸賢送權十一序》：「而嘗採姹女於江華，收河車於清溪，與天水權昭夷服勤爐火之業久矣。」當是此時事。

李白全集編年箋注卷十二　編年詩第十二

天寶十四載（七五五年）　李白五十五歲

改九子山爲九華山聯句　并序

本年春遊青陽作。青陽，宣城郡屬縣，即今安徽青陽縣。九子山，在縣南。《太平御覽》卷四六引《九華山録》：「此山奇秀，高出雲表，峰巒異狀，其數有九，故號九子山焉。李白因遊江漢，睹其山秀異，遂更號曰九華。」聯句，賦詩時人各一句或數句，合而成篇，始於漢武帝柏梁詩。

青陽縣南有九子山〔一〕，山高數千丈，上有九峰如蓮華。按圖徵名，無所依據。太史公南遊〔二〕，略而不書。事絶古老之口，復闕名賢之紀，雖靈仙往復，而賦詠罕聞。予乃削其舊號，加以九華之目。時訪道江、漢，憩於夏侯迴之堂，開簷岸幘〔三〕，坐眺松雪，因與二三子聯句，傳之將來。

妙有分二氣〔四〕，靈山開九華（李白）。層標遏遲日〔五〕，半壁明朝霞（高霽）。積雪曜陰壑，飛流噴陽崖（韋權輿）。青熒玉樹色，縹緲羽人家（李白）。

【注釋】

〔一〕青陽，縣名，天寶元年析涇、南陵、秋浦置。見《新唐書・地理志》。

〔二〕《史記・太史公自序》：「二十而南遊江淮。」

〔三〕髮有巾曰幘。岸幘，謂微脱其巾而露額也。《世説・簡傲》：謝奕在桓温坐，「岸幘嘯詠，無異常日」。

〔四〕妙有，《文選》孫綽《遊天台山賦》：「太虛遼廓而無閡，運自然之妙有。融而爲川瀆，結而爲山阜。」李善注：「妙有，謂一也，言大道運彼自然之妙一，而生萬物也。老子曰：道生一。王弼曰：一，數之始而物之極也。謂之爲妙有者，欲言有，不見其形，則非有，故謂之妙；欲言其無，物由之以生，則非無，故謂之有。斯乃無中之有，謂之妙有也。」

〔五〕層標，謂山峰之層疊者。遲日，春日也。《詩・豳風・七月》：「春日遲遲。」

望九華山贈青陽韋仲堪

韋仲堪即上篇與白聯句之韋權輿，仲堪其字，池州青陽縣人。

昔在九江上〔一〕，遥望九華峰。天河挂緑水，秀出九芙蓉。我欲一揮手，誰人可相從？君爲東道主[二]，於此卧雲松。

【注釋】

〔一〕九江，長江自潯陽而分爲九派，故稱。郭璞《江賦》：「流九派乎潯陽。」

〔二〕東道主，接待賓客之主人。《左傳》僖公三十年：「若舍鄭以爲東道主。」

【集説】

詹鍈云：起聯云：「昔在九江上，遥望九華峰。」此詩之作當在改九子山爲九華山聯句之後。韋仲堪疑即與太白聯句之韋權輿，蓋爲青陽令者也。

望木瓜山

木瓜山，在宣州（宣城郡）青陽縣。

早起見日出，暮見棲鳥還。客心自酸楚，況對木瓜山[一]。

【注釋】

〔一〕王注：「《千金翼方》：木瓜實味酸。」

【集説】

王云：《一統志》：木瓜山，在常德府城東七里。李白謫夜郎過此，有詩云云。又《江南通志》：

木瓜山，在池州府青陽木瓜鋪，杜牧求雨處，今尚有廟。二處皆太白常遊之地，未知孰是。

詹鍈云：按李白流夜郎道出三峽，平生遊踪未嘗至常德。而太白集中在青陽所賦詩凡兩見，當以後説爲是。

【按】

詹説甚是。杜牧《樊川文集》卷十四有《祭木瓜神文》，文之首曰：「維會昌六年，歲次景寅，某月某日，某官敬告於木瓜山之神。」文之末曰：「千萬年間使池之人敬仰不怠。」杜牧時任池州刺史，故知白所詠木瓜山在青陽縣，時屬宣州（宣城郡）。

酬崔十五見招

本年春將往涇縣時作。崔十五，名字不詳。

爾有鳥跡書〔一〕，相招琴溪飲〔二〕。手跡尺素中〔三〕，如天落雲錦。讀罷向空笑，疑君在我前。長吟字不滅，懷袖且三年〔四〕。

【注釋】

〔一〕鳥跡，《淮南子·説山》：「見鳥跡而知著書。」後因以鳥跡喻書法。

〔二〕琴溪，在涇縣東北二里。相傳爲琴高控鯉之所。詳見天寶十二載《九日登山》詩注。

〔三〕尺素，謂書也。《古詩》：「呼兒烹鯉魚，中有尺素書。」

〔四〕《文選·古詩十九首》：「置書懷袖中，三歲字不滅。」二句謂書之珍貴。

【集説】

詹鍈云：《李詩辨疑》曰：「辭不穩當，恐非白作。」按此詩已見《文苑英華》，朱氏之説不可信。

【按】

是年李白數遊涇縣，有詩多首，俱繫於此。

涇溪東亭寄鄭少府諤

涇溪，在涇縣西南一里，又名賞溪。見《一統志》。鄭諤當爲涇縣尉。

我遊東亭不見君，沙上行將白鷺群。白鷺閑時散飛去，又如雪點青山雲。欲往涇溪不辭遠，龍門蹙波虎眼轉〔一〕。杜鵑花開春已闌，歸向陵陽釣魚晚〔二〕。

【注釋】

〔一〕龍門山，在涇縣西北四十里，中有石竇若門，故名。虎眼轉，王注：「謂水波旋轉，有光相映，若虎眼之光。劉禹錫詩『汴水東流虎眼文』是也。」

〔二〕陵陽，山名，相傳竇子明於此修煉成仙。釣魚，用子明釣白龍事，見天寶十二載《自梁園至敬亭見《會公談陵陽山水兼期同遊因有此贈》詩注。

【集説】

詹鍈云：涇溪在宣州涇縣西。詩云：「杜鵑花開春已闌，歸向陵陽釣魚晚。」知是暮春作。《李詩辨疑》曰：「此詩辭氣輕淺，意又牽强，如『沙上行將白鷺群。白鷺閑時散飛去，又如雪點青山雲。』何等淺俗，稍知文義者，必不道此。『龍門蹙波虎眼轉』，鬼幻之語，更可疑也。」按詩中所稱各地，皆太白遊踪所至者，朱氏説殊無確據。

遊水西簡鄭明府

本年五月作於涇縣。水西，即天宫水西寺。王注：「按《江南通志》：有水西寺、水西首寺、天宫水西寺，皆在涇縣西五里之水西山中。天宫水西寺者，本名凌巖寺，南齊永平元年，淳于棼捨宅建。上元初改天宫水西寺。」今按，上元當指高宗上元年號。鄭明府，即溧陽縣令鄭晏，參見本年《溧陽瀨水貞義女碑銘》。

天宫水西寺，雲錦照東郭。清湍鳴迴溪，緑竹繞飛閣〔一〕。涼風日瀟灑，幽客時憩泊。五月思貂裘，謂言秋霜落。石蘿引古蔓，岸筍開新籜〔二〕。吟翫空復情，相思爾佳作。鄭公詩人秀，逸韻宏寥廓。何當一來遊，愜我雪山諾〔三〕。

【注釋】

〔一〕飛閣，凌空聳立之高閣。

〔二〕籜，筍皮也。

〔三〕雪山，王注：「《廣弘明集》：案《文殊師利般涅槃經》云：佛滅度後四百五十年，文殊至雪山中，爲五百仙人宣説十二部經訖，還歸本土、入於涅槃。按《地理志》、《西域傳》云：雪山者，即葱嶺也。其下三十六國，先來屬漢，以葱嶺多雪，故號雪山焉。文殊往化仙人，即其處也。」雪山諸，似謂邀鄭明府來寺中談詩論文。

贈宣城趙太守悦

白《趙公西候新亭頌》云：「惟十有四載，皇帝以歲之驕陽，秋五不稔，乃慎擇明牧，恤南方凋枯。伊四月孟夏，自淮陰遷我天水趙公作藩於宛陵，祇明命也。」趙公即趙悦。宛陵，宣城郡古名。故知此詩亦當作於本年夏。白本年又有《爲趙宣城與楊右相書》，趙宣城亦趙悦，可參看。

趙得寶符盛〔一〕，山河功業存。三千堂上客，出入擁平原〔二〕。六國揚清風，英聲何喧喧？大賢茂遠業〔三〕，虎竹光南藩〔四〕。錯落千丈松〔五〕，虬龍盤古根。枝下無俗草，所植唯蘭蓀〔六〕。憶在南陽時，始承國士恩〔七〕。公爲柱下史〔八〕，脱繡歸田園。伊昔簪白筆〔九〕，幽都逐遊魂〔一〇〕。持斧佐三軍〔一一〕，霜清天北門。差池宰兩邑〔一二〕，鶚立重飛翻〔一三〕。焚香入蘭臺〔一四〕，起草多芳言〔一五〕。夔龍一顧重〔一六〕，矯翼凌翔鵷。赤縣揚雷聲〔一七〕，强項聞至尊〔一八〕。驚飆摧秀木，跡屈道彌敦〔一九〕。出牧歷三郡〔二〇〕，所居猛獸奔〔二一〕。遷人同衛鶴，謬上懿公軒〔二二〕。自笑東郭履〔二三〕，側慚狐白温〔二四〕。閑吟步竹石，精義忘朝昏〔二五〕。顛頷成醜士，風雲何足論〔二六〕？獮猴騎土牛〔二七〕，羸馬夾雙轅。願借羲和景，爲人照覆盆〔二八〕。溟海不震蕩，何由縱鵬鯤〔二九〕？所期要津日，倜儻假騰騫〔三〇〕。

【注釋】

〔一〕《史記·趙世家》：「簡子乃告諸子曰：『吾藏寶符於常山上，先得者賞。』諸子馳之常山上，求，無所得。毋卹還，曰：『已得符矣。』簡子曰：『奏之。』毋卹曰：『從常山上臨代，代可取也。』簡子於是知毋卹果賢。……而以毋卹爲太子。」

〔二〕平原，謂平原君。《史記·平原君列傳》：「平原君趙勝者，趙之諸公子也。諸子中勝最賢，喜賓客，賓客蓋至者數千人。」以上四句以趙毋卹、平原君喻趙悦之賢及得人。

〔三〕茂遠業，謂趙悦能繼平原君之風。

〔四〕虎竹，謂銅虎符、竹使符。漢制：郡守在外，分其半與之。南藩，謂宣城。藩，屏蔽也。

〔五〕《世説·賞譽》：「庾子嵩目和嶠森森如千丈松，雖磊砢有節目，施之大厦有棟梁之用。」

〔六〕王注：「沈約詩：今守馥蘭蓀。劉良注：蘭蓀，香草也。詩意以千丈松喻平原君，蘭蓀喻趙太守，謂英豪之後其子孫自多俊異也。」瞿、朱注：「詩意似以千丈松喻趙，蘭蓀則謂趙能培植人才，暗爲下文求其汲引張本。王説稍泥。」今按：瞿、朱説於意爲長。

〔七〕《戰國策・趙策》：「豫讓曰：『臣事范、中行氏，范、中行以衆人遇臣，臣故衆人報之；智伯以國士遇臣，臣故以國士報之。』」二句謂其在南陽與趙悦相識。

〔八〕柱下史，謂御史。《史記・張丞相列傳》：「張丞相蒼者……秦時爲御史，主柱下方書。」司馬貞《索隱》：「周秦皆有柱下史，謂御史也。所掌及侍立，恒在殿柱之下。故老聃爲周柱下史。」

〔九〕繡，繡衣，御史所服。王注：「章懷太子《後漢書注》：武帝置繡衣御史。《通典》：魏置御史八人，當大會殿中，御史簪白筆側陛而坐。帝問左右：『此何官，何主？』辛毗曰：『此爲御史，舊時簪筆以奏不法，當如今者直備位，但毦筆耳。』」

〔一〇〕幽都，即幽州。《莊子・在宥》：「流共工於幽都。」陸德明《音義》：「李云即幽州也。」遊魂，指斥敵寇之語，意謂不能久存。《北史・源賀傳》：「勍寇遊魂於北，狡賊負險於南。」瞿、朱注：「白筆以下四句蓋指趙曾佐幽州軍幕，逐遊魂謂討寇也。」

〔一一〕持斧，謂爲御史。《漢書・雋不疑傳》：「武帝末，郡國盗賊群起，暴勝之爲直指使者，衣繡衣持斧逐捕盗賊，督課郡國，東至海，以軍興誅不從命者，威振州郡。」

〔一二〕差池，瞿、朱注：「差池猶蹉跎，蓋謂趙未得高遷，僅爲縣令。」

〔一三〕鶚立，如鶚之峙立。王注：「《埤雅》：鶚性好跱，故每立更不移處，所謂鶚立，義取諸此。」重，難也。句謂趙悦官職久不得遷，如鶚之峙立也。

〔一四〕蘭臺，本爲漢宫廷藏書處，設御史中丞掌管。後置蘭臺令史，掌書奏。故御史府得稱蘭臺寺，御史臺得稱蘭臺。句謂趙悦宰縣之後爲御史。

〔一五〕《漢官儀》：「尚書郎含鷄舌香，伏其下，奏事。」句謂趙悦任御史之後曾入尚書省。

〔一六〕夔龍，相傳爲堯舜二臣名，夔爲樂官，龍爲諫官。此代指時吏。按：白《爲趙宣城與楊右相書》云：「昔相公秉國憲之日，一拔九霄，拂刷前恥，升騰晚官。恩貸稠疊，實戴丘山。落羽再振，枯鱗旋躍，運以大風之舉，假以摩天之翔，衣繡霜臺，含香華省。」據兩《唐書·楊國忠傳》，楊國忠於天寶七載擢給事中，兼御史中丞。知趙悦再爲御史及入尚書省，在天寶七載，係楊國忠所識拔。

〔一七〕赤縣，唐制，縣有赤、畿、望、緊、上、中、下七等之差。凡縣治設在京師内者爲赤縣。西京以長安、萬年爲赤縣，東京以河南、洛陽爲赤縣。雷聲，謂有政績，頌聲如雷。按：據此句，趙悦在尚書郎官之後，或曾爲赤縣令。

〔一八〕强項，用東漢董宣事。《後漢書·董宣傳》：「後特徵爲洛陽令，時湖陽公主蒼頭白日殺人，因匿主家，吏不能得。及主出行而以奴驂乘，宣於夏門亭候之。……叱奴下車，因格殺之。主即還宫訴帝。……帝使宣叩頭謝主，宣不從，强使頓之。宣兩手據地，終不肯俯。……因敕强項令出。」

〔一九〕李康《運命論》：「木秀於林，風必摧之。」瞿、朱注：「按此似指趙曾爲赤縣令而又罷黜。唐之赤縣令，秩爲正五品上，故雖罷黜而官資已顯，得再起爲郡守也。」

〔二〇〕句謂趙悦罷赤縣令後曾三任郡守。三郡，郁賢皓《李白叢考》謂爲淮陰、宣城，餘一郡不可考。

〔二一〕句用東漢宋均事。《後漢書・宋均傳》：「遷九江太守。郡多虎暴，數爲民患。常募設檻穽，而猶多傷害。均到，下記屬縣曰：『夫虎豹在山，黿鼉在水，各有所託。……今爲民害，咎在殘吏，而勞勤張捕，非憂卹之本也。其務退奸貪，思進忠善，可一去檻穽，除削課制。』其後傳言虎相與東遊渡江。」

〔二二〕《左傳》閔公二年：「衛懿公好鶴，鶴有乘軒者。」杜預注：「軒，大夫車也。」瞿、朱注：「遷人，李白自謂。此句意謂謬受趙之寵遇。」

〔二三〕《史記・滑稽列傳》：「東郭先生久待詔公車，貧困飢寒，衣敝，履不完。行雪中，履有上無下，足盡踐地。道中人笑之。東郭先生應之曰：『誰能履行雪中，令人視之，其上履也，其履下處乃似人足者乎？』」

〔二四〕《文選》王微《雜詩》：「詎憶無衣苦？但知狐白温。」吕向注：「狐白，謂狐腋之白毛以爲裘也。」

〔二五〕《易・繫辭》：「精義入神，以致用也。」瞿、朱注：「此二句詩蓋謂雖遭趙之優禮，而閑散之餘，憂思轉甚，未能安此寂寞枯槁也。」

〔二六〕魄士，陸機《吴王郎中時從梁陳作》：「玄冕無魄士。」李善注：「周禮曰：大夫，玄冕。」二句意謂己無名位，何能與言風雲之志？

〔二七〕《三國志·魏志·鄧艾傳》裴松之注：「《世語》曰：司馬宣王……辟（州）泰，泰頻喪考妣祖，九年居喪，宣王留缺待之。至三十六日，擢爲新城太守。宣王爲泰會，使尚書鍾繇調泰：『君釋褐登宰府，三十六日擁麾蓋，守兵馬郡，乞兒乘小車，一何駛乎！』泰曰：『誠有此。君名公之子，少有文采，故守吏職，獼猴騎土牛，又何遲也？』」

〔二八〕羲和景，日光，此喻趙悦之關照。覆盆，覆置之盆。《抱朴子·辯問》：「日月有所不照，聖人有所不知，……是責三光不照覆盆之内也。」此喻己之處境困頓。

〔二九〕《莊子·逍遥遊》：「北冥有魚，其名爲鯤。鯤之大，不知其幾千里也，化而爲鳥，其名爲鵬。鵬之背，不知其幾千里也。」

〔三〇〕要津，謂仕宦居要職。騫，飛舉貌。二句意欲假借趙之鼎助以展己之素志。

【集説】

詹鍈云：《求闕齋讀書録》：「首十二句叙趙世胄之盛，憶在南陽十二句，叙昔相見之早，并頌太守之賢。遷人十六句謝趙款接之厚，仍冀其汲引也。」按《趙公西候新亭頌》云：「十有四載……伊四月孟夏自淮陰遷我天水趙公作藩於宛陵（宣城縣本漢之宛陵縣）。」此詩之作當在天寶十四載四月以後，而詩中不及安禄山作亂事，則又當在是年十二月以前也。

瞿、朱云：以《爲趙悦上楊右相書》及《趙公西候新亭頌》證之，此詩當作於天寶十四年。此詩雖有「遷人同衛鶴」及「照覆盆」等語，不必泥爲在白被罪以後。白自北南來，亦可云遷人，無人援引亦可云覆盆也。

過汪氏别業二首

是年秋作於涇縣。汪氏别業當爲汪倫别業。汪倫，據李子龍《關於汪倫其人》一文考，又名鳳林，越國公汪華五世孫，曾爲涇縣令。

遊山誰可遊？子明與浮丘〔一〕。疊嶺礙河漢，連峰横斗牛〔二〕。汪生面北阜，池館清且幽。我來感意氣，搥炰列珍羞〔三〕。掃石待歸月，開池漲寒流。酒酣益爽氣，爲樂不知秋。

【注釋】

〔一〕子明，即陵陽子明，漢丹陽人。《列仙傳》卷下：「陵陽子明者，銍鄉人也，好釣魚。……得白魚，腹中有書，教子明服食之法。子明遂上黄山採五石脂，沸水而服之。」浮丘，即浮丘公，傳説黄帝時仙人。《列仙傳》卷上：「浮丘公接以上嵩高山。」

〔二〕斗牛，二十八宿中之斗宿、牛宿。

〔三〕搥，同槌，屠宰也。至德元載《猛虎行》：「槌牛撾鼓會衆賓。」炰，同炮，炙烤也。楊惲《報孫會宗書》：「烹羊炰羔。」

其二

疇昔未識君，知君好賢才。隨山起館宇，鑿石營池臺。星火五月中〔一〕，景風從南來〔二〕。數枝石榴發，一丈荷花開。恨不當此時，相過醉金罍。我行值木落，月苦清猿哀。永夜達五更，吴歈送瓊杯〔三〕。酒酣欲起舞，四座歌相催。日出遠海明，軒車且徘徊。更遊龍潭去，枕石拂莓苔。

【注釋】

〔一〕《書·堯典》：「日永星火，以正仲夏。」蔡沈注：「星火，東方蒼龍七宿，火謂大火，夏至昏之中星也。正者，夏至陽之極。」

〔二〕景風，夏至後之風也。《史記·律書》：「景風居南方，景者言陽氣道竟，故曰景風。」

〔三〕吴歈，吴歌也。《楚辭·招魂》：「吴歈蔡謳，奏大呂些。」王逸注：「歈、謳，皆歌也。」歈音於。

【按】

王本附録叢説：「《寧國府志》載胡安定先生《石壁》詩一首，其序曰：『余嘗覽李翰林《題涇川汪倫别業》二章，其詞俊逸，欲屬和之……』按太白本集，詩題祗云《過汪氏别業》，而此序乃云《題涇川汪倫别業》，先生非妄言，又去唐時未遠，當必有據。」白本年又有《贈汪倫》詩，可參看。

贈汪倫

王本題下注云：「楊齊賢曰：『白遊涇縣桃花潭，村人汪倫常醞美酒以待白。倫之裔孫至今寶其詩。』」

李白乘舟將欲行，忽聞岸上踏歌聲〔一〕。桃花潭水深千尺〔二〕，不及汪倫送我情。

【注釋】

〔一〕踏歌，連手而歌，踏地以爲節。《舊唐書·睿宗紀》：「上元日夜，上皇御安福門觀燈，出内人連袂踏歌。」

〔二〕桃花潭，在涇縣西南四十里，涇川上游。

【集説】

唐汝詢云：倫，一村人耳，何親於白？既醞酒以候之，復臨行以祖之，情固超俗矣。太白於景切情真處，信手拈出，所以調絶千古。後人效之，如「欲問江深處，應如遠别情」，語非不佳，終是杞柳杯棬。（《唐詩解》）

沈德潛云：若説汪倫之情比於潭水千尺，便是凡語，妙境只在一轉换間。（《唐詩别裁》）

【按】

桃花潭句與春令無關，故繫於《過汪氏别業》後。

别山僧

何處名僧到水西[一]？乘舟弄月宿涇溪。平明别我上山去，手攜金策踏雲梯[二]。騰身轉覺三天近[三]，舉足迴看萬嶺低。誰浪肯居支遁下？風流還與遠公齊[四]。此度别離何日見？相思一夜暝猿啼。

【注釋】

〔一〕水西，即水西山，在涇縣西五里。參見本年《遊水西簡鄭明府》詩注。

〔二〕金策，《文選》孫綽《天台山賦》：「振金策之鈴鈴。」李善注：「金策，錫杖也。」雲梯，謂登山之道。

〔三〕三天，即三光，釋家謂日月星也。

〔四〕支遁，晉名僧，常隱剡中，不遊人事。好養鷹馬，而不乘放，人或譏之，遁曰：「貧道愛其神駿。」見《世説·言語》注。遠公，即慧遠，晉名僧，居廬山三十餘年，影不出山，跡不入俗，送客以虎溪爲界。見《高僧傳》。

尋山僧不遇作

石徑入丹壑，松門閉青苔。閑階有鳥跡，禪室無人開。窺窗見白拂，挂壁生塵埃。使我空嘆息，欲去仍徘徊。香雲徧山起〔一〕，花雨從天來〔二〕。已有空樂好，況聞青猨哀〔三〕。了然絶世事，此地方悠哉。

【注釋】

〔一〕香雲，佛法所生祥瑞之象。《華嚴經·世主妙嚴品》：「一切寶栴檀香雲。」

〔二〕花雨，或雨花，亦佛法所生祥瑞之象。《法華經·序品》：「是時天雨曼陀羅花。」

〔三〕空樂，空門之樂，即梵唄。王云：「青，當作清。」

【按】

本篇題中之山僧疑與上篇題中之山僧爲一人，故繫於此。

與謝良輔遊涇川陵巖寺

謝良輔，唐詩人，天寶十載進士，曾官司封員外郎、户部郎中、中書舍人。德宗建中時爲商州刺史，軍亂，爲團練所殺。見《唐詩紀事》、《全唐詩》小傳。陵巖寺，即天宫水西寺，在涇縣水西山上。參見年《遊水西簡鄭明府》詩。

乘君素舸泛涇西，宛似雲門對若溪〔一〕。且從康樂尋山水〔二〕，何必東遊入會稽？

【注釋】

〔一〕雲門，寺名。若溪，即若耶溪。均在越州會稽縣南。

〔二〕康樂，謂南朝宋詩人謝靈運，襲封康樂公，世稱謝康樂。《宋書·謝靈運傳》：「出爲永嘉太守。郡有名山水，靈運素所愛好。出守既不得志，遂肆志遊遨，徧歷諸縣，動踰旬朔。民間聽訟，不復關懷。所至輒爲詩詠以致其意焉。」

涇川送族弟錞

王本題下注云：「太白自注：時盧校書草序，常侍御爲詩。」涇川，即涇溪，在涇縣西南一里。李錞，瞿、朱注：「《新書世系表》趙郡李氏東祖房有錞，爲河南參軍。」

涇川三百里，若耶羞見之。錦石照碧山，兩邊白鷺鷥。佳境千萬曲，客行無歇時。上有琴高水〔一〕，下有陵陽祠〔二〕。仙人不見我，明月空相知。問我何事來？盧敖結幽期〔三〕。蓬山振雄筆，繡服揮清詞〔四〕。江湖發秀色，草木含榮滋。置酒送惠連，吾家稱白眉〔五〕。愧無海嶠作，敢闕河梁詩〔六〕？見爾復幾朝，俄然告將離。中流漾彩鷁，列岸叢金羈〔七〕。嘆息蒼梧鳳〔八〕，分棲瓊樹枝。清晨各飛去，飄然天南垂〔九〕。望極落日盡，秋深暝猿悲。寄情與流水，但有長相思。

【注釋】

〔一〕琴高水，即琴溪，在涇縣東北二十里。參見天寶十二載《九日登山》詩注。

〔二〕陵陽祠，王注：「《一統志》：望仙亭，在陵陽山中峰之半，相傳漢竇子明昇仙之地。有唐天寶間所建仙壇宫。陵陽祠，即仙壇宫也。」

〔三〕盧敖，燕人。秦始皇召以爲博士，使求神仙，亡而不反。詳後上元元年《廬山謡寄盧侍御虚舟》詩注。

〔四〕蓬山，指朝廷校書處。詳見天寶十二載《宣州謝朓樓餞别校書叔雲》詩注。繡服，御史所服，詳見後至德二載《在水軍宴贈幕府諸侍御》詩注。王注：「『蓬山振雄筆』，謂盧校書草序也。『繡服揮清詞』，謂常侍御作詩也。」

〔五〕惠連，謂謝惠連。白眉，謂馬良。《三國志·蜀志·馬良傳》：「馬良，字季常。……兄弟五人并有才名。鄉里爲之諺曰：『馬氏五常，白眉最良。』良眉中有白毛，故以稱之。」二句俱喻李錞。

〔六〕海嶠作，指謝靈運《登臨海嶠與從弟惠連詩》。謝詩云：「與子别山阿，含酸赴修畛。中流袂就判，欲去情不忍。」河梁詩，指《文選》李陵《與蘇武詩》。李詩云：「携手上河梁，遊子暮何之？」兩句猶言送行豈能無詩。

〔七〕彩鷁，謂彩船。《文選》司馬相如《子虚賦》：「浮文鷁。」張揖注：「鷁，水鳥也，畫其像於船首。」金羈謂馬。

〔八〕蒼梧，即九疑山。陸機《雲賦》：「翼靈鳳於蒼梧。」

〔九〕垂，通陲。

【集説】

詹鍈云：太白自注：時盧校書草序，常侍御爲詩。按太白《贈常侍御詩》云：「登朝若有言，爲訪南遷賈。」此篇之作當在其前。詩云：「望極落日盡，秋深暝猿悲。」知是秋季作。

下涇縣陵陽溪至澀灘

陵陽溪，在涇縣西南，以陵陽山得名。澀灘，在涇縣西九十五里。怪石峻立，如虎伏龍蟠。

澀灘鳴嘈嘈，兩山足猿猱。白波若卷雪，側石不容舠〔一〕。漁子與舟人，撑折萬張篙。

【注釋】

〔一〕《詩·衛風·河廣》：「誰謂河廣？曾不容刀。」鄭玄箋：「不容刀亦喻狹，小船曰刀。」孔穎達《正義》：「劉熙《釋名》云：二百斛以上曰艇，三百斛曰刀，江南所謂短而廣，安不傾危者也。」刀通舠。

【集説】

胡云：以下二首，《涇縣志》僞詩，樂史、宋敏求誤收者。東坡云：「余舊在富陽，見國清院太白詩絶凡近，過彭澤唐興縣，又見太白詩，亦非是。」良由太白豪俊，語不甚擇，集中往往有臨時率然之句，故使妄庸敢爾。今僞太白詩頗多，皆此類也。

王云：李君寔謂末二句斷非太白語。

【按】

胡震亨之説不詳何據，李君寔之言似武斷。詹鍈繫此詩於是年，今從之。

下陵陽沿高溪三門六刺灘

三門，山名，危石高聳，下臨六刺灘。六刺灘，在澀灘上游，涇縣與太平縣交界處。

三門横峻灘，六刺走波瀾。石驚虎伏起，水狀龍縈盤。何慚七里瀨？使我欲垂竿〔一〕。

【注釋】

〔一〕七里瀨，即富春渚，一名七里灘，在浙江桐廬縣嚴陵山西，嚴子陵垂釣處。

【集説】

詹鍈云：以上二首胡震亨《李詩通》以爲僞作，編入附録内，不知其何所據。

【按】

「白波若卷雪，側石不容舠。」「石驚虎伏起，水狀龍縈盤。」順手拈來，不可移易。太白每每於情與景會時，卒然命筆，凡近中含俊逸之氣，當非僞作。

早過漆林渡寄萬巨

漆林渡，涇溪渡口，距上篇題中之落星潭不遠。萬巨，當地隱士，世居涇縣震山，天寶間以材薦不就。見《寧國府志》。

西經大藍山，南來漆林渡。水色倒空青，林烟横積素。漏流昔吞翕，沓浪競奔注。潭落天上星〔一〕，龍開水中霧。嶢巖注公柵〔二〕，突兀陳焦墓〔三〕。嶺峭紛上干〔四〕，川明屢迴顧。因思萬夫子，解渴同瓊樹。何日睹清光，相歡詠佳句？

【注釋】

〔一〕此謂落星潭。見上篇題解。

〔二〕胡注：「注公，疑是左公。隋末左難當築城柵拒輔公祏於涇，與大藍山近。」左難當，隋末將領，後歸唐。輔公祏，隋末盜賊。

〔三〕陳焦，三國吴人。《三國志·吴書·孫休傳》：「（永安）四年，……安吴民陳焦死，埋之六日更生，穿土中出。」按：安吴，舊縣名，隋時併入涇縣。

〔四〕上干，謂上干青天也。

當塗趙炎少府粉圖山水歌

當塗，宣州屬縣。趙炎，當塗縣尉。粉圖，即壁畫。

峨眉高出西極天〔一〕，羅浮直與南溟連〔二〕。名工繹思揮彩筆，驅山走海置眼前。滿堂空翠如可掃〔三〕，赤城霞氣蒼梧烟〔四〕。洞庭瀟湘意渺綿，三江七澤情洄沿〔五〕。驚濤洶湧向何處？孤舟一去迷歸年。征帆不動亦不旋，飄如隨風落天邊。心摇目斷興難盡，幾時可到三山巔〔六〕？西峰崢嶸噴流泉，横石蹙水波潺湲。東崖合沓蔽輕霧〔七〕，深林雜樹空芊綿〔八〕。此中冥昧失晝夜，隱几寂聽無鳴蟬。長松之下列羽客，對座不語南昌仙〔九〕。南昌仙人趙夫子，妙年歷落青雲士。訟庭無事羅衆賓，杳然如在丹青裏。五色粉圖安足珍？真山可以全吾身。若待功成拂衣去，武陵桃花笑殺人〔一〇〕。

【注釋】

〔一〕峨眉，山名，在今四川省峨眉縣。兩山相對，狀如蛾眉，故名。

〔二〕羅浮，山名，在今廣東增城、博羅、河源等縣間。長達二百餘里，峰巒四百餘，風景秀麗，爲粤中名山。相傳羅山之西有浮山，爲蓬萊之一阜，浮海而止，與羅山并體，故曰羅浮。

〔三〕空翠，謂山色也。

〔四〕赤城，山名，在今浙江天台縣北六里，土皆赤色，狀似雲霞，望之如雉堞，故名。參見天寶二年《同族弟金城尉叔卿燭照山水壁畫歌》注。蒼梧，即九疑山。烟謂雲。《太平御覽》卷八引《歸藏》曰：「有白雲自蒼梧入大梁。」

〔五〕三江，其説不一。詩從畫意，泛指江湖。七澤，司馬相如《子虚賦》稱「楚有七澤」。後只稱雲夢一澤，餘六皆未詳其名。

〔六〕三山，謂蓬萊、方丈、瀛洲三仙山。

〔七〕合沓，《文選》謝朓《敬亭山》詩：「合沓與雲齊。」吕向注：「合沓，高貌。」

〔八〕芊綿，同阡眠，茂密貌。《文選》陸機《赴洛陽道中作》：「山澤紛紆餘，林薄杳阡眠。」吕延濟注：「阡眠，原野之色。」

〔九〕南昌仙，謂漢人梅福。梅福，九江壽春人，字子真，少學於長安，爲郡文學，後補南昌尉。王莽專政，福乃棄妻子去九江，後傳聞成仙。《後漢書》有傳。此以喻趙炎。

〔一〇〕二句用陶淵明《桃花源記》意，謂宜及早退隱。

【集説】

謝榛云：屈原曰：「衆人皆醉我獨醒。」王績曰：「眼看人盡醉，何忍獨爲醒。」左思曰：「功成不受爵，長揖歸田廬。」太白曰：「若待功成拂衣去，武陵桃花笑殺人。」王、李二公善於翻案。（《四溟詩話》）

《唐宋詩醇》云：寫畫似真，亦遂驅山走海，奔輳腕下。「杳然如在丹青裏」，文以真爲畫，各有奇趣。康樂之模山範水，從此另開生面。

【按】

至德元載白有《春於姑熟送趙四流炎方序》。王注：「在晉時爲姑熟，在唐時爲宣州當塗縣。趙蓋爲當塗縣尉者也。」《序》中亦云：「以黄綬作尉，泥蟠當塗。」可知趙四即趙炎。本篇及以下二篇當作於《序》前，故繫本年。

送當塗趙少府赴長蘆

揚州作。長蘆，王注：「唐時有二長蘆：一是長蘆縣，隸河北道之蒼州；一是長蘆鎮，在淮南道揚州之六合縣南二十五里。陸游《入蜀記》曰：『發真州，過八步山，望長蘆寺，樓塔重複，江面沙瀰無際，殊可畏。李太白詩云：維舟至長蘆，目送烟雲高是也。』則謂是六合之長蘆也。」

我來揚都市，送客迴輕舠。因誇楚太子，便睹廣陵濤〔一〕。仙尉趙家玉〔二〕，英風凌四豪〔三〕。維舟至長蘆，目送烟雲高。摇扇對酒樓，持袂把蟹螯〔四〕。前途儻相思，登嶽一長謠〔五〕。

【注釋】

〔一〕枚乘《七發》：「楚太子有疾而吴客往問之。……客曰：將以八月之望，與諸侯遠方交遊兄弟，并往觀濤乎廣陵之曲江。」二句本此。

〔二〕仙尉，謂梅福。此以擬趙炎。詳見上篇注。玉，喻其人之美風姿也。

〔三〕四豪，指戰國四公子。《漢書·遊俠傳》：「由是列國公子，魏有信陵，趙有平原，齊有孟嘗，楚有春申……皆以取重諸侯，顯名天下，扼腕而遊談，以四豪爲稱首。」

〔四〕《世説·任誕》：「畢茂世云：一手持蟹螯，一手持酒杯，拍浮酒池中，便足了一生。」

〔五〕長謡，猶言長歌。《文選》趙景真《與嵇茂齊書》：「昔李叟入秦，及關而嘆。梁生適越，登岳長謡。夫以嘉遁之舉，猶懷戀恨，況乎不得已者哉？」李善注：「……然老子之嘆不爲入關，梁鴻長謡不由適越，且復以至郊爲及關，升邙爲登岳，斯蓋取義而略文也。」王注：「太白引用，取義又異於此，可窺古人用事之法。」

寄當塗趙少府炎

晚登高樓望，木落雙江清。寒山饒積翠，秀色連洲城。目送楚雲盡，心悲胡雁聲。相思不可見，迴首故人情。

陪族叔當塗宰遊化城寺升公清風亭

當塗宰，謂李明化。見本年《夏日陪司馬武公與群賢宴姑熟亭序》。化城寺，在當塗。王注：「《太平府志》：古化城寺，在府城内向化橋西禮賢坊，吴大帝時建，基址最廣。宋孝武南巡，駐蹕於此，增置二十八院。唐天寶間，寺僧清升能詩文，造舍利塔、大戒壇，建清風亭於寺旁西湖上，鑄銅鐘一，李白銘之，今盡廢。」升公，與《化城寺大鐘銘》中之「寺主昇朝」似爲一人。

化城若化出〔一〕，金牓天宫開〔二〕。疑是海上雲，飛空結樓臺〔三〕。升公湖上秀，粲然有辯才。濟人不利己，立俗無嫌猜。了見水中月〔四〕，青蓮出塵埃。閑居清風亭，左右清風來。當暑陰廣殿，太陽爲徘徊。茗酌待幽客，珍盤薦彫梅。飛文何灑落，萬象爲之摧。季父擁鳴琴〔五〕，德聲布雲雷。雖遊道林室〔六〕，亦舉陶潛杯〔七〕。清樂動諸天〔八〕，長松自吟哀。留歡若可盡，劫石乃成灰〔九〕。

【注釋】

〔一〕化城，佛法化出之城也。佛教謂一切衆生成佛之所爲寶所，到此寶所，道途悠遠險惡，故恐行人疲倦退卻，於途中變作一城郭，使之止息，於此處養精力，遂到寶所。寺之名蓋取此義。

〔二〕金牓，以黄金製之匾額也。《神異經·中荒經》：「門有金牓，以銀鏤，題曰：天皇之宫。」句謂化城寺金榜高懸，有如天宫。

〔三〕《史記·天官書》：「海旁蜃氣象樓臺。」

〔四〕《維摩詰經》：「菩薩觀衆生，如智者見水中月。」

〔五〕鳴琴，謂其政績也。《吕氏春秋·察賢》：「宓子賤治單父，彈鳴琴，身不下堂而單父治。」

〔六〕道林，即晉名僧支遁。

〔七〕陶淵明善飲，故云。

〔八〕諸天，佛教謂三界共有三十二天，自四天王天至非有想非無想天，總謂之諸天。

〔九〕《搜神記》卷十三：「漢武帝鑿昆明池，極深，悉是灰墨，無復土。舉朝不解，以問東方朔。朔曰：『臣愚不足以知之，可試問西域人。』帝以朔不知，難以移問。至後漢明帝時，西域道人入來洛陽，時有憶方朔言者，乃試以武帝時灰墨問之，道人云：『經云：天地大劫將盡則劫燒，此劫燒之餘也。』」

【集説】

詹鍈云：王譜於寶應元年下注云：「集中有《陪族叔當塗宰遊化城寺升公清風亭》詩，又有《化城寺大鐘銘》，詩稱『升公湖山秀，粲然有辯才。濟人不利己，立俗無嫌猜』云云。銘序稱『寺主昇朝，英靈秀氣，虚懷忘情，潔己利物』云云。是昇朝、升公本一人，而詩與銘之作大約相去不遠也。銘序稱『當塗邑宰李公以西逾流沙，立功絶域，帝疇乎厥庸，始學古從政。歷宰潔白，聲聞於天，天寶之初，鳴琴此邦』，其時代履歷與陽冰不類，則所謂族叔當塗宰者乃另是一人，在天寶中來爲邑令者，非上元後作當塗宰之李陽冰也。」今按王説是也。詩云：「當暑陰廣殿，太陽爲徘徊。」當是天寶二年盛夏之作。

瞿、朱云：此當塗宰即卷二十七《夏日陪司馬武公與群賢宴姑熟亭序》中之「今宰隴西李公明化」，亦即卷二十九《化城寺大鐘銘》中之「李有則」。《化城寺大鐘銘》既有「天寶之初，鳴琴此邦」之語，則可知此文必不作於天寶二年，疑與此詩俱作於天寶十四載前後。

【按】

瞿、朱説近之。唯李明化非李有則，詳見《化城寺大鐘銘》按語。

送趙判官赴黔府中丞叔幕

趙判官，名字不詳。黔府，即黔州（黔中郡），爲下都督府，管州十五，縣五十二，奄有今貴州全部、湖北南部、湖南西部地。黔府中丞，即黔州都督兼御史中丞，王琦、詹鍈皆以之爲趙國珍。國珍天寶中以軍功累遷此職。其始爲黔府在天寶十一載十一月楊國忠兼領劍南節度後，在職十餘年。見《舊唐書·趙國珍傳》，并見《通鑑·唐紀》至德元載五月。

廓落青雲心[一]，結交黄金盡。富貴翻相忘，令人忽自哂。蹭蹬鬢毛斑，盛時難再還。巨源咄石生，何事馬蹄間〔二〕？緑蘿長不厭，卻欲還東山。君爲魯曾子〔三〕，拜揖高堂裏。叔繼趙平原〔四〕，偏承明主恩。風霜推獨坐〔五〕，旌節鎮雄藩〔六〕。虎士秉金鉞，蛾眉開玉樽。才高幕下去，義重林中言〔七〕。水宿五溪月〔八〕，霜啼三峽猿。東風春草緑，江上候歸軒〔九〕。

【注釋】

〔一〕《文選·楚辭·九辯》：「廓落兮羈旅而無友生。」吕延濟注：「廓落，空寂也。」

〔二〕山濤，字巨源，少有器識，介然不群。惟好莊老，每隱身自晦。曹魏末，州辟爲河南從事。時太傅司馬懿與大將軍曹爽争權。濤與石鑒共宿，夜起蹴鑒曰：「今爲何等時而眠邪？知太傅卧（病）何意？」鑒曰：「宰相三不朝，與尺一令歸第，卿何慮也？」濤曰：「咄，石生！無事馬蹄間邪！」投傳而去，遂隱身不涉世務。未二年，司馬懿果誅曹爽及其黨何晏等人。見《晉書·宣帝紀》及《山濤傳》。

〔三〕曾子，即曾參，孔子弟子，事親孝。見《史記·仲尼弟子列傳》。

〔四〕趙平原，即平原君趙勝，喜賓客，賓客蓋至者數千人。見《史記·平原君列傳》。

〔五〕王注：「漢時御史中丞與司隸校尉尚書令會同，得專席而坐。」

〔六〕《舊唐書·職官志》：「天寶中，緣邊禦戎之地，置八節度使。受命之日，賜之旌節，謂之節度使，得以專制軍事，行則建節符，樹六纛。」

〔七〕阮咸任達不拘，與叔父籍爲竹林之遊。見《晉書·阮籍傳》。

〔八〕水宿，水行宿舟中。五溪謂酉、辰、巫、武、沅五溪。詳見天寶七載《聞王昌齡左遷龍標遥有此寄》詩注。

〔九〕軒，大夫車。二句囑趙早歸。

【集説】

詹鍈云：《舊唐書·高適傳》：「(哥舒)翰兵敗，適西馳奔赴行在，及河池郡謁見玄宗，因陳潼關敗亡之勢曰：魯靈、何履光、趙國珍屯南陽，而一二中人監軍更用事，是能取勝哉！臣數爲楊國忠言之。不肯聽，故有今日之行。」知安禄山亂起後國珍即北上勤王。楊國忠兼領劍南節度使在天寶十載十一月，即國珍之爲黔府中丞當在天寶十一載後十四載前。詩云：「君爲魯曾子，拜揖高堂裏。叔繼趙平原，偏承明主恩。」而不及安禄山作亂事，蓋斯時國珍爲黔府中丞未久，趙判官方赴黔中之任，故太白送之耳。詩又云：「東風春草緑，江上候歸軒。」此數載間太白於春季寓江邊者唯有本年在金陵時，則送别之地當在金陵無疑矣。

【按】

詹氏繫此詩於本年，良是；以送别之地在金陵，亦可從；唯據「東風」句推定時令爲春季，則未諦。「東風」二句蓋設想之辭，希望趙判官次年春即可歸來，并非送别之時令。詩中既用「巨源咄石生」事，詩末又囑其早歸，皆諷勸趙判官隱退之意，蓋預感將有變故也。由此亦可窺知詩之作時。

與南陵常贊府遊五松山

王本題下注云：「原注：山在南陵銅井西五里，有古精舍。」南陵，屬江南西道宣州，即今安徽南陵縣。贊府，謂縣丞。

安石泛溟渤，獨嘯長風還。逸韻動海上，高情出人間〔一〕。靈異可并跡，澹然與世閑。我來五松下，置酒窮躋攀。徵古絶遺老，因名五松山〔二〕。五松何清幽，勝境美沃洲〔三〕。蕭颯鳴洞壑，終年風雨秋。響入百泉去，聽如三峽流〔四〕。剪竹掃天花〔五〕，且從傲吏遊。龍堂若可憩〔六〕，吾欲歸精修。

【注釋】

〔一〕《世説·雅量》：「謝太傅盤桓東山時，與孫興公諸人汎海戲。風起浪涌，孫王諸人色并遽，便唱使還。太傅神情方王，吟嘯不言。舟人以公貌閑意説，猶去不止。既風轉急，浪猛，諸人皆諠動不坐。公徐云：『如此，將無歸！』衆人即承響而迴。於是審其量，足以鎮安朝野。」

〔二〕胡注：「觀此詩，是五松非山本名，乃太白所名，亦如名九華也。」

〔三〕沃洲，山名，在今浙江新昌縣南。白居易《沃洲山禪院記》：「沃洲山在剡縣南三十里。……南對天台，而華頂赤城列焉。」瞿、朱注：「按《輿地紀勝》卷一九：寧國府：沃洲亭在宣城縣東會勝寺側。李白詩云：『五松何清幽，勝境美沃洲。』好事者即以名亭。」

〔四〕王注：「蕭颯、風雨、百泉、三峽，皆狀五松濤聲之美。」

〔五〕天花，《智度論》卷九：「天竺國名諸好物，皆曰天物。雖非天上花，以其妙好，皆曰天花。」

〔六〕王注：「《江南通志》：龍堂精舍，在南陵縣五松山。李白與南陵常贊府遊此，有詩。」

【按】

白本年數遊南陵，有詩多首，俱繫於此。

於五松山贈南陵常贊府

爲草當作蘭，爲木當作松。蘭幽香風遠，松寒不改容。松蘭相因依，蕭艾徒丰茸〔一〕。鷄與鷄并食，鸞與鸞同枝。揀珠去沙礫，但有珠相隨〔二〕。遠客投名賢，真堪寫懷抱。若惜方寸心，待誰可傾倒？虞卿棄趙相，便與魏齊行〔三〕。海上五百人，同日死田横〔四〕。當時不好賢，豈傳千古名？願君同心人，於我少留情。寂寂還寂寂，出門迷所適。長鋏歸來乎〔五〕，秋風思歸客。

【注釋】

〔一〕丰茸，《文選》司馬相如《長門賦》：「羅丰茸之遊樹兮。」李善注：「丰茸，衆飾貌。」

〔二〕二句謂擇賢而交。

〔三〕《史記·范雎列傳》："（秦）昭王乃遺趙王書曰：……范君之仇魏齊在平原君之家，王使人疾持其頭來。不然，吾舉兵而伐趙，又不出王之弟于關。趙孝成王乃發卒圍平原君家，急，魏齊夜亡出，見趙相虞卿，虞卿度趙王終不可説，乃解其相印，與魏齊亡。"

〔四〕田横，故齊王田氏之族，能得士。楚漢相争時自立爲齊王。漢高即位後，横懼誅，與其徒屬五百人入海，居島中，高祖恐其爲後患，使人赦其罪而召之。横乃與其客二人赴洛陽，未至而自刎。令客奉其頭詣闕，高祖以王者之禮葬之，拜其二客爲都尉。既葬，二客亦自刎。其餘五百人聞横死，亦皆自殺。附見《史記·田儋列傳》。

〔五〕《史記·孟嘗君列傳》："馮驩彈劍而歌曰：長鋏歸來乎！無以爲家。"

【集説】

詹鍈云："《李詩辨疑》曰：『辭意勉强而纏綿，如云：「鷄與鷄并食，鸞與鸞同枝。揀珠去沙礫，但有珠相隨。」語又鄙俗。「若惜方寸心，待誰可傾倒？」語又不暢，末六句情思涣散而稚弱，篇章不純，故闕之。』奚禄詒謂：『不似才人之筆。』按五松山，常贊府俱數見於李詩，此詩諒亦非僞作。"

書懷贈南陵常贊府

歲星入漢年，方朔見明主。調笑當時人，中天謝雲雨〔一〕。一去麒麟閣，遂將朝市乖。故交不過門，秋草日上階。當時何特達，獨與我心諧。置酒凌歊臺〔二〕，歡娱未曾歇。歌動白紵山〔三〕，舞迴天門月〔四〕。問我心中事，爲君前致辭。君看我才能，何似魯仲尼？大聖猶不遇，小儒定足悲〔五〕？雲南五月中，頻喪渡瀘師〔六〕。毒草殺漢馬，張兵奪秦旗。至今西二河，流血擁僵屍〔七〕。將無七擒略〔八〕，魯女惜園葵〔九〕。咸陽天下樞〔一〇〕，累歲人不足。雖有數斗玉，不如一盤粟〔一一〕。賴得契宰衡，挂鈎慰風俗〔一二〕。自顧無所用，辭家方未歸。霜驚壯士髮，泪滿逐臣衣。以此不安席，蹉跎身世違。終當滅衛謗，不受魯人譏〔一三〕。

【注釋】

〔一〕《太平廣記》卷六引《洞冥記》及《東方朔别傳》：「朔未死時，謂同舍郎曰：『天下人無能知朔，知朔者唯太王公耳。』朔卒後，武帝得此語，即召太王公問之曰：『爾知東方朔乎？』公對曰：『不知。』『公何所能？』曰：『頗善星曆。』帝問：『諸星皆具在否？』曰：『諸星具，獨不見歲星十八年，今復見耳。』帝仰天嘆曰：『東方朔生在朕旁十八年，而不知是歲星哉！』」雲雨，喻恩澤，詳見開元二十二年《襄陽歌》注。以上四句，言天寶初入朝復去朝事。

〔二〕凌歊臺，在當塗縣西北。詳見天寶九載《登黄山凌歊臺送族弟溧陽尉濟充汎舟赴華陰》詩注。

〔三〕《太平寰宇記》卷一〇五：「白紵山在當塗縣東五里，本名楚山，桓温領妓遊山奏樂，好爲《白紵歌》，因改爲白紵山。」

〔四〕天門，山名，在當塗縣西大江上。

〔五〕小儒，白自喻。江淹《雜體詩三十首·魏文帝曹丕遊宴》：「小儒安足爲？」

〔六〕《文選》諸葛亮《出師表》：「故五月渡瀘。」李善注：「《蜀志》曰：建興元年，南中諸部并皆叛亂，三年春，亮率衆征之，其秋悉平。」三句暗指唐軍討南詔大敗於瀘南事。詳見後注。

〔七〕《通鑑·唐紀》天寶十載：「夏四月，壬午，劍南節度使鮮于仲通討南詔蠻，大敗於瀘南。時仲通將兵八萬分二道出戎、嶲州，至曲州、靖州。南詔王閣羅鳳謝罪，請還所俘掠，城雲南而去，且曰：『今吐蕃大兵壓境，若不許我，我將歸命吐蕃，雲南非唐有也。』仲通不許，囚其使，進軍至西洱河，與閣羅鳳戰，軍大敗，士卒死者六萬人，仲通僅以身免。楊國忠掩其敗狀，仍叙其戰功。……制大募兩京及河南、北兵以擊南詔，人聞雲南多瘴癘，未戰士卒死者什八九，莫肯應募。楊國忠遣御史分道捕人，連枷送詣軍所。」又《通鑑·唐紀》天寶十三載：「六月，乙丑朔，……侍御史、劍南留後李宓將兵七萬擊南詔，閣羅鳳誘之深入，至大和城，閉壁不戰。宓糧盡，士卒罹瘴疫及飢死者什七八，乃引還，蠻追擊之，宓被擒，全軍皆没。楊國忠隱其敗，更以捷聞，益發中國兵討之，前後死者二十萬人，無敢言者。」西二河，即西洱河，一稱洱河，源出今雲南西部洱海，故名。

〔八〕《三國志·蜀志·諸葛亮傳》裴松之注引《漢晉春秋》曰：「亮至南中，所在戰捷。聞孟獲者爲夷漢所服，募生致之。既得，使觀於營陣之間，問曰：『此軍何如？』獲對曰：『向者不知虛實，故敗。今蒙賜觀營陣，若祇如此，即定易勝耳。』亮笑，縱使更戰，七縱七擒而亮猶遣獲，獲止而不去，曰：『公，天威也，南人不復反矣。』」

〔九〕《列女傳》卷三：「魯漆室邑之女也，過時未適人。當穆公時，君老太子幼，女倚柱而嘯，……其鄰人婦從之遊，謂曰：『何嘯之悲也？子欲嫁耶？吾爲子求偶。』漆室女曰：『嗟乎！始吾以子爲有知，今無識也。吾豈爲不嫁不樂而悲哉？吾憂魯君老，太子幼。』鄰婦笑曰：『此乃魯大夫之憂，婦人何與焉？』漆室女曰：『不然。非子所知也。昔晉客舍吾家，繫馬園中，馬逸馳走，踐吾葵，使我終歲不食葵。……今魯君老悖，太子少愚，奸僞日起，夫魯國有患者，君臣父子皆被其辱，禍及衆庶。婦人獨安所避乎？吾甚憂之。子乃曰婦人無與者何哉？』鄰婦謝曰：『子之所慮，非妾所及。』三年魯果亂，齊楚攻之。魯連有寇，男子戰鬬，婦人轉輸不得休息。」

〔一〇〕咸陽，此指長安。《文選》袁淑《效曹子建白馬篇》：「秦地天下樞。」李善注：「樞，要也。」

〔一一〕《舊唐書·玄宗紀》：「天寶十二載……八月，京城霖雨，米貴，令出太倉米十萬石，減價糶與貧人。」又同紀：「十三載……秋，霖雨積六十餘日，京城垣屋頹壞殆盡，物價暴貴，人多乏食，令出太倉米一百萬石，開十場賤糶以濟貧民。」四句當指此事。

〔一二〕契，虞舜之臣，此喻時相。宰衡，用王莽事。莽專權，使臣下上書曰：「伊尹爲阿衡，周公爲太宰。……采伊尹、周公稱號，加公爲宰衡，位上公。」見《漢書·王莽傳》。持鈞，謂執政。二句以美爲刺。

〔一三〕蕭注：「《論語》：叔孫武叔毀仲尼，子貢曰：仲尼不可毀也。」瞿、朱注：「《論語集解》，叔孫武叔爲魯大夫，蕭氏以此釋衛謗，似未切。」按：衛謗、魯人譏事，未詳所自。

【集説】

詹鍈云：王譜繫此詩於天寶十三載下，注云：「按是年六月，劍南留守李宓，率兵伐雲南蠻，至西洱河，舉軍陷没。又關中自去秋，水旱相繼，人多乏食，詔出太倉米一百萬石，賤糶以濟貧民。太白詩所謂：『雲南五月中，頻喪渡瀘師。毒草殺漢馬，張兵奪秦旗。至今西洱河，流血擁僵屍。咸陽天下樞，累歲人不足。雖有數斗玉，不如一盤粟。』正言是年事。」按詩中稱：「自顧無所用，辭家方來歸。」是白之南遊宣城乃隻身而來也。

【按】

詩云：「雲南五月中，頻喪渡瀘師。……至今西洱河，流血擁僵屍。」當兼指天寶十載至十三載征南詔兵敗事。又云：「咸陽天下樞，累歲人不足。」當兼指天寶十二載、十三載秋京師霖雨乏食事。十三載秋白在秋浦，故繫本年。

詩末二句用事，雖難以確指，然大意可得而知。據《史記·孔子世家》：孔子沮乎魯，斥乎齊，逐乎宋衛，困乎陳蔡之間。一生所受之譏謗、困厄亦已多矣。十餘年後，魯始迎之歸，然終不能用。時孔子已老，亦不求仕，乃删詩書，定禮樂，作春秋，以備六藝，卒成素王之業，而一切譏謗自歸寂滅。由是可知，此二句乃照應前此「君看我才能，何似魯仲尼」等語，并借以自況自慰爲全詩作結。白詩用事多不主故常，所謂魯譏、衛謗，或爲泛指，得魚忘筌可也。

紀南陵題五松山

宋乙本、繆本、王本題下注云：「一作《南陵五松山感時贈别》。」除「伊尹生空桑」以下八句外，《唐人萬首絶句》改作四首。咸本則分作五首。

聖達有去就，潛光愚其德〔一〕。魚與龍同池，龍去魚不測〔二〕。當時板築輩，豈知傅説情〔三〕？一朝和殷人〔四〕，光氣爲列星〔五〕。伊尹生空桑，捐庖佐皇極〔六〕。桐宫放太甲，攝政無愧色。三年帝道明，委質終輔翼〔七〕。曠哉至人心，萬古可爲則。時命或大謬，仲尼將奈何？鸞鳳忽覆巢，麒麟不來過〔八〕。龜山蔽魯國，有斧且無柯〔九〕。歸來歸去來，宵濟越洪波。

【注釋】

〔一〕潛光，斂跡隱遁也。

〔二〕魚，以喻凡近。龍，以喻聖達。

〔三〕傅説，殷相。相傳説曾築於傅巖之野，帝武丁夜夢之，訪得，以爲相，殷遂大治。因得説於傅巖，號曰傅説。事見《史記·殷本紀》、《吕氏春秋·求人》。

〔四〕和，爕理、調和也。《書·説命》：「若歲大旱，用汝作霖雨。……若作和羹，爾惟鹽梅。」

〔五〕《莊子·大宗師》：「傅説得之，以相武丁，奄有天下，乘東維，騎箕尾，而比於列星。」陸德明《音義》：「崔云：傅説死，其精神乘東維，託龍尾，乃列宿，今尾上有傅説星。」

〔六〕伊尹，商湯臣，名摯，佐湯伐夏桀，被尊爲相。《水經注·伊水》：「昔有莘氏女採桑於伊川，得嬰兒於空桑中，言其母孕伊水之濱，夢神告之曰：臼水出而東走。母明視而見臼水出焉，告其鄰居而走，顧望其邑，咸爲水矣。其母化爲空桑，子在其中矣。莘女取而獻之，命養於庖，長而有賢德，殷以爲尹，曰伊尹也。」

〔七〕《史記·殷本紀》：「帝中壬即位四年，崩，伊尹乃立太丁之子太甲。……帝太甲既立三年，不明，暴虐，不遵湯法，亂德，於是伊尹放之桐宫。三年，伊尹攝行政當國，以朝諸侯。帝太甲居桐宫三年，悔過自責，反善，於是伊尹乃迎帝太甲而授之政。諸侯咸歸殷，百姓以寧。」

〔八〕《孔子家語》卷五：「孔子自衛將入晉，至河，聞趙簡子殺竇犨鳴犢、舜華，乃臨河而嘆曰：『……丘聞之，刳胎殺夭，則麒麟不至其郊；竭澤而漁，則蛟龍不處其淵；覆巢破卵，鳳凰不翔其邑。何則？君子違傷其類者也。』遂還，息於陬。」

〔九〕孔子《龜山操》：「予欲望魯兮，龜山蔽之，手無斧柯，奈龜山何！」《樂府詩集》引《琴操》曰：「《龜山操》，孔子所作也。季桓子受齊女樂，孔子欲諫不得，退而望魯龜山，作此曲，以喻季氏若龜山之蔽魯也。」

【集説】

詹鍈云：《李詩辨疑》曰：「用事堆疊，辭不通暢。恐非白之格調，故疑而闕之耳。按唐人有點鬼録之病，此詩或犯之也。」胡本題作《失題》，注云：「此詠古或感興詩也。舊本題作《記南陵題五松山詩》，誤。」按《文苑英華》録此詩即作《紀南陵題五松山》，則詩題本無誤，且亦非僞作。蓋五松山所題詩固不必一一與南陵或五松山有關也。

瞿、朱云：此詩顯爲自嘆時命不齊，詞意鬱勃，故與平日格調不類，但不得疑爲非李詩。末句「宵濟越洪波」，當是旅途中偶然有感而作，不似在五松山所題，胡説近是。題蓋有誤。

【按】

此詩係感時詠志之作，非紀行之什。胡本題爲《失題》，瞿、朱疑題有誤，良有以也。一作《南陵五松山感時贈别》，近是。

答杜秀才五松山見贈

杜秀才，名字不詳。

昔獻《長楊賦》，天開雲雨歡〔一〕。當時待詔承明裏，皆道揚雄才可觀〔二〕。敕賜飛龍二天馬〔三〕，黄金絡頭白玉鞍。浮雲蔽日去不返，總爲秋風摧紫蘭。角巾東出商山道，採秀行歌詠芝草〔四〕。路逢園綺笑向人，兩君解來一何好〔五〕。聞道金陵龍虎盤〔六〕，還同謝朓望長安〔七〕。千峰夾水向秋浦，五松名山當夏寒。銅井炎爐歊九天〔八〕，赫如鑄鼎荆山前〔九〕。

陶公矍鑠呵赤電〔一〇〕，回禄睢盱揚紫烟〔一一〕。此中豈是久留處？便欲燒丹從列仙。愛聽松風且高卧，颼飀吹盡炎氛過。登崖獨立望九州，《陽春》欲奏誰相和？聞君往年遊錦城〔一二〕，章仇尚書倒屣迎〔一三〕。飛牋絡繹奏明主，天書降問迴恩榮。骯髒不能就珪組〔一四〕，至今空揚高蹈名。夫子工文絶世奇，五松新作天下推。吾非謝尚邀彦伯〔一五〕，異代風流各一時。一時相逢樂在今，袖拂白雲開素琴，彈爲《三峽流泉》音〔一六〕。從兹一别武陵去，去後桃花春水深〔一七〕。

【注釋】

〔一〕《長楊賦》，揚雄作。《漢書·揚雄傳》：「孝成帝時，客有薦雄文似相如者，……召雄待詔承明之庭。……從至射熊館還，上《長楊賦》。」雲雨，喻恩澤。

〔二〕承明，漢長安殿名，在未央宫。《三輔黄圖》卷三：「承明殿，未央宫有承明殿，著述之所也。」待詔，猶言候命。漢時以才技徵召未有正官者，使之待詔。以上四句以揚雄自喻。

〔三〕唐制：翰林學士初入院，例賜飛龍厩馬一匹。詳見天寶元年《駕去温泉宫後贈楊山人》詩注。

〔四〕角巾，隱士冠飾。採秀，《楚辭·九歌·山鬼》：「采三秀兮於山間。」王逸注：「三秀，謂芝草也。」以上四句喻己被斥去朝。

〔五〕園、綺，謂東園公、綺里季，漢初四皓中兩人。下句謂四皓因時亂隱商山，作《紫芝歌》。詳見天寶三載《過四皓墓》詩注。

〔六〕金陵之地，號稱鍾山龍蟠，石城虎踞。詳見天寶六載《金陵歌送别范宣》詩注。

〔七〕謝朓《晚登三山還望京邑》詩：「灞涘望長安，河陽視京縣。」

〔八〕銅井，山名。《元和郡縣志》江南道宣州南陵縣：「銅井山，在縣西南八十五里，出銅。」參見天寶十三載《秋浦歌》詩注。歊，音消，氣上昇也。

〔九〕《元和郡縣志》河南道虢州湖城縣：「荆山，在縣南，即黄帝鑄鼎之處。」

〔一〇〕《搜神記》卷一：「陶安公者，六安鑄冶師也。數行火，火一朝散上，紫色衝天。公伏冶下求哀。須臾，赤雀止冶上，曰：『安公安公！冶與天通。七月七日，迎汝以赤龍。』至時，安公騎之，從東南去，城邑數萬人，豫祖安送之，皆辭訣。」矍鑠，勇健貌。

〔一一〕《左傳》昭公十八年：「禳火於玄冥回禄。」杜預注：「回禄，火神。」睢盱，音綏吁，跋扈貌。

〔一二〕錦城，謂成都。

〔一三〕章仇，謂章仇兼瓊。《通鑑·唐紀》天寶五載：「五月，……乙亥，以劍南節度使章仇兼瓊爲户部尚書。」倒屣，謂急於出迎也。

〔一四〕骯髒，高邁耿直貌。珪組，謂官符也。珪，玉也，官員所佩。組，綬帶。

〔一五〕謝尚，東晉人，字仁祖。彦伯，謂袁宏。《晉書·袁宏傳》：「袁宏，字彦伯，……宏有逸才，文章絶美，曾爲《詠史詩》，是其風情所寄。少孤貧，以運租自業。謝尚時鎮牛渚，秋夜乘月，率爾與左右微服泛江。會宏在舫中諷詠，聲既清會，辭又藻拔，遂駐聽久之。遣問焉，答云：『是袁臨汝郎誦詩。即其《咏史》之作也。』尚傾率有勝致，即迎升舟，與之譚論，申旦不寐，自此名譽日茂。尚爲安西將軍、豫州刺史，引宏參其軍事。」

〔一六〕《樂府詩集·琴曲歌辭》：「《琴集》曰：《三峽流泉》，晉阮咸所作也。」

〔一七〕用陶淵明《桃花源記》。

【集説】

詹鍈云：王譜天寶五載云：「是年五月以劍南節度使章仇兼瓊爲户部尚書。白有《答杜秀才五松山見贈》詩（「聞君往年遊錦城，章仇尚書倒屣迎。飛牋絡繹奏明主，天書降問回恩榮」），是時以後之作。」詩云：「聞道金陵龍虎盤，還同謝脁望長安。千峰夾水向秋浦，五松名山當夏寒。」知太白由金陵經秋浦抵南陵五松山，時方當夏季。按李集中於五松山所賦詩甚多，俱是前後之作。《李詩辨疑》曰：「此詩辭意冗雜，妍媸不一。前八句頗清暢。至於『兩君解來一何好』，又不成句法矣。意謂相逢東園公、綺里季二人爲好，特意圓而語滯耳。『一時相逢樂在今』句，又稚俗。結語亦無味。以今論之，若去中間陳腐冗雜，則當爲絶作也。大抵唐人皆能詩，此不知爲何人所作，謬入草堂之集也。」奚禄詒批：「亦似僞。」又曰：「謀篇甚難，是學太白而失之者。」按此詩所云：「昔獻長楊賦，天開雲雨歡。當時待詔承明裏，皆道揚雄才可觀。敕賜飛龍二天馬，黄金絡頭白玉鞍。浮雲蔽日去不返，總爲秋風摧紫蘭。角巾東出商山道，採秀行歌詠芝草。」與太白生平一一吻合，當非僞作。以謀篇而論，此詩誠不免微有冗雜之病，然無傷大體也。

瞿、朱云：此詩有「銅井炎爐」及「回禄睢盱」之句，疑白之居南陵實爲從事鑛冶，而託之於鍊丹，當與《秋浦歌》同看。又此詩爲出京後南遊之作無疑。

【按】

詹説是，可從。瞿、朱疑白從事鑛冶，而託之於鍊丹，其説甚新，惜無佐證。

宿五松山下荀媪家

媪，老婦之通稱。

我宿五松下，寂寥無所歡。田家秋作苦，鄰女夜舂寒。跪進彫胡飯〔一〕，月光明素盤。令人慚漂母〔二〕，三謝不能餐。

【注釋】

〔一〕彫胡，菰米。菰生水中，葉如蒲葦，至秋結實，即雕胡米也。古人以爲美饌，今飢歲人猶採以當糧。見《本草綱目·谷部》。

〔二〕漂母，《史記·淮陰侯列傳》：「信釣於城下，諸母漂，有一母見信飢，飯信，竟漂數十日。信喜，謂漂母曰：『吾必有以重報母。』母怒曰：『大丈夫不能自食，吾哀王孫而進食，豈望報乎！』」

【集説】

朱諫云：言老媪進彫菰之飯，素盤有潔白之色，情如漂母之待韓信也，我非韓信之比，未免有愧

於心，乃三謝其意，而不敢享其所進之食也。（《李詩選注》）

南陵五松山別荀七

六即潁水荀[一]，何慚許郡賓[二]？相逢太史奏，應是聚賢人[三]。玉隱且在石，蘭枯還見春。俄成萬里別，立德貴清真[四]。

【注釋】

〔一〕王注：「六即，《唐詩類苑》作軒昂。琦按：六字恐是草書君字之訛。」王説或是。潁水荀，謂荀淑。淑字季和，東漢潁川潁陰人，安帝時，徵拜郎中，再遷爲當塗長。《後漢書》有傳。

〔二〕許郡賓，謂陳寔。陳寔字仲弓，東漢潁川許人。曾爲聞喜長，再遷太丘長。中平四年卒於家，年八十四。《後漢書》有傳。瞿、朱注：「唐之許州即古潁川，變州言郡以取叶音節耳，非必指漢之許縣也。」

〔三〕王注：「《異苑》：陳仲弓從諸子侄造荀季和父子，於是德星聚，太史奏：『五百里路有賢人聚。』」

〔四〕《左傳》襄公二十四年：「太上有立德。」清真，淡泊也。

【按】

瞿、朱云：「卷二十二有《宿五松山下荀媪家》詩，荀七或即荀媪之子。」姑依瞿、朱説，附於前詩之後。此詩王本編入《詩文拾遺》，而兩宋本固已有之，在卷十三。

五松山送殷淑

秀色發江左〔一〕，風流奈若何？仲文了不還〔二〕，獨立揚清波。載酒五松山，頹然《白雲歌》〔三〕。中天度落月，萬里遥相過。撫酒惜此月，流光畏蹉跎。明日别離去，連峰鬱嵯峨。

【注釋】

〔一〕江左，江東謂之江左。

〔二〕仲文，即殷仲文，晉人，少有才藻，美姿容。《晉書》有傳。此以擬殷淑。

〔三〕《白雲歌》，不詳何曲，當爲隱者所歌。參見天寶三載《白雲歌送劉十六歸山》詩注。

【按】

殷淑，事跡不詳，白與之往來較多。參見上元二年《三山望金陵寄殷淑》、《送殷淑三首》。

銅官山醉後絶句

銅官山，在今安徽銅陵縣，臨大江。銅陵即唐銅官舊址。《新唐書·地理志》宣州（宣城郡）：「南陵，……武德四年隸池州，州廢來屬，後析置義安縣，又廢義安爲銅官冶。」

我愛銅官樂，千年未擬還。要須迴舞袖，拂盡五松山〔一〕。

【注釋】

〔一〕劉攽《中山詩話》云：「古人多歌舞飲酒，唐太宗每舞，屬群臣。……張燕公詩云：『醉後歡更好，全勝未醉時。動容皆是舞，出語總成詩。』李白云：『要須迴舞袖，拂盡五松山。』『醉後涼風起，吹人舞袖環。』今時舞者必欲曲盡其妙，又恥效樂工藝，益不復如古人常舞矣。」

秋浦寄内

本年秋作於秋浦。内，謂宗氏，時寓宋州（睢陽郡）。

我今尋陽去〔一〕，辭家千里餘。結荷見水宿，卻寄大雷書〔二〕。雖不同辛苦，愴離各自居。我自入秋浦，三年北信疏。紅顏愁落盡，白髮不能除。有客自梁苑〔三〕，手携五色魚〔四〕。開魚得錦字，歸問我何如？江山雖道阻，意合不爲殊。

【注釋】

〔一〕尋陽郡，即江州，唐時屬江南西道。今爲江西九江市。

〔二〕結荷水宿，猶言以荷爲屋，宿於水濱。鮑照《登大雷岸與妹書》：「棧石星飯，結荷水宿。旅客貧辛，波路壯闊。」

〔三〕梁苑，指宋州。詳見天寶三載《梁園吟》詩注。

〔四〕魚,謂書信。漢樂府《飲馬長城窟行》:「客從遠方來,遺我雙鯉魚。呼兒烹鯉魚,中有尺素書。」

【按】

宗氏事,詳見天寶九載《題嵩山逸人元丹丘山居》按語。

詩云:「我自入秋浦,三年北信疏。」白自天寶十二載遊皖南,至是年秋,合首尾計之恰三年。此及以下二篇,皆爲一時之作。

自代内贈

寶刀裁流水,無有斷絶時。妾意逐君行,纏綿亦如之。別來門前草,秋巷春轉碧〔一〕。掃盡更還生,萋萋滿行跡。鳴鳳始相得,雄驚雌各飛〔二〕。遊雲落何山?一往不見歸。估客發大樓〔三〕,知君在秋浦。梁苑空錦衾,陽臺夢行雨。妾家三作相〔四〕,失勢去西秦。猶有舊歌管,淒清聞四鄰。曲度入紫雲〔五〕,啼無眼中人〔六〕。妾似井底桃〔七〕,開花向誰笑?君如天上月,不肯一回照。窺鏡不自識,別多憔悴深。安得秦吉了〔八〕,爲人道寸心?

【注釋】

〔一〕此句一作春盡秋轉碧。王注:「巷當是黃字之訛。」王説是。

〔二〕二句意謂婚後不久即有幽州之行及長安之行,皆「歷湍波」之事也,故云。

〔三〕估客，商人也。大樓，山名，在秋浦縣境。

〔四〕瞿、朱注：「《舊唐書》卷九二《宗楚客傳》，一爲夏官侍郎同平章事，再爲兵部尚書同平章事，其云三作相，蓋併中書令計之。」

〔五〕曲度，曲調。句謂演奏道教音樂。宗氏好道，故云。

〔六〕此下宋乙本、繆本、咸本、胡本有「女弟争笑弄，悲羞泪盈巾」二句。

〔七〕王注：「井底桃，即四卷桃李出深井之意。今庭中天井是也。蕭子顯詩：桐生井底葉交加。」按：「桃李出深井」句見《中山孺子妾歌》。在未編年詩内。

〔八〕王注：「《桂海虞衡志》：秦吉了，如鸜鵒，紺黑色，丹咮黄距，目下連項有深黄文，項毛有縫，如人分髮。能人言，皆於鸜鵒尤慧，大抵鸜鵒聲如兒女，吉了聲則如丈夫，出邕州溪洞中。」

秋浦感主人歸燕寄内

霜凋楚關木，始知殺氣嚴〔一〕。寥寥金天廓，婉婉緑紅潛〔二〕。胡燕别主人〔三〕，雙雙語前簷。三飛四迴顧，欲去復相瞻。豈不戀華屋？終然謝珠簾。我不及此鳥，遠行歲已淹。寄書道中嘆，泪下不能緘。

【注釋】

〔一〕殺氣，寒氣也。《禮記·月令》：「仲秋之月，殺氣浸盛。」

〔二〕金天，秋天。秋於五行屬金，故稱。婉婉，宛轉屈伸之狀。緑紅，代指各種花草。潛，伏也。

〔三〕胡燕，燕之一種。《酉陽雜俎》卷十六：「胸斑黑，聲大，名胡燕，其巢有容匹素者。」

答高山人兼呈權顧二侯

題中之權侯，即權昭夷，亦即權十一，白在秋浦之友人。此詩爲本年冬在金陵送權等往遊瀟湘時酬贈之作。詳見按語。

虹霓掩天光，哲后起康濟〔一〕。應運生夔龍，開元掃氛翳。太微廓金鏡，端拱清遐裔〔二〕。輕塵集嵩岳〔三〕，虚點盛明意。謬揮紫泥詔，獻納青雲際。讒惑英主心，恩疏佞臣計。彷徨庭闕下，歎息光陰逝。未作仲宣詩，先流賈生涕〔四〕。挂帆秋江上，不爲雲羅制。山海向東傾，百川無盡勢。我於鴟夷子〔五〕，相去千餘歲。運闊英達稀，同風遥執袂。登艫望遠水，忽見滄浪枻。高士何處來，虚舟渺安繫？衣貌本淳古，文章多佳麗。延引故鄉人，風義未淪替。顧侯達語默，權子識通蔽〔六〕。曾是無心雲，俱爲此留滯。雙萍易飄轉，獨鶴思凌厲〔七〕。明晨去瀟湘，共謁蒼梧帝〔八〕。

【注釋】

〔一〕楊注：「虹霓，指太平公主輩。哲后，指玄宗。」

〔二〕以上六句，寫玄宗即位及開元之治。

〔三〕王注：「《隋書》：涓流赴海，誠心屢竭；輕塵集岳，功力蓋微。」

〔四〕以上十句，謂己奉詔入朝及被讒去朝。

〔五〕鴟夷子，范蠡化名。見天寶十二載《天津三月時》（《古風》其十八）注。

〔六〕語默，猶或默或語。《易·繫辭》上：「君子之道，或出或處，或默或語。」通蔽，猶通塞。《易·節》：「象曰：不出户庭，知通塞也。」孔疏：「知通塞者，識時通塞，所以不出也。」

〔七〕王注：「雙萍，喻權顧二侯；獨鶴，喻高山人。」

〔八〕二句當指題中三人將同遊湖南。

【按】

詹氏繫此詩於天寶十三載，差是。瞿、朱謂爲出京（當指天寶三載去朝）未久時作，未諦。玩詩中「顧侯達語默，權子識通蔽」二句可知。「顧侯」句暗用《中庸》：「國有道，其言足以興；國無道，其默足以容。」「權子」句暗用《論語》：「邦有道則仕，邦無道則可卷而懷之。」皆示時局已至無道之世。白上年入長安失敗後詩作中屢有傾危之感，此詩亦然。由此可窺知詩之作時。白又有《金陵與諸賢送權十一序》，與此詩爲同時之作。序中有句云：「時歲律寒苦，天風枯聲。」故知時令在冬，作地亦明。

至德元載（即天寶十五載，七月改元。七五六年） 李白五十六歲

北上行

安史亂起後北上宋城時作。《北上行》，《樂府詩集·相和歌辭》名。《樂府詩集》引《樂府解題》曰：「晉樂奏魏武帝《北上篇》，備言冰雪溪谷之苦。其後或謂之《北上行》，蓋因武帝辭而擬之也。」

北上何所苦〔一〕？北上緣太行。磴道盤且峻〔二〕，巉巖凌穹蒼。馬足蹶側石，車輪摧高崗。沙塵接幽州〔三〕，烽火連朔方。殺氣毒劍戟，嚴風裂衣裳〔四〕。奔鯨夾黄河，鑿齒屯洛陽〔五〕。前行無歸日，返顧思舊鄉。慘慽冰雪裏，悲號絶中腸。尺布不掩體，皮膚劇枯桑。汲水澗谷阻，採薪隴坂長〔六〕。猛虎又掉尾，磨牙皓秋霜。草木不可餐，飢飲零露漿。嘆此北上苦，停驂爲之傷〔七〕。何日王道平〔八〕，開顔睹天光？

【注釋】

〔一〕自此以下六句非實寫太行山，乃化用曹操《苦寒行》：「北上太行山，艱哉何巍巍。羊腸坂詰曲，車輪爲之摧。」以喻己北上之苦。

〔二〕磴道，登山石徑。磴音凳。

〔三〕自此以下六句，意謂北上之行有如攀緣太行者，蓋因安史之亂也。

〔四〕嚴風，謂冬風。《初學記》卷三引《纂要》：「冬曰玄英，……風曰寒風、勁風、嚴風。」

〔五〕《淮南子·本經》：「逮至堯之時，……鑿齒……皆爲民害，堯乃使羿誅鑿齒於疇華之野。」高誘注：「鑿齒，獸名，齒長三尺，其狀如鑿，下徹頷下而持戈盾。羿善射，堯使羿射殺之。」王注：「按天寶十四載，安禄山反於范陽，引兵南向，河北州縣望風瓦解，遂克太原，連破靈昌、陳留、滎陽諸郡，遂陷東京。范陽本唐幽州之地，詩所謂『沙塵接幽州』者，蓋指此事而言。其曰『烽火連朔方』者，禄山遣其黨高秀巖寇振武軍，朔方節度使郭子儀擊破之。振武軍去朔方治所甚遠，其烽火相望，告急可知。其曰『奔鯨夾黄河』者，指從逆諸將，如崔乾祐之徒，縱横於汲、鄴諸郡也。其曰『鑿齒屯洛陽』者，謂禄山據東京僭號也。」

〔六〕隴坂，山之岡隴坡坂。

〔七〕驂，駕車時位於兩旁之馬。《詩·鄭風·大叔於田》：「執轡如組，兩驂如舞。」鄭玄箋：「在旁曰驂。」

〔八〕王道平，謂時世安泰。《書·洪範》：「王道平平。」

【集説】

范晞文云：李太白《北上行》即古之《苦寒行》也。《苦寒行》首句云：「北上太行山，艱哉何巍巍！」因以名之也。太白詞有云：「磴道盤且峻，巉巖凌穹蒼。馬足蹶側石，車輪摧高岡。」又「殺氣毒劍戟，嚴風裂衣裳。」此正古詞「羊腸坂詰屈，車輪爲之摧。樹木何蕭瑟，北風聲正悲」。太白又有「奔鯨夾黄河，鑿齒屯洛陽。猛虎又掉尾，磨牙皓秋霜」。亦古詞「熊羆對我蹲，虎豹夾路啼」。又：「汲水澗谷阻，采薪隴坂長，草木不可餐，飢飲零露漿。」是亦古詞「行行日已遠，人馬同時飢，擔囊行取薪，斧冰持作糜」，特詞語小異耳。陸士衡謝靈運諸作亦不出此轍。（《對床夜話》）

楊云：此詩乃禄山初反時作也，鑿齒指禄山，奔鯨指史思明、崔乾祐之徒。

蕭云：按《北上行》者，征行之曲，言行役者之苦也。太白此詩其作於至德之後乎！隱然有《國風》愛君憂國勞而不怨厭亂思治之意，讀者其毋忽諸。

胡云：《清調曲》魏武《苦寒行》：「北上太行山，艱哉何巍巍！」備言從軍北上所歷之苦。白擬之，改爲《北上行》，而其辭有屯洛等語，似借詠禄山、思明之亂。

【按】

據《通鑑·唐紀》記載：天寶十四載十一月甲子（初九日）安禄山發所部兵凡十五萬衆，號二十萬，反於范陽。引兵而南，烟塵千里。所過州縣，望風瓦解。十二月丁亥（初二日），禄山自靈昌渡河。丁酉（十二日），禄山陷東京洛陽。本年正月乙卯朔（初一日），禄山在洛陽自稱大燕皇帝。李白北上宋城及此詩之作，當在本年歲初，禄山稱帝後。

奔亡道中五首

本年初，白携妻宗氏，由宋城倉皇南奔途中作。其時安禄山據洛陽稱帝，國號燕。

蘇武天山上〔一〕，田横海島邊〔二〕。萬重關塞斷，何日是歸年？

【注釋】

〔一〕蘇武，西漢杜陵人，字子卿。武帝天漢元年，武奉命赴匈奴，被扣，牧羊北海，留匈奴凡十九歲始歸。武以强壯出，及還，鬚髮盡白。《漢書》有傳。天山，在今新疆境内。王注：「劉删《蘇武詩》：食雪天山道，思歸海路長。蓋以天山爲匈奴地耳。其實蘇武嚙雪及牧羊之處，不在天山也。」

〔二〕田横，戰國齊田氏後代。秦末，其從兄田儋起兵重建齊國。後韓信破齊，横自立爲齊王，率徒屬五百人逃往海島。劉邦稱帝，遣使招降。横與客二人往洛陽，未至，羞爲漢臣，自殺。島中之徒衆聞横死，皆自殺。事見《史記·田儋列傳》。二句以蘇武、田横處境之艱危自喻。

其二

亭伯去安在〔一〕？李陵降未歸〔二〕。愁容變海色，短服改胡衣〔三〕。

【注釋】

〔一〕崔駰，字亭伯，東漢涿郡安平人。在太學，與班固、傅毅齊名。和帝時，車騎將軍竇憲辟爲府掾。出爲長岑長，自以遠去，不得意，遂不赴任而歸鄉里。《後漢書》有傳。

〔二〕李陵，西漢隴西成紀人，字少卿。漢名將李廣孫，善騎射，武帝時爲騎都尉，率兵出擊匈奴，戰敗投降。漢族滅其家，不得歸，後病死匈奴。《漢書》有傳。

〔三〕海色，猶晦色。《釋名》：「海，晦也。主承晦濁，其色黑而晦也。」二句謂中原淪陷後，人民面呈晦色，身着胡衣。

其　三

談笑三軍卻，交遊七貴疏〔一〕。仍留一隻箭，未射魯連書〔二〕。

【注釋】

〔一〕左思《詠史詩》：「吾慕魯仲連，談笑卻秦軍。」魯仲連卻秦軍事，見開元二十九年《齊有倜儻生》（古風其十一）詩注。七貴，西漢以吕、霍、上官、趙、丁、傅、王七外戚爲七貴。此處泛指權貴。二句謂己雖有魯連之志，但無權貴可爲鼎助。

〔二〕《史記·魯仲連列傳》：「燕將攻下聊城，聊城人或讒之燕，燕將懼誅，因保守聊城不敢歸。齊田單攻聊城歲餘，士卒多死而聊城不下。魯連乃爲書，約之矢以射城中。……燕將見魯連書，泣三日。……喟然嘆曰：『與人刃我，寧自刃。』乃自殺。」二句謂己尚有退敵之策，猶可待時而起。

【按】

此詩當與本年秋《感時留別從兄徐王延年從弟延陵》一詩參看，即知其三諸語并非徒托空言。

其　四

函谷如玉關，幾時可生還〔一〕？洛川爲易水〔二〕，嵩岳是燕山〔三〕。俗變羌胡語，人多沙塞顔。申包惟慟哭，七日鬢毛斑〔四〕。

【注釋】

〔一〕函谷，關名，戰國秦置，故址在今河南靈寶縣東北。玉關，即玉門關，漢武帝置，因西域輸入玉石取道於此而得名，故址在今甘肅敦煌西北小方盤城。《後漢書·班超傳》：「超自以久在絶域，年老思土，十三年上疏曰：『……臣不敢望到酒泉郡，但願生入玉門關。』」

〔二〕易水，在今河北西部，爲大清河上源支流，源出易縣境，匯入南拒馬河。洛川，王本作洛陽，據兩宋本改。

〔三〕嵩岳，即嵩山，爲中岳，在今河南登封縣北。燕山，在今河北平原北側，東西走向，由潮白河谷直到山海關。以上四句，以函谷、玉關，洛川、易水，嵩岳、燕山對舉，言國勢危急，中原内地翻如邊境。

〔四〕申包，即申包胥，春秋時楚人。楚昭王十年，吴兵破楚入郢都，申包胥如秦乞師，秦兵不出。申包胥乃立依於庭牆而哭，日夜不絶聲，勺飲不入口七日，秦師乃出。事見《左傳》定公四年。二句以申包胥喻其悲苦愁絶。

其五

淼淼望湖水〔一〕，青青蘆葉齊。歸心落何處？日没大江西。歇馬傍春草，欲行遠道迷。誰忍子規鳥，連聲向我啼〔二〕？

【注釋】

〔一〕淼淼，水大貌。

〔二〕子規，即杜鵑鳥，鳴聲凄苦，若云「不如歸去」。

【集説】

王云：太白意謂函谷之地，已爲禄山所據，未知何日平定，得能生入此關。洛川、嵩岳之間，不但有同邊界，而風俗人民，亦且漸異華風。己之所以從永王者，欲效申包慟哭乞師，以救國家之難耳，自明不敢有他志也。其心亦可哀矣。

詹鍈云：按其五云：「歇馬傍春草，欲行遠道迷。誰忍子規鳥，連聲向我啼。」當是至德二載暮春所作。

郭沫若云：這五首詩，前人均以爲作於至德二年（七五七）永王失敗之後，與《南奔書懷》同時，內容與情調全不相屬。姑且舉出第四首以示例：「函谷如玉關……」這有絲毫的跡象表現出江南情景嗎？此外，如《扶風豪士歌》的「我亦東奔向吴國」，《猛虎行》的「竄身南國避胡塵」，《贈武十七諤》的「愛子隔東魯，……千里阻同奔」等語，如李白不曾於天寶十四年冬初北返梁園，這些奔竄的情跡是無法説明的。但反過來，也就是李白於天寶十四年冬初確曾回過梁園，遇安禄山之亂而蒼黄南奔。到達江南已是天寶十五年的春天了。

【按】

郭説甚是。唯按之《北上行》詩，白北上宋城時，已在本年初，其時不在去歲冬初甚明，而携宗氏南奔，當是北上時已定之計劃。惟叛軍勢驟，故不及赴東魯携子同奔。

贈武十七諤　并序

門人武諤，深於義者也。質木沉悍，慕要離之風[一]，潛釣川海，不數數於世間事[二]。聞中原作難，西來訪余。余愛子伯禽在魯，許將冒胡兵以致之。酒酣感激，援筆而贈。

馬如一匹練，明日過吴門[三]。乃是要離客，西來欲報恩。笑開燕匕首[四]，拂拭竟無言。

狄犬吠清洛〔五〕，天津成塞垣〔六〕。愛子隔東魯，空悲斷腸猿。林回棄白璧〔七〕，千里阻同奔。君爲我致之，輕齎涉淮源〔八〕。精誠合天道，不愧遠遊魂〔九〕。

【注釋】

〔一〕要離，春秋勇士，爲吴王報仇除兇，棄妻子，斷右手。詳見天寶四載《東海有勇婦》詩注。

〔二〕數數，音朔朔，急迫也。《莊子·逍遥遊》：「彼其於世，俱數數然也。」陸德明《音義》：「司馬云：猶汲汲也。崔云：迫促意也。」

〔三〕一匹練，白馬飛馳之狀。《藝文類聚》卷九十三引《韓詩外傳》：「顔回望吴門馬，見一匹練。孔子曰：『馬也。』然則馬之光景一匹長耳，故後人號馬爲一匹。」吴門，蘇州之别稱。

〔四〕燕匕首，匕首之鋒利者。《史記·刺客列傳》：「於是太子豫求天下之利匕首，得趙人徐夫人匕首。」

〔五〕狄，古時稱北方民族。安禄山爲胡人，故云。

〔六〕天津，指洛陽天津橋。

〔七〕《莊子·山木》：「林回棄千金之璧，負赤子而趨。或曰：『爲其布歟？赤子之布寡矣；爲其累歟？赤子之累多矣。棄千金之璧，負赤子而趨，何也？』林回曰：『彼以利合，此以天屬也。』」陸德明《音義》：「林回，司馬云：殷之逃民之姓名。」

〔八〕輕齎，輕裝。淮源，淮水之源，此指淮水。按，白子伯禽時在東魯，自宣城往東魯，往返必涉淮水。

〔九〕遠遊魂，兩宋本、繆本俱注云：「一作鄧攸魂。」按，鄧攸，晉人，字伯道。永嘉末爲石勒所俘，乘間逃至江南。南逃時携一子一侄，度不能兩全，乃棄子全侄。其後妻不復孕，卒以無嗣。時人義而哀之曰：「天道無知，使鄧伯道無兒。」事見《晉書·鄧攸傳》。

【按】

《王譜》繫此詩於本年下，注云：「爲東京陷後所作。」以詩中「愛子隔東魯，空悲斷腸猿。林回棄白璧，千里阻同奔」數句度之，當是白携妻南奔至宣城後所作。

西上蓮花山　古風其十九

西上蓮花山〔一〕，迢迢見明星〔二〕。素手把芙蓉，虚步躡太清〔三〕。霓裳曳廣帶，飄拂昇天行。邀我登雲臺〔四〕，高揖衛叔卿〔五〕。恍恍與之去，駕鴻凌紫冥。俯視洛陽川，茫茫走胡兵。流血塗野草，豺狼盡冠纓。

【注釋】

〔一〕蓮花山，即華山之蓮花峰。《華嶽志》：「嶽頂中峰曰蓮花峰，有上宫，宫前有池爲玉井，生千葉白蓮花，服之令人羽化。」

〔二〕迢迢，遠貌。明星，仙女名。《太平廣記》卷五九引《集仙録》：「明星玉女者，居華山，服玉漿，白日昇天。」

〔三〕太清，天空。

〔四〕雲臺，即華山之雲臺峰，在華山東北。五峰之中，惟此最低，而俯視河渭及群山，羅列如綫如砂粒，仰視三峰，則恍在天半。

〔五〕衛叔卿，傳説中之仙人。《神仙傳》：「衛叔卿者，中山人也，服雲母得仙。漢元封二年八月壬辰，孝武皇帝閑居殿上，忽有一人，乘雲車，駕白鹿，從天而下，來集殿前。其人年可三十許，色如童子，羽衣星冠。帝驚問曰：『爲誰？』答曰：『吾中山衛叔卿也。』帝曰：『子若是中山人，乃朕臣也，可前共語。』叔卿本意謁帝，謂帝好道，見之必加優禮，而帝今云是朕臣也，於是大失望，默然不應，忽焉不知所在。帝甚悔恨，即遣使者梁伯至中山推求叔卿，不得見。」

【集説】

蕭云：安史亂離之際，朝廷借回紇兵復兩京，故曰「茫茫走胡兵」。復用官爵賞功，不分流品，故曰「豺狼盡冠纓」也。太白此詩，似乎紀實之作，豈禄山入洛陽之時，太白適在雲臺觀乎？

王云：此詩大抵是洛陽破没之後所作，胡兵謂禄山之兵，豺狼謂禄山所用之逆臣。蕭氏以「胡兵」爲回紇，以「豺狼盡冠纓」爲用官爵賞功不分流品，似未是。

【按】

王説是，蕭説非。是時中原横潰，白不得已避亂東南，而魂繫中原，故託遊仙之詞以寄其家國之痛。

經亂後將避地剡中留贈崔宣城

本年暮春作於宣城，時將赴越。崔宣城，宣城令崔欽。

雙鵝飛洛陽〔一〕，五馬渡江徼〔二〕。何意上東門，胡雛更長嘯〔三〕？中原走豺虎，烈火焚宗廟〔四〕。太白晝經天，頽陽掩餘照〔五〕。王城皆蕩覆，世路成奔峭〔六〕。四海望長安，嚬眉寡西笑〔七〕。蒼生疑落葉〔八〕，白骨空相弔。連兵似雪山，破敵誰能料？我垂北溟翼，且學南山豹〔九〕。崔子賢主人，歡娱每相召。胡床紫玉笛，卻坐青雲叫〔一〇〕。楊花滿州城，置酒同臨眺。忽思剡溪去，水石遠清妙。雪晝天地明，風開湖山貌。悶爲洛生詠，醉發吴越調〔一一〕。赤霞動金光，日足森海嶠〔一二〕。獨散萬古意，閑垂一溪釣。猿近天上啼，人移月邊棹。無以墨綬苦，來求丹砂要〔一三〕。華髮長折腰，將貽陶公誚〔一四〕。

【注釋】

〔一〕《晉書·五行志》：「孝懷帝永嘉元年二月，洛陽東北步廣里地陷，有蒼白二色鵝出。蒼者飛翔沖天，白者至焉。……陳留董養曰：『步廣，周之狄泉，盟會地也。白者金色，國之行也；蒼者胡象，其可盡言乎？』是後劉元海、石勒相繼亂華。」

〔二〕《晉書·五行志》：「太安中童謡曰：『五馬游渡江，一馬化爲龍。』後中原大亂，宗藩多絶，惟瑯琊、汝南、西陽、南頓、彭城同至江東，而元帝嗣統矣。」徼，音教，邊界。

〔三〕《晉書·石勒載記》：「石勒，……上黨武鄉羯人也。……年十四，隨邑人行販洛陽，倚嘯上東門。王衍見而異之，顧謂左右曰：『向者胡雛，吾觀其聲視有奇志，恐將爲天下之患。』」以上四句，以晉人事喻安禄山亂。

〔四〕安禄山陷兩京，唐室宗廟多焚毁。《舊唐書·肅宗紀》：「九廟爲賊所焚。」

〔五〕王注：「《漢書》：太白經天，天下革政。孟康注：謂出東入西、出西入東也。太白，陰星，出東當伏東，出西當伏西，過午爲經天。晉灼注：日，陽也，日出則星亡，晝見午上爲經天。《文獻通考》：肅宗至德二載七月乙酉，太白晝見經天，至於十一月戊午不見，歷秦、周、楚、鄭、宋、燕之分。」今按，舊以太白金星晝出經天主兇禍，而此詩云：「楊花滿州城，置酒同臨眺。」詩應作於至德元載春。此句蓋以天象喻安禄山亂，非實指至德二載之太白晝見。頽陽，落日，以喻唐王朝。

〔六〕奔峭，艱難崎嶇。

〔七〕桓譚《新論》：「關東鄙語曰：『入聞長安樂，出門向西笑。』」兩句意謂長安已被戰亂所危，不復爲安樂之地。

〔八〕疑，似也。句謂百姓之死於戰亂，如枯葉之落。

〔九〕北溟翼，語出《莊子·逍遥游》。南山豹，《列女傳·賢明傳》：「南山有玄豹，霧雨七日而不下食者何也？欲以澤其毛而成文章也，故藏而遠害。」兩句以鯤鵬、南山豹自喻，欲斂其志，全身遠害。

〔一〇〕胡床，可折疊之椅，即交椅。胡三省《通鑑注》：「胡床，今謂之交床，其制本自虜來，隋惡胡字，改曰交床。唐猶謂之胡床，今之交椅是也。」青雲叫，謂笛音嘹亮，如來自雲端。

〔一一〕洛生詠，洛陽一帶書生吟詠詩歌之聲，其聲重濁。《世説·輕詆》：「人問顧長康，何以不作洛生詠？答曰：何至作老婢聲。」劉孝標注：「洛下書生，詠音重濁，故云老婢聲。」吴越調，流行吴越間之歌曲，其聲輕曼。二句意謂爾後將閑時吟詩，醉來唱歌。

〔一二〕嶠，音轎，山高而峻。

〔一三〕墨綬，繫於官印上之黑色綬帶。《漢書·百官公卿表》：「秩比六百石以上皆銅印墨綬。」瞿、朱注：「《表》又言，縣令秩千石至六百石。崔爲宣城令，故以墨綬爲言，墨即黑也。」丹砂要，煉丹之要訣。二句勸崔欽辭官煉丹。

〔一四〕《南史·陶潛傳》：「（潛）爲彭澤令，……郡遣督郵至縣，吏白應束帶見之。潛嘆曰：『我不能爲五斗米折腰向鄉里小人。』即日解印去職，賦《歸去來》以遂其志。」二句謂崔欽年老，若不退隱，過逢迎生活，將被陶潛所耻笑。

【按】

宋羅大經《鶴林玉露》謂李白「當王室多難，海宇横潰之日，作爲歌詩，不過豪俠使氣，狂醉於花月之間耳，社稷蒼生曾不繫其心膂」；郭沫若甚至斥爲「逃亡分子」。此種責難當即因此詩及本年《猛虎行》、《扶風豪士歌》而發，實則大謬，厚誣古人。諸詩不可誤解，蓋有深意存焉。「避地剡中」云云及詩中出世諸語，皆掩人耳目之託辭耳，此行實欲有所作爲也。詳見本年秋在杭州（餘杭郡）所作《感時留别從兄徐王延年從弟延陵》按語。

猛虎行

本年暮春赴越途中行至溧陽，於溧陽酒樓與張旭宴别時作。《猛虎行》，《樂府詩集·相和歌辭》名。古辭云：「飢不從猛虎食，暮不從野雀棲。野雀安無巢，遊子爲誰驕？」《樂府解題》曰：「言從遠役，猶耿介，不以艱險改節也。」本篇以舊題寫時事。

朝作《猛虎行》，暮作《猛虎吟》〔一〕。腸斷非關隴頭水，淚下不爲雍門琴〔二〕。旌旗繽紛兩河道〔三〕，戰鼓驚山欲傾倒。秦人半作燕地囚，胡馬翻銜洛陽草〔四〕。一輸一失關下兵，朝降夕叛幽薊城〔五〕。巨鼇未斬海水動，魚龍奔走安得寧？頗似楚漢時，翻覆無定止。朝過博浪沙，暮入淮陰市。張良未遇韓信貧，劉項存亡在兩臣。暫到下邳受兵略，來投漂母作主人〔六〕。賢哲栖栖古如此，今時亦棄青雲士。有策不敢犯龍鱗，竄身南國避胡塵。寶書玉劍挂高閣，金鞍駿馬散故人。昨日方爲宣城客，掣鈴交通二千石〔七〕。有時六博快壯心，繞床三匝呼一擲〔八〕。楚人每道張旭奇〔九〕，心藏風雲世莫知。三吴邦伯皆顧盼〔一〇〕，四海雄俠兩追隨。蕭曹曾作沛中吏，攀龍附鳳當有時〔一一〕。溧陽酒樓三月春〔一二〕，楊花茫茫愁殺人。胡雛緑眼吹玉笛，吴歌《白紵》飛梁塵〔一三〕。丈夫相見且爲樂，槌牛撾鼓會衆賓。我從此去釣東海，得魚笑寄情相親〔一四〕。

【注釋】

〔一〕唐人《猛虎行》，多以猛虎喻邪惡，參見《樂府詩集》。二句以猛虎喻安禄山亂，言其爲國事朝夕不安。此句兩宋本、繆本、王本俱注云：「一作行亦猛虎吟，坐亦猛虎吟。」

〔二〕隴頭水，古樂府《隴頭歌辭》云：「隴頭流水，鳴聲幽咽。遥望秦川，心肝斷絶。」參見天寶三載《秦水别隴首》（古風其二十二）詩注。雍門琴，《説苑·善説》：雍門子周爲孟嘗君彈琴，「引琴而鼓之，徐動宫徵，微揮羽角，切終而成曲。孟嘗君涕浪汗增欷而就之曰：『先生之鼓琴，令文立若破國亡邑之人也。』」二句謂其悲苦非關鄉思與聽琴。

〔三〕兩河道，謂河北、河南兩道。安禄山亂起，河北、河南兩道首先陷落。

〔四〕燕地，今河北北部一帶，爲安禄山根據地。兩句謂唐兵（多係關中子弟）半被叛軍所囚，叛軍横行洛陽。詳見集説引王琦語。

〔五〕王注：「《通鑑》：天寶十四載十一月，安禄山發所部兵及同羅、奚、契丹、室韋凡十五萬衆，號二十萬，反於范陽。引兵而南，步騎精鋭，烟塵千里，鼓噪震地。時海内久承平，百姓累世不識兵革，猝聞范陽兵起，遠近震駭。河北皆禄山統内，所過州縣望風瓦解。守令或開門出迎，或棄域竄匿，或爲所擒戮，無敢拒之者。十二月，禄山陷東京。丙戌，高仙芝將五萬人發長安，上遣宦者邊令誠監其軍，屯於陝。會封常清戰敗，帥餘衆至陝，謂仙芝曰：『潼關無兵，若賊豕突入關，則長安危矣。陝不可守，不如引兵先據潼關以拒之。』仙芝乃帥兵西趣潼關。賊尋至，官軍狼狽走，無復部伍，士馬相騰踐，死者甚衆。至潼關，修守完備，賊至不得入而去。禄山使其將崔乾祐屯陝，臨汝、弘農、濟陰、濮陽、雲中諸郡皆降於禄山。邊令誠入奏事，具言仙芝、常清撓敗之狀，且云：『常清以賊摇衆，而仙芝棄陝地數百里。』上大怒，遣令誠齎敕，即軍中斬仙芝、常清。太白意以仙芝不戰而走，損傷士馬，既一輸矣；明皇不責以桑榆之效而按以失律之罪，非又一失著乎？蓋高將本非孱帥，棄靈寶而守潼關，舊史謂賊騎至關，已有備，不能攻而去，仙芝之力也。是其策亦非謬。計自出軍至被戮，僅僅十八日，驅烏合之衆，當鴟張之虜，爲日無多，徒以宦者之一言，而遽棄干城之將，太白蓋深以爲非矣。又按《通鑑》：十二月，常山太守顔杲卿起兵，命崔安石等徇諸郡云：『大軍已下井陘，朝夕當至，先平河北諸郡，先下者賞，後至者誅。』於是河北諸郡響應，凡十七郡皆歸朝廷。其附禄山者，唯范陽、盧龍、密雲、漁陽、汲、鄴六郡而已。杲卿起兵裁八日，守備未完，史思明、蔡希德引兵皆至城下。壬戌，城陷，史思明、蔡希德引兵擊諸郡之不從者，所過殘滅。於是廣平、鉅鹿、趙、上谷、博陵、文安、魏、信都等郡復爲賊守。『朝降夕叛幽薊城』，當指此事。」又見集説引王琦語。

〔六〕以上八句，以楚漢張良、韓信未遇時事自喻，兼喻張旭。「博浪沙」、「下邳受兵略」係張良事，詳見開元二十六年《經下邳圯橋懷張子房》詩注。「淮陰市」、「投漂母」係韓信事，詳見開元十九年《行路難》詩注。

〔七〕掣鈴，王注：「唐時官署多懸鈴於外，有事報聞，則引鈴以代傳呼。」二千石，謂郡守。詳見開元十八年《豳歌行上新平長史兄粲》詩注。

〔八〕六博，見開元十九年《梁園吟》詩注。二句謂賭博時之狂態。

〔九〕張旭，吴人，字伯高，唐書法家。曾任左率府長史，故又稱張長史。精楷法，尤善草書。嗜酒，每大醉，呼叫狂走，乃下筆。或以頭濡墨而書，時稱張顛，又稱草聖。《新唐書》有傳。

〔一〇〕三吴，《水經注·漸江水》：「吴後分爲三，世號三吴，吴興、吴郡，會稽其一焉。」邦伯，古以稱州牧、諸侯之長。《書·召誥》：「命庶殷、侯甸男邦伯。」孔安國傳：「邦伯，方伯，即州牧也。」

〔一一〕蕭曹，謂蕭何、曹參，漢初大臣。秦時，蕭何爲沛縣吏，曹參爲沛縣獄吏。兩人佐劉邦起義，多所建樹，「攀龍附鳳」即謂蕭曹之遭遇劉邦。

〔一二〕溧陽，宣城郡屬縣，在郡城東北約二百餘里。今屬江蘇。

〔一三〕《白紵》，即《白紵歌》，樂府曲名，係吴地舞曲。飛梁塵，謂歌聲嘹亮，驚動梁塵。

〔一四〕《莊子·外物》：「任公子爲大鈎巨緇，……蹲乎會稽，投竿東海，旦旦而釣，期年不得魚。已而大魚食之。」二句意謂：此去越中必有所獲，當以之酬報知己。

【集説】

王云：是詩當是天寶十五載之春，太白與張旭相遇於溧陽，而太白又將遨遊東越，與旭宴别而作也。於時禄山叛逆，河北河南州郡相繼陷没，故有「旌旗繽紛兩河道，戰鼓驚山欲傾倒」之句。高仙芝所率之兵，多關中子弟，今既敗走，半爲賊所擒虜，故有「秦人半作燕地囚」之句。又《唐書·李泌傳》言賊掠子女玉帛，悉送范陽，是又燕地囚之一證也。東京既陷，則胡騎充斥，遍於郊圻，故有「胡馬翻銜洛陽草」之句。明皇聽宦者之讒，不責仙芝以孟明之效，而即加以子玉之誅，是賊再勝而官軍再敗也，故有「一輸一失關下兵」之句。常山太守顔杲卿討賊，河北十七郡皆歸朝廷，及常山破敗，河北諸軍復爲賊守，故有「朝降夕叛幽薊城」之句。禄山方熾，未能授首，天下將帥，疲於奔命，故有「巨鰲未斬海水動，魚龍奔走安得寧」之句。以下泛引張韓未遇之事，以起己之懷長策而見棄。當時竄身南國，流寓宣城，書劍蕭條，僅寄壯心於六博，宜其有腸斷泪下之悲矣。張旭以下六句皆是美旭之詞，旭嘗爲常熟尉，故以沛中豪吏比之，而賞其胸藏風雲，知其必有遇合之時也。溧陽酒樓指其相會之地，三月楊花指其相遇之時，「丈夫相見且爲樂，槌牛撾鼓會衆賓」，想見一時在會諸人，多有四海雄俠，非齷齪儔伍，傾心倒意，其樂宜矣。而太白於此，又將有東越之遊，故曰「我從此去釣東海，得魚笑寄情相親」，以示眷戀不忘之意。詩之大旨最爲明晰。楊、蕭二氏以「秦人半作燕地囚」爲西京破後之事；「一輸一失關下兵」爲哥舒翰靈寶敗績、潼關失守；「朝降夕叛幽薊城」爲史思明奉表歸降，已復背叛。此皆十五載春三月以後事，引證殊欠甄確。或謂天寶十五載以前長安未破，則與「秦人半作燕地囚」之句不合；河北十七郡雖歸朝廷，而幽州乃范陽郡，薊州乃漁陽郡，二州實爲賊守，則與「朝降夕叛幽薊城」之句不合，似未可以舊説爲非也。琦按：劉昫《唐書》：高仙芝領飛騎、彍騎及朔方、河西、隴西應赴京兵馬，并召募關輔五萬人，繼封常清出潼關進討，是其兵多秦人也。既敗之後，半爲燕人囚執，據此引證有何不合？至於河北一道，俱爲禄山管轄之地，故舉其大勢而言曰幽、薊。又按《唐書·地理志》，河北道蓋古幽、冀二州之境，薊字或是冀字之訛，亦未可定。若必據文責實，則思明之以幽薊降也，在至德二載之十二月；其叛也，在乾元元年之十月，相去一年，「朝降夕叛」之句與此亦不相合。而與杲卿起兵，八日之間諸郡降叛相尋，則更當矣。况思明背逆之時，在太白流夜郎之後，詩中并無一語言及，而竄身南國，作客宣城，正天寶十五載時事，乃歷歷言之，故予斷以爲乃是年所作而無疑耳。或曰：張旭生卒，諸書皆無考，何以知是時尚在而與白相遇也？琦按：長史有乾元二年帖，見山谷集中。據此推之，則其時尚在可知矣。至蕭氏訾此詩非太白之作，以爲用事無倫理，徒爾肆爲狂誕之詞，首尾不相照，脈絡不相貫，語意斐率，悲歡失據，必是他人詩竄入集中者。蘇東坡、黄山谷於「懷素草書」、「悲來乎」、「笑矣乎」等作，嘗致辯矣。愚於此篇亦有疑焉。而今細閲之，其所謂無倫理、肆狂誕者，必是「楚漢翻覆」、「劉項存亡」等字，疑其有高視禄山之意。而不知正是傷時之不能收攬英雄，遂使逆豎得以蒼狂耳。何爲以數字之辭而害一章之意耶？至其悲也，以時遇之艱；其歡也，以得朋之慶。兩意本不相礙，首尾一貫，脈絡分明，浩氣神行，渾然無跡，有識之士自能别之。

詹鍈云：蘇涣《贈零陵僧兼送謁徐廣州》詩云：「張顛没在二十年，謂言草聖無人傳。……」《新唐書·藝文志》：蘇涣詩一卷，注云：「湖南崔瓘辟從事，瓘遇害，涣走交廣，與哥舒晃反，伏誅。」《舊唐書·代宗紀》：「大曆十年十一月丁未，路嗣恭攻破廣州，擒哥舒晃，斬首以獻。」知蘇涣之詩作於大曆十年以前。按吴廷燮《唐方鎮年表》，大曆中廣州刺史兼嶺南節度使徐姓者，只徐浩一人，而浩又擅書法，則蘇涣詩中之徐廣州，必指徐浩無疑。《舊唐書·代宗紀》：「大曆二年二月，以工部侍郎徐浩爲廣州刺史充嶺南節度使。」涣詩之作，既在大曆二三年間，逆數二十年，至天寶六七載，張旭卒。今詩中所叙，皆禄山亂時事，而猶盛稱張旭，則其必爲僞作明矣。宋無名氏《寶刻類編》卷三記張旭書《千字文》六百九十二字。注云「乾元二年二月八日」……山谷《跋翟公巽所藏石刻》云：「張長史《千字》及蘇才翁所補，皆怪逸可喜，自成一家。然號爲長史者，實非張公筆墨。余中年來稍悟作草，故知非張公書，後有人到余悟處，乃當信耳。」……可見宋代張長史僞書甚多，乾元二年帖殆亦其中之一。故不可據之以證張旭晚卒也。（《李白詩論叢》）

郭沫若云：《懷素上人草書歌》（按，即蘇涣《贈零陵僧兼送謁徐廣州》詩）……開頭一句「張顛没在二十年」便有問題，很不像詩句。一般把「没在」作去世解，在大曆二、三年時張旭已去世二十年，則張旭應死於天寶五、六年。這和别的資料大有抵觸。資料之一，如李白《猛虎行》，叙述安禄山占領了洛陽，李白南奔，三月在溧陽酒樓與張旭相遇。可見天寶十五年時張旭猶未去世。資料之二，宋人無名氏編《寶刻類編》收有張旭所書《千字文》殘帖六百九十字，末署「乾元二年二月八日」，比天寶十五年更後四年。因此，「張顛没在二十年」句，毫無疑問，必有錯誤。原詩是有蠹蝕的，如「琅誦□句三百字」即奪去一字。我疑「張顛没在二十年」當是「張顛没世已十年」的蠹蝕殘文，如此不僅文從字順，可以成爲詩句，與其他資料也可毫無齟齬。由大曆三年推至乾元二年恰爲十年，則張旭去世蓋即乾元二年，而蘇涣的詩則作於大曆三年。

瞿、朱云：此詩自楊、蕭以後均指爲僞作，詹氏又據張旭之卒年與王氏相辨。其實詩中只一處涉及張旭，并未確言與張旭本人相酬答，所謂「丈夫相見且爲樂」者，亦非必謂與張旭相見也。細玩詩意，蓋有人盛稱張旭，聊藉此發端以自抒懷抱耳。古人非先製題後作詩，亦非必一詩專寫一事，不必執一二字爲辯。前人疑此詩者大抵以「頗似楚漢時」一語似非唐之臣子所宜言，而不知唐人於此等文字不似後人之計較，以本集崔宗之贈詩中「分明楚漢事」一語證之，已可知其不足怪矣。

【按】

此詩中所述亂初史實及李白行踪，歷歷可考，斷非僞作，王説甚是。詩末二句，不可以等閑視之，集中屢以「獵」、「釣」喻取功名。其言外之意，可參見上篇按語。

贈溧陽宋少府陟

李斯未相秦，且逐東門兔〔一〕。宋玉事襄王，能爲《高唐賦》〔二〕。嘗聞《淥水曲》〔三〕，忽此相逢遇。掃灑青天開，豁然披雲霧〔四〕。葳蕤紫鸞鳥〔五〕，巢在崑山樹。驚風西北吹，飛落南溟去〔六〕。早懷經濟策，特受龍顏顧。白玉棲青蠅，君臣忽行路〔七〕。人生感分義〔八〕，貴欲呈丹素〔九〕。何日清中原，相期廓天步〔一〇〕？

【注釋】

〔一〕李斯未相秦時，常與其子牽黄犬，出上蔡東門，逐狡兔。見《史記·李斯列傳》。二句喻己越中之行。

〔二〕宋玉，戰國楚辭賦家，事頃襄王。《文選》有宋玉《高唐賦》。二句贊宋陟之才。

〔三〕《淥水曲》，見開元十三年《白紵辭》詩注。此喻宋陟之詩作。

〔四〕徐幹《中論·審大臣》：「文王之識也，灼然若披雲而見日，霍然若開霧而觀天。」二句贊宋陟之襟懷識見。

〔五〕葳蕤，草木盛貌，此謂羽毛豐貌。

〔六〕以上四句，謂宋陟由京都至江南。合注〔二〕觀之，宋陟似自朝中遭貶而來。

〔七〕青蠅，謂讒言。詳見天寶九載《雪讒詩贈友人》詩注。行路，猶言分手。以上四句自叙天寶初待詔翰林遭讒失意事。

〔八〕分，情誼。曹植《贈白馬王彪》：「恩愛苟不虧，在遠分日親。」

〔九〕丹素，謂赤誠之心。

〔一〇〕天步，國運、時運。《詩·小雅·白華》：「天步艱難。」

【按】

白天寶十三載《溧陽瀨水貞義女碑銘》有「縣尉廣平宋陟」語，當即一人。可參看。

賦得白鷺鷥送宋少府入三峽

凡按規定之題目作詩，例加賦得字樣，即賦詩得到某題之意。宋少府，疑即上篇之溧陽尉宋陟，因附繫於此。

白鷺拳一足，月明秋水寒。人驚遠飛去，直向使君灘〔一〕。

【注釋】

〔一〕使君灘，灘名，在今四川萬縣東二里。《水經注·江水》：「又東經羊腸虎臂灘。楊亮爲益州，至此舟覆。懲其波瀾，蜀人至今猶名之爲使君灘。」

【按】

上篇作於本年春。此詩云：「月明秋水寒。」或白本年秋自杭州歸來時作於溧陽。

扶風豪士歌

本年暮春作於溧陽，約與《猛虎行》同時。扶風豪士，當是祖籍扶風郡而現居溧陽之人，且與白近年相交頗厚者。白天寶十三載《溧陽瀨水貞義女碑銘》中有「有若主簿扶風竇嘉賓……皆有卿才霸略」；又《地藏菩薩贊》中有「弟子扶風竇滔，少以英氣爽邁，結交王侯」，二人郡望既同，風期略似，當爲一人，嘉賓其字，滔其名也。扶風豪士或即其人歟？

洛陽三月飛胡沙，洛陽城中人怨嗟。天津流水波赤血〔一〕，白骨相撑如亂麻。我亦東奔向吳國〔二〕，浮雲四塞道路賖〔三〕。東方日出啼早鴉，城門人開掃落花。梧桐楊柳拂金井，來醉扶風豪士家。扶風豪士天下奇，意氣相傾山可移。作人不倚將軍勢〔四〕，飲酒豈顧尚書期〔五〕？雕盤綺食會衆客，吳歌趙舞香風吹。原嘗春陵六國時，開心寫意君所知〔六〕。堂中各有三千士〔七〕，明日報恩知是誰？撫長劍，一揚眉，清水白石何離離〔八〕。脱吾帽，向君笑，飲君酒，爲君吟。張良未逐赤松去，橋邊黄石知我心〔九〕。

【注釋】

〔一〕天津，橋名，在洛陽西南洛水上。

〔二〕東奔向吳國，兩宋本、繆本、王本俱注云：「一作來奔溧溪上。」

〔三〕賖，遥遠。

〔四〕辛延年《羽林郎》：「昔有霍家奴，姓馮名子都。依倚將軍勢，調笑酒家胡。」此句反用其意。

〔五〕《漢書·陳遵傳》：「遵耆酒，每大飲，賓客滿堂。輒關門，取賓客車轄投井中，雖有急，終不得去。嘗有部刺史奏事過遵，值其方飲，刺史大窮，候遵霑醉時，突入見遵母，叩頭自白當對尚書有期會狀。母乃令從後閤出去。」

〔六〕原、嘗、春、陵，謂戰國四公子，即趙平原君，齊孟嘗君，楚春申君，魏信陵君。

〔七〕三千士，謂四公子食客之多。《史記・魏公子列傳》：「公子爲人仁而下士，……士以此方數千里爭往事之，致食客三千人。」

〔八〕離離，清晰貌。王注：「古《艷歌行》：語卿且勿盼，水清石自見。清水白石何離離即水清石見之意。蕭氏注以清水喻目，白石喻齒，恐未是。」王注是，蕭注非。此句乃白自表心跡。

〔九〕張良佐漢，功成身退，願棄人間事，從仙人赤松子遊。見《史記・留侯世家》。黄石，即黄石公。初，良報韓未成，潛匿下邳，於圯橋上遇黄石公，授以兵書，勉其爲帝王師，卒成其功業。亦見上書。二句以張良自喻，言己未逐赤松以去者，因報國之心尚未遂也。

【集説】

胡云：洛陽光景作快活語，在杜甫不會，在李白不可。

詹鍈云：蕭曰：「此李白避亂東土時詩。」《求闕齋讀書録》：「洛陽三月四句言安禄山破東京，我亦東奔四句自叙避亂來吴，因至扶風豪士之家，扶風豪士當亦秦人而同時避亂於吴者。」按詩云「我亦東奔向吴國」，一作「我亦來奔溧溪上」。《文苑英華》與一作同，則此詩或作於溧水一帶。又起句云：「洛陽三月飛胡沙，洛陽城中人怨嗟。天津流水波赤血，白骨相撑如亂麻。」楊注謂此四句指廣平王入洛陽，大陳兵於天津橋。按廣平收復東京，乃至德二載十月事，此詩如爲此而作，當在乾元元年三月，然斯時太白方貶夜郎，斷不在溧水也。當依《求闕齋讀書録》之説定爲至德元載三月作，是時東京已陷，玄宗尚未幸蜀也。

【按】

胡云：「洛陽光景作快活語……不可。」且休如此詬病，待《感時留别從兄徐王延年從弟延陵》出現後，自見分曉。

杭州送裴大澤時赴廬州長史

本年夏作於杭州（餘杭郡）。其地即今浙江杭州市。廬州，即廬江郡，屬淮南道，即今安徽合肥市。長史，州郡之佐。

西江天柱遠，東越海門深〔一〕。去割辭親戀〔二〕，行憂報國心。好風吹落日，流水引長吟。五月披裘者，應知不取金〔三〕。

【注釋】

〔一〕天柱，山名，一稱皖山，又稱灊山，在今安徽灊山縣西北。海門，錢塘江入海處。《南村輟耕録》卷十二：「浙江之口有兩山焉，其南曰龕山，其北曰赭山，并峙於江海之會，謂之海門。」二句分言己與裴之旅程。

〔二〕辭，蕭本、胡本作慈。

〔三〕《論衡·書虚》：「傳書言延陵季子出遊，見路有遺金。當夏五月，有披裘而薪者，季子呼薪者曰：『取彼地金來。』采薪者投鎌於地，瞋目拂手而言曰：『何子居之高，視之下，儀貌之壯，語言之野也！吾當夏五月，披裘而薪，豈取金者哉！』季子謝之，請問姓氏。薪者曰：『子皮相之士也，何足語姓名？』遂去不顧。」披裘者，白自喻，謂其品行之高潔，表白此行心跡。五月當切其至越中之時間。

贈友人三首

其三云：「虎伏避胡塵，漁歌遊海濱。」應是本年越中之作。其二唐寫本題作《贈趙四》。三首辭意并不連屬，兹依第三首并繫於此。

蘭生不當户，别是閑庭草。夙被霜露欺，紅榮已先老。謬接瑶華枝〔一〕，結根君王池。顧無馨香美，叨沐清風吹〔二〕。餘芳若可佩，卒歲長相隨〔三〕。

【注釋】

〔一〕瑶華，《楚辭·九歌·大司命》：「折疏麻兮瑶華。」王逸注：「瑶華，玉華也。」瞿、朱注：「瑶華以喻高貴之草木，無所實指也。」

〔二〕以上四句似謂其天寶初入朝事。

〔三〕二句似望友人提携意。

其　二

袖中趙匕首，買自徐夫人〔一〕。玉匣閉霜雪，經燕復歷秦。其事竟不捷，淪落歸沙塵〔二〕。持此願投贈，與君同急難。荆卿一去後，壯士多摧殘。長號易水上，爲我揚波瀾〔三〕。鑿井當及泉，張帆當濟川。廉夫惟重義，駿馬不勞鞭。人生貴相知，何必金與錢？

【注釋】

〔一〕趙匕首，匕首之良者。《史記·刺客列傳》：「太子豫求天下之利匕首，得趙人徐夫人匕首，取之百金，使工以藥淬之。以試人，血濡縷，人無不立死者，乃裝爲遣荆卿。」喻己之韜略。

〔二〕以上六句用荆軻事以喻其志未酬。

〔三〕以上六句謂荆軻之精神不死，喻己之壯志未改，欲與友人同赴急難。

其　三

慢世薄功業〔一〕，非無胸中畫〔二〕。謔浪萬古賢，以爲兒童劇〔三〕。立産如廣費，匡君懷長策〔四〕。但苦山北寒，誰知道南宅〔五〕？歲酒上逐風，霜鬢兩邊白。蜀主思孔明，晉家望安石。時來列五鼎，談笑期一擲〔六〕。虎伏避胡塵，漁歌遊海濱。弊裘耻妻嫂〔七〕，長劍託交親〔八〕。夫子秉家義〔九〕，群公難與鄰。莫持西江水，空許東溟臣〔一〇〕。他日青雲去，黄金報主人。

【注釋】

〔一〕慢世，玩世不恭。《世説·品藻》：「王子猷、子敬兄弟，共賞《高士傳》人及《贊》。子敬賞井丹高潔，子猷云：『未若長卿慢世。』」劉孝標注引嵇康《高士傳·司馬相如贊》：「長卿慢世，越禮自放。」

〔二〕畫，籌畫，謀略。

〔三〕謔浪，嬉笑不敬。二句意謂：視前賢功業如兒戲。

〔四〕上句用漢疏廣事。《漢書·疏廣傳》：「廣既歸鄉里，日令家共具設酒食，請族人故舊賓客，與相娛樂。數問其家金餘尚有幾所，趣賣以共具。居歲餘，廣子孫竊謂其昆弟老人廣所愛信者曰：『子孫幾及君時頗立産業基阯，今日飲食廢（費）且盡。宜從丈人所，勸説君買田宅。』老人即以閑暇時爲廣言此計，廣曰：『吾豈老誖不念子孫哉？顧自有舊田廬，令子孫勤力其中，足以共衣食，與凡人齊。今復增益之以爲贏餘，但教子孫怠墮耳。賢而多財，則損其志；愚而多財，則益其過。』」二句意謂：己志不在爲子孫立産業，而在匡君濟世。

〔五〕道南宅，《三國志·吴書·周瑜傳》：「堅子策與瑜同年，獨相友善，瑜推道南大宅以舍策。」

〔六〕五鼎，古祭禮，大夫以五鼎盛牛豕膚魚腊。見《儀禮·少牢·饋食禮》。《史記·主父偃列傳》：「且丈夫生不五鼎食，死則五鼎烹耳。」一擲，謂輕財揮霍。《宋書·武帝紀》：「劉毅家無擔石之儲，摴蒲一擲百萬。」以上四句以孔明、謝安自比，謂壯志必酬，富貴必致。

〔七〕《戰國策·秦策》：「（蘇秦）説秦王書十上而説不行，黑貂之裘弊，黄金百斤盡，資用乏絶，去秦而歸。……歸至家，妻不下紝，嫂不爲炊。」

〔八〕句用馮諼彈鋏事，見開元十八年《玉真公主别館苦雨贈衛尉張卿》詩注。

〔九〕夫子，指所贈之友人。家義，即家風、世德。

〔一〇〕《莊子·外物》：「莊周家貧，往貸粟於監河侯。監河侯曰：『諾。我將得邑金，將貸子三百金，可乎？』莊周忿然作色曰：『周昨來，有中道而呼者。周顧視車轍中有鮒魚焉。周問之曰：鮒魚來！子何爲者耶？對曰：我東海之波臣也，君豈有升斗之水而活我哉？周曰：諾。我且南遊吴越之王，激西江之水而迎子，可乎？鮒魚忿然作色曰：吾失我常與，我無所處，吾得升斗之水然活耳。君乃言此，曾不如早索我於枯魚之肆。』」此二句是求助之詞。

【集説】

詹鍈云：按第二首見敦煌殘卷本《唐詩選》，題作《贈趙四》。趙四即當塗尉趙炎也。

又云：第二首以敦煌殘卷與本集相校，異者幾半，今并録之以供參考。……殘卷本：「我有一匕首，買自徐夫人。匣中閉霜雪，贈爾可防身。防身同急難，挂心白刃端。荆卿一去後，壯士多凋殘。斯人何太愚，作事誤燕丹。使我銜恩重，寧辭易水寒。鑿石作井當及泉，造舟張帆當濟川。廉夫惟重義，駿馬不勞鞭。丈夫貴相知，何必金與錢。」二者語意多同，蓋一詩之兩傳者，然殘卷本似差勝。

贈常侍御

本年夏作於越中。常侍御，名字不詳。白上年有《涇川送族弟錞》詩，自注云：「時盧校書草序，常侍御爲詩。」或即其人。

安石在東山，無心濟天下〔一〕。一起振横流〔二〕，功成復瀟灑。大賢有卷舒〔三〕，季葉輕風雅〔四〕。匡復屬何人？君爲知音者。傳聞武安將，氣振長平瓦〔五〕。燕趙期洗清，周秦保宗社〔六〕。登朝若有言，爲訪南遷賈〔七〕。

【注釋】

〔一〕安石東山事，見天寶七載《東山吟》詩注。

〔二〕横流，喻亂世。《文選》傅亮《爲宋公修張良廟教》：「夷項定漢，大拯横流。」吕向注：「横流，謂亂也。」

〔三〕卷舒，此處謂出世入世。《淮南子·俶真》：「盈縮卷舒，與時變化。」

〔四〕季葉，末世。

〔五〕《史記·廉頗藺相如列傳》：「秦軍軍武安西。秦軍鼓噪勒兵，武安屋瓦盡振。」按，秦、趙武安之役在周赧王四十五年（前二七〇），後十年（前二六〇），乃有秦、趙長平之戰。秦將白起大破趙軍，坑趙卒四十五萬，白起以故封武安君。「長平瓦」蓋指長平之戰，「武安將」應指白起。王注：「（武安將）取以喻時之將帥。」是。至德元載六月，郭子儀、李光弼大破史思明於常山東之嘉山，斬首四萬級，俘千餘人，河北十餘郡皆殺賊守將而降，唐軍聲勢大振。見兩《唐書》。此蓋以秦白起喻郭、李。

〔六〕王注：「燕趙皆爲禄山所據，故期其清洗。周地謂洛陽，在唐爲東京，秦地爲長安，在唐爲西京。宗廟社稷在焉，故欲其保護。」

〔七〕南遷賈，用漢賈誼事，見天寶十三戰《贈崔秋浦》詩注。楊注：「南遷賈誼者，時太白謫於夜郎，自比於賈誼也。意謂若登朝而有言，不妨及之，或者天幸如賈生之宣室召回也。」今按，白流夜郎，在至德二載十二月，時兩京及河南諸郡已收復，與詩中所言時事不合。白自被斥去朝，即可謂「南遷賈」矣。

感時留別從兄徐王延年從弟延陵

本年秋初作於杭州。徐王延年，唐宗室，高祖第十子元禮曾孫，開元二十六年封嗣徐王，除員外洗馬。天寶初，拔汗那王入朝，延年將嫁女與之，爲右相李林甫所奏，貶文安郡別駕、彭城長史。又坐贓，貶永嘉司士。至德初，爲餘杭郡司馬，不久卒。事見《舊唐書·徐王元禮傳》。延陵，爲其弟。

天籟何參差，噫然大塊吹[一]。玄元包橐籥，紫氣何逶迤[二]。七葉運皇化，千齡光本支[三]。仙風生指樹[四]，大雅歌螽斯[五]。諸王若鸞虬，肅穆列藩維[六]。哲兄錫茅土[七]，聖代羅榮滋。九卿領徐方[八]，七步繼陳思[九]。伊昔全盛日，雄豪動京師。冠劍朝鳳闕，樓船侍龍池[一〇]。鼓鐘出朱邸，金翠照丹墀[一一]。君王一顧眄，選色獻蛾眉[一二]。列戟十八年，未曾輒遷移[一三]。大臣小喑嗚，謫竄天南垂[一四]。長沙不足舞，貝錦且成詩[一五]。佐郡浙江西[一六]，病閑絶趨馳。階軒日苔蘚，鳥雀噪簷帷。時乘平肩輿[一七]，出入畏人知。北宅聊偃憩，歡愉恤惸嫠[一八]。羞言梁苑地，烜赫耀旌旗[一九]。兄弟八九人，吴秦各分離[二〇]。大賢達機兆，豈獨慮安危[二一]？小子謝麟閣，雁行忝肩隨[二二]。令弟字延陵，鳳毛出天姿[二三]。清英神仙骨，芬馥茝蘭蕤。夢得春草句，將非惠連誰[二四]？深心紫河車，與我特相宜[二五]。金膏猶罔象，玉液尚磷緇[二六]。伏枕寄賓館，宛同清漳湄[二七]。藥物多見饋，珍羞亦兼之。誰道溟渤深？猶言淺恩慈[二八]。鳴蟬遊子意，促織念歸期[二九]。驕陽何火赫，海水爍龍龜。百川盡凋枯，舟檝閣中逵。策馬摇凉月，通宵出郊圻[三〇]。泣別目眷眷，傷心步遲遲[三一]。願言保明德，王室佇清夷〔二二〕。摻袂何所道，援毫投此辭〔二三〕。

【注釋】

〔一〕天籟，自然之音響。參差，此言天籟之聲低昂有致。噫，吹氣聲。大塊，即大自然。《莊子·齊物論》：「夫大塊噫氣，其名爲風。」二句爲倒裝句法，猶言大塊噫氣，天籟低昂。此喻唐運之始興。

〔二〕玄元，此指老子。唐以老子爲始祖，高宗乾封元年追封爲太上玄元皇帝。見《舊唐書·高宗紀》。包，裹也。《莊子·天運篇》：「包裹六極。」槖籥，《老子》：「天地之間，其猶槖籥乎？」王弼注：「槖籥，冶鐵所用，致風之器也。」紫氣，代指老子之仙氣。相傳老子西遊，關令尹喜望見有紫氣浮關，老子果乘青牛而過。見《列仙傳》。逶迤，連綿不絶貌。二句猶言老子道包天地，紫氣長存。此喻國祚之綿延。

〔三〕七葉，七世。唐自高祖至肅宗凡七帝。本支，《詩·大雅·文王》：「文王孫子，本支百世。」毛傳：「本，本宗也。支，支子也。」

〔四〕《初學記》卷二十三引《龜山元録傳》：「老君托從李母生，李母無壻，老君指李樹曰：此爲我姓。」

〔五〕大雅，代指《詩經》。《詩·周南·螽斯》：「螽斯羽，詵詵兮。宜爾子孫，振振兮。」《序》云：「《螽斯》，后妃子孫衆多也。」朱熹注：「螽斯，蝗屬，長而青，長角長股，能以股相切作聲，一生九十九子。」以上四句叙唐室之淵源及今日宗支之繁盛。

〔六〕鸞，鳳屬。虬，龍子無角者。藩維，即維藩。《詩·大雅·板》：「价人維藩。」毛傳：「藩，屏也。」二句謂諸王皆有德才，堪爲王室屏藩。

〔七〕哲兄，謂徐王延年。錫茅土，謂延年開元二十六年封嗣徐王。《後漢書·祭祀志》顏師古注：「《獨斷》曰：……封諸侯者，取其土，苞以白茅，授之以立社其國，故謂之受茅土。」

〔八〕九卿，朝廷九種高級官職。詳見天寶十二載《贈宣城宇文太守兼呈崔侍御》詩注。徐方，徐國，此指徐州。《詩·大雅·常武》：「徐方來庭。」後多以州爲方。《世説·德行》：「殷仲堪既爲荆州，……每語子弟云：『勿以我受任方州，云我豁平昔時意。』」

〔九〕七步，即七步成詩。魏文帝曹丕嘗令其弟陳思王曹植七步中作詩，植應聲立就。此喻才思敏捷。

〔一〇〕鳳闕，《史記·孝武本紀》：「於是作建章宫，其東則鳳闕，高二十餘丈。」此處代指朝廷。龍池，在興慶宫。此處代指宫苑。

〔一一〕朱邸，以朱紅漆門。丹墀，丹漆所塗之階。皆諸侯王所有。

〔一二〕二句謂徐王之得寵於君王。選色，擇其顏色之美者。獻蛾眉，猶言獻寵，蛾眉用《離騷》「衆女嫉余之蛾眉」義，謂才德之好也。

〔一三〕列戟，排列衆戟於門前以增威儀。《唐會要》卷三二《輿服下》：「廟社門、宫殿門，每門各二十載。東宮每門各十八戟。一品門十六戟。嗣王、郡王、若上柱國、柱國帶職事二品，散官光禄大夫已上、鎮國大將軍已上各同職事品，及京兆河南太原府、大都督、大都護，門十四戟。……」按，開元二十六年延年封嗣徐王，迄至德元載適十八年。以上十四句叙延年在朝時恩遇之隆。

〔一四〕大臣，指李林甫。喑嗚，心懷怒氣。天南垂，南方邊陲，此指温州（永嘉郡）及杭州（餘杭郡）。二句謂延年爲時相所奏，遂致連遭貶謫，終被棄於海隅。

〔一五〕長沙，漢時諸侯國名。《史記·五宗世家》：「長沙定王發，……以其母微無寵，故王卑濕貧國。」裴駰《集解》引應劭曰：「景帝後二年，諸王來朝，有詔更前稱壽歌舞。定王但張袖小舉手，左右笑其拙。上怪問之，對曰：『臣國小地狹，不足迴旋。』」句謂延年屈居下位。貝錦，用《詩·小雅·巷伯》：「萋兮斐兮，成是貝錦。彼譖人者，亦已太甚。」句謂林甫讒言得逞。

〔一六〕佐郡，爲郡守之輔佐。司馬爲州府佐吏，位在别駕、長史之下，故曰佐郡。餘杭郡即杭州，其地在浙江之西。

〔一七〕肩輿，人力扛擡之代步工具。其制爲二長竿，中設軟椅以坐人。其上初無覆蓋，後加覆蓋遮蔽物。唐官吏乘馬，老病者得乘肩輿。

〔一八〕北宅，用南齊蕭嶷事。嶷，齊高帝次子，武帝次弟，封豫章王，謚文獻，恩眷隆重，常慮盛滿致禍，故深懷退素。北宅舊有田園之美，乃修葺以居。見《南齊書·文獻王嶷傳》。惸，音窮，人之無兄弟者。嫠，音離，婦女之無夫者。二句謂延年有如蕭嶷，退居田園，唯以賑恤貧民爲愉。

〔一九〕梁苑，又名梁園，漢梁孝王劉武所建。據《史記·梁孝王世家》，武，文帝之子，景帝同母弟。因平七國之亂有功，又爲大國，居天下膏腴之地。竇太后甚愛之，賞賜不可勝計。「於是孝王築東苑，方三百餘里，廣睢陽城七十里，大治宫室，爲復道，自宫連屬於平臺五十餘里。得賜天子旌旗，出從千乘萬騎，出言蹕，入言警，擬於天子。」終爲景帝所疏。歸國，意忽忽不樂，旋卒。二句言延年頗以梁孝王事爲前車之鑒。

〔二〇〕延年從兄弟，有嗣魯王宇、嗣滕王湛然，爲左右金吾將軍，皆自秦隨駕入蜀。見《舊唐書·高祖二十二子》附傳。其他宗室兄弟在秦及蜀者，尚有麟、峘、峴、巨等人。見《唐書》本傳。

〔二一〕大賢，謂延年。機兆，機者動之微；兆者，變之跡。二句謂延年已知時局殆將有變，不僅關係個人安危。

〔二二〕小子，白自謂。麟閣，即麒麟閣，此代指翰林院。雁行，謂兄弟。《禮記·王制》：「兄之齒，雁行。」二句謂己天寶初去朝，與延年兄弟相隨離長安。

〔二三〕鳳毛，謂先人所遺之風采。《世説·容止》：「王敬倫風姿似父，作侍中，加授桓公公服，從大門入，桓公望之曰：大奴固自有鳳毛。」

〔二四〕惠連，謂謝惠連，南朝宋詩人謝靈運族弟。《詩品》中引《謝氏家録》：「康樂每對惠連，輒得佳語。後在永嘉西堂，思詩竟日不就，寤寐間，忽見惠連，即成『池塘生春草』。故嘗云：『此語有神助，非我語也。』」以上贊譽延陵。

〔二五〕紫河車，道家所煉之丹液。詳見天寶十三載《鳳飛九千仞》（古風其四）注。二句謂延陵耽於道術，與己有同好。

〔二六〕罔象，又稱象罔。《莊子·天地篇》釋文：「象罔者，若有形，若無形。」磷緇，磷謂因磨而致薄，緇謂因染而致黑，喻事物已生變化。二句謂延陵所煉之丹液尚在若有若無、已成未成之間。

〔二七〕伏枕，病而卧也。清漳湄，猶清漳濱。劉楨《贈五官中郎將》：「余嬰沉痼疾，竄身清漳濱。」二句謂己如同建安七子之一劉楨卧病漳水之濱，即將與五官中郎將曹丕相别之情景。

〔二八〕二句猶言：大海之深尚淺於延年兄弟之厚愛。極其形容之辭。

〔二九〕鳴蟬，此處與促織相提并論，當是秋蟬。《藝文類聚》卷三秋引《禮記》曰：「孟秋之月，凉風至，白露降，寒蟬鳴。」又引《春秋考異郵》曰：「立秋趣促織鳴。」二句謂寒蟬、促織之候，已動游子之意而念歸期矣。由此可知，時在七月。

〔三〇〕閡，通擱。中逵，猶中途。圻，一作歧，路也。以上六句，言前此因天旱水涸，以致舟檝不通，故改由陸路出發。

〔三一〕眷眷，依戀貌。遲遲，徐行貌。

〔三二〕明德，猶美德。王室，朝廷之内，宗室之間。佇，等待。清夷，猶清平。

〔三三〕摻袂，執袖。《詩·鄭風·遵大路》：「遵大路兮，摻執子之袪兮。」毛傳：「摻，擥也。袪，袂也。」鄭箋：「欲擥持其袂而留之。」擥，亦作攬，執也。

【按】

此詩，意内言外頗含隱情。須與本年前此諸詩及後此諸詩聯繫考察。

前此《經亂離後將避地剡中留贈崔宣城》等詩中時令甚明，可知李白此次赴越，時在本年春。途經溧陽等地，行至杭州（餘杭郡），時已入夏。在徐王延年兄弟處居留有日，别去時已當秋令，詩中時令亦甚明：「鳴蟬遊子意，促織念歸期。……策馬摇涼月，通宵出郊圻。」當在七、八月之交。是則李白此次赴越，僅至杭州而止，并未繼續前赴剡中，離杭後即自越返吴。集中有《爲吴王謝責赴行在遲滯表》一文，當是西歸途中作於金陵，從文中可知，此時肅宗即位詔令早已下達江東矣。白旋即溯江而上入廬山，有《贈王判官時余隱居廬山屏風疊》等詩可證。《憶秦娥》、《菩薩蠻》二詞，亦作於廬山或赴廬山途中，時令約在深秋，恰與本篇相接。通觀李集，凡遊剡中之詩皆作於早年及中年，安史亂起後絶無剡中之作。故知《留贈崔宣城》題中所謂「避地剡中」乃托辭耳，此行實則專爲謁見徐王延年而來。

李白不遠千里來杭，而又托言「避地剡中」，究竟意在何許？細按詩意，叙事詳贍，次第分明：首言國運之興，次言宗室之繁，再次言延年當年之尊榮顯貴，再次言延年迭遭貶謫之冤以及晚近猥瑣之狀，再次言延年兄弟款待之誠以及别時悲惻之情，均屬易解，無庸辭費。唯其中「羞言梁苑地，烜赫耀旌旗。兄弟八九人，吴秦各分離。大賢達機兆，豈獨慮安危」數句，辭意閃爍，惝恍難明，似涉時政，須加探求。據兩《唐書》及《通鑑》記載，天寶十五載，亦即至德元載，七月甲子〔十二〕，玄宗於奔蜀途中，次普安郡（即劍州），丁卯〔十五〕，詔以太子亨充天下兵馬元帥，收復兩京；以永王璘充山南諸道節度使，出鎮江陵。史稱「制置」。而同時，七月甲子，肅宗已自行在靈武即皇帝位，改元至德，尊玄宗爲太上皇。此事固因道里遥遠，消息隔絶所致，但其父子之間相猜已久，政出兩歧亦非偶然。此乃本年首要事件，且有禍起蕭牆之虞。此時此際延年所達之「機兆」非此而何？消息傳至江東固須時日，然延年自有「兄弟」時在朝中。所謂「兄弟八九人」，當指從祖兄弟而言，除見於注〔三〇〕諸人之外，延年女婿趙國珍此時亦自黔中幕府北上勤王，屯兵南陽。見上年《送趙判官赴黔府中丞叔幕》集説。以上諸人與延年當有信使往還，故延年可得早達「機兆」。當其與李白晤談之際，遂以梁孝王事爲戒，以顧全大局爲辭，表示不敢輕舉妄動。似此，則李白之來杭，如非游説徐王延年起兵勤王，别無可解。「羞言梁苑地」等六句即二人推心置腹之密談也。因事干禁忌，故以隱晦之筆墨出之。

由此返觀前此諸詩中，所謂「我從此去釣東海，得魚笑寄情相親」等語，所謂「張良未逐赤松去，橋邊黄石知我心」等語，以及諸詩中，於中原横潰之際，痛心疾首之餘，忽作「快活語」……凡此種種爲前人詬病之處，皆「水清石自現」矣。李白在亂作之時，奔亡道中，早已欲效魯仲連解聊城之圍，欲效申包胥作秦庭之哭，只惜「交遊七貴疏」，一時不知投奔何人以展己志。及至宣城，忽憶徐王延年當年恩遇之隆，遂以爲長劍堪托，報國有路。故一路之上意氣風發，屢作「快活語」者，豈是「狂醉於花月之間，蒼生社稷曾不繫其心膂」哉？詎料至杭後，始知延年早已今非昔比，且時局方有重大變故。李白報國之策，頓成泡影，其情之沮喪，可以想見。其卧病賓館，或即因此故。及至離杭時，其别情何以淒楚異常，亦可不言而喻。「王室佇清夷」句，并非祝願太平之套語。不言社稷蒼生，而言「王室」者，蓋此時唯有佇望「王室」「清夷」，國事始可爲也。

題言「感時留别」，而詩中并無一語涉及安史之亂，則其所「感」之「時」即指本年王室危機，更有何疑？作者固已著其幽旨於題端，寓其密意於篇内，亦可謂隱而顯，曲而達矣。吾人讀其詩而忽其苦心孤詣，忍使所謂「避地剡中」諸作長期成爲話柄，作者之大節亦從而爲人詬病，可乎？故切切而爲之辯，亦還諸詩之廬山真面目而已。

至於其游説徐王延年起兵勤王，固非善策，其禍或更甚於次年從璘，可謂愚不可及。然其報國之志不可誣也，亦可哀矣。

菩薩蠻

《菩薩蠻》，盛唐曲調名，見於崔令欽《教坊記》。

平林漠漠烟如織〔一〕，寒山一帶傷心碧〔二〕。暝色入高樓，有人樓上愁。玉階空佇立〔三〕，宿鳥歸飛急。何處是歸程？長亭連短亭〔四〕。

【注釋】

〔一〕平林，陳繼儒云：「謝朓詩：『寒城一以眺，平楚正蒼然。』楚，叢林也。登高望遠，見木杪如平地，故云。平楚，即詩所謂平林也。」

〔二〕傷心碧，謂寒山之碧色令人傷心。此猶杜甫《春望》「感時花濺泪，恨别鳥驚心」之意。

〔三〕佇立，久立也。

〔四〕秦漢十里置亭，謂之長亭。五里置亭，謂之短亭。爲行人休憩及餞别之處。庾信《哀江南賦》：「十里五里，長亭短亭。」連，王本注云：「一作更。」

【按】

此詞集説見下篇。

憶秦娥

《憶秦娥》，盛唐曲調名，或爲《教坊記》失載。詳按語。

簫聲咽〔一〕，秦娥夢斷秦樓月〔二〕。秦樓月，年年柳色，灞陵傷别〔三〕。樂遊原上清秋節〔四〕，咸陽古道音塵絶。音塵絶，西風殘照，漢家陵闕〔五〕。

【注釋】

〔一〕咽，音葉，聲塞也。蔡琰《悲憤詩》：「欲舒氣兮恐彼驚，含哀咽兮涕沾頸。」

〔二〕夢斷，猶夢絶，欲夢而不可得之意。

〔三〕灞陵，在長安東。《開元天寶遺事》卷下：「長安東灞陵有橋，來迎去送皆至此橋，爲離别之地，故人呼之銷魂橋也。」

〔四〕樂遊原，在長安城東南隅。王注：「《長安志》：樂遊原在萬年縣南八里。《漢書》：宣帝起樂遊廟，在曲江北，亦曰樂遊原。《雍録》：唐曲江本秦隑州，至漢爲宣帝樂遊廟，亦名樂遊苑，亦名樂遊原。基地最高，四望寬敞。隋營京城，宇文愷以其地在京城東南隅，地高不便，故闕此地不爲居人坊巷，而鑿之爲池以厭勝之。又會黄渠水自城外南來，可以穿城而入，故隋世遂從城外包之，入城爲芙蓉池，且爲芙蓉園也。……長安中，太平公主於原上置亭遊賞，後賜寧、申、岐、薛四王，正月晦日、三月三日、九月九日，京城士女咸即此祓禊，幕雲布，車馬填塞，詞人樂飲賦詩。」

〔五〕漢家，此謂唐。唐人習稱本朝曰漢家。

【集説】

釋文瑩云：「平林漠漠烟如織……」此詞不知何人所撰，魏道輔泰見而愛之。後至長沙，得古集於子宣内翰家，乃知李白所撰。（《湘山野録》）

魏慶之云：鼎州滄水驛有《菩薩蠻》云「平林漠漠烟如織」云云。曾子宣家有《古風集》，此詞乃太白作也。（《詩人玉屑》）

黄昇云：二詞爲百代詞曲之祖。（《花庵詞選·菩薩蠻》下注）

蕭云：按此二詞，至今其調猶存，其所自始乎？

胡應麟云：今詩餘名《望江南》外，《菩薩蠻》、《憶秦娥》稱最古，以《草堂》二詞出太白也。近世文人學士咸以爲然。予謂太白在當時直以風雅自任，即近體盛行，七言律鄙不肯爲，寧屑事此？且二詞雖工麗，而氣亦衰颯，於太白超然之致，不啻穹壤。藉令真出青蓮，必不作如是語。詳其意調，絶類温方城輩，蓋晚唐人詞，嫁名太白，若《懷素草書》、李赤《姑孰》耳。原二詞嫁名太白亦有故。《草堂詞》宋人編，青蓮詩亦稱《草堂集》，後世以二詞出唐人而無名氏，故僞題太白以冠斯編耶？《菩薩蠻》之名當起於晚唐世。按《杜陽雜編》云：大中初，女蠻國貢雙龍犀、明霞錦，其國人危髻金冠，瓔珞被體，故謂之菩薩蠻。當時倡優遂製《菩薩蠻曲》，文士亦往往聲其詞。《南部新書》亦載此事，則太白之世尚未有斯題，何得預製其曲耶？（《少室山房筆叢》）

王云：宋黄玉林《絶妙詞選》以太白《菩薩蠻》、《憶秦娥》二詞爲百代詞曲之祖。然考古本《太白集》中缺此二首，蕭本乃有之，其真贋誠未易定決。《筆叢》所辯未爲無見。至謂其出自《草堂詩餘》之僞題，則非也。蓋《菩薩蠻》一詞，自北宋時已傳爲太白之作矣。

劉熙載云：梁武帝《江南弄》、陶弘景《寒夜怨》、陸瓊《飲酒樂》、徐孝穆《長相思》，皆具詞體而堂廡未大，至太白《菩薩蠻》之繁聲促節，《憶秦娥》之長吟遠慕，遂使前此諸家，悉歸環内。（《藝概》）

又云：太白《菩薩蠻》、《憶秦娥》兩闋，足抵少陵《秋興八首》。想其情境，殆作於明皇西幸後

乎？（同前）

陳廷焯云：太白《菩薩蠻》、《憶秦娥》兩闋，神在個中，音流絃外，可以是爲詞中鼻祖。（原注：尋詞之祖，斷自太白可也，不必高語六朝）（《白雨齋詞話》）

王國維云：太白純以氣象勝，「西風殘照，漢家陵闕」，寥寥八字，遂關千古登臨之口。後世唯范文正之《漁家傲》、夏英公之《喜遷鶯》，差足繼武，然氣象已不逮矣。（《人間詞話》）

【按】此二詞真贋之争，今猶未已，然亦漸趨分明。諸家多以之屬李白，尤以任半塘《教坊記箋訂》、《唐聲詩》等著作，探明盛唐樂府發展之情況，信而有徵，頗有助於問題之解决。任氏據李白同時人崔令欽所著之《教坊記》，謂《菩薩蠻》之曲調在開、天間即已流行，并非始於晚唐。《憶秦娥》雖不見於《教坊記》，或因該書出於一人之手，又值安史之亂，缺漏固屬難免。任氏《箋訂》之附録中，補收該書以外唐五代曲調名，竟達一百餘種之多，其中唐時曲調即有《憶秦娥》。任氏又發現與李白同時之詩人岑參有《憶長安曲二章》；李白在宣州時期之友人謝良輔亦有《憶長安》之作，且爲長短句；另外唐時民間曲調中又有《憶漢月》（唐人多稱本朝爲漢）。由是可以推知，李白之《憶秦娥》若非《教坊記》失載，即是由當時流行之《憶長安》、《憶漢月》等曲調變化而來。李集中既多有樂府舊題，又頗有自創之長短句，如《幽澗泉》、《三五七言》等，故亦可創爲《憶秦娥》。細玩此二詞意内言外之旨，長吟遠慕之情，確如劉熙載《藝概》所云，當作於長安陷敵，玄宗奔蜀之後。是時，白在廬山憂心如焚，而無可奈何，故借望遠以抒孤臣之懷，托閨怨以寄故國之思。

三五七言

秋風清，秋月明。落葉聚還散，寒鴉棲復驚。相思相見知何日？此時此夜難爲情。

【集説】

王云：楊云：「古無此體，自太白始。」《滄浪詩話》以此詩爲隋鄭世翼之詩。《臞仙詩譜》以此篇爲無名氏作，俱誤。

【按】

此體在詩詞之間，其意緒頗與《菩薩蠻》、《憶秦娥》相類，因繫一處。

贈王判官時余隱居廬山屏風疊

本年秋由吴越歸來避亂廬山時作。屏風疊，在廬山五老峰下，九疊如屏，故名。王注：「《游宦紀聞》：九疊屏風之下，舊有太白書堂，有詩曰：吾非濟代人，且隱屏風疊。」王判官，名字不詳。

昔别黄鶴樓，蹉跎淮海秋〔一〕。俱飄零落葉，各散洞庭流。中年不相見，蹭蹬遊吴越〔二〕。何處我思君？天台緑蘿月。會稽風月好，卻繞剡溪回〔三〕。雲山海上出，人物鏡中來。一度浙江北，十年醉楚臺〔四〕。荆門倒屈宋，梁苑傾鄒枚〔五〕。苦笑我誇誕，知音安在哉？大盜割鴻溝〔六〕，如風掃秋葉。吾非濟代人，且隱屏風疊。中夜天中望，憶君思見君。明朝拂衣去，永與海鷗群〔七〕。

【注釋】

〔一〕黄鶴樓，在江夏。淮海，指揚州一帶，《書·禹貢》以揚州爲淮海之地。二句言其昔年與王判官之交誼。

〔二〕蹭蹬，困頓。二句謂其天寶初去朝後之南遊吴越。

〔三〕以上天台、會稽、剡溪，皆在越中。此下浙江、楚臺、荆門、梁苑，俱爲李白遊踪所至。

〔四〕楚臺，戰國時楚王遊憩之所，如章華臺、陽雲臺等。此處泛指江漢一帶。十年蓋誇大之辭。

〔五〕荆門，此處指荆州。梁苑，在宋州，爲漢梁孝王苑囿。屈宋謂屈原、宋玉。鄒枚謂鄒陽、枚乘。屈宋皆爲楚辭賦作家，鄒枚皆爲梁孝王文客。此處代指兩處之文士。二句意謂兩州之文士皆爲其傾倒。

〔六〕大盜，指安禄山。鴻溝，古運河名，故道自今河南滎陽北引黄河水，東南流，至淮陽東南入潁水。《史記·項羽本紀》：「項王乃與漢約，中分天下，割鴻溝以西者爲漢，鴻溝而東者爲楚。」此處指安禄山勢力已足以與唐對峙。

〔七〕海鷗，見天寶三載《摇裔雙白鷗》（古風其四十二）詩注。二句謂其將歸隱。

【按】

祿山亂起，白避亂東南，自本年春至秋，先由宣州，經溧陽，至杭州。旋又西北返，最後隱於廬山。匆匆來去，居止不遑，果爲避亂歟？觀其沿途所作諸詩，頻頻以張良、韓信、謝安、孔明自比，可知此行原意并不在避世，蓋將大有所爲也。而此詩則曰：「苦笑我誇誕，知音安在哉？」又曰：「吾非濟代人，且隱屏風疊。」又曰：「明朝拂衣去，永與海鷗群。」其所以忽作此等語者，即因前此赴杭，長轡未逞之故，一時沮喪所致。此詩當與本年《感時留别徐王延年》詩及按語參看。

贈韋秘書子春

本年十二月作於廬山屏風疊隱居處。韋子春，曾官秘書省著作郎，故稱。韋爲永王璘謀主之一。永王領四道節度使出鎮江陵後，韋奉命來廬山説李白入幕。此詩當是白應聘後贈韋之作。

谷口鄭子真，躬耕在巖石〔一〕。高名動京師，天下皆籍籍〔二〕。斯人竟不起，雲卧從所適。

苟無濟代心，獨善亦何益〔三〕？惟君家世者，偃息逢休明〔四〕。談天信浩蕩〔五〕，説劍紛縱横〔六〕。謝公不徒然，起來爲蒼生〔七〕。秘書何寂寂，無乃羈豪英〔八〕？且復歸碧山，安能戀金闕？舊宅樵漁地，蓬蒿已應没。卻顧女几峰〔九〕，胡顔見雲月〔一〇〕？徒爲風塵苦，一官已白髮〔一二〕。氣同萬里合，訪我來瓊都〔一三〕。披雲睹青天〔一三〕，捫蝨話良圖〔一四〕。留侯將綺里〔一五〕，出處未云殊。終與安社稷，功成去五湖。

【注釋】

〔一〕鄭子真，名樸，西漢隱士。《漢書·王吉傳》：「谷口有鄭子真，蜀有嚴君平，皆修身自保，非其服弗服，非其食弗食。成帝時，元舅大將軍王鳳以禮聘子真，子真遂不詘而終。」谷口，謂箕谷之南口，在西晉時漢中郡褒中縣北五十里，地當褒斜道南段石門附近。見《華陽國志》卷十《先賢士女總贊·漢中士女》。

〔二〕籍籍，衆口喧騰貌，亦作藉藉。

〔三〕以上八句以鄭子真作譬，言賢者不應高隱，而宜濟世。

〔四〕偃息，安卧。休明，政治清明。瞿、朱注：「此兩句指韋氏在高宗、武后朝，思謙、承慶、嗣之等相繼爲相。」

〔五〕談天，戰國齊人鄒衍善論辯宇宙之事，齊人稱其「談天衍」。《史記》裴駰《集解》引劉向《别録》：「騶（鄒衍）之所言，五德終始，天地廣大，盡言天事，故曰談天。」

〔六〕説劍，《莊子》有《説劍》篇，頗似縱横家之言。二句謂韋子春淵博而雄辯。

〔七〕謝公，謂東晉謝安。《世説·排調》：「謝公屢違朝旨，高卧東山，諸人每相與言：安石不肯出，將如蒼生何？」按：謝安有濟世志，隱而後仕，位至宰相，并非純然避世，故云。二句似以謝安喻韋子春佐永王，又暗示己之將入永王幕。

〔八〕二句謂韋子春昔年任職秘書，不得施其懷抱。

〔九〕女几峰，山名，《元和郡縣志》河南道河南府福昌縣：「女几山，在縣西南三十四里。」按，福昌縣即今河南宜陽。

〔一〇〕胡顔，猶言有何面目。

〔一一〕以上十句，追述韋子春棄官歸隱事。「徒爲風塵苦」以下五聯，蕭本另作一首，髮字作鬚。王注：「今按此詩一氣貫注，不能斷乙，通作一首爲是。」王説是。

〔一二〕瓊都，原謂京都，此處指廬山。詳見後集説引郭沫若語及按語。

〔一三〕《世説·賞譽》：「衛伯玉爲尚書，見樂廣與中朝名士談議。……命子弟造之，曰：此人，人之水鏡也，見之若披雲霧睹青天。」按，白爲韋所説動，以從璘爲濟世良機，因有此語。

〔一四〕《初學記》卷五引崔鴻《前燕録》：「王猛隱華山，桓温入關，猛被褐而詣之，一面説當代之事，捫蝨而言，傍若無人。」

〔一五〕留侯，即張良。綺里，即綺里季，代指商山四皓。漢高祖欲廢太子，吕后恐，强使張良爲畫計。良以此事難以口舌争，唯有令太子卑辭厚禮以迎四皓，時時從入朝，使上見之。吕后從其計。高祖見四人，怪而問之，大驚曰：「吾求公等數歲，公避逃我，今何從吾兒遊乎？」四人皆曰：「陛下輕士善罵，臣等義不受辱，故恐而亡匿。竊聞太子仁孝，愛士，天下莫不延頸欲爲太子死者。」漢高祖見太子羽翼已成，竟莫能易之。見《史記·留侯世家》。二句意謂：張良與四皓無論出處皆能安社稷也。

【集説】

詹鍈云：《宋高僧傳》卷十七《唐越州焦山大歷寺神邕傳》：「釋神邕……開元二十六年敕度……著作郎韋子春，有唐之外臣也，剛氣而贍學，與之酬抗，子春折角，落座驚服。」《舊唐書·玄宗紀》：「天寶八載四月，著作郎韋子春貶端陽尉，李林甫陷之也。」瞿、朱云：韋子春見《新唐書·永王璘傳》，與卷二十（按即下年《在水軍宴韋司馬樓船觀妓》詩）之韋司馬疑是一人。玩此詩之意，韋亦懷才未申者，與白素相契合，白之入永王幕，或即由韋汲引也。如詹氏所引，韋官著作郎至十年以上，當是其間不居官而漫遊，故李云「訪我來瓊都」，未知二人會於何地。

郭沫若云：（永王）第三次的聘使就是韋子春，他是永王「謀主」之一人。李白有《贈韋秘書子春》的詩，所寫的就是敦聘的事。「氣同萬里合，訪我來瓊都。……」……「瓊都」就是廬山。《郡國志》：「廬山疊嶂九層，崇巖萬仞。《山海經》所謂『三天子都』，亦曰『天子障』也。」……就是這位韋子春的廣長舌把李白説動了，使李白在詩中宣告：「苟無濟代（世）心，獨善亦何益！」而終於下了廬山。

【按】

理解此詩之關鍵是「訪我來瓊都」句。詹鍈誤繫此詩於天寶三載，瞿、朱不知韋、李會於何地，皆因以瓊都爲長安，而不知此處瓊都乃指廬山之故。「來瓊都」非「來自瓊都」，乃「來到瓊都」之意也。王琦注僅引江淹《爲蕭領軍拜侍中刺史章》「寰海順典，瓊都咸光」句及江淹《齊太祖誄》「杳鬱遠域，瓊都清麗」句，而未作進一步解釋。按江文兩處「瓊都」，意皆爲天空。查王勃《乾元殿頌》云：「鵬霄上廓瓊都，開紫帝之庭。」以瓊都爲紫帝之宮殿。故郭沫若引《郡國志》證瓊都爲廬山，良是；定此詩爲李白應永王聘時所作，亦良是。此雖贈人詩，亦兼抒懷。「苟無濟代心，獨善亦何益」、「謝公不徒然，起來爲蒼生」、「披雲睹青天，捫蝨話良圖」數句，傳達李白入永王璘幕前之心情，極婉曲而有層次。觀其本年春至秋東南一行，汲汲於覓報國之門，至此乃入永王幕，情緒有始有終。永王敗後，白頗以他辭自解，蓋不得已而爲之。此詩與後之《別内赴徵三首》爲同時之作。《別》詩之三云：「夜坐寒燈連曉月。」時在冬季。又據白《流夜郎憶舊遊書懷贈韋良宰》云：「空名適自誤，迫脅上樓船。」《舊唐書·永王璘傳》：「璘……十二月擅領舟師東下，甲仗五千人，趨廣陵。」可知此詩之作，在本年十二月。

別内赴徵三首

本年末在廬山應永王聘時別妻宗氏所作。

王命三徵去未還〔一〕，明朝離別出吴關〔二〕。白玉高樓看不見，相思須上望夫山〔三〕。

【注釋】

〔一〕白本年《與賈少公書》云：「王命崇重，大總元戎，辟書三至，人輕禮重。嚴期迫切，難以固辭。扶力以行，前觀進退。」「王命三徵」即指此而言。蓋永王之聘白，凡三遣使。

〔二〕吴關，此處代指廬山。廬山所在之江州（尋陽郡）位於吴地上游，楚地下游，古稱吴頭楚尾。故此稱吴關，後又稱楚關。

〔三〕望夫山，所在多有，此處虚寫，非實指。

其　二

出門妻子强牽衣〔一〕，問我西行幾日歸？歸時儻佩黄金印，莫見蘇秦不下機〔二〕。

【注釋】

〔一〕妻子，謂宗氏，時與白俱居於廬山。按，永王聘使數至而白遽未應命者，或以其妻之阻耶？

〔二〕《戰國策·秦策》：「蘇秦説秦王，書十上而説不行。……歸至家，妻不下紝，嫂不爲炊，父母不與言。」此處反用其事，蓋宗氏當是澹泊功名者。

其　三

翡翠爲樓金作梯，誰人獨宿倚門啼〔一〕？夜坐寒燈連曉月，行行淚盡楚關西〔二〕。

【注釋】

〔二〕翡翠、金，飾詞，句指山中樓閣。誰人，指宗氏。

〔三〕二句謂己。楚關西，謂楚地之西。永王璘以是年九月屯江陵，十二月領舟師東下，白初欲往楚地就之，故云。

【集説】

朱諫云：玩三詩辭氣相似，皆效白而爲之者，或他人之詩而誤入於此也。夫吴關在吴地，望夫山在宣城，楚關在楚西界。按白《傳》……未嘗自吴關而受徵也，安得有王命之三徵乎？白素貧，安得有白玉樓、翡翠樓、金梯等物？或曰：詩人之誇，未必實也。曰：既云被徵，自叙不宜以富自誇。牽衣者，妻子也；不下機者，妻也。首舉二人，末言一人，又況不下機者蘇秦之妻也，安得直用蘇秦二字？後世之人皆好誦此詩，蓋爲所欺而不察耳。（《李詩辯疑》）

郭沫若云：這三首詩，前面提到的注家都以爲天寶元年應唐玄宗徵召、與《南陵别兒童入京》同時所作，那是完全弄錯了。不僅詩的情趣不一致，地望也講不通；因此，也有人説《别内赴徵》是僞作。其實這三首詩是至德元年（即天寶十五年）應永王璘的徵聘時所作的。李白有《與賈少公書》，説到「王命三徵」的實際。……「大總元戎」顯然是指永王璘東巡。故「王命崇重，……辟書三至」，不就是「王命三徵」的實際嗎？把歷史背景弄清楚了，詩意便可以豁然貫通了。

【按】

朱諫疑此詩爲僞作，非。郭説良是。試將此詩與《南陵别兒童入京》比較之：《别兒童》云：「白酒新熟山中歸，黄鷄啄黍秋正肥。」《别内》云：「夜坐寒燈連曉月。」時令迥異。《别兒童》云：「余亦辭家西入秦。」《别内》云：「行行淚盡楚關西。」一入秦，一入楚，地望迥異。《别兒童》云：「兒女嬉笑牽人衣。」又云：「會稽愚婦輕買臣。」《别内》云：「出門妻子强牽衣。」妻子指妻，非兼妻與子，人物迥異。《别兒童》云：「遊説萬乘苦不早，著鞭跨馬涉遠道。」《别内》云：「王命三徵去未還。」應詔即途，疾徐不同。《别兒童》云：「仰天大笑出門去，我輩豈是蓬蒿人？」《别内》云：「誰人獨宿倚門啼？」「行行泪盡楚關西。」一喜悦，一悲切，心情不同。《别内》斷非僞作，二詩亦非一時之作。

李白全集編年箋注卷十三　編年詩第十三

至德二載（七五七年）　李白五十七歲

永王東巡歌十一首

本年正月，作於永王軍中。永王璘，玄宗第十六子，開元十三年封永王。天寶十五載（即至德元載）六月，安禄山陷潼關，玄宗於幸蜀途中下詔以璘爲山南東路及嶺南、黔中、江南西路四道節度、採訪等使，江陵郡大都督。七月，璘至襄陽，九月至江陵，召募士將數萬人，恣情補署。江淮租賦，山積於江陵，破用鉅億。肅宗聞之，詔令歸覲於蜀，璘不從。十二月，引舟師東下，甲仗五千人趨廣陵。肅宗以高適爲淮南節度使，領廣陵等十二郡；以來瑱爲淮南西道節度使，領汝南等五郡，與江東節度使韋陟共圖璘。至德二載二月，璘敗，南奔鄱陽，江西採訪使皇甫侁遣兵追討，擒之，潛殺於傳舍。璘子襄城王瑒亦死於亂兵。見兩《唐書》本傳。

永王正月東出師〔一〕，天子遥分龍虎旗〔二〕。樓船一舉風波静〔三〕，江漢翻爲雁鶩池〔四〕。

【注釋】

〔一〕據兩《唐書·永王璘傳》，永王東巡在上年十二月。白以十二月末下山，與永王舟師相會，已在本年正月，故云。

〔二〕天子，唐玄宗。龍虎旗，軍中所建之旗，以象其猛如龍虎。《初學記》卷二十二引《釋名》：「交龍爲旂，旂，倚也，畫作兩龍相依倚，通以赤色爲之，無文采，諸侯所建也。……熊虎爲旗，旗，期也，言與衆期於下，軍將所建，象其猛如熊虎也。」遥分龍虎旗，謂玄宗上年七月置制事，詳見本題「其十」詩注。

〔三〕樓船，有疊層之大戰船。《通典》卷一六〇：「樓船，船上建樓三重，列女牆戰格，樹旛幟，開弩窗矛穴，置抛車壘石鐵汁，狀如城壘。」

〔四〕江漢，指長江、漢水流域。雁鶩池，漢梁孝王營宫室苑囿，鑿有雁池。句謂永王以江漢爲其根基，仿梁孝王營其宫苑。

【集説】

蕭云：詠永王出師，首篇表之以天子遥分龍虎旗者，夫子作《春秋》書王之意也。太白忠君之心於此可見，百世之下未有發明之者。

其　二

三川北虜亂如麻〔一〕，四海南奔似永嘉〔二〕。但用東山謝安石，爲君談笑静胡沙〔三〕。

【注釋】

〔一〕三川，郡名，秦置，治所在今河南洛陽市，以其境内有黄河、洛水、伊水得名。

〔二〕永嘉，西晉懷帝年號。永嘉五年，劉曜陷洛陽俘懷帝，縱兵燒掠，殺王公士民三萬餘人，中原士族大舉南奔，避亂江左，史稱「永嘉之亂」。王注：「天寶十四年，安禄山起兵北地，遂破兩京，士君子多以家渡江東，與永嘉時事極相似。」

〔三〕劉克莊云：「按永王璘客如孔巢父亦在其間，白其一耳。此篇所謂謝安石不知屬誰，可見自負不淺。然十篇只目王爲帝子，受命東巡，與王衍阮籍勸進事不同。」（《後村詩話・新集》）丁紹儀云：「『但起東山謝安石，爲君談笑净胡沙』，太白詩也。人或譏其大言不慚，然其時鄴侯、汾陽均未顯用，殆有所指，非自況也。」（《聽秋聲館詞話》）今按，二句是自況。李白屢以謝安自比，非獨此首而已。詩人氣質，高自標置，不必譏其自大，亦不必强爲寬解。

其　三

雷鼓嘈嘈喧武昌〔一〕，雲旗獵獵過尋陽〔二〕。秋毫不犯三吴悦〔三〕，春日遥看五色光〔四〕。

【注釋】

〔一〕雷鼓，大鼓聲如雷者。武昌，縣名，治所在今湖北鄂城。

〔二〕雲旗，《文選》張衡《東京賦》：「雲旗拂霓。」薛綜注：「旗，謂熊虎爲旗，爲高至雲，故曰雲旗也。」尋陽，縣名，隋改柴桑縣治，治所即今江西九江市。

〔三〕三吴，《水經注·漸江水》以吴興、吴郡、會稽爲三吴，《通典·州郡》以吴郡、吴興、丹陽爲三吴，《名義考·地部三吴》以蘇州、潤州、湖州爲三吴。其説雖歧，要在今江蘇南部及浙江北部一帶。

〔四〕五色光，五色雲彩，古人以爲祥瑞。

其　四

龍盤虎踞帝王州〔一〕，帝子金陵訪古丘〔二〕。春風試暖昭陽殿，明月還過鳷鵲樓〔三〕。

【注釋】

〔一〕龍盤虎踞，謂金陵地勢。詳見天寶六載《金陵歌送别范宣》詩注。

〔二〕帝子，謂永王。

〔三〕昭陽殿、鳷鵲樓，皆金陵舊宫苑名。王注：「《南齊書》：羊貴嬪居昭陽殿西，范貴妃居昭陽殿東。《隋書》：侯景作亂，遂居昭陽殿。《一統志》：昭陽殿乃太后所居，在臺城内。吴均詩：春生鳷鵲樓。是皆謂金陵之昭陽殿、鳷鵲樓也。舊注以爲在長安者非也。」

【集説】

郭沫若云：這首表明永王已經到過金陵，使龍盤虎踞的六代帝都又恢復了生意。春風着手在吹暖着昭陽殿，明月又從新照亮了鳷鵲樓。李白本有遷都金陵的主張，故加意寫出金陵的復活。（《李白與杜甫》）

其　五

二帝巡遊俱未迴〔一〕，五陵松柏使人哀〔二〕。諸侯不救河南地〔三〕，更喜賢王遠道來。

【注釋】

〔一〕二帝，謂玄宗、肅宗。時玄宗幸蜀，肅宗即位靈武，俱未返回長安。

〔二〕五陵，指高祖之獻陵，太宗之昭陵，高宗之乾陵，中宗之定陵，睿宗之橋陵。

〔三〕諸侯，謂唐各地將帥。河南，指河南道，時禄山叛軍盤踞於此。

【集説】

郭沫若云：詩的後二句把永王出師的目的點明了，就是「要救河南地」，企圖去收復洛陽。當時没有從旱路出兵，而是採取的水路，看來是有直搗幽燕（安禄山的根據地）的想法。

其　六

丹陽北固是吴關〔一〕，畫出樓臺雲水間。千巖烽火連滄海，兩岸旌旗繞碧山。

【注釋】

〔一〕丹陽，郡名，即潤州，州治丹徒縣，即今江蘇鎮江市。北固山，在丹徒縣北一里，下臨長江，其勢險固，因以爲名。

其七

王出三江按五湖〔一〕，樓船跨海次揚都〔二〕。戰艦森森羅虎士，征帆一一引龍駒〔三〕。

【注釋】

〔一〕三江、五湖，王注：「《周禮》：東南曰揚州，其川三江，其浸五湖。……《玉海》：五湖在蘇州西四十里。《太平寰宇記》：太湖者，以其廣大名之，又名五湖。韋昭《三吴郡國志》云：太湖邊有遊湖、莫湖、胥湖、貢湖，就太湖爲五湖。」今按，三江、五湖之説頗多。詳詩意，三江五湖謂永王東巡之所經歷，非限於揚州一地之三江，蘇州一地之五湖，概指吴楚之地。

〔二〕揚都，揚州。次，停留也。《左傳》莊公三年：「凡師一宿爲舍，再宿爲信，過信爲次。」

〔三〕龍駒，戰馬。句謂永王軍水陸并進。

其八

長風挂席勢難迴，海動山傾古月摧〔一〕。君看帝子浮江日，何似龍驤出峽來〔二〕？

【注釋】

〔一〕席，船帆。古月，胡之析字。

〔二〕龍驤，指晉大將王濬。《晉書·武帝紀》：「咸寧五年十一月，大舉伐吴，遣龍驤將軍王濬、廣武將軍唐彬率巴蜀之卒，浮江而下。」

其　九

祖龍浮海不成橋〔一〕，漢武尋陽空射蛟〔二〕。我王樓艦輕秦漢〔三〕，卻似文皇欲渡遼〔四〕。

【注釋】

〔一〕祖龍，謂秦始皇。《水經注·濡水》：「《三齊略記》曰：始皇於海中作石橋，海神爲之竪柱。始皇求爲相見，神云：『我形醜，莫圖我形，當與帝相見。』乃入海四十里見海神。左右莫動手，工人潛以腳畫其狀。神怒曰：『帝負約，速去。』始皇轉馬還，前腳猶立，後腳遂前，僅得登岸。畫者溺死於海。衆山之石皆傾注，今猶岌岌東趣。」

〔二〕《漢書·武帝紀》：「元封五年冬，行南巡狩……自尋陽浮江，親射蛟江中，獲之。」

〔三〕輕秦漢，輕視秦漢之意。

〔四〕文皇，唐太宗。貞觀十九年太宗親征遼東，二月兵發洛陽，五月車駕渡遼，至冬初始班師。事見兩《唐書·太宗紀》。按，本首諸家多以爲僞，詳見「集説」。

其　十

帝寵賢王入楚關，掃清江漢始應還〔一〕。初從雲夢開朱邸〔二〕，更取金陵作小山〔三〕。

【注釋】

〔一〕帝，謂玄宗。《通鑑·唐紀》至德元載：「（七月）丁卯，上皇制：以太子亨充天下兵馬元帥，領朔方、河東、河北、平盧節度都使，南取長安、洛陽。……永王璘充山南東道、嶺南、黔中、江南西道節度都使。」據其制，太子使命在收復北方及兩京，而永王使命在經略南方，故言。

〔二〕雲夢，古澤藪名。其説不一。據《漢書·地理志》，雲夢澤在南郡華容縣（今潛江縣西南）東南。晉之後，古雲夢澤範圍愈説愈廣，已包括洞庭湖在内。此處指永王始發之地，當江陵一帶。句謂永王出鎮江陵。

〔三〕金陵，指金陵山，即鍾山。小山，用淮南王小山事，見開元十五年《白毫子歌》注。此處借作地名用，意謂永王將以鍾山爲苑中小山，與第一首「江漢翻爲雁鶩池」意略同。

其十一

試借君王玉馬鞭〔一〕，指揮戎虜坐瓊筵〔二〕。南風一掃胡塵静〔三〕，西入長安到日邊〔四〕。

【注釋】

〔一〕玉馬鞭，以喻軍權。

〔二〕用謝安事，謂於瓊筵間指揮軍事。

〔三〕南風，喻永王軍。時叛軍在北，江漢在南，故云。

〔四〕日爲君象，後因以日邊喻帝所。

【集説】

蔡寬夫云：太白之從永王璘，世頗疑之，《唐書》載其事甚略，亦不爲明辨其是否。獨其詩自序云：「半夜水軍來，潯陽滿旌旃。空名適自誤，迫脅上樓船。從賜三百金，棄之若浮烟。辭官不受賞，翻謫夜郎天。」然太白豈從人爲亂者哉？蓋其學本出從横，以氣俠自任，當中原擾攘時，欲藉之以立奇功耳。故其《東巡歌》有「但用東山謝安石，爲君談笑静胡沙」之句。至其卒章乃云：「南風一掃胡塵静，西入長安到日邊」，亦可見其志矣。大抵才高意廣如孔北海之徒，固未必有成功，而知人料事，尤其所難。議者或責以璘之猖獗，而欲仰以立事，不能如孔巢父、蕭穎士察於未萌，斯可矣，若其志亦可哀矣。（《宋詩話輯佚·蔡寬夫詩話》）

胡云：太白永王璘一事，論者不失之刻，即曲爲之諱，失之誣。唯蔡寬夫之説爲衷。……斯言也，起太白九原，當亦心服。（《唐音癸籤》）

蕭云：合十一篇而觀，此篇用事非倫（按，指第九首），句調鄙俗，别是一格，僞贋無疑，識者必能辨之。

瞿、朱云：蕭氏所謂用事非倫，即明人游潛《夢蕉詩話》所謂公然以天子之事爲永王比擬，不無啟其覬僭之心，適成其爲庸俗之見。此篇正其自寫抱負。

又云：永王東巡歌既爲李白自抒抱負之作，亦足證天寶至德間史事，非淺人所解也。《通鑑》卷二一九載李泌爲肅宗畫策，令李光弼自太原出井陘，郭子儀自馮翊入河東，而建寧王倓爲范陽節度大使，并塞北出，覆其巢穴。是爲至德元載事。而當時帝王將相皆無遠識，僅能與安史相持於數百里之間，卒之屈身厚幣以假外援，方得收復兩京，而河南、北糜爛如故。終於不得不置幽燕於化外，兵連禍結數百年無寧日。當時玄宗號令不出劍門，肅宗崎嶇邊塞，忠於唐室之諸將皆力不足以敵安、史，則身處江南如李白者，安得不思抒奇計以濟時艱？綜觀此詩次第，第十首以前皆寫永王東巡爲據金陵以圖恢復，第九首最爲一篇之警策，其主張永王用舟師泛海直取幽燕，意已昭然可睹，然欲行此策，必以金陵爲根本，故第十首有「更取金陵作小山」之語也。至第十一首終之以「南風一掃胡塵靜，西入長安到日邊」，則切實表明仍擁護長安，非圖自立，與第五首之「二帝巡遊俱未迴」互作補充。永王事敗被害，其志已無由自明，然當時幕中必有人與李泌抱相類似之見解者固可揣而知。而況此時南北音信阻隔，人之未敢遽信李、郭竟能成功，必更甚於李泌之見聞真切者，安得不寓其希望於永王乎？人或疑永王本鎮在江陵，而鎮廣陵者爲盛王琦，永王越俎而擅引兵東出無解於謀叛，殊不知玄宗諸子中惟永王出鎮在前，事在天寶十四載，而此年與盛王、豐王同被命時，二王皆始終未行，則永王之獨以興兵恢復爲己任，何容疑乎？李白之佐永王，在永王初敗時誠不得不稍自隱飾以求免責，未幾而事過境遷亦不必諱矣。在唐時且不諱，後人反欲百計爲之回護，尤可笑也。此事不從當時情勢探究，皆未能得要領。

郭沫若云：第九首，……「祖龍」是秦始皇，「文皇」是唐太宗，而且超過了秦皇、漢武，比擬得不倫不類，和其他十首也不協調，前人以爲僞作，是毫無疑問的。《東巡歌》應該只有十首，其後不久作的《上皇西巡南京歌》也只有十首，顯然是仿效大小《雅》以十首爲一「什」的辦法。第九首無疑是永王幕中人所增益，但卻爲永王提供了一個罪狀，便是有意爭奪帝位，想做皇帝了。……然而儘管不是李白做的，卻有史料價值。詩中説到「浮海」，説到「渡遼」，可證永王幕中人的確是想由海路北上直搗安史的根據地。這一首，把第一首和第八首的含意更突露出來了。

【按】

此組詩作於至德二載正月。第三首云「春日」，第四首云「春風」，「正」字無誤。王琦《年譜》以《新唐書·玄宗紀》云璘反在至德元載十二月，《肅宗紀》云璘反在十月而疑「正」字有誤，是未作深考。《玄宗紀》云璘反在十二月，以璘十二月東巡故也；《肅宗紀》云璘反在十月，以璘鎮江陵、恣情補署，召募勇士，抗詔不歸蜀故也。兩《紀》所云雖有歧而實無異。據兩《唐書·永王璘傳》、《肅宗紀》、《通鑑·唐紀》至德元載記載，璘東巡在至德元載十二月甲辰（二十四日）；白以十二月末下廬山，其與永王水師相遇，乃在尋陽，其時已屆二載正月，故云「永王正月東出師」也。綜觀全組詩，李白屢以「帝子」稱璘，又云「天子遥分龍虎旗」，「西入長安到日邊」，其旨總不違玄宗制置意。而第九首驟以秦皇、漢武、太宗擬璘，似屬不倫，或爲僞作，或白誇飾而致失言。

在水軍宴贈幕府諸侍御

本年正月作於永王水軍中。幕府，將軍府署。侍御，指永王幕中同僚。瞿、朱注：「唐制節度使下參佐多假憲銜，故以侍御稱之。」

月化五白龍〔一〕，翻飛凌九天。胡沙驚北海，電掃洛陽川。虜箭雨宫闕，皇輿成播遷〔二〕。英王受廟略〔三〕，秉鉞清南邊。雲旗卷海雪，金戟羅江烟。聚散百萬人，弛張在一賢〔四〕。霜臺降群彦，水國奉戎旃〔五〕。繡服開宴語，天人借樓船〔六〕。如登黄金臺，遥謁紫霞仙〔七〕。卷身編蓬下，冥機四十年〔八〕。寧知草間人，腰下有龍泉〔九〕？浮雲在一決〔一〇〕，誓欲清幽燕。願與四座公，静談《金匱》篇〔一一〕。齊心戴朝恩，不惜微軀捐。所冀旄頭滅〔一二〕，功成追魯連。

【注釋】

〔一〕《十六國春秋·後燕録》：「慕容熙建始元年正月，……太史丞梁延年夢月化爲五白龍，夢中占之曰：月，臣也；龍，君也。月化爲龍，當有臣爲君。」句謂安史亂起。

〔二〕皇輿，皇帝車駕。《楚辭·離騷》：「恐皇輿之敗績。」王逸注：「皇，后也，輿，君之所乘。」播遷，流離遷徙。此指玄宗幸蜀、肅宗即位靈武。

〔三〕英王，謂永王璘。廟略，朝廷之謀略。此指玄宗制置詔。

〔四〕二句謂大軍惟受永王節制、指揮。

〔五〕霜臺，即御史臺。御史職司彈劾，爲風霜之任，故稱。戎旃，軍旗，喻軍旅之事。

〔六〕繡服，指諸侍御。天人，猶帝子，指永王璘。

〔七〕黄金臺，戰國時燕昭王所築，以延天下士。紫霞仙，此喻永王。

〔八〕卷身，即蜷身，不得志貌。編蓬，編蓬草爲門，即蓬門、柴扉之類。東方朔《非有先生論》：「積土爲室，編蓬爲户。」冥機，謂藏其機鋒，潛心苦思治國之理。四十年，白以十八歲隱居匡山讀書，至入永王幕，恰四十年。

〔九〕龍泉，寶劍名。王注：「《越絶書》：歐冶子、干將鑿茨山，洩其溪，取鐵英，作爲鐵劍三枚。一曰龍泉，二曰太阿，三曰工布。龍泉即龍淵也，唐人避高祖諱，改稱龍淵曰龍泉。」

〔一〇〕《莊子·説劍》：「天子之劍……上決浮雲，下絶地紀，此劍一用，匡諸侯，天下服矣。」

〔一一〕金匱篇，兵書名。《隋書·經籍志》有《太公金匱》二卷，傳爲姜太公所作。

〔一二〕旄頭，星名，胡星也，兆兵亂。句謂己之所希冀者，唯求叛亂平定。

贈潘侍御論錢少陽

繡衣柱史何昂藏〔一〕，鐵冠白筆横秋霜〔二〕。三軍論事多引納，階前虎士羅干將〔三〕。雖無二十五老者〔四〕，且有一翁錢少陽。眉如松雪齊四皓，調笑可以安儲皇〔五〕。君能禮此最下士，九州拭目瞻清光。

【注釋】

〔一〕繡衣，御史所服。柱史，即柱下史，周、秦時官名，相當於後世之御史，詳見天寶十四載《贈宣城趙太守悅》詩注。

〔二〕鐵冠，古時御史一類官員所戴之帽，又名惠文冠、獬豸冠。高五寸，以纚作展筩，後有兩根上端卷曲之鐵柱，故又稱柱後。白筆，古官員執笏，搢笏於腰，有事書於笏，故常簪筆。魏晉以還，以手版代笏，笏頭置白筆。後僅爲官員簪髮之儀飾。《舊唐書·輿服志》：「諸文官七品以上朝服者簪白筆。」

〔三〕干將，良劍名。《初學記》卷二十二：「劍，……楚有龍泉，秦有太阿、工市，吳有干將、莫耶、屬鏤，越有純鈎、湛盧、豪曹、魚腸、巨闕諸劍。」此處泛指兵器。

〔四〕《說苑·尊賢》：「介子推行年十五而相荆，仲尼聞之，使人往視，還曰：『廊下有二十五俊士，堂上有二十五老人。』仲尼曰：『合二十五人之智，智於湯武；并二十五人之力，力於彭祖。以治天下，其固免矣乎！』」

〔五〕四皓，秦漢之際隱者，高祖末年曾出佐太子。詳見天寶三載《東武吟》詩注。

【集說】

詹鍈云：詩云：「雖無二十五老者，且有一翁錢少陽。眉如松雪齊四皓，調笑可以安儲皇。」安儲皇事疑指輔佐永王而言。又云：「君能禮此最下士，九州拭目瞻清光。」蓋謂可以收復兩京掃平胡虜也。此詩疑爲在永王軍中作，太白集有《在水軍宴贈幕府諸侍御》詩，潘侍御或亦「諸侍御」之一也。瞿、朱云：詹説似非。肅宗之爲太子久矣，永王終不得稱儲皇。「拭目瞻清光」者，瞻潘之風采也。與卷十二《贈錢徵君少陽》詩合看，初無亂後語意。三軍論事、階前虎士，則指潘爲使府幕職，非必有軍事也。頗疑爲天寶初，韋堅獄起，肅宗處於憂危而作。此詩當與卷十二（按即下篇）之《贈錢徵君少陽》合看。少陽年事蓋已高矣，故此詩云「眉如松雪」，彼詩云「如逢渭川獵，猶可帝王師」也。

【按】

詹説是，瞿、朱繫年非。此篇當亦作於永王軍中。潘侍御、錢少陽，皆爲永王幕僚。「調笑可以安儲皇」，儲皇非指肅宗，肅宗時已登皇帝位；錢少陽既在永王幕，則儲皇自指永王。此亦李白失言處。

送羽林陶將軍

作於永王幕中。《新唐書·百官志》：「左右羽林軍，大將軍各一人，正三品；將軍各三人，從三品。掌統北衙禁兵，督攝左右廂飛騎儀仗。」陶將軍，名字不詳。唐人例稱前資，羽林將軍或非其現職。

將軍出使擁樓船，江上旌旗拂紫烟。萬里横歌探虎穴，三杯拔劍舞龍泉〔一〕。莫道詞人無膽氣，臨行將贈繞朝鞭〔二〕。

【注釋】

〔一〕龍泉，劍名。詳見本年《在水軍宴贈幕府諸侍御》詩注。

〔二〕繞朝，秦大夫。鞭，馬鞭。詳見天寶十二載《贈宣城宇文太守兼呈崔侍御》詩注。

【集説】

王云：唐仲言曰：此篇全是律體，疑龍泉下脱一聯。方弘静曰：此篇當是近體八句，而逸其五六也。今以爲古詩，或以爲六句律。琦按：五六近體唐人時有之，本於六朝人，或號爲小律。

在水軍宴韋司馬樓船觀妓

作於永王幕中。韋司馬，疑即《贈韋秘書子春》之韋子春。

摇曳帆在空，清流順歸風。詩因鼓吹發〔一〕，酒爲劍歌雄。對舞青樓妓，雙鬟白玉童。行雲且莫去，留醉楚王宫〔二〕。

【注釋】

〔一〕鼓吹，即鼓吹樂，以鼓、鉦、簫、笳等樂器合奏。軍中多用之，以壯聲威。《藝文類聚》卷六十八引《俗説》：「桓玄作詩，思不來，輒作鼓吹，既而思得，云：『鳴鵠響長阜。』歎曰：『鼓吹固自來人思。』」

〔二〕二句用宋玉《高唐賦》楚王夢神女事。

南奔書懷

宋乙本、繆本、王本題下注云：「一作《自丹陽南奔道中作》。」本年二月戊戌（二十日），永王璘兵大潰於丹陽。璘先自丹陽奔晉陵（今江蘇常州），又奔鄱陽（今江西饒州）。其幕僚賓佐亦星散。此詩是白自丹陽倉皇南逃途中所作。

遥夜何漫漫？空歌白石爛〔一〕。甯戚未匡齊，陳平終佐漢〔二〕。欃槍掃河洛〔三〕，直割鴻溝半〔四〕。曆數方未遷，雲雷屢多難〔五〕。天人秉旄鉞，虎竹光藩翰〔六〕。侍筆黄金臺，傳觴青玉案〔七〕。不因秋風起，自有思歸嘆〔八〕。主將動讒疑，王師忽離叛〔九〕。自來白沙上，鼓噪丹陽岸〔一〇〕。賓御如浮雲，從風各消散。舟中指可掬〔一一〕，城上骸争爨〔一二〕。草草出近關，行昧前算〔一三〕。南奔劇星火〔一四〕，北寇無涯畔〔一五〕。顧乏七寶鞭，留連道傍翫〔一六〕。太白夜食昴，長虹日中貫〔一七〕。秦趙興天兵，茫茫九州亂〔一八〕。感遇明主恩，頗高祖逖言。過江誓流水，志在清中原〔一九〕。拔劍擊前柱，悲歌難重論〔二〇〕。

【注釋】

〔一〕《楚辭·離騷》：「甯戚之謳歌兮，齊桓聞以該輔。」王逸注：「甯戚，衛人。該，備也。甯戚修德不用，退而商賈，宿齊東門外，桓公夜出，甯戚方飯牛，叩角而商歌，桓公聞之，知其賢，舉用爲客卿，備輔佐也。」洪興祖補注：「《淮南子》云：甯戚欲干齊桓公，困窮無以自達。於是爲商旅，將任車以商於齊，暮宿於郭門之外，飯牛車下，望見桓公，乃擊牛角而商歌。桓公聞之曰：異哉，歌者非常人也。命後車載之。《三齊記》載其歌曰：南山矸，白石爛，生不遭堯與舜禪，短布單衣適至骭，從昏飯牛薄夜半，長夜漫漫何時旦。桓公召與語，悦之，以爲大夫。」

〔二〕陳平，漢人，文帝時爲宰相。《史記·陳丞相世家》：「平曰：『臣事魏王，魏王不能用臣説，故去事項王。項王不能信人，其所任愛，非諸項即妻之昆弟，雖有奇士不能用，平乃去楚。聞漢王之能用人，故歸大王。』」王注：「此篇首引甯戚、陳平，蓋以自況思得見用於世之意。」

〔三〕欃槍，或作攙搶，義同，即彗星。古以爲欃槍現則不祥。此以喻安禄山。

〔四〕楚漢相争，曾割鴻溝爲界。詳見至德元載《贈王判官時余隱居廬山屏風疊》詩注。

〔五〕曆數，《書·大禹謨》：「天之曆數在汝躬。」孔穎達疏：「曆數，謂天曆運之數。……曆數，謂天道。」雲雷，王注：「用《周易·屯卦》意。其卦以震遇坎，故取象雲雷。其義以乾坤始交而遇險難，故名屯。屯，難也。」二句意謂唐王朝氣運雖未變易，而艱難多故，國勢不昌。

〔六〕天人，指永王璘。旄鉞，將帥之旄節。虎竹，分指銅虎符、竹使符。見天寶二年《塞下曲六首》詩注。二句謂永王以唐宗室秉玄宗旨意兼四道節度使，執掌一方兵權。

〔七〕黄金臺，燕昭王築，詳見開元十九年《燕昭延郭隗》（古風其十五）詩注。青玉案，食具，玉爲之。

二句謂其在永王幕中備受優禮。

〔八〕用晉張翰因秋風起思念家鄉棄官歸故里事。詳見天寶三載《行路難》（其三）詩注。王注：「謂在永王軍中，雖蒙禮遇而早動思歸之志。當是察其已有逆謀，不可安處矣。」按，白本年《與賈少公書》云：「白綿疾疲薾，去期恬退。……王命崇重，大總元戎，辟書三至，人輕禮重。嚴期迫切，難以固辭，扶力一行，前觀進退。」則白入永王幕不久即萌歸志矣。然王云「當是察其已有逆謀」，則又不符白之實際。詳後按語。

〔九〕二句言永王軍潰敗。王注：「璘以季廣琛、渾惟明、馮季康爲將，及淮南採訪使李成式與河北招討判官李銑合兵討璘，季廣琛召諸將謂曰：『吾屬從王至此，天命未集，人謀已墮，不如及兵鋒未交，早圖去就，死於鋒鏑，永爲逆臣矣。』諸將皆然之。於是季廣琛以麾下奔廣陵，渾惟明奔江寧，馮季康奔白沙。」按，永王諸將叛離事，見兩《唐書·永王璘傳》、《通鑑·唐紀》至德二載。

〔一〇〕白沙，即白沙州，濱江，地多白沙，故名。在今江蘇儀徵縣南，唐時屬廣陵郡。丹陽，見本年《永王東巡歌》注。

〔一一〕《左傳》宣公十二年：「遂疾進師，車馳、卒奔，乘晉軍。桓子不知所爲，鼓於軍中曰：『先濟者有賞！』中軍、下軍争舟，舟中之指可掬也。」

〔一二〕《左傳》宣公十五年：「華元夜入楚師，登子反之床，起之曰：『寡君使元以病告，曰：敝邑易子而食，析骸以爨。』」杜預注：「爨，炊也。」以上兩句，極言兵潰撓敗之狀。

〔一三〕昧前算，進退失措，昧於前途。

〔一四〕劇星火，疾於星火也。星火，流星。李密《陳情表》：「州司臨門，急於星火。」

〔一五〕北寇，謂江北唐軍之追趕。按，或以北寇謂安史叛軍。詳詩意，當指與永王交戰之吴郡採訪使李希言及淮南採訪使李成式之軍隊。上句「南奔」與「北寇」對言，寇，掠、犯也，非賊寇意。

〔一六〕《晉書·明帝紀》：「（王）敦將舉兵内向，帝密知之，乃乘巴滇駿馬微行。至於湖，陰察敦營壘而出。有軍士疑帝非常人；又敦方晝寢，夢日環其城，驚起曰：『此必黄鬚鮮卑奴來也。』於是使五騎物色追帝，帝亦馳去，馬有遺糞，輒以水灌之，見逆旅賣食嫗，以七寶鞭與之，曰：『後有騎來，可以此示也。』俄而追者至，問嫗，嫗曰：『去已遠矣。』因以鞭示之。五騎傳翫，稽留遂久；又見馬糞冷，以爲信遠，而止不追。」兩句言其逃離乏術。

〔一七〕《漢書·鄒陽傳》：「荆軻慕燕丹之義，白虹貫日，太子畏之。衛先生爲秦畫長平之事，太白食昴，昭王疑之。」應劭注：「燕太子丹質於秦，始皇遇之無禮，丹亡去，厚養荆軻，令西刺秦王，精誠感天，白虹爲之貫日也。」蘇林注：「白起爲秦伐趙，破長平軍，遂欲滅趙，遣衛先生説昭王益兵糧，爲應侯所害，事用不成，其精誠上達於天，故太白爲之食昴。昴，趙分也，將有兵，故太白食昴。食者，干歷之也。」王注：「喻己爲國之精誠，可以上干天象。」

〔一八〕秦趙，謂戰國時秦趙二國。《史記·趙世家》：「趙氏之先，與秦共祖。」此喻李亨與李璘。李亨自是以朝廷名義出兵，李璘亦是奉詔行事，俱是「天兵」。二句意謂兄弟内訌，天下震動。

〔一九〕明主，指玄宗。祖逖，東晉名將，字士稚，范陽遒縣（今河北淶水縣北）人，西晉末率親黨數百家南遷。建興元年以奮威將軍、豫州刺史率部渡江北伐，至中流，擊楫而誓曰：「祖逖不能清中原而復濟者，有如大江！」事見《晉書·祖逖傳》。以上四句，言己從璘初衷乃在平息叛亂。

〔二〇〕鮑照《擬行路難》：「對案不能食，拔劍擊柱長嘆息。」王注：「自慮其志不能遂，而反有從王爲亂之名，身敗名裂，更向何人一爲申論。拔劍擊柱，慷慨悲歌，出處之難，太白蓋自嗟其不幸矣。」

【按】

《通鑑·唐紀》肅宗至德二載二月戊戌「永王璘敗死」。其下《考異》曰：「新舊紀、傳、實録、唐曆皆不見璘敗時在何處，唯云『璘進至當塗』。若在當塗，不應登城望見瓜步、揚子。……余詳考下文，璘所登以望瓜步、揚子者，蓋登丹陽郡城也。璘自當塗進兵，擊斬丹陽太守閻敬之，遂據丹陽城，然後可以望見揚子及瓜步江津之兵。」《考異》説是。李白此詩可以爲證。詩云：「自來白沙上，鼓譟丹陽岸。」句中之丹陽，即丹陽郡城丹徒縣城。城臨長江，與揚子、瓜步隔江相望，白沙亦在其間。由此可知璘敗時在何處，亦可知白自何處南奔。

李白在南奔時，猶以永王爲「天人秉旄鉞，虎竹光藩翰」。并謂己爲「感遇明主恩……志在清中原」。可見白之從璘，始終以爲永王係奉玄宗詔命行事，自是朝廷廟略，而不知何以竟致同室操戈，變起倉卒，故大惑不解，悲憤莫名，遂有此「書懷」之作。

空城雀

《空城雀》，《樂府詩集・雜曲歌辭》名。蕭云：「樂府内鳥獸二十一曲有《空城雀》，卻不言所始，太白之詞則假雀以興孤介之士安於命義，幸得禄仕以自養，苟避讒妬之患足矣，不肯依附權勢，踰分貪求也。」《樂府詩集》引《樂府題解》曰：「鮑照《空城雀》云：『雀乳四𣪠，空城之阿。』言輕飛近集，菇腹辛傷，免網羅而已。」或是白丹陽南奔後所作，姑繫於本年。

嗷嗷空城雀，身計何戚促？本與鷦鷯群〔一〕，不隨鳳凰族。提携四黄口〔二〕，飲乳未嘗足。食君糠秕餘，常恐烏鳶逐〔三〕。恥涉太行險〔四〕，羞營覆車粟〔五〕。天命有定端，守分絶所欲。

【注釋】

〔一〕鷦鷯，鳥名，似黄雀而小，頭淡棕色，有黄色眉紋。營窠極精巧，故秦稱「巧婦鳥」。

〔二〕黄口，雛鳥。陳陶《空城雀》：「嗷嗷黄口訴朝饑。」引伸指幼兒。《淮南子・氾論》：「古之伐國，不殺黄口。」

〔三〕鳶，猛禽，鷹屬。

〔四〕曹操《苦寒行》：「北上太行山，艱哉何巍巍。羊腸坂詰屈，車輪爲之摧。」此以太行之險喻仕途，故曰「恥涉」。

〔五〕《藝文類聚》卷九十二引《益都耆舊傳》曰：「楊宣爲河内太守，行縣有群雀鳴桑樹上。宣謂吏曰：前有覆車粟，此雀相隨，欲往食之。行數里，果如其言。」此以覆車粟喻隨人乞貸，故曰「羞營」。

上留田行

《上留田行》，《樂府詩集·相和歌辭》名。《樂府詩集》引《古今樂録》曰：「王僧虔《技録》有《上留田行》，今不歌。崔豹《古今注》曰：上留田，地名也。人有父母死不字其孤弟者，鄰人爲其弟作悲歌以風其兄，故曰『上留田』。」皇甫侁執殺永王璘，白以古題寫時事，似因永王不能見容於肅宗而發。因繫本年。詳「集説」。

行至上留田，孤墳何崢嶸〔一〕？積此萬古恨，春草不復生。悲風四邊來，腸斷白楊聲〔二〕。借問誰家地，埋没蒿里塋〔三〕？故老向予言，言是上留田，蓬科馬鬛今已平〔四〕。昔之弟死兄不葬，他人於此舉銘旌〔五〕。一鳥死，百鳥鳴；一獸走，百獸驚。桓山之禽别離苦〔六〕，欲去迴翔不能征。田氏倉卒骨肉分，青天白日摧紫荆〔七〕。交讓之木本同形，東枝憔悴西枝榮〔八〕。無心之物尚如此，參商胡乃尋天兵〔九〕？孤竹延陵，讓國揚名〔一〇〕。高風緬邈，頹波激清。尺布之謡，塞耳不能聽〔一二〕。

【注釋】

〔一〕峥嶸，高峻貌。此作孤立、特出解。

〔二〕《文選·古詩十九首》：「出郭門直視，但見丘與墳。白楊多悲風，蕭蕭愁殺人。」

〔三〕蒿里，葬人處。

〔四〕蓬科，即蓬顆。顆，塊，謂蓬草生於土塊也。《漢書·賈山傳》：「使其後世曾不得蓬顆蔽冢而托葬焉。」馬鬣，土封之形，狀若馬鬣。《禮記·檀弓》：「孔子之喪，有自燕來觀者，舍於子夏氏。子夏曰：『聖人之葬人，與人之葬聖人也，子何觀焉？昔者夫子言之曰：吾見封之若堂者矣，見若坊者矣，見若覆夏屋者矣，見若斧者矣，從若斧者焉，馬鬣封之謂也。』」按，馬鬣，鬃之所生也，其肉薄，狀若斧。封土之狀若馬鬣，用功少而儉。

〔五〕銘旌，即明旌，豎在柩前以表識死者姓名之旗旛。《儀禮·士葬禮》：「爲銘各以其物。」鄭玄注：「銘，明旌也，雜帛爲物，大夫之所建也，以死者爲不可别，故以其旗識之。」

〔六〕《孔子家語》卷五：「孔子在衛，昧旦晨興。顔回侍側，聞哭者之聲甚哀。子曰：『回，汝知此何所哭乎？』對曰：『回以此哭聲非但爲死者而已，又有生離别者也。』子曰：『何以知之？』對曰：『回聞桓山之鳥生四子焉，羽翼既成，將分於四海，其母悲鳴而送之。哀聲有似於此，爲其往而不返也。回竊以音類知之。』」

〔七〕《續齊諧記》：「京兆田真兄弟三人，共議分財。生貲皆平均，唯堂前一株紫荆樹，其議欲破三片。明日，就截之，其樹即枯死，狀如火然。真往見之大驚，謂諸弟曰：『樹木同株，聞將分斫，所以憔悴，是人不如木也。』因悲不自勝，不復解樹，樹應聲榮茂。兄弟交感，更合財寶，遂爲孝門。」

〔八〕交讓木，楠木別稱。《文選》左思《蜀都賦》：「交讓所植，蹲鴟所伏。」劉淵林注：「交讓，木名也，兩樹對生，一樹枯，則一樹生，如是歲更，終不俱生俱枯也。」《太平御覽》卷九五八引《尋陽記》曰：「黄金山有楠樹，一年東邊榮，西邊枯，後年西邊榮，東邊枯，年年如此。張華云：交讓樹者，此是也。」

〔九〕參商，二星名，參西商東，此出彼没，永不皆見。《左傳》昭公元年：「昔高辛氏有二子，伯曰閼伯，季曰實沈，居於曠林，不相能也，日尋干戈以相征討。后帝不臧，遷閼伯於商丘，主辰。商人是因，故辰爲商星。遷實沈於大夏，唐人是因，以服事夏、商……故參爲晉星。」此以參商代兄弟。

〔一〇〕孤竹，殷時諸侯國名。《史記·伯夷列傳》：「伯夷、叔齊，孤竹君之二子也。父欲立叔齊。及父卒，叔齊欲讓伯夷。伯夷曰：『父命也。』遂逃去。叔齊亦不肯立而逃之。」延陵，即吴公子季札，號延陵季子。《史記·吴太伯世家》：「（吴王）壽夢有子四人，長曰諸樊，次曰餘祭，次曰餘昧，次曰季札。季札賢，而壽夢欲立之，季札讓不可，於是乃立長子諸樊，攝行事當國。王諸樊元年，諸樊已除喪，讓位季札。季札謝曰：『曹宣公之卒也，諸侯與曹人不義曹君，將立子臧。子臧去之，以成曹君，君子曰能守節矣。君義嗣，誰敢干君？有國，非吾節也，札雖不材，願附於子臧之義。』吴人固立季札，季札棄其室而耕，乃舍之。……季札封於延陵，故號曰延陵季子。」

〔二〕淮南厲王長，漢高祖少子。驕恣不法，文帝六年謀反，事覺，被廢，不食而死。文帝十二年，民有作歌歌淮南王曰：「一尺布，尚可縫；一斗粟，尚可舂。兄弟二人不相容。」事見《史記·淮南衡山列傳》。

【集説】

沈德潛云：末一段促節繁音，如聞樂章之亂。（《唐詩别裁》）

蕭云：此篇主意全在「孤竹延陵，讓國揚名」、「尺布之謡，塞耳不能聽」數句，非泛然之作，蓋當時有所風刺。以唐史至德間事考之，其爲啖廷瑶、李成式、皇甫侁輩受肅宗風旨以謀激永王璘反而執殺之，太白目擊其時事，故作是詩歟？

胡云：白詩有「尋天兵」、「尺布謡」等語，似指肅宗之不能容永王璘而作。

《唐宋詩醇》云：蕭士贇説得之。白之從璘，雖曰迫脅，亦其倜儻自負，欲藉以就功名故也。詞氣激切，若有不平之感。

王云：太白所謂弟死不葬、他人舉銘旌之事，與《古今注》所説不同。豈别有異詞之傳聞？抑於時實有斯事，而借古題以詠新聞耶？

陳沆云：此傷太子瑛、鄂王瑶、光王琚遇害之事也。武惠妃生壽王瑁，謀奪嫡，數讒構之，言有異謀，欲害己母子，帝怒，遂并廢爲庶人，旋賜死城東驛。天下冤之。李林甫欲遂立壽王爲太子，帝聽高力士言，乃立忠王，故有「延陵孤竹，讓國揚名」、「參商胡乃尋天兵」之句。歲中惠妃病，數見三庶人爲祟，使巫祈請改葬，訖不解，遂死。故有「孤墳崢嶸，埋没蒿里」及「弟死兄不葬，他人於此舉銘旌」語也。蕭士贇謂指永王璘之死，殊非情事。（《詩比興箋》）

【按】

王説太泥。陳沆之説尤不切白詩意。太子瑛等被賜死，在開元二十五年，由武惠妃之讒構而玄宗之輕信讒言也，無涉兄弟不睦、參商尋天兵及尺布之謡等事。仍以蕭説較長。

樹中草

《樹中草》，《樂府詩集·雜曲歌辭》名。似諷肅宗之不容永王，因繫本年。

鳥銜野田草，誤入枯桑里〔一〕。客土植危根〔二〕，逢春猶不死。草木雖無情，因依尚可生。如何同枝葉，各自有枯榮？

【注釋】

〔一〕蕭注：「此謂桑寄生也。《本草圖經》曰：桑寄生出弘農山谷桑上，今處處有之，云是烏鳥食物，子落枝節間，感氣而生。葉似橘而厚軟，莖似槐枝而肥脆，三四月生，花黄白色，六月七月結實，黄色如小豆大。」

〔三〕客土，他處移來之土。《漢書·成帝紀》：「中陵、司馬殿門内尚未加功。……客土疏惡，終不可成。」顔師古注：「服虔曰：取他處土以增高，爲客土也。」

【集説】

詹鍈云：詩云：「草木雖無情，因依尚可生。如何同枝葉，各自有枯榮。」疑是永王被殺後太白有感而作。

在尋陽非所寄内

初入尋陽獄時作。時宗氏在廬山，聞白入獄，乃下山爲白奔走。非所，監獄。《晉書·曹攄傳》：「獄有死囚，歲夕，攄行獄，憫之，曰：『卿等不幸，致此非所。』」

聞難知慟哭，行啼入府中。多君同蔡琰，流泪請曹公〔一〕。知登吴章嶺，昔與死無分〔二〕。崎嶇行石道，外折入青雲。相見若悲嘆，哀聲那可聞？

【注釋】

〔一〕多，贊許，此作感激解。《後漢書·列女傳》：「陳留董祀妻者，同郡蔡邕之女也，名琰字文姬，博學有才辯，又妙於音律。……祀爲屯田都尉，犯法當死，文姬詣曹操請之。時公卿名士及遠方使驛坐者滿堂。操謂賓客曰：『蔡伯喈女在外，今爲諸君見之。』及文姬進，蓬首徒行，叩頭請罪，音辭清辯，旨甚酸哀，衆皆爲改容。操曰：『誠實相矜，然文狀已去，奈何？』文姬曰：『明公厩馬萬匹，虎士成林，何惜疾足一騎而不濟垂死之命乎？』操感其言，乃追原祀罪。」

〔二〕吴章嶺，與廬山相接，亂石聳立，頗險峻。昔，疑當作惜，憐也。二句懸想宗氏攀越吴章嶺而至尋陽府中，憐其艱苦備嘗，與死無别也。

【集説】

詹鍈云：詩云：「多君同蔡琰，流泪請曹公。」蓋是時白妻宗氏居豫章，曾代白營求權貴也。起句云「聞難知痛哭，行啼入府中」，當是初入獄時作。宗氏南來疑即在本年（按即至德二載）。

【按】

詹説是。然由《奔亡道中》詩，知宗氏南來在至德元載初。白在廬山受永王聘，宗氏曾阻之，知宗氏時在廬山。此詩「知登吴章嶺」以下四句，懸想宗氏奔走之難。吴章嶺在廬山與尋陽之間，可知白繫獄時，宗氏仍在廬山，此時方下山赴尋陽爲白奔走營求權貴也。白本年《萬憤詞投魏郎中》詩云：「豫章天南隔老妻。」宗氏寓居豫章，當在此稍後。

繫尋陽上崔相涣三首

繫尋陽，謂囚於尋陽監獄。白之入獄，約在本年二、三月間，詳按語。崔涣，天寶十五載七月，玄宗幸蜀途中拜相。肅宗即位，涣與左相韋見素等奉太上皇册赴行在。詔充江淮宣慰使以收遺逸。本年八月罷爲餘杭大守。詳見《唐書·崔涣傳》及《通鑑·唐紀》。本篇三首及以下三題皆洗雪求援之辭，作於本年春夏間。

邯鄲四十萬，同日陷長平〔一〕。能回造化筆〔二〕，或冀一人生？

【注釋】

〔一〕《史記·廉頗藺相如列傳》：「秦與趙兵相拒長平，……趙王以括爲將，……秦將白起聞之，縱奇兵，詳敗走，而絶其糧道，分斷其軍爲二，士卒離心。四十餘日，軍餓，趙括出鋭卒自搏戰，秦軍射殺趙括，括軍敗，數十萬之衆遂降秦，秦悉坑之。趙前後所亡凡四十五萬。」

〔二〕能，猶能否也。

其　二

毛遂不墮井〔一〕，曾參寧殺人〔二〕？虚言誤公子，投杼惑慈親。白璧雙明月，方知一玉真〔三〕。

【注釋】

〔一〕毛遂，戰國時趙平原君門客。《西京雜記》卷六：「趙有兩毛遂。……野人毛遂墜井而死，客以告平原君。平原君曰：『嗟乎，天喪予夫！』既而知野人毛遂，非平原君客也。」按，第三句「虛言誤公子」即指此事，公子，謂平原君。

〔二〕曾參殺人及其母投杼事，見天寶八載《答王十二寒夜獨酌有懷》詩注。楊注：「太白引此事者，亦自況其遭誣耳。」葛立方云：「老杜詩以後二句續前二句甚多。李太白詩亦有此格，如『毛遂不墮井，曾參寧殺人。虛言誤公子，投杼惑慈親』是也。」（《韻語陽秋》）

〔三〕明月，珠名。朱諫云：「蓋白璧是玉，明月是珠，上下辭意不相照應，而有偏重之病。白之善於文辭者，寧有此病乎？」（《李詩辨疑》）詹鍈云：「末二句誠如朱氏所云，但以上四句引曾參事以自況其遭誣，與太白身世尚無不合，或末二句有脱誤，未必全詩皆僞也。」今按：朱説固非，詹説亦未善，蓋皆於句中「雙」字之義失察。雙，此處當作相偶或匹敵解。上句意謂：白璧之光潔堪與明月之珠媲美；下句「一玉」即上句中之「白璧」也。二句皆洗雪之辭。

其　三

虛傳一片雨，枉作陽臺神〔一〕。縱爲夢裏相隨去，不是襄王傾國人。

【注釋】

〔一〕用宋玉《高唐賦》楚王夢見神女事，爲己從璘事洗雪。參見下篇注。庾信《詠畫屏風詩》：「何勞一片雨，喚作陽臺神。」

【集説】

王云：舊注云：此一首恐非上崔相，亦恐非太白所作。劉克莊云：此言迫脅而行，非其腹心上客，而或注云「此一首恐非上崔相」，誤矣。（《後村詩話·續集》）

【按】

李白入獄之時可從永王璘兵敗被殺推知。《新唐書·肅宗紀》至德二載二月：「戊戌，庶人璘伏誅。」戊戌，即二月二十日。庶人，即永王，玄宗有《降永王璘庶人詔》，見《唐大詔令集》卷三九。白之入獄當在其前後，即二月下旬或三月上旬。

瑤姬天帝女 感興其一

瑤姬天帝女，精彩化朝雲。宛轉入夢宵，無心向楚君〔一〕。錦衾抱秋月，綺席空蘭芬。茫昧竟誰測，虛傳宋玉文〔二〕。

【注釋】

〔一〕《文選》宋玉《高唐賦》李善注引《襄陽耆舊傳》曰：「赤帝女曰姚姬，未行而卒，葬於巫山之陽，故曰巫山之女。楚懷王遊於高唐，晝寢夢見與神遇，自稱是巫山之女。王因幸之，遂爲置觀於巫山之南，號爲朝雲。」

〔二〕宋玉文，謂《高唐賦》、《神女賦》。俱見《文選》。

【按】

此篇與《繫尋陽上崔相涣三首》之三用意及比興俱相似，因繫一處。

獄中上崔相涣

胡馬渡洛水，血流征戰場。千門閉秋景，萬姓危朝霜。賢相燮元氣〔一〕，再欣海縣康〔二〕。台庭有夔龍〔三〕，列宿粲成行〔四〕。羽翼三元聖〔五〕，發輝兩太陽〔六〕。應念覆盆下〔七〕，雪泣拜天光〔八〕。

【注釋】

〔一〕賢相，謂崔涣。燮，調理也。《書·周官》：「論道經邦，燮理陰陽。」

〔二〕海縣，猶言海内、宇内。

〔三〕台庭，宰相之庭。舊以三公取象三台，故宰相之職得稱台席、台輔。夔、龍，相傳爲堯、舜之二臣，夔爲樂官，龍爲諫官。《書，舜典》：「伯拜稽首，讓於夔龍。」孔安國傳：「夔龍，二臣名。」

〔四〕列宿，二十八宿。此以喻宰相延攬之人才。

〔五〕三元聖，王注：「元聖，大聖也。……三元聖，謂玄宗、肅宗、廣平王也。」按，廣平王指肅宗子李俶，先爲天下兵馬元帥，册太子後，更名爲豫，後即位，爲代宗。

〔六〕兩太陽，謂玄宗、肅宗。

〔七〕覆盆，覆置之盆，喻沉冤莫白。《抱朴子·辨問》：「是責三光不照覆盆之内也。」

〔八〕雪泣，拭泪。

上崔相百憂章

王本題下注云：「原注：時在尋陽獄。」崔相即崔涣。

共工赫怒，天維中摧〔一〕。鯤鯨噴蕩，揚濤起雷〔二〕。魚龍陷人〔三〕，成此禍胎〔四〕。火焚崑山，玉石相硙〔五〕。仰希霖雨，灑寶炎煨〔六〕。箭發石開〔七〕，戈揮日迴〔八〕。鄒衍慟哭，燕霜颯來〔九〕。微誠不感，猶縶夏臺〔一〇〕。蒼鷹搏攫〔一一〕，丹棘崔嵬〔一二〕。豪聖凋枯，《王風》傷哀〔一三〕。斯文未喪〔一四〕，東岳豈頽〔一五〕？穆逃楚難〔一六〕。鄒脱吴災〔一七〕。見機苦遲，二公所咍〔一八〕。驥不驟進〔一九〕，麟何來哉〔二〇〕？星離一門，草擲二孩〔二一〕。萬憤結緝〔二二〕，憂從中催。金瑟玉壺，盡爲愁媒〔二三〕。舉酒太息，泣血盈杯。台星再朗，天綱重恢〔二四〕。屈法申恩〔二五〕，棄瑕取材。冶長非罪，尼父無猜〔二六〕。覆盆儻舉〔二七〕，應照寒灰〔二八〕。

【注釋】

〔一〕《淮南子·天文》：「共工氏與顓頊争爲帝，怒而觸不周之山，天柱折，地維絶。」赫怒，勃然震怒。天維，繫天之繩。

〔二〕以上四句，言時局之動盪不安。

〔三〕魚龍，指水淵，以其爲魚龍潛伏處。

〔四〕禍胎，禍之始。枚乘《諫吴王書》：「福生有基，禍生有胎。」

〔五〕《書·胤征》：「火炎崑岡，玉石俱焚。」碓，音堆，落也。以上四句言其因從璘罹禍。

〔六〕灑，清洗；煨，灰燼。

〔七〕《西京雜記》卷五：「李廣與兄弟共獵於冥山之北，見卧虎焉。射之，一矢即斃。……他日，復獵於冥山之陽，又見卧虎，射之，没矢飲羽。進而視之，乃石也，其形類虎。退而更射，鏃破幹折而石不傷。余嘗以問揚子雲，子雲曰：『至誠則金石爲開。』」

〔八〕魯陽公與韓作戰，揮戈迴日。詳見天寶六載《日出人行》詩注。

〔九〕鄒衍，戰國齊人，《史記》作騶衍。《文選》江淹《詣建平王上書》：「飛霜擊於燕地。」李善注：「《淮南子》曰：『鄒衍盡忠於燕惠王，惠王信譖而繫之。鄒子仰天而哭，正夏而天爲之降霜。』」

〔一〇〕夏臺，獄也。《史記·夏本紀》：「桀不務德而武傷百姓，百姓弗堪，乃召湯而囚之夏臺，已而釋之。」司馬貞《索隱》：「獄名。」《廣雅》：「獄，犴也。夏曰夏臺，殷曰羑里，周曰囹圄。」

〔一一〕蒼鷹，謂酷吏。《漢書·郅都傳》：「都遷爲中尉，……是時民樸，畏罪自重，而都獨先嚴酷，致行法不避貴戚。列侯宗室見都側目而視，號曰蒼鷹。」顔師古注：「言其鷙擊之甚。」

〔一二〕丹棘，謂獄。《易·坎》：「寘於叢棘。」孔穎達《正義》：「謂囚執之處，以棘叢而禁之也。」《爾雅翼》：「棘有赤白二種，丹棘即赤棘也。」

〔一三〕楊注：「豪聖，周公也。周公遭流言之變，王道凋枯，故《豳》以下諸詩哀傷之。」今按，《詩·王風》首篇《黍離》詩序云：「《黍離》，閔宗周也。周大夫行役至於宗周，過故宗廟宮室，盡爲禾黍，閔周室之顛覆，徬徨不忍去，而作是詩。」《王風》多爲怨刺東周之作，故「豪聖」當指西周文、武及周公等人。此以東周喻唐室之衰，豪聖指高祖、太宗、玄宗，其時玄宗雖尚在，然已退居太上皇，迥異於昔日氣象矣。

〔一四〕《論語·子罕》：「天之將喪斯文也，後死者不得與於斯文也。天之未喪斯文也，匡人其如予何？」

〔一五〕《禮記·檀弓》：「孔子蚤作，負手曳杖，逍遥於門，歌曰：『泰山其頹乎！梁木其壞乎！哲人其萎乎！……』子貢聞之曰：『泰山其頹，吾將安仰？梁木其壞，哲人其萎，則吾將安放？夫子殆將病也。』」按，以上四句，謂唐祚之衰，國運艱難。

〔一六〕穆，謂穆生。漢初，楚元王敬禮申公、白生、穆生等。穆生不嗜酒，元王爲設醴。及元王子戊即位，初爲穆生設醴而後忘之，穆生以戊亡道，遂謝病去。後戊果與吴王濞等發動叛亂，兵敗身死。事見《漢書·楚元王傳》。

〔一七〕鄒，謂鄒陽。漢初，鄒陽與嚴忌、枚乘等俱事吴王濞，皆以文辯著名。濞欲反叛，鄒等上書諫阻，濞不聽，於是鄒等去吴之梁，從梁孝王遊。事見《漢書·鄒陽傳》。

〔一八〕二公，謂穆生、鄒陽。咍，音孩，笑也。以上四句謂其未能及早脱身永王幕。

〔一九〕《楚辭·九辯》：「驥不驟進而求服兮。」服，駕也。

〔二〇〕《孔子家語》卷十六：「叔孫氏之車士曰子鉏商，採薪於大野，獲麟焉，折其前左足。載以歸，叔孫以爲不祥，棄之於郭外，使人告孔子曰：『有麏而角者何也？』孔子往觀之曰：『麟也，胡爲來哉！胡爲來哉！』反袂拭面，涕泣沾襟。……子貢問曰：『夫子何泣爾？』孔子曰：『麟之至爲明王也，出非其時而見害，吾是以傷焉。』」句謂其從璘之非其時。

〔二一〕星離，星散。草擲，倉卒棄之也。按，白子女其時在東魯，參見至德二載《贈武十七諤》詩并序。

〔二二〕結緝，鬱結不開。

〔二三〕金瑟、玉壺，指樂與酒。媒，誘因。

〔二四〕台星，代三公，此指崔渙。恢，大也。王注：「台星再朗，謂崔相之明察，能照見幽微。天網重恢，冀其赦己之罪。」

〔二五〕屈法，枉法。

〔二六〕冶長，謂公冶長，孔子弟子。尼父，指孔子。《論語·公冶長》：「子謂公冶長：『可妻也，雖在縲絏之中，非其罪也。』以其子妻之。」

〔二七〕覆盆，見上篇注。舉，揭也。

〔二八〕寒灰，已冷卻之灰燼。此喻其處境之艱。

送史司馬赴崔相公幕

此首王本録自《文苑英華》卷二六九。題下注云：「詩題上一本多賦得鶴三字。」史司馬，名字不詳。崔相公即崔涣。

峥嶸丞相府，清切鳳凰池〔一〕。羨爾瑶臺鶴，高棲瓊樹枝。歸飛晴日暖，吟弄惠風吹。正有乘軒樂，初當學舞時〔二〕。珍禽在羅網，微命苦猶絲〔三〕。願託周周羽，相銜漢水湄〔四〕。

【注釋】

〔一〕清切，清貴而接近皇帝之官職。鳳凰池，謂中書省。魏晉時中書省掌一切機要，因接近皇帝，時稱鳳凰池。《晉書·荀勖傳》：「勖自中書監除尚書令，人賀之，勖曰：『奪我鳳凰池，諸君賀我耶？』」

〔二〕《左傳》閔公二年：「衛懿公好鶴，鶴有乘軒者。」《初學記》卷三十引《相鶴經》：「鶴二年落子毛，易黑點，三年産伏，復七年羽翮具，復七年飛薄雲漢，復七年舞應節。」

〔三〕二句謂己之繫於獄。

〔四〕周周，鳥名。《韓非子·説林》作翢翢，曰：「鳥有翢翢者，重首而尾屈，將欲飲於河，則必顛，乃銜其羽而飲之。人之所有飲不足者，不可不索其羽也。」王注：「既以鶴比司馬，以珍禽自喻，復以周周銜羽事作結，似乎凌雜，恐有錯誤。」

【集説】

王云：末二聯或是太白在尋陽獄中之作，所謂崔相公者即是崔涣，似亦近之。而岑參集中亦載此詩，一云無名氏詩。

陳鐵氏、侯忠義云：崔涣至德元載七月爲門下侍郎，同中書門下平章事；李白繫尋陽獄時，「涣充江淮宣諭選補使」。宣諭選補使掌宣諭王命、平反獄訟等事，并知選舉，非軍職，似不得稱「幕」。另，李白當時既在獄中，亦似不得爲此送行之詩。又此詩太白集諸本多不載，故疑非白作。玩詩意，此詩是否屬岑參，亦難確斷。（《岑參集校注》）

瞿、朱云：卷十一《江夏使君叔席上贈史郎中》（編在乾元二年内）有「希君生羽翼，一化北溟魚」之句，據其上文云「昔放三湘去，今還萬死餘」，而卷二十二《與史郎中欽（飲）聽黄鶴樓上吹笛》（編在乾元元年内）云「一爲遷客去長沙」，皆足證其爲李白初遇赦歸所作。此詩云「珍禽在羅網，微命苦猶絲」。願託周周羽，相銜漢水湄」，時地既皆合，而與卷十一一首語意亦相關，頗疑即是一人。若然則當决爲李白作，非岑參作矣。

【按】

玩詩意，與李白情事皆相合，應是李白逸詩。陳、侯云白在獄中不當有送人詩，是未遍觀白詩故。白在尋陽獄，另有《送張秀才謁高中丞》詩，《送張秀才從軍》詩。瞿、朱以爲遇赦後作亦恐非。據《舊唐書·崔涣傳》，涣以至德二載八月罷知政事，除左散騎常侍兼餘杭太守、江東採訪防禦使；

又穆員《相國崔公墓志銘》云，涣領杭州不久，又「俄轉常州，徵拜秘書監、太子賓客、大理卿。……」白遇赦在乾元二年，涣已久不在丞相任。故所舉二詩之史郎中與此詩之史司馬，當非同一人。

雜言用投丹陽知己兼奉宣慰判官

丹陽，郡名，即潤州，屬江南東道，即今江蘇鎮江市。王注：「肅宗至德元載十一月，以崔涣爲江南宣慰使，所謂宣慰判官乃涣之僚屬也。太白有《上崔相涣詩》數首，此詩乃與其僚屬者歟？」丹陽知己及宣慰判官，皆不詳其姓名。

客從崑崙來，遺我雙玉璞〔一〕。云是古之得道者西王母食之餘〔二〕，食之可以凌太虚。愛之頗謂絶今昔，求識江淮人猶乎比石。如今雖在卞和手〔三〕，□□正憔悴，了了知之亦何益？恭聞士有調相如〔四〕，始從鎬京還，復欲鎬京去。能上秦王殿，何時迴光一相盼？欲投君，保君年，幸君持取無棄捐。無棄捐，服之與君俱神仙。

【注釋】

〔一〕玉璞，道家謂仙藥名，服之可以長生。《抱朴子·仙藥》：「玉亦仙藥。……《玉經》曰：服金者壽如金，服玉者壽如玉也。又曰：服玄真者，其命不極。玄真者，玉之别名也。令人身飛輕舉，不但地仙而已。……服之一年已上，入水不霑，入火不灼，刃之不傷，百毒不犯也。不可用已成之器，傷人無益，當得璞玉，乃可用也。」

〔二〕西王母，神名。《穆天子傳》卷三：「吉日甲子，天子賓於西王母。」郭璞注：「西王母，如人，虎齒，蓬髮，戴勝，善嘯。」

〔三〕卞和，春秋楚人，善識玉，曾抱璞玉哭於荆山。詳見天寶十二載《抱玉入楚關》（古風其三十六）詩注。

〔四〕相如，謂戰國時趙臣藺相如，曾奉和氏璧入秦。

【按】

此篇王本自繆本録入。兩宋本有而蕭本無。多有缺文訛字。詳詩意，當是託言璞玉求人薦用，與上崔涣諸詩意緒頗相類，因繫於此。

送張秀才謁高中丞 并序

作於尋陽獄中。高中丞即高適。中丞，即御史中丞。《舊唐書·高適傳》：「（至德）二年，永王璘起兵於江東，欲據揚州。……適因陳江東利害，永王必敗。上奇其對，以適兼御史大夫、揚州大都督府長史、淮南節度使，詔與江東節度來瑱率本部兵平江淮之亂。」白詩稱高適爲御史中丞，或據傳聞致誤。凡應進士舉者，當時通稱謂之秀才。見《國史補》卷下。

余時繫尋陽獄中，正讀《留侯傳》〔一〕，秀才張孟熊蘊滅胡之策，將之廣陵謁高中丞。余喜子房之風，感激於斯人，因作是詩以送之。

秦帝淪玉鏡〔二〕，留侯降氛氳〔三〕。感激黄石老〔四〕，經過倉海君〔五〕。壯士揮金槌，報讎六國聞〔六〕。智勇冠終古，蕭陳難與群〔七〕。兩龍争鬥時〔八〕，天地動風雲。酒酣舞長劍，倉卒解漢紛〔九〕。宇宙初倒懸，鴻溝勢將分〔一〇〕。英謀信奇絶，夫子揚清芬。胡月入紫微，三光亂天文〔一一〕。高公鎮淮海，談笑卻妖氛。採爾幕中畫，戡難光殊勳。我無燕霜感，玉石俱燒焚〔一二〕。但灑一行泪，臨歧竟何云？

【注釋】

〔一〕留侯，張良封留侯。王注：「《史記》《世家》第二十五爲《留侯世家》，曰《留侯傳》，蓋變稱也。」

〔二〕玉鏡，《尚書帝命驗》：「桀失其玉鏡。」鄭玄注：「玉鏡，喻清明之道。」

〔三〕氛氳，紛紜也。句謂留侯降於亂世。

〔四〕張良亡匿下邳時曾於圯橋爲一老者納履，老者自稱黄石公，授良《太公兵法》。詳見開元十五年《經下邳圯橋懷張子房》詩注。

〔五〕倉海君，秦漢時之隱者。《史記·留侯世家》：「良嘗學禮淮陽，東見倉海君。」

〔六〕良嘗與力士以鐵椎狙擊秦始皇於博浪沙，誤中副車。詳見開元二十六年《經下邳圯橋懷張子房》詩注。

〔七〕蕭、陳，即蕭何、陳平，皆劉邦謀士。

〔八〕兩龍，謂楚漢。

〔九〕漢元年，劉邦攻占秦咸陽後，派兵守函谷關。不久項羽率四十萬大軍攻入，駐鴻門，欲襲劉邦。項羽叔父項伯與張良友善，洩其謀於良，良婉詞調解，劉項得宴會於鴻門。酒酣，項羽謀士范增使項莊舞劍刺殺劉邦，項伯亦舞劍，以身掩蔽邦。張良使樊噲帶劍擁盾入軍門，劉邦始得乘隙脱走。事見《史記·項羽本紀》。

〔一〇〕鴻溝，楚漢分界。詳見至德元載《贈王判官時余隱居廬山屏風疊》詩注。漢四年，項羽兵罷食絶，乃與漢王約，中分天下，割鴻溝以西者爲漢，以東者爲楚。漢欲東歸，張良、陳平説漢王曰：「漢有天下大半，而諸侯皆附之。楚兵罷食盡，此天亡楚之時也。不如因其機而遂取之。今釋弗擊，此所謂養虎自遺患也。」漢王聽之。事見《史記·項羽本紀》。

〔一一〕朱諫注：「胡謂禄山也。《甘氏星經》：紫微宫二十四星，在北斗之北，主大帝座，天子常居。胡本昴星，曰胡月者，星對星言，言其大也。三光，日月星也。」王注：「《晉書》：月爲胡王。《陳書》：陳寶應起兵，沙門惠標作五言詩以送之曰：『匹馬猶臨水，離騎稍引風。好看今夜月，當入紫微宫。』」二句謂安禄山反叛，唐室大亂。

〔一二〕燕霜，見本年《獄中上崔相渙》詩注。二句謂己之精誠未能感動天地，遂同罹於禍。

送張秀才從軍

與前詩同時作。張秀才即前篇之張孟熊。

六駮食猛武〔一〕，恥從駑馬群。一朝長鳴去，矯若龍行雲。壯士懷遠略，志存解世紛。周粟猶不顧〔二〕，齊珪安肯分〔三〕？抱劍辭高堂，將投霍冠軍〔四〕。長策掃河洛，寧親歸汝墳〔五〕。當令千古後，麟閣著奇勛〔六〕。

【注釋】

〔一〕駮，獸名。《爾雅·釋畜》：「駮，如馬，倨牙，食虎豹。」邢昺疏：「駮亦野馬名也，其狀如馬，其牙倨曲，而食虎豹也。」猛武，蕭注：「猛武，當作猛虎。唐國諱虎，故以武易之。」按，唐高祖之父名虎。

〔二〕句用伯夷、叔齊事。周武王滅殷，伯夷、叔齊義不食周粟，餓死首陽山。事見《史記·伯夷叔齊列傳》。

〔三〕《文選》謝靈運《述祖德》：「弦高犒晉師，仲連卻秦軍。臨組乍不緤，對珪寧肯分？」李善注：「《史記》曰：平原君欲封魯連，連不肯受。……據仲連文，雖不見分珪之事，古者封爵，皆隨其爵之輕重而賜之珪璧，執以爲瑞信。今仲連不受齊趙之封爵，明其不肯分珪也。」

〔四〕霍冠軍，謂漢霍去病。去病封冠軍侯。南北朝有冠軍將軍，唐置冠軍大將軍。此處蓋指高適。

〔五〕寧親，使父母安寧也。揚雄《法言》：「孝莫大於寧親。」汝墳，汝水上之堤防。《詩·周南·汝墳》：「遵彼汝墳。」毛傳：「汝，水名也，墳，大防也。」按，汝水源出今河南魯山縣大盂山，流經寶豐、襄城、郾城、上蔡、汝南，注入淮河。其地時爲安禄山所據。張秀才故鄉蓋在此一帶，故須掃清河洛方能寧親也。

〔六〕 麟閣，代朝廷。詳見開元二十年《送梁公昌從信安王北征》詩注。

萬憤詞投魏郎中

作於尋陽獄中。郎中，尚書各部屬官，爲各司之長官。魏郎中，或爲魏少游，時爲右司郎中。詳見按語。

海水渤潏，人罹鯨鯢[一]。蓊胡沙而四塞，始滔天於燕齊[二]。何六龍之浩蕩，遷白日於秦西[三]？九土星分[四]，嗷嗷悽悽。南冠君子[五]，呼天而啼。戀高堂而掩泣[六]，淚血地而成泥。獄户春而不草，獨幽怨而沉迷。兄九江兮弟三峽[七]，悲羽化之難齊[八]。穆陵關北愁愛子[九]，豫章天南隔老妻[一〇]。一門骨肉散百草，遇難不復相提攜。樹榛拔桂，囚鸞寵雞。舜昔授禹，伯成耕犁[一一]。德自此衰，吾將安栖？好我者恤我，不好我者何忍臨危而相擠？子胥鴟夷[一二]，彭越醢醢[一三]。自古豪烈，胡爲此緊[一四]？蒼蒼之天，高乎視低。如其聽卑，脱我牢狴[一五]。儻辨美玉，君收白珪[一六]。

【注釋】

〔一〕 渤潏，沸湧貌。鯨鯢，以喻安禄山。罹，王本作羅，誤，據宋乙本、繆本、咸本改。

〔二〕蓊，彌漫。王注：「禄山自范陽起逆，遂據燕地，燕與齊接壤，故兼言之曰始滔天於燕齊也。」

〔三〕六龍，日御也。詳見開元十九年《蜀道難》詩注。王注：「以喻明皇幸蜀也。蜀在秦之西，故曰秦西。」

〔四〕九土，九州。《書·禹貢》以冀、豫、雍、揚、兖、徐、梁、青、荆爲九州，《爾雅·釋地》無青、梁，有幽、營，《周禮·夏官·職方氏》無徐、梁，有幽、并。

〔五〕南冠，囚犯。詳見開元十四年《淮南卧病書懷寄蜀中趙徵君蕤》詩注。

〔六〕高堂，蕭注：「高堂喻朝廷也。」王注：「世之稱父母多曰高堂，太白詩中絶無思親之句，疑其還化久矣。考《漢書·賈誼傳》：人主之尊譬如堂，群臣如陛，衆庶如地，故陛九級上，廉遠地，則堂高。陛亡級，廉近地，則堂卑。高者難攀，卑者易陵，理勢然也。蕭氏以高堂爲喻朝廷，其説近是。」瞿、朱注：「高堂喻朝廷，於古無徵，且據前後之義，亦不宜指朝廷，蕭、王説疑非。詩意或謂思念已故之父母耳。」又注：「至所謂『戀高堂而掩泣』，倘司馬遷所謂疾痛則呼父母，追思而已，非真謂父母尚在也。」

〔七〕王云：「太白集中稱兄弟者五人：新平長史粲也，襄陽少府皓也，虞城宰錫也，中都明府某也，徐王延年也。稱其弟者十七人：金城尉叔卿也，臨洺令皓也，舍人臺卿也，南平太守之遥也，宣州長史昭也，單父主簿凝也，鄱陽司馬昌峒也，溧陽尉濟也，京兆參軍令問也，不言職位者，延陵也，冽也，幼成也，況也，襄也，綰也，錞也，浮屠談皓也。大抵皆從兄弟也。此詩所云兄九江兮弟三峽，與下文愛子老妻并言，似指親兄弟而言。上有兄，下有弟，則太白其仲歟？然兄弟之名則無可稽，姑表出之，以俟淹博者之詳考。」

〔八〕王注：「羽化，如仙人化生羽翼。蓋謂弟兄天各一方，欲如飛仙之輕舉遠逝而相聚會，不能得也。」

〔九〕穆陵關，關隘名，在今山東臨朐縣南大峴山上。時白子伯禽在山東，故云。按，伯禽居處，當在兖州，而穆陵關又在兖州東北三百餘里，此處或概言之，或有誤。

〔一〇〕豫章，郡名，即洪州，今江西南昌市。時白妻宗氏寓居於此。

〔一一〕伯成子高，傳説中人名。《莊子·天地》：「堯治天下，伯成子高立爲諸侯。堯授舜，舜授禹，伯成子高辭爲諸侯而耕。禹往見之，則耕在野。禹趨就下風，立而問焉，曰：『昔堯治天下，吾子立爲諸侯。堯授舜，舜授予，而吾子辭爲諸侯而耕，敢問其何故也？』子高曰：『昔堯治天下，不賞而民勸，不罰而民畏。今子賞罰而民且不仁，德自此衰，刑自此立，後世之亂自此始矣。夫子闔行邪？無落吾事！』俋俋乎耕而不顧。」

〔一二〕子胥，即伍員，字子胥，春秋吴大夫。《史記·伍子胥列傳》：「吴王……乃使使賜伍子胥屬鏤之劍，曰：子以此死。伍子胥……乃自剄死。吴王聞之大怒，乃取子胥尸盛以鴟夷革，浮之江中。」裴駰《集解》引應劭曰：「取馬革爲鴟夷。鴟夷，榼形。」

〔一三〕彭越，秦漢時人，從劉邦擊項羽，封梁王，因被告發謀反，爲劉邦所殺。《史記·黥布列傳》：

「十一年……夏，漢誅梁王彭越，醢之，盛其醢遍賜諸侯。」醢，酷刑，剁人成肉醬。醢，醋也。醢醢，音海希。

〔一四〕緊，語助。句謂何以如此？

〔一五〕以上四句，化用「天高聽卑」，語見《史記·宋微子世家》。原意謂上天雖高，能洞察下界一切。此處代指朝廷，如能明察下情，則當脱我牢獄之苦。

〔一六〕《詩·大雅·抑》：「白圭之玷，尚可磨也。」圭同珪。二句用此意，謂己如白珪之玉而蒙流言之玷，尚可收用也。

【按】《新唐書·魏少游傳》：「魏少游字少游，邢州鉅鹿人，以吏幹稱。天寶末，累遷朔方水陸轉運副使。肅宗幸靈武，……除左司郎中。」同書《房琯傳》：「（至德元載）乃詔琯持節招討西京、防禦蒲潼兩關兵馬等使，得自擇參佐。乃以兵部尚書王思禮、御史中丞鄧景山爲副，户部侍郎李揖爲行軍司馬，中丞宋若思、起居郎知制誥賈至、右（或爲左之誤）司郎中魏少游爲判官……」可知魏少游與宋若思有同僚之誼。本年宋若思爲江南西道採訪使，豈魏少游亦在江南歟？録以備考。

惻惻泣路歧　古風其五十九

罹難中感慨交道之不能始終如一也。姑繫本年。

惻惻泣路歧，哀哀悲素絲〔一〕。路歧有南北，素絲易變移。萬事固如此，人生無定期。田竇相傾奪，賓客互盈虧〔二〕。世途多翻覆，交道方嶮巇〔三〕。斗酒强然諾，寸心終自疑。張陳竟火滅〔四〕，蕭朱亦星離〔五〕。衆鳥集榮柯，窮魚守枯池。嗟嗟失歡客，勤問何所規〔六〕？

【注釋】

〔一〕《淮南子·説林》：「楊子見逵路而哭之，爲其可以南可以北。墨子見練絲而泣之，爲其可以黄可以黑。」

〔二〕田竇，謂西漢大臣田蚡、竇嬰。武帝時，田蚡以貴戚封武安侯，後爲丞相。竇嬰以平七國之亂封魏其侯。田、竇有隙。竇喜賓客，諸游士賓客争歸之。田新用事爲相，卑下賓客，進名士家居者，欲以傾奪魏其諸將相。田以太后故親幸，天下吏士趨勢利者，皆去魏其歸武安。事見《史記·魏其武安侯列傳》。

〔三〕嶮巇，《文選》嵇康《琴賦》：「丹崖嶮巇，青壁千尋。」劉良注：「嶮巇，傾側貌也。」

〔四〕張陳，謂張耳、陳餘，皆秦時人。初爲魏信陵君食客，爲刎頸交，秦統一，耳與餘俱亡命。秦末農民戰争中，耳、餘立武臣爲趙王，後有隙，耳投漢，與韓信共破趙軍，殺陳餘。漢封耳爲趙王。《史記》、《漢書》均有傳。

〔五〕蕭朱，謂蕭育、朱博，漢時人。蕭育與朱博爲友，著聞當世，長安爲之語曰：「蕭朱結綬，王貢彈冠。」言其相薦舉。後育與博有隙，交不能終，世以交道爲難。事見《漢書·蕭望之傳》附《蕭育傳》。」

〔六〕規，瞿、朱注：「規字恐不作規益解。何所規者何所營也，此猶陶潛《桃花源詩序》『欣然規往』之規也。」失歡客，郭沫若謂指杜甫（《李白與杜甫》），姑志之以備參考。

【集説】

蕭云：此詩譏市道交者，必當時有所爲而作。太白罹難之餘，友朋之交道，其不能始終如一而奔趨權門者，諒亦多矣。徒有一類失歡之客，勤勤問勞，亦何所規益乎？

箜篌謡

《箜篌謡》，《樂府詩集·雜歌謡辭》名。《樂府詩集》：「《箜篌謡》，不詳所起，大略言結交當有終始，與此（按指《箜篌引》）異也。」葛立方云：「慮朋友之義不篤也，則有《箜篌謡》之篇。」（《韻語陽秋》）似與前篇作於同時。

攀天莫登龍，走山莫騎虎。貴賤結交心不移，惟有嚴陵及光武〔一〕。周公稱大聖，管蔡寧相容〔二〕？漢謡一斗粟，不與淮南舂〔三〕。兄弟尚路人，吾心安所從？他人方寸間，山海幾千重〔四〕。輕言託朋友，對面九疑峰〔五〕。多花必早落，桃李不如松。管鮑久已死，何人繼其蹤〔六〕？

【注釋】

〔一〕嚴陵、光武事，見天寶二年《松柏本孤直》（古風其十二）詩注。

〔二〕《史記·周本紀》：「成王少，周初定天下，周公恐諸侯畔周，公乃攝行政當國。管叔、蔡叔群弟疑周公，與武庚作亂畔周。周公奉成王命，伐誅武庚，放蔡叔。」

〔三〕見本年《上留田行》詩注。

〔四〕方寸，謂心也。二句謂他人心僅方寸，而如隔山海，難以溝通。

〔五〕九疑，山名。句謂友道澆薄，其事如隔山岳。

〔六〕管鮑，謂戰國齊人管仲、鮑叔牙。《説苑·復恩》：「鮑叔死，管仲舉上衽而哭之，泣下如雨。從者曰：『非君父子也，此亦有説乎？』管仲曰：『非夫子所知也。吾嘗與鮑子負販於南陽，吾三辱於市，鮑子不以我爲怯，知我之欲有所明也。鮑子嘗與我有所説王者，而三不見聽，鮑子不以我爲不肖，知我之不遇明君也。鮑子嘗與我臨財分貨，吾自取多者三，鮑子不以我爲貪，知我之不足於財也。生我者父母，知我者鮑子也。士爲知己者死，而況爲之哀乎？』」

【集説】

《唐宋詩醇》云：白之受知明皇，禮遇殊絶，當時王公貴人，交遊亦衆。潯陽既敗，莫爲省記，故以嚴陵光武及管鮑爲比。言管鮑者，事之緣起如此也。

中丞宋公以吴兵三千赴河南軍次尋陽脱余之囚參謀幕府因贈之

中丞宋公，即宋若思，初唐詩人宋之問弟宋之悌子。《元和姓纂》卷八《宋氏》：「之悌……生若水、若思。」（若思）御史中丞，若水，丹徒令。」岑仲勉《元和姓纂四校記》卷八云：「思誤無疑，惟思字應重。」《舊唐書·玄宗紀》：天寶十五載六月庚子「以監察御史宋若思爲御史中丞，充置頓使」。《舊唐書·地理志》江州至德縣：「至德二年九月，中丞宋若思奏置。」《太平寰宇記》卷一〇五建德縣：「唐至德二年採訪使宣城郡太守宋若思奏，以此地山水遥遠，因置縣邑，仍以年號爲名，屬尋陽郡。」是宋若思天寶十五載（至德元載）爲御史中丞，至德二載又爲江南西道採訪使兼宣城太守。白本年《爲宋中丞自薦表》云：「前後經宣慰大使崔涣及臣推覆清雪，尋經奏聞。」按崔涣至德二載八月罷相爲餘杭太守，白脱獄及此詩之作當均在本年八月之前。

獨坐清天下〔一〕，專征出海隅〔二〕。九江皆渡虎，三郡盡還珠〔三〕。組練明秋浦〔四〕，樓船入郢都〔五〕。風高初選將，月滿欲平胡〔六〕。殺氣横千里，軍聲動九區〔七〕。白猿慚劍術〔八〕，黄石借兵符〔九〕？戎虜行當翦，鯨鯢立可誅。自憐非劇孟〔一〇〕，何以佐良圖？

【注釋】

〔一〕獨坐，專席而坐。此特指御史中丞。《後漢書·宣秉傳》：「光武特詔御史中丞與司隸校尉、尚書令會同并專席而坐，故京師號曰三獨坐。」

〔二〕專征，指宋若思出兵河南。

〔三〕渡虎，《後漢書·宋均傳》：「（均）遷九江太守。郡多虎豹，數爲民患。常募設檻穽，而猶多傷害。均到，下記屬縣曰：『夫虎豹在山，黿鼉在水，各有所托。……今爲民害，咎在殘吏，而勞動張捕，非憂恤之本也。其務退奸貪，思進忠善，可一去檻穽，除消課制。』其後傳言虎相與東游渡江。」還珠，《後漢書·孟嘗傳》：「（嘗）遷合浦太守。郡不産穀實，而海出珠寶。與交阯比境，常通商販，貿糴糧食。先時宰守并多貪穢，詭人採求，不知紀極。珠遂漸徙於交阯郡界。於是行旅不至，人物無資，貧者死餓於道。嘗到官，革易前弊，求民病利。曾未踰歲，去珠復還。百姓皆反其業，商貨流通，稱爲神明。」二句美宋若思之善政。

〔四〕組練，組甲、被練，皆將士之衣甲服裝。《左傳》襄公三年：「使鄧廖帥組甲三百，被練三千以侵吴。」楊伯峻注：「馬融謂組甲有以組爲甲裏，公族所服。賈逵、服虔則以爲以組綴甲，車士服之。考之《初學記》二十二引《周書》云：『年不登，甲不纓組。』又《燕策》云：『身自削甲札，妻自組甲絣。』絣是用絲綿所織帶，以之穿組甲片而組甲，則謂之組甲，較之以繩索穿成者自爲牢固；即爲兵器所中，穿透後着肉亦無力。然太費工力，故年歲不豐，穿甲不用組絣。由此觀之，賈、服之説較馬説可信。馬融又謂被練是以練爲甲裹，卑者所服。賈逵則以爲以帛綴甲，步卒服之。考之《吕氏春秋·去尤篇》：『邾之故法，爲甲裳以帛。公息忌謂邾君曰：不若以組，凡甲之所以爲固者，以滿竅也。今竅滿矣，而任力者半耳。且組則不然，竅滿則盡任力矣。』由此觀之，賈説有據。練是煮熟之生絲，柔軟潔白，用以穿甲片或甲衣，自較以組穿甲爲容易，但不如組帶之堅牢。」

〔五〕樓船，見上年《永王東巡歌》詩注。郢都，楚都江陵，此指兵船逆江西上。

〔六〕風高，謂秋，月滿，謂月中。

〔七〕九區，猶言九州。

〔八〕《藝文類聚》卷九十五引《吴越春秋》曰：「越王問范蠡手戰之術，范蠡曰：『臣聞越有處女，國人稱之，願王請問手戰之道。』於是王乃請女。女將北見王，道逢老人，自稱袁公。袁公問女：『聞子善爲劍，願得一觀之。』處女曰：『妾不敢有所隱也，惟公所試。』公即挽林内之竹，似枯槁，末折墮地。女接取其末，袁公操其本而刺處女，處女應即入之。三入，因舉杖擊袁公，袁公則飛上樹，化爲白猿。」

〔九〕黄石，見開元二十六年《經下邳圯橋懷張子房》詩注。以上二句，言宋若思武藝之精及用兵機謀之深。

〔一〇〕劇孟，漢初游俠，詳見開元十九年《梁甫吟》詩注。

贈何七判官昌浩

至德二載作于宋若思軍幕。判官，唐方鎮文職僚佐。

有時忽惆悵，匡坐至夜分〔一〕。平明空嘯咤〔二〕，思欲解世紛。心隨長風去，吹散萬里雲。羞作濟南生，九十誦古文〔三〕。不然拂劍起，沙漠收奇勳。老死阡陌間，何因揚清芬〔四〕？夫子今管樂，英才冠三軍〔五〕。終與同出處，豈將沮溺群〔六〕？

【注釋】

〔一〕匡坐，正坐。夜分，夜半。

〔二〕嘯咤，大聲呼號，意氣飛揚貌。

〔三〕濟南生，即伏生，濟南人，曾爲秦博士。秦時禁《書》，伏生壁藏之，得傳二十九篇，即今文《尚書》，教於齊魯之間。漢文帝時，求能治《尚書》者，欲召伏生，伏生年九十餘，老不能行，乃使晁錯往受之。見《漢書·伏生傳》。

〔四〕揚清芬，謂建功立業，播揚聲名。

〔五〕管樂，管仲、樂毅。參見開元十九年《行路難》其二詩注。

〔六〕沮溺，古之隱者長沮、桀溺。相與耦耕，孔子過之，嘗使子路問津焉。見《論語·微子》。《故聖賢冢墓記》：南陽葉邑方城西有黄城山，是長沮桀溺耦耕之所。見《水經注·潕水》。末二句表示欲與何昌浩同仕。

【按】

二〇〇五年五月，河南偃師首陽山鎮南蔡莊出土《唐故鄧州司户參軍何府君墓誌銘并序》，墓主即何昌浩。墓誌記：「……移鄧州司户參軍。無何，二京覆没，遂潛迹江表，爲宣歙採訪使宋若斯辟署支使。」唐人向以判官泛稱幕僚，支使亦在其中。詳參咸曉婷《李白贈何昌浩詩繫年》一文（載《文學遺産》二〇一〇年第二期）。宋若思於至德二載（七五七年）以御史中丞身份出任宣歙採訪使兼宣城郡太守，其時李白因從永王璘事身陷囹圄，宋若思將白營救出獄，並使參謀幕府。何昌浩其時亦在宋幕，李白得與之結識，詩向其傾吐懷抱終生的功業抱負，實即表白入永王軍的初衷。

鼓吹入朝曲

《樂府詩集·鼓吹曲辭》有南朝齊謝朓《齊隨王鼓吹曲》十首，其四爲《入朝曲》，云：「江南佳麗地，金陵帝王州。逶迤帶緑水，迢遞起朱樓。飛甍夾馳道，垂楊蔭御溝。凝笳翼高蓋，疊鼓送華輈。獻納雲臺表，功名良可收。」此蓋擬作，以言時事。

金陵控海浦〔一〕，渌水帶吴京〔二〕。鐃歌列騎吹〔三〕，颯沓引公卿〔四〕。搥鐘速嚴妝，伐鼓啟重城〔五〕。天子憑玉几，劍履若雲行。日出照萬户，簪裾爛明星。朝罷沐浴閑〔六〕，遨遊閬風亭〔七〕。濟濟雙闕下〔八〕，歡娱樂恩榮。

【注釋】

〔一〕海浦，通海之口，此指長江。

〔二〕吴京，指金陵。三國吴都在金陵。

〔三〕王注：「《宋書》：《鼓吹曲》曰《鐃歌》。《樂府詩集》：漢有《朱鷺》等二十二曲列於鼓吹，謂之《鐃歌》。《宋書》：《建初録》云：《務成》、《黄爵》、《玄雲》、《遠期》皆《騎吹曲》，非《鼓吹曲》。此則列於殿庭者爲《鼓吹》，今之從行鼓吹曰《騎吹》。」

〔四〕颯沓，衆盛貌。鮑照《詠史》詩：「賓御紛颯沓，鞍馬光照地。」

〔五〕嚴妝，亦曰嚴裝，整齊裝束。《後漢書·清河孝王慶傳》：「每朝謁陵廟，常夜分嚴裝，衣冠待明。」搥鐘、伐鼓，古時朝暮以鐘鼓報時，所謂晨鐘暮鼓也。

〔六〕沐浴，洗髮濯身，此指休假。沈約《酬謝宣城朓》：「晨趨朝建禮，晚沐卧郊園。」

〔七〕閶風亭，《郡國志》：「潤州覆舟山有閶風亭。」潤州治所在丹徒，即今江蘇鎮江市。

〔八〕王注：「《六朝事跡》：建康縣北五里有二石闕，在臺城之門南，高五丈，廣三丈六寸，梁武帝所造。及成，朝士銘之。時陸倕字佐公，其文甚佳，士流推服。《景定建康志》、《南朝宫苑記》曰：晉元帝於宫前立闕，衆議未定，王導指牛頭山爲天闕，不别立闕。宋孝武大明七年，於博望梁山立雙闕。梁置石闕在端門外，陸倕爲銘。」

【集説】

蕭云：《鼓吹入朝曲》即漢《短簫鐃歌》二十二曲中之《鼓吹曲》也。太白命題添入朝字，或者諷永王入朝而作。

朱諫云：此詩乃假樂府之題以詠六朝之事，蓋白遊金陵之時而作也。（《李詩選注》）

王云：此篇蓋擬六朝人之作，故以金陵吴京爲辭。蕭氏以爲諷永王入朝而作，則天子當在長安，與金陵吴京何預？而朝罷遨遊之地亦不當在閶風亭矣。其説非是。

詹鍈云：詩云：「金陵控海浦，渌水帶吴京。」蓋太白初遊金陵，緬懷往事而作。

【按】

諸説似皆未當。此詩當與白本年《爲宋中丞請都金陵表》有關。《表》中有句云：「伏惟陛下……去扶風萬有一危之近邦，就金陵太山必安之成策。」又云：「以征則兵强，以守則國富，横制八極，克復兩京。俗畜來蘇之歡，人多傒后之望。」此詩蓋懸想遷都金陵之後，天子安居、臣庶歡娱之景。雖擬謝朓舊題而非無謂之作。因繫於此。

陪宋中丞武昌夜飲懷古

本年秋作於宋若思軍幕。武昌，唐時爲鄂州（江夏郡）屬縣，故址在今湖北鄂城縣。

清景南樓夜，風流在武昌。庾公愛秋月，乘興坐胡床〔一〕。龍笛吟寒水，天河落曉霜。我心還不淺，懷古醉餘觴。

【注釋】

〔一〕庾公，謂庾亮，東晉大臣。《世説·容止》：「庾太尉在武昌，秋夜氣佳景清，佐吏殷浩、王胡之之徒登南樓理詠。音調始遒，聞函道中有屐聲甚厲，定是庾公。俄而率左右十許人步來，諸賢欲起避之。公徐曰：『諸君少住，老子於此處興復不淺。』因便據胡床，與諸人詠謔，竟坐，甚得任樂。」此以擬宋若思。胡床，可摺迭之椅。

涇溪南藍山下有落星潭可以卜築余泊舟石上寄何判官昌浩

李白本年秋離開宋若思軍幕後，有涇縣之行，流連於涇溪，萌生於此卜築煉丹之想，並寄詩邀何昌浩前來此地。

藍岑聳天壁，突兀如鯨額。奔蹙橫江潭，勢吞落星石〔一〕。沙帶秋月明，水摇寒山碧。佳境宜緩棹〔二〕，清輝能留客。恨君阻歡遊，使我自驚惕〔三〕。所期俱卜築，結茅鍊金液。

【注釋】

〔一〕鯨額，喻山勢高聳。奔蹙，山勢逶迤如奔走狀。落星石，潭邊巨石。

〔二〕緩棹，停船。

〔三〕驚惕，心神不寧。

【按】

李白在宋若思幕中曾代宋擬《爲宋中丞自薦表》，上奏朝廷。表上不報，李白可能預感朝廷將降罪於己，遂離開宋幕，前往宿松山中躲避。到宿松前，曾往涇溪一遊。

贈閭丘宿松

本年秋作於宿松。宿松，屬淮南道舒州，即今安徽宿松縣。白本年《贈張相鎬二首》其一云：「卧病宿松山，蒼茫空四鄰。」宋若思脱白獄，白在宋幕，作《爲宋中丞自薦表》。表上，不報，或懼復罹禍，乃離宋若思幕至宿松，卧病當係托辭。詳見《贈張相鎬二首》。閭丘宿松，蓋爲宿松縣令，復姓閭丘者，名字不詳。

阮籍爲太守，乘驢上東平。剖竹十日間，一朝風化清〔一〕。偶來拂衣去，誰測主人情？夫子理宿松，浮雲知古城。掃地物莽然〔二〕，秋來百草生。飛鳥還舊巢，遷人返躬耕〔三〕。何慚宓子賤〔四〕？不減陶淵明〔五〕。吾知千載後，卻掩二賢名。

【注釋】

〔一〕阮籍，魏晉間名士，竹林七賢之一。《世説·任誕》劉孝標注引《文士傳》曰：「籍放誕有傲世情，不樂仕宦。晉文帝親愛籍，恒與談戲，任其所欲，不迫以職事。籍常從容曰：『平生曾遊東平，樂其土風，願得爲東平太守。』文帝説，從其意。籍便騎驢徑到郡，皆壞府舍諸壁障，使内外相望，然後教令清寧。十餘日，便復騎驢去。」剖竹，古時以竹爲符證，剖而爲二，授官時，一與其人，一留官府。謝靈運《過始寧墅》：「剖竹守滄海。」

〔二〕掃地，此謂破壞無餘。《文選》揚雄《羽獵賦》：「軍驚師駭，刮野掃地。」李善注：「言殺獲皆盡，野地似乎掃刮也。」莽然，草深貌。

〔三〕遷人，遷徙流散之人。

〔四〕宓子賤，名不齊，春秋魯人，孔子弟子。性仁愛，曾爲單父宰，身不下堂，鳴琴而治，孔子美之。事見《論語·公冶長》、《吕氏春秋·察賢》。

〔五〕陶淵明，晉宋間詩人，名潛。《宋書·陶潛傳》：「復爲鎮軍、建威參軍。謂親朋曰：『聊欲絃歌，以爲三徑之資，可乎？』執事者聞之，以爲彭澤令。公田悉令吏種秫稻，妻子固言種秔，乃使二頃五十畝種秫，五十畝種秔。」以上二句謂閭丘仁愛似宓子賤，簡疏好飲不減陶淵明。

贈閭丘處士

處士，隱居不仕之人。與上篇之閭丘非一人。南唐沈汾《續仙傳》：「隱化者二十人中，有閭丘方遠，字大方，舒州宿松人也。」或即此人歟？姑繫於此。

賢人有素業，乃在沙塘陂〔一〕。竹影掃秋月，荷衣落古池。閑讀《山海經》〔二〕，散帙卧遥帷〔三〕。且耽田家樂，遂曠林中期〔四〕。野酌勸芳酒，園蔬烹露葵〔五〕。如能樹桃李〔六〕，爲我結茅茨〔七〕。

【注釋】

〔一〕素業，《顔氏家訓·勉學》：「有志尚者，遂能磨礪以就素業。」盧文弨補注：「素業，清素之業。」沙塘陂，王注：「《江南通志》：沙塘陂，在宿松城外，唐閭丘處士築别業於此，李太白有詩贈之云云。」

〔二〕《山海經》，《漢書·藝文志》列入《數術略·形法》類，十三篇。初見於《史記·大宛傳論》，未言作者。今本十八篇，卷首有劉歆校上奏，稱爲夏禹、伯益所作。不可信。大約成書於戰國，又經秦漢，有所增删。書中記述各地山川、道里、部族、物産、祭祀、醫巫、原始風俗，往往參雜怪異，保存遠古神話及原始資料甚多。

〔三〕帙，書套。書一函亦稱一帙。散帙，謂開卷。

〔四〕林中，猶林下，隱士聚散之處。

〔五〕露葵，菜蔬名。《本草綱目》卷十六：「葵，一名露葵，今謂之滑菜。古人以爲常饌，四時皆可食。六、七月種者爲秋葵，八、九月種者爲冬葵，正、二月種者爲春葵。有紫莖、白莖二種，大葉小花，花紫黄色，其實大如指頭，皮薄而扁。今人不復食，種者亦鮮。」

〔六〕樹桃李，謂交結友朋也。白開元十四年《少年行》云：「赤心用盡爲知己，黄金不惜栽桃李。桃李栽來幾度春，一回花落一回新。」即此意。

〔七〕茅茨，《漢書·司馬遷傳》：「堯舜茅茨不翦。」顔師古注：「屋蓋曰茨，茅茨，以茅覆屋也。」

贈張相鎬二首

兩宋本、繆本、王本題下俱注云：「時逃難病在宿松山作。」其二，兩宋本、繆本、咸本題下注云：「一作《書懷重寄張相公》。」張鎬，博州人。涉獵經史，好談王霸大略，廓落有大志。玄宗幸蜀，鎬徒步扈從。肅宗即位，玄宗遣鎬至鳳翔行在所，奏議多有弘益，拜諫議大夫，尋遷中書侍郎、同中書門下平章事。至德二載八月，肅宗以鎬有文武才，命兼河南節度使、都統淮南等道諸軍事。兩京收復，加鎬銀青光禄大夫，封南陽郡公。兩《唐書》均有傳。《通鑑·唐紀》至德二載十月：「張鎬聞睢陽圍急，倍道亟進，檄浙東、浙西、淮南、北海諸節度及譙郡太守閭丘曉，使共救之。」詩當作於其時。

神器難竊弄，天狼窺紫宸〔一〕。六龍遷白日〔二〕，四海暗胡塵。昊穹降元宰，君子方經綸〔三〕。澹然養浩氣，歘起持大鈞〔四〕。秀骨象山岳，英謀合鬼神。佐漢解鴻門，生唐爲後身〔五〕。擁旄秉金鉞〔六〕，伐鼓乘朱輪〔七〕。虎將如雷霆，總戎向東巡。諸侯拜馬首〔八〕，猛士騎鯨鱗。澤被魚鳥悦，令行草木春。聖智不失時〔九〕，建功及良辰。醜虜安足紀？可貽幗與巾〔一〇〕。倒瀉溟海珠，盡爲入幕珍〔一一〕。馮異獻赤伏〔一二〕，鄧生欻來臻〔一三〕。庶同昆陽舉，再睹漢儀新〔一四〕。昔爲管將鮑，中奔吴隔秦〔一五〕。一生欲報主，百代期榮親。其事竟不就，哀哉難重陳。卧病宿松山〔一六〕，蒼茫空四鄰。風雲激壯志，枯槁驚常倫〔一七〕。聞君自天來，目張氣益振。亞夫得劇孟〔一八〕，敵國空無人。捫虱對桓公〔一九〕，願得論悲辛。大塊方噫氣，何辭鼓青蘋〔二〇〕？斯言儻不合，歸老漢江濱。

【注釋】

〔一〕神器，天子之位。紫宸，天子所居。天狼，即天狼星。詳見天寶十一載《登邯鄲洪波臺置酒觀發兵》詩注。二句謂安禄山反。

〔二〕六龍，日御，此指帝駕。句謂玄宗幸蜀。

〔三〕昊穹，蒼天。元宰，首宰也，謂張鎬。經綸，整理絲縷，引申爲籌劃治理國家大事。

〔四〕欻起，遽起。大鈞，重任。二句謂張鎬以布衣入仕而位至宰相。《舊唐書·張鎬傳》：「天寶末，……自褐衣拜左拾遺。……鎬自入仕凡三年，致位宰相。」

〔五〕二句以漢張良喻張鎬。鴻門事見本年《送張秀才謁高中丞》詩注。

〔六〕旄，飾以旄牛尾之旗。鉞，古兵器，狀如斧，後特以爲儀仗。此以旄鉞代軍權。《三國志·蜀書·蜀後主傳》裴松之注引劉禪三月詔：「今授之以旄鉞之重，付之以專命之權。」

〔七〕伐鼓，《詩·小雅·采芑》：「伐鼓淵淵。」鄭玄箋：「謂戰時進士衆也。」朱輪，即朱軒，古代王侯所乘之車。《文選》楊惲《報孫會宗書》：「惲家方隆盛時，乘朱輪者十人，位在列卿，爵爲通侯。」李善注：「二千石皆得乘朱輪。」

〔八〕諸侯，指各路節度使。以上六句，寫張鎬率兵救睢陽一事。

〔九〕聖智，大智。

〔一〇〕幗巾，頭巾，婦人髮飾。《通鑑·魏紀》明帝青龍二年：「司馬懿與諸葛亮相守百餘日，亮數挑戰，懿不出，亮乃遺懿巾幗婦人之服。」

〔一一〕入幕，《晉書·郗超傳》：「謝安與王坦之嘗詣桓温議事，温令郗超帳中卧聽之。風動帳開，安笑曰：『郗生可謂入幕之賓矣。』」後因稱參與機秘之人爲入幕賓。獨孤及《張公鎬遺愛碑》：「慎選乃僚，必國之良，有若博陵崔賁、昌黎韓洄、趙郡李惟岳、北海王士華、河間邢宙、河東裴秀智、隴西李道，皆卿材也，以嘉言碩畫參公軍事。」二句謂賢才盡爲張鎬所延攬。

〔一二〕馮異，東漢初潁川父城（今河南寶豐縣）人，字公孫。新莽時任郡掾，後歸劉秀。劉秀爲蕭王時，在中山，群臣上尊號，秀不從，問計於異，異贊同之。秀稱夢乘赤龍上天，會諸生彊華自長安奉赤伏符來，遂即皇帝位。事見《後漢書·光武帝紀》。赤伏，即赤伏符，參見開元十八年《讀諸葛武侯傳書贈長安崔少府叔封昆季》詩注。

〔一三〕鄧生，謂鄧禹，東漢初南陽新野（今河南新野縣）人，字仲華。幼與劉秀相善，劉起兵討王莽，鄧來歸。《後漢書》有傳。

〔一四〕昆陽，漢縣名，即今河南葉縣。漢更始元年，劉秀大破新莽兵四十二萬於昆陽，事見《漢書·王莽傳》。《後漢書·光武帝紀》：「時三輔吏士東迎更始，見諸將過，皆冠幘，而服婦人衣諸於繡緥，莫不笑之，或有畏而走者。及見司隸僚屬，皆歡喜不自勝，老吏或垂涕曰：『不圖今日復見漢官威儀！』」以上四句，以光武中興喻唐室再造。

〔一五〕管鮑，謂管仲、鮑叔牙，詳見本年《箜篌謡》詩注。二句謂其往昔與鎬相善如管鮑，中道分離，一在東南，一在長安。

〔一六〕宿松，今安徽宿松縣。參見上篇注。

〔一七〕枯槁，言其病衰。常倫，即倫常，此處指親友。

〔一八〕亞夫，漢將周亞夫。劇孟，漢時大俠。詳見開元十九年《梁甫吟》詩注。

〔一九〕捫虱，用晉桓温見王猛事。詳見至德元載《贈韋秘書子春》詩注。

〔二〇〕《莊子·齊物論》：「夫大塊噫氣，其名爲風。」宋玉《風賦》：「風生於地，起於青蘋之末。」二句以風喻鎬，自擬青蘋，願得其揄揚超拔。

其　二

本家隴西人，先爲漢邊將〔一〕。功略蓋天地，名飛青雲上。苦戰竟不侯，當年頗惆悵〔二〕。

世傳崆峒勇〔三〕，氣激金風壯。英烈遺厥孫，百代神猶王〔四〕。十五觀奇書，作賦凌相如。龍顔惠殊寵，麟閣憑天居〔五〕。晚途未云已，蹭蹬遭讒毁。想像晉末時，崩騰胡塵起〔六〕。衣冠陷鋒鏑〔七〕，戎虜盈朝市。石勒窺神州〔八〕，劉聰劫天子〔九〕。撫劍夜吟嘯，雄心日千里。誓欲斬鯨鯢，澄清洛陽水。六合灑霖雨，萬物無凋枯。我揮一杯水，自笑何區區〔一〇〕。因人恥成事〔一一〕，貴欲决良圖。滅虜不言功，飄然陟方壺〔一二〕。惟有安期舄，留之滄海隅〔一三〕。

【注釋】

〔一〕隴西，郡名，秦置，治所狄道，在今甘肅臨洮縣南。按，李陽冰《草堂集序》：「李白字太白，隴西成紀人，凉武昭王暠九世孫。」范傳正《唐左拾遺翰林學士李公新墓碑》云：「公名白，字太白，其先隴西成紀人。……凉武昭王九代孫也。」白以漢李廣爲其遠祖，廣爲隴西成紀人，故云。以下六句，即叙李廣事。

〔二〕《史記·李將軍列傳》：「廣嘗與望氣王朔燕語曰：『自漢擊匈奴，而廣未嘗不在其中。而諸部校尉以下，材能不及中人，然以擊胡軍取侯者數十人，而廣不爲後人，然無尺寸之功以得封侯者，何也？豈吾相不當侯也？且固命也？』」

〔三〕崆峒，山名，在今甘肅平凉市西。《爾雅·釋地》：「崆峒之人武。」郭璞注：「地氣使之然也。」

〔四〕王，旺。神旺，精神健旺。

〔五〕麟閣，即麒麟閣，漢代閣名，在長安未央宫中，爲皇家藏書處。此處代翰林院。憑，依、近也。二句言天寶初待詔翰林時受玄宗寵遇。

〔六〕西晉懷帝永嘉四年，匈奴貴族劉淵死，子聰繼立。次年聰遣石勒攻滅晉軍十餘萬人於苦縣寧平城，俘殺晉太尉王衍等。同年劉曜率兵破洛陽，俘懷帝，縱兵燒掠，殺王公士民三萬餘人。

〔七〕衣冠，古代士以上戴冠，衣冠連稱，引申爲世族、士紳。

〔八〕石勒，東晉初元帝時十六國後趙建立者，先爲漢國劉淵部將。參見至德元載《經亂後將避地剡中留贈崔宣城》詩注。

〔九〕劉聰，十六國漢國劉淵子，繼淵立。永嘉五年，劉聰陷洛陽，俘晉懷帝，以懷帝爲會稽公。事見《晉書·孝懷帝紀》。以上二句以晉末之亂喻禄山之亂。

〔一〇〕區區，弱小也。二句意謂以一杯水而欲灑霖雨，何其小也。

〔一一〕句謂恥於因人成事也。《史記·平原君列傳》：「毛遂曰：『公等碌碌，所謂因人成事者也。』」

〔一二〕方壺，海上仙山。《列子·湯問》：「勃海之東不知幾億萬里，……其中有五山焉：一曰岱輿，二曰員嶠，三曰方壺，四曰瀛州，五曰蓬萊。」殷敬順《釋文》云：「方壺，一曰方丈。」

〔一三〕安期，即安期生，道教仙人。詳見天寶元年《遊泰山六首》詩注。王注：「《南方草木狀》：番禺東有澗，澗中生菖蒲皆一寸九節，安期生採服仙去，但留玉舄焉。」

獨漉篇

《獨漉篇》，《樂府詩集·舞曲歌辭》名。晉古辭云：「獨漉獨漉，水深泥濁。泥濁尚可，水深殺我。雍雍雙雁，遊戲田畔。我欲射雁，念子孤散。翩翩浮萍，得風遥輕。我心何合？與之同并。空床低幃，誰知無人？夜衣錦繡，誰别僞真？刀鳴削中，倚床無施。父冤不報，欲活何爲？猛虎班班，遊戲山間。虎欲齧人，不避豪賢。」《樂府詩集》引《南齊書·樂志》曰：「古辭《明君曲》後云：『勇安樂，無慈不問清與濁。清與無時濁，邪交與獨禄。』《伎録》曰：『求禄求禄，清白不濁。清白尚可，貪汙殺我。』晉歌爲鹿字，古通用也。疑是風刺之辭。」白此篇爲擬作，是以古題寫其身世，當作於本年秋卧病宿松時。蕭云：「《獨漉篇》即《拂舞歌》五曲中之《獨禄篇》也。特太白集中禄字作漉字，其間命意造辭亦摹倣規擬。但古詞爲父報仇，太白言爲國雪恥耳。」王云：「樂府諸書亦有引古詞作獨鹿者，亦有作獨漉者，是禄、鹿、漉古者通用，非始於太白也。」

獨漉水中泥〔一〕，水濁不見月。不見月尚可，水深行人没〔二〕。越鳥從南來，胡雁亦北度。我欲彎弓向天射，惜其中道失歸路〔三〕。落葉别樹，飄零隨風。客無所託，悲與此同。羅帷舒卷，似有人開。明月直入，無心可猜。雄劍挂壁，時時龍鳴〔四〕。不斷犀象〔五〕，繡澀苔生。國恥未雪，何由成名〔六〕？神鷹夢澤，不顧鴟鳶。爲君一擊，鵬摶九天〔七〕。

【注釋】

〔一〕獨漉，王注：「劉履曰：獨漉，疑地名。琦按：上谷郡涿州有地名獨鹿，一名濁鹿者是也。又小網名罜麗，《荀子》作獨鹿，《成相》辭曰：恐爲子胥身離凶，進諫不聽，剄而獨鹿棄之江。楊倞注：《國語》曰：鳥獸成，水蟲孕，水虞於是禁罝罜麗。賈云：罜麗，小罟也。或謂此未可知。」

〔二〕以上四句規擬古辭，以狀其處境險惡艱危。

〔三〕以上四句似叙其從璘不果。陳沆《詩比興箋》云：「越鳥四句言（李）希言等自南來，而璘兵亦欲北渡，中道相逢，本非仇敵，縱彎弓射殺之，亦止自傷其類，無濟於我。」

〔四〕雄劍，春秋時干將爲吴王闔閭造劍兩枚，雄曰干將，雌曰莫邪。《太平御覽》卷三四四《拾遺記》：「顓頊高陽氏有畫影劍、騰空劍，若四方用兵，此劍則飛赴，指其方則剋。未用時，在匣中常如龍虎吟。」二句以良劍龍鳴喻其才幹不爲時用。

〔五〕斷犀象，言劍之利。《文選》曹植《七啟》：「步光之劍，華藻繁縟，陸斷犀象，未足稱儁。」李周翰注：「言劍之利也，犀象之獸，其皮堅。」

〔六〕國恥，謂禄山之亂。

〔七〕《太平廣記》卷四六〇引《幽明録》：「楚文王好獵，有人獻一鷹，王見其殊常，故爲獵於雲夢之澤。毛群羽族，争噬共搏。此鷹瞪目，遠瞻雲際。俄有一物，鮮白不辨，其鷹竦翮而升，矗若飛電，須臾羽墮如雪，血下如雨。良久有大鳥墜地，其兩翅廣十餘里，喙邊有黄，衆莫能知。時有博物君知曰：『此大鵬雛也。』文王乃厚賞之。」蕭云：「此比興之意，謂士之用世，當爲國雪耻，立大功以成名，如神鷹之不顧凡鳥，而但擊九天之鵬也。」

【集説】

王云：此詩依約古辭，當分六解。解各一意，峰斷雲連，似離似合，其體固如是也。若强作一意釋去，更無是處。

沈德潛云：晉人古詞，本或斷或續，太白亦以此體仿之。中三解未易窺測，恐强解之轉成穿鑿耳。（《唐詩别裁》）

又云：原詞爲父報仇，太白爲國雪耻。中作六解，似嶺斷雲連，若離若合，不能强作一意。「雄劍挂壁」以下，言豪士爲國雪耻，當立大功以成名，猶鷹之不顧凡鳥而擊九天之鵬也。（同前）

陳沆云：此篇自昔付之不解。今觀「國耻未雪」等語，蓋亦從永王時，欲其爲國雪大耻，而不欲其與李希言尋小隙也。《新唐書》言璘引舟師東下，甲士五千趨廣陵，然未敢顯言取江左。會吴郡採訪使李希言平牒璘，大署其名，璘怒，遣兵襲之，於是江淮驚動。明年，官兵集廣陵以拒璘，璘將季廣琛謂諸將曰：『上皇播遷，道路不通，而諸子無賢於王者，如總江淮鋭兵，長驅雍洛，大功可成。今乃不然，使吾等挂叛黨乎？』此詩亦猶是也。越鳥四句言希言等自南來，而璘兵亦欲北渡。中道相逢，本非仇敵，縱彎弓射殺之，亦止自傷其類，無濟於我。下云「神鷹夢澤，不顧鴟鳶」，亦是此意。總言小人之嫌之不足校，當如鵬摶九天，破賊立勳，報國雪恥，此則大可奮勉者也。中間落葉八句，寓無聊依人之感，蓋本知其不足大與有爲，而又念其帝胄至親，似無可猜之道也。集中《在水軍宴贈幕府諸侍御》詩曰：「胡沙驚北海，電掃洛陽川。……所翼旄頭落，功成追魯連。」與此篇正相表裏。合而觀之，太白望璘之心，昭若日月矣。（《詩比興箋》）

【按】

陳沆説不無可取之處，然謂此詩是白諫永王不與李希言兵校則失其旨。詩云：「落葉别樹，飄零隨風。」當是實景摹寫，不作於永王軍中甚明。詩蓋作於本年秋白卧病宿松時。先是，雖經崔涣及宋若思爲白推覆洗雪，然宋若思之薦表寂無音訊，朝廷於白之態度晦莫能明。白懼從璘之禍再發，感前途之危險，因有此憂憤惝恍之詞。

避地司空原言懷

本年冬作於司空原。司空原，即司空山，在今安徽岳西縣西，北去宿松縣二百餘里。

南風昔不競〔一〕，豪聖思經綸。劉琨與祖逖，起舞雞鳴晨。雖有匡濟心，終爲樂禍人〔二〕。我則異於是，潛光皖水濱〔三〕。卜築司空原，北將天柱鄰〔四〕。雪霽萬里月，雲開九江春。俟乎太階平〔五〕。然後託微身。傾家事金鼎〔六〕，年貌可長新。所願得此道，終然保清真。

弄景奔日馭，攀星戲河津〔七〕。一隨王喬去，長年玉天賓〔八〕。

【注釋】

〔一〕《左傳》襄公十八年：「晉人聞有楚師，師曠曰：『不害，吾驟歌北風，又歌南風，南風不競，多死聲，楚必無功。』」杜預注：「歌者吹律以詠八風，南風音微，故曰不競也。」王注：「太白借用作晉朝南渡，兵力不競解。」

〔二〕劉琨，字越石。祖逖，字士稚。皆西晉名將。《晉書·祖逖傳》：「（逖）與司空劉琨俱爲司州主簿，情好綢繆，共被同寢，中夜聞荒雞鳴，蹴琨覺曰：『此非惡聲也。』因起舞。」劉琨爲并州刺史，與劉聰、石勒等混戰，兵敗，投幽州段匹磾，被殺。祖逖主北伐，後東晉内亂，祖憂憤而死。樂禍人，語出《晉書》論贊，此謂劉、祖明知北伐爲禍而樂爲之也。二句暗寓其從璘罹禍之感慨。

〔三〕潛光，猶言隱名匿跡。皖水，源出大别山，經岳西、潛山、懷寧等縣流入長江。

〔四〕卜築，擇地建屋。天柱，天柱山，在舒州懷寧縣，即今潛山縣境内，與司空山南北相對。王注引《江南通志》：「其峰最高，突出衆山之上，峭拔如柱。」

〔五〕太階，即泰階，星名，又稱三台，有三階，三階平則天下太平。

〔六〕金鼎，《文選》江淹《别賦》：「鍊金鼎而方堅。」李善注：「鍊金爲丹之鼎也。」

〔七〕景同影。日馭即日御。河津，天河之津。二句謂得道後遨遊太空，與日月星辰爲伍。

〔八〕王喬，仙人名。玉天，道家所謂之天界。

【集説】

詹鍈云：詩云：「雪霽萬里月，雲開九江春。」當是（乾元元年）初春之作。司空原去宿松不遠，太白所以避地該處者，蓋亦爲永王事所累，其後則終不免於長流夜郎耳。

【按】

「雲開九江春」句似非初春即景，否則與「雪霽」一句字面抵牾。玩此兩句，當是詩人想象中司空原冬春之佳景。其後「傾家事金鼎」云云，亦是虚擬中之隱居生活，非實寫。

江上望皖公山

皖公山，在今安徽潛山縣。王注：「《江南通志》：皖山一名皖公山……與潛山、天柱山相連，三峰鼎峙，爲長淮之軒蔽，空青積翠，萬仞如翔，仰摩層霄，俯瞰曠野，瑰奇秀麗，不可名狀。」

奇峰出奇雲，秀木含秀氣。清宴皖公山〔一〕，巉絶稱人意〔二〕。獨遊滄江上，終日淡無味。但愛兹嶺高，何由討靈異？默然遥相許，欲往心莫遂。待吾還丹成，投跡歸此地。

【注釋】

〔一〕清宴，《漢書・揚雄傳》：「於是天清日晏。」顔師古注：「晏，無雲也。」宴，通晏。

〔三〕王注：「陸游《入蜀記》：北望，正見皖山。太白《江上望皖公山》詩：『巉絶稱人意。』巉絶二字，不刊之妙也。」

【按】

此詩所言心事同上篇。皖公山又地近司空原，因繫二詩於一處。

八荒馳驚飈 古風其四十五

八荒馳驚飈〔一〕，萬物盡凋落。浮雲蔽頹陽，洪波振大壑〔二〕。龍鳳脱罔罟〔三〕，飄颻將安託？去去乘白駒，空山詠場藿〔四〕。

【注釋】

〔一〕八荒，八方荒遠之地。飈，疾風。

〔二〕大壑，《莊子·天地》：「夫大壑之爲物也，注焉而不滿，酌焉而不竭。」陸德明《音義》：「大壑，東海也。」《列子·湯問》：「渤海之東不知幾億萬里，有大壑焉。實惟無底之谷，其下無底，名曰歸墟。八紘九野之水，天漢之流，莫不注之，而無增無減焉。」二句以喻時局之動盪不定。

〔三〕罔罟，即網罟，捕魚之具。比喻牢獄。

〔四〕《詩·小雅·白駒》：「皎皎白駒，食我場苗。」毛傳：「宣王之末，不能用賢，賢者有乘白駒而去者。」《白駒》次章云：「皎皎白駒，食我場藿。」毛傳：「藿猶苗也。」

【集説】

蕭云：此詩前指禄山之亂，乘輿播遷，天下驚擾。後言己之罹難，脱身羈囚，無所依託也。然太白亦人中之豪，時君卒不能用之，惟有詠白駒之詩以自遣耳。

詹鍈云：按詩云「龍鳳脱罔罟……」蓋以出獄之後無所依託，乃思出世耳。非以世亂而隱也。《贈張相鎬》詩云：「捫虱對桓公，願得論悲辛。……斯言倘不合，歸老漢江濱。」張鎬既不用之，故太白乃以求出世自解。

運速天地閉　擬古其六

本年冬作。繫年從詹説。

運速天地閉〔一〕，胡風結飛霜。百草死冬月，六龍頽西荒〔二〕。太白出東方〔三〕，彗星揚精光〔四〕。鴛鴦非越鳥，何爲眷南翔？惟昔鷹將犬，今爲侯與王。得水成蛟龍，争池奪鳳凰〔五〕。北斗不酌酒，南箕空簸揚〔六〕。

【注釋】

〔一〕運速，謂四時運行之疾。天地閉，《易·乾》：「天地閉，賢人隱。」孔穎達《正義》：「謂二氣不相交通，天地否閉，賢人潛隱。」

〔二〕六龍，日神乘車，駕以六龍。詳見開元十九年《蜀道難》詩注。西荒，西方極遠之地。以上四句以時令喻時局。

〔三〕《漢書·天文志》：「太白……出東方，失其行，中國敗。」

〔四〕古人謂彗星見則兵起、大水，光芒所及則爲災。王注：「《唐書》：乾元三年四月丁巳，有彗星見於東方，在婁、胃間。色白，長四尺，東方疾行，歷昴、畢、觜觿、參、東井、輿鬼、柳、軒轅，至右執法西，凡五旬餘不見。閏四月辛酉朔，有彗星出於西方，長數丈，至五月乃滅。婁爲魯，胃、昴爲趙，觜觿、參爲唐，東井、輿鬼爲京師分，柳其半爲周分。二彗仍見者，薦禍也。」按，王注誤，詳見集説引詹鍈説。

〔五〕鳳凰，即鳳凰池，指中書省。詳見本年《賦得鶴送史司馬赴崔相公幕》詩注。

〔六〕《詩·小雅·大東》：「惟南有箕，不可以簸揚。惟北有斗，不可以挹酒漿。」按，《大東序》云：「刺亂也。」太白用《大東》成句，其意亦在刺時世之亂而賢不得用。

【集説】

蕭云：此篇當是太白從永王璘時，嘗作詩諷王勤王，而王不從，知王不足以有爲，故作是詩也。「運速天地閉」，喻明皇晚年賢人隱而群小用事也。「胡風結飛霜」，喻禄山兵叛也。「百草死冬月」，喻人民遭殺戮也。「六龍頹西荒」，喻明皇西幸也。「太白出東方，彗星揚精光」，喻兵星除舊布新也。「鴛鴦非越鳥，何爲眷南翔」，謂王原非南人，何爲眷眷於南方也。「惟昔鷹將犬，今爲侯與王。得水成蛟龍，争池奪鳳凰」，喻起於行伍而能立功者，已致高位也。今卒伍之徒能立功者尚致高位，王何喻王終不足與有爲，如北斗之空有斗名，而不可以挹酒漿，南箕之空有簸名，而終不可以簸揚也。眷眷然擁兵南方，翱翔江上，而不爲勤王之舉，以立功名取爵位也哉？「北斗不酌酒，南箕空簸揚」，

王云：「運速天地閉」，喻國家否運之至，如四時將終之時，天地之氣亦爲之閉塞不通。「胡風結飛霜」，喻禄山起兵爲害。「百草死冬月」，喻人民遭亂而死。「六龍頽西荒」，喻明皇西幸蜀中。「太白出東方，彗星揚精光」，謂仰觀天象，昭昭可察，災害不知何日可除。「鴛鴦非越鳥，何爲眷南翔」，謂己非南人，而向南奔走。疑太白於此時偕婦同行，故用鴛鴦爲喻。此詩其作於流夜郎之前耶？「惟昔鷹將犬，今爲侯與王」，謂出身微劣，不過效鷹犬之用，而能得尺寸之功以致身高位者多也。「得水成蛟龍」，謂將帥郭子儀、李光弼一流。「争池奪鳳凰」，謂宰相房琯、張鎬一流。「北斗不酌酒，南箕空簸揚」，傷己無人薦達，如彼天星中之北斗，雖有斗名，而不可用之以酌酒。南箕雖有箕名，而不可用之以簸揚米穀。徒有高才，不爲人用，其自悲之意深矣。蕭氏以爲太白從永王時作詩諷其勤王而王不從，故作是詩者，非也。

詹鍈云：王注：「運速天地閉喻國家否運之至。……」據此當是太白流夜郎以前所作，但《王譜》繫此詩上元元年下，并注云：「……乾元三年（即上元元年）四月丁巳，有彗星見於東方，凡五旬餘，閏四月滅，正是時事。此詩爲是年之作。」則竟在流夜郎之後矣，前後矛盾，足證其疏。……按詩言「太白出東方」，與《王譜》引《唐書》所云「彗星見於東方」者不合。且詩中又云：「百草死冬月，六

龍頹西荒。」明是玄宗西幸未返以前之冬月所作，與乾元三年四五月見彗星之季節亦不合。且屆乾元三年，玄宗返兩京即將三載，太白亦斷不致無所聞也。按《新唐書·天文志》：「至德二載七月己西，太白晝見經天，至於十一月戊午不見，歷秦周楚鄭宋燕之分。」所謂「太白出東方」者指此。又「至德二載十一月壬戌有流星大如斗東北流，長數丈，蛇行屈曲，有碎光迸出。」此即所謂「彗星揚精光」也。此詩之作當在至德二載十一月頃。

上皇西巡南京歌十首

上皇，謂玄宗。天寶十五載（至德元載）六月，安禄山兵破潼關，玄宗西幸。七月，太子李亨即位於靈武，是爲肅宗，尊玄宗爲上皇天帝。至德二載十月，肅宗還長安，遣使迎玄宗。十二月丁未（初四），玄宗還長安，戊午（十五日）以蜀都（成都）爲南京，鳳翔爲西京，西京（長安）爲中京。此詩當作於本年十二月末。

胡塵輕拂建章臺〔一〕，聖主西巡蜀道來。劍壁門高五千尺，石爲樓閣九天開〔二〕。

【注釋】

〔一〕建章臺，漢長安有建章宫，宫有建章臺，武帝時建，此代唐苑。

〔二〕二句謂劍門山。山在今四川劍閣縣北，爲由秦入蜀必經之地。有劍門七十二峰，峭壁中斷，兩崖相嵌，形似劍門，故名。

其　二

九天開出一成都〔一〕，萬户千門入畫圖。草樹雲山如錦繡，秦川得及此間無〔二〕？

【注釋】

〔一〕成都，即今四川成都市。唐貞觀中分置蜀縣。歷爲蜀郡、益州治所。

〔二〕秦川，泛指秦嶺以北、渭河流域，以春秋、戰國時地屬秦國而得名。此指長安一帶。句謂秦川不及成都。

其　三

華陽春樹似新豐〔一〕，行入新都若舊宫。柳色未饒秦地緑，花光不減上陽紅〔二〕。

【注釋】

〔一〕華陽，古地名。《華陽國志·蜀志》：「地稱天府，原曰華陽。」任乃强注：「此原指高山平原與河谷平原，包括四川盆地與漢中盆地。」因在華山之陽而得名。王注：「或以《唐書·地理志》蜀都有華陽縣，有新都縣，爲實指二縣而云，不知華陽縣舊名蜀縣，至乾元二年始更名，至德中尚無此稱，而新都以舊宫相比，則非實指二縣可知。」此指蜀地。新豐，漢縣名，治所在今陝西臨潼縣東北。《西京雜記》卷二：「太上皇徙長安，居深宫，悽愴不樂。高祖竊因左右問其故，以平生所好皆屠販少年，酤酒賣餅，鬬雞蹴鞠，以此爲歡。今皆無此，故以不樂。高祖乃作新豐，移諸故人實之，太上皇乃悦。」蕭注：「肅宗即位靈武，尊明皇爲太上皇，故用此事。」

〔三〕上陽，即上陽宫，在洛陽，高宗時建。二句意謂蜀地與兩京不相上下。

其四

誰道君王行路難？六龍西幸萬人歡〔一〕。地轉錦江成渭水〔二〕，天迴玉壘作長安〔三〕。

【注釋】

〔一〕六龍，六馬，《周禮·夏官·廋人》：「馬八尺以上爲龍。」皇帝車駕以六馬，因稱六龍。

〔二〕錦江，在成都南。渭水，在長安北。

〔三〕玉壘，山名，在今四川灌縣，成都西北百里。

其五

萬國同風共一時〔一〕，錦江何謝曲江池〔二〕？石鏡更明天上月〔三〕，後宫親得照蛾眉。

【注釋】

〔一〕同風，謂俗好相同。《漢書·終軍傳》：「今天下爲一，萬里同風。」

〔二〕曲江池，水名，即曲江，在今西安市東南。秦爲宜春苑，漢爲樂遊原，有水流曲折，故稱。隋文帝時更名芙蓉園，唐復名曲江。開元中更加疏鑿，爲長安士庶中和、上巳等盛節遊賞勝地。句謂錦江較之曲江毫不遜色也。

〔三〕石鏡，《華陽國志·蜀志》：「武都有一丈夫化爲女子，美而艷，蓋山精也。蜀王納爲妃，不習水土，欲去。王必留之，乃爲《東平之歌》以樂之。無幾物故。蜀王哀念之，乃遣五丁之武都爲妃作冢，蓋地數畝，高七丈，上有石鏡，今成都北角武擔是也。」《華陽國志》劉琳校注云：「《御覽》等書引《蜀王本紀》謂石鏡『徑一丈，高五尺』，《寰宇記》卷七十二則云『厚五寸，徑五尺』。」

其六

濯錦清江萬里流〔一〕，雲帆龍舸下揚州〔二〕。北地休誇上林苑，南京還有散花樓〔三〕。

【注釋】

〔一〕王注：「岷江過成都爲錦江，至三峽爲峽江，至漢口爲漢江，至揚州爲揚子江，東流入海。《漢書·地理志》：《禹貢》：岷山在西徼外，江水所出，東南至江都入海。過郡七，行二千六百六十里。此云萬里者，蓋侈言其流之遠耳。」今按，錦江爲岷江分支下游至成都一段之别稱。古人沿《禹貢》説，以岷江爲長江源，故錦水得稱萬里流。

〔二〕龍舸，首及兩旁畫龍之大舟。

〔三〕上林，漢長安宫苑名。散花樓，在成都，隋末蜀王楊秀所建。

其七

錦水東流繞錦城〔一〕，星橋北挂象天星〔二〕。四海此中朝聖主，峨眉山上列仙庭。

【注釋】

〔一〕錦城，成都別稱，詳見開元八年《登錦城散花樓》詩注。

〔二〕王注：「蜀郡有七橋：直西門郫江中冲治橋，西南石牛門曰市橋，城南曰江橋，南渡流曰萬里橋，西上曰夷里橋，亦曰笮橋，從冲治橋西出折曰長昇橋，郫江上西有永平橋。長老傳言：李冰造七橋，上應七星。」

其八

秦開蜀道置金牛〔一〕，漢水元通星漢流〔二〕。天子一行遺聖跡〔三〕，錦城長作帝王州。

【注釋】

〔一〕《水經注·沔水》：「《本蜀論》：秦惠王欲伐蜀而不知道，作五石牛，以金置尾下，言能屎金。蜀王負力，令五丁引之，成道。秦使張儀、司馬錯尋路滅蜀，因曰石牛道。」

〔二〕王注：「《韻會》：漢水出興元府嶓冢山，至漢陽爲漾水，至武都爲漢水，一名沔水。《地理今釋》：漾水出今陝西漢中府寧羌州北嶓冢山，東至漢中府南鄭縣南爲漢水。『漢水元通星漢流』者，言其所出高遠，如從星漢而來，即『水從銀漢落』及『黄河之水天上來』意也。」

〔三〕蕭注：「一行，僧也。唐史載玄宗狩蜀至成都，過此問橋名，左右對曰：萬里橋。上因嘆曰：開元末僧一行謂朕曰：更二十年國有難，陛下當遠遊至萬里之外。此是也。由是駐蹕成都。一行讖之，明皇實之，故遺此聖跡也。」王注：「興元府，即今漢中府，爲自秦入蜀咽喉要道。金牛峽，在沔縣西一百七十里，是五丁開道引石牛之處。嶓冢山，在沔縣西一百二十里，爲漢水發源之所，皆屬漢中地。首二句用此，見蜀地自昔與中國隔遠，未嘗爲帝王巡幸，以反起下文，今得天子一行，遂成都邑之美也。一行，猶一遊、一豫之意。舊注以僧一行奏讖語『當行萬里』事解之，非是。」王説是。

其　九

水淥天青不起塵，風光和暖勝三秦〔一〕。萬國烟花隨玉輦〔二〕，西來添作錦江春。

【注釋】

〔一〕三秦，《三輔黄圖》卷一：「項籍滅秦，分其地爲三：以章邯爲雍王，都廢丘；司馬忻爲塞王，都櫟陽；董翳爲翟王，都高奴，謂之三秦。」後泛指關中之地。

〔二〕烟花，春景也。

其十

劍閣重關蜀北門，上皇歸馬若雲屯〔一〕。少帝長安開紫極〔二〕，雙懸日月照乾坤〔三〕。

【注釋】

〔一〕雲屯，謂馬之衆。庾信《哀江南賦》：「梯衝舞亂，冀馬雲屯。」

〔二〕少帝，謂肅宗李亨。紫極，謂帝王宫殿。《文選》潘岳《西征賦》：「厭紫極之閑敞。」李善注：「紫極，星名，王者因宫以象之。」

〔三〕雙懸日月，謂玄宗與肅宗。據史，至德元載七月，肅宗即位靈武，尊玄宗爲上皇天帝。二載九月，長安收復，十月，東京收復。十月，肅宗自鳳翔還長安，十二月，玄宗自蜀還長安，故云「雙懸日月」。

【集説】

唐汝詢云：夫玄宗棄國出奔，太白乃盛稱蜀中之美。西巡果盛事乎？「猗嗟」譏莊而贊其藝，「副笄」刺宣而美其容，太白雖爲亡國諱，而亡國之恥，正在言表。（《唐詩解》）

【按】

《通鑑·唐紀》肅宗至德二載十二月：玄宗抵長安時，「父老在仗外，歡呼且拜，上令開仗，縱千餘人入謁上皇，曰：『臣等今日復睹二聖相見，死無恨矣。』」《舊唐書·玄宗紀》：「丁未，至京師，文武百僚、京城士庶夾道歡呼，靡不流涕。即日御大明宫之含元殿，見百僚，上皇親自撫問，人人感咽。」同書《肅宗紀》：「自開遠門至丹鳳門，旗幟燭天，綵棚夾道，士庶舞忭路側，皆曰：『不圖今日再見二聖！』百僚班於含元殿庭，上皇御殿，左相苗晉卿率百辟稱賀，人人無不感咽。」經二三年之變亂，兩京淪陷，群臣倉皇出走，人民陷於水火，今日乃得復返長安，宜乎士庶歡欣之極。《上皇西巡南京歌》情緒正同乎此。白雖曾多次諷刺玄宗，抨擊朝政，并無「時日曷喪」之心，開元之「朗月」固未嘗或忘。尤以安史亂中九死一生之餘，白痛感肅宗之刻薄寡恩，益念玄宗當年恩遇之隆，故當玄宗即將駕返之際，遂竭力以頌之。頌玄宗，實則怨肅宗也。然於頌揚之際，竟使「西巡」成爲盛事，自後世觀之，誠矯飾也，故唐汝詢疑其以美爲刺。唯有置此詩於當時背景之下，乃知并無諷刺之意。《詩》云：「周原膴膴，堇荼如飴。」白之此詩，亦猶是也。

流夜郎聞酺不預

據《舊唐書·肅宗紀》，至德二載十二月戊午（十五日），下制大赦，改蜀郡爲南京、賜酺五日。夜郎，縣名，唐貞觀十六年置，屬黔中道珍州，在今貴州正安縣西北。酺，聚飲也。此詩當作於判流之後，首途之前。

北闕聖人歌太康〔一〕，南冠君子竄遐荒〔二〕。漢酺聞奏鈞天樂〔三〕，願得風吹到夜郎。

【注釋】

〔一〕北闕，指朝廷。詳見天寶二年《宮中行樂詞八首》注。太康，謂太平安樂。《詩·唐風·蟋蟀》：「無已太康。」

〔二〕南冠君子，罪囚。詳見至德元載《萬憤詞投魏郎中》詩注。遐荒，遠方荒僻之地。

〔三〕漢酺，漢時之酺。此以漢代唐。《漢書·文帝紀》：「賜酺五日。」顏師古注：「酺之爲言布也，王德布於天下，而合聚飲食爲酺。」鈞天樂，天庭仙樂。《列子·周穆王》：「王實以爲清都、紫微、鈞天、廣樂，帝之所居。」張湛注：「清都、紫微，天帝之所居也。傳記云：秦穆公疾不知人，既寤，曰：我之帝所甚樂，與百神遊鈞天廣樂，九奏萬舞，不類三代之樂，其聲動心。」

【集説】

詹鍈云：《新唐書·肅宗紀》：「至德二載十二月，賜民酺五日。」按至德二載白尚未流夜郎，此詩蓋乾元元年春間所作。蓋至是時賜酺之事始聞於南也。

【按】

白乾元二年赦還後，詩中言及流放事，多稱「三年」。如：「萬里南遷夜郎國，三年歸及長風沙。」（《江上贈竇長史》）「賈誼三年謫。」（《田園言懷》）由本年至乾元二年，合首尾計之，適爲三年。白之判流，當在本年十二月之前。郭沫若《李白杜甫年表》云「白被定罪長流夜郎」在本年十一月，差是。十二月戊午（十五）長安賜酺，歲内消息或可至江南。

乾元元年（即至德三載，二月改元。七五八年）　李白五十八歲

竄夜郎於烏江留别宗十六璟

本年春作於潯陽。此烏江，在潯陽，白流夜郎，自潯陽首途。宗璟，白妻宗氏之弟。

君家全盛日，台鼎何陸離〔一〕。斬鰲翼媧皇，鍊石補天維〔二〕。一迴日月顧，三入鳳凰池〔三〕。失勢青門傍，種瓜復幾時〔四〕？猶會衆賓客，三千光路歧。皇恩雪憤懣，松柏含榮滋〔五〕。我非東床人〔六〕，令姊忝齊眉〔七〕。浪跡未出世，空名動京師〔八〕。適遭雲羅解，翻謫夜郎悲〔九〕。拙妻莫邪劍，及此二龍隨〔一〇〕。慚君湍波苦，千里遠從之〔一一〕。白帝曉猿斷〔一二〕，黄牛過客遲〔一三〕。遥瞻明月峽〔一四〕，西去益相思。

【注釋】

〔一〕台鼎，舊稱三公爲台鼎，如星之有三台，鼎之有三足。蔡邕《太尉汝南李公碑》：「天垂三台，地建五岳，降生我哲，應鼎之足。」陸離，美盛貌。按，宗璟之祖宗楚客在武后與中宗時，曾三次拜相，故云。

〔二〕《淮南子·覽冥》：「往古之時，四極廢，九州裂，天不兼覆，地不周載。……於是女媧鍊五色石

以補蒼天，斷鰲足以立四極。」翼，輔也。媧皇指武則天。二句謂宗楚客於武后有輔翼之功。

〔三〕鳳凰池，指中書省，詳見至德二載《送史司馬赴崔相公幕》詩注。日月，喻武后。宗楚客曾坐贓流嶺外，尋赦還，大得幸，三爲相。二句即指此事。

〔四〕《三輔黄圖》卷一：「長安城東出南頭第一門霸城門，民見門色青，名曰青城門，或曰青門。門外舊出佳瓜。廣陵人邵平，爲秦東陵侯，秦破爲布衣，種瓜青門外，瓜美，故時人謂之東陵瓜。」按：宗楚客以跡附韋后，韋后敗，被殺。兩句即言宗氏失勢。

〔五〕二句言宗氏失勢未久，得以昭雪。王注：「按《唐書·宗楚客本傳》及《宰相表》，楚客，……蒲州人，武后從姊子。長六尺八寸，明皙美鬚髯。進士及第，累遷户部侍郎。坐贓流嶺外，歲餘得還。神功元年六月，由尚方少監檢校夏官侍郎、同鳳閣鸞臺平章事。聖曆元年正月，罷爲文昌左丞，爲武懿宗所劾，貶播州司馬。稍爲豫州長史，遷少府少監，岐、陝二州刺史。長安四年三月，復以夏官侍郎同鳳閣鸞臺平章事。七月坐事貶原州都督。神龍初，爲太僕卿。武三思引爲兵部尚書。景龍元年九月，同中書門下三品。韋后、安樂公主親賴之，尋遷中書令。韋氏敗，與誅。《傳》又言其冒於權利，外附韋氏，内蓄逆謀，故卒以敗。其行跡若此，乃太白有『斬鰲翼媧皇，鍊石補天維』之褒；誅後亦未聞放罪之辭，贈葬之典，乃太白有『皇恩雪憤懣，松柏含榮滋』之美，在詩人固多溢頌之辭，又爲親者諱，不得不然。若深叙情親，少序家世，更爲得體矣。」

〔六〕《世説·雅量》：「郗太傅在京口，遣門生與王丞相書求女婿，丞相語郗信：『君往東廂任意選之。』門生歸白郗曰：『王家諸郎亦皆可嘉，聞來覓婿，咸自矜持，惟有一郎在東床上坦腹卧，如不聞。』郗公曰：『此正好。』訪之，乃是逸少，因嫁女與焉。」

〔七〕齊眉，《後漢書·梁鴻傳》：「（鴻）每歸，妻爲具食，不敢於鴻前仰視，舉案齊眉。」後以齊眉喻夫婦和好。

〔八〕二句言其天寶初待詔翰林事。

〔九〕雲羅，密羅如雲。二句謂己始脱獄又遭流放。

〔一〇〕《吴越春秋》卷四：「莫耶，干將之妻也。干將作劍，采五山之鐵精，六合之金英，候天伺地，陰陽同光，百神臨觀，天氣下降，而金鐵之英不銷淪流。於是干將不知其由。……莫耶曰：『夫神物之化，須人而成。今夫子作劍，得無得其人而後成乎？』干將曰：『昔吾師作冶，金鐵之類不銷，夫妻俱入冶爐中，然後成物。至今後世即山作冶，麻絰葌服，然後敢鑄金於山。今吾作劍不變化者，其若斯也。』莫耶曰：『師知爍身以成物，吾何難哉？』於是干將妻乃斷髮剪爪，投於爐中，使童男女三百人鼓橐裝炭，金鐵乃濡，遂以成劍。陽曰干將，陰曰莫耶。」二龍，指干將、莫耶二劍，詳見開元十九年《梁甫吟》詩注。按，觀此二句，白妻宗氏亦爲白送别。

〔一一〕郭沫若云：「宗璟是李白的妻弟，（白）長流夜郎時，水程送了他一千里。」（《李白與杜甫》）今按，詩題既曰留别，宗璟斷不會相送千里。從疑爲送，以音近而誤，是宗璟遠道來烏江相送也。

〔一二〕白帝，地名，在今四川奉節縣城東瞿塘峽口。詳見開元十三年《荆州歌》注。

〔一三〕黄牛，山名，在今湖北宜昌市西北八十里，峙江而立，亦稱黄牛峽。詳見本年《上三峽》詩注。

〔一四〕明月峽，在今四川巴縣西北。《太平御覽》卷五三李膺《益州記》：「峽前南岸壁高四十丈，其壁有圓孔，形若滿月，因以爲名。」

【集説】

王云：唐淮南道有烏江縣，隸和州歷陽郡。按《潯陽記》載九江之名，一曰烏白江，三曰烏江。張須元《緣江圖》載九江之名，四曰烏土江，六曰白烏江。《太平寰宇記》引《潯陽記》云：九江在潯陽。去州五里，名曰烏江，是大禹所疏。知此詩所謂烏江，指潯陽江耳，非和州之烏江縣也。

【按】

白本年《流夜郎至西塞驛寄裴隱》詩云：「烏去天路長，人愁春光短。」西塞山在潯陽西武昌（今湖北鄂城縣）東，可知白流夜郎首途時間在本年春。

流夜郎贈辛判官

辛判官，名字不詳。白本年《流夜郎永華寺寄潯陽群官》云：「賢豪滿行舟，賓散予獨醉。」辛或即潯陽群官之一，曾在潯陽相送，白以此詩贈之。

昔在長安醉花柳，五侯七貴同杯酒〔一〕。氣岸遥凌豪士前〔二〕，風流肯落他人後？夫子紅顔我少年，章臺走馬著金鞭〔三〕。文章獻納麒麟殿，歌舞淹留玳瑁筵〔四〕。與君自謂長如此，寧知草動風塵起？函谷忽驚胡馬來〔五〕，秦宫桃李向胡開〔六〕。我愁遠謫夜郎去，何日金鷄放赦回〔七〕？

【注釋】

〔一〕五侯，公、侯、伯、子、男五等諸侯。《左傳》僖公四年：「昔召康公命我先君太公曰：五侯九伯，女實征之，以夾輔周室。」又，同時封侯五人者得稱五侯：漢成帝河平二年封舅王譚平阿侯，王商成都侯，王立紅陽侯，王根曲陽侯，王逢時高平侯。五人同日封，時人謂之五侯。見《漢書·元后傳》。東漢外戚梁冀之子胤、叔父讓及親從淑、忠、戟皆封侯，稱梁氏五侯。見《後漢書·梁冀傳》。東漢桓帝封宦者單超、徐璜、具瑗、左琯、唐衡五人爲侯，亦稱五侯。見《後漢書·單超傳》。七貴，西漢時以外戚把持朝政之七人，稱爲七貴。《文選》潘岳《西征賦》：「窺七貴於漢廷。」李善注：「七姓謂吕、霍、上官、趙、丁、傅、王也。」又，隋末稱段達、王世充、元文都、盧楚、皇甫無逸、郭文懿、趙長文爲七貴。見《北史·隋越王侗傳》。此處五侯、七貴均泛稱權貴。

〔二〕氣岸，傲岸不羈之氣概。

〔三〕章臺，宫名，秦建，在長安，以宫内有章臺而名。臺下有街名章臺街。此代指長安街市。

〔四〕麒麟殿，漢長安未央宫中殿名，藏秘書。《三輔黄圖》卷三：「未央宫有麒麟殿。」此代翰林院。玳瑁筵，以玳瑁裝飾坐具之宴席。《初學記》卷十引劉楨《瓜賦序》：「有象牙之席，重玳瑁之筵。」

〔五〕函谷，關名，戰國秦置，因關在谷中，深險如函得名。關在今河南靈寶縣東北。

〔六〕楊注：「桃李指公卿歸禄山也。」蕭注：「子見（按，楊齊賢字）以桃李向明開爲公卿歸禄山，非也。太白詩意是指同時儕類如辛判官之輩因兵興之際，不次被用，爲人桃李，我獨遭謫也。向明者，向陽花木之義。」胡，王本作明，明字於義不妥。據兩宋本、繆本、胡本改。

〔七〕金鷄，古時大赦時所置。《新唐書·百官志》：「赦日，樹金鷄於仗南，竿長七丈，有鷄高四尺，黄金飾首，銜絳幡，長七尺，承以彩盤，維以絳繩。」

流夜郎永華寺寄潯陽群官

永華寺，在潯陽西。

朝别凌烟樓〔一〕，暝投永華寺。賢豪滿行舟，賓散予獨醉。願結九江流，添成萬行淚。寫意寄廬岳〔二〕，何當來此地。天命有所懸，安得苦愁思？

【注釋】

〔一〕凌烟樓，在潯陽，南朝宋臨川王劉義慶爲江州刺史時所造。鮑照有《凌烟樓銘并序》紀其事。

〔二〕廬岳，廬山，此指群官所在之潯陽。

雙燕離

《雙燕離》，《樂府詩集・琴曲歌辭》名。《初學記》卷十六引《琴歷》曰：「琴曲有……《雙燕離》。」似是白流夜郎與其妻宗氏離別之作，因繫於此。

雙燕復雙燕，雙飛令人羨。玉樓珠閣不獨棲，金窗繡户長相見。柏梁失火去，因入吴王宫〔一〕。吴宫又焚蕩，雛盡巢亦空。憔悴一身在，孀雌憶故雄。雙飛難再得，傷我寸心中。

【注釋】

〔一〕柏梁，漢長安臺名。《三輔黄圖》卷五：「柏梁臺，武帝元鼎二年春起。此臺在長安城中北闕内。《三輔舊事》云：『以香柏爲梁也，帝嘗置酒其上，詔群臣和詩，能七言詩者乃得上。』」二句似述其待詔翰林被讒出京後乃入永王幕事。

【集説】

蕭云：此篇其太白自嗟之作乎？首四句是喻其待詔金鑾得幸時也。柏梁失火，喻遭讒放還時也。中三句喻從永王璘，璘敗以累遭責時也。末四句是白嗟嘆之語，謂放逐之餘思君而不得再見，安得不爲之傷心乎？

詹鍈云：詩云：「柏梁失火去，因入吴王宫。吴宫又焚蕩，雛盡巢亦空。」即《上崔相百憂章》所謂「星離一門，草擲二孩」之意。又云：「憔悴一身在，孀雌憶故雄。雙飛難再得，傷我寸心中。」疑是太白流夜郎別妻宗氏有感而作。

流夜郎至西塞驛寄裴隱

本年暮春作。西塞驛，當在西塞山。西塞山在今湖北鄂城縣東八十餘里。裴隱，事跡不詳。

揚帆借天風，水驛苦不緩〔一〕。平明及西塞，已先投沙伴〔二〕。迴巒引群峰，橫蹙楚山斷。砯衝萬壑會，震沓百川滿〔三〕。龍怪潛溟波，候時救炎旱。我行望雷雨，安得霑枯散〔四〕？鳥去天路長，人愁春光短。空將澤畔吟，寄爾江南管〔五〕。

【注釋】

〔一〕苦，甚詞也。苦不緩猶言甚不緩。

〔二〕投沙，用漢賈誼被棄爲長沙王太傅事。詳見天寶十三載《贈崔秋浦》詩注。王注：「裴隱疑亦當時逐臣，故用賈誼投沙事。」今按，詳此句，似另有一逐臣與白同行而白先至西塞驛，故云。此逐臣當非裴隱。

〔三〕砯，音烹，水擊山巖聲。震沓，衆水洶涌貌。

〔四〕據「砯衝」二句可知其時并無旱災，「炎旱」、「雷雨」云云，皆非實指，乃喻朝廷恩澤久盼不至。

枯散，枯木散材，無用之人，白自喻。

〔五〕澤畔吟，《楚辭・漁父》：「屈原既放，遊於江潭，顔色憔悴，形容枯槁。」此喻愁苦之作。江南管，謝朓《夜聽妓》詩：「要取洛陽人，共命江南管。」又謝靈運《道路憶山中》詩：「殷勤訴危柱，慷慨命促管。」二謝詩中之管皆指樂器而言。末二句意謂：朝廷恩澤難期，唯有愁苦之作寄與江南故人付之管絃也。

與史郎中欽聽黄鶴樓上吹笛

本年五月長流途中作於江夏。史郎中，名欽，事跡不詳。欽，宋乙本、繆本作飲。

一爲遷客去長沙〔一〕，西望長安不見家。黄鶴樓中吹玉笛，江城五月落梅花〔二〕。

【注釋】

〔一〕遷客，被竄謫之人。去長沙，用漢賈誼事。

〔二〕落梅花，即《梅花落》。《樂府詩集》：「《梅花落》，本笛中曲也。」

【集説】

王堯衢云：望長安而懷故國，旅思凄然，何堪又聞哀響！（《唐詩合解》）

《唐宋詩醇》云：凄切之情，見於言外，有含蓄不盡之致。至於落梅笛曲點用入化，論者乃紛紛争論梅之落與不落，豈非痴人前不得説夢耶？

張相公出鎮荆州尋除太子詹事余時流夜郎行至江夏與張公相去千里公因太府丞王昔使車寄羅衣二事及五月五日贈余詩余答以此詩

本年夏作於江夏。張相，即張鎬，至德初位至中書侍郎、同中書門下平章事。《舊唐書·張鎬傳》："肅宗以鎬不切事機，遂罷相位，授荆州大都督府長史。……尋徵爲太子賓客。"太子賓客，東宫屬官，詩題曰太子詹事，有誤。太府丞，太府寺屬官，王昔即其人。使車，使者所乘之車。

張衡殊不樂，應有《四愁詩》〔一〕。慚君錦繡段，贈我慰相思〔二〕。鴻鵠復矯翼，鳳凰憶故池〔三〕。榮樂一如此，商山老紫芝〔四〕。

【注釋】

〔一〕張衡，東漢文學家，有《四愁詩》。《文選·四愁詩序》："張衡不樂久處機密，陽嘉中，出爲河間相。……時天下漸弊，鬱鬱不得志，爲《四愁詩》。"此以張衡擬張鎬。

〔二〕張衡《四愁詩》："美人贈我錦繡段。"

〔三〕鳳凰池，謂中書省。詳見至德二載《送史司馬赴崔相公幕》詩注。二句切張鎬罷中書侍郎事。

〔四〕商山，在今陜西商縣東南，漢初東園公等四皓隱居於此。《樂府詩集·琴曲歌辭》載四皓《采芝操》：「曄曄紫芝，可以療飢。」按，《唐六典》卷二六：「太子賓客。漢高祖欲廢太子，吕后用張良計，致商山四皓以爲賓客。」太子賓客與太子詹事俱正三品，而詹事僅一人，賓客置四人，義本此。白以四皓擬張鎬，應已知其爲太子賓客而非太子詹事。則詩題中之太子詹事，或傳抄之誤歟？

題江夏修静寺

王本題下注云：「原注：此寺是李北海舊宅。」

我家北海宅〔一〕，作寺南江濱。空庭無玉樹，高殿坐幽人〔二〕。書帶留青草〔三〕，琴堂冪素塵〔四〕。平生種桃李，寂滅不成春〔五〕。

【注釋】

〔一〕北海，謂李邕。邕曾爲北海太守。詳見開元八年《上李邕》及天寶八載《答王十二寒夜獨酌有懷》詩注。

〔二〕玉樹，佳樹，此代李邕，譽其風姿超美。《世説·容止》：「魏明帝使后弟毛曾與夏侯玄共坐，時人謂蒹葭倚玉樹。」幽人，隱士，此處指僧人。二句謂邕死後，舊宅易爲寺院。

〔三〕《三齊記略》：「鄭康成居不其城南山中教授，山下草如薤葉，長尺餘，人號康成書帶草。」

〔四〕冪，音覓，覆也。

〔五〕種桃李，謂廣交友朋。二句謂邕平生廣交而死後寂寞無聞，傷知音之難得也。

【集説】

詹鍈云：《王譜》於天寶六載下附考云：「是年六月，杖殺北海太守李邕、淄川太守裴敦復，白……有《題江夏修静寺》詩，蓋傷邕也。係是時以後之作。」按自天寶六載以後，太白惟本年（按即乾元元年）逗留江夏較久，似是流夜郎至江夏時作。

流夜郎至江夏陪長史叔及薛明府宴興德寺南閣

長史，郡守之佐。長史及薛明府名字均不詳。

紺殿横江上〔一〕，青山落鏡中。岸迴沙不盡，日映水成空。天樂流香閣，蓮舟颺晚風。恭陪竹林宴〔二〕，留醉與陶公〔三〕。

【注釋】

〔一〕紺，青紅色。紺殿，謂寺院。

〔二〕竹林宴，用晉阮咸與叔父阮籍同遊竹林事。見《晉書·阮籍傳》。

〔三〕陶公，謂陶淵明。陶曾爲彭澤令。此以擬薛明府。

望鸚鵡洲懷禰衡

鸚鵡洲，在漢陽西南長江中，今已不存。乃黄祖殺禰衡處。或云黄祖殺禰衡，埋於此洲。衡嘗爲《鸚鵡賦》，故名。禰衡，漢末名士。詩悼禰衡亦復自傷。

魏帝營八極，蟻觀一禰衡。黄祖斗筲人，殺之受惡名〔一〕。吴江賦鸚鵡，落筆超群英〔二〕。鏘鏘振金玉，句句欲飛鳴。鷙鶚啄孤鳳〔三〕，千春傷我情。五岳起方寸，隱然詎可平〔四〕？才高竟何施？寡識冒天刑〔五〕。至今芳洲上，蘭蕙不忍生。

【注釋】

〔一〕魏帝，謂魏武帝曹操。禰衡，漢末文學家，字正平。黄祖，劉表部將，任江夏太守。斗筲，容器，喻人器量狹小。禰衡少有才辯，而尚氣剛傲。建安初，來許昌，曹操欲見之，衡自稱狂疾，不肯往。曹聞衡善擊鼓，乃召爲鼓吏。衡乃布衣、疏巾，持三尺棁杖，坐曹營門，以杖箠地大罵。曹怒，而不欲殺之，遣人送劉表。衡復慢於表，表不能容，以江夏太守黄祖性急，故送衡至祖所。卒爲祖所殺。事見《後漢書·禰衡傳》。

〔二〕《後漢書·禰衡傳》：「（黄）祖長子射爲竟陵太守，尤善於衡。……射時大會賓客，人有獻鸚鵡者，射舉卮於衡曰：『願先生賦之，以娱嘉賓。』衡攬筆而作，文無加點，辭采甚麗。」

〔三〕鷙鶚，猛禽。喻黄祖。孤鳳，喻禰衡。

〔四〕隱然，傷痛也。詎，豈也。

〔五〕天刑，謂朝廷之法憲。

【集説】

嚴羽云：才高識寡，斷盡禰衡。（《嚴羽評點李集》）

沈德潛云：曹操送之劉表，劉表送之黄祖，祖乃殺之，固三人之不能容物，而衡之恃才漫駡，有以自取也。（《唐詩别裁》）

高步瀛云：此以正平自況，故極致悼惜，而沉痛語以駿快出之，自是太白本色。起二句言正平輕魏武，鷙鶚比黄祖，孤鳳比正平，才高寡識，用孫登謂嵇康之言，乃痛惜相憐之詞，激起末句言芳草亦不忍生也。若以寡識爲譏正平之短，則與上句不相應，且與結句之意亦不合矣。（《唐宋詩舉要》）

【按】

嚴、沈二説大誤，高説近之，然亦有未妥處。首二句，非言正平輕魏武，乃言魏武輕正平，然意在譏魏武之不能容物。才高、寡識云云，亦是此意，皆反話正説，借古諷今。

泛沔州城南郎官湖 并序

本年秋八月作於漢陽。沔州，屬淮南道，州治在漢陽，即今湖北武漢市漢陽。郎官湖，原名南湖，在今漢陽城内東南隅，明正德以後漸涸，僅同溝洫。

乾元歲秋八月，白遷於夜郎，遇故人尚書郎張謂出使夏口〔一〕。沔州牧杜公、漢陽宰王公觴於江城之南湖〔二〕，樂天下之再平也。方夜水月如練，清光可掇，張公殊有勝概，四望超然，乃顧白曰：「此湖，古來賢豪遊者非一，而枉踐佳景，寂寥無聞。夫子可爲我標之嘉名，以傳不朽。」白因舉酒酹水〔三〕，號之曰郎官湖，亦由鄭圃之有僕射陂也〔四〕。席上文士輔翼、岑静以爲知言，乃命賦詩紀事，刻石湖側，將與大别山共相磨滅焉〔五〕。

張公多逸興，共泛沔城隅。當時秋月好，不減武昌都〔六〕。四坐醉清光，爲歡古來無。郎官愛此水，因號郎官湖。風流若未減，名與此山俱〔七〕。

【注釋】

〔一〕張謂，唐詩人。《唐詩紀事》卷二十五：「謂，登天寶二年進士第。奉使長沙，嘗作《長沙風土記》。……大曆間爲禮部侍郎，典七年、八年、九年貢舉。」《唐才子傳》卷四：「謂，字正言，河内人也。少讀書嵩山，清才拔萃，泛覽流觀，不屈於權勢，自矜奇骨，必談笑封侯。二十四受辟，從戎營、朔十載，亭障間稍立功勳。以將軍得罪，流滯薊門。有以非辜雪之者，累官爲禮部侍郎。無幾何，出爲潭州刺史。性嗜酒，簡談，樂意湖山。工詩，格度嚴密，語致精深，多擊節之音。」傅璇琮《唐代詩人叢考·張謂考》於《唐才子傳》所記多所補正，可參看。尚書郎，尚書各部有侍郎、郎中等官，均可稱尚書郎。夏口，即鄂州，晉、宋間爲江夏郡治所，唐武德四年改爲鄂州。此處係沿用舊稱。

〔二〕牧，州刺史。宰，縣令。杜公、王公名字皆不詳。

〔三〕酹，以酒沃地而祭。

〔四〕鄭圃，指管城縣之李氏陂。管城唐時屬鄭州，故稱。《元和郡縣志》河南道鄭州管城縣：「李氏陂，縣東四里，後魏孝文帝以此陂賜僕射李冲，故俗呼爲僕射陂，周迴十八里。」

〔五〕大別山，《元和郡縣志》江南道沔州漢陽縣：「魯山，一名大別山，在縣東北一百步。其山前枕蜀江，北帶漢水。」

〔六〕用東晉庾亮武昌賞月事，詳見至德二載《陪宋中丞武昌夜飲懷古》詩注。王注：「武昌，孫權嘗建都於此，故曰武昌都。」今按，魏黄初二年孫權改鄂縣（即今湖北鄂城縣）置武昌，遷都於此。後還都建業。同年，孫權分江夏、豫章、廬陵三郡置武昌郡，治所武昌（即今湖北武漢市武昌），旋改名江夏。西晉太康初又改名武昌，隋初廢。兩武昌非一地，王注誤。

〔七〕此山，指大別山。詩人泛舟南湖，大別山即在望。

寄王漢陽

與上篇爲同時之作。王漢陽即王宰。

南湖秋月白，王宰夜相邀。錦帳郎官醉〔一〕，羅衣舞女嬌。笛聲喧沔鄂，歌曲上雲霄。別後空愁我，相思一水遥〔二〕。

【注釋】

〔一〕郎官，即張謂，詳上篇注。

〔二〕沔州即今漢陽，鄂州即今武昌，兩地相隔一江，故云。

【按】

上元元年春白有寄贈王漢陽詩多首，當爲同一人，可參看。

醉題王漢陽廳

我似鷓鴣鳥，南遷懶北飛〔一〕。時尋漢陽令，取醉月中歸。

【注釋】

〔一〕王注：「張華《禽經注》：《廣志》云：鷓鴣似雌雉，飛但徂南不北也。《異物記》云：鷓鴣白黑成文，其鳴自呼，象小雉，其志懷南不北徂也。」

送郄昂謫巴中

本年秋長流途中作於洞庭。郄，蕭本、咸本、王本俱作郗，誤。詳集説。

瑤草寒不死，移植滄江濱〔一〕。東風灑雨露，會入天地春〔二〕。予若洞庭葉，隨波送逐臣。思歸未可得，書此謝情人。

【注釋】

〔一〕二句寫郗昂之謫。瑤草，珍異之草，以喻郗昂。滄江，泛指江水，以江水呈青蒼色，故云。

〔二〕二句以皇帝恩澤普降、法令再寬安慰郗昂。

【集説】

郁賢皓云：考《元和姓纂》卷二高平金鄉郗氏：「唐庶子昂，蓋其後也。生士美。」知郄昂當作郗昂。《唐語林·政事》上，郄士美名下原注云：「本名犯文宗廟諱。」按唐文宗名昂。郗昂乃士美之父，非士美本人，《唐語林》注誤。又考《唐尚書省郎官石柱題名》司勳郎中有郗昂。《舊唐書·郗士美傳》：「父純，字高卿，爲李邕、張九齡等知遇，尤以詞學見推，與顔真卿、蕭穎士、李華皆友善。舉進士，繼以書判制策，三中高第，登朝歷拾遺、員外、郎中、諫議大夫、中書舍人。……」此郗純即郗昂，避文宗諱而改。《傳》叙其宦歷頗詳，唯不及謫巴中事。（《李白叢考》）

又云：考羊士諤有《乾元初嚴黄門自京兆少尹貶牧巴州……》詩，……按《資治通鑑》唐肅宗乾元元年：六月，「京兆尹嚴武貶巴州刺史，皆琯黨也。」嚴武貶巴州在乾元元年，郗昂貶清化尉亦當於是年。按唐清化縣屬山南西道巴州（《舊唐書·地理志》二）。故李白詩稱巴中。由此可知李白送郗昂當在乾元元年秋天，時李白正在流放途中，大約在江夏至江陵一帶遇郗昂，寫下此詩。（同前）

贈别鄭判官

本年長流途中作於荆州。鄭判官，名字不詳。

竄逐勿復哀，慚君問寒灰〔一〕。浮雲本無意，吹落章華臺〔二〕。遠别淚空盡，長愁心已摧。二年吟澤畔，憔悴幾時迴〔三〕？

【注釋】

〔一〕寒灰，冷卻之灰燼。此喻其身世及處境。

〔二〕章華臺，春秋時楚靈王造，故址在今湖北監利縣西北。

〔三〕用屈原被放行吟澤畔事，詳見本年《流夜郎至西塞驛寄裴隱》詩注。二，兩宋本、繆本俱作三。按，三年謂唐時流放之期，二年謂自上年至今年，皆通。

【集説】

詹鍈云：杜甫有《纜船苦風戲題四韻奉簡鄭十三判官》詩。黄鶴注云：「此大曆三年冬在岳州作。」疑此鄭判官即鄭十三也。

留别龔處士

作於長流途中。龔處士，名字不詳。

龔子棲閑地，都無世人喧。柳深陶令宅〔一〕，竹暗辟彊園〔二〕。我去黄牛峽，遥愁白帝猿〔三〕。贈君卷施草，心斷竟何言〔四〕？

【注釋】

〔一〕陶令，謂陶淵明。陶曾爲彭澤令。陶淵明《五柳先生傳》：「先生不知何許人也。……宅邊有五柳樹，因以爲號焉。」

〔二〕辟彊，謂東晉人顧辟彊。《世説·簡傲》：「王子敬自會稽經吴，聞顧辟彊有名園。」劉孝標注：「辟彊，吴郡人，歷郡功曹、平北將軍。」《吴郡志》卷十四：「晉辟彊園，自西晉以來傳之，池館林泉之盛，號吴中第一，晉、唐人題詠甚多，今莫知遺跡所在。」

〔三〕黄牛峽，即黄牛山，峙立江中。白帝，在今四川奉節縣東。分别詳見本年《上三峽》及開元十三年《荆州歌》詩注。二句言其流途所歷。

〔四〕卷施草，《爾雅·釋草》：「卷施草，拔心不死。」郭璞注：「宿莽也。」邢昺疏：「卷施草，一名宿莽，拔其心亦不死也。」

流夜郎題葵葉

慚君能衛足〔一〕，嘆我遠移根。白日如分照，還歸守故園〔二〕。

【注釋】

〔一〕《左傳》成公十七年：「鮑莊子之智不如葵，葵猶能衛其足。」杜預注：「葵傾葉向日，以蔽其根。」

〔二〕二句冀帝恩及己，得以赦還。

贈易秀才

本年秋作於流放途中。易秀才，名字不詳。

少年解長劍，投贈即分離〔一〕。何不斷犀象，精光暗往時〔二〕？蹉跎君自惜，竄逐我因誰？地遠虞翻老〔三〕，秋深宋玉悲〔四〕。空摧芳桂色，不屈古松姿。感激平生意，勞歌寄此辭〔五〕。

【注釋】

〔一〕用春秋吴公子季札贈劍事。二句謂其早年即與易秀才訂交。

〔二〕斷犀象，言劍之利。詳見上年《獨漉篇》詩注。瞿、朱注：「此四句蓋謂易本舊識，相别已久，仍無遇合也。」

〔三〕虞翻，三國吴臣。《三國志·吴書·虞翻傳》：「權積怒非一，遂徙翻交州。雖處罪放，而講學不倦，門徒常數百人。」

〔四〕宋玉，戰國楚臣。宋玉《九辯》：「悲哉秋之爲氣也。」

〔五〕勞歌，贈別之歌。駱賓王《贈吴七遊蜀》：「勞歌徒欲奏，贈別竟無言。」

放後遇恩不霑

本年冬十月册太子，大赦。此爲其後之作。霑，受其惠也。

天作雲與雷，霈然德澤開〔一〕。東風日本至，白雉越裳來〔二〕。獨棄長沙國，三年未許回。何時入宣室，更問洛陽才〔三〕？

【注釋】

〔一〕《易·釋》：「象曰：雷雨作。解，君子以赦過宥罪。」二句用其意。

〔二〕王注：「《史記正義》：倭國，西南大海中島居，凡百餘小國，在京師南萬三千五百里，武后改倭國爲日本國。《韓詩外傳》：成王立時，有越裳氏，重九譯而至，獻白雉。東風、白雉二句，言遠人皆蒙恩澤之意。」

〔三〕宣室，漢未央宮前殿正室。洛陽才，謂賈誼。《史記·屈原賈生列傳》：「賈生，名誼，洛陽人也。……爲長沙王太傅三年，有鴞飛入賈生舍，止於座隅。楚人命鴞曰服，賈生既以謫居長沙，長沙卑濕，自以爲壽不得長，傷悼之，乃爲賦以自廣。……後歲餘賈生徵見，孝文帝方受釐，坐宣室，因感鬼神事，而問鬼神之本。賈生具道所以然之狀。至夜半，文帝前席。既罷，曰：『吾久不見賈生，自以爲過之，今不及也。』」

【集説】

詹鍈云：《新唐書·肅宗紀》乾元元年：「十月甲辰，大赦。」《通鑑》乾元元年「十月甲辰，册太子」下《考異》引《實録》云：「可大赦天下。……其天下見禁囚徒以下罪，一切放免。」遇恩不霑者，疑指此次大赦而言。

上三峽

本年冬末長流途中作於三峽。

巫山夾青天〔一〕，巴水流若兹〔二〕。巴水忽可盡，青天無到時。三朝上黄牛，三暮行太遲。三朝又三暮，不覺鬢成絲〔三〕。

【注釋】

〔一〕巫山，在今四川、湖北兩省邊境，長江穿流其中，成爲三峽。《水經注·江水》謂「自三峽七百里中，兩岸連山，略無闕處，重巖疊嶂，隱天蔽日，自非亭午夜分，不見曦月。」

〔二〕巴水，王注：「謂三巴之水，經三峽中者而言。《太平御覽》：《三巴記》曰：閬白二水合流，自漢中至始寧城下入涪陵，曲折三回，如巴字，故曰巴江。經峻峽中，謂之巴峽，即此水也。」今按，

《三巴記》所説之巴江，即今之嘉陵江。此處巴水，當指峽中長江及四川東部流入峽中之水。

〔三〕黄牛，山名，在今湖北宜昌市西北八十里，亦稱黄牛峽。《水經注·江水》：「江水又東經黄牛山下，有灘名曰黄牛灘。南岸重嶺疊起，最外高崖間有石，色如人，負刀牽牛，人黑牛黄，成就分明，既人跡所絶，莫得究焉。此巖既高，加以江湍紆迴，雖途經信宿，猶望見此物，故行者謡曰：『朝發黄牛，暮宿黄牛，三朝三暮，黄牛如故。』言水路迂深，迴望如一矣。」

李白全集編年箋注卷十四　編年詩第十四

乾元二年（七五九年）　李白五十九歲

我行巫山渚　古風其五十八

本年初春長流途中作於巫山。

我行巫山渚，尋古登陽臺〔一〕。天空彩雲滅，地遠清風來。神女去已久，襄王安在哉？荒淫竟淪没，樵牧徒悲哀〔二〕。

【注釋】

〔一〕陽臺，即陽雲臺，在今四川巫山縣陽臺山上。相傳爲楚王夢神女處。見宋玉《高唐》、《神女》二賦。

〔二〕二句謂陽臺久已傾圮，空有樵牧之人悲歌其上。

南流夜郎寄内

本年春長流途中寄妻宗氏之作。

夜郎天外怨離居〔一〕，明月樓中音信疏。北雁春歸看欲盡，南來不得豫章書〔二〕。

【注釋】

〔一〕天外，喻極遠。按，白流夜郎而實未至夜郎，此處夜郎指長流之終極地。

〔二〕豫章，郡名，即洪州，屬江南西道。即今江西南昌市。時白妻宗氏寓於此。

憶秋浦桃花舊遊時竄夜郎

桃花春水生，白石今出没。摇蕩女蘿枝〔一〕，半挂青天月。不知舊行徑，初拳幾枝蕨〔二〕？三載夜郎還〔三〕，於兹鍊金骨〔四〕。

【注釋】

〔一〕女蘿，即松蘿，寄生於樹，其莖常自樹梢懸垂而下。

〔二〕王注：「《埤雅》：蕨初生無葉，可食，狀如大雀拳足，又如其足之蹷也，故謂之蕨。《爾雅翼》：蕨初生如小兒拳，紫色而肥。楊升庵曰：黄山谷詩：『蕨芽初長小兒拳。』以爲奇句。然太白已有『不知行徑下，初拳幾枝蕨』之句，山谷落第二義矣。」

〔三〕三載，謂其流期。《新唐書·刑法志》：「特流者三歲縱之。」

〔四〕鍊金骨，謂鍊金丹以求長生。《抱朴子·金丹》：「夫金丹之爲物，燒之愈久，變化愈妙，黄金入火，百煉不消，埋之畢天不朽。服此二藥，煉人身體，故能令人不老不死。」

早發白帝城

咸本題作《白帝下江陵》。本年三月，肅宗以關内大旱，大赦。白長流至夔州，遇赦，詩即作於遇赦還江陵時。白帝城，在夔州治城奉節東山上，東漢初公孫述所築。述自號白帝，故以爲名。

朝辭白帝彩雲間，千里江陵一日還。兩岸猿聲啼不盡〔一〕，輕舟已過萬重山。

【注釋】

〔一〕《水經注·江水》：「自三峽七百里中，兩岸連山，略無闕處，重巖疊嶂，隱天蔽日，自非亭午夜分，不見曦月。至於夏水襄陵，沿泝阻絶，或王命急宣，有時朝發白帝，暮宿江陵，其間千二百里，雖乘奔御風不以疾也。……每至晴初霜旦，林寒澗肅，常有高猿長嘯，屬引淒異，空谷傳響，哀轉久絶。故漁者歌曰：『巴東三峽巫峽長，猿鳴三聲泪沾裳。』」盡，《唐人萬首絶句選》、《唐宋詩醇》、《唐詩别裁》俱作住。瞿、朱云：「當爲後人所臆改。」是。

【集説】

楊慎云：盛弘之《荆州記》巫峽江水之迅云：「朝發白帝，暮到江陵，其間千二百里，雖乘奔御風，不以疾也。」杜子美詩：「朝發白帝暮江陵，頃來目擊信有徵。」李太白詩：「朝辭白帝彩雲間，千里江陵一日還。兩岸猿聲啼不盡，扁舟已過萬重山。」雖同用盛弘之語，而優劣自别。今人謂李杜不可以優劣論，此語亦太憒憒。白帝至江陵，春水盛時行舟，朝發夕至，雲飛鳥逝不是過也。太白述之爲韻

語，驚風雨而泣鬼神矣。（《升庵詩話》）

沈德潛云：寫出瞬息千里，若有神助。入猿聲一句，文勢不傷於直。畫家布景設色，專於此處用意。（《唐詩別裁》）

郭沫若云：在近於絶望的心境中，忽然在半途遇到大赦，李白的高興是可以想見的。……有名的七絶《早發白帝城》，唐人絶句的傑作之一，便是他興致飛颺的絶好的表現。……這首詩，有人説是開元十三年（七二五），李白初出夔門時所作，也有人説是乾元二年遇赦離白帝城東下時所作，都没有説準確。他們都忽略了第二句的一個「還」字和第四句的「已過」兩個字。那明明是遇赦東下，過了三峽，回到了荆州時做的。（《李白與杜甫》）

【按】

《新唐書·肅宗紀》乾元二年：「三月……丁亥，以旱降死罪，流以下原之。」白之遇赦當在此時。白本年所作《自漢陽病酒寄王明府》（見下篇）詩云：「今年敕放巫山陽。」巫山或爲山名，或爲縣名（即今四川巫山縣），要之，其地皆在夔州轄境内。而白流罪之開釋，亦宜在州治所在。白帝城即指夔州，白自白帝放舟東下，則不難理解矣。

自漢陽病酒歸寄王明府

赦還後作於江夏。王明府，漢陽縣令，名字不詳。白本年前後有多首寄贈王漢陽、王宰之詩，當皆一人，可參看。

去歲左遷夜郎道〔一〕，琉璃硯水長枯槁。今年敕放巫山陽，蛟龍筆翰生輝光〔二〕。聖主還聽《子虛賦》，相如卻欲論文章〔三〕。願掃鸚鵡洲〔四〕，與君醉百場。嘯起白雲飛七澤〔五〕，歌吟渌水動三湘〔六〕。莫惜連船沽美酒，千金一擲買春芳〔七〕。

【注釋】

〔一〕左遷，謂貶官也。古尊右而賤左，故貶官謂之左遷。王注：「《演繁露》：古人得罪下遷者皆曰左遷。太白無官而用左遷字，蓋借作竄逐字用。」

〔二〕句謂詩興勃起。

〔三〕聖主，謂漢武帝。相如，謂司馬相如，西漢辭賦家。《史記·司馬相如列傳》：「蜀人楊得意爲狗監侍上，上讀《子虛賦》而善之，曰：『朕獨不得與此人同時哉！』得意曰：『臣邑人司馬相如自言爲此賦。』上驚，乃召問相如，相如曰：『有是，然此乃諸侯之事，未足觀也，請爲天子遊獵賦，賦成奏之。』上許，令尚書給筆札。」二句以司馬相如自許，謂赦歸後當被肅宗大用。

〔四〕鸚鵡洲，在漢陽江中。詳見上年《鸚鵡洲懷禰衡》詩注。

〔五〕七澤，謂雲夢七澤。詳見至德二載《永王東巡歌十一首》注。

〔六〕三湘，其説不一。有以今湖南之湘潭、湘鄉、湘陰爲三湘，見《太平寰宇記·道州》。有以今湖南境内江、湘、沅三水爲三湘，見王應麟《小學紺珠·地理類·三湘五渚》。有以湘江三支流瀟湘、烝湘、沅湘爲三湘，見《湖南通志·長沙府》。有以瀟湘、資湘、沅湘爲三湘，見《湖南通志》卷末引陶澍《資江耆舊集序》。此處泛指洞庭湖南北、湘江流域。

〔七〕春芳，謂酒。唐人多稱酒爲春。《國史補》下：「酒則有郢州之富水，烏程之若下，滎陽之土窟春，富平之石凍春，劍南之燒春。」

【按】

白本年離江夏赴衡岳所作《將遊衡岳過漢陽雙松亭留別族弟浮屠談皓》詩云：「憶我初來時，蒲萄開景風。今兹大火落，秋葉落梧桐。」乃知白遇赦自江陵抵江夏之時在仲夏。以下江夏諸作，約皆作於夏秋之間。

贈王漢陽

天落白玉棺，王喬辭葉縣。一去未千年，漢陽復相見。猶乘飛鳧舄，尚識仙人面〔一〕。鬢髮何青青〔二〕，童顔皎如練。吾曾弄海水，清淺嗟三變。果愜麻姑言，時光速流電〔三〕。與君數杯酒，可以窮歡宴。白雲歸去來，何事坐交戰〔四〕？

【注釋】

〔一〕《後漢書·王喬傳》：「王喬者，河東人也。顯宗世爲葉令。喬有神術，每月朔望，常自縣詣臺朝。帝怪其來數，而不見車騎，密令太史伺望之。言其臨至，輒有雙鳧從東南飛來。於是候鳧至，舉羅張之，但得一雙舄焉。乃詔尚方診視，則四年中所賜尚書官屬履也。……後天下玉棺於堂前，吏人推排，終不動摇。喬曰：『天帝獨召我耶？』乃沐浴服飾寢其中，蓋便立覆。宿昔葬於城東，土自成墳。其夕，縣中牛皆流汗喘乏，而人無知者。百姓乃爲立廟，號葉君祠。」

〔二〕青青，黑色。

〔三〕《太平廣記》卷六十引《神仙傳》：「麻姑自説云：接待以來，已見東海三爲桑田。向到蓬萊，水又淺於往日。」

〔四〕陶淵明《詠貧士》詩：「貧富常交戰，道勝無戚顔。」

流夜郎半道承恩放還兼欣剋復之美書懷示息秀才

剋復，謂兩京收復。息秀才，名字不詳。

黄口爲人羅〔一〕，白龍乃魚服〔二〕。得罪豈怨天？以愚陷網目。鯨鯢未翦滅，豺狼屢翻覆〔三〕。悲作楚地囚，何由秦庭哭〔四〕？遭逢二明主，前後兩遷逐〔五〕。去國愁夜郎，投身竄荒谷。半道雪屯蒙〔六〕，曠如鳥出籠。遥欣剋復美〔七〕，光武安可同？天子巡劍閣，儲皇守扶風〔八〕。揚袂正北辰〔九〕，開襟攬群雄。胡兵出月窟〔一〇〕，雷破關之東〔一一〕。左掃因右拂，旋收洛陽宫〔一二〕。迴輿入咸京〔一三〕，席卷六合通。叱咤開帝業，手成天地功。大駕還長安〔一四〕，兩日忽再中〔一五〕。一朝讓寶位，劍璽傳無窮。愧無秋毫力，誰念矍鑠翁〔一七〕？弋者何所慕？高飛仰冥鴻〔一八〕。棄劍學丹砂，臨爐雙玉童。寄言息夫子，歲晚陟方蓬〔一九〕。

【注釋】

〔一〕黄口，雛鳥也。《孔子家語》卷十五：「孔子見羅雀者，所得皆黄口小雀，問之曰：『大雀獨不得，何也？』羅者曰：『大雀善驚而難得，黄口貪食而易得。』」

〔二〕白龍魚服，喻貴人微服出行而遇險。詳見天寶十載《枯魚過河泣》詩注。以上二句皆喻其因從璘罹禍。

〔三〕鯨鯢，以喻安禄山。豺狼翻覆，指史思明降而又叛。按，史思明至德二載十二月降，封歸義王、范陽節度使。明年六月復叛。

〔四〕楚地囚，《左傳》成公九年：「晉侯觀於軍府，見鍾儀，問之曰：『南冠而縶者，誰也？』有司對曰：『鄭人所獻楚囚也。』」後用以借指囚人。秦庭哭，用楚臣申包胥事，詳見至德元載《奔亡道中》詩注。瞿、朱云：「詩意僅謂旨在救亡，心懷忠憤，有如申包胥。非謂繫獄無由求救也。李詩中屢用此典，不可泥視。」

〔五〕二明主，指玄宗、肅宗。兩遷逐，指天寶初被讒去朝及此次長流夜郎。

〔六〕屯蒙，《易》二卦名，艱難、蒙昧也。雪屯蒙，謂其巫山遇赦。

〔七〕剋復，指至德二載九月、十月廣平王俶、郭子儀大兵收復兩京事。見《通鑑·唐紀》至德二載。

〔八〕巡劍閣，謂玄宗幸蜀。儲皇，謂肅宗。王注：「時明皇幸蜀，故曰『天子巡劍閣』。至德元載七月，改扶風爲鳳翔郡。二載二月，肅宗幸鳳翔，至十月，兩京克復，始自鳳翔還長安。駐兵扶風者十月，故曰『儲皇守扶風』。」

〔九〕北辰，北極星。《爾雅·釋天》：「北極謂之北辰。」《論語·爲政》：「譬如北辰，居其所而衆星共之。」此以喻天子之位。

〔一〇〕胡兵，謂回紇。月窟，古以月之歸宿處在西方，因借指極西之地。

〔一一〕句謂唐軍於函谷關以東大破叛軍。

〔一二〕《舊唐書·郭子儀傳》：至德二載「九月，從元帥廣平王率蕃漢之師十五萬進攻長安。回紇賢葉護太子率四千騎助國討賊，子儀與葉護宴狎修好，相與誓平國難，相得甚好。子儀奉元帥爲中軍，與賊將安守忠、李歸仁戰於京西香積寺之北，王師結陣横亘三十里，賊衆十萬陣於北。歸仁先薄我軍，我軍亂，李嗣業奮命馳突，擒賊十餘騎乃定。迴紇以奇兵出賊陣之後夾攻之，賊軍大潰，自午至酉，斬首六萬級。賊將張通儒守長安，聞歸仁等敗，是夜奔陝郡。翌日，廣平王入京師，老幼百萬，夾道歡叫，涕泣而言曰：『不圖今日復見官軍。』廣平王休士三日，率師東趨。……十月，安慶緒遣嚴莊悉其衆十萬來赴陝州，與張通儒同抗官軍。賊聞官軍至，悉其衆屯於陝西，負山爲陣。子儀以大軍擊其前，回紇登山乘其背，遇賊潛師於山中，與鬥過期，大軍稍卻。賊分兵三千人，絶我歸路，衆心大摇，子儀麾回紇令進，盡殺之。師馳至其後，於黄埃中發十餘箭，賊驚顧曰：『迴紇來！』即時大敗，僵屍遍山澤。嚴莊、張通儒走歸洛陽，遂與安慶緒渡河保相州。子儀奉廣平王入東都，陳兵於天津橋南，士庶歡呼於路」。

〔一三〕句謂肅宗返長安。按，肅宗以至德二載九月癸亥自鳳翔還至長安。

〔一四〕大駕，皇帝車駕。《後漢書·輿服志》：「乘輿大駕，公卿奉引，太僕卿、大將軍參乘，屬車八十一乘。」此指玄宗車駕。按，玄宗以至德二載十二月丁未自蜀還至長安。

〔一五〕日，帝象也。句謂玄宗、肅宗同如日之中天。

〔一六〕劍璽，喻帝位。《文選》謝朓《和伏武昌登孫權故城》詩：「炎靈遺劍璽。」李善注：「漢《儀禮志》曰：皇太子即位，中黄門以斬蛇寶劍授。」二句謂玄宗讓位於肅宗。按，肅宗以至德元載七月即皇帝位於靈武，尊玄宗爲上皇天帝。八月，玄宗下制，改制敕爲誥，表疏稱太上皇，命房琯等奉傳國寶玉册詣靈武傳位。肅宗不受，置寶册於别殿，朝夕事之，如定省之禮。至德二載十二月，玄宗返長安，傳國寶授肅宗，肅宗受之。見《通鑑·唐紀》至德元載、至德二載。

〔一七〕矍鑠翁，謂老人精神健旺。《後漢書·馬援傳》：「援據鞍顧眄，以示可用。帝笑曰：『矍鑠哉，是翁也！』」兩句以馬援自比，謂其無由效力。

〔一八〕弋人，以繩繫箭而射者。揚雄《法言·問明》：「鴻飛冥冥，弋人何篡焉！」喻遠避禍患。《後漢書·逸民傳》引此文，章懷太子注：「篡者，諸本或作慕，《法言》作篡。宋衷曰：篡，取也。」王注：「鴻高飛冥冥薄天，雖有弋人，何所施巧而取焉？喻賢者隱處，不罹暴亂之害也。」

〔一九〕方蓬，即方丈、蓬萊，皆仙山名。

贈從弟南平太守之遥二首

兩宋本、繆本題下注云：「時因飲酒過度貶武陵，後詩故贈。」南平，郡名，即渝州，今重慶市。李之遥，白故交。

少年不得意，落魄無安居。願隨任公子，欲釣吞舟魚〔一〕。常時飲酒逐風景，壯心遂與功名疏。蘭生谷底人不鋤，雲在高山空卷舒〔二〕。漢家天子馳駟馬，赤車蜀道迎相如〔三〕。天門九重謁聖人〔四〕，龍顔一解四海春。彤庭左右呼萬歲，拜賀明主收沉淪〔五〕。翰林秉筆迴英眄，麟閣崢嶸誰可見？承恩初入銀臺門〔六〕，著書獨在金鑾殿〔七〕。龍駒雕鐙白玉鞍，象床綺席黄金盤。當時笑我微賤者，卻來請謁爲交歡。一朝謝病遊江海，疇昔相知幾人在？前門長揖後門關，今日結交明日改。愛君山嶽心不移，隨君雲霧迷所爲。夢得池塘生春草，使我長價登樓詩〔八〕。别後遥傳臨海作，可見羊何共和之〔九〕。

【注釋】

〔一〕任公子，《莊子·外物》：「任公子爲大鈎巨緇，……投竿東海，旦旦而釣，期年不得魚，已而大魚食之。」吞舟魚，謂魚之大。以上四句謂其少有大志。

〔二〕《三國志·蜀書·周群傳》：「芳蘭生門，不得不除。」二句以谷底之蘭及高山之雲喻其閑適自在之浪遊生活。

〔三〕司馬相如赤車駟馬事，見天寶二年《白頭吟》詩注。

〔四〕天門九重，謂宫禁之深遠也。鄭玄《禮記·月令》注：「天子九門：路門也，應門也，雉門也，庫門也，皋門也，城門也，近郊門也，遠郊門也，關門也。」

〔五〕彤庭，天子之庭。《文選》班固《西京賦》：「玉階彤庭。」張銑注：「彤，赤色也，以彤漆飾庭。」沉淪，埋没草野之士。二句謂天寶初玄宗詔其入宫。

〔六〕銀臺門，唐長安大明宫内門名。詳見天寶二年《相逢行》詩注。

〔七〕金鑾殿，唐長安大明宫内殿名。《唐兩京城坊考》卷一：「大明宫，……紫宸之後曰蓬萊殿，西清暉閣，其北太液池，池有亭。龍首之勢，至此夷爲平地，而蓬萊之西偏南有支隴，因坡爲殿，曰金鑾。」按，李陽冰《草堂集序》云：「天寶中，皇祖下詔，徵就金馬。……置於金鑾殿，出入翰林中，問以國政，潛草詔誥，人無知者。」當即所謂著書獨在金鑾殿本事。

〔八〕謝惠連十歲能屬文，族兄靈運嘉賞之。靈運嘗於永嘉西堂爲《登池上樓》詩，竟日不就，忽夢見惠連，遂得「池塘生春草」句。事見《南史·謝方明傳》附傳《謝惠連傳》。

〔九〕王注：「靈運又有《登臨海嶠初發强中作與從弟惠連可見羊何共和之》詩一首。臨海，晉時郡名，即今台州也。羊、何謂泰山羊璿之、東海何長瑜，與靈運、惠連以文章賞會，共爲山澤之遊。」

其二

東平與南平，今古兩步兵〔一〕。素心愛美酒，不是顧專城〔二〕。謫官桃源去，尋花幾處行〔三〕。秦人如舊識〔四〕，出户笑相迎。

【注釋】

〔一〕東平，郡名，治所在今山東東平縣。阮籍曾爲東平太守，此以東平代阮籍。南平，代李之遥。步兵，謂阮籍，籍曾任步兵校尉。《晉書·阮籍傳》：「籍聞步兵厨人善釀，有貯三百斛，乃求爲步兵校尉。」二句以阮籍擬李之遥。

〔二〕顧，戀也。專城，州郡長官，謂可專一城之政事。

〔三〕二句用陶淵明《桃花源記》事喻之遥之貶。桃源，地名，屬江南西道朗州武陵縣。《桃花源記》：「忽逢桃花林，夾岸數百步，中無雜樹，芳草鮮美，落英繽紛。漁人甚異之，復前行，欲窮其林。」王注：「太白自注：南平時因飲酒過度，貶武陵。」

〔四〕秦人，即桃花源中人。《桃花源記》：「自云先世避秦時亂，率妻子邑人來此絶境。」

【集説】

郁賢皓云：李白集中有《贈從弟南平太守之遥二首》，題下自注：「南平時因飲酒過度貶武陵。」王琦在《李太白年譜》中繫此詩於乾元二年下，注云……。此説甚是。但詹鍈先生卻説：「詩中既仍稱之遥爲南平太守，則是時之遥尚未去職，太白贈詩之地當在南平或去南平不遠之處，則此詩蓋亦太白流夜郎途中作。」這説法顯然是欠周密的。首先，李白流夜郎根本没有到達南平（今重慶）；其次，李白遇赦回到江夏後寫的《贈韋南陵冰》詩中既稱「南平」，爲什麽這首詩中稱「南平」就不能是同時之作？第三，李白自注「之遥貶武陵」，正表明此詩乃是在向武陵的途中江夏寫的作品。（《李白叢考》）

江夏寄漢陽輔録事

本年秋作。録事，唐時刺史屬官司馬之下有録事參軍事。州縣亦有録事。輔録事，名翼，見集説。

誰道此水廣？狹如一匹練。江夏黄鶴樓，青山漢陽縣〔一〕。大語猶可聞，故人難可見。君草陳琳檄〔二〕，我書魯連箭〔三〕。報國有壯心，龍顔不迴眷〔四〕。西飛精衛鳥，東海何由填〔五〕？鼓角徒悲鳴〔六〕，樓船習征戰〔七〕。抽劍步霜月，夜行空庭徧。長呼結浮雲，埋没顧榮扇〔八〕。他日觀軍容，投壺接高宴〔九〕。

【注釋】

〔一〕陸游《入蜀記》卷五：「（鄂州）西與漢陽相對，止隔一水，人物草木可數。」

〔二〕陳琳，三國曹操幕下文士。《三國志·魏書·王粲傳》：「太祖并以琳、瑀爲司空軍謀祭酒，管記室，軍國書檄多琳、瑀所作也。」

〔三〕魯連箭，見至德元載《南奔書懷》詩注。

〔四〕眷，顧也。兩句謂其與輔録事俱不爲時所用。

〔五〕《山海經·北山經》：「女娃游於東海，溺而不返。故爲精衛，常銜西山之木石，以堙於東海。」二句謂其憤怨之深。

〔六〕《通典》卷一四九：「軍城及野營行軍在外，日出日没時撾鼓千槌，三百三十三槌爲一通。鼓音止，角聲動，吹十二聲爲一疊。角音止，鼓音動，如此三角三鼓而昏明畢之。」

〔七〕樓船，船上建樓之大船。按，《通鑑·唐紀》肅宗乾元二年：「八月，乙巳，襄州將康楚元、張嘉延據州作亂，刺史王政奔荆州。楚元自稱南楚霸王。……九月，甲午，張嘉延襲破荆州，荆南節度使杜鴻漸棄城走，澧、朗、郢、峽、歸等州官吏聞之，爭潛竄山谷。」以上二句當是江夏防禦亂軍情勢。

〔八〕顧榮，晉懷帝時人。永嘉元年，陳敏據吴、會反，榮等密討之。敏率萬餘人出，渡江，未濟，榮以羽扇麾之，其衆皆潰，敏伏誅，夷三族。事見《晉書·顧榮傳》。此以顧榮自擬。

〔九〕投壺，宴會時遊戲名。其制爲：置一壺，賓主以次投矢其中，中多者爲勝，負者飲。《後漢書·祭遵傳》：「遵爲將軍，取士皆用儒術，對酒設樂，必雅歌投壺。」

【集説】

詹鍈云：《泛沔州城南郎官湖詩序》云：「席上文士輔翼、岑静以爲知言。」翼，蓋即漢陽録事也。

詩云：「報國有壯心，龍顔不迴眷。」疑是流夜郎歸後作。

經亂離後天恩流夜郎憶舊遊書懷贈江夏韋太守良宰

本年秋作於江夏。韋良宰，白故交，時爲江夏太守。

天上白玉京〔一〕，十二樓五城〔二〕。仙人撫我頂，結髮受長生〔三〕。誤逐世間樂，頗窮理亂情〔四〕。九十六聖君〔五〕，浮雲挂空名。天地賭一擲，未能忘戰争〔六〕。試涉霸王略，將期軒冕榮〔七〕。時命乃大謬，棄之海上行〔八〕。學劍翻自哂，爲文竟何成？劍非萬人敵，文竊四海聲〔九〕。兒戲不足道，五噫出西京〔一〇〕。臨當欲去時，慷慨淚沾纓。嘆君倜儻才，標舉冠群英。開筵引祖帳〔一一〕，慰此遠徂征。鞍馬若浮雲，送余驃騎亭〔一二〕。歌鐘不盡意，白日落昆明〔一三〕。十月到幽州，戈鋋若羅星〔一四〕。君王棄北海，掃地借長鯨〔一五〕。呼吸走百川，燕然可摧傾〔一六〕。心知不得語，卻欲棲蓬瀛〔一七〕。彎弧懼天狼，挾矢不敢張〔一八〕。攬涕黄金臺，呼天哭昭王〔一九〕。無人貴駿骨，緑耳空騰驤〔二〇〕。樂毅儻再生〔二一〕，於今亦奔亡。蹉跎不得意，驅馬過貴鄉〔二二〕。逢君聽絃歌〔二三〕，肅穆坐華堂。百里獨太古，陶然卧羲皇〔二四〕。徵樂昌樂館〔二五〕，開筵列壺觴。賢豪間青娥，對燭儼成行。醉舞紛綺席，清歌繞飛梁〔二六〕。歡娱未終朝，秩滿歸咸陽〔二七〕。祖道擁萬人〔二八〕，供帳遥相望。一别隔千里，榮枯異炎凉〔二九〕。炎凉幾度改，九土中横潰〔三〇〕。漢甲連胡兵，沙塵暗雲海。草木摇殺氣，星辰無光彩。白骨成丘山，蒼生竟何罪？函關壯帝居，國命懸哥舒〔三一〕。長戟三十萬，開門納凶渠〔三二〕。公卿如犬羊，忠讜醢與葅〔三三〕。二聖出遊豫，兩京遂丘墟〔三四〕。帝子許專征，秉旄控强楚〔三五〕。節制非桓文，軍師擁熊虎〔三六〕。人心失去就，賊勢騰風雨〔三七〕。惟君固房陵，誠節冠終古〔三八〕。僕卧香爐頂，餐霞嗽瑶泉〔三九〕。門開九江轉，枕下五湖連。半夜水軍來，尋陽滿旌旃〔四〇〕。空名適自誤，迫脅上樓船〔四一〕。徒賜五百金，棄之若浮烟〔四二〕。辭官不受賞，翻謫夜郎天〔四三〕。夜郎萬里道，西上令人老〔四四〕。掃蕩六合清，仍爲負霜草〔四五〕。日月無偏照，何由訴蒼昊〔四六〕？良牧稱神明，深仁恤交道〔四七〕。一忝青雲客〔四八〕，三登黄鶴樓。顧慚禰處士，虚對鸚鵡洲〔四九〕。樊山霸氣盡，寥落天地秋〔五〇〕。江帶峨眉雪，川横三峽流。萬舸此中來，連帆過揚州。送此萬里目，曠然散我愁。紗窗倚天開，水樹緑如髮。窺日畏銜山，促酒喜得月。吴娃與越艷〔五一〕，窈窕誇鉛紅〔五二〕。呼來上雲梯，含笑出簾櫳。對客《小垂手》〔五三〕，羅衣舞春風。賓跪請休息〔五四〕，主人情未極。覽君荆山作，江鮑堪動色〔五五〕。清水出芙蓉，天然去雕飾〔五六〕。逸興横素襟〔五七〕，無時不招尋。朱門擁虎士，列戟何森森〔五八〕。剪鑿竹石開，縈流漲清深〔五九〕。登樓坐水閣，吐論多英音〔六〇〕。片辭貴白璧，一諾輕黄金〔六一〕。謂我不愧君，青鳥明丹心〔六二〕。五色雲間鵲，飛鳴天上來〔六三〕。傳聞赦書至，卻放夜郎迴。暖氣變寒谷〔六四〕，炎烟生死灰〔六五〕。君登鳳池去，勿棄賈生才〔六六〕。桀犬尚吠堯〔六七〕，匈奴笑千秋〔六八〕。中夜四五嘆，常爲大國憂。旌旆夾兩山，黄河當中流〔六九〕。連鷄不得進〔七〇〕，飲馬空夷猶〔七一〕。安得羿善射，一箭落旄頭〔七二〕？

【注釋】

〔一〕白玉京，道家謂天上有黄金闕、白玉京，爲天帝所居。一稱玉京。《魏書·釋老志》：「道家之原，出於老子，其自言也，……上處玉京，爲神王之宗，下在紫微，爲飛仙之主。」

〔二〕十二樓，《漢書·郊祀志》：「方士有言，黄帝時爲五城十二樓，以候神人，名曰迎年。」顔師古注：「應劭曰：昆侖玄圃五城十二樓，仙人之所常居。」

〔三〕結髮，古代男子自成童時始束髮，因謂少年時爲結髮。長生，道家所謂長生不老之術。

〔四〕窮，推究、探討也。理亂，猶治亂。

〔五〕楊注：「自秦始皇至唐玄宗，中國傳緒之君，凡九十有六。」

〔六〕二句謂歷代帝王以戰争奪取天下。

〔七〕軒冕，古時卿大夫之車服。《漢書·律曆志》：「始垂衣裳，有軒冕之服。」顔師古注：「軒，軒車也。冕，冕服也。」句謂以功名取富貴。

〔八〕二句謂生不逢時，棄功名而浪遊江海。

〔九〕《史記·項羽本紀》：「項籍少時，學書不成，去學劍，又不成。項梁怒之，籍曰：『書，足以記名姓而已。劍，一人敵，不足學。學萬人敵。』」竊，謙辭也。以上四句謂其習武不成而徒有文名。

〔一〇〕五噫，指《五噫歌》。《後漢書·梁鴻傳》：「（鴻）因東出關，過京師，作《五噫之歌》，曰：『陟彼北芒兮，噫！顧覽帝京兮，噫！宫室崔嵬兮，噫！人之劬勞兮，噫！遼遼未央兮，噫！』」句謂其天寶初不得意而去京事。

〔一一〕祖帳，古時爲人餞行在路旁所設之帷帳。

〔一二〕驃騎亭，當是唐時長安郊外地名，今不詳。

〔一三〕昆明，指昆明池，漢武帝時鑿，在長安西南。以上述其少年壯志、入京不遇之感慨及與韋初會於京師情形。

〔一四〕鋋，小矛。按，白天寶十一載十月到幽州，時安禄山爲范陽等四鎮節度使。

〔一五〕君王，謂唐玄宗。北海，指北方廣大地區。長鯨，喻安禄山。王注：「按《唐書·安禄山傳》，天寶元年，以禄山爲平盧節度使，押兩番、渤海、黑水四府經略使。三載，代裴寬爲范陽節度，仍領平盧軍，則經略威武、清夷、静塞、恒陽、北平、高陽、唐興、横海、平盧、盧龍十一軍，及榆關守捉、安東都護府，兵十三萬有奇，皆其所統，幽、薊、媯、檀、易、恒、定、漠、滄、營、平十一州之地，皆其所治矣。幽州以北盡與禄山，所謂『君王棄北海，掃地借長鯨』也。」

〔一六〕燕然，山名，即今蒙古國境内杭愛山。二句極言安禄山氣勢之盛。

〔一七〕蓬瀛，即蓬萊、瀛洲。二句謂其欲建言而不能，遂有出世之志。

〔一八〕天狼，《楚辭·九歌·東君》：「挾長矢兮射天狼。」王逸注：「天狼，星名，以喻貪殘。」此指安禄山。

〔一九〕黄金臺，戰國燕昭王所築，以延天下之士。詳見開元十九年《燕昭延郭隗》（古風其十五）詩注。

〔二〇〕《戰國策·燕策》：「郭隗對燕昭王曰：『古之人君有以千金求千里馬者，三年不能得，涓人言於君曰：請求之。君遣之。三月，得千里馬，馬已死，買其骨五百金，反以報君。君大怒曰：安事死馬而捐五百金？涓人對曰：死馬且買之五百金，況生馬乎？天下必以王爲能市馬，馬今至矣。於是不能期年，千里馬之至者三。今王誠欲致士，先從隗始，隗且見事，況賢於隗者乎？豈遠千里哉？』」緑耳，古良馬名，傳説爲周穆王八駿之一。《列子·周穆王》：「命駕八駿之乘，右服驊騮而左緑耳。」緑亦作騄。

〔二一〕樂毅，戰國時燕將，燕昭王用爲亞卿。燕昭王二十八年，率軍破齊，下七十餘城。昭王死，惠王疑忌樂毅，使人代之，樂毅亡趙。事見《戰國策·燕策》、《史記·樂毅列傳》。

〔二二〕貴鄉，縣名，屬河北道魏州，故址在今河北大名縣東南。

〔二三〕絃歌，孔子弟子子游爲武城宰，孔子過武城，聞絃歌之聲，見《論語·陽貨》。後以絃歌喻出任邑令。按，韋良宰時爲貴鄉令。

〔二四〕百里，謂一縣之地，羲皇，即伏羲氏，傳説中太古時代部落首領。二句贊美韋之善政，謂貴鄉風俗淳樸有如太古。

〔二五〕昌樂，縣名，屬河北道魏州，即今河南南樂縣。館，驛館。

〔二六〕繞飛梁，《列子·湯問》：「昔韓娥東之齊，匱糧，過雍門，鬻歌假食，既去而餘音繞梁欐，三日不絶。」

〔二七〕秩滿，任官期滿。咸陽，代長安。按，其時韋任貴鄉令期滿，適往長安候調也。

〔二八〕祖道，餞行於大道。

〔二九〕句謂别後二人際遇之不同。以上述其幽州之行及與韋再會於貴鄉之情形。

〔三〇〕九土，九州也。横潰，《文選》謝靈運《擬魏太子鄴中集八首》：「天地中横潰。」李善注：「横潰，以水喻亂也。」二句謂數年後禄山亂起。

〔三一〕函關，函谷關。哥舒，謂哥舒翰。禄山反，封常清、高仙芝喪敗，玄宗乃召翰，拜爲皇太子先鋒兵馬元帥，將二十萬衆守於潼關。時天下安危，一繫於哥舒翰。事見兩《唐書·哥舒翰傳》。

〔三二〕凶渠，猶元凶，指安禄山。至德元載（天寶十五載）六月，哥舒翰與禄山部將崔乾佑戰於靈寶，大敗，叛軍入潼關，獲哥舒翰，翰降安禄山，事見兩《唐書·哥舒翰傳》。

〔三三〕忠讜，謂忠誠正直之士。醢葅，即葅醢，剁爲肉醬。《通鑑·唐紀》至德元載：「禄山……乃遣孫孝哲將兵搜捕百官、宦者、宫女等，每獲數百人，輒以兵衛送洛陽。王侯將相扈從車駕、家留長安者，誅及嬰孩。……殺霍國長公主及王妃、駙馬等於崇仁坊，刳其心，以祭安慶宗，凡楊國忠、高力士之黨及禄山素所惡者皆殺之，凡八十三人。或以鐵掊揭其腦蓋，流血滿街。」二句即指此。如，兩宋本、繆本、王本作奴，據蕭本、咸本改。

〔三四〕二聖，謂玄宗、肅宗。遊豫，遊樂也。《孟子·梁惠王》：「吾王不遊，吾何以休？吾王不豫，吾何以助？」此指皇帝出巡。二句謂潼關失陷後玄宗、肅宗棄長安西奔。以上述禄山亂起，中原横潰。

〔三五〕帝子，指永王璘。玄宗至蜀，以永王爲山南東道、嶺南、黔中、江南西道節度都使，出鎮江陵，故曰「秉旄控强楚」。參見至德二載《永王東巡歌》詩注。

〔三六〕節制，節度、約束。桓文，春秋二霸齊桓公、晉文公。熊虎，喻永王軍中之悍將。《荀子·議兵》：「秦之鋭士，不可以當桓文之節制。」二句謂永王之師軍旅不整，將士不服約束。

〔三七〕二句謂永王部下人心動摇，各懷異志，中原叛軍之勢盛如風雨。

〔三八〕房陵，郡名，即房州，屬山南東道。即今湖北房縣。按，韋其時爲房陵太守。白本年《天長節使鄂州刺史韋公德政碑》云：「曩者永王以天人授鉞，東巡無名，利劍承喉以脅從，壯心堅守而不動。房陵之俗，安於太山。」兩句即指此。

〔三九〕二句謂其隱居廬山。參見至德二載《贈王判官時余隱居廬山屏風疊》詩注。

〔四〇〕水軍，指永王水師。二句謂永王水師至德元載末次尋陽。

〔四一〕二句謂其入永王幕。按，白之入永王幕，本係自願，迫脅云云，不得已而諱言之耳。參見至德二載《贈韋秘書子春》詩注。

〔四二〕二句謂其不受永王之賞。

〔四三〕翻，反也。句謂長流夜郎爲始料未及。

〔四四〕老，謂哀傷而致人衰老，故云。

〔四五〕負霜草，喻其銜冤。二句謂禄山之亂已靖而己仍負冤長流。

〔四六〕蒼旻，蒼天。以上述其入永王幕及被判長流。

〔四七〕良牧，指韋良宰，古稱州郡長官爲牧守。恤，顧惜也。二句謂韋賢能且篤於交誼。

〔四八〕忝，自謙之辭。青雲，喻顯貴，此處指韋良宰。

〔四九〕禰處士，謂東漢末名士禰衡。禰衡《鸚鵡賦序》：「黄祖太子射賓客大會，有獻鸚鵡者，舉酒於衡前曰：『禰處士，今日無用娱賓，竊以此鳥自遠而至，明慧聰善，羽族之可貴，願先生爲之賦，使四座咸共榮觀，不亦可乎？』衡因爲賦，筆不停綴，文不加點。」鸚鵡洲，在漢陽，詳見乾元元年《望鸚鵡洲懷禰衡》詩注。

〔五〇〕樊山，山名，在今湖北鄂城縣西。霸氣，帝王之氣。以上二句，兩宋本、繆本、王本俱注云：「一作彤襜冠白筆，爽氣凌清秋。」

〔五一〕吴娃、越艷，指江南歌女。王勃《採蓮賦》：「吴娃越艷，鄭婉秦妍。」《説文》：「吴楚之間謂好曰娃。」

〔五二〕鉛紅，謂敷面之粉及點唇之胭脂。《中華古今注》中：「自三代以鉛爲粉。」

〔五三〕《小垂手》，《樂府雜録·舞工》：「舞者，樂之容也，有《大垂手》、《小垂手》，或如驚鴻，或如飛燕，婆娑舞態也，蔓延舞綴也，古之能者，不可勝記。」《樂府詩集·雜曲歌辭》引《樂府解題》曰：「《大垂手》、《小垂手》，皆言舞而垂其手也。」吴均《小垂手》詩云：「舞女出西秦，躡影舞陽春。且復小垂手，廣袖拂紅塵。」

〔五四〕賓跪，客人引身稍起之狀。古人席地而坐，引身稍起即跪。《禮記·曲禮》：「客跪撫席而辭。」

〔五五〕荆山，山名，在今湖北西部、武當山東南。江鮑，指南朝詩人江淹、鮑照。按，韋良宰荆山之作不傳。

〔五六〕鍾嶸《詩品》中：「謝（靈運）詩如芙蓉出水。」以上四句贊韋詩。

〔五七〕横，滿也。素襟，猶言懷抱。王僧達《答顔延年》：「清氣溢素襟。」

〔五八〕列戟，官府威儀之一。詳見至德二載《感時留别從兄徐王延年從弟延陵》詩注。

〔五九〕二句寫韋宅園林之勝。

〔六〇〕英音，即英聲，謂談吐高雅暢朗。嵇康《琴賦》：「英聲發越，采采粲粲。」

〔六一〕片辭，片語也。《史記·季布列傳》：「楚人諺曰：『得黄金百斤，不如得季布一諾。』」

〔六二〕青鳥，《藝文類聚》卷九十一引《漢武故事》：「七月七日，上於承華殿齋，忽有一青鳥從西方來集殿前，上問東方朔，朔曰：『此西王母欲來也。』有頃，王母至，有二青鳥如烏，俠侍王母旁。」後因稱信使爲青鳥。以上述其流夜郎途經江夏與韋相見情形。

〔六三〕《朝野僉載》卷四：「唐貞觀末，南唐黎景逸居於空青山，常有鵲巢其側，每飯食以餵之。後鄰近失布者誣景逸盜之，繫南康獄月餘。劾不承，欲訊之。其鵲止於獄樓，向景逸歡喜，似傳語之狀。其日傳有赦，官司詰其來，云路逢玄衣素衿人所説，三日而赦至。景逸還山，乃知玄衣素衿者，鵲之所傳也。」又，舊俗以鵲噪爲喜兆。《開元天寶遺事·靈鵲報喜》：「時人之家聞鵲聲，皆爲喜兆，故謂靈鵲報喜。」宋之問《發端州初入西江》：「破額看鵲喜，拭泪聽猿啼。」

〔六四〕寒谷，日光所不及之溪谷。王注：「《歲華紀麗》：劉向《別録》曰：燕地寒谷，不生五穀，鄒衍吹律吕以暖之，温風至，五穀生，因名黍谷。」

〔六五〕《史記·韓長孺列傳》：「（韓）安國坐法抵罪，蒙獄吏田甲辱安國，安國曰：『死灰獨不復然乎？』」

〔六六〕鳳池，即鳳凰池，指中書省，詳見至德二載《送史司馬赴崔相公幕》詩注。賈生，漢賈誼，白自指。按，韋良宰其時當離江夏太守任赴朝，故有此語。參見本年《天長節使鄂州刺史韋公德政碑》一文。

〔六七〕《漢書·鄒陽列傳》：「桀之犬可使吠堯。」此指禄山殘部繼續爲亂。

〔六八〕千秋，謂漢武帝時丞相車千秋。《漢書·車千秋傳》：「千秋無他材能學術，又無伐閲功勞，特以一言悟主，旬日取宰相封侯，世未嘗有也。後漢使者至匈奴，單于問曰：『聞漢新拜丞相，何用得之？』使者曰：『以上書言事故。』單于曰：『苟如是，漢置丞相非用賢也，妄一男子上書即得之矣。』」王注：「千秋，喻宰相若苗晉卿、王璵輩。」按，據兩《唐書·肅宗紀》，苗晉卿、王璵於乾元二年三月并罷知政事。《新唐書·苗晉卿傳》：「晉卿寬厚，……再秉政，出入七年，小心謹畏，不甚斥是非得失，故能安保寵名。」王説或是。

〔六九〕兩山，指夾黄河之太華山（華山）、首陽山。二句謂中原一帶軍情吃緊。

〔七〇〕連鷄，縛鷄於一處。《後漢書·吕布傳》：「比於連鷄，勢不俱棲。」王注：「連鷄，喻當時諸節度使輩。」

〔七一〕夷猶，遲疑不進貌。《楚辭·九歌·湘君》：「君不行兮夷猶。」王逸注：「夷猶，猶豫也。」二句謂當時諸節度使互相牽制，徘徊不進，貽誤戰機。

〔七二〕羿，即后羿，傳説中善射之英雄。旄頭，星名，即昴星，胡星也，以喻禄山叛軍。以上述遇赦及時局。

【集説】

《唐宋詩醇》云：此篇歷叙交遊始末，而白生平蹤跡亦略見於此。十月到幽州一段，蓋白自放後，北遊燕趙，觀聽形勢，知禄山之必叛、尾大不掉之害。欲言不能，述之猶覺痛切。至於潼關失守，江陵煽亂，與白爲璘所脅，受累遠謫，無不明如指掌。結尾一段，慮廟堂之無人，憂將帥之不一，而賊之不得速平，與前遥相照應。通篇以交情、時勢互爲經緯，汪洋灝瀚，如百川之灌河，如長江之赴海，卓乎大篇，可與《北征》并峙。

【按】

此篇與《天長節使鄂州刺史韋公德政碑》作於同時。《碑》序云：「當高秋八月五日……。」詩亦當作於此時。《碑》中所述與韋之交往及當時形勢多同，可參看。

將遊衡岳過漢陽雙松亭留別族弟浮屠談皓

本年秋離江夏將遊衡岳時作。浮屠，梵語音譯，佛徒也。談皓，事跡不詳。

秦欺趙氏璧，卻入邯鄲宮〔一〕。本是楚家玉，還來荆山中〔二〕。符彩照滄溟〔三〕，清輝凌白虹〔四〕。青蠅一相點，流落此時同〔五〕。卓絶道門秀，談玄乃支公〔六〕。延蘿結幽居，剪竹繞芳叢。涼花拂户牖，天籟鳴虚空〔七〕。憶我初來時，蒲萄開景風〔八〕。今兹大火落，秋葉黄梧桐〔九〕。水色夢沅湘，長沙去何窮〔一〇〕？寄書訪衡嶠，但與南飛鴻。

【注釋】

〔一〕戰國趙惠文王時，得楚和氏璧。秦昭王聞之，使人遺趙王書，願以十五城易璧。趙王遣藺相如奉璧西如秦，秦王坐章華臺見相如。秦王以璧傳示美人及左右，左右皆呼萬歲。相如視秦王無意償趙城，乃前曰：「璧有瑕，請指示王。」秦王授璧，相如因持璧卻立倚柱，怒髮上沖冠，謂秦王曰：「臣觀大王無意償趙王城邑，故臣復取璧。大必欲急臣，臣頭與璧俱碎於柱。」持璧睨柱，欲以擊柱。秦王恐其破璧，乃辭謝固請，召有司案圖，指從此以往十都予趙。相如度秦王特以詐，佯爲予趙城，實不可得，乃謂秦王曰：「趙王送璧時，齋戒五日，今大王亦宜齋戒五日。」相如度秦王雖齋，决負約不償城，乃使其從者衣褐懷其璧，從徑道亡，歸璧於趙。事見《史記·廉頗藺相如列傳》。

〔二〕楚家玉，謂和氏璧。詳見天寶二年《鞠歌行》詩注。

〔三〕符彩，玉之紋理光彩。《山海經·西山經》：「瑾瑜之玉……五色發作，以和柔剛。」郭璞注引《符應》曰：「赤如鷄冠，黄如蒸栗，白如割脂，黑如醇漆，玉之符彩也。」

〔四〕白虹，《禮記·聘儀》：「氣如白虹，天也。」孔穎達《正義》：「白虹，謂天之白氣，言玉之白氣似天白氣也。」以上六句以玉自喻。

〔五〕青蠅，謂讒言。詳見天寶九載《雪讒詩贈友人》詩注。二句謂其自天寶初去朝至長流夜郎之遭際。

〔六〕道門，謂佛門。按，六朝及唐時亦稱僧徒爲道人、道士，如韓愈《遊青龍寺贈崔大補闕》：「三三道士席其間。」支公，謂晉僧人支遁，字道林。詳見天寶十二載《贈宣州靈源寺仲濬公》詩注。

〔七〕天籟，自然界之聲音。詳見至德元載《感時留别從兄徐王延年從弟延陵》詩注。

〔八〕景風，夏至之後和暖之風。《淮南子·天文》：「清明風至四十五日，景風至。」

〔九〕大火，星名，即心宿。夏五月黄昏，火見於正南方，秋七月黄昏，火西降，謂之流火。按，據以上四句知白耽江夏自夏徂秋，而於秋時離江夏之衡岳。

〔一〇〕沅湘，即沅、湘二水。二水皆流入洞庭湖。此指洞庭湖及洞庭湖以南地區。長沙，郡名，即潭州，二句言意欲漫遊沅湘流域，長沙等諸郡縣也。

答裴侍御先行至石頭驛以書見招期月滿泛洞庭

本年秋初至岳州作。裴侍御，名字不詳。此及以下四首酬贈裴侍御之詩，俱爲同期先後之作。

君至石頭驛〔一〕，寄書黄鶴樓。開緘識遠意，速此南行舟。風水無定準，湍波或滯留〔二〕。憶昨新月生，西簷若瓊鈎。今來何所似？破鏡懸清秋〔三〕。恨不三五明〔四〕，平湖泛澄流。此歡竟莫遂，狂殺王子猷〔五〕。巴陵定近遠〔六〕，持贈解人憂。

【注釋】

〔一〕石頭驛，王注：「《方輿勝覽》：汪彦章《石頭驛記》云：自豫章絶江而西，有山屹然，并江而出者，石頭渚也。阻江負城十里而近。胡三省《通鑑注》：石頭驛，在豫章江之西岸。」詹鍈云：「《求闕齋讀書録》：『石頭驛在嘉魚之上，白螺磯之下，去岳州百五十里。……原注稱石頭驛在金陵，失之矣。』按其説是也。王注引《方輿勝覽》及胡三省《通鑑注》謂石頭驛在豫章江之西岸，與詩旨不合。」按，詹説是。

〔二〕詳詩意，裴以月中爲期，招白同泛洞庭，而白以湍波阻行愆期。

〔三〕破鏡，謂月圓而又缺也。

〔四〕《文選·古詩十九首》：「三五明月滿。」張銑注：「三五，謂十五日也。」

〔五〕用王子猷雪夜訪戴逵事。詳見天寶五載《東魯門泛舟》詩注。

〔六〕猶言此次至巴陵，當與裴遍歷各處而無論近遠。

【按】

裴侍御一説爲裴隱。詹鍈《李白詩文繫年》：「光緒重修《湖南通志·流寓人物傳》云：『裴隱官侍御，謫居岳州，與岫道人鼓琴自娱。李白流夜郎過之，相與唱和遊宴。』按李集有寄裴隱詩一首，又有與裴侍御贈答詩五首。李詩曰：『已先投沙伴。』王琦曰：『疑亦當時逐臣，故用賈誼投沙事。』合《對雨感時》一篇觀之，琦言可信，從之。」此説似不足據。白上年《流夜郎至西塞驛寄裴隱》詩云：「空將澤畔吟，寄爾江南管。」是白流夜郎時，裴隱尚在江南，一也。白與裴隱贈答詩五首，是白流夜郎赦歸後由江夏至岳州所作，非白流夜郎途中與裴相遇而作，《湖南通志》所述有誤，二也。白遇赦巫山，自白帝而江陵、而江夏，途中必過岳州，倘裴謫居岳州，白當與裴有往還之時，然集中未見，三也。白在江夏，自夏徂秋，裴亦在江夏，且先往洞庭，邀白同泛舟平湖，裴似非謫居岳州者，四也。白在巴陵與裴贈答詩凡五首，均未言及裴貶謫事，五也。綜此五者，《湖南通志》當是後來修志時依白詩之蛛絲馬跡臆斷所爲。

至鴨欄驛上白馬磯贈裴侍御

鴨欄驛，在今湖南臨湘縣，以三國吴建昌侯孫慮作鬬鴨欄得名。白馬磯，亦在臨湘縣。

側疊萬古石，橫爲白馬磯。亂流若電轉，舉棹揚珠輝。臨驛卷緹幕〔一〕，升堂接繡衣〔二〕。情親不避馬〔三〕，爲我解霜威〔四〕。

【注釋】

〔一〕緹幕，橘紅色帳幕。

〔二〕繡衣，謂御史，詳見至德二載《在水軍宴贈幕府諸侍御》詩注。

〔三〕避馬，迴避官吏也。

〔四〕霜威，寒霜肅殺之威。御史職司彈劾，爲風霜之任，故云。

夜泛洞庭尋裴侍御清酌

日晚湘水緑〔一〕，孤舟無端倪〔二〕。明湖漲秋月，獨泛巴陵西。遇憩裴逸人，巖居陵丹梯〔三〕。抱琴出深竹，爲我彈《鵾鷄》〔四〕。曲盡酒亦傾，北窗醉如泥〔五〕。人生且行樂，何必組與珪〔六〕？

【注釋】

〔一〕湘水，此指洞庭湖水。按，洞庭湖主要由湘水瀦成，白此期之詩多以湘水稱洞庭。

〔二〕端倪，《文選》謝靈運《遊赤石進帆海》詩：「溟漲無端倪。」李周翰注：「端倪，猶崖際也。」

〔三〕丹梯，《文選》謝朓《敬亭山詩》：「即此陵丹梯。」李善注：「丹梯，謂山也。」呂延濟注：「丹梯，謂山高峰入雲霞處。」

〔四〕《鵾雞》，琴曲調名。《文選》嵇康《琴賦》：「鵾雞遊絃。」李善注：「古《相和歌》有《鵾雞曲》。」李周翰注：「琴有《鵾雞》、《鳴雁》。」

〔五〕北窗，陶淵明《與子儼等書》：「常言五六月中，北窗下卧，遇凉風暫至，自謂是羲皇上人。」

〔六〕組珪，謂富貴。組，佩印之絲絛。珪，古諸侯所執之玉版。

酬裴侍御對雨感時見贈

雨色秋來寒，風嚴清江爽。孤高繡衣人，蕭灑青霞賞〔一〕。平生多感激，忠義非外獎〔二〕。
禍連積怨生，事及徂川往〔三〕。楚邦有壯士，鄢郢翻掃蕩。申包哭秦庭，泣血將安仰〔四〕？
鞭尸辱已及，堂上羅宿莽〔五〕。頗似今之人，蟊賊陷忠讜〔六〕。渺然一水隔，何由税歸
鞅〔七〕？日夕聽猿愁，懷賢盈夢想。

【注釋】

〔一〕青霞，《文選》江淹《恨賦》：「鬱青霞之奇意。」李善注：「青霞奇意，志意高也。」

〔二〕外獎，《文選》江淹《雜體三十首》：「得失非外獎。」張詵注：「得失由心，非外物所能獎勸。」

〔三〕徂川，流逝之水，以喻逝去之時日。

〔四〕王注：「壯士，謂伍胥。按《史記》，伍子胥者，楚人也，父曰伍奢，爲太子太傅。楚平王信費無極之讒，殺伍奢及其子尚，伍子胥奔吴，闔閭以爲行人，與謀國事。九年悉興師伐楚，乘勝而前，五戰遂至於郢。時平王已卒，子昭王出奔，伍子胥求昭王不得，乃掘楚平王墓，出其尸，鞭之三百然後已。於是申包胥走秦告急，求救於秦，秦不許。申包胥立於秦庭，晝夜哭，七日七夜不絶其聲。秦哀公憐之曰：『楚雖無道，有臣若是，可無存乎？』乃遣車五百乘救楚擊吴。」瞿、朱注：「『壯士』至『宿莽』皆寓復國之意，李白以參永王軍事自比於包胥之哭於秦庭，語已屢見。……鞭尸之辱，則以喻安禄山殺唐宗室毁唐宗廟也。若以壯士爲指伍子胥，則與感激忠義之言不侔，且以伍子胥鞭尸爲壯士，恐亦非唐之臣子所宜言。王氏云壯士謂伍胥，殆誤會詩意。」按，瞿、朱説是。

〔五〕宿莽，《楚辭・離騷》：「夕攬洲之宿莽。」王逸注：「草冬生不死者，楚人名曰宿莽。」

〔六〕蝨賊，食禾稼之害蟲。此以喻安禄山。忠讜，忠直之士。

〔七〕《文選》謝朓《京路夜發》：「無由税歸鞅。」李周翰注：「税，息也。鞅，駕也。」

酬裴侍御留岫師彈琴見寄

岫師，僧人。事跡不詳。

君同鮑明遠，邀彼休上人〔一〕。鼓琴亂《白雪》〔二〕，秋變江上春。瑶草緑未衰，攀翻寄情親〔三〕。相思兩不見，流泪空盈巾。

【注釋】

〔一〕鮑明遠，即南朝宋詩人鮑照。休上人，即僧人惠休，俗姓湯，善詩文，與鮑照齊名，時人稱休上人。鮑照集中有《秋日示休上人》及《答休上人》詩。詳詩意，岫師當爲工於詩者。

〔二〕《白雪》，琴曲名。《樂府詩集·琴曲歌辭》：「謝希逸《琴論》曰：劉涓子善鼓琴，制《陽春》《白雪》曲。《琴集》曰：《白雪》，師曠所作商調曲也。」

〔三〕攀翻，攀折也。按，古人有以芳草贈友誼之習俗。如南朝陸凱《贈范曄詩》：「折花逢驛使，寄與隴頭人。江南無所有，聊贈一枝春。」唐人亦是，如王昌齡《贈史昭》詩：「握中何爲贈，瑶草已散衰。」

秋登巴陵望洞庭

巴陵，即巴丘山，又縣名，岳州（巴陵郡）治所，即今湖南岳陽市。

清晨登巴陵〔一〕，周覽無不極。明湖映天光，徹底見秋色。秋色何蒼然，際海俱澄鮮。山青滅遠樹，水緑無寒烟。來帆出江中，去鳥向日邊，風清長沙浦〔二〕，霜空雲夢田〔三〕。瞻光惜頽髮，閲水悲徂年。北渚既蕩漾，東流自潺湲。郢人唱《白雪》〔四〕，越女歌《採蓮》〔五〕。聽此更斷腸，憑崖淚如泉。

【注釋】

〔一〕巴陵，謂巴丘山。王注：「《一統志》：巴丘山，在岳州府城南，一名巴蛇塚。羿屠巴蛇於洞庭，積骨爲丘，故名。是巴陵即巴丘山也。」按，詩曰登，詩末又云「憑崖泪如泉」，巴陵當指巴丘山，王説是。

〔二〕長沙浦，指由長沙而入洞庭之湘水。

〔三〕雲夢，指古雲夢澤，詳見至德二載《永王東巡歌》詩注。

〔四〕《郢人》、《白雪》，見天寶二年《郢客吟白雪》《古風其二十一》詩注。

〔五〕《採蓮》，梁武帝所製樂府《江南弄》七曲中有《採蓮曲》，此指江南女子採蓮時所唱之歌。

巴陵贈賈舍人

本年秋作。賈舍人，即詩人賈至。至，字幼鄰，天寶末官中書舍人，乾元元年春出爲汝州刺史，本年秋貶岳州司馬。兩《唐書》有傳。此及以下二篇俱爲白在岳州與賈至酬唱之作。

賈生西望憶京華，湘浦南遷莫怨嗟〔一〕。聖主恩深漢文帝，憐君不遣到長沙〔二〕。

【注釋】

〔一〕賈生，謂漢賈誼，文帝時，召爲博士，一年之中超遷爲太中大夫，後謫爲長沙王太傅，渡湘水，作《弔屈原賦》以自傷。此以賈誼擬賈至。

〔二〕聖主，謂肅宗。長沙在洞庭湖以南，去巴陵又遠五百餘里，故云。

與賈至舍人於龍興寺剪落梧桐枝望㴩湖

龍興寺，在巴陵。㴩湖，一名滃湖、翁湖，在巴陵南。《輿地紀勝》卷六九：「岳州法寶寺，唐曰龍興，下瞰㴩湖。」

翦落青梧枝，㴩湖坐可窺。雨洗秋山净，林光澹碧滋。水閑明鏡轉〔一〕，雲繞畫屏移〔二〕。千古風流事，名賢共此時。

【注釋】

〔一〕閑，静也。明鏡，謂㴩湖。

〔二〕畫屏，謂秋山。

陪族叔刑部侍郎曄及中書賈舍人至遊洞庭五首

曄，即李曄，唐宗室，乾元二年四月，以事忤宦官李輔國，由刑部侍郎貶嶺下尉。事見《舊唐書·李峴傳》。

洞庭西望楚江分[一]，水盡南天不見雲。日落長沙秋色遠，不知何處弔湘君[二]？

【注釋】

〔一〕楚江，指長江，以其地古屬楚國，故稱。按，長江西來，與洞庭水合於岳陽而又東行。

〔二〕湘君，湘水之神。傳説舜妃娥皇、女英死於江湘間，爲湘水之神，世稱湘君。或謂舜即湘君。

【集説】

黄庭堅云：又嘗過洞庭，李太白《洞庭西望》一絶：「日落長沙秋色遠。」長沙在洞庭東南五百餘里，甚相違背。江文通《登香爐峰》詩：「日落長沙渚，層陰萬里生。」長沙在廬山南二千餘里，語亦未合。古人興會所至，往往率意如此。（《論學三説》）

其二

南湖秋水夜無烟，耐可乘流直上天[一]？且就洞庭賒月色，將船買酒白雲邊。

【注釋】

〔一〕耐可，張相《詩詞曲語辭匯釋》：「耐可，有那可與寧可兩解。李白《陪族叔曄及賈舍人至遊洞庭詩》……此當作那可解，猶云安得也。」

其　三

洛陽才子謫湘川，元禮同舟月下仙〔一〕。記得長安還欲笑，不知何處是西天〔二〕？

【注釋】

〔一〕元禮，謂東漢河南尹李膺。膺字元禮。李膺與郭太相善，膺由洛陽還故鄉，至河邊相送之車輛達數千，膺獨與郭太同舟而濟，時人羡之，謂之如仙，事見《後漢書·郭太傳》。

〔二〕桓譚《新論》：「人聞長安樂，則出門向西而笑。」西天，指長安。二句寫其對長安思念之情。

其　四

洞庭湖西秋月輝，瀟湘江北早鴻飛。醉客滿船歌《白苧》〔一〕，不知霜露入秋衣。

【注釋】

〔一〕《白苧》，王注：「《白苧》，清商調曲也。苧是吴地所産，故舊説以爲吴人之歌，始則田野之歌，後乃大樂用焉。一云即《子夜歌》也，在吴歌爲《白苧》，在雅歌爲《子夜》。」參見開元十四年

《白苧辭三首》注。

其　五

帝子瀟湘去不還〔一〕，空餘秋草洞庭間。淡掃明湖開玉鏡，丹青畫出是君山〔二〕。

【注釋】

〔一〕帝子，《楚辭·九歌·湘夫人》：「帝子降兮北渚。」王逸注：「帝子，謂堯女也。堯二女娥皇、女英，隨舜不反，墮於湘水之渚，因爲湘夫人。」

〔二〕君山，又名湘山，在洞庭湖中。《水經注·湘水》：「（洞庭）湖中有君山。……是山湘君之所遊處，故曰君山矣。」《元和郡縣志》江南道岳州：「君山，在（巴陵）縣西三十里青草湖中，昔秦始皇欲入湖觀衡山，遇風浪，至此山止泊，因號焉。又云湘君所遊止，故名之也。」按，青草湖，亦名巴丘湖，北通洞庭，水漲則與洞庭相接，所謂重湖。

陪侍郎叔遊洞庭醉後三首

侍郎叔，謂李曄。

今日竹林宴〔一〕，我家賢侍郎。三杯容小阮，醉後發清狂〔二〕。

【注釋】

〔一〕句用阮籍、阮咸叔侄同飲於竹林事。《晉書·阮籍傳》：「（阮）咸任達不拘，與叔父籍爲竹林之遊。」

〔二〕小阮，指阮咸。清狂，高邁不羈貌。王注：「詩人所稱，多以縱情詩酒之類爲清狂。」

其二

船上齊橈樂〔一〕，湖心泛月歸。白鷗閑不去，争拂酒筵飛。

【注釋】

〔一〕橈，舟楫也。橈樂，謂舟子行船之歌。

其三

剗卻君山好〔一〕，平鋪湘水流。巴陵無限酒，醉殺洞庭秋。

【注釋】

〔一〕剗，鏟也。楊注：「君山在洞庭東，距巴陵四十里，登岳陽樓望之，横陳其前。君山之後乃太湖，渺茫無際，直抵沅、澧、鼎三州。」王注：「《北夢瑣言》：湘江北流，至岳陽達蜀江。夏潦後，蜀漲勢高，遏住湘波，讓而退溢爲洞庭湖，凡闊數百里，而君山宛在水中。秋水歸壑，此山復居於陸。《岳陽風土記》:君山在洞庭湖中,昔人有詩云:『四顧疑無地,中流忽有山。』正謂此也。夏秋水漲皆巨浸,不可以陸行往。」今按,此詩當是在岳陽樓上望洞庭而作。君山在湖水之東,而樓又在君山之東。自樓上西望,君山横陳,浩淼湖水,似因君山阻遏而不得暢流者,故有「剗卻」之奇想。參見本年《陪族叔刑部侍郎曄及中書賈舍人至遊洞庭五首》詩注。

【集説】

羅大經云:李太白云:「剗卻君山好,平鋪湘水流。」杜子美云:「斫卻月中桂,清光應更多。」二公所以爲詩人冠冕者,胸襟闊大故也。此皆自然流露,不假安排。(《鶴林玉露》)

洞庭醉後送絳州呂使君杲流澧州

本年秋作。絳州,屬河東道,即今山西新絳縣。澧州,屬江南西道,即今湖南澧縣。呂杲,白故交,事跡不詳。杲,蕭本作果。

昔别若夢中,天涯忽相逢。洞庭破秋月,縱酒開愁容。贈劍刻玉字,延平兩蛟龍〔一〕。送君不盡意,書及雁迴峰〔二〕。

【注釋】

〔一〕兩蛟龍,用晉張華得寶劍事。詳見開元十九年《梁甫吟》詩注。

〔三〕迴雁峰，衡山七十二峰之一，其峰勢如雁迴轉，相傳雁至衡陽而止，遇春而北歸。按，句用鴻雁傳書事。澧州在岳州西，吕杲往澧州，并不經過衡山。詩乃率意爲之。

送別

王本題下注云：「得書字。」所送之人不詳，或即上篇之吕杲，姑附繫於此。

水色南天遠，舟行若在虚。遷人發佳興，吾子訪閑居〔一〕。日落看歸鳥，潭澄羡躍魚〔二〕。聖朝思賈誼，應降紫泥書〔三〕。

【注釋】

〔一〕遷人，吾子，似皆指所送之人。閑居，謂己，是時白已赦還而尚期起用，故云。

〔二〕二句謂鳥有所歸，魚在其所，以反襯二人遭際。

〔三〕紫泥，皇帝用之以封詔書。賈誼，兼指所送之人及己，二人皆盼朝廷赦用也。

與夏十二登岳陽樓

本年秋作於岳陽。夏十二，名字不詳。岳陽樓，在今湖南岳陽市西門上，始建於唐，下瞰洞庭湖。

樓觀岳陽盡〔一〕，川迴洞庭開。雁引愁心去〔二〕，山銜好月來。雲間連下榻，天上接行杯〔三〕。醉後涼風起，吹人舞袖迴。

【注釋】

〔一〕岳陽，即岳州，隋開皇九年改巴陵郡置，以在天岳山之南，故名。治所在巴陵，即今湖南岳陽市。

〔二〕此句，宋乙本、蕭本、繆本、王本俱注云：「一作雁别秋江去。」

〔三〕下榻，用東漢陳蕃爲徐孺下榻事。此指留宿處。行杯，傳杯而飲。二句謂雲天與其留宿、行杯之處相接，極言岳陽樓之高。

荆州賊亂臨洞庭言懷作

本年秋作於巴陵。據《通鑑·唐紀》，乾元二年八月，襄州將康楚元、張嘉延據州作亂，楚元自稱南楚霸王。九月，張嘉延襲破荆州，有衆萬餘人。澧、朗、郢、峽、歸等州官吏，争潛竄山谷。十一月，商州刺史韋倫發兵討之，生擒楚元，其衆遂潰。此及以下二篇，皆荆州亂時所作。

修蛇横洞庭，吞象臨江島。積骨成巴陵〔一〕，遺言聞楚老。水窮三苗國〔二〕，地窄三湘道〔三〕。歲晏天峥嶸〔四〕，時危人枯槁。思歸阻喪亂，去國傷懷抱。郢路方丘墟，章華亦傾倒〔五〕。風悲猿嘯苦，木落鴻飛早。日隱西赤沙〔六〕，月明東城草〔七〕。關河望已絶，氛霧行當掃〔八〕。長叫天可聞，吾將問蒼昊〔九〕。

【注釋】

〔一〕修蛇、吞象，《淮南子·本經》：「（羿）斷修蛇於洞庭。」高誘注：「修蛇，大蛇，吞象三年而出其骨。」積骨，《元和郡縣志》江南道岳州：「昔羿屠巴蛇於洞庭，其骨若陵，故曰巴陵。」

〔二〕三苗，古代部族名。《史記·五帝本紀》：「三苗在江淮、荆州。」張守節《正義》：「吴起云：三苗之國，左洞庭，右彭蠡。」

〔三〕三湘，泛指湘水流域。詳見本年《自漢陽病酒歸寄王明府》詩注。

〔四〕《文選》鮑照《舞鶴賦》：「歲峥嶸而愁暮。」李善注：「《廣雅》曰：峥嶸，高貌。歲之將盡，猶物之高也。」

〔五〕郢，戰國楚國都，故址在江陵。章華，臺名，春秋時楚靈王所建，故址在今湖北監利縣西北。二句謂荆州一帶因叛亂遭破壞。

〔六〕赤沙，指赤沙湖，又稱赤湖、赤亭湖，在今湖南華容縣西南。夏秋水漲，與洞庭湖相接。

〔七〕城草，王注：「《一統志》：青草湖，一名巴丘湖，北連洞庭，南接瀟湘，東納汨羅之水。每夏秋水泛，與洞庭爲一，水涸則此湖先乾，青草生焉。琦按：城草恐是青草之訛，然青草在南，而詩云東城草，則又未敢定也。」

〔八〕氛霧，《文選》江淹《雜體三十首》：「天下横氛霧。」張銑注：「氛霧，喻亂賊也。」

〔九〕蒼昊，《文選》王延壽《魯靈光殿賦》：「承蒼昊之純殷。」張載注：「蒼昊，皆天之稱也。春爲蒼天，夏爲昊天。」

九日登巴陵置酒望洞庭水軍

王本題下注云：「舊注：時賊逼華容縣。」

九日天氣清，登高無秋雲[一]。造化闢川岳，了然楚漢分[二]。長風鼓横波，合沓蹙龍文[三]。憶昔傳遊豫，樓船壯横汾[四]。今兹討鯨鯢，旌旆何繽紛。白羽落酒樽，洞庭羅三軍[五]。黄花不掇手[六]，戰鼓遥相聞。劍舞轉頽陽，當時日停曛[七]。酣歌激壯士，可以摧妖氛。握齱東籬下，淵明不足群[八]。

【注釋】

〔一〕登高，謂登巴丘山也。詳見本年《秋登巴陵望洞庭》詩注。

〔二〕楚漢，王注：「謂楚地之山及漢水也。」按，漢水指長江。

〔三〕合沓，重疊雜亂貌。龍文，謂水之波紋。

〔四〕遊豫，帝王遊樂。參見本年《經亂離後天恩流夜郎憶舊遊書懷贈韋太守良宰》詩注。《文選》漢武帝《秋風辭》：「上行幸河東，祠后土，顧視帝京，欣然。中流與群臣飲燕，上歡甚，乃自作《秋風辭》曰：『……泛樓船兮濟汾河，横中流兮揚素波。』」

〔五〕白羽，箭也。《文選》司馬相如《上林賦》：「彎蕃弱，滿白羽。」李善注：「以白羽爲箭，故言白羽。」此代軍隊。二句意謂洞庭湖羅列三軍，其景映於酒樽之中。

〔六〕黄花，即菊花，俗於九月九日登高賞菊。

〔七〕用魯陽揮戈返日事。詳見天寶六載《日出入行》詩注。二句謂水軍氣勢之壯。

〔八〕握齱，同齷齪，氣量局狹貌。陶淵明《飲酒》詩：「采菊東籬下，悠然見南山。」蕭注：「用武之時，儒士必輕，太白此言，其以淵明自況乎？」

司馬將軍歌

王本題下注云：「原注：代隴上健兒陳安。」司馬將軍即指陳安。陳安，晉王司馬寶將，與前趙劉曜戰，晉元帝建武二年兵敗死。《晉書·劉曜載記》：「安善於撫接，吉凶夷險，與衆同之。及其死，隴上歌之曰：『隴上壯士有陳安，軀幹雖小腹中寬，愛養將士同心肝。騳驄父馬鐵鍛鞍，七尺大刀奮如湍，丈八蛇矛左右盤，十盪十決無當前。戰始三交失蛇矛，棄我騳驄竄巖幽，爲我外援而懸頭。西流之水東流河，一去不還奈子何？』劉曜聞而嘉傷，命樂府歌之。」《樂府詩集·雜曲歌辭》收此謡，題作《隴上歌》。白此篇亦在《雜曲歌辭》内。《樂府詩集》曰：「《司馬將軍歌》，李白所作，以代隴上健兒陳安。」此以陳安喻當時防禦康楚元、張嘉延亂之唐將帥。

狂風吹古月，竊弄章華臺〔一〕。北落明星動光彩〔二〕，南征猛將如雲雷〔三〕。手中電曳倚天劍〔四〕，直斬長鯨海水開。我見樓船壯心目，頗似龍驤下三蜀〔五〕。揚兵習戰張虎旗，江中白浪如銀屋。身居玉帳臨河魁〔六〕，紫髯若戟冠崔嵬〔七〕。細柳開營揖天子，始知灞上爲嬰孩〔八〕。羌笛橫吹《阿嚲迴》〔九〕，向月樓中吹《落梅》〔一〇〕。將軍自起舞長劍，壯士呼聲動九垓〔一一〕。功成獻凱見明主，丹青畫像麒麟臺〔一二〕。

【注釋】

〔一〕古月，胡之析字。章華臺，春秋楚靈王所建，故址在今湖北監利縣西北。王注：「乾元二年九月，襄州亂將張嘉延襲破荆州，據之。此詩當是是時所作，故有『狂風吹古月，竊弄章華臺』之句。嘉延疑亦蕃將，否則故安史部下之降兵也。」

〔二〕北落，星名，即北落師門星。王注：「《甘氏星經》：北落師門一星，在羽林軍西，主候兵。星明，大而角，軍兵安；小暗，天下兵。《晉書·天文志》：北落師門一星，在羽林西南。北者，宿在北方也。落，天之藩落也。師，衆也。師門，猶軍門也。長安城北門曰北落門。以象此也。主非常以候兵，有星守之，虜入塞中兵起。」

〔三〕此句兩宋本、繆本、王本俱注云：「一作南方有事將軍來。」

〔四〕倚天劍，謂劍之長大。

〔五〕龍驤，指晉大將王濬。晉咸寧五年，武帝謀伐吴，詔濬修舟艦，濬乃造大船連舫，尋以謡言拜濬爲龍驤將軍監益、梁諸軍事。太康元年，濬自發蜀，兵不血刃，攻無堅城，夏口、武昌無相支抗。於是順流鼓棹，徑造三山，下建業，吴主孫皓降。事見《晉書·王濬傳》。三蜀，《文選》左思《蜀都賦》：「三蜀之豪。」劉逵注：「三蜀，蜀郡、廣漢、犍爲也。本一蜀國，漢高祖分置廣漢，漢武帝分置犍爲。」

〔六〕玉帳，征戰時主將所居之軍帳。河魁，星名，爲主將設置軍帳之方位。《雲谷雜記·玉帳》：「顔之推《觀我生賦》云：『守金城之湯池，轉絳宫之玉帳。』……蓋玉帳乃兵家厭勝之方位，謂主將於其方置軍帳，則堅不可犯，猶玉帳然。」又云：「李太白《司馬將軍歌》云：身居玉帳臨河魁。戌爲河魁，謂主將之帳宜在戌也。非深識其法者不能爲此語。」

〔七〕紫髯，三國吴主孫權被譽爲紫髯將軍。此以喻唐將帥。崔嵬，高貌。《楚辭·九章·涉江》：「冠切雲之崔嵬。」

〔八〕細柳，地名，在今陝西咸陽市西南。《史記·絳侯周勃世家》：「文帝之後六年，匈奴大入邊，乃以宗正劉禮爲將軍，軍霸上；祝兹侯徐厲爲將軍，軍棘門；河内侯周亞夫爲將軍，軍細柳，以備胡。上自勞軍，至霸上及棘門軍，直馳入，將以下騎送迎。已而之細柳軍，軍吏士被甲鋭兵刃，彀弓矢持滿。天子先驅至，不得入。先驅曰：『天子且至。』軍門都尉曰：『將軍令曰：軍中聞將軍令，不聞天子之詔。』居無何，上至，又不得入，乃使使持節詔將軍：『吾欲入勞軍。』亞夫乃傳言開壁門，壁門士吏謂從屬車騎曰：『將軍約，軍中不得驅馳。』天子乃按轡徐行，至營，亞夫持兵揖曰：『介胄之士不拜，請以軍禮見。』天子爲動，改容式車，使人稱謝：『皇帝敬勞將軍。』成禮而去。既出軍門，群臣皆驚，文帝曰：『此真將軍矣。曩者霸上及棘門軍，若兒戲耳，其將固可襲而虜也。至於亞夫，可得而犯耶？』」二句贊唐將治軍之嚴。

〔九〕羌笛，原出古羌族。馬融《長笛賦》：「近世雙笛從羌起。」其制長二尺四寸，《説文》以爲三孔，《長笛賦》以爲四孔。《阿嚲迴》，笛曲名。《升庵詩話》卷六：「太白詩『羌笛横吹《阿嚲迴》』，番曲名。張祜集有《阿濫堆》，蓋飛禽名，明皇御玉笛采其聲翻爲曲子，即此也。番人無字，止以聲傳，故隨中國所書，人各不同耳，難以意求也。」嚲，音朵。

〔一〇〕《落梅》，即《梅花落》，笛曲名。

〔一一〕九垓，九天。垓，重也。

〔一二〕麒麟臺，漢高祖造，漢宣帝甘露三年，曾畫十一位功臣圖像於其上。詳見天寶二年《金門答蘇秀才》詩注。

臨江王節士歌

《臨江王節士歌》，《樂府詩集·雜歌謡辭》名。《漢書·藝文志》：「臨江王及愁思節士歌四篇。」南朝宋齊間陸厥始作《臨江王節士歌》，云：「木葉下，江波連，秋月照浦雲歇山。秋思不可裁，復帶秋風來。秋風來已寒，白露驚羅紈，節士慷慨髮衝冠。彎弓挂若木，長劍竦雲端。」

白此篇蓋擬陸作而自賦其感慨。

洞庭白波木葉稀〔一〕，燕鴻始入吴雲飛。吴雲寒，燕鴻苦，風號沙宿瀟湘浦。節士悲秋泪如雨〔二〕。白日當天心，照之可以事明主。壯士憤，雄風生，安得倚天劍，跨海斬長鯨〔三〕。

【注釋】

〔一〕《楚辭·九歌·湘夫人》：「嫋嫋兮秋風，洞庭波兮木葉下。」

〔二〕節士，有節操之士。白自喻。

〔三〕長鯨，似指荆州叛將康楚元、張嘉延。

【集説】

胡云：太白此詞正是自賦，未嘗賦節士本事也。

朱諫云：此詩首二句辭頗清，後乃冗雜而無倫次。蓋欲效白之豪放，才力不足，而無規矩可言，未免失之於野。如云「白日當天心，照之可以事明主」，此又何等語耶？（《李詩辨疑》）

詹鍈云：此詩已見敦煌殘卷本《唐詩選》，定非僞作。至「白日當天心」二句，敦煌殘卷本無之，疑出後人所增。朱氏據此二語，遂疑全詩盡屬僞作，非也。

王云：《漢書·藝文志》有《臨江王》及《愁思節士歌》詩四篇，宋陸厥作《臨江王節士歌》，蓋誤合爲一也。太白此題殆仍其失者歟？

瞿、朱云：按庾信《哀江南賦》：「臨江王有《愁思》之歌。」杜甫詩：「臨江節士安足數？」恐未必皆誤讀《漢書》。

【按】

《樂府詩集·雜歌謠辭》陸厥《中山孺子妾歌二首》下題解云：「《漢書》曰：『詔賜中山靖王子噲及孺子妾冰、未央才人歌詩四篇。』……按此謂以歌詩賜中山王及孺子妾、未央才人等爾，累言之，故云及也。而陸厥作歌，乃謂之《中山孺子妾》，失之遠矣。《藝文志》又曰：『臨江王及愁思節士歌詩四篇，李夫人及幸貴人歌詩三篇。』亦皆累辭也。」似此，則「臨江王」與「愁思節士」皆係人名，非歌詩之名，唯「愁思節士」不知何指。陸厥始爲《臨江王節士歌》，顯係誤合爲一，至庾信、李白、杜甫，亦皆沿其誤。

贈別舍人弟臺卿之江南

本年秋遊瀟湘時作於永州（零陵郡）。李臺卿，《舊唐書·永王璘傳》：「（璘）以薛鏐、李臺卿、蔡坰爲謀主，因有異志。」或即其人。

去國客行遠，還山秋夢長〔一〕。梧桐落金井，一葉飛銀床〔二〕。覺罷攬明鏡，鬢毛颯已霜。良圖委蔓草，古貌成枯桑〔三〕。欲道心下事，時人疑夜光〔四〕。因爲洞庭葉，飄落之瀟湘〔五〕。令弟經濟士，謫居我何傷？潛虬隱尺水〔六〕，著論談興亡。客遇王子喬，口傳不死方〔七〕。入洞過天地，登真朝玉皇〔八〕。吾將撫爾背，揮手遂翱翔〔九〕。

【注釋】

〔一〕時因康楚元、張嘉延亂，關河阻隔，故云。

〔二〕銀床，指施有雕欄之井。《韻會》：「井幹，井上木欄也，其形四角或八角，又謂之銀床，皆井欄也。」

〔三〕古貌，謂相貌不凡。盧照鄰《贈益府群官》：「昂藏多古貌。」枯桑，喻其衰老。

〔四〕夜光，謂夜光之璧。《後漢書·西域傳》：「土多金銀奇寶，有夜光璧、明月珠。」

〔五〕瀟湘，泛指今湖南一帶，此指零陵。詹鍈云：「《詩話總龜》卷十六引陶岳《零陵總記》云：『瀟水在永州西三十步，(出)自道州營道縣九嶷山中。湘水在永州北十里，出自桂州海陽山中，至零陵北與瀟水合。二水……自零陵合流謂之瀟湘。』故零陵亦有瀟湘之稱。」按，白本年遊瀟湘之際，賈至有《洞庭送李十二赴零陵》詩，云：「今日相逢落葉前，洞庭秋水遠連天。共説金華舊遊處，迴看北斗欲潸然。」亦可證白此期詩中稱「瀟湘」乃指零陵。

〔六〕潛虬，《文選》謝靈運《登池上樓》詩：「潛虬媚幽姿。」李善注：「虬以深潛而保真。」尺水，喻淺也。句謂臺卿才大不得用。

〔七〕客遇，謂以客禮待之也。《漢書·李陵傳》：「李緒本漢塞外都尉，匈奴攻之，緒降，而單于客遇緒。」王子喬，古仙人。《文選·古詩十九首》：「仙人王子喬，難可與等期。」李善注：「《列仙傳》曰：「王子喬者，太子晉也，道人浮丘公接以上嵩高山。」二句謂臺卿曾遇仙人傳以不死之術。

〔八〕洞、天地，即洞天，洞中別有天地之意，道家以稱仙人所居之處。登真，猶言登仙，《隋書·經籍志》載陶弘景有《登真隱訣》，言神仙之事。玉皇，道教稱天帝曰玉皇大帝，簡稱玉皇、玉帝。二句謂臺卿已登仙籍。

〔九〕詹鍈云：「詩中又云：『吾將撫爾背，揮手遂翱翔。』知李白有請臺卿援引之意。」按，此句兩宋本、繆本、王本俱注云：「一作携手凌蒼蒼。」似此，則兩句非請臺卿援引之意。玩詩意，蓋臺卿自云已經登仙。白欲與其共飛騰仙界也。

贈盧司户

本年秋作於零陵。盧司户，名象，字偉卿，時爲永州司户。象以章句振起於開元中，與王維、崔顥等比肩。得張九齡器重，擢爲左補闕，後官至司勳員外郎。安史亂中，陷賊，被脅從伍中。先貶爲果州長史，再貶爲永州司户。見《唐詩紀事》卷二六。有集十二卷。見《新唐書·藝文志》。白當在早年即與之相識。

秋色無遠近，出門盡寒山。白雲遥相識，待我蒼梧間〔一〕。借問盧耽鶴，西飛幾歲還〔二〕？

【注釋】

〔一〕蒼梧，山名，即九疑山，在今湖南寧遠縣境，相傳舜葬於蒼梧之野。

〔二〕盧耽鶴，《水經注·耒水》：「鄧德明《南康記》曰：昔有盧耽，仕州爲治中。少棲仙術，善解雲飛，每夕輒凌虚歸家，曉則還州。嘗於元會至朝，不及朝列，化爲白鶴，至閣前回翔欲下，威儀以石擲之，得一隻履。耽驚還就列，内外左右莫不駭異。」此以喻盧象。

草書歌行

本年秋作於零陵。

少年上人號懷素，草書天下稱獨步〔一〕。墨池飛出北溟魚〔二〕，筆鋒殺盡中山兔〔三〕。八月九月天氣凉，酒徒詞客滿高堂。牋麻素絹排數箱〔四〕，宣州石硯墨色光。吾師醉後倚繩床〔五〕，須臾掃盡數千張。飄風驟雨驚颯颯，落花飛雪何茫茫。起來向壁不停手，一行數字大如斗。怳怳如聞神鬼驚，時時只見龍蛇走。左盤右蹙如驚電，狀同楚漢相攻戰。湖南七郡凡幾家〔六〕，家家屏障書題徧。王逸少，張伯英，古來幾許浪得名〔七〕。張顛老死不足數〔八〕，我師此義不師古〔九〕。古來萬事貴天生，何必要公孫大娘渾脱舞〔一〇〕？

【注釋】

〔一〕懷素，唐僧人，善書，以狂草出名。《宣和書譜》十九《唐釋懷素》：「釋懷素，字藏真，俗姓錢，長沙人，徙家京兆。初勵律法，晚精意於翰墨，追倣不輟，秃筆成冢。一夕，觀夏雲隨風，頓悟筆意，自謂得草書三昧。斯亦見其用志不分，乃凝於神也。當時名流如李白、戴叔倫、竇衆、錢起之徒，舉皆有詩美之，狀其勢以爲若驚蛇走虺，驟雨狂風，人不以爲過論。又評者謂張長史爲顛，懷素爲狂。及其晚年益進，則復評其與張芝逐鹿，兹亦有加無已。故其譽之者亦若是耶。考其平日得酒發興，要欲字字飛動，圓轉之妙，宛若有神。」上人，即僧人。據傅抱石《中國美術年表》，懷素生於開元十三年，小李白二十五歲。白遊零陵時，懷素年三十四，故稱其爲「少年上人」。

〔二〕墨池，謂書家洗筆硯之池。今浙江紹興、江西臨川有晉王羲之洗硯池，河南陝州有漢張芝洗硯池，均稱墨池。後以臨池爲學書，以硯爲墨池。句謂懷素學書有年，其硯中墨汁，積而爲海，若神話中之北溟。

〔三〕中山兔，指以中山兔毫所製之筆。中山，在今安徽宣城。王羲之《筆經》：「諸郡毫惟中山兔肥而毫長可用。」句謂懷素秃筆成冢，幾若殺盡中山之兔。

〔四〕牋麻、素絹，王注：「箋、麻，皆紙也。以五色染成，或研光，或金銀泥。畫花式者爲箋紙，其以麻爲之者爲麻紙。唐時詔書用黄麻、白麻是也。絹素，皆繒名。繒中至下者謂之絹，絹之精白者謂之素。」

〔五〕繩床，坐具。胡三省《通鑑注》以繩床爲交床，詳見至德二載《經亂後將避地剡中留贈崔宣城》

、詩注。王注：「交床、繩床，今人家有之，然二物也。……繩床以板爲之，人坐其上，其廣前可容膝，後有靠背，左右有托手可以擱臂，其下四足著地。」

〔六〕七郡，王注：「謂長沙郡、衡陽郡、桂陽郡、零陵郡、連山郡、江華郡、邵陽郡。此七郡皆在洞庭湖之南，故曰湖南。」

〔七〕王逸少，晉書法家王羲之，字逸少。張伯英，東漢書法家張芝，字伯英。浪得名，猶言妄得名。浪，徒然也，唐時口語。杜甫《泛江送魏十八倉曹還京》：「見酒須相憶，將詩莫浪傳。」韓愈《秋懷詩》：「胡爲浪自苦，得酒且喜歡。」皆是。

〔八〕張顛，謂唐著名書法家張旭。《舊唐書·張旭傳》：「吴郡張旭善草書而好酒，每醉後號呼狂走，索筆揮灑，變化無窮，若有神助，時人號爲張顛。」

〔九〕句中二師字，皆師法之意。此義，合前後數句而言之，即不爲古人所拘束，而貴天才創造。

〔一〇〕渾脱，唐時舞名，由西域傳入。杜甫《觀公孫大娘舞劍器行序》：「開元五載，予尚童穉，記於郾城觀公孫氏舞劍器渾脱，瀏灕頓挫，獨出冠時。……往時吴人張旭善草書帖，數嘗於鄴縣見公孫大娘舞西河劍器，自此草書長進，豪蕩感激。」

【集説】

蕭云：《懷素草書歌》，先儒謂非太白作。

胡應麟云：太白《懷素草書歌》，誠爲僞作，而校者不能删削，以無左驗故。今觀素師《自叙》，錢

起、盧綸等句，無不備録，顧肯遺太白？此證甚明。（《詩藪》）

朱諫云：此詩格律雖不足，然辭氣清順，頗有音節，較於李白，固所不逮，猶不失爲唐人風調也。但抑揚太過，褒貶太遽，爲可怪耳。内有豪放之氣，宋元以下拘拘於常律者，又有所不及也，不可以爲非白之作而遽忽之。（《李詩辨疑》）

王云：蘇東坡謂《草書歌》決非太白所作，乃唐末五代效禪月而不及者，且訾其「牋麻絹素排數箱」之句村氣可掬。《墨池編》云：此詩本藏真自作，駕名太白者。琦按以一少年上人而故貶王逸少、張伯英以推奬之，大失毁譽之實。至張旭與太白既同酒中八仙之遊，而作詩稱詡有「胸藏風雲世莫知」之句（按此句見於《猛虎行》），忽一旦訾其老死不足數，太白決不没分别至此。斷爲僞作，信不疑矣。

詹鍈云：按《文苑英華》録《懷素上人草書歌》八首，而不及此篇，實大可疑。且懷素生開元十三年，晚太白二十五歲，今詩中一則云：「吾師醉後倚繩床。」再則云：「我師此義不師古。」太白一生倨傲，斷不至對一少年上人若是之尊崇也。詩又云：「湖南七郡凡幾家，家家屏障書題徧。」王琦注：「湖南七郡，謂長沙郡、衡陽郡、桂陽郡、零陵郡、連山郡、江華郡、邵陽郡，此七郡皆在洞庭湖之南，故曰湖南。」不知其何所據。按《新唐書・方鎮表》，廣德二年置湖南節度使，共轄五州。湖南二字用作政治區劃之名，當始於此。至宋太宗置湖南路，始統潭衡道永邵郴全七州，一桂陽監。太白卒於寶應元年，而此詩中已有湖南七郡之稱，亦至可疑。（《李白詩論叢・李詩辨僞》）

瞿、朱云：此詩不載《英華》，蕭、胡二氏亦疑之。玩其詞氣稍近疏薄，不獨與白平日詩格不類，亦不似盛唐時人口吻。朱氏最喜雌黄，獨於此詩許爲「詞氣清順，頗有音節」，殊不可解。至詹氏摭湖南七郡之説，謂廣德二年始置湖南節度使，此又過泥。湖南猶江南嶺南，形之於詩者非必作爲行政區域，唐詩中如錢起之「湖南遠去有餘情」，比比也。其他繁説不具引，要之在存疑之列。

郭沫若云：這首詩，……前人多以爲僞作。蘇軾首發其難，謂：「其『箋麻素絹排數箱』之句，村氣可掬」。李白和其他詩人每每有率真之句，這是不成其爲理由的。清代的注家王琦，謂「以一少年上人而故貶王逸少、張伯英以推奬之，大失毁譽之實。至張旭與太白既同八仙之遊，而作詩稱許有『胸藏風雲世莫知』之句，忽一旦而訾其『老死不足數』，太白決不没分别至此，斷爲僞作不疑矣。」今按：張芝（伯英）以章草名世，所存手跡在唐代已屬有限，而且已不入時，故謂之「浪得名」。王羲之（逸少）真跡近章草，僞跡甚多，即傳世《蘭亭序》也是假造的。李白知道此中消息，曾有詩句云：「蘭亭雄筆安足誇？」（《魯郡堯祠送竇薄華還西京》）「雄筆」是别人稱之爲「雄」，其實是僞跡，故不足誇。因而也謂之「浪得名」。「張顛老死不足數」，張旭如上所述，死於乾元二年，李白這首詩也當作於長流夜郎、遇赦放回，於乾元二年秋遊零陵時所作。當時張旭去世了，所謂「不足數」者，是人已經死了，不必再提了。這猶如陶淵明的「死去何所道」（《輓歌三首》之三），多少有些憤世疾俗的意味。即使作爲對於張旭的狂草有所不滿，論理也没有什麽「没分别」。杜甫也是一樣，一方面在《飲中八仙歌》中稱頌張旭，另一方面在《李潮八分小篆歌》中卻認真地菲薄張旭：「吴郡張顛誇草書，草書非古空雄壯。豈如吾甥（李潮）不流宕，丞相（李斯）、中郎（蔡邕）丈人行！」這不同樣也是「没分别」了嗎？李白和杜甫，在書法的觀點上，也是有所同而又有所不同。李白的抑張旭而揚懷素，頗有獎勵後進的用意，杜甫的抑張旭而揚李潮則完全是貴古賤今了。……近人詹鍈也認爲李白的《草書歌行》是僞作。他的理由有二。其一，謂「懷素生開元十三年，晚太白二十五歲。今詩中一則云：『吾師醉後倚繩床』，再則云『我師此義不師古』，太白一生倨傲，斷不至對一少年上人若是之尊崇也」。其二，謂：「詩又云『湖南七郡凡幾家，家家屏障書題遍』。王琦注：『湖南七郡，謂長沙郡、衡陽郡、桂陽郡、零陵郡、連山郡、江華郡、邵陽郡。此七郡皆在洞庭湖之南，故曰湖南。』不知其何所據。按《新唐書·方鎮表》，廣德二年置湖南節度使，共轄五州。『湖南』二字用作政治區劃之名，當始於此。……太白卒於寶應元年，而此詩中已有『湖南七郡』之稱，亦至可疑。」今按：稱懷素爲「師」，是一般的通稱，如畫師、醫師、巫師、禪師、法師等等。故詩中的兩個「師」字（第二個「我師此義」的「師」字可能是動詞）就等於「上人」，等於「和尚」，并非特别「尊崇」。至於「湖南七郡」，猶如杜甫《兵車行》中的「山東二百州」，「山東」乃華山之東，「湖南」乃洞庭之南，在古時都非「政治區劃」。「七郡」字樣，在李白詩中尚别有所見，「七郡長沙國，南連湘水濱」（《送長沙陳太守二首》之二）。這所指的正是潭州長沙郡、衡州衡陽郡、永州零陵郡、連州連山郡、道州江華郡、郴州桂陽郡、邵州邵陽郡。七郡在漢時都是長沙國舊地，都在洞庭湖之南。王琦的注是有根據的，一點也没錯。因此，李白的《草書歌行》，不能説是僞作。（《李白與杜甫》）

【按】

郭氏力排衆議，言之成理，可從。兹再作補充如下：胡應麟云：「太白《懷素草書歌》誠爲僞作。今觀素師《自叙》，錢起、盧綸等無不備録，顧肯遺太白？此證甚明。」實則此不足證。此詩之不見於懷素《自叙》帖，自有原因，且非偶遺。懷素以草書名噪天下，當時賦詩稱許者甚多，懷素《自叙》并未備録，所録者僅九人。其詩流傳至今而爲《自叙》所遺者，除李白外，尚有蘇涣、任華、馬雲奇等人。《自叙》作於大曆十二年，時懷素五十三歲，在長安，日出入於王公大人之門（見任華《懷素上人草書歌》）。所作《自叙》，意在干謁。故其所録之人，如刑部尚書顔真卿、禮部侍郎張謂、吏部侍郎韋涉、御史許瑶、竇冀、戴叔倫、司勳員外郎錢起、永州刺史王邕，均爲當時官場人物。此等人獎掖之詞有利於干謁，故爲懷素所録。而任華終身爲布衣，蘇涣以謀反被誅，馬雲奇爲胡人虜去西域，李白亦係刑餘之人，況已作古，皆於懷素干謁無益，甚或有礙，宜其不録。

秋夕書懷

宋乙本、蕭本、繆本、王本題下俱注云：「一作《秋日南遊書懷》。」本年秋末作於零陵。

北風吹海雁，南渡落寒聲。感此瀟湘客，悽其流浪情。海懷結滄洲〔一〕，霞想遊赤城〔二〕。始探蓬壺事〔三〕，旋覺天地輕。澹然吟高秋，閑卧瞻太清〔四〕。蘿月掩空幕，松霜結前楹。

滅見息群動〔五〕，獵微窮至精〔六〕。桃花有源水，可以保吾生〔七〕。

【注釋】

〔一〕滄洲，江海之地，隱者所居。此句宋乙本、繆本、王本俱注云：「一作遠心飛蒼梧。」

〔二〕赤城，山名，在今浙江天台縣北。霞，宋乙本、蕭本、繆本、王本俱注云：「一作遐。」

〔三〕蓬壺，即蓬萊，仙山名。蓬壺事，謂神仙之事。

〔四〕太清，天空。

〔五〕滅見，謂日没而視不見。息群動，即群動息，陶淵明《飲酒》：「日入群動息。」

〔六〕微，精微之道，指神仙之事。

〔七〕桃花，用陶淵明《桃花源記》事。句謂將隱棲以終此生。

【集説】

蕭云：太白當謫逐之時，乃能以仙遊自解，可謂善處患者矣。

門有車馬客行

《門有車馬客行》，《樂府詩集·相和歌辭》名。《樂府詩集》引《樂府題解》云：「曹植等有《門有車馬客行》，皆言問訊其客，或駕自京師，備叙市朝遷謝，親友凋喪之意也。」

門有車馬客，金鞍耀朱輪〔一〕。謂從丹霄落，乃是故鄉親。呼兒掃中堂，坐客論悲辛。對酒兩不飲，停觴淚盈巾。嘆我萬里遊，飄飄三十春。空談帝王略，紫綬不挂身〔二〕。雄劍藏玉匣〔三〕，陰符生素塵〔四〕。廓落無所合〔五〕，流離湘水濱。借問宗黨間，多爲泉下人。生苦百戰役，死託萬鬼鄰。北風揚胡沙，埋翳周與秦〔六〕。大運且如此，蒼穹寧匪仁？惻愴竟何道？存亡任大鈞〔七〕。

【注釋】

〔一〕朱輪，達官所乘之車，以朱紅漆輪，故名。

〔二〕紫綬，紫色印組，或爲服飾，皆高官所有。詳見天寶元年《駕去温泉宫後贈楊山人》詩注。

〔三〕雄劍，春秋時吴王闔閭使冶者干將造兩劍，雄曰干將，雌曰莫耶。事見《吴越春秋》。

〔四〕陰符，兵書之類。《戰國策·秦策》：「（蘇秦）乃夜發書，陳篋數十，得太公《陰符》之謀。」

〔五〕廓落，《文選》宋玉《九辯》：「廓落兮羈旅而無友生。」吕延濟注：「廓落，空寂也。」

〔六〕周、秦，指周秦所在之地。二句謂安史亂起，中原之地陷於戰亂。

〔七〕大鈞，天、自然。《文選》賈誼《鵩鳥賦》：「大鈞播物。」李善注：「如淳曰：陶者作器於鈞上，此以造化爲大鈞。應劭曰：陰陽造化，如鈞之造器也。」

【集説】

胡云：本瑟調曲曹植《門有萬里客行》也。陸機、張華擬辭，大率言問訊其客，備叙市朝遷謝，親友凋喪之意。白辭同，而「空談霸王略，紫綬不挂身」等語，微寓自嘆，胡沙霾翳周秦，亦詠其時事云。

詹鍈云：薛仲邕繫開元十六年下，蓋以聖曆二年爲太白始生之歲，至此適三十齡耳。王《譜》繫至德元載下，又於開元十八年下附注云：「舊譜以《門有車馬客行》及《答湖州迦葉司馬》皆列於三十歲之下。按《門有車馬客行》詩曰：『嘆我萬里遊，飄摇三十春。』此嘆其客遊之久，非紀其始壯之年。觀下文『北風揚胡沙，埋翳周與秦』之句，應是禄山殘破兩京之後所作。」詩云：「廓落久無合，流離湘水濱。借問宗黨間，多爲泉下人。」按至德元載白之游踪未至沅湘一帶，與所謂「流離湘水濱」者不合。此詩疑亦居零陵時作。史思明於是年九月陷東京。「北風揚胡沙」二句，指思明之亂，非禄山亂時也。

鳴雁行

《鳴雁行》，《樂府詩集·雜曲歌辭》名。此以舊題寫身世。

胡雁鳴，辭燕山〔一〕，昨發委羽朝度關〔二〕。一一銜蘆枝，南飛散落天地間，連行接翼往復還。客居烟波寄湘吴，凌霜觸雪毛體枯，畏逢矰繳驚相呼〔三〕。聞弦虚墜良可吁〔四〕，君更彈射何爲乎？

【注釋】

〔一〕燕山，在今河北東北部，自薊縣東南蜿蜒而東，經玉田、豐潤直至海濱。

〔二〕委羽，《淮南子·地形》：「北方曰積冰，曰委羽。」高誘注：「委羽，山名，在北極之陰，不見日也。」

〔三〕矰繳，繫有絲繩用以射鳥之短箭。

〔四〕《戰國策·楚策》：「有間，雁從東方來，更羸以虚發而下之。魏王曰：『然則射可至此乎？』……對曰：『其飛徐而鳴悲。飛徐者，故瘡痛也；鳴悲者，久失群也。故瘡未息而驚心未至也。聞弦音，引而高飛，故瘡隕也。』」

【集説】

《唐宋詩醇》云：此白遭難避禍而作。步步憂虞，所謂驚弓之鳥。一結婉而多諷，誦之惻然。

【按】

詩云：「客居烟波寄湘吴。」似是赦後遊歷湘吴時作。觀「君更彈射何爲乎」句，當時似有昔日友人落井下石。由此可知白在赦後遭際之多舛。

上元元年（即乾元三年，閏四月改元。七六〇年）　李白六十歲

春滯沅湘有懷山中

本年春自零陵歸至巴陵時作。沅湘二水先匯於洞庭，又在岳州入長江，後遂以沅湘爲岳州

（巴陵郡）異稱。

沅湘春色還，風暖烟草緑。古之傷心人，於此腸斷續。予非懷沙客[一]，但美《采菱曲》。所願歸東山[二]，寸心於此足。

【注釋】

〔一〕懷沙客，謂屈原。《史記·屈原列傳》：「乃作《懷沙》之賦。……於是懷石，遂自投汨羅以死。」

〔二〕東山，在今浙江上虞縣西南，東晉謝安早年隱居於此。後因以東山指隱居之所。

登巴陵開元寺西閣贈衡岳僧方外

本年春作於巴陵。《唐會要》卷四十八：「天授元年十月二十九日，兩京及天下諸州各置大雲寺一所，開元二十六年六月一日，并改爲開元寺。」

衡岳有開士[一]，五峰秀真骨[二]。見君萬里心，海水照秋月。大臣南溟去[三]，問道皆請謁。灑以甘露言[四]，清凉潤肌髮。明湖落天鏡，香閣凌銀闕[五]。登眺餐惠風[六]，新花期啟發。

【注釋】

〔一〕開士，菩薩之異稱。以能自開覺、又可開他人生信心，故稱。後爲對僧人之敬稱。

〔二〕《傳燈録》卷三《慧可》：惠可大師返香山，終日宴坐，經八載，於寂默中見一神人謂曰：「將欲受果，何滯此耶？」翌日，覺頭痛如刺，其師欲治之。空中有聲曰：「此乃换骨，非常痛也。」師視其頂骨，即如五峰秀出矣。

〔三〕瞿、朱云：此詩中「大臣南溟去」一語殊不可解。肅宗末年大臣貶謫南方者有第五琦、李揆等人，惟張鎬貶辰州司户，與白交誼夙深，或指張鎬也。按，此處當係泛指，謂其道行深廣也，不必坐實某貶謫大臣。

〔四〕甘露言，謂佛語如甘露沁人也。《法華經》：「如以甘露灑，除熱得清凉。」

〔五〕香閣，《維摩詰經》：「上方界分過四十二恒河沙佛土，有國名衆香，佛號香積，其界一切皆以香作樓閣。」銀闕，謂仙界之城闕。梁元帝《揚州梁安寺碑序》：「銀闕金宫出瀛州之下。」句謂寺閣之高。

〔六〕惠風，謂春風。王羲之《蘭亭序》：「惠風和暢。」是序作於永和九年「暮春之初」。

【集説】

詹鍈云：《唐會要》：「天授元年十月二十九日，兩京及天下諸州各置大雲寺一所，開元二十六年六月一日，并改爲開元寺。」則此詩當非太白少年時代所作。詩云：「海水照秋月。」知在秋季。此首與《登瓦官閣詩》，《文苑英華》并題爲李賓作，《全唐詩》因録李賓詩二首，即此兩篇也。按二詩校文，如集作某等，俱與今本《李太白集》合，知重校《文苑英華》時尚以此二首爲李白作，其作李賓當是轉刻之誤。

瞿、朱云：詹氏據「海水照秋月」句謂詩作於秋季，殊不盡然。「海水照秋月」乃上句「見君萬里心」之注脚，非實指時令。

早春寄王漢陽

本年春由巴陵返江夏作。王漢陽，漢陽令。白上年有寄贈王漢陽詩多首，可參看。

聞道春還未相識，走傍寒梅訪消息。昨夜東風入武昌〔一〕，陌頭楊柳黄金色。碧水浩浩雲茫茫，美人不來空斷腸〔二〕。預拂青山一片石，與君連日醉壺觴。

【注釋】

〔一〕武昌，唐武昌縣即今湖北鄂城縣，此指江夏。昌，兩宋本、繆本、咸本俱作陽，胡本、王本作昌。按，作昌是。江夏本漢沙羨縣，屬武昌郡。《元和郡縣志》江南道鄂州：「武昌縣，……建安二十五年，吴大帝以下雉、尋陽、新城、柴桑、沙羨、武昌六縣爲武昌郡。」故江夏可得稱爲武昌。

〔二〕美人，指王漢陽。

【集説】

詹鍈云：《王譜》繫乾元二年下，蓋以《自漢陽病酒歸寄王明府》詩爲乾元二年作，隨以類相屬也。按乾元二年早春，太白方在流夜郎途中，尚未遇赦，此詩之作，應在上元元年。《李詩辨疑》曰：「辭意詳玩，乃是王漢陽寄李白者，當附於《望漢陽柳色寄王宰》之下，以見彼此贈答之意。今乃另題作李白寄王漢陽詩，輯録者之誤也。」按太白擬約王漢陽渡水而來，乃有此寄，朱氏以爲王漢陽酬答之詩，似失其旨。

望漢陽柳色寄王宰

漢陽江上柳，望客引東枝〔一〕。樹樹花如雪，紛紛亂若絲。春風傳我意，草木度前知〔二〕。寄謝絃歌宰〔三〕，西來定未遲。

【注釋】

〔一〕望，向也。客，白自指。引東枝，發其東枝也。江夏在漢陽東，自江夏望漢陽柳色，見其東枝，故云。

〔二〕度前知，猶言達其前約。度前知，兩宋本、繆本俱注云：「一作發前墀。」王本注云：「一作別前知，一作發前墀。」

〔三〕絃歌宰，指王漢陽。孔子弟子子游爲武城宰，以絃歌教化百姓。後因稱宰縣爲絃歌。參見上元二年《贈從孫義興宰銘》詩注。

【集説】

瞿、朱云：語意喜悦，似爲次年（按即乾元二年）春間赦還時作。所謂引東枝者，引枝由東而西。

所謂西來者，從西而來也。《李詩辨疑》謂本卷《早春寄王漢陽》一首（按即前首）即答此詩者，不爲無見。《王譜》亦繫於乾元二年。一年之春而寄此二首，誠不能無疑也。

【按】

漢陽令王某，其居處固在漢陽。而白在江夏。二人隔江，白望漢陽柳色，乃以詩代簡相邀。漢陽、江夏，一西一東。《早春寄王漢陽》之「昨夜東風入武昌」，顯係身在江夏之李白之感受，而非漢陽王宰所能有。《早春寄王漢陽》云：「走傍寒梅訪消息」，「陌頭楊柳黄金色」，顯係早春光景；《望漢陽柳色寄王宰》云：「樹樹花如雪，紛紛亂若絲。」已是仲春氣象。一年之春而寄此二首，大可不必疑也。細玩二詩，皆白邀王漢陽語氣。《望漢陽柳色寄王宰》云：「春風傳我意，草木度前知。寄謝絃歌宰，西來定未遲。」《早春寄王漢陽》云：「碧水浩浩雲茫茫，美人不來空斷腸。預拂青山一片石，與君連日醉壺觴。」若是兩人贈答之詩，恐無人邀我而我反邀人之理也。另，此詩作年，詹鍈已有解説，當依詹説，繫於上元元年是。白遇赦雖在乾元二年春，而抵江夏已在仲夏，參見上年《將遊衡岳過漢陽雙松亭留別族弟浮屠談皓》詩注。

與諸公送陳郎將歸衡陽 并序

本年春作於江夏。咸本題下注云：「一作《春於南浦與諸公送》。」陳郎將，名字不詳。郎將，據《新唐書·百官志》，左右十四衛及太子左右率府皆有郎將，五品。衡陽，屬江南西道衡州，即今湖南衡陽市。

仲尼旅人，文王明夷〔一〕。苟非其時，聖賢低眉。況僕之不肖者，而遷逐枯槁，固誠其宜〔二〕。朝心不開，暮髮盡白。而登高送遠，使人增愁。陳郎將義風凜然，英思逸發。來下曹城之榻〔三〕，去邀才子之詩。動清興於中流，泛素波而去徑。諸公仰望不及，連章祖之〔四〕。序漸起予〔五〕，輒冠名賢之首。作者嗤我，云爲撫掌之資乎〔六〕！衡山蒼蒼入紫冥〔七〕，下看南極老人星〔八〕。迴飆吹散五峰雪，往往飛花落洞庭。氣清岳秀有如此，郎將一家拖金紫〔九〕。門前食客亂浮雲，世人皆比孟嘗君。江上送行無白璧，臨歧惆悵若爲分〔一〇〕？

【注釋】

〔一〕旅人，客居在外之人。明夷，《易》卦名。王注：「《周易》：明入地中，明夷。内文明而外柔順，以蒙大難，文王以之。《周易集解》：鄭玄曰：夷，傷也。日出地上，其明乃光，至其入地，明則傷矣，故謂之明夷。目之明傷，猶聖人、君子有明德，而遭亂世，抑在下位。則宜自艱，無幹政事，以避小人之害也。荀爽曰：明在地下，爲坤所蔽，大難之象，文王君臣相事，故當大難也。王弼《易注》：文王明夷，則主可知矣。仲尼旅人，則國可知矣。」

〔二〕誠，宋乙本、蕭本、繆本、王本俱作非。據咸本改。

〔三〕下榻，東漢陳蕃爲豫章太守，特懸一榻，遇郡中名士徐穉來，即下榻；徐去，又懸起。見《後漢書·徐穉傳》。按，曹城殊不可解。曹字當爲專字之誤，以其形近也。專城，郡守也，與下榻之典合，與下句才子相對。

〔四〕祖，設帳而餞行。句謂以詩送别。

〔五〕序慚起予，咸本作以序屬予。

〔六〕撫掌之資，猶言談笑之資也。撫掌，拍手笑貌。《晉書·左思傳》：「初，陸機入洛，欲爲此（三都）賦，聞思作之，撫掌而笑。」

〔七〕衡山，即南岳衡山，在今湖南衡山等縣境内，有七十二峰，以祝融、天柱、芙蓉、紫蓋、石廩五峰最著，以祝融爲最高。

〔八〕南極老人，星名。《史記·天官書》：「狼比地有大星，曰南極老人。老人見，治安。」

〔九〕金紫，金印及紫綬。《文選》陸機《謝平原内史表》：「懷金拖紫，退就散輩。」

〔一〇〕若爲，唐人習語，猶怎能也。張相《詩詞曲語辭匯釋》卷一：「若，猶怎也。……李白《與諸公送陳郎將歸衡陽》詩：『江上送行無白璧，臨歧惆悵若爲分。』言怎能分離也。」

【集説】

詹鍈云：《文苑英華》、《唐文粹》選録此詩序文，俱題作《春於南浦與諸公送陳郎將歸衡嶽序》，集本蓋有脱誤。按唐山南東道萬州南浦郡有南浦縣，但太白流夜郎是否曾至南浦縣，固未可必，且即至南浦縣，倉卒間恐亦難得有詩酒之會也。太白《贈漢陽輔録事》第二首云：「南浦登樓不見君。」南浦在武昌城南三里。《太平寰宇記》云：其源出景首山，西入江。……商旅往來皆於南浦停泊，在郭之南，故名。此詩序云：登高送遠，使人增愁。登高者，即於南浦登樓也。此詩當與《贈漢陽輔録事》二首爲前後之作。

江夏贈韋南陵冰

本年春作於江夏。韋冰，京兆人，白故交，時爲南陵縣令。韋大曆末卒，官終著作郎兼蘇州司馬。見《全唐文》權德輿《韋渠牟墓誌》。

胡驕馬驚沙塵起，胡雛飲馬天津水〔一〕。君爲張掖近酒泉，我竄三巴九千里〔二〕。天地再新法令寬〔三〕，夜郎遷客帶霜寒。西憶故人不可見，東風吹夢到長安。寧期此地忽相遇，驚喜茫如墮烟霧。玉簫金管喧四筵，苦心不得申長句〔四〕。昨日繡衣傾緑樽〔五〕，病如桃李竟何言〔六〕？昔騎天子大宛馬〔七〕，今乘款段諸侯門〔八〕。賴遇南平豁方寸〔九〕，復兼夫子持清論。有似山開萬里雲，四望青天解人悶。人悶還心悶，苦辛長苦辛。愁來飲酒二千石，寒灰重暖生陽春。山公醉後能騎馬〔一〇〕，别是風流賢主人。頭陀雲月多僧氣〔一一〕，山水何曾稱人意？不然鳴笳按鼓戲滄流，呼取江南女兒歌棹謳〔一二〕。我且爲君搥碎黄鶴樓，君亦爲吾倒卻鸚鵡洲〔一三〕。赤壁争雄如夢裏〔一四〕，且須歌舞寬離憂。

【注釋】

〔一〕胡雛，指安禄山，詳見至德元載《經亂後將避地剡中留贈崔宣城》詩注。二句謂禄山亂起，洛陽陷没。

〔二〕張掖，郡名，即甘州，屬隴右道，即今甘肅張掖縣。酒泉，郡名，即肅州，屬隴右道，即今甘肅酒泉縣。三巴，指巴郡、巴東、巴西，今四川東部一帶。王注：「太白雖流夜郎，然甫至三巴而遇赦，故曰『我竄三巴九千里』。」按，詳詩意，禄山亂起時，韋冰官於張掖。

〔三〕天地再新，指兩京收復。法令寬，指本年春之大赦。

〔四〕長句，唐人稱七絶以外之七言詩（七律、七古）爲長句。此處泛指詩歌。

〔五〕繡衣，謂侍御史。詳見至德元載《在水軍宴贈幕府諸侍御》詩注。瞿、朱注：「此句似指在江夏遇使幕宴會，唐之幕職多帶御史銜，常以繡衣驄馬等語稱之也。」緑樽，酒樽。王勃《郊興》詩：「山人不惜醉，唯畏緑樽虚。」此以代酒。

〔六〕《史記·李將軍列傳》：「桃李不言，下自成蹊。」句謂其抑鬱成疾，如無言之桃李。

〔七〕大宛馬，西域大宛國所産之名馬，即汗血馬。《史記·大宛列傳》：「大宛多善馬，馬汗血，言其先天馬子也。」

〔八〕款段，馬行遲緩貌，喻劣馬。

〔九〕南平，謂南平太守李之遥。參見上年《贈從弟南平太守之遥二首》詩注。豁方寸，謂心胸爲之一爽。方寸，心也。

〔一〇〕山公，謂山簡，晉人。山簡醉後騎馬事，見開元二十一年《襄陽歌》詩注。此以山簡代韋冰。按，權德輿《韋渠牟墓誌》云：「父冰，著作郎兼蘇州司馬。……志氣閎蘊，落落有奇節。」

〔一一〕頭陀，寺名。王注：「《元和郡縣誌》：頭陀寺在鄂州江夏縣東南二里。陸放翁《入蜀記》：頭陀寺在鄂州城之東隅石頭山。《方輿勝覽》：頭陀寺在黄鶴山上，自南齊王中作碑，遂爲古今名刹。」僧氣，謂僧人拘禁、清苦之氣。

〔一二〕棹謳，《文選》左思《蜀都賦》：「吹洞簫，發棹謳。」劉淵林注：「棹謳，鼓棹而歌也。」

〔一三〕黄鶴樓，見開元十六年《黄鶴樓送孟浩然之廣陵》詩注。鸚鵡洲，見乾元元年《望鸚鵡洲懷禰衡》詩注。兩句係愁悶鬱結、酒酣狂放之詞。

〔一四〕赤壁争雄，謂東漢建安十三年孫劉聯軍敗曹操於赤壁事。今湖北武昌縣西赤磯山即赤壁山。

【集説】

瞿、朱云：此篇與卷十三《寄韋南陵冰余江上乘興訪之遇尋顔尚書笑有此贈》詩（按，在本年内）所指爲同一人。韋冰乃景駿之子，渠牟之父。黄本驥誤以爲元珪之子，今人詹鍈引新舊《唐書·韋堅傳》考證，仍承黄氏之説。岑仲勉《唐集質疑》云：《太白集》一一《江夏寄韋南陵冰》五古一首，黄本驥云：案此詩乾元二年太白流夜郎中途遇赦還憩漢陽時作，……韋冰，元珪之子，後爲鄠令者也

(《魯公集》一六)。余按《姓纂》,鄖城公房,景駿生述、迪、冰,冰一名達,生渠牟,太常卿。是冰與述爲兄弟;又據《載之集》二三,《渠牟墓誌》:維貞元十七年秋七月乙酉,太常韋公諱渠牟,年五十三,啟手足於清恭里。……父冰,著作郎兼蘇州司馬。……大曆末,丁著作府君憂。則太白所詠,正與此韋冰時代相當。後此,《姓纂》,元珪字正卿,生堅、蘭、芝,《新表》七四上,堅、蘭、芝外尚有冰,云鄂令,即黄氏所指之人也。按《舊唐書》一〇五《韋堅傳》:(天寶)五載……七月,堅又長流嶺南臨封郡,堅弟匠作少匠蘭、鄠縣令冰、兵部員外芝,堅男河南府户曹諒并遠貶,至十月,使監察御史羅希奭逐而殺之,諸弟及男諒并死。是白作詩時,元珪之子冰,慘死已一周星紀矣。黄氏誤也。

郁賢皓云:考權德輿《左諫議大夫韋公(渠牟)詩集序》:「初,君年十一,嘗賦《銅雀臺》絕句,右拾遺李白見而大駭,因授以古樂府之學,且以瓌琦軼拔爲己任。」可見李白不但與韋冰有過交游,而且還在寫詩方面培養過他的兒子韋渠牟,把自己的專長傳授給他。(權德輿)《韋渠牟墓誌》説:「維貞元十七年秋七月乙酉,太常卿韋公渠牟,年五十三,啟手足於靖恭里。」可知渠牟卒於貞元十七年(八〇一),五十三歲。由此上推,渠牟十一歲時正當乾元二年(七五九),也正是李白遇赦回到江夏寫這兩首詩的時候。這就更有力地證明了:李白詩中的韋冰,正是渠牟的父親。(《李白叢考》)

【按】

白贈韋冰之詩,當皆爲本年之作。《寄韋南陵冰余江上乘興訪之遇尋顔尚書笑有此贈》詩有云:「月色醉遠客,山花開欲燃。春風狂殺人,一日劇三年。」節令爲春季。乾元二年春白在巫山遇赦，仲夏始還至江夏，知白贈韋冰之詩，皆作於本年春。

醉後答丁十八以詩譏予捶碎黄鶴樓

與上篇爲先後之作。丁十八，名字不詳。

黄鶴高樓已捶碎，黄鶴仙人無所依〔一〕。黄鶴上天訴玉帝，卻放黄鶴江南歸。神明太守再雕飾，新圖粉壁還芳菲。一州笑我爲狂客，少年往往來相譏。君平簾下誰家子〔二〕？云是遼東丁令威〔三〕。作詩調我驚逸興，白雲繞筆窗前飛。待取明朝酒醒罷，與君爛漫尋春暉。

【注釋】

〔一〕黄鶴仙人事，見本年《江上吟》詩注。

〔二〕君平，即嚴君平，西漢蜀郡人，筮於成都，得百錢足自養，則閉肆下簾授《老子》。詳見天寶十二載《君平自棄世》（古風其十三）詩注。

〔三〕丁令威，《搜神後記》卷一：「丁令威本遼東人，學道於靈虚山，後化鶴歸遼，集城門華表柱。時有少年舉弓欲射之，鶴乃飛，徘徊空中而言曰：『有鳥有鳥丁令威，去家千年今始歸。城郭如故人民非，何不學仙冢纍纍？』遂高上沖天。」此以丁令威代丁十八。

【集説】

王云：楊升庵曰：李白過武昌，見崔顥《黄鶴樓》詩，嘆服之，不復作，去而賦《金陵鳳凰臺》。其後禪僧用此事作一偈曰:「一拳搥碎黄鶴樓,一脚踢翻鸚鵡洲。眼前有景道不得,崔顥題詩在上頭。」旁一遊僧亦舉前二句而綴之曰:「有意氣時消意氣,不風流處也風流。」又一僧云:「酒逢知己,藝壓當行。」原是借此一事設辭,非太白詩也。流傳之久,信以爲真。宋初,有人僞作太白《醉後答丁十八》詩「黄鶴高樓已搥碎」一首,樂史編太白遺詩,遂收入之。近世解學士作《弔太白》詩云:「也曾搥碎黄鶴樓,也曾踢翻鸚鵡洲。」殆類優伶之語。太白一何不幸耶?琦按,太白《江夏贈韋南陵冰》詩,原有「我且爲君搥碎黄鶴樓,君亦爲吾倒卻鸚鵡洲」之句,要是設言之辭。而玩此詩,則真有搥碎一事矣。要之,禪僧偈語,本用《贈韋》詩中語,非《醉答丁十八》一詩本禪僧之偈而僞撰也。升庵因彼而疑此,殆亦目睫之見也夫。

【按】王説是。然搥碎黄鶴樓一事,是白《贈韋》詩中醉後狂放之詞,非真搥碎也。此詩云:「作詩調我驚逸興,白雲繞筆窗前飛。」彼調侃之,白亦戲答之,所謂「黄鶴高樓已搥碎」、「神明太守再雕飾」云云,純是文人涉筆成趣,不可拘泥。

寄韋南陵冰余江上乘興訪之遇尋顏尚書笑有此贈

顏尚書,謂顏真卿,著名書法家,時爲刑部尚書。

南船正東風,北船來自緩。江上相逢借問君,語笑未了風吹斷。聞君攜妓訪情人〔一〕,應爲尚書不顧身〔二〕。堂上三千珠履客〔三〕，甕中百斛金陵春〔四〕。恨我阻此樂，淹留楚江濱。月色醉遠客，山花開欲燃。春風狂殺人，一日劇三年。乘興嫌太遲，焚卻子猷船〔五〕。夢見五柳枝，已堪挂馬鞭。何日到彭澤，長歌陶令前〔六〕？

【注釋】

〔一〕情人，友人、舊交也。鮑照《翫月城西門廨中》：「迴軒駐輕蓋，留酌待情人。」此指顔尚書。

〔二〕身，自身也。《爾雅·釋詁》：「朕、余、躬，身也。」郭璞注：「今人亦自呼爲身。」

〔三〕珠履，綴珠之鞋。《史記·春申君列傳》：「春申君客三千餘人，其上客皆躡珠履。」

〔四〕金陵春，酒名。王注：「唐人名酒多以春。杜子美詩云：聞道雲安麴米春。韓退之詩：且須勤買拋青春。劉夢得詩：鸚鵡杯中若下春。白樂天詩注云：杭州釀酒趁梨花熟時，號爲梨花春。《國史補》云：酒則有滎陽之土窟春，富平之石凍春，劍南之燒春，裴鉶《傳奇》有松醪春之類。」

〔五〕子猷，謂晉人王子猷。句用王子猷訪戴事，詳見天寶八載《答王十二寒夜獨酌有懷》詩注。

〔六〕陶令，謂晉陶淵明。陶曾爲彭澤令。淵明宅邊有五柳樹，因以爲號。此以代韋冰。

【集説】

詹鍈云：《王譜》繫乾元二年下，注云：「考肅宗時尚書而顔姓者惟魯公一人，則所尋之顔尚書必魯公也。按《唐書》，乾元元年，顔真卿由工部尚書出爲饒州刺史，充浙江西道節度使，此詩應在是時前後之作。」按留元剛《顔魯公年譜》：「至德三載十月除饒州刺史，乾元二年六月爲昇州刺史、浙江西道節度史。上元元年二月追爲刑部尚書。」詩云：「恨我阻此樂，淹留楚江濱。……山花開欲燃，春風狂殺人。」賦詩之地當在江夏一帶。但乾元二年春間太白在流夜郎途中，尚未歸至江夏。此詩蓋上元元年春季作，時顏真卿由金陵返京，途出江夏，韋南陵乃於江上尋之也。

江上吟

兩宋本、繆本、王本題下注云：「一作《江上遊》。」

木蘭之枻沙棠舟〔一〕，玉簫金管坐兩頭〔二〕。美酒樽中置千斛〔三〕，載妓隨波任去留。仙人有待乘黄鶴〔四〕，海客無心隨白鷗〔五〕。屈平詞賦懸日月〔六〕，楚王臺榭空山丘〔七〕。興酣落筆摇五嶽，詩成笑傲凌滄洲〔八〕。功名富貴若長在，漢水亦應西北流。

【注釋】

〔一〕枻，音曳，楫也。《史記·司馬相如列傳》：「浮文鷁，揚桂枻。」裴駰《集解》引韋昭曰：「枻，楫也。」木蘭，木名，又名杜蘭、林蘭，狀如楠樹。沙棠，木名，幹與葉類棠梨，材可造舟。《山海經·西山經》：「崑崙之丘……有木焉，其狀如棠，華黄赤實，其味如李而無核，名曰沙棠，可以禦水，食之使人不溺。」按，木蘭、沙棠，極言舟楫之華貴，非實指。

〔二〕玉簫、金管，極言樂器之名貴。此代指樂工。

〔三〕王注：「《吳書》：鄭泉博學，有奇志而性嗜酒。其閑居，每曰：『願得美酒五百斛船，以四時甘脆置兩頭，反覆没飲之，憊即往而啖肴饍。酒有斗升減，隨即益之，不亦快乎？』太白詩意蓋出於此。」

〔四〕《元和郡縣志》鄂州（江夏郡）：「城西臨大江，西南角因磯爲樓，名黄鶴樓。」後人附會爲有仙人乘黄鶴往返於此，或謂費禕登仙，嘗駕鶴返憩於此，或謂王子安每乘黄鶴過此，不一而足。有待，有所憑藉。《莊子・逍遥游》：「夫列子御風而行，……猶有所待者也。」

〔五〕《列子・黄帝篇》：「海上之人有好鷗鳥者，每旦之海上，從鷗鳥游，鷗鳥之至者百住而不止。其父曰：『吾聞鷗鳥皆從汝游，汝取來，吾玩之。』明日之海上，鷗鳥舞而不下也。」

〔六〕屈平，戰國楚人，名原。《史記・屈原列傳》：「若《離騷》者，……其文約，其辭微，其志潔，其行廉。其稱文小而其指極大，舉類邇而見義遠。其志潔，故其稱物芳；其行廉，故死而不容。……推此志也，雖與日月争光可也。」

〔七〕楚王臺榭，謂楚王遊憩之處，若章華臺、陽雲臺等。

〔八〕滄洲，隱者所居之處。謝朓《之宣城出新林浦向板橋》詩：「既歡懷禄情，復協滄洲趣。」

【集説】

蕭云：此達者之詞也。漢水無西北流之理，功名富貴不能長在，亦猶是乎！

王云：「仙人」一聯，謂篤志求仙，未必即能冲舉，而忘機狎物，自可縱適一時。「屈平」一聯，謂留心著作，可以傳千秋不刊之文，而溺志豪華，不過取一時盤遊之樂，有孰得孰失之意。然上聯實承上文泛舟行樂而言，下聯又照下文興酣落筆而言也。特以四古人事排列於中，頓覺五色迷目，令人驟然不得其解。似此章法，雖出自逸才，未必不少加慘淡經營，恐非斗酒百篇時所能構耳。

【按】

此詩，詹鍈繫於開元二十二年，近年所出唐詩選本及白詩選本多從之。郭沫若以爲係長流夜郎、半途赦回江夏時所作（《李白與杜甫》）。郭説是。白早年似不應有如此强烈蔑視求仙隱逸及功名富貴之情緒，而志在删述、希圖以詩文傳之不朽之思想，亦應在晚年方有。又，白本年留連江夏期間所作詩，遣詞用語多有與此詩相同者，如《江夏贈韋南陵冰》詩云「玉簫金管喧四筵」，「不然鳴笳按鼓戲滄流，呼取江南女兒歌棹謳」，「赤壁争雄如夢裏，且須歌舞寬離憂」等皆是。此詩之作於長流赦回後，殆無疑也，因繫於本年。

鸚鵡洲

鸚鵡洲，在漢陽西南大江中。東漢末，黄祖爲江夏太守，祖子射於此大會賓客，人獻鸚鵡，禰衡作《鸚鵡賦》，因以名。明季爲水所没，不復見。

鸚鵡來過吴江水，江上洲傳鸚鵡名。鸚鵡西飛隴山去〔一〕，芳洲之樹何青青。烟開蘭葉香風暖，岸夾桃花錦浪生。遷客此時徒極目〔二〕，長洲孤月向誰明？

【注釋】

〔一〕隴山，六盤山南段别稱，又名隴坻、隴坂，在今陝西隴縣至甘肅平凉縣一帶。《文選》禰衡《鸚鵡賦》：「惟西域之靈鳥兮。」李善注：「西域，謂隴坻出此鳥也。」

〔二〕遷客，白自謂。

【集説】

方東樹云：崔顥《黄鶴樓》，千古擅名之作。只是以文筆行之，一氣轉折，五六雖斷寫景，而氣亦直下噴溢。收亦然。所以可貴。太白《鸚鵡洲》，格律工力悉敵，風格逼肖，未嘗有意學之而自似。（《昭昧詹言》）

詹鍈云：王《譜》繫乾元元年下，注云：「詩有『遷客此時徒極目』句，是流夜郎至江夏時作。」按太白流夜郎至江夏在夏秋二季，而此詩云：「烟開蘭葉香風暖，岸夾桃花錦浪生。」則在春間。疑是上元元年自零陵歸至江夏時作。王説微誤。

江夏使君叔席上贈史郎中

使君謂郡守，名字不詳。史郎中，白故交。乾元元年白有《與史郎中欽聽黄鶴樓上吹笛》詩，可參看。

鳳凰丹禁裏，銜出紫泥書〔一〕。昔放三湘去〔二〕，今還萬死餘。仙郎久爲别，客舍問何如〔三〕？·涸轍思流水〔四〕，浮雲失舊居。多慚華省貴〔五〕，不以逐臣疏。復如竹林下，而陪芳宴初〔六〕。希君生羽翼，一化北溟魚〔七〕。

【注釋】

〔一〕鳳凰、紫泥書，天子所下之詔書曰鳳凰詔，以紫泥封之。詳見天寶二年《玉壺吟》詩注。丹禁，帝王所居之禁城。禁城以丹塗壁，故曰丹禁，或曰紫禁。

〔二〕三湘，今湖南湘水流域一帶。詳見本年《自漢陽病酒歸寄王明府》詩注。按，此謂其流途所經之處。

〔三〕仙郎，唐代稱尚書省各部郎中、員外郎爲仙郎。王維《重酬苑郎中》詩：「仙郎有意憐同舍，丞相無私斷掃門。」何如，瞿、朱注：「問何如爲六朝風俗，即相見時問訊之寒暄語也。」

〔四〕涸轍，《莊子·外物》：「周昨來有中道而呼者，周顧視車轍中有鮒魚焉，周問之，……對曰：『我東海之波臣也，君豈有升斗之水而活我哉？』」

〔五〕省，官署也。魏晉之後，尚書、中書、門下各官署皆稱爲省，沿用既久，遂以省爲一般官署名稱。華省，官署之美稱。

〔六〕《晉書·阮咸傳》：「咸任達不拘，與叔父籍爲竹林之遊。」

〔七〕《莊子·逍遥游》：「北冥有魚，其名爲鯤，……化而爲鳥，其名爲鵬。」二句冀史郎中升遷後引薦自己。

【集説】

詹鍈云：乾元二年江夏太守爲韋良宰，有《贈江夏韋太守良宰》詩爲證。太白又有《流夜郎至江夏陪長史叔及薛明府宴興德寺南閣》詩，此詩題中之使君叔疑是長史叔之誤。

瞿、朱云：天寶中廢别駕，長史即太守之貳，職位不輕，疑亦可稱使君。

【按】

題或無誤。瞿、朱説似乏依據。白乾元二年《贈江夏韋太守良宰》詩云：「君登鳳池去，勿棄賈生才。」同年《天長節使鄂州刺史韋公德政碑》云：「鶴髮之叟雁序而進曰：恭聞天子無戲言，恐轉公以大用，老父不畏死，願留公以上聞，悦坐棠而餐風，庶刻石以賓美。」乃知韋良宰其時秩滿當離任赴京候調。翌年白再回江夏，韋良宰當已離江夏矣。題中之「使君叔」，或又一李姓繼任者，或由原長史繼任之。

博平鄭太守自廬山千里相尋入江夏北市門見訪卻之武陵立馬贈别

博平，即博州，屬河北道，故址在今山東聊城東北。武陵，郡名，即朗州，屬江南西道，即今湖南常德市。鄭太守，名字不詳。

大梁貴公子，氣蓋蒼梧雲。若無三千客，誰道信陵君〔一〕？救趙復存魏，英威天下聞。邯鄲好士不盡，仍要鼓刀者，乃是袖鎚人〔二〕。夷門得隱淪，而與侯生親。都忘虎竹貴，且與荷衣樂〔四〕。去去桃花源〔五〕，何時見歸軒？相思無終極，腸斷朗江猿〔六〕。能屈節，訪博從毛薛。心，何能保其身？多君重然諾，意氣遥相託。五馬入市門〔三〕，金鞍照城郭。

【注釋】

〔一〕大梁，戰國魏都，即今河南開封市。貴公子，即魏公子無忌，封信陵君，好養士，爲戰國四公子之一。

〔二〕自「救趙復存魏」以下至此，錯綜用信陵君事喻鄭太守禮賢下士。魏安釐王二十年，秦破趙長平軍，圍邯鄲。魏使晉鄙將十萬兵往救，而懼秦，持兩端觀望。信陵君使如姬竊符，矯殺晉鄙，遂救邯鄲存趙。魏安釐王三十年，秦兵東伐魏，魏以公子爲將，破秦兵，乘勝逐秦兵至函谷關，秦兵不敢出。先是，信陵君救趙後，留趙未歸魏，聞趙有處士毛公藏於博徒，薛公藏於賣漿家，乃間步往，從兩人游，甚歡；又，魏有隱士曰侯嬴，爲大梁夷門監者。公子置酒，大會賓客，自乃從車騎，虚左以迎侯生。侯生攝敝衣冠，直上載公子座，不讓，公子執轡愈恭。至家，公子引侯生上坐，遍贊賓客，賓客皆驚。又有鼓刀屠者朱亥，賢，公子往數請之。後公子矯詔奪晉鄙軍，晉鄙不聽，朱亥袖鐵椎椎殺晉鄙。事皆見《史記·魏公子列傳》。

〔三〕五馬，謂太守之車騎。此指郡守。樂府《陌上桑》：「使君從南來，五馬立踟躕。」市門，市肆之門，即江夏北市門。

〔四〕虎竹，兵符，以銅或竹爲之。此指官印。詳見天寶二年《塞下曲》詩注。荷衣，隱者所服。《楚辭・九歌・少司命》：「荷衣兮蕙帶。」二句謂鄭太守樂於與其相識。

〔五〕桃花源在武陵，故云。

〔六〕朗江，即郎溪，源出貴州錦屏縣湖耳山東北，北流至貴州黔陽入沅水。此指朗州附近之沅水。

【按】

白從璘前始隱於廬山。鄭太守先於廬山訪白，可知此詩必作於白暮年。鄭太守當是已聞白赦還，以爲白復隱於廬山，故先往廬山訪之。

酬談少府

少府，謂縣尉。談少府，名字不詳。

一尉居倏忽，梅生有仙骨〔一〕。三事或可羞，匈奴哂千秋〔二〕。壯心屈黄綬〔三〕，浪跡寄滄洲。昨觀荆峴作〔四〕，如從雲漢遊。老夫當暮矣，蹀足懼驊騮〔五〕。

【注釋】

〔一〕漢梅福爲南昌尉，後去官歸壽春。王莽專政，福一朝棄妻子，去九江，時傳以爲仙。事見《後漢書・梅福傳》。詳見開元二十八年《贈瑕丘王少府》詩注。此以喻談少府。

〔二〕三事，古稱三公爲三事大夫。三公雖無職掌，而參與六卿之事，故稱。《詩·小雅·雨無正》：「三事大夫，莫肯夙夜。」孔穎達《正義》：「三事大夫爲三公耳。」匈奴哂千秋事，見乾元二年《經亂離後天恩流夜郎憶舊遊書懷贈江夏韋太守良宰》詩注。二句謂當時朝廷居高位者多不稱職。

〔三〕黄綬，黄色印綬。《漢書·百官公卿表》：「凡吏秩……比二百石以上皆銅印黄綬。」漢丞尉秩二百石至四百石，後遂以黄綬代佐貳之官。

〔四〕荆峴，指荆山，峴山。皆在襄陽。

〔五〕蹀足，頓足也。顔延之《赭白馬賦》：「望朔雲而蹀足。」此隱以衰老之赭白馬自喻，而以驊騮喻談少府。

【按】

詹鍈繫此詩於天寶九載白五十歲時，以其酬詩之地在襄陽也。詩云：「老夫當暮矣，蹀足懼驊騮。」情緒衰颯，似是垂暮之年所作。且荆峴二山雖在襄陽，酬詩之地固不必在襄陽。姑繫於此。

贈漢陽輔録事二首

輔録事，名翼。參見上年《江夏寄漢陽輔録事》詩。

聞君罷官意，我抱漢川湄〔一〕。借問久疏索〔二〕，何如聽訟時？天清江月白，心静海鷗知〔三〕。應念投沙客，空餘弔屈悲〔四〕。

【注釋】

〔一〕抱漢川湄，猶言抱病也。按，白至德元載《感時留別從兄徐王延年從弟延陵》詩有云：「伏枕寄賓館，宛同清漳湄。」王注引劉楨詩：「予嬰沉痼疾，竄身清漳濱。」「宛同清漳湄」一句用劉楨一聯義，猶言患病也。此詩之「漢川湄」同「清漳湄」亦言其患病，然語意稍晦。

〔二〕疏索，冷落、蕭散也。

〔三〕海鷗，見本年《江上吟》詩注。

〔四〕用賈誼弔屈原事。詳見天寶十三載《贈崔秋浦》詩注。

其 二

鸚鵡洲横漢陽渡，水引寒烟没江樹。南浦登樓不見君〔一〕，君今罷官在何處？漢口雙魚白錦鱗，令傳尺素報情人〔二〕。其中字數無多少，祇是相思秋復春。

【注釋】

〔一〕南浦，在今武昌南。詳見開元十三年《江夏行》詩注。

〔二〕漢口，漢水入江之口，其地在今湖北漢陽縣東大别山下。雙魚、尺素，以喻書信。樂府《飲馬長城窟行》：「客從遠方來，遺我雙鯉魚。呼兒烹鯉魚，中有尺素書。」蕭滌非《漢魏六朝樂府文學史》引黄節語云：「《詩·檜風》：『誰能烹魚，溉之釜鬵。誰將西歸，懷之好音。』烹魚得書，古辭借以爲喻。」

【按】

白上年秋作《江夏寄漢陽輔録事》，輔録事尚在官。此詩其一云：「天清江月白。」其二云：「水引寒烟没江樹。」亦在秋。而輔已罷官矣。此詩之作，當在本年秋。

峨眉山月歌送蜀僧晏入中京

中京，長安。至德二載十二月，改蜀郡爲南京，鳳翔府爲西京，西京改爲中京。上元二年中京復曰西京。此以峨眉月反復致意，諷勸蜀僧無貪戀榮華富貴。

我在巴東三峽時，西看明月憶峨眉〔一〕。月出峨眉照滄海，與人萬里長相隨。黄鶴樓前月華白〔二〕，此中忽見峨眉客。峨眉山月還送君，風吹西到長安陌。長安大道横九天，峨眉山月照秦川。黄金師子乘高座〔三〕，白玉麈尾談重玄〔四〕。我似浮雲滯吴越，君逢聖主遊丹闕〔五〕。一振高名滿帝都，歸時還弄峨眉月〔六〕。

【注釋】

〔一〕巴東，郡名。古巴東郡爲夔州，唐武德二年析夔州之秭歸、巴東二縣置歸州，天寶元年改歸州爲巴東郡。此指古巴東郡。詳見開元十三年《自巴東舟行經瞿塘峽登巫山最高峰晚還題壁》詩按語。

〔二〕黄鶴樓，在江夏。詳見開元十六年《黄鶴樓送孟浩然之廣陵》詩注。

〔三〕師子座，佛所坐之處。《大智度論》卷七：「是號名師子，非實師子也。佛爲人中師子，佛所坐處，若床若地，皆比師子座。」師通獅。

〔四〕麈尾，狀似拂塵，以麈尾爲之。胡三省《通鑑注》：「麈，麋屬，尾能生風，辟蠅蚋，晉王公貴人多執麈尾，以玉爲柄。」重玄，謂五重玄義。天台釋諸經，先於文前釋五重之深義。

〔五〕丹闕，赤色宫門。此指朝廷。

〔六〕弄，賞也。謝靈運《怨曉月賦》：「滅華燭兮弄曉月。」

【集説】

嚴羽云：是歌須看其主伴變幻。題立峨眉作主，而以巴東、三峽、滄海、黄鶴樓、長安陌與秦川、吴越伴之，帝都又是主中主。題用月作主，而以風雲作伴，我與君又是主中主。迴環散現，映帶生輝，真有月印千江之妙，非擬議所能學。又云：巧如蠶，活如龍，迴身作繭，嘘氣成雲，不由造得。（《嚴羽評點李集》）

【按】

詩云：「黄鶴樓前月華白。」詩作於江夏無疑。《舊唐書·肅宗紀》：「（至德二載十二月）改蜀郡爲南京，鳳翔府爲西京，西京改爲中京。」《新唐書·地理志》：「上元二年中京復曰西京。」白乾元元年流夜郎途經江夏，乾元二年及本年亦在江夏，而上元三年即離江夏矣。是詩之作必在此三年之間。姑繫本年。

望黄鶴山

黄鶴山，在江夏，即蛇山。其西北二里有黄鶴磯，世傳仙人控黄鶴過此，因以爲名。黄鶴樓在其上。

東望黄鶴山，雄雄半空出。四面生白雲，中峰倚紅日。巖巒行穹跨〔一〕，峰障亦冥密〔二〕。頗聞列仙人，於此學飛術〔三〕。一朝向蓬海，千載空石室。金竈生烟埃，玉潭秘清謐〔四〕。地古遺草木，庭寒老芝朮〔五〕。蹇余羨攀躋〔六〕，因欲保閑逸。觀奇遍諸嶽，兹嶺不可匹。結心寄青松，永悟客情畢。

【注釋】

〔一〕穹跨，跨於空中。謝瞻《九日從宋公戲馬臺送孔令》詩：「迅商薄清穹。」

〔二〕冥密，謂巒峰之幽邃密。

〔三〕二句謂仙人乘黄鶴事。詳見本年《江上吟》詩注。

〔四〕金竈，即丹竈，仙人煉丹之具。何遜《七召》：「守金竈於千年。」玉潭，喻潭水之清澈。潭水亦即煉丹所用者。二句謂山上有往昔仙人煉丹之遺跡。

〔五〕芝、朮，皆藥草之屬。《説文》：「芝，神草也。」《廣韻》：「朮，藥名。」

〔六〕蹇，語首助也。

【按】

詹鍈云：「詩云：『觀奇遍諸嶽，兹嶺不可匹。』其時太白蓋已届暮年。」姑從詹説，繫於本年。

天馬歌

《天馬歌》，《樂府詩集·郊廟歌辭》名。據《漢書·武帝紀》，元鼎四年秋，得神馬於渥窪水中，武帝爲作《天馬之歌》。太初四年春，貳師將軍李廣利獲大宛汗血馬，武帝爲作《西極天馬之歌》。白擬之以自況其浮沉，陳情求助之作也。

天馬來出月支窟〔一〕，背爲虎文龍翼骨〔二〕。嘶青雲，振緑髮〔三〕。蘭筋權奇走滅没〔四〕，騰崑崙，歷西極〔五〕，四足無一蹶〔六〕。鷄鳴刷燕晡秣越〔七〕，神行電邁躡恍惚。天馬呼，飛龍趨〔八〕。目明長庚臆雙鳧〔九〕，尾如流星首渴烏〔一〇〕，口噴紅光汗溝朱〔一一〕。曾陪時龍躍天衢，羈金絡月照皇都〔一二〕。逸氣稜稜凌九區〔一三〕，白璧如山誰敢沽？回頭笑紫燕〔一四〕，但覺爾輩愚。天馬奔，戀君軒，駷躍驚矯浮雲翻〔一五〕。萬里足躑躅，遥瞻閶闔門〔一六〕。不逢寒風子，誰採逸景孫〔一七〕？白雲在青天，丘陵遠〔一八〕，崔嵬鹽車上峻坂〔一九〕，倒行逆施畏日晚〔二〇〕。伯樂剪拂中道遺〔二一〕，少盡其力老棄之。願逢田子方，惻然爲我悲〔二二〕。雖有玉山禾〔二三〕，不能療苦饑。嚴霜五月凋桂枝，伏櫪銜冤摧兩眉。請君贖獻穆天子，猶堪弄影舞瑶池〔二四〕。

【注釋】

〔一〕《漢書·張騫傳》："初，天子發書《易》曰：『神馬當從西北來。』得烏孫馬，好，名曰天馬。及得宛汗血馬，益壯，更名烏孫馬曰西極馬，宛馬曰天馬云。"月支，古西域國名，亦作月氏，其衆先居今甘肅敦煌縣與青海祁連縣之間，漢文帝時爲匈奴攻破，西遷至今伊犁河上游，稱大月氏；其餘不能去者入祁連山區，稱小月氏。《史記·大宛列傳》張守節《正義》："萬震《南州志》云：『(大月氏)在天竺北可七千里，地高燥而遠。國王稱天子，國中騎乘常數十萬匹，城郭宫殿與大秦國同。人民赤白色，便習弓馬。土地所出，及奇偉珍物，被服鮮好，天竺不及也。』康泰《外國傳》云：『外國稱天下有三衆：中國爲人衆，秦爲寶衆，月氏爲馬衆也。』"

〔二〕《漢書·禮樂志·郊祀歌·天馬》："虎脊兩，化若鬼。"顔師古注："應劭曰：馬毛色如虎脊有兩也。"句謂天馬若虎，若龍。

〔三〕髪，《文選》顔延年《赭白馬賦》："垂稍植髪。"李善注："髪，額上毛也。"二句寫馬狂奔之狀。

〔四〕蘭筋，馬額上之筋也。《文選》陳琳《爲曹洪與魏文帝書》："整蘭筋。"李善注："《相馬經》云：

一筋從玄中出，謂之蘭筋。玄中者，目上陷如井字。蘭筋堅者千里。」呂向注：「馬筋節堅者，千里足也。」權奇，高超，非同一般。《漢書・禮樂志・郊祀歌・天馬》：「志俶儻，精權奇。」王先謙補注：「權奇者，奇譎非常之意。」走滅沒，謂疾走如飛，若滅若沒。

〔五〕西極，極西之地。《漢書・禮樂志・郊祀歌・天馬》：「天馬徠，從西極。」

〔六〕蹶，顛仆也。

〔七〕《文選》顔延年《赭白馬賦》：「旦刷幽燕，晝秣荆越。」李善注：「《説文》曰：刷，刮也。《魏都賦》曰：刷馬江州。《毛詩》曰：言秣其馬。杜預曰：以粟飯馬曰秣。幽、燕、荆、越，四地名也。」句謂天馬行走極快，早晨尚在燕地刮毛，暮間已在越地進食。

〔八〕《文選》顔延年《赭白馬賦序》：「馬以龍名。」李善注：「《周禮》曰：凡馬，八尺以上稱龍。」

〔九〕長庚，太白星。臆，胸也。鳧，野鴨。《齊民要術》卷六：「馬胸欲直而出，鳧間欲開，望視之如雙鳧。」又云：「雙鳧欲大而上。」

〔一〇〕流星，即彗星。渴烏，古代漏刻計中之部件，銅爲之，其狀如曲頸之烏。《初學記》卷二十五引李蘭《漏刻法》：「以銅爲渴烏，以引器中水，於銀龍口中吐之。」王注：「《埤雅》：舊説相馬，擎頭如鷹，垂尾如彗。此言馬尾流轉有似奔星，馬首昂矯，狀類渴烏，即如彗如鷹之意。」

〔一一〕《齊民要術》卷六：「相馬，……口中色欲得紅白如火爲善材，多氣，良且壽。」溝朱，謂流汗如血。溝，汗流之處，在馬前肩胛旁。《漢書・西域傳》：「大宛國多善馬，馬汗血，言其先天馬子也。」顔師古注：「應劭曰：大宛有天馬種，……汗血。……汗血者，謂汗從前肩髆出，如血。」《文選》顔延年《赭白馬賦》：「汗溝走血。」

〔一二〕時龍，喻玄宗。天衢，京師大道，後以指京師。羈絡，馬絡頭也。羈金絡月，謂以黄金及圓月狀飾物絡馬頭。樂府《陌上桑》：「黄金絡馬頭。」二句謂其入侍翰林事。

〔一三〕稜稜，威嚴貌。《世説·容止》：「孫興公見林公，稜稜露其爽。」

〔一四〕紫燕，駿馬名。《文選》沈約《三月三日率爾成篇》：「紫燕光陸離。」吕延濟注：「紫燕，良馬也。」

〔一五〕駷，音聳，掣動馬銜令馬行走。《公羊傳》定公八年：「臨南駷馬。」何休注：「駷，捶馬銜走也。」句謂天馬行空，迅疾異常。

〔一六〕閶闔門，《漢書·禮樂志·郊祀歌·天馬》：「天馬徠，龍之媒，游閶闔，觀玉臺。」顔師古注：「應劭曰：閶闔，天門也。」後以指京都宫廷之門。

〔一七〕寒風子，古相馬者。《吕氏春秋·恃君·觀表》：「古之相馬者，寒風是相口齒，麻朝相頰，子女厲相目，衛忌相髭，許鄙相脈，投伐褐相胸脅，管青相臏肳，陳悲相股腳，秦牙相前，贊君相後。凡此十人者，皆天下之良工也。」陳奇猷注：「畢沅曰：寒風，《淮南·齊俗訓》作韓風。又是字朱本作氏。案寒、韓，是、氏古皆通用。」逸景，良馬名。薛元超《諫蕃官仗内射生疏》：「控權奇之馬，逸景雲趨；矯傍徨之箭，雄飛星落。」

〔一八〕《穆天子傳》引西王母《白雲謡》：「白雲在天，山陵自出。」

〔一九〕崔嵬，高峻貌，此言鹽車裝載如山之狀。《戰國策·楚策》：「夫驥之齒至矣，服鹽車而上太行，蹄申膝折，尾湛胕潰，漉汁灑地，白汗交流，中阪遷延，負轅不能上。伯樂遭之，下車攀而哭之，解紵衣以冪之。驥於是俛而噴，仰而鳴，聲達於天，若出金石聲者，何也？彼見伯樂之知己也。」

〔二〇〕倒行逆施，謂天馬遭遇之苦。畏日晚，謂年老衰，餘日無多也。《史記·伍子胥列傳》：「吾日暮途遠，吾故倒行而逆施之。」《漢書·主父偃傳》：「吾日暮，故倒行逆施之。」

〔二一〕伯樂，春秋秦穆公時人，姓孫名陽，善馭馬。《莊子·馬蹄》：「伯樂善治馬。」剪拂，修剪其毛鬣，洗拭其塵垢。

〔二二〕田子方，戰國時魏人，名無擇，魏文侯曾師事之。《韓詩外傳》卷八：「田子方出，見老馬於道，以問於御者曰：『此何馬也？』曰：『故公家畜也，罷而不爲用，故出之也。』田子方曰：『少盡其力而老棄其身，任者不爲也。』束帛而贖之。」

〔二三〕玉山，即崑崙山，《文選》張協《七命》：「瓊山之禾。」李善注：「瓊山禾，即崑崙山之木禾。《山海經》曰：崑崙之上有大禾，長五尋，大五圍。」

〔二四〕穆天子，即周穆王。瑶池，神仙居止之處。《列子·周穆王》：「穆王……肆意遠遊，命駕八駿之乘。……遂賓於西王母，觴於瑶池之上。」

【集説】

蕭云：此篇蓋爲逸群絶倫之士不遇知己者嘆，亦白自傷其不用於世而求知於人也歟？

胡云：漢《郊祀》、《天馬》二歌，皆以歌瑞應，太白所擬，則以馬之老而見棄自況，思蒙收贖，似去翰林後所作也。

【按】

此詩以天馬自喻，頗切其身世。「曾陪時龍躍天衢，羈金絡月照皇都」，謂其翰林待詔得意時也。「伯樂剪拂中道遺，少盡其力老棄之」，謂其遭譖出宫也。「嚴霜五月凋桂枝，伏櫪銜冤摧兩眉」，謂其以從璘事長流夜郎也。而「請君贖獻穆天子，猶堪弄影舞瑶池」，求人汲引，已不復當年氣慨，顯係暮年窮途低顔之辭，當爲長流赦歸後作。因繫於此。

贈崔諮議

似是晚年干謁之作。諮議，王府屬官，掌訏謀議事，爲閑散之職。崔諮議，名字不詳。

騄驥本天馬〔一〕，素非伏櫪駒〔二〕。長嘶向清風，倏忽凌九區〔三〕。何言西北至，卻走東南隅〔四〕？世道有翻覆，前期難預圖。希君一剪拂〔五〕，猶可騁中衢〔六〕。

【注釋】

〔一〕騄驥，駿馬名。天馬，見上篇注。

〔二〕櫪，馬槽。伏櫪駒，指凡馬。

〔三〕倏忽，迅急貌。九區，九州。

〔四〕庾肩吾《愛妾换馬》：「渥水出騰駒，湘川實應圖。來從西北道，去逐東南隅。」二句意謂未能長驅馳騁。

〔五〕剪拂，見上篇注。

〔六〕中衢，中道也。

【按】

遺詞用意與前篇有相同之處，因繫於此。

羽族稟萬化　古風其五十七

羽族稟萬化，小大各有依〔一〕。周周亦何辜，六翮掩不揮〔二〕？願銜衆禽翼，一向黄河飛。飛者莫我顧，嘆息將安歸？

【注釋】

〔一〕羽族，鳥類。二句謂鳥類各稟造化，而無論大小皆有所依托。

〔二〕周周，鳥名。《文選》阮籍《詠懷詩》：「周周尚銜羽。」李善注：「韓子曰：鳥有周周者，首重而尾屈，將欲飲於河，則必顛，乃銜羽而飲。今人之所有飲不足者，不可以不索其羽矣。」二句謂周周雖有羽翅而不能飛翔。

【集説】

蕭云：此詩之意以鳥爲喻。言小大各有所依，猶周周之無力者，依有力者銜羽而飲。今有力者飛而不顧，唯有嘆息而已。猶言在野之賢，望在位之賢汲引同類，以就君禄，而在位者卒無進賢之心。有志而不能自援者，茫無所歸，唯有嘆息而已。

【按】

蕭説是。當與《天馬歌》之作相去不遠。

禪房懷友人岑倫

兩宋本、繆本題作《禪房懷友人岑倫南遊羅浮兼泛桂海自春徂秋不返僕旅江外書情寄之》。

王本南遊羅浮以下作太白自注，前并有一時字。岑倫，事跡無考。

嬋娟羅浮月〔一〕，摇艷桂水雲〔二〕。美人竟獨往，而我安能群？一朝語笑隔，萬里歡情分。沉吟綵霞没，夢寐群芳歇。歸鴻度三湘〔三〕，遊子在百越〔四〕。邊塵染衣劍，白日凋華髮。春氣變楚關，秋聲落吴山。草木結悲緒，風沙凄苦顔。朅來已永久〔五〕，頽思如循環。飄飄限江裔〔六〕，想象空留滯。離憂每醉心，别泪徒盈袂。坐愁青天末，出望黄雲蔽。目極何悠悠，梅花南嶺頭〔七〕。空長滅征鳥，水闊無還舟。寶劍終難託，金囊非易求〔八〕。歸來儻有問，桂樹山之幽〔九〕。

【注釋】

〔一〕嬋娟，美好貌。羅浮，山名，在今廣東增城、博羅、河源等縣間。詳見開元二十一年《安陸白兆山桃花巖寄劉侍御綰》詩注。

〔二〕摇艷，即妖艷，美也。宋之問《秋蓮賦》：「映連旗以摇艷。」桂水，即今廣西境内之灕水，入臨桂縣境稱爲桂水。

〔三〕三湘，泛指今洞庭湖南北、湘水流域一帶。

〔四〕百越，南方部族名。《史記·李斯列傳》：「北逐胡貉，南定百越，以見秦之彊。」又地名，江浙閩粤之地，皆爲越族所居，故稱百越。越亦作粤。

〔五〕朅來，猶去來。朅音揭。

〔六〕江裔，江邊。

〔七〕南嶺，即大庾嶺，在今江西、廣東兩省邊境。以嶺上多梅，又稱梅嶺。

〔八〕寶劍，用以防身。金囊，盛金之囊，以代貲財。宋之問《桂州三月三日》詩：「不求漢使金囊贈，願得佳人錦字書。」二句規其早歸。

〔九〕《楚辭·招隱士》：「桂樹叢生兮山之幽，攀援桂枝兮聊淹留。」後以桂樹喻隱居之處。

【按】

據詩中「三湘」、「楚關」、「吴山」等地推之，白與岑倫分别之地當在江漢一帶。題又曰岑倫「自春徂秋」未歸，而白惟夜郎赦歸後於本年在江漢滯留歷春至秋，當是白將離江夏時所作。

廬山謡寄盧侍御虚舟

本年秋離江夏後作於潯陽。盧虚舟，字幼真，至德後曾爲殿中侍御史。

我本楚狂人，鳳歌笑孔丘〔一〕。手持緑玉杖，朝别黄鶴樓。五嶽尋仙不辭遠，一生好入名山遊。廬山秀出南斗傍〔二〕，屏風九疊雲錦張〔三〕。影落明湖青黛光〔四〕。金闕前開二峰長〔五〕，銀河倒挂三石梁〔六〕。香爐瀑布遥相望〔七〕，迴崖沓嶂凌蒼蒼。翠影紅霞映朝日，鳥飛不到吴天長。登高壯觀天地間，大江茫茫去不還。黄雲萬里動風色，白波九道流雪山〔八〕。好爲廬山謡，興因廬山發。閑窺石鏡清我心〔九〕，謝公行處蒼苔没〔一〇〕。早服還丹無世情〔一一〕，琴心三疊道初成〔一二〕。遥見仙人綵雲裏，手把芙蓉朝玉京〔一三〕。先期汗漫九垓上，願接盧敖遊太清〔一四〕。

【注釋】

〔一〕《莊子·人間世》：「孔子適楚，楚狂接輿遊其門曰：鳳兮鳳兮，何如德之衰也？來世不可待，往世不可追也。天下有道，聖人成焉；天下無道，聖人生焉。方今之時，僅免刑焉。福輕乎羽，莫之知載；禍重乎地，莫之知避。已乎已乎，臨人以德。殆乎殆乎，畫地而趨。迷陽迷陽，無傷吾行。吾行卻曲，無傷吾足。」按，接輿事又見《論語·微子》。《高士傳》稱：「陸通，字接輿，楚人也。」《四書摭餘説》曰：「《論語》所記隱士皆以其事名之。門者謂之『晨門』，杖者謂之『丈人』，津者謂之『沮』、『溺』，接孔子之輿者謂之『接輿』，非名亦非字也。」

〔二〕南斗，星名，即斗宿。古以南斗爲尋陽之分野，故云。

〔三〕屏風疊，在廬山五老峰下。參見至德元載《贈王判官時余隱居廬山屏風疊》詩注。

〔四〕明湖，謂鄱陽湖。

〔五〕金闕，《太平御覽》卷四一引《廬山記》云：「西南有石門，似雙闕，壁立千餘仞，而瀑布流焉。」金闕似指此。

〔六〕三石梁，王注：「《尋陽記》曰：廬山上有三石梁，長數十丈，廣不盈尺，杳然無底。查悔餘曰：元李洞言，三石梁在開先寺西，黎眘言在五老峰上，或云在簡寂觀及上霄、紫霄二峰間。桑喬《廬山紀事》則竟以爲無如竹林之幻境。衆説紛然，莫知所指。今三疊泉在九疊屏之左，水勢三折而下，如銀河之挂石梁，與太白詩句正相吻合，非此外别有三石梁也。後人必欲求其地以實之，失之鑿矣。」

〔七〕瀑布，楊注：「《廬山記》：山南山北瀑布無慮十餘處。香爐峰與雙劍峰在瀑布之旁，水源在山頂，人未有窮者。或曰：西入康王谷，爲水簾，東爲開元禪院之瀑布。」

〔八〕九道，指九江。長江至尋陽分爲九道，故云。

〔九〕石鏡，《藝文類聚》卷六引《幽明録》曰：「宫亭湖邊傍山間，有石數枚，形圓若鏡，明可以鑑人，謂之石鏡。」又卷七十引《潯陽記》曰：「石鏡在山東，有一團石懸崖，明浄照人。」

〔一〇〕謝公，謂南朝宋謝靈運。靈運嘗遊廬山，有《登廬山絶頂望諸嶠》詩。

〔一一〕還丹，道家煉丹之法。以九轉丹再煉，化爲還丹。詳見天寶七載《江上望皖公山》詩注。

〔一二〕琴心三疊，道家語，謂修煉身心，達到心和氣静之境界。《黄庭内景經》：「琴心三疊舞胎仙。」梁丘子注：琴，和也，三疊，三丹田，謂與諸宫重疊也。」

〔一三〕玉京，天闕也。《魏書·釋老志》：「道家之原，出於老子。其自言也，先天地生，以資萬類。上處玉京，爲神王之宗；下在紫微，爲飛仙之主。」道家以玉京爲三十二帝之都，在無爲之天。

〔一四〕汗漫，無邊際，不可知之物。九垓，九天之外。《淮南子·道應》：「盧敖遊於北海，經乎太陰，入乎玄闕，至於蒙穀之上。見一士焉，深目而玄鬢，泪注而鳶肩，豐上而殺下，軒軒然方迎風而舞。顧見盧敖，慢然下其臂，遁逃乎碑。盧敖就而視之，方倦龜殼而食蛤梨。盧敖與之語曰：『惟敖爲背群離黨，窮觀於六合之外者，非敖而已乎？敖幼而好遊，至長不渝，周行四極，惟北陰之未窺。今卒覩夫子於是，子殆可與敖爲友乎？』若士者齤然而笑曰：『……吾與汗漫期於九垓之外，吾不可以久駐。』」高誘注：「盧敖，燕人，秦始皇召以爲博士，使求神仙，亡而不反也。」此以盧敖擬盧虚舟。

【按】

賈至《授盧虚舟殿中侍御史制》云：「敕大理司直盧虚舟，閑邪存誠，遁世頤養，持操有清廉之譽，在公推幹蠱之才。……可殿中侍御史。」《新唐書·賈至傳》：「玄宗幸蜀，拜起居舍人，知制誥，歷中書舍人。」又據《新唐書·肅宗紀》，乾元二年三月，九節度之師潰於滏水，至時爲汝州刺史。則賈至爲中書舍人及盧虚舟爲侍御史，在至德與乾元元年三年之間。此詩云：「朝别黄鶴樓。」又云：「興因盧山發。」當是本年離江夏來盧山時作。

沈德潛謂：「此詩先寫盧山形勝，後言尋幽不如學仙，與盧敖同遊太清，此素願也。筆下殊有仙氣。」（《唐詩别裁》）其説尚差一間。觀「黄雲」、「白波」之句，似有所指。是時朝中又有李輔國等專權亂政。本年七月，李輔國等矯詔逼遷上皇居西内。見《通鑑·唐紀》。故白不僅以此詩陳其素願，亦兼勸盧虚舟棄官去朝也。《詩》云：「心之憂矣，我歌且謡。」故題曰《盧山謡》。

和盧侍御通塘曲

與上篇作時當相去不遠。盧侍御即盧虚舟。

君誇通塘好，通塘勝耶溪〔一〕。通塘在何處？還在尋陽西。青蘿裊裊挂烟樹，白鷴處處聚沙堤〔二〕。石門中斷平湖出，百丈金潭照雲日〔三〕。何處滄浪垂釣翁，鼓棹漁歌趣非一。相逢不相識，出没繞通塘。浦邊清水明素足，别有浣紗吴女郎。行盡緑潭潭轉幽，疑是武陵春碧流。秦人鷄犬桃花裹，將比通塘渠見羞〔四〕。通塘不忍别，十去九遲迴。偶逢佳境心已醉，忽有一鳥從天來。月出青山送行子，四邊苦竹秋聲起〔五〕。長吟《白雪》望星河〔六〕，雙垂兩足揚素波〔七〕。梁鴻德耀會稽日〔八〕，寧知此中樂事多？

【注釋】

〔一〕耶溪，即若耶溪，在今浙江紹興市南。

〔二〕白鷴，鳥名，又名銀雉，似山鷄而白色。參見天寶十三載《贈黄山胡公求白鷴》詩注。

〔三〕金潭，《文選》江淹《雜體詩三十首》：「碧障長周流，金潭恒澄澈。」吕延濟注：「潭水澄澈，下有金沙，故曰金潭。」

〔四〕四句以桃花源擬通塘。桃花源在武陵。據陶淵明《桃花源記》，秦人避亂，居於此，遂與外人不相通。

〔五〕苦竹，竹之一種，桿矮小，筍味苦不能食。

〔六〕《白雪》，即《陽春白雪》，此指盧虚舟所作之《通塘曲》。

〔七〕垂兩足，俗傳月始生，見仙人垂兩足。詳見天寶十一載《古朗月行》詩注。塘水中亦見月之倒映，故云「雙垂兩足」。素波，月華也。

〔八〕梁鴻，東漢扶風平陵人，字伯鸞。其妻孟光，字德耀。鴻家貧好學，不求仕進，與妻同入霸陵山中，以耕織爲業。東出關，過洛陽，作《五噫歌》。後與妻子居齊魯間，有頃，又適吴，依大家皋伯通，居廡下，爲人賃舂。每歸，妻爲具食，不敢於鴻前仰視，舉案齊眉。事見《後漢書》本傳。王注：「梁鴻所適之地在今蘇州，而云會稽者，蓋其地古屬吴國，秦屬會稽郡，漢仍其舊不改。至後漢順帝永建四年，始分置吴郡。鴻在肅宗朝，尚未有吴郡之名。史臣本古國名而言，故曰吴，與上齊魯一例通稱；太白則指其本時之郡而言，故曰會稽。似乎乖異，而實不相妨也。」

下尋陽城泛彭蠡寄黄判官

尋陽即今江西九江市。彭蠡，古澤藪名，又稱彭澤、彭湖，即今鄱陽湖。黄判官，名字不詳。判官，唐節度使及觀察、防御諸使，皆有判官，爲地方長官僚屬，佐理政事。

浪動灌嬰井，尋陽江上風〔一〕。開帆入天鏡〔二〕，直向彭湖東。落影轉疏雨，晴雲散遠空。名山發佳興〔三〕，清賞亦何窮？石鏡挂遥月，香爐滅彩虹〔四〕。相思俱對此，舉目與君同。

【注釋】

〔一〕《元和郡縣志》江南道江州：「（江州）古之湓口城也。漢高帝六年灌嬰所築。建安中，孫權經此城，自標井地，令工掘之，正得古井，銘曰：『漢六年潁陰侯開，三百年當塞，後不滿百年，當爲應運者所開。』權以爲己瑞。井極深，大江中風浪，井水輒動。」

〔二〕陸游《入蜀記》卷四：「泛彭蠡口，四望無際，乃知太白『開帆入天鏡』之句爲妙。」

〔三〕以上三句，兩宋本、繆本、王本俱注云：「一作返景照疏雨，輕烟淡遠空，中流得佳興。」

〔四〕石鏡，見本年《廬山謡寄盧侍御虚舟》詩注。香爐，見開元十三年《望廬山瀑布二首》詩注。以上二句，兩宋本、繆本、王本俱注云：「一作瀑布灑青壁，遥山挂彩虹。」

【按】

此及以下三篇，俱作於潯陽。詩中用語或情緒頗與《廬山謡寄盧侍御虚舟》同，因併繫於此。

送王孝廉覲省

孝廉，漢選舉科目名。瞿、朱按：「孝廉之稱，蓋以鄉貢比漢代之察孝廉，或其時制科有孝廉方正之類，而王曾應之。」

彭蠡將天合，姑蘇在日邊〔一〕。寧親候海色〔二〕，欲動孝廉船。窈窕晴江轉，參差遠岫連。相思無晝夜，東注似長川。

【注釋】

〔一〕姑蘇，蘇州别稱，因其西南有姑蘇山而得名。姑蘇在潯陽東，近日，故云。按，詳詩意，王孝廉故居，當在蘇州也。

〔二〕寧親，使父母安寧，後爲省親之意。揚雄《法言》：「孝莫大於寧親。」

〔三〕《世説·文學》：「張憑舉孝廉，出都，負其才氣，謂必參時彦。欲詣劉尹，鄉里及同舉者共笑之。張遂詣劉，劉洗濯料事，處之下坐。……頃之，長史諸賢來清言，客主有不通處，張乃遥於末坐判之，言約旨遠，足暢彼我之懷，一坐皆驚。真長延之上坐，清言彌日，因留宿至曉。張退，劉曰：『卿且去，正當取卿共詣撫軍。』張還船，同侶問所處宿，張笑而不答。須臾，真長遣傳教覓張孝廉船，同侶惋愕。」

過彭蠡湖

彭蠡湖，即鄱陽湖。

謝公入彭蠡〔一〕，因此遊松門〔二〕。余方窺石鏡〔三〕，兼得窮江源。前賞跡可見，後來道空存。而欲繼風雅，豈惟清心魂〔四〕？雲海方助興，波濤何足論？青嶂憶遥月，緑蘿愁鳴猿。水碧或可採〔五〕，金膏秘莫言〔六〕。余將振衣去，羽化出囂煩。

【注釋】

〔一〕謝公，謂南朝宋詩人謝靈運。

〔二〕松門，王注：「《豫章古今記》：松門，在豫章北二百里，江水繞山，上有松柏。《太平寰宇記》：

松門山，在洪州南昌縣北，水路二百一十五里，其山多松，遂以爲名。」

〔三〕石鏡，見本年《廬山謡寄盧侍御虚舟》詩注。

〔四〕四句謂前人遊勝之處尚在，今來亦見其路徑，已欲繼前人雅興，豈惟賞心悦目而已。按，謝靈運《入彭蠡口》詩云：「攀崖照石鏡，牽葉入松門。三江事多往，九派理空存。靈物吝珍怪，異人秘精魂。金膏滅明光，水碧綴流温。」風雅云云，即指此。

〔五〕水碧，即水晶。《山海經·東山經》：「耿山，無草木，多水碧。」郭璞注：「亦水玉類。」

〔六〕金膏，仙藥之類。

入彭蠡經松門觀石鏡緬懷謝康樂題詩書遊覽之志

與前詩頗多雷同之處，或一詩之二傳者。王本題下注云：「舊注：二篇或同或異，故并録之。」

謝康樂，謝靈運，曾封康樂公。

謝公之彭蠡，因此遊松門。余方窺石鏡，兼得窮江源。將欲繼風雅，豈徒清心魂？前賞逾所見，後來道空存。況屬臨泛美，而無洲渚喧。漾水向東去〔一〕，漳流直南奔〔二〕。空濛三川夕〔三〕，迴合千里昏。青桂隱遥月，緑楓鳴愁猿。水碧或可採，金精秘莫論〔四〕。吾將學仙去，冀與琴高言〔五〕。

【注釋】

〔一〕漾水，古水名，漢水之源。《書·禹貢》：「嶓冢導漾，東流爲漢。」水出今陝西寧强縣嶓冢山，東北流經沔縣，合沔水，又東經褒城、南鄭，稱漢水。

〔二〕漳流，指漳河，源出今湖北南漳縣西南之蓬萊洞，東南流經鐘祥、當陽縣，合沮水爲沮漳河，復東流經江陵縣入長江。

〔三〕三川，王注：「三川，三江也。按三江，孔安國、班固、鄭玄、韋昭、桑欽、郭璞諸説不一，惟鄭云：左合漢爲北江，右合彭蠡爲南江，岷江居其中爲中注。今考江水發源蜀地，最居上流，下至湖廣，漢江之水自北來會之，又下至江西，則彭蠡之水自南來會之。三水合流而東，以入於海，所謂三江既入也。《禹貢》既以岷江爲中江，漢水爲北江，則彭蠡之水爲南江可知矣。蘇東坡謂岷山之江爲中江，嶓冢之江爲北江，豫章之江爲南江，蓋本鄭説也。」

〔四〕金精，即金膏。仙藥之屬。

〔五〕琴高，傳説爲戰國趙人，學修煉長生之術，遊於冀州琢城之間，後入涿水中取龍子，與弟子期某日返，至時，果乘赤鯉出。留一月餘，復入水去。詳見天寶十二載《九日登山》詩注。

豫章行

本年秋冬間作於豫章。豫章，郡名，即洪州，屬江南西道，今江西南昌市。時白妻宗氏寓居於此。《豫章行》，《樂府詩集·相和歌辭》名，此篇蓋以舊題寫時事。

胡風吹代馬〔一〕，北擁魯陽關〔二〕。吴兵照海雪〔三〕，西討何時還？半渡上遼津〔四〕，黄雲慘無顔。老母與子别，呼天野草間。白馬繞旌旗，悲鳴相追攀。白楊秋月苦，早落豫章山〔五〕。本爲休明人〔六〕，斬虜素不閑〔七〕。豈惜戰鬭死，爲君掃凶頑？精感石没羽〔八〕，豈云憚險艱？樓船若鯨飛，波蕩落星灣〔九〕。此曲不可奏，三軍鬢成斑。

【注釋】

〔一〕代馬，古代郡有胡馬之利，故稱。王注：「一作燕人攢赤羽。」

〔二〕魯陽關，關名，戰國時名魯關，漢稱魯陽，故址在今河南魯山縣西南、南召縣東北。

〔三〕海雪，謂鄱陽湖之水波。

〔四〕上遼津，王注：「《通典》：豫章郡建昌縣有上遼津。《江西志》：上繚水在南昌府城西北一百二十里，源出建昌縣，經奉新縣流入。僚、遼、繚三字雖異，其實一也。」

〔五〕樂府《豫章行》古辭：「白楊初生時，乃在豫章山。」二句本此。

〔六〕休明，謂清平之世。

〔七〕閑，通嫻，習也。

〔八〕《史記·李將軍列傳》：「廣出獵，見草中石，以爲虎而射之，中石没鏃，視之石也。因復更射之，終不能復入石矣。」此言精誠所至，金石爲開也。

〔九〕落星灣，即鄱陽湖西北之彭蠡灣，傳説有星墜此，因以名焉。

【集説】

胡云：此白詠永王璘事自悼也。……白初從廬山誤陷於璘，事敗，又於潯陽繫獄，其地皆屬豫章，故巧取此題爲辭。以白楊之生落於豫章者自況，寫聲名墮壞之痛，而傷璘敗，終不忍斥言璘之逆，則猶近於厚。……又「胡風吹代馬，北擁魯陽關」，言禄山之反。魯陽關在汝州，璘鎮荆州，關正其北。「吴兵照海雪，西討何時還」，言璘東下之敗，時敗於廣陵兵，故云吴兵。「半渡上遼津，黄雲慘無顏」，言璘不得如初志成渡遼功，遼蓋指漁陽也。《東巡歌》亦以渡遼爲言。「老母與子别，呼天野草間」，指璘子瑒中矢傷遁事。「白馬繞旌旗，悲鳴相追攀」，此言璘之喪敗，亦以比己之追隨不忍捨。「白楊秋月苦，早落豫章山」，一篇居要在此。「樓船若鯨飛，波蕩落星灣」，璘敗後奔鄱陽，守者不納，舟師喪盡，走死。落星灣在鄱湖，正其地。此言己亦欲爲璘畢命，無奈其敗死不可爲耳。

陳沆云：璘敗於江西，故以豫章命篇。「胡風」指漁陽之叛，「吴兵」謂璘擁江淮之師。上遼津故隱其詞，寄之邊塞也。「本爲休明人，斬虜素不閑」，言承平帝胄，生長深宫，本無武略也。「豈惜戰鬥死」四語，惜其不知一意討賊，勤王北上，縱令敗死，猶不失爲忠義也。落星灣在江州潯陽，璘於此戰敗走鄱陽也。璘死後，肅宗以少所自鞠，不宣其罪，謂左右曰：皇甫侁執吾弟，不送之蜀，而擅殺，何耶？終身不用。則朝廷以憫其無知矣。……當知無論太白之從與不從，先問永王之是賊非賊。今

朝廷尚以永王爲寃，而反議太白之從叛，豈不乖哉？（《詩比興箋》）

王云：「白馬繞旋旗，悲鳴相追攀」，謂母子别離之時，乘馬亦爲之感動而哀嘶也。「白楊秋月苦，早落豫章山」，謂見草木之凋殘，亦若爲母子悲慟者之所感召也。總以寫從軍者離别時情景耳。

又云：按《唐書·來瑱傳》：上元二年春，破史思明餘黨於魯山，浮賊渠。又戰汝州，獲牛馬、橐駝。知是時汝鄧之間爲賊所往來之處。所謂「胡風吹代馬，北擁魯陽關」，乃安、史之兵，而非永王之兵。集中有《中丞宋公以吴兵三千赴河南軍次尋陽》之文，又《爲中丞祭九江文》中有「遵奉王命，大舉天兵，樓船先濟，士馬無虞」之辭，是知所謂「吴兵」者，即宋中丞所統之三千之兵；所謂「上遼津」者，即樓船所濟之津。詩之作也，當在是時無疑，與永王璘事全無干涉。而胡氏更於每段中必引璘事以强合之，牽扯支離，盡失本詩辭意矣。

【按】

王説是。樂府《豫章行》古辭云：「白楊初生時，乃在豫章山。……凉秋八九月，山客持斧斤。……身在洛陽宫，根在豫章山。多謝枝與葉，何時復相連？……何意萬人巧，使我離根株。」其旨在傷離别也。中原戰亂未息，而吴地有征調之苦，太白在豫章親見其别離場面，乃以《豫章行》古題寫時事，是其用心巧妙處。又，詩中既有别離之苦，又有征夫勇赴國難豪壯言語，與杜甫安史亂中之《新婚别》、《無家别》、《垂老别》等詩情緒頗類。

江西送友人之羅浮

江西，江南西道省稱，治洪州，即今江西南昌市。羅浮，山名，在今廣東增城、博羅、河源等縣間。友人姓名不詳。

桂水分五嶺〔一〕，衡山朝九疑〔二〕。鄉關眇安西〔三〕，流浪將何之？素色愁明湖，秋渚晦寒姿。疇昔紫芳意，已過黄髮期〔四〕。君王縱疏散，雲壑借巢夷〔五〕。爾去之羅浮，我還憩峨眉〔六〕。中闊道萬里，霞月遥相思。如尋楚狂子〔七〕，瓊樹有芳枝。

【注釋】

〔一〕桂水，即瀧江。詳見本年《禪房懷友人岑倫》詩注。五嶺，山名，《漢書·張耳傳》顔師古注引鄧德明《南康記》以大庾、騎田、都龐、萌渚、越城爲五嶺。同《傳》注引裴淵《廣州記》以大庾、始安、臨賀、桂陽、揭陽爲五嶺。

〔二〕衡山，山名，在今湖南衡山縣西。九疑，山名，又名蒼梧，在今湖南寧遠縣南。

〔三〕安西，唐代六都護府之一，始置交河城，後移治龜兹。至德後，改稱鎮西都護府。王注：「按文義，安西字疑訛，指爲隴右道安西大都護府者，恐未是。」按，安西都護府統轄龜兹、于闐、焉耆、疏勒四鎮，「鄉關」云云，指友人而言，或其友人之家鄉在其地乎？

〔四〕黄髮，老人髮白，白久則黄，因以黄髮爲壽高之象。《詩・魯頌・閟宫》：「黄髮台背。」鄭玄箋：「黄髮、台背，皆壽徵也。」

〔五〕君王，指玄宗。巢夷，古隱士巢父、伯夷。巢父，傳説唐堯時人，在樹上築巢而居，時人號曰巢父。伯夷，商時孤竹君長子，與其弟叔齊隱於周，武王滅商，恥食周粟，俱餓死於首陽山。二句謂其天寶初待詔翰林，玄宗賜金還山事。

〔六〕峨眉，峨眉山。按，此處泛指隱居之山，非有還蜀之意。

〔七〕楚狂，謂楚狂接輿。詳見本年《廬山謡寄盧侍御虚舟》詩注。

【按】

詩云：「疇昔紫芳意，已過黄髮期。」詩當作於白暮年時。姑繫於本年秋冬間寓家豫章時。

對酒醉題屈突明府廳

本年冬作於洪州建昌縣。屈突，復姓，北朝魏孝文帝改爲屈氏，至西魏復爲屈突。屈突明府，建昌令，白故交，名字不詳。

陶令八十日，長歌《歸去來》〔一〕。故人建昌宰〔二〕，借問幾時迴？風落吴江雪，紛紛入酒杯。山翁今已醉〔三〕，舞袖爲君開。

【注釋】

〔一〕晉陶淵明爲彭澤令，在官八十餘日，自免去職。見其《歸去來兮辭序》。

〔二〕建昌，縣名，隸洪州，故址在今江西修水縣附近。

〔三〕山翁，指晉人山簡。此自擬。詳見開元二十二年《襄陽歌》詩注。

中國古典文學基本叢書

李白全集編年箋注

第四册

安旗 主編

中華書局

李白全集編年箋注卷十五

編年詩第十五

上元二年（七六一年） 李白六十一歲

送内尋廬山女道士李騰空二首

本年春末作於廬山。李騰空，王注：「《廬山志》：『蔡尋真，侍郎蔡某女也。李騰空，宰相李林甫女也。幼并超異，生富貴而不染，遂爲女冠，同入廬山。蔡居屏風疊之南，李居屏風疊之北，學三洞法，以丹藥、符籙救人疾苦。至三元八節，會於詠真洞，以相師講。貞元中，九江守許渾以狀聞，昭德皇后賜以金帛、土田。已而蜕去，門人收簪簡瘞之。』」

君尋騰空子，應到碧山家。水舂雲母碓〔一〕，風掃石楠花〔二〕。若戀幽居好，相邀弄紫霞。

【注釋】

〔一〕雲母碓，王注：「白居易詩有『何處水邊碓，夜舂雲母聲』及『雲碓無人水自舂』之句，自注云：『廬山中雲母多，故以水碓擣錬，俗呼爲雲碓。』」

〔二〕石楠花，王注：「《本草衍義》：葉似枇杷葉之小者，而背無毛。正二月間開花，冬有二葉爲花苞，苞既開，中有十餘花，大小如椿花，甚細碎。每一苞約彈許大，成一球，一花六葉，一朵有七八球，淡白緑色。花罷，去年葉盡脱，漸生新葉。」

【集説】

魏慶之云：詩體有借對，孟浩然「厨人具鷄黍，稚子摘楊梅」，太白「水春雲母碓，風掃石楠花」，少陵「竹葉於人既無分，菊花從此不須開」是也。（《詩人玉屑》）

其　二

多君相門女〔一〕，學道愛神仙。素手掬青靄，羅衣曳紫烟。一往屏風疊〔二〕，乘鸞著玉鞭。

【注釋】

〔一〕多，贊也。白妻宗氏係宗楚客孫女，楚客在武則天及中宗時曾三次拜相。詳見乾元元年《竄夜郎於烏江留别宗十六璟》詩注。

〔二〕屏風疊，在廬山。詳見至德元載《贈王判官時余隱居廬山屏風疊》詩注。

【按】

詹鍈繫此詩於乾元元年春，云：「騰空既貞元中尚在人間，此詩之作，疑當在太白晚年。……第一首云：『水春雲母碓，風掃石楠花。』按石楠正二月間開花，此詩當是春季作。」詹説似未諦。至德二載末，白已判流夜郎。乾元元年春於尋陽與宗氏告别赴流途。此詩云：「風掃石楠花。」石楠花落，當在暮春之時。此詩不作於乾元元年春甚明。乾元二年春白於流途所作《南流夜郎寄内》云：

「北雁春歸看欲盡，南來不得豫章書。」可知宗氏寓於豫章。此詩當是遇赦歸豫章與宗氏重聚後，又送其往廬山時作。

江上贈竇長史

本年初由潯陽沿江東下途經長風沙時作。長史，州郡屬官，位在别駕之下。竇長史，名字不詳。

漢求季布魯朱家〔一〕，楚逐伍胥去章華〔二〕。萬里南遷夜郎國〔三〕，三年歸及長風沙〔四〕。聞道青雲貴公子，錦帆游戲西江水〔五〕。人疑天上坐樓船，水净霞明兩重綺。相約相期何太深，棹歌摇艇月中尋。不同珠履三千客，别欲論交一片心〔六〕。

【注釋】

〔一〕季布、朱家，秦末漢初人。《史記·季布列傳》：「季布者，楚人也。爲氣任俠，有名於楚。項籍使將兵，數窘漢王。及項羽滅，高祖購求布千金，敢有舍匿，罪及三族。季布匿濮陽周氏。周氏曰：『漢購將軍急，跡且至臣家，將軍能聽臣，臣敢獻計；即不能，願先自剄。』季布許之。乃髠鉗季布，衣褐衣，置廣柳車中，并與其家僮數十人，之魯朱家所賣之。朱家心知是季布，乃買而置之田，誡其子曰：『田事聽此奴，必與同食。』朱家乃乘軺車之洛陽，見汝陰侯滕公。……朱家曰：

『臣各爲其主用。季布爲項籍用，職耳。項氏臣可盡誅邪？今上始得天下，獨以己之私怨求一人，何示天下之不廣也！且以季布之賢而漢求之急如此，此不北走胡即南走越耳。夫忌壯士以資敵國，此伍子胥所以鞭荆平王之墓也。君何不從容爲上言邪？』汝陰侯滕公心知朱家大俠，意季布匿其所，乃許曰：『諾。』待間，果言如朱家指。上乃赦季布。」句以季布自喻。

〔二〕伍胥，即伍子胥，名員。楚平王誅子胥父伍奢及兄伍尚，子胥逃楚奔吴。事見《史記·伍子胥列傳》。章華，楚臺名，此以代楚都。句以伍胥自喻。

〔三〕夜郎國，漢時古國名，此代指其貶地夜郎。

〔四〕三年，白自乾元元年初由潯陽首途赴夜郎，至本年恰是三年。長風沙，在今安徽懷寧縣東五十里。詳見開元十四年《長干行》詩注。

〔五〕西江，指安徽境内之長江。按，長江自安徽境内北折至江蘇鎮江，此段水路之兩岸，唐以前有江西、江東之稱。

〔六〕珠履客，謂貴客。《史記·春申君列傳》：「春申君客三千餘人，其上客皆躡珠履。」二句謂其與竇長史非尋常之交，而别有深摯之情。

三山望金陵寄殷淑

三山，在今南京市西南。殷淑，白友人。見下篇集説引郁賢皓語。

三山懷謝朓，水澹望長安〔一〕。蕪没河陽縣〔二〕，秋江正北看〔三〕。盧龍霜氣冷〔四〕，鳷鵲月光寒〔五〕。耿耿憶瓊樹〔六〕，天涯寄一歡。

【注釋】

〔一〕謝朓有《晚登三山還望京邑》詩，中云：「灞涘望長安，河陽視京縣。白日麗飛甍，參差皆可見。餘霞散成綺，澄江净如練。」

〔二〕河陽縣，故址在今河南孟縣西。其時河陽以安史之亂，殘破敗敝，故云。晉潘岳《河陽縣作》詩云：「引領望京室，南路在伐柯。」句用潘詩意。

〔三〕長江在今南京附近呈北流趨勢，故云。

〔四〕盧龍，山名，即今南京市内獅子山，西臨長江，晉元帝初渡江，見其山嶺連綿，險要似塞北盧龍，因以爲名。

〔五〕鳷鵲，樓名，在金陵。詳見至德二載《永王東巡歌》詩注。

〔六〕瓊樹，喻人風神之美。《世説·賞譽》：「太尉神姿高徹，如瑶林瓊樹，自然是風塵外物。」

送殷淑三首

海水不可解，連江夜爲潮。俄然浦嶼闊〔一〕，岸去酒船遥。惜别耐取醉〔二〕，鳴榔且長謡〔三〕。天明爾當去，應有便風飄。

【注釋】

〔一〕浦，水濱。嶼，水中洲，上有山。

〔二〕耐，願辭。耐取醉，猶言拼得一醉也。張相《詩詞曲語辭匯釋》卷二：「凡耐醉字均猶云判醉，或值得一醉，均爲願辭。」

〔三〕鳴榔，王注：「潘岳《西征賦》：鳴榔厲響。李善注：榔，高木也，以長木叩船爲聲，所以驚魚，令入網也。一説榔，船板也，船行則響，謂之鳴榔。駱賓王詩『鳴榔下貴洲』，沈佺期詩『鳴榔曉帳前』是也。若太白此篇，送客非觀魚，停舟飲酒，非挂帆長行，所謂鳴榔者，當是擊船以爲歌聲之節，猶叩舷而歌之義。」

其　二

白鷺洲前月〔一〕，天明送客迴。青龍山後日〔二〕，早出海雲來。流水無情去，征帆逐吹開。相看不忍別，更進手中杯。

【注釋】

〔一〕白鷺洲，在金陵西南長江中。參見天寶六載《登金陵鳳凰臺》詩注。

〔二〕青龍山，在金陵東南三十五里。

其　三

痛飲龍筇下〔一〕，燈青月復寒。醉歌驚白鷺，半夜起沙灘。

【注釋】

〔一〕龍筇，竹名。今竹有名龍竹者，或即是。

【集説】

王云：顔真卿《元静先生廣陵李君碑》：真卿與先生門人中林子殷淑、遺名子韋渠牟，嘗接采真之遊，緒聞含一之德云云。是即此人也。

郁賢皓云：李含光（按即元静先生）卒於大曆四年，當時韋渠牟祇有二十一歲；顔真卿既把韋渠牟與殷淑并列，可以想見殷淑的年齡也不會很大。顔文還説：「真卿乾元二年以昇州刺史充浙江西節度，欽承至德，結慕玄微，遂專使致書於茅山，以抒誠懇。先生特令韋煉師景昭復書於真卿，恩眷綢繆，足勵超然之至。」可知顔真卿從乾元二年開始才與李含光交往。……由此推想，顔真卿與殷淑、韋渠牟「接采真之遊」，似應在乾元二年至大曆四年之間。……按照殷淑略長於韋渠牟的推想，我以爲很可能是李白暮年在當塗、金陵一帶寫的。其時殷淑還是個青年，他往金陵一帶很可能是去找李含光學道。（《李白叢考》）

【按】

本年暮春時節，白與宗氏往廬山尋李騰空，有《送内尋廬山女道士李騰空二首》。白在廬山當略有盤桓，旋即浮江東下往金陵。其《三山望金陵寄殷淑》云：「秋江正北看。」抵金陵時已届秋。天寶十四載白有《五松山送殷淑》詩；《寄殷淑》云：「耿耿憶瓊樹，天涯寄一歡。」可證殷淑係白故交。白抵金陵後，殷淑又將他往，乃有《送殷淑三首》。其三云：「燈青月復寒。」時亦在秋。其二有白鷺洲、青龍山字樣，知相送之地仍在金陵。

贈昇州王使君忠臣

本年作於金陵。昇州，乾元元年改潤州（江寧郡）置，治所在今江蘇南京市，上元中廢。使君，州刺史别稱。王忠臣，事跡不詳。

六代帝王國，三吴佳麗城〔一〕。賢人當重寄〔二〕，天子借高名。巨海一邊静，長江萬里清〔三〕。應須救趙策，未肯棄侯嬴〔四〕。

【注釋】

〔一〕六代，謂孫吴、東晉、宋、齊、梁、陳六朝。三吴謂吴郡、吴興、會稽。二句謂金陵之盛。

〔二〕重寄，猶重任。

〔三〕二句謂劉展亂平。據《通鑑·唐紀》肅宗上元元年，十一月，淮南東、江南西、浙西節度使劉展亂，甲午，展陷潤州，丙申陷昇州。十二月，展繼陷宣州、蘇州、湖州。上元二年正月，爲平盧兵馬使田神功所擊敗，展死，其部將或死或降。

〔四〕信陵君用侯嬴之策，竊符救趙。詳見開元十八年《俠客行》詩注。二句以侯嬴自比，是望王忠臣汲引之意。

【集説】

詹鍈云：《舊唐書·地理志》：「至德二年置江寧郡，乾元元年江寧置昇州。」按至德二載十二月始罷郡爲州，復以太守爲刺史。昇州之置定在至德二載十二月之後。然太白出尋陽獄後，流夜郎前，其間未嘗一至金陵，則此詩之作至早亦當在乾元二年太白遇赦之後。《舊唐書·肅宗紀》：「乾元元年十二月甲辰以昇州刺史韋黄裳爲蘇州刺史、浙江西道觀察使。」留元剛《顔魯公年譜》：「乾元二年六月爲昇州刺史，充浙西節度使。上元元年二月追究爲刑部尚書。」《舊唐書·肅宗紀》：「上元元年春正月以杭州刺史侯令儀爲昇州刺史，充浙江西道節度使。」《通鑑》：上元元年「十一月甲午，(劉)展陷潤洲，昇州軍士萬五千人謀應展。……侯令儀懼，……棄城走。……丙申，展陷昇州。……使(姜)昌群領昇州。」其間爲昇州刺史之人歷歷可數，王忠臣之爲昇州刺史定在劉展亂平以後。

贈從孫義興宰銘

兩宋本、繆本、咸本題下俱注云：「亞相李公重之以能政，中丞李公免罷以移官。」義興，屬江南東道常州，即今江蘇宜興縣。李銘，事跡不詳。

天子思茂宰〔一〕，天枝得英才〔二〕。朗然清秋月，獨山映吴台〔三〕。落筆生綺繡，操刀振風雷。蠖屈雖百里〔四〕，鵬騫望三臺〔五〕。退食無外事〔六〕，琴堂向山開〔七〕。緑水寂以閑，白雲有時來。河陽富奇藻〔八〕，彭澤縱名杯〔九〕。所恨不見之，猶如仰昭回〔一〇〕。元惡昔滔天，疲人散幽草。驚川無恬鱗，舉邑罕遺老〔一一〕。誓雪會稽耻〔一二〕，將奔宛陵道〔一三〕。亞相素所重〔一四〕，投刃應《桑林》〔一五〕。獨坐傷激揚〔一六〕，神融一開襟。絃歌欣再理〔一七〕，和樂醉人心。蠹政除害馬〔一八〕，傾巢有歸禽。壺漿候君來，聚舞共謳吟。農夫棄蓑笠，蠶女墮纓簪〔一九〕。歡笑相拜賀，則知惠愛深。歷職吾所聞，稱賢爾爲最。化洽一邦上，名馳三江外〔二〇〕。峻節貫雲霄，通方堪遠大〔二一〕。能文變風俗，好客留軒蓋。他日一來遊，因之嚴光瀨〔二二〕。

【注釋】

〔一〕茂宰，良宰也。謝朓《和伏武昌登孫權故城》詩：「茂宰深遐睠。」

〔二〕天枝，謂唐宗室。

〔三〕獨山，山名，在今無錫市西南，獨峙於五里湖與太湖相通處。吴臺，即蘇臺，春秋吴王夫差所築，在今江蘇蘇州市。

〔四〕蠖，即尺蠖。《易·繫辭》：「尺蠖之屈，以求伸也。」百里，謂一縣之地。

〔五〕騫，音牽，飛舉貌。三台，謂三公之位。詳見天寶六載《金陵鳳凰臺置酒》詩注。

〔六〕退食，《詩·召南·羔羊》：「退食自公。」鄭玄箋：「退食，減膳也。」馬瑞辰《毛詩傳箋通釋》謂爲退朝而進食。詳詩意，當用後一義。

〔七〕句用宓子賤鳴琴而治事。詳見開元二十八年《贈瑕丘王少府》詩注。琴堂，楊注：「宓子賤爲單父宰，彈琴不下堂而單父治。故後世以宰之室爲琴堂。」

〔八〕河陽，指晉人潘岳。岳曾爲河陽令。《晉書·潘岳傳》謂其「辭藻絶麗」。

〔九〕彭澤，指晉人陶淵明。淵明曾爲彭澤令。蕭統《陶淵明傳》：「後爲鎮軍、建威參軍，謂親朋曰：『聊欲絃歌，以爲三徑之資可乎？』執事者聞之，以爲彭澤令。……公田悉令種秫，曰：『吾常得醉於酒，足矣。』」

〔一〇〕昭回，《詩·大雅·雲漢》：「倬彼雲漢，昭回於天。」朱熹《詩集傳》：「雲漢，天河。昭，光。回，轉也。言其光隨天而轉也。」

〔一一〕元惡，元凶也。王注：「『元惡滔天』二聯，指上元中宋州刺史劉展舉兵爲亂，連陷揚、潤、昇、蘇、湖、濠、楚、舒、和、徐、廬諸州，凡三月始平。……常州與蘇、湖、揚、潤四州地界相接，其亂離不遑安處，概可知矣。」

〔一二〕會稽恥，指春秋吴滅越國，囚越國君臣事。此處指展之亂。

〔一三〕宛陵，漢縣名，治所即唐之宣州。

〔一四〕亞相，謂李峘。詳見後集説。王注：「太白原注：亞相李公重之以能政，中丞李公免罷以移官。蓋銘以劉展稱兵，避難奔走失官，因二公而復職者也。唐時御史臺有大夫一員，正三品；中丞二員，正四品。亞相，謂御史大夫。獨坐謂中丞。《海録碎事》：御史大夫謂之亞相，蓋御史大夫漢時位爲宰相之副，故唐人謂之亞相。」

〔一五〕《莊子・養生主》：「庖丁爲文惠君解牛，手之所觸，肩之所倚，足之所履，膝之所踦，砉然嚮然，奏刀騞然，莫不中音，合於《桑林》之舞，乃中《經首》之會。」《桑林》，湯樂名。王注：「『投刃應桑林』，言其治民之材如投刃得法，綽然有餘地也。」

〔一六〕獨坐，謂御史中丞。詳見天寶十三載《送趙判官赴黔府中丞叔幕》詩注。激揚，激濁揚清也。句謂中丞感於銘遭遇之不平，免其罷官。

〔一七〕絃歌，教化一邦也。《史記・仲尼弟子列傳》：「子游……爲武城宰，孔子過，聞絃歌之聲。」句謂銘復得爲宰。

〔一八〕害馬，有害於馬者也。《莊子・徐無鬼》：「夫爲天下者，亦奚以異乎牧馬者哉？亦去其害馬者而已矣。」後轉用爲害群之馬義。

〔一九〕纓簪，婦人所佩。瞿、朱注：「詩意此二句極言男女皆歡樂忘形耳。」

〔二〇〕三江，謂松江、錢塘江、浦陽江。此指李銘移官後所在之地區。

〔二一〕通方，通於爲政之道。

〔三〕嚴光，字子陵，少與光武帝劉秀同遊學，有高名。秀稱帝，光變姓名隱遁。詔授諫議大夫，不受，退隱於富春山。瀨，急流。嚴光瀨，在富春江上。《水經注·漸水》：「自（桐廬）縣至於潛，凡十有六瀨，第二是嚴陵瀨。瀨帶山。山下有一石室，漢光武帝時，嚴子陵之所居也。故山及瀨皆即人姓名之。」

【集説】

詹鍈云：劉展之敗在上元二年正月，今詩云：「絃歌欣再理，和樂醉人心」，當是劉展亂平後作。詩云：「亞相素所重，投刃應《桑林》。……」按《舊唐書·李峘傳》：乾元初，兼御史大夫持節都統淮南江南江西節度宣慰觀察處置等使，詩中亞相蓋指峘也。末云：「他日一來遊，因之嚴光瀨。」則不在義興明矣。

【按】

詩末云：「他日一來遊，因之嚴光瀨。」恐是用嚴子陵不居富貴隱於山水義，非實指其地。

宣城送劉副使入秦

節度使之下，有副使一人。安撫使、觀察使、團練使、防禦使之下，皆有副使一人。劉副使，名字不詳。

君即劉越石，雄豪冠當時〔一〕。悽清《橫吹曲》，慷慨《扶風詞》〔二〕。虎嘯俟騰躍，鷄鳴遭亂離〔三〕。千金市駿馬，萬里逐王師。結交樓煩將〔四〕，侍從羽林兒〔五〕。統兵捍吳越，豺虎不敢窺。大勳竟莫叙，已過秋風吹〔六〕。秉鉞有季公〔七〕，凜然負英姿。寄深且戎幕〔八〕，望重必台司〔九〕。感激一然諾，縱横兩無疑。伏奏歸北闕〔一〇〕，鳴騶忽西馳〔一一〕。列將咸出祖，英寮惜分離〔一二〕。斗酒滿四筵，歌笑宛溪湄〔一三〕。君携東山妓〔一四〕，我咏《北門》詩〔一五〕。貴賤交不易，恐傷中園葵〔一六〕。昔贈紫騮駒，今傾白玉巵。同歡萬斛酒，未足解相思。此别又千里，秦吳眇天涯。月明關山苦，水劇隴頭悲〔一七〕。借問幾時還？春風入黄池〔一八〕。無令長相思，折斷緑楊枝〔一九〕。

【注釋】

〔一〕劉琨，字越石，西晉名士。少時即以雄豪著名。愍帝即位，拜大將軍。見《晉書·劉琨傳》。此處以劉越石擬劉副使。

〔二〕劉越石有《扶風歌》。其《横吹曲》今不存。

〔三〕《晉書·祖逖傳》：「(逖)與司空劉琨俱爲司州主簿，情好綢繆，共被同寢。中夜聞荒鷄鳴，蹴琨覺曰：『此非惡聲也。』因起舞。」

〔四〕樓煩，春秋戰國時國名，以遊牧爲生，精於騎射。樓煩將，特以喻武將中善騎射者，非真樓煩人也。

〔五〕羽林，宫廷禁軍。漢武帝置建章營騎，掌宿衛侍從，後改名羽林騎。歷代多因之。唐設左、右羽林衛，亦稱羽林軍。

〔六〕王注：「上元中，宋州刺史劉展舉兵反，其黨張景超、孫待封攻陷蘇、湖，進逼杭州，爲温晁、李藏用所敗。……劉副使於時亦在兵間，而功不得録，故有『統兵捍吴越，豺虎不敢窺。大勳竟莫叙，已過秋風吹』之句。」

〔七〕秉鉞，謂執掌兵權。季公，指季廣琛。《舊唐書·肅宗紀》：「（上元）二年春正月……辛卯，温州刺史季廣琛爲宣州刺史，充浙江西道節度使。」

〔八〕寄深，寄托深厚也。戎幕，節度使之幕府。

〔九〕台司，指三公之位。三公稱三台，亦稱三司，故云。

〔一〇〕北闕，宮殿北面之門樓，是大臣等候朝見或上書奏事處。《漢書·高帝紀》：「蕭何治未央宮，立東闕、北闕、前殿、武庫、太倉。」顔師古注：「尚書奏事，謁見之徒，皆詣北闕。」

〔一一〕鳴騶，官員出行，隨從騎卒吆喝開道曰鳴騶。

〔一二〕祖，餞行。寮，通僚，同官也。

〔一三〕宛溪，水名，在宣州南。

〔一四〕東山妓，用謝安事。詳見天寶十二載《書情贈蔡舍人雄》詩注。

〔一五〕《詩·邶風·北門序》：「刺仕不得志也。言衛之忠臣不得其志耳。」以上二句謂劉將富貴而已仍不得志。

〔一六〕《古詩》：「采葵莫傷根，傷根葵不生。結交莫羞貧，羞貧交不成。」二句用其意。

〔一七〕隴頭悲，見天寶三載《秦水别隴首》（古風其二十二）詩注。

〔一八〕黄池，即黄池河，在宣城北一百二十里。

〔一九〕古有折柳送行之俗，又有折柳寄遠之俗。折枝寄遠，催其早歸也。盧照鄰《折楊柳》「攀折聊將寄，軍中書信稀」，張九齡《折楊柳》「纖纖折楊柳，持此贈情人」皆用其義。

【集説】

詹鍈云：王《譜》繫此詩上元二年下，注云：「《舊唐書》（《肅宗紀》）上元二年正月辛卯，温州刺史季廣琛爲宣州刺史，充浙江西道節度使。詩中所謂『秉鉞有季公』，正指季廣琛也。所謂『統兵捍吴越，貙虎不敢窺』，指劉展餘黨張景超、孫待封佔據蘇、湖，將犯杭州之事。所謂『大勳竟莫叙，已過秋風吹』，是送餞之時約在冬時矣。」今從其説。

瞿、朱云：「『已過秋風吹』，似非指時令而言，詳詩意蓋劉未獲獎叙，季廣琛有意使之入朝以圖機遇。此處不當雜一叙時令之語。

【按】

季廣琛於上元二年正月爲宣州刺史、充浙江西道節度使，劉之爲季廣琛軍副使宜在此年。詩末云：「借問幾時還？春風入黄池。」是冀其來年春由秦地返宣州，則送别之時宜在本年秋後。

贈劉都使

東平劉公幹〔一〕，南國秀餘芳。一鳴即朱紱〔二〕，五十佩銀章〔三〕。飲冰事戎幕，衣錦華水鄉〔四〕。銅官幾萬人〔五〕，諍訟清玉堂。吐言貴珠玉，落筆迴風霜〔六〕。而我謝明主，銜哀投夜郎。歸家酒債多，門客粲成行〔七〕。高談滿四座，一日傾千觴。所求竟無緒，裘馬欲摧藏〔八〕。主人若不顧，明發釣滄浪〔九〕。

【注釋】

〔一〕劉公幹，三國魏劉楨字公幹。楨爲東平人。曹操辟爲丞相府掾，建安七子之一。此以擬劉都使。

〔二〕朱紱，繫佩玉、印章之紅色絲帶。《文選》曹植《求自試表》：「上慚玄冕，俯愧朱紱。」李善注：「《禮記》曰：諸侯佩山玄玉而朱組綬。《蒼頡篇》曰：紱，綬也。」

〔三〕銀章，銀質印章。《漢書·百官公卿表》：「凡吏秩比二千石以上，皆銀印青綬。」顏師古注：「《漢舊儀》云：銀印，背龜紐，其文曰章，謂刻曰某官之章也。」

〔四〕飲冰，謂爲官之憂心也。《莊子·人間世》：「今吾朝受命而夕飲冰，我其内熱與？」衣錦，謂榮耀。《漢書·項籍傳》：「富貴不歸故鄉，如衣錦夜行，誰知之者？」宋之問《送姚侍御出使江東》詩：「飲冰朝受命，衣錦晝還鄉。」

〔五〕銅官，地名。唐析南陵縣置義安縣，後廢義安爲銅官治，以秦時嘗於此置官採銅，故名。即今安徽銅陵縣。

〔六〕風霜，喻峻厲之氣。《西京雜記》卷三：「淮南王安著《鴻烈》二十一篇，……自云：字中皆挾風霜。」

〔七〕孔融失題詩：「歸家酒債多，門客粲成行。」

〔八〕摧藏，自抑挫也。如「呼兒將出换美酒」之類。

〔九〕明發，旦也。二句意謂主人若不予以接濟，己則即將流落江湖矣。

【集説】

瞿、朱云：元結《欸乃曲序》云：以軍事詣都使。則唐人之稱都使乃指節度使、觀察使也。此劉都使官不至此。或即卷十八《宣城送劉副使》（按即上篇）詩中之劉副使，則官位差相近，據詩意，劉蓋已至銀緋階。

又云：此劉都使若即卷十八《宣城送劉副使入秦》之劉副使，則此詩當略在前，彼詩在後，蓋此詩是乞貸語氣，而彼詩已有所分潤也。

【按】

都使未詳何職。《唐六典》：「都水監，使者二人，正五品上。……掌川澤津梁之政令，總舟楫河渠二署之官屬。」都使或都水監使者之省稱歟？詩云：「銅官幾萬人，諍訟清玉堂。」則此劉都使似爲縣宰之類。唐人有例稱前資之習慣，劉或先爲都使，後爲銅官宰。《宣城送劉副使入秦》之劉副使係武職，此劉都使係文職，故分别以東晉劉琨、三國劉楨擬之。前詩云：「統兵捍吴越，豺虎不敢窺。大勳竟莫叙，已過秋風吹。」此詩則云：「一鳴即朱紱，五十佩銀章。」語氣一不平，一稱羨，二人恐非一人。然此詩之作於赦後，在宣城、南陵一帶，則無疑義。因繫於此。

對雪醉後贈王歷陽

本年冬作於歷陽。歷陽，縣名，屬淮南道和州，即今安徽和縣。王歷陽，縣令王某。以下四篇，皆爲先後之作。

有身莫犯飛龍鱗〔一〕，有手莫辮猛虎鬚〔二〕。君看昔日汝南市，白頭仙人隱玉壺〔三〕。子猷聞風動窗竹，相邀共醉盃中緑〔四〕。歷陽何異山陰時，白雪飛花亂人目。君家有酒我何愁？客多樂酣秉燭遊〔五〕。謝尚自能鸜鵒舞〔六〕，相如免脱鷫鸘裘〔七〕。清晨鼓棹過江去，千里相思明月樓〔八〕。

【注釋】

〔一〕《韓非子·説難》：「夫龍之爲蟲也，柔可狎而騎也，然其喉下有逆鱗徑尺，若人有嬰之者，則必殺人。」

〔二〕《莊子·盜跖》：「疾走料虎頭，編虎鬚，幾不免虎口哉！」

〔三〕二句用費長房醉隱壺中事。詳見天寶二年《贈盧徵君昆弟》詩注。

〔四〕用王子猷雪夜不眠酌酒訪戴安道事。見《世説·任誕》。盃中緑，謂盃中酒也。

〔五〕秉燭遊，謂及時行樂。《古詩》：「晝短苦夜長，何不秉燭遊？」

〔六〕謝尚，晉人，字仁祖，謝鯤子，善音樂，博綜衆藝。《晉書·謝尚傳》：「司徒王導……辟爲掾，……始到府通謁，導以其有勝會，謂曰：『聞君能作鸜鵒舞，一坐傾想，寧有此理否？』尚曰：『佳。』便著衣幘而舞。導令坐者撫掌擊節，尚俯仰在中，旁若無人。」鸜鵒，音瞿育。

〔七〕相如，漢司馬相如。司馬相如居貧，以所著鷫鸘裘就市人楊昌貰酒。詳見天寶二年《白頭吟》詩注。

〔八〕吴均《酬聞人侍郎别詩三首》：「相思自有處，春風明月樓。」張若虚《春江花月夜》：「誰家今夜扁舟子？何處相思明月樓？」句用吴、張詩意，明月樓未必實有。

醉後贈王歷陽

書禿千兔毫〔一〕，詩裁兩牛腰〔二〕。筆蹤起龍虎〔三〕，舞袖拂雲霄。雙歌二胡姬，更奏遠清朝〔四〕，舉酒挑朔雪，從君不相饒〔五〕。

【注釋】

〔一〕兔毫，謂筆也。筆多以兔毫爲之，故云。

〔二〕牛腰，謂詩卷龐大如牛腰。

〔三〕謂書法有龍騰虎躍之勢。

〔四〕遠清朝，瞿、朱注：「郡府古稱郡朝，縣府亦可稱縣朝，遠清朝當是言歌舞之地，距其縣府尚遠，亦流連忘反之意。或清朝謂清晨，而遠爲誤字。觀下文不相饒，似無非言殢酒不肯遽散也。」朱諫《李詩辨疑》云：「遠清朝義疑，或曰曲名，未知是否。」

〔五〕饒，讓也。鮑照《擬行路難》：「日月流邁不相饒。」

嘲王歷陽不肯飲酒

地白風色寒，雪花大如手。笑殺陶淵明，不飲盃中酒〔一〕。浪撫一張琴，虚栽五株柳〔二〕。空負頭上巾〔三〕，吾於爾何有？

【注釋】

〔一〕此以陶淵明擬王歷陽。陶淵明有《飲酒》詩。

〔二〕《宋書·陶潛傳》：「潛少有高趣，嘗著《五柳先生傳》以自況。……不解音聲，而畜素琴一張，無絃，每有酒適，輒撫弄以寄其意。」參見天寶十三載《戲贈鄭溧陽》詩注。

〔三〕頭上巾，謂儒巾也。陶淵明《飲酒》詩：「若復不快飲，空負頭上巾。」

贈歷陽褚司馬時此公爲稚子舞故作是詩也

褚司馬，名字不詳。兩宋本、繆本、咸本題目中無「故作是詩也」五字。

北堂千萬壽〔一〕，侍奉有光輝。先同稚子舞，更著老萊衣。因爲小兒啼〔二〕，醉倒月下歸。人間無此樂，此樂世中稀。

【注釋】

〔一〕北堂，謂母也。《詩·衛風·伯兮》：「焉得諼草，言樹之背。」毛傳：「背，北堂也。」《野客叢書》：「今日稱母曰北堂，蓋本於《毛詩·伯兮》。萱草令人忘憂，其意謂君子爲王前驅，過時不返，家人思念之切。安得萱草種於北堂，以忘其憂，北堂幽陰之地，可以種萱，未嘗言母也，不知何以遂相承爲母事。」

〔二〕《藝文類聚》卷二十引《列女傳》：「老萊子孝養二親，行年七十，嬰兒自娱，著五色采衣。嘗取漿上堂，跌仆，因卧地爲小兒啼。或弄烏鳥於親側。」

歷陽壯士勤將軍名思齊歌　并序

歷陽壯士勤將軍〔一〕，神力出於百夫。則天太后召見，奇之，授遊擊將軍〔二〕，賜錦袍玉帶，朝野榮之。後拜横南將軍〔三〕。大臣慕義，結十友，即燕公張説、館陶公郭元振爲首〔四〕。余壯之，遂作詩。

太古歷陽郡，化爲洪川在〔五〕。江山猶鬱盤〔六〕，龍虎秘光彩。蓄洩數千載，風雲何霮䨴〔七〕。特生勤將軍，神力百夫倍。

【注釋】

〔一〕《全唐文》卷二二三張説《舉陳光乘等表》云：「開元九年正月日。洛州臨武縣主簿陳光乘、夔州歸州鎮將勤思齊、前申州參軍戴師倩，敕。戴師倩、勤思齊，或身自有犯，或逆人緣坐，未可擢用，亦不須追以前狀，準七月二十二日制。内外文武職事五品以上官，有奇材異略堪任將帥者，對狀進内。……臣所舉前件三人，光乘積學而善謀，求之古人，吴起韓信敵也。師倩沉勇而能斷，求之古人，彭越吴漢類也。思齊忠壯而異材，求之古人，張飛許褚等也。皆懷道藏器，仰望名時，羞自媒衒，莫能上達。臣聞拔人於死者，必捨生而報恩；榮人於辱者，必盡節而雪恥。至如師倩、思齊，亦嘗生竄死地，其爲屈辱甚矣。如蒙拯將墜之命，起已廢之魂，一言所及，百年可盡。凡情尚如此，況感激之人哉！陛下發使召之，旬月可到，試以軍事，必立奇功，若不如言，請受面欺之罪。」據張説《表》，勤思齊開元九年之前因逆人緣坐貶夔州歸州鎮將。又以張飛許褚擬之，與此篇序所言皆合。

〔二〕遊擊將軍，武官階，左五品以上。

〔三〕横南將軍，瞿、朱注：「横南將軍之稱非唐代所有，恐出道聽塗説。」

〔四〕張説，字道濟，一字説之，洛陽人。武則天時應詔對策，授太子校書，中宗時任黄門侍郎等職，睿宗時進同中書門下平章事。玄宗時任中書令，封燕國公。兩《唐書》有傳。郭元振，名振，以字顯。咸亨進士，武則天擢爲右武衛鎧曹參軍，大足元年任凉州都督，神龍中遷安西大都護。睿宗時以兵部尚書復進同中書門下三品，封館陶縣男，復又封代國公。兩《唐書》有傳。

〔五〕《淮南子·俶真》：「歷陽之都，一夕反而爲湖。」高誘注：「歷陽，淮南國之縣名，今屬江都。昔有老嫗，常行仁義，有二諸生過之，謂曰：『此國當没爲湖。』謂嫗視東城門閫有血，便走上北山，勿顧也。自此嫗便往視門閫。閽者問之，嫗對曰如是。其暮，門吏故殺鷄血塗門閫，明旦老嫗早往視門，見血，便上北山，國没爲湖。與門吏言其事，適一宿耳，一夕旦而爲湖也。」

〔六〕鬱盤，屈曲延伸貌。徐悱《古意酬到長史溉登琅琊城》詩：「此江稱豁險，兹山復鬱盤。」

〔七〕霮䨴，音膽兑。《文選》王延壽《魯靈光殿賦》：「雲覆霮䨴。」李善注：「幽邃之貌。」吕延濟注：「霮䨴，繁雲貌。」

寶應元年（七六二年）　李白六十二歲

對　酒

本年春作於金陵。

勸君莫拒盃，春風笑人來。桃李如舊識，傾花向我開。流鶯啼碧樹，明月窺金罍〔一〕。昨日朱顔子，今日白髮催。棘生石虎殿〔二〕，鹿走姑蘇臺〔三〕。自古帝王宅〔四〕，城闕閉黄埃。君若不飲酒，昔人安在哉？

【注釋】

〔一〕金罍，酒器，尊形，飾以金，刻爲雲雷之象。

〔二〕《晉書・佛圖澄傳》：「石季龍大饗群臣於太武前殿，澄吟曰：『殿乎，殿乎，棘子成林，將壞人衣。』石季龍令發殿石，下視之，有棘生焉。」

〔三〕《漢書・伍被傳》：「昔子胥諫吴王，吴王不用，乃曰：『臣今見麋鹿遊姑蘇之臺也。』」

〔四〕帝王宅，謂金陵。金陵爲六朝之都。

【按】

詩云：「昨日朱顔子，今日白髮催。」又云：「棘生石虎殿，鹿走姑蘇臺。自古帝王宅，城闕閉黄埃。」氣象衰颯，當是暮年所作。白上年自尋陽至金陵，時已届秋，此詩云：「春風笑人來。」故知是詩應作於本年春。下篇氣象與此篇相類，俱繫本年。

金陵新亭

此詩王本編入《詩文拾遺》。已見於宋乙本、繆本、咸本。新亭，在金陵南勞勞山上。

金陵風景好，豪士集新亭。舉目山河異，偏傷周顗情。四坐楚囚悲，不憂社稷傾。王公何慷慨，千載仰雄名〔一〕。

【注釋】

〔一〕《世説·言語》：「過江諸人，每至美日，輒相邀新亭，藉卉飲宴。周侯中坐而嘆曰：『風景不殊，正自有山河之異！』皆相視流泪。唯王丞相愀然變色曰：『當共戮力王室，克復神州，何至作楚囚相對！』」按，周侯即周顗，字伯仁，元帝時曾爲寧遠將軍、荆州刺史，官至尚書左僕射。王丞相即王導，字茂弘，成帝時時爲丞相。

醉後贈從甥高鎮

本年春作於金陵。高鎮，事跡不詳。

馬上相逢揖馬鞭，客中相見客中憐。欲邀擊筑悲歌飲〔一〕，正值傾家無酒錢。江東風光不借人，枉殺落花空自春。黄金逐手快意盡，昨日破産今朝貧。丈夫何事空嘯傲？不如燒却頭上巾。君爲進士不得進〔二〕，我被秋霜生旅鬢。時清不及英豪人，三尺童兒唾廉藺〔三〕。匣中盤劍裝䱜魚〔四〕，閑在腰間未用渠〔五〕。且將換酒與君醉，醉歸託宿吴專諸〔六〕。

【注釋】

〔一〕筑，古樂器名。《史記·刺客列傳》：「高漸離擊筑，荆軻和而歌，於市中相樂也。已而相泣，旁若無人者。」

〔二〕舉進士而未第者曰進士：試於禮部，合格者曰進士第，曰前進士：再試於吏部，合格者始授官。

〔三〕時清，時事清平。不及，恩惠不至。廉、藺，戰國趙臣廉頗、藺相如。唾，蕭本、咸本作重。瞿、朱注：「此二句頗費解，作唾似不可從。其意蓋謂無事之時，無人齒及英豪：雖有廉頗、藺相如之能，反不如三尺童兒之足重。重廉藺者，重於廉藺也。猶聖主恩深漢文帝，謂恩深於漢文帝也。」今按，作唾可通。唾，棄也，不齒也。謂雖有廉藺之賢，非但君主不能用之，即三尺童兒亦可唾之也。

〔四〕鰭魚，魚名，即鱕鰭，皮粗厚可製刀劍鞘。鰭音錯。

〔五〕渠，代詞，謂劍也。

〔六〕專諸，春秋時吳人，刺客，吳公子光以其刺殺吳王僚。事見《史記·刺客列傳》。

【按】

杜甫暮年詩中屢有「時清」之語，如「今日時清兩京道」（《戲贈秦少府短歌》），又如「洛陽大道時再清」（《李鄠縣丈人胡馬行》），皆作於兩京收復之後。兩京收復後，白赴江東，時在上元二年秋，而詩中時令爲春，當作於本年春日。

贈別從甥高五

高五即高鎮。

魚目高泰山，不如一璵璠〔一〕。賢甥即明月〔二〕，聲價動天門。能成吾宅相，不減魏陽元〔三〕。自顧寡籌略，功名安所存？五木思一擲〔四〕，如繩繫窮猿。櫪中駿馬空，堂上醉人喧。黄金久已罄，爲報故交恩。聞君隴西行，使我驚心魂。與爾共飄飖，雲天各飛翻〔五〕。江水流或卷，此心難具論。貧家羞好客，語拙覺辭繁。三朝空錯莫〔六〕，對飯卻慚冤。自笑我非夫〔七〕，生事多契闊〔八〕。積蓄萬古憤，向誰得開豁？天地一浮雲，此身乃毫末〔九〕。忽見無端倪，太虚可包括〔一〇〕。去去何足道，臨歧空復愁。肝膽不楚越，山河亦衾幬〔一一〕。雲龍若相從〔一二〕，明主會見收。成功解相訪，溪水桃花流〔一三〕。

【注釋】

〔一〕魚目，魚睛之似珠者。璵璠，美玉。二句謂即使魚目其大如泰山，亦不如一美玉也。

〔二〕明月，美珠名。

〔三〕《晉書·魏舒傳》：「魏舒，字陽元，任城樊人也。少孤，爲外家甯氏所養。甯氏起宅，相宅者云：『當出貴甥。』外祖母以魏氏甥小而慧，意爲應之。舒曰：『當爲外氏成此宅相。』」

〔四〕五木，古博具。程大昌《演繁露》卷六：「古惟斵木爲子，一具凡五子，故名五木。後世轉而用石、用玉、用象、用骨。」

〔五〕雲，兩宋本、蕭本、王本作雪，據咸本改。詳後按語。

〔六〕錯莫，謂心緒雜亂無着。

〔七〕非夫，猶言非丈夫也。

〔八〕契闊，猶言聚合離散。《詩·邶風·擊鼓》：「死生契闊。」

〔九〕毫末，極言其細微。《莊子·秋水》：「號物之數謂之萬，人處一焉；人卒九州，穀食之所生，舟車之所通，此其比萬物也，不似毫末之在於馬體乎？」

〔一〇〕端倪，邊際也。《莊子·大宗師》：「反覆終始，不知端倪。」太虚，古哲人謂氣之原始狀態。二句以無端倪喻天地之大，而天地又爲氣所籠括。

〔一一〕《莊子·德充符》：「自其異者視之，肝膽楚越也；自其同者視之，萬物皆一也。」衾，被；幬，床帳。二句謂二人肝膽相近，遠隔山河亦如同於衾幬。

〔一二〕《易·乾》：「雲從龍，風從虎。」舊以雲龍相從喻君臣遇合。

〔一三〕兩句用陶淵明《桃花源記》事，謂其將隱遁也。

【集説】

《唐宋詩醇》云：首道贈意，繼叙别情。白蓋與高最厚善者。「自笑我非夫」一段，開豁心胸，遐矚曠覽，沉鬱頓挫，意近杜陵。從此一氣雙收，聲情倍振。使無後幅之雄健，則氣味衰颯矣。大家風格如是。

【按】

前首是二人初遇時詩，此首是别離時贈詩。前首云：「江東風光不借人，枉殺落花空自春。」時令在暮春。此詩云：「三朝空錯莫，對飯卻慚冤。」二人聚會衹三天光景。詩中「雲天各飛翻」，諸本作「雪天各飛翻」，雪應係雲之誤。

江南春懷

青春幾何時？黄鳥鳴不歇〔一〕。天涯失鄉路，江外老華髮。心飛秦塞雲，影滯楚關月〔二〕。身世殊爛漫〔三〕，田園久蕪没。歲晏何所從？長歌謝金闕〔四〕。

【注釋】

〔一〕黄鳥，王注：「《埤雅》：黄鳥亦名黎黄，其色黎黑而黄也。鳴則蠶生。韓子曰：『以鳥鳴春。』若黄鳥之類，其善鳴者也。陰陽運作推移，時至氣動，不得不爾，故先王以候節令。」

〔二〕戰國時楚國據有江南之地，故江南得稱楚。

〔三〕爛漫，謂雜亂多故也。《史記·司馬相如列傳》：「牢落陸離，爛漫遠遷。」

〔四〕歲晏，謂晚年。謝，辭也，去也。金闕，猶金門。二句謂不復有仕進之心。

【按】

詩云：「江外老華髮」，「歲晏何所從」。似是暮年失意潦倒之作，因繫於本年。

金陵聽韓侍御吹笛

韓侍御，即韓雲卿，中唐詩人韓愈之叔父。曾官監察御史、禮部郎中，以文章名冠當時。

韓公吹玉笛，倜儻流英音〔一〕。風吹繞鍾山〔二〕，萬壑皆龍吟。王子停鳳管〔三〕，師襄掩瑶琴〔四〕。餘韻渡江去，天涯安可尋？

【注釋】

〔一〕倜儻，不羈貌。

〔二〕鍾山，即紫金山，又名蔣山、金陵山、北山，在今南京市東。

〔三〕王子，謂古仙人王子喬。《列仙傳》謂王子喬「好吹笙，作鳳凰鳴」。參見開元二十九年《鳳笙篇》詩注。

〔四〕師襄，春秋時衛樂官，又稱師襄子，傳説孔子曾從其學琴，見《史記·孔子世家》。

【按】

韓愈《科斗書後記》：「愈叔父當大曆世，文辭獨行中朝，天下之欲銘述其先人功行取信來世者，咸歸韓氏。」馬其昶注：「上元辛丑，特進試鴻臚卿兼御史中丞。田神功平劉展於淮南，雲卿爲《平淮碑》。」上元辛丑即上元二年，詩當爲是時或稍後所作。因繫於此。

送韓侍御之廣德

宋乙本、繆本、咸本題作《送韓侍御之廣德令》。韓侍御即韓雲卿，見上篇題解。廣德，東漢末所置縣，隋廢，唐至德二載改綏安縣重置，屬江南西道宣州。即今安徽廣德縣。「廣德令」，廣德縣令。似此，則侍御爲其舊稱。

昔日繡衣何足榮〔一〕？今宵貰酒與君傾〔二〕。暫就東山賒月色〔三〕，酣歌一夜送泉明〔四〕。

【注釋】

〔一〕繡衣，代指御史之職。時雲卿已不在其位，故以「何足榮」慰之。

〔二〕貰，音世，賒也。

〔三〕賒月色，預借之意，蓋其時尚未有月。參見乾元二年《陪族叔刑部侍郎曄及中書賈舍人至遊洞庭四首》詩注。

〔四〕泉明，即淵明。《升庵詩話》卷七：「泉明即淵明，唐人避高祖諱，改淵爲泉也，今人不知，改泉明作泉聲，可笑。」陶淵明曾爲彭澤令，此以韓擬淵明。

至陵陽山登天柱石酬韓侍御見招隱黄山

陵陽山，在宣州涇縣西南百里。天柱石，爲陵陽山群峰之一。黄山，即今安徽黄山。

韓衆騎白鹿〔一〕，西往華山中。玉女千餘人，相隨在雲空。見我傳秘訣，精誠與天通。何意到陵陽，遊目送飛鴻〔二〕。天子昔避狄，與君亦乘驄〔三〕。擁兵五陵下，長策馭胡戎〔四〕。時泰解繡衣，脱身若飛蓬〔五〕。鸞鳳翻翕翼，啄粟坐樊籠〔六〕。海鶴一笑之，思歸向遼東〔七〕。

黄山過石柱，巘崿上攢叢〔八〕。因巢翠玉樹〔九〕，忽見浮丘公〔一〇〕。又引王子喬〔一一〕，吹笙舞松風。朗詠《紫霞篇》，請開蕊珠宫〔一二〕。步綱繞碧落〔一三〕，倚樹招青童〔一四〕。何日可攜手，遺形入無窮？

【注釋】

〔一〕韓衆，古仙人名。《楚辭·遠遊》：「羨韓衆之得一。」洪興祖《楚辭補注》：「《列仙傳》：齊人韓衆爲王采藥，王不肯服，衆自服之，遂得仙也。」此以韓衆喻雲卿。

〔二〕嵇康《贈秀才入軍》詩：「目送歸鴻，手揮五絃。」

〔三〕天子，謂玄宗。避狄，指安史亂中奔蜀。與，賜予。詳見按語。乘驄，官拜御史。詳見天寶十二載《贈韋侍黄裳》詩注。

〔四〕五陵，謂獻陵、昭陵、乾陵、定陵、橋陵。參見至德二載《永王東巡歌》詩注。二句意謂雲卿曾在京畿之地參與平定亂事（或係保護陵墓有功）。參見集説中所引李翺文。

〔五〕二句謂雲卿在兩京收復後被解除御史之職及其飄零之況。

〔六〕翻，反也。翕，斂也。王本翕字作羽，非是。據宋乙本、繆本改。

〔七〕遼東，郡名，秦置。轄有今遼寧東南部遼河以東濱海之地，三國時魏改爲昌黎郡。海鶴，即遼東鶴，以喻雲卿，亦切韓氏郡望。二句用丁令威學道成仙，化鶴歸遼事。詳見上元二年《醉後答丁十八以詩譏予搥碎黄鶴樓》注。

〔八〕巘崿，音掩諤，峰巒也。

〔九〕翠玉樹，樹之美者。傳説古隱士巢父於樹上築巢而居，此以巢樹代隱逸。

〔一〇〕浮丘公，黄帝時仙人名。《文選》郭璞《遊仙詩》：「左挹浮丘袖。」李善注：「《列仙傳》曰：浮丘公接王子喬以上嵩高山。」

〔一一〕王子喬，古仙人名，好吹笙。詳見開元二十九年《鳳笙篇》詩注。

〔一二〕《紫霞篇》，蕭注：「《紫霞篇》即《黄庭内景經》也。」蕊珠宮，道家謂天庭上清宮有蕊珠宮，神仙所居。後以之稱道觀。詳見天寶三載《訪道安陵遇蓋寰爲予造真籙臨别留贈》詩注。

〔一三〕步綱，即步罡。道士朝拜星宿，遣神召靈，行走進退步位，轉折略如北斗星象位置。亦稱禹步。蕭注：「綱，罡氣也，即禹步交乾履斗之法。」碧落，天空也。

〔一四〕青童，仙童也，後以稱道觀之道童。

【集説】

王云：太白《武昌宰韓君碑》云：「雲卿文章冠世，拜監察御史，朝廷呼爲子房。」李翱《韓夫人韋氏墓志銘》：「禮部郎中雲卿，好立節義，有大功於昭陵。」其事跡史傳不載。與此詩所謂「天子昔避狄，與君亦乘驄。擁兵五陵下，長策馭胡戎」之句相合。韓侍御之爲雲卿，殆無疑矣。但太白未嘗作侍御，何以云「與君亦乘驄」耶？豈他人之作誤採入集，抑字句少有訛謬歟？

【按】

王琦謂此詩中之韓侍御即韓雲卿，説是。唯文末數句，釋「與君亦乘驄」有誤。與字歧義甚多，此處非謂李白與韓雲卿同任侍御之職，乃暗用《周易・雜卦》：「臨觀（二卦）之義，或與或求。」王弼注：「以我臨物故曰與，物來觀我故曰求。」臨，孔穎達疏：「以陽之漸長，其德壯大，可以監臨於下，故曰臨也。」故臨卦之彖辭曰：「天之道也。」天道亦即君道，故「天子昔避狄，與君亦乘驄」二句，是以臨卦之義暗擬玄宗，意謂玄宗曾在幸蜀途中授與雲卿以侍御之職。似此，則雲卿之爲玄宗舊臣可知，而其何以「時泰解繡衣」，亦可知矣。因事涉玄、肅二宗父子之間矛盾，故用此曲筆。

自溧水道哭王炎三首

溧水，在今江蘇溧陽縣，東注入太湖。王炎，白故交。

白楊雙行行，白馬悲路傍。晨興見曉月，更似發雲陽〔一〕。溧水通吴關，逝川去未央。故人萬化盡〔二〕，閉骨茅山岡〔三〕。天上墜玉棺〔四〕，泉中掩龍章〔五〕。名飛日月上，義與風雲翔。逸氣竟莫展，英圖俄夭傷。楚國一老人，來嗟龔勝亡〔六〕。有言不可道，雪泣憶蘭芳〔七〕。

【注釋】

〔一〕謝靈運《廬陵王墓下作》詩：「曉月發雲陽，落日次朱方。」二句用其意。

〔二〕萬化，萬物變化，猶言死。

〔三〕閉骨，死也。江淹《恨賦》：「烟斷火絶，閉骨泉裏。」茅山，在今江蘇溧水縣東。

〔四〕玉棺，飾玉之棺也。句用王喬事。詳見乾元二年《贈王漢陽》詩注。

〔五〕龍章，即龍衮，衮龍之服。此以喻文彩炳焕，若龍章之服。王勃《秋日餞别序》：「研精麝墨，運思龍章。」

〔六〕龔勝，漢人。《漢書·王莽傳》：「拜楚國龔勝爲太子師友祭酒，勝不應徵，不食而死。」又《龔勝傳》：「（勝死，）有老父來弔，哭甚哀，既而曰：『嗟乎，薰以香自燃，膏以明自銷，龔生竟夭天年，非吾徒也。』遂趨而出，莫知其誰。」此以龔勝喻王炎，以楚老人自喻。

〔七〕雪泣，拭泪也。

其　二

王公希代寶，棄世一何早？弔死不及哀，殯宫已秋草〔一〕。悲來欲脱劍，挂向何枝好〔二〕？哭向茅山雖未摧，一生泪盡丹陽道〔三〕。

【注釋】

〔一〕殯宫，墳墓也。二句謂王炎死已久，而己未能盡初死之哀。

〔二〕《史記·吴太伯世家》：「季札之初使，北遇徐君。徐君好季札劍，口弗敢言。季札心知之，爲使上國，未獻。還至徐，徐君已死，於是乃解其寶劍，繫之徐君冢樹而去。」

〔三〕溧水，兩漢時當丹陽郡地，故云。

其　三

王家碧瑶樹，一樹忽先摧。海内故人泣，天涯弔鶴來〔一〕。未成霖雨用〔二〕，先夭濟川材。一罷《廣陵散》，鳴琴更不開〔三〕。

【注釋】

〔一〕弔鶴，《晉書·陶侃傳》：「後以母憂去職，有二客來弔，不哭而退，化爲雙鶴，冲天而去。」後因以謂弔喪。

〔二〕霖雨，謂當大任。《書·説命》：「若濟巨川，用汝作舟楫。若歲大旱，用汝作霖雨。」

〔三〕《廣陵散》，琴曲名。《晉書·嵇康傳》：「康將刑東市，顧視日影，索琴彈之曰：『昔袁孝尼嘗從吾學《廣陵散》，吾每靳固之，《廣陵散》於今絶矣！』」此以喻王炎之死。

【按】

李白《劍閣賦》自注云：「送友人王炎入蜀。」或即其人歟？

聞李太尉大舉秦兵百萬出征東南懦夫請纓冀申一割之用半道病還留别金陵崔侍御十九韻

本年秋作於金陵。李太尉謂李光弼。李光弼以上元二年五月爲河南副元帥、太尉兼侍中，都統河南、淮南、荆南、浙東等八道行營節度。本年秋，台州人袁晁率衆，攻陷浙東諸郡，改元寶勝，民疲於賦斂，多歸之。李光弼遣兵擊袁晁於衢東，敗之。出征東南即指光弼之擊袁晁。請纓，自請從軍擊敵之意。《漢書·終軍傳》：「（終）軍自請願受長纓，必羈南越王而致之闕下。」一割，自謙其才能鈍弱如鉛刀，但盡其所能，未嘗不可一用之意。《後漢書·班超傳》：「況臣奉大漢之威，而無鉛刀一割之用乎？」崔侍御，時當爲潤州刺史，名字、事跡不詳。

秦出天下兵，蹴踏燕趙傾〔一〕。黄河飲馬竭，赤羽連天明〔二〕。太尉仗旄鉞〔三〕，雲旗繞彭城〔四〕。三軍受號令，千里肅雷霆〔五〕。函谷絶飛鳥，武關擁連營〔六〕。意在斬巨鰲，何論鱠長鯨〔七〕？恨無左車略〔八〕，多愧魯連生〔九〕。拂劍照嚴霜，彫戈鬘胡纓〔一〇〕。願雪會稽恥〔一一〕，將期報恩榮。半道謝病還，無因東南征。亞夫未見顧〔一二〕，劇孟阻先行〔一三〕。天奪壯士心，長吁别吴京〔一四〕。金陵遇太守〔一五〕，倒屣欣逢迎〔一六〕。群公咸祖餞，四座羅朝英。初發臨滄觀〔一七〕，醉栖征虜亭〔一八〕。舊國見秋月〔一九〕，長江流寒聲。帝車信迴轉〔二〇〕，河漢復縱横。孤鳳向西海，飛鴻辭北溟〔二一〕。因之出寥廓，揮手謝公卿。

【注釋】

〔一〕秦，謂長安。燕、趙，謂安史叛軍盤踞之地。

〔二〕赤羽，軍旅旗幟上之羽飾。

〔三〕太尉，謂李光弼。《舊唐書·職官志》：「以太尉、司徒、司空爲三公。……正第一品：太師、太傅、太保、太尉、司徒、司空、王。」旄鉞，軍中儀仗，旄爲飾以旄牛尾之旗，鉞爲方形大斧。此指大將出征時之符信。

〔四〕彭城，屬河南道，即今江蘇徐州市。雲旗，王本作雲騎，據兩宋本、繆本、咸本改。

〔五〕《舊唐書·李光弼傳》：「俄復拜太尉，充河南、淮南、山南東道、荆南等副元帥，侍中如故，出鎮臨淮。史朝義乘邙山之勝，寇申、光等十三州，自領精騎圍李岑於宋州，將士皆懼，請南保揚州。光弼徑赴徐州以鎮之，遣田神功擊敗之。浙東賊首袁晁攻剽郡縣，浙東大亂，光弼分兵除討，剋定江左，人心乃安。……光弼未至河南也，田神功平劉展後，逗留於揚府，尚衡、殷仲卿相攻於兗、鄆，來瑱旅拒於襄陽，朝廷患之。及光弼輕騎至徐州，史朝義退走，神功遽歸河南，尚衡、殷仲卿、來瑱皆懼其威名，相繼赴闕。」又云：「光弼御軍嚴肅，天下服其威名。每申號令，諸將不敢仰視。」二句即指此事。

〔六〕函谷，關名，故址在今河南靈寶縣南。參見至德元載《南奔書懷》詩注。武關，在今陝西丹鳳縣東南。函谷、武關乃長安門户，二句謂李光弼兵力所及和衛護之功。

〔七〕巨鼇，代史朝義。長鯨，代袁晁。

〔八〕左車，即李左車，秦漢之際人，初在趙封廣武君。漢使韓信、張耳率兵擊趙，李向趙王及成安君獻計斷絶漢兵糧道，未被採納，趙終爲韓信所敗。李後歸附韓信。信用其計，取得燕地。事見

《史記·淮陰侯列傳》。

〔九〕魯連，即魯仲連，戰國齊人。詳見開元二十八年《齊有倜儻生》(古風其十)詩注。

〔一〇〕彫戈，刻鏤之戟。鬘胡纓，《莊子·説劍》：「垂冠，縵胡之纓。」司馬彪注：「縵胡之纓，謂粗纓無文理也。」按，鬘同縵。纓，帽帶。縵胡纓係武士裝飾。

〔一一〕會稽恥，春秋時吴敗越，越王降於會稽。後以指亡國之恥。此指袁晁之亂。

〔一二〕亞夫，謂漢將周亞夫。此處代李光弼。

〔一三〕劇孟，漢洛陽人，以任俠名。文帝時，吴、楚反，周亞夫得劇孟，平之。事見《史記·遊俠列傳》。此以劇孟自比。

〔一四〕吴京，謂金陵。金陵曾爲三國孫吴京都，時稱建業。

〔一五〕太守，指崔侍御。時崔當爲潤州刺史。按，白詩中之崔侍御，多指崔成甫。成甫卒於乾元元年，此崔侍御當另是一人。

〔一六〕倒屣，謂急於出迎而倒着屣。《三國志·魏書·王粲傳》：「(蔡邕)聞粲在門，倒屣迎之。」

〔一七〕臨滄觀，即新亭，在金陵南勞勞山上。

〔一八〕征虜亭，東晉征虜將軍謝石所建，故名。在金陵南。參見開元十四年《夜下征虜亭》詩注。

〔一九〕舊國，謂金陵。

〔二〇〕帝車，星名，即北斗星。《史記·天官書》：「斗爲帝車，運於中央，臨制四鄉。」

〔三〕孤鳳、飛鴻，白自喻。

【按】

此詩之本事及作年，於判定李白逝世前之行蹤與享年，至爲重要。王琦繫此詩於上元二年，其《年譜》云：「《通鑑》：『上元二年五月，以李光弼爲河南副元帥、太尉兼侍中，都統河南、淮南東西、山南東、荆南、江南西、浙江東西八道節度使，出鎮臨淮。』是其事也。詩中有『舊國見秋月，長江流寒聲』之句，乃是是年秋中之作。」詹鍈《李白詩文繫年》、郭沫若《李白與杜甫》皆從之。然參以當時史實，王琦之説難以成立。檢兩《唐書》、《通鑑》及有關史籍，上元二年并無李光弼乃至唐官軍出征東南、或在東南某地與安、史叛軍餘部史朝義作戰之記載，難以與詩題之「李太尉大舉秦兵百萬出征東南」相合，此其一也；詩云：「半道謝病還，無因東南征。」此「東南征」又兼李白從軍之路綫而言也。王琦以李光弼出鎮臨淮爲此詩之本事。臨淮在今江蘇盱眙北，其地雖在長安東南，然臨淮唐時屬河南道，在中原，仍不得謂之出征東南。而白由江南一帶往投其軍，路綫爲正北或東北，更不得言「東南征」。此其二也；詩云：「太尉仗旄鉞，雲旗繞彭城。三軍受號令，千里肅雷霆。」彭城即徐州。據《通鑑·唐紀》代宗寶應元年：「建巳月（胡注：建巳月，四月也。），史朝義自圍宋州，數月，城中食盡，刺史李岑不知何爲。……李光弼至臨淮，諸將以史朝義兵尚强，請南保揚州。光弼曰：『朝廷倚我以爲安危，我復退縮，朝廷何望！』……遂徑趣徐州。」可知光弼移軍徐州（彭城）已在寶應。又據《通鑑·唐紀》同年：「田神功既克劉展，留連揚州未還；太子賓客尚衡與左羽林大將軍殷仲卿相攻於兖、鄆。聞光弼至（徐州），憚其威名，神功遽還河南，衡、仲卿相繼入朝。光弼在徐州，惟軍旅之事自決之，……由是軍中肅然。」可知光弼整飭軍旅事，亦在寶應。倘依王琦説，白此詩作於上元二年，焉得在詩中預寫次年發生之事？此其三也。詩云：「天奪壯士心，長吁别吴京。」白從軍不果，即與金陵群官告别西行，往依當塗宰李陽冰。其初至當塗所寫《獻從叔當塗宰陽冰》詩（見下篇），最能看出與此詩時令、地望、情緒之相接續。白抵當塗不久，病篤，授詩稿於李陽冰，俾其爲序。陽冰《序》末云：「時寶應元年十一月乙酉也。」由陽冰《序》亦可推知《獻從叔當塗宰陽冰》及本詩之作，必在寶應元年。本詩之作既在寶應，則又可斷定其本事非爲李光弼之出鎮臨淮也。《通鑑·唐紀》代宗寶應元年：「秋，八月。……台州賊帥袁晁攻陷浙東諸郡，改元寶勝。……李光弼遣兵擊晁於衢州，破之。」衢州即今浙江衢縣。本詩所謂「聞李太尉大舉秦兵百萬出征東南」本事，即指此次與袁晁之作戰。肅宗《授李光弼副知行營事制》曰：「屬殘寇猶虞，總戎有命……誓於丹浦之師，剿彼緑林之盜。」殘寇指史朝義，緑林之盜即袁晁。時白在宣州一帶，聞光弼軍至，往投之，因病不果，還於金陵也。或謂李光弼寶應元年五月已進封臨淮王，白此詩當稱光弼王而不當仍稱太尉。此説不確。韓翃有《送王誕渤海使赴李太尉行營》詩，詩中之「李太尉」即李光弼，詩亦作于光弼稱王之後（據陶敏《全唐詩人名考證》）。肅、代、德之際，武將封王如李光弼者，另有郭子儀（汾陽王）、李晟（西平王）、馬燧（北平王）、李抱貞（義陽王）等，時人之詩，亦多不稱王。權德輿有《故太尉兼中書令西平王挽詞》、《故太尉兼侍中北平王挽詞》二首，雖稱王，而已在李、馬薨之時矣。其他可援之例尚多，不贅。

獻從叔當塗宰陽冰

本年冬初作於當塗。李陽冰，字少温，趙郡人，官至匠作少監，時爲當塗令。善詞章，尤工小篆，自名一家。《宣和書譜》謂：「方時顔真卿以書名世，真卿書碑必得陽冰題其額，欲以擅連璧之美。蓋其篆法妙天下如此。議者以蟲蝕鳥跡語其形，風行雨集語其勢，太阿、龍泉語其利，嵩高、華岳語其峻，實不爲過論。有唐三百年以篆稱者，唯陽冰獨步。」白卧病當塗時曾以手稿付托陽冰爲其作序，名曰《草堂集序》。

金鏡霾六國〔一〕，亡新亂天經〔二〕。焉知高光起〔三〕，自有羽翼生。蕭曹安峴屼〔四〕，耿賈摧欃槍〔五〕。吾家有季父，傑出聖代英。雖無三台位〔六〕，不借四豪名〔七〕。激昂風雲氣，終協龍虎精〔八〕。弱冠燕趙來〔九〕，賢彦多逢迎。魯連善談笑〔一〇〕，季布折公卿〔一一〕。遥知禮數絶〔一二〕，常恐不合并。惕想結宵夢〔一三〕，素心久已冥。顧慚青雲器，謬奉玉樽傾〔一四〕。山陽五百年，緑竹忽再榮〔一五〕。高歌振林木〔一六〕，大笑喧雷霆。落筆灑篆文，崩雲使人驚〔一七〕。吐辭又炳焕，五色羅華星〔一八〕。秀句滿江國，高才掞天庭〔一九〕。宰邑艱難時〔二〇〕，浮雲空古城。居人若薙草，掃地無纖莖〔二一〕。惠澤及飛走〔二二〕，農夫盡歸耕。廣漢水萬里，長流玉琴聲〔二三〕。《雅》《頌》播吴越〔二四〕，還如太階平〔二五〕。小子别金陵，來時白下亭〔二六〕。群鳳憐客鳥，差池相哀鳴〔二七〕。各拔五色毛，意重太山輕。贈微所費廣，斗水澆長鯨。彈劍歌《苦寒》〔二八〕，嚴風起前楹。月銜天門曉，霜落牛渚清〔二九〕。長嘆即歸路，臨川空屏營〔三〇〕。

【注釋】

〔一〕金鏡，《文選》劉孝標《廣絶交論》：「聖人握金鏡。」李善注：「言聖人懷明道。……《雒書》曰：秦失金鏡。鄭玄曰：金鏡，喻明道也。」六國，謂戰國時亡於秦之六國。

〔二〕新，王莽篡漢而立，國號曰新。天經，天之常道。《左傳》昭公二十五年：「夫禮，天之經也。」杜預注：「經者，道之常。」

〔三〕高、光，謂漢高祖及漢光武帝。

〔四〕蕭、曹，謂漢初蕭何、曹參，輔劉邦以得天下。峴屼，不安貌。

〔五〕耿、賈，謂東漢初之耿弇、賈復，輔劉秀平王莽之亂。欃槍，彗星，以喻王莽。

〔六〕三台，古以三公之位爲三台。

〔七〕四豪，指戰國時孟嘗君、平原君、信陵君、春申君。

〔八〕《易・乾》：「雲從龍，風從虎。」孔穎達《正義》：「龍是水畜，雲是水氣，故龍吟則景雲出，是雲從龍也。虎是威猛之獸，風是震動之氣，此亦是同類相感，故虎嘯則谷風生，是風從虎也。」二句謂陽冰威猛有氣概。

〔九〕弱冠，《禮・曲禮》：「二十曰弱冠。」

〔一〇〕謂魯仲連談笑卻秦軍事。詳見開元二十九年《齊有倜儻生》（古風其十）詩注。

〔一一〕季布，漢初楚人。初爲楚將，後爲漢臣。《史記·季布列傳》：「（匈奴）單于嘗爲書嫚呂后，呂后大怒，召諸將議之。上將軍樊噲曰：『臣願得十萬衆横行匈奴中。』諸將皆阿呂后意，曰：『然。』季布曰：『樊噲可斬也。夫高帝將兵四十餘萬衆，困於平城，今噲奈何以十萬衆横行匈奴中？面欺。且秦以事於胡，陳勝等起。今瘡痍未瘳，噲又面諛欲動摇天下。』是時殿上皆恐，太后罷朝，遂不復議擊匈奴事。」以上二句以魯仲連、季布喻李陽冰。

〔一二〕禮數絶，《文選》任昉《出郡傳舍哭范僕射》詩：「平生禮數絶，式瞻在國楨。」李周翰注：「禮數絶，謂交道相得，雖品命有異，不爲禮數。」句謂李陽冰與人結交不拘名位品第。

〔一三〕惕，憂也。惕想，猶言久思而致愁。

〔一四〕青雲器，喻高尚之材。二句自謙，謂以晚輩猥瑣，受到李陽冰款待。

〔一五〕山陽，漢縣名，故址在今河南修武縣西北。三國魏時，嵇康在此與阮籍、山濤、向秀、阮咸、王戎、劉伶等遊於竹林，號爲竹林七賢。阮籍、阮咸叔侄參與竹林之遊在魏元帝景元間，至唐肅、代時約五百年。

〔一六〕謂歌曲之嘹亮。《列子·湯問》：「撫節悲歌，聲振林木，響遏行雲。」

〔一七〕二句謂李陽冰書法之妙。

〔一八〕炳焕，光明顯耀。五色，謂五色雲。二句贊李陽冰詞章之美。

〔一九〕掞，音扇，《文選》左思《蜀都賦》：「摛藻掞天庭。」吕向注：「掞，猶蓋也。」

〔二〇〕句謂李陽冰任當塗令在安史亂中，時局艱難。

〔二一〕二句謂當塗户口之蕭條。薙，音剃，除草也。

〔二二〕飛走，飛禽走獸。《後漢書·法雄傳》：「恩信寬澤，仁及飛走。」

〔二三〕王注：「《詩·國風》：『漢之廣矣，不可泳思。』稱漢水曰漢廣，本此，而非隴西之廣漢郡也。當塗之江，與漢水殊遠，然漢水之下流，亦由當塗而過。詩意取子賤彈琴而單父治之意，謂玉琴之聲，與長流萬里漢水之聲相應。蓋亦倒裝句法也。」

〔二四〕《雅》、《頌》，《詩》有《雅》《頌》，後以稱盛世之樂。《漢書·董仲舒傳》：「教化之情不得，《雅》《頌》之樂不成。」

〔二五〕太階，即泰階，星名，又稱三台。左思《魏都賦》：「故令斯民睹泰階之平。」張載注：「泰階者，天之三階也。……三階平則陰陽和，風雨時，歲大登，民人息，天下平，是謂太平。」

〔二六〕白下亭，在金陵北。參見天寶九載《留别金陵諸公》詩注。

〔二七〕差池，不齊貌。《詩·邶風·燕燕》：「燕燕於飛，差池其羽。」二句謂金陵群官哀其遭遇。

〔二八〕《苦寒》，即《苦寒行》，樂府《相和歌辭》名，其辭備言行役遇寒之苦。

〔二九〕天門，在當塗西南。詳見開元十三年《望天門山》詩注。牛渚，在當塗北，詳見開元二十七年《夜泊牛渚懷古》詩注。二句謂其自金陵赴當塗水程。

〔三〇〕屏營，惶懼不安貌。

【按】

李白投李光弼軍，半道病還金陵，與金陵群官告别，即往當塗依李陽冰。此詩爲初至當塗所作，與上篇接續之跡時見。上篇云：「天奪壯士心，長吁别吴京。……因之出寥廓，揮手謝公卿。」此詩云：「小子别金陵，來時白下亭。」上篇云：「金陵遇太守，倒屣欣逢迎。群公咸祖餞，四座羅朝英。」此詩云：「群鳳憐客鳥，差池相哀鳴。各拔五色毛，意重太山輕。」上篇云：「舊國見秋月，長江流寒聲。」此詩云：「彈劍歌《苦寒》，嚴風起前楹。」天門、牛渚，皆自金陵往當塗所經之處。王琦《年譜》繫上篇於上元二年秋，卻未能確定此詩之作年，其《年譜》云：「是非辛丑（即上元二年）即壬寅（即寶應元年）二年中之作。」蓋忽其接續之跡。

廣德元年（即寶應二年，七月改元。七六三年）　李白六十三歲

遊謝氏山亭

本年初春作於當塗。謝氏山亭，謝朓遺跡，在當塗青山。陸遊《入蜀記》卷三：「青山南小市有謝玄暉故宅基。……環宅皆流泉、奇石、青林、文篠，真佳處也。由宅後登山，路極險巇。凡三四里許，至一庵，庵前有小池曰謝公池，水味甘冷，雖盛夏不竭。又有小亭，亦名謝

公亭。」

淪老卧江海，再歡天地清〔一〕。病閑人寂寞，歲物徒芬榮。借君西池遊，聊以散我情。掃雪松下去，捫蘿石道行。謝公池塘上，春草颯已生〔二〕。花枝拂人來，山鳥向我鳴。田家有美酒，落日與之傾。醉罷弄歸月，遥欣稚子迎〔三〕。

【注釋】

〔一〕《通鑑·唐紀》代宗廣德元年春正月："「朝義窮蹙，縊於林中，懷仙取其首以獻。」安史叛亂，以史朝義縊死而告終結，「再歡天地清」應指此事。

〔二〕謝靈運《登池上樓》詩："「池塘生春草。」二句用此意。

〔三〕稚子，詹鍈云："「李華《故翰林學士李君墓誌》云：『有子曰伯禽、天然，長能持，幼能辯。（玩其語意似當如此斷句，長指伯禽，幼指天然。若謂天然非人名而連下讀，似不甚妥。）』此詩中之稚子蓋即天然也。」可備一説。

【按】

李陽冰《草堂集序》云："「陽冰，試絃歌於當塗，心非所好。公遐不棄我，乘扁舟而相顧。臨當挂冠，公又疾亟。草稿萬卷，手集未修。枕上授簡，俾余爲序。……時寶應元年十一月乙酉也。」諸家皆據此定李白之卒即在是時。然陽冰《序》但云白「疾亟」，并未言及已故。草就《序》後，陽冰即離任他去（疑陽冰當是秩滿赴京候選。唐制，官秩滿後，皆於冬時赴京候選），白疾亟後之狀況，陽冰亦未能知。白集中有作於當塗之兩首賞菊詩(《九日龍山飲》、《九月十日即事》),實應初冬白始至當塗(參見上年《獻族叔當塗宰陽冰》詩),重陽賞菊,必在廣德之秋。可知白上年疾亟之後,并未即死。此詩云:「淪老卧江海。」又云:「病閑久寂寞。」情景極似疾亟之後復蘇之狀。「再歡天地清」頗合當時史實,謝氏山亭亦似當塗青山之謝公亭,此詩作於本年當可確認。

田園言懷

此及以下三詩,或作於晚年寄居當塗時。

賈誼三年謫〔一〕,班超萬里侯〔二〕。何如牽白犢,飲水對清流?

【注釋】

〔一〕《史記·屈原賈生列傳》:「賈生爲長沙王太傅,三年。」

〔二〕《後漢書·班超傳》:「(超)其後行詣相者,曰:『祭酒、布衣諸生耳,而當封侯萬里外。』超問其狀,相者指曰:『生燕頷虎頭,飛而食肉,此萬里侯相也。』」

〔三〕白犢,《淮南子·人間》:「宋人好善者三世不解,家無故而黑牛生白犢。以問先生,先生曰:此吉祥也,以饗鬼神。」飲水,《高士傳》:「許由,堯召爲九州長。由不欲聞之,洗耳於潁濱。時其友巢父牽犢欲飲之,見由洗耳,問其故。對曰:『堯欲召我爲九州長,惡聞其聲,是故洗耳。』巢父曰:『子若處高岸深谷,人道不通,誰能見子?子故浮遊,欲聞其求名譽,污吾犢口。』牽犢上流飲之。」

【集説】

王云：詩意謂仕宦而不得志如賈誼一流，得志如班超一流，皆羈旅異方，不如巢許隱居獨樂、安步田園之爲善也。其旨深矣。

【按】

范傳正《唐左拾遺翰林學士李公新墓碑序》云：「傳正……叨蒙恩獎，廉問宣、池。……訪公之子孫，欲申慰薦。凡三四年，乃獲孫女二人，……則曰：『父伯禽，以貞元八年不禄而卒……』」白晚年惟在當塗定居，子女亦在其側。

覽鏡書懷

得道無古今，失道還衰老。自笑鏡中人，白髮如霜草。捫心空嘆息，問影何枯槁？桃李竟何言〔一〕？終成南山皓〔二〕。

【注釋】

〔一〕《史記·李將軍列傳》：「桃李不言，下自成蹊。」

〔二〕南山皓，即商山四皓。詳見天寶三載《過四皓墓》詩注。

見野草中有名白頭翁者

醉入田家去，行歌荒野中。如何青草裏，亦有白頭翁〔一〕？折取對明鏡，宛將衰鬢同。微芳似相誚，留恨向東風。

【注釋】

〔一〕白頭翁，草名，又名野丈人、胡王使者、奈何草。近根處有白茸，狀如白頭老翁，故名。

宣城見杜鵑花

本年暮春作。

蜀國曾聞子規鳥〔一〕，宣城還見杜鵑花〔二〕。一叫一回腸一斷，三春三月憶三巴〔三〕。

【注釋】

〔一〕子規鳥，一名杜鵑，暮春則啼，啼聲似曰「不如歸去」。

〔二〕杜鵑花，又名映山紅，春季開花。

〔三〕三巴，指巴郡、巴西、巴東，此代其故鄉蜀中。

【按】

思鄉情緒之强烈，爲白集中往昔所無有，應是暮年所作。白暮年於晚春至宣城惟本年有可能，因繫於此。此詩又見《樊川别集》，題作《子規》。杜牧平生足跡未至蜀地，非是。

哭宣城善釀紀叟

宋乙本、蕭本、繆本、王本題下俱注云：「一作《題戴老酒店》。云：戴老黄泉下，還應釀大春。夜臺無李白，沽酒與何人？」當是一詩之兩傳者。

紀叟黄泉裏，還應釀老春〔一〕。夜臺無李白〔二〕，沽酒與何人？

【注釋】

〔一〕老春，紀叟所釀酒名。唐人稱酒多有春字。

〔二〕夜臺，謂墳墓也。《楊升庵外集》云：「《哭宣城善釀紀叟》，予家古本作『夜臺無李白』，此句絶妙，不但齊一生死，又且雄視幽明矣。昧者改爲『夜臺無曉日』，又與下句『何人』字不相干，甚矣土俗不可醫也。」

宣城哭蔣徵君華

徵君，謂朝廷徵聘而不就者。蔣華，事跡不詳。

敬亭埋玉樹〔一〕，知是蔣徵君〔二〕。安得相如草，空餘封禪文〔三〕。池臺空有月，詞賦舊凌雲。獨挂延陵劍，千秋在古墳〔四〕。

【注釋】

〔一〕敬亭，即敬亭山，在宣城。埋玉樹，《世説·傷逝》：「庾文康亡，何揚州臨葬云：『埋玉樹著土中，使人情何能已已！』」

〔二〕王注：「《一統志》：『蔣華墓，在敬亭山。華，唐人，嘗與李白遊，白詩曰：敬亭山下墓，知是蔣徵君。』」

〔三〕《史記·司馬相如列傳》：「相如既病免，家居茂陵，天子曰：『司馬相如病甚，可往從悉取其書，若不然，後失之矣。』使所忠往而相如已死，家無書。問其妻，對曰：『長卿固未嘗有書也。時時著書，人又取去，即空居。長卿未死時，爲一卷書，曰：有使來求書，奏之，無他書。』其遺札言封禪事。所忠奏其事，天子異之。」

〔四〕延陵劍，用吴公子季札挂劍於墓樹事。詳見寶應元年《自溧水道哭王炎》詩注。

九日龍山飲

本年重陽節作於當塗。《元和郡縣志》江南道宣州當塗縣：「龍山，在縣東南十二里。桓温嘗與僚佐九月九日登此山宴集。」

九日龍山飲，黄花笑逐臣〔一〕。醉看風落帽〔二〕，舞愛月留人。

【注釋】

〔一〕黄花，謂菊花。

〔二〕風落帽，用晉孟嘉九日登高落帽事。詳見天寶十二載《九日登山》詩注。

九月十日即事

昨日登高罷，今朝更舉觴。菊花何太苦，遭此兩重陽〔一〕？

【注釋】

〔一〕《歲時廣記》卷三五引《歲時雜記》：「都城士庶，多於重九後一日再集宴賞，號小重陽。」王注：「菊以兩遇宴飲，兩遭採掇，故有太苦之言。」

笑歌行

笑矣乎，笑矣乎，君不見曲如鈎，古人知爾封公侯。君不見直如絃，古人知爾死道邊〔一〕。張儀所以只掉三寸舌〔二〕，蘇秦所以不墾二頃田〔三〕。笑矣乎，笑矣乎，君不見滄浪老人歌一曲，還道滄浪濯吾足〔四〕。平生不解謀此身，虚作《離騷》遣人讀〔五〕。笑矣乎，笑矣乎，趙有豫讓楚屈平〔六〕，賣身買得千年名。巢由洗耳有何益〔七〕？夷齊餓死終無成〔八〕。君愛身後名，我愛眼前酒。飲酒眼前樂，虛名何處有？男兒窮通當有時，曲腰向君君不知。猛虎不看机上肉〔九〕，洪爐不鑄囊中錐。笑矣乎，笑矣乎，甯武子，朱買臣，叩角行歌背負薪〔一〇〕。今日逢君君不識，豈得不如佯狂人？

【注釋】

〔一〕《後漢書·五行志》：「順帝之末，京都童謡曰：『直如絃，死道邊；曲如鈎，反封侯。』」

〔二〕張儀，戰國秦謀士，以能言善辯稱。掉，摇也。《史記·平原君列傳》：「毛先生以三寸之舌，彊於百萬之師。」

〔三〕蘇秦，戰國時策士，齊湣王時爲齊相，約五國共攻秦，趙封爲武安君。《史記·蘇秦列傳》：「蘇秦喟然嘆曰：此一人之身，富貴則親戚畏懼之，貧賤則輕易之，況衆人乎？且使我有洛陽負郭田二頃，吾豈能佩六國相印乎？」

〔四〕《孟子·離婁》上：「有孺子歌曰：『滄浪之水清兮，可以濯吾纓。滄浪之水濁兮，可以濯吾足。』」

〔五〕兩句係激憤語，謂屈原直道以行，而不解與世沉浮保身之道。

〔六〕豫讓，春秋末戰國初刺客，事智伯。趙襄子滅智伯，豫讓漆身吞炭，謀刺襄子，被執自殺。事見《史記·刺客列傳》。屈平即屈原。

〔七〕巢、由，即巢父、許由。洗耳事見本年《田園言懷》詩注。

〔八〕夷、齊，即伯夷、叔齊，以耻食周粟，餓死首陽山。事見《史記·伯夷列傳》。

〔九〕机，王本作機，據兩宋本改。

〔一〇〕甯武子，即甯戚，春秋時衛人，以家貧爲人輓車，至齊，飯牛於車下，扣牛角而歌。桓公聞之，以爲非常人，拜爲上卿。事見《吕氏春秋·舉難》。朱買臣，漢武帝時爲中大夫、侍中，後爲會稽太守。買臣初家貧，好讀書，不治産業，常擔束薪，行且讀書，歌謳道中。其妻不堪，離去。事見《漢書》本傳。

【集説】

蘇軾云：近見曾子固編《太白集》，自謂頗獲遺亡，而有《贈懷素草書歌》及《笑矣乎》數首，皆貫休以下詞格。（《東坡題跋》）

又云：今《太白集》中有《悲來乎》、《笑矣乎》及《贈懷素草書》數詩，決非太白作，蓋唐末五代間貫休、齊已輩詩也。予舊在富陽見國清院太白詩，絶凡近。過彭澤唐興院，又見太白詩，亦非是。良由太白豪俊，語不甚擇，集中往往有臨時率然之句，故使妄庸敢爾。若杜子美，世豈復有僞撰者耶？（同前）

朱諫云：按《笑歌行》、《悲歌行》二詩，辭意格調如出一手，言無倫次，情多反覆，忿語忉忉，欲心逐逐，初則若薄於功名富貴者，末則眷戀留涟，而躁急忮害之不已，是則爲可怪也。以之擬謫仙，謫仙豈若是之淺陋乎？……今《笑歌》、《悲歌》二行，較於《草書歌》、《東山吟》、《僧伽吟》、《白雲歌》、

《金陵歌》諸篇，又是一等粗劣者，恐貫休輩亦不若是之甚也。（《李詩辨疑》）

沈德潛云：太白七古，想落天外，局自變化。大江無風，波浪自湧。白雲從空，隨風變滅。此殆天授，非人可及。集中如《笑矣乎》、《悲來乎》、《懷素草書歌》等作，皆五代凡庸子所擬。後人無識，將此入選，嗷訾者爲粗淺人作俑矣。讀李詩者，於雄快之中，得其深遠宕逸之神，才是謫仙面目。（《唐詩别裁》）

【按】

《笑歌行》、《悲歌行》（見下篇）二詩，各家均以爲僞。其所據者，惟「凡近」、「粗劣」、「言無倫次、情多反覆」而已。是誠不足以斷此爲僞作。李白詩，固有語不甚擇、臨時率然之句。李白爲此二詩時，或當病篤之際，以精神迷亂之人，勢不能好整以暇而爲精心之作。觀此二詩，或多憤激之語，或多絶望之辭，皆至忿、至悲、至痛心情之反映，當是臨終前所作。

悲歌行

與上篇爲先後之作。

悲來乎，悲來乎，主人有酒且莫斟，聽我一曲悲來吟。悲來不吟還不笑，天下無人知我心。君有數斗酒，我有三尺琴。鳴琴酒樂兩相得，一杯不啻千鈞金。悲來乎，悲來乎，天雖長，地雖久，金玉滿堂應不守〔一〕。富貴百年能幾何？死生一度人皆有。孤猿坐啼墳上月，且須一盡杯中酒。悲來乎，悲來乎，鳳鳥不至河無圖〔二〕，微子去之箕子奴〔三〕。漢帝不憶李將軍，楚王放卻屈大夫〔四〕。悲來乎，悲來乎，秦家李斯早追悔〔五〕，虚名撥向身之外。范子何曾愛五湖？功成名遂身自退〔六〕。劍是一夫用，書能知姓名〔七〕。惠施不肯干萬乘〔八〕，卜式未必窮一經〔九〕。還須黑頭取方伯〔一〇〕，莫謾白首爲儒生。

【注釋】

〔一〕《老子》：「金玉滿堂，莫之能守。」

〔二〕《論語·子罕》：「鳳鳥不至，河不出圖，吾已矣乎！」古以鳳鳥至、河出圖爲祥瑞之兆。

〔三〕微子，商紂王庶兄，名啟，因數諫紂王，不聽，乃去國。事見《史記·宋微子世家》。箕子，商紂諸父，封於箕，故稱箕子。紂暴虐，箕子諫之不聽，乃披髮佯狂爲奴。事見《史記·殷本紀》。

〔四〕李將軍，即李廣。楚大夫，即屈原，原曾爲楚三閭大夫。二句以李廣、屈原被疏逐自喻。

〔五〕李斯，戰國楚上蔡人，秦始皇任爲客卿，後爲廷尉。始皇死，爲趙高所忌，腰斬咸陽市中。臨刑，謂其子曰：「吾欲與若復牽黄犬俱出上蔡門逐狡兔，豈可得乎？」事見《史記·李斯列傳》。

〔六〕范子，即范蠡，春秋楚宛人，仕越爲大夫，輔佐越王勾踐滅吴，以勾踐爲人可與共患難，不可共安樂，去越，泛五湖，經商致富，稱陶朱公。事見《史記·越王勾踐世家》。

〔七〕《史記·項羽本紀》：「項籍少時，學書不成，去學劍，又不成。項梁怒之，籍曰：『書，足以記名姓而已。劍，一人敵，不足學。』」

〔八〕惠施，戰國宋人，仕於魏，名家代表人物之一。魏惠王曾以魏國相讓，惠施辭之。事見《呂氏春秋·不屈》。

〔九〕卜式，漢河南人，以牧羊致富。武帝與匈奴作戰，卜屢以私財捐助國家，武帝任爲中郎。後爲御史大夫，終太子太傅。《漢書》有傳。

〔一〇〕方伯，諸侯之長，後稱地方長官爲方伯。

臨路歌

臨終時所作。李華《故翰林學士李君墓誌》云：「賦《臨終歌》而卒。」路字當係終字之誤。

大鵬飛兮振八裔〔一〕，中天摧兮力不濟，餘風激兮萬世〔二〕。遊扶桑兮挂左袂〔三〕。後人得之傳此〔四〕，仲尼亡兮誰爲出涕〔五〕？

【注釋】

〔一〕八裔，《文選》木華《海賦》：「迆延八裔。」李善注：「八裔，猶八方也。」

〔二〕以上三句爲前段：首句謂己有如大鵬，乘風而起；次句謂己力不從心，中天摧落；三句謂己之詩作，終將傳之不朽。白一生之始終升沉盡在此矣。

〔三〕扶桑，神木名，傳説日出其下。左袂，左袖也。句出《楚辭》嚴忌《哀時命》：「衣攝葉以儲與兮，左袪挂於榑桑」:「左衽拂於不周兮，六合不足以肆行。」榑桑即扶桑。此以扶桑隱指帝座，意謂己所以中天摧落者，實因獲譴於朝廷也。左，諸本作石。王注：「當作左。」胡本逕作「左」。據改。

〔四〕後人，後世之人。得之，得其身世坎壈之隱秘。傳此，傳其詩歌比興之大義。參見天寶九載《大雅久不作》（《古風》其一）、《醜女來效顰》（《古風》其三十五）等詩。

〔五〕王注：「詩意謂西狩獲麟，孔子見之而出涕。今大鵬摧於中天，時無孔子，遂無有人爲出涕者，喻己之不遇於時，而無人爲之隱惜。」王注恐誤。通觀李集，白曾多次自擬於孔子：如天寶九載所作《古風》其一（大雅久不作）：「我志在删述，垂輝映千春。希聖如有立，絶筆於獲麟。」又如天寶八載所作《答王十二寒夜獨酌有懷》：「孔聖猶聞傷鳳麟，董龍更是何鷄狗！」又如天寶十四載所作《書懷贈南陵常贊府》：「君看我才能，何似魯仲尼？……終當滅衛謗，不受魯人譏。」諸如此類，例不勝舉。由此觀之，所謂「仲尼亡兮」者，實以孔子自擬也。其所以如此，又實以其詩爲盛唐之《春秋》。此意除已見於《古風》其一之末外，亦見李陽冰《草堂集序》之末：「論《關雎》之義始愧卜商，明《春秋》之辭終慚杜預。」李白既以《春秋》自許，陽冰亦以《春秋》許之，蓋知李白之心念茲在茲也。其下所謂「誰爲出涕」者，非是懷疑無人爲其死「隱惜」，而是深望後世之人勿忽其詩中之苦心孤詣，微言大義也。以上三句爲詩之後段。白一生之幽憤秘意盡在此矣。

【按】

此詩之作時當在代宗廣德元年冬。《新唐書·李白傳》:「代宗立,以左拾遺召,而白已卒,年六十餘。」稍晚於李白之劉全白及范傳正亦皆提及。劉《唐故翰林學士李君碣記》云:「代宗登極,廣拔淹瘁,時君亦拜拾遺。聞命之後,君亦逝矣。」此言詔命下達,白亦隨即逝世。范《唐左拾遺翰林學士李公新墓碑》云:「代宗之初,搜羅俊逸,拜公左拾遺。制下於彤庭,禮降於玄壤,生不及禄,没而稱官。嗚呼,命歟!」此言詔命下達,白已逝世。劉《碣》范《碑》微有出入,而《新唐書·李白傳》從范説,當係以范説較爲可信。《新唐書·代宗紀》:「廣德二年正月丙午,詔舉堪御史、諫官、刺史、縣令者。」拾遺、補闕,皆諫官名,見《唐書·百官志》。白之被召爲左拾遺當在此時。可知白之逝世當在此前,即廣德元年冬,終年六十三歲。

此詩之作地當在當塗。范《碑》謂白「晚歲渡牛渚磯,至姑熟,悦謝家青山,有終焉之志,盤桓利居,竟卒於此」。姑熟,當塗之古稱。謝家青山(謝朓曾築室建園於此,故名)在當塗縣城東南十五里。故其下文又云:「其生也,聖朝之高士;其往也,當塗之旅人。」今安徽當塗青山下有李白墓,范《碑》即此墓之碑也。至於裴敬《翰林學士李公墓碑》等所云「死宣城」,蓋當塗爲宣州(宣城郡)之屬縣也。

李白全集編年箋注卷十六

未編年詩

王昭君二首

《王昭君》，《樂府詩集·相和歌辭》名。《舊唐書·音樂志》：「明君，漢元帝時，匈奴單于入朝，詔王嬙配之，即昭君也。及將去，入辭，光彩射人，聳動左右，天子悔焉。漢人憐其遠嫁，爲作此歌。晉石崇妓緑珠善舞，以此曲教之，而自製新歌曰：『我本漢家子，將適單于庭。昔爲匣中玉，今爲糞上英。』晉文帝諱昭，故晉人謂之明君。」

漢家秦地月，流影照明妃。一上玉關道〔一〕，天涯去不歸。漢月還從東海出，明妃西嫁無來日。燕支長寒雪作花〔二〕，蛾眉憔悴没胡沙。生乏黄金枉圖畫〔三〕，死留青塚使人嗟〔四〕。

【注釋】

〔一〕玉關，謂玉門關。

〔二〕燕支，《元和郡縣志》甘州删丹縣：「焉支山，一名删丹山，故以名縣。山在縣南五十里，東西一百餘里，南北二十里，水草茂美，與祁連山同。匈奴失祁連、焉支二山，乃歌曰：『亡我祁連山，使我六畜不繁息。失我焉支山，使我婦女無顏色。』」焉支，即燕支。

〔三〕《西京雜記》卷二：「元帝後宫既多，不得常見，乃使畫工圖形，案圖召幸之。諸宫人皆賂畫工，多者十萬，少者亦不減五萬。獨王嬙不肯，遂不得見。後匈奴入朝，求美人爲閼氏。於是上案圖，以昭君行。及去，召見，貌爲後宫第一，善應對，舉止嫻雅。帝悔之，而名籍已定。帝重信於外國，故不復更人，乃窮案其事，畫工棄市，籍其家私皆巨萬。」

〔四〕青塚：在呼和浩特市南二十里處。《清一統志》卷一六〇：「青冢在歸化城南二十里，蒙古名特木爾烏爾虎。」《大同府志》：「塞草皆白，惟此冢草青，故名，昭君死，葬黑河岸，朝暮有愁雲怨霧覆冢上。」清宋犖《筠廊偶筆》：「墓無草木，遠而望之，冥濛作黛色，故云青冢。」近人張相文《塞北紀遊》亦云：「塞外多白沙，空氣映之，凡山林草阜，無不黛色横空，若潑濃墨。昭君墓烟靄濛籠，遠且數十里外，故曰青塚。」

【集説】

王云：顧寧人曰：按《史記》言匈奴左方王將直上谷以東，右方王將直上郡以西，而單于之庭直代、雲中。《漢書》言呼韓邪單于自請留居光禄塞下，又言天子遣使送單于出朔方雞鹿塞，後單于竟北歸庭。乃知漢與匈奴往來之道，大抵從雲中、五原、朔方，明妃之行亦必出此。故江淹之賦李陵，但云「情往上郡，心留雁門」。而玉關與西域相通，自是公主嫁烏孫所經。太白詩：「漢家秦地月，流影照明妃。一上玉關道，天涯去不歸。」誤矣。《顔氏家訓》謂文章地理，必須愜當，其論梁簡文《雁門太守行》而言「日逐、康居、大宛、月支」，蕭子暉《隴頭水》而云「北注黄龍，東流白馬」，沈存中論白樂天《長恨歌》「峨眉山下少人行」，謂峨眉在嘉州，非幸蜀路。文人之病，蓋有同者。

其二

昭君拂玉鞍，上馬啼紅頰。今日漢宮人，明朝胡地妾。

【集說】

蕭云：此二篇蓋借漢事以詠當時公主出嫁異國者。

《唐宋詩醇》云：題多名篇，此衹以十字盡之。校「今朝猶漢地，明日入胡關」之句，詞意倍爲激烈。

古有所思

《古有所思》即《有所思》，《樂府詩集·鼓吹曲辭》名。《樂府解題》曰：「古詞言『有所思，乃在大海南。何用問遺君？雙珠玳瑁簪。聞君有他心，燒之當風揚其灰。從今已往，勿復相思』，而與君絕也。按《古今樂錄》漢太樂食舉第七曲亦用之，不知與此同否。若齊王融『如何有所思』，梁劉繪『別離安可再』，但言離思而已。宋何承天《有所思篇》曰：『有所思，思昔人，曾、閔二子善養親。』則言生罹荼苦，哀慈親之不得見也。」蕭本作《古有所思行》。

我思仙人乃在碧海之東隅〔一〕，海寒多天風，白波連山倒蓬壺。長鯨噴湧不可涉，撫心茫茫泪如珠。西來青鳥東飛去〔二〕，願寄一書謝麻姑〔三〕。

【注釋】

〔一〕《海内十洲記》：「扶桑在東海之東岸，岸直陸行，登岸一萬里，東復有碧海，海廣狹浩汗與東海等。水既不鹹苦，正作碧色，甘香味美。」

〔二〕《漢武故事》：「七月七日，上於承華殿齋。日正中，忽見有青鳥從西方來。上問東方朔，朔對曰：『西王母暮必降尊像，上宜灑掃以待之。』……有頃，王母至。……有二青鳥如鸞，夾侍母旁。」

〔三〕《神仙傳》卷二：「（王遠）遣人召麻姑。……麻姑至，蔡經亦舉家見之。是好女子，年可十八九許。於頂上作髻，餘髮散垂至腰。衣有文彩而非錦綺，光彩耀目，不可名狀。」

千里思

《千里思》，《樂府詩集·雜曲歌辭》名。王云：「北魏祖叔辨作《千里思》，其辭曰：『細君辭漢守，王嬙即虜衢。無因上林雁，但見邊城燕。』蓋爲女子之遠適異國者而言。太白擬之，另以蘇李别後相思爲辭。」兩宋本、繆本、王本俱注云：「一作《千里曲》。」唐寫本録此詩，僅有「李陵没胡沙，蘇武還漢家。相思天上山，愁見雪如花」四句。

李陵没胡沙〔一〕，蘇武還漢家〔二〕。迢迢五原關〔三〕，朔雪亂邊花〔四〕。一去隔絶國〔五〕，思歸但長嗟。鴻雁向西北，因書報天涯。

【注釋】

〔一〕《史記·李將軍列傳》：「（李）陵將其射士步兵五千人出居延北可千餘里，欲以分匈奴兵，毋令專走貳師也。陵既至期還，而單于以兵八萬圍擊陵軍。陵軍五千人，兵矢既盡，士死者過半，而所殺傷匈奴亦萬餘人。且引且戰，連鬬八日，還，未到居延百餘里，匈奴遮狹絶道，陵食乏而救兵不到，虜急擊招降陵。陵曰：『無面目報陛下。』遂降匈奴。」

〔二〕王注：「《文選》有李少卿《答蘇武書》，李周翰注：《漢書》曰：李陵字少卿，以天漢二年率步卒五千人出塞與單于戰，力屈乃降。在匈奴中與蘇武相見，武得歸，爲書與陵，令歸漢，陵作書答之。此詩末聯正用其事。」

〔三〕五原，《漢書·地理志》：「代郡有五原關。」詳見天寶二年《塞上曲》注。

〔四〕此句兩宋本、繆本、胡本、王本俱注云：「一作愁見雪如花。」

〔五〕《文選》江淹《別賦》：「一去絶國，詎相見期。」李善注：「絶國，絶遠之國也。」

擬　古

此篇編入樂府類，未詳何據？蕭注：「莆陽夾漈鄭先生曰：始於太白。」瞿、朱云：「鄭先生當是鄭樵，始於太白一語，未詳。」

融融白玉輝，映我青蛾眉。寶鏡似空水〔一〕，落花如風吹。出門望帝子，蕩漾不可期〔二〕。

安得黄鶴羽？一報佳人知〔三〕。

【注釋】

〔一〕庾信《詠鏡詩》：「光如一片水。」

〔二〕《文選》江淹《王徵君微養疾》：「北渚有帝子，蕩漾不可期。」吕延濟注：「帝子，娥皇、女英。蕩漾，言隨波上下，不可與之結期。」

〔三〕江淹《去故鄉賦》：「願使黄鶴兮報佳人。」

【按】

此蓋擬古詩誤輯入樂府詩者，鄭樵謂《擬古》係始於太白之樂府詩題，恐非。

送趙雲卿

白玉一杯酒，緑楊三月時。春風餘幾日？兩鬢各成絲。秉燭唯須飲〔一〕，投竿也未遲〔二〕。如逢渭川獵，猶可帝王師。

【注釋】

〔一〕《古詩》：「晝短苦夜長，何不秉燭遊？」

〔二〕投竿，用姜尚事。姜尚窮困，釣於渭，遇文王出獵，被聘爲師。見《史記·齊太公世家》。

贈錢徵君少陽

白玉一杯酒，緑楊三月時。春風餘幾日？兩鬢各成絲。秉燭唯須飲，投竿也未遲。如逢渭水獵，猶可帝王師。

【按】

題中之錢少陽爲永王璘幕僚（見至德二載《贈潘侍御論錢少陽》一詩）。然至德二載二月下旬，永王兵敗，衆僚星散；三月，白已因從璘事入獄。似此，斷不能作此等内容之詩贈錢。疑是《送趙雲卿》詩之重出者，而誤題爲贈錢之作。

古 意

君爲女蘿草，妾作兔絲花〔一〕。輕條不自引，爲逐春風斜。百丈託遠松，纏綿成一家。誰言會面易？各在青山崖。女蘿發馨香，兔絲斷人腸。枝枝相糾結，葉葉竟飄揚。生子不知根，因誰共芬芳？中巢雙翡翠，上宿紫鴛鴦。若識二草心，海潮亦可量。

【注釋】

〔一〕楊注：「陸璣《詩疏》曰：在草曰兔絲，在木曰松蘿，松蘿蔓松而生，枝正青，兔絲蔓聯草上，其赤如金，與松蘿殊異。……或謂兔絲無根不屬地，茯苓是也。《抱朴子》：兔絲之草下有伏兔之根，無此兔則絲不得生於上，然實不屬也。」

口號贈楊徵君

王本題下注云：「原注：此公時被徵。」又注：「蕭本作《口號贈徵君鴻》，而注云『見前《贈盧徵君》題注』，蓋以爲即盧鴻矣，未詳是否。」《文苑英華》作《贈楊徵君》。楊，兩宋本、繆本俱作陽。

陶令辭彭澤〔一〕，梁鴻入會稽〔二〕。我尋《高士傳》〔三〕，君與古人齊。雲臥留丹壑，天書降紫泥〔四〕。不知楊伯起，早晚向關西〔五〕？

【注釋】

〔一〕陶令，陶淵明，曾任彭澤令，後辭去。

〔二〕梁鴻，東漢人，適吴，依大家皋伯通，居廡下，爲人賃舂。詳上元元年《和盧侍御通塘曲》注。

〔三〕《隋書·經籍志》：「《高士傳》六卷，皇甫謐撰。」又「《高士傳》二卷，虞槃佐撰。」

〔四〕紫泥，用以封璽書者。詳見天寶二年《玉壺吟》注。

〔五〕《後漢書·楊震傳》：「楊震，字伯起，弘農華陰人也。……少好學，受《歐陽尚書》於太常桓郁，明經博覽，無不窮究。諸儒爲之語曰：『關西孔子楊伯起。』」

【集説】

胡云：既比之陶潛、梁鴻，不得復比之楊震，一篇中用三人，任筆錯雜。此在太白可耳。范德機以爲律詩須守規矩，此篇爲最嚴，非確評也。

《唐宋詩醇》云：格調高朗，盧鴻屢徵不起，故白詩云爾。末句言其當應召也。以伯起期之，位置殊高。

詹鍈云：按韋莊《又玄集》選此題作《口號贈徵君盧鴻》，沈德潛《唐詩别裁》并同，是則蕭本亦不爲無據。《文苑英華》則作《贈楊徵君鴻》，上無口號二字。異文錯出，不知何者爲是。

瞿、朱云：詩中已用陶潛、梁鴻二典，則再用楊伯起一典必切其姓，作盧鴻者恐非。

贈僧朝美

水客凌洪波，長鯨湧溟海〔一〕。百川隨龍舟〔二〕，嘘吸竟安在？中有不死者，探得明月珠。高價傾宇宙，餘輝照江湖。苞卷金縷褐〔三〕，蕭然若空無。誰人識此寶？竊笑有狂夫。了心何言説〔四〕，各勉黄金軀。

【注釋】

〔一〕長鯨，用秦始皇射鯨事，詳見天寶六載《秦王掃六合》（古風其三）注。

〔二〕龍舟，大舟也。刻爲龍文以爲飾也。

〔三〕王注：「《隋書》：波斯多金縷織成。」

〔四〕王注：「《楞嚴經》：汝之心靈，一切明了。若汝現成所明了心，實在身内。」

【集説】

王云：詩言水客泛舟大海，舟爲長鯨所嘘吸，遂遭溺没。其中乃有不死者，反於海中得明月之珠，卷而藏之，不自眩耀，人亦不識。以喻人在煩惱海中，爲一切嗜慾所汩没，醉生夢死，飄流無極。乃其中有不昧本來者，反於煩惱海中悟得如來法寶，其價則傾乎宇宙，其光則照乎江湖，卷而懷之，不自以爲有，而若空無者。然人皆不能識此寶，而唯我能識之。夫心既明了，更無言説可以酬對，唯有勸勉珍重此軀而已。蓋人身難得，六道之中，以人道爲最。是此軀之重，等於黄金，未可輕忽，故曰「各勉黄金軀」也。又按《後漢書》西方有神，名曰佛，其形長丈六尺，而黄金色。「各勉黄金軀」者，是勉以修道成佛之意。

題情深樹寄象公

情深樹、象公均未詳。

腸斷枝上猿〔一〕，淚添山下樽。白雲見我去〔二〕，亦爲我飛翻。

【注釋】

〔一〕王注：「《格物論》：猿性急而腸狹，哀鳴則腸俱斷而死。」

〔二〕雲，蕭本作虎。瞿、朱注：「蕭注引周處事爲釋，如其所見本確爲虎字。」按，虎字似誤。

【集説】

《唐宋詩醇》云：古意，然必有所謂，不必强解。或以白雲爲白虎，引周處射虎事實之，更屬紕繆。

書情寄從弟邠州長史昭

自笑客行久，我行定幾時？緑楊已可折，攀取最長枝。翩翩弄春色，延佇寄相思。誰言貴此物？意願重瓊蕤〔一〕。昨夢見惠連，朝吟謝公詩〔二〕。東風引碧草，不覺生華池。臨玩忽云夕，杜鵑夜鳴悲〔三〕。懷君芳歲歇，庭樹落紅滋。

【注釋】

〔一〕《文選》陸機《擬古詩》：「玉顔侔瓊蕤。」張銑注：「瓊蕤，玉花也。」

〔二〕鍾嶸《詩品》卷中：「《謝氏家録》云：康樂每對惠連，輒得佳語。後在永嘉西堂思詩，竟日不就，寤寐間忽見惠連，即得『池塘生春草』句，故常云：『此語有神助，非我語也。』」

〔三〕杜鵑，鳥名，又名子規，每至三月則鳴，夜啼達旦。

【集説】

瞿、朱云：卷十二有《贈從弟宣州長史昭》詩，本卷（按指十四卷）又有《寄從弟宣州長史昭》詩，當即一人。先佐宣州抑先佐邠州，殊不可知。

【按】

詹鍈繫此詩於天寶四載，白去朝之前遊邠、坊作。今按白去朝在天寶三載，其遊邠、坊在開元十八年，故未敢從。瞿、朱所云二詩作於天寶十二載，此詩似在其前，然不知確在何年。

送友人尋越中山水

聞道稽山去〔一〕，偏宜謝客才〔二〕。千巖泉灑落，萬壑樹縈迴〔三〕。東海横秦望〔四〕，西陵繞越臺〔五〕。湖清霜鏡曉，濤白雪山來。八月枚乘筆〔六〕，三吴張翰杯〔七〕。此中多逸興，早晚向天台。

【注釋】

〔一〕稽山，即會稽山，在今浙江紹興縣東南十三里。

〔二〕謝客，謂謝靈運。謝靈運小名客兒，故稱謝客。此以謝客喻友人。

〔三〕《世説·言語》：「顧長康從會稽還，人問山川之美。顧曰：『千巖競秀，萬壑争流。』」鮑照《登廬山詩》：「千巖盛阻積，萬壑勢迴縈。」

〔四〕《水經注·漸江水》：「秦望山，在（越）州城正南，爲衆峰之傑，陟境便見。《史記》云：秦始皇登之以望南海。自平地以取山頂七里，懸隥孤危，徑路險絶。」

〔五〕西陵，《水經注·漸江水》：「昔范蠡築城於浙江之濱，言可以固守，謂之固陵。今之西陵也。」在今浙江蕭山縣西十二里。越臺，即越王臺。王注：「《一統志》：越王臺舊在種山東北，越王勾踐登眺之所。」

〔六〕枚乘《七發》：「楚太子有疾，吴客往問之。客曰：『將以八月之望，與諸侯遠方交遊兄弟，并往觀濤乎廣陵之曲江。』」

〔七〕《晉書·張翰傳》：「翰任心自適，不求當世。或謂之曰：『卿乃可縱適一時，獨不爲身後名耶？』答曰：『使我有身後名，不如即時一杯酒。』時人貴其曠達。」

送紀秀才遊越

海水不滿眼，觀濤難稱心。即知蓬萊石，卻是巨鼇簪〔一〕。送爾遊華頂〔二〕，令余發舄吟〔三〕。仙人居射的〔四〕，道士住山陰〔五〕。禹穴尋溪入〔六〕，雲門隔嶺深〔七〕。緑蘿秋月夜，相憶在鳴琴。

【注釋】

〔一〕《初學記》卷三十引《玄中記》曰：「東南之大者有巨鼇焉，以背負蓬萊山，周迴千里。」巨鼇，巨龜也。

〔二〕《清一統志》卷四七：「華頂峰在天台縣東北六十里，周圍百餘里，高萬丈，絕頂東望滄海，俗稱望海尖，草木薰鬱，都非人世，下有積雪。」

〔三〕王粲《登樓賦》：「莊舃顯而越吟。」詳見天寶三載《贈崔侍御》詩注。

〔四〕射的，《藝文類聚》卷八引《會稽記》曰：「縣東南十八里有射的山，遠望的的如射侯，謂之射的。射的之西有石室，壁方二丈，謂之射室。傳云羽客之所遊憩，土人常以此占穀食貴賤，射的明則米賤，暗則貴。諺曰：『射的白，斛一百。射的玄，斛一千。』」

〔五〕王注：「《書斷》：王羲之性愛鵝，山陰曇壤村有一道士，養好者十餘，王清旦乘小船往看之，意大願樂，乃告求市易。道士不與，百方譬説，不能得之。道士言性好道，久欲寫河上公《老子》，縑素早辦而無人能書，府君若能自屈書《道德經》各兩章，便合群以奉。羲之停半日，爲寫畢，籠鵝而歸，大以爲樂。」

〔六〕禹穴，在浙江紹興宛委山，禹藏書之所。《史記·太史公自序》：「二十而南遊江淮，上會稽，探禹穴。」張守節《正義》引《括地志》云：「石箐山一名玉笥山，又名宛委山，即會稽山一峰也。在會稽縣東南十八里。」

〔七〕雲門，山名。《水經注·漸江》：「在（山陰縣）城東明里中甘滂南，又有玉笥、竹林、雲門、天柱精舍，并疏山創基，架林裁宇，割澗延流，盡泉石之好。」

送李青歸華陽川

王注：「胡三省《通鑑注》：華陽川在虢州華陽山南。《雍勝略》：華陽水在漢中府褒城縣西二十五里，源出牛頭山，南流與漢水合。」今按，商州亦有華陽川，合王注二華陽川而三。李青所歸之華陽川，未詳。又，華陽川，蕭本、咸本俱作南葉陽川。

伯陽仙家子〔一〕，容色如青春。日月祕靈洞，雲霞辭世人。化心養精魄，隱几窅天真〔二〕。莫作千年别，歸來城郭新〔三〕。

【注釋】

〔一〕《史記・老莊列傳》：「老子者，……姓李氏，名耳，字伯陽。……蓋老子百有六十餘歲，或言二百餘歲，以其修道而養壽也。」此以伯陽擬李青。

〔二〕《莊子・齊物論》：「南郭子隱几而坐。」陸德明《音義》：「隱，憑也。」

〔三〕《搜神後記》卷一：「丁令威本遼東人，學道於靈虛山，後化鶴歸遼，集城門華表柱，時有少年舉弓欲射之。鶴乃飛，徘徊空中而言曰：『有鳥有鳥丁令威，去家千年今始歸。城郭如故人民非，何不學仙冢累累。』遂高上冲天。」

送舍弟

瞿、朱注：「白不聞有母弟，此蓋從弟，集中從弟甚多，不知誰指也。」

吾家白額駒〔一〕，遠別臨東道，他日相思一夢君，應得池塘生春草〔二〕。

【注釋】

〔一〕白額駒，《晉書·李玄盛傳》：「武昭王諱暠，字玄盛。……姓李氏，漢前將軍廣之十六世孫也。……嘗與吕光太史令郭麐及其同母弟宗繇同宿，麐起謂繇曰：『君當位極人臣，李君有國土之分，家有騧草馬生白額駒，此其時也。』吕光末，京兆段業自稱涼州牧，以敦煌太守趙郡孟敏爲沙州刺史，署玄盛效穀令，敏尋卒，敦煌護軍馮翊郭謙……等以玄盛温毅有惠政，推爲寧朔將軍、敦煌太守。玄盛初難之，會宗繇仕於業，告歸敦煌，言於玄盛曰：『兄忘郭麐之言耶？白額駒今已生矣。』玄盛乃從之。」

〔二〕謝靈運夢見從弟惠連，得「池塘生春草」句。詳見乾元二年《贈從弟南平太守之遥》注。

同族侄評事黯遊昌禪師山池二首

侄，《文苑英華》作弟。《新唐書·百官志》大理寺有「評事八人，從八品下」。

遠公愛康樂〔一〕，爲我開禪關〔二〕。蕭然松石下，何異清凉山〔三〕？花將色不染，水與心俱閑。一坐度小劫〔四〕，觀空天地間〔五〕。

【注釋】

〔一〕《蓮社高賢傳》：「謝靈運爲康樂公主孫，襲封康樂公。至廬山，一見遠公，肅然心服，乃即築臺，翻《涅槃經》，鑿池種白蓮。時遠公諸賢同修净土之業，因號白蓮社。」

〔二〕禪關，禪法之關門。《釋門正統》三曰：「然啟禪關者，雖分宗不同，挹流尋源，亦不越經論之禪定一度與今家之定聖一行也。」

〔三〕清凉山，王注：「《法苑珠林》：代州東南五臺山，古稱神仙之宅也。山方三百里，巉巖崇峻，有五高臺。上不生草，唯松柏茂林，森於谷底。地極嚴寒多雪，號曰清凉山。經中明文殊將五百仙人往清凉山説法，即斯地也。所以古來求道之士，多遊此山，遺窟靈跡，即目極多。」

〔四〕小劫，《隋書·經籍志》：「每佛滅度，遺法相傳，有正、象、末三等淳醨之異。年歲遠近，亦各不同。末法已後，衆生愚鈍，無復佛教，而業行轉惡，年壽漸短，經數千百載間乃至朝生夕死。然後有大水、大火、大風之災，一切除去之，而更立生人，又歸淳樸，謂之小劫。每一小劫，則一佛出世。」

〔五〕觀空，觀照諸法之空相也。《仁王經》一有觀空品。《天台仁王經》疏中曰：「言觀空者，謂無相妙慧照無相境，内外并寂，緣觀共空。」

其　二

客來花雨際〔一〕，秋水落金池〔二〕。片石寒青錦，疏楊挂緑絲。高僧拂玉柄，童子獻雙梨〔三〕。惜去愛佳景，烟蘿欲瞑時。

【注釋】

〔一〕花雨，王注：「《法華經》：是時天雨曼陀羅花、摩訶曼陀羅花、曼殊沙花、摩訶曼殊沙花，而散佛上及諸大衆。」

〔二〕金池，王注：「《彌陀經》：七寶池底，純以金沙布地。」

〔三〕雙梨，瞿、朱注：「諸家無注，疑當作霜梨。」雙，宋乙本、繆本、咸本俱作霜。

宴陶家亭子

曲巷幽人宅，高門大士家。池開照膽鏡〔一〕，林吐破顔花〔二〕。緑水藏春日，青軒祕晚霞〔三〕。若聞絃管妙，金谷不能誇〔四〕。

【注釋】

〔一〕照膽鏡，詳見天寶二年《白頭吟》其二注。王注：「借言池水之清，照人若鏡也。」

〔二〕破顔花，《五燈會元》卷一：「世尊在靈山會上拈花示衆，是時衆皆默然，唯迦葉尊者破顔微笑。」借言花色之美，令人顔悦。

〔三〕青軒，謂亭子。祕，閉也，猶藏。

〔四〕金谷，晉石崇金谷别館，以奢華著稱，地在今洛陽。王注引石崇《金谷詩叙》：「予……有别廬在河南縣界金谷澗中，或高或下，有清泉，茂林、衆果、竹柏、藥草之屬，莫不畢備。又有水碓、魚池、土窟，其爲娛目歡心之物備矣。時征西大將軍祭酒王詡當還長安，余與衆賢共送往澗中，晝夜遊宴，屢遷其坐。或登高臨下，或列坐水濱，時琴瑟笙筑，合載車中，道路並作，及住，令與鼓吹遞奏」云云。

蘇武

《漢書·蘇武傳》：「天漢元年，……（武帝）乃遣武以中郎將使持節送匈奴使留在漢者，因厚賂單于，答其善意。……（衛）律知武終不可脅，白單于，單于愈益欲降之，乃幽武置大窖中，絶不飲食。天雨雪，武卧嚙雪與旃毛并咽之，數日不死，匈奴以爲神。乃徙武北海上無人處，使牧羝，羝乳乃得歸。别其官屬常惠等，各置他所。……（武）杖漢節牧羊，卧起操持，節毛盡落。……初，武與李陵俱爲侍中，武使匈奴，明年陵降，不敢求武。……昭帝即位數年，匈奴與漢和親，漢求武等，匈奴詭言武死。後漢使復至匈奴，常惠……教使者謂單于：言天子射上林中，得雁，足有繫帛書，言武等在某澤中。使者大喜，如惠語以讓單于。單于視左右而驚，謝漢使曰：『武等實在。』於是李陵置酒賀武曰：『今足下還歸，揚名於匈奴，功顯於漢室，雖古竹帛所載，丹青所畫，何以過子卿？……』……陵泣下數行，因與武訣。單于召會武官屬，前以降及物故，凡隨武還者九人。……武留匈奴凡十九歲，始以强壯出，及還，鬚髮盡白。」

蘇武在匈奴，十年持漢節〔一〕。白雁上林飛，空傳一書札。牧羊邊地苦，落日歸心絶。渴飲月窟水〔二〕，饑飡天上雪。東還沙塞遠，北愴河梁別〔三〕。泣把李陵衣，相看泪成血〔四〕。

【注釋】

〔一〕《漢書·高祖本紀》顔師古注：「節，以毛爲之，上下相重，取象竹節，因以爲名，將命者，持之以爲信。」

〔二〕《文選》揚雄《長楊賦》：「西厭月窟，東震日域。」服虔注：「月窟，月所生也。」

〔三〕《文選》李陵《與蘇武詩》：「携手上河梁，遊子暮何之？」

〔四〕《文選》李陵《答蘇武書》：「此陵所以仰天搥心而泣血者也。」

【集説】

王夫之云：詠史詩以史爲詠，正當於唱嘆寫神理，聽聞者之生其哀樂。一加論贊，則不復有詩用，何况其體？「子房未虎嘯」一篇，如弋陽雜劇人妝大净，偏入俗人眼，而此篇不顯。大音希聲，其來久矣。（《唐詩評選》）

楚江黃龍磯南宴楊執戟治樓

楊執戟，李白楊姓友人，名不詳。此蓋以揚雄代指。揚雄亦作楊雄。曹植曾稱揚雄爲「先朝執戟之臣」。秦漢時，宫廷侍衛執戟而立，因以執戟名侍衛之官。治，兩宋本、繆本作冶。治字是。

五月分五洲〔一〕，碧山對青樓。故人楊執戟，春賞楚江流。一見醉漂月，三杯歌棹謳〔二〕。桂枝攀不盡〔三〕，他日更相求。

【注釋】

〔一〕五洲，在湖北蘄水縣西四十里蘭溪西大江中，一作伍洲。相傳伍員適吴時過此。《水經注·江水》：「江中有五洲相接，故以五洲爲名。宋孝武帝舉兵江州，建牙洲上，有紫雲蔭之，即是洲也。」胡三省《通鑑注》：「五洲當在今黄州、江州之間。」分，胡本作入。

〔二〕《文選》左思《蜀都賦》：「吹洞簫，發棹謳。」劉淵林注：「棹謳，鼓棹而歌也。」

〔三〕淮南王《招隱士》：「攀援桂枝兮聊淹留。」

望月有懷

清泉映疏松，不知幾千古？寒月摇清波，流光入窗户。對此空長吟，思君意何深。無因見安道〔一〕，興盡愁人心。

【注釋】

〔一〕句用王子猷雪夜訪戴安道事。

落日憶山中

雨後烟景緑，晴天散餘霞〔一〕。東風隨春歸，發我枝上花。花落時欲暮，見此令人嗟。願遊名山去，學道飛丹砂。

【注釋】

〔一〕謝朓《晚登三山還望京邑》：「餘霞散成綺。」

清都緑玉樹　擬古其四

清都緑玉樹〔一〕，灼爍瑶臺春〔二〕。攀花弄秀色，遠贈天仙人〔三〕。香風送紫蕊，直到扶桑津〔四〕。恥掇世上艷，所貴心之珍。相思傳一笑，聊欲示情親。

【注釋】

〔一〕清都，天帝居處。《列子·周穆王》：「王實以爲清都紫微，鈞天廣樂，帝之所居。」

〔二〕瑶臺，見天寶二年《清平詞調》注。

〔三〕天仙人，謂得道者。《抱朴子·論仙》：「《仙經》云：上士舉形升虚，謂之天仙。」

〔四〕《文選》木華《海賦》：「翔陽逸駭於扶桑之津。」吕延濟注：「扶桑之津，日出之處。」

洛浦有宓妃 感興其二

洛浦有宓妃〔一〕，飄颻雪争飛〔二〕。輕雲拂素月〔三〕，了可見清輝。解珮欲西去，含情詎相違？香塵動羅襪〔四〕，淥水不沾衣〔五〕。陳王徒作賦〔六〕，神女豈同歸？好色傷大雅，多爲世所譏。

【注釋】

〔一〕曹植《洛神賦》序：「黄初三年，余朝京師，還濟洛川。古人有言，斯水之神名曰宓妃。感宋玉對楚王説神女之事，遂作斯賦。」賦中極寫宓妃之美及己之愛慕之情，併解玉佩邀以同歸。宓妃雖亦有情，然以人神之道殊，終於掩涕而去。

〔二〕《洛神賦》：「飄颻兮若流風之迴雪。」

〔三〕《洛神賦》：「髣髴兮若輕雲之蔽月。」

〔四〕《洛神賦》：「凌波微步，羅襪生塵。」

〔五〕《洛神賦》：「灼若芙渠出淥波。」

〔六〕陳王，即曹植。

【集説】

蕭云：《高唐》、《神女》二賦乃宋玉寓言以成其文章，《洛神賦》則子建擬之而作。後世之人如癡子聽人説夢，以爲誠有其事。惟太白知其託詞而譏其傷大雅，可謂識見高遠者矣。

裂素持作書　感興其三

此詩意旨殊不可解。

裂素持作書，將寄萬里懷。眷眷待遠信〔一〕，竟歲無人來。征鴻務隨陽〔二〕，又不爲我棲。委之在深篋，蠹魚壞其題〔三〕。何如投水中，流落他人開。不惜他人開，但恐生是非。

【注釋】

〔一〕眷眷，心向往貌。信，王注：「《東觀餘論》：古者謂使爲信。」

〔二〕王注：「鄭康成《毛詩箋》：『雁者，隨陽而處。』孔安國《尚書傳》：『隨陽之鳥，鴻雁之屬。』孔穎達《正義》：『日之行也，夏至漸南，冬至漸北。鴻雁之屬，九月而南，正月而北。』左思《蜀都賦》所云『木落南翔，冰泮北徂』是也。日，陽也，此鳥南北與日進退，隨陽之鳥，故稱陽鳥。」

〔三〕王注：「古人謂書籤爲題……此所云題者乃書札面上手筆封題之處。」

江上秋懷

題，《唐寫本》作《江上之山藏秋作》。

餐霞卧舊壑〔一〕，散髮謝遠遊〔二〕。山蟬號枯桑，始復知天秋。朔雁别海裔〔三〕，越燕辭江樓。颯颯風卷沙，茫茫霧縈洲。黄雲結暮色，白水揚寒流。惻愴心自悲〔四〕，潺湲淚難收〔五〕。蘅蘭方蕭瑟〔六〕，長嘆令人愁。

【注釋】

〔一〕餐霞，道家修鍊之法。

〔二〕散髮，不簪而髮披亂也。張華《答何劭詩》：「散髮重陰下，抱杖臨清渠。」

〔三〕海裔，海邊。《淮南子·原道》：「故雖遊於江潯海裔。」高誘注：「裔，邊也。」

〔四〕此句《唐寫本》作：「感激心自傷。」

〔五〕《楚辭·九歌·湘君》：「横流涕兮潺湲。」王逸注：「潺湲，流貌。」

〔六〕蘅，杜蘅，芳草名。《楚辭·離騷》：「雜杜蘅與芳芷。」朱熹《集注》：「杜蘅，似葵而香，葉似馬蹄，故俗云馬蹄香也。」

【集説】

蕭云：此太白傷己之作也。不惟傷己，而復爲同類者傷之，悲夫。

紫藤樹

王注引《筆談》：「黄環，即今之朱藤也。葉如槐，其花穗懸，紫色，如葛花，可作菜食，火不熟，亦有小毒。京師人家園圃中作大架種之，謂之紫藤花者是也，實如皂莢。《蜀都賦》所謂青珠黄環者，黄環即此藤之根，古今皆種以爲庭檻之飾。」

紫藤挂雲木，花蔓宜陽春。密葉隱歌鳥，香風留美人。

白胡桃

紅羅袖裏分明見，白玉盤中看卻無。疑是老僧休念誦，腕前推下水精珠。

觀　獵

太守耀清威，乘閑弄晚輝。江沙横獵騎，山火繞行圍〔一〕。箭逐雲鴻落，鷹隨月兔飛〔二〕。不知白日暮，歡賞夜方歸。

【注釋】

〔一〕王注：「庾信詩：『山火即時燃。』山火，獵者燒草以驅逼禽獸之火也。」

〔三〕月，胡本作玉。

從軍行

《從軍行》，《樂府詩集·相和歌辭》名。《樂府古題要解》：「《從軍行》，皆述軍旅苦辛之詞也。」

百戰沙場碎鐵衣，城南已合數重圍。突營射殺呼延將〔一〕，獨領殘兵千騎歸。

【注釋】

〔一〕楊注：「薛收《元經傳》曰：匈奴署各種爲長，有王號者十六等，曰左右賢王太子爲元，餘四姓曰呼延氏、卜氏、蘭氏、喬氏。呼延號曰逐，世爲輔相。」瞿、朱注：「《通志·氏族略》：匈奴有呼衍氏，入中國改爲呼延氏。」

平虜將軍妻

王云：「《古樂府》：王宋者，平虜將軍劉勳妻也，入門二十餘年。後勳悦山陽司馬氏女，以宋無子，出。還於道中作詩二首，曰：『翩翩床前帳，張以蔽光輝。昔與爾同去，今將爾同歸。緘藏篋笥裏，當復何時披？』又曰：『誰言去婦薄，去婦情更重。千里不吐井，況乃昔所奉。遠望未爲遥，踟蹰不得並。』」二首《古樂府》，《藝文類聚》作魏文帝《代劉勳出妻王氏》。《玉臺新詠》卷二録此二首，題作《雜詩二首》，作魏文帝詩。吴兆宜注謂當屬「雜曲歌辭」。《坦齋通編》、《演繁露》十三，作曹植詩。此篇蓋白擬之而易其名，編李集者不察，未以之入樂府類，今宜正之。

平虜將軍婦，入門二十年。君心自不悦，妾寵豈能專？出解床前帳，行吟道上篇。古人不吐井〔一〕，莫忘昔纏綿〔二〕。

【注釋】

〔一〕不吐井，曹植《代劉勳妻王氏見出爲詩》：「千里不唾井，況乃昔所奉。」丁晏《曹集銓評》：「程大昌……釋之云：觀此意興，乃爲常飲此井，雖舍而去之千里，知不復飲矣，然猶以嘗飲乎此，而不忍唾也，況昔所嘗奉以爲君子乎！……李濟翁《資暇録》：諺云：千里井，不反唾。唾當爲莝。莝，草也。言嘗有經驛舍，反馬莝於井，後經此井，汲水爲莝所哽也。」今按，詳詩意，當以程説爲是。

〔二〕纏綿，謂合好也。陸機《贈馮文羆遷斥丘令詩》：「疇昔之遊，好合纏綿。」

雜詩

白日與明月，晝夜尚不閑。況爾悠悠人，安得久世間？傳聞海水上，乃有蓬萊山。玉樹生緑葉，靈仙每登攀。一食駐玄髪，再食留紅顔〔一〕。吾欲從此去，去之無時還。

【注釋】

〔一〕《列子·湯問》：「其中有五山焉，一曰岱輿，二曰員嶠，三曰方壺，四曰瀛洲，五曰蓬萊。其山高下周旋三萬里，其頂平處九千里，山之中間相去七萬里，以爲鄰居焉。其上臺觀皆金玉，其上禽獸皆純縞，珠玕之樹皆叢生，華實皆有滋味，食之皆不老不死。」

代别情人

清水本不動，桃花發岸旁。桃花弄水色，波蕩摇春光。我悦子容艷，子傾我文章。風吹緑琴去〔一〕，曲度《紫鴛鴦》〔二〕。昔作一水魚，今成兩枝鳥。哀哀長鷄鳴，夜夜達五曉〔三〕。起折相思樹〔四〕，歸贈知寸心。覆水不可收〔五〕，行雲難重尋。天涯有度鳥，莫絶瑶華音〔六〕。

【注釋】

〔一〕緑琴，即緑綺琴。傅玄《琴賦序》：「楚王有琴曰繞梁，司馬相如有緑綺，蔡邕有焦尾，皆名器也。」

〔二〕曲度，王注：「猶度曲，謂隱度作新曲。」參見天寶十一載《邯鄲南亭觀妓》注。《紫鴛鴦》，王注：「疑即所度之曲名。」

〔三〕《焦仲卿妻》：「中有雙飛鳥，自名爲鴛鴦。仰頭相向鳴，夜夜達五更。」

〔四〕《文選》左思《吴都賦》：「相思之樹。」劉淵林注：「相思，大樹也，材理堅，邪斫之，則文，可作器，其實如珊瑚，歷年不變。東冶有之。」

〔五〕王注：「《三國志注》：覆水不可收也。」

〔六〕《楚辭·九歌·大司命》：「折疏麻兮瑶華，將以遺兮離居。」王逸注：「瑶華，玉華也。」

代秋情

幾日相别離，門前生穭葵〔一〕。寒蟬聒梧桐，日夕長鳴悲。白露濕螢火，清霜零兔絲〔二〕。空掩紫羅袂〔三〕，長啼無盡時。

【注釋】

〔一〕穭，音吕，禾自生也。

〔二〕兔絲，即菟絲，亦名女蘿，蔓草也。

〔三〕此句宋乙本、蕭本、繆本、咸本俱注云：「一作『空閨掩羅袂』。」

怨情

新人如花雖可寵，故人似玉猶來重。花性飄揚不自持，玉心皎潔終不移。故人昔新今尚故，還見新人有故時〔一〕。請看陳后黄金屋〔二〕，寂寂珠簾生網絲。

【注釋】

〔一〕江總《閨怨篇》：「故人雖故昔經新，新人雖新復應故。」此用其意。

〔二〕黄金屋，用漢武帝陳皇后事。詳見天寶二年《宫中行樂詞八首》注。

湖邊採蓮婦

《湖邊採蓮婦》，李白自創樂府新辭，《樂府詩集》以之入《清商曲辭》。

小姑識白紵，未解將人語〔一〕。大嫂採芙蓉，溪湖千萬重。長兄行不在，莫使外人逢。願學秋胡婦〔二〕，貞心比古松〔三〕。

【注釋】

〔一〕將，與也。

〔二〕秋胡婦，見天寶二年《陌上桑》注。

〔三〕范雲《咏寒松詩》：「凌風知勁節，負雪見貞心。」

代寄情楚辭體

宋乙本、繆本、咸本俱作《代寄情人楚辭體》。

君不來兮，徒蓄怨積思而孤吟〔一〕。雲陽一去〔二〕，以遠隔巫山緑水之沉沉。留餘香兮染繡被，夜欲寢兮愁人心。朝馳余馬於青樓，怳若空而夷猶〔三〕。浮雲深兮不得語，卻惆悵而懷憂。使青鳥兮銜書〔四〕，恨獨宿兮傷離居。何無情而雨絶〔五〕，夢雖往而交疏。横流涕而長嗟〔六〕，折芳洲之瑶花〔七〕。送飛鳥以極目，怨夕陽之西斜。願爲連根同死之秋草，不作飛空之落花。

【注釋】

〔一〕《楚辭·九辯》：「蓄怨兮積思，心煩憺兮忘食事。」

〔二〕王注：「《子虚賦》：於是楚王乃登陽雲之臺。孟康注：雲夢中高唐之臺，宋玉所賦者，言其高出雲之陽也。琦按：詩意正暗用《高唐賦》中神女事，知『雲陽』乃『陽雲』之誤爲無疑也。」

〔三〕《楚辭·九歌·湘君》：「君不行兮夷猶。」王逸注：「夷猶，猶豫也。」

〔四〕青鳥，借指使者。詳見未編年詩《古有所思》注。

〔五〕雨絶，傅玄《昔思君》：「昔君與我兮形影潛結，今君與我兮雲飛雨絶。」雨，兩宋本、繆本、咸本、胡本俱作兩。

〔六〕《楚辭·九歌·湘君》：「横流涕兮潺湲。」

〔七〕芳洲，《楚辭·九歌·湘君》：「採芳洲兮杜若。」王逸注：「香草叢生水中之處。」瑶花，《文選》謝靈運《南樓中望所遲客》：「瑶華未堪折。」李周翰注：「瑶華，麻花也。其色白，故比於瑶。

此花香，服食可致長壽，故以爲美。」

學古思邊

銜悲上隴首，腸斷不見君。流水若有情，幽哀從此分。蒼茫愁邊色，惆悵落日曛〔一〕。山外接遠天，天際復有雲。白雁從中來，飛鳴苦難聞。足繫一書札，寄言嘆離群。離群心斷絶，十見花成雪。胡地無春暉，征人行不歸。相思杳如夢，珠泪濕羅衣。

【注釋】

〔一〕曛：落日之餘光。

代美人愁鏡二首

明明金鵲鏡〔一〕，了了玉臺前。拂拭皎冰月，光輝何清圓。紅顔老昨日，白髮多去年。鉛粉坐相誤〔二〕，照來空凄然。

【注釋】

〔一〕金鵲鏡，《太平御覽》卷一一七引《神異經》曰：「昔有夫妻將别，破鏡，人執半以爲信，其妻與人通，其鏡化鵲，飛至夫前，夫乃知之。後人因鑄鏡爲鵲安背上，自此始也。」

〔二〕鉛粉，塗面之妝品。《中華古今注·粉》：「自三代以鉛爲粉。秦穆公女弄玉，有容德，感仙人簫史，爲燒水銀作粉與塗，亦名飛雪丹。傳以簫，曲終而同上昇。」

其二

美人贈此盤龍之寶鏡，燭我金縷之羅衣。時將紅袖拂明月，爲惜普照之餘輝。影中金鵲飛不滅，臺下青鸞思獨絶〔一〕。藁砧一别若箭絃〔二〕，去有日，來無年。狂風吹卻妾心斷，玉筯并墮菱花前〔三〕。

【注釋】

〔一〕青鸞，《太平御覽》卷九一六引范泰《鸞鳥詩序》曰：「罽賓王結罝峻卯之山，獲一鸞鳥，甚愛之。欲其鳴而不能致，乃飾以金樊，享以珍羞，對之逾戚，三年不鳴。夫人曰：『聞鳥見其類而後鳴，可懸鏡以映之。』王從言，鸞覩影感契，慨焉悲鳴，哀響沖霄，一奮而絶。」

〔二〕藁砧，婦人謂其夫之隱語。《樂府古題要解》：「古詞『藁砧今何在』，藁砧，趺也，問夫何處也。」

〔三〕玉筯，淚也。劉孝威《獨不見》：「誰憐雙玉筯，流面復流襟。」菱花，鏡也。庾信《鏡賦》：「照壁而菱花自生。」

觀魚潭

觀魚碧潭上，木落潭水清。日暮紫鱗躍，圓波處處生〔一〕。凉烟浮竹盡，秋月照沙明。何必滄浪去？兹焉可濯纓。

【注釋】

〔一〕圓波，《文選》潘岳《河陽縣作詩》：「遊魚動圓波。」劉良注：「圓波，謂魚動波起而圓也。」

【按】

此詩見宋乙本、繆本卷十七，王本收入《詩文拾遺》。

暖酒

熱暖將來賓鐵文〔一〕，暫時不動聚白雲。撥卻白雲見青天，掇頭裏許便乘仙〔二〕。

【注釋】

〔一〕王注：「《寶藏論》：賓鐵出波斯，堅利可切金玉。」

〔二〕掇頭，回頭。

【集説】

王云：《庭前晚開花》及此首，語尤凡俗，不類太白。

【按】

此詩見宋乙本、繆本卷二十三，王本收入《詩文拾遺》。

送客歸吴

江村秋雨歇，酒盡一帆飛。路歷波濤去，家唯坐卧歸。島花開灼灼〔一〕，汀柳細依依〔二〕。别後無餘事，還應掃釣磯。

【注釋】

〔一〕《詩·周南·桃夭》：「桃之夭夭，灼灼其華。」毛傳：「灼灼，華之盛也。」

〔二〕汀，水際平沙也。

【按】

此詩王本録自《文苑英華》卷二六九，編入《詩文拾遺》。

送友生遊峽中

風静楊柳垂，看花又别離。幾年同在此，今日各驅馳。峽裏聞猿叫，山頭見月時。殷勤一杯酒，珍重歲寒姿。

【集説】

嚴羽云：《文苑英華》有五言律三首：其一，《送客歸吴》；其二，《送友生遊峽中》；其三，《送元明府任長江》，集本皆無之，其家數在大曆貞元間，亦非太白之作。

王云：此詩亦載張籍集中。

【按】

此詩王本録自《文苑英華》卷二六九，編入《詩文拾遺》。

送袁明府任長江

袁明府，長江縣令，名字不詳。長江縣，本晉巴興縣，魏恭帝改爲長江縣，唐屬劍南道遂州。故治在今四川蓬溪縣西六十里。

別離楊柳青，樽酒表丹誠。古道携琴去，深山見峽迎。暖風花繞樹，秋雨草沿城。自此長江內，無因夜犬驚〔一〕。

【注釋】

〔一〕夜犬驚，用劉寵事。《後漢書·劉寵傳》：「寵簡除煩苛，禁察非法，郡中大化。徵爲將作大匠。山陰縣有五六老叟，尨眉皓髮，自若耶山谷間出，人齎百錢以送寵。寵勞之曰：『父老何自苦？』對曰：『山谷鄙生，未嘗識郡朝。它守時吏發求民間，至夜不絕，或狗吠竟夕，民不得安。自明府下車以來，狗不夜吠，民不見吏。年老遭值聖明，今聞當見棄去，故自扶奉送。』」

【按】

此詩王本録自《文苑英華》卷二六九，編入《詩文拾遺》。

瀑布

斷巖如削瓜，嵐光破崖緑。天河從中來，白雲漲川谷。玉案赤文字，落落不可讀。攝衣凌青霄，松風吹我足。

【集説】

周必大云：司空山在舒州太湖縣界，初經重報寺，過馬玉河，至金輪院，有僧本浄肉身塔，及不受葉蓮華池，連理山茶。在塔院乃上山至本浄座禪巖，精巧天成。中途斷崖絶壑，傍臨萬仞，號牛背石。宗室善修者言，石如劍脊中起，側足覆身而過，危險之甚。度此步步皆佳。上有一寺及李太白讀書堂。一峰玉立，有太白《瀑布》詩云：「斷巖如削瓜，嵐光破崖緑。天河從中來，白雲漲川谷。玉案赤文字，落落不可讀。攝衣凌青霄，松風吹我足。」余兄子中，守舒日，得此於宗室公霞。今胡仔《漁隱叢話》載蔡絛《西清詩話》不言此山，但云太白仙去後，人有見其詩，略云：「斷崖如削瓜，嵐光破崖緑。天河從中來，白雲漲川谷。玉案勑文字，世眼不可讀。攝身凌青霄，松風吹我足。」又云：「舉袖露條脱，招我飯胡麻。」既誤以「斷巖」爲「斷崖」，與第二句相重，「赤文」作「勑文」，「落落」作「世眼」，「攝衣」作「攝身」，皆淺近與前句大相遠。當塗《太白集》本，原無此詩，因子中録寄，郡守遂

刻於後。然皆從蔡絛誤本，子中争之不從，僅能改勑爲赤而已。（《二老堂詩話》）

王云：《唐詩紀事》：近世傳白詩云：「斷崖如削瓜，嵐光破崖緑。天河從中來，白雲漲川谷。玉案赤文字，落落不可讀。攝衣凌青雲，松風拂我足。」又不同者數字。

【按】

此詩王本録自周必大《二老堂詩話》，編入《詩文拾遺》。

斷　句

舉袖露條脱〔一〕，招我飯胡麻〔二〕。

野禽啼杜宇〔三〕，山蝶舞莊周〔四〕。

【注釋】

〔一〕條脱，王注：「《太平廣記》：條脱似指環而大。《唐詩紀事》：文宗問宰臣：『古詩云：輕衫襯條脱。跳脱是何物？』宰臣未對，上曰：『即今之腕釧也。』《真誥》言安妃有斲粟金跳脱，是臂飾。跳脱即條脱也。」

〔二〕胡麻，王注：「《太平廣記》：劉晨、阮肇入天台采藥，有二女子邀還家，其饌有胡麻飯、山羊脯。按胡麻即今之芝麻也，相傳張騫自大宛得其種以歸，以其出自胡中，故曰胡麻。」

〔三〕杜宇，古蜀帝名，化爲杜鵑，後人因稱杜鵑爲杜宇。

〔四〕《莊子·齊物論》：「昔者莊周夢爲胡蝶，栩栩然胡蝶也，自喻適志與，不知周也。俄然覺，則蘧蘧然周也。」

【集説】

王云：《漁隱叢話》：《法藏碎金》云：予記太白有詩云：「野禽啼杜宇，山蝶舞莊周。」後又見潘佑有感懷詩：「幽禽唤杜宇，宿蝶夢莊周。席地一尊酒，思與元化浮。但莫孤明月，何必秉燭遊？」予謂才思暗合，古今無殊，不可怪也。

【按】

此二則王本録自《苕溪漁隱叢話》，編入《詩文拾遺》。前一則又見胡本卷二一附録。

陽春曲

《樂府古題要解》：「《陽春曲》，傷時也。」

芣苡生前徑〔一〕，含桃落小園〔二〕。春心自摇蕩，百舌更多言〔三〕。

【注釋】

〔一〕《詩·周南·芣苡》：「采采芣苡。」毛傳：「芣苡，馬舄。馬舄，車前也，宜懷任焉。」芣苡，音浮以。

〔二〕含桃，櫻桃之别名。《吕氏春秋·仲夏》：「仲春羞以含桃，先薦寢廟。」注：「羞，進。含桃，鶯桃，鶯鳥所含食，故言含桃。」

〔三〕百舌，鳥名，即反舌，亦稱鶷鶡。以其鳴聲反復如百鳥之音，故名。立春後鳴囀不已，夏至後即無聲。人或畜之，入冬即死。

【按】

此詩王本録自《萬首唐人絶句》，編入《詩文拾遺》。

舍利佛

《舍利佛》，《樂府詩集·雜曲歌辭》名。任半塘《唐聲詩》：「舍利弗與摩多樓子同爲佛之大弟子，二人之皈依事跡曾編入古梵劇，在盛唐以前，已流入中國。李白作辭之二曲調，既然同此二人之名，可能原爲梵劇中所用之曲調，久而單行。唐以前既已有梵劇，則其他戲劇也可能有，此我國戲劇史上一重要關鍵。舍利弗從母立名，母以眼似舍利鳥眼，故名舍利。」佛，《樂府詩集》作弗。

金繩界寶地〔一〕，珍木蔭瑶池。雲間妙音奏，天際法蠡吹〔二〕。

【注釋】

〔一〕金繩，王注：「《法華經》：時娑婆世界即變清浄，琉璃爲地，寶樹莊嚴，黄金爲繩，以界八道。」

〔二〕法蠡，王注：「《法華經》：雨大法雨，吹大法螺。《文獻通考》：貝之爲物，其大可容數升，蠡之大者也。南蠻之國取而吹之，所以節樂也。今之梵樂用之，以和銅鈸，釋氏所謂法螺，赤土國吹螺以迎隋使是也。法蠡即法螺也。古螺字一作蠡，通用。」

【集説】

任半塘云：《舍利弗》與《摩多樓子》爲唐代之兩樂曲名。《樂府詩集》及《萬首唐人絶句》皆載李白所作《舍利弗》辭一首：「金繩界寶地，珍木蔭瑶池。雲間妙音奏，天際法蠡吹。」内容範圍屬佛教，不能必其即演故事。《摩多樓子》有李白辭，亦五言四句：「從戎向邊北，遠行辭密親。借問陰山候，還知塞上人。」有李賀辭，五言十二句：「玉塞去金人，二萬四千里。風吹沙作雲，一時渡遼水。天白水如練，甲絲雙串斷。行行莫苦辛，城月猶殘半。曉氣溯烟上，趚趗胡馬蹄。行人臨水別，隔隴長東西。」内容皆是塞上曲，賀辭平仄兼協而韻再轉，實五言四句之三首耳。……《舍利弗》與《摩多樓子》原皆人名，初爲六師外道之人，後則共爲佛弟子，神通最著。摩多樓子者即目犍連，略稱目連，舍利與摩多樓皆母名，「弗」亦云「子」也。（《唐戲弄》）

【按】

此詩王本録自《萬首唐人絶句》，編入《詩文拾遺》。《樂府詩集》作無名氏。

摩多樓子

《摩多樓子》，《樂府詩集·雜曲歌辭》名。任半塘《唐聲詩》：「摩多樓子即目犍連。此曲與《舍利弗》既同爲印度古戲曲，宜是我國所演目連戲中之最早者。」又云：「『摩多樓』原義爲採菽。『摩多』爲菽，『樓』爲採。相傳此物古仙人所嗜食，因命作族名。摩多樓子乃佛大弟子之一，略稱爲目連。目連初與舍利弗同爲六師外道之人，後共爲佛弟子，神通第一。」

從戎向邊北，遠行辭密親。借問陰山候〔一〕，還知塞上人？

【注釋】

〔一〕《括地志》：「陰山在北塞外突厥界。」參見天寶二年《塞上曲》注。《文選》陸機《飲馬長城窟行》：「往問陰山候，勁虜在燕然。」劉良注：「候，伺望者。」

【按】

此詩王本録自《萬首唐人絶句》，編入《詩文拾遺》。《樂府詩集》作無名氏。

釣臺

王注：「《方輿勝覽》：釣臺在徽州黟縣南十八里，亦名尋陽臺。相傳李白嘗釣於此，有詩云『磨盡石嶺墨』云云。《太平寰宇記》：墨嶺山在黟縣南十八里，嶺上石如墨色，嶺有穴，中有墨石軟膩，土人取爲墨，色碧甚鮮明，可以記文字。」

磨盡石嶺墨，尋陽釣赤魚。靄峰尖似筆，堪畫不堪書。

【按】

此詩王本録自《方輿勝覽》，編入《詩文拾遺》。

入清溪行山中

輕舟去何疾，已到雲林境。起坐魚鳥間，動摇山水影。巖中響自合〔一〕，溪裏言彌静。無事令人幽，停橈向餘景。

【注釋】

〔一〕響自合，謂回聲。合，《文苑英華》注云「疑作答」。誤。

【集説】

王云：《文苑英華》一百六十六卷載李白《入清溪行山中》凡二首，其一即本集七卷中「清溪清我心」一首，其一乃此首也。按崔顥集亦載此首，題云「入若耶溪」，當是顥作也。

【按】

此詩與崔顥《入若耶溪》僅一字之差。「響自合」崔詩作「響自答」。《文苑英華》注云：合，疑作答。王本編入《詩文拾遺》。

長干行　其二

憶妾深閨裏，烟塵不曾識。嫁與長干人，沙頭候風色。五月南風興，思君下巴陵。八月西風起，想君發揚子。去來悲如何，見少别離多。湘潭幾日到？妾夢越風波。昨夜狂風度，吹折江頭樹。淼淼暗無邊，行人在何處？好乘浮雲驄，佳期蘭渚東。鴛鴦緑蒲上，翡翠錦屏中。自憐十五餘，顔色桃花紅。那作商人婦，愁水復愁風？

【集説】

王云：此篇《唐詩紀事》以爲張朝作，而自「昨夜狂風度」以下斷爲二首。黄山谷則以爲李益作，未知孰是。山谷之言曰：太白集中《長干行》二篇，「妾髮初覆額」，真太白作也。「憶妾深閨裏」，李益尚書作，所謂「癡妒尚書李十郎」者也。辭意亦清麗可喜，亂之太白詩中亦不甚遠。大儒曾子固刊定，亦不能别也。太白豪放，人中鳳凰、麒麟。譬如生富貴人，雖醉飽瞑暗，嗁囈中作無義語，終不作寒乞聲耳。今太白詩中，謬入他人作者略有十之二三。欲删正者，當以吾言考之。

詹鍈云：按《長干行》二首，《文苑英華》均曾選録。惟第一首題作《長干行》，無「二首」兩字，第二首題作《小長干行》，於作者下注云：「類詩作張潮。」《唐文粹》則祇選第一首。查《新唐書·藝文志》，包融詩一卷，注云：「融與儲光羲皆延陵人，曲阿有……處士張彦雄、張潮……句容有忠王府曹參軍殷遥……十八人皆有詩名，殷璠彙次其詩爲《丹陽集》者。」則潮與太白當爲同時人，潮之作竄入白集，固易易也。蜀韋縠編《才調集》，以此二首并出李白。第一首并列，不易區别，李集遂沿其誤，視爲白作，其實非也。（《李白詩論叢》）

陳友琴云：《長干行》二首：第二首「憶妾深閨裏」，亦見《全唐詩》卷一一四作張潮詩。又卷二八三作李益詩，注：「黄魯直云：『李白集中《長干行》二篇，其後篇乃李益所作。』胡震亨從之，增入益集。」按此詩《唐詩紀事》卷二七作張朝作，似較可信。《英華》卷二一一注：「類詩作張潮。」（《樂府詩集》點校）

【按】

此詩《文苑英華》卷二一一注：「類詩作張潮。」類詩蓋指唐顧陶《唐詩類選》而言，宋曾季貍《艇齋詩話》云：「惟顧陶《唐詩選》并載而分兩處，『妾髮初覆額』一篇李白作，『憶昔深閨裏』一篇張潮作。二者未知孰是？然顧陶選恐得其實也。」曾説可從。又此詩《唐詩紀事》作張朝作，張朝即張潮，或同音而訛也。

去婦詞

古來有棄婦，棄婦有歸處。今日妾辭君，辭君遣何去？本家零落盡，慟哭來時路。憶昔未嫁君，聞君卻周旋。綺羅錦繡段，有贈黄金千。十五許嫁君，二十移所天。自從結髮日未幾，離君緬山川。家家盡歡喜，孤妾長自憐。幽閨多怨思，盛色無十年。相思若循環，枕席生流泉。流泉咽不掃，獨夢關山道。及此見君歸，君歸妾已老。物情惡衰賤，新寵方妍好。掩泪出故房，傷心劇秋草。自妾爲君妻，君東妾在西。羅幃到曉恨，玉貌一生啼。自從離別久，不覺塵埃厚。常嫌玳瑁孤，猶羨鴛鴦偶。歲華逐霜霰，賤妾何能久？寒沼落芙蓉，秋風散楊柳。以此顦顇顔，空持舊物還。餘生欲何寄，誰肯相牽攀？君恩既斷絶，相見何年月？悔傾連理杯，虚作同心結。女蘿附青松，貴欲相依投。浮萍失緑水，教作若爲流？不嘆君棄妾，自嘆妾緣業。憶昔初嫁君，小姑纔倚床。今日妾辭君，小姑如妾長。回頭語小姑，莫嫁如兄夫。

【集説】

蕭云：此篇即顧況《棄婦辭》也，後人添增數句，而竄入于太白集中，語俗意重，斧鑿之痕斑斑可見，可謂作僞心勞日拙者矣。

詹鍈云：太白用西洲格調作《長干行》，情味豐厚，而辭意古淡。顧況《棄婦詞》極肖之，此正顧況規仿李詩之一例。《全唐詩話》載皇甫湜所作顧況文集序云：「偏於逸歌長句，駿發踔厲，往往若穿天心，出月脅，意外驚人語，非常人所能及。」數語正可假之以評李詩，則顧況之作得以混入李集又烏足奇！（《李白詩論叢》）

瞿、朱云：王本雖列此詩，而《才調集》明指爲顧況作，題爲《棄婦詞》，所多不過四句，其他差異亦甚少，《英華》選此詩，亦以爲疑。

趙昌平云：按此詩詞句諸本出入甚大：《英華》、《真逸》及《品匯》大體同《全唐》，爲一系統；《才調》、《華陽》、《百家》、《詩録》四本復自成一系統，篇幅倍於《英華》系統。又王琦《李太白全集》卷六亦録此詩，題作《去婦詞》，詞句大體同《才調》系統。……況此詩文詞，當以《英華》系統爲是。（《顧況詩集》）

【按】《棄婦辭》有繁簡之分：《文苑英華》所載爲簡本，僅十七聯；《才調集》所載係繁本，達三十二聯之多。繁本較白集《去婦辭》多四句，其他差異亦甚少，蓋爲一詩之兩傳者。此詩之作者，當據《才調集》定爲顧況。

留別賈舍人至二首

大梁白雲起，飄颻來南洲。徘徊蒼梧野，十見羅浮秋。鼇抃山海傾，四溟揚洪流。意欲託孤鳳，從之摩天遊。鳳苦道路難，翱翔還崑丘。不肯銜我去，哀鳴慚不留。遠客謝主人，明珠難暗投。拂拭倚天劍，西登岳陽樓。長嘯萬里風，掃清胸中憂。誰念劉越石，化爲繞指柔。

其　二

秋風吹胡霜，凋此簷下芳。折芳怨歲晚，離別悽以傷。謬攀青瑣賢，延我於此堂。君爲長沙客，我獨之夜郎。勸此一杯酒，豈唯道路長？割珠兩分贈，寸心貴不忘。何必兒女仁，相看泪成行？

【集説】

王云：賈之謫在岳陽，去羅浮甚遠，而太白行跡亦未嘗至廣、惠間，何云「徘徊蒼梧野，十見羅浮秋」耶？又太白旅寓岳州，約計只一、二年，而賈之謫在至德中，召還故官在寶應初，約計首尾亦不至十年之久。所云「十見」，更指何人耶？恐是他人之作而誤入集中者。否則筆字之訛歟？

詹鍈云：賈至有《初至巴陵與李十二白裴九同泛洞庭》詩云：「江畔楓葉初帶霜，渚邊菊花亦已黄。」則賈舍人之抵巴陵，當在乾元二年九月。此詩第二首起句云：「秋風吹胡霜，凋此簷下芳。」其時已届深秋。太白於乾元元年流夜郎，次年三月放歸。今詩云：「君爲長沙客，我獨之夜郎。」明是去夜郎途中留別賈至之詞，自爲乾元元年所作，不當二年也。但賈至之貶岳州司馬，在乾元二年秋間，乾元元年尚在京師，故集中凡與賈舍人贈答詩，皆乾元二年以後所作，兩相牴牾。王氏誤以賈至之貶岳州在至德中，故於第二首未嘗致疑，實則此詩二首俱爲僞也。後之冒爲太白詩者，每喜援引太白與友朋交遊故實，以求見信於人，不知贋造之跡，即自此處敗露，徒見其心勞技拙而已。（《李白詩論叢》）

送別

斗酒渭城邊，壚頭醉不眠。梨花千樹雪，楊葉萬條烟。惜別傾壺醑，臨分贈馬鞭。看君潁上去，新月到應圓。

【集説】

王云：《滄浪詩話》：太白詩「斗酒渭城邊，壚頭醉不眠」，乃岑參之詩，誤編入。琦按：《文苑英華》亦以此詩爲岑參作，題云《送楊子》，岑集亦載之。

詹鍈云：此詩又見岑參集，題作《送楊子》，而略有異同。……按《文苑英華》及《唐百家詩選》均以此詩爲岑參作，惟一題作《送楊子》，一題作《送别》。《全唐詩》中，此詩凡兩見，一在岑參集，題作《送楊子》，一在李白集，題作《送别》。正德本岑集不載此篇，然實岑詩。太白集本有送别詩一首（水色南天遠），此詩蓋因題目偶同，乃致亂入集中耳。（《李白詩論叢》）

瞿、朱云：本集本卷即有《送别》一詩同爲五律。兩相對勘，即知此篇風格近岑而不近李，誠可定爲誤收也。《詩人玉屑》亦有「岑參之詩誤入公集」語。

陳鐵民、侯忠義云：此詩亦題作《送别》，重見《全唐詩·李白集》及單行《李太白全集》中。底本不載；明鈔本、吴校俱載，《文苑英華》、《唐百家詩選》亦以此詩爲岑參作。《滄浪詩話·考證》云：「太白詩『斗酒渭城邊，壚頭耐醉眠』，乃岑參之詩誤編入。」（《岑參集校注》）

謁老君廟

先君懷聖德，靈廟肅神心。草合人蹤斷，塵濃鳥跡深。流沙丹竈滅，關路紫烟沉。獨傷千載後，空餘松柏林。

【集説】

王云：《文苑英華》以此詩爲玄宗《過老子廟》詩，而以「先君」爲「仙居」，「丹竈滅」爲「丹竈没」，三字不同。琦玩「草合」一聯，似非太平時天子巡幸景象，此詩定是太白作耳。

詹鍈云：歐陽修《集古録》跋尾卷六：唐玄宗《謁玄元廟》詩，歲月闕……宋無名氏《寶刻類編》卷一：《謁玄元皇帝廟》詩，唐玄宗製，并行書，天寶中立。考《文苑英華》所據，多係祕府舊本，御製詩斷不致與一般作品相混。今又有宋人所記碑刻，鑿鑿可據，則此詩必屬玄宗御製，殆無疑問，特不知何故竄入太白集中耳。（《李白詩論叢》）

【按】

詹説極是。王琦謂「草合一聯，似非太平時天子巡幸景象」，或玄宗幸蜀途中作歟？

姑熟十詠

姑熟溪

愛此溪水閑，乘流興無極。漾楫怕鷗驚，垂竿待魚食。波翻曉霞影，岸疊春山色。何處浣紗人？紅顔未相識。

丹陽湖

湖與元氣連，風波浩難止。天外賈客歸，雲間片帆起。龜遊蓮葉上，鳥宿蘆花裏。少女棹輕舟，歌聲逐流水。

謝公宅

青山日將暝，寂寞謝公宅。竹裏無人聲，池中虚月白。荒庭衰草徧，廢井蒼苔積。唯有清風閑，時時起泉石。

陵歊臺

曠望登古臺，臺高極人目。疊嶂列遠空，雜花間平陸。閑雲入窗牖，野翠生松竹。欲覽碑上文，苔侵豈堪讀？

桓公井

桓公名已古，廢井曾未竭。石甃冷蒼苔，寒泉湛孤月。秋來桐暫落，春至桃還發。路遠人罕窺，誰能見清澈？

慈姥竹

野竹攢石生，含烟映江島。翠色落波深，虚聲帶寒早。龍吟曾未聽，鳳曲吹應好。不學蒲柳凋，貞心常自保。

望夫山

顒望臨碧空，怨情感離别。江草不知愁，巖花但争發。雲山萬重隔，音信千里絶。春去秋復來，相思幾時歇？

牛渚磯

絶壁臨巨川，連峰勢相向。亂石流洑間，回波自成浪。但驚群木秀，莫測精靈狀。更聽猿夜啼，憂心醉江上。

靈墟山

丁令辭世人，拂衣向仙路。伏鍊九丹成，方隨五雲去。松蘿蔽幽洞，桃杏深隱處。不知曾化鶴，遼海歸幾度？

天門山

迥出江上山，雙峰自相對。岸映松色寒，石分浪花碎。參差遠天際，縹緲晴霞外。落日舟去遥，迴首沉青靄。

【集説】

王云：蘇東坡曰：過姑熟亭下，讀李白《十咏》，疑其淺近。孫邈云：聞之王安國，此乃李赤詩。秘閣下有赤集，此詩在焉，白集中無此。赤見柳子厚集，自比李白，故名赤，其後爲厠鬼所惑而死。今觀其詩只如此，而以比李白，則其人心恙已久，非特厠鬼之罪也。陸放翁《入蜀記》：《李太白集》有《姑熟十咏》，予族伯父彦遠嘗言，東坡自黄州還，過當塗讀之，撫手大笑曰：「贋物敗矣，豈有李太白作此語者！」郭功父争以爲不然，東坡笑曰：「恐是太白後身所作耳。」蓋功父少時，詩句俊逸，前輩或許之以爲太白後身，功父亦遂以自負，故東坡因是戲之。或曰：《十咏》及《歸來乎》、《笑矣乎》、《僧伽歌》、《懷素草書歌》，太白舊集本無之，宋次道再編時貪多務得之過也。

瞿、朱云：陸游《入蜀記》卷三：李太白往來江東，此（池）州所作尤多。如《秋浦歌》十七首及九華山、清溪、白笴陂、玉鏡潭諸詩是也。《秋浦歌》云：「秋浦長似秋，蕭條使人愁。」又曰：「兩鬢入秋浦，一朝颯已衰。猿聲催白髮，長短盡成絲。」則池州之風物可見矣。然觀太白此歌高妙乃爾，則知

《姑熟十咏》决爲贋作也。

【按】

東坡以《十咏》淺近疑僞，又云秘閣有《李赤集》，此詩在焉。然所言柳子厚《李赤傳》，跡近寓言，似不足徵信；《李赤集》不傳，無以勘校。《全唐詩·李赤集》亦僅收《姑孰十咏》，且與白集互見，或爲後人因東坡之言而歸之名下歟？東坡所見之白集未收《姑熟十咏》，白集存《十咏》亦後人增之。要之，其在真僞之間乎？

觀放白鷹二首　其二

寒冬十二月，蒼鷹八九毛。寄言燕雀莫相啅，自有雲霄萬里高。

【集説】

王云：此詩《河岳英靈集》以爲高適之作，題云《見薛大臂鷹作》。適集亦載此詩。

詹鍈云：《觀放白鷹》僅有一首，此首本屬高適詩，以與太白《觀放白鷹》詩同咏禽鳥，後人選録，因先後相次，編太白集者未曾詳察，并以爲白作，乃有斯誤。（《李白詩論叢》）

劉開揚云：《河岳英靈集》卷上題爲《見薛大臂鷹作》，可從。……《全唐詩》題下注：「一作李白詩。」按白集題作《觀放白鷹》二首，既與另一首八月所作不同時，又非放白鷹，則此首當屬之高適。（《高適詩集編年箋注》）

【按】

此詩殷璠《河岳英靈集》作高適詩，詹、劉二氏均以爲係高適詩竄入，可從。

軍行

騮馬新跨白玉鞍，戰罷沙場月色寒。城頭鐵鼓聲猶震，匣裏金刀血未乾。

【集説】

嚴羽云：太白《塞上曲》「騮馬新跨紫玉鞍」者，乃王昌齡之詩，亦誤入。昌齡本有二篇，前篇乃「秦時明月漢時關」也。（《滄浪詩話》）

詹鍈云：《文苑英華》亦録此詩，爲王昌齡《塞上曲》第二首，與嚴羽所見無二。《李太白集》此詩下復有《從軍行》，同題似不當重出，據此亦可證爲昌齡詩也。（《李白詩論叢》）

郭紹虞云：王昌齡《出塞》二首。其一云：「秦時明月漢時關，……」其二云：「騮馬新跨白玉鞍……」按此從《全唐詩》録出，與郭茂倩《樂府詩集》二十一卷所載不同。《樂府詩集》「騮馬新跨紫玉鞍」一首作「白花垣上望京師，黄河水流無盡時。窮秋曠野行人絶，馬首東來知是誰」。據是，則是否太白詩誤入王集，亦成問題。又此首在太白集中作《軍行》，一作《從軍行》，不作《塞上曲》。（《滄浪詩話校釋》）

李雲逸云：《樂府詩集》卷二十一收王昌齡《出塞二首》，其二爲「白花垣上望京師」云云，《全唐詩》題作《旅望》。嚴羽《滄浪詩話·考證》：「太白《塞上曲》：『騮馬新跨白玉鞍』者，乃王昌齡之詩，亦誤入。昌齡本有二篇，前篇乃『秦時明月漢時關』也。」然則此詩究爲孰作，相混已久，姑編於此。（《王昌齡詩注》）

【按】

此詩相混既久，究爲孰是，尚無力證以明之。然宋敏求編《李太白集》，即將《軍行》與《從軍行》同題分編，似有疑也，作王昌齡者差是。

寒女吟

昔君布衣時，與妾同辛苦。一拜五官郎，便索邯鄲女。妾欲辭君去，君心便相許。妾讀蘼蕪書，悲歌泪如雨。憶昔嫁君時，曾無一夜樂。不是妾無堪，君家婦難作。起來强歌舞，縱好君嫌惡。下堂辭君去，去後悔遮莫。

【按】

此詩王本録自《才調集》，編入《詩文拾遺》。詹鍈云：「然《才調集》選詩紊雜，略無次第編例可尋，率爾之作，舛錯在所難免。如所録《寒女吟》、《會别離》二詩，即不見於《李太白集》，可見即編輯李詩者如樂史、宋敏求輩，已知其不足深信。」《會别離》，元結《篋中集》題爲《今别離》，作者孟雲卿，當是。《寒女吟》後半首又見敦煌殘卷伯三八一二，題爲《高適在哥舒大夫幕下請辭退托興奉詩》，王重民輯入《補全唐詩》并云：「標題作《高適在哥舒大夫幕下請辭退託興奉詩》，疑是後人依託或擬作，細玩修辭與用意，也不像高適的作品；因爲是使用高適的故事，故附於此。」孫欽善云：「此詩據題係作於任職哥舒翰幕府期間，然語辭鄙俚，内容亦與高適當時思想不合，疑爲僞作。」（《高適集校注》）劉開揚云：「王重民《補全唐詩》録此首，……疑後人依託或擬作，是也。」（《高適詩集編年箋注》）此詩作者或題李白，或題高適，而當代李白、高適研究專家則疑爲後人依託或僞作，言之鑿鑿。蓋此詩作者有意匿名而僞託名家，作者作李白或高適者非是。

會別離

結髮生別離，相思復相保。如何日已遠，五變庭中草。渺渺天海途，悠悠漢江島。但恐不出門，出門無遠道。道遠行既難，家貧衣復單。嚴風吹雨雪，晨起鼻何酸。人生各有志，豈不懷所安？分明天上日，生死誓同歡。

【集説】

王云：《文苑英華》、郭茂倩《樂府》俱作孟雲卿詩。詩題《文苑》作《離別曲》，《樂府》作《生別離》。

【按】

此詩王本録自《才調集》，編入《詩文拾遺》。《篋中集》作孟雲卿詩，題爲《今別離》。元結《篋中集》僅録其友人詩作二十四首，當無誤，故爲孟詩無疑。誤嫁李白名下，蓋從韋縠始。

日出東南隅行

秦樓出佳麗，正值朝日光。陌頭能駐馬，花處復添香。

【集説】

王云：郭茂倩《樂府》載此首，以爲殷謀詩。

【按】

此詩王本録自《文苑英華》卷一九三，編入《詩文拾遺》。《英華》注云：「集無此詩，《樂府》作殷謀。」逯欽立《先秦漢魏晉南北朝詩》編入《全陳詩》殷謀名下，當是。

送賀監歸四明應制

久辭榮禄遂初衣，曾向長生説息機。真訣自從茅氏得，恩波寧阻洞庭歸。瑶台含霧星辰滿，仙嶠浮空島嶼微。借問欲樞珠樹鶴，何年卻向帝城飛。

【按】

今人陶敏辨之曰：《全唐詩》卷三載唐玄宗《送賀知章歸四明》、卷一二一載李林甫《送賀監歸四明應制》均爲五律，「如果李白確曾在長樂坡送賀知章歸越並應制作詩的話，那也只能是一首五言詩而不應該是七言詩」。並指出，《全唐詩》卷五五三載晚唐詩人姚鵠七律《送賀知章入道》：「若非堯運及垂衣，肯許巢由脱俗機。太液始同黄鵠下，仙鄉已駕白雲歸。還披舊褐辭金殿，卻捧玄珠向翠微。羈束慚無仙藥分，隨車空有夢魂飛。」與李白詩用韻相同，「決不是偶然的巧合，説明了二詩是同時所作。《全唐詩》姚鵠詩題下注云：『一本題上有擬字。』姚鵠生活的時代與賀知章相去一個世紀，題上有『擬』字合乎情理。李白這首詩應該是姚鵠同時人所作，題目也應該是《擬送賀知章入道》，後被改易題目，竄入李白集中」。陶敏又考得北宋人孔延之編《會稽掇英總集》卷二有《送賀監歸鄉詩集》，内有晚唐人嚴都所作七律，與姚鵠詩及託名李白詩用韻相同，「這就有力地證明託名李白的《送賀監歸四明應制》，並非李白所作，而是晚唐人與姚鵠、嚴都等擬題限韻之作」。見陶敏《李白〈送賀監歸四明應制〉詩爲僞作》，載《李白學刊》第二輯。所辨甚是，故置於疑僞詩中。

代佳人寄翁參樞先輩

等閑經夏復經寒，夢裏驚嗟豈暫安。南國風光當世少，西陵演浪過江難。周旋小字挑燈讀，重疊遥山隔霧看。直是爲君飡不得，書來莫説更加飡。

【集説】

嚴羽云：《文苑英華》有太白《寄翁參樞先輩》七言律一首，乃晚唐之下者。（《滄浪詩話》）

王云：舊注云：此詩總目及《李集》皆不載，惟《英華》諸本有之。

詹鍈云：按《文苑英華》編次體例，各類之中，一以時代先後爲序。此詩置於張祜、李洞、方干與李群玉、陳陶之間，與太白時代相去懸遠，定是晚唐之作。《英華》題爲太白作，蓋傳抄之誤，非原本如此也。（《李白詩論叢》）

瞿、朱云：非但詩格爲晚唐之下者，即先輩之稱亦爲晚唐之習俗。翁參樞疑即天祐之年奉使至閩册封之翁承贊也。

【按】

此詩王本録自《文苑英華》卷二六二，編入《詩文拾遺》。當爲晚唐詩之誤收者，諸家之説已詳。不贅。

戰城南

戰地何昏昏，戰士如群蟻。氣重日輪紅，血染蓬蒿紫。烏鳥銜人肉，食悶飛不起。昨日城上人，今日城下鬼。旗色如羅星，鼙聲殊未已。妾家夫與兒，俱在鼙聲裏。

【集説】

王云：《文苑英華》一百九十六卷太白「去年戰，桑乾源」之後載此一首，不録作者姓名。後人採太白遺詩，兼入此作。

【按】

此詩王本録自《文苑英華》卷一九六，編入《詩文拾遺》。《英華》不書作者姓名，作李白詩無據。

胡無人行

十萬羽林兒，臨洮破郅支。殺添胡地骨，降足漢營旗。寒闊牛羊散，兵休帳幕移。空餘隴頭水，嗚咽向人悲。

【集説】

王云：《文苑英華》一百九十六卷太白「嚴風吹霜海草凋」之後載此一首，不録作者姓名，後人採入太白遺詩。然考陳陶集中亦載此作，當是陶詩。

【按】

此詩王本録自《文苑英華》卷一九六，編入《詩文拾遺》。此詩見《全唐詩·陳陶集》，《全唐詩》存陳詩一百七十餘首，此爲第二題第五首，當不誤。觀此詩寫戰爭之慘烈，亦與陳詩《塞下曲》、《隴西行》同調，故爲陳詩無疑也。

鞠歌行

麗莫似漢宫妃，謙莫似黄家女。黄女持謙齒髪高，漢妃恃麗天庭去。人生容德不自保，聖人安用推天道？君不見蔡澤嵌枯詭怪之形狀，大言直取秦丞相。又不見田千秋才智不出人，一朝富貴如有神。二侯行事在方册，泣麟老人終困厄。夜光抱恨良嘆悲，日月逝矣吾何之？

【集説】

王云：《文苑英華》二百三卷太白「玉不自言如桃李」之後載此一首，失録作者姓名，後人遂編入太白遺詩。

【按】

此詩王本録自《文苑英華》，編入《詩文拾遺》。《英華》未書作者姓名，作李白詩無據。

題許宣平菴壁

我吟傳舍詩，來訪真人居。烟嶺迷高跡，雲林隔太虛。窺庭但蕭索，倚柱空躊躇。應化遼天鶴，歸當千歲餘。

【集説】

王云：《太平廣記》：許宣平，新安歙人也。唐睿宗景雲中，隱於城陽山南塢，結菴以居。不知其服餌，但見不食，顔色若四十許人，行如奔馬。時或負薪以賣，擔常挂一花瓢及曲竹杖，每醉，騰騰拄之以歸。獨吟曰：「負薪朝出賣，沽酒日西歸。路人莫問歸何處，穿入白雲行翠微。」邇來三十餘年，或拯人懸危，或救人疾苦，城市人多訪之不見，但覽菴壁題詩曰：「隱居三十載，築室南山巔。静夜玩明月，閑朝飲碧泉。樵人歌隴上，谷鳥戲巖前。樂矣不知老，都忘甲子年。」好事者多咏其詩，有時行長安，於驛路洛陽、同、華間傳舍是處題之。天寶中，李白自翰林出，東遊經傳舍覽之，吟咏嗟嘆曰：「此仙詩也。」乃詰之於人，得宣平之實，白於是遊及新安，涉溪登山，屢訪之不得，乃題其菴壁曰云云。是冬野火燎其菴，莫知宣平蹤跡。百餘年後，咸通七年，郡人許明奴家有嫗，嘗逐伴入山採樵，獨於南山中見一人坐石上，方食桃甚大。問嫗曰：「汝許明奴家人也，我明奴之祖宣平。」嫗言嘗聞已得仙矣，曰：「汝歸爲我語明奴，言我在此山中，與汝一桃食之，不可將出山，虎狼甚多，山神惜此桃。」嫗乃食桃，甚美，宣平遣嫗隨樵人歸家。言之，明奴之族甚異之，傳聞於郡人（出《續仙傳》）。《太平寰宇記》：城陽山在歙縣南，環迴孔高，爲城郭之衿帶，居郡之南，故號爲城陽山焉。即許宣平得道之所，亦爲李白所尋不遇。今山上有遺跡存。

【按】

此詩王本録自《太平廣記》，編入《詩文拾遺》。又見胡本卷二一附録。

題峰頂寺

夜宿峰頂寺，舉手捫星辰。不敢高聲語，恐驚天上人。

【集説】

王云：《侯鯖録》：曾阜爲蘄州黄梅令，縣有峰頂寺，去城百餘里，在亂山群峰間，人跡所不到。阜按田偶至其上，梁間小榜，流塵昏晦，乃李白所題詩也。其字亦豪放可愛，詩云「夜宿峰頂寺」云云。或曰：王元之少登樓詩云：「危樓高百尺，手可摘星辰。不敢高聲語，恐驚天上人。」《漁隱叢話》：《西清詩話》云：蘄州黄梅縣峰頂寺在水中央，環伏萬山，人跡所罕到。曾阜爲令時，因事登其上，見梁間一粉板，塵暗粉落，拂滌視之，乃謫仙詩云「夜宿峰頂寺」云云，世傳楊大年幼時詩，非也。《邵氏聞見後録》：舒州峰頂寺有李太白題詩「夜宿峰頂寺」云云，曾子山始見之，不出於集中，恐少作耳。《太倉稊米集》云：「聞道長庚曾入夢，已應能作上樓詩。」注云：唐人載李白在襁褓中，其家携之上樓，問頗能作詩否，即應聲作絶句一首，所謂「不敢高聲語，恐驚天上人」者是也。又《竹坡詩話》：世傳楊文公方離襁褓，猶未能言，一日家人携以登樓，忽自語如成人。因戲問之：「今日上樓，汝能作詩乎？」即應聲曰：「危樓高百尺，手可摘星辰。不敢高聲語，怕驚天上人。」舊見《古今詩話》載此一事，後又見一石刻，乃李太白夜宿山寺所題，字畫清勁而大，且云布衣李白作，豈好事者竊太白之詩以神文公之事歟？抑亦太白之碑爲僞耶？按：《輿地紀勝》卷四七蘄州：王得臣《麈史》云：蘄之黄梅有烏石山僧舍小詩，曰李太白也。「夜宿烏牙寺，舉手捫星辰。不敢高聲語，恐驚天上人。」李集中無之。據此則《麈史》所引作烏牙寺，不作峰頂寺，與《侯鯖録》等書所引異。

【按】

此首王本録自《侯鯖録》，編入《詩文拾遺》。詩題或作《題峰頂寺》，或作《夜宿烏牙寺》；其作者或謂李白，或謂王元之、楊大年，甚至謂爲李白襁褓中作，顯係後人僞託。

普照寺

天台國清寺，天下爲四絶。今到普照遊，到來復何别？枏木白雲飛，高僧頂殘雪。門外一條溪，幾回流歲月？

【集説】

王云：蘇東坡曰：予舊在富陽，見國清院太白詩絶凡近。即此篇也。《漁隱叢話》：新安水西寺，寺依山背，下瞰長溪。太白題詩斷句云：「檻外一條溪，幾回流碎月？」今集中無之。琦按：《漁隱》所引即此篇末二句也。蓋未覩全篇，故訛以爲題水西寺斷句耶？

【按】

此首王本録自《咸淳臨安志》，編入《詩文拾遺》。

小桃源

黟縣小桃源，烟霞百里間。地多靈草木，人尚古衣冠。

【集説】

王云：《方輿勝覽》：樵貴谷在徽州黟縣北，昔土人入山，行七日，至一穴豁然，周三十里，中有十餘家，云是秦人避入此地。按邑圖有潛村，至今有數十家，同爲一村，或謂之小桃源。李白詩「黟縣小桃源」云云。《錦繡萬花谷》亦載此詩，以爲太白作。琦按此詩乃南唐許堅詩，其後尚有二韻，非太白作也。

童養年云：《輿地紀勝》二十徽州載此詩六句（按：後兩句爲「市向晡前散，山經夜後寒」）。注云見《龍城志》。《錦繡萬花谷》亦載此詩，以爲太白作。王琦按，此詩乃南唐許堅詩，其後尚有二韻。今按：已從《輿地紀勝》補其一韻。又按：《全唐詩》七五七及八六一兩見許堅，皆未收此詩。（《全唐詩續補遺》）

【按】

此詩王本録自《方輿勝覽》，編入《詩文拾遺》。王琦謂此詩乃許堅作，然《全唐詩·許堅集》未收，當別有所據。康熙《徽州府志·流寓傳》載許堅《小桃源》四韻，或即爲王琦所據歟？

清平樂令二首

禁庭春晝，鶯羽披新繡。百草巧求花下鬬，只賭珠璣滿斗。日晚卻理殘妝，御前閑舞《霓裳》。誰道腰肢窈窕，折旋消得君王。

其　二

禁幃秋夜，月探金窗罅。玉帳鴛鴦噴沉麝，時落銀燈香灺。女伴莫話孤眠，六宮羅綺三千。一笑皆生百媚，宸遊教在誰邊？

【集説】

王云：歐陽炯《花間集》序曰：在明皇朝則有李太白應制《清平樂》詞四首。《絶妙詞選》曰：唐呂鵬《遏雲集》載太白應制詞四首，以後二首無清逸氣韻，疑非太白所作，故只存其二。胡應麟《筆叢》曰：太白《清平樂》蓋五代人僞作，因李有《清平調》，故贋作此詞傳之。

【按】

此二首詞王本録自《絶妙詞選》，編入《詩文拾遺》。

清平樂三首

烟深水闊，音信無由達。惟有碧天雲外月，偏照懸懸離別。盡日感事傷懷，愁眉似鎖難開。夜夜長留半被，待君魂夢歸來。

其　二

鸞衾鳳褥，夜夜常孤宿。更被銀臺紅蠟燭，學妾泪珠相續。花貌些子時光，抛入遠泛瀟湘。欹枕悔聽寒漏，聲聲滴斷愁腸。

其　三

畫堂晨起，來報雪花墜。高捲簾櫳看佳瑞，皓色遠迷庭砌。盛氣光引爐烟，素草寒生玉佩。應是天仙狂醉，亂把白雲揉碎。

【集説】

施蟄存云：其第五首「畫堂晨起」云云（按：指本詞其三），見於曾慥《樂府雅詞·拾遺》，不署作者姓名，蓋北宋人作，託名於李白，誤入《尊前集》者。（《讀李白詞札記》）

【按】

此三首詞王本録自《全唐詩》，編入《詩文拾遺》。

桂殿秋

仙女下，董雙成，漢殿夜涼吹玉笙。曲終卻從仙官去，萬户千門惟月明。河漢女，玉鍊顔，雲軿往往在人間。九霄有路去無跡，嫋嫋香風生佩環。

【集説】

王云：吴虎臣曰：此太白詞也，有得於石刻而無其腔。劉無言倚其聲歌之，音極清雅。《邵氏聞見後録》以此詞爲李文饒《迎神》、《送神》二曲，予遊秦，尚有能宛轉度之者，或并爲一曲，謂李太白作，許彦周《詩話》亦作李衛公《步虚詞》。

施蟄存云：《桂殿秋》二首，乃李德裕所撰《步虚詞》，誤屬李白者也。（《讀李白詞札記》）

【按】

此首王本録自《全唐詩》，編入《詩文拾遺》。

連理枝二首

雪蓋宫樓閉，羅幕昏金翠。鬬壓闌干，香心澹薄，梅梢輕倚。噴寶猊香燼麝烟濃，馥紅綃翠被。

其　二

淺畫雲垂帔，點滴昭陽淚。咫尺宸居，君恩斷絶，似遥千里。望水晶簾外竹枝寒，守羊車未至。

【集説】

施蟄存云：《連理枝》二首……北宋人撰，依託李白者也。（《讀李白詞札記》）

【按】

此二首王本録自《全唐詩》，編入《詩文拾遺》。

李白全集編年箋注卷十七

編年文上

擬恨賦

江淹有《恨賦》，此爲擬作。《酉陽雜俎》前集卷十二云：「白前後三擬《文選》，不如意，悉焚之，唯留《恨》、《别》賦。」今《别賦》已亡，唯留《恨賦》。白《贈張相鎬》詩嘗云：「十五觀奇書，作賦凌相如。」白三擬《文選》或即在此時。故繫於開元三年。

晨登太山，一望蒿里〔一〕。松楸骨寒，宿草墳毁〔二〕。浮生可嗟〔三〕，大運同此〔四〕。於是僕本壯夫，慷慨不歇。仰思前賢，飲恨而没。昔如漢祖龍躍，群雄競奔。提劍叱咤〔五〕，指揮中原。東馳渤澥〔六〕，西漂崑崙。斷蛇奮旅〔七〕，掃清國步〔八〕。握瑶圖而倏昇〔九〕，登紫壇而雄顧〔一〇〕。一朝長辭，天下縞素〔一一〕。若乃項王虎鬥，白日争輝。拔山力盡，蓋世心違。聞楚歌之四合，知漢卒之重圍。帳中劍舞，泣挫雄威。騅兮不逝〔一二〕，喑噁何歸〔一三〕？至如荆卿入秦，直度易水。長虹貫日，寒風颯起。遠讐始皇，擬報太子。奇謀不成，憤惋而死〔一四〕。若夫陳后失寵，長門掩扉〔一五〕。日冷金殿，霜淒錦衣。春草罷緑，秋螢亂飛。恨桃李之委絶，思君王之有違。昔者屈原既放，遷於湘流〔一六〕。心死舊楚，魂飛長楸〔一七〕。聽江風之嫋嫋〔一八〕，聞嶺狖之啾啾〔一九〕。永埋骨於渌水〔二〇〕，怨懷王之不收。及夫李斯受戮，神氣黯然。左右垂泣，精魂動天。執愛子以長别，嘆黄犬之無緣〔二一〕。或有從軍永訣，去國長違。天涯遷客，海外思歸。此人忽見愁雲蔽日，目斷心飛，莫不攢眉痛骨，拉血霑衣〔二二〕。若乃錯繡轂，填金門。烟塵曉沓，歌鐘晝諠。亦復星沉電滅，閉影潛魂。已矣哉！桂華滿兮明月輝〔二三〕，扶桑曉兮白日飛〔二四〕。玉顔滅兮螻蟻聚，碧臺空兮歌舞稀。與天道兮共盡，莫不委骨而同歸。

【注釋】

〔一〕太山，即泰山，在今山東泰安縣北。蒿里，山名，在泰山之南，爲死人之葬地，後遂以蒿里代埋葬處。

〔二〕宿草，隔年之草。《禮記·檀弓》：「朋友之墓，有宿草而不哭焉。」鄭玄注：「宿草，謂陳根也。」後以代墓地。

〔三〕浮生，《莊子·刻意》：「其生若浮，其死若休。」後稱人生爲浮生。

〔四〕大運，天運也。

〔五〕叱咤，怒斥聲。

〔六〕渤澥，即渤海。司馬相如《子虚賦》：「浮渤澥，遊孟諸。」《初學記》卷六：「東海之别有渤澥，故東海共稱渤海，又通謂之滄海。」

〔七〕《史記・高祖本紀》:「漢高祖劉邦以亭長爲縣送徒酈山,到豐西澤中,止飲。夜乃解縱所送徒,曰:『公等皆去,吾亦從此逝矣。』徒中壯士願從者十餘人。高祖被酒,夜徑澤中,令一人行前。行前者還報曰:『前有大蛇當徑,願還。』高祖醉曰:『壯士行,何畏?』乃前,拔劍擊斬蛇,蛇遂分爲兩,徑開,行數里,醉困臥。後人來至蛇所,有一老嫗夜哭。人問何哭,嫗曰:『人殺吾子,故哭之。』人曰:『嫗子何爲見殺?』嫗曰:『吾子,白帝子也,化爲蛇當道,今爲赤帝子斬之。』人以嫗爲不誠,欲笞之,嫗忽不見。後人至,高祖覺,後人告高祖,高祖乃心獨喜,自負。」又《漢書・叙傳》:「爰兹發跡,斷蛇奮旅。神母告符,朱旗乃舉。」

〔八〕國步,國之時運。

〔九〕瑶圖,帝王聖者受命之瑞圖。

〔一〇〕紫壇,皇帝祭天處,以紫泥爲壇。此指皇帝位。

〔一一〕縞素,白色喪服。

〔一三〕《史記・項羽本紀》:「項羽軍壁垓下,兵少食盡,漢軍及諸侯兵圍之數重。夜聞漢軍四面皆楚歌,項王大驚曰:『漢皆已得楚乎?是何楚人之多也?』起飲帳中,有美人名虞,常幸從,駿馬名騅,常騎之。於是項王乃悲歌慷慨,自爲詩曰:『力拔山兮氣蓋世,時不利兮騅不逝。騅不逝兮可奈何,虞兮虞兮奈若何?』歌數闋,美人和之,項王泣數行下,左右皆泣,莫能仰視。於是項王乃上馬騎,直夜潰圍南出,馳走。平明,漢軍乃覺之,令騎將灌嬰以五千騎追之。項王至東城，自度不得脱，乃自刎而死。」

〔一三〕 喑噁，發怒聲。《史記·淮陰侯列傳》：「項王喑噁叱咤，千人皆廢。」

〔一四〕 《史記·刺客列傳》：「燕太子丹質秦亡歸燕，結交於荆軻。丹使荆軻入秦刺秦王，以秦舞陽爲其副。太子及賓客知其事者，皆白衣冠以送之，至易水之上。高漸離擊筑，荆軻和而歌，爲變徵之聲，士皆垂淚涕泣。又前而爲歌曰：『風蕭蕭兮易水寒，壯士一去兮不復還！』復爲羽聲忼慨，士皆瞋目，髮盡上指冠。於是荆軻就車而去，終已不顧。遂至秦，（秦王）見燕使者咸陽宫。荆軻奉樊於期頭函，而秦舞陽奉地圖柙，以次進。至陛，秦舞陽色變振恐，群臣怪之。荆軻顧笑舞陽，前謝曰：『北蕃蠻夷之鄙人，未嘗見天子，故振慴。願大王少假借之，使得畢使於前。』秦王謂軻曰：『取舞陽所持地圖。』軻既取圖奏之，秦王發圖，圖窮而匕首見。因左手把秦王之袖，而右手持匕首揕之。未至身，秦王驚，自引而起，袖絶。拔劍，劍長，操其室。時惶急，劍堅，故不可立拔。荆軻逐秦王，秦王環柱而走。群臣皆愕，卒起不意，盡失其度。秦王方環柱走，卒惶急，不知所爲。左右乃曰：『王負劍！』負劍，遂拔以擊荆軻，斷其左股。荆軻廢，乃引其匕首以擿秦王，不中，中銅柱。秦王復擊軻，軻被八創。軻自知事不就，倚柱而笑，箕踞以罵曰：『事所以不成者，以欲生劫之，必得約契以報太子也。』於是左右前殺軻。」《文選》鄒陽《獄中上書自明》：「昔者，荆軻慕燕丹之義，白虹貫日。」李善注：「如淳曰：白虹，兵象，日爲君。……《列士傳》曰：荆軻發後，太子相氣，見白虹貫日，不徹，曰：吾事不成矣。後聞軻死，太子曰：吾知其然也。」

〔一五〕漢武帝后陳阿嬌，始擅寵嬌貴，後失寵，罷退長門宫。事見《漢書·外戚傳》。

〔一六〕屈原，戰國楚人，懷王時爲三閭大夫，以譖毁被疏。襄王復用讒言，遷屈原於江南。事見《史記·屈原列傳》。

〔一七〕楸，梓木也。《楚辭·九章·哀郢》：「望長楸而太息兮，涕淫淫其若霰。」王逸注：「長楸，大梓也。言顧望楚都，見其大道長樹，悲而太息，涕下淫淫如雨霰也。」

〔一八〕嫋嫋，微細貌。《楚辭·九歌·湘夫人》：「嫋嫋兮秋風。」

〔一九〕狖，猿類。《楚辭·九歌·山鬼》：「猨啾啾兮狖夜鳴。」

〔二〇〕渌水，清水也。句謂屈原自沉於汨羅。

〔二一〕《史記·李斯列傳》：「秦二世二年七月，具斯五刑，論腰斬咸陽市，斯出獄，與其中子俱執，顧謂其中子曰：『吾欲與若復牽黄犬，俱出上蔡東門逐狡兔，豈可得乎？』遂父子相哭而夷三族。」

〔二二〕拉，拭也。

〔二三〕桂華，《酉陽雜俎》卷一：「舊言月中有桂。」

〔二四〕扶桑，神木名，傳説日出其下。

明堂賦　并序

古代帝王宣明政教之處稱明堂。凡朝會、祭祀、慶賞、選士、養老、教學等大典，均在此舉行。武則天垂拱三年春，毁東都乾元殿爲明堂，四年正月成。證聖元年正月，爲火所焚，又令重造，規模小於舊制，天册萬歲二年三月成。玄宗開元五年，以武氏所造明堂有乖典制，依舊拆改爲乾元殿。王琦以此賦當作於開元五年未復改乾元殿之前，即開元三、四年之間。姑從之。

昔在天皇〔一〕，成告岱宗，改元乾封。經始明堂，年紀總章〔二〕。時締構之未集，痛威靈之遐邁〔三〕。天后繼作，中宗成之。因兆人之子來〔四〕，崇萬祀之丕業〔五〕。蓋天皇先天，中宗奉天〔六〕。累聖纂就，鴻勳克宣。臣白美頌，恭惟述焉。其辭曰：

【注釋】

〔一〕唐高宗上元元年，皇帝稱天皇，武后稱天后。

〔二〕據《舊唐書·高宗本紀》，麟德三年春正月戊辰朔，車駕至泰山頓，是日親祀昊天上帝於封祀壇，以高祖、太宗配饗。己巳，帝升山，行封禪之禮。庚午，禪於社首，祭皇地祇，以太穆太皇太后、文德皇后配享。壬申，御朝覲壇受朝賀，改麟德三年爲乾封元年。乾封三年二月丙寅，以明堂制度歷代不同，漢、魏以還，彌更訛舛，遂增損古今，新制其圖，下詔大赦，改元爲總章元年。

〔三〕威靈，謂帝也，此指高宗。二句謂明堂尚未建成而高宗已逝。

〔四〕子來，意謂如子之奔於母而來。《詩·大雅·靈臺》：「經始勿亟，庶民子來。」

〔五〕萬祀，萬年。丕業，大業。

〔六〕先天，先於天時而行事。奉天，後於天時而行事。《易·乾》：「先天而天弗違，後天而奉天時。」孔穎達《正義》：「先天而天勿違者，若在天時之先行事，天乃在後不違，是天合大人也。後天而奉天時者，若在天時之後行事，能奉順上天，是大人合天也。」

伊皇唐之革天創元也〔一〕，我高祖乃仗大順〔二〕，赫然雷發以首之。於是横八荒，漂九陽〔三〕，掃叛换〔四〕，開混茫。景星耀而太階平〔五〕，虹蜺滅而日月張〔六〕。欽若太宗〔七〕，繼明重光。廓區宇以立極，綴蒼顥之穨綱〔八〕。淳風沕穆〔九〕，鴻恩滂洋〔一〇〕。武義烜赫於有截〔一一〕，仁聲駁駱乎無疆〔一二〕。若乃高宗紹興，祐統錫羡〔一三〕。神休旁臻〔一四〕，瑞物咸薦。元符剖兮地珍見〔一五〕，既應天以順人，遂登封而降禪〔一六〕。將欲考有洛，崇明堂。惟厥功之未輯兮〔一七〕，乘白雲於帝鄉〔一八〕。天后勤勞輔政兮，中宗以欽明克昌。遵先軌以繼作兮，揚列聖之耿光〔一九〕。

【注釋】

〔一〕革天，改革天命。創元，創造基業之始。

〔二〕大順，《禮記·禮運》：「天子以德爲車，以樂爲御；諸侯以禮相與，大夫以法相序，士以信爲考，百姓以睦相守，天下之肥也，是謂大順。」

〔三〕九陽，《楚辭·遠遊》：「夕晞予身兮九陽。」王逸注：「九陽，謂天地之涯也。」

〔四〕叛换，跋扈、蠻横。《文選》左思《魏都賦》：「雲徹叛换。」李善注：「叛换，猶恣睢也。」

〔五〕景星，瑞星也。《史記·天官書》：「天精而見景星。景星者，德星也，其狀無常，常出於有道之國。」太階平，謂天下大治。詳見寶應元年《獻從叔當塗宰陽冰》詩注。

〔六〕虹蜺，古以爲凶兆。《淮南子·原道》：「虹蜺不出，賊星不行，含德之所致也。」

〔七〕欽若，敬也。

〔八〕蒼顥，天也。元氣顥汗，故曰顥天。其色蒼蒼，故曰蒼天。

〔九〕沕穆，《史記·賈生列傳》：「沕穆無窮兮，胡可勝言！」司馬貞《索隱》：「沕穆，深微之貌。」沕音物。

〔一〇〕滂洋，豐厚而廣大。

〔一一〕武義，《文選》揚雄《羽獵賦》：「武義動於南鄰。」吕向注：「武義，武事也。」有截，《詩·商頌·長發》：「海外有截。」此處割取有截二字，以代海外，如《北齊書·樊遜傳》之「有截之内，皆蹈德而詠仁」即是。

〔一二〕駁䮾，音颯踏，壯盛貌，亦作駁遝。陸機《文賦》：「紛葳蕤以駁遝。」

〔一三〕錫羡，《文選》揚雄《甘泉賦》：「卹胤錫羡。」李善注：「應劭曰：錫，與也。羡，饒也。……言神明饒與福祥。」

〔一四〕神休，《文選》揚雄《甘泉賦》：「雍神休，尊明號。」李善注：「晉灼曰：雍，祐也。休，美也。言見祐護以休美之祥也。」

〔一五〕元符，《文選》揚雄《長楊賦》：「方將俟元符。」李善注：「晉灼曰：元符，大瑞也。」

〔一六〕《文選》張衡《東京賦》：「登封降禪，則齊德乎黄軒。」薛綜注：「登謂上太山封土，降謂下禪梁父也。」

〔一七〕輯，同集，成也。

〔一八〕《莊子·天地》：「千載厭世，去而上仙，乘彼白雲，至於帝鄉。」帝鄉，天帝所居之處，謂死而昇仙也。

〔一九〕耿光，光明、光輝。

則使軒轅草圖〔一〕，羲和練日〔二〕。經之營之，不綵不質。因子來於四方〔三〕，豈殫稅於萬室？乃準水臬〔四〕，攢雲欂〔五〕。礱玉石於隴坂〔六〕，空瓌材於瀟湘〔七〕。巧奪神鬼，高窮昊蒼。聽天語之察察，擬帝居之將將〔八〕。雖暫勞而永固兮，始聖謨於我皇。

【注釋】

〔一〕軒轅，即黄帝。《漢書·郊祀志》：「上欲治明堂奉高旁，未曉其制，濟南人公玉帶上黄帝時明堂圖。」

〔二〕羲和，羲氏與和氏。傳説唐虞時爲掌治天地四時之官。練日，擇日也。

〔三〕《詩·大雅·靈臺》：「經始靈臺，經之營之。庶民攻之，不日成之。經始勿亟，庶民子來。」以上三句用此義。

〔四〕水臬，猶水尺，即水平儀。《文選》何晏《景福殿賦》：「作無微而不違於水臬。」李善注：「於所平之地中，樹八尺之臬，以懸正之。」

〔五〕雲櫟，謂梁高入雲。

〔六〕隴坂，六盤山南段之别稱，又名隴山、隴坻。《漢書·地理志》顔師古注：「隴坻謂隴坂，即今之隴山也。」

〔七〕瓌材，美材也。

〔八〕將將，《詩·大雅·緜》：「乃立應門，應門將將。」毛傳：「將將，嚴正也。」

觀夫明堂之宏壯也，則突兀曈曨〔一〕，乍明乍蒙，若大古元氣之結空。巃嵸頹沓〔二〕，若嵬若嶪〔三〕，似天闕地門之開闔〔四〕。爾乃劃岩巋以嶽立〔五〕，郁穹崇而鴻紛〔六〕。冠百王以垂動，燭萬象而騰文〔七〕。寥惚恍以洞啟〔八〕，呼嵌巖而傍分〔九〕。又比乎崑山之天柱〔一〇〕，矗九霄而垂雲。

【注釋】

〔一〕突兀，高貌。曈曨，音童龍，暗而漸明貌。

〔二〕巃嵸，音龍聳，山勢險峻貌。

〔三〕嵬業，音偉業，高貌。

〔四〕天閫，天門也。

〔五〕劃，剖也。峉嶺，音宅額，高貌。木華《海賦》：「啟龍門之峉嶺。」

〔六〕鴻紛，大而多也。

〔七〕萬象，自然界之一切事物、景象。

〔八〕窙，音哮，開達貌。

〔九〕嵌巖，山洞。盧照鄰《五悲》詩：「因嵌巖以爲室。」

〔一〇〕天柱，《神異經·中荒經》：「崑崙之山有銅柱焉，其高入天，所謂天柱也。圍三千里，圓如削。」又《初學記》卷五引《河圖括地象》：「崑崙山爲天柱，氣上通天，崑崙者地之中也。」

於是結構乎黄道〔一〕，岧嶢乎紫微〔二〕。絡勾陳以繚垣〔三〕，闢閶闔而啟扉。崢嶸嶒嶷〔四〕，粲宇宙兮光輝。崔嵬赫奕〔五〕，張天地之神威。

【注釋】

〔一〕黄道，古人認爲太陽繞地而行，黄道即想象中太陽繞地之軌道。

〔二〕岧嶢，音條堯，高峻也。紫微，星座名，以喻帝王宫殿。

〔三〕勾陳，星名，在紫微垣内，以喻後宫。《晉書·天文志》：「北極五星，鈎陳六星，皆在紫宫中。……鈎陳，後宫也，大帝之正妃也，大帝之常居也。」

〔四〕嶒嶷，音層疑，山高貌。

〔五〕崔嵬，高峻貌。赫奕，盛大、光顯。

夫其背泓黄河〔一〕，垠瀨清洛〔二〕。太行卻立〔三〕，通谷前廓〔四〕。遠則標熊耳以作揭〔五〕，豁龍門以開關〔六〕。點翠綵於鴻荒〔七〕，洞清陰乎群山。及乎烟雲卷舒，忽出乍没。岌嵩噴伊〔八〕，倚日薄月。雷霆之所鼓蕩，星斗之所伾扢〔九〕。拏金龍之蟠蜿，挂天珠之硉矹〔一〇〕。

【注釋】

〔一〕泓，水深也。

〔二〕垠，水岸也。瀨，水激於石間。洛，洛水，在洛陽西南三里。

〔三〕太行，山名，在今山西、河北、河南三省界。

〔四〕通谷，《文選》曹植《洛神賦》：「經通谷，陵景山。」李善注：「華延《洛陽記》曰：城南五十里有大谷，舊名通谷。」

〔五〕熊耳，山名，在今河南盧氏縣南，以東西兩峰相峙，狀如熊耳而名。揭，標識也。

〔六〕龍門，在洛陽南，即伊闕。《漢書·溝洫志》：「昔大禹治水，山陵當路者毁之，故鑿龍門，辟伊闕。」

〔七〕鴻荒，謂曠遠之地。

〔八〕岌，音疑，山高貌。嵩，即嵩山，在洛陽東南。伊，伊水，出熊耳山，於洛陽東南入洛水。

〔九〕伾，音胚，有力也。扢，音骨，磨也。

〔一〇〕《隋唐嘉話》下：「今明堂始微於西南傾，工人以木於中篤之。武后不欲人見，因加爲九龍盤糺之狀。其圖蓋上本施以金鳳，至是改鳳爲珠，群龍捧之。」硉矹，高聳突出。硉音陸。

勢拔五嶽，形張四維〔一〕。軋地軸以盤根〔二〕，摩天倪而創規〔三〕。樓臺崛岉以奔附〔四〕，城闕崟岑而蔽虧〔五〕。珍樹翠草，含華揚蕤。目瑶井之熒熒〔六〕，拖玉繩之離離〔七〕。𢷎華蓋以儻漭〔八〕，仰太微之參差〔九〕。

【注釋】

〔一〕四維，四角，四隅。東西南北爲四方，四方之隅爲四維。

〔二〕地軸，古代傳説大地有軸。《北堂書鈔》引《河圖括地象》：「崑崙之山，横爲地軸。」

〔三〕天倪，《莊子·齊物論》：「何謂和之以天倪？」陸德明注：「天倪，謂天邊際也。」

〔四〕崛岉，《文選》王延壽《魯靈光殿賦》：「隆崛岉乎青雲。」劉良注：「隆崛岉，極高貌。」岉音物。

〔五〕崟岑，高貌。崟音銀。

〔六〕瑶井，星座名，即玉井四星。

〔七〕玉繩，星名。

〔八〕摮，刺、指也。摮音致。華蓋，星名。《楚辭·九懷·思忠》：「登華蓋兮乘陽。」王逸注：「華蓋七星，其柢九星，合十六星，如蓋狀，在紫微宫中，臨勾陳上，蔭帝座。」儻漭，廣大之貌。

〔九〕太微，星垣名，三垣之一。

擁以禁扃〔一〕，横以武庫〔二〕。獻房心以開鑿〔三〕，瞻少陽而舉措〔四〕。採殷制，酌夏步〔五〕。雜以代室重屋之名〔六〕，括以辰次火木之數〔七〕。壯不及奢，麗不及素。層簷屹其霞矯，廣厦鬱以雲布。掩日道〔八〕，遏風路。陽烏轉影而翻飛〔九〕，大鵬横霄而側度。

【注釋】

〔一〕禁扃，禁門也。

〔二〕武庫，天子儲藏兵器之宫。

〔三〕房心，星宿名，即房宿及心宿。王注：「《史記索隱》：《春秋説題辭》云：房心爲明堂，天王布政之宫。《晉書·天文志》：房四星，爲明堂，天子布政之宫也。心三星，天王正位也。中星曰明堂，天子位。」

〔四〕少陽，東方之極也。

〔五〕《周禮·考工記·匠人》：「夏后氏世室，堂修二七，廣四修一，五室三四步，四三尺，九階。四旁兩夾窗，白盛，門堂三之二，室三之一。殷人重屋，堂修七尋，堂崇三尺，四阿重屋。」二句謂採酌夏殷明堂之體制。

〔六〕代室、重屋，即明堂。蔡邕《明堂論》：「明堂者，……夏后氏曰世室，殷人曰重屋，周人曰明堂。」世室，唐以太宗諱，改世室爲代室。

〔七〕王注：「《春秋合誠圖》：明堂在辰巳者，言在木火之際。辰，木也。巳，火也。木生數三，火成數七，故在三里之外，七里之内。」

〔八〕日道，太陽運行之軌道。《漢書・天文志》：「日有中道，……中道者黄道，一曰光道。」

〔九〕陽烏，傳説日中有大烏，三足。後以爲日之代稱。

近則萬木森下，千宫對出。熠乎光碧之堂，炅乎瓊華之室〔一〕。錦爛霞駁，星錯波沏〔二〕。颯蕭寥以颼飀〔三〕，窅陰鬱以櫛密〔四〕。含佳氣之青葱，吐祥烟之鬱嵂〔五〕。九室窈窕〔六〕，五闈聯綿〔七〕。飛楹磊砢〔八〕，走栱夤緣〔九〕。雲楣立岌以橫綺〔一〇〕，綵桷攢欒而仰天〔一一〕。皓壁晝朗，朱甍晴鮮。赬欄各落〔一二〕，偃蹇霄漢〔一三〕。翠楹迴合，蟬聯汗漫〔一四〕。沓蒼穹之絶垠〔一五〕，跨皇居之太半〔一六〕。遠而望之，赫煌煌以輝輝，忽天旋而雲昏；迫而察之，粲炳煥以照爛，倏山訛而晷换〔一七〕。蔑蓬壺之海樓〔一八〕，吞岱宗之日觀〔一九〕。

【注釋】

〔一〕炅，音炯，光亮也。

〔二〕 沏，《文選》木華《海賦》：「激勢相沏。」李善注：「言飛風迅疾，而波浪相衝也。」

〔三〕 颼飀，音搜留，風聲也。

〔四〕 窅，通作窈，深遠貌。 櫛密，謂密如櫛也。 櫛，梳篦。

〔五〕 鬱𡸣，《文選》郭璞《江賦》：「時鬱律其如烟。」李善注：「鬱律，烟上貌。」

〔六〕 九室，王注：「《三輔黄圖》：《大戴禮》云：明堂九室。《考工記》云：明堂五室，稱九室者，取象陽數也。五室者，象五行也。」

〔七〕 闈，宫室小門。

〔八〕 磊砢，壯大貌。 王延壽《魯靈光殿賦》：「萬楹叢倚，磊砢相扶。」

〔九〕 栱，立柱與横梁之間承重之結構。 夤緣，攀附、連絡。

〔一〇〕 雲楣，畫雲裝飾之楣。 楣，梁也。

〔一一〕 桷，方形椽。 欒，柱端承梁之曲木。

〔一二〕 赬，音承，淺赤色。

〔一三〕 偃蹇，高聳貌。

〔一四〕 蟬聯，不絶也。 汗漫，高空不着邊際處。

〔一五〕 絶垠，天邊之地。

〔一六〕 太半，《史記·項羽本紀》：「漢有天下太半。」裴駰《集解》：「韋昭曰：凡數三分有二爲太半，一爲少半。」

〔一七〕訛，變换也。晷，日影。

〔一八〕蓬壺，即蓬萊，海中三仙山之一。

〔一九〕岱宗，即泰山。日觀，泰山東南有日觀峰。

猛虎失道〔一〕，潛虬蟠梯〔二〕。經通天而直上〔三〕，俯長河而下低。玉女攀星於網户〔四〕，金娥納月於璇題〔五〕。藻井綵錯以舒蓬〔六〕，天窗艴翼而銜霓〔七〕。扶標川而罔足〔八〕，擬跟絓而罷躋〔九〕。要離欻矐而外喪，精視冰背而中迷〔一〇〕。

【注釋】

〔一〕失，王注：「失字當是夾字之訛。猛虎夾道，謂刻爲猛虎，以夾立道上。」王説是。

〔二〕王注：「潛虬蟠梯，謂鏤作虬龍以蟠繞梯側也。」

〔三〕蔡邕《明堂論》：「通天屋，徑九丈，陰陽九六之變也。……通天屋高八十一尺，黄鍾九九之實也。」

〔四〕玉女，仙女，此指宫女。網户，門窗刻方格，其狀如網，故稱。《楚辭·招魂》：「網户朱綴，刻方連些。」王逸注：「網户，綺文鏤也。」

〔五〕璇題，以玉裝飾椽端。《文選》鮑照《代君子有所思》詩：「璇題納行月。」薛綜注：「璇，玉也。題，椽頭也。」

〔六〕藻井，繪有文彩狀如井幹形之天花板，有荷菱等圖形。《文選》張衡《西京賦》：「蒂倒茄於藻井。」李善注：「藻井，當棟中，交木，方爲之，如井幹也。」

〔七〕天窗，高處之窗。艴，音細，赤色。

〔八〕標川，意難詳。標，木末也，川字或有誤。

〔九〕跟絓，亦作跟挂，倒挂身體之雜技動作。《藝文類聚》卷六一引傅玄《正都賦》：「忽跟挂而倒絶，若將墜而復續。」

〔一〇〕矐，音霍，目失明。瞿、朱注：「班固《西都賦》：雖輕迅與僄狡，猶愕眙而不能階。攀井幹而未半，目眴轉而意迷。王延壽《魯靈光殿賦》：魂悚悚其驚斯，心憆憆而發悸。何晏《景福殿賦》：雖離朱之至精，猶眩矐而不能昭晰也。皆極言高峻足以駭人。要離言人之至勇者，精視言目之至明者。疑皆詞賦家習用之語。離婁、離朱皆狀明朗，即以爲明目人之名，非謂真有人名要離、名精視也。」

亘以複道〔一〕，接乎宫掖。坌入西樓〔二〕，是爲崑崙〔三〕。前疑後丞〔四〕，正儀躅以出入〔五〕；九夷五狄〔六〕，順方面而來奔。其左右也，則丹陛崿崿〔七〕，彤庭煌煌。列寶鼎，敞金光〔八〕。流辟雍之滔滔〔九〕，像環海之湯湯〔一〇〕。闢青陽，啟總章。廓明臺而布玄堂，儼以太廟，處乎中央〔一一〕。發號施令，采時順方〔一二〕。

【注釋】

〔一〕亘，横也。複道，樓閣間有上下兩重通道而架空者。

〔二〕坌，音笨，并也。

〔三〕崑崙，《漢書·郊祀志》：「濟南人公玉帶上黄帝時明堂圖，明堂中有一殿，四面無壁，以茅蓋通水，水圜宫垣，爲複道，上有樓，從西南入，名曰昆侖。」

〔四〕《尚書大傳》：「古者天子必有四鄰，前曰疑，後曰丞，左曰輔，右曰弼。天子有問無以對，責之疑。可志而不志，責之丞。可正而不正，責之輔。可揚而不揚，責之弼。」

〔五〕儀躅，尊卑貴賤之禮節規範。躅，足跡也。《禮記·明堂位》：「昔者周公朝諸侯於明堂之位。天子負斧依，南鄉而立。三公，中階之前，北面東上。諸侯之位，阼階之東，西面北上。諸伯之國，西階之西，東面北上。諸子之國，門東，北面東上。諸男之國，門西，北面東上。九夷之國，東門之外，西面北上。八蠻之國，南門之外，北面東上。六戎之國，西門之外，東面南上。五狄之國，北門之外，南面東上。九采之國，應門之外，北面東上。四塞世告至，此周公明堂之位也。」

〔六〕九夷，古代對東方九民族之泛稱，一畎夷，二于夷，三方夷，四黄夷，五白夷，六赤夷，七玄夷，八風夷，九陽夷。五狄，古代對北方五民族之泛稱，一月支，二穢貊，三匈奴，四單于，五白屋。

〔七〕崿，音諤，高貌。

〔八〕據《舊唐書·禮儀志》，武后萬歲通天元年，鑄銅爲九州鼎，既成，置於明堂之庭，各依方位列焉。九鼎初成，欲以黄金千兩塗之，納言姚璹曰：「鼎者神器，貴於質樸，無假别爲浮飾。臣觀其狀，先有五采輝焕錯雜其間，豈待金色爲之炫耀？」乃止。

〔九〕辟雍，王注：「《大戴禮》：明堂外水曰辟雍。《藝文類聚》：桓譚《新論》曰：王者作圓池如璧形，實水其中，以圜雍之，名曰辟雍。言其上承天地，以班教令，流轉王道，周而復始。」

〔一〇〕湯湯，水盛貌。湯，音商。

〔一一〕蔡邕《明堂論》：「明堂者，天子太廟，所以崇祀其祖，以配上帝者也。東曰青陽，南曰明堂，西曰總章，北曰玄堂，中央曰太室。……聖人南面而聽天下，鄉明而治，人君之位，莫正於此焉。故雖有五名，而主以明堂也。其正中皆曰太廟。」

〔一二〕王注：「宋均《禮含文嘉》注：明堂者，布政之宫，在國之陽，三室四面，十二法十二月也。天子孟春上辛於南郊，總受十二月之政，還藏於祖廟，月取一政頒於明堂也。」

其闈域也，三十六户，七十二牖〔一〕。度筵列位，南七西九〔二〕。白虎列序而躨跜〔三〕，青龍承隅而蚴蟉〔四〕。其深沉奥密也，則赤熛掌火〔五〕，招拒司金〔六〕。靈威制陽〔七〕，叶光摧陰〔八〕。坤斗主上，據乎其心。若乃熠燿五色〔一〇〕，張皇萬殊〔一一〕。人物禽獸，奇形異模。勢若飛動，瞪眄睢盱〔一二〕。明君暗主，忠臣烈夫。威政興滅，表示賢愚。

【注釋】

〔一〕閫域，猶謂範圍、境界。王注：「《大戴禮》：明堂凡九室，一室而有四户八牖，三十六户七十二牖。」

〔二〕筵，竹席也。《周禮·考工記·匠人》：「周人明堂，度九尺之筵，東西九筵，南北七筵，堂崇一筵。五室，凡室二筵。」

〔三〕序，隔開正堂東西夾室之牆。躨跜，音夔尼，動貌。

〔四〕蚴蟉，音有柳，龍行貌。

〔五〕赤熛，即赤熛怒，一稱赤帝，五天帝之一，南方之神。《史記·天官書》：「赤帝行德，天牢爲之空。」張守節《正義》：「赤帝，南方赤熛怒之神也。」

〔六〕招拒，即白招拒，一稱白帝，五方帝之一西方之神。

〔七〕靈威，即靈威仰，一稱蒼帝，五方帝之一，東方之神。

〔八〕叶光，即叶光紀，一稱黑帝，五方帝之一，北方之神。叶音協。

〔九〕坤斗，當爲神斗之訛。王注：「《尚書·帝命驗》：帝者承天立五府，以尊天重象。……黄曰神斗。鄭康成注：其黄帝，金樞紐之府，名曰神斗。斗，主也，上精澄静，四行之主，故謂神斗，周曰太室。……據此，本文坤斗當是神斗之訛。」王説是。

〔一〇〕熠燿，鮮明貌。

〔一二〕皇，大也。萬殊，謂圖畫之狀各異也。

〔一三〕瞪眄，直視貌。睢盱，仰視貌。

於是王正孟月〔一〕，朝陽登曦〔二〕。天子乃施蒼玉，轡蒼螭。臨乎青陽左个〔三〕，方御瑶瑟而彈鳴絲。展乎國容，輝乎皇儀。傍瞻神臺，順觀雲之軌〔四〕；俯對清廟〔五〕，崇配天之規〔六〕。欽若肸蠁〔七〕，維清緝熙〔八〕。崇牙樹羽〔九〕，熒煌葳蕤〔一〇〕。納六服之貢〔一一〕，受萬邦之籍。張龍旗與虹旌〔一二〕，攢金戟與玉戚〔一三〕。延五更〔一四〕，進百辟〔一五〕。奉珪瓚〔一六〕，獻琛帛〔一七〕。顒昂俯僂〔一八〕，儼容疊跡。乃潔苴醢〔一九〕，修粢盛〔二〇〕。奠三犧，薦五牲〔二一〕，享於神靈。太祝正辭〔二二〕，庶官精誠〔二三〕。鼓大武之隱轔〔二四〕，張鈞天之鏗鍧〔二五〕。孤竹合奏，空桑和鳴〔二六〕。盡六變〔二七〕，齊九成〔二八〕。群神來兮降明庭〔二九〕。蓋聖主之所以孝治天下而享祀窅冥也〔三〇〕。

【注釋】

〔一〕正月，歲之始也。孟月，四季之首月。《春秋》隱公元年：「春王正月。」《公羊傳》：「何言乎王正月？大一統也。」

〔二〕曦，日光也。

〔三〕《淮南子·時則》：「孟春之月，……天子衣青衣，乘蒼龍，服蒼玉，建青旗，……朝於青陽左个以出春令。」高誘注:「《周禮》:馬八尺以上曰龍也。服,佩也,熊虎曰旗。……是月之朔,天子朝日於青陽左个。東向堂,故青陽。北頭室,故曰左个。个,猶隔也。」

〔四〕王注:「《太平御覽》:《禮統》曰:所以置靈臺者何?以尊天重民,備災禦害,豫防未然也。夫王者,當承順天地,禦節陰陽也。夏所以爲清臺何?明明相承,太平相續,故爲清臺。殷爲神臺,周爲靈臺何?質者具天而王天者稱神,文者具地而王地者稱靈,是其易也。」

〔五〕清廟,即太廟。

〔六〕配天,皇帝祭天時以祖先配享。

〔七〕肸蠁,音膝響,原指聲音之散布、彌漫,此以喻神靈感應。

〔八〕緝熙,光明也。《詩·周頌·維清》:「維清緝熙,文王之典。」

〔九〕《詩·周頌·有瞽》:「設業設虡,崇牙樹羽。」孔穎達疏:「虡者立於兩端,栒則横入於虡。其栒之上加施大板,則著於栒。其上刻爲崇牙,似鋸齒捷業然,故謂之業,牙即業上之齒也。」朱熹注:「樹羽,置五采之羽於崇牙之上也。」

〔一〇〕葳蕤,羽毛美貌。

〔一一〕六服,周代以距王畿遠近分天下爲六服,一侯服,二甸服,三男服,四采服,五衛服,六蠻服。後以六服泛指遠近各地。

〔一二〕龍旗,飾有龍之旗。虹旌,畫有虹之旗。

〔一三〕戚，斧也，以玉飾之謂玉戚。

〔一四〕五更，年老致仕而閲歷豐富之人。《禮記·文王世子》：「遂設三老五更群老之席位焉。」蔡邕《明堂論》以爲五更係五叟之誤。

〔一五〕百辟，指諸侯。辟，君也。後亦泛指公卿大夫。

〔一六〕珪瓚，古代酒器，以玉爲之。

〔一七〕琛，玉類。帛，絲織物。

〔一八〕顒昂，儀態恭肅志氣高朗貌。《詩·大雅·卷阿》：「顒顒卬卬，如圭如璋。」鄭玄箋：「體貌則顒顒然敬順，志氣則卬卬然高朗。」俯僂，低首鞠躬，恭敬温順貌。

〔一九〕菹醢，祭品，醃菜與肉醬。

〔二〇〕粢盛，祭品，盛在祭器内之黍稷。

〔二一〕《左傳》昭公二十五年：「爲六畜五牲三犧以奉五味。」杜預注：「五牲，牛羊豕犬鷄。三犧，祭天地宗廟三者謂之犧。」

〔二二〕太祝，《周禮·春官》有太祝，掌祝辭祈禱之事。正辭，《左傳》桓公六年：「祝史正辭，信也。」杜預注：「正辭，不虚稱君美也。」

〔二三〕庶官，百官、衆官。

〔二四〕大武，周武王樂名。《周禮·春官·大司樂》：「以樂舞教國子，舞雲門、大卷、大咸、大磬、大夏、大濩、大武。」鄭玄注：「大武，武王樂也。武王伐紂，以除其害，言其德能成武功。」隱轔，不平貌，此以喻樂聲起伏。

〔二五〕鈞天，天之中央。鈞天之樂，謂天樂也。鏗鍧，鐘鼓相雜之聲。

〔二六〕孤竹，《周禮·春官·大司樂》：「孤竹之管，空桑之琴瑟。」鄭玄注：「孤竹，竹特生者。」空桑，《楚辭·大招》：「魂乎歸徠，定空桑只。」王逸注：「空桑，瑟名。」

〔二七〕六變，《周禮·春官·大司樂》：「凡六樂者，一變而致羽物及川澤之示，再變而致裸物及山林之示，三變而致鱗物及丘陵之示，四變而致毛物及墳衍之示，五變而致介物及土示，六變而致象物及天神。」鄭玄注：「變，猶更也，樂成則更奏也。」

〔二八〕九成，《書·益稷》：「簫韶九成。」孔穎達疏：「鄭玄曰：成，猶終也。每曲一終，必變更奏，故《經》言九成，《傳》言九奏，《周禮》謂之九變。」

〔二九〕明庭，即明堂。

〔三〇〕窅冥，幽遠之意。

然後臨辟雍，宴群后〔一〕。陰陽爲庖，造化爲宰〔二〕。餐元氣，灑太和〔三〕。千里鼓舞，百寮賡歌〔四〕。於斯之時，雲油雨霈〔五〕。恩鴻溶兮澤汪濊〔六〕，四海歸兮八荒會。咙聒乎區宇〔七〕，駢闐乎闕外〔八〕。群臣醉德〔九〕，揖讓而退。

【注釋】

〔一〕后，古代天子與列國諸侯皆稱后，此處指群臣。

〔二〕宰，掌管膳食之官。

〔三〕太和，謂陰陽沖和之元氣。

〔四〕寮，同僚，同官也。賡，續也。

〔五〕油，雲聚貌。

〔六〕汪濊，深廣貌。濊，音穢。

〔七〕哤聒，聲音雜亂也。哤，音忙。

〔八〕駢闐，布集、連屬也。

〔九〕醉德，謂備受恩澤。《詩·大雅·既醉》詩序：「醉酒飽德，人有士君子之行焉。」

而聖主猶夕惕若厲〔一一〕，懼人未安。乃目極於天，耳下於泉。飛聰馳明〔二〕，無遠不察。考鬼神之奧，推陰陽之荒〔三〕。下明詔，班舊章〔四〕。振窮乏，散敖倉〔五〕。毀玉沉珠，卑宮頽牆。使山澤無間，往來相望。帝躬乎天田，后親於郊桑〔六〕。棄末反本，人和時康。建翠華兮萋萋〔七〕，鳴玉鑾之鉠鉠〔八〕。遊乎昇平之圃，憩乎穆清之堂〔九〕。天欣欣兮瑞穰穰〔一〇〕。巡陵於鶉首之野〔一一〕，講武於驪山之旁〔一二〕。封岱宗兮祀后土，掩栗陸而苞陶唐〔一三〕。遨遊乎崆峒之上，汾水之陽〔一四〕。吸沆瀣之精英〔一五〕，黜滋味之馨香。貴理國其若夢，幾華胥之故鄉〔一六〕。於是元元澹然〔一七〕，不知所在。若群雲從龍，衆水奔海。此真所謂我大君登明堂之政化也。

【注釋】

〔一〕夕惕若厲，謂戒慎恐懼，不敢懈怠。《易·乾》：「君子終日乾乾，夕惕若厲，無咎。」

〔二〕聰，謂耳。明，謂目。

〔三〕奥、荒，皆爲幽遠之地。

〔四〕《文選》班固《東都賦》：「乃申舊章，下明詔。」李善注：「《左氏傳》：季桓子曰：舊章不可忘也。」

〔五〕振，猶救也。敖倉，秦所建倉名，在今河南滎陽縣東北敖山上，故名。此處泛指粟倉。

〔六〕天田，皇帝親耕之田。王注：「何休《公羊傳》注：禮，天子親耕東田千畝，諸侯百畝，后、夫人親西郊采桑，以供粢盛、祭服，躬行孝道以先天下。」

〔七〕翠華，天子所建旗旌，以翠羽飾之。萋萋，草盛也。謂旗上之翠羽如草色之鮮盛。

〔八〕玉鑾，即玉鸞。《楚辭·離騷》：「鳴玉鸞之啾啾。」王逸注：「鸞，鸞鳥也，以玉作之，著於衡。」鈌鈌，音央央，鈴聲。

〔九〕穆清，清和之德也。《史記·太史公自序》：「受命於穆清。」張守節《正義》引顔師古云：「言天子有美德而教化清也。」

〔一〇〕穰穰，多也。

〔一一〕巡陵，王注：「《唐會要》：貞觀式令，春秋仲月，命使巡陵，春則掃除枯朽，秋則芟薙繁蕪。據此巡陵乃公卿事，文則借爲天子謁陵之稱矣。」鶉首，星次名，指朱鳥七宿中之井鬼二宿，古以爲秦地之分野。

〔一二〕講武，講習武事。《禮記·月令》：「天子乃命將帥講武，習射御，角力。」《通鑑·唐紀》開元八年：「冬十月，……癸卯，講武於驪山之下，徵兵二十萬，旌旗連亘五十餘里。」王注：「驪山固唐時講武之地也。」

〔一三〕栗陸，傳説古帝名，在女媧氏之後。陶唐，即帝堯，以初封於陶，後封於唐，爲唐侯，故稱陶唐。苞，同包。

〔一四〕崆峒，山名，一作空同，在今甘肅平涼縣西。《莊子·在宥》：「黄帝立爲天子十九年，令行天下，聞廣成子在於空同之上，故往見之。」汾水，源出今山西寧武縣管涔山，南流至河津縣入黄河。《莊子·逍遥遊》：「堯治天下之民，平海内之政，往見四子藐姑射之山，汾水之陽。」

〔一五〕沆瀣，《文選》張衡《思玄賦》：「飡沆瀣以爲粻。」李善注：「沆瀣，夕霞也。……《楚辭》曰：飡六氣而飲沆瀣兮，漱正陽而食朝霞。《陵陽子經》曰：夏飡沆瀣，北方夜半氣。」

〔一六〕《列子·黄帝篇》：「黄帝即位十有五年，……晝寢而夢，遊於華胥氏之國。華胥氏之國在弇州之西，台州之北，不知斯齊國幾千萬里。蓋非舟車足力之所及，神遊而已。其國無師長，自然而已。其民無嗜慾，自然而已。不知樂生，不知惡死，故無夭殤；不知親己，不知疏物，故無愛憎；不知背逆，不知向順，故無利害。都無所愛惜，都無所畏忌。入水不溺，入火不熱，斫撻無傷痛，指擿無痟癢。乘空如履實，寢虛若處床。雲霧不硋其視，雷霆不亂其聽，美惡不滑其心，山谷不躓其步，神行而已。黄帝既寤，怡然自得，召天老、力牧、太山稽告之曰：『朕閑居三月，齋心服形，思有以養身治物之道，弗獲其術。疲而睡，所夢若此。今知至道不可以情求矣。朕知之矣，朕得之矣，而不能以告若矣！』又二十有八年，天下大治，幾若華胥氏之國。」自「遨遊乎崆峒之上」至「幾華胥之故鄉」，兩宋本、繆本俱作「遂遨崆峒之禮，汾水之陽，吸沆瀣之精，黜滋味而貴理國，其若夢華胥之故鄉」。

〔一七〕元元，黎庶也。澹然，晏然無事也。

豈比夫秦趙吴楚，争高競奢。結阿房與叢臺〔一〕，建姑蘇及章華〔二〕。非享祀與嚴配〔三〕，徒掩月而淩霞。由此觀之，不足稱也。況瑶臺之巨麗〔四〕，復安可以語哉？敢揚國美，遂作辭曰：穹崇明堂〔五〕，倚天開兮。巃嵸鴻濛〔六〕，構瓌材兮。偃蹇坱莽〔七〕，邈崔嵬兮。周流辟雍，岌靈臺兮。赫奕日，噴風雷。宗祀肸蠁，王化弘恢。鎮八荒，通九垓〔八〕。四門啟兮萬國來。考休徵兮進賢才〔九〕。儼若皇居而作固，窮千祀兮悠哉〔一〇〕！

【注釋】

〔一〕阿房，秦宫名。故址在今陝西長安縣西。《三輔黄圖》卷一：「阿房宫，亦曰阿城。惠文王造宫未成而亡，始皇廣其宫規，恢三百餘里。離宫别館，彌山跨谷，輦道相屬，閣道通驪山八百餘里。」叢臺，戰國趙築，在邯鄲城内，數臺連聚，故名。

〔二〕姑蘇，臺名，在今江蘇蘇州姑蘇山上，春秋吴王夫差築。三年聚材，九年乃成，高見二百里。章華，臺名，在今湖北監利縣西北，春秋楚靈王造。

〔三〕嚴配，即嚴父與配天。《孝經·聖治》：「孝莫大於嚴父，嚴父莫大於配天，周公其人也。」邢昺注：「萬物資始於乾，人倫資父爲天，故孝行之大莫過尊嚴其父也。謂父爲天，雖無貴賤，然以父配天之禮，始自周公。」

〔四〕瑶臺，臺名，紂造。《淮南子·本經》：「晚世之時，帝有桀紂，爲琁室瑶臺，象廊玉床。」高誘注：「琁、瑶，石之似玉以飾室臺也。……瑶或作摇，言臺可摇動，極土木之巧也。」

〔五〕崇穹，高貌。

〔六〕鴻濛，廣大貌。

〔七〕坱莽，廣遠寥廓之意。坱，音仰。

〔八〕九垓，謂九重天也。

〔九〕休徵，吉兆也。

〔一〇〕千祀，謂千年也。

【集説】

王云：太白《明堂賦序》，歷遡天皇、天后、中宗，而不及睿宗，則是賦之作，不特在未改乾元殿之先，并在睿宗未崩之先矣。考睿宗之崩在開元四年六月，制改明堂爲乾元殿在開元五年七月，賦之作應在三四年間，豈所謂「十五觀奇書，作賦淩相如」者，即是《明堂》一賦歟？（《年譜》）

又云：《古賦辨體》云：太白《明堂賦》從司馬、揚、班諸賦來，氣豪辭艷，疑若過之。論其體格，則不及遠甚。蓋漢賦體未甚俳，而此篇與《大獵賦》則悦於時而俳甚矣。晦翁云：白有逸才，尤長於詩，而其賦乃不及魏、晉。斯言信夫。

大獵賦　并序

開元八年作於蜀中。

白以爲賦者古詩之流〔一〕。辭欲壯麗，義歸博遠。不然，何以光贊盛美，感天動神？而相如、子雲競誇辭賦，歷代以爲文雄，莫敢詆訐。臣謂語其略，竊或褊其用心。《子虛》所言，楚國不過千里，夢澤居其大半，而齊徒吞若八九，三農及禽獸無息肩之地，非諸侯禁淫述職之義也〔二〕。

【注釋】

〔一〕《文選》班固《兩都賦序》：「賦者，古詩之流也。」李善注：「《毛詩序》曰：詩有六義焉，二曰賦。故賦爲古詩之流也。」

〔二〕司馬相如《子虛賦》：「臣聞楚有七澤，嘗見其一，未睹其餘也。臣之所見，蓋特其小小者耳，名曰雲夢。雲夢者，方九百里。……烏有先生曰：且齊東渚巨海，南有琅琊，觀乎成山，射乎之罘，浮渤澥，遊孟諸。邪與肅慎爲鄰，右以湯谷爲界。秋田乎青丘，徬徨乎海外。吞若雲夢者八九，於其胸中曾不蒂芥。」又《上林賦》：「亡是公听然而笑曰：楚則失矣，而齊亦未得也。夫使諸侯納貢者，非爲財幣，所以述職也。封疆畫界者，非爲守禦，所以禁淫也。……從此觀之，齊楚之事，豈不哀哉？地方不過千里，而囿居九百，是草木不得墾辟，而人無所食也。」三農，《周禮·天官·大宰》：「一曰三農，生九穀。」鄭玄注：「鄭司農曰：三農，平地、山、澤也。玄謂三農，原、隰及平地。」

《上林》云：左蒼梧，右西極〔一〕。考其實，地周袤纔經數百〔二〕。《長楊》誇胡，設網爲周阹，放麋鹿其中，以搏攫充樂〔三〕。《羽獵》於靈臺之囿，圍經百里而開殿門〔四〕。當時以爲窮壯極麗，迨今觀之，何齷齪之甚也〔五〕。

【注釋】

〔一〕《文選》司馬相如《上林賦》：「獨不聞天子之上林乎？左蒼梧，右西極，丹水更其南，紫淵徑其北。」李善注：「文穎曰：蒼梧郡屬交州，在長安東南，故言左。《爾雅》曰：至於豳國，爲西極，在長安西，故言右也。」

〔二〕周衺，周謂圓，衺爲長。揚雄《羽獵賦序》：「武帝廣開上林，東南至宜春鼎湖，御宿昆吾，旁南山，西至長楊、五柞，北繞黄山，濱渭而東，周衺數百里。」

〔三〕揚雄《長楊賦序》：「上將大誇胡人以多禽獸，秋，命右扶風發民入南山，西至褒斜，東至弘農，南敺漢中，張羅網罝罘，捕熊羆豪猪、虎豹狖玃、狐兔麋鹿，載以檻車，輸長楊射熊館，以網爲周阹，縱禽獸其中。令胡人手搏之，自取其獲，上親臨觀焉。」阹，音驅，捕禽獸所設之網陣。

〔四〕靈臺，漢臺名，在長安西北。《文選》揚雄《羽獵賦》：「帝將惟田於靈之囿。……爾乃虎路三嵕，以爲司馬，圍徑百里，而爲殿門。」李善注：「應劭曰：外門爲司馬門，殿門在内也。」

〔五〕齷齪，局小貌。

但王者以四海爲家，萬姓爲子，則天下之山林禽獸，豈與衆庶異之？而臣以爲不能以大道匡君，示物周博，平文論苑之小，竊爲微臣之不取也。今聖朝園池遐荒，殫窮六合。以孟冬十月大獵於秦，亦將曜威講武，掃天蕩野。豈荒淫侈靡，非三驅之意耶〔一〕！臣白作頌，折中厥美〔二〕。其辭曰：

【注釋】

〔一〕三驅，《易·比》：「王用三驅，失前禽。」朱熹注：「天子不合圍，開一面之網，來者不拒，去者不追，故爲用三驅失前禽。」

〔二〕折中，謂取其中正，無所偏頗。

粵若皇唐之契天地而襲氣母兮〔一〕，粲五葉之葳蕤〔二〕。惟開元廓海宇而運斗極兮〔三〕，總六聖之光熙〔四〕。誕金德之淳精兮，漱玉露之華滋〔五〕。文章森乎七曜兮〔六〕，制作參乎兩儀〔七〕。括衆妙而爲師〔八〕。明無幽而不燭兮，澤無遠而不施。慕往昔之三驅兮，順生殺於四時。

【注釋】

〔一〕粵，句首虚詞。契，猶開闢也。氣母，謂元氣、陰陽。《莊子·大宗師》：「夫道，有情有信，無爲無形。……狶韋氏得之，以挈天地；伏戲氏得之，以襲氣母。」

〔二〕五葉，謂自高祖至玄宗，凡歷五世。

〔三〕斗極，《爾雅·釋地》：「北戴斗極爲空桐。」邢昺疏：「斗，北斗也。極者，中宫天極星，其一明者，泰一之常居也。以其居天之中，故謂之極。極，中也。北斗拱極，故云斗極。」《文選》揚雄《長楊賦》：「高祖奉命順斗極，運天關。」李善注：「服虔曰：隨天斗極星運轉也。」

〔四〕六聖，謂高祖、太宗、高宗、武后、中宗、睿宗。

〔五〕王注：「玄宗誕生於八月，故以金德、玉露頌言也。」

〔六〕七曜，謂日月與水、火、金、土、木五星。

〔七〕兩儀，謂天地。《易·繫辭》上：「是故易有太極，是生兩儀。」孔穎達疏：「不言天地而言兩儀者，指其物體，下與四象相對，故曰兩儀。」

〔八〕衆妙，萬物之玄理。《老子》：「玄之又玄，衆妙之門。」瞿、朱云：「此句單行古韻，文氣不屬，疑上脱一句。」瞿、朱説是。

若乃嚴冬慘切，寒氣凛冽。不周來風〔一〕，玄冥掌雪〔二〕。木脱葉，草解節。土囊烟陰〔三〕，火井冰閉〔四〕。是月也，天子處乎玄堂之中〔五〕。滄八水兮休百工〔六〕，考王制兮遵國風〔七〕。樂農人之閑隙兮，因校獵而講戎〔八〕。乃使神兵出於九闕〔九〕，天仗羅於四野。徵水衡與林虞〔一〇〕，辨土物之衆寡。千騎飇掃，萬乘雷奔。梢扶桑而拂火雲兮，括月窟而搜寒門〔一一〕。赫壯觀於今古，橥摇蕩於乾坤。此其大略也。而内以中華爲天心，外以窮髮爲海口〔一二〕，豁咽喉以洞開〔一三〕，吞荒裔而盡取〔一四〕。大章按步以來往〔一五〕，夸父振策而奔走〔一六〕。足跡乎日月之所通，囊括乎陰陽之未有。

【注釋】

〔一〕不周，風名。《史記·律書》：「不周風居西北，主殺生。」

〔二〕玄冥，水神。《禮記·月令》：「孟冬之月，……其神玄冥。」

〔三〕土囊，《文選》宋玉《風賦》：「盛怒於土囊之口。」李善注：「土囊，大穴也。」

〔四〕火井，即天然氣井。古多用以煮鹽，故又稱鹽井。《華陽國志·蜀志》：「臨邛縣……有火井，夜時光映上昭。民欲其火，先以家火投之，頃許，如雷聲，火焰出，通耀數十里。」

〔五〕《禮記·月令》：「孟冬之月，……天子居玄堂左个。」鄭玄注：「玄堂左个，北堂西偏也。」

〔六〕滄，音創，寒也。八水，指關中灞、滻、涇、渭、豐、鎬、潦、潏八水，休百工，謂天寒而百工之屬不復作器。《禮記·月令》：「季秋之月，……霜始降，則百工休。」

〔七〕《文選》班固《東都賦》：「若乃順時節而蒐狩，簡車徒以講武，則必臨之以《王制》，考之以《風》《雅》。」李善注：「《禮記·王制》曰：天子諸侯，無事則歲三田，田不以禮，曰暴天物。《風》，《國風》《騶虞》、《駟鐵》是也。《雅》，《小雅》《車攻》、《吉日》是也。」

〔八〕校獵，《漢書·成帝紀》：「行幸長楊宫，從胡客大校獵。」顔師古注：「此校謂以木自相貫穿爲闌校耳。校人職云：六厩成校。是則以遮闌爲義也。校獵者，大爲闌校以遮禽獸而獵取也。」

〔九〕九闕，謂天子所居之九門。

〔一〇〕水衡，官職名，漢武帝元鼎二年置水衡都尉、水衡丞，掌上林苑。《漢書·百官公卿表》應劭注：「古山林之官曰衡，掌諸池苑，故稱水衡。」林虞，王注：「《周禮》有山虞澤虞，皆掌山澤之官。今稱林虞者，變文言之也。」

〔一一〕月窟，月所宿處，謂極西之地。寒門，謂極北之地。《淮南子·地形》：「北方曰北極之山，曰寒門。」高誘注：「積寒所在，故曰寒門。」

〔一二〕窮髮，《莊子・逍遥遊》：「窮髮之北。」郭象注：「《釋文》：髮猶毛也。山以草木爲髮，窮髮言極荒遠之地也。」

〔一三〕咽喉，喻險要扼塞之地。

〔一四〕荒裔，邊遠之地。

〔一五〕大章，即太章。《淮南子・地形》：「禹乃使太章步自東極，至於西極，二億三萬三千五百里七十五步。」高誘注：「太章，……善行人，皆禹臣也。」

〔一六〕夸父，神話傳説中之巨人。《山海經・海外北經》：「夸父與日逐走，入日。渴欲得飲，飲於河渭，河渭不足。北飲大澤，未至，道渴而死。棄其杖，化爲鄧林。」

君王於是撞鴻鐘，發鑾音〔一〕。出鳳闕〔二〕，開宸襟〔三〕。駕玉輅之飛龍〔四〕，歷神州之層岑。遊五柞兮瞰三危〔五〕，挾細柳兮過上林〔六〕。攢高牙以總總兮〔七〕，駐華蓋之森森〔八〕。於是擢倚天之劍，彎落月之弓。崑崙叱兮可倒，宇宙噫兮增雄。河漢爲之卻流，川嶽爲之生風。羽毛揚兮九天絳〔九〕，獵火燃兮千山紅。

【注釋】

〔一〕鑾音，王注：「《爾雅翼》：有虞氏之輅，謂之鑾車，亦曰鑾輅。《明堂・月令》：春則乘之。蔡邕稱以金爲鑾鳥，懸鈴其中，施於衡，爲遲速之節。崔豹《古今注》亦以爲五輅衡上金雀者，朱鳥也，口銜鈴，鈴謂之鑾。」

〔二〕鳳闕，漢宮闕名，在建章宮東，高二十餘丈。後以鳳闕泛指朝廷。

〔三〕宸襟，帝王之胸襟。

〔四〕玉輅，天子所乘車，以玉飾之，故名。

〔五〕五柞，即五柞宮，漢離宮名，故址在今陝西盩厔縣東南。因有五柞樹，故名。三危，山名，《書·禹貢》謂三危山在敦煌。一説在今甘肅岷山之西南，一説在雲南。

〔六〕細柳，地名，在長安西南。

〔七〕牙，指牙旗。天子出，乃建牙旗。飾以象牙，故名。總總，聚貌。

〔八〕華蓋，傘蓋。帝王之車有華蓋，因又以華蓋代車。

〔九〕羽毛，謂旌旗之類，以羽爲飾。

乃召蚩尤之徒〔一〕，聚長戟，羅廣澤。呵雨師，走風伯〔二〕。稜威耀乎雷霆〔三〕，烜赫震於蠻貊〔四〕。陋梁都之體制，鄙靈囿之規格〔五〕。而南以衡霍作襟，北以岱恒作阹〔六〕。夾東海而爲塹兮〔七〕，拖西冥而流渠〔八〕。麾九州之珍禽兮，迴千群以坌入〔九〕。聯八荒之奇獸兮，屯萬族而來居。

【注釋】

〔一〕蚩尤，古九黎族部落酋長，其傳説不一。《藝文類聚》卷十一引《龍魚河圖》：「黄帝時，有蚩尤，兄弟八十一人，并獸身人語，銅頭鐵額，食沙石子，造立兵杖，刀戟大弩，威振天下，誅殺無道，不仁慈，萬民欲令黄帝行天下事，黄帝仁義，不能禁蚩尤，黄帝仰天而嘆。天遣玄女下，授黄帝兵信神符，制伏蚩尤，帝因使之主兵，以制八方。蚩尤没後，天下復擾亂，黄帝遂畫蚩尤形像，以威天下。天下咸謂蚩尤不死，八方萬邦，皆爲弭伏。」此處代狩獵之勇士。

〔二〕雨師，即玄冥。風伯，即飛廉。

〔三〕稜威，嚴威也。

〔四〕蠻貊，泛指少數民族。

〔五〕梁都，當爲梁鄒之誤。王注：「梁都當是梁鄒之訛。《東都賦》：制同乎梁鄒，義合乎靈囿。章懷太子注：《魯詩傳》曰：古有梁鄒者，天子之田也。《三輔黄圖》：靈囿，文王囿也。靈者，言文王之有靈德也。在長安縣西四十二里。」王説是。

〔六〕衡，即衡山，爲南嶽，在今湖南衡陽。霍，即霍山，在今安徽省西部。岱，即泰山，又稱岱宗，爲東嶽。恒，即恒山，爲北嶽，在今山西省。襟當爲襟之誤。王注：「襟字，以下文作陸、爲塹、流渠例之，當是襟字之訛。《方言》：襟，格也。《類篇》：今竹木格蓋籬落之屬。若以襟帶義解之，與文義不合。」王説是。

〔七〕壍，同塹，護城河。

〔八〕西冥，即西溟，西海也。

〔九〕坌，塵也。坌入，謂如塵之飛揚而着落也。瞿、朱注：「入字突與上下文不叶韻，古無此例，似有誤。」

雲羅高張，天網密布。罝罘綿原〔一〕，峭格掩路〔二〕。蠛蠓過而猶礙，蟭螟飛而不度〔三〕。彼層霄與殊榛〔四〕，罕翔鳥與伏兔。從營合技，彌巒被岡。金戈森行，洗晴野之寒霜。虹旗電掣，卷長空之飛雪。吴驂走練〔五〕，宛馬蹀血〔六〕。縈衆山之聯綿，隔遠水之明滅。

【注釋】

〔一〕罝罘，音居孚，捕獸網也。

〔二〕峭格，《文選》左思《吴都賦》：「峭格周施。」吕向注：「峭，高也。格，張網之木也。」

〔三〕蠛蠓、蟭螟，俱爲小蟲。

〔四〕殊榛，灌木大者。

〔五〕吴驂，吴地之馬。走練，謂馬疾走如練。參見至德元載《贈武十七諤》詩注。

〔六〕宛馬，大宛所産之馬，即汗血馬。參見乾元二年《天馬歌》詩注。

使五丁摧峰〔一〕，一夫拔木〔二〕。下整高頹，深平險谷，擺椿栝〔三〕，開林叢。喤喤呷呷〔四〕，盡奔突於場中。而田疆古冶之疇〔五〕，烏獲中黄之黨〔六〕，越崢嶸，獵莽蒼。喑嗚哮𪗙〔七〕，風旋電往。脱文豹之皮，抵玄熊之掌〔八〕。批狻手猱〔九〕，挾三挈兩。既徒搏以角力，又揮鋒而争先。行䞰號以鴞睍兮〔一〇〕，氣赫火而敵烟。拳封貐，肘巨㹜〔一一〕。梟羊應叱以斃踣〔一二〕，猰貐亡精而墜巔〔一三〕。或碎腦以折脊，或歕髓而飛涎〔一四〕。窮遐荒，蕩林藪。扼土狛〔一五〕，殪天狗〔一六〕。脱角犀頂〔一七〕，探牙象口。掃封狐於千里，捩雄虺之九首〔一八〕。咋騰蛇而仰吞〔一九〕，拖奔兕以卻走〔二〇〕。

【注釋】

〔一〕五丁摧峰，見開元十八年《蜀道難》詩注。

〔二〕《楚辭·招魂》：「一夫九首，拔木九千些。」王逸注：「言丈夫一身九頭，强梁多力，從朝至暮，大拔木九千枝也。」

〔三〕擺，分開、排除。椿，插入地下之木橛。栝，木名，即檜樹，此作木杖解。

〔四〕喤呷，衆聲喧嘩。

〔五〕田疆、古冶，即田開疆、古冶子，春秋時齊國勇士，事景公，以勇力搏虎聞。

〔六〕烏獲、中黄，指勇士。《文選》張衡《西京賦》：「乃使中黄之士，育獲之儔。」李周翰注：「中黄，國名，其俗多勇力。育，夏育；獲，烏獲，皆古之勇力者。」

〔七〕哮㘎，音消喊，猛獸怒也，以喻勇士。

〔八〕抵，擊也。

〔九〕狻，音酸，即狻猊，獅子。猱，音撓，猿類。

〔一〇〕 䖘，音含，白虎也，《説文》作䖘。鶚，鳥名，雕屬。王注：「言獵徒勇健，其聲猛如虎之號，其視精如鶚之睨也。」

〔一一〕 貒，音湍，野猪也。㹟，音延，似狸而長。

〔一二〕 梟羊，獸名，即狒狒。

〔一三〕 猰貐，音軋與，傳説中食人之怪獸。

〔一四〕 歕，同噴。

〔一五〕 土狛，似狼，善驅羊。狛音粕，又音博、碧。

〔一六〕 殪，殺也。天狗，獸名，《山海經·西山經》謂其「狀如狸而白首」。

〔一七〕 犀，即犀牛，鼻上有一或二角，間亦有三角者。其角可爲飾物。

〔一八〕 捩，折、扭也。虺，毒蛇。

〔一九〕 咋，嚙也。騰蛇，傳説能飛騰之蛇。

〔二〇〕 兕，獸名，似牛。或謂即雌犀。

君王於是峨通天〔一〕，靡星旃〔二〕，奔雷車，揮電鞭〔三〕。觀壯士之效獲，顧三軍而欣然。曰：夫何神抶鬼摽之駭人也〔四〕！又命建夔鼓〔五〕，勵武卒。雖躪轢之已多〔六〕，猶拗怒而未歇。集赤羽兮照日〔七〕，張烏號兮滿月〔八〕。戎車轞轞以陸離〔九〕，彀騎煌煌而奮發〔一〇〕。鷹犬之所騰捷，飛走之所蹉蹶。攫麏麚之咆哮〔一一〕，蹂豻貉以挂格〔一二〕。膏鋒染鍔，填巖掩窟。觀殊材與逸群，尚揮霍以出没〔一三〕。

【注釋】

〔一〕通天，謂通天冠。峨，高也。《新唐書·車服志》：「通天冠者，冬至受朝賀、祭還、燕群臣、養老之服也。二十四梁，附蟬十二首，施珠翠，金博山，黑介幘，組纓翠緌，玉、犀簪導。」

〔二〕靡星旃，王注：「《子虛賦》：靡魚須之橈旃。靡字本此。靡，偃也。方獵而偃其旗者，即《王制》天子殺則下大綏之義。《廣韻》：旃，曲柄旗，以招衆士也。《羽獵賦》：立歷天之旗，曳捎星之旃。吕向注：言旗旃之高，歷拂於天星也。」

〔三〕雷車、電鞭，喻車行之迅疾也。

〔四〕抶，音笞。摽，音飄。皆擊也。

〔五〕夔鼓，以夔革所製之鼓。夔，神話傳説中獸名，狀如牛，蒼色無角，一足能走，其聲如雷。黄帝殺之，取皮以冒鼓，聲聞五百里。此處泛指大鼓。

〔六〕躪轢，音藺礫，車輪碾軋。

〔七〕赤羽，謂以赤羽裝飾之旗。

〔八〕烏號，良弓名。《淮南子·原道》：「射者扞烏號之弓。」高誘注：「烏號，桑柘，其材堅勁，烏峙其上，及其將飛，枝必橈下，勁能復起撲，烏隨之，烏不敢飛，號呼其上，伐其枝以爲弓，因曰烏號之弓也。」

〔九〕轞轞，車聲也。

〔一〇〕彀騎，《史記·張釋之馮唐列傳》：「彀騎萬三千。」司馬貞《索隱》：「如淳曰：彀騎，張弓之騎也。」

〔一一〕麏，音君，獸名，即獐。麚，音加，牡鹿。

〔一二〕豺，似狗而長尾。貉，似狸。

〔一三〕王注：「殊材、逸群，指獸之健捷者而言。揮霍，謂飛走亂急也。」

別有白䝯飛駿〔一〕，窮奇貙貗〔二〕。牙若錯劍，鬣如叢竿。口吞殳鋋〔三〕，目極槍櫓〔四〕。碎琅弧，攫玉弩〔五〕。射猛彘〔六〕，透奔虎。金鏃一發，旁疊四五〔七〕。雖鑿齒磨牙而致伉，誰謂南山白額之足賭〔八〕？總八校〔九〕，搜四隅。馳專諸〔一〇〕，走都盧〔一一〕。趫喬林〔一二〕，撇絶壁〔一三〕。抄獑猢〔一四〕，攬貊貜〔一五〕。囚鼬鼯於峻崖〔一六〕，頓㲄玃於穹石〔一七〕。養由發箭〔一八〕，奇肱飛車〔一九〕。巧聒更贏〔二〇〕，妙兼蒲且〔二一〕。墜鸐鵴於青雲〔二二〕，落鴻雁於紫虛。捎鶬鴰〔二三〕，漂鸕鷀〔二四〕。彈地廬與神居〔二五〕。斬飛鵬於日域〔二六〕，摧大鳳於天墟〔二七〕。龍伯釣其靈鼇〔二八〕，任公獲其巨魚〔二九〕。窮造化之譎詭，何神怪之有餘？

【注釋】

〔一〕白䝯，飛駿，皆獸名，不詳其類。䝯音眉。

〔二〕窮奇，《山海經·西山經》：「邽山其上有獸焉，其狀如蝟毛，名曰窮奇，音如獋狗，是食人。」貙貗，音初瞞，獸名，似狸而大。

〔三〕殳鋋，音殊延，兵器也。殳，戈類。鋋，短矛。

〔四〕槍，長柄有尖頭之刺擊兵器。櫓，大盾也。按，目極義難解。極或擊字，以音同而誤也。句似謂猛獸與人格鬥，以口吞兵器，又以目注視兵器也。

〔五〕琅弧、玉弩，皆良弓，以玉裝飾之。

〔六〕彘，野猪。

〔七〕鏃，箭頭。句謂射之疾。曹丕《飲馬長城窟行》詩：「發機若雷電，一發連四五。」

〔八〕王注：「《長楊賦》：鑿齒之徒，相與磨牙而争之，服虔曰：鑿齒，齒長五尺似鑿，亦食人。伉，即抗也，古字通用。《晉書·周處傳》以南山白額虎爲三害之一。白額虎，蓋虎之老者，力雄勢猛，人所難禦。今以鑿齒磨牙之怪獸，尚能與之相抗而不懼，彼南山白額虎，又焉在目中耶？深狀獵士之勇。」

〔九〕八校，武職名。漢武帝置中壘、屯騎、步兵、越騎、長水、胡騎、射聲、虎賁八校尉。

〔一〇〕專諸，春秋吴國勇士，曾助闔閭謀刺吴王僚。

〔一一〕都盧，國名，在南海一帶。此謂都盧國之人。《文選》張衡《西京賦》：「非都盧之輕趫，孰能超而究升？」李善注：「《漢書》曰：自合浦南有都盧國，……其人善緣高。」

〔一二〕趫，音喬，趫行也。

〔一三〕擻，拂也。

〔一四〕抄，同鈔，叉取也。獑猢，獸名，似猴而四足短，騰躍若迅飛之鳥。獑音讒。

〔一五〕攬，持也。貊音莫，獸名，大如驢，狀似熊。貛，字書無此字，音義俱無考，疑爲猢字之誤。猢，傳說中獸名，大如驢，狀如猴，善緣木。

〔一六〕囚，繫也。鼬，獸名，善捕鼠，俗稱鼠狼。鼯，鼠類，形似蝙蝠，俗稱飛鼠。

〔一七〕頓，僵、仆也。𤞞，音忽，獸名，似鼬而大，食獼猴。玃，音矍，獸名，似獼猴而大。穹石，大石也。

〔一八〕養由，即養由基，春秋楚人，善射，百步射柳葉，百發百中。

〔一九〕奇肱，傳說中國名。《山海經·海外西經》：「奇肱之國……其人一臂三目。」郭璞注：「其人善爲機巧，以取百禽。能作飛車，從風遠行。」

〔二〇〕更嬴，戰國時善射者。《戰國策·楚策》：「更嬴與魏王處京臺之下，仰見飛鳥。更嬴謂魏王曰：臣爲王引弓虛發而下鳥。魏王曰：然則射可至此乎？更嬴曰：可。有間，雁從東方來，更嬴以虛發而下之。王曰：然則射可至此乎？更嬴曰：此孽也，……其飛徐而鳴悲。飛徐者，故瘡痛也；鳴悲者，久失群也。故瘡未息，驚心未忘，聞弦音引而高飛，故瘡隕也。」按：聒，喧也，於義未安，疑是括字之誤。括，涵蓋、壓倒也，與下文兼互文，意謂射技之巧可兼更嬴。

〔二一〕蒲且，古楚國之善射者。《列子·湯問》：「蒲且子之弋也，弱弓纖繳，乘風振之，連雙鶬於青雲之際。」

〔二二〕鸀瑦，音鐲玉，鳥名，似鴨而大，長頸赤目，紫紺色。

〔二三〕捎，取也，掠也。鶬，即鶬鴰，大如鶴，青蒼色。䳄，即天鵝。

〔二四〕鸕鷀，音盧渠，水鳥，似鴨而大，毛黑，俗稱水老鴨，通作鸕鶿。王注：「漂，當作摽，擊也。」王說是。

〔二五〕地盧，謂大地也。神居，神所居處。

〔二六〕日域，日所出之處。

〔二七〕大鳳，王注：「大鳳，非瑞鳥之鳳也。若是瑞鳥之鳳，則下文有解鳳凰與鸞鷟之語，而此又云摧大鳳，不但重複，兼亦自相矛盾。考楊升庵《字說》引《通史》：繳大鳳於青丘，戮修蛇於洞庭。是古書先有以大風爲大鳳者，而太白因之歟？《淮南子》云：堯之時，猰貐、鑿齒、九嬰、大風、封豨、修蛇，皆爲民害。堯乃使羿誅鑿齒於疇華之野，殺九嬰於凶水之上，繳大風於青丘之澤下，殺猰貐，斷修蛇於洞庭，擒封豨於桑林。夫大風與猰貐、鑿齒、封豨、修蛇并稱，是亦物類中之凶怪者。而高誘注云：大風，風伯也，能壞人屋舍，則又以爲神名矣。《風俗通》云：飛廉，風伯也。《漢書音義》：應劭曰：飛廉神禽，能致風氣者也。晉灼曰：身似鹿，頭如爵，有角而蛇尾，文如豹文，豈大風即飛廉之神鳥，而因以訛爲風伯歟！姑廣其說，以俟知者。升菴又引内典鳳當作鳳，中從馬，非鳳凰之鳳。然鳳字他書不載，恐未足據。」

〔二八〕龍伯，傳説中巨人國人。《列子·湯問》：「龍伯之國有大人，舉足不盈數步而暨五山之所，一釣而連六鼇，合負而趨。」

〔二九〕任公，即任公子。《莊子·外物》：「任公子爲大鈎巨緇。……投竿東海，旦旦而釣，期年不得魚，已而大魚食之。」

所以噴血流川，飛毛灑雪。狀若乎高天雨獸，上墜於大荒；又似乎積禽爲山，下崩於林穴。陽烏沮色於朝日〔一〕，陰兔喪精於明月〔二〕。思騰裝上獵於太清〔三〕，所恨穹昊於路絶而忽也〔四〕。莫不海晏天空，萬方來同。雖秦皇與漢武兮，復何足以争雄？俄而君王茫然改容，愀然有失。於居安思危〔五〕，防險戒逸。斯馳騁以狂發，非至理之弘術。且夫人君以端拱爲尊，玄妙爲寶。暴殄天物〔六〕，是謂不道。乃命去三面之網，示六合之仁。已殺者皆其犯命，未傷者全其天真。雖剪毛而不獻〔七〕，豈割鮮以焠輪〔八〕？解鳳凰與鸑鷟兮〔九〕，旋騶虞與麒麟〔一〇〕。獲天寶於陳倉〔一一〕，載非熊於渭濱〔一二〕。

【注釋】

〔一〕陽烏，謂太陽。傳説太陽中有三足烏。

〔二〕陰兔，謂月。傳説月中有兔。

〔三〕太清，指天空。

〔四〕穹昊，天空也。

〔五〕兩宋本、繆本、咸本俱無居字。《唐文粹》無於字。瞿、朱注：「此句文氣似有不屬，故各本或無居字，或無於字。」

〔六〕暴殄天物，謂殺傷過多，任意殘害天生萬物。

〔七〕王注：「毛萇《詩傳》：面傷不獻，剪毛不獻。《正義》曰：面傷不獻者，謂當面射之。剪毛不獻者，謂在旁而逆射之。二者皆爲逆射，不獻者，嫌誅降之意。」

〔八〕《文選》司馬相如《子虛賦》：「割鮮染輪。」呂向注：「鮮，牲也，謂割牲之血，染於車輪也。」焠，染也，今通作淬。

〔九〕鸑鷟，音岳濯，鳳屬，或謂鳳之别名。

〔一〇〕騶虞，傳説中仁獸名。《詩・召南・騶虞》：「于嗟乎騶虞。」毛傳：「騶虞，義獸也。白虎黑文，不食生物，有至信之德則應之。」麒麟，傳説中仁獸名，雄曰麒，雌曰麟，其狀麇身，牛尾，狼蹄，一角。

〔一一〕天寶，傳説中神物名，即陳寶。《文選》揚雄《羽獵賦》：「追天寶。」李善注：「應劭曰：天寶，陳寶也。晉灼曰：天寶，鷄頭而人身。」陳倉，地名，唐至德二載改爲寶鷄，即今陝西寶鷄縣。《羽獵賦》：「野盡山窮，囊括其雌雄。」李善注：「《太康記》曰：秦文公時，陳倉人獵得獸，若彘，而不知其名。道逢二童子，曰：此名爲糟弗述。糟弗述亦語曰：彼二童子名爲寶鷄，得雄者王，得雌者霸。陳倉人舍櫝弗述逐二童子，化爲雉，雄止陳倉，化爲石，雌如楚，止南陽也。」

〔一三〕非熊，《搜神記》卷八：「吕望釣于渭陽，文王出遊獵。占曰：今日獵得一獸，非龍非螭，非熊非羆，合得帝王師。果得太公於渭之陽。與語，大悦，同車載而還。」此以非熊喻帝王得賢士。

於是享獵徒，封勞苦。軒行炰〔一〕，騎酌酟〔二〕。韜兵戈，火網罟〔三〕。然後登九霄之臺，宴八紘之圃。開日月之扃，闢生靈之户。聖人作而萬物覩，覽蒐岐與狩敖，何宣成之足數〔四〕？哂穆王之荒誕，歌《白雲》之西母〔五〕。曷若飽人以淡泊之味，醉時以淳和之觴。鼓之以雷霆，舞之以陰陽。虞乎神明〔六〕，狃於道德〔七〕。張無外以爲罝〔八〕，琢大朴以爲杙〔九〕。頓天網以掩之，獵賢俊以御極。若此之狩，罔有不克。

【注釋】

〔一〕炰，音庖，烤肉也。

〔二〕酟，酒也。

〔三〕韜，猶藏。火，焚也。

〔四〕岐，即今陝西岐山縣，周成王曾獵於此。敖，即今河南滎陽，周宣王曾獵於此。《文選》張衡《東京賦》：「薄狩於敖，既瑣瑣焉。岐陽之蒐，又何足數？」李善注：「謂周王狩也。瑣瑣，小也，言鄙陋不足説也。……謂成王所狩之地，亦以小不足可數也。」

〔五〕王注：「《穆天子傳》：吉日甲子，天子賓於西王母，乃執白圭元璧以見西王母，好獻錦組百純，組三百純。西王母再拜受之。乙丑，天子觴西王母於瑶池之上，西王母爲天子謡曰：白雲在天，山陵自出。道里悠遠，山川間之。將子無死，尚能復來。天子答之曰：子歸東土，和洽諸夏，萬民平均，吾顧見汝。比及三年，將復而野。」

〔六〕虞，通娱，樂也。

〔七〕狃，習慣也。

〔八〕無外，指範圍極大。

〔九〕大朴，大木也。杙，木樁也，用以欄獸。

使天人晏安，草木繁殖。六宫斥其珠玉〔一〕，百姓樂於耕織。寢鄭衛之聲〔二〕，卻靡曼之色〔三〕。天老掌圖〔四〕，風后侍側〔五〕。是三階砥平而皇猷允塞〔六〕。豈比夫《子虚》、《上林》、《長楊》、《羽獵》計麋鹿之多少，誇苑囿之大小哉！方將延榮光於後昆〔七〕，軼玄風於邃古〔八〕。擁嘉瑞，臻元符〔九〕。登封於太山，篆德於社首，豈與乎七十二帝同條而共貫哉〔一〇〕？君王於是迴蜺旌，反鑾輿。訪廣成於至道〔一一〕，問大隗之幽居〔一二〕。使罔象掇玄珠於赤水〔一三〕，天下不知其所如也。

【注釋】

〔一〕六宫，古天子有六宫。鄭玄《周禮·天官注》以爲正寢一，燕寢五。後泛稱皇帝后妃居所。王

注：「《舊唐書》：開元二年六月，内出金玉錦繡等服玩，令於正殿前焚之。所謂六宫斥其珠玉，在當時實有其事矣。然玩全節文義，概是獎勸其當然之詞，非頌美其已行之政，不當作實事解。」

〔二〕鄭衛之聲，指春秋時鄭衛兩國之俗樂。《禮記·樂記》：「鄭衛之音，亂世之音也。」

〔三〕靡曼之色，謂色之艷美者也。

〔四〕天老，相傳爲黄帝臣。《藝文類聚》卷十一引《河圖挺佐輔》：「黄帝修德立義，天下大治，乃召天老而問焉：余夢見兩龍，挺白圖，以授余於河之都。天老曰：河出龍圖，雒出龜書，紀帝録，列聖人之姓號，興謀治太平，然後鳳凰處之。以鳳凰以下三百六十日矣，天其受帝圖乎！」

〔五〕風后，相傳爲黄帝臣。《史記·五帝本紀》：「舉風后、力牧、常先、大鴻以治民。」張守節《正義》：「《帝王世紀》云：黄帝夢大風吹天下之塵垢皆去。……帝寤而嘆曰：風爲號令，執政者也。垢去土，后在也。天下豈有姓風名后者哉？於是依二占而求之，得風后於海隅，登以爲相。」

〔六〕三階，星名，以喻三公之位。詳見寶應元年《獻從叔當塗宰陽冰》詩注。皇猷，皇帝之謀畫。

〔七〕後昆，後代也。

〔八〕軼，超、過也。玄風，玄妙之風，謂道也。邃古，往古、遠古。

〔九〕元符，大瑞也。

〔一〇〕王注：「《漢書》：管仲曰：古者封泰山禪梁父者七十二家，而夷吾所記者十有二焉。昔無懷氏封泰山，禪云云，虙羲封泰山，禪云云，神農氏封泰山，禪云云，炎帝封泰山，禪云云，黄帝封泰山，禪亭亭，顓頊封泰山，禪云云，帝嚳封泰山，禪云云，堯封泰山，禪云云，舜封泰山，禪云云，禹封泰山，禪會稽，湯封泰山，禪云云，周成王封泰山，禪於社首。《風俗通》：封泰山，封者立石高一丈二尺，刻之曰：事天以禮，立身以義，事父以孝，成名以仁，四守之内，莫不爲郡縣，四夷八蠻，咸來俱職，與天下無極，人民蕃息，天禄永得。祭上玄尊而俎生魚。壇廣十二丈，高三尺，階三等，必於其上，示增高也。刻石紀號，著己績也。或曰：金泥銀繩，印之璽下。篆德，謂篆刻於石，以頌功德也。應劭曰：社首，山名，在博縣。《元和郡縣志》：社首山，在兖州乾封縣西北二十六里。《漢書》：夫帝王之道，豈不同條共貫歟？」

〔一一〕廣成，傳説黄帝時人，居崆峒山中。參見《明堂賦》注。

〔一二〕大隗，亦作泰隗，傳説中之至人也。《莊子·徐無鬼》：「黄帝將見大隗乎具茨之山，方明爲御，昌寓驂乘，張若、謵朋前馬，昆閽、滑稽後車。至於襄城之野，七聖皆迷，無所問途。適遇牧馬童子，問途焉，曰：『若知具茨之山乎？』曰：『然。』『若知大隗之所存乎？』曰：『然。』黄帝曰：『異哉小童！非徒知具茨之山，又知大隗之所存。請問爲天下。』」

〔一三〕罔象，傳説中之水怪。《國語·魯語》：「水之怪曰龍、罔象。」赤水，神話中之水名。《楚辭·離騷》：「忽吾行此流沙兮，遵赤水而容與。」王逸注：「《博雅》云：崑崙虚，赤水出其東南陬。」

《莊子·天地》：「黄帝遊乎赤水之北，登乎崑崙之丘而南望，還歸，遺其玄珠。使知索之而不得，使離朱索之而不得，使喫詬索之而不得也。乃使象罔，象罔得之。黄帝曰：異哉，象罔乃可以得之乎！」

【集説】

王云：《古賦辨體》：《大獵賦》與《子虚》、《上林》、《羽獵》等賦，首尾布叙，用事遣辭，多相出入。又曰：太白天才英卓，所作古賦差强人意。但俳之蔓雖除，律之根故在，雖下筆有光燄，時作奇語，只是六朝賦爾。

俞樾云：《李太白集》有《大獵賦》，序言「以孟冬十月大獵於秦」，不言何年。據史則先天元年、開元元年、開元八年并有其事。太白生年或云聖曆己亥，或云長安元年辛丑，則作此賦總在十三歲以後、二十三歲以前。（《九九銷夏録》）

詹鍈云：薛譜：「開元元年十月甲辰，帝獵渭川，有《大獵賦》。」王曰：「按賦序但云以孟冬十月大獵於秦而不書年分。考《通鑑》：先天元年十月癸卯，上幸新豐，獵於驪山之下。開元元年十月甲辰，獵於渭川。八年十月壬午，畋於下邽。十月而獵於秦地凡三見。舊譜竟屬之癸丑歲者，大約以太白生於聖曆二年，至是合十有五歲。因『十五觀奇書，作賦淩相如』一詩而附會其説。若以太白生日自長安元年數之，至是始十有三歲耳。恐未是。」然王譜竟不注其著於何年。按賦中自稱臣，則當爲上於君王者。且賦中所鋪叙者亦每有實事可據，非盡出於想像。開元初年，太白尚在蜀中，安得而出此？太白《温泉侍從歸逢故人》詩云：「子雲叨侍從，獻賦有光輝。」《答杜秀才五松山見贈》詩云：「昔獻長楊賦，天開雨雲歡。」《秋夜獨坐懷故山》：「誇胡新賦作，諫獵短書成。」則白所獻者即此賦歟？獨孤及《送李白之曹南序》云：「曩子之入秦也，上方覽《子虛》之賦，喜相如同時，由是朝詣公事，夕揮宸翰。」亦可證白嘗獻賦於玄宗也。天寶二年帝獵渭川一事不見正史。唐張讀《宣室志》云：「明皇狩近郊，射中大鹿，張果曰：千年仙鹿也。」據《唐新語》知張果入京在開元二十三年。又唐薛用弱《集異記》徐佐卿條：「明皇天寶十三載重陽日獵於沙苑。」二事均不見正史，蓋畋獵之事不見正史者甚多。《大獵》一賦未必作於開元初年也。

【按】

觀賦中所獵之禽獸，多有非秦地所出者，固是想象之辭耳。白嘗三擬《文選》，此賦規模，亦從《子虛》、《上林》、《羽獵》中來，或是蜀中之作。史載開元八年玄宗嘗獵於渭川；同年，禮部尚書蘇頲知益州大都督府長史事，白嘗於路中投刺，頲曰：「此子天才英麗，下筆不休，雖風力未成，且見專車之骨。若廣之以學，可以相如比肩。」（見《上安州裴長史書》）蘇頲以相如擬白，則白投刺所獻，當爲大賦，或即是此篇。詹引白獻賦諸詩句，當是白以揚雄事擬其以文學待詔，未必即有獻賦實事也。又云白賦中自稱臣，則此賦即是天寶二年獻於君王者，亦未必。白《明堂賦》亦自稱臣，而《明堂賦》即非作於待詔翰林時。

大鵬賦　并序

開元十三年作於江陵。原名《大鵬遇希有鳥賦》。此係白中年後之改定稿。大鵬，傳説中之大鳥。《莊子·逍遥遊》云：北冥有魚，其名爲鯤，鯤之大，不知其幾千里也。怒而飛，其翼若垂天之雲。是鳥也，海運則將徙於南冥。南冥者，天池也。《齊諧》者，志怪者也，《諧》之言曰：鵬之徙於南冥也，水擊三千里，摶扶摇而上者九萬里，去以六月息者也。」此篇蓋以大鵬自況。

余昔於江陵，見天台司馬子微〔一〕，謂余有仙風道骨，可與神遊八極之表〔二〕。因著《大鵬遇希有鳥賦》以自廣〔三〕。此賦已傳於世，往往人間見之。悔其少作，未窮宏達之旨，中年棄之。及讀《晉書》，覩阮宣子《大鵬贊》〔四〕，鄙心陋之。遂更記憶，多將舊本不同〔五〕。今復存手集，豈敢傳諸作者？庶可示之子弟而已。其辭曰：

【注釋】

〔一〕司馬子微，《大唐新語·隱逸》：「司馬承禎，字子微，隱於天台山，自號白雲子，有服餌之術。則天、中宗朝，頻徵不起。睿宗雅尚道教，稍加尊異，承禎方赴召。……無何，苦辭歸，乃賜寶琴花帔以遺之。」《舊唐書·司馬承禎傳》：「開元九年遣使迎入京，親受法籙，前後賞賜甚厚，十年駕還西都，承禎又請還天台山，玄宗賦詩以遣之。十五年又召至都，玄宗令承禎於王屋山自選形勝置壇室以居焉。」

〔二〕八極，八方之極也。

〔三〕希有鳥，謂司馬承禎。王注：「《神異經》：崑崙山有大鳥，名曰希有。南向張左翼覆東王公，右翼覆西王母，背上小處無羽，一萬九千里。西王母歲登翼上會東王公也。其《鳥銘》曰：有鳥希有，緑赤煌煌，不鳴不食，東覆東王公，西覆西王母。王母欲東，登之自通。陰陽相須，唯會益工。」

〔四〕阮宣子，名修，晉人，嘗作《大鵬贊》，曰：「蒼蒼大鵬，誕自北溟。假精靈鱗，神化以生。如雲之翼，如山之形，海運水擊，扶摇上征。翕然層舉，背負太清。志存天地，不屑雷霆。鸒鳩仰笑，尺鷃所輕。超然高逝，莫知其情。」

〔五〕將，與也。

南華老仙，發天機於漆園〔一〕。吐峥嶸之高論，開浩蕩之奇言。徵至怪於《齊諧》〔二〕，談北溟之有魚。吾不知其幾千里，其名曰鯤。化成大鵬，質凝胚渾〔三〕。脱鬐鬣於海島〔四〕，張羽毛於天門。刷渤澥之春流，晞扶桑之朝暾。燀赫乎宇宙〔五〕，憑陵乎崑崙〔六〕。一鼓一舞，烟朦沙昏。五嶽爲之震蕩，百川爲之崩奔〔七〕。爾乃蹶厚地，揭太清。亘層霄，突重溟。激三千以崛起，向九萬而迅征。背業太山之崔嵬〔八〕，翼舉長雲之縱横。左迴右旋，倏陰忽明。歷汗漫以夭矯，豣閶闔之崢嶸〔九〕。簸鴻蒙，扇雷霆。斗轉而天動，山摇而海傾。怒無所搏，雄無所争。固可想像其勢，彷彿其形。

【注釋】

〔一〕南華老仙，謂莊子。天寶元年，詔封莊子爲南華真人。莊子，名周，嘗爲漆園吏。

〔二〕《齊諧》，書名，或云人名。王先謙《莊子集解》：「司馬彪云：齊諧，人姓名。簡文云：書名。」

〔三〕胚渾，《文選》郭璞《江賦》：「類胚渾之未凝。」李善注：「言雲氣杳冥，似胚胎渾混，尚未凝結。」

〔四〕鬐鬣，魚之脊鬐。

〔五〕燀赫，聲勢浩大。蕭注：「燀赫舊作烜赫。《莊子》曰：鶩揚而奮鬐，白波若山，海水震蕩，聲侔鬼神，燀赫千里。世本作烜字，由傳寫者作炟字之誤，人不能解，遂作烜字。今釐正之。」瞿、朱注：「炟即烜字，避宋諱缺筆。」燀音闡。

〔六〕憑陵，進逼也。

〔七〕崩奔，水激其岸，崩頹而奔波也。

〔八〕業，音業，高貌。

〔九〕豣，音貢，至也。

若乃足縈虹蜺，目耀日月。連軒沓拖〔一〕，揮霍翕忽〔二〕。噴氣則六合生雲，灑毛則千里飛雪。邈彼北荒，將窮南圖。運逸翰以傍擊〔三〕，鼓奔飈而長驅。燭龍銜光以照物〔四〕，列缺施鞭而啟途〔五〕。塊視三山〔六〕，杯觀五湖〔七〕。其動也神應，其行也道俱。任公見之而罷釣〔八〕，有窮不敢以彎弧〔九〕。莫不投竿失鏃，仰之長吁。爾其雄姿壯觀，坱軋河漢〔一〇〕，上摩蒼蒼，下覆漫漫。盤古開天而直視〔一一〕，羲和倚日以旁嘆〔一二〕。繽紛乎八荒之間，掩映乎四海之半。横大明而掩晝〔一三〕，若混茫之未判。忽騰覆以迴轉，則霞廓而霧散。

【注釋】

〔一〕《文選》木華《海賦》：「翔霧連軒，長波涾㴯。」張銑注：「連軒，飛貌。」李周翰注：「涾㴯，延長貌。」按：涾㴯即沓拖。

〔二〕翕歘，迅疾貌。

〔三〕翰，鳥羽也。

〔四〕燭龍，見天寶十一載《北風行》詩注。

〔五〕列缺，雷電之光也。

〔六〕三山，指海中蓬萊、瀛洲、方丈三神山。

〔七〕五湖，太湖也。其説不一，或謂五湖爲太湖之别名，或謂太湖有五道，故謂五湖。

〔八〕任公，即任公子，詳見至德元載《猛虎行》詩注。

〔九〕有窮，即后羿，相傳爲有窮國君主，善射。

〔一〇〕坱軋，瀰漫也。

〔一二〕《太平御覽》卷二引徐整《三五歷記》：「天地渾沌如鷄子，盤古生其中。萬八千歲，天地開闢，陽清爲天，陰濁爲地。盤古在其中。一日九變，神於天，聖於地，天日高一丈，地日厚一丈，盤古日長一丈，如此萬八千歲，天數極高，地數極深，盤古極長，後乃有三皇。」

〔一三〕羲和，日御者。參見天寶六載《日出入行》詩注。

〔一三〕「横大明而」，兩宋本、繆本、王本作「當胸臆之」。據《文苑英華》改。

然後六月一息，至於海湄〔一〕。欻翳景以横翥〔二〕，逆高天而下垂。憩乎泱漭之野〔三〕，入乎汪湟之池〔四〕。猛勢所射，餘風所吹。溟漲沸渭〔五〕，巖巒紛披。天吴爲之怵慄〔六〕，海若爲之躨跜〔七〕。巨鼇冠山而卻走〔八〕，長鯨騰海而下馳。縮殻挫鬛〔九〕，莫之敢窺。吾亦不測其神怪之若此，蓋乃造化之所爲。豈比夫蓬萊之黄鵠，誇金衣與菊裳〔一〇〕？恥蒼梧之玄鳳，耀綵質與錦章。既服御於靈仙，久馴擾於池隍〔一一〕。精衛殷勤於銜木〔一二〕，鶢鶋悲愁乎薦觴〔一三〕。天鷄警曉於蟠桃〔一四〕，踆烏晰耀於太陽〔一五〕。不曠蕩而縱適，何拘攣而守常？未若兹鵬之逍遥，無厥類乎比方。不矜大而暴猛，每順時而行藏〔一六〕。參玄根以比壽〔一七〕，飲元氣以充腸。戲暘谷而徘徊〔一八〕，馮炎洲而抑揚〔一九〕。

【注釋】

〔一〕海湄，海邊也。

〔二〕歘，忽也。翳景，遮蔽日光。

〔三〕泱漭，闊大貌。

〔四〕汪湟，低窪積水處。

〔五〕溟漲，《文選》謝靈運《遊赤石進帆海》詩：「溟漲無端倪。」李周翰注：「溟漲，皆海也。」《文選》王褒《洞簫賦》：「佚豫以沸渭。」李善注：「《埤蒼》曰：沸渭，不安貌。」

〔六〕天吴，水神。《山海經·海外東經》：「朝陽之谷，神曰天吴，是爲水伯。……其爲獸也，八首人面，八足八尾，皆青黄。」

〔七〕海若，海神名。蹙跜，動貌。

〔八〕巨鼇，《文選》左思《吴都賦》：「巨鼇贔屭，首冠靈山。」吕向注：「巨鼇，大龜也。靈山，海中蓬萊山，而大鼇以首戴之。冠，猶戴也。」

〔九〕㱿，音峭，外裹之堅皮。縮㱿，拳局貌。

〔一〇〕《西京雜記》卷一：「始元元年，黄鵠下太液池。上爲歌曰：『黄鵠飛兮下建章，羽肅肅兮行蹌蹌，金爲衣兮菊爲裳。唼喋荷荇，出入蒹葭，自顧菲薄，愧爾嘉祥。』」按《三輔黄圖》卷六：「太液池，在長安故城西。……《漢書》曰：建章宫北治大池，名曰太液池，中起三山，以象瀛洲、蓬萊、方丈。」故曰蓬萊黄鵠。

〔一一〕池隍，繞城水也。有水曰池，無水曰隍。

〔一二〕精衛，鳥名，常銜木以填海。詳見天寶六載《登高丘而望遠海》詩注。

〔一三〕鶢鶋，鳥名。《莊子・至樂》：「昔者海鳥止於魯郊，魯侯御而觴之於廟，奏《九韶》以爲樂，具太牢以爲膳。鳥乃眩視悲之，不敢食一臠，不敢飲一杯。三日而死。」

〔一四〕天鷄，神話中天上之鷄。詳見天寶五載《夢遊天姥吟留别》詩注。

〔一五〕踆烏，《淮南子・精神》：「日中有踆烏。」高誘注：「踆猶蹲也，謂三足烏。」踆音村。

〔一六〕行藏，《論語・述而》：「子謂顔淵曰：用之則行，舍之則藏。」

〔一七〕玄根，道之本也。

〔一八〕暘谷，傳説中日之所出處。

〔一九〕炎洲，王注：「炎洲在南海中，地方二千里，去北岸九萬里，亦多仙家。」

俄而希有鳥見謂之曰：偉哉鵬乎，此之樂也。吾右翼掩乎西極，左翼蔽乎東荒。跨躡地絡〔一〕，周旋天綱〔二〕。以恍惚爲巢，以虚無爲場。我呼爾遊，爾同我翔。於是乎大鵬許之，欣然相隨。此二禽已登於寥廓，而斥鷃之輩〔三〕，空見笑於藩籬。

【注釋】

〔一〕地絡，地之脈絡，謂山川之屬。

〔二〕天綱，王注：「天綱者，天之綱維，謂南北二極不動之處。」

〔三〕斥鷃，小雀也。

【集説】

王云：《古賦辨體》：太白蓋以鵬自比，而以希有鳥比司馬子微，賦家宏衍巨麗之體，《楚騷》、《遠遊》等作已然，司馬、班、揚猶尚此。此顯出《莊子》寓言，本自宏闊，太白又以豪氣雄文發之，事與辭稱，俊邁飄逸，去《騷》頗近。

詹鍈云：薛仲邕《年譜》繫此賦開元十年下。《王譜》謂「此賦未詳作於何年」。按衛憑《唐王屋山中巖台正一先生廟碣》（見《全唐文》）謂司馬尊師嘗「遊句曲，步華陽之天。……登衡山窺華陽之祕。」又云：「歲乙亥（開元二十三年）夏六月十八日乘空而去。」《舊唐書・司馬承禎傳》：「開元九年遣使迎入京，親受道籙。十年，駕還西都，承禎又請還天台山，玄宗賦詩以遣之。十五年，又召至都。玄宗令承禎於王屋山自選形勝，置壇室以居焉。」顏真卿《茅山玄靖先生廣陵李君碑》：「開元十七年，從司馬鍊師於王屋山傳授大法。」蓋開元十五年後，承禎即居王屋以迄於終，則其遊衡山當在開元十五年以前。《唐大詔令集》卷七十四《令盧從願等祭嶽瀆詔》：「令太常少卿張九齡祭南嶽。」下注開元十四年正月。《張曲江集・登南嶽事畢謁司馬道士》詩云：「將命祭靈嶽，迴策詣真士。」此司馬道士即承禎也。白之遇承禎於江陵，當在開元十三、四年間司馬道士遊衡山之前後。

代壽山答孟少府移文書

開元十五年始隱於安陸時作。壽山，在今湖北安陸縣。孟少府，安陸縣尉，名字不詳。移文，官府往來文書之一種。

淮南小壽山謹使東峰金衣雙鶴[一]，銜飛雲錦書於維揚孟公足下曰[二]：僕包大塊之氣[三]，生洪荒之間。連翼軫之分野[四]，控荆衡之遠勢[五]。盤薄萬古[六]，邈然星河。憑天霓以結峰，倚斗極而横嶂。頗能攢吸霞雨，隱居靈仙。産隋侯之明珠[七]，蓄卞氏之光寶[八]，罄宇宙之美，殫造化之奇。方與崑崙抗行，閬風接境[九]，何人間巫廬台霍之足陳耶[一〇]？

【注釋】

〔一〕唐安陸隸淮南道，故稱。

〔二〕維揚，即揚州。王注：「摘《禹貢》『淮海惟揚州』之句以成文也。」

〔三〕大塊，謂天地。

〔四〕翼、軫，皆星宿名。王注：「《漢書》：楚地，翼軫之分野也。今之南郡、江夏、零陵、桂陽、武陵、長沙及漢中、汝南郡，盡楚分也。《宋書》：翼軫，荆州之分也。」

〔五〕荆謂荆州之地，衡謂衡州之地。

〔六〕盤薄，據持牢固貌。

〔七〕《淮南子·覽冥》：「譬如隋侯之珠，和氏之璧，得之者富，失之者貧。」高誘注：「隋侯，漢東之國姬姓諸侯也。隋侯見大蛇傷斷，以藥傅之，後蛇於江中銜大珠以報之，因曰隋侯之珠。」按，漢東即隨州，在安陸西北七十里。

〔八〕卞氏光寶，即和氏璧，出荆山。見天寶十二載《抱玉入楚關》（古風其三十六）詩注。按，荆山在楚，安陸舊屬楚地，故云。

〔九〕閬風，《文選》屈原《離騷》：「朝吾將濟於白水兮，登閬風而緤馬。」李善注：「閬風，山名，在崑崙上。」

〔一〇〕巫、廬、台、霍，分别指巫山、廬山、天台山、霍山。

昨於山人李白處見吾子移文，責僕以多奇，鄙僕以特秀，而盛談三山五嶽之美。謂僕小山無名，無德而稱焉〔一〕。觀乎斯言，何太謬之甚也？吾子豈不聞乎？無名爲天地之始，有名爲萬物之母〔二〕。假令登封禋祀〔三〕，曷足以大道譏耶？然能損人費物，庖殺致祭，暴殄草木，鐫刻金石，使載圖典，亦未足爲貴乎！且達人莊生常有餘論，以爲尺鷃不羡於鵬鳥〔四〕，秋毫可并於太山〔五〕。由斯而談，何小大之殊也？又怪於諸山藏國賢、隱國賢，使吾君榜道燒山〔六〕，披訪不獲，非通談也。夫皇王登極，瑞物昭至，蒲萄翡翠以納貢，河圖洛書以應符〔七〕，設天網而掩賢，窮月竁以率職〔八〕。天不秘寶，地不藏珍，風威百蠻，春養萬物。王道無外，何英賢珍玉而能伏匿於巖穴耶？所謂榜道燒山，此則王者之德未廣矣。昔太公大賢，傅説明德，棲渭川之水，藏虞虢之巖，卒能形諸兆朕，感乎夢想〔九〕。此則天道暗合，豈勞乎搜訪哉？果投竿詣麾，捨築作相，佐周文，讚武丁。總而論之，山亦何罪？乃知巖穴爲養賢之域，林泉非祕寶之區。則僕之諸山亦何負於國家矣？

【注釋】

〔一〕瞿、朱注：「無德，疑當作無得。」説或是。

〔二〕語出《老子》。云：「無名，天地之始；有名，萬物之母。」

〔三〕登封，登山封禪。帝王告成功於天地所舉行之儀式。《漢書·武帝紀》：「夏四月癸卯，上還，登封泰山。」顏師古注：「孟康曰：王者功成治定，告成功於天。封，崇也。助天之高也。刻石紀號，有金策、石函、金泥、玉檢之封焉。」禋祀，祭天神也，以祭神之牲體與玉帛置柴上，燒柴烟起昇上，表示告天。《周禮·春官·大宗伯》：「以禋祀祀昊天上帝。」鄭玄注：「禋之言烟，……燔燎而昇烟，所以報陽也。」

〔四〕尺鷃，即斥鷃，小雀也。《莊子·逍遥遊》：「斥鷃笑之曰：『彼且奚適也？我騰躍而上，不過數仞而下，翱翔蓬蒿之間，此亦飛之至也，而彼且奚適也？』」

〔五〕《莊子·齊物論》：「天下莫大於秋毫之末而太山爲小。」

〔六〕榜道燒山，王注：「《晉書》：孫惠詭稱南嶽逸士秦祕之，以書干東海王越，越省書，榜道以求之。惠乃出見越，越即以爲記室參軍，專掌文書，預參謀議。《三國志》注：《文士傳》曰：太祖雅聞阮瑀名，辟之不應，連見迫促，乃逃入山中。太祖使人焚山得瑀，送至。梁邵陵王《貞白先生陶君碑》：榜道求賢，焚林招士。」

〔七〕河圖、洛書，《易·繫辭》上：「河出圖，洛出書，聖人則之。」孔穎達謂河圖即八卦，鄭玄以爲帝王聖者受命之瑞。參見廣德元年《悲歌行》詩注。漢儒以洛書即《洪範》九疇。《書·洪範》：「天乃賜禹《洪範》九疇。」孔安國傳：「天與禹洛出圖，神龜負文而出，列於背，有數至於九，禹遂因而第之以成九類常道。」

〔八〕月窟，即月窟，謂極西之地。窟音毳。

〔九〕太公，即吕望，文王夢非熊而得之於渭濱，以爲太師。參見《大獵賦》注。傅説，商王武丁大臣，相傳原是築版之奴隸，藏於巖。巖在虞虢之界，武丁因夢訪得。

近者逸人李白自峨眉而來，爾其天爲容，道爲貌〔一〕，不屈己，不干人，巢由以來，一人而已。乃虬蟠龜息〔二〕，遁乎此山。僕嘗弄之以綠綺，卧之以碧雲，嗽之以瓊液，餌之以金砂〔三〕。既而童顔益春，真氣愈茂，將欲倚劍天外，挂弓扶桑〔四〕。浮四海，横八荒，出宇宙之寥廓，登雲天之渺茫。俄而李公仰天長吁，謂其友人曰：吾未可去也。吾與爾，達則兼濟天下，窮則獨善一身〔五〕。安能餐君紫霞，蔭君青松，乘君鸞鶴，駕君虬龍，一朝飛騰，爲方丈蓬萊之人耳？此則未可也。乃相與卷其丹書，匣其瑶瑟，申管晏之談〔六〕，謀帝王之術，奮其智能，願爲輔弼。使寰區大定，海縣清一〔七〕，事君之道成，榮親之義畢。然後與陶朱留侯，浮五湖，戲滄洲，不足爲難矣。即僕林下之所隱容，豈不大哉？必能資其聰明，輔以正氣，借之以物色，發之以文章，雖烟花中貧，没齒無恨〔八〕。其有山精木魅〔九〕，雄虺猛獸〔一〇〕，以驅之四荒，磔裂原野〔一一〕，使影跡絶滅，不干户庭，亦遺清風掃門，明月侍坐。此乃養賢之心，實亦勤矣。孟子孟子，無見深責耶？明年青春，求我於此巖也。

【注釋】

〔一〕天容、道貌，謂其神態超然於物外也，《莊子·德充符》：「道與之貌，天與之形。」

〔二〕龜息，道家語，謂呼吸調息如龜，不飲食而能長生。《史記·龜策列傳》：「南方老人用龜支床足，行二十餘歲，老人死，移床，龜尚生不死。龜能行氣導引。」

〔三〕金砂，謂丹藥也。

〔四〕阮籍《詠懷》詩：「彎弓挂扶桑，長劍倚天外。」

〔五〕《孟子·盡心》上：「窮則獨善其身，達則兼善天下。」

〔六〕管、晏，指春秋齊國政治家管仲與晏嬰。

〔七〕海縣，猶言宇内。

〔八〕没齒，終年也。齒猶年。

〔九〕山精，傳説山中怪獸。形如鼓，赤色，一足，謂爲暉；或如龍而五色赤角，謂爲飛飛。木魅，林中之妖也。

〔一〇〕虺，毒蛇也。猛獸，王注：「猛獸，猛虎也，唐人諱虎，或易稱武，或易稱獸。」按，高祖李淵祖名虎。

〔一一〕磔，裂也。

早春於江夏送蔡十還家雲夢序

開元十六年春作於江夏。蔡十，名字不詳。

吾觀蔡侯，奇人也。爾其才高氣遠，有四方之志。不然，何周流宇宙太多耶？白遐窮冥搜〔一〕，亦以早矣。海草三綠，不歸國門〔二〕。又更逢春，再結鄉思。一見夫子，冥心道存。窮朝晚以作宴，驅烟霞以輔賞。朗笑明月，時眠落花。斯遊無何，尋告睽索〔三〕。來暫觀我，去還愁人。乃浮漢陽，入雲夢，鄉枻云叩〔四〕，歸魂亦飛。且青山綠楓，累道相接，遇勝因賞，利君前行。既非遠離，曷足多嘆？秋七月，結遊鏡湖〔五〕，無愆我期〔六〕。先子而往，敬慎好去，終當早來，無使耶川白雲不得復弄爾〔七〕。鄉中廖公及諸才子爲詩略謝之。

【注釋】

〔一〕冥搜，探訪幽冥。

〔二〕白以開元十三年出蜀，至此已歷三春，故云。

〔三〕睽索，離散也。

〔四〕枻，船槳也。叩，謂擊水。

〔五〕鏡湖，在會稽、山陰兩縣界，以水平如鏡，故名。宋人諱敬字，改爲鑑湖。

〔六〕愆，過也。愆期，猶言違期。

〔七〕耶川，即若耶溪，在會稽。弄，狎、玩也。按，白出蜀後即有吴越之遊，故稱此次之遊爲復弄。

上安州李長史書

開元十七年作於安陸。李長史，據白《上安州裴長史書》，名京之。

白，嶔崎歷落可笑人也〔一〕。雖然，頗嘗覽千載，觀百家。至於聖賢，相似厥衆：則有若似於仲尼〔二〕，紀信似於高祖〔三〕，牢之似於無忌〔四〕，宋玉似於屈原〔五〕。而遥觀君侯，竊疑魏洽。便欲趨就，臨然舉鞭。遲疑之間，未及迴避。且理有疑誤而成過，事有形似而類真，惟大雅含弘〔六〕，方能恕之也。白少頗周慎〔七〕，忝聞義方，入暗室而無欺〔八〕，屬昏行而不變〔九〕。今小人履疑誤形似之跡，君侯流愷悌矜恤之恩〔一〇〕。戢秋霜之威，布冬日之愛。晬容有穆〔一一〕，怒顏不彰。雖將軍息恨於長孺之前〔一二〕，此無慚德；司空受揖於元淑之際〔一三〕，彼未爲賢。一言見冤〔一四〕，九死非謝。

【注釋】

〔一〕嶔崎，高峻貌，此以喻人之高邁不羈。歷落，通作磊落，率直開朗。

〔二〕有若，字子有，孔子弟子。《史記·仲尼弟子列傳》：「孔子既没，弟子思慕，有若狀似孔子，弟子相與共立爲師，師之如夫子時也。」

〔三〕紀信，漢趙城人，劉邦部將。項羽圍劉邦於滎陽，事急，信僞爲劉邦出降，邦得脱。項羽怒，殺信。事見《史記·項羽本紀》。王注：「《史記》、《漢書》載紀信誑楚事，不言其貌似高祖。惟《白帖》云紀信貌似漢王，乘黄屋車，左纛，詐稱漢王出降項羽。不詳出於何書，要必有所本。」

〔四〕王注：「《晉書》：何無忌，劉牢之之甥，酷似其舅。」

〔五〕王注：「《襄陽耆舊傳》：宋玉識音而善文，襄王好樂而愛賦，既美其才而憎其似屈原也，曰：子盍從俗，使楚人貴子之德乎？」

〔六〕大雅含弘，猶言寬弘大量。

〔七〕周慎，周詳審慎也。

〔八〕《梁書·簡文帝紀》：「弗欺暗室，豈況三光？」

〔九〕《列女傳·仁智傳》：「衛靈公……與夫人夜坐，聞車聲轔轔，至闕而止，過闕復有聲。公問夫人曰：『知此爲誰？』夫人曰：『此蘧伯玉也。』公曰：『何以知之？』夫人曰：『妾聞禮下公門，式路馬，所以廣敬也。夫忠臣與孝子不爲昭昭變節，不爲冥冥墮行。蘧伯玉，衛之賢大夫也，仁而有智，敬於事上，此其人必不以暗昧廢禮。是以知之。』」

〔一〇〕愷悌，和樂簡易也。

〔一一〕晬容，容貌温和潤澤。

〔一二〕將軍，指衛青。長孺，漢汲黯字。《漢書·汲黯傳》：「汲黯，字長孺。……爲人性倨少禮。……大將軍青既益尊，姊爲皇后，然黯與亢禮。或説黯曰：『自天子欲令群臣下大將軍，大將軍尊貴誠重，君不可以不拜。』黯曰：『夫以大將軍有揖客，反不重耶？』大將軍聞，愈賢黯，數請問以朝廷所疑，遇黯加於平日。」

〔一三〕王注：「《後漢書》：趙壹，字元叔，漢陽西縣人。光和元年，舉郡上計到京師。是時司徒袁逢受計，計吏數百人皆拜伏庭中，莫敢仰視。壹獨長揖而已。逢望而異之，命左右往讓之曰：下郡計吏而揖三公，何也？對曰：昔酈食其長揖漢王，今揖三公，何遽怪哉？逢即斂衽下堂，延置上坐，因問西方事，大悦，顧謂坐中曰：此漢陽趙元叔也，朝臣莫有過之者，吾請爲諸君分坐。坐者皆屬觀。或用其事。……司空當是司徒，元淑當是元叔之誤，未可知也。」

〔一四〕冤，王注：「當作兔。」王説是。

白孤劍誰託，悲歌自憐。迫於悽惶，席不暇暖〔一〕。寄絶國而何仰〔二〕？若浮雲而無依。南徙莫從，北遊失路。遠客汝海〔三〕，近還郘城〔四〕。昨遇故人，飲以狂藥〔五〕，一酌一笑，陶然樂酣。困河朔之清觴〔六〕，飲中山之醇酎〔七〕。屬早日初眩〔八〕，晨霾未收〔九〕。乏離朱之明〔一〇〕，昧王戎之視〔一一〕。青白其眼〔一二〕，瞢而前行〔一三〕。亦何異抗莊公之輪，怒螳螂之臂〔一四〕？御者趨召，明其是非。入門鞠躬，精魄飛散。昔徐邈緣醉而賞，魏王卻以爲賢〔一五〕；無鹽因醜而獲，齊君待之逾厚〔一六〕。白妄人也，安能比之？上挂《國風·相鼠》之譏〔一七〕，下懷《周易》履虎之懼〔一八〕，慭以固陋〔一九〕，禮而遣之。幸容甯越之辜〔二〇〕，深荷王公之德。銘刻心骨，退思狂愆，五情冰炭，罔知所措。晝愧於影，夜慚於魄，啟處不惶，戰跼無地。

【注釋】

〔一〕悽惶，不安居之意。席不暇暖，謂汲汲於奔走，坐不暖席。

〔二〕絕國，謂遠也。

〔三〕汝海，謂汝州之地，即今河南臨汝一帶。

〔四〕郧，亦作鄖，古國名，春秋時爲楚所滅，故址即今安陸。

〔五〕狂藥，謂酒也。酒能亂性，使人狂放，故云。《晉書·裴秀傳》附《裴楷傳》：「長水校尉孫秀舒嘗與(石)崇酣燕，慢傲過度。崇欲表免之，楷聞之，謂崇曰：『足下飲人狂藥，責人正禮，不亦乖乎？』」

〔六〕河朔，泛指黃河以北之地。清觴，美酒。江總《瑪瑙盌賦》：「獲阿宗之美寶，命河朔之名觴。」

〔七〕飫，音遇，飽也。中山，地名，今河北唐縣、定縣一帶。酎，音宙，醇酒也。《文選》左思《魏都賦》：「醇酎中山，流湎千日。」李善注：「中山出好酎酒。其俗傳云：昔有人曰玄石者，從中山酒家酤酒。酒家與之千日之酒，語其節度，比歸數百里，可至於醉。如其言飲之，至家而醉。其家不知其醉，以爲死也，棺斂而葬之。中山酒家計向千日，憶曰：玄石前來酤酒，其醉向解也。遂往問。其鄰人曰：玄石死來三年，服已闋矣。於是與其家至玄石冢上，掘而開其棺，玄石於是醉始解，起於棺中。其俗語曰：玄石飲酒，一醉千日。」

〔八〕眩，不明貌。

〔九〕晨霾，早晨之濕氣。

〔一〇〕離朱，亦作離婁，相傳爲黄帝時人，明視，百步之外，能見秋毫之末。

〔一一〕王戎，晉人。《晉書·王戎傳》：「戎幼而穎悟，神彩秀徹，視日不眩。裴楷見而目之曰：『戎眼爛爛如巖下電。』」

〔一二〕《晉書·阮籍傳》：「籍又能爲青白眼。見禮俗之士，以白眼對之。及嵇喜來弔，籍作白眼，喜不懌而退。喜弟康聞之，乃齎酒挾琴造焉。籍大喜，乃見青眼。」

〔一三〕瞢，音夢，目不明也。

〔一四〕《韓詩外傳》卷八：「齊莊公出獵，有螳螂舉足將搏車輪，問其御曰：『此何蟲也？』御曰：『此是螳螂也。其爲蟲知進而不知退，不量力而輕就敵。』」《莊子·人間世》：「汝不知夫螳螂乎？怒其臂以擋車轍，不知其不勝任也。」

〔一五〕《三國志·魏書·徐邈傳》：「爲尚書郎。時科禁酒，而邈私飲，至於沉醉。校士趙達問以曹事，邈曰：『中聖人。』達白之太祖，太祖甚怒。鮮于輔進曰：『平日醉客謂酒清者爲聖人，濁者爲賢人，邈性修慎，偶醉言耳。』竟坐得免刑。文帝踐阼，車駕幸許昌，問邈曰：『頗復中聖人否？』邈對曰：『昔子反斃於穀陽，御叔罸於飲酒。臣嗜同二子，不能自懲，時復中之。然宿瘤以醜見傳，而臣以醉見識。』帝大笑，顧左右曰：『名不虚立。』」

〔一六〕無鹽，戰國時無鹽邑鍾離氏女，名春，貌極醜，有德，齊宣王納爲后。參見天寶二年《于闐採花》詩注。

〔一七〕《詩·鄘風·相鼠》：「相鼠有皮，人而無儀。人而無儀，不死何爲？」

〔一八〕《易·履》：「履虎尾，咥人，凶。」

〔一九〕憗，王注：「憗，當作慦。」王説是。慦，通作憫。

〔二〇〕《世説·政事》：「王安期作東海郡，吏録一犯夜人來。王問：『何處來？』云：『從師家受書還，不覺日晚。』王曰：『鞭撻甯越以立威名，恐非致理之本。』使吏送令歸家。」劉孝標注引《吕氏春秋》曰：「甯越者，中牟鄙人也。苦耕稼之勞，謂其友曰：何爲可以免此苦也？其友曰：莫如學也。學三十歲，則可以達矣。甯越曰：請以十五歲。人將休，吾不敢休；人將卧，吾不敢卧。學十五歲而爲周威公之師也。」

伏惟君侯明奪秋月，和均韶風〔一〕。掃塵詞場，振發文雅。陸機作太康之傑士，未可比肩；曹植爲建安之雄才，惟堪捧駕〔二〕。天下豪俊，翕然趨風。白之不敏，竊慕餘論。何圖叔夜潦倒，不切於事情〔三〕；正平猖狂，自貽於恥辱〔四〕？一忤容色，終身厚顔。敢昧負荆，請罪門下。儻免以訓責，恤其愚蒙，如能伏劍結纓，謝君侯之德〔五〕。敢以近所爲《春遊救苦寺》詩一首十韻，《石巖寺》詩一首八韻，《上楊都尉》詩一首三十韻〔六〕，辭旨狂野，貴露下情，輕干視聽，幸乞詳覽。

【注釋】

〔一〕韶風，和風也。

〔二〕陸機，晉太康詩人。曹植，東漢末建安詩人。鍾嶸《詩品·總論》：「陳思爲建安之傑。……陸機爲太康之英。」

〔三〕叔夜，即嵇康，字叔夜。嵇康《與山巨源絶交書》：「足下舊知吾潦倒粗疏，不切事情。」

〔四〕正平，即禰衡，字正平。猖狂不羈，爲黄祖所殺。事見《後漢書·禰衡傳》。

〔五〕伏劍，謂仰當劍刃也。結纓，謂死。《史記·仲尼弟子列傳》：「石乞、壺黶攻子路，擊斷子路之纓。子路曰：『君子死而冠不免。』」遂結纓而死。」伏劍、結纓皆謂殺身以報德。

〔六〕按，以上三詩皆不見集中，蓋已失傳。

【集説】

詹鍈云：《上安州裴長史書》云：「前此郡督馬公，朝野豪彦，一見盡禮，許爲奇才。因謂長史李京之曰：諸人之文，猶山無烟霞，春無草樹。李白之文，清雄奔放，句句動人。」顧祖禹《讀史方輿紀要》卷五：「《史略》：景雲二年，置都督二十四人，尋以權重難制，罷之。惟四大都督如故。開元十七年，以潞、益、并、荆、揚爲五大都督，又更定上中下都督之制，其中都督府凡十五……」按安州爲十五中都督府之一，則其復置當在是年。馬公即爲首任都督者也。此李長史必爲京之無疑。

秋夜於安府送孟贊府兄還都序

開元十七年秋作於安陸。安府即安州，唐於本年置安州爲中都督府，故稱。孟贊府，名字不詳，當即《代壽山答孟少府移文書》之孟少府。

夫士有飾危冠、佩長劍、揚眉吐諾、激昂青雲者，咸誇炫意氣，託交王侯。若告之急難，乃十失八九。我義兄孟子，則不然耶！道合而襟期暗親〔一〕，志乖而肝膽楚越〔二〕。鴻鶱鳳立〔三〕，不循常流。孔明披書，每觀於大略〔四〕；少君讀《易》，時作於小文〔五〕。四方賢豪，眩然景慕。雖長不過七尺，而心雄萬夫。至於酒情中酣，天機俊發，則談笑滿席，風雲動天。非嵩丘騰精〔六〕，何以及此？白以弱植〔七〕，早飲香名〔八〕。況親承光輝，恩甚華萼〔九〕，他鄉此別，誰無恨耶？時林風吹霜，散下秋草；海雁嘶月，孤飛朔雲。驚魂動骨，戛瑟落涕〔一〇〕。抗手緬邁〔一一〕，傷如之何！且各賦詩，以寵行路。

【注釋】

〔一〕襟期，情懷、抱負也。

〔二〕楚越，喻乖離。詳見上元二年《贈别從甥高五》詩注。

〔三〕騫，音軒，飛貌。

〔四〕《三國志·蜀書·諸葛亮傳》裴松之注引《魏略》曰：「亮在荊州，以建安初與潁川石廣元、徐元直、汝南孟公威等俱遊學，三人務於精熟，而亮獨觀其大略。」

〔五〕王注：「《漢武帝外傳》：薊遼，字子訓，齊國臨淄人，李少君之邑人也。見少君有不死之道，遂以弟子之禮事少君而師事焉。性好清静，嘗閑居讀《易》，時作小小文疏，皆有意義。此文以爲少君事，疑誤。」

〔六〕嵩丘騰精，王注：「謂嵩山精靈之氣降生孟贊府。」

〔七〕弱植，謂軟弱難以樹立也。

〔八〕香名，謂人聲譽之美。

〔九〕華萼，喻弟兄。

〔一〇〕戛瑟，鼓瑟也。江淹《四時賦》：「軫琴情動，戛瑟涕落。」

〔一二〕抗手，舉手也。緬邁，遠行也。

上安州裴長史書

開元十八年作於安陸。

白聞天不言而四時行，地不語而百物生。白人焉，非天地，安得不言而知乎？敢剖心析肝，論舉身之事，便當談笑以明其心，而粗陳其大綱，一快憤懣，惟君侯察焉！白本家金陵，世爲右姓〔一〕，遭沮渠蒙遜難，奔流咸秦〔二〕，因官寓家，少長江漢。五歲誦六甲〔三〕，十歲觀百家，軒轅以來，頗得聞矣。常横經籍書，制作不倦，迄於今三十春矣。以爲士生則桑弧蓬矢，射乎四方，故知大丈夫必有四方之志〔四〕。乃仗劍去國，辭親遠遊。南窮蒼梧〔五〕，東涉溟海。見鄉人相如大誇雲夢之事〔六〕，云楚有七澤，遂來觀焉。而許相公家見招〔七〕，妻以孫女，便憩跡於此，至移三霜焉。

【注釋】

〔一〕右姓，豪族大姓。《新唐書·柳沖傳》：「江左定氏族，凡郡上姓第一，則爲右姓。太和以郡四姓爲右姓。齊浮屠曇剛《類例》凡甲門爲右姓。周建德氏族以四海通望爲右姓。隋開皇氏族以上品、茂姓則爲右姓。唐《貞觀氏族志》凡第一等則爲右姓。」

〔二〕王注：「按《晉書》，凉武昭王諱暠，字玄盛，隴西成紀人，姓李氏，漢前將軍廣之十六世孫也。廣曾孫仲翔，後漢初爲將軍，討叛羌於素昌，素昌乃狄道也。衆寡不敵，死之。仲翔子伯考奔喪，因葬於狄道之東川，遂家焉，世爲西州右姓。玄盛當吕氏之末，爲群雄所奉，遂啟霸圖，兵不血刃，坐定千里，進號大都督、大將軍、凉公，領秦凉二州牧。據河右，遷都酒泉。薨，子歆嗣位，爲沮渠蒙遜所滅，諸弟酒泉太守翻、新城太守預、領羽林監密、左將軍眺、右將軍亮等，西奔燉煌，翻及弟燉煌太守恂與諸子等棄燉煌奔於北山。郡人宋丞、張弘以恂在郡有惠政，推爲冠軍將軍、凉州刺史。蒙遜屠其城。歆子重耳脱身奔於江左，仕於宋，後歸魏，爲弘農太守。蒙遜徙翻子寶等於姑臧。歲餘，北奔伊吾，後歸於魏。胡應麟《續筆叢》：凉武昭王之世，南北瓜分已久，即云先世金陵，後遷隴、蜀，亦萬萬不通。蓋後人因白僑寓白門而僞爲此書云云。琦按：自本家金陵至少長江漢二十餘字，必有缺文訛字，否則金陵或是金城之謬，亦未可知，斷爲僞作者非是。」咸秦謂長安。

〔三〕六甲，五行方術之一。《神仙傳》：「左慈……乃學道，尤明六甲。」

〔四〕桑弧蓬矢，《禮記·射義》：「故男子生，桑弧、蓬矢六，以射天地四方。天地四方者，男子之所有事也，故必先有志於其所有事。」

〔五〕蒼梧，山名，即九疑，在今湖南寧遠縣，相傳舜葬於蒼梧之野。

〔六〕雲夢，古澤名，約在今湖南益陽、湘陰以北，湖北江陵、安陸以南及武漢市以西地區。

〔七〕許相公，謂許圉師。據《舊唐書·許紹傳》，紹字嗣宗，本高陽人，梁末徙於周，因家於安陸。少子圉師，有器幹，博涉藝文，舉進士。高宗顯慶二年，累遷黄門侍郎、同中書門下三品，兼修國史。上元中，遷户部尚書，儀鳳四年卒，贈幽州都督，陪葬恭陵，謚曰簡。

曩昔東遊維揚〔一〕，不踰一年，散金三十餘萬，有落魄公子，悉皆濟之。此則是白之輕財好施也。又昔與蜀中友人吴指南同遊於楚，指南死於洞庭之上，白禫服慟哭〔二〕，若喪天倫，炎月伏屍，泣盡而繼之以血。行路聞者，悉皆傷心。猛虎前臨，堅守不動。遂權殯於湖側，便之金陵。數年來觀，筋肉尚在。白雪泣持刃，躬身洗削，裹骨徒步，負之而趨，寢興携持，無輟身手。遂丐貸營葬於鄂城之東〔三〕。故鄉路遥，魂魄無主，禮以遷窆〔四〕，式昭朋情。此則是白存交重義也。又昔與逸人東嚴子隱於岷山之陽〔五〕，白巢居數年，不跡城市，養奇禽千計，呼皆就掌取食，了無驚猜。廣漢太守聞而異之〔六〕，詣廬親覩，因舉二人以有道〔七〕，并不起。此則白養高忘機不屈之跡也。又前禮部尚書蘇公出爲益州長史〔八〕，白於路中投刺〔九〕，待以布衣之禮，因謂群寮曰：「此子天才英麗，下筆不休，雖風力未成，且見專車之骨〔一〇〕。若廣之以學，可以相如比肩也。」四海明識，具知此談。前此郡督馬公〔一一〕，朝野豪彦，一見盡禮，許爲奇才，因謂長史李京之曰：「諸人之文，猶山無烟霞，春無草樹。李白之文，清雄奔放，名章俊語，絡繹間起，光明洞徹，句句動人。」此則故交元丹親接斯議〔三〕。若蘇馬二公愚人也，復何足陳？儻賢賢也，白有可尚。

【注釋】

〔一〕維揚，即揚州。

〔二〕禫，喪家除服之祭禮。禫服即素服。

〔三〕鄂城，即鄂州，治所在江夏，唐轄境當今湖北武漢市長江以南及黄石、咸寧地區。

〔四〕窆，音貶，下棺也。

〔五〕王注：「《尚書》蔡傳：晁氏曰：蜀以山近江源者通爲岷山。連峰接岫，重疊險阻，不詳遠近，青城、天彭之所環繞，皆古之岷山。青城乃其第一峰也。《地理今釋》：岷山跨古雍、梁二州，自陝西鞏昌府岷州衛以西，大山重谷，谽谺起伏，西南走蠻箐中，直抵四川成都府之西境。凡茂州之雪嶺，灌縣之青城，皆其支脈，而導江之處則在今松潘衛北西番界之浪架嶺。《漢書·地理志》所云：岷山在湔道縣西徼外，是也。」按，據王注，白所隱之「岷山之陽」，當指今四川灌縣之青城山。參見天寶十四載《下途歸石門舊居》詩注。逸人東嚴子，不詳何人。

〔六〕廣漢，王注：「太白巴西郡人，唐之巴西郡，即漢之廣漢郡。地取舊名，以代時稱，唐人多有此習。其實唐時無廣漢太守之名也。」

〔七〕有道，唐科舉名。在進士、明經常科之外，爲制科。

〔八〕蘇公，指蘇頲。頲，唐京兆武功人，字頲碩，封許國公。開元八年除禮部尚書，俄檢校益州大都督長史。兩《唐書》有傳。

〔九〕刺，書姓名於紙上，類今之名片。古人於竹簡上刺名字，故稱。投刺，投遞名片也。

〔一〇〕專車之骨，喻其文章氣魄之大。《國語·魯語》：「昔禹致群神於會稽之山，防風氏後至，禹殺而戮之，其骨節專車。」

〔一一〕馬公，馬正會，安州中都督府都督（據黄振常《郡督馬公初考》）。

〔一二〕元丹，即元丹丘，白摯友。集中與元丹丘交遊之詩甚多，可參看。

夫唐虞之際，於斯爲盛，有婦人焉，九人而已〔一〕。是知才難不可多得。白野人也，頗工於文，惟君侯顧之，無按劍也。伏惟君侯貴而且賢，鷹揚虎視，齒若編貝〔二〕，膚如凝脂〔三〕，昭昭乎若玉山上行〔四〕，朗然映人也。而高義重諾，名飛天京。四方諸侯聞風暗許。倚劍慷慨，氣干虹蜺。月費千金，日宴群客。出躍駿馬，入羅紅顔。所在之處，賓朋成市。故時人歌曰：「賓朋何喧喧？日夜裴公門。願得裴公之一言，不須驅馬埒華軒〔五〕。」白不知君侯何以得此聲於天壤之間？豈不由重諾好賢，謙以得也？而晚節改操〔六〕，栖情翰林〔七〕，天材超然，度越作者。屈佐鄖國，時惟清哉。稜威雄雄〔八〕，下慴群物。白竊慕高義，已經十年，雲山間之，造謁無路，今也運會，得趨末塵，承顔接辭，八九度矣。常欲一雪心跡，崎嶇未便。何圖謗言忽生，衆口攢毁，將恐投杼下客〔九〕，震於嚴威，然自明無辜，何憂悔吝？

孔子曰：「畏天命，畏大人，畏聖人之言〔一〇〕。」過此三者，鬼神不害。若使事得其實，罪當其身，則將浴蘭沐芳，自屏於烹鮮之地〔一一〕，惟君侯死生！不然，投山竄海，轉死溝壑，豈能明目張膽，託書自陳耶？昔王東海問犯夜者，曰：「何所從來？」答曰：「從師受學，不覺日晚。」王曰：「吾豈可鞭撻甯越以立威名〔一二〕？」想君侯通人，必不爾也。願君侯惠以大遇，洞開心顔，終乎前恩，再辱英盼。白必能使精誠動天，長虹貫日，直度易水，不以爲寒〔一三〕。若赫然作威，加以大怒，不許門下，逐之長途，白即膝行於前，再拜而去，西入秦海〔一四〕，一觀國風，永辭君侯，黄鵠舉矣。何王公大人之門，不可以彈長劍乎？

【注釋】

〔一〕《論語·泰伯》：「武王曰：予有亂臣十人。孔子曰：才難，不其然乎？唐虞之際，於斯爲盛。有婦人焉，九人而已。」何晏《集解》：「十人謂周公旦、召公奭、太公望、畢公、榮公、太顛、閎夭、散宜生、南宫适，其一人謂文母。」

〔二〕編貝，喻齒之美。《漢書·東方朔傳》：「臣朔年二十二，長九尺三寸，目若懸珠，齒若編貝。」

〔三〕凝脂，喻皮膚之美。《詩·衛風·碩人》：「膚如凝脂。」

〔四〕喻儀態之美。《世説·容止》：「裴令公有儁容儀，脱冠冕，粗服亂頭皆好。時人以爲玉人。見者曰：『見裴叔則如玉山上行，光映照人。』」

〔五〕埒，音劣，等、同也。

〔六〕晚節，晚年也。

〔七〕翰林，猶言儒林。《文選》揚雄《長楊賦》：「聊因筆墨之成文章，故籍翰林以爲主人。」李善注：「文翰之多若林也。」

〔八〕稜威，神威也。

〔九〕投杼，用曾母驚讒言事。詳見天寶八載《答王十二寒夜獨酌有懷》詩注。

〔一〇〕語出《論語·季氏》。

〔一一〕《老子》：「治大國若烹小鮮。」河上公注：「鮮，魚。」

〔一二〕見上年《上安州李長史書》注。

〔一三〕用荆軻事。見開元三年《擬恨賦》注。

〔一四〕秦海，王注：「秦海，秦地也。古以秦地爲陸海，故謂之秦海。」

【集説】

王云：《容齋四筆》：「李太白《上安州裴長史書》：裴君不知何如人，至譽其貴而且賢，名飛天京，天才超然，度越作者，稜威雄雄，下慴群物。予謂白以白衣入翰林，其蓋世英姿，能使高力士脱靴於殿上，豈拘拘然怖一州佐者耶？蓋時有屈伸，正自不得不爾。大賢不偶，神龍困於螻蟻，可勝嘆哉！白此書自序其生平云：昔與蜀中友人吴指南同遊，指南死於洞庭之上，白禫服慟哭，炎月伏屍，猛虎前臨，堅守不動，遂權殯於湖側。數年來觀，筋肉尚在，雪泣持刃，躬申洗削，裹骨徒步，負之而趨，遂丐貸營葬於鄂城。其存交重義如此。又與逸人東嚴子隱於岷山，巢居數年，不跡城市，養奇禽千計，呼皆就掌取食，了無驚猜，其養高忘機如此，而史傳不爲書之，亦爲未盡。」

劍閣賦

王本題下注云：「原注：送友人王炎入蜀。」開元十九年作於長安。

咸陽之南直望五千里〔一〕，見雲峰之崔嵬。前有劍閣横斷〔二〕，倚青天而中開。上則松風蕭颯瑟颸〔三〕，有巴猿兮相哀。旁則飛湍走壑，灑石噴閣，洶湧而驚雷。送佳人兮此去，復何時兮歸來？望夫君兮安極？我沉吟兮嘆息。視滄波之東注，悲白日之西匿。鴻别燕兮秋聲，雲愁秦而暝色。若明月出於劍閣兮，與君兩鄉對酒而相憶。

【注釋】

〔一〕咸陽，在長安西北，此處代指長安。

〔二〕劍閣，亦稱劍門，在今四川劍閣縣東北，有劍門七十二峰，峭壁中斷，兩崖相嵌，形似劍門。

〔三〕瑟颸，風聲也。颸音聿。

【集説】

王云：《古賦辨體》：其前有「上則」、「旁則」等語，是擎斂《上林》、《兩都》鋪叙體格，而裁入小賦，所謂「天吴與紫鳳，顛倒在短褐」者歟！故雖以小賦亦自浩蕩而不傷儉陋。蓋太白天才飄逸，其爲詩也，或離舊格而去之，其賦亦然。

冬夜於隨州紫陽先生餐霞樓送烟子元演隱仙城山序

開元二十年作於隨州。隨州屬山南東道，州治隨縣，即今湖北隨縣。仙城山，在隨州，詳天寶十載《憶舊遊寄譙郡元參軍》詩注。

吾與霞子元丹〔一〕、烟子元演〔二〕，氣激道合，結神仙交。殊身同心，誓老雲海，不可奪也。歷行天下，周求名山。入神農之故鄉〔三〕，得胡公之精術〔四〕。胡公身揭日月〔五〕，心飛蓬萊。起餐霞之孤樓，鍊吸景之精氣〔六〕。延我數子，高談混元〔七〕。金書玉訣〔八〕，盡在此矣。白乃語及形勝，紫陽因大誇仙城。元侯聞之，乘興將往。別酒寒酌，醉青田而少留〔九〕；夢魂曉飛，度渌水以先去。吾不凝滯於物，與時推移〔一〇〕，出則以平交王侯，遁則以俯視巢許。朱紱狎我〔一一〕，緑蘿未歸。恨不得同棲烟林，對坐松月。有所款然，銘契潭石。乘春當來，且抱琴卧花，高枕相待。詩以寵別，賦而贈之。

【注釋】

〔一〕元丹，王注：「疑即元丹丘也，蓋名與字之稍殊耳。」按：元丹即元丹丘。白《上安州裴長史書》

亦曾云「故交元丹」。

〔二〕元演，白故交元參軍名。參見天寶十載《憶舊遊寄譙郡元參軍》詩。

〔三〕《初學記》卷七引盛弘之《荆州記》：「隨郡北界，有厲鄉村，村南有重山，山下有一穴。父老相傳，云神農所生。村西有兩重塹，内有周圍一頃二十畝地，中有九井。神農既育，九井自穿。」又云：「汲一井則衆井水動，即以此爲神農社，年常祀之。」

〔四〕胡公，即紫陽先生。參見天寶二年《漢東紫陽先生碑銘》、開元二十年《題隨州紫陽先生壁》詩、天寶十載《憶舊遊寄譙郡元參軍》詩。

〔五〕揭日月，謂其道行高超如舉日月。揭，舉也。

〔六〕似是道家吸風飲露、絶食五穀之類。

〔七〕混元，天地形成之初之狀態。此處指道家關於天地之説。

〔八〕金書玉訣，王注：「《武帝内傳》：尊母欲得金書祕字，六甲靈飛，左右策精之文十二事授劉徹。梁丘子《黄庭内景玉經序》：《黄庭内景經》，一名《大帝金書》，扶桑大帝君宫中盡誦此經，以金簡刻書之，故曰金書。《太平廣記》：張楷有玉訣金匱之學，坐在立亡之道。」按，金書玉訣泛指道家之書，涉筆而及，未必皆實指。

〔九〕青田，謂青田酒。崔豹《古今注·草木》：「烏孫國有青田核，莫測其樹實之形。至中國者，但得其核耳。得清水，則有酒味出，如醇美好酒。核大如六升瓠，空之以盛水，俄而成酒。劉章得兩核，集賓客設之，常供二十人之飲。一核盡，一核所盛以復飲。飲盡，隨更注水。隨盡隨盛，不可久置，久置則苦不可飲。名曰青田酒。」

〔一〇〕《楚辭·漁父》：「漁父曰：聖人不凝滯於物，而能與世推移。」

〔一一〕朱紱，謂朝服也。狎，親也。朱紱狎我猶言我狎朱紱，言其從政之心切也。

【集説】

瞿、朱云：《憶舊遊寄譙郡元參軍》詩云：「相隨迢迢訪仙城，三十六曲水迴縈。一溪初入千花明，萬壑度盡松風聲。銀鞍金絡到平地，漢東太守來相迎。紫陽之真人，邀我吹玉笙。餐霞樓上動仙樂，嘈然宛似鸞鳳鳴。」可與此文相印證。知仙城實爲山名，非泛言也。又文中朱紱狎我之句，似白已有出山之意矣。

送戴十五歸衡嶽序

開元二十一年作於安陸。衡嶽，即衡山。戴十五，名字不詳。

白上探玄古，中觀人世，下察交道。海内豪俊，相識如浮雲。自謂德參夷顔，才亞孔墨，莫不名由口進，實從事退〔一〕，而風義可合者，厥惟戴侯。戴侯寓居長沙，禀湖嶽之氣；少長咸洛，窺霸王之圖。精微可以入神，懿重可以崇德，謨猷可以尊主〔二〕，文藻可以成化。兼以五材〔三〕，統以四美〔四〕，何往而不濟也？其一二三諸昆，皆以才秀擢用，辭翰炳發，昇聞天朝。而此君獨潛光後世，以期大用。鯤海未躍，鵬霄悠然。不遠千里，訪予以道。邵國之秀〔五〕，有廖侯焉。人倫精鑒〔六〕，天下獨立。每延以宴謔，許爲通人。獨孤有鄰及薛諸公，咸亦以爲信然矣。屬明主未夢〔七〕，且歸衡陽。憩祝融之雲峰〔八〕，弄茱萸之湍水〔九〕。軒騎糺合，祖於魏公之林亭。笙歌鳴秋，劍舞增氣。況江葉墜緑，沙鴻冥飛，登高送遠，使人心醉。見周張二子〔一〇〕，爲論平生。雞黍之期〔一一〕，當速赴也。

【注釋】

〔一〕王注：「《人物志》：夫名非實，用之不效。故曰名由口進，而實從事退。中情之人，名不副實，用之有效，故名由衆退，而實從事章。」按，數句意謂海内豪俊自視極高，而名實不副。

〔二〕謨猷，謀略也。

〔三〕五材，《六韜·論將》：「太公曰：將有五材十過。……所謂五材者，勇智仁信忠也。」

〔四〕四美，王注：「承上四句而言。」

〔五〕邵國，即安州。安州古爲鄖子國。邵即鄖。

〔六〕謂有知人之明也。

〔七〕殷高宗夢得聖人，名曰説。使百工營求之野，得説於傅險中。見《史記·殷本紀》。非熊而得太公，見《大獵賦》注，未夢猶言未爲明主所知。

〔八〕祝融，爲衡山之一峰。

〔九〕茱萸，王注：「《水經注》：邵陵水，東北出益陽縣，其間逕流山峽，名之爲茱萸江。」

〔一〇〕周張二子，當是白在衡陽之故人。

〔一一〕鷄黍之期，王注：「李善《文選》注：謝承《後漢書》：山陽范式，字巨卿，與汝南張元伯爲友。春别京師，以秋爲期。至九月十五日，殺鷄作黍。二親笑曰：山陽去此幾千里，何必至？元伯曰：巨卿信士，不失期者。言未絶而巨卿至。」

【按】

據文中「不遠千里，訪予以道，邛國之秀，有廖侯焉」等語，知戴十五自衡嶽訪白於安陸。文末又有「笙歌鳴秋」數語，則時在秋。

與韓荆州書

開元二十二年作於襄陽。韓荆州，名朝宗，初歷左拾遺，累遷荆州長史。開元二十二年初置十道採訪使，朝宗以荆州長史兼判襄州刺史、山南東道採訪處置使。後貶洪州刺史。天寶初，召爲京兆尹，出爲高平太守，貶吴興别駕，卒。喜獎拔後進，當時士流咸歸重之。兩《唐書》有傳。

白聞天下談士相聚而言曰：「生不用萬户侯，但願一識韓荆州。」何令人之景慕一至於此耶？豈不以有周公之風，躬吐握之事〔一〕，使海内豪俊奔走而歸之，一登龍門〔二〕，則聲譽十倍！所以龍盤鳳逸之士，皆欲收名定價於君侯。願君侯不以富貴而驕之，寒賤而忽之。則三千賓中有毛遂，使白得穎脱而出〔三〕，即其人焉。白隴西布衣，流落楚漢〔四〕。十五好劍術，徧干諸侯；三十成文章，歷抵卿相。雖長不滿七尺，而心雄萬夫。王公大人，許與氣義。此疇曩心跡，安敢不盡於君侯哉？君侯制作侔神明，德行動天地，筆參造化，學究天人。幸願開張心顔，不以長揖見拒〔五〕。必若接之以高宴，縱之以清談，請日試萬言，倚馬可待〔六〕。今天下以君侯爲文章之司命，人物之權衡，一經品題，便作佳士。而君侯何惜階前盈尺之地，不使白揚眉吐氣，激昂青雲耶？

【注釋】

〔一〕吐握，用周公吐哺握髮事。《史記·魯周公世家》：「周公戒伯禽曰：我文王之子，武王之弟，成王之叔父。我於天下亦不賤矣，然我一沐三捉髮，一飯三吐哺，起以待士，猶恐失天下之賢人。」

〔二〕登龍門，《世説·德行》：「李元禮風格秀整，高自標持，欲以天下名教是非爲己任。後進之士，有升其堂者，皆以爲登龍門。」劉孝標注引《三秦記》曰：「龍門，一名河津，去長安九百里，水懸絶，龜魚之屬莫能上，上則化爲龍矣。」

〔三〕毛遂，戰國趙平原君門客。《史記·平原君列傳》：「（毛遂）自贊於平原君，平原君曰：『夫賢士之處世也，譬若錐之處囊中，其末立見。今先生處勝之門下，三年於此矣，左右未有所稱誦，勝未有所聞，是先生無所有也？』毛遂曰：『臣乃今日請處囊中耳，使遂早得處囊中，乃脱穎而出，非特其末見而已。』」

〔四〕李氏郡望在隴西，故云。

〔五〕長揖，相見時，拱手自上而至極下以爲禮。按，古之拜，如同後世之揖，惟拱手彎腰而已。後以屈膝頓首、兩手着地而叩頭及地爲拜。相見時長揖不拜，是爲平交之禮。《後漢書·趙壹傳》云：「司徒袁逢受計，計吏數百人皆拜伏庭中，莫敢仰視，壹獨長揖而已。」即是。

〔六〕倚馬可待，謂文思敏捷。《世説·文學》：「桓宣武北征，袁虎時從，被責免官。會須露布文，唤袁倚馬前令作，手不輟筆，俄得七紙，殊可觀。」

昔王子師爲豫州，未下車即辟荀慈明，既下車又辟孔文舉〔一〕。山濤作冀州，甄拔三十餘人〔二〕，或爲侍中尚書，先代所美。而君侯亦薦一嚴協律〔三〕，入爲祕書郎〔四〕，中間崔宗之、房習祖、黎昕、許瑩之徒〔五〕，或以才名見知，或以清白見賞。白每觀其銜恩撫躬，忠義奮發，以此感激，知君侯推赤心於諸賢腹中，所以不歸他人而願委身國士。儻急難有用，敢效微軀。且人非堯舜，誰能盡善？白謨猷籌畫，安能自矜？至於制作，積成卷軸，則欲塵穢視聽，恐雕蟲小技，不合大人。若賜觀芻蕘〔六〕，請給紙墨，兼之書人，然後退掃閑軒，繕寫呈上。庶青萍結緑〔七〕，長價於薛卞之門〔八〕。幸惟下流，大開奬飾，惟君侯圖之。

【注釋】

〔一〕王子師，東漢王允字。荀慈明，名爽。孔文舉，名融。《後漢書·王允傳》：「王允……拜豫州刺史，辟荀爽、孔融等爲從事。」《晉書·江統傳》：「昔王子師爲豫州，未下車辟荀慈明，下車辟孔文舉。」

〔二〕山濤，晉人，字巨源。《晉書·山濤傳》：「出爲冀州刺史。……冀州俗薄，無相推轂。濤甄拔隱屈，搜訪賢才，旌命三十餘人，皆顯名當時，人懷慕尚，風俗頗革。」

〔三〕嚴協律，未詳何人。協律，太常寺屬官，正八品上，掌和律吕。

〔四〕祕書郎，祕書省屬官，從六品上，掌經籍圖書。

〔五〕崔宗之，白故交。見開元二十年《酬崔五郎中》詩注。杜甫《飲中八仙歌》云：「宗之瀟灑美少年，舉觴白眼望青天，皎如玉樹臨風前。」黎昕，瞿、朱注：「王維集有《黎拾遺昕見過》詩，當即一人。」房習祖、許瑩不詳何人。

〔六〕芻蕘，音除饒，割草打柴之人。《詩·大雅·板》：「先民有言，詢於芻蕘。」

〔七〕青萍，良劍名。詳見開元二十七年《鄴中贈王大勸入高鳳石門山幽居》詩注。結緑，美玉名。詳見開元二十八年《贈范金鄉二首》詩注。

〔八〕薛，謂薛燭，古之善相劍者。詳見開元十九年《寶劍雙蛟龍》（古風其十六）詩注。卞，謂卞和，古之善識玉者。詳見天寶十二載《抱玉入楚關》（古風其三十六）詩注。

【集説】

詹鍈云：《王譜》：「太白《與韓荆州書》有三十成文章語，此書當是庚午以後甲戌以前四年中之作。」注云：「朝宗以襄州刺史兼山南東道，其爲荆州長史在是年以前。」按《舊唐書·玄宗紀》：「開元十八年六月閏月己丑，令范安及、韓朝宗就瀍、洛水源疏決，置門以節水勢。」《通鑑》開元十八年六月下《考異》曰：「按《實録》，是歲閏六月，以太子少保陸象先兼荆州長史。」朝宗之爲荆州長史必在開元十八年以後。又《張曲江集·貶韓朝宗洪州刺史制》「朝請大夫、荆州大都督府長史兼判襄州刺史、山南東道採訪處置等使、上柱國、長山縣開國伯韓朝宗」云云，是朝宗兼判襄州時固仍爲荆州長史也。《憶襄陽舊遊贈濟陰馬少府巨》詩云：「昔爲大堤客，曾上山公樓。高冠佩雄劍，長揖韓荆州。」明言長揖韓荆州之地在襄陽而不在荆州。今《書》中云：「幸願開張聖聽，不以長揖見拒。」則此篇之作當在本年二月以後。

瞿、朱云：詹氏據《唐大詔令集》開元二十二年二月十九日初置十道採訪使，以荆州長史韓朝宗兼山南東道採訪使。

暮春江夏送張祖監丞之東都序

開元二十二年作於江夏。本年白有《江夏送張丞》詩，當即一人。唐諸監皆有監丞。《序》云

「統泛舟之役」，張或爲都水監丞。都水監丞，從七品上。

吁咄哉！僕書室坐愁，亦已久矣。每思欲遐登蓬萊，極目四海，手弄白日，頂摩青穹，揮斥幽憤，不可得也。而金骨未變，玉顔已緇〔一〕，何嘗不捫松傷心，撫鶴嘆息？誤學書劍，薄遊人間。紫微九重〔二〕，碧山萬里。有才無命，甘於後時。劉表不用於禰衡，暫來江夏〔三〕；賀循喜逢於張翰，且樂船中〔四〕。達人張侯，大雅君子，統泛舟之役〔五〕，在清川之湄。談玄賦詩，連興數月，醉盡花柳，賞窮江山。王命有程，告以行邁〔六〕，烟景晚色，慘爲愁容。繫飛帆於半天，泛淥水於遥海。欲去不忍，更開芳樽。樂雖寰中，趣逸半天。平生酣暢，未若此筵。至於清談浩歌，雄筆麗藻，笑飲醁酒，醉揮素琴，余實不愧於古人也。揚袂遠別，何時歸來？想洛陽之秋風，將膾魚以相待〔七〕。詩可贈遠，無乃闕乎！

【注釋】

〔一〕緇，黑色也。玉顔已緇謂居止不遑，顔面已老也。

〔二〕紫微，星垣名，以擬天子所居。

〔三〕禰衡，漢末狂士，忤曹操，曹送衡於劉表，表不用，又送於江夏太守黄祖。《後漢書》有傳。

〔四〕賀循、張翰，晉人。《晉書·張翰傳》：「賀循赴命入洛，經吴閶門，於船中彈琴。翰初不相識，乃就循言談，便大相欽悦。問循，知其入洛。翰曰：『吾亦有事北京。』便同載即去，而不告家人。」

〔五〕泛舟之役，謂有泛舟之公務也。《左傳》僖公十三年：「秦於是乎輸粟於晉，自雍及絳相繼，命之曰泛舟之役。」

〔六〕行邁，猶言行道。

〔七〕膾魚，用晉張翰事。詳見開元十三年《秋下荆門》詩注。

夏日諸從弟登汝州龍興閣序

題兩宋本汝州作沔州。依文義，作沔州是。汝州，屬河南道，州治梁縣，即今河南臨汝縣。沔州，屬淮南道，即今湖北漢陽。

夫槿榮芳園，蟬嘯珍木，蓋紀乎南火之月也〔一〕。可以處臺榭，居高明〔二〕。吾之友于〔三〕，順此意也。遂卜精勝，得乎龍興。留寶馬於門外，步金梯於閣上。漸出軒户，遐瞻雲天〔四〕。晴山翠遠而四合，暮江碧流而一色。屈指鄉路，還疑夢中；開襟危欄，宛若空外。嗚呼！屈宋長逝，無堪與言。起予者誰〔五〕？得我二季。當揮爾鳳藻，挹予霞觴，與白雲老兄俱莫負古人也。

【注釋】

〔一〕南火，即大火星，於夏日黄昏時，正當南方。

〔二〕《禮記·月令》：「仲夏之月……鹿角解，蟬始鳴，半夏生，木堇榮。是月也……可以居高明，可以遠眺望，可以昇山林，可以處臺榭。」

〔三〕友于，《書·君陳》：「惟孝友于兄弟。」後以友于代兄弟。

〔四〕遐，王本誤作霞，據兩宋本、繆本改。

〔五〕起，啟發也。《論語·八佾》：子曰：「起予者商也。」

【按】

開元二十二年在江夏有《送二季之江東》詩，當爲同時所作，可參看。《序》云：「晴山翠遠而四合，暮江碧流而一色。」其景狀似非汝州所有。汝州當爲沔州之誤。白

江夏送林公上人遊衡嶽序

開元二十二年作於江夏。上人，佛教稱德智善行俱備之僧人爲上人。

江南之仙山，黄鶴之爽氣，偶得英粹，後生俊人。林公世爲豪家，此土之秀。落髮歸道，專精律儀。白月在天〔一〕，朗然獨出。既灑落於彩翰，亦諷誦於人口。閑雲無心，與化偕往。欲將振五樓之金策〔二〕，浮三湘之碧波。乘杯泝流〔三〕，考室名嶽〔四〕，瞰憩冥壑，淩臨諸天〔五〕。登祝融之峰巒〔六〕，望長沙之烟火。遥謝舊國，誓遺歸蹤。百千開士〔七〕，稀有此

者。予所以嘆其峻節，揚其清波，龍象先輩〔八〕，迴眸拭視。比夫汩泥沙者〔九〕，相去如牛之一毛。昔智者安禪於台山〔一〇〕，遠公託志於廬嶽〔一一〕。高標勝概，斯亦嚮慕哉？紫霞摇心，青楓夾岸，目斷川上，送君此行。群公臨流，賦詩以贈。

【注釋】

〔一〕白月，亦稱白分。印度曆法，以月之盈缺立黑白之名。《大唐西域記·濫波國》：「月盈至滿謂之白分，月虧至晦謂之黑分。黑分或十四日或十五日，月有小大故也。」王注：「此文所云白月，則指滿月而言也。」

〔二〕金策，即錫杖。見天寶十四載《别山僧》詩注。

〔三〕乘杯，晉宋時僧人名杯渡者，傳説其曾乘木杯渡水。詳見未編年《贈僧崖公》詩注。

〔四〕《初學記》卷五：「衡山……一峰名石囷，下有石室，中常聞諷誦聲。」

〔五〕諸天，佛家語，謂三界共有三十二天，總謂之諸天。

〔六〕祝融，衡山峰名。

〔七〕開士，菩薩之異名。詳見乾元二年《登巴陵開元寺西閣贈衡嶽僧方外》詩注。

〔八〕龍象，佛家語，稱修行勇猛有大力者爲龍象。詳見天寶十二載《贈宣州靈源寺仲濬公》詩注。

〔九〕汩，音骨，沉淪也。

〔一〇〕智者，指陳隋時僧人智顗。《傳燈録》：「智顗禪師，荆州華容人。十五禮佛像，誓志出家，怳焉如夢見大山臨海際，峰頂有僧招手接入一伽藍，云汝當居此。年十八，依僧法緒出家。陳大建七年，隱天台山佛隴峰，有定光禪師先居此峰，謂弟子曰：『不久當有善知識領徒至此。』俄而師至，光曰：『憶疇昔舉手招引否？』師即悟禮像之徵，悲喜交懷，乃執手共至菴所。其夜聞空中鐘磬之聲，師曰：『是何祥也？』曰：『是揵椎集僧得住之相。此處金地，吾已居之，北峰銀地，汝宜居焉。』開山後，宣帝建修禪寺，割始豐縣調以充衆費。及隋煬帝請師受菩薩戒，號師爲智者師，自始受禪教，終乎滅度，常披一壞衲，冬夏不釋。來往居天台山二十二年，建造大道場一十二所，國清最居其後。」

〔二〕遠公，指東晉僧人慧遠。《神僧傳》：「釋慧遠欲往羅浮，及届潯陽，見廬峰清淨，足以息心，始住龍泉精舍，此處去水本遠，遠乃以杖扣地曰：『若此中可得棲立，當使朽壤抽泉。』言畢，清流引出，浚以成溪，於是率衆行道，昏曉不絶，釋迦餘化，於斯復興。自遠卜居廬阜三十餘年，影不出山，跡不入俗，每送客遊履常以虎溪爲界。」

送黄鍾之鄱陽謁張使君序

開元二十二年初秋作於江夏。鄱陽，郡名，即饒州，即今江西波陽市。黄鍾，事跡不詳。張使君，鄱陽太守，名字不詳。

東南之美者有江夏黄公焉。白竊飲風流，嘗接談笑，亦有抗節玉立〔一〕，光輝烱然。氣高時鄱陽張公朝野榮望，愛客接士，即原嘗春陵之亞英，辯折天口〔二〕，道可濟物，志棲無垠。而黄公因訪古跡，便從貴遊，乃僑裝撰行〔五〕，去國遐陟。諸子銜酒惜别，沾巾分贈〔六〕。每欽其辭華，懸榻見往〔四〕。沉醉烟夕，惆悵凉月。天南迴以變夏，火西飛而獻焉〔三〕。汀葭颯然，海草微落。夫子行邁，我心若何！毋金玉爾音，而有遐心〔八〕。湖水演秋〔七〕。汭〔九〕，勗哉是行。共賦《武昌釣臺篇》以慰别情耳〔一〇〕。

【注釋】

〔一〕抗節，堅持節操也。

〔二〕天口，善辯也。《文選》任昉《宣德皇后令》：「辯析天口，而似不能言。」李善注：「《七略》：齊田駢好談論，故齊人爲語曰天口駢。」

〔三〕原嘗春陵，謂戰國趙平原君、齊孟嘗君、楚春申君、魏信陵君。

〔四〕懸榻，用東漢陳蕃懸榻事。詳見天寶十二載《寄崔侍御》詩注。往，王注：「當作待。」王説是。

〔五〕僑裝，客行之裝也。撰行，定行之日也。

〔六〕分贈，瞿、朱注：「贈分猶言贈别臨分，沉醉與惆悵分貼銜酒與沾巾，當以沾巾贈分爲是。」瞿、朱説是。

〔七〕火，心宿也，當秋時西移。

〔八〕《詩·小雅·白駒》云：「毋金玉爾音，而有遐心。」朱熹《詩集傳》：「冀其相聞而無絶也。故語之曰毋貴重爾之音聲而有遠我之心也。」

〔九〕演沔，水流動溢滿貌。

〔一〇〕釣臺，在武昌西北，相傳三國吴孫權曾駐兵於此。

李白全集編年箋注卷十八　編年文下（未編年文附）

秋日於太原南栅餞陽曲王贊公賈少公石艾尹少公應舉赴上都序

開元二十三年秋作於太原。陽曲、石艾，縣名，屬河東道太原府，即今山西陽曲、平定縣。贊公、少公即贊府、少府，縣丞、縣尉之别稱。上都，謂西京長安。

天王三京，北都居一〔一〕，其風俗遠，蓋陶唐氏之人歟〔二〕？襟四塞之要衝〔三〕，控五原之都邑〔四〕，雄藩劇鎮，非賢莫居。則陽曲丞王公，神仙之冑也〔五〕。爾其學鏡千古，知周萬殊〔六〕。又若少府賈公，以述作之雄也，鰲弄筆海，虎攫辭場。又若石艾尹少公，廊廟之器，口折黄馬〔七〕，手揮青萍〔八〕。咸道貫於人倫，名飛於日下〔九〕。實難沉屈，永懷青霄。劍有隱而氣衝七星〔一〇〕，珠雖潛而光照萬壑。今年春，皇帝有事千畝，湛恩八埏，大搜群才〔一一〕，以緝邦政。而王公以令宰見舉，賈公以王霸昇聞。海激佇乎三千，天飛期於六月〔一二〕，必有以也，豈徒然哉？有從兄太原主簿舒〔一三〕，才華動時，規謀匠物。乃歎翠幕〔一四〕，筵虹梁〔一五〕。瓊羞霞開，羽觴電舉〔一六〕。然後抗目遠覽〔一七〕，憑軒高吟〔一八〕。屏俗事於煩襟〔一九〕，結浮歡於落景。俄而皓月生海，來窺醉容；黄雲出關，半起秋色。數君乃輟酌慷慨，摇心促裝〔二〇〕。望丹闕而非遠，揮玉鞭而且去。白也不敏，先鳴翰林〔二一〕。幸叨玳瑁之筵，敢竭麒麟之筆〔二二〕。請各探韻，賦詩寵行。

【注釋】

〔一〕三京，謂西京長安、東京洛陽、北京太原。王注：「《通典》：開元十一年，以并州高祖起義之地，置太原府，號曰北京。《太平寰宇記》：并州大都督府，天授元年置北都，兼都督府。開元十一年，玄宗行幸至此，以此州王業所興，又建北都，仍改并州爲太原府，立《起義堂碑》以紀其事。」

〔二〕陶唐氏，謂帝堯也。《元和郡縣志》河東道太原府：「太原，……今州又爲唐國，帝堯爲唐侯所封。」

〔三〕四塞，謂四周有山關之固也。盧諶《理劉司空表》：「并州之地，四塞爲固。東阻井陘，西限藍谷，前有太行之嶺，後有句注之關。」

〔四〕五原，地名，漢武帝改秦九原郡置五原郡，當今内蒙古五原縣一帶，在太原以北。

〔五〕王注：「王氏一支，相傳出自周靈王太子晉，即與浮丘公仙去者，故曰神仙之胄。」

〔六〕鏡，鑒也。周，備也。

〔七〕口折黄馬，謂善辯也。《文選》劉孝標《廣絶交論》：「騁黄馬之劇談。」李善注：「《莊子》曰：惠施，其言黄馬驪牛三，辯者以此與惠施相應，終身無窮。司馬彪曰：牛馬以二爲三，兼與别也。

曰馬曰牛，形之三也。曰黄曰驪，色之三也。曰黄馬曰驪牛，形與色之三也。」

〔八〕青萍，良劍名。

〔九〕日下，謂帝都。

〔一〇〕用豐城劍氣事。七星，謂北斗星。詳見開元十九年《寶劍雙蛟龍》（古風其十六）詩注。

〔一一〕王注：「《玉海》：開元二十三年正月己亥，耕籍田，大赦，賜勳爵。所謂湛恩八埏，大搜群才，正指斯事。」八埏，八方也。

〔一二〕《莊子・逍遥遊》：「鵬之徙於南冥也，水擊三千里，摶扶摇而上者九萬里，去以六月息者也。」二句本此。

〔一三〕詹鍈《李白詩論叢・李白家世考異》云：「按丹陽房粲之四世孫舒，官工部郎中。粲本姓丙，高祖時以避世祖名賜姓李氏。」

〔一四〕黕，音膽，黑貌。

〔一五〕虹梁，曲梁也。《文選》班固《西都賦》：「抗應龍之虹梁。」李善注：「梁形似龍而曲如虹也。」

〔一六〕羽觴，酒器，插鳥羽於觴，促人速飲也。《楚辭・招魂》：「瑶漿蜜勺，實羽觴些。」洪亮吉《楚辭補注》：「杯上綴羽，以速飲也。」一説觴作如鳥雀狀。

〔一七〕抗目，舉目也。

〔一八〕此下，兩宋本、繆本有「汾河鏡開，漲藍都之氣色。晉山屏列，横朔塞之郊原」四句。

〔一九〕煩襟，胸懷愁悶。

〔二〇〕摇心，心不定也。謝朓《後齋迴望》：「鞏洛常睠然，摇心似懸旆。」

〔二一〕翰林，謂文翰之林。

〔二二〕孔子著《春秋》，絶筆於獲麟，故稱。

冬日於龍門送從弟京兆參軍令問之淮南覲省序

開元二十四年作於洛陽。龍門，在洛陽。京兆參軍，京兆尹之屬官。

紫雲仙季有英風焉〔一〕。吾家見之，若衆星之有月。貴則天王之令弟〔二〕，寶則海嶽之奇精，遊者所謂風生玉林，清明蕭灑，真不虚也。常醉目吾曰〔三〕：「兄心肝五藏皆錦繡耶？不然，何開口成文，揮翰霧散？」吾因撫掌大笑，揚眉當之。使王澄再聞，亦復絶倒〔四〕。觀夫筆走群象，思通神明，龍章炳然〔五〕，可得而見。歲十二月，拜省於淮南。思《白華》之長吟〔六〕，眺黄雲之晚色。目斷心盡，情懸高堂。傾蘭醑而送行〔七〕，赫金鞍而照地。錯轂蹲野〔八〕，朝英滿筵。非才名動時，何以及此？日落酒罷，前山陰烟，殷勤惠言，吾道東坐〔九〕。想洛橋春色，先到淮城。見千條之緑楊，折一枝以相贈。則華萼情在〔一〇〕，吾無恨焉。群公賦詩，以光榮餞。

【注釋】

〔一〕王注：「紫雲仙，似其從弟之號。」

〔二〕令問或是唐宗室，故云。

〔三〕常，通嘗。

〔四〕《晉書·衛玠傳》：「琅邪王澄有高名，少所推服。每聞玠言，輒嘆息絶倒。故時人爲之語曰：衛玠談道，平子絶倒。」

〔五〕龍章，帝王之禮服。此以喻其文采炳焕。

〔六〕《白華》，《詩·小雅》逸詩篇名。《詩序》：「《白華》，孝子之絜白色。……有其義而亡其辭。」《文選》有束晳補亡詩《白華》，云：「白華朱萼，被於幽薄。」吕延濟注：「喻孝子事父母之潔白，如朱萼承白華於幽薄之中而鮮潔也。」

〔七〕醑，美酒也。

〔八〕錯轂，車輪相交錯也。

〔九〕瞿、朱注：「《後漢書》卷六五《鄭玄傳》：（馬融）喟然謂門人曰：『鄭生今去，吾道東矣。』此句當用此事。坐字未詳。」

〔一〇〕華萼，以喻兄弟。王注：「萼，花蒂也。花萼相倚附，不能相離，故古人取之以爲兄弟之喻。」

【按】

白本年有《秋夜宿龍門香山寺奉寄王方城十七丈奉國瑩上人從弟幼成令問》詩，詩與此文中令問當爲同一人。

奉餞十七翁二十四翁尋桃花源序

桃花源，即陶淵明《桃花源記》所云者。在今湖南常德縣。十七翁、二十四翁，姓名不詳。

昔祖龍滅古道[一]，嚴威刑，煎熬生人，若墜大火。三墳五典，散爲寒灰[二]。築長城，建阿房，并諸侯，殺豪俊，自謂功高羲皇，國可萬世[三]。思欲淩雲氣，求仙人，登封太山，風雨暴作。雖五松受職[四]，草木有知，而萬象乖度，禮刑將弛。則綺皓不得不遁於南山[五]，魯連不得不蹈於東海[六]，則桃源之避世者，可謂超昇先覺。夫指鹿之儔連頸而同死[七]，非吾黨之謂乎！二翁耽老氏之言，繼少卿之作[八]。文以述大雅，道以通至精。卷舒天地之心，脱落神仙之境。武陵遺跡可得而窺焉。問津利往，水引漁者，花藏仙谿，春風不知。從來落英，何許流出！石洞來入，晨光盡開，有良田名池，竹果森列，三十六洞，别爲一天耶[九]？今扁舟而行，笑謝人世，阡陌未改，古人依然。白雲何時而歸來，青山一去而誰往？諸公賦桃源以美之。

【注釋】

〔一〕祖龍，謂秦始皇。詳見天寶十二載《鄭客西入關》（古風其三十一）詩注。

〔二〕《史記·秦始皇本紀》：「（三十四年）丞相李斯曰：『臣請史官非秦記皆燒之，非博士官所職，天下敢有藏《詩》、《書》、百家語者，悉詣守尉雜燒之。有敢偶語《詩》、《書》者棄市。以古非今者，族。』」《三墳》、《五典》，古書名。《左傳》昭公十二年：「王曰：是良史也，子善視之，是能讀《三墳》、《五典》、《八索》、《九丘》。」杜預注：「皆古書名。」楊伯峻注：「古今解此四種書者甚多，其書既早已隻字無存，臆説何足據？」

〔三〕《史記·秦始皇本紀》：「（二十六年）制曰：朕聞太古有號毋謚，中古有號，死而以行爲謚。如此，則子議父，臣議君也。甚無謂，朕弗取焉。自今以來，除謚法。朕爲始皇帝，後世以計數，二世三世至於萬世，傳之無窮。」

〔四〕《史記·秦始皇本紀》：「（二十八年）乃遂上泰山，立石，封，祠祀。下，風雨暴至，休於樹下，因封其樹爲五大夫。」

〔五〕綺皓，秦漢時隱者。詳見天寶三載《商山四皓》詩注。

〔六〕魯連，即魯仲連。詳見開元二十八年《齊有倜儻生》（古風其十）詩注。

〔七〕指鹿，用趙高事。《史記·秦始皇本紀》：「（二世三年）八月己亥，趙高欲爲亂，恐群臣不聽，乃先設驗，持鹿獻於二世，曰：『馬也。』二世笑曰：『丞相誤耶？謂鹿爲馬。』問左右，左右或默，或言馬以阿順趙高。或言鹿者，高因陰中諸言鹿者以法。後群臣皆畏高。」高後殺二世，立子嬰，旋爲子嬰所殺。

〔八〕老氏、少卿，謂老子、李陵。陵字少卿。老子著《道德經》，《文選》有李陵《與蘇武詩》三首。二句謂二翁習於老氏之學而長於詩。按，老子姓李名耳。文以老氏、少卿言之，豈二翁俱姓李耶？

〔九〕《述異記》：「人間三十六洞天，知名者十耳，餘二十六天出於《九微志》，不行於世也。」

【按】

詹鍈以爲本篇之十七翁即《秋夜宿龍門香山寺奉寄王方城十七丈奉國瑩上人從弟幼成令問》詩之十七丈。姑依是詩繫本篇於開元二十四年。

春夜宴從弟桃花園序

夫天地者，萬物之逆旅也；光陰者，百代之過客也。而浮生若夢，爲歡幾何？古人秉燭夜遊，良有以也〔一〕。況陽春召我以烟景，大塊假我以文章〔二〕。會桃花之芳園，序天倫之樂事。群季俊秀，皆爲惠連；吾人詠歌，獨慚康樂〔三〕。幽賞未已，高談轉清。開瓊筵以坐花，飛羽觴而醉月。不有佳詠，何伸雅懷？如詩不成，罰依金谷酒數〔四〕。

【注釋】

〔一〕《樂府詩集·相和歌辭·西門行》：「人生不滿百，常懷千歲憂。晝短而夜長，何不秉燭遊？」曹丕《與吴質書》：「少壯真當努力，年一過往，何可攀援！古人思秉燭夜遊，良有以也。」

〔二〕大塊，謂天地。

〔三〕惠連、康樂，指南朝宋詩人謝惠連及其族兄謝靈運。惠連幼有才悟，大爲靈運知賞。《詩品》中：「《謝氏家録》云：康樂每對惠連，輒得佳語。後在永嘉西堂，思詩竟日不就，寤寐間，忽見惠連，即成『池塘生春草』。故嘗云：此語有神助，非我語也。」

〔四〕金谷，在今河南洛陽，晉石崇築園於此。石崇《金谷詩序》：「遂各賦詩，以叙中懷，或不能者，罰酒三斗。」

【集説】

《四六法海》云：太白文蕭散流麗，乃詩之餘。然有一種腔調，易啟人厭，如陽春、大塊等語，殆令人聞之欲吐矣。陸務觀亦言其識度甚淺。

【按】

白開元二十五年有《答從弟幼成過西園見贈》詩，此或爲同時所作，姑繫於此。

愁陽春賦

東風歸來，見碧草而知春。蕩漾惚怳，何垂楊旖旎之愁人〔一〕？天光青而妍和，海氣緑而芳新。野綵翠兮阡眠〔二〕，雲飄飖而相鮮。演漾兮夤緣〔三〕，窺青苔之生泉。縹緲兮翩緜，見遊絲之縈烟。魂與此兮俱斷，醉風光兮悽然。若乃隴水秦聲〔四〕，江猿巴吟。明妃玉塞〔五〕，楚客楓林〔六〕。試登高而望遠，痛切骨而傷心。春心蕩兮如波，春愁亂兮如雪。兼萬情之悲歡，茲一感於芳節。若有一人兮湘水濱〔七〕，隔雲霓而見無因。灑别淚於尺波〔八〕，寄東流於情親。若使春光可攬而不滅兮，吾欲贈天涯之佳人。

【注釋】

〔一〕旖旎，柔弱貌。

〔二〕阡眠，廣遠之貌。

〔三〕演漾，流動起伏貌。　夤緣，連絡也。

〔四〕隴水，見天寶二年《秦水别隴首》（古風其二二）詩注。

〔五〕明妃，即王昭君，名嬙，漢元帝宫人，和親匈奴。晉人以文帝諱昭，改稱明君，後人又稱之明妃。玉塞，即玉門關。

〔六〕《楚辭·招魂》：「湛湛江水兮上有楓，目極千里兮傷春心。」王逸注：「言湛湛江水浸潤楓木，使之茂盛，傷己不蒙君惠而身放棄，曾不若樹木得其所也。」

〔七〕《楚辭·九歌·山鬼》：「若有人兮山之阿。」

〔八〕尺波，流水也，喻時光流逝。

【集説】

王云：《古賦辨體》：先用連綿字以起下句之意，是學《九辯》第一首。若乃以下，則是梁陳體。

【按】

此篇與下篇，二賦情緒頗相近，用語亦多同，如《愁》賦云：「試登高而望遠」、「春心蕩兮如波」、「寄東流兮情親」、「若有一人兮湘水濱」、「吾欲贈天涯之佳人」。《惜》賦則云：「試登高而望遠」、「水蕩漾兮碧色」、「嘆長河之流速，送馳波於東海」、「若有人兮情相親」、「送夫君於天涯」。當是一時先後之作。故繫於開元末期。

惜餘春賦

天之何爲令北斗而知春兮，迴指於東方〔一〕？水蕩漾兮碧色，蘭葳蕤兮紅芳。試登高而望遠，極雲海之微茫。魂一去兮欲斷，泪流頰兮成行。吟清風而詠滄浪〔二〕，懷洞庭兮悲瀟湘。何余心之縹緲兮，與春風而飄揚？飄揚兮思無限，念佳期兮莫展。平原萋兮綺色，愛芳草兮如剪。惜餘春之將闌〔三〕，每爲恨兮不淺。漢之曲兮江之潭，把瑶草兮思何堪？想遊女於峴北〔四〕，愁帝子於湘南〔五〕。恨無極兮心氲氲，目眇眇兮憂紛紛。披衛情於淇水〔六〕，結楚夢於陽雲。春每歸兮花開，花已闌兮春改。嘆長河之流速，送馳波於東海。春不留兮時已失，老衰颯兮情逾疾〔七〕。恨不得挂長繩於青天，繫此西飛之白日〔八〕。若有人兮情相親，去南國兮往西秦。見遊絲之横路，網春輝以留人。沈吟兮哀歌，躑躅兮傷别。

送行子之將遠，看征鴻之稍滅。醉愁心於垂楊，隨柔條以糾結。望夫君兮咨嗟，橫涕淚兮怨春華。遥寄影於明月，送夫君於天涯。

【注釋】

〔一〕古人根據初昏時斗柄所指方向確定季節。斗柄指東，天下皆春。

〔二〕吟清風，不詳何指。詠滄浪，指《孺子歌》。《孟子·離婁》上：「有孺子歌曰：『滄浪之水清兮，可以濯我纓；滄浪之水濁兮，可以濯我足。』」

〔三〕闌，晚、盡也。

〔四〕峴，指峴山，在襄陽南。

〔五〕帝子，指堯二女娥皇、女英。《楚辭·九歌·湘夫人》：「帝子降兮北渚。」

〔六〕《詩·衛風·竹竿》：「泉源在左，淇水在右。女子有行，遠父母兄弟。」

〔七〕情逾疾，兩宋本、蕭本、繆本、咸本、王本俱無情字，據《文苑英華》增改。

〔八〕傅玄《九曲歌》：「歲暮景邁群光絶，安得長繩繫白日？」

【按】

詹鍈以賦中「老衰颯兮情逾疾」句，繫此賦於晚年潦倒江夏時，似未諦。「愁陽春」者，愁陽春之無多也；「惜餘春」者，惜餘春之不留也。皆是恐己之青春將逝而功業尚未有成，非是已至暮年。猶如「鑷白髮」，非是已至皓首之時。

金鄉薛少府廳畫鶴讚

開元二十八年作於金鄉。金鄉，縣名，屬河南道兖州，即今山東金鄉縣。薛少府，名字不詳。

高堂閑軒兮，雖聽訟而不擾。圖蓬山之奇禽，想瀛海之縹緲。紫頂烟赩[一]，丹眸星皎。昂昂佇眙[二]，霍若驚矯。形留座隅，勢出天表。謂長鳴於風霄，終寂立於露曉。凝翫益古，俯察愈妍，舞疑傾市[三]，聽似聞絃[四]。儻感至精以神變，可弄影而浮烟。

【注釋】

〔一〕赩，赤色。

〔二〕佇眙，立而視也。

〔三〕傾市，《文選》鮑照《舞鶴賦》：「出吴都而傾市。」李善注：「《吴越春秋》曰：吴王闔閭有小女，王與夫人、女會食蒸魚，王嘗半，女怨曰：王食魚辱我，不忍久生。乃自殺。闔閭痛之，葬於邦西閶門外。鑿池，積土爲山，石爲槨，金鼎玉盃銀樽珠襦之寶以送女。乃舞白鶴於吴市中，萬人隨觀，遂使男女與鶴俱入墓門，因塞之以送死。」

〔四〕聞絃，《韓非子・十過》：「師曠……援琴而鼓，一奏之，有玄鶴二八，道南方來，集於廊門之垝。再奏之而列，三奏之延頸而鳴，舒翼而舞，音中宫商之聲，聲聞於天。」

漢東紫陽先生碑銘

天寶二年作。此篇王本録自劉大彬《茅山志》。題下似缺并序二字。漢東，即隨州。隋以隨州改置，唐復爲隨州。紫陽先生，即胡紫陽。

嗚呼紫陽，竟夭其志以默化，不昭然白日而昇九天乎！或將潛賓皇王，非世所測，□□□□□□□□□□挺列仙明拔之英姿，明堂平白〔一〕，長耳廣顙〔二〕，揮手振骨，百關有聲〔三〕，殊毛秀采，居然逸異，□□□□□□□□□而直達。何龜鶴早世，蟪蛄延秋〔四〕？元命乎？遭命乎〔五〕？予長息三日，懵於變化之理。

【注釋】

〔一〕明堂，王注：「《黄庭經》：明堂四達法海源。梁丘子注：眉頭一寸爲明堂。」

〔二〕顙，音嗓，額也。

〔三〕百關，謂渾身之關節也。

〔四〕蟪蛄，昆蟲名，似蟬。《莊子·逍遥遊》：「朝菌不知晦朔，蟪蛄不知春秋。」

〔五〕元命，謂長壽也。《書·吕刑》：「惟克天德，自作元命。」孔穎達疏：「若能斷獄平均者，必壽長久大命。」遭命，《論衡·命義》：「遭命者，行善得惡，非所冀望，遭逢於外而得凶禍，故曰遭命。」

先生姓胡氏，□□□□□□族也。代業黄老，門清儒素，皆龍脱世網，鴻冥高雲。但貴天爵，何徵閥閲〔一〕？始八歲經仙城山，□□□□□□□□□有清都紫微之遐想〔二〕。九歲出家，十二休糧〔三〕，二十遊衡山，雲尋洞府，水涉冥壑。神王□□□□□□□召爲威儀及天下採經使〔四〕，因遇諸真人，受赤丹陽精，石景水母，故常吸飛根，吞日魂〔五〕，密而修之。□□□□□所居苦竹院，置餐霞之樓，手植雙桂，棲遲其下。聞金陵之墟，道始盛於三茅〔六〕，波乎四許〔七〕，華陽□□□□□□陶隱居傳昇元子〔八〕，昇元子傳體元，體元傳貞一先生〔九〕，貞一先生傳天師李含光，李含光合契乎紫陽〔一〇〕。□□□□□於神農之里〔一一〕，南抵朱陵〔一二〕，北越白水〔一三〕，稟訓門下者三千餘人。鄰境牧守，移風問道，忽遇先生之宴坐〔一四〕，□□□□□隱機雁行而前〔一五〕。爲時見重，多此類也。

【注釋】

〔一〕閥閲，功績、等級也，此指世家門第。

〔二〕仙城山，見天寶十載《憶舊遊寄譙郡元參軍》詩注。清都、紫微，皆爲天帝所居之宫闕。《列子·周穆王》：「王實以爲清都、紫微，鈞天廣樂，帝之所居。」

〔三〕休糧，停食穀物也。《抱朴子·仙藥》：「术餌，令人肥健，可以負重涉險，但不及黄精甘美易食，凶年可以與老少休糧。」

〔四〕威儀，王注：「威儀，道家職名，如釋家維那之類。白玉蟾《玉隆萬壽宫道院記》：唐有左右街威儀，五代末周太祖因避諱改爲道録。是威儀即今之道録司也。」

〔五〕吸飛根、吞日魂，皆爲道家修煉之道。王注：「《真誥》：日中五帝字曰：日魂珠景，昭韜緑映，迴霞赤童，元炎飈象。凡十六字。此是金闕聖君採服飛根之道，昔受之於太微天帝君。一名《赤丹金精石景水母玉胞之經》。梁丘子《黄庭内景經注》：《上清紫文靈書》有採飛根之法，當以日初出東向叩齒九通，畢，陰呪日魂名日中五帝字曰：日魂珠景，昭韜緑映，迴霞赤童，元炎飈象。呪呼此十六字畢，瞑目握固，存想日中五色流霞來繞一身，於是日光流霞俱入口中，名曰日華飛根、玉胞水母也。」

〔六〕三茅，王注：「《真誥》：句曲山，漢有三茅君來治其上，時父老又轉名茅君之山。三君往曾各乘一白鵠，各集山之三處，時人互有見者，是以發於歌謡。乃復因鵠集之處，分句曲山爲大茅君、中茅君、小茅君三山焉。總而言之，盡是句曲之一山耳。……三茅者，漢景帝中元間人，長兄名盈，次弟名固，又次弟名衷，俱得仙道。老君拜盈爲司命真君，固爲定録真君，衷爲保生真君，故號爲三茅君。」

〔七〕四許，王注：「四許者，許穆，汝南平輿人，官至護軍長史，晉太和中入茅山修道，功成仙去，爲上清真人。第三子玉斧，先於太和五年在茅山屍解，爲上清仙官。長子揆，次子虎牙，并亦得道。」

〔八〕陶隱居，謂陶弘景。南朝齊梁時道士，字通明，自號華陽隱居。仕齊拜左衛殿中將軍，入梁，隱居句曲山。《南史》有傳。

〔九〕昇元子、體元、貞一，王注：「《舊唐書》：王遠知，琅琊人，少聰敏，博綜群書，入茅山師事陶弘景，傳其道法。太宗登極，將加重位，固請歸山。貞觀九年，謂弟子潘師正曰：吾見仙格，以少時誤損一童子吻，不得白日昇天，見署少室伯，將行在即。翌日，沐浴加冠衣，焚香而寢，卒，年一百二十六歲。調露二年，追贈太中大夫，謚曰昇真先生。天授二年，改謚曰昇元先生。潘師正，趙州贊皇人，師事王遠知，盡以道門隱訣及符籙授之。高宗幸東都，因召見焉。永淳元年卒，時年九十八。高宗追思不已，贈太中大夫，賜謚曰體元先生。司馬承禎，字子微，河内温人。少好學，薄於爲吏，遂爲道士，事潘師正，傳其符籙及辟穀導引服餌之術。師正特賞異之。卒時年八十九。其弟子表稱：死之日，有雙鶴繞壇，及白雲從壇中湧出，上連於天，而師容色如生。玄宗深嘆異之，贈銀青光禄大夫，號貞一先生。」

〔一〇〕李含光，王注：「顔真卿《元静先生李君碑》：先生姓李，諱含光，廣陵江都人，本姓弘，以孝敬皇帝廟諱改焉。提孩則有殊異，晬日，獨取《孝經》，如捧讀焉。開元十七年，從司馬煉師於王屋山，傳授大法《靈文金記》，一覽無遺，綜覈古今，該明奥旨。玄宗知先生遍得子微之道，乃召先生居王屋山陽臺觀以繼之。歲餘，請歸茅山，纂修經法。頻徵，皆謝病不出。天寶四載冬，乃命中官賫璽書徵之。既至，延入禁中，每欲諮禀，必先齋沐。他日請傳道法，先生辭以足疾不任科儀者數焉。玄宗知不可强而至。先生常以茅山靈蹟翦焉將墜，真經祕録亦多散落，請歸修葺，特詔於楊許舊居紫陽觀以宅之，仍賜絹二百匹、法衣兩副、香爐一具、御製詩及序以餞之。初，隱居先生以《三洞真經》傳昇元先生，昇元傳體元先生，體元傳正一先生，正一傳先生。自先生距於隱居，凡五葉矣，皆總襲妙門大正真法。」

〔一〕神農之里，指隨州。詳見開元二十年《冬夜於隨州紫陽先生餐霞樓送烟子元演隱仙城山序》注。

〔二〕朱陵，道家書載洞天名。王注：「《名山洞天福地記》：南嶽衡山，周迴七百里地，名朱陵之天，在衡州衡山縣。」

〔三〕白水，即白河，在今河南西南部。源出南召伏牛山，東南流至湖北，與唐河合爲唐白河，於襄樊注入漢水。

〔四〕宴坐，即静坐也。

〔五〕雁行，斜步側身。

天寶初，威儀元丹丘〔一〕，道門龍鳳，厚禮致屈，傳籙於嵩山東京大唐□□宮。三請固辭偃卧，未幾而詔書下責，不得已而行。入宫一革軌儀，大變都邑，然海鳥愁臧文之享〔二〕，猿狙裂周公之衣〔三〕，志往跡留，稱疾辭帝。尅期離闕，臨别自祭。其文曰：「神將厭予，予非厭世。」乃顧命侄道士胡齊物具平肩輿，歸骨舊土。王公卿士，送及龍門。入葉縣，次王喬之祠〔四〕。目若有睹，泊然而化，天香引道，屍輕空衣。及本郡太守裴公以幡花郊迎，舉郭雷動。□□□□開顔如生，觀者日萬，群議駭俗。至其年十月二十三日，葬於郭東之新松山，春秋六十有二。

【注釋】

〔一〕元丹丘天寶初在京爲大昭成觀威儀事，見開元二十九年《鳳笙篇》詩按語。

〔二〕海鳥，見開元八年《大鵬賦》注。

〔三〕《莊子·天運》：「今取猿狙而衣以周公之服，彼必齕齧挽裂，盡去而後慊。觀古今之異，猶猿狙之異乎周公也。」

〔四〕王喬，即傳説中仙人王子喬。王喬祠在葉縣東北。

先生含弘光大〔一〕，不修小節，盡不盡妙，鬱有崩雲之勢；文非夙工，時動彫龍之作。存也宇宙而無光，歿也浪化而蟬蛻。豈□□□□□□□乎？有鄉僧貞倩雅仗才氣〔二〕，請予爲銘。予與紫陽神交，飽餐素論，十得其九。弟子元丹丘等咸思鸞鳳之羽儀，想珠玉之雲氣，灑掃松月，載揚仙風，篆石頌德，與兹山不朽。其詞曰：

賢哉仙士，六十而化。光光紫陽，善與時而爲龍蛇〔三〕。固亦以生死爲晝夜，有力者挈之而趨。劫運頽落，終歸於無。惟元神不滅，湛然清都。延陵既没，仲尼嗚呼〔四〕。青青松柏，離離山隅。篆石頌德，名揚八區。

【注釋】

〔一〕《易·坤》：「含弘光大，品物咸亨。」孔穎達疏：「包含以厚，光著盛大，故品類之物皆得亨通。」

〔二〕貞倩，即乾元二年《江夏送倩公歸漢東序》之倩公，可參看。

〔三〕龍蛇，比喻與時變化，或隱或顯。《莊子·山木》：「無譽無訾，一龍一蛇，與時俱化，而無肯專爲。」

〔四〕延陵，謂延陵季子，即吴公子季札，封於延陵。王注：「《方輿勝覽》：延陵季子墓，在常州晉陵縣北七十里申浦之西。孔子嘗題曰：嗚呼！有吴延陵季子之墓。」

【集説】

王云：按宋敏求《後序》謂吕縉叔出《漢東紫陽先生碑》而殘缺間莫能辨，不復收入本集。《太平寰宇記》：「《紫陽先生塔銘》，李白譔，在廢光化縣，今不知存否。」此本從《道藏》劉大彬《茅山志》中録出，雖有缺文，然與集中所稱紫陽先生元丹丘僧倩公仙城山餐霞樓等句多所取證，且其文係太白真作，銘詞玄奥可喜，宋氏不取，固矣。

又云：是年（按指天寶元年）胡紫陽卒。據紫陽碑文，紫陽之卒在天寶元年，其葬以十月望後。……其《漢東紫陽先生碑銘》，是年以後所作。（《年譜》）

金銀泥畫西方浄土變相讚 并序

金銀泥，以金銀粉調製之顔料。西方浄土，謂西方極樂世界。變相，指佛道所繪仙佛之像及經文中變異之事。

我聞金天之西〔一〕，日没之所，去中華十萬億刹〔二〕，有極樂世界焉〔三〕。彼國之佛，身長六十萬億恒沙由旬〔四〕，眉間白毫向右宛轉，如五須彌山〔五〕，目光清白，若四海水〔六〕。端坐説法，湛然常存〔七〕。沼明金沙，岸列珍樹。欄楯彌覆，羅網周張。車渠瑠璃〔八〕，爲樓殿之飾；頗黎碼碯，耀階砌之榮。皆諸佛所證，無虚言者。金銀泥畫西方浄土變相，蓋馮翊郡秦夫人奉爲亡夫湖州刺史韋公之所建也〔九〕。夫人藴冰玉之清，敷聖善之訓〔一〇〕，以伉儷大義，希拯拔於幽塗；父子恩深，用薰修於景福〔一一〕。誓捨珍物，搆求名工，圖金創端〔一二〕，繪銀設像〔一三〕。八功德水〔一四〕，波動青蓮之池；七寶香花〔一五〕，光映黄金之地。清風所拂，如生五音〔一六〕；百千妙樂，咸疑動作。若已發願，未及發願；若已當生，未及當生〔一七〕。精念七日〔一八〕，必生其國；功德罔極，酌而難明。讚曰：

向西日没處，遥瞻大悲顔。目浄四海水，身光紫金山〔一九〕。勤念必往生，是故稱極樂。珠網珍寶樹，天花散香閣。圖畫了在眼，願託彼道場。以此功德海，冥祐爲舟梁。八十一劫罪〔二〇〕，如風掃輕霜。庶觀無量壽，長願玉毫光〔二一〕。

【注釋】

〔一〕金天，謂西方。《漢書·五行志》：「金，西方。」

〔二〕刹，梵語，義猶土、田、國等。

〔三〕極樂世界，佛教謂阿彌陀佛所居之世界。《阿彌陀經》：「從是西方，過十萬億佛土，有世界名曰極樂。其土有佛號阿彌陀，今現在説法，彼土何故名爲極樂？其國衆生無有衆苦，但受諸樂，故名極樂。」

〔四〕恒沙，佛家語，恒河沙數之省稱，謂多至不可勝數。由旬，古印度長度單位，一由旬或言四十里，或言三十里，或言十六里。

〔五〕眉間白毫，即眉間白毫相，佛家謂佛三十二相之一。佛之眉間有白毛，内外映徹如白琉璃，宛轉右旋。須彌山，佛教傳説寶山名。《觀無量壽經》：「眉間白毫，右旋宛轉，如五須彌山。」

〔六〕四海，佛教謂圍繞須彌山四方之外海爲四海。

〔七〕湛然長存，謂其永固不壞。

〔八〕車渠，玉石之類，西域七寶之一。曹丕《車渠椀賦序》：「車渠，玉屬也。多纖理縟文，生於西國，其俗寶之。」

〔九〕馮翊，地名。漢爲左馮翊，後爲馮翊郡，唐爲同州，即今陝西大荔縣。

〔一〇〕聖善，《詩・邶風・凱風》：「母氏聖善。」鄭玄箋：「母有叡智之善德。」

〔一一〕熏修，王注：「《釋氏要覽》：薰義者，《顯識論》云：譬如燒香熏衣，香體滅而香氣在衣，此香不可言有，香體滅故；不可言無，香氣在衣故。」熏修，兩宋本、繆本、咸本、王本俱作重修，據《唐文粹》改。

〔一二〕圖金創端，王注：「泥金爲質地，而以爲創始。」

〔一三〕繪銀設像，王注：「以銀代彩色而繪成形像。」

〔一四〕八功德水，佛教謂極樂之池中及須彌山與七金山之内海，皆盈滿八功德水。《稱讚浄土經》：「何等名爲八功德水？一者澄浄，二者清冷，三者甘美，四者輕軟，五者潤澤，六者安和，七者飲時除飢渴等無量過患，八者飲已定能長養諸根四大增益。」八功德水，兩宋本、繆本、咸本、王本俱作八法功德，據《唐文粹》改。

〔一五〕七寶香花，七寶所成之花。七寶，金、銀、琉璃、玻璃、珊瑚、瑪瑙、車渠之謂也。

〔一六〕五音，謂宫商角徵羽。《無量壽經》：「清風時發，出五音聲，微妙宫商，自然相合。」

〔一七〕發願、當生，王注：「《佛説阿彌陀經》：何故名爲一切諸佛所護念經？若有善男子、善女人，聞是經受持者，及聞諸佛名者，皆爲一切諸佛之所護念，皆得不退轉於阿耨多羅三藐三菩提。是故汝等皆當信受我語，及諸佛所説。若有人已發願，今發願，當發願，欲生阿彌陀佛國者，是諸人等皆得不退轉於阿耨多羅三藐三菩提。於彼國土，若已生，若今生，若當生。是故舍利弗，諸善男子，善女人，若有信者，應當發願生彼國土。」

〔一八〕精念七日，王注：「精念，即所謂一心不亂也。今人念念遷流，不能終日，若能注心浄土，無二無雜，至於七日，終不散亂，則心中佛境，自然全現矣。或有不信是事，良由業障深重故耳。」

〔一九〕紫金山，王注：「《佛報恩經》：我見佛身相，喻如紫金山。《法苑珠林》：《獅子月佛本恩經》云：遥見世尊，身放光明，如紫金山，普令大衆同於金色。」

〔二〇〕一，王注：「當作億。」王説是。八十億劫罪，佛教謂依罪業而流轉生死之劫量。《觀無量壽經》：「稱佛名故，除八十億劫生死之罪。命終之時，見金蓮華猶如日輪住其人前。」

〔二一〕玉毫，佛教謂佛之白毫相。見本篇注〔三〕。

【按】

《序》云：「金銀泥畫……蓋馮翊郡秦夫人奉爲亡夫湖州刺史韋公之所建也。」當作於長安待詔翰林時。姑繫於天寶二年。

羽林范將軍畫讚

天寶二年待詔翰林時作。羽林將軍，掌統領北衙禁兵，從三品。位在大將軍之下。范將軍，名字不詳。

羽林列衛，壁壘南垣。四十五星〔一〕，光輝至尊。范公拜將，遥承主恩。位寵虎臣〔二〕，封傳雁門〔三〕。瞻天蹈舞，踴躍精魂。逐逐鶚視〔四〕，昂昂鴻騫。心豪祖逖，氣爽劉琨〔五〕。名震大國，威揚列藩。麟閣之階，粉圖華軒。胡兵百萬，横行縱吞。爪牙帝室〔六〕，功業長存。

【注釋】

〔一〕羽林，星垣名。《史記·天官書》：「北宫玄武，虚危。……其南有衆星，曰羽林天軍。」張守節《正義》：「羽林四十五星，散在壘壁南，天軍也。」

〔二〕虎臣，勇猛之臣。《詩·魯頌·泮水》：「矯矯虎臣。」孔穎達疏：「矯矯然有威武如虎之臣。」

〔三〕雁門，即代州，屬河東道，即今山西代縣。

〔四〕逐逐，欲求而得之貌。《易·頤》：「虎視眈眈，其欲逐逐。」

〔五〕祖逖、劉琨，并晉人。《晉書·祖逖傳》：「逖、琨并有英氣，每謂曰：若四海鼎沸，豪傑并起，吾與足下當相避於中原耳。」

〔六〕爪牙，鳥用爪而獸用牙，以喻武臣。

早夏於將軍叔宅與諸昆季送傅八之江南序

天寶二年待詔翰林時作於長安。傅八，名字不詳。

《易》曰：「觀乎人文，以化成天下〔一〕。」窮此道者，其惟傅侯耶？侯篇章驚新〔二〕，海内稱善。五言之作，妙絶當時。陶公愧田園之能，謝客慚山水之美〔三〕。佳句籍籍〔四〕，人爲美談。前許州司馬宋公藴冰清之姿，重傳侯玉潤之德。妻以其子，鳳皇于飛〔五〕，潘楊之好，斯爲睦矣〔六〕。僕不佞也，忝於芳塵。宴同一筵，心契千古。清酌連曉，玄談入微。歡携無何，旋告睽拆〔七〕。將軍叔雄略蓋古，英明洞神。天王貴宗，誕育賢子。八龍增秀以列次〔八〕，五色相輝而有文。會言高樂，曉餞金門〔九〕。洗德絃觴怡顏〔一〇〕。朱明草木已盛〔一一〕，且江嶂若畫，賞盈前途，自然屏間坐遊，鏡裏行到，霞月千里，足供文章之用哉！征帆空懸，落日相逼，一二季揮翰，詩其贈焉。

【注釋】

〔一〕語出《易·賁》。
〔二〕驚，王注：「當作警。」王説是。
〔三〕陶公、謝客，謂陶淵明、謝靈運。靈運小字客兒。
〔四〕籍籍，名噪甚也。
〔五〕鳳凰于飛，喻夫妻和諧。《左傳》莊公二十二年：「初，懿氏卜妻敬仲。其妻占之曰：吉，是謂鳳凰于飛，和鳴鏘鏘。」杜預注：「雌雄俱飛，相和而鳴鏘鏘然，猶敬仲夫妻相隨適齊，有聲譽。」
〔六〕王注：「潘岳《楊仲武誄》：潘楊之睦，有自來矣。蓋岳乃楊之婿也，故云潘楊之睦。」
〔七〕拆，兩宋本、繆本作拆。王本注云：「一本作析。」析字是。

〔八〕八龍，東漢荀淑有子八人，并有名稱，時人謂之八龍。見《後漢書·荀淑傳》。

〔九〕金門，指漢長安金馬門，後沿用爲官署代稱。

〔一〇〕此處句意不連貫。王注：「上下似有闕文。」

〔一一〕朱明，夏季也。《爾雅·釋天》：「夏爲朱明。」郭璞注：「氣赤而光明。」

朱虚侯讚

天寶四載作。朱虚侯，名章，漢高祖庶長子齊悼惠王劉肥之子。惠帝崩，吕后稱制，章入宿衛，吕后封章爲朱虚侯。朱虚，漢地名，相傳爲帝堯之子丹朱之虚，故名。唐爲臨朐縣，屬河南道青州北海郡。即今山東臨朐縣。

嬴氏穢德〔一〕，金精摧傷〔二〕。秦鹿克獲〔三〕，漢風飛揚〔四〕。赤龍登天，白日昇光〔五〕。陰虹賊虐〔六〕，諸吕擾攘〔七〕。朱虚來歸，會酌高堂。雄劍奮擊，太后震惶。爰鋤産禄，大運乃昌〔八〕。功冠帝室，於今不忘。

【注釋】

〔一〕嬴氏，謂秦，秦姓嬴。

〔二〕金精，指秦。秦在西方，西方於五行爲金，故稱。

〔三〕鹿，喻帝位。《史記·淮陰侯列傳》：「秦失其鹿，天下共逐之。」

〔四〕謂高祖劉邦統一全國。《史記·高祖本紀》：「高祖擊筑，自爲歌詩曰：『大風起兮雲飛揚，威加海内兮歸故鄉。安得猛士兮守四方。』」

〔五〕王注：「赤龍登天謂高祖昇遐，白日昇光謂惠帝即世。」按，《史記·高祖本紀》云劉邦爲赤帝子，日以喻帝。

〔六〕陰虹，謂吕后。虹爲陰性。賊虐，謂其誅殺劉氏諸王。

〔七〕諸吕，指吕后諸侄吕台、吕産、吕禄輩。吕后稱制，諸吕皆爲王，擅權用事。

〔八〕諸吕用事，朱虚侯章忿劉氏不得職。嘗入侍吕后燕飲，吕后令其爲酒吏。章請以軍法行酒，太后可之。酒酣，章爲《耕田歌》曰：「深耕溉種，立苗欲疏，非其種者，鉏而去之。」太后默然。頃之，諸吕有一人醉，逃酒，章追殺之。太后左右大驚，以已許以軍法，無以罪。吕后崩，吕禄爲上將軍，吕産爲相國，皆居長安中，聚兵以威大臣，欲爲亂。朱虚侯與太尉周勃、丞相陳平等誅之。朱虚侯先斬吕産，於是勃等乃得盡誅諸吕。事見《史記·齊悼惠王世家》。

【按】

據《通鑑》，天寶四載八月，玄宗册楊玉環爲貴妃，三姊皆賜第宅於京師，從兄銛、錡皆封高位，從祖兄釗（即國忠）亦得寵。本篇或有感於此而作。

魯郡葉和尚讚

天寶四、五載間作於魯郡。

海英嶽靈，誕彼開士〔一〕。了身皆空，觀月在水〔二〕。如薪傳火，朗徹生死〔三〕。如雲開天，廓然萬里。寂滅爲樂〔四〕，江海而閑。逆旅形內〔五〕，虛舟世間〔六〕。邈彼崑閬〔七〕，誰云可攀？

【注釋】

〔一〕開士，菩薩之異名，後以稱僧人。

〔二〕了身，猶言悟身。佛教以爲人身無實如幻，猶水中之月也。

〔三〕王注：「慧遠《形盡神不滅論》：火之傳於薪，猶神之傳於形。火之傳異薪，猶神之傳異形。前薪非後薪，則知指窮之術妙。前形非後形，則悟情數之感深。惑者見形朽於一生，便以謂神情俱喪，猶睹火窮於一木，謂終期都盡耳。」

〔四〕寂滅，佛家語，謂超脱一切境界入於不生不滅之門。

〔五〕逆旅，猶客舍。

〔六〕虛舟，空舟也。《莊子・列禦寇》：「巧者勞而智者憂，無能者無所求，飽食而敖遊，汎若不繫之舟，虛而敖遊者也。」

〔七〕崑閬，崑崙山巔有閬風山，相傳爲仙人所居。

安吉崔少府翰畫讚

約天寶六載作。安吉，縣名，屬江南東道湖州，即今浙江安吉縣。

齊表巨海，吴嗟大風〔一〕。崔爲令族，出自太公〔二〕。克生奇才，骨秀神聰。炳若秋月，鶱然雲鴻。爰圖伊人，奪妙真宰。卓立欲語，謂行而在。清晨一觀，爽氣十倍。張之座隅，仰止光彩。

【注釋】

〔一〕《左傳》襄公二十九年：「吴公子札來聘。……請觀於周樂。……爲之歌《齊》，曰：美哉，泱泱乎，大風也哉！表東海者其太公乎？國未可量也。」杜預注：「太公封齊，爲東海之表式。」

〔二〕《新唐書·宰相世系表》：「崔氏出自姜姓。齊丁公伋嫡子季子讓國叔乙，食采於崔，遂爲崔氏。」

【集説】

王云：《唐書·宰相世系表》有崔翰字叔清，汴宋觀察使巡官，試大理評事。未知即其人否？

天門山銘

約天寶七載作。天門山，在今安徽當塗縣西南，東爲博望，西爲梁山，兩山夾江峙立，形如天門，故名。參見開元十三年《望天門山》詩及注。

梁山博望，關扃楚濱〔一〕。夾據洪流，實爲吴津。兩坐錯落，如鯨張鱗。惟海有若〔二〕，唯川有神。牛渚怪物，月園車輪〔三〕。光射島嶼，氣淩星辰。卷沙揚濤，溺馬殺人。國泰呈瑞，時訛返珍。開則九江納錫〔四〕，閉則五嶽飛塵〔五〕。天險之地，無安匪親〔六〕。

【注釋】

〔一〕楚濱，謂長江之濱。江流此乃楚故地，故稱。

〔二〕若，海神名。

〔三〕牛渚，山名，其突入長江部分爲牛渚磯，又稱采石磯。在當塗西南。《晉書·温嶠傳》：「牛渚磯水深不可測，世云其下多怪物。温嶠燃犀角而照之，須臾見水族覆火，奇形異狀，或乘車馬著赤衣者。其夜夢神謂曰：『與君幽明别道，何意相照也？』」

〔四〕納錫，猶言入貢。《書·禹貢》：「九江納錫大龜。」

〔五〕飛塵，喻天下動亂。

〔六〕安，王本作德。兩宋本、繆本作安。安，置也，於義較長，據改。

化成寺大鐘銘 并序

約作於天寶七載夏。化成寺，在當塗。

噫！天以震雷鼓群動，佛以鴻鐘驚大夢。而能發揮沉潛，開覺茫蠢，則鐘之取象，其義博哉！夫揚音大千，所以清真心，警俗慮；協響廣樂〔一〕，所以達元氣，彰天聲；銘勳皇宫，所以旌豐功，昭茂德。莫不配美金鼎，增輝寶坊〔二〕。仍事作制，豈徒然也！粤有唐宣城郡當塗縣化城寺大鐘者，量函千鈞，聲盈萬斁〔三〕，蓋邑宰李公之所創也。公名有則〔四〕，係玄元之英蕤，茂列聖之天枝〔五〕。生於公族，貴而秀出。少藴才略，壯而有成。西逾流沙〔六〕，立功絶域。帝疇乎厥庸〔七〕，始學古從政。歷宰潔白，聲聞於天。天書褒榮，輝之簡牘，稽首三復，子孫其傳。天寶之初，鳴琴此邦，不言而治。日計之無近功，歲計之有大利。物不知化，潛臻小康。神明其道，越不可尚。

【注釋】

〔一〕廣樂，天樂也。

〔二〕寶坊，寺院也。

〔三〕以上二句，兩宋本、繆本、王本俱作量函千盈。據《唐文粹》改。

〔四〕白本年有《陪族叔當塗宰遊化城寺昇公清風亭》詩，李有則當即「族叔當塗宰」。可參看。

〔五〕玄元，謂老子。唐高宗乾封元年追號老子爲太上玄元皇帝。天枝，謂其爲唐之宗室也。

〔六〕流沙，指沙漠。

〔七〕疇，同酬。庸，功、勳也。

方入於禪關〔一〕，覩天宫峥嶸，聞鐘聲瑣屑，乃謂諸龍象曰〔二〕：「盍不建大法鼓〔三〕，樹之層臺，使群聾六時有所歸仰〔四〕，不亦美乎？」於是發一言以先覺，舉百里而咸應。秋毫不挫〔五〕，人多子來〔六〕。銅崇朝而山積〔七〕，工不日而雲會。乃采梟氏撰鳴鐘〔八〕，火天地之爐，扇陰陽之炭〔九〕。迴禄奮怒〔一〇〕，飛廉震驚〔一一〕。金精轉涾以融熠〔一二〕，銅液星熒而璀燦。光噴日道〔一三〕，氣歊天維〔一四〕。紅雲點於太清，紫烟矗於遥海。烜赫宇宙，功侔鬼神。瑩而察之，吁駭人也。爾其龍質炳發，虎形蹲踞〔一五〕。縻金索以上絙，懸寶樓而迭擊。旁振萬壑，高聞九天。聲動山以隱隱，響奔雷而闐闐。赦湯鑊於幽途，息劍輪於苦海〔一六〕。景福肸蠁〔一七〕，被於人天。非李公好謀而成，弘濟群有，孰能興於此乎？

【注釋】

〔一〕禪關，寺院也。

〔二〕龍象，佛家語，謂諸阿羅漢中修行勇猛有最大力者爲龍象。水行龍力最大，陸行象力最大，故以爲喻。後因以名高僧。

〔三〕法鼓，此謂鐘。

〔四〕六時，佛教分一晝夜爲六時。《西域記》卷二：「六時合成一日一夜，晝三夜三。」按，晝三時爲晨朝、日中、日没，夜三時爲初夜、中夜、後夜。

〔五〕秋毫，《莊子·山木》：「北宫奢爲衛靈公賦斂以爲鐘，爲壇乎郭門之外，三日而成上下之縣。」

王子慶忌見而問焉，曰：『子何術之設？』奢曰：『一之間無敢設也。奢聞之，既彫既琢，復歸於樸。侗乎其無識，儻乎其怠疑。萃乎芒乎，其送往而迎來。來者勿禁，往者勿止。從其強梁，隨其曲傳，因其自窮。故朝夕賦斂而毫毛不挫，而況有大塗者乎？』」

〔六〕子來，謂從役者之來如子之向母也。語出《詩·大雅·靈臺》。

〔七〕崇朝，終朝也。自旦至早食之間。

〔八〕梟氏，古官名，掌造鐘之事。《周禮·考工記·輈人》：「攻金之工，……梟氏爲聲。」

〔九〕賈誼《鵩鳥賦》：「天地爲爐，造化爲工。陰陽爲炭，萬物爲銅。」

〔一〇〕迴禄，傳説中火神名。

〔一一〕飛廉，傳説中風神名。

〔一二〕金精，謂銅。轉涾，銅融而沸也。涾，音沓，《説文》：「涾，涫溢也。今河朔方言謂沸溢爲涾。」

〔一三〕日道，日運行之道也。《禮記·月令》題下孔穎達疏：「赤道之北二十四度爲夏至之日道，去北極六十七度也。赤道之南二十四度，爲冬至之日道，去南極亦六十七度。」

〔一四〕歊，音消，氣出貌。

〔一五〕躨跜，動貌。

〔一六〕湯鑊、劍輪，佛教經義中地獄名。王注：「《法苑珠林》：阿鼻地獄有十八劍輪地獄，十八湯鑊地獄。《翻譯名義集》：若打鐘時，一切惡道諸苦并得停止。」

〔一七〕肸蠁，散布、彌漫。司馬相如《上林賦》：「衆音發越，肸蠁布寫。」

丞尉等并衣冠之龜龍〔一〕，人物之標準。大雅君子，同僚盡心，聞善賈勇，贊成厥美。寺主昇朝〔二〕，閑心古容，英骨秀氣。灑落毫素，謙柔笑言。海受水而皆納，鏡無形而不燭。直道妙用，乃如是言。常虚懷忘情，潔己利物。是人行空寂，不動見如來。有若上座靈隱，都維那則舒〔三〕，名僧日暉、藴虚、常因、調護，賢哉六開士〔四〕，普聞八萬法〔五〕。深入禪惠〔六〕，精修律儀。將博我以文章，求我以述作。功德大海，酌而難名。遂與六曹豪吏〔七〕，姑熟賢老，乃緇乃黄〔八〕，跫趨梵庭〔九〕，請揚宰君之鴻美。白昔忝侍從，備於辭臣，恭承德音，敢闕清風之頌，其辭曰：

雄雄鴻鐘砰隱天〔一〇〕，雷鼓霆擊警大千。含號烜爀聲無邊，摧慴魑魅招靈仙，傍極六道極九泉〔一一〕。劍輪輟苦期息肩，湯鑊猛火停熾燃。愷悌賢宰人父母〔一二〕，興功利物信可久，德方金鐘永不朽。

【注釋】

〔一〕龜龍，物之靈者也，以喻人中英傑。《禮記・禮器》：「昇中於天，而鳳凰降，龜龍假。」

〔二〕寺主，管理寺院之主。東漢時立白馬寺，有知事之名，東晉而後，始稱寺主。昇朝，寺主名，按，白本年《陪族叔當塗宰遊化城寺昇公清風亭》詩云：「昇公湖山秀，粲然有辯才。濟人不利己，立俗無嫌猜。」昇公當即此昇朝。

〔三〕上座、都維那，寺僧職位名。寺中以上座、寺主、都維那爲三綱。

〔四〕開士，梵語，即僧人。

〔五〕八萬法，王注：「《報恩經》：八萬法者，如樹根、莖、枝、葉，名爲一樹。佛爲衆生始終説法，名爲一藏，如是八萬。又云：佛一坐説法，名爲一藏，如是八萬。又云：十六字爲半偈，三十二字爲一偈，如是八萬。又云：長短偈，四十二字爲一偈，如是八萬。又云：如半月説戒爲一藏，如是八萬。又云：佛自説六萬六千偈爲一藏，如是八萬。又云：佛説塵勞有八萬，法藏亦八萬，名八萬法藏。」

〔六〕禪惠，即禪慧，禪定與智慧也。佛家以此二者攝一切之證行。

〔七〕六曹，指州郡屬官。唐州郡設功、倉、户、兵、法、士六曹。

〔八〕緇，僧人所服。黄，即黄冠，道士所服。

〔九〕皃趨，謂衆趨如皃也。梵庭，指寺院。

〔一〇〕砰隱，大聲也。

〔一一〕六道，佛家以天道、人道、阿修羅道、畜生道、餓鬼道、地獄道爲六道。

〔一二〕愷悌，和易近人也。《詩·大雅·泂酌》：「豈弟君子，民之父母。」豈通愷。

【按】

詹鍈以文中「天寶之初，鳴琴此邦」繫此《銘》於天寶二年。似非。據文中「白昔忝侍從，備於辭臣」語，知其必作於辭朝之後。瞿、朱以爲此文之當塗宰李有則與《夏日陪司馬武公與群賢宴姑熟亭序》之當塗宰李明化爲同一人，而《夏日陪司馬武公與群賢宴姑熟亭序》作於天寶十四載，故疑此篇亦作於天寶十四載前後。此説恐亦非。《夏日陪司馬武公與群賢宴姑熟亭序》云：「今宰李公明化……」李有則（或李明化）斷不至由天寶之初至天寶末十數年間連續宰於當塗，亦不至天寶初宰當塗，復於天寶末再宰當塗。此《銘》以繫於天寶七載較妥，而李有則之宰當塗，或在天寶三、四載，亦可稱天寶之初。《夏日陪司馬武公與群賢宴姑熟亭序》之「李公明化」，當係另一人。

任城縣廳壁記

天寶九載歸東魯後作於任城。任城，屬河南道兖州，即今山東濟寧市。廳壁記，書於廳之壁者。《唐語林·補遺》：「朝廷百司諸廳皆有壁記，叙官秩創置及遷授始末。原其作意，蓋欲著前政履歷，而發將來健羨者。故爲記之體，貴其説事詳雅，不爲苟飾。……韋氏《兩京記》云：『郎官盛寫壁記，以記當廳前後遷除出入，寖以成俗。』然則壁記之起，當自國朝以來，始自臺省，遂流郡邑耳。」

風姓之後，國爲任城〔一〕，蓋古之秦縣也。在《禹貢》則南徐之分〔二〕，當成周迺東魯之邦〔三〕。自伯禽到於順公〔四〕，三十二代〔五〕。遭楚蕩滅，因屬楚焉〔六〕。炎漢之後，更爲郡縣。隋開皇三年，廢高平郡，移任城於舊居〔七〕，邑乃屢遷，井則不改。魯境七百里，郡有十一縣〔八〕，任城其衝要。東盤琅邪〔九〕，西控鉅野〔一〇〕，北走厥國〔一一〕，南馳互鄉〔一二〕。青帝太昊之遺墟〔一三〕，白衣尚書之舊里〔一四〕。土俗古遠，風流清高，賢良間生，掩映天下。地博厚，川疎明。漢則名王分茅〔一五〕，魏則天人列土〔一六〕。所以代變豪侈，家傳文章。君子以才雄自高，小人則鄙樸難治。

【注釋】

〔一〕《元和郡縣志》河南道兖州：「任城縣……古任國，太昊之後，風姓也。僖公二十一年《左傳》曰：任、宿、須句，皆風姓也。」

〔二〕南徐，州名，南朝宋永初二年改徐州置，治所在京口，即今江蘇鎮江市。《元和郡縣志》河南道兖州：「《禹貢》：兖州之域，兼得徐州之地。」瞿、朱注：「南徐爲六朝之京口，唐之潤州，與此迥不相涉。文意蓋謂在南方之徐州耳。」瞿、朱説是。

〔三〕成周，指西周之東都洛邑。周平王東遷，居王城，敬王避亂，遷都成周。此處代周朝。成周，兩宋本、繆本、咸本、王本俱作周成，誤。據《文苑英華》改。

〔四〕伯禽，周公子，封爲魯公。順公，當爲頃公之誤。王注：「當作頃。」王説是。

〔五〕自伯禽至頃公爲三十三代。三十二，當爲三十三之誤。王注：「二當作三。」王説是。

〔六〕《史記·魯周公世家》：「頃公……十九年，楚伐我，取徐州。二十四年，楚考烈王伐滅魯，頃公亡，遷於下邑，爲家人，魯絶祀。」

〔七〕《元和郡縣志》河南道兖州：「魏志曰：文帝封鄄陵侯彰爲任城王。齊天保七年，移高平郡於此，任城縣屬焉。隋開皇三年，罷高平郡，屬兖州。」

〔八〕《元和郡縣志》河南道兖州：「州境：東西三百三十一里，南北三百五十三里。」又云：「管縣十一：瑕丘，金鄉，魚臺，鄒縣，龔丘，乾封，曲蕪，曲阜，泗水，任城，中都。」王注：「新舊《唐書》所載，祇十縣，以貞元中割中都入鄆州故也。」

〔九〕琅邪，即沂州，今山東臨沂縣，在任城以東。

〔一〇〕鉅野，今山東巨野縣，唐時屬鄆州，在任城以西。

〔一一〕厥國，指兖州平陵縣，在任城北。王注：「章懷太子《後漢書》注：東平陸，縣名，古厥國也，屬東平國，今兖州平陸縣地。」

〔一二〕互鄉，鄉名，在沛縣。王注：「《太平寰宇記》：徐州沛縣合鄉故城，古互鄉之地。按劉芳《徐州記》云：古之互鄉，蓋孔子云『難與言』者。又曰：互鄉，在陳州項城縣北一里。古老傳云互鄉之地。《一統志》：互鄉，在河南開封府商水縣。《論語》云『互鄉難與言』，即此。古今言互鄉者，凡三處，今考魯郡之南與徐州接壤，則此文所指，與沛縣之互鄉爲合。」

〔一三〕青帝，王注：「《獨斷注》：青帝太昊，木行。《三皇本紀》：太皞庖犧氏，風姓，代燧人氏，繼天而王，都於陳。其後裔當春秋時，有任、宿、須句、顓臾，皆風姓之胤也。」

〔一四〕白衣尚書，謂鄭均。東漢尚書鄭均乞骸骨歸故里。元和二年，章帝東遊經任城至均家，命均終身領取尚書俸禄，當時稱之爲白衣尚書。見《後漢書》本傳。

〔一五〕分茅，古代分封諸侯，以白茅裹泥土授之，謂之分茅。《後漢書·憲王蒼傳》附《任城孝王傳》：「任城孝王尚，元和元年封，食任城、亢父、樊三縣。」

〔一六〕魏文帝黄初三年，以曹彰爲任城王。

況其城池爽塏〔一〕，邑屋豐潤。香閣倚日，淩丹霄而欲飛；石橋横波，驚彩虹而不去。其雄麗坱圠有如此焉〔二〕。故萬商往來，四海綿歷。實泉貨之橐籥〔三〕，爲英髦之咽喉。故資大賢，以主東道〔四〕。製我美錦〔五〕，不易其人。今鄉二十六，户一萬三千三百七十一。帝擇名德，以賀公宰之。公温恭克修，儼碩有立〔六〕。季野備四時之氣〔七〕，士元非百里之才〔八〕。撥煩彌閑，剖劇無滯〔九〕。鏑百發克破於楊葉〔一〇〕，刀一鼓必合於《桑林》〔一一〕。寬猛相濟，弦韋適中〔一二〕。一之歲肅而教之，二之歲惠而安之，三之歲富而樂之。然後青衿向訓〔一三〕，黄髪履禮〔一四〕。耒耜就役〔一五〕，農無遊手之夫；杼軸和鳴，機罕嚬蛾之女〔一六〕。物不知化，陶然自春。權豪鋤縱暴之心，黠吏返淳和之性。行者讓於道路〔一七〕，任者併於輕重〔一八〕。扶老攜幼，尊尊親親，千載百年，再復魯道〔一九〕。非神明博遠，孰能契於此乎？白探奇東蒙〔二〇〕，竊聽輿論，輒記於壁，垂之將來，俾後賢之操刀〔二一〕，知賀公之絶跡者也〔二二〕。

【注釋】

〔一〕爽塏，明亮乾燥。塏，音愷。

〔二〕坱圠，音央札，廣大貌。

〔三〕泉貨，貨幣也。《漢書·食貨志》：「故貨，寶於金，利於刀，流於泉。」橐籥，猶言源泉。

〔四〕東道，見天寶七載《出妓金陵子呈盧六》詩注。

〔五〕製錦，見開元二十七年《贈徐安宜》詩注。

〔六〕儼碩，莊嚴端重。《詩·陳風·澤陂》：「有美一人，碩大且儼。」

〔七〕季野，晉人褚裒字。《世説·德行》：「謝太傅絶重褚公，常稱：褚季野雖不言，而四時之氣亦備。」

〔八〕士元，三國龐統字。《三國志·蜀書·龐統傳》：「統以從事守耒陽令，在縣不治，免官。吴將魯肅遺先主書曰：龐士元非百里才也，使處治中别駕之任，始當展其驥足耳。」

〔九〕剖劇，謂剖析繁務也。

〔一〇〕《史記·周本紀》：「楚有養由基者，善射者也。去柳葉百步而射之，百發而百中也。」

〔一一〕用《莊子》庖丁解牛事。詳見上元二年《贈從孫義興宰銘》詩注。王注：「上句謂其舉措無不中理，下句喻其謀猷無不合宜。」

〔一二〕弦韋，弓弦與獸皮也。弦緊皮柔，以喻急緩。

〔一三〕青衿，以代學子。《詩·鄭風·子衿》：「青青子衿，悠悠我心。」

〔一四〕黄髮，以代老者。老人髮白，白久則黄。

〔一五〕耒耜，古時農具，頗似今之犁。耒爲曲柄，木爲之，下端接耜，金鐵爲之，以起土。

〔一六〕嚬蛾，皺眉不樂也。蛾，王本誤作哦，據兩宋本改。

〔一七〕《孔子家語》卷二：「虞、芮二國爭田而訟，連年不決，乃相謂曰：『西伯，仁人也，盍往質之？』入其境，則耕者讓畔，行者讓路。」

〔一八〕《禮記·王制》：「輕任并，重任分。」孔穎達《正義》：「任，謂有擔負者俱應擔負。老少並輕，則併與少者擔之。老少並重，不可併與少者一人，則分爲輕重，重與少者，輕與老者。」

〔一九〕魯道，謂周公治魯尊尊親親之道。

〔二〇〕東蒙，指蒙山，在沂州費縣西北。任城在蒙山之東，故曰東蒙。

〔二一〕操刀，謂爲縣宰。詳見上元二年《贈從孫義興宰銘》詩注。

〔二二〕賀公，名知止，會稽人，賀知章從祖弟。約天寶六載後，三年間爲任城縣令（據鍾振振《關於李白〈任城縣廳壁記〉之本事與繫年》）。

崇明寺佛頂尊勝陀羅尼幢頌　并序

天寶九載作於魯郡。《佛頂尊勝陀羅尼》，佛經名。幢，刻經於其上也，石爲之。

共工不觸山，媧皇不補天〔一〕，其鴻波汩汩流！伯禹不治水，萬人其魚乎〔二〕！禮樂大壞，仲尼不作，王道其昏乎！而有功包陰陽，力掩造化，首出衆聖，卓稱大雄〔三〕，彼三者之不足徵矣。粤有我西方金仙之垂範〔四〕，覺曠劫之大夢〔五〕，碎群愚之重昏，寂然不動，湛而常存。使苦海静滔天之波，疑山滅炎崑之火，囊括天地，置之清凉。日月或墜，神通自在。不其偉與！魯郡崇明寺南門佛頂尊勝陀羅尼石幢者，蓋此都之壯觀。昔善住天子及千大天遊於園觀，又與天女遊戲，受諸快樂，即於夜分中聞有聲曰：「善住天子七日滅後當生，七反畜生之身。」於是如來授之吉祥真經，遂脱諸苦〔六〕。蓋之天徵爲大法印〔七〕，不可得而聞也。我唐高宗時，有罽賓桑門，持入中土〔八〕。猶日藏大寶，清園虚空，檀金浄彩，人皆悦見。所以山東開士舉國而崇之〔九〕。時有萬商投珍，士女雲會，衆布蓄沓如陵。琢文石於他山，聳高標於列肆。鑱珉錯綵〔一〇〕，爲鯨爲螭；天人海怪，若叱若語。貝葉金言刊其上〔一一〕，荷花水物形其隅，良工草萊〔一二〕，獻技而去。聖君垂拱南面，穆清而居，大明廣運，無幽不燭。以天下所立兹幢，多臨諸旗亭〔一三〕，喧囂湫隘，本非經行網繞之所〔一四〕。乃頒下明詔，令移於寶坊〔一五〕。吁！百尺中標，矗若雲斷，委翳苔蘚，周流星霜，俾龍象興嗟〔一六〕，仰瞻無地，良可嘆也。

【注釋】

〔一〕《論衡·談天》：「儒書言：共工與顓頊争爲天子，不勝，怒而觸不周之山，使天柱折，地維絶。女媧銷煉五色石以補蒼天，斷鰲足以立四極。天不足西北，故日月移焉。地不足東南，故百川注焉。」

〔二〕伯禹，即夏禹。禹之父鯀爲崇伯，禹代父爲崇伯，伯，爵也，故禹得稱伯禹。《左傳》昭公元年：「劉子曰：『美哉禹功，明德遠矣，微禹，吾其魚乎！』」

〔三〕大雄，釋迦牟尼之尊號。佛有大智力，能伏四魔，故稱大雄。

〔四〕金仙，佛家謂如來之身，金色微妙，因稱金仙。

〔五〕曠劫，極言過去時之長久。劫，梵語劫波之略。

〔六〕善住天子，佛教謂忉利天諸天子中之一人。善住自知七日後命終，命終後七返閻浮提受畜生之身，墮地獄，大怖，求救於帝釋。帝釋至祇園精舍，求其法於佛。佛爲説《佛頂尊勝陀羅尼》，令善住天子誦之，以延壽轉難。《佛頂尊勝陀羅尼經》曰：「佛告天帝，此《佛頂陀羅尼》，若有人聞一經於耳，先世所造一切地獄惡業，皆悉消滅。」

〔七〕法印，佛教以諸行無常、諸法無我、涅槃寂静爲三法印，以之作爲基本教義與識别佛經真僞之標準。

〔八〕罽賓，漢代西域國名，梵語爲迦濕彌羅，在今喀布爾河下遊流域克什米爾一帶。桑門，僧也，沙門之異譯。據《宋高僧傳·日照傳》，罽賓沙門佛陀波利於高宗上元三年（鳳儀元年）禮拜五臺後，與中天竺沙門婆訶羅（即日照）同譯經論，并請將《佛頂尊勝陀羅尼經》刊布中外，詔從之。參見范文瀾《唐代佛教·隋唐五代佛教大事年表》。 闕音記。

〔九〕開士，梵語菩薩之音譯。後以稱僧人。

〔一〇〕鑱，鑿也。 珉，石之似玉者。

〔一一〕貝葉金言，謂佛經。《酉陽雜俎》卷十八《廣動植》之三：「貝多出摩伽陀國，高六七丈，經冬不凋。此樹有三種，一者多羅娑力叉貝多，二者多梨婆力叉貝多，三者部婆力叉多羅多梨。……貝多是梵語，漢翻爲葉，貝多婆力叉者，漢言葉樹也。西域經書，用此三種皮葉，若能保護，亦得五六百年。」

〔一二〕草萊，田野也，以喻民間。

〔一三〕旗亭，酒店也。

〔一四〕經行、綳繞，王注：「經行，謂衆僧遶幢循行，所以致其敬禮之心。綳繞，謂以綳繞其幢，所以使鳥雀不得棲止污穢。」

〔一五〕寶坊，僧房也。王注：「西方供佛宫殿，以七寶增飾，故謂僧房曰寶坊。」

〔一六〕龍象，高僧也。詳見前篇注。

我太官廣武伯隴西李公，先名琬，奉詔書改爲輔〔一〕。其從政也，肅而寬，仁而惠。五鎮方牧〔二〕，聲聞於天。帝乃加剖竹於魯〔三〕，魯道粲然可觀。方將和陰陽於太階，致吾君於堯舜，豈徒閉閤坐嘯，鴻盤二千哉〔四〕？乃再崇厥功，發揮象教〔五〕。於是與長史盧公、司馬李公等，咸明明在公〔六〕，綽綽有裕，韜大國之寶，鍾元精之和〔七〕。榮兼半刺〔八〕，道光列嶽。才或大而用小，識無微而不通。政其有經，談豈更僕〔九〕？有律師道宗〔一〇〕，心總群妙，量包大千〔一一〕。日何瑩而常明，天不言而自運。識岸浪注〔一二〕，玄機清發〔一三〕。每口演金偈〔一四〕，舌摇電光，開關延敵，罕有當者。由萬竅同號於一風，衆流俱納於溟海。若乃嚴飾佛事〔一五〕，規矩梵天〔一六〕。法堂鬱以霧開〔一七〕，香樓岌乎島峙〔一八〕。皆我公之締構也。以天寶八載五月一日示滅大寺〔一九〕。百城號天，四衆泣血，焚香散花，扶櫬卧轍。仙鶴數十，飛鳴中絶。非至德動天，深仁感物者，其孰能與於此乎？三綱等皆論窮彌天〔二〇〕，惠湛清月，傳千燈於智種〔二一〕，了萬法於真空〔二二〕。

【注釋】

〔一〕郁賢皓《李白叢考·李白交遊雜考》引《古今姓氏書辨證》云：「京兆獨孤氏：《隋書·獨孤楷傳》云：不知何許人，姓李氏，父屯，從齊神武戰於沙苑，敗，爲柱國獨孤信所擒，配爲士伍，賜姓獨孤氏。後居京兆。楷弟盛。楷，隋并州總管，汝陽郡公，生淩雲、平雲、滕雲、卿雲、彦雲。平雲，千牛將軍，安丘公。彦雲，歷陽公。滕雲，荆府長史，廣武公，生奉節。（奉節）生琬、炎。琬，大僕卿，開元中，上表請改姓李氏，名俌。」按，俌當爲浦或輔之誤。

〔二〕五鎮方牧，指五爲郡太守。白天寶九載《虞城令長李錫去思頌碑》云：「父浦，鄆、海、淄、唐、陳五州刺史，魯郡都督，廣平太守，襲廣武伯。」可參看。按，輔、浦形近，當有一誤。

〔三〕剖竹，授官也。古以竹爲符證，剖而爲二，一與本人，一留官府。

〔四〕鴻盤二千，《易・漸》：「鴻漸於磐，飲食衎衎，吉。」王弼注：「磐，山石之安者。少進而得位，居中而應，本無禄養，進而得之，其爲歡樂，願莫先焉。」王注：「鴻磐二千，謂以二千石之職，爲宴安之地也。」

〔五〕象教，釋迦牟尼將離世，諸大弟子想慕不已，於是刻木爲佛，以形象教人，佛教謂之象教。

〔六〕明明在公，《詩・魯頌・有駜》：「夙夜在公，在公明明。」鄭玄箋：「言時臣憂念君事，早起夜寐，在於公之所；在於公之所，但明義明德也。」

〔七〕元精，大道也。

〔八〕半刺，謂州郡長官下屬之長史、司馬等。

〔九〕更僕，《禮記・儒行》：「哀公曰：敢問儒行？孔子對曰：遽數之不能終其物，悉數之，乃留，更僕未可終也。」陳澔集説：「卒遽而數之，則不能終言其事。詳悉數之，非久留不可。僕，臣之擯相者，久則疲倦，雖更代其僕，亦未可得盡言之也。」

〔一〇〕律師，佛教謂善於解説戒律之僧人。道宗，僧人名。

〔一一〕大千，佛家語，大千世界之省稱，指廣大無邊之世界。

〔一二〕佛教謂心體之真如，譬如海；諸識之緣動，譬如波浪。《楞伽經》曰：「譬如巨海浪，斯由猛風起。洪波鼓冥壑，無有斷絶時。藏識海常住，境界風所動。種種諸識浪，騰躍而轉生。」識岸浪注即本此。

〔一三〕玄機，深妙玄奥之道理，指佛教經義。

〔一四〕偈，佛經中之頌詞。金偈，謂其莊嚴也。

〔一五〕佛事，謂佛徒誦經、祈禱、供養佛像等活動。

〔一六〕梵天，佛經有梵衆天、梵輔天、大梵天之稱，統稱梵天。

〔一七〕法堂，演説佛法之大堂。

〔一八〕香樓，佛火葬時置寶棺之樓。

〔一九〕示滅，佛家語，謂菩薩或高僧之死。

〔二〇〕三綱，佛寺職務，爲上座、維那、典座，或説爲上座、寺主、維那。《晉書·習鑿齒傳》：「時有桑門釋道安，俊辯有高才。自北至荆州，與習鑿齒初相見。道安曰：『彌天釋道安。』鑿齒曰：『四海習鑿齒。』人以爲佳對。」

〔二一〕千燈，《維摩詰經》：「譬如一燈，燃千百燈，冥者皆明，明終不盡。」佛教謂法能破暗，故以燈譬之，傳法於人，乃曰傳燈。

〔二二〕真空，王注：「釋典以一切萬有終歸於無，謂之爲空。人法皆空，則謂之真空，即般若智也。」

不謀同心，克樹聖跡。太官李公乃命門於南，垣廟通衢。曾盤舊規，累構餘石。壯士加勇，力侔拔山。纔擊鼓以雷作，拖鴻縻而電掣〔一〕。千人壯，萬夫勢。轉鹿盧於横梁〔二〕，泯環合而無際。常六合之振動，崛九霄之峥嶸。非鬼神功，曷以臻此？況其清景燭物，香風動塵，群形所霑，積苦都雪。粲星辰而增輝，挂文字而不滅〔三〕。雖漢家金莖〔四〕，伏波銅柱〔五〕，擬兹陋矣。或日月圓滿，方檀散華〔六〕。清心諷持，諸佛稱贊。夫如是，亦可以從一天至一天〔七〕，開天宫之門，見群聖之顔。巍巍功德，不可量也。其録事參軍，六曹英寮，及十一縣官屬〔八〕，有宏才碩德，含香繡衣者〔九〕，皆列名碑陰，此不具載。郡人都水使者宣道先生孫太沖〔一〇〕，得真人紫蕊玉笈之書〔一一〕，能令太一神自成還丹〔一二〕，以獻於帝。帝服享萬壽，與天同休。功成身退，謝病而去。不謂古之玄通微妙之士歟？乃謂白曰：「昔王文考觀藝於魯，騁雄辭於靈光〔一三〕；陸佐公知名在吴，銘雙闕於盤石〔一四〕，吾子盍可美盛德，揚中和？」恭承話言，敢不惟命？遂作頌曰：

揭高幢兮表天宫，嶷獨出兮淩星虹。神縱縱兮來空〔一五〕，仡扶傾兮蒼穹〔一六〕。西方大聖稱大雄，横絶苦海舟群蒙〔一七〕。陀羅尼藏萬法宗，善住天子獲厥功。明明李君牧東魯，再新頹規扶衆苦。如大雲王注法雨〔一八〕，邦人清凉喜聚舞。揚鴻名兮振海浦，銘豐碑兮昭萬古。

【注釋】

〔一〕鴻縻，大索也。

〔二〕鹿盧，即轆轤，絞索以起重物。

〔三〕挂文字，懸挂文字，指幢上所刻經文。

〔四〕金莖，漢武帝於長安建章宫作銅柱，上有銅仙人擎盤承甘露，謂之金莖。

〔五〕伏波，謂東漢馬援。援封伏波將軍。《後漢書·馬援傳》李賢注：「援到交趾，立銅柱，爲漢之極界也。」

〔六〕方檀，瞿、朱注：「檀疑當作壇。」説是。方壇，梵語爲曼荼羅，即道場也。散花，佛事之一，爲供養佛而散布花也。

〔七〕王注：「按釋典，欲界有六天：一，四天王天；二，忉利天；三，夜摩天；四，兜率天；五，化樂天；六，他化自在天。色界有十八天：一，梵衆天；二，梵輔天；三，大梵天；四，少光天；五，無量光天；六，光音天；七，少浄天；八，無量浄天；九，徧浄天；十，無雲天；十一，福生天；十二，廣果天；十三，無想天；十四，無煩天；十五，無熱天；十六，善見天；十七，善現天；十八，色究竟天。無色界有四天：一，空處天；二，識處天；三，無所處天；四，非有想、非無想天。凡三界共二十八天。天者，言其清浄光潔，最勝最尊，故名爲天，乃神境世界之位，與蒼蒼在上者之天不同一解。能修至勝之因，方能生其處，功有優劣，故所生之處有不同。」

〔八〕據《唐六典》，大都督府有録事參軍事一人，正七品上。功曹參軍事一人，倉曹參軍事二人，户曹參軍事二人，兵曹參軍事二人，法曹參軍事一人，士曹參軍事一人。皆爲正七品下。是爲六曹。《元和郡縣志》河南道兖州：「管縣十一：瑕丘，金鄉，魚臺，龔丘，乾封，萊蕪，曲阜，泗水，任城，中都。」

〔九〕含香，指郎官。漢三省故事，郎官口含鷄舌香，欲其奏事對答，氣味芬芳。繡衣，指御史。

〔一〇〕都水使者，指都水監使者，正五品上，掌川澤、津梁、渠堰、坡池之事。孫太沖，王注：「《册府元龜》：孫太沖隱於嵩山，玄宗天寶三年，河南尹裴敦復上言：太沖於嵩山合煉金丹，自成於竈中，精華特異，變化非常，請宣付史官，頒示天下以彰靈瑞仙聖之應。從之。又，孫逖有《爲宰相賀中嶽合煉藥自成表》：臣等伏見道士孫太沖奏事奉進止，令中使薛履信監臣，於中嶽嵩陽觀合煉，其竈中著水，置炭於竈側，封固卻回。已經數月，泥拭既密，緘封並全。即與縣官等對開門，其炭並盡，灰又别聚，不動人力，其藥已成，初乃五色發端，終則太陽輝於爐際。又河南尹裴敦復所奏，並奉敕令右補闕李成式往驗並同者。」

〔一一〕玉笈，玉飾之書箱，常以稱祕藏之道書。

〔一二〕太一，天神之名。還丹，道家煉丹之術，以九轉丹再煉，化爲還丹，自稱服之白日昇天。

〔一三〕王文考，名延壽，東漢辭賦家，有俊才，少遊魯國，作《魯靈光殿賦》。後蔡邕亦爲此賦，未成，及見延壽所爲，甚奇之，遂輟翰而已。《後漢書》有傳。

〔一四〕陸佐公，名倕，南朝梁文學家。吴郡人，少篤學，善屬文，嘗爲《漏刻》、《石闕》二銘，冠絶當世，武帝賜以束帛，朝野榮之。

〔一五〕縱縱，王注：「當是總總。」王説是。總總，衆多貌。

〔一六〕仡，音疑入聲，勇壯也。

〔一七〕群蒙，猶言衆生。

〔一八〕法雨，佛教以佛法之妙，能滋潤衆生，故以雨譬之。《法華經》：「澍甘露法雨，滅除煩惱焰。」

【按】

據《序》，僧道宗以天寶八載五月一日示滅，其後郡守李輔（浦）爲立幢。則本文之作，當在天寶九載白返東魯後。

虞城縣令李公去思頌碑　并序

天寶九載作。　虞城，縣名，屬河南道宋州，即今河南虞城縣。李公，名錫，字元勳。

王者立國君人，聚散六合，咸土以百里，雷其威聲〔一〕。革其俗而風之，漁其人而涵之。其猶衆鮮洋洋，樂化在水。波而動之則憂，赬尾之刺作焉〔二〕。徐而清之則安，頒首之頌興焉〔三〕。苟非大賢，孰可育物？而能光昭絃歌，卓立振古，則有虞城宰公焉〔四〕。公名錫，字元勳，隴西成紀人也。高祖楷，隋上大將軍[五]，綿、益、原三州刺史[六]，封汝陽公。曾祖騰雲，皇朝廣、茂二州都督[七]，廣武伯。祖立節，起家韓王府記室參軍[八]，襲廣武伯。父浦[九]，鄆、海、淄、唐、陳五州刺史[一〇]，魯郡都督，廣平太守[一一]，襲廣武伯。皆納忠王庭，名鏤鐘鼎，侯伯繼跡，故可略而言焉。公即廣武伯之元子也。年十九，拜北海壽光尉[一二]。心不挂細務，口不言人非，群吏罕測，望風敬憚。秩滿，轉右武衛倉曹參軍[一三]，次任趙郡昭慶縣令[一四]。奉詔修建初、啟運二陵[一五]，總徒五郡，支用三萬貫。舉築雷野，不鞭一人，功成餘八千貫。其幹能之聲大振乎齊趙矣。時名卿巡按，陵有黃赤氣，上衝太微[一六]，散爲慶雲數千處[一七]，蓋精勤動天地也如此。因粉圖奏名，編入國史。

【注釋】

〔一〕《孟子·告子》下：「諸侯之地方百里。」趙岐注：「諸侯方百里，象雷震也。」

〔二〕赬尾，赤尾也。《詩·周南·汝墳》：「魴魚赬尾。」孔穎達《正義》：「婦人言魴魚勞則尾赤，以興君子苦則容悴。」赬音稱。

〔三〕頒首，大首也。《詩·小雅·魚藻》：「魚在在藻，有頒其首。」鄭玄箋：「魚之依水草，猶人之依明王也。魚處於藻，既得其性，則肥充，其首頒然。」頒音墳。

〔四〕按，白天寶五載有《對雪獻從兄虞城宰》詩，即其人。可參看。

〔五〕上大將軍，隋置，位在柱國之下，大將軍之上。散爵，所以酬功臣。

〔六〕綿州，州治在今四川綿陽市。益州，州治在今四川成都市。皆屬劍南道。原州，州治在今寧夏固原縣，屬關内道。

〔七〕廣州，屬嶺南道，即今廣東廣州市。茂州，屬劍南道，治所即今四川茂汶縣。

〔八〕記室參軍，唐諸王府有記室參軍事，從六品上。

〔九〕浦，《崇明寺佛頂尊勝陀羅尼幢頌序》作輔，未知孰是。

〔一〇〕郢州，屬山南東道，即今湖北京山縣。海州，屬河南道，即今江蘇海州縣。淄州，屬河南道，即今山東淄川縣。唐州，屬山南東道，即今河南泌陽縣。陳州，屬河南道，即今河南淮陽縣。

〔一一〕魯郡，即兖州，屬河南道，即今山東兖州縣。廣平，郡名，即洺州，屬河北道，故址在今河北永年縣。

〔一二〕北海壽光，即河南道青州壽光縣，即今山東壽光縣。

〔一三〕右武衛倉曹參軍，唐左右衛皆有倉曹參軍事，正八品下。

〔一四〕趙郡昭慶，即河北道趙州昭慶縣，故址在今河北隆堯縣。

〔一五〕《元和郡縣志》河北道趙州：「昭慶縣，……皇十三代祖宣皇帝建六陵，高四丈，周迴八十丈。皇十二代祖光皇帝啟運陵，高四丈，周迴六十步。二陵共塋，周迴一百五十六步，在縣西南二十里。」按，建六陵應是建初陵之誤。張駒賢《考證》：「六宜作初。《會要》云：開元二十八年七月十八日，詔改爲建初陵，本名建昌陵，儀鳳二年五月一日追封。」

〔一六〕 太微，星垣名。

〔一七〕 慶雲，五色雲，古以爲祥瑞之氣。

天寶四載，拜虞城令，而天章寵榮〔一〕，俾金玉王度〔二〕。炯若七曜〔三〕，昭回堂隅。於戲，敬之哉！宸威臨顧〔四〕，作訓以理。其俗魯而木，舒而徐，急則狼戾〔五〕。緩則鳥散。公酌以釣道〔六〕，和之《琴心》〔七〕。於是安四人〔八〕，敷五教〔九〕。處必糲食〔一〇〕，行惟單車。觀其約而吏儉，仰其敬而俗讓。激直士之素節，揚廉夫之清波。三月政成，鄰境取則。因行春〔一一〕，見枯骸於路隅，惻然疚懷，出俸而葬。由是百里掩骼，四封歸仁〔一二〕。有居喪行號城市者，習以成俗，公勗之親鄰〔一三〕，厄以凶事，而鰥寡惸獨〔一四〕，衆所賴焉。可謂變其頹風，永錫爾類〔一五〕。先時邑中有聚黨橫猾者，實惟二耿之族〔一六〕，幾百家焉。公訓爲純人，易其里曰大忠正之里〔一七〕。北境黎丘之古鬼焉，或醉父以刃其子〔一八〕，自公到職，蔑聞爲災。官宅舊井，水清而味苦，公下車嘗之，莞爾而笑曰：「既苦且清，足以符吾志也。」遂汲用不改，變爲甘泉〔一九〕。蠡丘館東有三柳焉，公往來憩之，飲水則去。行路勿剪，比於甘棠〔二〇〕。鄉人因樹而書頌四十有六篇。

【注釋】

〔一〕 天章，帝王之詞章，此指皇帝詔令、敕文之類。

〔二〕金玉王度，《左傳》昭公十二年：「思我王度，式如玉，式如金。」杜預注：「金玉取其堅重。」顧炎武補正：「猶言如金如錫，如圭如璧，謂令道也。」

〔三〕七曜，謂日月及金木水火土五星。

〔四〕宸威，帝王之威。

〔五〕狼戾，喻人之貪暴凶殘。

〔六〕釣道，垂釣之道。《説苑・政理》：「宓子賤爲單父宰，過於陽晝，曰：『子亦有以送僕乎？』陽晝曰：『吾少也賤，不知治民之術，有釣道二，請以送子。』」

〔七〕《琴心》，琴曲名。王儉《褚淵碑文》：「參以《酒德》，間以《琴心》。」王注：「此文借用其字，垂釣、鼓琴皆能令人心静，承上文緩急之事而言，其當静以治之也。」

〔八〕四人，謂士農工商。

〔九〕五教，謂父義、母慈、兄友、弟恭、子孝。

〔一〇〕糲食，粗食也。糲，米不精也。

〔一一〕行春，謂官吏春日出巡。

〔一二〕四封，謂四境。

〔一三〕勗，勸也。

〔一四〕惸，同煢，孤也。

〔一五〕《詩・大雅・既醉》：「孝子不匱，永錫爾類。」鄭玄箋：「永，長也，孝子之行，非有竭極之時，長以與汝之族類。謂廣之以教導天下也。」

〔一六〕二耿，疑爲耿姓二族，其事不詳。

〔一七〕忠，王注：「當作中。」王説是。

〔一八〕黎丘，在虞城北，丘高二丈。《吕氏春秋・慎行論・疑似》：「梁北有黎丘部，有奇鬼焉，喜效人之子侄昆弟之狀。邑丈人有之市而醉歸者，黎丘之鬼效其子之狀，扶而道苦之。丈人歸，酒醒而誚其子曰：『吾爲汝父也，豈謂不慈哉？我醉，汝道苦我，何故？』其子泣而觸地曰：『孽矣！無此事也。昔也往責於東邑，人可問也。』其父信之，曰：『嘻！是必夫奇鬼也，我固嘗聞之矣。明日端復飲於市，欲遇而刺殺之。』明旦之市而醉，其真子恐其父之不能反也，遂逝迎之。丈人望其真子，拔劍而刺之。」按，此以其地近黎丘而徵引古事以頌其德政，非至唐時仍有黎丘之鬼也。

〔一九〕甘泉，王注：「《河南通志》：李令泉，在虞城縣治内。縣令李錫有清操，李白撰《錫去思頌》載其事，後因以名。」

〔二〇〕甘棠，《詩・召南・甘棠》：「蔽芾甘棠，勿翦勿伐。」朱熹注：「甘棠，杜梨也。白者爲棠，赤者爲杜。翦，翦其枝葉也。伐，伐其條幹也。……召伯循行南國以布文王之政，或舍甘棠之下，其後，人思其德，故愛其樹，而不忍傷也。」

惟公志氣塞乎天地，德音發乎聲容，縞乎若寒崖之霜，湛乎若清川之月。彈惡雪善，速若箭飛。尤能筆工新文，口吐雅論。天下美士，多從之遊。非汝陽三公三伯之積德，則何以生此？邑之賢老劉楚瓌等乃相謂曰：「我李公以神明之化，大賴於虞人〔一〕，虞人陶然，歌詠其德。官則敬，去則思。山川鬼神猶懷之，況於人乎？」乃咨群寮，興去思之頌。縣丞王彦遲，員外丞魏陟〔二〕，主簿李詵，縣尉李向、趙濟、盧榮等，同德比義，好謀而成。相與採其瓌蹤茂行，俾刻石篆美，庶清風令名，奮乎百世之上。其詞曰：

激揚之水兮，白石有鑿〔三〕。李公之來兮，雪虞人之惡。厥德孔昭〔四〕，折獄既清。五教大行，殷雲雷之聲。既父其父，又子其子。春之以風，化成草靡〔五〕。乃影我崗〔六〕，乃雨我田。陽無驕僭，四載有年。人戴公之賢，猶百里之天。棄余往矣，茫如墜川。哀喪惠博，掩骼仁深。苦井變甘，凶人易心。三柳勿剪，永思清音。

【注釋】

〔一〕賴，利也。

〔二〕員外丞，瞿、朱注：「唐代之閑職有置同正員者，此丞即員外置之縣丞也。」

〔三〕《詩·唐風·揚之水》：「揚之水，白石鑿鑿。」毛傳：「鑿鑿，鮮明貌。」鄭玄箋：「激揚之水，波流湍疾，洗去垢濁，白石鑿鑿然。」

〔四〕孔，甚也。昭，明也。

〔五〕《説苑·貴德》：「吾不能以春風風人，以夏雨雨人。」《論語·顔淵》：「君子之德風，小人之德草，草上之風，必偃。」

〔六〕《詩·大雅·公劉》：「既景迺崗。」鄭玄箋：「以日影定其經界於山之脊。」

【按】

此《碑》云：「天寶四載，拜虞城令。」又云：「陽無驕僭，四載有年。」則《碑》文之作當在天寶八、九年間。《碑》叙及李錫父李俌（輔）仕歷，止於廣平太守，而《崇明寺佛頂尊勝陀羅尼幢頌》叙輔（俌）仕歷，僅止於魯郡都督，不及廣平太守，則《碑》文之作應在《頌》文之後；然亦應在李錫去虞城令職未久時。因繫《碑》於本年，而編次稍後於《頌》。

方城張少公廳畫師猛讚

四部本、咸本題作《師猛讚》。方城，屬山南東道唐州，即今河南方城縣。張少公，名字不詳。

張公之堂，華壁照雪。師猛在圖，雄姿奮發。森竦眉目，颯灑毛骨。鋸牙銜霜，鉤爪抱月。掣蹲胡以震怒〔一〕，謂大厦之峴屼〔二〕。永觀厥容，神駭不歇。

【注釋】

〔一〕王注：「蹲胡，謂調獅之胡，蹲踞而牽挽者。獅方震怒，曳獅之胡，方若爲獅所曳也。」

〔二〕 峴屼，不安也。

【按】

白天寶十載有《與元丹丘方城寺談玄作》詩。方城寺在方城山中，去方城縣不遠，此篇當作於此時。

秋於敬亭送從侄耑遊廬山序

天寶十二載作於宣城。敬亭山，在宣城北。李耑，其人無考。

余小時，大人令誦《子虛賦》〔一〕，私心慕之。及長，南遊雲夢，覽七澤之壯觀〔二〕。酒隱安陸，蹉跎十年〔三〕。初，嘉興季父謫長沙西還，時予拜見，預飲林下〔四〕，耑乃稚子，嬉遊在旁。今來有成，鬱負秀氣。吾衰久矣，見爾慰心，申悲導舊〔五〕，破涕爲笑。方告我遠涉，西登香爐〔六〕。長山橫蹙，九江卻轉，瀑布天落，半與銀河争流，騰虹奔電，潨射萬壑〔七〕，此宇宙之奇詭也。其上有方湖石井〔八〕，不可得而窺焉。羨君此行，撫鶴長嘯，恨丹液未就，白龍來遲〔九〕。使秦人著鞭，先往桃花之水〔一〇〕。孤負夙願，慚未歸於名山〔一一〕。終期後來，攜手五嶽。情以送遠，詩寧闕乎？

【注釋】

〔一〕《子虛賦》，漢司馬相如作。

〔二〕雲夢、七澤，司馬相如《子虛賦》：「臣聞楚有七澤，嘗見其一，未睹其餘也。臣之所見，蓋特其小小者耳，名曰雲夢。」按，雲夢爲古澤名，七澤何指，今已不詳。

〔三〕按，白以開元十五年始居安陸，開元二十八年移家東魯，約而計之，稱爲十年。

〔四〕用晉阮籍、阮咸叔侄飲於竹林事。嘉興季父，不詳何人。

〔五〕導，王注：「當作道。」王説是。

〔六〕香爐，指廬山香爐峰，詳見開元十三年《望廬山瀑布二首》詩注。

〔七〕潨，音叢，水聚也。

〔八〕方湖、石井，傳説在廬山上。慧遠《遊廬山記》：「自託此山，二十三載，再踐石門，四遊南嶺，東望香爐峰，北眺九江。傳聞有石井方湖，中有赤鱗湧出。野人不能叙，直嘆其奇而已。」

〔九〕白龍，用陵陽子明釣得白龍成仙事。詳見天寶十二載《登敬亭山南望懷古贈竇主簿》詩注。

〔一〇〕用陶淵明《桃花源記》秦人避世事。

〔一一〕慚未歸於名山，兩宋本、繆本、咸本、王本無未、於二字，據《文苑英華》、《唐文粹》改。

江寧楊利物畫讚

天寶十三載作。江寧，即今江蘇南京市。本金陵地。唐武德三年，改江寧爲歸化，九年，改爲白下，屬潤州。貞觀九年，復改爲江寧。

太華高嶽，三峰倚天〔一〕。洪波經海，百代生賢。爲夔爲龍〔二〕，廓土濟川。趙城開國〔三〕，玉樹淩烟〔四〕。筆鼓元化，形分自然。明珠獨轉，秋月孤懸。作宰作程，摧剛挫堅。德合窈冥〔五〕，聲播蘭荃。鴻漸麟閣〔六〕，英圖可傳。

【注釋】

〔一〕太華，即西嶽華山。三峰謂蓮花峰、毛女峰、松檜峰。

〔二〕夔、龍，相傳爲虞舜二臣名，夔爲樂官，龍爲諫官。

〔三〕趙城，縣名，屬河東道，在今山西洪洞縣北。王注：「《讚》言楊氏出自關西，關西之地，山有華嶽，川有黄河，山川精靈之氣，蓄積百世，挺生偉人，而爲當代之夔龍。出將則有廓土之功，入相則有濟川之跡。以爵酬功，得封趙城，蓋推言其祖父之賢而且貴如此。」

〔四〕玉樹，讚其才貌優異。《世説·言語》：「謝太傅問諸子侄：『子弟亦何預人事，而正欲使其佳。』諸人莫有言者。車騎答曰：『譬如芝蘭玉樹，欲使其生於階庭耳。』」

〔五〕窈冥，深遠、奥妙也。

〔六〕鴻漸，《易·漸》：「鴻漸於干。」孔穎達《正義》：「鴻，水鳥也，漸進之道，自下昇上，故進，譬鴻飛自下而上也。」

【按】

白本年有《新林浦阻風寄友人》（題一作《金陵阻風雪寄懷楊江寧》）詩，《宿白鷺洲寄楊江寧詩》，《春日陪楊江寧及諸官宴北湖感古作》詩，即其人，可參看。

溧陽瀨水貞義女碑銘 并序

天寶十三載作。溧陽，故址在今江蘇溧陽縣西北，屬江南西道宣州。瀨水，一名溧水，在溧陽北。《吴越春秋》卷三：「（子胥）行至吴，疾於中道，乞食溧陽。適會女子擊綿於瀨水之上，筥中有飯。子胥遇之。子胥謂曰：『夫人，可得一餐乎？』女子曰：『妾獨與母居，三十未嫁，飯不可得。』子胥曰：『夫人賑窮途少飯，亦何嫌哉？』女子知非恒人，遂許之。發其簞筥，飯其盎漿，長跪而與之。子胥再餐而止，女子曰：『君有遠逝之行，何不飽而餐之？』子胥已餐而去，謂女子曰：『掩夫人之壺漿，無令其露。』女子嘆曰：『妾獨與母居三十年，自守貞明，不願從適，何宜饋飯而與丈夫！越虧禮儀，妾不忍也。子行矣。』子胥行，反顧女子，已自投於瀨水矣。於乎，貞明執操，其丈夫女哉！」

皇唐葉有六聖〔一〕，再造八極，鏡照萬方，幽明咸熙，天秩有禮。自太古及今，君君臣臣烈士貞女，采其名節尤彰可激清頽俗者，皆掃地而祠之〔二〕。蘭蒸椒漿〔三〕，歲祀罔缺。而兹邑貞義女光靈翳然，埋冥古遠，琬琰不刻〔四〕，豈前修博達者爲邦之意乎？貞義女者，溧陽黄山里史氏之女也，以家溧陽，史闕書之。歲三十，弗移天於人〔五〕。清英潔白，事母純孝。手柔荑而不龜〔六〕，身擊漂以自業。當楚平王時，平王虐忠助讒，苛虐厥政，芟於尚，斬於奢，血流於朝，赤族伍氏〔七〕。怨毒於人，何其深哉？子胥始東奔勾吴〔八〕，月涉星遁，或七日不火〔九〕，傷弓於飛。逼迫於昭關〔一〇〕，匍匐於瀨渚，捨車而徒，告窮此女。目色以臆，授之壺漿。全人自沉，形與口滅。卓絶千古，聲凌浮雲。激節必報之讎，雪誠無疑之地。難乎哉！

【注釋】

〔一〕六聖，謂高祖、太宗、高宗、中宗、睿宗、玄宗。

〔二〕掃地，《禮記・禮器》：「至敬不壇，掃地而祭。」

〔三〕《楚辭・九歌・東皇太一》：「蕙肴蒸兮蘭藉，奠桂酒兮椒漿。」王逸注：「蕙肴，以蕙草蒸肉也。椒漿，以椒置漿中也。」

〔四〕琬琰，美玉之屬。琬琰不刻謂未刻石立碑。

〔五〕移天，謂嫁也。古女子未嫁以父爲天，既嫁以夫爲天，故云。

〔六〕荑，音題，初生之白茅嫩芽。《詩・衛風・碩人》：「手如柔荑。」

〔七〕楚平王信費無忌讒言，殺伍子胥父奢，兄尚。子胥逃吴國。事見《史記・伍子胥列傳》。

〔八〕勾吴，即吴也。《史記・吴太伯世家》：「太伯之奔荆蠻，自號句吴。」司馬貞《索隱》：「顔師古注《漢書》，以吴言句者，夷語之發音，猶言於越耳。」

〔九〕 不火，謂不舉火而食。

〔一〇〕 昭關，地名，在今安徽含山縣之北，春秋時爲吴楚之界。

借如曹娥潛波，理貫於孝道〔一〕；聶姊殞肆，概動於天倫〔二〕。魯姑棄子，以卻三軍之衆〔三〕；漂母進飯，没受千金之恩〔四〕。方之於此，彼或易耳。卒使伍君開張闔閭〔五〕，傾蕩郢〔六〕。吴師鞭屍於楚國〔七〕，申胥泣血於秦庭〔八〕。我亡爾存，亦各壯志。張英風於古今，雪大憤於天地。微此女之力，雖云爲之士，焉能咆哮烜爀，施於後世也！望其溺所，愴然低迴而不能去。每風號吴天，月苦荆水〔九〕，響像如在，精魂可悲。惜其投金有泉〔一〇〕，而刻石無主，哀哉！邑宰滎陽鄭公名晏〔一一〕，家康成之學〔一二〕，世子産之才〔一三〕，琴清心閑，百里大化。有若主簿扶風竇嘉賓，縣尉廣平宋陟，丹陽李濟，南郡陳然，清河張昭〔一四〕，皆有卿才霸略，同事相協。緬紀英淑，勒銘道周〔一五〕。雖陵頹海竭，文或不死。其辭曰：

粲粲貞女，孤生寒門。上無所天，下報母恩。春風三十，花落無言。乃如之人，激漂清源。碧流素手，縈彼潺湲。求思不可〔一六〕，秉節而存。伍胥東奔，乞食於此。女分壺漿，滅口而死。聲動列國，義形壯士。入郢鞭屍，還吴雪恥。投金瀨沚，報德稱美。明明千秋，如月在水。

【注釋】

〔一〕曹娥，東漢會稽郡上虞縣人，以孝名。《世説・捷悟》劉孝標注引《會稽典録》：「孝女曹娥者，上虞人。父盱，能撫節按歌，婆娑樂神。漢安二年，迎伍君神，泝濤而上，爲水所淹，不得其屍。娥年十四，號慕思盱，乃投瓜於江，祝其父屍曰：『父在此，瓜當沉。』旬有七日，瓜偶沉，遂自投於江而死。縣長度尚悲憐其義，爲之改葬，命其弟子邯鄲子禮爲之作碑。」

〔二〕《史記・刺客列傳》：「聶政……刺殺俠累。因自皮面決眼，自屠出腸，遂以死。韓取聶政屍暴於市，購問莫知誰子。政姊榮聞人有刺殺韓相者，曰：『其是吾弟與？』立起，如韓，之市，而死者果政也，伏屍哭極哀，曰：『是軹深井里所謂聶政者也。』市行者諸衆人皆曰：『此人暴虐吾國相，王懸購其名姓千金，夫人不聞與？何敢來識也？』榮應之曰：『聞之。然政所以蒙污辱自棄於市販之間者，爲老母幸無恙，妾未嫁也。親既以天年下世，妾已嫁夫，嚴仲子乃察舉吾弟困污之中而交之，澤厚矣，可奈何？士固爲知己者死，今乃以妾尚在之故，重自刑以絶從，妾其奈何畏殁身之誅，終滅賢弟之名！』乃大呼天者三，卒於邑悲哀而死政之旁。」

〔三〕《列女傳・節義傳》：「魯義姑姊者，魯野之婦人也。齊攻魯至郊，望見一婦人，抱一兒攜一兒而行。軍且及之，棄其所抱，抱其所攜而走山。兒隨而啼，婦人遂行不顧。……齊將乃追之。……問所抱者誰也，所棄者誰也。對曰：『所抱者妾兄之子也，所棄者妾之子也。見軍之至，力不能兩護，故棄妾之子。』齊將曰：『子之於母，其親愛也，痛甚於心，今釋之而反抱兄之子，何也？』婦人曰：『己之子，私愛也；兄之子，公義也。夫背公義而向私愛，亡兄子而存妾子，幸而得全，則魯君不吾畜，大夫不吾養，庶民國人不吾與也。夫如是，則脅肩無所容，而累足無所履也。子雖痛乎，獨謂義何？故忍棄子而行義，不能無義而視魯國。』於是齊將按兵而止，使人言於齊君曰：『魯未可伐也，乃至於境。山澤之婦人耳，猶知持節行義，不以私害公，而況於朝臣士大夫乎？請還。』齊君許之。魯君聞之，賜婦人束帛百端，號曰義姑姊。」

〔四〕用韓信乞食漂母事。見《史記·淮陰侯列傳》。

〔五〕開張闔閭，謂張大吴王之霸業。闔閭，吴公子光殺吴王僚自立，號闔閭。

〔六〕鄢，楚之别都，今湖北宜城。郢，楚之國都，今湖北江陵。

〔七〕鞭屍，《史記·伍子胥列傳》：「吴兵入郢，伍子胥求昭王，既不得，乃掘楚平王墓，出其屍，鞭之三百然後已。」

〔八〕申胥，即申包胥，楚臣，與伍子胥善。《史記·伍子胥列傳》：「（子胥之亡吴也，）謂包胥曰：『我必覆楚。』包胥曰：『我必存之。』及吴兵入郢，申包胥走秦告急，秦不許。包胥立於秦庭，哭晝夜，七日七夜不絕其聲。秦哀公憐之，乃遣車五百乘救楚擊吴。」

〔九〕荆水，即荆溪。溧水東流，至宜興稱荆溪，入太湖。

〔一〇〕投金，《吴越春秋》卷三：「子胥既破楚，過溧陽瀨水之上，乃長嘆息曰：『吾嘗饑於此，乞食於一女子，女子飼我，遂投水而亡。將欲報以百金，而不知其家。』乃投金水中而去。有頃，一老嫗行哭而來，人問曰：『何哭之悲？』嫗曰：『吾有女子，守志三十不嫁。往年擊綿於此，遇一窮途君子，而輒飯之。恐事泄，自投於瀨水。今聞伍君來，不得其償，自傷虛死，是故悲耳。』人曰：『子胥欲報百金，不知其家，投金水中而去矣。』老嫗遂取金而歸。」王注：「《一統志》：投金瀨，在溧陽縣西北四十里。」

〔一二〕滎陽，屬河南道，即今河南鄭州。

〔一三〕康成，即鄭康成，名玄，東漢人，曾遍注五經。

〔一三〕子產，春秋鄭人，姓公孫，名僑，政治家。執鄭國政，人號鄭子產。

〔一四〕扶風，郡名，唐以岐州爲扶風郡。廣平，郡名，即洺州。丹陽，郡名，即潤州。南郡，即荆州。清河，郡名，即貝州。

〔一五〕道周，大道之曲處。

〔一六〕求思，《詩·周南·漢廣》：「漢有遊女，不可求思。」思，語助也。

【按】白天寶十三載有《戲贈鄭溧陽》詩。本篇云：「邑宰滎陽鄭公名晏。」當即一人。因繫於本年。

夏日陪司馬武公與群賢宴姑熟亭序

天寶十四載作。司馬武公，名幼成，時爲宣州司馬。姑熟，即當塗。

通驛公館南有水亭焉。四甍翬飛〔一〕，巉絶浦嶼。蓋有前攝令河東薛公棟而宇之，今宰隴西李公明化開物成務〔二〕，又横其梁而閣之。晝鳴閑琴，夕酌清月。蓋爲接輶軒、祖遠客之佳境也〔三〕。製置既久，莫知何名。司馬武公長材博古，獨映方外。因據胡床，岸幘嘯詠而謂前長史李公及諸公曰〔四〕：「此亭跨姑熟之水〔五〕，可稱爲姑熟亭焉。」嘉名勝概，自我作也。且夫曹官紱冕者〔六〕，大賢處之，若遊青山，卧白雲，逍遥偃傲，何適不可？小才居之，窘而自拘，悄若桎梏，則清風朗月，河英嶽秀，皆爲棄物，安得稱焉？所以司馬南鄰〔七〕，當文章之旗鼓；翰林客卿〔八〕，揮辭鋒以戰勝。名教樂地〔九〕，無非得俊之場也〔一〇〕。千載一時，言詩紀志。

【注釋】

〔一〕甍，屋脊也。翬飛，言屋脊之勢如翬之飛。翬，音揮，鳥名。

〔二〕開物成務，《易·繫辭傳》上：「子曰：夫《易》何爲者也？夫《易》，開物成務，冒天下之道，如斯而已者也。」朱熹注：「開物成務，謂使人卜筮以知吉凶而成事業。」

〔三〕輶軒，使者所乘之車。祖，餞也。

〔四〕岸幘，推起頭巾而露出前額。謂衣着簡率不拘。

〔五〕姑熟水，即姑熟溪，在當塗南，入丹陽湖，再入長江。

〔六〕曹官，謂州郡官署各職司之官，如司功、司倉、司户、司兵、司法、司士參軍。紱冕，官服也。

〔七〕司馬，指武公。南鄰，南鄰之邑也。武公爲宣州司馬，宣州在當塗南，故云。

〔八〕翰林、客卿，指與宴各賦詩之人。

〔九〕《世説·德行》：「王平子、胡毋彦國諸人，皆以任放爲達，或有裸體者。樂廣笑曰：『名教中自有樂地，何爲乃爾也？』」

〔一〇〕得俊，即德俊。

【按】

白本年所作《趙公西候新亭頌》云：「司馬武公幼成，衣冠之髦彦。」即其人也。可參看。

爲趙宣城與楊右相書

天寶十四載冬作。趙宣城，即宣州太守趙悦。參見下篇《趙公西候新亭頌》。楊右相，即楊國忠。天寶十一載，右相李林甫卒，玄宗以楊國忠爲右相。

某啟：辭違積年，伏戀軒屏。首冬初寒，伏惟相公尊體起居萬福。某蒙恩，才朽齒邁，徒延聖日。少忝末吏，本乏遠圖。中年廢缺，分歸園壑。昔相公秉國憲之日〔一〕，一拔九霄，拂刷前恥，昇騰晚官，恩貸稠疊，實戴丘山。落羽再振，枯鱗旋躍。運以大風之舉，假以磨天之翔〔二〕。衣繡霜臺，含香華省〔三〕。辛劇慚强項之名〔四〕，酌貪礪清心之節〔五〕。三典列郡〔六〕，寂無成功。但宣布王澤，式酬天獎〔七〕。伏惟相公開張徽猷〔八〕，寅亮天地〔九〕。入夔龍之室〔一〇〕，持造化之權。安石高枕，蒼生是仰〔一一〕。某鳴躍無已，剪拂因人〔一二〕。銀章朱紱，坐榮宦達。身荷宸眷〔一三〕，目識龍顔。既齊飛於鵷鷺〔一四〕，復寄跡於門館。皆相公大造之力也。而鐘鳴漏盡，夜行不息〔一五〕，止足之分，實愧古人。犬馬戀主，迫於西汜〔一六〕。所冀枯松晚歲，無改節於風霜；老驥餘年，期盡力於蹄足。上答明主，下報相公，縷縷之誠，屏息於此。伏惟相公收遺簪於少昊〔一七〕，念亡弓於楚澤〔一八〕。衰當益壯，結草知歸〔一九〕。瞻望恩光，無忘景刻〔二〇〕。

【注釋】

〔一〕國憲，國家之法制、刑律。按，楊國忠以天寶七載擢給事中，兼御史大夫。

〔二〕磨，王注：「當作摩。」王説是。

〔三〕衣繡、含香，謂御史、尚書郎之職也。見天寶九載《崇明寺佛頂尊勝陀羅尼幢頌》注。霜臺，謂御史臺。御史職司彈劾，爲風霜之任，故稱。華省，謂官署。

〔四〕辛劇，謂任職爲政務繁忙之地方官吏。漢時縣有平、劇之分，平縣爲政務清閑之縣，劇縣爲政務繁忙之縣。强項，用東漢洛陽令董宣事。詳見天寶十四載《贈宣城趙太守悦》詩注。

〔五〕酌貪，用晉吴隱之事。《世説·德行》劉孝標注引《晉安帝紀》：「隱之既有至性，加以廉潔，奉禄頒九族，冬月無被。桓玄欲革嶺南之弊，以爲廣州刺史。去州二十里有貪泉，世傳飲之者其心無厭。隱之乃至水上，酌而飲之，因賦詩曰：石門有貪泉，一歃重千金。試使夷齊飲，終當不易心。」

〔六〕典，守也。

〔七〕《文選》任昉《奉答敕示七夕詩啟》：「式酬天獎。」劉良注：「式，用也。酬，答也。獎，猶恩也。」

〔八〕徽猷，《詩·小雅·角弓》：「君子有徽猷。」毛傳：「徽，美也。」鄭玄箋：「猷，道也。君子有美道以得聲譽也。」

〔九〕寅亮，《書·周書·周官》：「貳公弘化，寅亮天地。」蔡沈注：「寅亮者，敬而明之也。」

〔一〇〕夔龍，相傳爲虞舜二臣，夔爲樂官，龍爲諫官。

〔一一〕安石，晉謝安，字安石。《晉書·謝安傳》：「中丞高崧戲之曰：『卿屢違朝旨，高卧東山，諸人每相與言，安石不肯出，將如蒼生何？蒼生今亦將如卿何？』」

〔一二〕剪拂，洗滌拂拭也，以喻對人材之培育褒揚。

〔一三〕宸眷，謂帝王之恩顧也。宸，北極星所在之位，因以代帝王。

〔一四〕鵷鷺，鳥名。二鳥群飛有序，因以喻朝官班行。

〔一五〕漏，古計時器。《三國志·魏書·田豫傳》：「（豫）屢乞遜位，太傅司馬宣王以爲豫克壯，書喻未聽。豫書答曰：『年過七十而以居位，譬猶鐘鳴漏盡而夜行不休，是罪人也。』」

〔一六〕西汜，《楚辭·天問》：「出自湯谷，次於蒙汜。」王逸注：「汜，水涯也。言日出東方湯谷之中，入西極蒙水之涯也。」迫西汜，謂年齒已晚也。

〔一七〕昊，王注：「當作原。」王説是。遺簪，《韓詩外傳》卷十：「孔子出遊少原之野，有婦人中澤而哭，其音甚哀。孔子使弟子問焉，曰：『夫人何哭之哀？』婦人曰：『向者刈蓍薪，亡吾蓍簪，吾是以哀也。』弟子曰：『刈蓍薪而亡蓍簪，有何悲焉？』婦人曰：『非傷亡簪也，蓋傷亡故也。』」

〔一八〕亡弓，《孔子家語·好生》：「楚王出遊，亡弓，左右請求之。王曰：『止！楚人失弓，楚人得弓，又何求之？』」

〔一九〕結草，《左傳》宣公十五年：「魏顆敗秦師於輔氏，獲杜回，秦之力人也。初，魏武子有嬖妾，無子。武子疾，命顆曰：『必嫁是！』疾病，則曰：『必以爲殉！』及卒，顆嫁之，曰：『疾病則亂，吾從其治也。』及輔氏之役，顆見老人結草以亢杜回。杜回躓而顛，故獲之。夜夢之曰：『余，而所嫁婦人之父也。爾用先人之治命，余是以報。』」

〔二〇〕景，日也；刻，漏刻也。

趙公西候新亭頌

題下似缺并序二字。天寶十四載作。趙公，即宣城太守趙悦。

惟十有四載，皇帝以歲之驕陽，秋五不稔〔一〕，乃慎擇明牧〔二〕，恤南方凋枯。伊四月孟夏，自淮陰遷我天水趙公作藩於宛陵〔三〕，祇明命也。惟公代秉天憲〔四〕，作程南臺〔五〕。洪柯大本，聿生懿德。宜乎哉！横風霜之秀氣，鬱王霸之奇略。初以鐵冠白筆〔六〕，佐我燕京〔七〕。威雄振肅，虜不敢視。而後鳴琴一邦〔八〕，天下取則；起草三省〔九〕，朝端有聲。天子識面，宰衡動聽。殷南山之雷〔一〇〕，剖赤縣之劇〔一一〕。强項不屈〔一二〕，三州所居大化，咸列碑頌。至於是邦也，酌古以訓俗，宣風以布和。平心理人，兵鎮唯静，畫一千里，時無莠言〔一三〕。

【注釋】

〔一〕稔，音任，穀熟也。

〔二〕牧，謂郡守。

〔三〕淮陰，郡名，東魏始置，治所在今江蘇淮陰縣。唐天寶、至德時改楚州爲淮陰郡，屬淮南道。宛陵，漢縣名，即唐之宣城縣，爲宣州治所。

〔四〕天憲，帝王之法令也。

〔五〕南臺，即御史臺，以在宫闕西南，故稱。

〔六〕鐵冠、白筆，御史服用，以代御史。詳見至德二載《贈潘侍御論錢少陽》詩注。

〔七〕燕京，即今北京市。瞿、朱注：「文意與《贈宣城趙太守悦》詩參看，蓋趙曾帶憲銜爲河北參佐。」

〔八〕鳴琴，用宓子賤治單父事。詳見開元二十八年《贈瑕丘王少府》詩注。

〔九〕三省，謂尚書省、中書省、門下省。

〔一〇〕《詩·召南·殷其雷》:「殷其雷,在南山之陽。」鄭玄箋:「雷以喻號令,於南山之陽,又喻其在外也。召南大夫以王命施號令於四方,猶雷隱然發聲於山之陽。」

〔一一〕赤縣,唐制,設於京師内之縣稱赤縣。劇,繁務也。

〔一二〕强項,用東漢洛陽令董宣事。詳見天寶十四載《贈宣城趙太守悦》詩注。

〔一三〕莠言,惡言壞語也。

退公之暇,清眺原隰〔一〕。以此郡東塹巨海,西襟長江,咽三吴,扼五嶺,輶軒錯出〔二〕,無旬時而息焉。出自西郭,蒼然古道。道寡列樹,行無清陰。至有疾雷破山,狂飈震壑,炎景爍野,秋霖灌途。馬逼側於谷口〔三〕,人周章於山頂〔四〕。亭候靡設,逢抑缺如。自唐有天下,作牧百數,因循齷齪,罔恢永圖。及公來思,大革前弊。實相此土,陟降觀之。壯其迴岡龍盤,沓嶺波起,勝勢交至,可以有作。方農之隙,廓如是營。遂鏟崖堙卑,驅石剪棘,削汙壤,階高隅,以門以墉〔五〕,乃棟乃宇。儉則不陋,麗而不奢。森沉閈閎〔六〕,燥濕有庇。若鼇之湧,如鵬斯騫。縈流鏡轉,涵映池底。納遠海之餘清,瀉連峰之積翠。信一方雄勝之郊,五馬踟躕之地也〔七〕。

【注釋】

〔一〕原隰,高平爲原,低濕爲隰。

〔二〕 輶軒，輕車，使者所乘。

〔三〕 偪側，迫近、局促也。

〔四〕 周章，周流、往來之貌。

〔五〕 墉，垣也。

〔六〕 閈，音翰，里門也。 閎，巷門也。

〔七〕 五馬踟躕，喻太守留連之處。《樂府·陌上桑》：「使君從南來，五馬立踟躕。」

長史齊公光乂，人倫之師表；司馬武公幼成，衣冠之髦彦；録事參軍吴鎮，宣城令崔欽〔一〕，令德之後，良材間生。縱風教之樂地，出人倫之高格。卓絕映古，清明在躬〔二〕。僉謀僝功〔三〕，不日而就。總是役也，伊二公之力歟〔四〕！過客沉吟以稱嘆，邦人聚舞以相賀，僉曰：「我趙公之亭也！」群寮獻議，請因謡頌以銘之，則必與謝公北亭同不朽矣〔五〕。白以爲謝公德不及後世，亭不留要衝，無勿拜之言〔六〕，鮮登高之賦〔七〕。方今之日，我則過矣〔八〕。敢詢耆老而作頌曰：

耽耽高亭〔九〕，趙公所營。如鼇背突兀於太清，如鵬翼開張而欲行。趙公之宇，千載有睹。必恭必敬，爰遊爰處。瞻而思之，罔敢大語。趙公來翔，有禮有章。煌煌鏘鏘，如文翁之堂〔一〇〕。清風洋洋，永世不忘。

【注釋】

〔一〕長史、司馬、録事，皆州郡屬官。武幼成，參看本年《夏日陪司馬武公與群賢宴姑熟亭序》。吴鎮，參看本年《宣城吴録事畫讚》。崔欽，參看天寶十二載《江上答崔宣城》詩、至德元載《經亂後將避地剡中留贈崔宣城》詩。

〔二〕《禮記·孔子閑居》：「清明在躬，氣志如神。」陳澔注：「清明在躬，氣志如神，即至誠前知之謂也。」

〔三〕僉，共也。僎，音撰，見也。

〔四〕二公，疑爲四公之誤。

〔五〕謝公亭，南朝齊謝朓建，在宣州北。參見天寶十二載《登敬亭北二小山余時客逢崔侍御并登此地》詩及注。

〔六〕勿拜，《詩·召南·甘棠》：「蔽芾甘棠，勿剪勿拜。」鄭玄箋：「拜之言拔也。」

〔七〕《韓詩外傳》卷七：「孔子遊於景山之上，子路、子貢、顔淵從。孔子曰：『君子登高必賦，小子願者何？言其願，丘將啟汝。』」

〔八〕按，我下似闕一公字。我公，謂趙悦也。

〔九〕耽耽，深邃貌。

〔一〇〕文翁，漢廬江人，景帝時爲蜀郡守。《華陽國志·蜀志》：「文翁立文學精舍、講堂，作石室，一作玉堂，在城南。」按，姚寬《西溪叢語》卷下二十二引張崇文《歷代小志》云：「文翁姓文，名黨，字仲翁，景帝時爲蜀郡守，今《漢書》皆不載其名，姑録於此。」

【按】

白本年有《贈宣城趙太守悦》詩、《爲趙宣城與楊右相書》，可參看。

宣城吴録事畫讚

天寶十四載作。吴録事，名鎮，爲宣城郡録事參軍。

大名之家，昭彰日月。無此髦士〔一〕，風霜秀骨。圖真像賢，傳容寫髮。束帶嶽立，如朝天闕。巖巖兮謂四方之削成〔二〕，澹澹兮中五湖之澄明〔三〕。武庫肅穆〔四〕，辭峰峥嶸。大辯若訥〔五〕，大音希聲〔六〕。默然不語，終爲國楨〔七〕。

【注釋】

〔一〕髦士，俊彦之士。

〔二〕《山海經·西山經》：「太華之山，削成而四方，其高五千仞，其廣十里。」此以喻人之威儀。

〔三〕五湖，即太湖。詳見乾元元年《永王東巡歌》詩注。五湖澄明以喻人神態之清遠。

〔四〕武庫，謂其博學遠識，靡不具有也。《晉書·裴頠傳》：「御史中丞周弼見而嘆曰：『頠若武庫，五嶽縱横，一時之傑也。』」

〔五〕《老子》：「大辯若訥。」河上公注：「大辯者，智無疑。若訥者，口無詞。」

〔六〕《老子》：「大音希聲。」河上公注：「音猶雷霆，待時而動，喻常愛氣希言也。」

〔七〕國楨，猶言國之棟梁。楨，主幹也。

金陵與諸賢送權十一序

天寶十四載冬作。權十一爲權昭夷。

斯高柄秦，嬴世不二〔一〕。三傑伏草〔二〕，與漢并出。莽夷朱暉，耿鄧乃起〔三〕。自古英達，未必盡用於當年，去就之理，在大運爾。我君六葉繼聖，熙乎玄風，三清垂拱〔四〕，穆然紫極〔五〕，天人其一哉！所以青雲豪士，散在商釣〔六〕，四坐明哲，皆清朝旅人〔七〕。吾希風廣成〔八〕，蕩漾浮世。素受寶訣〔九〕，爲三十六帝之外臣〔一〇〕。即四明逸老賀知章呼余爲謫仙人〔一一〕，蓋實録耳。而嘗採姹女於江華，收河車於清溪〔一二〕，與天水權昭夷服勤爐火之業久矣〔一三〕。之子也，沖恬淵静，翰才峻發，白每一篇一札，皆昭夷之所操。吁！捨我而南，若折羽翼。時歲律寒苦，天風枯聲，雲帆涉漢，冏若絶電。舉目四顧，霜天峥嶸。銜杯叙離，群子賦詩以出餞。酒仙翁李白辭。

【注釋】

〔一〕斯、高，謂李斯、趙高。秦姓嬴氏，二世而亡，故云。

〔二〕三傑，謂張良、蕭何、韓信。《史記·高祖本紀》：「高祖曰：『……夫運籌策帷帳之中，決勝於千里之外，吾不如子房。鎮國家，給餽饟，不絶糧道，吾不如蕭何。連百萬之軍，戰必勝，攻必取，吾不如韓信。此三者，皆人傑也，吾能用之，此吾所以取天下也。』」

〔三〕莽，謂王莽。莽篡漢，漢以火德王，故云。耿、鄧，謂耿弇、鄧禹，佐光武滅莽，致中興。《後漢書》有傳。

〔四〕三清，唐大明宫内有三清殿。

〔五〕紫極，星垣名，即紫微垣，以代帝王宫殿。

〔六〕商釣，謂商賈與漁者也。

〔七〕旅人，奔走四方之人，此處指未登仕宦之人。

〔八〕廣成，仙人名。詳見天寶三載《世道日交喪》（古風其二十五）詩注。

〔九〕寶訣，謂道家修煉之訣。

〔一〇〕三十六帝，見天寶二年《春日行》詩注。

〔一一〕四明遺老，謂賀知章。謫仙人，見天寶六載《對酒憶賀監二首》詩注。

〔一二〕姹女，丹汞也。河車，道家煉丹稱北方正氣名河車，謂汞與河車相合，始能成丹。江華，縣名，屬江南西道道州，故址在今湖南江華縣西北。清溪，在宣州秋浦縣。詹鍈云：「江華即道州江華郡，但太白遊蹤似未嘗至道州，江華二字疑誤。」

〔一三〕天水，郡名，漢置。唐初從上邽縣分置天水縣，屬隴右道秦州。即今甘肅天水市。

【按】

白天寶十三載有《獨酌清溪江石上寄權昭夷》詩，可參看。

春於姑熟送趙四流炎方序

至德元載春作。趙四，名字不詳，時爲當塗尉。

白以鄒魯多鴻儒，燕趙饒壯士，蓋風土之然乎！趙少公才貌瓌雅〔一〕，志氣豪烈，以黄綬作尉〔二〕，泥蟠當塗〔三〕。亦鷄棲鶴籠，不足以窘束鸞鳳耳。以疾惡抵法，遷於炎方〔四〕。辭高堂而墜心，指絶國以摇恨〔五〕。天與水遠，雲連山長。借光景於頃刻，開壺觴於洲渚。黄鶴曉别，愁聞命子之聲；青楓暝色，盡是傷心之樹〔六〕。然自吴瞻秦，日見喜氣。上當攬玉弩，摧狼狐〔七〕，洗清天地，雷雨必作〔八〕。冀白日迴照，丹心可明，巴陵半道，坐見還吴之棹。今雪解而松柏振色，氣和而蘭蕙開芳。僕西登天門〔九〕，望子於西江之上。吾賢可流水其道，浮雲其身，通方大適〔一〇〕，何往不可，何戚戚於路歧哉？

【注釋】

〔一〕少公，即少府也。公，兩宋本、蕭本、繆本、王本俱作翁，據《文苑英華》改。

〔二〕黄綬，漢制，凡吏二百石以上，皆黄綬。後因以指佐貳之官。

〔三〕泥蟠，謂蟠曲於泥塗之中。

〔四〕炎方，南方。按，據文意，趙四流所當在岳州以南。

〔五〕絶國，絶遠之地也。

〔六〕《楚辭·招魂》：「湛湛江水兮上有楓，目極千里兮傷春心。」二句本此。

〔七〕上，謂玄宗。攫玉弩、摧狼狐，王注：「攫玉弩，謂親秉征伐之柄。摧狼狐，謂剿滅安禄山之徒。」瞿、朱注：「狼疑當作琅，狐疑當作弧，琅弧玉弩，見卷一《大獵賦》注。」

〔八〕雷雨，指大赦。《易·解》：「雷雨作，解，君子以赦過宥罪。」

〔九〕天門，即天門山，在當塗西南。

〔一〇〕通方，通於道也。大適，猶言無往而不適。

【按】

《序》云：「自吴瞻秦，日見喜氣。上當攫玉弩，摧狼狐，洗清天地，雷雨必作。」上年十二月玄宗有親征之制，《序》文當謂此，作時應在本年。

地藏菩薩讚 并序

地藏菩薩，梵名乞叉底蘗沙。佛教謂其安忍不動如大地，静慮深密如祕藏，故曰地藏。

大雄掩照〔一〕，日月崩落。惟佛知慧大而光生死雪〔二〕，賴假普慈力，能救無邊苦。獨出曠劫〔三〕，導開横流〔四〕，則地藏菩薩爲當仁矣〔五〕。弟子扶風竇滔〔六〕，少以英氣爽邁，結交王侯，清風豪俠，極樂生疾。乃得惠劍於真宰〔七〕，湛本心於虚空〔八〕。願圖聖容，以祈景福。庶冥力憑助，而厥苦有瘳〔九〕。爰命小才，式讚其事。讚曰：

本心若虚空，清净無一物。焚蕩淫怒痴，圓寂了見佛〔一〇〕。五綵圖聖像，悟真非妄傳。掃雪萬病盡，爽然清凉天。讚此功德海〔一一〕，永爲曠代宣。

【注釋】

〔一〕大雄，謂釋迦牟尼。掩照，謂其涅槃也。

〔二〕瞿、朱注：「此下四字（光生死雪）難於句讀，疑有脱誤。」

〔三〕曠劫，極言過去時之久遠。劫，梵語劫波之略。佛教謂天地自形成到毁滅爲一劫。

〔四〕横流，謂生死苦海之無涯際也。

〔五〕《地藏菩薩本願經》：「爾時世尊舒金色臂，摩百千萬億無量阿僧祇世界諸分身地藏菩薩頂而作是言：『汝觀吾累劫勤苦度脱如是等難化剛强罪苦衆生，其有未調伏者，隨業報應，若墮惡趣，受大苦時，汝當憶念吾在忉利天宫殷勤付囑，令娑婆世界至彌勒出世已來衆生，悉使解脱永離諸苦，遇佛授記。』爾時諸世界分身地藏菩薩各復一形，涕淚哀戀白佛言：『我從久遠劫來，蒙佛接引，使獲不可思議神力，具大智慧，我所分身，遍滿百千萬億恒河沙世界，每一世界化百千萬億身，每一身度百千萬億人，令歸敬三寶，永離生死，至涅槃樂，但於佛法中所爲善事，一毛一諦，一沙一塵，或毫髮，許我漸度脱，使獲大利。惟願世尊不以後世惡業衆生爲慮。』」

〔六〕扶風，郡名，即岐州，即今陝西鳳翔縣。

〔七〕惠劍，智慧之劍也。惠通慧。佛教以智慧能斷煩惱、絶生死之絆，譬如利劍。《維摩詰經·菩薩行品》：「以智慧劍破煩惱賊。」真宰，天也。天爲萬物之主宰，故云。

〔八〕湛，澄也。

〔九〕瘳，癒也。

〔一〇〕圓寂，佛教謂死也。王注：「人心虚静，本無一物，耽著於色，則起而爲淫；觸於忿戾，則發而爲怒；蔽於邪見，昧於大道，則流而爲癡。三者謂之三毒，皆心之累也。苟能一切捐棄，若火之焚，若水之蕩而盡去之，不使一毫少累其心，則心之本體見矣。心，即佛也，見心不即見真佛哉！」

〔二〕功德海，佛家語，謂功德深廣如海也。

【集説】

詹鍈云：《序》云：「弟子扶風竇滔……願圖聖容，以祈景福。」滔，疑即前篇（按指《爲竇氏小師祭璿和尚文》）之竇小師也。

【按】

此《讚》當與天寶十五載（亦即至德元載）所作之《扶風豪士歌》聯繫考察，即可知《讚》中之「扶風竇滔」即《歌》中之「扶風豪士」。《讚》與《歌》之作時亦同。詹説未諦。

爲吴王謝責赴行在遲滯表

至德元載七月作。吴王，李祇，太宗第三子吴王李恪之孫，神龍中封爲嗣吴王。天寶十四載爲東平太守。據《舊唐書·吴王恪傳》，安禄山反，率衆渡河，凶威甚盛，祇起兵勤王，玄宗壯之。天寶十五載（至德元載）二月，授祇靈昌太守，又左金吾大將軍，河南都知兵馬使。其月，又加兼御史中丞、陳留太守，持節充河南道節度採訪使，本官如故。五月，詔以爲太僕卿。行在，即行在所，皇帝行幸所至之處。此指靈武。

臣某言：伏蒙聖恩，追赴行在〔一〕。臣誠惶誠恐，頓首頓首〔二〕。臣聞胡馬矯首，嘶北風以跼顧，越禽歸飛，戀南枝而刷羽〔三〕。所以流波思其舊浦，落葉墜於本根。在物尚然，矧於臣子〔四〕？臣位叨盤石〔五〕，辜負明時，才闕總戎，謬當强寇〔六〕。駑拙有素，天實知之。伏惟陛下重紐乾綱〔七〕，再清國步，愍臣不逮〔八〕，賜臣生全，歸見白日，死無遺恨。然臣年過耳順〔九〕，風瘵日加〔一〇〕。鋒鏑殘骸，劣有餘喘〔一一〕。雖決力上道，而心與願違。貴貪尺寸之程，轉增犬馬之戀。非有他故，以疾淹留。今大舉天兵，掃除戎羯〔一二〕。所在郵驛〔一三〕，徵發交馳。臣逐便水行，難於陸進。瞻望丹闕，心魂若飛。慚墜履之還收〔一四〕，喜遺簪之再御〔一五〕。不勝涕戀屏營之至〔一六〕，謹奉表以聞。

【注釋】

〔一〕追赴行在，當指本年七月肅宗即位靈武後所下之制。《舊唐書·肅宗記》：「七月……甲子，上即皇帝位於靈武。……御靈武南門，下制曰：『……朕所以治兵朔方，將殄寇逆，務以大者，本其孝心。須安兆庶之心，敬順群臣之請，乃以七月甲子，即皇帝位於靈武。』」

〔二〕《齊東野語》卷一三：「今臣僚上表所稱誠惶誠恐及誠歡誠喜頓首稽首者，謂之中謝中賀。自唐以來，其體如此。蓋臣某以下亦略述數語便入此句，然後敷陳其詳。如柳子厚《平淮西賀表》：『臣負罪積釁，違尚書牋表十有四年，懷印曳綬，有社有人。』語意未竟也，其下即云誠惶誠恐。蓋以此一句結上數語云爾。」

〔三〕《文選·古詩十九首》：「胡馬依北風，越鳥巢南枝。」李善注：「《韓詩外傳》曰：詩曰：代馬依北風，飛鳥棲故巢。皆不忘本之謂也。」

〔四〕矧，音哂，轉折之詞也，猶況。

〔五〕叨，謙詞，濫承也。盤石，固也。此謂其宗親之位之固。

〔六〕本年二月，玄宗以袛爲靈昌太守，河南都知兵馬使。三月，又拜陳留太守，河南節度使。二句指此。

〔七〕乾綱，謂君權也。乾爲陽，以喻天子。

〔八〕憖，王注：「當作慦。《廣韻》：慦，憐也。憖，聰也。二字異義，世多以慦爲憖，非是。」王説是。

〔九〕耳順，六十歲也。《論語·爲政》：「六十而耳順。」

〔一〇〕風、瘵，皆言病也。瘵，音債。

〔一一〕劣，表態副詞，猶僅也。南朝梁朱超《夜泊巴陵》：「淤泥不通挽，寒浦劣客舟。」即用此義。

〔一二〕戎羯，喻安禄山。

〔一三〕郵驛，驛館。傳送文書，步遞曰郵，馬遞曰置、驛。

〔一四〕墜履，《初學記》卷二十六：「賈誼子曰：昔楚昭王與吴人戰，楚軍走而履決，失之。行三十步，復旋取。左右問曰：何惜是一蹄履乎？王曰：楚國雖貧，豈愛一蹄履哉？思與偕出，弗與反也。」

〔一五〕遺簪，不忘故也。詳見上年《爲趙宣城與楊右相書》注。

〔一六〕屏營，惶懼也。

【集説】

王云：其曰「伏蒙聖恩，追赴行在」，又曰「重整乾綱，再清國步」，則作《表》之時，當在玄宗幸蜀、太子即位靈武之後矣。疑吴王是時迂道入吴，將由水路上泝荆襄，轉趨商洛，以至靈武。《表》中所謂「大舉天兵，掃除戎羯，所在郵驛，徵發交馳。臣逐便水行，難於陸進」是也。太白於時相遇，爲之代作此表歟？（《年譜》）

【按】

王説是。本年秋初，白自杭州西返，其與吴王相遇，或在金陵一帶。又，天寶八載，李祇爲廬江太守，白曾往，有詩數首，可參看。

與賈少公書

至德二載春作於永王幕府。少公即少府。賈少公名字不詳。

宿昔惟清勝〔一〕。白綿疾疲薾〔二〕，去期恬退，才微識淺，無足濟時。雖中原横潰，將何以救之？王命崇重，大總元戎〔三〕。辟書三至〔四〕，人輕禮重。嚴期迫切，難以固辭。扶力一行，前觀進退。且殷深源廬嶽十載，時人觀其起與不起，以卜江左興亡〔五〕。謝安高卧東山，蒼生屬望〔六〕。白不樹矯抗之跡，恥振玄邈之風，混遊漁商，隱不絶俗，豈徒販賣雲壑，要射虚名？方之二子，實有慚德。徒塵忝幕府，終無能爲。唯當報國薦賢，持以自免。斯言若謬，天實殛之。以足下深知，具申中款。惠子知我〔七〕，夫何間然？勾當小事〔八〕，但增悚惕。

【注釋】

〔一〕王注：「上似有缺文。」

〔二〕疲薾，疲敝之極也。薾，音泥上聲。

〔三〕二句指本年七月制置詔，以永王璘充山南東道等四道節度都使事。

〔四〕指永王璘三聘其入幕事。

〔五〕殷深源，即殷淵源，名浩，晉人。唐人避高祖諱改。《世説·賞譽》：「殷淵源在墓所幾十年，於時朝野以擬管、葛，起不起，以卜江左興亡。」

〔六〕謝安高卧事，見天寶十四載《爲趙宣城與楊右相書》注。

〔七〕惠子，即子惠，惠，敬詞也。《文選》曹植《與楊德祖書》：「其言之不慚，恃惠子之知我也。」李周翰注：「我有此言不慚者，恃子恩惠之知我也。」

〔八〕勾當，猶言辦理，唐時俚語，文人多用之，如韓愈《潮州請置鄉校牒》：「請攝海陽縣尉爲衙推官，專勾當州學，以督生徒。」

【集説】

王云：《書》内有「中原橫潰」及「王命崇重，大總元戎，辟書三至」，「嚴期迫切」等語，疑是永王璘脅行時所作。

【按】

《書》中有「徒塵忝幕府，終無能爲」語，情緒已不及《永王東巡歌》之高漲，《書》之作當在《東巡歌》稍後。

爲宋中丞祭九江文

至德二載作。宋中丞，即宋若思，時爲御史中丞。九江，此指長江。

謹以三牲之奠敬祭於長源公之靈〔一〕。惟神包括乾坤，平準天地。劃三峽以中斷，流九道以争奔。綱紀南維〔二〕，朝宗東海。牲玉有禮〔三〕，祀典無虧。今萬乘蒙塵〔四〕，五陵慘黷〔五〕。蒼生悉爲白骨，赤血流於紫宫〔六〕。宇宙倒懸，欃槍未滅〔七〕，含識結憤，思剪元凶。若思參列雄藩，各當重寄〔八〕。遵奉王命，大舉天兵。照海色於旌旗，肅軍威於原野。而洪濤渤潏〔九〕，狂飇振驚。惟神使陽侯卷波〔一〇〕，羲和奉命〔一一〕，樓船先濟，士馬無虞。掃妖孽於幽燕〔一二〕，斬鯨鯢於河洛〔一三〕。惟神佑我，降休於民。敬陳精誠，庶垂歆饗〔一四〕！

【注釋】

〔一〕長源公，此指長江。《舊唐書·玄宗紀》：「（天寶）六載正月辛巳……封河瀆爲靈源公，濟瀆爲清源公，江瀆爲廣源公，淮瀆爲長源公。」按，長源公當爲廣源公之誤。

〔二〕意謂長江爲南方衆水之綱維。

〔三〕牲玉，皆祭神時陳設者。

〔四〕蒙塵，蒙被塵土，以喻帝王流亡或失位。

〔五〕五陵，謂高祖、太宗、高宗、中宗、睿宗之陵寢。慘黷，王注：「當作墋黷。」王說是。墋黷，混濁不清貌。庾信《哀江南賦》：「潰潰沸騰，茫茫墋黷。」墋，音櫬上聲。

〔六〕紫宮，指帝王宫殿。

〔七〕欃槍，即彗星，主天下亂。此以喻安禄山。

〔八〕重寄，猶言寄託之重也。按，上文言若思，下不當言「各當重寄」，疑各爲名之誤。

〔九〕渤潏，水湧貌。

〔一〇〕陽侯，傳説中波神。《淮南子·覽冥》：「武王伐紂，渡於孟津，陽侯之波，逆流而擊。」高誘注：「陽侯，陵陽國侯也，其國近水，溺水而死，其神能爲大波，有所傷害，因謂之陽侯之波。」

〔一一〕羲和，日御也。王注：「羲和，日御也，與江水無涉，恐誤。」

〔一二〕幽燕，古稱今河北北部及遼寧一帶，此指安禄山巢穴。

〔一三〕河洛，黄河與洛水并稱。此指今河南、洛陽一帶，爲安禄山擁兵稱帝處。

〔一四〕歆饗，鬼神享受祭品。歆，享其氣也。

【按】

白本年有《中丞宋公以吴兵三千赴河南軍次尋陽脱余之囚參謀幕府因贈之》詩、《陪宋中丞武昌夜飲懷古》詩及《爲宋中丞請都金陵表》、《爲宋中丞自薦表》，可參看。

爲宋中丞請都金陵表

至德二載作。

臣某言：臣誠惶誠恐，頓首頓首〔一〕。臣聞社稷無常奉，明者守之；君臣無定位，暗者失之〔二〕。所以父作子述〔三〕，重光疊輝。天未絶晋〔四〕，人惟戴唐。以功德有厚薄，運數有修短，功高而福祚長永，德薄而政教陵遲。三后之姓，於今爲庶〔五〕，非一朝也。伏惟陛下欽六聖之光訓，擁千載之鴻休，有國之本，群生屬望。粤自明兩〔六〕，光岐之陽〔七〕。昔有周太王之興，發跡於此。天啟有類，豈人事與？皇朝百五十年，金革不作。逆胡竊號，剥亂中原。雖平嵩丘〔八〕，填伊洛〔九〕，不足以掩宫城之骸骨；決洪河〔一〇〕，灑秦雍〔一一〕，不足以蕩犬羊之羶臊。毒浸區宇，憤盈穹旻。此乃猛士奮劍之秋，謀臣運籌之日。夫不拯横流，何以彰聖德？不斬巨猾〔一二〕，無以興神功。十亂佐周而克昌〔一三〕，四凶及虞而乃去〔一四〕。去元凶者，非陛下而誰？且道有興廢，代有中季。漢當三七，莽亦爲災〔一五〕。赤伏再起〔一六〕，丕業終光。非陛下至神至聖，安能勃然中興乎？

【注釋】

〔一〕誠惶誠恐、頓首頓首云云，爲臣下上表之程式。詳見上年《爲吴王謝責赴行在遲滯表》注。

〔二〕《左傳》昭公三十二年：「社稷無常奉，君臣無常位，自古已然。」

〔三〕作，謂創業也。述，謂傳承其業也。

〔四〕《左傳》僖公二十四年：「（介子）推曰：獻公之子九人，唯君在矣。惠懷無親，内外棄之。天未絶晉，必將有主。主晉祀者，非君而誰？」

〔五〕《左傳》昭公三十二年：「三后之姓，於今爲庶。」三后，謂虞、夏、商也。庶，平民也。

〔六〕明兩，《易·離》：「明兩作，離，大人以繼明照於四方。」孔穎達疏：「明兩作離者，離爲日，日爲明。今有上下二體，故云明兩作離也。」按，離卦爲兩明前後相續之象，此以明兩指帝王之承接。

〔七〕岐陽，縣名。屬關内道岐州，貞觀時割扶風、岐山二縣置，以在岐山之南，故名。天寶時改名扶風郡。至德元載，肅宗即位靈武，本年，駐蹕於此，改名鳳翔郡。周始祖古公亶父時，自豳遷國於岐，日臻强盛。

〔八〕嵩丘，即嵩山。

〔九〕伊洛，指伊、洛二水，在洛陽西南。

〔一〇〕洪河，黄河也。《文選》潘岳《河陽縣作》詩：「日夕陰雲起，登城望洪河。」李周翰注：「洪河，黄河也。」

〔一一〕秦雍，謂關中之地。古秦地，在《禹貢》爲雍州之地，故曰秦雍。

〔一二〕巨猾，大惡也，此指安禄山。

〔一三〕十亂，十賢臣也。《書·泰誓》：「予有亂臣十人，同心同德。」亂，治亂之謂也。

〔一四〕四凶，唐堯、虞舜時四惡人，《左傳》謂爲渾敦、窮奇、檮杌、饕餮，爲舜投諸四荒裔。見文公十八年。此處代安禄山。

〔一五〕《宋書·符瑞志》：「漢元、成世，道士言讖者云：赤厄三七。三七，二百一十年，有外戚之篡。祚極三六，當有龍飛之秀，興復祖宗。及莽篡漢，漢二百一十年矣。莽十八年而敗，光武興焉。」

〔一六〕赤伏，見開元十八年《讀諸葛武侯傳書懷贈長安崔少府叔封昆季》詩注。

以臣料人事得失，敢獻疑於陛下？臣猶望愚夫千慮，或冀一得〔一〕。何者？賊臣楊國忠，蔽塞天聰，屠割黎庶，女弟席寵〔二〕，傾國弄權。九土泉貨〔三〕，盡歸其室。怨氣上激，水旱荐臻。重罹暴亂，百姓力屈。即欲平殄蝥賊〔四〕，恐難應期。且圖萬全之計，以成一舉之策。

今自河以北，爲胡所淩；自河之南，孤城四壘。大盗蠶食，割爲洪溝〔五〕。宇宙峴屼〔六〕，昭然可覩。臣伏見金陵舊都，地稱天險。龍盤虎踞，開扃自然。六代皇居，五福斯在〔七〕。雄圖霸跡，隱軫由存〔八〕。咽喉控帶，縈錯如繡。天下衣冠士庶，避地東吴，永嘉南遷〔九〕，未盛於此。臣又聞湯及盤庚五遷其邑〔一〇〕，典謨訓誥不以爲非。衛文徙居楚丘，風人流詠〔一一〕。伏惟陛下因萬人之蕩析，乘六合之譸張〔一二〕，去扶風萬有一危之近邦，就金陵太山必安之成策。苟利於物，斷在宸衷。

【注釋】

〔一〕《史記·淮陰侯列傳》：「廣武君曰：臣聞智者千慮，必有一失；愚者千慮，必有一得。」

〔二〕女弟，謂楊國忠妹楊玉環。席寵，恃寵也。

〔三〕泉貨，猶財貨也。

〔四〕蝥，音茅，食禾稼蟲也。蝥賊以喻凶人。

〔五〕洪溝，即鴻溝。楚漢相争，以鴻溝爲界。詳見至德元載《贈王判官時余隱居廬山屏風疊》詩注。

〔六〕峴屼，不安貌。

〔七〕五福，《書·洪範》：「五福：一曰壽，二曰富，三曰康寧，四曰攸好德，五曰考終命。」

〔八〕隱軫，同隱賑、殷賑，繁富盛强也。

〔九〕永嘉，晉懷帝年號。永嘉四年，懷帝爲劉曜所虜，中原大亂，北方士族率多南遷，江南文物，一時盛皐。

〔一〇〕五遷，《史記·殷本紀》：「帝盤庚之時，殷已都河北，盤庚渡河南，復居成湯之故居，迺五遷，無定處。」裴駰《集解》：「孔安國曰：自湯至盤庚凡五遷都。」張守節《正義》：「湯自南亳遷西亳，仲丁遷隞，河亶甲居相，祖乙居耿，盤庚渡河，南居西亳，是五遷也。」

〔一一〕衛文，指衛文公。楚丘，在今山東曹縣東。風人流詠，指《詩·鄘風·定之方中》篇。《毛傳》：「《定之方中》，美衛文公也。衛爲狄所滅，東徙渡河，野處漕邑。齊桓公攘戎狄而封之，文公徙居楚丘，始建城市而營宫室，得其時制，百姓悦之，國家殷富焉。」

〔一二〕譸張，驚懼之貌。譸，音舟。

況齒革羽毛之所生，楩楠豫章之所出〔一〕。元龜大貝〔二〕，充牣其中〔三〕；銀坑鐵冶，連綿相屬。剗銅陵爲金穴，煮海水爲鹽山〔四〕。以征則兵强，以守則國富。横制八極，克復兩京。俗畜來蘇之歎，人多徯后之望〔五〕。陛下西以峨嵋爲壁壘，東以滄海爲溝池。守海陵之倉〔六〕，獵長洲之苑〔七〕，雖上林五柞〔八〕，復何加焉？上皇居天帝運昌之都〔九〕，儲精真一之境〔一〇〕，有虞則北閉劍閣，南扃瞿塘〔一一〕。蚩尤共工，五兵莫向〔一二〕。二聖高枕〔一三〕，人何憂哉？飛章問安，往復巴峽，朝發白帝，暮宿江陵，首尾相應，率然之舉〔一四〕。不勝屏營瞻雲望日之至，謹先奉表陳情以聞。

【注釋】

〔一〕齒革羽毛，謂象牙、犀皮、鳥羽、旄牛尾也。楩、楠、豫章，皆美木名。《書·禹貢》：「（揚州）厥貢……齒、革、羽、毛，惟木。」

〔二〕元龜，大龜也。

〔三〕充牣，盈滿也。牣，音刃。

〔四〕王注：「剗，削也。銅陵，出銅之山。金穴，藏金之窟。《漢書》：採山銅以爲錢，煮海水以爲鹽。」

〔五〕蘇，復生也。后，帝王也。《書·仲虺之誥》：「攸阻之民，室家相慶曰：徯予后，后來其蘇。」蔡沈注：「其所往伐者，則妻孥相慶曰：待我后久矣，后來我其復生乎！」

〔六〕海陵倉，糧倉名，漢吴王濞建，在海陵縣，即今江蘇省泰州市。

〔七〕長洲苑，古苑名。《元和郡縣志》江南東道蘇州：「長洲縣，本萬歲通天元年析吴縣置，取長洲苑爲名，苑在縣西南七十里。」

〔八〕上林、五柞，即上林苑、五柞宫。苑爲漢武帝建，方三百四十里。五柞宫在漢長安甘泉宫内。此處代唐長安宫苑。

〔九〕上皇，謂玄宗，肅宗即位，尊玄宗爲太上皇。運昌，《文選》左思《蜀都賦》：「天帝運期而會昌。」李善注：「昌，慶也，言天帝於此會慶建福也。」

〔一〇〕儲精，儲蓄精神也。真一，保持本性，清静無爲。

〔一一〕劍閣，見開元十八年《劍閣賦》注。瞿塘，長江三峽之一。

〔一二〕王注：「《述異記》：軒轅之初立也，有蚩尤氏，兄弟七十二人，銅頭鐵額，食鐵石。軒轅誅之於涿鹿之野。蚩尤能作雲霧。涿鹿，今在冀州，有蚩尤神，俗云人身牛蹄，四目六手。今冀州人掘地得髑髏，如銅鐵者，即蚩尤之骨也。秦漢間説蚩尤氏耳鬢如劍戟，頭有角，與軒轅鬥，以角觸人，人不能向。羅苹《路史注》：《世本》云：蚩尤作五兵，戈、矛、戟、酋矛、夷矛。黄帝誅之涿鹿之野。《淮南子》：昔共工之力，觸不周之山，使地東南傾。與高辛争爲帝，遂潛於淵，宗族殘滅，繼嗣絶祀。」

〔一三〕二聖，謂玄宗、肅宗。

〔一四〕率然，蛇名。《孫子·九地》：「故善用兵，譬如率然。率然者，常山之蛇也，擊其首則尾至，擊其尾則首至，擊其中則首尾俱至。」

爲宋中丞自薦表

至德二載作。

臣某聞天地閉而賢人隱〔一〕，雲雷屯而君子用〔二〕。臣伏見前翰林供奉李白，年五十有七，天寶初，五府交辟〔三〕，不求聞達。亦由子真谷口〔四〕，名動京師。上皇聞而悦之，召入禁掖，既潤色於鴻業，或間草於王言。雍容揄揚，特見褒賞。爲賤臣詐詭，遂放歸山。閑居製作，言盈數萬。屬逆胡暴亂，避地廬山，遇永王東巡脅行，中道奔走，卻至彭澤〔五〕，具已陳首。前後經宣慰大使崔渙及臣推覆清雪〔六〕，尋經奏聞。臣聞古之諸侯，進賢受上賞，蔽賢受明戮。若三適稱美，必九錫光榮〔七〕，垂之典謨，永以爲訓。臣所管李白，實審無辜。懷經濟之才，抗巢由之節，文可以變風俗，學可以究天人〔八〕。一命不霑〔九〕，四海稱屈。伏惟陛下大明廣運，至道無偏，收其希世之英，以爲清朝之寶。昔四皓遭高皇而不起，翼惠帝而方來〔一〇〕。君臣離合，亦各有數。豈使此人名揚宇宙而枯槁當年？傳曰：舉逸人而天下歸心〔一一〕。伏惟陛下迴太陽之高輝，流覆盆之下照〔一二〕。特請拜一京官，獻可替否〔一三〕，以光朝列。則四海豪俊，引領知歸。不勝慺慺之至〔一四〕，敢陳薦以聞。

【注釋】

〔一〕《易·坤》：「天地閉，賢人隱。」

〔二〕《易·屯》：「雲雷屯，君子以經綸。」朱熹注：「屯，難之世，君子有爲之時也。」

〔三〕五府，東漢以太傅、太尉、司徒、司空、大將軍爲五府。此處指中央官署。

〔四〕子真、谷口，見至德元載《贈韋祕書子春》詩注。

〔五〕彭澤，縣名，屬江南西道江州，在今江西彭澤縣東北。

〔六〕崔渙，時爲江南宣慰使。詳見本年《繫尋陽獄上崔相渙二首》詩注。

〔七〕三適，《漢書·武帝紀》：「元朔元年詔曰：進賢受上賞，蔽賢蒙顯戮，古之道也。其與中二千石禮官博士議不舉賢者罪。有司奏議曰：古者諸侯貢士，一適謂之好德，再適謂之賢賢，三適謂之有功，乃加九錫。」顔師古注：「服虔曰：適，得其人。」九錫，帝王尊禮大臣所賜九種器物，其説不一，據《禮·曲禮》引公羊家説，爲：加服，朱户，納陛，輿馬，樂則，虎賁，斧鉞，弓矢，秬鬯。

〔八〕學究天人，謂所學窮究於天道與人事之間也。司馬遷《報任安書》：「亦欲以究天人之際，通古今之變，成一家之言。」

〔九〕一命，周時官階由一命至九命，一命爲最低官階。後遂稱初受官爲一命。

〔一〇〕四皓佐惠帝事，見天寶三載《東武吟》詩注。

〔一一〕《論語·堯曰》：「舉逸民，天下之民歸心焉。」逸人，即逸民，唐避太宗諱改。

〔一二〕覆盆，喻沉冤莫白。詳見天寶十四載《贈宣城趙太守悦》詩注。

〔一三〕進獻可行者，廢止不可行者，即進諫之意。替，止、廢也。

〔一四〕慺慺，恭謹也。慺，音樓。

武昌宰韓君去思頌碑　并序

約作於至德二載秋。韓君，韓仲卿，韓愈之父。《新唐書·韓愈傳》：「父仲卿，爲武昌令，有美政。既去，縣人刻石頌德。終祕書郎。」

仲尼，大聖也，宰中都而四方取則〔一〕；子賤，大賢也，宰單父，人到於今而思之〔二〕。乃知德之休明不在位之高下，其或繼之者得非韓君乎？君名仲卿，南陽人也〔三〕。昔延陵知晉國之政必分於韓〔四〕；獻子雖不能遏屠岸之誅，存孤嗣趙〔五〕，太史公稱天下陰德也。其賢才羅生，列侯十世，不亦宜哉〔六〕！七代祖茂，後魏尚書令安定王。五代祖鈞，金部尚書〔七〕。曾祖晙，銀青光禄大夫雅州刺史〔八〕。祖泰，曹州司馬〔九〕。考睿素，朝散大夫桂州都督府長史〔一〇〕。分茅納言〔一一〕，剖符佐郡〔一二〕，奕葉明德〔一三〕，休有烈光。君乃長史之元子也〔一四〕。妣有吴錢氏。及長史即世〔一五〕，夫人早孀，弘聖善之規，成名四子，文伯孟軻二母之儔歟〔一六〕？少卿，當塗縣丞，感概重諾，死節於義。雲卿，文章冠世，拜監察御史，朝廷呼爲子房〔一七〕。紳卿，尉高郵〔一八〕，才名振耀，幼負美譽。

【注釋】

〔一〕《史記·孔子世家》：「定公以孔子爲中都宰，一年，四方皆則之。」中都，春秋魯地名，在今山東汶上縣西。

〔二〕子賤，即宓不齊，字子賤，孔子弟子。《史記·仲尼弟子列傳》：「子賤爲單父宰，反命於孔子，曰：『此國有賢不齊者五人，教不齊所以治者。』」張守節《正義》引《説苑》曰：「宓子賤理單父，彈琴，身不下堂，單父理。」

〔三〕南陽，屬山南東道鄧州，即今河南南陽市。

〔四〕延陵，春秋吴國貴族，吴王諸樊之弟，稱公子札，封於延陵，又稱延陵季子。《史記·晉世家》：「吴延陵季子來使，與趙文子、韓宣子、魏獻子語，曰：『晉國之政，卒歸此三家矣。』」

〔五〕獻子，指春秋晉貴族韓厥。《史記·韓世家》：「晉景公之三年，晉司寇屠岸賈將作亂，誅靈公之賊趙盾，趙盾已死矣，欲誅其子趙朔。韓厥止賈，賈不聽。厥告趙朔令亡。朔曰：『子必能不絶於趙祀，死不恨矣。』韓厥許之。及賈誅趙氏，厥稱疾不出。程嬰、公孫杵臼之藏趙孤趙武也，厥知之。……晉景公十七年，病，卜，大業之不遂者爲祟。韓厥稱趙成季之功，今後無祀，以感景公。景公問曰：『尚有世乎？』厥於是言趙武，而復興故趙氏田邑，續趙氏祀。」

〔六〕《史記·韓世家》：「太史公曰：韓厥之感晉景公，紹趙孤之子武，以成程嬰、公孫杵臼之義，此天下之陰德也。韓氏之功，於晉未覩其大者也。然與趙、魏終爲諸侯十餘世，宜乎哉！」

〔七〕金部，魏置金部郎，屬户部，掌庫藏、金寶、貨物、權衡、度量等事。此後歷代多有之。

〔八〕銀青光禄大夫，唐文官散階，從三品。雅州屬劍南道，即今四川雅安市。

〔九〕曹州，今山東曹縣西北，唐時屬河南道。

〔一〇〕朝散大夫，唐文官散階，從五品上。桂州，屬嶺南道，即今廣西桂林市。

〔一一〕分茅，見至德元載《感時留别從兄徐王延年從弟延陵》詩注。納言，官職名，掌出納王命。《書·舜典》：「命汝作納言，夙夜出納朕命。」孔安國傳：「納言，喉舌之官，聽下言納於上，受上言宣於下。」《漢書·百官公卿表》：「龍作納言，出入帝命。」顔師古注：「應劭曰：龍，臣名也。納言，如今尚書，管王之喉舌也。」按，隋以侍中爲納言，唐初爲納言，武德四年改爲侍中，龍朔二年改爲左相，咸亨元年復爲侍中，光宅元年又改爲納言，神龍元年仍爲侍中。開元元年改爲黄門監，五年復爲侍中，曰門下省侍中。文曰納言，謂曾爲尚書、侍中之官也。

〔一二〕剖符，謂爲郡守也。佐郡，謂爲郡守之佐也。

〔一三〕奕葉，猶言累世。

〔一四〕元子，長子也。

〔一五〕即世，謂逝世也。

〔一六〕《列女傳·母儀傳》：「魯季敬姜者……魯大夫公父穆伯之妻，文伯之母也。博達知禮。穆伯先死，敬姜守養。文伯出學而還歸，敬姜側目而盼之。其友上堂，從後階降而卻行，奉劍而正履，若事父兄。文伯自以爲成人矣，敬姜召而數之曰：『以子年之少而位之卑，所與遊者，皆爲服役。……子之不益，亦以明矣。』文伯乃謝罪。於是乃擇嚴師、賢友而事之，所與遊處者皆黄髦倪齒也。文伯引衽攘捲而親饋之。敬姜曰：『子成人矣。』君子謂敬姜備於教化。」又曰：「鄒孟軻之母也，號孟母。……孟子既學而歸，孟母方績，問曰：『學所至矣？』孟子曰：『自若也。』孟母以刀斷其績。孟子懼而問其故，孟母曰：『子之廢學，若吾斷斯織也。夫君子學以立名，問以廣知，是以居則安寧，動則遠害。今而廢之，是不免於厮役，而無以離於禍患也。何以異於織績而食，中道廢而不爲，寧能衣其夫子，而長不乏糧食哉！女則廢其所食，男則墮於修德，不爲竊盜，則爲虜役矣。』孟子懼，旦夕勤學不息，師事子思，遂成天下之名儒。君子謂孟母知爲人母之道矣。」

〔一七〕皇甫湜《韓文公神道碑》：「叔父雲卿，當肅宗、代宗朝，獨爲文章冠。」韓愈《科斗書後記》：「愈叔父當大曆世，文辭獨行中朝，天下之欲銘述其先人功行，取信來世者，咸歸韓氏。」

〔一八〕高郵，屬淮南道揚州，即今江蘇高郵縣。

君自潞州銅鞮尉調補武昌令〔一〕。未下車，人懼之；既下車，人悦之。惠如春風，三月大化。姦吏束手，豪宗側目。有爨玉者，三江之巨横〔二〕，白額且去〔三〕，清琴高張〔四〕。兼操刀永興〔五〕，二邑同化。時鑿齒磨牙於兩京〔六〕，宋城易子而炊骨〔七〕。吴楚轉輸，蒼生熬然〔八〕。而此邦晏如，襁負雲集〔九〕。居未二載，户口三倍其初。銅鐵曾青，未擇地而出〔一〇〕。太冶鼓鑄〔一一〕，如天降神。既烹而爍，數盈萬億，公私其賴之。官絶請託之求，吏無絲毫之犯。本道採訪大使皇甫公侁聞而賢之〔一二〕，擢佐輶軒〔一三〕，多所弘益。尚書右丞崔公禹稱之於朝〔一四〕，相國崔公涣特奏授鄱陽令〔一五〕，兼攝數縣。所謂投刃而皆虚〔一六〕，爲其政而則理成，去若始至，人多懷恩。新宰王公名庭璘，巖然太華，涣然洪河〔一七〕。含章可貞〔一八〕，幹蠱有立〔一九〕。接武比德〔二〇〕，絃歌連聲。服美前政，聞諸耆老，與邑中賢者胡思泰一十五人，及諸寮吏，式歌且舞，願揚韓公之遺美。白採謡刻石而作頌曰：

峨峨楚山，浩浩漢水。黄金之車，大吴天子〔二〕。武昌鼎據，實爲帝里。時艱世訛，薄俗如燬〔三〕。韓君作宰，撫兹遺人。滂汪王澤，猶鴻得春。和風潛暢，惠化如神。刻石萬古，永思清塵。

【注釋】

〔一〕潞州，屬河東道，即今山西長治市。銅鞮，爲潞州屬縣，在今山西沁縣南。

〔二〕夔玉，王注：「蓋當時盗賊之名，爲横於江上者。」又云：「此下似有缺文。」

〔三〕白額，謂虎也。

〔四〕清琴，用宓子賤鳴琴治單父事。已見本篇注。

〔五〕操刀，猶言治理。永興，縣名，屬江南西道鄂州，即今湖北陽新縣。

〔六〕鑿齒，傳説中猛獸名，或説爲野人。詳見至德元載《北上行》詩注。此以喻安禄山。

〔七〕王注：「春秋時宋國，在唐時爲宋州睢陽郡。當至德二載三月，賊將尹子奇圍睢陽，至五月始退去。七月復圍睢陽，張巡、許遠據城死守，至十月救兵不至，城遂陷。先是城中食盡，士卒食茶、紙。茶紙既盡，遂食馬。馬盡，羅雀掘鼠。鼠雀又盡，括城中婦人食之，繼以男子老弱。人知必死，莫有叛者。所謂宋城易子炊骨，正指其事。」

〔八〕熬然，猶言煎熬難忍。

〔九〕襁負，負小兒於背也。襁，帶也，以束小兒。

〔一〇〕曾青，礦物名，色青，可供繪畫及化金屬用。《荀子·王制》：「南海則有羽翮、齒革、曾青、丹干焉。」楊倞注：「曾青，銅之精，可繢畫及化黄金者，出蜀山越巂。」

〔一一〕太冶，謂精於冶煉者。太，王注：「當作大。」

〔一二〕皇甫侁，至德二載爲江西採訪使。永王璘敗，爲皇甫侁所擒。見《舊唐書·永王璘傳》。

〔一三〕輶軒，使者車也，此處代指皇甫侁。佐輶軒猶言爲皇甫侁之屬吏。

〔一四〕尚書右丞，尚書省長官，正四品下，領兵、刑、工三部。

〔一五〕崔涣，見至德二載《繫尋陽上崔相涣三首》詩注。鄱陽，屬江南西道饒州，即今江西鄱陽縣。

〔一六〕投刃皆虚，用《莊子·養生主》庖丁解牛事。猶言遊刃有餘也。

〔一七〕涣然，水流滿而平貌。洪河，即黄河。涣音美。

〔一八〕《易·坤》：「含章可貞。」孔穎達疏：「内含章美之道，待命乃行，可以得正，故曰含章可貞。」

〔一九〕幹蠱，幹練而有材也。《易·蠱》：「幹父之蠱。」王弼注：「以柔巽之質，幹父之事，能承先軌，堪其任者也。」

〔二〇〕武，跡也。比德，猶言同德。

〔二一〕《三國志·吴書·吴主傳》：「黄龍元年春，公卿百官皆勸權正尊號。夏四月，夏口、武昌並言黄龍、鳳凰見。丙申，南郊即皇帝位，是日大赦，改年。……初，興平中，吴中童謡曰：『黄金車，班蘭耳，閶昌門，出天子。』」

〔三〕燬，焚燒也。

江夏送倩公歸漢東序

乾元二年作。倩公，僧人名。漢東，即隨州，天寶初改漢東郡，乾元初復爲隨州。今湖北隨縣。

謝安四十，卧白雲於東山；桓公累徵，爲蒼生而一起〔一〕。常與支公遊賞〔二〕，貴而不移。大人君子，神冥契合，正可乃爾。僕與倩公一面，不忝古人。言歸漢東，使我心痗〔三〕。夫漢東之國，聖人所出〔四〕，神農之後，季良爲大賢〔五〕。爾來寂寂，無一物可紀。有唐中興，始生紫陽先生〔六〕。先生六十而隱化〔七〕，若繼跡而起者，惟倩公焉。蓄壯志而未就，期老成於他日。且能傾産重諾，好賢攻文。即惠休上人與江鮑往復〔八〕，各一時也。僕平生述作，罄其草而授之。思親遂行，流涕惜别。今聖朝已捨季布，當徵賈生〔九〕。開顔洗目，一見白日。冀相視而笑於新松之山耶〔一〇〕？作小詩絶句，以寫别意。辭曰：

彼美漢東國，川藏明月輝。寧知喪亂後，更有一珠歸。

【注釋】

〔一〕《世説·賞譽》劉孝標注引《續晉陽秋》曰：「初，安優遊山水，以敷文析理自娱。桓温在西蕃，欽其盛名，諷朝廷請爲司馬。以世道未夷，志存匡濟，年四十，起家應務也。」

〔二〕支公，即支遁，字道林，晉陳留人，俗姓關。事佛，隱居餘杭山，好鶴好馬，與謝安等朝貴往還。

〔三〕痗，音昧，憂傷也。

〔四〕傳説神農生於隨州。詳見開元二十年《冬夜於隨州紫陽先生餐霞樓送烟子元演隱仙城山序》注。

〔五〕季良，《左傳》作季梁，春秋時隨國賢者，諫隨侯修政專農，楚不敢伐。事見《左傳》桓公六年。

〔六〕紫陽，即胡紫陽。詳見天寶二年《漢東紫陽先生碑銘》注。

〔七〕隱化，道家語，謂死也。

〔八〕惠休，南朝宋僧人，俗姓湯，善屬文，常與江淹、鮑照等遊。鮑照贈休詩今存，詳見開元十六年《贈僧行融》詩注。

〔九〕季布，秦漢際人，爲項羽部將，漢立，得劉邦赦免。賈生，即賈誼，漢文帝時人，貶長沙，後被召回。兩句以季布、賈誼自喻，謂其巫山之赦。按，《史記·季布列傳》云：「上迺赦季布。」捨當爲赦之誤。

〔一〇〕新松山，據天寶二年《漢東紫陽先生碑銘》「至其年十月二十三日，葬於郭東之新松山」，則新松山在隨州以東。

【按】

白天寶二年《漢東紫陽先生碑銘》有「有鄉僧貞倩雅仗才氣」語，即其人，可參看。

澤畔吟序

四部本注云：「題一作《澤畔吟詩序》。」乾元二年作。《澤畔吟》，崔成甫所爲詩集，今不傳。

《澤畔吟》者，逐臣崔公之所作也〔一〕。公代業文宗，早茂才秀。起家校書蓬山〔二〕，再尉關輔〔三〕，中佐於憲車〔四〕，因貶湘陰〔五〕。從宦二十有八載，而官未登於郎署〔六〕，何遇時而不偶耶？所謂大名難居，碩果不食〔七〕。流離乎沅湘，摧頹於草莽。同時得罪者數十人〔八〕，或才長命夭，覆巢蕩室。崔公忠憤義烈，形於清辭，慟哭澤畔，哀形翰墨。猶風雅之什，聞之者無罪〔九〕，覩之者作鏡。書所感遇，總二十章，名之曰《澤畔吟》。懼奸臣之猜，常韜之於竹簡，酷吏將至，則藏之於名山。前後數四，蠹傷卷軸。觀其逸氣頓挫，英風激揚，橫波遺流，騰薄萬古。至於微而彰，婉而麗，悲不自我，興成他人，豈不云怨者之流乎？余覽之愴然，掩卷揮涕爲之序云。

【注釋】

〔一〕崔公，指崔成甫。

〔二〕校書蓬山，謂爲祕書省校書郎。蓬山，指皇家藏書處。《唐六典·祕書省》：「校書郎，正九品上。」注：「至後漢，始於東觀置校書郎中。……竇章居貧蔬食，講讀不輟，太僕鄧康重章學行。

是時學者稱東觀爲老氏藏室、道家蓬萊山。康蕭章入東觀爲校書郎中。」

〔三〕關輔，關中三輔之地。三輔爲京兆、馮翊、扶風。句謂崔成甫爲陝縣尉事。

〔四〕佐憲車，謂爲御史臺屬吏。御史臺亦稱憲臺，故云。句謂崔成甫攝監察御史事。

〔五〕湘陰，縣名，屬江南西道岳州，故址在今湖南湘陰縣西。

〔六〕郎署，此指中央一級官署。

〔七〕《易·剥》：「碩果不食。」孔穎達疏：「碩果不食者，處卦之終，獨得完全，不被剥落，猶如碩大之果，不爲人食也。」

〔八〕郁賢皓以爲天寶五載李林甫構陷韋堅時崔成甫等被株連。見郁氏《李白叢考·李白詩中崔侍御考辨》。

〔九〕《詩·周南·關雎序》：「上以風化下，下以風刺上，主文而譎諫，言之者無罪，聞之者足以戒，故曰風。」按，《序》中聞或爲言字之誤。

【集説】

郁賢皓云：李白寫這篇《序》的時間應當在乾元元年或稍後，即在李白流放夜郎途中或遇赦回來遊瀟湘之時，其時正當成甫剛死或卒後不久，李白看到了他的集子《澤畔吟》，哀念這位死去的親密朋友，於是寫了這篇《序》，否則，在成甫生前，《序》中怎麼能寫出成甫「從宦二十有八載」那樣結論性的話來呢！從《序》中説到《澤畔吟》已「蠹傷卷軸」，也可證明此書已距成甫寫作有了相當長的

一段時間。（《李白叢考·李白詩中崔侍御考辨》）

【按】

白天寶四載有《贈崔侍御》同題二首詩，天寶七載有《酬崔侍御》詩，天寶十二載有《寄崔侍御》、《贈宣城宇文太守兼呈崔侍御》、《登敬亭北二小山余時客逢崔侍御并登此地》等詩，其中之崔侍御皆崔成甫，可參看。

天長節使鄂州刺史韋公德政碑 并序

乾元二年作。天長節即八月五日，玄宗誕辰。鄂州，治所在江夏。韋公，即江夏太守韋良宰。

太虚既張〔一〕，惟天之長。所以白帝真人〔二〕，當高秋八月五日，降西方之金精，採天長爲名，將傳之無窮，紀聖誕之節也〔三〕。我高祖創業，太宗成之，三后繼統〔四〕，王猷如一〔五〕。大盜間起〔六〕，開元中興。力倍造化，功包天地。不然，何能遏犧農之頹波，返淳樸於太古？雖軒后至道〔七〕，由聞蚩尤之師〔八〕。今網漏吞舟〔九〕，而胡夷起於轂下〔一〇〕。光天文武孝感皇帝〔一一〕，越在明兩〔一二〕，總戎扶風〔一三〕。正帝車於北斗〔一四〕，拯横流於鯨口；迴日轡於西山，拂蒙塵於帝顔。呼吸而收兩京，炬爀而安六合。歷列辟而罕匹〔一五〕，顧將來而無儔。太陽重輪，合耀并出〔一六〕。宇宙翕變，草木增榮。一麾而静妖氛，成功不處；五讓而傳劍璽〔一七〕，德冠樂推。

【注釋】

〔一〕太虚，天也。

〔二〕白帝，西方之帝也。

〔三〕聖誕節，唐玄宗以垂拱元年八月五日生於東都。《通鑑·唐紀》開元十七年：「八月癸亥，上以生日宴百官於花萼樓下。左丞相乾曜、右丞相説帥百官上表，請以每歲八月五日爲千秋節，布於天下，咸令宴樂。」胡三省注：「聖節錫宴自此始。後改千秋節爲天長節。」

〔四〕三后，謂高宗、中宗、睿宗。后，古謂帝也。

〔五〕猷，謀、道也。

〔六〕大盗，王注：「指韋、武諸賊臣，以其謀危宗社，故曰大盗。」

〔七〕軒后，指黄帝軒轅氏。

〔八〕由，通猶。蚩尤，見至德二載《爲宋中丞請都金陵表》注。

〔九〕吞舟，謂能吞舟之大魚也。此指安禄山。

〔一〇〕轂下，猶言輦轂之下，喻近在身旁也。

〔一一〕《舊唐書·肅宗紀》：「至德三載正月甲戌朔，戊寅，上皇御宣政殿，册皇帝尊號曰光天文武大聖孝感皇帝。上以徽號中有大聖二字，上表固讓，不允。乾元二年春正月己巳朔，上御含元殿受尊號曰乾元大聖光天文武孝感皇帝。」

〔一二〕越，通粤，發語也。明兩，指皇帝之相接續。詳見至德二載《爲宋中丞請都金陵表》注。

〔一三〕扶風，郡名，即今陝西鳳翔，屬關内道。至德二載三月，肅宗駐蹕於此，改爲鳳翔郡。

〔一四〕帝車，即北斗星。《史記·天官書》：「斗爲帝車，運於中央，臨制四鄉。」

〔一五〕辟，古謂帝王。

〔一六〕重輪、合耀，謂玄宗、肅宗并臨天下。

〔一七〕五讓，用漢文帝劉恒事。吕后既死，陳平、周勃等誅殺諸吕，迎恒爲帝。恒至長安，西向讓帝者三，南向讓帝者二，共五讓。見《史記·孝文本紀》。此處指肅宗謙讓而稱帝。傳劍璽，謂玄宗授國寶於肅宗。

於戲！昔堯及舜禹皆無聖子〔一〕。審曆數去己〔二〕，終大寶假人〔三〕，飾讓以成千載之美。未若以文明鴻業，授之元良〔四〕，與天同休，相統億祀。則我唐至公而無私，越三聖而殊軌。騰萬人之喜氣，爛八極之祥雲。上皇思汾陽而高蹈〔五〕，解負重於吾君〔六〕。能事斯畢，與人更始。乃展祀郊廟〔七〕，望秩山川〔八〕。方掩骼於河洛，弔人於幽燕。但誅元凶，不問小罪。噫大塊之氣，歌炎漢之風〔九〕。雲滂洋，雨汪濊〔一〇〕。澡渥澤，除瑕纇〔一一〕。削平國步，改號乾元。至矣哉！其雄圖景命有如此者。

【注釋】

〔一〕王注：「堯舜無聖子，文乃兼禹言之，誤也。」按，禹傳位於其子啟。

〔二〕曆數，《書·大禹謨》：「帝曰：來禹！……予懋乃德，嘉乃丕績，天之曆數在汝躬。」蔡沈注：「曆數者，帝王相繼之次第，猶歲時節氣之先後。」

〔三〕大寶，謂帝位也。

〔四〕元良，《禮記·文王世子》：「一有元良，萬國以貞，世子之謂也。」後以元良爲太子之稱。

〔五〕汾陽，汾水之陽。《莊子·逍遥遊》：「堯治天下之民，平海内之政，往見四子藐姑射之山，汾水之陽，窅然喪其天下焉。」此謂玄宗有倦理天下之志。

〔六〕吾君，指肅宗。

〔七〕展，誠、信也。

〔八〕《書·舜典》：「歲二月東巡。……望秩於山川。」蔡沈注：「望秩以祀山川也。秩者，其牲幣祝號之次第，如五嶽視三公，四瀆視諸侯，其餘視伯子男者也。」

〔九〕炎漢之風，謂漢高祖之《大風歌》。詳見開元十九年《登廣武古戰場懷古》詩注。

〔一〇〕汪濊，深廣貌。濊，音穢。

〔一一〕瑕纇，疵點、過失也。纇，音類。

我邦伯韋公〔一〕，大彭之洪胤，扶陽之貴族〔二〕。雄略邁古，高文變風。運當一賢〔三〕，才堪三事〔四〕。歷職剖劇〔五〕，能聲旁流。振繡而白筆横冠〔六〕，分符而彤襜入境〔七〕。曩者，永王以天人授鉞，東巡無名〔八〕，利劍承喉以脅從，壯心堅守而不動。房陵之俗，安於太山〔九〕；休奕列郡〔一〇〕，去若始至。帝召岐下〔一一〕，深嘉直誠。移鎮夏口〔一二〕，救時艱也。慎厥職，康乃人。減兵歸農，除害息暴。大水滅郭，洪霖注川。人見憂於魚鼈，岸不辨於牛馬〔一三〕。公乃抗辭正色，言於城隍曰〔一四〕：「若三日雨不歇，吾當伐喬木，焚清祠。」精心感動，其應如響。無何，中使銜命，遍祈名山，廣徵牲牢，驟欲致祭。公又盱衡而稱曰〔一五〕：「今主上明聖，懷於百靈。此淫昏之鬼，不載祀典，若煩國禮，是荒巫風〔一六〕。」其秉心達識，皆此類也。物不知化，如登春臺〔一七〕。

【注釋】

〔一〕邦伯，諸侯也，此指郡守。

〔二〕大彭、扶揚，《新唐書·宰相世系表》：「韋氏出自風姓。顓頊孫大彭爲夏諸侯，少康之世，封其別孫元哲於豕韋，其地滑州韋城是也。豕韋、大彭迭爲商伯，周赧王時，始失國，徙居彭城，以國爲氏。韋伯遐二十四世孫孟，爲漢楚王傅，去位，徙居魯國鄒縣。孟四世孫賢，漢丞相、扶揚節侯，又徙京兆杜陵。」按，大彭、扶揚，略謂韋良宰爲顓頊之後、京兆韋氏也。

〔三〕一賢，甄鸞《笑道論·五佛並出》：「《文始傳》云：五百年一賢，千年一聖。」

〔四〕三事，謂三公也。詳見天寶九載《酬談少府》詩注。

〔五〕剖劇，謂爲縣令之職。詳見天寶九載《任城縣廳壁記》注。

〔六〕繡，謂繡衣。繡衣、白筆，御史服飾也。詳見至德二載《贈潘侍御論錢少陽》詩注。

〔七〕分符，謂任郡守。彤襜，指郡守所乘之車。詳見天寶十二載《宣城九日聞崔四侍御與宇文太守遊敬亭余時登響山不同此賞醉後寄崔侍御二首》詩注。

〔八〕永王東巡事，參見至德元載《贈韋祕書子春》及至德二載《永王東巡歌》詩注。

〔九〕房陵，縣名，屬山南東道房州，爲房州治所，即今湖北房縣。永王東巡時，韋良宰爲房州刺史。良宰未爲永王所脅從。故曰房陵之俗，安於太山。按，白本年《經亂離後天恩流夜郎憶舊遊書懷贈江夏韋太守良宰》詩云：「惟君固房陵，誠節冠終古。」與此意同，可參看。

〔一〇〕休奕，美善、光明也。

〔一一〕岐下，指鳳翔郡。時肅宗駐蹕於此。

〔一二〕夏口，鄂州別稱。

〔一三〕《莊子·秋水》：「秋水時至，百川灌河，涇流之大，兩涘渚涯之間不辨牛馬。」

〔一四〕城隍，神名。王注：「城隍之祀，莫詳所自。蕪湖城隍，相傳建於吴赤烏二年，則其來久矣。《南史》：梁邵陵王綸祭城隍神。《北史》：慕容儼鎮郢城，城中先有神祠一所，號城隍神。唐李陽冰《縉雲縣城隍神記》：城隍神，祀典無之，惟吴越有爾。風俗，水旱疾疫必禱焉。《太平廣記》：吴俗畏鬼，每州縣必有城隍神。陸遊云：唐以來郡縣皆祭城隍，今世尤謹，守令謁見，儀在他神祠上，社稷雖尊，特以令式從事，至祈禳報賽，獨城隍而已。」

〔一五〕盱衡，舉目揚眉也。眉上曰衡。

〔一六〕荒，淫、濫也。巫風，謂歌舞祈神之風。

〔一七〕春臺，登眺之勝處。《老子》：「衆人熙熙，如享太牢，如登春臺。」河上公注：「春陰陽交通，萬物咸動，登臺觀之，意志淫淫然也。」

有若江夏縣令薛公〔一〕，揖四豪之風〔二〕，當百里之寄〔三〕。幹蠱有立，含章可貞〔四〕。遵之典禮，恤疲於和樂。政其成也，臻於小康。中京重覩於漢儀〔五〕，列郡還聞於舜樂〔六〕。選鄂之勝，帳於東門。乃登豳歌，擊土鼓〔七〕。祀蓐收〔八〕，迎田祖〔九〕。招摇回而大火乃落〔一〇〕，閶闔啟而凉風始歸。笙竽和籥之音，象星辰而迭奏〔一一〕；吴楚巴渝之曲〔一二〕，各土風而備陳。禮容有穆，簪笏列序〔一三〕。羅衣蛾眉，立乎玳筵之上；班劍虎士〔一四〕，森乎翠幕之前。千變百戲，分曹賈勇。藺子跳劍〔一五〕，迭躍流星之輝；都盧尋橦〔一六〕，倒挂浮雲之影。百川繞郡，落天鏡於江城；四山入牖，照霜空之海色。獻觴醉於晚景，舞袖紛於廣庭。鶴髮之叟〔一七〕，雁序而進曰：「恭聞天子無戲言，恐轉公以大用〔一八〕；老父不畏死，願留公以上聞。悦坐棠而餐風〔一九〕，庶刻石以賓美。」白觀樂入楚〔二〇〕，聞韶在齊〔二一〕，採諸行謡，遂作頌曰：

【注釋】

〔一〕江夏縣，鄂州屬縣，即今湖北武昌。

〔二〕四豪，指戰國四公子。詳見寶應元年《獻從叔當塗宰陽冰》詩注。

〔三〕寄，任也。百里之寄，猶言縣令之職。

〔四〕幹蠱、含章，見至德二載《武昌宰韓君去思頌碑》注。

〔五〕中京，指長安。至德二載十二月，以蜀都爲南京，鳳翔爲西京，西京爲中京。

〔六〕舜樂，即韶樂，相傳爲舜所作。

〔七〕豳歌，指《詩·豳風·七月》。土鼓，樂器也。《周禮·春官·籥章》：「籥章掌土鼓豳籥。」鄭玄注：「杜子春云：土鼓，以瓦爲匡，以革爲兩面，可擊也。」

〔八〕蓐收，西方之神，司秋。

〔九〕田祖，農神也，謂神農氏。

〔一〇〕招摇，星名，在北斗杓端。招摇回指，節令變也。大火，心宿也，火星秋始西落。

〔一一〕星辰，指笙竽之類樂器。王注：「《荀子》：鼓似天，鐘似地，磬似水，竽笙簫筦籥似星辰日月，鼗柷拊鞷椌楬似萬物。」

〔一二〕巴渝之曲，王注：「《漢書·樂志》：巴俞鼓員三十六人。顔師古注：巴，巴人也。俞，俞人也。當高祖初爲漢王，得巴、俞人，并趫捷善鬥，與之定三秦滅楚，因存其武樂。巴、俞之樂因此始也。巴即今之巴州，俞即今之渝州，各其本地。《晉書》：漢高祖自蜀漢將定三秦，閬中范因率賨人以從帝爲前鋒，及定秦中，封因爲閬中侯，復賨人七姓。其俗喜舞，高祖樂其猛鋭，數觀其舞，後使樂人習之。閬中有渝水，因其所居，故名曰巴渝舞。舞曲有《矛渝本歌曲》、《弩渝本歌曲》、《安臺本歌曲》、《行辭本歌曲》，總四篇。」

〔一三〕二句謂郡吏以秩之高低肅然排列也。簪笏，代官吏。

〔一四〕班劍，王注：「按《文選》注，李善曰：《晉公卿禮秩》曰：諸公及開府位從公者，給虎賁二十人，持班劍焉。《漢官儀》曰：班劍者，以虎皮飾之。李周翰曰：班劍，木劍無刃，假作劍形，畫之以文，故曰班也。《文獻通考》：班劍本漢朝服帶劍，晉易以木，謂之象劍，取裝飾斑斕之義。此一説也。又《文選》注，劉良曰：班劍謂執劍而從行者也。吕向曰：班，列也，言使勇士行列持劍以爲儀仗也。胡三省《通鑑注》：班劍，持劍爲班，立在車前也。又曰：班，列也，持劍成列，夾道而行也。以班爲行列之義，又一説也。未知孰是。」

〔一五〕蘭，王注：「當作蘭。」王説是。蘭子，《列子·説符》：「宋有蘭子者，以技干宋元。宋元召而使見。其技以雙枝，長倍其身，屬其脛，並趨並馳，弄七劍迭而躍之，五劍常在空中。」俞樾《諸子平議》：「蘇時學曰：蘭子義未詳，舊注釋蘭爲妄，亦未了了。今世俗謂無賴子爲爛仔，其義疑本於此。」

〔一六〕王注：「《初學記》，尋橦，今之緣竿。《文獻通考》：緣橦之技衆矣，漢武帝時謂之都盧。都盧，國名，其人體輕而善緣也。」

〔一七〕鶴髮，白髮也。鶴羽白，以喻老人之白髮。

〔一八〕韋良宰其時或秩滿當候調，故云。按，白本年《經亂離後天恩流夜郎憶舊遊書懷贈江夏韋太守良宰》詩亦云：「君登鳳池去，勿棄賈生才。」與此同。

〔一九〕坐棠，用召公事。《詩·召南·甘棠序》：「甘棠，美召伯也。」朱熹《詩集傳》：「召伯循行南國，以布文王之政，或舍甘棠之下。其後人思其德，故愛其樹而不忍傷也。」

〔二〇〕觀樂，用春秋時吴公子季札入魯觀周樂事。見《左傳》襄公二十九年。鄂州古屬楚地，故云。

〔二一〕韶，相傳舜所作之樂。《論語·述而》：「子在齊聞韶，三月不知肉味。」句謂其入楚觀樂，聞其美，猶孔子之在齊聞韶也。

爽朗太白〔一〕，雄光下射。峥嶸金天〔二〕，華岳旁連。降精騰氣〔三〕，赫矣昭然。誕聖五日，垂休萬年。孽胡挻災〔四〕，大人有作。雷霆發揚，欃槍乃落〔五〕。九服交泰〔六〕，五雲縈薄〔七〕。掃雪屯蒙〔八〕，洗清寥廓。軒后訪道，來登峨嵋〔九〕。上皇西去〔一〇〕，異代同時。六龍轉駕，兩曜迴規。重遭唐主，更覩漢儀。肅肅韋公，大邦之翰〔一一〕。秀骨岳立，英謀電斷。宣風樹聲，遠威逆亂。不長不極〔一二〕，樂奏争觀。丸劍揮霍〔一三〕，魚龍屈盤〔一四〕。東迴舞袖，西笑長安〔一五〕。頌聲載路，豐碑是刊。

【注釋】

〔一〕太白，星名。《史記·天官書》：「察日行以處位太白。」張守節《正義》：「《天官占》云：太白者，西方金之精，白帝之子。……一名大爽，徑一百里。」此取太白西方金精之義，謂時在秋天。

〔二〕金天，即秋天。金於五行，在位爲西，在時爲秋。

〔三〕精氣，指上天之元精，山岳之靈氣，與寶應元年《當塗李宰君畫讚》之「天垂元精，岳降粹靈」義同，可參看。

〔四〕挻，音羶，延、廣也。《梁書·高帝紀》：「禍挻動植，虐被人鬼。」

〔五〕雷霆喻朝廷之威怒，欃槍喻安禄山。欃槍，彗星，主戰亂。

〔六〕《周禮·夏官·職方志》：「乃辨九服之邦國。方千里曰王畿，其外方五百里曰侯服，又其外方五百里曰甸服，又其外方五百里曰男服，又其外方五百里曰采服，又其外方五百里曰衛服，又其外方五百里曰蠻服，又其外方五百里曰夷服，又其外方五百里曰鎮服，又其外方五百里曰藩服。」後以九服泛指域内。

〔七〕五雲，五色瑞雲也。

〔八〕屯蒙，艱難、不順也。詳見乾元二年《流夜郎半道承恩放還書懷示息秀才》詩注。

〔九〕軒后，指軒轅黄帝。《抱朴子·地真》：「昔黄帝……到峨眉山，見天真皇人於玉堂，請問真一之道。」

〔一〇〕上皇，謂玄宗。

〔一一〕翰，幹也。《詩·大雅·崧高》：「維申及甫，維周之翰。」朱熹《詩集傳》：「翰，幹。……甫侯申伯，實能爲周之楨幹。」

〔一二〕《禮記·曲禮》：「敖不可長……樂不可極。」陳澔注：「敬之反爲敖。……樂極則反。」此謂良宰謙恭而有節制。

〔一三〕《文選》張衡《西京賦》：「跳丸劍之揮霍。」張銑注：「跳，弄也。丸，鈴也。揮霍，鈴劍上下貌。」

〔一四〕魚龍，古雜戲也。《漢書·西域傳贊》：「作巴俞都盧、海中碭極、漫衍魚龍、角抵之戲以觀視之。」顏師古注：「魚龍者，爲舍利之獸，先戲於庭極，畢乃入殿前激水，化成比目魚，跳躍漱水，作霧障日，畢，化成黄龍八丈，出水敖戲於庭，炫耀日光。」

〔一五〕西笑，見至德元載《經亂後將避地剡中留贈崔宣城》詩注。

【按】

本篇與《經亂離後天恩流夜郎憶舊遊書懷贈江夏韋太守良宰》爲同時所作，「鄂州刺史韋公」即「江夏韋太守良宰」，可參看。又，題中「天長節使」之使字，王云：「使字疑誤。」瞿、朱亦云：「按文義顯然不應有使字。」使字當無誤。倘删去使字，題之不通尤爲明顯：「天長節」似僅言作碑之時間爲八月五日，與文義亦不合。爲他人作功德之碑，在職官前冠以作碑之時間，在唐人中恐是僅見。詳《碑序》，首叙天長節之來由，盛稱玄宗之偉業；次叙韋良宰家世、德政；末叙鄂州群僚慶賀聖誕之禮儀及百戲雜耍之類。「天長節使」或爲州郡地方宴樂作壽儀式之主使者。似此，「天長節使」與「鄂州刺史」方能諧合而不捍格。姑妄言之，以俟宏識。

悲清秋賦

登九疑兮望清川〔一〕，見三湘之潺湲〔二〕。水流寒以歸海，雲橫秋而蔽天。余以鳥道計於故鄉兮，不知去荆吴之幾千。於時西陽半規〔三〕，映島欲没。澄湖練明，遥海上月〔四〕。念佳期之浩蕩，渺懷燕而望越〔五〕。荷花落兮江色秋，風嫋嫋兮夜悠悠。臨窮溟以有羨〔六〕，思釣鼇於滄洲。無修竿以一舉，撫洪波而增憂。歸去來兮，人間不可以託些〔七〕，吾將採藥於蓬丘〔八〕。

【注釋】

〔一〕九疑，山名，在今湖南寧遠縣南。詳見天寶十二載《遠别離》詩注。

〔二〕三湘，泛指瀟湘一帶。詳見乾元二年《自漢陽病酒歸寄王明府》詩注。

〔三〕半規，謂日半落於山。規，圓也。

〔四〕王云：「《古賦辨體》：澄湖練明，遥海上月，與《赤壁賦》人影在地，仰見明月語意同，謂之倒語。若云遥海上月，澄湖練明；仰見明月，人影在地，語意一順，意味大減。」

〔五〕王云：「太白故鄉在西蜀，而荆吴則在其東也。燕地居北，越地居南，蓋登高而遍覽四方之意，翻作兩層抒寫，便覺變幻不可測。」

〔六〕《漢書·董仲舒傳》：「古人有言曰：臨淵羨魚，不如退而結網。」

〔七〕《楚辭·招魂》：「魂兮歸來，東方不可以托些。」沈括《夢溪筆談·辯證》：「今夔、峽、湘、湖及南北江獠人，凡禁咒句尾皆稱些，乃楚人舊俗。」

〔八〕蓬丘，謂蓬萊仙山。

【集説】

王云：《古賦辨體》：太白諸短賦，雕脂鏤冰，是江文通《别賦》等篇步驟。

【按】

以賦中九疑、三湘等語，似是白遊瀟湘時作。姑繫於乾元二年。

爲竇氏小師祭璿和尚文

小師，受戒未滿十年之和尚。璿和尚，金陵瓦官寺僧人。

年月日，某謹以齋蔬之奠，敢昭告於和尚之靈。伏惟和尚降靈自天，依化遊世〔一〕。角立獨出〔二〕，嶷然生知〔三〕。鳳皇開九苞之翼〔四〕，豫章横萬頃之陂〔五〕。始傳燈而納照〔六〕，因落髮以從師。邁龍象以蹴踏〔七〕，爲天人之羽儀。紹釋風於西域〔八〕，迴佛日於東維〔九〕。若大塊之噫氣，鼓和風而一吹。熱惱清灑〔一〇〕，道芽榮滋〔一一〕。走吴楚以宗仰，將掃地而歸之。嗚呼！來無所從，去復何適？水還火歸〔一二〕，蕭散本宅。寶舟輟棹〔一三〕，禪月掩魄〔一四〕。痛一往而無蹤，愴雙林之變白〔一五〕。某早承訓誨，偏荷恩慈。忝餐風於法侣〔一六〕，旋落蔭於禪枝〔一七〕。號無輟響，泣有餘悲。手撰茗藥〔一八〕，精誠嚴思。冀神道之昭格〔一九〕，庶明靈而饗之。

【注釋】

〔一〕猶言教化人類而遊行世間。

〔二〕角立，卓然特立也。

〔三〕嶷，音逆，品德高邁也。

〔四〕九苞，見天寶二年《上雲樂》詩注。

〔五〕豫章，大木也。王注：「《神異經》：東方荒外，有豫章焉。此樹主九州，其高千丈，圍百尺，木上三百丈始有枝條，敷張如帳，上有玄狐黑猿。枝主一州，南北并列，面向西南，有九力士操斧伐之，以占九州吉凶。斫之復生，其州有福；創者，州伯有病；積歲不復者，其州滅亡。」此以喻和尚德之高、道之博也。

〔六〕傳燈，佛家謂佛之教旨如燈可以破除迷暗，因稱以佛法遞相傳授爲傳燈。

〔七〕邁，勇往力行之意。龍象，大而有力者，龍象蹴踏，喻佛力之大。《維摩詰經·不思議品》：「譬如龍象蹴踏，非驢所堪。」

〔八〕紹，承繼也。釋，梵語釋迦之略稱。晉高僧釋道安以爲六師之本，莫尊於釋迦，乃以釋命氏。後遂爲永式。此處指佛法。

〔九〕佛日，謂佛法也。佛教以爲佛法力最廣大，如日之普照大地，故云。維，隅也。

〔一〇〕熱惱，焦灼苦惱也。《華嚴經·入法界品》：「如白栴檀，若以塗身，悉能除滅一切熱惱，令其身心普得清凉。」

〔一一〕道芽，正道之萌芽也。《心地觀經》：「道芽增長如春苗。」

〔一二〕水還火歸，佛謂死也。佛教以地、水、火、風爲四大。地性堅，支持萬物爲一大。水性濕，收攝萬物爲二大。火性暖，調熟萬物爲三大。風性動，生長萬物爲四大。《圓覺經》曰：「我今此身，四大和合。所謂髮毛爪齒皮肉筋骨髓腦垢色皆歸於地，唾涕膿血津液涎沫痰淚精氣大小便利皆歸於水，暖氣歸於火，動轉歸於風，四大各離，今者妄身當在何處？」

〔一三〕寶舟，即法船。佛教以衆生陷生死海中，使人渡生死海到涅槃之岸，故以船筏爲譬。《心地觀經》：「常於生死苦海中，作大船師濟衆生。」寶舟輟棹，謂死也。

〔一四〕魄，月無光處。月圓爲望。自朔後，明漸生而魄漸死。自望後，魄漸生而明漸死。禪月掩魄，謂死也。

〔一五〕雙林變白，謂死也。《涅槃經》：「佛在拘尸那城力士生地阿利羅跋提河邊娑羅雙樹間，二月十五日臨涅槃時，爾時拘尸那城娑羅樹林其林變白，猶如白鶴。後分曰娑羅樹林四雙八隻：西方一隻在如來前，東方一隻在如來後，北方一隻在佛之首，南方一隻在佛之足。爾時世尊娑羅林下寢卧寶床，於其中夜，入第四禪，寂然無聲，於是時頃，便般涅槃。其娑羅林東西二雙合爲一樹，南北二雙合爲一樹，垂覆寶床蓋於如來，其樹即時慘然變白，猶如白鶴，枝葉華果皮幹，悉皆爆裂墮落，漸漸枯悴，摧折無餘。」

〔一六〕法侶，尊法之徒侶，猶言僧侶。

〔一七〕禪枝，禪堂之樹枝也。喻爲佛門之徒。

〔一八〕撰，持也。

〔一九〕格，咸通也。

【集説】

詹鍈云：《王右丞集》有《謁璿上人》詩。《宋高僧傳》卷十七《唐金陵鍾山元崇傳》：「元崇以開元末年，因從瓦官寺璿律師諮受心要，日夜匪解。……至德初，并謝絶人事，杖錫去郡，歷於上京，遂入終南，至白鹿，下藍田，於輞川得右丞王公維之别業，松生石上，水流松下，王公焚香静室，與崇相遇神交。」按《舊唐書·王維傳》：「乾元中，遷太子中庶子、中書舍人，復拜給事中，轉尚書右丞。……晚年得宋之問藍田别墅在輞口，輞水周於舍下。」璿和尚之卒，當在乾元以後。乾元中，太白方流夜郎，則祭文之作又當在上元以後矣。

瞿、朱云：李頎集中有《題璿公山池》詩云：「遠公遁跡廬山岑，開山幽居祇樹林。片石孤峰窺色相，清池皓月照禪心。指揮如意天花落，坐卧閑房春草深。此外俗塵都不染，惟餘玄度得相尋。」時代相接，必即此璿和尚也。豈其示寂於輞川，而此文乃遥祭乎？

【按】依詹説，姑繫於上元二年。

餞李副使藏用移軍廣陵序

《文苑英華》、《唐文粹》題作《餞副大使李藏用移軍廣陵序》。上元二年秋作於金陵。李藏用，時爲浙西節度副使。據《通鑑·唐紀》，上元元年十一月，宋州刺史劉展領淮西節度副使，剛强自用，爲其上者多惡之。時有謡言曰：手執金刀起東方。節度使王仲昇使監軍使、内左常侍邢延恩入奏：展倔彊不受命，姓名應謡讖，請除之。延恩因説上曰：「展方握强兵，宜以計去之。請除展江淮都統代李峘，俟其釋兵赴鎮，中道執之，此一夫之力耳。」上從之，以展爲都統淮南東、江南西、浙西三道節度使。密敕舊都統李峘及淮南東道節度使鄧景山圖之。延恩以制書授展，展疑之曰：「展自陳留參軍數年至刺史，可謂暴貴矣。江淮租賦所出，今之重任，展無勳勞，又非親賢，一旦恩命寵擢如此，得非有讒人間之乎？」因泣下，延恩懼曰：「公素有才望，主上以江淮爲憂，故不次用公，公反以爲疑，何哉！」展曰：「事苟不欺，印節可先得乎！」延恩曰：「可。」乃馳詣廣陵，與峘謀，解印節以授展。展得印節，乃上表謝恩，悉舉宋州兵七千趨廣陵。延恩知展已得其情，還奔廣陵，與李峘、鄧景山發兵拒之，移檄州縣言展反。展亦移檄言峘反，州縣莫知所從。峘引兵渡江屯京口，景山將萬人頓徐城。展素有威名，御軍嚴整，江淮人望風畏之。展倍道先期至，使人問景山曰：「吾奉詔書赴鎮，此何兵也！」景山不應。展使其將孫待封、張法雷擊之。景山衆潰，與延恩奔壽州，展引兵入廣陵，遣其將屈突孝標將兵三千徇濠楚，王晅將兵四千略淮西。展軍於白沙，設疑兵於瓜州，若將趨北固者。峘悉鋭兵守京口以待之，展乃自上流濟襲下蜀，峘軍聞之自潰，峘奔宣城。甲午，展陷潤州。丙申，陷昇州。李峘之去潤州也，副使李藏用謂峘曰：「處人尊位，食人重禄，臨難而逃之，非忠也。以數十州之兵食，三江五湖之險固，不發一矢而棄之，非勇也。失忠與勇，何以事君？」藏用請收餘兵，竭力以拒之。峘乃悉以後事授藏用，藏用收散卒得七百人，東至蘇州，募壯士得二千人，立柵以拒展。與展將張景超、孫待封戰於郁墅，兵敗奔杭州，景超遂據蘇州，待封進陷湖州。景超進逼杭州，藏用使其將温晁屯餘杭，展將下江州徇江西，於是屈突孝標陷濠、楚等州，王晅陷舒、和、滁、廬等州，所向無不摧靡，聚兵萬人，騎三千，横行江淮間。上命平盧兵馬使田神功將所部精兵三千討展，展聞之，始有懼色，自廣陵將兵八千拒之，選精兵二千渡淮，擊神功於都梁山。展敗走，至天長，以五百騎據橋拒戰，又敗。展獨與一騎亡渡江。上元二年正月，張景超引兵攻杭州，敗李藏用將李疆於石夷門。孫待封自武康南出，將會景超攻杭州，温晁據險擊敗之。辛亥夜，神功遣特進范知新等將四千人自白沙濟，西趨下蜀，展擊之不勝，弟殷勸展引兵逃入海，可延歲月。展曰：「若事不濟，何用多殺人父子乎？死，早晚等耳。」遂更率衆力戰。將軍賈隱林射展，中目而仆，遂斬之。孫待封詣藏用降。張景超聚兵至七千餘人，聞展死，悉以兵授張法雷，使攻杭州，景超逃入海。李藏用擊破之，餘黨皆平。上元二年秋七月，以試少府監李藏用爲浙西節度副使，冬十月，江淮都統崔圓署李藏用爲楚州刺史。會支度租庸使以劉展之亂，諸州用倉庫物無準，奏請徵驗。時倉猝募兵，物多散亡，徵之不足，諸將往往賣産以償之。藏用恐其及己，嘗與人言，頗有悔恨。其牙將高幹挾故怨，使人詣廣陵告藏用，先以兵襲之。藏用走，幹追殺之。崔圓遂簿責藏用將吏以驗之，將吏畏，皆附成其狀。

夫功未足以蓋世，威不可以震主。必挾此者，持之安歸？所以彭越醢於前〔一〕，韓信誅於後〔二〕。況權位不及於此者，虛生危疑，而潛包禍心，小拒王命〔三〕。是以謀臣將啖以節鉞，誘而烹之〔四〕。亦由借鴻濤於奔鯨，鱠生人於哮虎〔五〕。呼吸江海，横流百川。左縈右拂，十有餘郡，國計未及，誰當其鋒？我副使李公，勇冠三軍，衆無一旅〔六〕。横倚天之劍，揮駐日之戈〔七〕。吟嘯四顧，熊羆雨集〔八〕。蒙輪扛鼎之士〔九〕，杖干將而星羅〔一〇〕。上可以决天雲，下可以絶地維〔一一〕。翕振虎旅〔一二〕，赫張王師，退如山立，進若電逝。轉戰百勝，僵屍盈川。水膏於滄溟，陸血於原野〔一三〕。一掃瓦解，洗清全吴。可謂萬里長城，横斷楚塞。不然，五嶺之北〔一四〕，盡餌於修蛇，勢盤地蹙，不可圖也。而功大用小，天高路遐。社稷雖定於劉章〔一五〕，封侯未施於李廣〔一六〕。使慷慨之士，長吁青雲。且移軍廣陵，恭揖後命〔一七〕。組練照雪〔一八〕，樓船乘風，簫鼓沸而三山動〔一九〕，旌旗揚而九天轉。良牧出祖，烈將登筵。歌酣易水之風〔二〇〕，氣振武安之瓦〔二一〕。海日夜色，雲帆中流。席闌賦詩，以壯三軍之事。白也筆已老矣，序何能爲？

【注釋】

〔一〕彭越，秦末漢初人，歸劉邦，屢有功，封梁王。漢高祖十一年三月，因被人告謀反，夷三族。《史記》、《漢書》均有傳。醢，酷刑，碎人成肉醬。

〔二〕按，漢高祖十一年春正月，誅韓信。此云彭醢於前，韓誅於後，誤。

〔三〕數句謂劉展。

〔四〕二句謂内左常侍邢延恩獻釋兵執展之計。

〔五〕奔鯨、哮虎，指劉展。二句謂劉展因其勢而作亂。

〔六〕一旅，五百人爲一旅。此處泛指軍隊。

〔七〕揮戈駐日，見天寶六載《日出入行》詩注。

〔八〕熊羆，喻猛士。

〔九〕蒙輪，謂大力之士。《左傳》襄公十年：「狄虒彌建大車之輪，而蒙之以甲，以爲櫓，左執之，右拔戟，以成一隊。孟獻子曰：《詩》所謂有力如虎者也。」扛鼎，《史記·項羽本紀》：「項籍長八尺有餘，力能扛鼎。」扛，舉也。

〔一〇〕干將，寶劍名。

〔一一〕《莊子·説劍》：「天子之劍……上決浮雲，下絶地維。」

〔一二〕翕，集、聚也。

〔一三〕水膏、陸血，水爲之膏，陸爲之血，謂殺傷之多也。

〔一四〕五嶺，即越城、都龐、萌渚、騎田、大庾五嶺之總稱。五嶺之北，當唐江南西道之地。

〔一五〕劉章，漢初大臣，封朱虚侯，吕后崩後，助周勃、陳平等誅諸吕。詳見天寶四載《朱虚侯讚》注。

〔一六〕李廣，西漢名將。廣與匈奴戰，屢建功而未封侯。詳見至德二載《贈張相鎬》詩注。

〔一七〕恭揖後命，謂恭謹而待天子後命。按，《通鑑·唐紀》上元二年：「冬十月，江淮都統崔圓署李藏用爲楚州刺史。」胡三省注：「《考異》曰：《劉展亂紀》曰：初，劉展既平，諸將争功，疇賞未及李藏用，崔圓乃署藏用爲楚州刺史，領二城而居盱眙。按《實録》，七月，藏用已除浙西節度副使，蓋恩命未到耳。」

〔一八〕組練，即組甲被練，皆戰士所服。

〔一九〕三山，在金陵西南。

〔二〇〕易水，用戰國燕太子丹别荆軻於易水事。詳見開元三年《擬恨賦》注。

〔二一〕武安瓦，用秦將白起破趙事。詳見天寶十載《發白馬》詩注。

【集説】

王云：《通鑑》：「上元二年七月，以試少府監李藏用爲浙西節度副使。十月，江淮都統崔圓署李藏用爲楚州刺史，領二城而居盱眙。」文有「社稷雖定於劉章，封侯未施於李廣」，「移軍廣陵，恭揖後命」等語，知是十月以前之作。（《年譜》）

金陵名僧顗公粉圖慈親讚

神妙不死，惜生此身〔一〕。託體明淑，而稱厥親。粉爲造化，筆寫天真。貌古松雪，心空世塵。文伯之母，可以爲鄰〔二〕。

【注釋】

〔一〕惜，王注：「當作借。」王説是。

〔二〕文伯母，見至德二載《武昌宰韓君去思頌碑》注。鄰，比、並也。

【按】

此篇與下篇均作於金陵而不詳作年。詹鍈以爲作於上元二年。姑從之。

誌公畫讚

誌公，南朝齊、梁時僧人，亦稱寶誌、寶公。《南史·釋寶誌傳》：「沙門釋寶誌者……雖剃鬚髮而常冠帽，下裙納袍，故俗呼爲誌公。」《指月録》：「寶誌禪師。金陵東楊民朱氏之婦，上巳日聞兒啼鷹巢中，梯樹而得之，舉以爲子。其後出家專修禪，披髮徒跣，著錦袍，往來皖山劍水間。以剪尺拂子挂杖頭，負之而行。」

水中之月，了不可取〔一〕。虚空其心，寥廓無主。錦幪烏爪，獨行絶侣。刀齊尺梁，扇迷陳語〔二〕。丹青聖容，何往何所？

【注釋】

〔一〕王注：「水中之月，只一影耳，初非真實，幻軀亦爾。雖賢聖降生，化身靈變，顯跡甚奇，要亦無殊於此，故曰了不可取。」

〔二〕錦幪，錦袍也。王注：「《南史》：寶誌出入鍾山，往來都邑，年已五六十矣。齊宋之交，稍顯靈跡，被髮徒跣，語默不倫。或被錦袍，飲啖同於凡俗。《神僧傳》：寶誌，面方而瑩徹如鏡，手足皆鳥爪。每行遊市中，其錫杖上嘗懸挂剪刀一事，尺一枝，麈尾扇一柄。剪刀者，齊也。尺者，量也。麈尾扇者，麈也。蓋隱語歷齊、梁、陳三朝耳。」

【集説】

王云：楊士奇曰：今靈谷寺有石刻《誌公像讚》，吴道子畫，李白讚，顔真卿書，世稱三絶。舊刻已壞，此重刻者，不復見書法之妙矣。

詹鍈云：裴敬《翰林學士李公墓碑》：「嘗遊上元（金陵唐時爲上元縣）蔣山寺見翰林《贊誌公》云：水中之月，了不可取。刀齊尺量，扇迷陳語。」即此文也。清葉奕苞《金石録補》卷十七：「唐《誌公畫像讚》：右像吴道子畫，李白讚詞，顔真卿書。誌公即寶誌。此碑毁於宣德中，後靈谷寺僧本初以舊榻勒石，去原本遠也。石在揚州。」

當塗李宰君畫讚

寶應元年作，李宰，即李陽冰。

天垂元精〔一〕，岳降粹靈〔二〕。應期命世〔三〕，大賢乃生。吐奇獻策，敷聞王庭〔四〕。帝用休之〔五〕，揚光泰清〔六〕。濫觴百里〔七〕，涵量八溟。縉雲飛聲〔八〕，當塗政成。雅頌一變，江山再榮。舉邑抃舞，式圖丹青。眉秀華蓋〔九〕，目朗明星。鶴矯閶風〔一〇〕，麟騰玉京〔一一〕。若揭日月，昭然運行。窮神闡化〔一二〕，永世作程。

【注釋】

〔一〕元精，天之精氣也。

〔二〕粹靈，猶言精華。

〔三〕猶言應運而生。

〔四〕敷，遍及也。

〔五〕用，因，以也。休，美、善也。

〔六〕泰清，即太清，天也。

〔七〕濫觴，《荀子·天道》：「昔者江出於岷山，其始出也，其源可以濫觴。」濫，滿溢也。觴，酒杯也。此喻其仕宦之始。百里，一縣之地也。

〔八〕縉雲，縣名，屬江南東道括州，即今浙江縉雲縣。王注：「薛方山《浙江通志》：李陽冰，字少温，趙郡人，以辭翰名。乾元間，爲縉雲令。……秩滿，退居吏隱山，後遷當塗令。」

〔九〕華蓋，道家謂眉也。《黄庭内景經·天中》：「眉號華蓋，覆明珠。」

〔一〇〕閬風，傳説中仙山，在崑崙之巔。

〔一一〕玉京，天闕也，神仙所處。

〔一二〕闡化，謂開創教化也。

李居士讚

按以下爲未編年文。

至人之心，如鏡中影。揮斥萬變，動不離静。彼質我斤，揮風是騁。了物無二，皆爲匠郢〔一〕。吾族賢老，名喧寫真。貌圖粉繪，生爲垢塵。從白得衰〔二〕，與天爲鄰。默然不滅，長存此身。

【注釋】

〔一〕《莊子·徐無鬼》：「郢人堊漫其鼻端若蠅翼，使匠石斲之。匠石運斤成風，聽而斲之，盡堊而鼻不傷，郢人立不失容。」參見天寶九載《醜女來效顰》（古風其三十五）詩注。

〔二〕嵇康《養生論》：「積微成損，積損成衰，從衰得白，從白得老，從老得終。」

壁畫蒼鷹讚

兩宋本、繆本、咸本、王本題下注云：「譏主人。」

突兀枯樹，旁無寸枝。上有蒼鷹獨立，若愁胡之攢眉〔一〕。凝金天之殺氣，凛粉壁之雄姿。觜銛劍戟〔二〕，爪握刀錐。群賓失席以愕眙〔三〕，未悟丹青之所爲。吾嘗恐出户牖以飛去，何意終年而在斯？

【注釋】

〔一〕愁胡，杜甫《畫鷹》詩：「側目似愁胡。」仇兆鰲注：「孫楚《鷹賦》：深目蛾眉，狀如愁胡。魏彦深《鷹賦》：「立如植木，望似愁胡。」劉云：「以其碧眼相似也。」瞿、朱注：「《文選》王延壽《魯靈光殿賦》：胡人遥集於上楹。……狀若悲愁於危處，憯嚬蹙而含悴。此愁胡二字所出。」

〔二〕觜，同嘴，鳥喙也。銛，音纖，鋭也。

〔三〕 睚眙，音愕幟，驚視也。

琴　讚

嶧陽孤桐〔一〕，石聳天骨。根老冰泉，葉苦霜月。斲爲緑綺，徽聲粲發〔二〕。秋風入松，萬古奇絶。

【注釋】

〔一〕嶧陽，嶧山之南。在今山東鄒縣，多桐樹，可作琴。孤桐，特生之桐。《尚書·禹貢》：「嶧陽孤桐。」

〔二〕徽，琴節也。

觀佽飛斬蛟龍圖讚

佽飛斬長蛟〔一〕，遺圖畫中見。登舟既虎嘯，激水方龍戰〔二〕。驚波動連山，拔劍曳雷電。鱗摧白刃下，血染滄江變。感此壯古人，千秋若對面。

【注釋】

〔一〕《淮南子·道應》:「荆有佽非得寶劍於干隊,還反渡江,至於中流。陽侯之波,兩蛟夾繞其船。佽非謂枻船者曰:『嘗有如此而得活者乎?』對曰:『未嘗見也。』於是佽非瞋目,勃然攘臂拔劍曰:『武士可以仁義之禮説也,不可劫而奪也。此江中之腐肉朽骨,棄劍而已,予有奚愛焉!』赴江刺蛟,遂斷其頭。船中人盡活,風波畢除。荆爵爲執珪。」按,佽非即佽飛。

〔二〕龍戰,陰陽之交戰。《易·坤》:「龍戰於野。」後泛指争戰。

雜題四則

乘興踏月,西入酒家。不覺人物兩忘,身在世外。

夜來月下卧醒,花影零亂,滿人衿袖,疑如濯魄於冰壺也。

樓虚月白,秋宇物化。於斯憑闌,身勢飛動。非把酒自忘,此興何極?

吾頭憒憒,試書此不能自辨,賀生爲我讀之。

【集説】

王云：右四則見《龍江夢餘録》。唐錦《龍江夢餘録》：胡文穆記李白三帖，其一云：乘興踏月。其二云：月下卧醒。其三云：樓虚月白。余亦見其一帖云：吾頭懵懵。雖其字跡真贋有不可必者，然詞語豪爽，趣韻自别，信非太白不能道也。

又云：《方輿勝覽》：象耳山，在眉州彭山縣，有太白書臺，有石刻太白留題「夜來月下卧醒」云云。

【按】

第四則，宋《星鳳樓帖》「賀生爲我讀之」下又有「汝年少眼明」五字。該帖今藏馬鞍山市李白紀念館，安旗捐贈。

題上陽臺

瞿、朱云：此爲李白所書墨跡，録自《文物精華》第二集。有宋徽宗跋云：「太白嘗作行書，乘興踏月，西入酒家，不覺人物兩忘，身在世外一帖，字畫飄逸，豪氣雄健，乃知白不特以詩鳴也。」

山高水長，物象千萬，非有老筆，清壯何窮？十八日上陽臺書，太白。

【按】

據《石渠寶笈初編》著録，此帖草書五行二十四字。宋時曾入内府，有宋徽宗題跋，後流散民間，有收藏家趙孟堅（字子固）、項元汴（字子京）等鑒藏印記。清時復入内府，有乾隆「古希天子」印記，今藏故宫博物院。《文物精華》第二集影印發表。

附録

草堂集序

李陽冰

李白，字太白，隴西成紀人，凉武昭王暠九世孫，蟬聯珪組，世爲顯著。中葉非罪，謫居條支，易姓與名。然自窮蟬至舜，五世爲庶，累世不大曜，亦可歎焉。神龍之始，逃歸於蜀，復指李樹而生伯陽。驚姜之夕，長庚入夢，故生而名白，以太白字之。世稱太白之精得之矣。不讀非聖之書，恥爲鄭、衛之作。故其言多似天仙之辭。凡所著述，言多諷興。自三代已來，風騷之後，馳驅屈、宋，鞭撻揚、馬，千載獨步，唯公一人。故王公趨風，列岳結軌。群賢翕習，如鳥歸鳳。盧黄門云：陳拾遺横制頽波，天下質文翕然一變，至今朝詩體，尚有梁、陳宫掖之風。至公大變，掃地併盡。今古文集，遏而不行。唯公文章，横被六合。可謂力敵造化歟。天寶中，皇祖下詔，徵就金馬，降輦步迎，如見綺、皓。以七寶床賜食，御手調羹以飯之，謂曰：卿是布衣，名爲朕知，非素蓄道義何以及此？置於金鑾殿，出入翰林中，問以國政，潛草詔誥，人無知者。醜正同列，害能成謗，格言不入，帝用疏之。公乃浪跡縱酒，以自昏穢。咏歌之際，屢稱東山。又與賀知章、崔宗之等自爲八仙之遊，謂公謫仙人，朝列賦謫仙之歌，凡數百首，多言公之不得意。天子知其不可留，乃賜金歸之，遂就從祖陳留采訪大使彦允，請北海高天師授道籙於齊州紫極宮。將東歸蓬萊，仍羽人駕丹丘耳。陽冰試絃歌於當塗，心非所好，公遐不棄我，乘扁舟而相顧。臨當挂冠，公又疾亟。草藁萬卷，手集未修。枕上授簡，俾予爲序。論《關雎》之義，始愧卜商；明《春秋》之辭，終慚杜預。自中原有事，公避地八年，當時著述，十喪其九，今所存者，皆得之他人焉。時寶應元年十一月乙酉也。

李翰林集序

魏　顥

自盤古劃天地，天地之氣艮於西南。劍門上斷，横江下絶，岷、峨之曲，别爲錦川。蜀之人無聞則已，聞則傑出。是生相如、君平、王褒、揚雄，降有陳子昂、李白，皆五百年矣。白本隴西，乃放形因家於綿。身既生蜀，則江山英秀。伏羲造書契後，文章濫觴者六經。六經糟粕《離騷》，《離騷》糠秕建安七子。七子至白，中有蘭芳。情理宛約，詞句妍麗，白與古人争長。三字九言，鬼出神入，瞠若乎後耳。白久居峨眉，與丹丘因持盈法師達。白亦因之入翰林，名動京師。《大鵬賦》時家藏一本，故賓客賀公奇白風骨，呼爲謫仙子。由是朝廷作歌數百篇。上皇豫遊召白，白時爲貴門邀飲，比至半醉，令製《出師詔》，不草而成，許中書舍人。以張垍讒逐，遊海、岱間，年五十餘尚無禄位。禄位拘常人，横海鯤，負天鵬，豈池籠榮之？顥始名萬，次名炎，萬之日不遠命駕江東訪白，遊天台，還廣陵見之，眸子炯然，哆如餓虎，或時束帶，風流醞籍。曾受道籙於齊，有青綺冠帔一副。少任俠，手刃數人。與友自荆徂揚，路亡權窆，迴棹方暑，亡友糜潰，白收其骨，江路而舟。又長揖韓荆州，荆州延飲，白誤拜，韓讓之，白曰：「酒以成禮。」荆州大悦。白始娶於許，生一女一男，曰明月奴，女既嫁而卒。又合於劉。劉訣，次合於魯一婦人，生子曰頗黎，終娶於宋。間携昭陽、金陵之妓，跡類謝康樂，世號爲李東山，駿馬美妾，所適二千石郊迎，飲數斗醉，則奴丹砂撫《青海波》，滿堂不樂，白宰酒則樂。顥平生自負，人或爲狂，白相見泯合，有贈之作，謂余爾後必著大名於天下，無忘老夫與明月奴。因盡出其文，命顥爲集。顥今登第，豈符言耶！解携明年，四海大盗，宗室有潭者，白陷焉。謫居夜郎，罪不至此，屢經昭洗，朝廷忍白久爲長沙汨羅之儔，路遠不存，否極則泰，白宜自寬。吾觀白之文義，有濟代命，然千鈞之弩，魏王大瓠，用之有時。議者奈何以白有叔夜之短，儻黄祖過禰，晉帝罪阮，古無其賢。所謂仲尼不假蓋於子夏。經亂離，白章句蕩盡，上元末，顥於絳偶然得之。沉吟累年，一字不下。今日懷舊，援筆成序，首以贈顥作，顥酬白詩，不忘故人也。次以《大鵬賦》、古樂府諸篇積薪而録，文有差互者兩舉之。白未絶筆，吾其再刊。付男平津子掌。

其他事跡、存於後序。

故翰林學士李君墓誌 并序

李 華

嗚呼！姑熟東南，青山北址，有唐高士李白之墓。嗚呼哀哉！夫仁以安物，公其懋焉。義以濟難，公其志焉。識以辯理，公其博焉。文以宣志，公其懿焉。宜其上爲王師，下爲伯友。年六十有二不偶，賦《臨終歌》而卒。悲夫！聖以立德，賢以立言，道以恒世，言以經俗。雖曰死矣，吾不謂其亡矣也。有子曰伯禽，天然長能持，幼能辯，數梯公之德，必將大其名也已矣。銘曰：立德謂聖，立言謂賢。嗟君之道，奇於人而侔於天。哀哉！

唐故翰林學士李君碣記

劉全白

君名白，廣漢人。性倜儻，好縱横術，善賦詩，才調逸邁，往往興會屬詞，恐古人之善詩者亦不逮。尤工古歌。少任俠，不事産業，名聞京師。天寶初，玄宗辟翰林待詔，因爲和蕃書，並上《宣唐鴻猷》一篇。上重之，欲以綸誥之任委之。同列者所謗，詔令歸山。遂浪跡天下，以詩酒自適。又志尚道術，謂神仙可致，不求小官，以當世之務自負，流離轗軻，竟無所成名。有子名伯禽。偶遊至此，遂以疾終，因葬於此。文集亦無定卷，家家有之。代宗登極，廣拔淹瘁，時君亦拜拾遺。聞命之後，君亦逝矣。嗚呼！與其才不與其命，悲夫！全白幼則以詩爲君所知，及此投弔，荒墳將毁，追想音容，悲不能止。邑有賢宰顧公遊秦，志好爲詩，亦常慕效李君氣調，因嗟盛才冥寞，遂表墓式墳，乃題貞石，冀傳於往來也。貞元六年四月七日記，沙門履文書，墳去墓記一百二十步。

唐左拾遺翰林學士李公新墓碑 并序

范傳正

騏驥筋力成，意在萬里外。歷塊一蹶，斃於空谷。惟餘駿骨，價重千金。大鵬羽翼張，勢欲摩穹昊。天風不來，海波不起。塌翅别島，空留大名。人亦有之，故左拾遺、翰林學士李公之謂矣。公名白，字太白，其先隴西成紀人。絶嗣之家，難求譜諜。公之孫女搜於箱篋中，得公之亡子伯禽手疏十數行，紙壞字缺，不能詳備。約而計之，凉武昭王九代孫也。隋末多難，一房被竄於碎葉，流離散落，隱易姓名。故自國朝已來，漏於屬籍。神龍初，潛還廣漢。因僑爲郡人。父客以逋其邑，遂以客爲名。高卧雲林，不求禄仕。公之生也，先府君指天枝以復姓，先夫人夢長庚而告祥，名之與字，咸所取象。受五行之剛氣，叔夜心高；挺三蜀之雄才，相如文逸。瓌奇宏廓，拔俗無類。少以俠自任，而門多長者車。常欲一鳴驚人，一飛沖天，彼漸陸遷喬，皆不能也。由是慷慨自負，不拘常調，器度弘大，聲聞於天。天寶初，召見於金鑾殿，玄宗明皇帝降輦步迎，如見園、綺，論當世務，草答蕃書，辯如懸河，筆不停綴。玄宗嘉之，以寶床方丈賜食於前，御手和羹，德音褒美。褐衣恩遇，前無比儔。遂直翰林，專掌密命。將處司言之任，多陪侍從之遊。他日泛白蓮池，公不在宴。皇歡既洽，召公作序。時公已被酒於翰苑中，仍命高將軍扶以登舟，優寵如是。既而上疏請還舊山，玄宗甚愛其才，或慮乘醉出入省中，不能不言温室樹，恐掇後患，惜而遂之。公以爲千鈞之弩，一發不中，則當摧櫨折牙而永息機用，安能效碌碌者蘇而復上哉！脱屣軒冕，釋羈韁鎖，因肆情性，大放宇宙間。飲酒非嗜其酣樂，取其昏以自富。作詩非事於文律，取其吟以自適。好神仙非慕其輕舉，將不可求之事求之。欲耗壯心，遺餘年也。在長安時，祕書監賀知章號公爲謫仙人。吟公《烏棲曲》云：此詩可以哭鬼神矣。時人又以公及賀監、汝陽王、崔宗之、裴周南等八人爲酒中八仙。朝列賦謫仙歌百餘首。俄屬戎馬生郊，遠身海上，往來於斗牛之分，優遊没身。偶乘扁舟，一日千里，或遇勝境，終年不移。長江遠山，一泉一石，無往而不自得也。晚歲渡牛渚磯，至姑熟，悦謝家青山，有終焉之志。盤桓利居，竟卒於此。其生也，聖朝之高士；其往也，當塗之旅人。代宗之初，搜羅俊逸，拜公左拾遺。制下於彤庭，禮降於玄壤。生不及禄，没而稱官，嗚呼命與！傳正共生唐代，甲子相懸。常於先大夫文字中見與公有潯陽夜宴詩，則知與公有通家之舊。早於人間得公遺篇逸句，吟詠在口。無何叨蒙恩獎，廉問宣、池。按圖得公之墳墓，在當塗屬邑。因令禁樵採，備灑掃，訪公之子孫，欲申慰薦。凡三四年，乃獲孫女二人，一爲陳雲之室，一爲劉勸之妻，皆編户甿也。因召至郡庭，相見與語，衣服村落，形容樸野，而進退閑雅，應對詳諦，且祖德如在，儒風宛然。問其所以，則曰：父伯禽以貞元八年不禄而卒，有兄一人，出遊一十二年，不知所在。父存無官，父殁爲民，有兄不相保，爲天下之窮人。無桑以自蠶，非不知機杼；無田以自力，非不知稼穡。況婦人不任，布裙糲食，何所仰給？儷於農夫，救死而已。久不敢聞於縣官，懼辱祖考。鄉閭逼迫，忍耻來告。言訖泪下，余亦對之泫然。因云：先祖志在青山，遺言宅兆，頃屬多故，殯於龍山東麓，地近而非本意。墳高三尺，日益摧圮，力且不及，知如之何。聞之憫然，將遂其請。因當塗令諸葛縱會計在州，得諭其事。縱亦好事者，學爲歌詩，樂聞其語。便道還縣，躬相地形，卜新宅於青山之陽，以元和十二年正月二十三日遷神於此。遂公之志也。西去舊墳六里，南抵驛路三百步。北倚謝公山，即青山也。天寶十二載勅改名焉。因告二女，將改適於士族。皆曰：夫妻之道命也，亦分也。在孤窮既失身於下俚，仗威力乃求援於他門。生縱偷安，死何面目見大父於地下？欲敗其類，所不忍聞。余亦嘉之，不奪其志，復井税免徭役而已，今士大夫之葬必誌於墓，有勳庸道德之家，兼樹碑於道。余才術貧虚，不能兩致。今作新墓銘，兼刊二石，一寘於泉扃，一表於道路。亦峴首漢川之義也，庶芳聲之不泯焉。文集二十卷，或得之於時之文士，或得之於宗族，編輯斷簡，以行於代。銘曰：

嵩嶽降神，是生輔臣。蓬萊讁真，斯爲逸人。晉有七賢，唐稱八仙。應彼星象，唯公一焉。晦以麴蘖，暢於文篇。萬象奔走乎筆端，萬慮泯滅乎罇前。卧必酒甕，行惟酒船。吟風詠月，席地幕天，但貴乎適其所適，不知夫所以然而然。至今尚疑其醉在千日，寧審乎壽終百年？謝家山兮李公墓，異代詩流同此路。舊墳卑庳風雨侵，新宅爽塏松柏林。故鄉萬里且無嗣，二女從民永於此。猗歟琢石爲二碑，一藏幽隧一臨歧。岸深谷高變化時，一存一毁名不虧。

翰林學士李公墓碑

裴　敬

李翰林名白，字太白，以詩著名，召入翰林。世稱才名，占得翰林，他人不復争先。其後以脇從得罪，既免，遂放浪江南，死宣城，葬當塗青山下。李陽冰序詩集，粗具行止。敬嘗遊江表，過其墓下，愛其才，壯其氣，味其嗜酒，知其取適，作碑於墓。且曰：先生得天地秀氣耶！不然，何異於常之人耶！或曰：太白之精下降，故字太白，故賀監號爲謫仙，不其然乎！故爲詩格高旨遠，若在天上物外，神仙會集，雲行鶴駕，想見飄然之狀。視塵中屑屑米粒，蟲睫紛擾，菌蠢羈絆蹂躪之比。又嘗有知鑒，客并州，識郭汾陽於行伍間，爲免脱其刑責而獎重之。後汾陽以功成官爵請贖翰林，上許之，因免誅。其報也。又常心許劍舞裴將軍，予曾叔祖也。嘗投書曰：如白願出將軍門下。其文高，其氣雄。世稀其本，懼失其傳，故序傳之。大和初，文宗皇帝命翰林學士爲三絶讚，公之詩歌與將軍劍舞洎張旭長史草書爲三絶。夫天付上才，必同靈氣。賢傑相投，龍虎兩合，可爲知者言，非常人所知也。予嘗過當塗，訪翰林舊宅，又於浮屠寺化城之僧得翰林自寫《訪賀監不遇》詩云：東山無賀老，卻棹酒船迴。味之不足，重之爲寶，用獻知者。又於歷陽郡得翰林《與劉尊師書》一紙，思高筆逸。又嘗遊上元蔣山寺，見翰林贊誌公云：水中之月，了不可取，刀齊尺量，扇迷陳語。文簡事備，誠爲作者，附於此云。夫古以名德稱，占其官謚者甚希。前以詩稱者，若謝吏部、何水部、陶彭澤、鮑參軍之類。唐朝以詩稱，若王江寧、宋考功、韋蘇州、王右丞、杜員外之類。以文稱者，若陳拾遺、蘇司業、元容州、蕭功曹、韓吏部之類。以德行稱者，元魯山、陽道州。以直稱者，魏文貞、狄梁公。以忠烈稱者，顔魯公、段太尉。以武稱者，李衛公、英公。以學行文翰俱稱者，虞祕監。唐之得人，於斯爲盛。翰林其以詩稱之一也。會昌三年二月中，敬自淠水草堂南遊江左，過公墓下，四過青山，兩發塗口，徘徊不忍去，與前濮州鄄城縣尉李劭同以公服拜其墓，問其墓左人畢元宥實備灑掃，留綿帛具酒饌祭公。知公無孫，有孫女二人，一娶劉勸，一娶陳雲，皆農夫也。且曰二孫女不拜墓已五六年矣，因告邑宰李君都傑，請免畢元宥力役，俾專灑掃事。嘻！享名甚高，後事何薄！謝公舊井，新墓角落。青山白雲，共爲蕭索，巨竹拱木，如公卓犖。天長地久，其名不朽。此爲祭文，寫授元宥。又爲碑曰：「貴盡皆然，名存則難。故予重名不重官。」作李翰林碑十五字而已。

李白簡譜

李白，字太白。

李陽冰《草堂集序》（以下簡稱李《序》）："「驚姜之夕，長庚入夢，故生而名白，以太白字之。」

其名號甚多，兹綜述如下：

天寶初，奉詔入翰林院，爲翰林供奉（亦稱翰林學士），故世稱「李翰林」、「李供奉」。

天寶初在長安時，太子賓客、祕書監賀知章奇其才華風骨，稱之爲「謫仙人」。見《對酒憶賀監二首并序》，又見魏顥《李翰林集序》（以下簡稱魏《序》）、范傳正《唐左拾遺翰林學士李公新墓碑并序》（以下簡稱范《碑》）、裴敬《翰林學士李公墓碑》及兩《唐書》本傳。故世稱「李謫仙」。中年自號「青蓮居士」。見《答湖州迦葉司馬》詩，又見《答族姪僧中孚贈玉泉仙人掌茶》詩序。故世稱「李青蓮」。代宗之初，拜爲左拾遺，時白已歿。見范《碑》。故世亦稱「李拾遺」。

行十二。

見杜甫《與李十二白同尋范十隱居》《寄李十二白二十韻》、賈至《初至巴陵與李十二白裴九同泛洞庭湖三首》等詩題。

父客，無仕履。

見范《碑》：「父客，以逋其邑，遂以客爲名。高卧雲林，不求禄仕。」因知客亦非其父之本名。《舊唐書》本傳云：「父爲任城尉。」與范《碑》不合，誤。

自謂其先隴西成紀人，漢李廣之後。

見《贈張相鎬二首》：「本家隴西人，先爲漢邊將。」《與韓荊州書》：「白隴西布衣。」又見李《序》、魏《序》、范《碑》。

涼武昭王暠九世孫（即與唐王室同宗）。

見李《序》、范《碑》。李《序》當據白之口述，范《碑》據白之子伯禽手疏。

先世曾流寓西域，神龍（唐中宗年號）之始歸蜀。

李《序》：「中葉非罪，謫居條支。……神龍之始，逃歸於蜀。」范《碑》：「隋末多難，一房被竄於碎葉。……神龍初，潛還廣漢，因僑爲郡人。」

又自謂「本家金陵，世爲右姓，遭沮渠蒙遜難，奔流咸秦」。

見《上安州裴長史書》。「遭沮渠蒙遜難」，指西涼於公元四二〇年爲沮渠蒙遜所滅。

以上關於白家世之記載均極簡略，亦不盡相同，並有抵牾處，遂使後世難知其詳。

武則天長安元年辛丑（公元七〇一年）　李白生。

白之生年原有二説：

曾鞏《李太白文集後序》曰：「以病卒，年六十有四，是時寶應元年也。」薛仲邕《翰林李太白年譜》據此由寶應元年（公元七六二年）上溯六十四年，至武則天聖曆二年（公元六九九年），謂李白生於是年。此爲一説。

李《序》中有「公又疾亟」之語。《序》末記其作時曰：「時寶應元年十一月乙酉也。」後世遂以此爲白之卒年。李華《故翰林學士李君墓誌》曰：「年六十有二，不偶，賦《臨終歌》而卒。」王琦以二者合而推之，謂白「生於長安元年」。又以《爲宋中丞自薦表》核之，表言：「前翰林供奉李白，年五十有七。」是表作於唐肅宗至德二載（公元七五七年），由此上推五十七年，亦爲長安元年。此又爲一説，人多宗之。

其生地無確考，略有二説：

一説生於西域。蓋白既生於公元七〇一年，而其家於神龍之初（公元七〇五年）始自西域歸蜀，其時白已五歲，則其生地必在西域。然究在西域何地，又無定説。郭沫若等據范《碑》謂白生於碎葉，郭氏更指明碎葉城「即托克馬克，在現在的蘇聯的吉爾吉斯境内」（《李白與杜甫》）。

一説生於蜀。李《序》、范《碑》及《新唐書》本傳均將白之出生置於其家歸蜀之後。魏《序》逕曰：「身既生蜀，則江山英秀。」然生於蜀之説與其家神龍初歸蜀之時間相抵牾，故王琦《李太白年譜》疑「神龍之年號乃神功之訛」（神功亦武則天年號，只一年，即公元六九七年），並於後記中逕曰：「太白生於蜀中。」

長安二年壬寅（公元七〇二年）　李白二歲。

長安三年癸卯（公元七〇三年）　李白三歲。

長安四年甲辰（公元七〇四年）　李白四歲。

中宗神龍元年乙巳（公元七〇五年）　李白五歲。

發蒙讀書。

見《上安州裴長史書》：「五歲誦六甲。」《漢書・食貨志》：「八歲入小學，學六甲五方書計之事。」

其家是年歸蜀。居綿州（巴西郡）昌明縣清廉鄉。

唐之劍南道綿州，「本漢廣漢郡之涪縣」；綿州昌明縣，「本漢涪縣地」。見《元和郡縣志》卷三十三。范《碑》曰「潛還廣漢」，蓋用舊稱。昌明縣，五代以後爲彰明縣，即今四川江油縣。《唐詩紀事》卷十八引楊天惠《彰明逸事》：「聞唐李太白本邑人。……清廉鄉故居，遺地尚在，廢爲寺，名隴西院。」清廉鄉，今爲青蓮鎮。

神龍二年丙午（公元七〇六年）　李白六歲。

景龍元年丁未（公元七〇七年）　李白七歲。

景龍二年戊申（公元七〇八年）　李白八歲。

景龍三年己酉（公元七〇九年）　李白九歲。

睿宗景雲元年庚戌（公元七一〇年）　李白十歲。

學習《詩》、《書》及諸子百家。

見《上安州裴長史書》：「十歲觀百家。」《新唐書》本傳：「十歲通詩書。」又，《秋於敬亭送從姪耑遊廬山序》云：「余小時，大人令誦《子虛賦》，私心慕之。」當亦十歲前後事。

景雲二年辛亥（公元七一一年）　李白十一歲。

玄宗先天元年壬子（公元七一二年）　李白十二歲。

開元元年癸丑（公元七一三年）　李白十三歲。

開元二年甲寅（公元七一四年）　李白十四歲。

開元三年乙卯（公元七一五年）　李白十五歲。

習作詩賦。

見《贈張相鎬二首》：「十五觀奇書，作賦凌相如。」《文苑英華》所載《初月》等五律四首，似此期所作。《擬恨賦》係擬江淹《恨賦》，亦當作於此期。

學劍術，喜任俠。

見《與韓荆州書》：「十五學劍術。」范《碑》：「少以俠自任。」魏《序》：「少任俠。」

慕道，遊仙。

見《感興八首》：「十五學神仙，仙遊未曾歇。」《舊唐書》本傳：「少有逸才，志氣宏放，飄然有超世之心。」

開元四年丙辰（公元七一六年）　李白十六歲。

開元五年丁巳（公元七一七年）　李白十七歲。

作《明堂賦》成。

據《舊唐書·玄宗紀》，本年七月詔改明堂爲乾元殿，賦之作當在此前，開元八年謁蘇頲時，頲贊之曰：「下筆不休。……可以相如比肩也。」或即指此賦。

開元六年戊午（公元七一八年）　李白十八歲。

讀書匡山，並往來旁郡。

《唐詩紀事》卷十八引《彰明逸事》：「太白……隱居戴天大匡山，往來旁郡。」光緒重修《江油縣志》云：「戴天山在匡山之頂。」匡山，亦名大匡山、大康山，上有大明寺遺址，今存北宋《敕賜中和大明寺住持記》碑。碑稱之爲「太白舊山」，並謂白「讀書於喬松滴翠之坪有十載。」此期有《訪戴天山道士不遇》、《贈江油尉》等詩。唐之江油係龍州屬縣，於綿州爲旁郡。

開元七年己未（公元七一九年）　李白十九歲。

遊梓州，從趙蕤學縱横術。

梓州，即梓潼郡。《唐詩紀事》卷十八引《彰明逸事》：「太白……依潼江趙徵君蕤。蕤亦節士，任俠有氣，善爲縱横學，著書號《長短經》。太白從學歲餘，去遊成都。」《新唐書·藝文志》著録趙蕤《長短要術》十卷，曰：「字太賓，梓州人，開元召之不赴。」

開元八年庚申（公元七二〇年）　李白二十歲。

春，遊成都，謁蘇頲。

據兩《唐書·玄宗紀》及《蘇頲傳》，頲本年正月罷相，爲禮部尚書，俄檢校益州大都督府長史。《上安州裴長史書》：「前禮部尚書蘇公出爲益州長史，白於路中投刺，待以布衣之禮，因謂群寮曰：『此子天才英麗，下筆不休，雖風力未成，且見專車之骨，若廣之以學，可以相如比肩也。』」有《登錦城散花樓》等詩。

遊渝州，謁李邕，有《上李邕》詩。

開元六年冬十一月，宋璟奏請除李邕爲渝州刺史，見《通鑑·唐紀》。《金石萃編》卷七十一《修孔子廟碑》云：「朝散大夫持節渝州諸軍事守渝州刺史江夏李邕文，開元七年十月十五日立。」知李邕本年必在渝州任。

《大獵賦》似此期作。

《通鑑·唐紀》開元八年：「冬十月……壬午，畋於下邽。」

開元九年辛酉（公元七二一年）　李白二十一歲。

讀書匡山。

見《上安州裴長史書》：「昔與逸人東嚴子隱於岷山之陽。白巢居數年，不跡城市。養奇禽千計，呼皆就掌取食，了無驚猜。廣漢太守聞而異之，詣廬親睹，因舉二人以有道，並不起。」曰「數年」，今以三年計。岷山之陽，即謂匡山，此大而言之。廣漢太守，用漢時稱，謂綿州刺史。

開元十年壬戌（公元七二二年）　李白二十二歲。

讀書匡山。

開元十一年癸亥（公元七二三年）　李白二十三歲。

讀書匡山。

開元十二年甲子（公元七二四年）　李白二十四歲。

歲初，離家遠遊，作《别匡山》詩。

《别匡山》詩云：「莫怪無心戀清境，已將書劍許明時。」又見《上安州裴長史書》：「以爲士生則桑弧蓬矢，射乎四方，故知大丈夫必有四方之志，乃仗劍去國，辭親遠遊。」

秋，沿岷江東下。

經嘉州，作《峨眉山月歌》。

至渝州，作《巴女詞》。

開元十三年乙丑（公元七二五年）　李白二十五歲。

春，出峽，過荆門，到江陵。

有《自巴東舟行經瞿塘峽登巫山最高峰晚還題壁》詩，詩云：「江行幾千里，海月十五圓。」蓋謂自上年歲初離家，因沿途流連，至今已歷十五月。又有《宿巫山下》詩，詩云：「桃花飛淥水，三月下瞿塘。」《渡荆門送別》詩，詩云：「渡遠荆門外，來從楚國遊。」《荆門浮舟望蜀江》詩，詩云：「江陵識遥火，應到渚宫城。」

於江陵遇道士司馬承禎（字子微），作《大鵬遇希有鳥賦》（後改名《大鵬賦》）。

《大鵬賦序》云：「余昔於江陵見天台司馬子微，謂余有仙風道骨，可與神遊八極之表，因著《大鵬遇希有鳥賦》以自廣。」

夏，與蜀中友人吴指南同遊洞庭。

江行，至江夏。有《江夏行》詩。

江行，遊廬山。有《望廬山瀑布二首》等詩。

秋，到金陵。有《登瓦官閣》、《白紵辭》三首等詩。

開元十四年丙寅（公元七二六年）　李白二十六歲。

暮春，自金陵往揚州。

有《金陵酒肆留别》詩，詩云：「風吹柳花滿店香。」時令可知。又有《夜下征虜亭》詩，詩云：「船下廣陵去。」去向可知。

見《上安州裴長史書》：「曩昔東遊維揚，不逾一年，散金三十餘萬。有落魄公子，悉皆濟之。此則是白之輕財好施也。」

秋遊越中。有《越女詞》、《渌水曲》等詩。

晚秋，返至揚州。旋卧病。有《淮南卧病書懷寄蜀中趙徵君蕤》詩。

開元十五年丁卯（公元七二七年）　李白二十七歲。

自揚州來至安陸。

初居壽山，有《代壽山答孟少府移文書》，自明其功成身退之志。

婚於許氏。許氏爲高宗時故相許圉師家之族孫女。

見開元十八年所作《上安州裴長史書》：「南窮蒼梧，東涉溟海。見鄉人相如大誇雲夢之事，云楚有七澤，遂來觀焉。而許相公家見招，妻以孫女，便憩跡於此，至移三霜焉。」

秋，遊襄陽。初識孟浩然當在此時。

開元十六年戊辰（公元七二八年）　李白二十八歲。

三月，於江夏作《黄鶴樓送孟浩然之廣陵》詩。

開元十七年己巳（公元七二九年）　李白二十九歲。

作《上安州李長史書》。

《書》云：「白孤劍誰託，悲歌自憐。」「南徙莫從，北遊失路。」

閑居安陸，有《安州應城玉女湯作》等詩。

詩云：「願隨朝宗水，赴海輸微涓。」有欲入長安之意。

開元十八年庚午（公元七三〇年）　李白三十歲。

作《上安州裴長史書》。

書末云：「若赫然作威，加以大怒，不許門下，逐之長途，白即膝行於前，再拜而去，西入秦海，一觀國風，永辭君侯，黄鵠舉矣。何王公大人之門，不可以彈長劍乎？」是將往長安之意。

春夏間，自安陸啟程，取道南陽，西入長安。

見《豳歌行上新平長史兄粲》詩，詩云：「憶昨去家此爲客，荷花初紅柳條碧。」此謂來至長安之時令。

又見《酬坊州王司馬與閻正字對雪見贈》詩，詩云：「遊子東南來，自宛適京國。」宛，謂南陽。

自謂「歷抵卿相」。

曾謁左相張説次子駙馬都尉、衛尉卿張垍，受冷遇。作《玉真公主別館苦雨贈衛尉張卿二首》。

又作《長相思》（長相思，在長安）抒其君門九重之感。

欲謁玉真公主，不果，作《玉真仙人詞》。

玉真，玄宗之妹，早年入道，終南山古樓觀西南有其棲隱之地。

秋末，西遊岐州（扶風郡）、邠州（新平郡）。

有《鳳臺曲》《豳歌行上新平長史兄粲》等詩。

開元十九年辛未（公元七三一年）　李白三十一歲。

早春在坊州。

有《酬坊州王司馬與閻正字對雪見贈》詩，詩云：「積雪明遠峰，寒城鎖春色。」

復返長安。

徘徊魏闕之下，不得其門而入，遂浪遊市井，而有北門之厄。

見《叙舊贈江陽宰陸調》詩，詩云：「風流少年時，京洛事遊遨。腰間延陵劍，玉帶明珠袍。我昔鬬鷄徒，連延五陵豪。邀遮相組織，呵嚇來煎熬。君開萬叢人，鞍馬皆辟易。告急清憲臺，脱余北門厄。」有《俠客行》等詩。

見長安權貴之驕横，作《大車揚飛塵》（古風其二十四）等詩。

在長安窮途失路，遂萌歸志，作《行路難三首》（其二）。

適逢友人王炎入蜀，爲作《劍閣賦》《送友人入蜀》詩以送之。

《蜀道難》當作於此時，借蜀道之艱危喻世路之坎坷。

旋離長安，由華州東去。

泛黄河，經開封，五月，至宋城。作《梁園吟》。

詩云：「我浮黄河去京闕，挂席欲進波連山。天長水闊厭遠涉，訪古始及平臺間。」行程可知。

又云：「平頭奴子摇大扇，五月不熱疑清秋。」時令可知。

秋到嵩山，棲元丹丘潁陽山居。

有《題元丹丘潁陽山居》、《題元丹丘山居》、《元丹丘歌》等詩。

冬，在洛陽。作《梁甫吟》等詩。

《行路難三首》（其一）亦一時之作。此期諸詩俱抒其長安失路之悲及來日風雲感會之望。

開元二十年壬申（公元七三二年）　李白三十二歲。

春，在洛陽，有《送梁公昌從信安王北征》詩。

《新唐書·玄宗紀》：「開元二十年正月乙卯，信安郡王褘爲河東、河北道行軍副元帥，以伐奚，契丹。」儲光羲有《貽鼓吹李丞時信安王北伐李公王之所器者也》詩，詩云：「出車發西洛，營軍臨北平。」

自春至夏，買醉洛陽。結識元演（即元參軍）。

見《憶舊遊寄譙郡元參軍》詩，詩云：「憶昔洛陽董糟丘，爲余天津橋南造酒樓。黄金白璧買歌笑，一醉累月輕王侯。海内賢豪青雲客，就中與君心莫逆。回天轉海不作難，傾情倒意無所惜。」

於洛陽初識崔成甫。

見《贈崔侍御》詩，詩云：「長劍一杯酒，男兒方寸心。洛陽因劇孟，託宿話胸襟。但仰山嶽秀，不知江海深。」據郁賢皓考，成甫約生於開元元年，其父崔沔開元間曾爲東都副留守，成甫出仕前居洛陽。（《李白叢考》）。

秋，返安陸途中，於南陽初識崔宗之。

見《憶崔郎中宗之遊南陽遺吾孔子琴撫之潸然感舊》詩。詩云：「昔在南陽城，惟餐獨山蕨。憶與崔宗之，白水弄素月。時過菊潭上，縱酒無休歇。」其時宗之有《贈李十二》詩，白有《酬崔五郎中》詩，皆顯然初識之作。

冬，返至安陸。元演隨來，同遊隨州，謁道士胡紫陽。

見《憶舊遊寄譙郡元參軍》詩。作《冬夜於隨州紫陽先生飡霞樓送烟子元演隱仙城山序》。

開元二十一年癸酉(公元七三三年)　李白三十三歲。

閑居安陸。

有《安陸白兆山桃花巖寄劉侍御綰》、《春日醉起言志》、《山中與幽人對酌》等詩,一似無心仕進者。

開元二十二年甲戌(公元七三四年)　李白三十四歲。

春,出遊襄陽,謁韓朝宗。有《與韓荆州書》。

朝宗原任荆州長史,有令譽,人謂「生不用萬户侯,但願一識韓荆州」。《新唐書》本傳:「開元二十二年,初置十道採訪使,朝宗以襄州刺史兼山南東道。」據《舊唐書・玄宗紀》,置十道採訪處置使爲本年三月辛亥(十九日)事,白謁朝宗宜稍晚於此。見《憶襄陽舊遊贈馬少府巨》:「昔爲大堤客,曾上山公樓。……高冠佩雄劍,長揖韓荆州。」

謁韓朝宗求薦不遂,作《襄陽歌》大抒憤懣。

開元二十三年乙亥(公元七三五年)　李白三十五歲。

五月,元演邀遊太原。

見《憶舊遊寄譙郡元參軍》詩,詩云:「君家嚴君勇貔虎,作尹并州遏戎虜。五月相呼渡太行,摧輪不道羊腸苦。」

開元二十四年丙子（公元七三六年）　李白三十六歲。

春，仍在太原。

見《憶舊遊寄譙郡元參軍》詩，詩云：「行來北京歲月深，感君貴義輕黄金。瓊杯綺食青玉案，使我醉飽無歸心。時時出向城西曲，晉祠流水如碧玉。浮舟弄水簫鼓鳴，微波龍鱗莎草緑。興來携妓恣經過，其若楊花似雪何？紅妝欲醉宜斜日，百尺清潭寫翠娥。」歲月深，謂留此甚久。白於上年五月來此，今復見「楊花似雪」，是暮春之景，則留此必已經年。

其間，曾北遊雁門關。

秋，返至洛陽。旋往嵩山元丹丘潁陽山居，適岑勛亦在此。

有《酬岑勛見尋就元丹丘對酒相待以詩見招》詩，詩云：「中逢元丹丘，登嶺宴碧霄。……策馬望山月，途窮造階墀。」俱爲潁陽山居景象。

三人置酒高會，暢叙心曲，作《將進酒》一詩。

詩所稱「岑夫子，丹丘生」，即岑勛、元丹丘。

開元二十五年丁丑（公元七三七年）　李白三十七歲。

閑居安陸。

春，有《春夜宴從弟桃花園序》、《惜餘春賦》諸作。賦曰：「恨不能挂長繩於青天，繫此西飛之白日。」恐功業未成而青春將逝也。

開元二十六年戊寅（公元七三八年）　李白三十八歲。

遂作「萬里征」以事干謁。此行歷經南陽、潁陽、宋城、下邳、淮陰等地，有《南都行》、《送友人》、《經下邳圯橋懷張子房》等詩紀行感懷。

開元二十七年己卯（公元七三九年）　李白三十九歲。

續作「萬里征」。歷經楚州、揚州、杭州等地，旋又泝江西行，直至荆州。有《夜泊牛渚懷古》、《郢門秋懷》、《鄴中贈王大》（詩題贈字有誤）等詩紀行感懷。

此次漫遊爲時近兩年，行程數千里，仍然一事無成。故有「空謁蒼梧帝，徒尋溟海仙。已聞海水淺，豈見三桃園」之嘆，嘆朝廷所謂廣開才路淪爲空文也。

開元二十八年庚辰（公元七四〇年）　李白四十歲。

五月，移家東魯。

有《五月東魯行答汶上翁》詩，詩云：「五月梅始黄，蠶凋桑柘空。……顧余不及仕，學劍來山東。」其時許氏夫人當已去世，白乃去安陸而來此。

漫遊魯地。

有《贈范金鄉二首》、《贈瑕丘王少府》、《酬中都小吏携斗酒雙魚於逆旅見贈》、《客中作》、《嘲魯儒》等詩。

與韓準、裴政、孔巢父、張叔明、陶沔結爲「竹溪六逸」，隱於徂徠山。

有《送韓準裴政孔巢父還山》詩，詩云：「雪崖滑去馬。」知作於冬時。又云：「昨宵夢裹還，雲弄竹溪月。」則「竹溪六逸」之遊已在此前，當爲本年秋事。

開元二十九年辛巳（公元七四一年）　李白四十一歲。

居東魯。

春，有《贈從弟冽》等詩。秋，有《送魯郡劉長史遷弘農長史》等詩。詩多感嘆在魯之不得意，用世之心頗切。

秋，往嵩山元丹丘潁陽山居。

有《秋日鍊藥院鑷白髮贈元六兄林宗》詩。元林宗，當即元丹丘。

旋送元丹丘入朝，作《鳳笙篇》。

據《玉真公主靈壇祥應記》，元丹丘天寶初爲西京大昭成觀威儀，曾隨玉真公主朝謁譙郡真源宫，受道王屋山仙人臺，其奉召入朝宜在本年。二詩俱有冀丹丘提携意。

天寶元年壬午（公元七四二年）　李白四十二歲。

四月，遊泰山，直至秋間。 有《遊泰山六首》。

秋，在東魯，作《酬張卿夜宿南陸見贈》詩。張卿疑即張謂。

詩云：「月出魯城東，明如天山雪。魯女驚莎鷄，鳴機應秋節。當君相思夜，火落金風高。」知此南陵在東魯。考《曲阜縣志》，縣有陵城南莊，或即南陵。詩又云：「與君各未遇，長策委蒿萊。」知作於入翰林前。

秋，詔下，自東魯南陵啟程入長安，作《南陵别兒童入京》詩。

白之入朝，舊説謂吴筠薦舉，今人已辨其誤。李《序》云：「天寶中，皇祖下詔，徵就金馬。……謂曰：『卿是布衣，名爲朕知，非素蓄道義，何以及此？』」白所作《爲宋中丞自薦表》云：「天寶初，五府交辟，不求聞達，亦由子真谷口，名動京師。上皇聞而悦之，召入禁掖。」魏《序》則云：「與丹丘因持盈法師（即玉真公主）達。」知白之被召入朝乃其聲名弘大所致，其間元丹丘與玉真公主亦有援引之力。

與太子賓客、秘書監賀知章遇於長安紫極宫，賀既奇其姿，復賞其文，謂其詩「可以泣鬼神」，并呼白爲「謫仙人」。

見《對酒憶賀監二首并序》，併見杜甫《寄李十二白二十韻》，又見《本事詩》、《唐摭言》及兩《唐書》本傳等。

玄宗召見於金鑾殿，優禮有加，命待詔翰林。

見《爲宋中丞自薦表》，又見李《序》、范《碑》。

十月，侍從玄宗遊温泉宫。

有《侍從遊宿温泉宫作》等詩。

天寶二年癸未（公元七四三年）　李白四十三歲。

待詔翰林。

李《序》云：「置於金鑾殿，出入翰林中。問以國政，潛草詔誥，人無知者。」范《碑》云：「將處司言之任，多陪侍從之遊。」

春，奉詔侍從遊宴，作《宫中行樂詞八首》、《清平調詞三首》等應制詩多首。

夏，玄宗泛白蓮池，白奉詔作序。

范《碑》云：「他日，泛白蓮池，公不在宴，皇歡既洽，召公作序。時公已被酒於翰苑中，仍命高將軍扶以登舟，優寵如是。」

與賀知章等爲「酒中八仙」之遊。

見李《序》、范《碑》及杜甫《飲中八仙歌》。

秋間，遭讒被疏，遂生還山之念。

李《序》云：「醜正同列，害能成謗。格言不入，帝用疏之。公乃浪跡縱酒，以自昏穢。咏歌之際，屢稱東山。」有詩多首，如《玉壺吟》、《翰林讀書言懷》、《懼讒》、《秋夜獨坐懷故山》等。又有宫怨詩多首，亦是自喻。

天寶三載甲申（正月改年爲載。公元七四四年）　李白四十四歲。

正月，送賀知章歸越。

有《送賀賓客歸越》詩。

春，上疏請還山。詔許。

李《序》云：「天子知其不可留，乃賜金歸之。」魏《序》云：「許中書舍人。以張垍讒逐，遊海岱間。」范《碑》云：「既而上疏請還舊山。玄宗甚愛其才，或慮乘醉出入省中，不能不言温室樹，恐掇後患，惜而遂之。」去朝時，有《還山留别金門知己》、《初出金門咏壁上鸚鵡》等詩。

待詔翰林期間，親見時君荒淫，有詩以刺。

如《上之回》、《周穆八荒意》、《寓言三首》等（或作於當時，或作於事後）。

旋離京。道出商州，謁四皓墓。

有《過四皓墓》、《春陪商州裴使君遊石娥溪》等詩。

東出武關，之洛陽。與杜甫相會。

見杜甫《寄李十二白二十韻》詩，詩云：「乞歸優詔許，遇我宿心親。」又見《贈李白》詩，詩云：「二年客東都，所歷厭機巧。……李侯金閨彦，脱身事幽討。亦有梁宋遊，方期拾瑶草。」

秋，與杜甫、高適同遊於梁宋。

有《秋獵孟諸夜歸置酒單父東樓觀妓》詩。又見杜甫《遣懷》詩，詩云：「憶與高李輩，論交入酒壚。兩公壯藻思，得我色敷腴。氣酣登吹臺，懷古視平蕪。芒碭雲一去，雁鶩空相呼。」又見杜甫《昔遊》詩，詩云：「昔者與高、李，晚登單父臺。寒蕪際碣石，萬里風雲來。桑柘葉如雨，飛藿去徘徊。清霜大澤凍，禽獸有餘哀。」

至齊州。從高尊師受道籙。

有《奉餞高尊師如貴道士傳道籙畢歸北海》詩。

冬間，歸至魯郡。

有《對雪奉餞任城六父秩滿歸京》詩。

天寶四載乙酉（公元七四五年）　李白四十五歲。

春，杜甫來至魯郡，與同遊。

見杜甫《寄李十二白二十韻》詩，詩云：「醉舞梁園夜，行歌泗水春。」

夏，與高適、杜甫同於濟南謁北海太守李邕。

有《東海有勇婦》詩，頌邕之德政教化。杜甫有《陪李北海宴歷下亭》詩，高適有《奉酬北海李太守丈人夏日平陰亭》詩，李邕有《登歷下古城員外孫新亭》詩。

秋，與杜甫復遊於魯郡。

有《尋魯城北范居士失道落蒼耳中見范置酒摘蒼耳作》詩。杜甫有《與李十二白同尋范十隱居》詩，詩云：「余亦東蒙客，憐君如弟兄。醉眠秋共被，携手日同行。更想幽期處，還尋北郭生。」二詩記同一事。

旋於魯郡送别杜甫。

有《魯郡東石門送杜二甫》詩。

天寶五載丙戌（公元七四六年）　李白四十六歲。

卧病甚久。

病瘳後，有《魯郡堯祠送竇明府薄華還西京》詩，題下注云：「時久病初起作。」詩云：「朝策犁眉騧，舉鞭力不堪。强扶愁疾向何處？角巾微服堯祠南。」乃大病初癒光景。

秋間，有懷杜甫，作《沙丘城下寄杜甫》詩。

詩云：「我來竟何事？高卧沙丘城。城邊有古樹，日夕連秋聲。」沙丘，在兖州（魯郡）城東門外，即白寓家之地。

欲遠遊以消憂。行前有《夢遊天姥吟留别》一詩，借此以抒其被斥去朝之慨。

天寶六載丁亥（公元七四七年）　李白四十七歲。

春在揚州，旋到金陵。

有《金陵三首》、《登金陵凰凰臺》等懷古感時之作多首。

夏，至越中。 弔賀知章故宅。有《對酒憶賀監二首并序》。

登天台山， 有《天台曉望》等詩。

歲暮，返至金陵。

有《送楊燕之東魯》詩，詩云：「二子魯門東，别來已經年。」白以上年秋冬之際啟程南下，故云。

天寶七載戊子（公元七四八年）　李白四十八歲。

在金陵。 暮春，作《聞王昌齡左遷龍標遥有此寄》詩。

昌齡於上年秋由江寧丞謫龍標尉，赴貶所途中，於武陵遷延至本年春。白詩作於獲昌齡行程消息後。

與崔成甫相遇，并同遊。

有《玩月金陵城西孫楚酒樓達曙歌吹日晚乘醉著紫綺裘烏紗巾與酒客數人棹歌秦淮往石頭訪崔四侍御》等詩。天寶五載，韋堅案發，成甫遭牽連，貶湘陰，來至江東，因得與白相會。

秋，西遊廬江，謁吴王李祗。

有《寄上吴王三首》等詩。

天寶八載己丑（公元七四九年）　李白四十九歲。

在金陵。

春，作《寄東魯二稚子》詩。

詩云：「吴地桑葉緑，吴蠶已三眠。」又云：「樓東一株桃，枝葉拂青烟。此樹我所種，別來向三年。」白以五載秋冬之際離家，故云。又有《送蕭三十一之魯中兼問稚子伯禽》詩，詩云：「我家寄在沙丘旁，三年不歸空斷腸。」

冬，作《答王十二寒夜獨酌有懷》詩。

本年六月，詔命哥舒翰取石堡城，死傷巨萬。六載正月，李邕、裴敦復遭李林甫構陷死。詩於二事俱加抨擊。

《戰城南》一詩，傷窮兵黷武，當亦作於此時。

天寶九載庚寅（公元七五〇年）　李白五十歲。

此期遭讒謗特甚，作《雪讒詩贈友人》。

五月，離金陵往遊廬山。

有《留別金陵諸公》詩。《僧伽歌》或作於赴廬山途中。

秋，在廬山、潯陽。

有《廬山東林寺夜懷》、《尋陽紫極宮感秋作》等詩。

秋冬之際，返東魯途中，經譙郡，與元演相遇。

見《憶舊遊寄譙郡元參軍》詩，詩云：「渭橋南頭（按，應作渦水橋南）一遇君，酇臺之北又離群。」渦水、酇臺，俱在譙郡。

歸至東魯。

有《任城縣廳壁記》，爲任城縣令賀知止作，知止約天寶六載後三年間爲任城令。古風《大雅久不作》、《醜女來效顰》二詩當作於本年。

又有《題嵩山逸人元丹丘山居》詩，詩云：「拙妻好乘鸞。」知其時白已婚於宗氏夫人。宗氏爲武后時故相宗楚客之孫女。

天寶十載辛卯（公元七五一年）　李白五十一歲。

春，居東魯家中。

有《憶舊遊寄譙郡元參軍》詩，詩云：「呼兒長跪緘此辭，寄君千里遥相憶。」知作於家居時。

得元丹丘營石門幽居消息，欲往從之。

有《聞丹丘子於城北山營石門幽居中有高鳳遺跡僕離群遠懷亦有栖遁之志因叙舊以寄之》詩，詩云：「故園恣閑逸，求古散縹帙。久欲入名山，婚娶殊未畢。」白南遊歸來，子女此時已當婚娶之年，故云。

古風《羽檄如流星》當作於本年。本年四月，劍南節度使鮮于仲通伐南詔，敗績，士卒死者六萬人。楊國忠掩其敗狀，仍叙其戰功，更大募兩京及兩河兵以擊南詔。見《通鑑·唐紀》。白作此詩以傷之。

秋，往汝州葉縣，訪元丹丘石門幽居。

有《尋高鳳石門山中元丹丘》詩。

隨即有幽州之行。

後作《江上答崔宣城》：「謬忝燕臺召，而陪郭隗蹤。」即指此行。實則此行意在「探虎穴」，得其反迹，以上奏朝廷。

暮秋，於開封渡河北上。

有《留别于十一兄逖裴十三遊塞垣》詩。詩云：「勸爾一杯酒，拂爾裘上霜。……且探虎穴向沙漠，鳴鞭走馬凌黄河。」

天寶十一載壬辰（公元七五二年） 李白五十二歲。

北行經魏州。

有《魏郡别蘇明府因北遊》詩。

春，至洺州。歷清漳、永年、邯鄲、臨洺等地。

有《贈清漳明府侄聿》、《自廣平乘醉走馬六十里至邯鄲登城樓覽古書懷》、《登邯鄲洪波臺置酒觀發兵》、《贈臨洺縣令皓弟》等詩。

十月，至幽州。

有《出自薊北門行》、《幽州胡馬客歌》等詩。作《北風行》，詩寫幽州危機之嚴重，又作《公無渡河》，預言大亂將起。

獲知塞垣真相後，逃歸，返至梁園（時宗氏居此）。

見《經亂離後天恩流夜郎憶舊遊書懷贈江夏韋太守良宰》詩，詩云：「十月到幽州，戈鋋如羅星。君王棄北海，掃地借長鯨。呼吸走百川，燕然可摧傾。心知不得語，卻欲栖蓬瀛。彎弧懼天狼，挾矢不敢張。攬涕黄金臺，呼天哭昭王。無人貴駿骨，緑耳空騰驤。樂毅倘再生，於今亦奔亡。」

天寶十二載癸巳（公元七五三年）　李白五十三歲。

旋入長安，欲陳濟世之策。

有《戲贈杜甫》、《述德兼陳情上哥舒大夫》、《走筆贈獨孤駙馬》、《贈韋侍御黄裳二首》、《一百四十年》、《咸陽二三月》等詩多首，皆此次入長安之作。

陳策不果，預感禍亂將起，遂離去。

有古風《戰國何紛紛》等多首。諸詩皆此期感憤時局之作。

秋，南下宣城，自梁園首途。

《遠别離》一詩當作於此時，於遠遊之際抒其繫念君國之情。

抵和州歷陽縣横江浦，於此渡江，作《横江詞六首》。

來至宣城。

有《自梁園至敬亭山見會公談陵陽山水兼期同遊因有此贈》等詩。

與宣城縣令崔令欽、宣州長史李昭、宣州司户參軍崔文等交遊。

有《江上答崔宣城》、《贈從弟宣州長史昭》、《贈崔司户文昆季》等詩。

遇崔成甫，共與宣城宇文太守相過從。

有《宣城九日聞崔四侍御與宇文太守遊敬亭余時登響山不同此賞醉後寄崔侍御二首》、《贈宣城宇文太守兼呈崔侍御》等詩。

《宣州謝朓樓餞別校書叔雲》當作於本年秋。

據詹鍈考，詩題應作《陪侍御叔華登樓歌》。李華於天寶十一載任監察御史，出按州郡時至宣城，得與白會。《古朗月行》當亦作於此期，皆感時傷世之詩也。

天寶十三載甲午（公元七五四年）　李白五十四歲。

春自宣城來遊金陵。

訪元丹丘于横山石門。有《下途歸石門舊居》詩。

夏遊揚州，逢魏萬（即魏顥）遠道來尋。同遊金陵。

有《送王屋山人魏萬還王屋》詩。魏萬有《金陵酬翰林謫仙子》詩。魏後有《李翰林集序》，序云：「解携明年，四海大盜。」知二人相遇爲本年事。

與魏萬别，盡出其文，命萬爲集。

秋冬，往來於宣州之當塗、秋浦等地。

有《贈崔秋浦三首》、《秋浦歌十七首》、《與周剛清溪玉鏡潭宴别》等詩多首。

天寶十四載乙未（公元七五五年）　李白五十五歲。

在宣城。

有《趙公西候新亭頌》。趙公，即宣城太守趙悦。又有《贈宣城趙太守悦》詩及《爲趙宣城與楊右相書》。

往來於青陽、涇縣、當塗、南陵、秋浦等地，俱有詩。

其《書懷贈南陵常贊府》詩云：「雲南五月中，頻喪渡瀘師。」蓋謂天寶十載至十三載朝廷與南詔之戰；又云：「咸陽天下樞，累歲人不足。」蓋謂天寶十二載秋與十三載秋長安霪雨之災。其《秋浦寄内》詩云：「我自入秋浦，三年北信疏。」白以天寶十二載來至宣城，合首尾計之，已三年。

冬十一月，安禄山反於范陽。

歲杪，往宋城接宗氏。

有《北上行》詩，詩云：「奔鯨夾黄河，鑿齒屯洛陽。」洛陽於本年十二月丁酉（十二日）陷賊。

肅宗至德元載丙申（公元七五六年）　李白五十六歲。

春，攜宗氏南奔至吴中。有《奔亡道中五首》。

門人武諤來訪，願爲白赴東魯營救其子女。有《贈武十七諤》詩。

春，在當塗。

有《春於姑熟送趙四流炎方序》，序云：「然自吴瞻秦，日見喜氣。上當攫玉弩，摧狼狐，洗清天地，雷雨必作。」蓋冀玄宗親征也。按，上年十二月玄宗曾有親征之制，事旋寢。

暮春，自宣城往越中。

有《經亂後將避地剡中留贈崔宣城》詩。託言避地，實則意欲報國濟世。

經溧陽，與張旭遇。

有《猛虎行》詩，詩中縱談時事之餘，對旭深加期許。《扶風豪士歌》亦一時之作，詩云：「張良未逐赤松去，橋邊黄石知我心。」二詩皆有深意存焉。

夏，至杭州。

有《杭州送裴大澤時赴廬州長史》、《贈友人三首》等詩，均可窺知其行跡及意圖。

初秋，離杭州。

有《感時留别從兄徐王延年從弟延陵》詩。從詩中可以窺知此行專爲遊説李延年起兵勤王而來，然未果。

報國無路，秋，乃隱於廬山屏風疊。

有《贈王判官時余隱居廬山屏風疊》詩，詩云：「大盜割鴻溝，如風掃秋葉。吾非濟代人，且隱屏風疊。」

歲暮，韋子春奉永王璘命來至廬山，説白入幕。

有《贈韋秘書子春》詩，詩云：「氣同萬里合，訪我來瓊都。」瓊都此指廬山。

應徵下山，赴永王軍。

有《别内赴征三首》。

至德二載丁酉（公元七五七年）　李白五十七歲。

正月，永王軍次潯陽，白入幕。

作《永王東巡歌十一首》。其二云：「但用東山謝安石，爲君談笑静胡沙。」又作《在水軍宴贈幕府諸侍御》詩，亦云：「齊心戴朝恩，不惜微軀捐。所冀旄頭滅，功成追魯連。」其志可知。

二月戊戌（二十日），皇室内訌，永王兵敗丹陽，白於亂軍中倉皇奔亡。旋陷潯陽獄中。

有《南奔書懷》詩記其事。

有《萬憤詞投魏郎中》詩，詩云：「獄户春而不草。」知春間已入獄。又有《獄中上崔相涣》、《上崔相百憂章》等詩，俱鳴冤求助之辭。又有《在尋陽非所寄内》詩，詩云：「多君同蔡琰，流泪請曹公。」知宗氏亦爲之奔走求援。

江南宣慰使崔涣及御史中丞宋若思爲白推覆洗雪，乃獲釋。宋若思辟白爲參謀，并上書薦其可用。

有《中丞宋公以吴兵三千赴河南軍次尋陽脱余之囚參謀幕府因贈之》詩及《爲宋中丞自薦表》。

秋，隨宋若思往武昌。

有《爲宋中丞請都金陵表》及《爲宋中丞祭九江文》。又有《陪宋中丞武昌夜飲懷古》詩。

旋卧病宿松。

有《贈張相鎬二首》。

歲暮，判流夜郎。

本年十二月丁未（初四日），玄宗返長安；戊午（十五日），肅宗御丹鳳門，頒大赦令，以蜀郡（成都）爲南京，鳳翔爲西京，西京（長安）爲中京，普天下賜酺五日。白有《上皇西巡南京歌十首》及《流夜郎聞酺不預》詩，俱作於赦令始到江南時，當在本年歲杪。

乾元元年戊戌（公元七五八年）　李白五十八歲。

春，流夜郎，自潯陽首途。

有《流夜郎永華寺寄潯陽群官》詩，詩云：「朝別凌烟樓，瞑投永華寺。」凌烟樓，在潯陽。又有《竄夜郎於烏江留別宗十六璟》詩，烏江亦潯陽之江。宗璟爲宗氏弟。

五月，至江夏，盤桓甚久。

有《與史郎中欽聽黄鶴樓上吹笛》詩，詩云：「一爲遷客去長沙，西望長安不見家。黄鶴樓中吹玉笛，江城五月落梅花。」他年遇赦還至江夏時，又有《江夏使君叔席上贈史郎中》詩，詩云：「昔放三湘去，今還萬死餘。仙郎久爲別，客舍問何如？」知前詩必爲本年五月流途作。又有《題江夏修静寺》詩，悼李邕也。又有《望鸚鵡洲懷禰衡》詩，悼禰衡也。又有《流夜郎至江夏陪長史叔及薛明府宴興德寺南閣》詩。

八月，在漢陽，遇張謂。

有《泛沔州城南郎官湖》詩，詩序云：「乾元歲秋八月，白遷於夜郎，遇故人尚書郎張謂出使夏口。」

秋，至洞庭。

有《送郗昂謫巴中》詩，詩云：「予若洞庭葉，隨波送逐臣。」知爲秋間洞庭作。王琦、郁賢皓考，郗昂謫巴中爲本年事。

冬，入三峽。

有《上三峽》詩。

乾元二年己亥（公元七五九年）　李白五十九歲。

春末，流途行至夔州奉節縣，遇赦，立返江陵。

據《新唐書·肅宗紀》，本年三月丁亥（二十一日）以旱降死罪，流以下原之，白因得赦還。有《早發白帝城》詩。

夏，還至江夏。

有《自漢陽病酒歸寄王明府》、《經亂離後天恩流夜郎憶舊遊書懷贈江夏韋太守良宰》等詩，俱有冀朝廷起用之意。

遇僧人倩公，平生述作，盡付與之。

見《江夏送倩公歸漢東序》，序云：「僕平生述作，罄其草而授之。」

秋離江夏，至岳州。適賈至貶本州司馬，與同遊。李曄由刑部侍郎貶嶺下尉過此，亦預遊焉。

有《巴陵贈賈舍人》、《與賈至舍人於龍興寺剪落梧桐枝望灉湖》、《陪族叔刑部侍郎曄及中書賈舍人至遊洞庭五首》、《陪侍郎叔遊洞庭醉後三首》等詩。賈至亦有《初至巴陵與李十二白裴九同泛洞庭湖三首》。

九月，仍在岳州。

時襄州叛將張嘉延襲破荆州。有《荆州賊亂臨洞庭言懷作》、《九日登巴陵置酒望洞庭水軍》等詩。

旋南遊沅湘，至零陵。

有《贈别舍人弟臺卿之江南》詩，詩云：「去國客行遠，還山秋夢長。……因爲洞庭葉，飄落之瀟湘。」知於秋間自洞庭來此。又有《贈盧司户》詩，司户即盧象，時貶永州（零陵郡）司户參軍。

上元元年庚子（公元七六〇年）　李白六十歲。

春，自零陵返至岳州。

有《春滯沅湘有懷山中》詩。

旋至江夏。

有《早春寄王漢陽》、《望漢陽柳色寄王宰》、《鸚鵡洲》等詩。上年白在江夏爲夏、秋間事，因知本年春别有江夏之遊。

於江夏識韋冰。

有《江夏贈韋南陵冰》詩，詩云：「天地再新法令寬，夜郎遷客帶霜寒。」知作於遇赦後。

又遇顔真卿。

有《寄韋南陵冰余江上乘興訪之遇尋顔尚書笑有此贈》詩，尚書即顔真卿，詹鍈考，真卿乾元二年六月爲昇州刺史、浙江西道節度使，上元元年二月追爲刑部尚書。本年春，真卿由金陵返京，途出江夏，韋冰於江上尋之，而與白遇。《天馬歌》當作于此時。詩云：「伯樂剪拂中道遺，少盡其力老棄之。」蓋以馬老見棄自況。詩又云：「請君贖獻穆天子，猶堪弄影舞瑶池。」

秋，在廬山。

有《廬山謡寄盧侍御虚舟》詩，《和盧侍御通塘曲》亦一時之作。

秋冬之際，在豫章（洪州）。時宗氏寓此。

有《豫章行》詩，傷征調之苦。

上元二年辛丑（公元七六一年）　李白六十一歲。

暮春，送宗氏往廬山。

有《送内尋廬山女道士李騰空二首》，詩云：「水春雲母碓，風掃石楠花。」知時在暮春。

自往金陵。

有《餞李副使藏用移軍廣陵序》。又有《贈從孫義興宰銘》等詩。

又往宣城。

有《宣城送劉副使入秦》詩。詩云：「秉鉞有季公，凛然負英姿。」謂劉爲季廣琛軍副使。據《舊唐書·肅宗紀》，季廣琛於上元二年正月爲宣州刺史、充浙江西道節度使，劉之爲季廣琛軍副使宜在此年。

冬，在和州歷陽。

有《對雪醉後贈王歷陽》等詩。

寶應元年壬寅（公元七六二年）　李白六十二歲。

流落江南。

有《江南春懷》詩，詩云：「天涯失鄉路，江外老華髮。……歲晏何所從？長歌謝金闕。」有《醉後贈從甥高鎮》詩，亦可知其窘況。

秋，欲從李光弼軍，半道病還，至金陵。

見《聞李太尉大舉秦兵百萬出征東南懦夫請纓冀申一割之用半道病還留別金陵崔侍御十九韻》詩。本年秋，台州人袁晁亂熾，陷浙東諸郡。李光弼遣兵擊袁晁於衢東，敗之。出征東南即謂此。

入冬，自金陵來至當塗，權依李陽冰。

有《獻從叔當塗宰陽冰》詩，詩云：「小子别金陵，來時白下亭。」知來自金陵。又云：「彈劍歌苦寒，嚴風起前楹。」知時已入冬。

未幾，疾亟，乃將草稿萬卷授李陽冰，俾作序。

見李陽冰《草堂集序》，序云：「陽冰試絃歌於當塗，心非所好，公遐不棄我，乘扁舟而相顧。

臨當挂冠，公又疾亟，草稿萬卷，手集未修，枕上授簡，俾予爲序。……時寶應元年十一月乙酉也。」按，李《序》雖云「疾亟」，未言病故。文末之年月日，實乃《序》成之時，而非李白命終之期。

代宗廣德元年癸卯（公元七六三年）　李白六十三歲。

春，病稍起。

有《遊謝氏山亭》詩，詩云：「渝老卧江海，再歡天地清。」本年正月安史亂平，故云。詩又云：「病閑久寂寞，歲物徒芬榮。」前此卧病累月，故云。

出遊宣城。

有《宣城見杜鵑花》詩，暮春作。詩云：「一叫一回腸一斷，三春三月憶三巴。」鄉思極苦，前所未有，蓋垂死之年無處可去也。

冬，於當塗賦《臨路歌》而卒。

據李華《翰林學士李君墓志》，《臨路歌》應爲《臨終歌》。

范《碑》云：「晚歲，渡牛渚磯，至姑熟，悦謝家青山，有終焉之志。盤桓利居，竟卒於此。其生也，聖朝之高士；其往也，當塗之旅人。」

范《碑》又云：「代宗之初，搜羅俊逸，拜公左拾遺。制下於彤庭，禮降於玄壤，生不及禄，没而稱官，嗚呼命與！」范《碑》所云當此時事。

據范《碑》，白初葬龍山。元和十二年正月二十三日，始遷葬於青山，以遂其志。有孫女二人，俱嫁當塗之編户平民。伯禽尚有子一人，出遊不知所在。

後記

唐代詩歌，李白和杜甫是兩個高峰。韓愈《調張籍》云：「李杜文章在，光燄萬丈長。」誠哉斯言。李杜的詩，自宋以迄明清，無不受學人重視，然而李杜詩之研究狀況，卻大相徑庭：一寂寥，一熱鬧，恰成鮮明對比。考察李詩後世遭遇之寂寞冷落，固然有多種原因，而自宋以迄於近代，李詩一直没有一種編年的集子，乃是很重要的原因之一。然而杜詩，單是宋代，編年的集子就不下三種，其《年譜》亦如是〔一〕。明清兩代，杜集編年的集子愈來愈夥，其注釋、評點、訓解也就隨之愈來愈細密了。

宋李綱爲黄長睿編年《校定杜工部集》所作序有云：「隨年編纂，以古律相參，先後始末，皆有次第，然後子美之出處及少壯老成之作，粲然可觀。蓋自開元、天寶太平全盛之時，迄於至德、大曆干戈亂離之際，子美之詩……其忠義氣節，羈旅艱難，悲憤無聊，一寓於此。句法理致，老而益精，時平讀之未見其工，迨親更兵火喪亂，誦其詞如出乎其時，犂然有當於人心，然後知爲古今絶唱也。」〔二〕這是説杜詩，然而正道出了知人論世和編年集的好處。

要完整而不是支離地瞭解詩人行跡、生平、交遊及當時故實，要系統而不是零散地瞭解詩人思想的淵源肇始、發展變化及其情緒高漲頹落的原因，要全面而不是片面地瞭解詩人藝術風格的發展、演變以至於老成的軌跡，最好的編集方法自然是編年集。王國維跋《分門集注杜工部詩》嘗云：「杜詩須讀編年本。」李詩自亦如此。雖然分類本自有其用處，然而要説到知人論世，則編年本爲用最宏。

李白編年集的曠久未能出現，原因是多方面的。一個重要的原因，便是李詩編年最難。最早的宋薛仲邕《李太白年譜》，僅是粗陳梗概，難具規模。清王琦對李白集注釋、考訂用力最勤，是清以前李集研究的集大成者。然而，以王琦之淵博，其《李太白年譜》繫白詩文亦不過二百篇而已。可見，前人並不是没有注意到爲李集編年的重要性。非不爲也，乃不能也。

李白研究要向更深入更系統處發展，有待於李集的編年，而編年集的出現，也有待於一個李白研究更深入更系統開展的局面。這裏有必要簡單回顧一下今人在李白研究方面所取得的多方面的成績。因爲這些成績是本書得以撰寫完成的先決條件。

首先值得稱道的是四十年代出版的詹鍈《李白詩文繫年》。《繫年》繼王琦《年譜》之後，大量地將李白詩文予以繫年，并大致清晰地鈎劃出李白一生行蹤。在訓釋、考證、版本校勘等方面，《繫年》也有突出貢獻，爲此後李白研究進一步深入開創了良好的局面。

其次是郭沫若的《李白與杜甫》(《關於李白》部分)。《李白與杜甫》中關於李白家世、李白幾次重大的政治活動有準確而有益的論述,由稗山首先提出的李白兩入長安問題,在《李白與杜甫》中也得到了有力的論證。李白除在天寶初奉詔入朝外,開元年間還有一次長安之行,是近年李白研究中最重大的突破。不但李白生平中最大的迷團漸次解開,一系列重要作品如《蜀道難》、《行路難》、《梁甫吟》、《梁園吟》、《將進酒》等得到了最好的解釋和歸屬,而且,他的思想也得到了一次明顯的袒露。此後,關於李白初入長安的時間、在長安的遭際和創作,以及李白天寶初再入長安的薦主、首途的路綫等等,學術界發表了許多有價值的論文。郭沫若《李白與杜甫》中提出的李白出生於中亞碎葉以及關於李白家世的考證,也引起了學術界進一步的興趣,有關李白出生地、家世、生卒年月、遊蹤、交遊等方面的考訂文字愈見其多。就中,郁賢皓《李白叢考》在考訂李白交遊和生平方面取得的成績最大。今人的李集注釋本,僅有的一部便是瞿蜕園、朱金城的《李白集校注》。此書竣工較早而印刷較晚,在訂正王注錯誤、補充詹鍈繫年,特別是在校勘方面,《校注》有很大的貢獻。應該提到的還有,關於李白兩入長安也首先是《校注》編者發現其端倪的(此據朱金城《李白集校注·後記》)。

李白研究,近年仍有方盛不衰之勢。在唐代文學研究領域内,有關李白研究的文字、論著之多，幾乎首屈一指。本書編撰者也曾參與其中，略盡綿薄。這些多方面的研究成果，逐漸填充了李白生平、思想研究的空白，在此基礎上，李白編年集的編寫也就有了可能。

一九八三年冬，正當我等有此願望，躍躍欲試之際，感謝西北大學與巴蜀書社不約而同及時給予了我們以支持。於是隨即由安旗教授主持，開始了本書的編寫。歷時三個多春秋，在大家不懈努力下，終告竣工。雖然這部編年集是不成熟的，但是想到歷經千餘載，我國偉大詩人李白終於有了編年文集；想到這部編年文集的出版或將引起學界同人的討論和批評，而討論和批評的結果，又必將李白研究向前推進一步，我們的心情便感到非常欣慰。

編年集的特點即在編年。關於本書的編年，此處稍爲饒舌數句。

李白詩文今存約一千題（首）。本書按年編排的李白詩文，約佔總數的百分之八十五左右。在先，詹鍈《李白詩文繫年》曾繫李白詩文近七百題（首），約佔總數百分之七十有差。因爲《繫年》爲詹先生舊作，限於當時李白研究狀況，《繫年》開創之工雖巨，其不足也是明顯的。所以本書所繫篇目與《繫年》不同者又約有十之三四。確定李白詩文作年，最可靠的辦法自然是依據原作中提供的時間、地點、人事交往及歷史故實，予以準確繫年。

然而李白固是重主觀情緒抒發的浪漫主義詩人，詩中的人、時、地、事，頗不易捕捉。再加上他一生浮遊四方，足跡不定，要準確判定李白多數詩文作年的非易事。本書編寫過程中，我們的體會和作法是：既要有考訂者微觀的目光，還要有評論者宏觀的目光，再加上藝術鑒賞者的目光。以微觀考訂其作品中的人、時、地、事，以宏觀考察其思想發展的軌跡、情緒抒發的規律，復以鑒賞明其藝術風格形成的階段。將考證、評論、鑒賞的方法結合起來，大面積地解決李白詩文繫年始有可能。姑舉數例説明之。白有《上李邕》詩，詩云：「大鵬一日同風起，摶摇直上九萬里。假令風歇時下來，猶能簸卻滄溟水。時人見我恒殊調，見余大言皆冷笑。宣父猶能畏後生，丈夫未可輕年少。」此前舊説俱以此詩繫於天寶四載李邕爲北海太守時，按天寶四載白以翰林賜金還山，雖然這是他政治活動的大蹭蹬，然未嘗不榮耀無比。李邕素有重義愛才之名，當不致有輕慢李白的舉動。白其時已四十五歲，既多經世事，而如此措辭，殊不得體，尤不得自謂「年少」。今考《通鑑·唐紀》開元六年冬，宋璟嘗奏請以括州員外司馬李邕爲渝州（即今重慶市）刺史；又《金石萃編》卷七十一載《修孔子廟碑》，碑末署云：「朝散大夫持節渝州諸軍事守渝州刺史江夏李邕文。……開元七年十月十五日立。」可知李邕開元七年以後曾出任渝州刺史。此節事實，兩《唐書》李邕本傳闕載。揆之於本詩，驗之於史籍，《上李邕》當作於此時。其時白二十歲左右，自稱「年少」，合其年齡，大言自誇，符其性格。此所謂考證者目光。又如白《行路難》、《梁甫吟》、《梁園吟》諸詩，舊説均以爲天寶三載去朝後作。按《行路難》云：「長風破浪會有時，直挂雲帆濟滄海。」《梁甫吟》云：「張公兩龍劍，神物合有時。風雲感會起屠釣，大人峴屼當安之。」《梁園吟》云：「東山高卧時起來，欲濟蒼生未應晚。」諸詩總的情緒，都是既悲憤失望，又寄希望於將來。這種情緒只能是李白開元十八年一入長安干謁失敗後所有；天寶三載被讒去朝後，李白心境就大不相同了。此所謂評論者目光。又如白《白頭吟》詩，舊説以司馬相如與卓文君相戀事在成都，且詩中有「錦水」字樣，遂繫此詩於蜀中時期。今全面考察李白蜀中作品，並未有樂府詩之創作。開元十三年出蜀後，始有大量樂府詩出現，如《荆州歌》、《江夏行》、《長干行》、《越女詞》等。所到之處，學習民歌，大量創作樂府詩，是李白創作藝術發展和風格形成的重要標識之一。而此篇獨孤立於蜀中時期，殊不符李白創作規律。按白天寶初有《妾薄命》詩，詩旨與《白頭吟》相類。《白頭吟》中有「相如作賦得黄金」，「一朝將聘茂陵女」等句；相如富貴而圖新歡，致文君有白頭之嘆，其本事在長安。今改繫此詩於長安時期，既合李白創作演進規律，亦與詩句相悵。此所謂鑒賞者目光。凡此等等，書中例子很多，兹不贅。總而言之，我們以爲，編年工作不僅僅是資料的排比，史實的考訂，更是一種綜合性極强的研究工作。將考訂、評論、鑒賞的方法有機地結合起來，正是這種綜合研究的唯一科學的方法和途徑。豈曰能之？心實嚮往之。我們只是有會於此努力爲之，至於能做到幾分，則有待於專家和讀者的裁定了。

本書編年，建立在編者對李白研究的心得上，同時盡可能地吸收了國内李白研究界的新成果。杜甫的詩，號稱集大成者；杜甫研究，目前似乎也已具備了集大成的條件。李白研究，目前還不具備集大成的條件。李白生平，空白之處尚多，一些重大的活動始末，學術界仍在争論方酣。一個時期内，無論何種李白集的編年整理，除了它的學術性、研究性，不可避免地還有其争鳴性。我們的這部編年集（包括本書的注釋、編者的按語等），不避獨倡其説之譏，正是抱着「建一家之言」的想法進行的。例如關於李白開元十八年的初入長安及他在長安的遭際；關於天寶初李白奉詔入朝的薦主及入朝的路綫；關於天寶十一載李白幽州之行的動機，以及幽州歸來李白的三入長安之行；關於李白不卒於寶應元年（享年六十二歲）而卒於廣德元年（享年六十三歲）等，都是學術界尚未定論的問題，有些問題乾脆就是我們的首倡。至於具體到許多詩文的繫年理由和作意的判斷，問題就更多了。在一些問題的處理上，我們未嘗不感到更穩妥一些好，但爲了繁榮學術，爲了促進對這些問題的争鳴，只要我們覺得此説持之有故、言之成理，或者能給研究者提供一些綫索，也就把它反映在本書中了。無論我們的這些看法最後能否被確認，但我們的初衷，想來是能够得到學界同人和廣大讀者的理解的。

本書自編寫起，就一直得到蜀中前輩張秀熟先生熱情關心和支持。張老以九十高齡，曾審閲了本書最初的部分樣稿，提出了寶貴意見，而且鼓勵有加。巴蜀書社的幾位編輯爲此書付出了巨大的辛勞。北京圖書館善本部爲我們提供了李集珍貴版本。新疆師範大學也給了我們以協助。併在此表示謝意。

閻琦　一九八七年四月
於西北大學新村寓所

【注】

〔一〕杜集的第一個編年本爲北宋王洙的《杜甫集》，第二個編年本是北宋黄長睿《校定杜工部集》，第三個編年集爲蔡興宗《杜詩正異》，此後編年的還有黄鶴父子補注的《黄氏補千家集注杜工部詩史》等。以上均據萬曼《唐集序録·杜工部集》。

〔二〕宋曾鞏曾就宋敏求《李白集》三十卷本編年排次，其《後序》云：「《李白集》三十卷，舊歌詩七百七十六篇，今千有一篇，雜著六十五篇者，知制誥常山宋敏求字次道之所廣也。次道既以類廣白詩，自爲序，而未考次其作之先後。余得其書，乃考其先後而次第之。」今兩宋本《李太白文集》題下往往有小字注明作地之語者，蓋即曾鞏所爲。這些夾注，今天看來，多數意義不大。

如卷六《襄陽歌》下注「襄漢」，《豳歌行上新平長史兄粲》下注「陝西」，卷十一《自梁園至敬亭山見會公談陵陽山水》下注「宣州作」，卷十三《留别金陵諸公》下注「金陵」，《渡荆門送别》下注「荆州」等，均係題面所明有者。如果説曾鞏的這個編次於瞭解李白行蹤有所裨益的話，其益處也就有限得很了。

第三版後記

本書初名《李白全集編年注釋》，由巴蜀書社於一九九〇年出版，分上、中、下三册。十年之後，巴蜀書社於二〇〇〇年出第二版（封面標「新版」）。新版係安旗先生在閻琦協助下，親手修訂，學術層面的各項改動，在先生所撰「第二版前言」中已有説明。同時，新版從經濟角度考慮，爲減輕出版社及讀者負擔，盡量壓縮了篇幅，改裝爲上、下兩册。當新版在市場上售罄後，安旗先生曾熱切希望能再次印刷，但學術著作在全社會已趨冷，當時實無重印的可能。

二〇〇〇年以來，安旗先生仍孜孜矻矻、全力以赴地繼續著李白詩歌的研究，先後出版了《李白詩秘要》（三秦出版社，二〇〇一）、《李太白别傳》及其增訂版（人民文學出版社，二〇〇四；西北大學出版社，二〇〇五）。這期間，安旗先生曾因青光眼疾接受手術，她嘗以「我以雙目奉青蓮」自慨，蓋係實況而非獨抒情之言。隨着年事日高，近些年安旗先生長期在醫院休養。二〇一五年欣逢先生九十華誕，西北大學文學院又將承辦中國李白研究會第十七届年會。盛事並臻，良辰難再，當此之際，學院決定鼎力促成《李白全集編年注釋》再出第三版，爲年會增色亦爲安旗先生壽。中華書局玉成其事，將此書列入

「中國古典文學基本叢書」，承諾剋期出版。唯安旗先生已没有精力如當年那樣親手再行修訂，而把一切事情交付於我們三人。我們經慎重商討，決定除《戲贈杜甫》一首詩外，餘皆不作任何改動而保持第二版面目。我們的考慮是，一部著作既已面世，則成爲一種歷史存在，如修改過多，反使其原來面目不彰，亦非美事；最主要的一點是，安旗先生在李白詩歌研究方面的諸多新創獲，都已反映在《李白詩秘要》及《李太白别傳》二書之中，欲將這些創獲移植於本書，操作殊爲不易，而安旗先生目下又不能親爲之，由我們代庖則難免某種程度的走樣，反不如讀者諸君逕自讀取《秘要》、《别傳》（至於我們三人，二〇〇〇年以來各自也有一些關於李白詩歌的文字發表，已見於相關著述，本書第三版概不涉及）。

然事有不可已者，即本書中《戲贈杜甫》一詩之編年與注釋必得據安旗先生新説改過，蓋以先生爲這首小詩所費心力最巨，所獲亦足爲此期研究成果之代表故也。安旗先生力主李白於天寶十二載曾「三入長安」之説，《戲贈杜甫》一詩的研究成果爲這一説法提供了重要依據。這一成果的獲得，不但憑藉了文獻考據及文本解析，更是安旗先生實地考察的結果。二〇〇一年，七十五歲高齡的安旗先生不顧身體孱弱，在西安東郊踏勘長樂坡，將歷史事件、古今地名以及地形變遷相互參照，得出「所謂『飯顆山』者，實即上有太倉之長樂坡也」，「『飯顆山頭逢杜甫』亦即『長樂坡前逢杜甫』，二而一也」的結論，從而對

《戲贈杜甫》一詩作出了全新的解讀，並爲天寶十二載「李杜二人重逢于長安」、即李白「三入長安」找到了一條有力的證據（引文均見《李太白別傳》）。安旗先生當時寫有《長樂坡前逢杜甫》一文，文章是這樣結尾的：「探索未已，感慨轉深。恨不能起聞一多先生于地下，請他用詩人之筆爲李杜重逢再一次大書而特書。前一次初逢用的是金墨，這一次重逢應該用朱砂，赤紅如血的朱砂，像他們在長樂坡前生離死別的眼淚。」讀了這一段話，讀者諸君應和我們有同樣的感受：安旗先生確實是以全部心血和感情來從事李白研究的。

「日月忽其不淹兮，春與秋其代序」，憶起上世紀八十年代中期，安旗先生作爲主編，帶領我們圍坐在一張小飯桌旁，逐字逐句討論書稿的情景，不免感慨係之。二十多年後的今天，本書得以再版，應該説是社會和讀者對安旗先生和我們的勞動成果的肯定。感謝西北大學對此書第三版的資助；感謝中華書局領導對本書的重視及編輯所付出的辛勞。

熱切歡迎學界同人及廣大讀者對本書第三版批評指正。

薛天緯

二〇一四年六月

第三版修訂後記

本書第三版於二〇一五年十月由中華書局出版。二〇一七年九月，又印行了典藏版。第三版除了依據安旗先生關於《戲贈杜甫》的研究成果，對這首詩的編年與注釋做了改寫外，其餘内容均保持了巴蜀書社所出第二版的原貌。然而，《唐故鄧州司户參軍何府君墓誌銘并序》的出土，促使我們不能不重新審視書中與此相關的内容，復經慎重考慮，兹對《贈何七判官昌浩》《陌上桑》《涇溪南藍山下有落星潭可以卜築余泊舟石上寄何判官昌浩》《山鷓鴣詞》四首詩的編年、注釋及按語做了修改，並改寫了《留别于十一兄逖裴十三遊塞垣》的按語。相關的《行行且遊獵篇》也有修改。另外，對《幽澗泉》詩的斷句與注釋做了修改。

正當我們進行上述修訂工作的時候，安旗先生在與病魔抗争多年後終於不治，於二〇一九年六月二十七日以九十四歲遐齡辭世。先生從此徹底放下了她耗盡後半生心血的李白研究事業。《李白全集編年箋注》是先生研究李白的標志性成果，依據新的文獻資料，對本書進行必要的修訂，正是爲了維護它的學術質量，並以之告慰先生英靈。先生有知，當含笑而首肯。爰藉本書重印之機，記之如上，敬祈讀者諸君明察。

薛天緯　閻琦　房日晰

二〇一九年七月一日

李白全集編年箋注篇目索引

（以篇名首字筆畫爲序）

一畫

二畫

三畫

四畫

五畫

六畫

七畫

八畫

九畫

十畫

十一畫

十二畫

十三畫

十四畫

十五畫

十六畫

十七畫

十八畫

十九畫

二十畫

二十一畫

二十二畫

二十四畫